दर्शन दिग्दर्शन

राहुल सांकृत्यायन

प्रभाकर प्रकाशन

HB ISBN: 978-93-56829-65-7
ISBN: 978-93-56826-06-9
eISBN: 978-93-56829-17-6

प्रकाशकः प्रभाकर प्रकाशन
प्लॉट नं.-63, मेन मदर डेयरी रोड
पांडव नगर, ईस्ट दिल्ली-110092
फोनः 011-40395855
व्हाट्स ऐपः +91 9319228272
ई-मेलः sales@pharosbooks.in
वेबसाइटः www.prabhakarprakashan.com

प्रथम संस्करणः 2026

मुद्रकः ई.बी. प्रिन्ट एण्ड पैक, ग्रेटर नोएडा

दर्शन दिग्दर्शन
राहुल सांकृत्यायन

समर्पण

का० प्र० जायसवाल की स्नेह पूर्ण स्मृति में जिनके शब्द पुस्तक लिखते वक्तबराबर कानों में गूँजते थे, और जिन्हें सुनाने की उत्कंठा– में कितनी ही बार मैं भूल जाता था, कि सुनने वाला चिर–निद्रा–विलीन है।

भूमिका

मानव का अस्तित्व पृथ्वी पर यद्यपि लाखों वर्षों से है, किन्तु उसके दिमाग़ की उड़ान का सबसे भव्य युग 5000-3000 ई० पू० है, जब कि उसने खेती, नहर, सौर पंचांग आदि-आदि कितने ही अत्यन्त महत्त्वपूर्ण तथा समाज की कायापलट करने वाले आविष्कार किए। इस तरह की मानव मस्तिष्क की तीव्रता हम फिर 1760 ई० के बाद से पाते हैं, जब कि आधुनिक आविष्कारों का सिलसिला शुरू होता है। किन्तु दर्शन का अस्तित्व तो पहिले युग में था ही नहीं और दूसरे युग में वह एक बूढ़ा बुजुर्ग है, जो अपने दिन बिता चुका है; बूढ़ा होने से उसकी इज्जत की जाती जरूर है, किन्तु उसकी बात की ओर लोगों का ध्यान तभी खिंचता है, जब कि वह प्रयोगआश्रित चिन्तन–साइंस–का पल्ला पकड़ता है। यद्यपि इस बात को सर राधाकृष्णन् जैसे पुराने ढर्रे के "धर्म-प्रचारक" मानने के लिए तैयार नहीं हैं, उनका कहना है –

"प्राचीन भारत में दर्शन किसी भी दूसरी साइंस या कला का लग्गू-भग्गू न हो, सदा एक स्वतंत्र स्थान रखता रहा है। भारतीय दर्शन साइंस या कला का लग्गू-भग्गू न रहा हो, किन्तु धर्म का लग्गू-भग्गू तो वह सदा से चला आता है और धर्म की गुलामी से बदतर गुलामी और क्या हो सकती है?

3000-2600 ई० पू० मानव जाति के बौद्धिक जीवन के उत्कर्ष नहीं अपकर्ष का समय है; इन सदियों में मानव ने बहुत कम नए आविष्कार किए। पहिले की दो सहस्राब्दियों के कड़े मानसिक श्रम के बाद 1000-700 ई० पू० में, जान पड़ता है, मानव-मस्तिष्क पूर्ण विश्राम लेना चाहता था और इसी स्वप्नावस्था की उपज दर्शन है; और इस तरह का प्रारंभ निश्चय ही हमारे दिल में उसकी इज़्ज़त को बढ़ाता नहीं घटाता है। लेकिन, दर्शन का जो प्रभात है, वही उसका मध्याह्न नहीं है। दर्शन का सुवर्ण युग 700 ई० पू० से बाद की तीन और चार शताब्दियाँ हैं, इसी वक्त भारत में उपनिषद् से लेकर बुद्ध तक के और यूरोप में थेल्स से लेकर अरस्तू तक के दर्शनों का निर्माण होता है। यह दोनों दर्शन-धाराएँ आपस में मिलकर विश्व की सारी दर्शन धाराओं का उद्गम बनती हैं–सिकन्दर के बाद किस तरह ये दोनों धाराएँ मिलती हैं और कैसे दोनों धाराओं का प्रतिनिधि नव-अफलातूनी दर्शन आगे प्रगति करता है, इसे पाठक आगे पढ़ेंगे।

दर्शन का यह सुवर्ण युग, यद्यपि प्रथम और अन्तिम आविष्कार युगों की समानता नहीं कर सकता, किन्तु साथ ही यह मानव-मस्तिष्क की निद्रा का समय नहीं था। कहना चाहिए, इस समय का शक्तिशाली दर्शन अलग-थलग नहीं बल्कि एक बहुमुखीन प्रगति की उपज है। मानव समाज की प्रगति के बारे में हम अन्यत्र बतला आए हैं, कि सभी देशों में इस प्रगति के एक साथ होने का कोई नियम नहीं है। 600 ई० पू० वह वक्त है, जब कि मिश्र, मसोपोतामिया और सिन्धु-उपत्यका के पुराने मानव अपनी आसमानी उड़ान के बाद थककर बैठ गए थे; लेकिन इसी वक्त नवागंतुकों के मिश्रण से उत्पन्न जातियाँ–हिन्दू और यूनानी–अपनी दिमागी उड़ान शुरू करती है। दर्शन क्षेत्र में यूनानी 600-300 ई० पू० तक आगे बढ़ते रहते हैं, किन्तु हिन्दू 400 ई० पू० के आसपास थककर बैठ जाते हैं। यूरोप में 300 ई० पू० में ही अँधेरा छा जाता है और 1600 ई० में 19 शताब्दियों के बाद नया प्रकाश (पुनर्जागरण) आने लगता है, यद्यपि इसमें शक नहीं, इस लंबे काल की तीन शताब्दियों–900-1200 ई० में दर्शन की मशाल बिलकुल बुझती नहीं, बल्कि इस्लामिक दार्शनिकों के हाथ में वह बड़े जोर से जलती रहती है और पीछे उसी से आधुनिक यूरोप अपने दर्शन के प्रदीप को जलाने में सफल होता है। उधर दर्शन की भारतीय शाखा 400 ई० पू० की बाद की चार शताब्दियों में राख की ढेर में चिंगारी बनी पड़ी रहती है, किन्तु ईसा की पहिली से छठी

शताब्दी तक–विशेषकर पिछली तीन शताब्दियों में–वह अपना कमाल दिखलाती है। यह वह समय है, जब कि पश्चिम में दर्शन की अवस्था अब्तर रही है। नवीं से बारहवीं सदी तक भारतीय दर्शन, इस्लामिक दर्शन का समकालीन ही नहीं समकक्ष रहता है, किन्तु उसके बाद वह ऐसी चिरसमाधि लेता है, कि आज तक भी उसकी समाधि खुली नहीं है। इस्लामिक दर्शन के अवसान के बाद यूरोपीय दर्शन की भी यही हालत हुई होती, यदि उसने सोलहवीं सदी में धर्म से अपने को मुक्त न किया होता। सोलहवीं सदी यूरोप में स्कोलास्तिक-धर्मपोषक–दर्शन का अन्त करती है, किन्तु भारत में एक के बाद स्कोलास्तिक दाकतर पैदा होते रहे हैं और दर्शन की इस दासता को वह गर्व की बात समझते हैं। यह उनकी समझ में नहीं आता, कि साइंस और कला का सहभागी बनने का मतलब है, जीवित प्रकृति-प्रयोग का जबर्दस्त आश्रय ग्रहण कर अपनी सृजनशक्ति को बढ़ाना; जो दर्शन उससे आज़ादी चाहता है, वह बुद्धि, जीवन और खुद आज़ादी से भी आज़ादी चाहता है।

विश्वव्यापी दर्शन की धारा को देखने से मालूम होगा, कि वह राष्ट्रीय की अपेक्षा अन्तर्राष्ट्रीय ज्यादा है। दार्शनिक विचारों के ग्रहण करने में उसने कहीं ज्यादा उदारता दिखलाई, जितना कि धर्म ने एक दूसरे देश के धर्मों को स्वीकार करने में। यह कहना गलत होगा, कि दर्शन के विचारों के पीछे आर्थिक प्रश्नों का कोई लगाव नहीं था, तो भी धर्मों की अपेक्षा बहुत कम एक राष्ट्र के स्वार्थ को दूसरे पर लादना चाहता रहा; इसीलिए हम जितना गंगा, आमू-दजला और नालंदा-बुखारा-बगदाद कार्दोवा का स्वतंत्र स्नेहपूर्ण समागम दर्शनों में पाते हैं, उतना साइंस के क्षेत्र से अलग कहीं नहीं पाते। हमें अफसोस है, समय और साधन के अभाव से हम चीन-जापान की दार्शनिक धारा को नहीं दे सके; किन्तु वैसा होने पर भी इस निष्कर्ष में तो कोई अन्तर नहीं पड़ता, कि दर्शन क्षेत्र में राष्ट्रीयता की तान छेड़ने वाला खुद धोखे में है और दूसरों को धोखे में डालना चाहता है।

मैंने यहाँ दर्शन को विस्तृत भूगोल के मानचित्र पर एक पीढ़ी के बाद दूसरी पीढ़ी को सामने रखते हुए देखने की कोशिश की है; मैं इसमें कितना सफल हुआ हूँ, इसे कहने का अधिकारी मैं नहीं हूँ, किन्तु मैं इतना जरूर समझता हूँ, कि दर्शन को समझने का यही ठीक तरीका है और मुझे अफसोस है, कि अभी तक किसी भाषा में दर्शन को इस तरह अध्ययन करने का "यत्न" नहीं किया गया है:–लेकिन इस तरीके की उपेक्षा ज्यादा समय तक नहीं की जा सकेगी, यह निश्चित है।

पुस्तक लिखने में जिन ग्रंथों से मुझे सहायता मिली है, उनकी तथा उनके लेखकों की नामावली मैंने पुस्तक के अन्त में दे दी है। उनके ग्रंथों का मैं जितना ऋणी हूँ, उससे कृतज्ञता–प्रकाशन द्वारा मैं अपने को उऋण नहीं समझता और वस्तुतः ऐसे ऋण के उऋण होने का तो एक ही रास्ता है, कि हिन्दी में दर्शन पर ऐसी पुस्तकें निकलने लगें, "दर्शन-दिगदर्शन" को कोई याद भी न करे। प्रत्येक ग्रंथकार को, मैं समझता हूँ, अपने ग्रंथ के प्रति यही भाव रखना चाहिए।– अमरता? बहुत भारी भ्रम के सिवा और कुछ नहीं है।

पुस्तक लिखने में पुस्तकों तथा आवश्यक सामग्री सुलभ करने में भदन्त आनन्द कौसल्यायन और पंडित उदयनारायण तिवारी, एम० ए० साहित्यरत्न ने सहायता की है, शिष्टाचार के नाते ऐसे आत्मीयों को भी धन्यवाद देता हूँ।

सेंट्रल जेल, हजारीबाग
25-03-1942

राहुल सांकृत्यायन

अनुक्रम

अध्याय-1

यूनानी दर्शन

यूनान या यवन एक प्रदेश के कारण पड़ा सारे देश का नाम है, जिस तरह कि सिन्धु से हिन्दुस्तान और पारस से पारस्य (ईरान)। वस्तुतः इवन या यवन उन पुरियों (अथेन्स आदि) का नाम था, जो कि क्षुद्र-एसिया (आधुनिक एसियाई तुर्की) और यूरोप के बीच के समुद्र में पड़ती थीं। इन पुरियों के नागरिक नाविक-जीवन और व्यापार में बहुत कुशल थे; और इसके लिये वे दूर-दूर तक की सामुद्रिक और स्थलीय यात्रायें करते रहते थे। ईसा पूर्व छठी-सातवीं शताब्दियों में इन यवनी पुरियों की यह सरगर्मी ही थी, जिससे बाहरी दुनिया को इनका पता लगा और उन्हीं के नाम पर सारा देश यवन या यूनान कहा जाने लगा।

यूनान उस वक्त व्यापार के लिये ही नहीं, शिल्प और कला के लिये भी विख्यात था और उसके दक्ष कारीगरों के हाथों की बनी चीजों की बहुत माँग थी। यवन व्यापारी दूसरे देशों में जाकर, सिर्फ़ सौदे का ही परिवर्तन नहीं करते थे, बल्कि विचारों का भी दान-आदान करते थे, जो कि ईसा पूर्व की तीसरी-दूसरी सदियों के 'कार्ला' आदि गुफ़ाओं में अंकित उनके बौद्ध मठों के लिये दिये दानों से सिद्ध है; किन्तु यह पीछे की बात है, जिस समय की हम बात कर रहे हैं, उस समय मिश्र, काबुल की सभ्यतायें बहुत पुरानी और सम्माननीय समझी जाती थीं। यवन सौदागरों ने इन पुरानी सभ्यताओं से प्राकृतिक-विज्ञान, ज्योतिष, रेखा-गणित, अंक-गणित, वैद्यक की कितनी ही बातें सीखीं और सीखकर एक अच्छे शिष्य की भाँति, उन्हें आगे भी विकसित किया। इसी विचार-विनिमय का दूसरा परिणाम था, यूनानी-दर्शन की सबसे पुरानी शाखा–युनिक सम्प्रदाय (थेल, अनक्सि-मन्दर अनक्सिमन, आदि) का प्रादुर्भाव।

1. तत्त्वजिज्ञासु युनिक दार्शनिक (600 से 400 ई० पू०)

युनिक दार्शनिकों की जिज्ञासा का मुख्य लक्ष्य था उस मूलतत्त्व का पता लगाना, जिससे विश्व की सारी चीजें बनी हैं। वे सिर्फ़ कल्पना के ही आकाश में उड़ने वाले नहीं थे, बल्कि उनमें, अनक्सिमन्दर को हम उस वक्त की ज्ञात दुनिया का नकशा बनाते देखते हैं, यही नक़शा बहुत समय तक व्यापारियों के लिये पथ-प्रदर्शक का काम देता रहा। इस प्रकार हम देखते हैं, कि ये दार्शनिक व्यवहार या वैज्ञानिक प्रयोगों से अपने को अलग-थलग रखना नहीं चाहते थे।

उपनिषद् के दार्शनिकों को भी हम इससे एक सदी पहले यह बहस करते पाते हैं, कि 'विश्व का मूल उपादान क्या है–जिस एक के ज्ञान से सबका ज्ञान होता है।' हमारे यहाँ किसी ने अग्नि को मूलतत्त्व कहा, किसी ने आकाश को, किसी ने वायु को और किसी ने आत्मा या ब्रह्म को। युनिक दार्शनिक थेल (लगभग 624-534 ई० पू०) का कहना था, कि "पानी ही प्रथम तत्त्व है"। अनक्सिमन्दर (611-546 ई० पू०) का कहना था, कि भूतों के जिन स्थूल सान्त-रूप को हम देखते हैं, मूलतत्त्व को उनसे अत्यन्त सूक्ष्म होना चाहिए। उसने इसका नाम 'अनन्त' और

'अनिश्चित' रखा। इसी 'अनन्त' और 'अनिश्चित' तत्त्व से आग, हवा, पानी, मिट्टी–मूलतत्त्व बने हैं। अनक्सिमन (588-524 ई० पू०) पानी को मूलतत्त्व मानता था।

इन पुराने युनिक दार्शनिकों में हम एक ख़ास बात यह देखते हैं, कि वह यह प्रश्न नहीं उठाते, कि इन तत्त्वों को किसने बनाया! उनका प्रश्न है, 'ये कैसे बने?' भारत में इनके समकालीन चार्वाक और बुद्ध को भी किसी बनाने वाले विधाता के प्रश्न को नहीं छेड़ते देखते हैं। इन युनिक दार्शनिकों के लिए जीवन महाभूत से अलग चीज़ न थी, जिसके लिए कि एक पृथक् चालक चेतन-शक्ति की ज़रूरत हो। गरजते-बादल, चलती-नदी, लहराता समुद्र, हिलता-वृक्ष, काँपती- पृथ्वी, उनकी निर्जीवता नहीं, सजीवता को साबित करती हैं। इसीलिए भूतों से परे किसी अन्तर्यामी को जानने का सवाल उन्होंने नहीं उठाया।

ये थे युनिक दार्शनिक, जिन्होंने पाश्चात्य दर्शन के विकास में पहले प्रयास किया

2. बुद्धिवाद

पिथागोर (लगभग 582-493 ई० पू०)–युनिक दार्शनिकों के बाद अगले विकास में हम विचारकों को और सूक्ष्म तर्क-वितर्क की ओर लगे देखते हैं। युनिक दार्शनिक महाभूतों के किनारे-किनारे आगे बढ़ते हुए मूल-तत्त्व की खोज कर रहे थे। अब हम पिथागोर जैसे दार्शनिकों को किनारे से छलाँग मारकर आगे बढ़ते देखते हैं। पिथागोर भी केवल दार्शनिक न था, वह अपने समय का श्रेष्ठ गणितज्ञ था। कहते हैं, वह भारत आया–या यहाँ के विचारों से प्रभावित हुआ था और यहीं से उसने पुनर्जन्म का सिद्धान्त (और शायद शारीरिक ब्रह्म को भी) लिया था, जो भी हो, उपनिषद् के ऋषियों की भाँति वह भी ठोस विश्व को छोड़कर कल्पना-जगत् में उड़ना चाहता था, यह उसके दर्शन से स्पष्ट है। इस प्रकार के दर्शन को भारतीय परम्परा में विज्ञानवाद कहते हैं। पिथागोर मूलतत्त्व को ढूँढ़ते हुए, स्थूल व्यक्ति को छोड़ आकृति की ओर दौड़ता है। उसका कहना था, महाभूत मूलतत्त्व नहीं हैं, न उनके सूक्ष्म रूप ही। मूलतत्त्व–पदार्थ है, आकृति या आकार। वीणा के तार लम्बाई और उसके स्वर का ख़ास सम्बन्ध है। अंगुली से दबाकर जितनी लम्बाई या आकार का हम इस्तेमाल करते हैं, उसी के अनुसार स्वर निकलता है। वीणा के तार की लम्बाई के दृष्टान्त का पिथागोर के दर्शन में बहुत ज्यादा उपयोग किया गया है। शरीर के स्वास्थ्य के बारे में भी उसका कहना था, "वह आकृति (लम्बाई, चौड़ाई, मोटाई के ख़ास परिमाण) पर निर्भर है।" इस तरह पिथागोर इस निष्कर्ष पर पहुँचा, कि मूलतत्त्व आकृति है। आकृति (लम्बाई, चौड़ाई, मोटाई) चूँकि संख्या (गिनती) में प्रकट की जा सकती है, इसलिए महावाक्य प्रसिद्ध हुआ, "सभी चीज़ें संख्यायें हैं" और इस प्रकार हमारे यहाँ के वैयाकरणों के 'शब्द ब्रह्म' की भाँति, पिथागोर का 'संख्या-ब्रह्म' प्रसिद्ध हुआ। उस समय के यूनानी संख्या-संकेत भी कई बिन्दुओं को ख़ास आकृति में रखकर लिखे जाते थे–यही बात हमारे यहाँ की ब्राह्मी-लिपि की संख्याओं पर भी लागू थी, जिसमें कि पाइयों की संख्या बढ़ाकर संख्या-संकेत होता था। इससे भी "संख्या-ब्रह्म" के प्रचार में पिथागोर के अनुयायियों को आसानी पड़ी। बिन्दु रेखाओं को बनाते हैं, रेखाएँ तल को और तल ठोस पदार्थ को, गोया बिन्दु या संख्या ही सब की जड़ है।

युनिक दार्शनिकों की विचारधारा अगली चिन्तन-धारा को गति देकर विलीन हो गयी, किन्तु पिथागोर की विचार-धारा ने एक दर्शन-सम्प्रदाय चलाया, जो कई शताब्दियों तक चलता रहा और आगे चलकर अफलातूँ–अरस्तू के दर्शन का उज्जीवक हुआ।

1. अद्वैतवाद

ईरान के शहंशाह कोरोश् (550-529 ई० पू०) ने क्षुद्र-एसिया को जीतकर, जब युनिक पुरियों पर भी अधिकार कर लिया, तो उस वक्त कितने ही यूनानी इधर-उधर भाग गये, जिनमें पिथागोर के कुछ अनुयायी एलिया (दक्षिण इताली) में जा बसे। पिथागोर की शिक्षा सिर्फ़ दार्शनिक ही नहीं थी, बल्कि बुद्ध और वर्द्धमान की भाँति वह एक धार्मिक सम्प्रदाय का संस्थापक था, जिसके अपने मठ और साधक होते थे, किन्तु एलिया के विचारक शुद्ध दार्शनिक पहलू पर ज्यादा जोर देते थे। इनका दर्शन स्थिरवाद था, अर्थात् परिवर्तन केवल स्थूल-दृष्टि से दीखता है, सूक्ष्म-दृष्टि से देखने पर हम स्थिर-तत्त्वों, या तत्त्वों पर ही पहुँचते हैं।

(1) क्सेनोफेन् (573 (7)-480 ई० पू०)–एलिया के दार्शनिकों में क्सेनोफेन् का देवताओं के विरुद्ध यह वाक्य बहुत प्रसिद्ध है–"मर्त्य (मनुष्य) विश्वास करते हैं, कि देवता उसी तरह अस्तित्व में आये, जैसे कि हम और देवताओं के पास भी इन्द्रियाँ, वाणी, काया है, किन्तु यदि बैलों या घोड़ों के पास हाथ होते, तो बैल, देवताओं को बैल की शक्ल के बनाते; घोड़े, घोड़े की तरह बनाते। इथोपिया (अबीसीनिया) वाले अपने देवताओं को काले और चिपटी नाक वाले बनाते हैं और थ्रेसवाले अपने देवताओं को रक्तकेश, नीलनेत्र वाले।" क्सेनोफेन् ईश्वर को साकार, मनुष्य जैसा मानने के बिलकुल विरुद्ध था तथा बहुदेववाद को भी नहीं चाहता था। वह मानता था, कि "एक महान् ईश्वर है, जो काया और चिन्तन दोनों में मर्त्य जैसा नहीं है।" वह उपनिषद् के ऋषियों की भाँति कहता था–"सब एक में है और एक ईश्वर है।" इस वाक्य के प्रथम भाग में एकेश्वरवाद आया है और दूसरे में ब्रह्म-अद्वैत। वह अपने ब्रह्म-वाद के बारे में स्पष्ट कहता है–"ईश्वर जगत् है, वह शुद्ध (केवल) आत्मा नहीं है, बल्कि सारी प्राणयुक्ति प्रकृति (वही) है।" अर्थात् वह रामानुज से भी ज्यादा स्पष्ट शब्दों में ईश्वर और जगत् की अभिन्नता को मानता था, साथ ही शंकर की भाँति प्रकृति से इन्कार नहीं करता था।

(2) परमेनिद् (540 (4)-? ई० पू०)–एलिया के दार्शनिकों में दूसरा प्रसिद्ध पुरुष परमेनिद् हुआ। 'न सत् से असत् हो सकता है और न असत् से सत् की उत्पत्ति कभी हो सकती' ; गोया इसी वाक्य की प्रतिध्वनि हमें वैशेषिक और भगवद् गीता में मिलती है। इस तरह वह इस परिणाम पर पहुँचा, कि जगत् एक, अ-कृत, अ-विनाशी, सत्य वस्तु है। गति या दूसरे जो परिवर्तन हमें जगत् में दिखलाई देते हैं, वह भ्रम हैं।

(3) ज़ेनो (जन्म 490 ई० पू०)–एलिया का एक राजनीतिज्ञ दार्शनिक था। सभी एलियातिक दार्शनिकों की भाँति वह स्थिर अद्वैतवादी था। बहस में वाद, प्रतिवाद, संवाद या द्वन्द्ववाद का प्रयोग पहले-पहल ज़ेनो ही ने किया था (यद्यपि उसका वैसा करना स्थिरवाद की सिद्धि के लिए था, क्षणिक-वाद के लिये नहीं), इसलिए ज़ेनो को द्वन्द्ववाद का पिता कहते हैं।

सारे एलियातिक दार्शनिक, इन्द्रिय-प्रत्यक्ष को वास्तविक ज्ञान का साधक नहीं मानते थे, उनका कहना था, कि सत्य का साक्षात्कार चिन्तन-विज्ञान-से होता है, इन्द्रियाँ केवल भ्रम उत्पादन करती हैं। वास्तविकता एक अद्वैत है, जिसका साक्षात्कार इन्द्रियों द्वारा नहीं, चिन्तन द्वारा ही किया जा सकता है।

एलियातिकों का दर्शन स्थिर-विज्ञान-अद्वैतवाद है।

2. द्वैतवाद

अद्वैतवादी एलियातिक चाहे स्वतः इस परिणाम पर पहुँचे हों अथवा बाहरी (भारतीय) रहस्यवादी प्रभाव के कारण, किन्तु अपने से पहले वाले 'थेल' आदि दार्शनिकों की स्वदेशी धारा से वह बहुत भिन्नता रखते थे, इसमें सन्देह नहीं। इन अद्वैतवादियों के विरुद्ध एक दूसरी भी विचारधारा थी, जो स्थिरवादी होते हुये भी, परिवर्तन की व्याख्या अपने द्वैतवाद से करती थी– अर्थात् मूलतत्त्व अनेक, स्थिर, नित्य हैं, किन्तु उनमें संयोग-वियोग होता रहता है, जिसके कारण हमें परिवर्तन दिखलाई पड़ता है।

(1) हेराक्लितु (लगभग 535-475 ई० पू०)–हेराक्लितु का वही समय है, जो कि गौतम बुद्ध का। हेराक्लितु भी बुद्ध की भाँति ही परिवर्तनवाद, क्षणिक-वाद को मानता था। हेराक्लितु के खयाल के अनुसार जगत् की सृष्टि और प्रलय के युग होते हैं। हर बार सृष्टि बनकर, अन्त में आग द्वारा उसका नाश होता है। भारतीय परम्परा में भी जल और अग्नि-प्रलय का ज़िक्र आता है। यद्यपि उपनिषद् और उससे पहले के साहित्य में उसका नाम नहीं है। बुद्ध के उपदेशों में इसका कुछ इशारा मिलता है और पीछे वसुबन्धु आदि तो 'अग्नि-सवर्त्तनी' का बहुत जोर से ज़िक्र करते हैं।

युनिक दार्शनिकों की भाँति ही हेराक्लितु भी एक अन्तिम तत्त्व अग्नि की बात करता है, लेकिन उसका ज़ोर परिवर्तन या परिमाणवाद पर बहुत ज्यादा है। दुनिया निरन्तर बदल रही है, हर एक 'चीज़' दीप-शिखा की भाँति हर वक्त नष्ट, और उत्पन्न हो रही है। चीज़ों में किसी तरह की वास्तविक स्थिरता नहीं। स्थिरता केवल भ्रम है, जो परिवर्तन की शीघ्रता तथा सदृश-उत्पत्ति (उत्पन्न होने वाली चीज़ अपने से पहले के समान होती है) के कारण होता है। परिवर्तन विश्व का जीवन है। इस प्रकार हेराक्लितु एलियातिकों से बिलकुल उलटा मत रखता था। वह अद्वैती नहीं, द्वैती; स्थिरवादी नहीं, परिवर्तनवादी था।

हेराक्लितु का जन्म एफेसु के एक रईस घराने में हुआ था, लेकिन वह समय ऐसा था, जबकि पुराने रईसों की प्रभुता को हटाकर, यूनानी व्यापारी वहाँ के शासक बन चुके थे। हेराक्लितु के मन में "ते हि नो दिवसा गताः" की आग लगी हुयी थी और वह इस स्थिति को सहन नहीं कर सकता था और समय के परिवर्तन की जबर्दस्त हवा ने उसे एक जबर्दस्त परिर्वतन-वादी दार्शनिक बना दिया। शायद, यदि रईसों का राज्य होता, तो हेराक्लितु परिवर्तन के सत्य को देख भी न पाता। हेराक्लितु ने एक क्रान्तिकारी दर्शन की सृष्टि की, किन्तु व्यवहार में उसकी क्रान्ति, व्यापारियों के राज्य को उलटना भर चाहती थी। वह आजीवन रईस मिज़ाज रहा और जनतंत्रता को अत्यन्त घृणा की दृष्टि से देखता था, आख़िर इसी जनतंत्रता ने तो उसके अपने वर्ग को सिंहासन से खींचकर धूलि में ला पटका था।

हेराक्लितु के लेखों के बहुत थोड़े से अंश मिले हैं। जगत् के निरन्तर परिवर्तनशील होने के बारे में वह उदाहरण देता है–"तुम उसी नदी में दो बार नहीं उतर सकते; क्योंकि दूसरे पानी वहाँ से सदा बह रहे हैं। जगत् की सृष्टि उसका नाश (प्रलय) है, उसका नाश उसकी सृष्टि है। कोई चीज़ नहीं है, जिसके पास स्थायी गुण हों। संगीत का समन्वय निम्न और उच्च स्वरों का समागम–विरोधियों का समागम है।"

जगत् चल रहा है, संघर्ष से, "युद्ध सबका पिता और सबका राजा है–उसके बिना जगत् ख़त्म हो जायगा, गति-शून्य हो मर जायेगा।"

अनित्यता या परिवर्तन के अटल नियम पर जोर देते हुए हेराक्लितु कहता है–"यह एक ऐसा नियम है, जिसे न देवताओं ने बनाया, न मनुष्यों ने, वह सदा से रहा है और रहेगा–एक सदा जीवित अग्नि (बनकर) निश्चित मान के अनुसार प्रदीप्त होता और निश्चित मान के अनुसार बुझता।" निश्चित मान (मात्रा) या नाप पर हेराक्लितु का वैसे ही बहुत ज़ोर था, जैसा कि उसके सामयिक बुद्ध का।

हेराक्लितु अनजाने ही दुनिया के जबर्दस्त क्रान्तिकारी दर्शन–द्वन्द्वात्मक (क्षणिक) भौतिकवाद (मार्क्सवादी दर्शन) का विधाता बना। बुद्ध दर्शन का भी वही लक्ष्य था, किन्तु मज़हबी भूल-भुलैयों में वह इतना उलझ गया कि आगे विकसित न हो सका। हेगेल ने उसे अपने दर्शन का आधार बना कर एक सांगोपांग गंभीर आधुनिक दर्शन का रूप दिया।

हेराक्लितु के लिए मन और भौतिक तत्त्व में किसी एक को प्रधानता देने की ज़रूरत न थी। हेगेल् ने मन को प्रधानता दी–भौतिक तत्त्व नहीं, मन या विज्ञान असली तत्त्व–परिवर्तित होते हुए भी है और इस प्रकार वह जगत् से मन की ओर न जाकर, मन से जगत् की ओर बढ़ने का प्रयास करते हुए द्वन्द्वात्मकवाद को विज्ञानवाद ही बना शीर्षासन करा रहा था। मार्क्स ने उसे इस सासत से बचाया, और दोनों पैरों के बल ठोस पृथ्वी पर ला रखा–भौतिकतत्त्व, 'आसमानी' विज्ञान (मन) के विकास नहीं हैं, बल्कि विज्ञान ही भौतिक-तत्त्वों का चरम-विकास है, ऊपर से नीचे आने की ज़रूरत नहीं; बल्कि नीचे से ऊपर जाने में बात ज्यादा दुरुस्त उतरती है।

(2) **अनक्सागोर्** (500-428 ई० पू०)–अनक्सागोर् ने द्वैतवाद का और विकास किया। उसने कहा कि हेराक्लितु की भाँति, आग जैसे किसी एक तत्त्व को मूलतत्त्व या प्रधान मानने की ज़रूरत नहीं। ये बीज (मूल कारण) अनेक प्रकार के हो सकते हैं और उनके मिलने से ही सारी चीज़ें बनती हैं।

(3) एम्पेदोकल् (495-35 ई० पू०)–अनक्सागोर् के समकालीन एम्पेदोकल् ने मूल-तत्त्वों की संख्या अनिश्चित नहीं रखनी चाही और युनिक दार्शनिकों की शिक्षा से फ़ायदा उठाकर, अग्नि, वायु, जल, पृथ्वी–ये चार "बीज़" निश्चित कर दिये। यही चारों तरह के 'बीज' एक दूसरे के संयोग और वियोग से विश्व और उसकी सभी चीज़ों को बनाते और बिगाड़ते रहते हैं। संयोग, वियोग कैसे संभव है, इसके लिए एम्पेदोकल ने एक और कल्पना की–"जैसे शरीर में राग, द्वेष मिलने और हटने के कारण होते हैं, उसी तरह इन बीजों में राग और द्वेष मौजूद हैं।" एम्पेदोकल् की खयाली उड़ान ने इस सिलसिले में और आगे बढ़कर कहा कि–"मूल बीज ही नहीं, खुद शरीर के अंग भी पहले अलग-अलग थे और फिर एक दूसरे से मिलकर एक शरीर बन गए।" उसने यह भी कहा

कि–"भिन्न-भिन्न अंगों से मिलकर जितने प्रकार के शरीर बनते हैं, उनमें सबसे योग्यतम ही बचे रहते हैं, बाकी नष्ट हो जाते हैं।" ये विचार सेल और विकास के सिद्धान्तों की पूर्व झलक हैं।

(4) देमोक्रितु (460-370 ई० पू०)–देमोक्रितु यूनानी द्वैतवादी दार्शनिकों में ही प्रधान स्थान नहीं रखता, बल्कि अपने परमाणुवाद के कारण, पौरस्त्य पाश्चात्य दोनों दर्शनों में उसका बहुत ऊँचा स्थान है। भारतीय दर्शन में परमाणुवाद का प्रवेश यूनानियों के संपर्क से ही हुआ, इसमें संदेह की गुंजाइश नहीं; जबकि उपनिषद् और उससे पहले के ही साहित्य में नहीं, बल्कि जैन और बौद्ध पिटकों में भी हम उसका पता नहीं पाते। वैशेषिक दर्शन यूनानी दर्शन का भारतीय संस्करण है। क्या जाने एथेन्स का पुर-चिह्न उल्लू ही, वैशेषिक के 'औलूक्य-दर्शन' नाम पड़ने का कारण हुआ हो। इस पर आगे हम और कहेंगे। 200 ई० पू० के आसपास जब वैशेषिक ने परमाणुवाद को अपना कर भारतीय-दर्शन-क्षेत्र में अपनी धाक जमानी चाही; तो उसके बाद किसी भी दर्शन को उसके बिना रहना मुश्किल हो गया। मध्यकाल के सभी भारतीय बुद्धिवादी दार्शनिक–न्याय, वैशेषिक, बौद्ध और जैन–परमाणु को निजी व्याख्या के साथ अपना अंग बनाते हैं। परमाणुवाद को दर्शन में ऊँचा स्थान यद्यपि देमेक्रितु की लेखनी ने दिलाया, किन्तु सबसे पहले उसका खयाल उसके गुरु लेउकिप्पू (500-430 ई० पू०) को आया था। देमोक्रितु का जन्म 460 ई० पू० में (बुद्ध के निर्वाण के 23 साल बाद) थ्रेस के समुद्री तट पर स्थित अब्देरा के व्यापारी नगर में हुआ था।

परमाणुवादी देमोक्रितु एलियातिकों से द्वैतवाद में भेद रखता है, किन्तु वह चरम-परिवर्तन को नहीं मानता। वास्तविकता, नित्य ध्रुव, अपरिवर्तनशील है। साथ ही परिवर्तन भी जो दिख रहा है, वह वस्तुओं के निरन्तर गति के कारण होता है। हाँ वास्तविक तत्त्व एक अद्वैत नहीं, बल्कि अनेक–द्वैत हैं और ये मूल-तत्त्व एक दूसरे से अलग-अलग हैं, जिनके बीच की जगह खाली आकाश है। मूलतत्त्व अ-तो मो न् अ-छेद्य हैं, अ-वेध्य हैं–अ-तोमोन् से ही अंग्रेजी ऐटम(परमाणु) शब्द निकला है।

परमाणु–परमाणु अतिसूक्ष्म अविभाज्य तत्त्व है, किन्तु वह रेखागणित का बिन्दु या शक्ति-केन्द्र नहीं है, बल्कि उसमें परिमाण या विस्तार है; गणित द्वारा अविभाज्य नहीं, बल्कि कायिक तौर से अविभाज्य है; अर्थात् परमाणु के भीतर आकाश नहीं है। सभी परमाणु एक आकार परिमाण–अर्थात् एक लम्बाई, चौड़ाई, मोटाई के नहीं होते। परमाणुओं से बने पिंडो के आकारों में भेद हैं। परमाणुओं के आकार उनके स्थान और क्रम के कारण हैं। परमाणु जगत् की आरम्भिक इकाइयाँ, ईंटें या अक्षर हैं। जैसे 2, 3 का भेद आकार में है; 3, 6 का भेद स्थिति के कारण है–अगर 3 का मुँह दूसरी ओर फेर दें, तो वही 6 हो जायेगा। 36 और 63 का अन्तर अंक के क्रम-भेद के कारण है। परमाणु गति शून्य तत्त्व नहीं है, बल्कि उनमें स्वाभाविक गति होती है। परमाणु निरन्तर हरकत करते रहते हैं। इस तरह हरकत करते रहने से उनका दूसरों के साथ संयोग होता है और इस तरह जगत् और उसके सारे पिंड बनते हैं। किसी-किसी वक्त ये पिंड आपस में टकराते हैं, फिर कितने ही परमाणु उनसे टूट निकलते हैं। इस तरह देमोक्रितु का परमाणु-सिद्धान्त पिछली शताब्दी के यांत्रिक भौतिकवाद से बहुत समानता रखता है और विश्व के अस्तित्व की व्याख्या भौतिकतत्त्वों और गति के द्वारा करता है। देमोक्रितु शब्द वर्ण, रस, गन्ध की सत्ता को व्यवहार

के लिये ही मानता है; नहीं तो "वस्तुतः न मीठा है, न कड़वा, न ठंडा है, न गरम। वस्तुतः यहाँ है परमाणु और शून्य।" इस तरह परमाणुवादी दार्शनिक बाह्य जगत् और उसकी वस्तुओं को एक भ्रम या इंद्रजाल से बढ़कर नहीं मानते।

3. सोफीवाद

कोरोश् और दारयोश के समय, युनिक नगर जब ईरानियों के हाथ में चला गया, तो कितने ही विचार के लोग इधर-उधर चले गये, यह हम बतला आये हैं। जिस तरह इस वक्त पिथागोर के अनुयायियों ने भाग कर एलिया-में अपना केन्द्र बनाया, उसी तरह और विचारक भी भगे, मगर उन्होंने एक जगह रहने के बदले घुमन्तू या परिव्राजक होकर रहना पसन्द किया। इन्हें सोफी या ज्ञानी कहते हैं। यद्यपि इस्लामी परिभाषा में प्रसिद्ध सूफ़ी (अद्वैतवादी सम्प्रदाय) इसी शब्द से निकला है, किन्तु प्राचीन यूनान के इन सोफियों और इस्लामी सूफियों का दार्शनिक सम्प्रदाय एक नहीं है, इसलिये हम उसे यहाँ 'सूफ़ी' न लिख 'सोफी' लिख रहे हैं। सोफी एक अशान्त, तितर-बितर होते समाज़ तथा राज्य-क्रान्ति की उपज थे, इसलिए पहले से चली आती बातों पर उनका विश्वास कम था, उनमें ज्ञान की बड़ी प्यास थी। वह खुद ज्ञान का संग्रह करते थे, साथ ही उसका वितरण करना भी अपना कर्तव्य समझते थे। उनके प्रयत्न से ज्ञान का बहुत विस्तार हुआ, चारों ओर ज्ञान की चर्चा होने लगी। "पुराण-मित्येव न साधु सर्वं" (पुराना है इसलिए ठीक है, यह नहीं मानना चाहिए) यह एक तरह उनका नारा था। सत्य के अन्वेषण के लिए बुद्धि को हर तरह के बन्धनों से मुक्त करके इस्तेमाल करने की बात, उन्होंने लोगों को समझायी। सोफियों ने भी अपने से कुछ समय पहले गुजर गये, बुद्ध की भाँति सत्य के दो भेद रूढ़ि और वास्तविक किये। रूढ़ि-सत्य ही बुद्ध का संवृति (शंकर का व्यवहार) सत्य है और वास्तविक सत्य परमार्थ-सत्य है। सोफियों का एक महाकाव्य था–"मनुष्य वस्तुओं का नाप या माप (कसौटी) है।"

सोफ़ियों के जमाने में ही अथेन्स यूनानी दर्शन के पठन-पाठन का केन्द्र बन गया और उसने सुक्रात, अफलातूँ और अरस्तू जैसे दार्शनिक पैदा किये।

3. यूनानी दर्शन का मध्याह्न

ईसा-पूर्व चौथी सदी यूनानी दर्शन का स्वर्ण-युग है। थोड़ा पहले सुक्रात ने अपने मौखिक उपदेशों द्वारा अथेन्स के तरुणों में तहलका मचाया था, किन्तु उसके अधूरे काम को उसके शिष्य अफलातूँ और प्रशिष्य अरस्तू ने पूरा किया। इस दर्शन को दो भागों में बाँटा जा सकता है, पहला सुक्रात गुरु-शिष्य का यथार्थवाद और दूसरा अरस्तू का प्रयोगवाद।

1. यथार्थवादी सुक्रात (469-399 ई० पू०)

सोफियों के कितने ही विचार सुक्रात मानता था। सोफियों की भाँति मौखिक शिक्षा और आचार द्वारा उदाहरण देना उसे भी पसन्द थे। वस्तुतः उसके समसामयिक भी सुक्रात को एक सोफी समझते थे। सोफियों-की भाँति साधारण शिक्षा तथा मानव-सदाचार पर वह जोर देता था और उन्हीं की तरह पुरानी रूढ़ियों पर प्रहार करता था, लेकिन उसका प्रहार सिर्फ़ अभावात्मक

नहीं था। वह कहता था, सच्चा ज्ञान सम्भव है, बशर्ते कि उसके लिये ठीक तौर पर प्रयत्न किया जावे; जो बातें हमारी समझ में आती हैं या हमारें सामने आयी हैं, उन्हें तत्सम्बन्धी घटनाओं पर हम परखें, इस तरह अनेक परखों के बाद हम एक सच्चाई पर पहुँच सकते हैं। "ज्ञान के समान पवित्रतम कोई चीज़ नहीं है।"–वाक्य में गीता ने सुक्रात की ही बात को दुहराया है। "ठीक करने के लिये ठीक सोचना ज़रूरी है"–सुक्रात का कथन था।

बुद्ध की भाँति सुक्रात ने कोई ग्रंथ नहीं लिखा, किन्तु बुद्ध के शिष्यों ने उनके जीवन के समय में कंठस्थ करना शुरू किया था, जिससे हम उनके उपदेशों को बहुत कुछ सीधे तौर पर जान सकते हैं; किन्तु सुक्रात के उपदेशों के बारे में वह भी सुभीता नहीं। सुक्रात का क्या जीवन-दर्शन था? यह उसके आचरण से ही मालूम हो सकता है, लेकिन उसकी व्याख्या भिन्न-भिन्न लेखक भिन्न-भिन्न ढंग से करते हैं। कुछ लेखक सुक्रात की प्रसन्न मुखता और मर्यादित जीवन-उपभोग को दिखला कर बतलाते हैं कि वह भोगवादी था। अन्तिस्थेन और दूसरे लेखक उसकी शारीरिक कष्टों की ओर से बे-पर्वाही तथा आवश्यकता पड़ने पर जीवन-सुख को भी छोड़ने के लिये तैयार रहने को दिखलाकर उसे सादा जीवन का पक्षपाती बतलाते हैं।

सुक्रात को हवाई बहस पसंद न थी। "विश्व का स्वभाव क्या है, सृष्टि कैसे अस्तित्व में आई या नक्षत्र जगत् के भिन्न-भिन्न प्राकट्य किन शक्तियों के कारण होते हैं", इत्यादि प्रश्नों पर बहस करने को वह मूर्ख-क्रीड़ा कहता था।

सुक्रात अथेन्स के एक बहुत ही गरीब घर में पैदा हुआ था। गंभीर विद्वान् और ख्याति प्राप्त हो जाने पर भी, उसने वैवाहिक सुख की लालसा न की। ज्ञान का संग्रह और प्रसार यही उसके जीवन के मुख्य लक्ष्य थे। तरुणों के बिगाड़ने, देवनिन्दक और नास्तिक होने का, झूठा दोष उस पर लगाया गया था और इसके लिये उसे ज़हर देकर मारने का दंड मिला था। सुक्रात ने ज़हर का प्याला खुशी-खुशी पिया और जान दे दी।

2. बुद्धिवादी अफलातूँ (427-347 ई० पू०)

अफलातूँ अथेन्स के एक रईस घर में पैदा हुआ था। अपने वर्ग के दूसरे मेधावी लड़कों की भाँति, उसने भी संगीत, साहित्य, चित्र और दर्शन का आरम्भिक ज्ञान प्राप्त किया। 407 ई० पू० में जब वह 20 साल का था, तभी सुक्रात के पास आया और अपने गुरु की मृत्यु (399 ई० पू०) तक उसके ही साथ रहा।

कोई भी दर्शन शून्य में नहीं पैदा होता, वह जिस परिस्थिति में पैदा होता है, उसकी उस पर छाप होती है। अफलातूँ रईस-घराने का था और उस वर्ग की प्रभुता का, उस वक्त के यूनान में ह्रास हो चुका था; उसकी जगह व्यापारी शक्तिशाली बन चुके थे, इसलिए उस समय के समाज की व्यवस्था से अफलातूँ सन्तुष्ट नहीं हो सकता था और जब अपने निरपराध गुरु सुक्रात को जनसम्मत शासकों द्वारा मारे जाते देखा, तो उसके मन पर इसका और भी बुरा असर पड़ा। इस बात का प्रभाव, हम उसके लोकोत्तरवादी दर्शन में देखते हैं, जिसमें एक वक्त अफलातूँ एक रहस्यवादी ऋषि की तरह दिखाई पड़ता है और दूसरी जगह एक दुनियादार राजनीतिक की भाँति।

वह तत्कालीन समाज को हटाकर, एक नया समाज कायम करना चाहता है–यद्यपि उसका यह नया समाज भी इस लोक का नहीं, एक बिलकुल लोकोत्तर समाज है। वह अपने समय के अथेन्स से कितना असन्तुष्ट था, वह इस कथन से मालूम होता है–"हाल में अथेन्स में जनतंत्रता चलाई गई। मैंने समझा था, यह अन्याय के शासन के स्थान पर, न्याय का शासन होगा। इसलिए मैं इसकी गतिविधि को बड़े ध्यान से देखता रहा, किन्तु थोड़े ही समय के बाद मैंने इन सज्जनों को ऐसी जनतंत्रता बनाते देखा, जिसके सामने पहले का शासन सुवर्णयुग था। उन्होंने मेरे बूढ़े मित्र–जिसे अत्यन्त सच्चा आदमी कहने में मुझे कोई संकोच नहीं–को एक ऐसे नागरिक को पकड़वाने का हुक्म दिया, जिसे कि, अपने रास्ते से वह दूर करना चाहते थे। उनकी मंशा थी, कि चाहे सुक्रात पसन्द करे या न करे, लेकिन वह नये शासन की कार्रवाइयों में सहयोग दे। उसने उनकी आज्ञा मानने से इन्कार कर दिया और इनके पापों में सम्मिलित होने की बनिस्बत, वह मरने के लिये तैयार हो गया। जब मैंने खुद यह और बहुत कुछ और देखा, तो मुझे सख्त घृणा हो गई और मैंने ऐसी शोचनीय सरकार से नाता तोड़ लिया। पहले मेरी बहुत इच्छा थी, कि राजनीति में शामिल होऊँ, लेकिन जब मैंने इन सब बातों पर विचार किया, तो देखा कि राजनीतिक परिस्थिति कितनी दुर्व्यवस्थित है" इस तरह सोच कर अफलातूँ ने इस लोक के समाज के निर्माण में तो भाग नहीं लिया, किंतु उसने एक उटोपियन–दिमाग़ी या हवाई–प्रजातन्त्र जरूर तैयार करना चाहा और घोषित किया–"मानव-जाति बुराइयों से तब तक बच नहीं सकती, जब तक की वास्तविक दार्शनिकों के हाथ में राजनीतिक शक्ति नहीं चली जाती अथवा कोई योजना (चमत्कार) ऐसा नहीं होता, जिसमें कि राजनीतिज्ञ ही दार्शनिक बन जायें।"

अफलातूँ किस तरह का समाज चाहता था, इसे हम अन्यन्त्र कह आये हैं, यह भी ध्यान रखना चाहिए, कि अफलातूँ का दर्शन उस समाज की उपज है, जिसमें जीवनोपयोगी सामग्री का उत्पादन अधिकतर दास या कम्मी करते थे। अफलातूँ का वर्ग या तो उसी तरह की राजनीति में संलग्न था, जिसकी कि अफलातूँ शिकायत कर चुका है, अथवा संगीत, साहित्य और दर्शन का आनन्द ले रहा था।

अफलातूँ का दर्शन–दर्शन में अफलातूँ की प्रवृत्ति हम पहले के परस्पर-विरोधी दार्शनिक विचारों के समन्वय की ओर देखते हैं। वह सुक्रात की इस बात से सहमत था, कि ठीक तौर से प्रयत्न करने पर ज्ञान (या तत्त्व-ज्ञान) सम्भव है। साथ ही वह हेराक्लितु की राय से भी सहमत था, कि साधारण तौर से जिन पदार्थों का साक्षात्कार हम करते हैं, वे सभी सदा बदलती, सदा बहती धारा हैं और उनके बारे में किसी महासत्य पर नहीं पहुँचा जा सकता। वह एलियातिकों की भाँति एक परिवर्तनशील जगत् (विज्ञान-जगत्) को मानता था, परमाणुवादियों के बहुत्व (द्वैत)-वाद को समर्थन करते हुए कहता था, कि मूलतत्त्व-विज्ञान बहुत हैं। इस तरह वह इस परिणाम पर पहुँचा, कि–"ज्ञान का यथार्थ विषय सदा-परिवर्तनशील, जगत् प्रवाह और उसकी चीज़ें नहीं हैं, बल्कि उसका विषय है, लोकातीत, अचल, एक-रस, इंद्रिय-अगोचर, पदार्थ विज्ञान (मन)" जो कि पिथागोर की आकृति से मिलता-जुलता था। इस तरह पिथागोर हेराक्लितु और सुक्रात तीनों के दार्शनिक विचारों का समन्वय अफलातूँ के दर्शन ने करना चाहा।

अफलातूँ के लिये इंद्रिय-प्रत्यक्ष का ज्ञान में बहुत कम महत्त्व था। इंद्रिय-प्रत्यक्ष वस्तुओं की वास्तविकता को नहीं प्रकट करता, वह हमें सिर्फ़ उनकी बाहरी झाँकी कराता है–राय सच्ची भी हो सकती है, झूठी भी; इसलिये सिर्फ़ राय कोई महत्त्व नहीं रखती, वास्तविक ज्ञान बुद्धि या चिन्तन-से होता है। इंद्रियों की दुनिया एक घटिया दर्जे की 'नकली' वास्तविकता है, वह वास्तविकता का मोटा-सा अटकल भर है।

ज्ञान की प्राप्ति दो प्रकार के चिन्तन पर निर्भर है–(1) विज्ञान (मन) में बिखरे हुए विशेषों का खयाल में लाना, (2) विज्ञान का जाति या सामान्य के रूप मे वर्गीकरण करना। यह सामान्य, विशेष भारतीय न्याय वैशेषिक दर्शन में बहुत आता है। वैशेषिक सूत्रों के छः पदार्थों में सामान्य, विशेष, चौथे-पाँचवें पदार्थ हैं और उनका उद्गम इसी यूनानी दार्शनिक अफलातूँ से हुआ था। अफलातूँ यह भी मानता था, कि जो चिंतन ज्ञान का साधन है, उसे विज्ञान के रूप में होना चाहिए; बाह्य जगत् के जो प्रतिबिंब या वेदना, जिसको इन्द्रियाँ लाती हैं, उस पर चिन्तन करके हम सत्य तक नहीं पहुँच सकते।

अफलातूँ कुछ पदार्थों को स्वतः सिद्ध कहता था, इनमें गणित संबंधी ज्ञान-संख्या तथा तर्क-संबंधी पदार्थ-भाव, अभाव, सादृश्य, भेद, एकता, अनेकता शामिल हैं। इनमें से कितने ही पदार्थों का वर्णन वैशेषिक में ही आता है।

ज्ञान की परिभाषा करते हुए अफलातूँ कहता है–"विज्ञान और वास्तविकता का सामंजस्य ज्ञान है, वास्तविकता निर्विषय नहीं हो सकती, उसका अवश्य कोई विषय होना चाहिए और वही विषय एक-रस विज्ञान है।"

भाव पदार्थ के बारे में वह कहता है–सच्चा भाव स्थिर, अपरिवर्तन-शील, अनादि है, इसलिए वास्तविक ज्ञान के लिए हमें वस्तुओं के इसी स्थिर अपरिवर्तनशील सार को जानना चाहिए।

सामान्य, विशेष–जब हम इंद्रियों से प्राप्त प्रतिबिंबों या वेदनाओं-से नहीं, बल्कि उनसे परे शुद्ध विज्ञान से ज्ञान को प्राप्त करते हैं, तो वस्तुओं में हमें सार्वत्रिक (सामान्य) अपरिवर्तनशील, सारतत्त्व का ज्ञान होता है और यही सच्चा-ज्ञान (तत्त्वज्ञान) है। भारत में सामान्य के जबर्दस्त दुश्मन बौद्ध रहे हैं, क्योंकि इसमें उन्हें नित्यवाद की स्थापना की, छिपी कोशिश मालूम होती थी। नैयायिक, व्यक्ति, आकृति, जाति तीनों को पदार्थ मानते थे। प्रत्यक्षवादी कहते थे, कि सत्ता व्यक्तियों की ही है, दिमाग़ से बाहर विज्ञान या जाति की तरह की किसी चीज़ का अस्तित्व नहीं पाया जाता; अन्तस्थेन ने कहा था–"मैं एक अश्व (घोड़ा) तो देखता हूँ, किंतु अश्वता (सामान्य) को नहीं देखता।" पिथागोर "आकृति" पर जोर देता था, यह हम बतला चुके हैं; अफलातूँ सामान्य का पक्षपाती था। वह परिवर्तनशील विश्व की तह में अपरिवर्तनशील एक-रस-तत्त्व को साबित करना चाहता था, जिसके लिये सामान्य एक अच्छा हथियार था। इस रहस्य से बौद्ध नैयायिक से अच्छी तरह वाकिफ थे, इसीलिये धर्मकीर्ति को हम सामान्य की बुरी गति बनाते देखेंगे। अफलातूँ कहता था–वस्तुओं का आदिम, अनादि, अगोचर, मूल-स्वरूप वस्तुओं से पहले उनसे अलग तथा स्वतंत्र मौजूद था। वस्तुओं में परिवर्तन होते हैं, किंतु इस मूल्य-रूप पर उसका कोई असर नहीं पड़ता। अश्व एक ख़ास पिंड है, जिसको हम आँखों से देखते, हाथों से छूते या दूसरी इंद्रियों

से प्रत्यक्ष करते हैं; किंतु वर्तमान, भूत और भविष्य के लाखों, अनगिनत अश्वों के भीतर अश्वपन (अश्व-सामान्य) एक ऐसी चीज़ पाई जाती है, जो अश्व-व्यक्तियों के मरने पर भी नष्ट नहीं होती, वह अश्व-व्यक्ति के पैदा होने से पहले भी मौजूद रही। अफलातूँ इस अश्वता या अश्वसामान्य को अश्व-वस्तु का आदिम, अनादि, अगोचर मूल-स्वरूप, अश्ववस्तु से पहले, उससे अलग, स्वतंत्र, वस्तु, परिवर्तन से अप्रभावित, एक नित्य-तत्त्व सिद्ध करना चाहता है। वह कहता है, व्यक्ति के रुप में जिन वस्तुओं को हम देखते हैं, वह इन्हीं अनादि मूल-स्वरूपों–सामान्यों (अश्वता, गोता) के प्रतिबिंब या अपूर्ण नकल हैं। व्यक्तियाँ आती-जाती रहेंगी, किंतु विज्ञान या मूलस्वरूप (सामान्य) सदा एक-रस बनें रहेंगे, मनुष्य व्यक्तिगत तौर से आते-जाते रहेंगे, किन्तु मनुष्य सामान्य के–मनुष्य-जाति–सदा मौजूद रहेगी।

विज्ञान–एक दूसरे से सम्बद्ध हो विज्ञान एक पूर्ण काया बनाते हैं, जिसमें भिन्न-भिन्न विज्ञानों के अपने स्थान नियत हैं। अफलातूँ का समाज दासों और स्वामियों का समाज था, जिसमें अपने स्वार्थों के कारण जबर्दस्त आन्तरिक विरोध था। ऐसे विरोधों को मौखिक काव्यमयी व्याख्या द्वारा अफलातूँ ने दूर ही नहीं करना चाहा था, बल्कि उससे कुछ सदियों पहले भारत के ऋषियों ने भी उसी अभिप्राय से पुरुषसूक्त बनाकर ब्राह्मण, क्षत्रिय, वैश्य, शूद्र की सिर, बाहु, जाँघ, पैर से उपमा दे, सामाजिक शान्ति कायम करनी चाही थी। दर्शन-क्षेत्र में इस तरह की उपमा से अफलातूँ विज्ञानों के ऊँचे-नीचे दर्जे कायम करना चाहता है। सबसे श्रेष्ठ (उच्चतम) विज्ञान, ईश्वर-विज्ञान है, जो कि बाकी सभी विज्ञानों का स्रोत है। यह विज्ञान महान् है, इससे परे और कोई दूसरा महान् विज्ञान नहीं है।

दो संसार–संसार में दो प्रकार के तत्त्व हैं, एक विज्ञान (मन) दूसरा भौतिक तत्त्व। किन्तु इनमें विज्ञान ही वास्तविक तत्त्व है, वही अनर्धतम पदार्थ है, हर एक चीज़ का रूप और सार अन्त में जाकर इसी तत्त्व (विज्ञान) पर निर्भर है। विश्व में वही नियमन और नियंत्रण करता है। दूसरे भौतिक तत्त्व, मूल नहीं, कार्य: चमत्कारक नहीं, सुस्त; चेतन नहीं, जड़; स्वेच्छा-गति नहीं, अनिच्छित-गति की शक्तियाँ हैं, वे इच्छा बिना ही विज्ञान के दास हैं; विज्ञान की आज्ञा पर नाचते हैं और किसी तरह भी हो, विज्ञान की छाप उन पर लगती है। यही मूलस्वरूप (विज्ञान) सक्रिय कारण है, भौतिक तत्त्व सहयोगी कारण हैं।

ईश्वर–उच्चतम विज्ञान ईश्वर (विधाता=देमीउर्ग) है, यह कह कर आये हैं। अफलातूँ विधाता की उपमा मूर्तिकार से देता है। विधाता मानव-मूर्तिकार की भाँति विज्ञान-जगत् (मानसिक दुनिया) में मौजूद नमूने (मूल-स्वरूप, सामान्य) के अनुसार भौतिक-विश्व को बनाता है। विज्ञान के अनुसार जहाँ तक ईश्वर उसके लिये सम्भव है, वह एक पूर्ण विश्व बनाता है; इतने पर भी यदि विश्व में कुछ अपूर्णता दिखाई पड़ती है, तो मूर्तिकार को दोष न देना चाहिए, क्योंकि आख़िर उसे भौतिक तत्त्वों पर काम करना है और भौतिक तत्त्व विधाता की कृति में बाधा डालते हैं। पीछे आने वाले हमारे नैयायिकों की भाँति विधाता (देमीउर्ग) जनक नहीं इंजीनियर (वास्तुशास्त्री) है। वह स्वयं उच्चतम विज्ञान है, किन्तु साथ ही भौतिक तत्त्व भी पहले से मौजूद है, भौतिक-जगत् और विज्ञान-जगत्–यह दो दुनियाएँ पहले से मौजूद हैं। इन दोनों में संबंध जोड़ने–विज्ञान के रूप में मौजूद मूल-स्वरूपों

(सामान्यों) के अनुसार भौतिक तत्त्वों को गढ़ने के लिये एक हस्ती की ज़रूरत थी, विधाता वही हस्ती है। वही बाह्य और अन्तर-जगत् की संधि कराता है। अफलातूँ का विधाता शिव (अच्छा) है, उसकी वह सूर्य से उपमा देता है–सूर्य वस्तुओं के बढ़ने (बनने) का भी स्रोत है और उस प्रकाश का भी, जिससे उनका ज्ञान होता है। इसी तरह शिव सभी वस्तु-सत्यों और तत्संबंधी हमारे ज्ञान का भी स्रोत है।

दर्शन की विशेषता–अफलातूँ का दर्शन बुद्धिवादी है, क्योंकि वह ज्ञान के लिये इन्द्रिय-प्रत्यक्ष पर नहीं, बुद्धि पर जोर देता है; प्रत्यक्ष जगत् से अलग, बुद्धिगम्य विज्ञान-जगत् उसका वास्तविक जगत् है। विज्ञानवादी तो अफलातूँ है ही, क्योंकि विज्ञान-जगत् (मूलस्वरूप) ही उसके लिये एकमात्र सार है। बाह्यार्थवादी भी उसे कह सकते हैं, क्योंकि बाहरी दुनिया को वह निराधार नहीं, एक वास्तविक जगत् (विज्ञानजगत्) का बाहरी प्रकाश कहता है। सारी दुनिया को मिलाने वाले महाविज्ञान (ईश्वर) की सत्ता को स्वीकार कर, वह ब्राह्मवादी भी है; किन्तु वह भौतिकवादी बिलकुल नहीं है, क्योंकि भौतिक तत्त्व और उससे बनी दुनिया को वह प्रधान नहीं गौण मानता है।

अफलातूँ के सामाजिक, राजनीतिक विचार के बारे में 'मानव-समाज' में कहा जा चुका है। वह समाज में परिवर्तन चाहता था, किन्तु परिवर्तन ठोस मौजूदा समाज को लेकर नहीं, बल्कि मूल-स्वरूप के आधार पर।

3. वस्तुवादी अरस्तू (384-322 ई० पू०)

अरस्तू बुद्ध (563-483 ई० पू०) से एक सदी पीछे स्तगिरा में पैदा हुआ था। उसका पिता निकोमाचु सिकन्दर के बाप तथा मकदूनिया के राजा फिलिप का राजवैद्य था। इसके बाल्य-काल में अफलातूँ की ख्याति खूब फैली हुई थी। 17 वर्ष की उम्र में (367 ई० पू०) अरस्तू, अफलातूँ की पाठशाला में दाखिल हुआ और तब तक अपने गुरु के साथ रहा, जब तक कि (बीस वर्ष बाद) अफलातूँ (347 ई० पू० में) मर नहीं गया। फिलिप को अपने लड़के सिकन्दर (353-323 ई० पू०) की शिक्षा के लिये एक योग्य शिक्षक की जरूरत थी। उसकी दृष्टि अरस्तू पर पड़ी। विश्व-विजयी सिकन्दर के निर्माण में अरस्तू का ख़ास हाथ था और इसका बीज ढूँढ़ने के लिये हमें उसके गुरु अफलातूँ तथा परमगुरु सुक्रात तक जाना पड़ेगा। सुक्रात अपने स्वतंत्र विचारों के लिये अथेन्स के जननिर्वाचित शासकों के कोप का भाजन बना। अफलातूँ अपने समय के समाज से असन्तुष्ट था, इसलिए उसमें परिवर्तन करके एक साम्यवादी समाज कायम करना चाहता था, लेकिन इस समाज की बुनियाद वह धरती पर नहीं डालना चाहता था। वह उसे 'विज्ञान-जगत्' से लाना चाहता था और उसका शासन लौकिक-पुरूषों के हाथ में नहीं, बल्कि लोक से परे खयाली दुनिया में उड़नें वाले दार्शनिकों के हाथ में देना चाहता था। यदि अफलातूँ को पता होता, कि उसके साम्यवादी समाज की स्थापना में एक विश्व-विजेता सहायक हो सकता है, तो 18वीं-19वीं सदी के यूरोपियन समाजवादियों–प्रूधों (1809-65) आदि की भाँति, वह भी साम्यवादी राजा की तलाश करता। अरस्तू बीस साल तक अपने गुरु के विचारों को सुनता रहा, इसलिए उनका असर उस पर होना ज़रूरी था। कोई ताज्जुब नहीं, यदि अफलातूँ का साम्यवादी राज्य अरस्तू द्वारा होकर सिकन्दर के

पास, विश्व-राज्य या चक्रवर्ती-राज्य के रूप में पहुँचा। बुद्ध अपने साधुओं के संघ में पूरा आर्थिक साम्यवाद–जहाँ तक उपभोग सामग्री का सम्बन्ध है–कायम करना चाहते थे, यदि वह संभव समझते, तो शायद विस्तृत समाज में भी उसका प्रयोग करते, किन्तु बुद्ध की वस्तु-वादिता, उन्हें इस तरह के तजुर्बे से रोकती थी। ऐसे विचारों को रखते भी बुद्ध चक्रवर्तीवाद–सारे विश्व का एक धर्मराजा होना–के बड़े प्रशंसक थे। हो सकता है, अरस्तू ने भी अपने शिष्य सिकन्दर में बाल्य-काल ही से अपने और अपने गुरु के स्वप्नों को सत्य करने के लिये चक्रवर्तीवाद भरना शुरू किया हो। अरस्तू ने अथेन्स आदि के प्रजातंत्र ही नहीं देखे थे, बल्कि वह तीन महाद्वीपों में राज्य रखने वाले ईरान के चक्रवर्तियों से भी परिचित था। सवाल हो सकता है, यदि अरस्तू ने सिकन्दर में ये भाव पैदा किये, तो उसने विश्व-विजय के साथ दूसरे स्वप्नों का भी क्यों नहीं प्रयोग किया ? उत्तर यही है, कि सिकन्दर दार्शनिक स्वप्नचारी नहीं था, वह अपने सामने यूनानियों को अपने ठोस भालों, तलवारों से सफलता प्राप्त करते देख रहा था, इसलिये वह अपने स्वप्नचारी परमगुरु की सारी शिक्षायें मानने के लिये बाध्य न था।

अरस्तू सिर्फ़ दार्शनिक ही नहीं, राजनीतिक विचारक भी था, यह तो इसी से पता लगता है, कि 323 ई० पू० में सिकन्दर की मृत्यु के समय अथेन्स में मकदूनिया और मकदूनिया-विरोधी, जो दो दल हो गये थे, अरस्तू उनमें मकदूनिया-विरोधी दल का समर्थक था। शायद अब उसे अपनी गलती मालूम हुई और तलवार के एकाधिपत्य से अथेन्स का पहले वाला जनतांत्रिक बनिया-राज्य ही उसे पसन्द आने लगा। इस विरोध से अथेन्स के स्वामी उसके विरुद्ध हो गये और अरस्तू को जान बचाकर युबोडया भाग जाना पड़ा, जहाँ उसी साल (322 ई० पू०) उसकी मृत्यु हुई।

(1) दार्शनिक विचार–अरस्तू की कृतियाँ विशाल हैं। अपने समय तक जितना ज्ञान-भन्डार समाज में जमा हो चुका था, अरस्तू के ग्रन्थ उसके लिये विश्व-कोष का काग देते हैं। यही नहीं, उसने खुद भी मनुष्य के ज्ञान-भंडार को बहुत बढ़ाया। अरस्तू, अफलातूँ के दार्शनिक विचारों से बिलकुल असहमत था, यह तो नहीं कहा जा सकता, क्योंकि वह विज्ञान-जगत् से इन्कार नहीं करता था। सुक्रात और अफलातूँ की तरह, ज्ञान के लिये विज्ञान के महत्त्व को वह मानता था, किन्तु वह भौतिक जगत् से अलग-थलग तथा एकमात्र प्रधान जगत् है; इसे वह मानने के लिये तैयार न था। बाहरी दुनिया (प्रत्यक्ष-जगत्) को समझने के लिये, उसकी व्याख्या के लिये, अमर-जगत् (विज्ञान-जगत्) की ज़रूरत को, वह स्वीकार करता था। युनिक दार्शनिक सिर्फ़ भौतिक पहलू पर जोर देते थे, पिथागोर और अफलातूँ मूलस्वरूप या विज्ञान (आकृति या मूलस्वरूप) पर जोर देते थे, किन्तु अरस्तू दोनों को अभिन्न अंग मानता था; मूलस्वरूप (विज्ञान) भौतिक तत्त्वों में मौजूद है और भौतिक तत्त्व मूलस्वरूपों (विज्ञानों) में; सामान्य (जाति) व्यक्तियों में मौजूद है। इन दोनों को अलग समझा जा सकता है, किंतु अलग नहीं किया जा सकता। अफलातूँ दार्शनिक के अतिरिक्त गणितशास्त्री भी था और गणित की काल्पनिक बिन्दु, रेखा, संख्या आदि की छाप उसके दर्शन पर भी मिलती है। अरस्तू प्राणिशास्त्री भी था, इसलिए विज्ञानों और भौतिक-तत्त्वों को अलग करके नहीं देखा जा सकता था। विज्ञान और भौतिक-तत्त्व, स्थिरता (एलियातिक) और परिवर्तन शीलता (हेराक्लितु) का समन्वय करना चाहता था। वह सभी चीज़ों में विज्ञान

(मूलस्वरूप) और भौतिक तत्त्वों को देखता था। मूर्ति में संगमर्मर भौतिक तत्त्व है और ऊपर जो आकृति लादी गई है, वह विज्ञान जो कि मूर्तिकार के दिमाग़ से निकला है। वनस्पति, पशु या मनुष्य में शरीर-भौतिक तत्त्व है और पाचन, वेदना आदि विज्ञान-तत्त्व। आकृति के बिना कोई चीज़ नहीं है; पृथ्वी, जल, आग और हवा भी बिना आकृति के नहीं हैं; ये भी मूलगुण–रुक्षता, नमी, उष्णता, सर्दी–के भिन्न-भिन्न योगों से बने हैं। सांख्य के विद्यमान संस्करण में इन्हीं मूलगुणों को तन्मात्रा, कहकर उन्हें भूतों का कारण कहा गया और यह अरस्तू के इसी खयाल से लिया गया, मालूम होता है। भौतिक तत्त्व वह है, जिनमें वृद्धि या विकास हो सकता है; यद्यपि यह वृद्धि या विकास एक सीमा रखता है। पत्थर का खंड किसी तरह की मूर्ति बन सकता है, किन्तु वृक्ष नहीं बन सकता। एक पौधा या अमोला बढ़कर पीपल बन सकता है, किन्तु पशु नहीं बन सकता। इस विचारधारा ने अरस्तू को जाति-स्थिरता के सिद्धान्त पर पहुँचा दिया और वह समझने लगा, कि जातियों में परिवर्तन नहीं होता। इस धारणा ने अरस्तू को प्राणिशास्त्र में और आगे नहीं बढ़नें दिया और वह उन्नीसवीं सदी के महान् प्राणि-शास्त्रीय आविष्कार जाति-परिवर्तन तक नहीं पहुँच सका। इतना होते हुए भी एक पाँती में न सही, अलग-अलग पाँतियों में हुए विकास और उनके सादृश्य की ओर ध्यान दिये बिना, वह नहीं रह सकता था। छोटी-छोटी प्राणि-जातियों की पाँती से क्रमशः आगे बढ़ती प्राणी-जातियों के उच्च-उच्चतर विकास को उसने देखा। विज्ञान (मूलस्वरूप) रहित भौतिक तत्त्वों का विकास उतना गहरा नहीं है, जितना कि विज्ञान-युक्त तत्त्वों का। इस विकास का उच्चतम रूप वह है, जिससे आगे विकास की गुंजाइश नहीं। अतएव जो भौतिक तत्त्व की परिभाषा में आ नहीं सकता, वह ईश्वर है। वह अफलातूँ का अपरिवर्तनशील विज्ञान सिर्फ़ यही ईश्वर है, जो कि अरस्तू के विचार से विधाता (कर्ता) नहीं है; क्योंकि विज्ञान और भौतिक तत्त्व हमेशा से वहाँ मौजूद थे, तो भी, जैसे भी हो, सभी वस्तुओं का खिंचाव ईश्वर की ओर है। दुनिया की चाह वह है और उसकी उपस्थिति मात्र से वस्तुएँ ऊँचे विकास की ओर अग्रसर होती है। वह विश्व का अचल चालक है, "यह उसका प्रेम ही है, जो जगत् को चला रहा है"।

अरस्तू चार प्रकार के कारण मानता है–(1) **उपादान कारण**–जैसे घड़े के लिए मिट्टी, (2) **मूल-स्वरूप या विज्ञान कारण**–जिन नियमों के अनुसार कार्य (घड़ा) बनता है, (3) **निमित्त कारण**–जिसके द्वारा उपादान कारण कार्य की शक्ल लेता है, जैसे कुम्हार आदि, (4) **अंतिम कारण या प्रयोजन**–जिसके लिये कि कारण बना। पहले और तीसरे कारणों को भारतीय नैयायिकों ने ले लिया है। अरस्तू का यह भी कहना है, कि हर कार्य को चारों तरह के कारणों की ज़रूरत नहीं, कितनों के लिये उपादान और निमित्त कारण ही काफी होते हैं।

(2) **ज्ञान**–अरस्तू का कहना था–ज्ञान की प्राप्ति के लिये यह ज़रूरी है, कि हम अपनी बुद्धि से ज़्यादा अपनी इन्द्रियों पर विश्वास रक्खें और अपनी बुद्धि पर उसी वक्त विश्वास करें, जब कि उसका समर्थन घटनायें करती हों। सच्चा ज्ञान सिर्फ़ घटनाओं का परिचय ही नहीं, बल्कि यह भी जानना है, कि किन वज़हों, किन कारणों या स्थितियों से वैसा होता है; जो विद्या या दर्शन आदिम या चरम कारण पर विचार करता है, उसे अरस्तू प्रथम दर्शन कहता है, आज-कल उसे ही अध्यात्मशास्त्र कहते हैं। अरस्तू तर्कशास्त्र के प्रथम आचार्यों में हैं। उसके

अनुसार तर्क का काम वह तरीका बतलाना है, जिससे हम ज्ञान तक पहुँच सकें। इस तरह तर्क, दर्शन तक पहुँचने के लिये सोपान (सीढ़ी) है। चिंतन या जिस प्रक्रिया से हम ज्ञान प्राप्त करते हैं, उसका विश्लेषण तर्क का मुख्य विषय है। तर्क वस्तुतः शुद्ध चिन्तन की विद्या है। हमारे चिन्तन का आरम्भ सदा इंद्रिय-प्रत्यक्ष से होता है। हम पहले विशेष को जानते हैं, फिर उससे सामान्य पर पहुँचते हैं–अर्थात् पहले अधिक ज्ञात को जानते हैं, फिर उससे और अधिक ज्ञात और अधिक निश्चित को। हम पहले अलग-अलग जगह रसोई-घर में, श्मशान में, (इंज़न में भी) धुएँ के साथ आग को देखते हैं, फिर हमारी सामान्य धारणा बनती है–जहाँ-जहाँ धुआँ होता है, वहाँ-वहाँ आग होती है।

अरस्तू ने अपने तर्क-शास्त्र के लिये दस और कहीं आठ प्रमेय (ज्ञान के विषय) माने हैं–(1) वह क्या है, यानी **द्रव्य** (मनुष्य), (2) किनसे बना है, यानी **गुण**, (3) वह कितना बड़ा है, यानी **परिमाण** (हाथ), (4) क्या संबंध रखता है, यानी **सम्बन्ध** (बृहत्तर, दुगुना), (5) वह कहाँ है, **दिशा** या देश (सड़क पर), (6) कब होता है, यानी **काल**, (7) किस तरह है, यानी **आसन** (लेटा या बैठा), (8) किस तरह है, यानी **स्थिति** (कपड़े पहिने या हथियार बन्द), (9) वह क्या करता है, यानी **कर्म** (पढ़ता है), (10) क्या परिणाम है, यानी **निष्क्रियता** (कुछ नहीं करता)। इनमें द्रव्य, गुण, कर्म, वैशेषिक के छः पदार्थों में मौजूद हैं, काल, दिशा उसके नौ द्रव्यों में हैं; बाकी में से भी कितनों का जिक्र वैशेषिक और न्याय करते हैं। सिकन्दर के आक्रमण से पहले के, किसी भारतीय ग्रंथ में इन बातों का विवेचन नहीं आया है, जिससे कहना पड़ता है, कि यह हमारे दर्शन पर यवन आचार्यों का ऋण है। इस पर हम आगे कहेंगे।

अरस्तू व्यक्ति या विशेष को वास्तविक द्रव्य मानता है, हाँ यह व्यक्ति बदलता या जीर्ण होता रहता है–सभी चीज़ें, जिनका हम साक्षात्कार कर सकते हैं, परिवर्तनशील होती हैं। भूत या विज्ञान दोनों न नये उत्पन्न होते हैं और न सदा के लिये लुप्त होते हैं, वे वस्तुओं के अनादि सनातन मूलतत्त्व हैं। परिवर्तन या वृद्धि शून्य में नहीं हो सकती, इनका कोई आश्रय या आधार होना चाहिए। वही परिवर्तन रहित कूटस्थ आधारभूत और विज्ञान (मूलस्वरूप) हैं। भूत और विज्ञान के मिलने से ही परिवर्तन और गति (हरकत) होती है। अरस्तू गति के चार भेद बतलाता है–(1) द्रव्य-संबंधी गति–उत्पादन, विनाश, (2) परिमाण-सम्बन्धी गति–संयोग, विभाग से पिंड के परिमाण में परिवर्तन, (3) गुण-संबंधी गति–एक चीज़ का दूसरी चीज़ में परिवर्तन–दूध का दही, पानी का बर्फ बनना, (4) देश-सम्बन्धी गति–एक जगह से दूसरी जगह जाना।

अरस्तू दार्शनिक होने के अतिरिक्त एक बहुत बड़ा प्राणि-शास्त्री भी था, यह बतला आये हैं। उसका पिता स्वयं वैद्य था और वैद्यों का प्राणि-शास्त्र से परिचय होना जरूरी है। हिप्पोक्रात और उसके अनुयायियों ने प्राणिशास्त्र-संबंधी गवेषणाओं को ई० पू० पाँचवीं सदी में आरम्भ किया था। अरस्तू ने उन्हें बहुत आगे बढ़ाया और एक तरह जीवन-विकास सिद्धान्त का उसे प्रवर्तक कहना चाहिए। अरस्तू के प्राणिशास्त्रीय कार्य को उसके शिष्य थ्योफ्रास्तु (390-285 ई० पू०) ने जारी रखा, किन्तु आगे फिर दो सहस्र शताब्दियों के लिये वह रुक गया। डार्विन ने अरस्तू की प्राणिशास्त्रीय गवेषणाओं की बहुत दाद दी है।

यूनानी दार्शनिकों का ऋणी होना, हमारे यहाँ के कितने ही विद्वानों को बहुत खटकता है। वह साबित करना चाहते हैं, कि भारत ने बिना दूसरी जातियों की सहायता के ही अपने सारे ज्ञान विज्ञान को विकसित कर लिया और इसीलिए जिन सिद्धान्तों के विकास के प्रवाह की हमारे तथा यूनानियों के सम्पर्क से पहले लिखे गये, भारतीय साहित्य में गन्ध तक नहीं मिलती, उसके लिये भी ज़बर्दस्त खींचातानी करते हैं। हमें याद रखना चाहिए, कि जब सिकन्दर भारत में (323 ई० पू०) आया था, तब यूनान दर्शन, कला, साहित्य आदि में उन्नति के शिखर पर पहुँचा हुआ था। उस समय, और बाद में भी लाखों यूनानी हमारे देश में आकर सदा के लिये यहीं रह गये और आज वह हमारे रक्त-माँस में इस तरह घुल-मिल गये हैं, कि उसका पता आँख से नहीं, तो इतिहास के ज्ञान से ही मिलता है। जिस तरह चुपचाप यूनानियों का रुधिर-माँस हमारा अभिन्न अंग बन गया, उसी तरह उनके ज्ञान का बहुत-सा हिस्सा भी हमारे ज्ञान में समा गया। गंधार-मूर्तिकला में जिस तरह यवन-कला की स्पष्ट और गुप्त मूर्ति-कला में अस्पष्ट छाप देखते हैं, उसी तरह हमें यह स्वीकार करने से इन्कार नहीं करना चाहिए, कि हमारे मठों में साधु-भिक्षु और हमारी पाठशालाओं में अध्यापक बनकर बैठे शिक्षित सभ्य यूनानी हमारे लिये अपने विद्वानों का भी कोई तोहफ़ा लाये थे।

4. यूनानी दर्शन का अन्त

शेरोनिया के युद्ध (338 ई० पू०) में यूनान में मकदूनिया से हार खाकर अपनी स्वतन्त्रता गँवाई। इसने यूनान की आत्मा को इतना चूर्ण कर दिया, कि वह फिर न सँभल सका। अरस्तू यद्यपि 322 ई० पू० तक जीता रहा, किन्तु उसके बहुत से महत्त्वपूर्ण दार्शनिक चिन्तन पहले ही हो चुके थे। पराजित यूनान हेराक्लितु, देमोक्रितु, अफलातूँ, अरस्तू के जैसे स्वच्छन्द सजीव दर्शन को नहीं प्रदान कर सकता था–अरथी के साथ "राम-नाम सत" ही निकलता है। यद्यपि अरस्तू की मृत्यु के बाद कई शताब्दियों तक यूनानी दर्शन प्रचलित रहा, किन्तु वह "राम-नाम-सत" का दर्शन था। विपदा में पड़े लोग अपने अवसाद को धर्म या आचार-सम्बन्धी शिक्षा से हटाना चाहते हैं। चाहे बुद्धिवादी स्तोइकों को ले लीजिये या भौतिकवादी एपीकुरियों को अथवा सन्देहवादियों को, सभी जीवन की आचार और धर्म-संबंधी समस्याओं में उलझे हुए हैं और उनका अवसान चित्त की शान्ति या बाहरी बंधनों से मुक्ति के उपाय सोचने के साथ होता है।

1. एपीकुरीय भौतिकवाद

एपीकुरीयों के अनुसार दर्शन का लक्ष्य मनुष्य को सुखी जीवन की ओर ले जाना है। इनका दर्शन देमोक्रितु के यांत्रिक परमाणुवाद पर आधारित था–विश्व असंख्य भौतिक परमाणुओं की पारस्परिक क्रिया-प्रतिक्रिया का परिणाम है। उसके पीछे कोई प्रयोजन या ज्ञान शक्ति काम नहीं कर रही है। हर वक्त चलते रहते, एक दूसरे से मिलते, अलग होते इन्हीं परमाणुओं के योग से मनुष्य भी बना, वह सदा परिवर्तित होता एक प्रवाह है। जीवन के अन्त में ये परमाणु फिर बिखर जायेंगे। इसलिये मनुष्य को सुख या आनन्द प्राप्त करने का अवकाश इस जीवन से परे नहीं मिलेगा, जिसके लिए कि उसे इस जीवन को भुला देना चाहिए। अतएव मनुष्य को आनन्द प्राप्त करने की कोशिश

यहाँ करनी चाहिए और जो तरीके, नियम, संयम उसके जीवन को सुखमय बना सकते हैं; उन्हें स्वीकार करना चाहिए। एपीकुरीय दार्शनिक, इस प्रकार भोगवादी थे, किन्तु उनका भोगवाद सिर्फ़ व्यक्ति के लिये ही नहीं, समाज के लिये भी था; इसलिए उसे संकीर्ण वैयक्तिक स्वार्थ नहीं कहा जा सकता। यदि दूसरों के सुखवाद और इनके सुखवाद में फर्क था तो यही, कि जहाँ दूसरे परलोक-परजन्म में वैयक्तिक सुख के चाहक थे, वहाँ एपीकुरीय इसी लोक, इसी जन्म में मनुष्य–व्यक्ति और समाज दोनों–को सुखी देखना चाहते थे।

एपीकुरु (341-270 ई० पू०)–यूनानी भोगवाद का संस्थापक एपीकुरु, समोस् द्वीप में अथेन्स-प्रवासी माँ-बाप के घर में पैदा हुआ था। अध्ययनकाल में उसका परिचय देमोक्रितु के दर्शन–परवाणुवाद से हुआ, जिसके आधार पर उसने अपने दर्शन का निर्माण किया और उसके प्रचार के लिये 306 ई० पू० में (बुद्ध के निर्वाण से पौने दो सौ वर्ष बाद) अथेन्स में अपना विद्यालय कायम कर मृत्यु (270 ई० पू०) तक अध्ययन-अध्यापन करता रहा। अपने जीवन में ही उसके बहुत से मित्र और अनुयायी थे और पीछे तो उनकी संख्या और बढ़ी। उनमें अपने सुख से सुख मानने वाले भी हो सकते हैं, जिनके कि उदाहरण को लेकर दूसरों ने एपीकुरीयवाद को भी चावार्क की भाँति "ऋणं कृत्वा घृतं पिवेत्" मानने वाला कहकर बदनाम करना शुरू किया।

एपीकुरु का कहना था कि, "यदि अपनी इंन्द्रियों पर विश्वास न करें, तो हम किसी ज्ञान को नहीं प्राप्त कर सकते। इन्द्रियाँ कभी-कभी गलत खबरें देती हैं, किंतु उन गलतियों को पुनः पुनः प्रयोग करके अथवा दूसरों के तज़ुर्बे से दूर किया जा सकता है।" इस प्रकार एपीकुरु हमारे यहाँ के चार्वाक-दर्शन की भाँति प्रत्यक्ष-प्रमाण पर बहुत अधिक जोर देता था।

2. स्तोइकों का शारीरिक (ब्रह्म) वाद

स्तोइकों का दर्शन, क्सेनोफेन (570-480 ई० पू०) के जगत्-शारीरिक ब्रह्मवाद की ही एक शाखा थी। हम कह आये हैं, कि पिथागोर स्वयं भारतीय दर्शन से प्रभावित हुआ था और क्सेनोफेन उसी का उत्तराधिकारी था, इस प्रकार स्तोइकों की शिक्षा में भारतीय दर्शन की छाप हो, यह कोई अचरज़ की बात नहीं। 332 ई० पू० में सिकन्दर ने मिस्र में सिकन्दरिया नगर बसाया था, जो पीछे तीनों महाद्वीपों का ज़बर्दस्त व्यापारिक केन्द्र ही नहीं बन गया, बल्कि वह तीनों द्वीपों की उच्चतम संस्कृति, दर्शन तथा दूसरे विचारों के आदान-प्रदान का भी केन्द्र बन गया। सिकन्दरिया स्तोइकों का एक केन्द्र था, इसलिए पूर्वीय विचारों से परिचित होने के लिये यहाँ उन्हें बहुत सुभीता था।

अरस्तू द्वैतवादी था, विज्ञान और भूत दोनों को अनादि मानता था। ईश्वर उसके लिये निमित्त कारण था। स्तोइकों ने द्वैतवाद में परिवर्तन किया और रामानुज़ के दर्शन की भाँति माना कि ब्रह्म (ईश्वर) अभिन्न-निमित्त-उपादान-कारण है, अर्थात् ब्रह्म और जगत् दो नहीं हैं; जगत् भगवान् का शरीर, एक सजीव शरीर है। भगवान् विश्व का आत्मा (लोगों) है। जीवन के सभी बीज या कीट उसमें मौजूद हैं। उसी के भीतर सृष्टि की सारी शक्ति निहित है।

जेनो–(336-264 ई० पू०)–एलियातिक ज़ेनो (490-30 ई० पू०) के 103 वर्ष बाद साईप्रस में स्तोइक दर्शन का आचार्य दूसरा ज़ेनो पैदा हुआ था। साईप्रस यूरोप से ज्यादा एसिया के नज़दीक

है, उसी तरह जेनो का स्तोइक-दर्शन भी एसिया के ज्यादा नज़दीक है। 304 ई० पू० में ज़ेनो ने अपना विद्यालय स्तोआ पोईकिले (नुकीली अटारी) पर खोला, जिसकी वजह से उसके सम्प्रदाय का नाम ही स्तोइक (नुकीला) पड़ गया। ज़ेनो के बाद स्तोइक दर्शन का आचार्य क्लियन्थ (264-232 ई० पू०) हुआ। यह फीनीसीय व्यापारी दार्शनिक अशोक का समकालीन था।

स्तोइक तर्क के ज़बर्दस्त पक्षपाती थे। उनका कहना था–"दर्शन एक खेत है, जिसकी रक्षा के लिए तर्क एक काँटों की बाढ़ है, भौतिक-शास्त्र खेत की मिट्टी और आचार-शास्त्र फल है।" तर्क की बाढ़ का खयाल हमारे न्याय ने स्तोइकों से ही लेकर कहा है–"तर्क तत्त्व निश्चय की रक्षा के लिये काँटे की बाढ़ है।"

स्तोइक एपीकुरीयों से इस बात में एकमत थे, कि हमारे सभी ज्ञान का आधार इन्द्रिय-प्रत्यक्ष है। हमारा ज्ञान या तो प्रत्यक्ष से आता है या उससे प्राप्त साधारण विचार या ज्ञान से। किसी बात को सच तभी मानना चाहिए, जब कि वस्तुएँ उसकी पुष्टि करती है। साइंस (विद्या) सच्चे निर्णयों का एक ऐसा सुसंगठित ज्ञान है, जो एक सिद्धान्त का दूसरे सिद्धान्त से सिद्ध होना जरूरी कर देता है।

स्तोइक उसी वस्तु को सच्ची मानते हैं, जो क्रिया करती है या जिस पर क्रिया होती है। जो क्रिया-शून्य है, उसकी सत्ता को वह स्वीकार नहीं करते। इसलिए शुद्ध विज्ञान (ईश्वर) को वह अरस्तू की भाँति निष्क्रिय नहीं मानते। ईश्वर और जगत् जब शरीर और शारीर के तौर पर अभिन्न हैं, तो शरीर (जगत्) की क्रिया शारीर (ईश्वर) की अपनी ही क्रिया है। भौतिक तत्त्वों के बिना शक्ति नहीं और शक्ति के बिना भौतिक तत्त्व नहीं मिल सकते, इसलिए भौतिक-तत्त्व को सर्वत्र शक्ति (ईश्वर) से व्याप्त मानना चाहिए। यह खयाल उपनिषद् के अंतर्यामीवाद से कितना मिलता है, इसे हम आगे देखेंगे। स्तोइकों का यह अंग-अंगी, अवयव-अवयवी वाला सिद्धान्त वेदांत के सूत्रों, उसकी बोधायन वृत्ति तथा रामानुज-भाष्य में भी पाया जाता है। इसका यह मतलब नहीं, कि शरीर-शरीरी भाव उपनिषद् में है ही नहीं। यह भाव वहाँ था, किन्तु उसे स्ताइकों ने और तर्क-सम्मत बनाने के लिये जो युक्तियाँ दीं, उनसे बादरायण, बौधायन आदि ने फ़ायदा उठाया–ऐसा मालूम होता है।

क्षुद्र से क्षुद्र वस्तुएँ भी भगवान् के अंग हैं, वह एक और सब है। प्रकृति, ईश्वर, भाग्य, भवितव्यता एक ही हैं। जब प्रकृति ईश्वर से अभिन्न है, तो हमारे जीवन के लिये सबसे अच्छा आदर्श प्रकृति ही हो सकती है, इसीलिए स्तोइक प्राकृतिक जीवन के पक्षपाती थे। सभी प्राणी चूँकि ईश्वर-प्रकृति-अद्वैत की ही सन्तानें या अंग हैं, इसलिए स्तोइक विश्वभ्रातृ-भाव के मानने वाले थे–"सभी मनुष्य भाई-भाई हैं और ईश्वर सब का पिता है–एपिक्तेतु ने कहा था।"

स्तोइक दर्शन का प्रचार कई शताब्दियों तक रहा। रोमन सम्राट् मर्कस औरेलियस (121-180 ई०)–जो नागार्जुन का समकालीन था–स्ताइकों का एक बहुत बड़ा दार्शनिक समझा जाता है। ईसाई धर्म के आरम्भिक प्रचार के समय उपरले वर्ग में स्तोइकवाद का बहुत प्रचार था, किन्तु ऐसे गम्भीर तर्क-कंटक-शाखा-रक्षित दर्शन को हटाकर ईसाइयत की बच्चों की कहानियाँ अपना अधिकार ज़माने में कैसे सफल हुई, इसका कारण यही था, कि कहानियाँ पृथ्वी के ठोस पुत्रों–निम्न श्रेणी के मज़दूरों, गुलामों में फैलकर शक्ति बन, उनके हाथों और हृदय को संघर्ष करने के

लिये मज़बूत कर रही थीं; जब कि हवा में उड़ने वाले राजाओं और अमीरों का ब्रह्म-दर्शन गरीबों के पसीने की कमाई को खाकर, मोटे हुए उनके शरीर के लिए लवण-भास्कर का काम दे रहा था। खयाली जगत् और वास्तविक जगत् का जहाँ आपस में मुकाबला होता है, वहीं परिणाम ऐसा ही देखा जाता है।

3. सन्देहवाद

"हम वस्तुओं के स्वभाव को नहीं जान सकते। इन्द्रियाँ हमें सिर्फ़ इतना ही बतलाती हैं, कि चीज़ें कैसी देख पड़ती हैं, वह वस्तुतः क्या हैं, इसे जानना सम्भव नहीं है?"

पिर्हो (365-270 ई० पू०)–पिर्हो एलिस् (यूनान) में अरस्तू (384-322 ई० पू०) से उन्नीस साल बाद पैदा हुआ था। ज़ेनो की भाँति पिर्हो को भी देमोक्रितु के ग्रन्थों ने दर्शन की ओर खींचा। जब सिकन्दर ने पूर्व की दिग्विजय-यात्रा की, तो पिर्हो भी उसकी फौज़ के साथ था। ईरान में उसने पारसी धर्माचार्यों से शिक्षा प्राप्त की थी। भारत में भी वह कितने ही साल रहा और यहाँ के एक दार्शनिक सम्प्रदाय, जिसे यूनानी लेखक गिम्नो-सोफी नाम देते हैं–का उसने अध्ययन किया था। गिम्नो जिनसे मिलता-जुलता शब्द मालूम होता है। बौद्ध और जैन दोनों अपने धर्म-संस्थापक को जिन (विजेता) कहते हैं, लेकिन जहाँ तक पिर्हो के विचारों का सम्बन्ध है, वह बौद्ध सिद्धान्तों का एकांगीन विकास मालूम होता है, जिन्हें कि हम ईसा की दूसरी सदी के नागार्जुन में पाते हैं। नागार्जुन का शून्यवाद पुराने वैपुल्यवादियों से विकसित हुआ है और वैपुल्यवादियों के होने का पता अशोक के समय तक लगता है। अशोक पिर्हो की मृत्यु (270 ई० पू०) से एक साल बाद (269 ई० पू०) गद्दी पर बैठा था। इस तरह पिर्हो के भारत आने के समय वैपुल्यवादी मौजूद थे। भारत से पिर्हो एलिस् लौट गया। उसका विचार था–वस्तुओं का अपना स्वभाव क्या है, इसे जानना असम्भव है। कोई भी सिद्धान्त पेश किया जावे, उतनी ही मज़बूत युक्ति (प्रमाण) के साथ ठीक उससे उल्टी बात कही जा सकती है। इसलिए अच्छा यही है, कि अपना अन्तिम बौद्धिक निर्णय ही न दिया जावे; जीवन को इसी स्थिति में रखना ठीक है। नागार्जुन के वर्णन में हम इसकी समानता को देखेगे, किन्तु इसमें नागार्जुन को पिर्हो का ऋणी न मानकर, यही मानना अच्छा होगा, कि दोनों का उद्गम वही वैपुल्यवाद, हेतुवाद या उत्तरापथवाद थे।

पिर्हो ज्ञान को असाध्य साबित करने के लिये कहता है–किन्तु किसी चीज़ को ठीक साबित करने के लिए या तो उसे स्वतः प्रमाण मान लेना होगा; जो कि गलत तर्क है या दूसरी चीज़ को प्रमाण मानकर चलना होगा, जिसके लिये कि फिर प्रमाण की ज़रूरत होगी। नागार्जुन ने "विग्रह-व्यावर्तनी" में ठीक इन्हीं युक्तियों द्वारा प्रमाण की प्रामाणिकता का खंडन किया है।

ईश्वर-खंडन–पिर्हो के अनुयायी स्तोइकों के ब्रह्म (ईश्वर) वाद का खंडन करते थे। स्तोइक कहते थे–"जगत् की सृष्टि में ख़ास प्रयोज़न मालूम होता है और वह प्रयोज़न तभी हो सकता है, जबकि कोई चेतनशक्ति उसे सामने रखकर संसार की सृष्टि करे। इस तरह प्रयोजनवाद ईश्वर की हस्ती को सिद्ध करता है।" संदेहवादियों का कहना था–जगत् में कोई ऐसा प्रयोजन नहीं दीख पड़ता, वहाँ न बुद्धिपूर्वकता दिखाई पड़ती है और न वह शिव सुन्दर ही है। बुद्धिपूर्वकता होती, तो गलती कर-करके, हज़ारों ढाँचों को नष्ट कर-करके, नये स्वरूपों की अस्थायी हस्ती के आने की

ज़रूरत नहीं होती और दुनिया को शिव सुन्दर तो वही कह सकते हैं, जो सदा स्वप्न की दुनिया में विचरण करते हैं। यदि दुनिया में यह बातें भी नहीं होतीं, तो भी उससे ईश्वर नहीं, स्वाभाविकता ही सिद्ध होती। स्तोइक (और वेदान्ती भी) ईश्वर को विश्वात्मा मानते हैं। पिर्हो के अनुयायी कहते थे, कि "तब उसका मतलब है, कि वह वेदना या अनुभव करता है, जो वेदना या अनुभव करता है, वह परिवर्तनशील है; जो परिवर्तनशील है, वह नित्य एक-रस नहीं हो सकता। यदि वह अपरिवर्तनशील एकरस है, तो वह एक कठिन निर्जीव पदार्थ है और विश्वात्मा को शरीरधारी मानने पर मनुष्य की भाँति उसे परिवर्तनशील-नाशवान् तो मानना ही होगा। यदि वह शिव (अच्छा) है, तो वह मनुष्य की भाँति आचार की कसौटी के अन्दर आ जाता है और यदि शिव नहीं, तो घोर है और मनुष्य से निम्न श्रेणी का है। इस प्रकार ईश्वर का विचार परस्पर विरोधी दलीलों से भरा हुआ है। हमारी बुद्धि उसे ग्रहण नहीं कर सकती, इसलिए उसका ज्ञान असम्भव है।"

पिर्हो के बाद उसके दार्शनिक सम्प्रदाय के कितने ही आचार्य हुए, जिनमें मुख्य थे– अर्कोसिलो (315-241 ई० पू०), कन्योर्द (213-129 ई० पू०), अस्कालोन्का अन्तियोक (68 ई०), लारिस्साका फिलो (80 ई०), क्लितोमाछु (110 ई०)।

संदेहवाद के अनुयायी कितने ही अच्छे-अच्छे दार्शनिक विद्वान् होते रहे, किन्तु सभी स्तोइकों की भाँति आकाशविहारी थे; इनका काम ज़्यादातर निषेधात्मक या ध्वंसात्मक था और सामने कोई रचनात्मक प्रोग्राम नहीं था। इसलिए ईसाइयत ने स्तोइकों के साथ इन कोरे फिलासफरों का भी खात्मा कर दिया।

4. नवीन-अफलातूनी दर्शन

पश्चिम में यूनानी दर्शन ने अपने अन्तिम दिन नव-अफलातूनी दर्शन के रूप में देखे। यह पाश्चात्य दर्शन और पौरस्त्य-योग, रहस्यवाद, अध्यात्म-शास्त्र का एक अजीब मिश्रण था और यवन-रोमन सभ्यता के पतन और बुढ़ापे को प्रकट करता था। यूनानी दर्शनों में हम देख चुके हैं, कि अफलातूँ का लोकोत्तर विज्ञानवाद धर्म और अध्यात्मविद्या के सबसे अधिक नज़दीक था।

ईसा-पूर्व पहली सदी में रोम-साम्राज्य में दो बड़े-बड़े शहर थे, एक तो राजधानी बिज़न्तिउम् या आधुनिक इस्तांबोल (कुस्तुन्तुनिया) और दूसरा मिस्र सिकन्दरिया। दोनों पूर्व और पश्चिम के वाणिज्य ही नहीं, संस्कृत, धर्म, दर्शन, कला सबके विनिमय के स्थान थे। बिज़न्तिउम् था यूरोप की भूमि पर, किन्तु उस पर पश्चिम की अपेक्षा पूरब की छाप ज़्यादा थी। सिकन्दरिया के बारे में कह चुके हैं, कि वह व्यापार का केन्द्र ही नहीं था, बल्कि विद्या के लिये पश्चिम की नालन्दा थी। ईसा पूर्व पहली सदी में लंका के रत्न माल्य चेत्य (रुवन्वेलि स्तूप, अनुराधपुर) के उद्घाटन-उत्सव में सिकन्दरिया के बौद्ध भिक्षु धर्मरक्षित आने का जिक्र आता है, वह यही सिकन्दरिया हो सकती है और इससे मालूम होता है, कि ईसा पूर्व तीसरी सदी में अशोक की सहायता से, जो भिक्षु विदेशों और यवनलोक (यूनानी साम्राज्य) में भेजे गये थे, उन्होंने सिकन्दरिया में भी अपना मठ कायम किया था। धर्म व्यापार का अनुगमन करता है, यह कहावत उस वक्त भी चरितार्थ थी। जहाँ-तहाँ विदेशों में भारतीय व्यापारी बस गये थे, जिसे

उनके धर्म प्रचारकों को उस देश के विचार तथा समाज के बारे में जानने का ही अधिक सुभीता न होता था, बल्कि ये व्यापारी उनके मठों के बनाने और शरीर-निर्वाह के लिये मदद देते थे। यूनान के राष्ट्रीय अधःपतन और निराशा के समय पूर्वीय साधुओं, योगियों की योग-तपस्या संसार की असारता परलोकवाद की ओर लोगों का ध्यान आकर्षित होना स्वाभाविक था और हम देखते हैं, कि हजारों शिक्षित, संस्कृत रोमक और यवन सत्य और निर्वाण के साक्षात्कार के लिए सिकन्दरिया से रेगिस्तान का रास्ता लेते हैं। वहाँ वे दरिद्रता, उपवास, योग और भजन में अपने दिन गुजारते हैं। दुनिया छोडकर भागने वाले इस समुदाय में सैनिक, व्यापारी, दार्शनिक, महात्मा सभी शामिल थे। यद्यपि सिकन्दरिया में अफलातूँ ही नहीं, अरस्तू का यथार्थवादी दर्शन भी पढ़ा-पढ़ाया जाता था, किन्तु जो दुनिया से ऊब गये थे और जिन्हें सुधार का कोई रास्ता नहीं दिखाई पड़ता था, वे अफलातूँ के विज्ञानवाद को ही सबसे ज़्यादा पसन्द करते।

पश्चिमी जगत् का उस समय भारत की ही नहीं, ईरान की भी पुरानी संस्कृति से सम्बन्ध था, बल्कि पास का-पड़ोसी होने से ईरान का सम्बन्ध ज़्यादा नज़दीक का था। ईरान, दर्शन की उड़ान में हमेशा भारत से पीछे रहा। पिथागोर (570-500 ई० पू०) और सिकन्दर (356-23 ई० पू०) के समय से ही भारत अपनी सम्पत्ति के लिये ही नहीं, दार्शनिकों और योगियों के लिए भी मशहूर था। इसीलिए यूनानी दर्शन को नवीन अफलातूनीय दर्शन के रूप में परिणत करने का श्रेय भारतीय दर्शन को ही है, निराशावाद, रहस्यवाद, दुःखवाद। लोकोत्तरवाद वहीं उठते हैं, जहाँ की भूमि, वहाँ के समाज के नायकों को असन्तुष्ट कर देती है या तो बराबर के युद्ध राज्य क्रान्ति और उनके कारण होने वाले दुर्भिक्ष, महामारी जीवन को कड़वा बन देते हैं अथवा समाज के भीतर की विषमता, गन्दगी, समृद्धि भोगों को चंचला लक्ष्मी बनाकर असन्तोष कर बना देती हैं। सातवीं-छठवीं सदी ई० पू० में भारत में उपनिषद् का निराशावाद, रहस्यवाद, इन्हीं परिस्थितियों में पैदा हुआ था और समाज को बदलने की जगह स्थिरता प्रदान कर भारत ने इन विचारधाराओं को भी स्थिरता प्रदान की। पीछे आने वाले बौद्ध-जैन तथा दूसरे दर्शन उसी निराशावाद और रहस्यवाद के नये संस्करण हैं, आख़िर सामाजिक विकास के रुक जाने पर भी बौद्धिक विकास तो भारतीयों का कुछ होता ही रहा, जिसकी वजह से निराशावाद और रहस्यवाद को भी नये रूप देने की ज़रूरत पड़ी। भारत ने समाज को नया करने में तो सिर खपाना नहीं चाहा, क्योंकि सदियाँ बीतती गईं और गंदगियाँ जमा होती रहीं–बढ़ते कर्ज को मुलतवी करने वाले ऋणी की भाँति उनका सफ़ाया करना और मुश्किल हो गया। ऐसी विषम परिस्थिति में बिल्ली के सामने कबूतर के आँख मूंदने या शुतुर्मुर्ग के बालू में मुँह छिपाने की नीति आदमी को ज़्यादा पसन्द आती है। भारत ने निराशावाद-रहस्यवाद को अपना कर उसके उपनिषद्, जैन, बौद्ध, योग, वेदान्त, शैव, पांचरात्र, महायान, तंत्र-यान, भक्ति मार्ग, निर्गुण- मार्ग, कबीरपन्थ, नानकपन्थ, सखी-समाज, ब्रह्म-समाज, प्रार्थना-समाज, आर्य-समाज, राधावल्लभीय, राधा-स्वामी आदि नयें संस्करणों को करके उसी बिल्ली-कबूतर-नीति का अनुसरण किया।

भारत की तरह की परिस्थिति में जब दूसरे देश और समाज भी आ पड़ते हैं, उस समय यही आज़मूदा (आज़माया) नुस्खा वहाँ भी काम आता है। आज यूरोप, अमेरिका में जो बौद्ध, वेदान्त,

थ्योसोफी, प्रेतविद्या की चर्चा है, वह भी वही शुतुर्मुर्गी नीति है–समाज के परिवर्तन की जगह लोक से 'भागनें' का प्रयत्न है।

ईसा पूर्व पहली सदी का यवन-रोम का नायक-शासक समाज, भोग समृद्धि में नाक तक डूबा, सामाजिक विषमता और गंदगी के कारण अनिश्चित भविष्य तथा अजीर्ण का शिकार था। वह भी इस परिस्थिति से जान छुड़ाना चाहता था, इसके लिये उसका स्वदेशीय नुस्खा अफलातूँ का दर्शन काफी न था, उसके लिए और कड़ी बोतल ज़रूरी थी, जिसके लिए उन्होंने भारतीय रहस्यवाद-निराशावाद को अफलातूनी दर्शन में मिला दिया। इन्द्रियों द्वारा प्रत्यक्ष सारी दुनिया माया, भ्रम, इन्द्र-जाल है, मानस (विज्ञान) जगत् ही सच्चा है। सत्य और मानसिक शान्ति तभी मिल सकती है, जबकि मनुष्य जीवन से अलग हो। एक लम्बे संयम-यम-नियम के साथ, इसी जन्म की नहीं, अनेक जन्म की संसिद्धि के साथ उस अकथ, अज्ञेय, रहस्यमयी दुनिया को जानने पर हृदय की गाँठें टूट जाती हैं; सारे संशय छिन्न हो जाते हैं, लाखों जन्म के दोष (कर्म) क्षीण हो जाते हैं, उस पर अपर (परले-उरले) को देख कर।

नवीन-अफलातूनीय दार्शनिकों में सिकन्दरिया का फिलो यूदियों (ई० पू० 25 से 50 ई०) बहुत महत्त्व रखता है। उसने अफलातूँ और भारतीय दर्शन के साथ यहूदी शिक्षा का समन्वय करना चाहा, इसके लिए उसने यहूदी फरिश्तों को भगवान् और मनुष्य के बीच सम्बन्ध स्थापित करने वाले अफलातूनी विज्ञान का आलंकारिक रूप बतलाया।

लेकिन यह आलंकारिक व्याख्या उतनी सफल नहीं हुई, जिस पर इस काम को प्लोतिनु (205-71 ई०) ने अपने हाथों में लिया। नाशोन्मुख भव्य प्रसाद के कंगूरे, मीनार, छत और दीवारें, एक एक ईंट करके गिरते हैं, वही हालत पतनोन्मुख संस्कृति की भी होती है। ईसा की तीसरी सदी के आरंभ में रोमन संस्कृति भी इस अवस्था में पहुँच गई थी। प्लोतिनु उसका ही प्रतीक था। प्लोतिनु और उसके जैसे दूसरे विचारक भी वस्तु-स्थिति से मुकाबिला करने से जी चुराना चाहते हैं। वह दुनिया की सारी व्यवस्था–समाज की गंदगियों–को जानने की काफी समझ रखते हैं, किन्तु अज्ञान, कायरपन या अपने समृद्ध वर्ग के स्वार्थ के खयाल से उस व्यवस्था के उलटने में योगदान नहीं करना चाहते, उन्हें इससे अच्छी वो ख्याली-दुनिया मालूम होती है, जिसका निर्माण बड़े यत्न के साथ अफलातूँ ने किया था। नवीन अफलातूनीय दर्शन की शिक्षा थी–'सभी चीज़े एक अज्ञेय परमतत्त्व, अनादि विज्ञान से पैदा हुई हैं।' परमात्मा से उनका सम्बन्ध वस्तु के तौर पर नहीं, बल्कि कल्पना के तौर पर है, यही कल्पना करना उस परमतत्त्व के अस्तित्व का परिचायक है। परमतत्त्व के किसी गुण को समझने के लिये, हमारे पास कोई इन्द्रिय या साधन नहीं है। इस परमतत्त्व से एक आत्मा पैदा होता है, जिसे ईश्वर कहते हैं और जो विश्व का सृष्टिकर्ता है। शंकर के वेदान्त में भी ईश्वर (परमात्मा) को परमतत्त्व मानते हैं। यह ईश्वर या "दिव्य विज्ञान" ध्यान करके अपने शरीर से विश्व-आत्मा को पैदा करता है, जो कि विश्व की भी आत्मा है, दुनिया के अनगिनत जीवात्माओं का भी। दुनिया अब तैयार हो गयी है, किन्तु दिव्य-विज्ञान का काम इतने से समाप्त नहीं होता, वह लगातार आत्माओं को प्रकट कर इस देखने की दुनिया में भेज रहा है और जिन्होंने अपने सांसारिक कर्तव्यको पालन कर लिया है, उन्हें अपनी गोद में वापस ले रहा है।

अफलातूँ प्रयोग या अनुभव से ऊपर, बद्धि को मानता था, किन्तु नवीन-अफलातूनी समाधि के साक्षात्कार, आत्मानुभूति को बुद्धि से ऊपर मानते थे। प्लोतिनु ने कहा–"उस सर्व महान् (परमतत्त्व) को बुद्धि के चिन्तन से नहीं, बल्कि अचिन्तन से, बुद्धि से परे जाकर जाना जा सकता है।"

इस रहस्यवाद ने ईसाई धर्म और ख़ासकर ईसाई सन्त अगस्तिन् (354-430 ई०) पर बहुत प्रभाव डाला। आज भी पूर्वीय ईसाई चर्च (स्लावदेशों की ईसाइयत) पर भारतीय नवीन-अफलातूनीय दर्शन की ज़बरदस्त छाप है, योग, ज्ञान, वैराग्य का दौरदौरा है। पश्चिमी रोमन कैथलिक चर्च को सन्त तांमस् अक्विना (1225-74 ई०) ने जमीन पर लाने की कुछ कोशिश की, मगर धर्म का पिंड छूट ही कैसे सकता है?

47 ई० पू० में रोमनों ने सिकन्दरिया पर अधिकार किया। उसके बाद उसका वैभव क्षीण होने लगा। आमतौर से दर्शन की ओर, उनकी विशेष रुचि न थी, तो भी कुछ रोमनों ने यूनानी दर्शन के अध्ययन-अध्यापन में सहायता की। सिसरो (106-43 ई० पू०) का नाम इस बारे में विशेषतः उल्लेखनीय है, इसके ग्रंथों ने पीछे भी यूनानी दर्शन को जीवित रखने में बहुत काम किया।

लुक्रेशियो (98-55 ई० पू०) ने देमोक्रितु के परमाणुवाद को हम तक पहुँचाने में बड़ी सहायता की। स्तोइक दार्शनिक सम्राट् मर्कस् औरेलियस् (121-180 ई०) का जिक्र पहले आ चुका है। यूनानी दर्शन के बारे में अंतिम लेखनी बोयथेऊ (480-524) की थी, जो कि दिग्नाग (450 ई०) और धर्मकीर्ति (600 ई०) के बीच के काल में पैदा हुआ था और जिसने "दर्शन के सन्तोष" नामक ग्रन्थ लिखा था। इस ग्रंथ ने बहुत दिनों तक विद्यार्थियों के लिये प्रकरण या परिचय-ग्रंथ का काम दिया।

ईसाई धर्म पर पीछे नवीन-अफलातूनीय दर्शन का असर पड़ा जरूर, किंतु शुरू में ईसाई धर्म प्रचारक दर्शन को घृणा की दृष्टि से देखते थे और ईसा के सीधे-सादे जीवन तथा गरीबों के प्रेम की कथायें कहकर साधारण जनता को अपनी ओर खींच रहे थे। उनका जोर, ज्ञान और वैयक्तिक प्रयत्न पर नहीं, बल्कि विश्वास और आत्मसमर्पण पर था। आदिम ईसाई नेता दर्शन को खतरनाक समझते थे। 390 ई० में लाट पादरी थेवफिल ने धर्म-विरोधी पुस्तकों का भंडार समझ कर सिकन्दरिया के सारे पुस्तकालयों को ज़लवा दिया। 415 ई० में सिकन्दरिया के ज्योतिषी थ्योन की लड़की तथा स्वयं गणित की पंडिता हिपाशिया का ईसाई धर्मान्धों ने बड़ी निर्दयता के साथ वध किया। ऐसे कितने ही पाशविक वधों और अत्याचारों से ईसाई धर्मान्धों को सन्तोष नहीं हुआ और अन्त में 529 ई० में–जिस शताब्दी में भव्य, चन्द्रकीर्ति, प्रशस्तपाद उद्योतकर जैसे दार्शनिक तथा बराहमिहिर और ब्रह्मगुप्त जैसे ज्योतिषी हमारे यहाँ स्वतः चिंतन में लगे थे–ईसाई राजा ज़स्तीनियन ने राजाज्ञा निकाल दर्शन के सभी विद्यालयों को बन्द कर दिया, तब से यूरोप में सात सौ वर्ष की कालरात्रि शुरू होती है, जिसमें दर्शन विस्मृत सा हो जाता है।

5. अगस्तिन् (353-430 ई०)

यूनानी दर्शन के साथ शुरू में ईसाइयत का बर्ताव कैसा रहा? इसका जिक्र हम कर चुके हैं, लेकिन तलवार से ज्ञान की चोट ज़बरदस्त होती है, जिस समय (390) लाट-पादरी थेवफिल

सिकन्दरिया के पुस्तकालयों को ज़ला रहा था, उस समय ओरोलियो अगस्तिन 47 वर्ष का था और यद्यपि वह अब ईसाई साधु था, किंतु पहले के पढ़े दर्शन को वह भूल नहीं सकता था; इसीलिये उसने दर्शन को ईसाई धर्म की खिदमत में लगाना चाहा।

अगस्तिन तगस्तेर (उत्तरी अफ्रीका) में ईसाई माँ (मोनिका) और काफिर बाप से पैदा हुआ था। साधु होने के बाद तीन साल (384-86) तक वह मिलन (इताली) में पादरी रहा। उसने यूनानी दार्शनिकों की भाँति, युक्ति द्वारा ईसाई धर्म का मंडन करना चाहा–ईश्वर ने दुनिया को "असत्" से नहीं पैदा किया। अपने विकास के वास्ते यह बात उसके लिए ज़रूरी नहीं है। ईश्वर लगातार सृष्टि करता रहता है। ऐसा न हो तो संसार छिन्न-भिन्न हो जाय। संसार बिलकुल ही ईश्वर के अवलंबन पर है। संसार काल और देश में बनाया गया–यह हम नहीं कह सकते, क्योंकि जब ईश्वर ने संसार बनाया, उससे पहले देश-काल नहीं थे। संसार को बनाते हुए उसने देश-काल को बनाया! तो भी ईश्वर की सृष्टि सदा रहने वाली सृष्टि नहीं है। संसार का आदि है, सृष्टि शान्त, परिवर्तनशील और नाशमान है। ईश्वर सर्वशक्तिमान् है, उसने भौतिक तत्त्वों को भी पैदा किया।

अध्याय-2

इस्लामी दर्शन

पैगंबर मुहम्मद और इस्लाम की सफलता

1. इस्लाम

ईसा की छठीं सदी वह समय है, जबकि भारत में एक बहुत शक्तिशाली राज्य–गुप्त साम्राज्य–खत्म होकर छोटे-छोटे राज्यों में बँटने लगा था, तो भी अंतिम बिखराव के लिए अभी एक सदी की देर थी। गुप्तों के बाद उत्तरी भारत के एक विशाल केन्द्रीकृत राज्य को पहले मौखरियों ने और फिर अंत में काफी सफलता के साथ हर्षवर्द्धन ने हस्तावलम्ब दिया था, जिस वक्त इस्लाम के संस्थापक पैगंबर मुहम्मद अपने धर्म का प्रचार कर रहे थे, उस वक्त भारत में हर्षवर्द्धन का राज्य था और दर्शन नभ में धर्म कीर्ति जैसा एक महान् नक्षत्र चमक रहा था।

छठीं सदी का अरब हाल तक के अरब की भाँति ही छोटे-छोटे स्वतन्त्र कबीलों में बँटा हुआ था। आज की भाँति ही उस वक्त भी भेड़-ऊँट का पालना और एक दूसरे को लूटना अरबों की जीविका के "वैध" साधन थे। हाँ, इतना अन्तर कम से कम पिछले महायुद्ध (1914-18 ई०) के बाद से ज़रूर है, कि इब्न-सऊद के शासन में कुछ हद तक कबीलों की निरंकुशता को अरब के बहुत से भागों में कम किया गया। पैगम्बर मुहम्मद के समय अरब के कुछ भाग तथा लाल-सागर के उस पार अबीसीनिया का ईसाई राज्य था। उसके ऊपर मिस्र रोमनों के हाथ में था। उत्तर में सीरिया (दमिश्क) आदि रोमन कैसर (राजधानी बिज़न्तियुम् कुस्तुन्तुनिया, वर्तमान इस्ताम्बूल) के शासन में था। पूर्व में मेसोपोतामिया (इराक) और आगे ईरान पर सासानी (पारसी) शाहशाह शासन कर रहे थे। अरब बद्दू (खानाबदोश) कबीलों का रेगिस्तानी इलाका था। उसके पश्चिमी भाग में मक्का (बक्का) और यस्रिब् (मदीना) के शहर वाणिज्य-मार्ग पर होने से ख़ास महत्त्व रखते थे। यस्रिब् का महत्त्व तो उसकी तिजारत और यहूदी सौदागरों के कारण था, किन्तु मक्का सारी अरब जाति का महान् तीर्थ था, जहाँ पर साल में एक बार लड़ाकू अरब भी हथियार हाथ से हटा रोजा रख श्रद्धापूर्वक तीर्थ करने आते थे और इसी वक्त एक महीने के लिए वहाँ व्यापारिक मेला भी लग जाता था।

1. पैगंबर मुहम्मद

(1) जीवनी–अरबों का सर्वश्रेष्ठ तीर्थ होने के कारण मक्का के काबा-मन्दिर के पुजारियों (पंडों) को उससे काफी आमदनी ही नहीं थी, बल्कि वह कुल और संस्कृति में अरबों में ऊँचा स्थान रखते थे। पैगंबर मुहम्मद का जन्म 570 ई० में मक्का के एक पुजारी वंश–कुरैश–में हुआ। उनके माता-पिता बचपन ही में मर गये और बच्चे की परवरिश का भार दादा और चाचा पर पड़ा।

मक्का के पुजारी पूजा-पंडापन के अतिरिक्त व्यापार भी किया करते थे। एक बार उनके चाचा अबूतालिब जब व्यापार के लिये शाम की ओर जा रहे थे, तो बालक मुहम्मद ने ऊँट की नकेल

पकड़कर ले चलने का इतना ज़बर्दस्त आग्रह किया, कि उन्हें साथ ले जाना पड़ा। इस तरह होश सँभालने से पहले ही इस्लाम के भावी पैगंबर ने आसपास के देशों, उनकी उर्वर और मरु-भूमियों, वहाँ के भिन्न-भिन्न धार्मिक रीति-रिवाजों को देखा था। ज़वान होने पर व्यापार-निपुणता की बात सुनकर उनकी भावी पत्नी तथा मक्का की एक धनाढ्य विधवा खदीजा ने उन्हें अपने कारवाँ का मुखिया बनाकर व्यापार करने के लिये भेजा। पैगंबर मुहम्मद आज़न्म अनपढ़ (उम्मी) रहे, यह बात विवादास्पद है–ख़ासकर एक बड़े व्यापारी कारवाँ के सरदार के लिये तो भारी नुकसान की चीज़ हो सकती है। यदि ऐसा हो तो भी, अनपढ़ का अर्थ अबुद्धि नहीं होता। तरुण मुहम्मद एक तीव्र प्रतिभा के धनी थे, इसमें सन्देह नहीं और ऐसी प्रतिभा के साथ पुस्तकों से भी ज़्यादा वह देश-देशान्तर के यातायात तथा तरह-तरह के लोगों की संगति से फ़ायदा उठा सकते थे और उन्होंने फ़ायदा उठाया भी।

पैगंबर मुहम्मद के अपने वंश का धर्म अरब की तत्कालीन मूर्तिपूजा थी और काबा के मन्दिर में लाल, बक्क जैसे 360 देवता और साथ ही किसी टूटे तारे का भग्न भाग एक कृष्ण-पाषाण (हज़्र असवद्) पूजे जाते थे। पत्थर के देवता प्रकृति की सर्वश्रेष्ठ उपज़ मानव की बुद्धि का खुल्लमखुल्ला उपहास कर रहे थे, किन्तु पुरोहित-वर्ग अपने स्वार्थ के लिये हर तरह की बुद्धि सुलभ चालाकियों से उसे जारी रखना चाहता था। मुहम्मद साहब उन आदमियों में थे, जो समाज में रुढ़िवश मानी जाती, हर एक बात को बिना ननु-नच के मानना नहीं पसन्द करते। साथ ही अपनी वाणिज्य-यात्राओं में वह ऐसे धर्मवालों से मिल चुके थे, जिनके धर्म अरबों की मूर्तिपूजा की अपेक्षा ज़्यादा प्रशस्त मालूम होते थे। ख़ासकर ईसाई साधुओं और उनके मठों की शान्ति तथा बौद्धिक वातावरण और यहूदियों की मूर्तिरहित एक-ईश्वर-भक्ति उन्हें ज़्यादा पसंद आई थी। यह तो इसी से साबित है, कि क़ुरान में यहूदी पैगंबरों और ईसा को भी भगवान् की ओर से भेजे गये (रसूल) और उनकी तौरात (पुरानी बाइबल) और इंजील को ईश्वरीय पुस्तक माना गया है। उनकी महिमा को बीसियों जगह दुहराया गया और बार-बार यह बात साबित करने का प्रयत्न किया गया है, कि उनमें एक पैगंबर के आने की भविष्यवाणी है, जो कि और दूसरा नहीं बल्कि यही मुहम्मद अरबी है। तत्कालीन अरब घोर मूर्तिपूजक और बहुदेव-विश्वासी ज़रूर थे, किन्तु साथ ही यहूदी, ईसाई तथा आस-पास के दूसरे धर्मानुयायियों के सम्पर्क में आने से यह बात भी स्वीकार करते थे, कि इन सब देवताओं के ऊपर एक ईश्वर (यह नहीं अल्लाह) है। कहा जा सकता है, कि इस अल्लाह को वह यहूदियों के यहोबा की भाँति बिलकुल यहूदी पुरुषों की भाँति लंबी सफेद दाढ़ी, नूरानी पेशानी और लंबे चोगे वाला स्वर्गस्थ व्यक्ति मानते थे अथवा ईसाइयों–ख़ासकर नस्तोरी ईसाइयों (जिनकी संख्या कि उस समय शाम आदि देशों में अधिक थी)–के निराकार-साकार-मिश्रित भगवान् पिता की तरह। हाँ, वह इस अल्लाह की तरफ से भेजे ख़ास व्यक्तियों (रसूलों) और किताबों को नहीं मानते थे अथवा वह स्थायी रसूलों और किताबों की जगह कुछ समय के लिए सिर पर देवता ले आने वाले ओझों–सयानों को रसूल और उनके भाषणों को आसमानी किताब का स्थान देते थे। दोनों तरह के "रसूलों" और "किताबों" के फ़ायदे भी हैं और नुकसान भी, किन्तु यह तो साफ है, कि कबीलों को मिलाकर एक बड़ी अरब कौम तथा कौमों-कौमों को

मिलाकर एक बड़ी धार्मिक सल्तनत कायम करने के लिए ओझा सयाने जैसे रसूल और उनके इलाही वचन बिलकुल अपर्याप्त थे। मुहम्मद साहब ने व्यापारी जीवन में देखा होगा, कि अरब के कबीलों के इलाके में पग-पग पर लूट-मार तथा चुंगी-कर की आफ़त के मारे व्यापारी परेशान थे। यदि एक कबीले के इलाके से अल्लाह-अल्लाह करके किसी तरह जान-माल बचाकर निकल भी गये, तो आगे ही दूसरा कबीला चुंगी या भेंट उगाहने तथा मौका पाते ही छापा मारने के लिए तैयार दिखाई पड़ता था। इसके विरुद्ध जहाँ वह रोम के कैसर या ईरान के शाह के राज्य में प्रवेश करते, वहाँ एक बार केन्द्रीय सरकार के फर्माबरदार चुंगी-कर्मचारियों को महसूल चुकाते ही, रात-दिन भय के मारे दबे जाते। उनके दिल पर एक भारी बोझ यकायक हट जाता दिखाई पड़ता था। इस तरह के चिरव्यापी तज़र्बे के बिना पर हज़रत मुहम्मद यदि सभी कबीलों को मिलाकर एक राज्य और छापा-लूटमार एवं जंगल के कानून, जिसकी लाठी उसकी भैंस की जगह इस्लाम (शान्ति) का विधान चाहते हों, तो आश्चर्य ही क्या है। एक शासन और शान्ति (इस्लाम) स्थापन को अपना लक्ष्य बनाते हुए भी, मुहम्मद साहेब जैसा मानव प्रकृति का गंभीर परख रखने वाला व्यक्ति सिर्फ़ आँख मूँदकर स्वप्न देखने वाला नहीं हो सकता था। वह भली भाँति समझते थे, कि जिस शान्ति, व्यापार और धर्म-प्रचार में सशस्त्र बाधा को रोकना वह चाहते हैं, वह निश्चेष्ट ईश्वर, प्रार्थना तथा हथियार रख निहत्थे बन जाने से स्थापित नहीं हो सकती। उसके लिए एक उद्देश्य को लेकर आदमियों की सुसंगठित सशस्त्र गिरोह की ज़रूरत है, जो कि अपने दृढ़ संकल्प और सुव्यवस्थित शस्त्र बल से इस्लाम (शान्ति) स्थापना में बाधा देनेवालों को नष्ट या पराजित करने में सफल हो।

हाँ, तो मुहम्मद साहेब के विस्तृत तज़र्बे ने उन्हें बतला दिया था, कि कबीलों को एक विस्तृत राज्य बनाने, उस विस्तृत राज्य को अपनी सीमा तथा शक्ति बढ़ाने के लिए किन-किन बातों की आवश्यकता है। पुरोहितों के मारे मक्का के समाज में उनके धर्म का विरोध करते हुए एक नये धर्म का पैगंबर बनाना आसान काम न था। मुहम्मद साहेब काफी आत्मसंयमी व्यक्ति थे, ईसाई साधुओं की भाँति हेरा की गुफ़ाओं में भी उन्होंने कितनी ही बार एकान्तवास किया था।

(2) नई आर्थिक व्याख्या–चाहे वह तिब्बत की हो, अरब या हमारे सीमा प्रान्त की, सभी कबीला-प्रथा रखने वाली जातियों में पशुपालन, कृषि या वाणिज्य के अतिरिक्त लूट की आमदनी (माले-ग़नीमत) भी वैध जीविका मानी जाती रही है। माले-ग़नीमत को बिलकुल हराम कर देने का मतलब था, अरबों के पुराने भाव पर ही नहीं, उनके आर्थिक आय के जरिये पर हमला करना, चाहे इस तरह की आय से सारे अरब-परिवारों को फ़ायदा न पहुँचता हो, किन्तु जुए के पाशे की भाँति, कभी अपनी किस्मत के पलटा खाने की आशा को, तो वह छोड़ नहीं सकते थे। हज़रत मुहम्मद-ने "माले-ग़नीमत" नाम रखते हुए भी उसे ईरान और रोम के देश विजय-की "भेटों" जैसे, किन्तु उससे विस्तृत अर्थ में बदलना चाहा, तो भी मालूम होता है, अरब-प्रायद्वीप में यह प्रयत्न कभी सफल नहीं हुआ। वहाँ के लोगों ने माले-ग़नीमत का वही पुराना अर्थ समझा और ऊपर से अल्लाह-के आदेश के ऐन मुताबिक समझ लिया, जिसका ही परिणाम यह था, कि अरब से बाहर अन्-अरबी लोग जहाँ लूट-छापा के धर्म को हटाकर शान्ति (इस्लाम) स्थापन करने में बहुत हद तक समर्थ हुए, वहीं अरबी कबीले तेरह सौ वर्ष पहले के पुराने दस्तूर पर आज भी करीब-

करीब कायम मालूम होते हैं, जो कुछ भी हो, माले-ग़नीमत की नई व्याख्या–विजय से प्राप्त होने वाली आमदनी, जिसमें से 1/5 सरकारी ख़जाने (वैतउल्-माल) को मिलना चाहिए और बाकी योद्धाओं में बराबर-बराबर बाँट देना चाहिए–विस्तृत राज्य-स्थापन करने की इच्छा वाले एक व्यवहार-कुशल दूरदर्शी शासक की सूझ थी, जिसने आर्थिक लाभ की इच्छा को जागृत रखकर, पहले अरबी रेगिस्तान के कठोर जीवन-वाले बदू तरुणों और पीछे हर मुल्क के इस्लाम-लाने वाले समाज में प्रसारित तथा कठोर-जीवी लोगों को इस्लामी सेना में भरती होने का भारी आकर्षण पैदा किया और साथ ही बढ़ते हुए वैत्-उल्-माल ने एक बलशाली संगठित शासन की बुनियाद रखी। माले-ग़नीमत के बाँटने में समानता तथा खुद अरबी कबीले वाले व्यक्तियों के भीतर भाई-चारे बराबरी के खयाल ने इस्लामी "समानता" का जो नमूना लोगों के सामने रखा, वह बहुत अंश में कुछ समय तक और एक भारी संगठन पैदा करने में सफल हुआ है।

माले-ग़नीमत की इस व्याख्या ने आर्थिक वितरण के एक नये जबर्दस्त क्रान्तिकारी रूप को पेश किया, जिसने कि अल्लाह के स्वर्गीय इनाम तथा अनन्त जीवन के खयाल से उत्पन्न होने वाली निर्भीकता से मिलकर दुनिया में वह उथल-पुथल की, जिसे कि हम इस्लाम का सजीव इतिहास कहते हैं। यह सच है, कि माले-ग़नीमत की यह व्याख्या कितने ही अंशों में दारयोश (दारा), सिकन्दर, चन्द्रगुप्त मौर्य ही नहीं दूसरे साधारण राजाओं के विजयों में भी मानी जाती थी, किन्तु वह उतनी दूर तक न जाती थी। वहाँ साधारण योद्धाओं में वितरण करते वक्त उतनी समानता का खयाल नहीं रखा जाता था और सबसे बढ़कर कमी तो यह थी, कि विजित जाति के साधारण निःस्व लोगों को इसमें भागीदार बनने का कोई मौका न था। इस्लाम ने विजित जाति के अधिकांश धनी और प्रभुत्व-वर्ग का जहाँ पालन किया, वहाँ अपनी शरण में आने वाले–ख़ासकर पीड़ित–वर्ग को विजय-लाभ में साझीदार बनाने का रास्ता बिलकुल खुला रखा। स्मरण रखना चाहिए, इस्लाम का जिससे मुकाबला था, वह सामन्तों-पुरोहितों का शासन था, जो कि सामन्तशाही शोषण और दासता के आर्थिक ढाँचे पर आश्रित था। यह सही है, कि इस्लाम ने इस मौलिक आर्थिक ढाँचे को बदलना अपना उद्देश्य कभी नहीं घोषित किया, किन्तु उसके मुकाबले में अरब में अभ्यस्त कबीलों वाले भ्रातृत्व और समानता को ज़रूर इस्तेमाल किया, जिससे कि उसने सीमित शासक वर्ग के नीचे की साधारण जनता के कितने ही भाग को आकर्षित और मुक्त करने में सफलता पाई। यद्यपि इस्लाम ने कबीले के पिछड़े हुए सामाजिक ढाँचे से यह बात ली थी, किन्तु परिणामतः उसने इस अर्थ में एक प्रगतिशील शक्ति का काम किया और सड़ाँद फैलाने वाले बहुत से सामन्त परिवारों और उनके स्वार्थों को नष्ट कर, हर जगह नई शक्तियों को सतह पर आने का मौका दिया। यह ठीक है, कि यह शक्तियाँ भी आगे उसी 'रफ्तार-बेढंगी' को अख्तियार करने वाली थीं। दासों-दासियों को मालिक की सम्पत्ति तथा युद्ध में लूट का माल बनाने के लिए अकेले इस्लाम को दोष नहीं दिया जा सकता, क्योंकि उस वक्त का सारा सभ्य संसार–चीन, भारत, ईरान, रोम इसे अनुचित नहीं समझता था।

यहूदी और ईसाई धर्म-पुस्तकों का पैगंबर ने अरबी कबीलों की दृष्टि से गंभीरतापूर्वक अध्ययन किया था, यदि वह वस्तुतः अनपढ़ थे, तो उन्होंने ध्यान से उन्हें सुना था और फिर चालीस वर्ष की

अवस्था में खूब आगा-पीछा सोचकर उन्होंने अपने को अल्लाह का भेजा (रसूल) घोषित किया। उनकी जीवनी की बहुत-सी बातों तथा क़ुरान की शिक्षा के बारे में मैं अपने "क़ुरान-सार" में लिख चुका हूँ, इसलिए उन्हें यहाँ नहीं लिखना चाहता, न वह इस पुस्तक का विषय है। पैगंबर मुहम्मद ने सही माने में "घर से वानारम्भ" की अंग्रेज़ी कहावत को चरितार्थ किया और पहले-पहल उनकी स्त्री खदीजा ने उनके धर्म को स्वीकार किया। विरोधी विरोध भी करते थे, किन्तु उनके अनुयायी, जिनमें उनकी ही भाँति मक्का के व्यापारी योद्धा ही ज्यादा थे–बढ़ते ही गये। मक्का के पुजारी–क़ुरेश–इस पर उनकी जान के ग्राहक बन गये और अन्त में उन्हें मक्का छोड़ यस्रिब को सन् 614 ई० 'हिज्रत' (प्रवास) कर जाना पड़ा। इसी यादगार में मुसलमानों ने हिज़री सन् आरम्भ किया और मदीनत्-उल्-नबी (नबी का नगर) होने के कारण पीछे यस्रिब का नाम ही मदीना पड़ गया। मक्का तक पैगंबर-इस्लाम एक धार्मिक सुधारक या प्रचारक थे, किन्तु मदीना में उनको अपने अनुयायियों का आर्थिक, सामाजिक विचारक, व्यवस्थापक एवं सैनिक नेता भी बनना पड़ा, जिसका परिणाम यह हुआ, कि उनकी मृत्यु के समय (622 ई०) पश्चिमी अरब के कितने ही प्रमुख कबीलों ने इस्लाम ही नहीं कबूल किया, बल्कि उन्होंने अपनी निरंकुशता को कम कर एक संगठन में बँधना स्वीकार किया और सारे अरब भाषा-भाषी लोगों में भी उसके लिए आकांक्षा पैदा कर दी।

2. पैगंबर के उत्तराधिकारी

हज़रत मुहम्मद स्वयं राज़तन्त्र के विरुद्ध न थे, इसीलिए पहले उन्होंने अपने पड़ोसी राजाओं–ईरान के ज़र्तुश्ती शाह और रोम के ईसाई कैसर–को इस्लाम कबूल करने की दावत दी थी और यह उनके राज्य पर किसी तरह के हस्तक्षेप का खयाल करके नहीं किया गया था, तो भी उन्होंने अरब और उसके द्वारा इस्लामी जगत् के सामने जिस राजनीतिक ढाँचे की कल्पना रखी, उसमें निरंकुश राज़तंत्र क्या, सही माने में राज़तंत्र की भी गुंजाइश न होकर, छोटे-छोटे कबीलों की जगह, अनेक देशव्यापी एक विशाल कबीले का खयाल काम कर रहा था। इस्लाम अरब और अरब-भिन्न मुल्कों में फैले, सभी अरबी तथा अन्-अरबी मुसलमान अपने को एक कबीला समझें। पैगंबर के जीवन भर वह खुद ईश्वर की ओर से भेजा हुआ उनका सरदार है कहते रहे थे, किन्तु पैगंबर की मृत्यु के बाद सरदार को इस बड़े इस्लामी कबीले का विश्वास-भाजन होना चाहिए। विश्वास-भाजन होने की कसौटी क्या है, इसके बारे में पैगंबर ने कोई साफ व्यवस्था नहीं बनाई अथवा कबीलों के नमूने पर जिस व्यवस्था को बनाया जा सकता था, वही बनी-उमैयों (661-750 ई०) के सिन्ध से स्पेन तक फैले राज्य में व्यवहृत नहीं की जा सकती थी। ज़्यादा-से-ज़्यादा यही कहा जा सकता है, कि उनके दिमाग़ में अपने उत्तराधिकारी शासक (खलीफ़ा) के लिए यही खयाल हो सकता था, कि वह कबीले के सरदार की भाँति कबीले के सामने अपने को जवाबदेह माने और कैसरों तथा शाहंशाहों की भाँति अपने को निरंकुश न समझे, लेकिन यह व्यवस्था जो एक छोटे कबीले में सफलतापूर्वक भले ही चल सकती हो, अनेक प्रकार की भाषाओं-संस्कृतियों देशों से मिलकर बने इस्लामी राज्य में चल न सकती थी और पैगंबर के निःस्वार्थ आदर्शवादी सहकारियों–अबूबकर (622-42 ई०), उमर (642-44 ई०), उस्मान (644-56 ई०) तथा अली

(656-61 ई०) की ख़िलाफ़त (उत्तराधिकारी शासन) के बीतते-बीतते बिलकुल बेकार साबित हो गई। पैगंबर के आँख मूँदने के 39 वर्ष बाद अमीर-म्वाविया (661-80 ई०) के हाथ में शासन की बागडोर गई और तब से उसके सारे उत्तराधिकारी चाहे वह उसके अपने खानदान–बनी-उमैय्या (661-747 ई०) के हों या बनी-अब्बास (749-1037 ई०) के शाहों और कैसरों की भाँति ही स्वेच्छाचारी शासक थे।

3. अनुयायियों में पहली फूट

हर एक कबीले के अलग-अलग इलाहों (खुदाओं) को हटाना, इस्लाम के लिए इसलिए भी ज़रूरी था। एक कबीले के इलाह को दूसरे क्यों कबूल करने लगे। फिर एक अल्लाह और नई आर्थिक व्याख्या को लेकर जब तक एकीकरण सिर्फ़ अरबों के बीच था, तब तक एक भाषा, एक संस्कृति, एक जातीयता के कारण कोई भारी दिक्कत पेश नहीं हुई; किन्तु जब अन्-अरब जातियाँ इस्लाम के धार्मिक और लौकिक राज्य में शामिल होने लगीं, तो सिर्फ़ एक अल्लाह तथा उसके रसूल से काम चलने वाला न था। दो सभ्यताओं के प्रतिनिधि दो जातियों का जब समागम चाहे खुशी से या ज़बर्दस्ती से होता है, तो दोनों का आदान-प्रदान तो स्वाभाविक है, किन्तु जब एक दूसरे को लुप्त कर उसकी जगह लेना चाहती हैं, तो मामला बेढब हो जाता है, क्योंकि राज्य-शासन की अपेक्षा संस्कृति की जड़ ज्यादा गहरी होती है। इसी सांस्कृतिक झगड़े ने आगे चलकर अरबों के इस्लामी शासन को अन्-अरबी शासन में परिणत कर दिया, यह हम अभी बतलाने वाले हैं, किन्तु उससे पहले हम अरब-अरब समागम की पहली प्रतिक्रिया का अरबों के भीतर क्या असर पड़ा, उसे बतलाना चाहते हैं।

तीसरे खलीफ़ा उस्मान (644-56 ई०) ने सीरिया की विजय के बाद उमैय्या-वंश के सरदार म्वाविया को दमिश्क का गवर्नर बनाकर भेजा। दमिश्क रोमन-क्षत्रप की राजधानी था और वहाँ का राज-प्रबंध रोमन-कानून, रोमन-राज- व्यवस्था के अनुसार होता था। म्वाविया के सामने प्रश्न था, नये मुल्क का शासन किस ढंग से किया जाये? क्या वहाँ अरबी कबीलों की राज्य-व्यवस्था लागू की जाये या रोमन सामन्तशाही व्यवस्था को रहने दिया जाये। इस प्रश्न को तलवार नहीं हल कर सकती थी, क्योंकि शासन-परिवर्तन से कानूनी तथा सामाजिक ढाँचे का बदलना कहीं ज़्यादा मुश्किल है। फिर सामन्तशाही व्यवस्था कबीलाशाही के आगे का विकास है, सामन्तशाही से कबीलाशाही में ले आना मानव-समाज की प्रगति को पीछे की ओर मोड़ना था। म्वाविया की व्यावहारिक बुद्धि भली-भाँति समझ सकती थी, कि ऐसा करने के लिए सीरिया के लोगों को पहले बदू तथा अर्ध-बद्दू कबीले में परिवर्तित करना होगा। उसकी पैनी राजनीतिक दृष्टि बतलाती थी, कि उससे कहीं अच्छा यह है, कि रोमन सामन्ती ढाँचे को रहने दिया जावे और लोगों को अपने शासन मानने तथा अधिक से-अधिक आदमियों को इस्लाम में दाखिल कर उसे मज़बूत करने का प्रयत्न किया जाये। म्वाविया ने रोम-राज्य प्रणाली को स्वीकार किया।

इस्लाम को जो लोग अरबियत का अभिन्न अंग समझते थे, उन्हें यह बुरा लगा। जिन्होंने पैगंबर के सादे जीवन को देखा था, जिन्होंने कबीलों की विलासशून्य, भ्रातृत्वपूर्ण समानता के

जीवन को देखा था, उन्हें म्वाविया की हरकत बुरी लगी। शायद गाढ़े की चादर ओढ़े खजूर के नीचे सोने वाला अथवा दास को ऊँट पर चढ़ाये यरुशिलम में दाखिल होने वाला उमर अब भी खलीफ़ा होता, तो म्वाविया वैसा न कर सकता, किन्तु समय बदल रहा था।

पैगंबर के दामाद और परम विश्वासी अनुयायी अली को जब मालूम हुआ, तो उन्होंने इसकी सख्त निन्दा की, इसे इस्लाम पर भारी प्रहार समझ, उसके खिलाफ आवाज़ उठाई। उनका मत था, कि हमारी सल्तनत चाहे रोम पर हो या ईरान पर, वह अरबी कबीलों की सादगी-समानता को लिये होनी चाहिए। अली की आवाज़ अरण्य-रोदन थी। सफल शासक म्वाविया से खलीफ़ा उस्मान को नाराज़ होने की ज़रूरत न थी। म्वाविया और अली में स्थायी वैमनस्य हो गया, किन्तु यह वैमनस्य सिर्फ़ दो व्यक्तियों का वैमनस्य नहीं था, बल्कि इसके पीछे पहले तो विकास में आगे बढ़ी तथा पिछड़ी दो सामाजिक व्यवस्थाओं–सामन्तशाही एवं कबीलाशाही–की होड़ का प्रश्न था; दूसरे दो सभ्यताओं की टक्कर के वक्त समझौते या "दो में से केवल एक" का सवाल था।

अली (656-61) पैगंबर के सगे चचेरे भाई तथा एकमात्र दामाद थे। अपने गुणों से भी वह उनके स्नेहपात्र थे, इसलिए कुछ लोगों का खयाल था, कि पैगंबर के बाद ख़िलाफ़त उन्हीं को मिलनी चाहिए थी, किन्तु दूसरी शक्तियाँ और ज़बरदस्त थीं, जिनके कारण अबूबकर, उमर और उस्मान के मरने के बाद अली को ख़िलाफ़त मिली। दमिश्क के ज़बर्दस्त गवर्नर म्वाविया की उनकी अनबन थी, किन्तु कबीलों की बनावट मदीना में बैठे खलीफ़ा को इजाज़त नहीं दे सकती थी, कि अली म्वाविया को गवर्नरी से हटाकर बनी-उमैय्या खानदान को अपना दुश्मन बना गृहयुद्ध शुरू कर दें। अली का शासन म्वाविया की अर्धप्रकट बग़ावत तथा बाहरी सभ्यताओं से इस्लाम के प्रभावित होने का समय था। यद्यपि अली, म्वाविया का कुछ नहीं बिगाड़ सके, किन्तु म्वाविया को अली और उनकी सन्तान से सबसे अधिक डर था। अली के मरने के बाद म्वाविया ने ख़िलाफ़त को अपने हाथ में करने में सफलता ज़रूर पाई, किन्तु पैगंबर की एकलौती पुत्री फ़ातमा तथा अली के दोनों पुत्रों–हसन और हुसैन के जीवित रहते, वह कब सुख की नींद सो सकता था। आख़िर सीधे-सादे अरब तो खलीफ़ा के शाही ठाट-बाट और अपनी अवस्था का मुकाबिला करके म्वाविया के विरुद्ध आसानी से भड़काये जा सकते थे। उसने हसन को तो उनकी बीवी के द्वारा ज़हर दिलाकर, अपने रास्ते से हटाया और हुसैन के खतरे को हटाने के लिये म्वाविया के बेटे यज़ीद ने षड्यन्त्र किया। यज़ीद ने अधीनता स्वीकार कर झगड़े को मिटा डालने के लिये हुसैन को बड़े आग्रहपूर्वक कूफ़ा (यही बस्रा के सबेदार यज़ीद की उस वक्त राज़धानी थी।) बुलाया और रास्ते में कर्बला के रेगिस्तान में किस निर्दयता के साथ सपरिवार हुसैन को मारा गया, वह दिल हिला देने वाली घटना इतिहास के हर एक विद्यार्थी को मालूम है।

हुसैन की शहादत दर्दनाक है। हर एक सहृदय व्यक्ति की सहानुभूति हुसैन तथा उनके 69 साथियों के प्रति होनी ज़रूरी है। यज़ीद के सरकारी दबदबे के होते भी जब कर्बला के शहीदों के सत्तर सिर कूफ़ा में यज़ीद के सामने रखे गये और नृशंस यज़ीद ने हुसैन के सिर को डंडे से हटाया, तो एक बूढ़े के मुँह से यकायक आवाज़ निकल आई–"अरे! धीरे-धीरे! यह पैगंबर का नाती है।

अल्लाह की कसम मैंने खुद इन्हीं ओठों को हज़रत के मुँह से चुम्बित होते देखा था" मानवता के न्यायालय में हम यज़ीद को भारी अपराधी ठहरा सकते हैं, किन्तु प्रकृति ऐसी मानवता की कायल नहीं है, उसका हर अगला कदम पिछले के ध्वंस पर बढ़ता है। आख़िर अली, हुसैन या उसके अनुयायी विकास को सामन्त-शाही से आगे की ओर नहीं, बल्कि पीछे खींचकर कबीले-शाही की ओर ले जाना चाहते थे; जिसमें यदि सफलता होती, तो इस्लाम उस कला, साहित्य, दर्शन का निर्माण न कर सकता, जिसे हमने भारत, ईरान, मेसोपोटामिया, तुर्की और स्पेन में देखा और यूनानी दर्शन द्वारा फिर से वह यूरोप में उस पुनर्जागरण को न करा पाता, जिसने आगे चलकर वैज्ञानिक युग को अस्तित्व में ला, दुनिया की काया-पलट करने का ज़बर्दस्त आयोज़न कराया।

4. इस्लामी सिद्धान्त

कुरानी इस्लाम के मुख्य सिद्धान्त हैं–ईश्वर एक है, वह बहुत कुछ साकार-सा है और उसका मुख्य निवास इस दुनिया से बहुत दूर छः आसमानों को पार कर सातवें आसमान पर है। वह दुनिया को सिर्फ़ "कुन्" (हो) कहकर अभाव से बनाता है। प्राणियों में आग से बने फरिश्ते (देवता) और मिट्टी से बने मनुष्य सर्वश्रेष्ठ हैं। फरिश्तों में से कुछ गुमराह होकर अल्लाह के सदा के लिए दुश्मन बन गये हैं और वे मनुष्यों को गुमराह करने की कोशिश करते हैं, इन्हें ही शैतान कहते हैं। इनका सरदार इब्लीस है, जिसका फरिश्ता होते वक्त का नाम अज़ाज़ील था। मनुष्य दुनिया में केवल एक बार जन्म लेता है और ईश्वर-वचन (क़ुरान) के द्वारा विहित (पुण्य) निषिद्ध (पाप) कर्म करके उसके फलस्वरूप अनंतकाल के लिए स्वर्ग या नर्क पाता है। स्वर्ग में सुन्दर प्रासाद, अंगूरों के बाग, शहद-शराब की नहरें, एक से अधिक सुन्दरियाँ (हूरें) तथा बहुत से तरुण चाकर (गिल्मान) होते हैं। दया, सत्य-भाषण, चोरी न करना आदि सर्वधर्म साधारण भले कामों के अतिरिक्त नमाज़, रोज़ा (उपवास), दान (ज़कात) और हज़ (जीवन में एक बार काबा-दर्शन) ये चार मुख्य हैं। निषिद्ध कर्मों में अनेक देवताओं और उनकी मूर्तियों का पूजन, शराब-पीना, हराम माँस (सुअर तथा कलमा बिना पढ़े मारे गये जानवर का माँस) खाना आदि है।

अध्याय 3

यूनानी दर्शन का प्रवास और उसके अरबी अनुवाद

1. अरस्तू के ग्रन्थों का पुनः प्रचार

इस्लामिक दर्शन यूनानी दर्शन–ख़ासकर अरस्तू के दर्शन तथा उसमें नव-अफलातूनी (पिथागोर-अफलातून-भारतीय दर्शन) दर्शन के पुट का ही विवरण और नयी व्याख्या है, यह हमें आगे मालूम होगा। यद्यपि अफलातूँ (प्लातो) तथा दूसरे यूनानी दार्शनिकों के ग्रन्थों के भी भाषान्तर अरबी में हुए, किन्तु इस्लामिक दार्शनिक सदा अरस्तू का अनुसरण करते रहे, इसलिए एक बार फिर हमें अरस्तू की कृतियों की जीवन यात्रा पर नज़र डालनी पड़ेगी, क्योंकि उसी यात्रा का एक महत्त्वपूर्ण भाग इस्लामिक दर्शन का निर्माण है।

1. अरस्तू के ग्रन्थों की गति

अरस्तू के मरने (322 ई० पू०) के बाद उसकी पुस्तकें (स्वरचित तथा संगृहीत) उसके शिष्य तथा सम्बन्धी थ्योफ्रास्तु (देवभ्रात) के हाथ में आई। थ्योफ्रास्तु स्वयं दार्शनिक और दर्शन-अध्यापन में अरस्तू का उत्तराधिकारी था, इसलिए वह इन पुस्तकों की कदर जानता था, लेकिन 287 ई० पू० में जब उसकी मृत्यु हुई, तो यह सारी पुस्तकें उसके शिष्य नेलुस् को मिलीं और फिर 133 ई० पू० के करीब तक उसी के खानदान में रहीं। इसके बीच ही में यह खानदान क्षुद्र-एशिया में प्रवास कर गया और साथ ही इस ग्रन्थ राशि को भी लेता गया; लेकिन इस समय इन किताबों को बहुत ही छिपा रखने की, धरती में गाड़कर रखने की कोशिश की गई, कारण यह था, कि ईसा-पूर्व तीसरी-दूसरी सदी के यूनानी राजा बड़े ही विद्याप्रेमी थे (इसकी बानगी हमे भारत के यवन-राजा मिनान्दर में मिलेगी) और पुस्तक-संग्रह का उन्हें बहुत शौक था। 133 ई० पू० में रोमनों ने यूनान-शासित देशों (क्षुद्र एशिया आदि) पर अधिकार किया। इसी समय नेलुस के परिवार वाले अरस्तु के ग्रन्थों में पुड़िया तो नहीं बांधने लगे थे, क्योंकि वह कागज़ पर नहीं लिखे हुए थे और वैसा करने से उतना नफ़ा भी न था, बल्कि उन्होंने उन्हें तहखाने से निकालकर बाजार में बेचना शुरू किया। संयोगवश यह सारी ग्रन्थ-राशि अथेन्स (यूनान) के एक विद्याप्रेमी अमीर अल्पीलन ने खरीद लिया और काफी समय तक वह उसके पास रही। 86 ई० पू० में रोमन सेनापति सलरसेला ने जब अथेन्स विजय किया, तो उसे उस ऐतिहासिक नगर के साथ उसकी महान् देन अरस्तू की यह ग्रन्थ-राशि भी हाथ लगी, जिसे कि वह रोम में उठा ले गया और उसे अंधकारपूर्ण तहखाने में रखने की जगह एक सार्वजनिक पुस्तकालय में रख दिया। इस प्रकार दो शताब्दियों के बाद अरस्तू की कृतियों को समझदार दिमागों पर अपना असर डालने का मौका मिला। अन्द्रानिकु ने अरस्तू के बिखरे लेखों को नियमानुसार क्रम-बद्ध किया।

अरस्तू की कृतियों की जो तीन पुरानी सूचियाँ आजकल उपलब्ध हैं, उनमें देवजानि लारितु की सूची में 146, अनानिमु की सूची में भी पुस्तकों की संख्या करीब-करीब उतनी ही है, किन्तु

अन्द्रानिकु ने जो सूची स्वयं अरस्तू के संग्रह को देखकर बनाई, उसमें उपरोक्त दोनों सूचियों से कम पुस्तकें हैं। पहले दो सूचीकारों ने अरस्तू-संवाद और लेख, कथा-पुस्तकें, प्राणि-वनस्पति-सम्बन्धी साधारण लेखों, ऐतिहासिक किस्सों, धर्म-सम्बन्धी मामूली पुस्तकों को भी अरस्तू की कृतियों में शामिल कर दिया है, जिन्हें कि अन्द्रानिक अरस्तू के ग्रन्थ नहीं समझता। वस्तुतः हमारे यहाँ जैसे व्यास, बुद्ध, शंकर के नाम से दूसरों के बहुत से ग्रन्थ बनकर उनके मत्थे मढ़ दिये गये, वही बात अरस्तू के साथ भी हुई।

अरस्तू की कृतियों को विषय-क्रम से लगाकर जितने भागों में बाँटा गया है, उनमें मुख्य यह हैं–(1) तर्क-शास्त्र (2) भौतिक-शास्त्र, (3) अति-भौतिक (अध्यात्म)-शास्त्र, (4) आचार, (5) राजनीति। तर्कशास्त्र में ही अलंकार, आचार तथा प्राणि-शास्त्र सम्बन्धी ग्रन्थ भी शामिल हैं।

2. अरस्तू का पुनः पठन-पाठन

अरस्तू के ग्रन्थों के पठन-पाठन में आसानी पैदा करने के लिए सिकन्दर अफ़ादिसियस् ने विवरण लिखे। विवरण लिखते वक्त उसने अरस्तू की असली किताबों पर लिखने का खूब खयाल रखा और इसमें अन्द्रानिकु की सूची से उसे मदद मिली।

सिकन्दर के साम्राज्य के जब टुकड़े-टुकड़े हुए, तो मिस्र-सेनापति तालमी (अशोक के लेखों में तुरमाय) के हाथ आया, तब से 47 ई० पू० तक तालमीवंश ने उस पर शासन किया और धीरे-धीरे मिस्र की राजधानी सिकन्दरिया (अलिक-सुन्दरिया, अलसंदा) व्यापार-केन्द्र के अतिरिक्त विद्याकेन्द्र होने में दूसरा अथेंस बन गई। ईसाई धर्म का प्रचार जब रोम में बढ़ने लगा था, उस वक्त यूनानी दर्शन के पठन-पाठन का ज़बरदस्त केंद्र सिकंदरिया थी। इस वक्त नव-अफलातूनी दर्शन का प्रचार बढ़ा, यह हम पहले बतला चुके हैं। फिलो यूदियो (इ0 पू0 25-50 ई०) सिकन्दरिया का एक भारी दर्शन-अध्यापक था। ईसा की तीसरी सदी में प्लोतिनु (205-71 ई०) सिकन्दरिया में दर्शन पढ़ाता था। ये सभी दार्शनिक रहस्यवादी नव-अफलातूनी दर्शन के अनुयायी थे, किन्तु इनके पठन-पाठन में अरस्तू के ग्रन्थ भी शामिल थे। पोर्फिरी (फ़ोर्फ़ोरियोस्) भी यद्यपि दर्शन में नव-अफलातूनी था, किन्तु उसने अरस्तू के ग्रन्थों को समझने की पूरी कोशिश की। इसका जन्म 233 ई० में शाम (सीरिया) के तायर नगर में हुआ था, किन्तु इसने शिक्षा सिकन्दरिया में प्लोतिनु के पास पाई और यहीं पीछे अध्यापन करने लगा। इसने अरस्तू की पुस्तकों पर विवरण और भाष्य लिखे। तर्कशास्त्र के विद्यार्थियों के लिए इसने एक प्रकरण ग्रन्थ ईसागोजी लिखा, जिसे अरबों ने अरस्तू की कृति समझा। यह ग्रन्थ आज भी अरबी मदरसों में उसी तरह पढ़ाया जाता है, जैसे संस्कृत विद्यालयों में तर्क-संग्रह और मुक्तावलि।

ईसाई-धर्म दूसरे सामीय एकेश्वरवाद धर्मों की भाँति दर्शन का विरोधी था, भक्तिवाद और दर्शन (बुद्धिवाद) में सभी जगह ऐसा विरोध देखा जाता है। जब ईसाइयों के हाथ में राज-शासन आया, तो उसने इस खतरे को दूर करना चाहा। किस तरह पादरी थेवफिल ने 300 ई० में सिकन्दरिया के सारे पुस्तकालयों को जला दिया और किस तरह 415 ई० में ईसाइयों ने सिकन्दरिया में गणित की आचार्या हिपाशिया का बड़ी निदर्यता के साथ वध किया, इसका ज़िक्र हो चुका है। अन्त में ईसाई राजा ज़स्तीनियन ने 529 ई० में राजाज्ञा निकाल दर्शन का पठन-पाठन बिलकुल बन्द कर दिया।

2. यूनानी दार्शनिकों का प्रवास और दर्शनानुवाद

1. यूनानी दार्शनिकों का प्रवास

दर्शनद्रोही ज़स्तीनियन के शासन के वक्त ही से रोमन साम्राज्य के पड़ोस में उसका प्रतिद्वंद्वी ईरानी साम्राज्य था, जिसने अभी किसी ईसाई या दूसरे अ-सहिष्णु सामी धर्म को स्वीकार न किया था, उस समय ईरान का शाहंशाह कवद (487-98 ई०) था।

मज़्दक–कवद के समय ईरान का विख्यात दार्शनिक मज़्दक मौजूद था। दर्शन में उसके विचार भौतिकवादी थे। वह साम्यवाद और संघवाद का प्रचारक था। उसकी शिक्षा थी–सम्पत्ति वैयक्तिक नहीं सांघिक होनी चाहिए, सारे मनुष्य समान और एक परिवार-सम्मिलित होने चाहिए। संयम, श्रद्धा, जीव-दया रखना मनुष्य होने की ज़वाबदेही है। मज़्दक की शिक्षा का ईरानियों में बड़ी तेजी से प्रसार हुआ और खुद कवद भी जब उसका अनुयायी बन गया, तो अमीर और पुरोहित-वर्ग को खतरा साफ दिखलाई देने लगा। मज़्दक के सिद्धान्तों को युक्तियों से नहीं काटा जा सकता था, इसलिए उन्हें तलवार से काटने का प्रयत्न करना ज़रूरी मालूम हुआ। कवद को कैद कर उसके भाई जामास्प (498-501 ई०) को गद्दी पर बैठाया गया। पुरोहितों तथा सामंतों ने बहुतेरा उकसाया, किन्तु जामास्प भाई के खून से हाथ रंगने के लिए तैयार न हुआ, जिसमें साधारण जनता में मज़्दक की शिक्षा का प्रभाव भी एक कारण था। कवद किसी तरह जेल से भाग गया। उस वक्त यूरोप और एशिया में (भारत में भी) मध्य एशिया के असभ्य बदहूणों का आतंक छाया हुआ था। कवद ने उनकी सहायता से फिर गद्दी पाई। कवद ने पहले तो मज़्दकी के विचारों के साथ वैयक्तिक सहानुभूति रखी, लेकिन जब साम्यवाद प्रयोगक्षेत्र में उतरने लगा, तो हर समय के शिक्षित "आदर्शवादियों" की भाँति वह उसका विरोधी बन गया और उसकी आज्ञा से हजारों साम्यवादी मज़्दकी तलवार के घाट उतारे गये।

529 ई० में ज़स्तीनियन ने दर्शन के पठन-पाठन का निषेध किया था। इससे पहले 521 ई० में कवद के छोटे लड़के खुशरो (521-70 ई०) ने बड़े-छोटे भाइयों का हनन कर गद्दी सँभाली। मज़्दकी साम्यवादी अब भी अपने प्रभाव को बढ़ा रहे थे, इसलिए पुरोहितों और अमीरों के लाड़ले खुशरो ने एक लाख मज़्दकी आदर्शवादियों का खून कर अपनी न्यायप्रियता का परिचय दिया। इसी सफलता के उपलक्ष्य में उसने नौशेरवाँ (नये-शाह) की उपाधि धारण की, अमीरों-पुरोहितों की दुनिया ने उसे "न्यायी" (आदिल) की पदवी दी।

2. यूनानी दर्शन-ग्रन्थों के ईरानी तथा सुरियानी अनुवाद

नौशेरवाँ के इन काले कारनामों के अतिरिक्त कुछ अच्छे काम भी हैं, जिनमें एक है, अनाथ यूनानी दार्शनिकों को शरण देना। 529 ई० में सात नव-अफलातूनी दार्शनिक अथेन्स से जान बचाकर भागने पर मज़बूर हुए, इनमें सिम्पेलु और देमासियु भी थे। इन्होंने नौशेरवाँ के राज्य में शरण ली। शरण देने में नौशेरवाँ की उदार-हृदयता का उतना हाथ न था, जितना कि अपने प्रतिद्वंद्वी रोमन कैसर के विरोधियों को शरण देने की भावना। अपने पूर्वजों की भाँति नौशेरवाँ का भी रोमन कैंसर से अकसर युद्ध ठना रहता था। एक युद्ध को अनिर्णयात्मक तौर पर खत्म कर 549 ई० में

उसने रोम को पराजित कर अपनी शर्तों पर सुलह करवाने में सफलता पाई। सुलह की शर्तों में एक यह भी थी, कि रोमन कैंसर अपने राज्य में धार्मिक (दार्शनिक) विचारों की स्वतन्त्रता रहने देगा। इस संधि के अनुसार कुछ विद्वान् स्वदेश लौटने में सफल हुए, किन्तु सिम्पेलु और देमासियु को लौटने की इज़ाज़त न मिल सकी।

(1) ईरानी (पहलवी) भाषा में अनुवाद–नौशेरवाँ ने ज़न्देशापोर में एक विद्यापीठ कायम किया था, जिसमें दर्शन और वैद्यक की शिक्षा ख़ास तौर से दी जाती थी। इस विद्यापीठ में इस समय पठन-पाठन के अतिरिक्त कितने ही यूनानी दर्शन तथा दूसरे ग्रन्थों (जिनमें पौलुस् पर्सा द्वारा अनुवादित अरस्तू के तर्कशास्त्र का भी अनुवाद है) का पहलवी में अनुवाद हुआ। अनुवादकों में कितने ही नस्तोरीय सम्प्रदाय के ईसाई भी थे, जो कि खुद कैसर-स्वीकृत ईसाई सम्प्रदाय के कोपभाजन थे।

ज़्रवानवादी (ईरानी नास्तिकवाद)–यहाँ पर यह भी याद रखना चाहिए कि ईरान में स्वतंत्र विचारों की धारा पहले से भी चली आती थी। नौशेरवाँ से पहले यज़्दागिर्द द्वितीय (439-57 ई०) के समय एक नास्तिकवाद प्रचलित था, जिसे ज़्रवानवाद कहते हैं। ज़्रवान पहलवी भाषा में काल (अरबी-दह्र) को कहते हैं। ये लोग काल को ही मूल कारण मानते थे, इसीलिए इन्हें ज़्रवानवादी-कालवादी (अरबी-दह्रिया) कहते थे। नास्तिक होते भी यह भाग्यवाद के विश्वासी थे।

(2) सुरियानी (सीरिया की) भाषा में अनुवाद–ईस्वी सन् की पहली सदियों में दुनिया के व्यापार क्षेत्र में सीरियन (शामी) लोगों का एक ख़ास स्थान था, जिस तरह वे ईरानी, रोम, भारत और चीन के व्यापार में प्रधानता रखते थे, उसी तरह पश्चिमी एशिया, अफ्रीका और यूरोप–पश्चिम में फ्रांस तक–का व्यापार सीरियन लोगों के हाथ में था; बल्कि मद्रास के सीरियन ईसाई इस बात के सबूत हैं, कि सीरियन सौदागर दक्षिणी भारत तक दौड़ लगाते थे। व्यापार के साथ धर्म, संस्कृति का आदान-प्रदान होना स्वाभाविक है और सीरियनों ने यही बात यूनानी दर्शन के साथ की। सीरियन विद्वानों ने यूनानी सभ्यता के साथ उनके दर्शन को भी सिकन्दरिया (मिस्र), अन्तियोक (क्षुद्र-एशिया का यूनानी नगर) से लेकर ईरान (ज़न्देशापोर) और मेसोपोटामिया, निसिबी, (ईरान, एदेस्सा) तक फैलाया। पश्चिमी और पूर्वी (ईरानी) दोनों ईसाई सम्प्रदायों की धर्म भाषा सुरियानी (सीरिया की भाषा) थी, किन्तु उसके साथ उनके मठों में यूनानी भाषा भी पढ़ाई जाती थी। एदेस्सा (मेसोपोटामिया) भी ईसाइयों का एक विद्याकेन्द्र था, जिसकी वजह से एदेस्सा की भाषा (सुरियानी की एक बोली) साहित्य की भाषा के दर्जे तक पहुँच गई। उसके अध्यापकों के नस्तोरीय विचार देखकर 489 ई० में एदेस्सा के मठ-विद्यालय को बंद कर दिया गया, जिसके बाद उसे निसिबी (सीरिया) में खोला गया।

(क) निसिबी (सीरिया)–निसिबी नगर ईरानियों के अधिकृत प्रदेश में था और सासानी शाह का वरद हस्त उसके ऊपर था। नस्तोरीय ईसाई सम्प्रदाय के धर्म की शिक्षा के साथ-साथ यहाँ दर्शन और वैद्यक का भी पठन-पाठन होता था। दर्शन की ओर विद्यार्थियों और अध्यापकों का झुकाव तथा आदर अधिक देख धर्म नेताओं को फ्रिक पड़ी और 590 ई० में उन्होंने नियम बनाया, कि जिस कमरे में धर्म-पाठ हो, वहाँ लौकिक विद्या का पाठ नहीं होना चाहिए।

मेसोपोटामिया के इस भाग में जिसमें निसिबी, एदेस्सा तथा हरान के शहर थे, उस समय सुरियानी भाषा-भाषी था। पिछले महायुद्ध (1914-18 ई०) के बाद मेसोपोटामिया के सुरियानी ईसाइयों को किस तरह निर्दयतापूर्वक कत्ले-आम किया गया था, इसे अभी बहुत से पाठक भूले न होंगे। आज मेसोपोटामिया (ईराक) सीरिया (क्षुद्र-एशिया का एक भाग) मिस्र, मराको में जो अरबी भाषा देखी जाती है, वह इस्लाम और अरबों के प्रसार के कारण हुआ। इस तरह ईसा की प्राथमिक शताब्दियों में एदेस्सा और उसका पड़ोसी नगर ईरान भी सुरियानी भाषा-भाषी था।

मेसोपोटामिया के इस विद्यापीठ में चौथी से आठवीं सदी तक बहुत से यूनानी-दर्शन तथा शास्त्रीय-ग्रन्थों का तर्जुमा होता रहा, जिनमें सर्जियस (466-536 ई०) के अनुवाद विषय और परिमाण दोनों के खयाल से बहुत पूर्ण थे; जब मेसोपोटामिया पर इस्लाम का अधिकार हो गया, तब भी सुरियानी अनुवाद का काम जारी रहा, एदेस्सा के याकूब (640-708 ई०) ने अपने अनुवाद इसी समय किये थे। इन अनुवादों में सब जगह मूल के अनुकरण करने की कोशिश की गई है, किन्तु यूनानी देवी-देवताओं तथा महापुरुषों के स्थान पर ईसाई महापुरुषों को रखा गया। इस बात में अरब अनुवाद और भी आगे तक गये। सुरियानी अनुवादों में अरस्तू के तर्कशास्त्र का ही अनुवाद ज़्यादा देखा जाता है और उस वक्त के सुरियानी विद्वान् अरस्तू को सिर्फ़ तर्कशास्त्री समझते थे।

इन्हीं सीरियन (सुरियानी) लोगों ने पीछे आठवीं-दसवीं सदी में बगदाद के खलीफ़ों के शासन में यूनानी ग्रन्थों को सुरियानी अनुवादों की मदद से या स्वतन्त्र रूप से अरबी भाषा में तर्जुमा किया। सुरियानियों का सबसे बड़ा महत्त्व यह है, कि यूनानी अपने दर्शन को जहाँ लाकर छोड़ देते हैं, वहाँ से वह उसे आगे–विचार में नहीं, काल में ले जाते हैं और अरबों को आगे की जिम्मेवारी देकर अपने कार्य को समाप्त करते हैं।

(ख) हरान के साबी–जब यूनान तथा दूसरे पश्चिमी देशों में ईसाई धर्म के ज़बर्दस्त प्रचार से यूनानी तथा दूसरे देवी-देवता भूले जा चुके थे, तब भी मेसोपोटामिया के हरान नगर में सभ्य मूर्तिपूजक मौजूद थे, जो यूनान के दार्शनिक विचारों के साथ-साथ देवी-देवताओं में श्रद्धा रखते थे, किन्तु सातवीं सदी के मध्य में इस्लामिक विजय के साथ उनके देवताओं और देवालयों की खैरियत नहीं रह सकती थी, इसलिए उनकी पूजा-अर्चा चली गई, हाँ किन्तु उनके दार्शनिक विचारों को नष्ट करना उतना आसान न था। पीछे इन्हीं साबियों ने इस्लाम में अपने दार्शनिक विचारों को डालकर भारी गड़बड़ी पैदा की, जिसके लिए कि कट्टर मुसलमान उन्हें बराबर कोसते रहे। इन्हीं साबी लोगों का यूनानी दर्शन का अरबी तर्जुमा करने में भी ख़ास हाथ था।

3. यूनानी दर्शन-ग्रन्थों के अरबी अनुवाद (704-1000 ई०)

प्रथम चार अरब खलीफ़ों के बाद अमीर म्वाविया (661-80 ई०) के खलीफ़ा बनने, कबीलाशाही (अरबी) एवं सामन्तशाही व्यवस्था के द्वंद्व और हुसैन की शहादत के साथ कबीलाशाही के दफन होने की बात का हम जिक्र कर चुके हैं। म्वाविया के वंश (बनी-उमैय्या) की ख़िलाफ़त के दिनों (661-750 ई०) में इस्लाम धर्म को भरसक हर तरह के बाहरी प्रभाव से

सुरक्षित रखने की कोशिश की गई, किन्तु जहाँ तक राज्य-व्यवस्था तथा दूसरे सांस्कृतिक जीवन-क्षेत्र का सम्बन्ध था, अरबों ने उन सभी सभ्य जातियों से कितनी ही बातें सीखने की कोशश कीं, जिनके सम्पर्क में वह खुद आये। विशेषकर दरबारी ठाट-बाट, शान-शौकत में, तो उन्होंने बहुत कुछ ईरानी शाहों की नकल की। उज्ज़ड्ड अरबों की कड़ी आलोचना तथा क्रियात्मक कोप से बचने के लिए अमीर म्वाविया ने पहले ही चालाकी से राजधानी को मदीना से दमिश्क में बदल लिया था और इस प्रकार मदीना का महत्त्व सिर्फ़ एक तीर्थ का रह गया। बनी-उमैच्या के शासनकाल में ही इस्लामी सल्तनत मध्य-एशिया से उत्तरी अफ्रीका और स्पेन तक फैल गई, यह बतला आये हैं, और एक प्रकार जहाँ तक अरब तलवार का सम्बन्ध था, यह उसकी सफलता की चरम सीमा थी। उसके बाद इस्लाम यूरोप, एशिया, भारतीय सागर के बहुत से भागों पर फैला ज़रूर, किन्तु उसके फैलाने वाले अरब नहीं, अन्-अरब मुसलमान थे।

पहली टक्कर में अरबी मुसलमानों ने कबीलाशाही के सवाल को तो छोड़ दिया, किन्तु समझौता इतने ही पर होने वाला नहीं था, जो अन्-अरब ईरानी या शामी जातियाँ इस्लाम को कबूल कर चुकी थीं, वह असभ्य बद्दू नहीं, बल्कि अरबों से बहुत ऊँचे दर्जे की सभ्यता की धनी थीं, इसलिए वह अरब की तलवार तथा धर्म (इस्लाम) के सामने सर झुका सकती थीं, किन्तु अपनी मानसिक तथा बौद्धिक संस्कृति को तिलांज़लि देना उनके बस की बात न थी, क्योंकि उसका मतलब था, सारी जाति में से बौद्धिक योग्यता को हटाकर अज्ञता–तारुण्य से लौटकर शैशव–में जाना। यही वज़ह हुई, जो बनी-उमैय्या के बाद हम इस्लामी शासकों को समझौते में और आगे बढ़ते देखते हैं।

म्वाविया, यज़ीद, उमर (2) कुशल शासक थे, किन्तु जैसे-जैसे राजवंश पुराना होता गया, खलीफ़ा अधिक शक्ति से हीन होते गये, यहाँ तक कि म्वाविया के आठवें उत्तराधिकारी इब्न-म्वाविया (744-47 ई०) को तख्त से हाथ धोना पड़ा। जिस कूफ़ा का शासक रहते वक्त यज़ीद ने हुसैन के खून से "अपने हाथों" को रंगा था, वहीं के एक अरब-सरदार अब्दुल अब्बास (749-54 ई०) ने अपने ख़िलाफ़त की घोषणा की। खलीफ़ा को कबीले का विश्वासपात्र होना चाहिए, यह बात तो बनी-उमैय्या ने ही ख़त्म कर दी थी और दुनिया के दूसरे राजाओं की भाँति तलवार को अन्तिम निर्णायक मान लिया था, इसलिए अब्बास की इस हरकत की शिकायत, वह क्या कर सकते थे? अब्बास ने बनी-उमैय्या के शाहज़ादों में से जिन्हें पाया, उन्हें क़त्ल किया, यद्यपि यह क़त्ल उतना दर्दनाक न था, जैसा कि कर्बला के शहीदों का, किन्तु इतिहास के पुराने पाठ को कुछ अंशों में "दुहराया" ज़रूर। इन्हीं शाहज़ादों में से एक–अब्दुर्रहमान दाखिल पश्चिम की ओर भाग गया और स्पेन तथा मराको में अपने वंश के शासन को कुछ समय तक और बचा रखने में समर्थ हुआ।

अब्बास ने सारे एशियाई इस्लामी राज्य पर अधिकार जमाया। आरंभिक समय में अब्बासी राज़वंश (अब्बासियों) ने भी अपनी राजधानी दमिश्क रखी, किन्तु अब्बास के बेटे खलीफ़ा मंसूर (754-75 ई०) ने 762 में बगदाद नगर को बसाया और पीछे राजधानी भी वहीं बदल गई। अब ख़िलाफ़त एक तरह से अरबी वातावरण से हटकर अन-अरब–ईरानी तथा सुरियानी–वातावरण

में आ गई, इसलिए अब्बासी खलीफ़ों पर बाहरी प्रभाव ज़्यादा पड़ने लगा। यह भी स्मरण रखना चाहिए, कि आरम्भ से ही मुसलमानों ने अरबी खून को शुद्ध रखने का खयाल नहीं किया, ख़ासकर माँ की तरफ से। पैगम्बर के नाती हुसैन की पत्नी अंतिम ईरानी शाह यज्दगिर्द तृतीय (634-42 ई०) की पुत्री हुस्नबानू थी। बनी-उमैय्या इस बारे में और उदार थे। यही बात अब्बासियों के बारे में थी। इस तरह साफ है, कि जिन खलीफ़ों को अब भी अरब समझा जाता था, उनमें भी अन्-अरब खून ही ज़्यादा था। यह और वातावरण मिलकर उन पर कितना प्रभाव डाल सकते थे, यह जानना आसान है।

(1) अनुवाद-कार्य–उपरोक्त कारणों से बगदाद खलीफ़ों से विचार के सम्बन्ध में ज्यादा उदार होना पड़ा। उनकी सल्तनत में बुखारा, समरकन्द, बलख, नै-शापोर, रे, बगदाद, कूफ़ा, दमिश्क आदि में बड़े-बड़े विद्यापीठ कायम हुए, जिनमें आरम्भ में यद्यपि क़ुरान और इस्लाम की ही शिक्षा दी जाती थी, किन्तु समय के साथ उन्हें दूसरी विद्याओं की ओर भी ध्यान देना पड़ा। मंसूर (754-75 ई०), हारून (786-809 ई०) और मामून (811-33 ई०) अरबी शालिवाहन और विक्रम थे, जिनके दरबार में देश-विदेश के विद्वानों का बड़ा सम्मान होता था। वे स्वयं विद्वान् थे और इनके शाहज़ादों की शिक्षा क़ुरान, उसकी व्याख्याओं और परंपराओं तक ही सीमित न थी, बल्कि उनकी शिक्षा में यूनानी दर्शन, भारतीय ज्योतिष और गणित भी शामिल थे। गोया इस प्रकार अब्बासी खलीफ़ावंश में अरब के सीधे-सादे बद्दुओं की यदि कोई चीज़ बाकी रह गई थी, वह अरबी भाषा थी, जो कि उस वक्त सारे इस्लामी सल्तनत की राजकीय तथा सांस्कृतिक भाषा थी।

यजीद प्रथम (680-717 ई०) के पुत्र खालिद (मृ0 704 ई०) को कीमिया (रसायन) का बहुत शौक था। कहते हैं, उसी ने पहले-पहल एक ईसाई साधु द्वारा कीमिया की एक पुस्तक का यूनानी से अरबी भाषा में अनुवाद कराया। मंसूर (754-75 ई०) के शासन में वैद्यक, तर्कशास्त्र, भौतिक विज्ञान के ग्रन्थ पहलवी या सुरियानी भाषा से अरबी में अनुवादित हुए। इस समय के अनुवादकों में इब्न-अल्-मुक़फ्फ़ा का नाम ख़ास तौर से मशहूर है। मुक़फ्फ़ा स्वयं ईरानी जाति का ही नहीं, बल्कि ईरानी धर्म का भी अनुयायी था। इसने कितने ही यूनानी दर्शन-गन्थों के भी अनुवाद किये थे, किन्तु बहुत से दूसरे प्राचीन अरबी अनुवादों की भाँति यह काल-क़वलित हो गये और हम तक नहीं पहुँच सके, किन्तु उन्होंने प्रथम दार्शनिक विचारधारा प्रवर्तित करने में बड़ा काम किया था, इसमें तो शक ही नहीं।

हारून और मामून के अनुवादकों में कुछ संस्कृत पंडित भी थे, जिन्होंने वैद्यक और ज्योतिष के कितने ही ग्रन्थों के अरबी अनुवाद करने में सहायता दी। इस समय के कुछ दर्शन-अनुवादक और उनके अनुवादित ग्रन्थ निम्न प्रकार है–

अनुवादक	**काल**	**अनुवादित ग्रंथ**	**मूलकार**
योहन (योहन्ना) बिन्-बितरिक्	नवीं सदी	तेमाउस	अफ़लातूँ
”	”	प्राणिशास्त्र	अरस्तू

”	”	मनोविज्ञान	”
”	”	तर्कशास्त्र के अंश	”
अब्दुल्ला नइमल्हिम्सी	635 ई०	“सोफिस्तिक”	अफ़लातूँ
अब्दुल्ला नइमुल्हिम्सी	835 ई०	भौतिक शास्त्र टीका	फिलोपोनु
क्स्ता इब्न-लूका अल्बलबक्की	”	”	”
”	”	”	सिकंदर अफ्रादिसियस्

मामून (811-33 ई०) के बाद भी अनुवाद का काम जारी रहा और उस वक्त के प्रसिद्ध अनुवादकों में हैं–होनेन इब्न-इस्हाक (910 ई०), होवैश इब्न-उल्-हसन्, अबूबिश्र मत्ता इब्न-यूनुस् अल-क़न्नाई (940 ई०), अबू-ज़क्रिया इब्न-आदी....मन्तिकी (974 ई०), अबू-अली ईसा जूरा (1008 ई०), अबुल-खैर अल्-हसन खम्मार (जन्म 942 ई०)।

(2) समकालीन बौद्ध तिब्बती अनुवाद–अनुवाद द्वारा अपनी भाषा को समृद्ध तथा अपनी जाति को सुशिक्षित बनाना हर एक उन्नतिशील सभ्य या असभ्य जाति में देखा जाता है। चीन ने ईसा की पहली सदी से सातवीं सदी तक हजारों भारतीय ग्रन्थों का चीनी में अनुवाद बड़े भारी आयोजन और परिश्रम के साथ इसीलिए कराया था। तिब्बती लोग भी अरब के बद्दुओं की भाँति खानाबदोश अक्षर-संस्कृति-रहित असभ्य जाति के थे। उन्ही की भाँति तथा उसी समय में स्रोङ-चन-गनपो (630-98 ई०) जैसे नेता के नेतृत्व में उन्होंने सारे हिमालय, मध्य-एशिया तथा चीन के पश्चिमी तीन सूबों को जीत एक विशाल साम्राज्य कायम किया और एक बार तो तिब्बती घोड़ों ने गंगा-गंडक के संगम का भी पानी पिया था। अरबों की भाँति ही तिब्बतियों को भी एक विस्तृत राज्य कायम कर लेने पर कबीलेशाही तरीके को छोड़ सामन्तशाही राजनीति और संस्कृति की शिक्षा लेनी पड़ी, जिसमें राजनीति तो चीन से ली। पैगंबर मुहम्मद की तरह स्वयं धर्मचिन्तक न होने से स्रोङ्-चन्ने चीन, भारत, मध्य-एशिया में प्रचलित बौद्ध धर्म को अपनाया, जिसने उसे सभ्यता, कला, धर्म, साहित्य आदि की शिक्षा तेजी से तथा बहुत सहानुभूतिपूर्वक तो दी ज़रूर, किन्तु साथ ही अपने दुःखवाद तथा आदर्शवादी अहिंसावाद की इतनी गहरी घूँट पिलाई कि स्रोङ्-चन् के वंश (630-902 ई०) के साथ ही तिब्बती जाति का जीवन-स्रोत सूख गया। तिब्बती, अरबी दोनों जातियों ने एक ही साथ दिग्विजय प्रारम्भ किया था, एक ही साथ दोनों ने विजित जातियों से सभ्यता की शिक्षा प्राप्त की। यद्यपि अतिशीत-प्रधान भूमि के वासी होने से तिब्बती बहुत दूर तक तो नहीं बढ़े, किन्तु साम्राज्य-विस्तार के साथ वह पश्चिम में बल्तिस्तान (कश्मीर), लद्दाख, लाहुल, स्पिती तक, दक्खिन में हिमालय के बहुत से भागों, भूटान और बर्मा तक वह ज़रूर फैले। सबसे बड़ी समानता दोनों में हम पाते हैं, कि मंसूर-हारून-मामून का समय (754-933 ई०) करीब-करीब वही है, जो कि टि-दे-चुग्-तन् और ठि-स्रोङ-दे-चन् ठि-दे-चन्का (740-877 ई०) का है और इसी समय अरब की भाँति तिब्बत ने भी हज़ारों संस्कृत ग्रन्थों का

अपनी भाषा में अनुवाद कराया, इसका अधिकांश भाग अब भी सुरक्षित है। यह दोनों जातियाँ आपस में अपरिचित न थीं, पूर्वी मध्य-एशिया (वर्तमान सिन्-क्याङ) तथा गिल्गित के पास दोनों राज्यों की सीमा मिलती थी और दोनों राज्यशक्तियों में मित्रतापूर्ण सन्धि भी हुई थी, यद्यपि इस सन्धि के कारण सीमान्त जातियों–विशेषकर ताजि-कों–का भारी अनर्थ हुआ था।

(3) अरबी अनुवाद–यदि हम अनुवादकों के धर्म पर विचार करते हैं, तो तिब्बती और अरबी अनुवादों में बहुत अन्तर पाते हैं। तिब्बती भाषा के अनुवादक चाहे भारतीय हों अथवा तिब्बती, सभी बौद्ध थे। यह ज़रूरी भी था, क्योंकि वैद्यक, छन्द काव्य के कुछ ग्रन्थों के अतिरिक्त जिन ग्रन्थों का अनुवाद उन्हें करना था, वह बौद्ध धर्म या दर्शन पर थे। तिब्बती अनुवाद जितने शुद्ध हैं, उसका उदाहरण और भाषा में मिलना मुश्किल है। अरबी अनुवादकों में कुछ के नाम यह हैं, इनमें प्रायः सभी यहूदी, ईसाई या साबी धर्म के मानने वाले थे।

जार्ज बिन-जिब्रील	ईसा बिन्-यून्स	इब्राहीम हरानी
कस्ता-बिन्-लूका	साबित बिन् कर	याकूब बिन् इस्हाक किंदी
मा-सर्जियस	जोरिया हम्सी	हनैन इब्न-इस्हाक
ईसा बिन्-मार्जियस्	सोन सर्जिस्अ	अयूब रहावी
हुज्जाज बिन्-मत्र	वसील मतरान	युसूफ तबीव
कब्ज़ा रहावी	हैरान	अबू-युसूफ योहन्ना
अब्द यशूअ बिन-ब्रहेज़	तदरस	बितरीक
शेर यशूअ बिन्-कत्रब्	सनान्बिन-साबित्	यह्या बिन्-बितरीक
सादरी अस्क़फ़		

ये मुस्लिम अनुवादक अपने धर्म को बदलना नहीं चाहते थे और उनके संरक्षक इस्लामी शासकों की इस बारे में क्या नीति थी, इसका अच्छा उदाहरण इब्न-जिब्रील का है। खलीफ़ा मंसूर (754-75 ई०) ने एक बार जिब्रील से पूछा कि, तुम मुसलमान क्यों नहीं हो जाते, उसने उत्तर दिया–अपने बाप-दादों के धर्म में ही मरूँगा। चाहे वह ज़न्नत (स्वर्ग) में हों, या दोज़ख (नर्क) में, मैं भी वहीं उन्हीं के साथ रहना चाहता हूँ। इस पर खलीफ़ा हँस पड़ा और अनुवादक को भारी इनाम दिया।

अध्याय 4

दर्शन का प्रभाव और इस्लाम में मतभेद

1. इस्लाम में मतभेद

क़ुरान की भाषा सीधी-सादी थी। किसी बात के कहने का उसका तरीका वही था, जिसे कि हर एक बद्दू अनपढ़ समझ सकता था। इसमें शक नहीं, उसमें कितनी ही जगह तुक, अनुप्रास जैसे काव्य के शब्दालंकारों का ही नहीं, बल्कि उपमा आदि का भी प्रयोग हुआ है, किन्तु ये प्रयोग भी उतनी ही मात्रा में हैं, जिसे कि साधारण अरबी भाषा-भाषी अनपढ़ व्यक्ति समझ सकते हैं। इस तरह जब तक पैगंबर-कालीन अरबों के बौद्धिक तल तक बात रही तथा इस्लामी राजनीति में उसी का प्रभाव रहा, तब तक काम ठीक चलता रहा; किन्तु जैसे ही इस्लामिक दुनिया अरब के प्रायद्वीप से बाहर फैलने लगी और उससे वे विचार टकराने लगे, जिनका जिक्र पिछले अध्यायों में हो आया है, वैसे ही इस्लाम में मतभेद होना जरूरी था।

1. फ़िक़ा या धर्ममीमांसकों का ज़ोर

पैगंबर के जीते-जी क़ुरान और पैगंबर की बात हर एक प्रश्न के हल करने के लिए काफ़ी थी। पैगंबर के देहान्त (622 ई०) के बाद क़ुरान और पैगंबर का आचार (सुन्नत या सदाचार) प्रमाण माना जाने लगा। यद्यपि सभी हदीसों (पैगंबर-वाक्यों, स्मृतियों) के संग्रह करने की कोशिश शुरू हुई थी, तो भी पैगंबर की मृत्यु के बाद एक सदी बीतते-बीतते अक्ल (बुद्धि) ने दखल देना शुरू किया और अक्ल (बुद्धि, युक्ति) और नक्ल (शब्द, धर्मग्रन्थ) का सवाल उठने लगा। हमारे यहाँ के मीमांसकों की भाँति इस्लामिक मीमांसकों–फ़िक़ा वाले फ़कीहों–का भी इसी पर जोर था, कि क़ुरान स्वतः प्रमाण है, उसके बाद पैगंबर-वाक्य तथा सदाचार प्रमाण होते हैं। मीमांसकों के नित्य, नैमित्तिक, काम्य कर्मों की भाँति फ़िक़ा ने कर्मों का भेद निम्न प्रकार किया है–

(1) नित्य या अवश्यकरणीय कर्म, जिसके न करने पर पाप होता है, जैसे नमाज़।

(2) नैमित्तिक (वाजिब) कर्म जिसे धर्म ने विहित किया है और जिसके करने पर पुण्य होता है, किन्तु न करने से पाप नहीं होता।

(3) अनुमोदित कर्म, जिस पर धर्म बहुत जोर नहीं देता।

(4) असम्मत कर्म, जिसके करने की धर्म सम्मति नहीं देता, किन्तु करने पर कर्ता को दंडनीय नहीं ठहराता।

(5) निषिद्ध कर्म, जिस कर्म की धर्म मनाही करता है और करने पर हर हालत में कर्ता को दंडनीय ठहराता है।

फ़िका के आचार्यों में चार बहुत मशहूर हैं–

1. इमाम अबू-हनीफ़ा (767 ई०) कूफ़ा (मेसोपोतामिया) के रहने वाले थे। इनके अनुयायियों को हनफ़ी कहा जाता है। इनका भारत में बहुत ज़ोर है।

2. इमाम मालिक (715-95 ई०) मदीना निवासी थे। इनके अनुयायी मालिकी कहे जाते हैं। स्पेन और मराकों के मुसलमान पहले सारे मालिकी थे। इमाम मालिक ने पैगंबर-वचन (हदीस) को धर्म निर्णय में बहुत ज़ोर के साथ इस्तेमाल किया, जिसका परिणाम यह हुआ, कि विद्वानों ने हदीसों को जमा करना शुरू किया और हदीस वालों (अहले-हदीस) का एक प्रभावशाली गिरोह बन गया।

3. इमाम शाफ़ई (767-820 ई०) ने शाफ़ई नामक तीसरे फ़िक़ा-सम्प्रदाय की नींव डाली। यह सुन्नत (सदाचार) पर ज़्यादा जोर देते थे।

4. इमाम अहमद इब्न-हंबल ने हंबलिया नामक तीसरे फ़िक़ा सम्प्रदाय की नींव डाली। यह ईश्वर को साकार मानते हैं।

हनफ़ी और शाफ़ई दोनों मतों में कयास–दृष्टान्त द्वारा किसी निष्कर्ष पर पहुँचना–पर ज़्यादा जोर रहा है और यह साफ है, कि इमाम हनीफ़ा को इस विचार पर पहुँचने में (कूफ़ा) के बौद्धिक वायुमंडल ने बहुत मदद दी। शाफ़ई ने इस बात में हनफ़ियों से बहुत कुछ लिया।

क़ुरान, सुन्नत (पैगंबरी सदाचार), कयास के अतिरिक्त चौथा प्रमाण बहुमत (इज्माअ) को भी माना जाने लगा। इनमें पूर्व-पूर्व को बलवत्तर प्रमाण समझा गया है।

2. मतभेदों (फित्नों) का प्रारम्भ

(1) हलूल–मुस्लिम ऐतिहासिक इस्लाम में पहले मतभेद को इब्न-सबा (सबा-पुत्र) के नाम से संबद्ध करते हैं, जो कि सातवीं सदी में हुआ था। इब्न-सबा यहूदी से मुसलमान हुआ था और विरोधियों के मुकाबले में हज़रत अली (पैगंबर के दामाद) में भारी श्रद्धा रखता था। इसने हलूल (अर्थात् जीव अल्लाह में समा जाता है) का सिद्धान्त निकाला था।

(पुराने शीआ)–इब्न-सबा के बाद शीआ और दूसरे सम्प्रदाय पैदा हुए, किन्तु उस वक्त तक इनके मतभेद दार्शनिक रूप न लेकर ज़्यादातर क़ुरान और पैगंबर-सन्तान के प्रति श्रद्धा और अश्रद्धा पर निर्भर थे। शीआ लोगों का कहना था, कि पैगंबर के उत्तराधिकारी होने का अधिकार उनकी पुत्री फ़ातमा तथा अली की सन्तान को है। हाँ, आगे चलकर दार्शनिक मतभेदों से इन्होंने फ़ायदा उठाया और मोतज़ला तथा सूफियों की बहुत-सी बातें लीं और अन्त में अरबों ईरानियों के द्वंद्व से फ़ायदा उठाने में इतनी सफलता प्राप्त की, कि ईरान में पंद्रहवीं सदी में जब सफ़ावी वंश (1499-1736 ई०) का शासन कायम हुआ, तो उसने शीआ-मत को राज़-धर्म घोषित कर दिया।

(2) जीव कर्म करने में स्वतंत्र–अबू-यूनस् ईरानी (अज़मी) पैगंबर के साथियों (सहाबा) में से था। इसने यह सिद्धान्त निकाला, कि जीव काम करने में स्वतन्त्र है, यदि करने में स्वतन्त्र न हो, तो उसे दंड नहीं मिलना चाहिए। बनी-उमैय्या के शासन काल में इस सिद्धान्त ने राजनीतिक आन्दोलन का रूप ले लिया था। माबद बिन्-खालिक ज़हनी ने कर्म-स्वातन्त्र्य के प्रचार द्वारा लोगों को शासकों के खिलाफ भड़काना शुरू किया, उनके विरुद्ध दूसरी ओर शासक बनी-उमैय्या कर्म-पारतंत्र्य के सिद्धान्त को इस्लाम-सम्मत कहकर प्रचार करते थे।

(3) ईश्वर निर्गुण (विशेषण-रहित)–ज़हम बिन्-सफ़वान का कहना था, कि अल्लाह सभी गुणों या विशेषणों से रहित है, यदि उसमें गुण माने जायें, तो उसके साथ दूसरी वस्तुओं

के अस्तित्व को मानना पड़ेगा। जैसे, उसे ज्ञाता (ज्ञान-गुणवाला) मानें, तो यह भी मानना पड़ेगा, कि वह चीज़ें भी सदा रहेंगी, जिनका कि ज्ञान ईश्वर को है। फिर ऐसे हालत में इस्लाम का ईश्वर-अद्वैत (तौहीद)-वाद खत्म हो जायेगा। अतएव अल्लाह कर्ता-ज्ञाता-श्रोता-सृष्टिकर्ता, दंडकर्ता...कुछ नहीं है। यह विचार शंकराचार्य के निर्विशेष चिन्मात्र (विशेषण से रहित चेतना मात्र ही एकतत्त्व है) से कितना मिलता है, इसे हम आगे देखेंगे, किन्तु इस वक्त तक शंकर (788-820 ई०) अभी पैदा नहीं हुए थे; तो भी नव-अफलातूनवाद एवं बौद्धों का विज्ञानवाद उस वक्त मौजूद था।

(4) अन्तस्तमवाद (बातिनी)–ईरानियों (अज़मियों) ने एक और सिद्धान्त पैदा किया, जिसके अनुसार क़ुरान में जो कुछ भी कहा गया है, उसके अर्थ दो प्रकार के होते हैं–एक बाहरी (जाहिरी), दूसरा बातिनी (आन्तरिक या अन्तस्तम)। इस सिद्धान्त के अनुसार क़ुरान के हर वाक्य का अर्थ, उसके शब्द से भिन्न किया जा सकता है और इस प्रकार सारी इस्लामिक परंपरा को उल्टा जा सकता है। इस सिद्धान्त के मानने वाले ज़िन्दीक कहे जाते हैं, जिनके ही तालीमिया (शिक्षार्थी), मुल्हिद, बातिनी इस्माइली आदि भिन्न-भिन्न नाम हैं। आगाखानी मुसलमान इसी मत के अनुयायी हैं।

2. इस्लाम के दार्शनिक संप्रदाय

आदिम इस्लाम सीधे-सादे रेगिस्तानी लोगों का भोला भाला विश्वास था, किन्तु आगे की ऐतिहासिक प्रगति ने उसमें गड़बड़ी शुरू की, इसका जिक्र कुछ हो चुका है। मेसोपोतामिया के बसरा जैसे नगर इस तरह के मतभेदों के लिए उर्वर स्थान थे, यह बात भी पीछे के पन्नों को पढ़ने वाले आसानी से समझ सकते हैं।

1. मोतज़ला सम्प्रदाय

बसरा मोतज़लों की जन्म और कर्म-भूमि थी। मोतज़ला इस्लाम का पहला सम्प्रदाय था, जिसने दर्शन के प्रभाव को अपने विचारों द्वारा व्यक्त किया। उनके विचार इस प्रकार थे–

(1) जीव कर्म में स्वतंत्र–जीव को परतन्त्र मानने पर उसे बुरे कर्मों का दंड देना अन्याय है, इसलिए अबू-यूनुस् की तरह मोतज़ली कहते थे, कि जीव कर्म करने में स्वतन्त्र है।

(2) ईश्वर सिर्फ़ भलाइयों का स्रोत–इस्लाम के सीधे-सादे विश्वास में ईश्वर सर्वशक्तिमान् और अद्वितीय है, उसके अतिरिक्त कोई सर्वोपरि शक्ति नहीं है। मोतज़लों की तर्कप्रणाली थी–दुनिया में हम भलाइयाँ ही नहीं, बुराइयाँ भी देखते हैं, किन्तु इन बुराइयों का स्रोत भगवान् नहीं हो सकते, क्योंकि वह केवल भलाइयों के ही स्रोत (शिव) हैं। भलाइयों का स्रोत होने के ही कारण ईश्वर नर्क आदि के दंड नहीं दे सकता।

(3) ईश्वर निर्गुण–ज़हम् बिन्-सफ़वान की तरह मोतज़ली ईश्वर को निर्गुण मानते थे, दया आदि गुणों का स्वामी होने पर ईश्वर के अतिरिक्त उन वस्तुओं के सनातन अस्तित्व को स्वीकार करना पड़ेगा, जिन पर कि ईश्वर अपने दया आदि गुण प्रदर्शित करता है, जिसका अर्थ होगा ईश्वर के अतिरिक्त दूसरे भी कितने ही सनातन पदार्थ हैं।

(4) ईश्वर की सर्वशक्तिमत्ता सीमित–इस्लाम में आम-विश्वास था कि ईश्वर की शक्ति असीम है। मोतज़ली पूछते थे–क्या ईश्वर अन्याय कर सकता है? यदि नहीं, तो इसका अर्थ है, ईश्वर की शक्तिमत्ता इतनी विस्तृत नहीं है, कि वह बुराइयों को भी करने लगे। पुराने मोतज़ली कहते थे, कि ईश्वर वैसा करने में समर्थ होते भी शिव होने के कारण वैसा नहीं कर सकता। पीछे वाले मोतज़ली ईश्वर में ऐसी शक्ति का ही साफ-साफ अभाव मानते थे।

(5) ईश्वरीय चमत्कार (मोज़ज़ा) गलत–और धर्मों की भाँति इस्लाम में–और खुद क़ुरान में भी–ईश्वर और पैगंबरों की इच्छानुसार अप्राकृतिक घटनाओं का घटना माना जाता है। मोतज़ली चिन्तकों का कहना था, कि हर एक पदार्थ के अपने स्वाभाविक गुण होते हैं, जो कभी बदल नहीं सकते; जैसे आग का स्वाभाविक गुण गर्मी है, जो कि आग के रहते कभी बदल नहीं सकती। पैगंबरों की जीवनियों में, जिन्हें हम मोज़ज़ा समझते हैं, उनका या तो, कोई दूसरा अर्थ है अथवा वह प्रकृति के ऐसे नियमों के अनुसार घटित हुए हैं, जिनका हमें ज्ञान नहीं है और हम उन्हें अप्राकृतिक घटना कह डालते हैं।

(6) ज़गत् अनादि नहीं सादि–दूसरे मुसलमानों की भाँति मोतज़ला-पंथवाले भी जगत् को ईश्वर की कृति मानते थे, उन्हीं की तरह ये भी जगत् को अभाव से भाव में आया मानते थे। इस प्रकार इस बात में वह अरस्तू के जगत् अनादिवाद के विरोधी थे।

(7) क़ुरान भी अनादि नहीं सादि–सनातनी मुसलमान मोतज़लियों के जगत्-सादिवाद से खुश नहीं हो सकते थे, क्योंकि जिस तरह ईश्वरकृत होने से वह जगत् को सादि मानते थे। उसी तरह ईश्वरकृत होने के कारण वह क़ुरान को भी सादि मानते थे। अल्लाह की भाँति क़ुरान को अनादि मानने को मोतज़ली द्वैतवाद तथा मूर्ति-पूजा जैसा दुष्कर्म बतलाते थे। हम कह चुके हैं, कि कर्म स्वातंत्र्य जैसे सिद्धान्त को लेकर ज़हनी ने उमैय्या खलीफ़ों के खिलाफ आन्दोलन खड़ा कर दिया था, बनी-उमैय्या को खत्म कर, जब अब्बासीय खलीफ़ा बने, तो उनकी सहानुभूति कर्म-स्वातंत्र्यवादियों तथा उनके उत्तराधिकारियों-मोतज़लियों के विचारकों के प्रति होनी जरूरी थी। बगदाद के मोतज़ली खलीफ़ा क़ुरान के अनादि होने के सिद्धान्त को कुफ (नास्तिकता) मानते थे और इसके लिए लोगों को राजदंड दिया जाता था। क़ुरान को सादि बतला मोतज़ली अल्लाह के प्रति अपनी भारी श्रद्धा दिखाते हों, यह बात न थी, इससे उनका अभिप्राय यह था, कि क़ुरान भी अनित्य ग्रन्थों में है, इसलिए उसकी व्याख्या करने में काफी स्वतन्त्रता की गुंजाइश है और इस प्रकार पुस्तक की अपेक्षा बुद्धि का महत्त्व बढ़ाया जा सकता है। उनका मत था–ईश्वर ने जब जगत और मानव को पैदा किया, तो साथ ही मनुष्य में भलाई-बुराई, सच्चाई-झुठाई के परखने तथा भगवान् को जानने के लिए बुद्धि भी प्रदान की। इस प्रकार वह ग्रन्थोक्त धर्म की अपेक्षा निसर्ग (बुद्धि)-सिद्ध धर्म पर ज्यादा ज़ोर देना चाहते थे। यह ऐसी बात थी, जिसके लिए सनातनी मुसलमान मोतज़लियों को क्षमा नहीं कर सकते थे और वस्तुतः काफिर मोतज़ली तथा दहरिया (जड़वादी, नास्तिक) उनकी भाषा में अब भी पर्यायवाची शब्द हैं।

(8) इस्लामिक वाद-शास्त्र के प्रवर्तक–मोतज़ली यद्यपि ग्रन्थवाद के पक्षपाती न थे, किन्तु साथ ही वह ग्रन्थ को प्रमाणकोटि से उठाना भी नहीं चाहते थे। बुद्धिवादी दुनिया में, वह

अच्छी तरह समझते थे, कि अरबों की भोली श्रद्धा से काम नहीं चल सकता; इसलिए उन्होंने ग्रन्थ (क़ुरान) और बुद्धि में समन्वय करना चाहा, लेकिन इसका आवश्यक परिणाम यह हुआ, कि उन्हें कितने ही पुराने विश्वासों से इन्कार करना पड़ा और क़ुरान की व्याख्या में काफ़ी स्वतन्त्रता बरतने की ज़रूरत महसूस हुई। अपने इस समन्वय के काम के लिए उन्हें इस्लामी **वादशास्त्र** (इल्म-कलाम) की नींव रखनी पड़ी, जो बगदाद के आरंभिक खलीफ़ों की बौद्धिक नव-जागृति के समय पसंद भले ही किया गया हो, किन्तु पीछे वह अश्अरी, ग़ज़ाली जैसे "पुराणवादी" आधुनिकों की दृष्टि में बुरी चीज़ मालूम हुई।

मोतज़लियों की इस्लाम के प्रति नेकनीयती के बारे में, तो सन्देह न करने का यह काफ़ी प्रमाण है, कि वह यूनानी दर्शन तथा अरस्तू के तर्कशास्त्र के सख्त दुश्मन थे, किन्तु इस दुश्मनी में वह बुद्धि के हथियार को ही इस्तेमाल कर सकते थे, जिसके कारण उन्हें कितनी ही बार इस्लाम के "सीधे रास्ते" (सरातल-मुस्तकीम) से भटक जाना पड़ता था।

(9) मोतज़ली आचार्य–हारून-मामून-शासनकाल (786-833 ई०) दूसरी भाषाओं से अरबी में अनुवाद करने का सुनहला काल था! इन अनुवाद के कारण, जो बौद्धिक नव-जागृति हुई और उसके कारण इस्लाम के बारे में जो लोगों को सन्देह होने लगा, उसी से लड़ने के लिए मोतज़ला सम्प्रदाय पैदा हुआ था। मोतज़ला के झंडे के नीचे खड़े होकर जिन विद्वानों ने इस लड़ाई को लड़ा था, उनमें से कुछ ये हैं–

(क) अल्लाफ अबुल-हुजैल अल्-अल्लाफ–यह मोतज़लियों का सबसे बड़ा विद्वान् है। इसका देहान्त नवीं सदी के मध्य में हुआ था और इस प्रकार शंकराचार्य का समकालीन था। शंकर की ही भाँति अल्लाफ भी एक ज़बर्दस्त वादचतुर विद्वान् तथा पूर्णरूपेण अपने मतलब के लिए दर्शन को इस्तेमाल करने की कोशिश करता था। ईश्वर-अद्वैत को निर्गुण सिद्ध करने में, उसकी भी कितनी ही युक्तियाँ अपने समसामयिक शंकर के निर्विशेष-चिन्मात्र–ब्रह्म-द्वैत–साधक तर्क की भाँति थीं। अल्लाह (ईश्वर या ब्रह्म) में कोई गुण (विशेषण) नहीं हो सकता, क्योंकि गुण दो ही तरह से रह सकता है, या तो वह गुणी से अलग हो, या गुणी-स्वरूप हो। अलग मानने से अद्वैत नहीं और एक ही मानने से निर्गुण ईश्वर तथा गुण-स्वरूप ईश्वर में शब्द का ही अन्तर होगा। मनुष्य के कर्म को अल्लाफ़ दो तरह का मानता है–एक प्राकृतिक (नैसर्गिक) या शरीर के अंगों का कर्म, दूसरा आचार (पुण्य-पाप) सम्बन्धी अथवा हृदय का कर्म। आचार-सम्बन्धी (पुण्य-पाप कहा जाने वाला) कर्म वही है, जिसे हम बिना किसी बाधा के कर सकें। आचार-सम्बन्धी कर्म (पुण्य, पाप) मनुष्य की अपनी अर्जित निधि है, उसके प्रयत्न का फल है। ज्ञान मनुष्य को भगवान् की ओर से तो, भगवद्वाणी (क़ुरान आदि) से और कुछ प्रकृति के प्रकाश से प्राप्त होता है। किसी भी भगवद्वाणी के आने से पहले भी प्रकृति द्वारा मनुष्य को कर्तव्य-मार्ग की शिक्षा मिलती रही है, जिससे वह ईश्वर को जान सकता है, भलाई-बुराई में विवेक कर सकता है और सदाचार, सच्चाई और निश्छलता का जीवन बिता सकता है।

(ख) नज़्ज़ाम–नज़्ज़ाम, संभवतः अल्लाफ का शागिर्द था। इसकी मृत्यु 845 ई० में हुई थी। कितने ही लोग नज़्ज़ाम को पागल समझते थे और कितने ही नास्तिक। नज़्ज़ाम के अनुसार

ईश्वर बुराई करने में बिलकुल असमर्थ है। वह वही काम करता है, जिसे कि वह अपने ज्ञान में अपने सेवक के लिए बेहतर समझता है। उसकी सर्वशक्तिमत्ता की बस उतनी ही सीमा है, जितना कि वह वस्तुतः करता है। इच्छा भगवान् का गुण नहीं हो सकती, क्योंकि इच्छा उसी को हो सकती है, जिसे किसी चीज़ की ज़रूरत–कमी हो। सृष्टि को भगवान् एक ही बार करता है, हर एक सृष्टि वस्तु में वह शक्ति उसी वक्त निहित कर दी जाती है, जिससे कि वह आगे अपने निर्माणक्रम को जारी रख सके। नज्ज़ाम परमाणुवाद को नहीं मानता। पिंड परमाणुओं से नहीं घटनाओं से बने हैं–उसके इस विचार में आधुनिकता की झलक दिखलाई पड़ती है। रूप, रस, गन्ध जैसे गुणों को भी नज्ज़ाम पिंड (पदार्थ) ही मानता है, क्योंकि गुण, गुणी अलग वस्तुएँ नहीं हैं। मनुष्य के आत्मा या बुद्धि को भी वह एक प्रकार का पिंड मानता है। आत्मा मनुष्य का अतिश्रेष्ठ भाग है, वह सारे शरीर में व्यापक है। शरीर उसका साधन (करण) है। कल्पना और भावना आत्मा की गति को कहते हैं। दीन और धर्म में किसको प्रमाण माना जाय, इसमें नज्जाम का उत्तर शीओं जैसा है, फिकाकी बारीकियों से इसका निर्णय नहीं कर सकते, यथार्थवक्ता (आप्त) इमाम ही इसके लिए प्रमाण हो सकता है। मुसलमानों के बहुमत को वह प्रमाण नहीं मानता। उसका कहना है–सारी ज़मात गलत धारणा रख सकती है, जैसा कि उनका यह कहना, कि दूसरे पैगंबरों की अपेक्षा मुहम्मद-अरबी में यह विशेषता थी, कि वह सारी दुनिया के लिए पैगंबर बनाकर भेजे गये थे, जो कि गलत है, खुदा हर पैगंबर को सारी दुनिया के लिए भेजता है।

(ग) ज़हीज़ (869 ई०)–नज़्ज़ाम का शिष्य ज़हीज़ एक सिद्धहस्त लेखक तथा गंभीर चेता दार्शनिक था। वह धर्म और प्रकृति-नियम के समन्वय को सत्य के लिए सबसे जरूरी समझता था। हर चीज़ में प्रकृति का नियम काम कर रहा है और ऐसे हर काम में कर्ता ईश्वर की झलक है। मानवबुद्धि कर्ता का ज्ञान कर सकती है।

(घ) मुअम्मर–मुअम्मर का समय 900 ई० के आसपास है। अपने पहले के मोतज़लियों से भी ज़्यादा "निर्गुणवाद" पर उसका जोर है। ईश्वर सभी तरह के द्वैत से सर्वथा मुक्त है, इसलिए किसी गुण-विशेषण की उसमें संभावना नहीं हो सकती। ईश्वर न अपने को जानता है और न अपने से भिन्न किसी वस्तु या गुण को जानता है, क्योंकि जानना स्वीकार करने पर ज्ञाता ज्ञेय आदि अनगिनत द्वैत आ पहुँचेंगे, मुअम्मर के मत से गतिस्थिति, समानता-असमानता आदि केवल काल्पनिक धारणायें हैं, इनकी कोई वास्तविक सत्ता नहीं है। मनुष्य की इच्छा कोई बधन नहीं रखती। इच्छा ही एक मात्र मनुष्य की क्रिया है, बाकी क्रियाएँ तो शरीर से सम्बन्ध रखती हैं।

(ङ) अबू-हाशिम बस्त्री (933 ई०)–अबू-हाशिम का मत था, कि सत्ता और अ-सत्ता के बीच की कितनी ही स्थितियाँ हैं, जिनमें ईश्वर के गुण, घटनाएँ, जाति (सामान्य) के ज्ञान शामिल हैं। सभी ज्ञानों में सन्देह का होना जरूरी है।

2. करामी संप्रदाय

मोतज़लियों की क़ुरान की व्याख्या में निरंकुशता को बहुत से श्रद्धालु मुसलमान खतरे की चीज़ समझते थे। नवीं सदी ईसवी में मोतज़लियों के विरुद्ध जिन लोगों ने आवाज़ उठाई थी, उनमें

करामी सम्प्रदाय भी था। इसके प्रवर्तक मुहम्मद बिन्-कराम सीस्तान (ईरान) के रहने वाले थे। मोतज़ला ने ईश्वर को साकार (स-शरीर) क्या सगुण मानने से भी इन्कार कर दिया था, इन-कराम ने उसे बिलकुल एक मनुष्य-राजा की तरह का घोषित किया। इब्न-तैमिया की भाँति उसका तर्क था-जो वस्तु साकार नहीं, वह मौजूद ही नहीं हो सकती।

3. अश्अरी संप्रदाय

जिस वक्त मोतज़लियों और करामियों के एक दूसरे के पूर्णतया विरोधी निर्गुणवाद और साकारवाद चल रहे थे, उसी वक्त एक मोतज़ली परिवार में अबुल्-हसन अश्अरी (873-935 ई०) पैदा हुआ। उसने देखा कि मोतज़ला जिस तरह के प्रहारों से इस्लाम को बचाना चाहते हैं, उनकी उपेक्षा नहीं की जा सकती, इसलिए कुछ हद तक हमें मोतज़लों के बुद्धिमूलक विचारों के साथ जाना चाहिए, किन्तु कोरा बुद्धिवाद इस्लाम के लिए खतरे की चीज़ है, इसका भी ध्यान रखना होगा। इसी तरह परंपरा की अवहेलना से इस्लाम पर जो अविश्वास आदि का खतरा हो सकता है, उसकी ओर देखना भी ज़रूरी है, किन्तु साथ ही बुद्धिवाद के तकाज़े को बिलकुल उपेक्षा की दृष्टि से देखना खतरनाक होगा, क्योंकि इसका अर्थ होगा, इस्लाम के प्रति शिक्षित प्रतिभाओं का तिरस्कार। इसीलिए अश्अरी ने कहा कि ईश्वर राजा या मनुष्य जैसा साकार व्यक्ति नहीं है। अश्अरी और उसके सम्प्रदाय के मुख्य-मुख्य सिद्धान्त इस प्रकार थे–

(1) कार्य-कारण नियम (हेतुवाद) से इन्कार –मोतज़ला का मत था, कि वस्तु के नैसर्गिक गुण नहीं बदलते, इसलिए मोज़ज़ा या अप्राकृतिक चमत्कार गलत हैं। दार्शनिकों का कहना था, कि कार्य-कारण का नियम अटूट है, बिना कारण के कार्य नहीं हो सकता; इसलिए ईश्वर को कर्ता मानने पर भी उसे कारण (उपादान-कारण) की ज़रूरत होगी और जगत् के उपादान कारण-प्रकृति को मान लेने पर ईश्वर अद्वैत तथा जगत् का सादि होना–ये दोनों इस्लामी सिद्धान्त गलत हो जायेंगे। इन दोनों दिक्कतों से बचने के लिए अश्अरी ने कार्य-कारण के नियम को ही मानने से इन्कार कर दिया। कोई चीज़ किसी कारण से नहीं पैदा होती, खुदा ने कार्य को भी उसी तरह बिलकुल नया पैदा किया, जैसे कि उसने उससे पहले वाली चीज़ को पैदा किया था, जिसे कि हम गलती से कारण कहते हैं। हर वस्तु परमाणुमय है और हर परमाणु क्षण भर का मेहमान है। पहले तथा दूसरे क्षण के परमाणुओं का आपस में कोई संबंध नहीं, दोनों को उनके पैदा होने के समय भगवान् बिना किसी कारण के (अभाव-से) पैदा करते हैं। अश्अरी के मतानुसार न सूरज की गर्मी जल को भाप बनाती है, न भाप से बादल बनता है, न हवा बादल को उड़ाती है, न पानी बादल से बरसता है, बल्कि अल्लाह एक-एक बूँद को अभाव से भाव के रूप में टपकाता है, अल्लाह बिना उपादान कारण (भाप) के सीधे बादल बनाता है..। अश्अरी सर्वशक्तिमान् ईश्वर के हर क्षण कार्यकारण-संबंधहीन बिलकुल नये निर्माण का उदाहरण, एक लेखक के रूप में उपस्थित करता है। ईश्वर आदमी को बनाता है, फिर इच्छा को बनाता है, फिर लेखन-शक्ति को; फिर हाथ में गति पैदा करता है, अन्त में कलम में गति पैदा करता है। यहाँ हर क्रिया को ईश्वर अलग-अलग सीधे तौर से बिना किसी कार्य-कारण के सम्बन्ध से करता है। कार्य-कारण के नियम के बिना ज्ञान

भी संभव नहीं हो सकता, इसके उत्तर में अश्अरी कहता है–अल्लाह हर चीज़ को जानता है, वह सिर्फ़ दुनिया की चीजों तथा जैसी वह दिखाई पड़ती है, उन्हीं को नहीं पैदा करता, बल्कि उनके सम्बन्ध के ज्ञान को भी आदमी की आत्मा में पैदा करता है।

(2) भगवद्-वाणी क़ुरान (शब्द) एकमात्र प्रमाण-हिन्दू मीमांसकों की भाँति अशअरी सम्प्रदाय वाले भी मानते हैं, कि सच्चा (निर्भ्रांत) ज्ञान सिर्फ़ शब्द प्रमाण द्वारा ही प्राप्त किया जा सकता है, हाँ, अन्तर इतना ज़रूर है, कि अश्अरी मीमांसको की भाँति किसी अपौरुषेय शब्द-प्रमाण (वेद) को न मानकर, अल्लाह के कलाम (भगवद्वाणी) क़ुरान को सर्वोपरि प्रमाण मानता है। क़ुरान का सहारा लिये बिना अलौकिक स्वर्ग, नर्क, फरिश्ता आदि वस्तुओं को नहीं जाना जा सकता। इन्द्रियाँ आमतौर से भ्रान्ति नहीं पैदा करतीं, किन्तु बुद्धि हमें गलत रास्ते पर ले जा सकती है।

(3) ईश्वर सर्वनियम-मुक्त–ईश्वर सर्वशक्तिमान् कर्ता है। वह किसी उपादान कारण के बिना हर चीज़ को हर क्षण बिलकुल नई पैदा करता है, इस प्रकार वह जगत् में देखे जाने वाले सारे नियमों से मुक्त है, सारे नैतिक नियमों की जिम्मेवारियों से वह मुक्त है। शरह-मुवाफिक् में इस सिद्धान्त की व्याख्या करते हुए लिखा है–"अल्लाह के लिए यह ठीक है, कि वह मनुष्य को इतना कष्ट दे, जो कि उसकी शक्ति से बाहर है। अल्लाह के लिए यह ठीक है, कि वह अपनी प्रजा (सृष्टि) को सुफल या दंड दे, चाहे उसने कोई अपराध किया हो या न किया हो। अल्लाह-ताला अपने सेवकों के साथ जो चाहे करे, अल्लाह को अपने बंदों के भावों के खयाल करने की कोई ज़रूरत नहीं। अल्लाह को भगवद्वाणी (क़ुरान) द्वारा ही पहचाना जा सकता है, बुद्धि के द्वारा नहीं।"

इस सिद्धान्त के सर्मथन में अश्अरी क़ुरान के वाक्यों को प्रमाण के तौर पर पेश करता है। जैसा कि–

"हुव ल्-काहिरो फौक्-इबादिही" (वह अपने बंदों पर सर्वत्र स्वतंत्र है)।

"कुल् कुल्लन् मिन् इन्दे ल्लाहे" (कह सब अल्लाह और से है)।

"व मा तशावून इल्ला अन्ँ य्यशाअ ल्लाह" (तुम किसी बात को न चाहोगे, जब तक कि अल्लाह नहीं चाहे)।

इस तरह ईश्वर की सीमा रहित सर्वशक्तिमत्ता अश्अरियों के प्रधान सिद्धान्तों में एक है।

(4) देश, काल और गति में विच्छिन्न-विन्दुवाद–हेतुवाद के इन्कार के प्रकरण में बतला चुके हैं, कि अश्अरी न जगत् में कार्यकारण-नियम को मानता और न ही जगत् की वस्तुओं को देश, काल या गति में किसी तरह के अ-विच्छिन्न प्रवाह के तौर पर मानता है। अंक-एक, दो, तीन...में हम किसी तरह का अविच्छिन्न क्रम नहीं मानते। एक की संख्या समाप्त होती, दो की संख्या अस्तित्व में आ जाती है–पूछा जाये, एक से दो में संख्या ज्ञान सर्प की भाँति सरकता हुआ पहुँचता है या मेंढक की तरह कूदता–उत्तर मिलेगा-कूदता। गति देश या दिशा में वस्तुओं में होती है। हम वाण को एक देश से दूसरे देश पहुँचते देखते हैं। सवाल है, यदि वाण हर वक्त किसी स्थान में स्थित है, तो वह स्थिति–गति-शून्यता–रखता है, फिर उसे गति कहना गलत होगा। अब यदि आप दृष्टि गति को सिद्ध करना चाहते हैं, तो एक ही रास्ता है, वह यही है, कि यहाँ भी साँप की

भाँति सरकने की जगह संख्या की भाँति गति को भिन्न-भिन्न कुदान मानें। अकारण परमाणु एक क्षण के लिए पैदा होकर नष्ट हो जाता है, दूसरा नया अकारण परमाणु अपने देश, अपने काल के लिए पैदा होता है और नष्ट होता है। पहले परमाणु और दूसरे परमाणु के बीच शून्यता–गति-शून्यता, देश-शून्यता है। यही नहीं हर पहले क्षण (अब) और दूसरे क्षण (अब)–के बीच किसी प्रकार का संबंध न होने से यहाँ कालिक-शून्यता है–काल जो है, वह "अब" है, जो "अब" नहीं वह काल नहीं और यहाँ दो "अब" के बीच हम कुछ नहीं पाते, जो ही कालिक-शून्यता है। अश्अरी "मेंढक-कुदान" (प्लुति) के सिद्धान्त से ईश्वर की सर्वशक्तिमत्ता, हेतुवाद-निषेध तथा वस्तु-गति-देश-काल की परमाणु-रूपता सभी को इस प्रकार सिद्ध करता है। यहाँ यह ध्यान रखने की बात है, कि अश्अरियों ने इस "मेंढक कुदान","विच्छिन्न प्रवाह","विन्द्र घटना","विच्छिन्न परमाणु-सन्तति" को वस्तु-स्थिति से उत्पन्न होने बाली किसी गुत्थी को सुलझाने के लिए नहीं स्वीकार किया, जैसे कि हम आज के सापेक्षतावाद "क्वन्तम्-सिद्धान्त" अथवा बौद्धों के क्षणिक अनात्मवाद और मार्क्सिया भौतिकवाद में पाते हैं। अश्अरी इससे मोज़ज़ा (दिव्य चमत्कार), ईश्वर की निरंकुशता आदि को सिद्ध करना चाहता है। ऐसे सिद्धान्तों से स्वेच्छाचारी मुसलमान शासकों को अल्लाह की निरंकुशता के पर्दे में अपनी निरंकुशता को छिपाने का बहुत अच्छा मौका मिलता है, इसमे संदेह नहीं।

(5) पैगंबर का लक्षण–पैगंबर (खुदा का भेजा) कौन है, इसके बारे में मुवकिफ़ ने कहा है–"(पैगंबर वह है) जिससे अल्लाह ने कहा–मैंने तुझे भेजा या लोगों को मेरी ओर से (संदेश) पहुँचा या इस तरह के (दूसरे) शब्द। इस (पैगंबर होने) में न कोई शर्त है और न योग्यता (का खयाल) है, बल्कि अल्लाह अपने सेवकों में से जिसको चाहता है, उसे अपनी कृपा का ख़ास (पात्र) बनाता है!"

(6) दिव्य चमत्कार (मोज़ज़ा)–ऐसा तो कोई भी दावा कर सकता है, कि मुझे खुदा ने यह कह कर भेजा है, इसी के लिए अश्अरी लोग ईश्वरी प्रमाण की भाँति दिव्य चमत्कार या मोज़ज़ा को पैगंबरी के सबूत के लिए ज़रूरी समझते हैं। मोज़ज़ा को सिद्ध करने की धुन में इन्होंने किस तरह हेतुवाद से इन्कार किया और खुदा के हर क्षण नये परमाणुओं के पैदा करने की कल्पना की, इसे हम बतला चुके हैं।

अध्याय 5

पूर्वी इस्लामी दार्शनिक (1)

(शारीरिक ब्रह्मवादी)

1. अज़ुज़ीद्दीन राज़ी (923 या 932 ई०)

शारीरिक ब्रह्मवाद या पिथागोरी प्राकृतिक दर्शन के इस्लामिक समर्थकों में इमाम राज़ी और "पवित्र-संघ" मुख्य हैं। पवित्र संघ कई कारणों से बदनाम हो गया, जिससे मुसलमानों पर उसका प्रभाव उतना नहीं पड़ सका, किन्तु राज़ी इस बात में ज़्यादा सौभाग्यशाली था, जिसका कारण उसकी नरम दर्शन शैली थी, जिसके बारे में हम आगे कहने वाले हैं।

(1) जीवनी–अजीज़ुद्दीन राज़ी का जन्म पश्चिमी ईरान के रे शहर में हुआ था। दूसरी धार्मिक शिक्षाओं के अतिरिक्त गणित, वैद्यक और पिथोगोरीय दर्शन का अध्ययन उसने विशेष तौर से किया था। वैद्यक में तो इतना ही कहना काफी है, कि वह अपने समय का सिद्धहस्त हकीम था। वाद विद्या के प्रति उसकी अश्रद्धा थी और तर्कशास्त्र में शायद उसने अरस्तू की एक पुस्तक से अधिक पढ़ा न था। सरकारी हकीम के तौर पर वह पहले रे और पीछे बगदाद के अस्पताल का प्रधान रहा। पीछे उसका मन उचट गया और देशाटन की धुन सवार हुई। इस यात्रा काल में वह कई सामन्तों का कृपा-पात्र रहा, जिनमें ईरानी सामंती वंशों (600-999 ई०) शासक मंसूर इब्न-इस्हाक भी था, जिसको कि उसने अपना एक वैद्यक ग्रन्थ समर्पित किया है।

(साधरण विचार)–राज़ी के दिल में वैद्यक विद्या के प्रति भारी श्रद्धा थी। वैद्यकशास्त्र हजारों वर्षों के अनुभव से तैयार हुआ और राज़ी का कहना था, कि एक छोटे से जीवन में किसी व्यक्ति के तजुर्बे से मेरे लिए हज़ारों वर्षों के तजुर्बे द्वारा संचित ज्ञान ज़्यादा मूल्यवान है।

1. दार्शनिक विचार

(क) जीव और शरीर–शरीर और जीव में राज़ी जीव को प्रधानता देता। है। जीवन (आत्मा)-संबंधी अस्वस्थ शरीर पर भी बुरा प्रभाव डालता है, इसीलिए राज़ी वैद्य के लिए आत्मा (जीव) का चिकित्सक होना भी ज़रूरी समझता था। तो भी, वह चिकित्सा बहुत से आत्मिक रोगों में असफल रहती है, जिसके कारण राज़ी का झुकाव निराशावादी की ओर ज़्यादा था। दुनिया में भलाई से बुराई का पल्ला भारी है।

कीमिया (रसायन) शास्त्र पर राज़ी की बहुत आस्था थी। भौतिक जगत् के मूलतत्त्वों के एक होने से उसको विश्वास था, कि उनके भिन्न प्रकार के मिश्रण से धातु में परिवर्तन हो सकता है। रसायन के विभिन्न योगों से विचित्र गुणों को उत्पन्न होते देख, वह यह भी अनुमान करने लगा था, कि शरीर में स्वतः गति करने की शक्ति है, यह विचार महत्त्वपूर्ण ज़रूर था, किन्तु उसे प्रयोग द्वारा उसने और विकसित नहीं कर पाया।

(ख) पाँच नित्य तत्त्व–राज़ी पाँच तत्त्वों को नित्य मानता था– (1) कर्ता (पुरुष या ईश्वर), (2) विश्व-जीव, (3) मूल भौतिक तत्त्व, (4) परमार्थ दिशा और (5) परमार्थ काल। यह पाँचों तत्त्व राजी के मत से नित्य सदा एक साथ रहने वाले हैं। यह पाँचों तत्त्व विश्व के निर्माण के लिए आवश्यक सामग्री हैं, इनके बिना विश्व बन नहीं सकता।

इन्द्रिय प्रत्यक्ष हमें बतलाता है, कि बाहरी पदार्थ भौतिक-तत्त्व मौजूद हैं, उनके बिना इन्द्रिय किस चीज़ का प्रत्यक्ष करती? भिन्न-भिन्न वस्तुओं (विषयों) की स्थिति उनके स्थान या दिशा को बतलाती है। वस्तुओं में होते परिवर्तन का जो साक्षात्कार होता है, पहले ऐसा था, अब ऐसा है, वह हमें काल के अस्तित्व को बतलाता है। प्राणियों के अस्तित्व तथा उनकी अप्राणियों से भिन्नता से पता लगता है, कि जीव भी एक पदार्थ है। जीवों में कितनों ही में बुद्धि-कला आदि को पूर्णता के शिखर पर पहुँचाने की क्षमता है, जिससे पता लगता है, कि इस बुद्धि का स्रोत कोई चतुर कर्ता है।

(ग) विश्व का विकास–यद्यपि राज़ी अपने पाँचों तत्त्वों को नित्य सदा एक साथ रहने वाला कहता है, तो भी जब वह उनमें से एक को कर्ता मानता है, तो इसका मतलब है, कि इस नित्यता को वह कुछ शर्तों के साथ मानता है। सृष्टि की कथा वह कुछ इस तरह से वर्णित करता है–पहले एक सादी शुद्ध आध्यात्मिक ज्योति बनाई गई, यही जीव (रूह) का उपादान कारण था, जीव प्रकाश स्वभाव वाले सीधे-सादे आध्यात्मिक तत्त्व हैं। ज्योतिस्तत्त्व या ऊर्ध्वलोक जिससे कि जीव नीचे आता है–को बुद्धि (नफ़्स) या ईश्वरीय ज्योति का प्रकाश कहा जाता है। दिन का अनुगमन जैसे रात करती है, उसी तरह प्रकाश का अनुगमन अंधकार (तम) करता है, इसी तम से पशुओं के जीव पैदा होते हैं, जिनका कि काम है बुद्धि-युक्त जीव (मानव) के उपयोग में आना।

जिस वक्त सीधी-सादी आध्यात्मिक ज्योति अस्तित्व में आई, उसके साथ ही साथ एक मिश्रित वस्तु भी मौजूद रही, यही विराट् शरीर है। इसी विराट् शरीर की छाया से चार "स्वभाव"–गर्मी, सर्दी, रुक्षता और नमी उत्पन्न होती है। इन्हीं चार "स्वभावों" से अन्त में सभी आकाश और पृथ्वी के पिंड-शरीर बने हैं। इस तरह उनकी सृष्टि होने पर भी पाँच तत्त्वों को नित्य क्यों कहा? इसका उत्तर राज़ी देता है–क्योंकि यह सृष्टि सदा से होती चली आई है, कोई समय ऐसा न था, जबकि ईश्वर निष्क्रिय था। इस तरह राज़ी जगत् की नित्यता को स्वीकार कर इस्लाम के सादि-वाद के सिद्धान्त के खिलाफ गया था, तो भी राज़ी के नाम के साथ इमाम-नाम लगाना बतलाता है, कि उसके लिए लोगों के दिलों में नरम स्थान था।

(घ) मध्यमार्गी दर्शन–राज़ी के समय से पहले से ऐसे नास्तिक भौतिकवादी दार्शनिक चले आते थे, जो जगत् का कोई कर्ता नहीं मानते थे। उनके विचार से जगत् स्वतः निर्मित होने की अपने में क्षमता रखता है। दूसरी ओर ईश्वर-अद्वैत (तौहीद) वादी मुल्ला थे, जो किसी अनादि जीव, भौतिक तत्त्व, दिशा काल, जैसे तत्त्व के अस्तित्व को अल्लाह की शान में बट्टा लगने की बात समझते थे। राज़ी न भौतिकवादियों के मत को ठीक समझता था, न मुल्लों के मत को। इसीलिए उसने बीच का रास्ता स्वीकार किया–विचार को बुद्धिसंगत बनाने के लिए ईश्वर के अतिरिक्त जीव, प्रकृति, दिशा काल की भी ज़रूरत है और बुद्धियुक्त मानव जैसे जीव को प्रकट करने लिए कर्ता की।

2. पवित्र-संघ (अख़वानुस्सफ़ा)

मोतज़ला, करामी, अश्अरी तीनों दर्शन-द्रोही थे। किन्तु इसी समय बस्रा में एक और सम्प्रदाय निकला, जो कि दर्शन–विशेषकर पिथागोर के दर्शन के भक्त थे और इस्लाम को दर्शन के रंग में रंगना चाहते थे। इस सम्प्रदाय का नाम था "अखवानुस्सफ़ा" (पवित्र-संघ, पवित्र मित्र-मंडली या पवित्र बिरादरी)। अखवानुस्सफ़ा केवल धार्मिक या दार्शनिक सम्प्रदाय ही नहीं था, बल्कि इसका अपना राजनीतिक प्रोग्राम था। ये लोग दर्शन को आत्मिक आनंद की ही चीज़ नहीं समझते थे, बल्कि उसके द्वारा एक नये समाज का निर्माण करना चाहते थे। इसके लिए क़ुरान में खींचातानी करके अपने मतलब का अर्थ निकालते थे। वह दुनिया में एक उटोपियन धर्मराज्य कायम करना चाहते थे।

(1) पूर्वगामी इब्न-ममून (850 ई०)–मोतज़ली सम्प्रदाय के प्रवर्तक अल्लाफ़ का देहान्त नवीं सदी के मध्य में हुआ था, इसी समय के आसपास अब्दुल्ला-इब्न-मैमून पैदा हुआ था। इस्लाम ने ईरानियों (अज़मियों) को मुसलमान बनाकर बड़ी गलती की। इस्लाम में जितने (फ़ित्ने) पैदा हुए मत-भेद उनमें से अधिकांश के बानी (प्रवर्तक) यही अज़मी लोग थे। इब्न-मैमून भी इन्हीं 'फ़ित्ना पर्वाजों' में से था। दमिश्क के म्वाविया-वंश (बनी-उमैय्या) ने पहला समझौता करके बाहरी सभ्य आधीन जातियों के निरन्तर विरोध को कम किया था। बगदाद के अब्बासी वंश ने इस दिशा में और गति की तथा अपने और अपने शासकों को बहुत कुछ ईरानी रंग में रंग दिया–उन्होंने ईरानी विद्धानों की इज्ज़त ही नहीं की, बल्कि बरामका जैसे ईरानी राजनीतिज्ञों को महा-मंत्री बनाकर शासन में सहभागी तक बनाया। किन्तु, मालूम होता है, इससे वह सन्तुष्ट नहीं थे। करमती राजनीतिक दल, जिसका कि इब्न-मैमून नेता था, अब्बासी शासन को हटाकर एक नया शासन स्थापित करना चाहता था, कैसा शासन, यह हम आगे कहेंगे। उसके प्रतिद्वंदी इब्न-मैमून को भारी षड्यन्त्री सिद्धान्तहीन व्यक्ति समझते थे, किन्तु दूसरे लोग थे, जो कि उसे महात्मा और ऊँचे दर्जे का दार्शनिक समझते थे। उसकी मंडली ने सफेद रंग को अपना साम्प्रदायिक रंग चुना था, क्योंकि वह अपने धर्म को परिशुद्ध उज्ज्वल समझते थे और इसी उज्ज्वलता को प्राप्त करना आत्मा का चरम लक्ष्य मानते थे।

(शिक्षा)–करमती लोगों की शिक्षा थी–कर्तव्य के सामने शरीर और धन की कोई परवाह मत करो। अपने संघ के भाइयों की भलाई को सदा ध्यान में रखो। संघ के लिए आत्मसमर्पण, अपने नेताओं के प्रति पूर्णश्रद्धा तथा आज्ञापालन में पूर्ण तत्परता–हर करमती के लिए ज़रूरी फ़र्ज है। संघ की भलाई और नेता के आज्ञापालन में मृत्यु की परवाह नहीं करनी चाहिए।

2. पवित्र-संघ

(1) पवित्र संघ की स्थापना–बस्रा और कूफ़ा करमतियों के गढ़ थे। दसवीं सदी के उत्तरार्द्ध में बस्रा में एक छोटा सा संघ (पवित्र-संघ) स्थापित हुआ। इस संघ ने अपने भीतर चार श्रेणियाँ रखी थीं। पहली श्रेणी में 15-30 वर्ष के तरुण सम्मिलित थे। अपने आत्मिक विकास के लिए अपने गुरुओं (शिक्षकों) का पूर्णतया आज्ञापालन इनके लिए ज़रूरी था। दूसरी श्रेणी में 30-40

वर्ष के सदस्य शामिल थे, इन्हें आध्यात्मिक शिक्षा से बाहर की विद्याओं को भी सीखना पड़ता था। तीसरी श्रेणी में 40-50 वर्ष के भाई थे, यह दुनिया के दिव्य कानून के जानने की योग्यता पैदा करते थे, इनका दर्जा पैगंबरों का था। चौथी और सर्वोच्च श्रेणी में वह लोग थे, जिनकी उम्र 50 से अधिक थी। वह सत्य का साक्षात्कार करते थे और उनकी गणना फरिश्तों–देवताओं के–दर्जे में थी, उनका स्थान प्रकृति, सिद्धांत, धर्म सबके ऊपर था। अपने इस श्रेणी विभाजन में पवित्र-संघ इब्न-मैमून के करामती दल तथा अफलातूँ के "प्रजा-तंत्र" से प्रभावित हुआ था, इसमें सन्देह नहीं, किन्तु इसमें सन्देह है, कि वह अपने इस श्रेणी-विभाजन को काफी अंश में भी कार्यरूप में परिणत कर सका हो।

(2) पवित्र-संघ की ग्रन्थावली और नेता–पवित्र संघ ने अपने समय के ज्ञान को पुस्तक रूप में लेखबद्ध किया था, इसे "रसायल् अफ़वानुस्सफ़ा" (पवित्र संघ-ग्रन्थावली) कहते हैं। इस ग्रन्थावली में 51 (शायद शुरू मे 50 थे) ग्रन्थ हैं। ग्रन्थों की वर्णन-शैली से पता लगता है, कि लेखक अलग-अलग थे और उनमें सम्पादन द्वारा भी एकता लाने की कोशिश नहीं की गई। ग्रन्थावली में राजनीतिक पुट के साथ प्राकृतिक विज्ञान के आधार पर ज्ञानवाद की विवेचना की गई है। संघ के नेताओं और ग्रन्थावली के लेखकों के बारे में पीछे की पुस्तकों में जो कुछ मिलता है, उससे उनके नाम यह हैं–

(1) मुकद्दसी या अबू-सुलैमान मुहम्मद इब्न-मुशीर अल्-बस्ती;

(2) ज़जानी या अबुल-हसन् अली इब्न-हारून अल्-ज़जानी;

(3) नह्याजूरी या मुहम्मद इब्न-अहमद अल्- नह्यजूरी;

(4) औफी या अल्-औफी; और

(5) रिफ़ाअ या जैद इब्न-रिफ़ाअ।

पवित्र-संघ जिस वक्त (दसवीं सदी के उत्तरार्ध में) कार्यक्षेत्र में उतरा, उस वक्त तक बगदाद के खलीफे अपनी प्रधानता खो बैठे थे और जगह-जगह स्वतन्त्र शासक पैदा हो चुके थे। पोप की भाँति बहुत कुछ धर्मगुरु समझकर मुस्लिम सुल्तान आज भी खलीफ़ा की इज्जत करते तथा उनके पास भेंट भेजकर बड़ी-बड़ी पदवियाँ पाने की इच्छा रखते थे। खुद बगदाद के पड़ोस तथा ईरान के पश्चिमी भाग में बुवायही वंश का शासन था, यह वंश खुल्लमखुल्ला शीआ-सम्प्रदाय का अनुयायी था। पवित्र-संघ-ग्रंथावली ने मोतज़ला+शीआ+यूनानी दर्शन की नींव पर अपने मन्तव्य तैयार किये थे, जिसके लिए यह समय कितना अनुकूल था, यह समझना आसान है।

(3) पवित्र-संघ के सिद्धान्त–पवित्र-संघ अपने समय की धार्मिक असहिष्णुता से भली-भाँति परिचित था और चाहता था कि लोग इब्राहिम मूसा, ज़र्तुश्त, मुहम्मद, अली सभी को भगवान् का दूत–पैगंबर–मानें; यही नहीं धर्म को बुद्धि से समझौता कराने के लिए वह पिथागोर, सुक्रात, अफलातूँ को भी ऋषियों और पैगंबरों की श्रेणी में रखता है। वह सुक्रात, ईसा तथा ईसाई शहीदों को भी हसन-हुसैन की भाँति ही पवित्र शहीद मानता था।

(क) दर्शन-प्रधान–पवित्र संघ का कहना था, कि मज़हब के विश्वास, आचार-नियम साधारण बुद्धि वाले आदमियों के लिए ठीक हैं, किन्तु अधिक उन्नत मस्तिष्क वाले पुरुषों के लिए गंभीर दार्शनिक अन्तर्दृष्टि ही उपयुक्त हो सकती है।

(ख) जगत् की उत्पत्ति या नित्यता-सम्बन्धी प्रश्न गलत–बुद्ध की भाँति पवित्र-संघवाले विचारक जगत् की उत्पत्ति के सवाल को बेकार समझते थे। हम क्या हैं, यह हमारे लिए आवश्यक और लाभदायक है। "मानव-बुद्धि जब इससे आगे बढ़ना चाहती है, तो वह अपनी सीमा को पार करती है। अपने को उन्नत करते हुए क्रमशः सर्वमहान् (तत्त्व, ब्रह्म) के शुद्ध ज्ञान तक पहुँचना आत्मा का ध्येय है, जिसे कि वह संसार-त्याग और सदाचरण से ही प्राप्त कर सकता है।"

(ग) आठ (नौ) पदार्थ–पवित्र संघ ने यूनानी तथा भारतीय दार्शनिकों की भाँति तत्त्वों का वर्गीकरण किया है। सबसे पहला तत्त्व ईश्वर, परमात्मा या अद्वैत तत्त्व है, जिससे क्रमशः निम्न आठ तत्त्वों का विकास हुआ है।

1. नफ़स-फ़आल–कर्ता विज्ञान,
2. नफ़स-इन्फआल–अधिकरण-विज्ञान या सर्व-विज्ञान,
3. हेवला–मूल प्रकृति या मूल भौतिक तत्त्व,
4. नफ़स-आलम–जग-जीवन (मानव जीवों का समूह),
5. जिस्म-मुत्लक्–परम शरीर, महतत्त्व,
6. आलम-अफ्लाक–फरिश्ते या देवलोक
7. अनासर-अर्बअ–(पृथ्वी, जल, वायु, आग) ये चार भूत,
8. मवालीद-सलासा–भूतों से उत्पन्न (धातु, वनस्पति, प्राणी) ये तीन प्रकार के पदार्थ।

कर्ता-विज्ञान, अधिकरण-विज्ञान, मूल प्रकृति और जग-जीवन–यह अमिश्र पदार्थ हैं। परम शरीर को लेकर आग के चार पदार्थ मिश्रित है। यह मिश्रण द्रव्य और गुण (घटना) के रूपों में होता है।

प्रथम द्रव्य हैं–मूल प्रकृति और आकृति। प्रथम गुण (घटनायें) हैं–दिशा (देश), काल, गति, जिसमें प्रकाश और मात्रा को भी शामिल कर लिया जा सकता है।

मूल प्रकृति एक है और सांख्य की भाँति, वह सदा एक-सी रहती है, जो भिन्नता तथा बहुलता पाई जाती है, उसका कारण आकृति है–पिथागोर का भी यही मत है। प्रकृति और आकृति दोनों बिलकुल भिन्न चीजें हैं–कल्पना में ही नहीं, वस्तुस्थिति में भी।

मूल प्रकृति से भी परे कर्ता-विज्ञान या नफ्स-फ़आल पवित्र संघ के मत में सभी चेतन-अचेतन तत्त्व का मूल उपादान कारण है।

(घ) मानव-जीव–मानव जीवन (मन) नफ़स-इन्फ़आल (अधिकरण-विज्ञान) से पैदा हुआ है। सभी मानव-जीवों की समष्टि को एक पृथक् द्रव्य माना गया है, जिसको "परम् मानव" या "मानवता की आत्मा" कह सकते हैं। प्रत्येक मानव-जीव भूतों से विकसित होता है, किन्तु क्रमशः विकास करते-करते, वह आत्मा बन जाता है। बच्चे का जीव (मन) सफेद काग़ज़ की भाँति कोरा होता है। पाँचों ज्ञान इन्द्रियाँ बाहरी जगत्-से जिस विषय को ग्रहण करती है, वह मस्तिष्क के

अगले भाग में पहले उपस्थित किया जाता है, फिर बिचले भाग में उसका निश्चय (विश्लेषण) किया जाता है और अन्त में मस्तिष्क के पिछले भाग में संस्कार के तौर पर उसे संचित किया जाता है। बाहरी इन्द्रियों की संख्या मनुष्य और पशु में समान है। मनुष्य की विशेषतायें हैं–विचार (निश्चय शक्ति), वाणी और क्रिया है।

(ड.) ईश्वर (ब्रह्म)–कर्ता-विज्ञान (नफ्स-फ़आल) ईश्वर है। इसी से सारे तत्त्व निकले हैं, यह बतला आये हैं। इन आठों तत्त्वों से ऊपर ईश्वर या परम् अद्वैत (तत्त्व) है। यह परम अद्वैत (ब्रह्म) सबमें है और सब कुछ है।

(च) क़ुरान का स्थान–क़ुरान को पवित्र संघ किस दृष्टि से देखता था, यह उनके इस वाक्य से मालूम होता है–"हमारे पैगंबर मुहम्मद एक ऐसी असभ्य रेगिस्तानी जाति के पास भेजे गये थे, जिनको न इस लोक के सौन्दर्य का ज्ञान था और न परलोक के आध्यात्मिक स्वरूप का पता। ऐसे लोगों के लिए दिए गये क़ुरान की मोटी भाषा का अर्थ अधिक सभ्य लोगों को आध्यात्मिक अर्थ में लेना चाहिए।" इस उद्धरण से स्पष्ट है, कि पवित्र-संघ ज़र्तुश्ती, ईसाई आदि धर्मों को ज़्यादा श्रद्धा की दृष्टि से देखता था। ईश्वर के क्रोध, नर्काग्नि की यातना, आदि बातें मूढ़ विश्वास हैं। उनके मत से मूढ़ पापी जीव इसी जीवन में नर्क में गिरे हुए हैं। क़यामत (प्रलय) को वह नये अर्थों में और दो तरह की मानते हैं। शरीर से जीव का अलग होना छोटी क़यामत है; दूसरी महाक़यामत है, जिसमें कि सब आत्मायें ब्रह्म (अद्वैत तत्त्व) में लीन हो जाती हैं।

(छ) पवित्र-संघ की धर्मचर्या–त्याग, तपस्या, आत्म-संयम के ऊपर पवित्र-संघ का सबसे ज़्यादा जोर था। बिना किसी दबाव के स्वेच्छा-पूर्वक तथा बुद्धि से ठीक समझ कर, जो कर्म किया जाता है, वही प्रशंसनीय कर्म है। दिव्य-विश्व-नियम का अनुसरण करना सबसे बड़ा धर्म है। इन सबसे ऊपर प्रेम का स्थान है–प्रेम जीव का परमात्मा से मिलने के लिए बेकरारी है। इसी प्रेम का एक भाग वह प्रेम है, जो कि इस जीवन में प्राणिमात्र के प्रति क्षमा, सहानुभूति और स्नेह द्वारा प्रकाशित किया जाता है। प्रेम इस लोक में मानसिक सान्त्वना, हृदय की स्वतन्त्रता देता है तथा प्राणिमात्र के साथ शान्ति स्थापित करता है और परलोक में उस नित्य ज्योति का समागम कराता है।

यद्यपि पवित्र-संघ आत्मिक जीवन पर ही ज़्यादा ज़ोर देता है और शरीर की ओर उतना खयाल नहीं करता, तो भी वह काया की बिलकुल अवहेलना करने की सलाह नहीं देता।–"शरीर की ठीक से देखभाल करनी चाहिए... जिसमें जीव को अपने को पूर्णतया विकसित करने के लिए काफी समय मिले।"

आदर्श मनुष्य को होना चाहिए–"पूर्वी ईरानियों जैसा सुजात, अरबों जैसा श्रद्धालु, इराकियों (मेसापोतामियनों) जैसा शिक्षाप्राप्त, यहूदियों जैसा गंभीर, ईसा के शिष्यों जैसा सदाचारी, सुरियानी साधु जैसा पवित्र भाव वाला, यूनानियों जैसा अलग-अलग विज्ञानों (साइंसों) में निपुण, हिन्दुओं जैसा रहस्यों की व्याख्या करने वाला और सूफ़ी...जैसा सन्त।"

पवित्र-संघ के बहुत से सिद्धान्त बातिनी, इस्माइली, दरूश आदि इस्लामी सम्प्रदायों में भी मिलते हैं, जिससे मालूम होता है, वह एक दूसरे से तथा सम्मिलित विचारधारा से प्रभावित हुए थे।

3. सूफ़ी संप्रदाय

अरब से निकला इस्लाम भक्ति-प्रधान धर्म था, ईसाई और यहूदी धर्म भी भक्ति-प्रधान थे। यूनानी दर्शन तर्क-प्रधान था, केवल भक्ति-प्रधान धर्म बुद्धि को सन्तुष्ट नहीं कर सकता, केवल तर्क-प्रधान दर्शन श्रद्धालु भक्त को सन्तुष्ट नहीं कर सकता। समाज को स्थिरता प्रदान करने के लिये श्रद्धालुओं की ज़रूरत है, श्रद्धालुओं की श्रद्धा को डिगाकर बिना नकेल के ऊँट की भाँति स्वच्छन्द भागने बाली बुद्धि को फँसाना ज़रूरी है–इन्हीं खयालों को लेकर यूनानियों ने पीछे भारतीय रहस्यवाद से मिश्रित नव अफलातूनी दर्शन की बुनियाद रखी थी। जब इस्लाम के ऊपर भी वही संकट आया, तो उन्होंने भी उसी तैयार हथियार को इस्तेमाल किया। ईसाई साधक तथा हिन्दू-बौद्ध योगी उस वक्त भी मौजूद थे, इस्लामिक विचारक यह भी देख रहे थे, कि योगी-साधक कितनी सफलता के साथ भक्तों और दार्शनिकों दोनों के श्रद्धाभाजन हैं। इसीलिए इस्लाम ने सूफ़ीवाद (तसव्वुफ़) के नाम से गृहस्थ या त्यागी फ़कीरों की एक ज़मात तैयार की।

1. सूफ़ी-शब्द–सोफी (सोफिस्त) शब्द यूनानी भाषा का है। यूनानी दर्शन के प्रकरण में इन परिब्राज़क दार्शनिकों के बारे में हम कह चुके हैं। आठवीं सदी में जब यूनानी दर्शन का तर्जुमा अरबी भाषा में होने लगा, तो उसी समय सोफ या सोफी शब्द भी दर्शन के अर्थ में अरबी में आया, पीछे वर्णमाला के दोष से सोफी सूफ़ी हो गया।

सबसे पहले सूफ़ी की उपाधि–अबूहाशिम सूफ़ी को मिली, जिनका कि देहान्त 770 ई० के आसपास (150 हिज्री) में हूआ था। पैगंबर के जीवनकाल में विशेष धर्मात्मा पुरुषों को सहाबा (साथी) कहा जाता था। पैगंबर के समसामयिक इन पुरुषों को पीछे भी इसी नाम से याद किया जाता था। पीछे पैदा होने वाले महात्मा को पहले ताबईन (अनुचर) और फिर तबअ-ताबईन (अनु-अनुचर) कहा जाने लगा। इसके बाद जाहिद (शुद्धाचारी) और आबिद (भक्त) और उससे भी पीछे सूफ़ी का शब्द आया। मुसलमान लेखकों ने सूफ़ी शब्द को निम्न अर्थों में प्रयुक्त किया है–

"सूफ़ी वह लोग हैं, जिन्होंनें सब कुछ छोड़ ईश्वर को अपनाया है"– (ज़ुनून मिश्री)

"जिनका जीवन-मरण सिर्फ़ ईश्वर पर है"– (ज़नीद बगदादी)

"सम्पूर्ण शुभाचरणों से पूर्ण, सम्पूर्ण दुराचरणों से मुक्त"– (अबूबक्र हरीरी)

"जिस व्यक्ति को न दूसरा कोई पसन्द करे, न वह किसी को पसन्द करे"– (मंसूर हुल्लाज़)

"जो अपने आप को बिलकुल ईश्वर के हाथ सौंप दे"– (रोयम्)

"पवित्र जीवन, त्याग और शुभ गुण जहाँ इकट्ठा हों"– (शहाबुद्दीन सुहरावर्दी)

ग़ज़ाली (1059-1111 ई०) ने सूफ़ी शब्द की व्याख्या करते हुए कहा है, कि सूफ़ी पन्थ (तसव्वुफ़) ज्ञान और आचरण (कर्म) के मिश्रण का नाम है। शरीअत (कुरानोक्त) के भक्तिमार्ग और सूफ़ी-मार्ग में यही अन्तर है, कि शरीअत में ज्ञान के बाद आचरण (कर्म) आता है, सूफ़ी मार्ग के अनुसार आचरण के बाद ज्ञान।

2. सूफ़ी पन्थ के नेता–इस्लामिक सूफ़ीवाद नव-अफलातूनी रहस्यवादी दर्शन तथा भारतीय योग का सम्मिश्रण है, यह हम बतला चुके हैं, इस तरह का पंथ शाम, ईरान, मिस्र सभी देशों में मौजूद

था, ऐसी हालत में इस्लाम के भीतर उसका चुपके से चला जाना मुश्किल नहीं। कितने ही लोग पैगंबर के दामाद अली को सूफ़ी ज्ञान का प्रथम प्रवर्तक बतलाते हैं, किन्तु म्वावियों के झगड़े के समय हम देख चुके हैं, कि अली इस्लाम में अरबियत के जबर्दस्त पक्षपाती थे, ऐसी हालत में एक सामाजिक प्रतिक्रियावादी व्यक्ति का ज़बर्दस्त स्वातन्त्र्य के क्षेत्र में इतना प्रगतिशील होना संभव नहीं मालूम होता। मालूम देता है, ईरानियों ने जिस तरह विजयी अरबों को दबाकर अपनी जातीय स्वतन्त्र भावनाओं की पूर्ति के वास्ते अरबों के भीतरी झगड़े से फ़ायदा उठाने के लिए अली-सन्तान तथा शीआ-सम्प्रदाय के साथ सहानुभूति दिखलानी शुरू की, उसी तरह इस्लाम की अरबी शरीअत से आज़ाद होने के लिए सूफ़ी मार्ग को आगे बढ़ाते हुए उसे हज़रत अली के साथ जोड़ दिया।

सूफ़ी मत पहले मुल्लाओं के भय से गुपचुप अव्यवस्थित रीति से चला आता था, किन्तु इमाम ग़ज़ाली (1059-1111 ई०) जैसे प्रभावशाली विद्वान् मुल्ला ने जब खुल्लमखुल्ला उसकी हिमायत में कलम ही नहीं उठाई, बल्कि उसकी शिक्षाओं को सुव्यवस्थित तौर से लेखबद्ध कर दिया, तो वह धरातल पर आ गया।

3. सूफ़ी सिद्धान्त–पवित्र-संघ सूफ़ियों का प्रशंसक था, इसका जिक्र आ चुका है। सूफ़ी दर्शन में जीव ब्रह्म का ही अंश है और जीव का ब्रह्म में लीन होना यही उसका सर्वोच्च ध्येय है। जीव ही नहीं जगत् भी ब्रह्म से भिन्न नहीं है। शंकर के ब्रह्म-अद्वैतवाद और सूफियों के अद्वैतवाद में कोई अन्तर नहीं है। यह कोई आश्चर्य की बात नहीं है, जो कि भारत में मुसलमान सूफियों ने इतनी सफलता प्राप्त की और सफलता भी पूर्णतया शान्तिमय तरीके से। जीव को हक (सत्, ब्रह्म) से मिलने का एक ही रास्ता है, वह है प्रेम (इश्क) का। यद्यपि यह प्रेम शुद्ध आध्यात्मिक प्रेम था, किन्तु कितनी ही बार इसने लौकिक क्षेत्र में भी पदार्पण किया है। काव्य क्षेत्र में–ईरान में ही नहीं भारत में भी–तो इस प्रेम ने बड़े-बड़े कवि पैदा किए। शम्स, तब्रेज़, उमर खय्याम, मौलाना रूमी, जायसी, कबीर जैसे कवि इसी की देन हैं।

4. सूफ़ी-योग–भारतीय योग की भाँति–और कुछ तो उसी से ली हुई–सूफ़ी योग की बहुत-सी सीढ़ियाँ हैं जैसे–

(1) विराग–इष्ट-मित्र, कुटुम्ब-कबीले, धन-दौलत से अलग होना सूफ़ी योग की पहली सीढ़ी है।

(2) एकान्त चिन्तन–जहाँ मन को खींचने वाली चीज़ें न हों, ऐसे एकान्त स्थान में निवास करते ईश्वर का ध्यान करना।

(3) जप–ध्यान करते वक्त जीभ से भगवान् का नाम "अल्लाहू" "अल्लाहू" इस तरह से जपना, कि जीभ न हिले साथ ही ध्यान में मालूम हो, कि नाम जीभ से निकल रहा है।

(4) मनोजप–ध्यान में दिल से जप होता मालूम हो।

(5) ईश्वर में तन्मयता–मनोजप जब बढ़ते हुए इतनी चित्त एकाग्रता तक पहुँच जाये, कि वहाँ वर्ण और उच्चारण का कोई खयाल न रहे और भगवान् (अल्लाह) का ध्यान दिल में इस तरह समा जाये, कि वह किसी वक्त अपने से अलग न जान पड़े।

(6) योगि-प्रत्यक्ष (मुकाशफ़ा)–जिस वक्त ऐसी तन्मयता हो जाती है, तब मुकाशफ़ा (योगिप्रत्यक्ष) होता है। मुकाशफ़ा होने पर वह सभी आध्यात्मिक सच्चाइयाँ साफ-साफ दिखलाई

देने लगती हैं, जिनको की आदमी अभी केवल श्रद्धावश या गतानुगतिक तरीके से मानता आता रहा है। पैगंबरी, आकाशवाणी (भगवद्वाणी), फ़रिश्ते, शैतान, स्वर्ग, नर्क, कब्र की यातना, सिरात का पुल, पाप-पुण्य की तौल और न्याय का दिन आदि सारी बातें, जो श्रद्धावश मानी जाती थीं, अब वह आँखों के सामने फिरती-सी दिखलाई पड़ती हैं।

इमाम ग़ज़ाली ने मुकाशफ़ा की अवस्था को एक दृटान्त से बतलाया है–“एक बार रूम और चीन के चित्रकारों में होड़ लगी। दोनों का दावा था, ‘हम बड़े’, ‘हम बड़े’। तत्कालीन बादशाह ने दोनों गिरोह के लिए आमने-सामने दो-दो दीवारें, हर एक को अपनी शिल्प-चातुरी दिखलाने के लिए, निश्चित कर बीच में पर्दा डलवा दिया, जिसमें कि वह एक दूसरे की नकल न कर सकें। कुछ दिनों बाद रूमी चित्रकारों ने बादशाह से निवेदन किया, कि हमारा काम खत्म हो गया। चीनियों ने कहा, कि हमारा काम भी खत्म हो गया। पर्दा उठाया गया, दोनों (दीवारों के चित्रों) में बाल बराबर भी फर्क न था। मालूम हुआ कि रूमियों ने चित्र न बनाकर सिर्फ़ दीवार को पालिश कर दर्पण बना दिया था और जैसे ही पर्दा उठा, सामने की दीवार के तमाम चित्र उसमें उतर आये।”

मुकाशफ़ा (योगिदर्शन) की पूर्व सूचना पहले जल्दी से निकल जाने वाली बिजली की चमक से होती है, यह चमक धीरे-धीरे ठहरती हुई स्थिर हो जाती है।

अध्याय 6

पूर्वी इस्लामी दार्शनिक (2)

क. रहस्यवाद-वस्तुवाद

चीन के सम्राट् मिंग (58-75 ई०) ने बुद्ध को स्वप्न में देखा था, फिर उसने बुद्ध के धर्म और बौद्ध पुस्तकों की खोज़ तथा अनुवाद का काम शुरू कराया। खलीफ़ा मामून (811-63 ई०) के बारे में भी कहा जाता है, कि उसने स्वप्न में एक दिन अरस्तू को देखा, स्वप्न ही में अरस्तू ने अपने दर्शन के सम्बन्ध में कुछ बातें बतलायीं, जिससे मामून इतना प्रभावित हुआ, कि दूसरे ही दिन उसने क्षुद्र-एशिया में कई आदमी इसलिए भेजे, कि अरस्तू की पुस्तकों को ढूँढ़कर बगदाद लाया जाये और वहाँ उनका अरबी में अनुवाद किया जाये। मामून के दरबार में अरस्तू की तारीफ अकसर होती रही होगी और उससे प्रभावित हो मामून जैसा विद्वान तथा विद्याप्रेमी पुरुष अरस्तू को स्वप्न में देखे, तो कोई आश्चर्य की बात नहीं। यूनानी दर्शन ग्रन्थों का अरबी भाषा में किस तरह अनुवाद हुआ, इसके बारे में हम पहले बतला चुके हैं। उस अनुवाद और दर्शन-चर्चा से कैसे इस्लाम में दार्शनिक पैदा हुए और उन्होंने क्या विचार प्रकट किये, अब इसके बारे में कहना है। बगदाद दर्शन-अनुवाद तथा दर्शन-चर्चा दोनों का केन्द्र था। इसलिए पहले इस्लामी दार्शनिकों का पूर्व में ही पैदा होना स्वाभाविक था। इन दार्शनिकों में सबसे पहला किन्दी था, इसलिए उसी से हम अपने वर्णन को आरम्भ करते हैं।

1. अबू-याक़ूब किन्दी (870 ई०)

1.जीवनी–अबू-यूसुफ-याकूब इब्न-इस्हाक अल्-किन्दी–(किन्दी वंशज़ इस्हाक पुत्र अबुल्-याकूब), किन्दा नामक अरबी कबीले से सम्बन्ध रखता था। किन्दा कबीला दक्षिणी अरब में था, किन्तु जिस परिवार में दार्शनिक किन्दी पैदा हुआ था, वह कई पुश्तों से इराक (मेसोपोतामिया) में आ बसा था। अबू-याकूब किन्दी के जन्म के समय उसका बाप इस्हाक किन्दी कूफ़ा का गवर्नर था। किन्दी का जन्म-सन् निश्चित तौर से मालूम नहीं है, सम्भवतः वह नवीं सदी का आरम्भ था। हाँ, उसकी ज्योतिष की एक पुस्तक से पता लगता है कि 870 ई० में वह मौजूद था। उस समय फलित ज्योतिष के कुछ ऐसे योग घट रहे थे, जिससे फ़ायदा उठाकर करमती दल अब्बासी-वंश के शासन को ख़त्म करना चाहता था। किन्दी की शिक्षा पहले बस्रा और फिर उस समय के विद्या तथा संस्कृति के केन्द्र बगदाद में हुई थी। प्रथम श्रेणी के इस्लामिक दार्शनिकों में किन्दी ही हैं, जिसे "अरब" वंशज़ कह सकते हैं, किन्तु बाप की तरफ से ही निश्चयपूर्वक यह कहा जा सकता है। बगदाद उस समय नाम के लिए यद्यपि अरबी खलीफ़ा की राजधानी था, नहीं तो वस्तुतः वह ईरानी सभ्यता तथा यूनानी विचारों का केन्द्र था। बगदाद में रहते वक्त किन्दी ने समझा, कि पुरानी अरबी सादगी तथा इस्लामिक धर्म विश्वास इन दोनों प्राचीन जातियों की सभ्यता तथा विद्या के सामने कोई गिनती नहीं रखती। यूनानी मस्तिष्क से वह इतना प्रभावित

हुआ था, कि उसने यहाँ तक कह डाला–दक्षिणी अरब के कबीलों (जिनमें किन्दी भी सम्मिलित था) का पूर्वज़ कहतान यूनान (यूनानियों के प्रथम पुरुष) का भाई था। बगदाद में अरब, सुरियानी, यहूदी, ईरानी, खून का इतना सम्मिश्रण हुआ था, कि वहाँ जातियों के नाम पर असहिष्णुता देखी नहीं जाती थी।

किन्दी अब्बासी दरबार में कितने समय तक रहा, इसका पता नहीं, यूनानी ग्रन्थों के अनुवादकों में उसका नाम आता है। उसने स्वयं ही अनुवाद नहीं किये, बल्कि दूसरों के अनुवादों का संशोधन और सम्पादन भी किया था। वह ज्योतिषी और वैद्य भी था, इसलिए यह भी संभव है, कि वह दरबार में इस संबंध से भी रहा हो। कुछ भी हो, यह तो साफ मालूम है, कि पीछे वह अब्बासी दरबार का कृपापात्र नहीं रहा। खलीफ़ा मुतवक्किल (847-61 ई०) ने अपने पूर्व के खलीफ़ों की धार्मिक उदारता को छोड़ "सनातनी" मुसलमानों का पक्ष समर्थन किया, जिससे विचार-स्वातन्त्र्य पर प्रहार होना शुरू हुआ। किन्दी भी उसका शिकार हुए बिना नहीं रह सका और बहुत समय तक उसका पुस्तकालय ज़ब्त रहा।

किन्दी की प्रतिभा सर्वतोमुखी थी, अपने समय की संस्कृति तथा विद्याओं का वह गंभीर विद्यार्थी था–भूगोल, इतिहास, ज्योतिष, गणित, वैद्यक और दर्शन–सब पर उसका अधिकार था। उसके ग्रन्थ ज्यादातर गणित, फलित ज्योतिष, भूगोल, वैद्यक और दर्शन पर हैं। यह आश्चर्य की बात है, कि एक ओर तो किन्दी, कीमिया को गलत कहकर उसके विश्वासियों को निर्बुद्धि कहता, दूसरी ओर ग्रहों के हाथ मनुष्य के भाग्य को दे देना, उसके लिए साइंस था।

2. धार्मिक विचार–किन्दी के समय फिर धर्मान्धता का जोर बढ़ चला था और अपने विचारों को खुल्लमखुल्ला प्रकट करना खतरे से खाली न था, इसलिए जिन धार्मिक विचारों का किन्दी ने समर्थन किया है, उनमें वस्तुतः उसके अपने कितने हैं, इसके बारे में सावधानी से राय कायम करने की ज़रूरत है। वैसे जान पड़ता है, वह मोतज़ला के कितने ही धार्मिक विचारों से सहमत था। नेकी और ईश्वर-अद्वैत पर उसका ख़ास जोर था। उस समय इस्लामिक विचारकों में यह बात भारतीय सिद्धान्त के तौर पर प्रख्यात थी, कि बुद्धि (प्रत्यक्ष, अनुमान) ज्ञान के लिए काफ़ी प्रमाण है, आप्त या शब्द प्रमाण की उतनी आवश्यकता नहीं। किन्दी ने मज़हबियों का पक्ष लेकर कहा, कि पैगंबरी (आप्त वाक्य) भी प्रमाण है और फिर बुद्धिवाद तथा शब्दवाद के समन्वय की कोशिश की। भिन्न-भिन्न धर्मों में से एक बात जो कि सबमें उसने पाई वह था, नित्य, अद्वैत "मूल कारण" का विचार। इस मूल कारण को सिद्ध करनें में हमारा बुद्धिजनित ज्ञान पूरी तरह समर्थ नहीं है, जिसमें मनुष्य "मूल कारण" अद्वैत ईश्वर को ठीक समझ सकें, इसीलिए पैगंबर भेजे जाते हैं।

3. दार्शनिक विचार–किन्दी के समय नव-पिथागोरीय प्राकृतिक दर्शन (प्रकृति ब्रह्म का शरीर है, इस तरह प्रकृति कार्य ब्रह्म का ही कार्य है) के विचार मौजूद थे। अपने ग्रन्थों में उसने अरस्तू के बारे में बहुत लिखा है। इस प्रकार किन्दी के दार्शनिक विचारों के निर्माण में उपरोक्त विचार-धाराओं का ख़ास हाथ रहा है।

(1) **बुद्धिवाद**–किन्दी बुद्धिवाद का समर्थन करता जरूर है, किन्तु आप्तवाद (पैगंबरवाद) के लिए गुंजाइश रखते हुए।

(2) **तत्त्व-विचार–(क) ईश्वर**–जैसा कि पहले कहा जा चुका है, किन्दी जगत् को ईश्वर की कृति मानता है। किन्दी कार्य-कारण नियम या हेतुवाद का समर्थक है। कार्य-कारण का नियम सारे विश्व में व्याप्त है, यह कहते हुए साथ ही वह लगे हाथों कह चलता है, इसीलिए हम तारों की भविष्य स्थिति तथा उससे होने वाले (फलित-ज्योतिष प्रोक्त) भले-बुरे फलों की भविष्यवाणी कर सकते हैं। ईश्वर मूलकारण है सही, किन्तु जगत् के आगे के कार्यों के साथ वह सीधा सम्बन्ध न रखकर मध्यवर्ती कारणों द्वारा काम करता है। ऊपर का कारण अपने नीचे वाले कार्य को करता है, यह कार्य कारण बन, आगे के कार्य को करता है, किन्तु कार्य अपने से ऊपर वाले कारण पर कोई प्रभाव नहीं रखता: उदाहरणार्थ मिट्टी अपने कार्य पिंड (लोंदा) को करती (बनाती) है, पिंडे घड़े को करता है, किन्तु घड़ा कुछ नहीं कर सकता, पिंड मिट्टी का कुछ नहीं कर सकता।

(ख) जगत्–ईश्वर की कृति जगत के दो भेद हैं, प्रकृति जगत् और शरीर जगत्। शरीर या काया से ऊपर का सारा जगत् प्रकृति-जगत् है।

(ग) जगत्-जीवन–ईश्वर (मूलकारण) और जगत् के बीच जगत्-चेतन या जग-जीवन है। इसी जग-जीवन (नफ्स-आलम) से पहले फ़रिश्ते या देव, फिर मानव जीव उत्पन्न होते हैं।

(घ) मानव-जीव और उसका ध्येय–जग-जीवन से निकला मानव-जीव अपनी आदत और काम के लिए शरीर (काया) से बँधा हुआ है, किन्तु अपने निजी स्वरूप में वह शरीर से बिलकुल स्वतंत्र है और इसीलिए जहाँ तक जीव के स्वरूप का सम्बन्ध है, उस पर ग्रहों का प्रभाव नहीं पड़ता। जीव प्रकृत, अ-नश्वर पदार्थ है। वह विज्ञान (आत्म) लोक से इन्द्रिय लोक में उतरा है, तो भी उसमें अपनी पूर्वस्थिति के संस्कार मौजूद रहते हैं। इस लोक में उसे चैन नहीं मिलता, क्योंकि उसकी बहुत-सी आकांक्षाएँ अपूर्ण रहती हैं, जिसके लिए उसे मानसिक अशान्ति सहनी पड़ती है। इस चलाचली की दुनिया में कोई चीज़ स्थिर नहीं है, इसलिए नहीं मालूम, किस वक्त हमें उनका वियोग सहना पड़े, जिन्हें कि हम प्रिय समझते हैं। विज्ञानलोक (ईश्वर) ही ऐसा है, जिसमें रिथरता है। इसलिए यदि हम अपनी आकांक्षाओं की पूर्ति और प्रियों से अ-विछोह चाहते हैं, तो हमें विज्ञान की सनातन कृपा, ईश्वर के भय, प्रकृति-विज्ञान और सुकर्म की ओर मन और शरीर को लाना होगा।

(3) नफ़्स (विज्ञान)–नफ़्स यूनानी शब्द है, जिसका अर्थ विज्ञान या आत्मा (नित्य-विज्ञान) है। वह यूनानी दर्शन में एक विचारणीय विषय है। नफ़्स (अक्ल, विज्ञान) के सिद्धान्त पर किन्दी ने जो पहले-पहल बहस छेड़ी, तो सारे इस्लामी दार्शनिक साहित्य में उसकी चर्चा का रास्ता खुल गया। किन्दी ने नफ़्स के चार भेद किये हैं–

(क) प्रथम विज्ञान (ईश्वर)–जगत् में जो कुछ सनातन सत्य, आध्यात्मिक (अ-भौतिक) है, उसका कारण और सार परम-आत्मा ईश्वर है।

(ख) जीव की अन्तर्हित (क्षमता)–दूसरी नफ़्स (बुद्धि) है, मानव-जीव की समझने की योग्यता या जीव की वह क्षमता, जहाँ तक कि जीव विकसित हो सकता है।

(ग) जीव की कार्य-क्षमता (आदत)–मानव-जीव के वह गुण या आदत, जिसे कि इच्छा होने पर वह किसी वक्त इस्तेमाल कर सकता है, जैसे एक लेखक की लिखने की क्षमता, चित्रकार की चित्रण-क्षमता।

(घ) जीव की क्रिया–जिस बात से जीव के भीतर छिपी, अपनी वास्तविकता बाहरी जगत् में प्रकट होती है, निराकार क्षमता, जिसके द्वारा साकार रूप धारण करती; इसमें कायिक, वाचक, मानसिक तीनों तरह की क्रियाएँ शामिल हैं।

(4) ज्ञान का उद्गम–(क) ईश्वर–किन्दी चौथी नफ़्स (विज्ञान) को जीव का अपना काम मानता है, किन्तु दूसरी नफ़्स (जीव की अन्तर्हित क्षमता) को ही प्रथम नफ़्स (ईश्वर) की देन नहीं मानता, बल्कि उस अन्तर्हित क्षमता को जीव की कार्यक्षमता (तीसरी नफ़्स) के रूप में परिणत करना भी वह प्रथम नफ़्स का ही काम मानता है, इस तरह तीसरी नफ़्स कार्य-क्षमता–भी जीव की अपनी नहीं, बल्कि ऊपर से भेजी हुई चीज़ है–इसका अर्थ यह हुआ, कि हमारे ज्ञान का उद्गम (स्रोत) जीव नहीं, बल्कि प्रथम विज्ञान (ईश्वर है)। इस्लामिक दर्शन में "ईश्वर समस्त ज्ञान-का स्रोत है" इस विचार की "प्रतिध्वनि" सर्वत्र दिखाई पड़ती है। पुराना इस्लाम कर्म में भी जीव को सर्वथा परतन्त्र मानता था, ज्ञान के बारे में तो कहना ही क्या। किन्दी ने जीव की कर्म-परतन्त्रता से उठने वाली दार्शनिक कठिनाइयों को समझ, उसे तो ईश्वर सीधे अपने कार्यों के काम में दखल नहीं देता, के सिद्धान्त से दूर कर दिया; किन्तु साथ ही ज्ञान के जो कि दार्शनिकों के लिए कर्म से भी ज़्यादा महत्त्व रखता है–का स्रोत ईश्वर को बनाकर इस्लाम के ईश्वर-परतन्त्र्य सिद्धान्त की पूरी तौर से पुष्टि की।

किन्दी का नफ़्स (विज्ञान) का सिद्धान्त अरस्तू के टीकाकार सिकन्दर अफ़्रादीसियस् से लिया गया मालूम होता है; किन्तु सिकन्दर ने अपनी पुस्तक "जीव के सम्बन्ध में" साफ कहा है, कि अरस्तू के मत में नफ़्स (विज्ञान) तीन प्रकार का होता है। किन्दी अपने चार "प्रकार" को अफलातूं और अरस्तू के मत पर आधारित मानता है। वस्तुतः यह नव-पिथागोरीय, नव-अफ़लातूनी रहस्यवादी दर्शनों पर अवलम्बित किन्दी का अपना मत है।

(ख) इन्द्रिय और मन–नफ़्स के सिद्धान्त द्वारा किन्दी जीव से बाहर मानता है, तो भी जब वह रहस्यवाद से नीचे उतरता हे, तो वस्तु-स्थिति की भी कद्र करना चाहता है और कहता है–हमारा ज्ञान या तो इन्द्रियों द्वारा प्राप्त होता है, या चिंतन (मन की क्रिया कल्पना) शक्ति द्वारा। वह स्वीकार करता है, कि इन्द्रियाँ केवल व्यक्ति या भौतिक स्वरूप (स्वलक्षण) को ही ग्रहण करती हैं, सामान्य या अ-भौतिक आकृति उनका विषय नहीं है। यही है दिग्नाग-धर्मकीर्ति का प्रत्यक्ष ज्ञान–"प्रत्यक्ष कल्पनापोढ़" (इन्द्रिय से प्राप्त कल्पना-रहित)। दिग्नाग-धर्म-कीर्ति ने सामान्य आदि को कल्पना मूलक कहकर उन्हें वस्तु सत् मानने से इन्कार कर दिया, यद्यपि उन्हें व्यवहारसत् मानने में उज्र नहीं है, किन्तु ज्ञान को जीव के पास आई पराई थाती रखने वाला किन्दी कल्पना (चिंतन) शक्ति से प्राप्त ज्ञान को वस्तु-सत् मानता है।

(ग) विज्ञानवाद–जो कुछ भी हो, अन्त में दोनों ही ओर के भूले एक जगह मिल जाते हैं और वह जगह वस्तु-जगत् से दूर है। वह है विज्ञानवाद की भूल भुलैयाँ। किन्दी ने और मज़बूरियों के कारण या अनजाने योगाचार के विज्ञानवाद को खुल्लमखुल्ला स्वीकार करना न चाहा हो, किन्तु है वह वस्तुतः विज्ञानवादी। उसका विज्ञानवाद क्षणिक है या नित्य-इस बहस में वह नहीं गया है, किन्तु प्रथम विज्ञान (आलय विज्ञान)–के चार भेद जो उसने किये हैं और एक का दूसरे

में परिवर्तन बतलाया है, उससे साफ है, कि वह विज्ञान को नित्य कूटस्थ नहीं मानता। बौद्ध विज्ञानवादियों (योगाचार दर्शन) की भाँति किन्दी के नफ़्सवाद को भी आलय विज्ञान (विज्ञान-स्रोत, विज्ञान-समुद्र) और प्रवृत्ति-विज्ञान (क्रिया परायण) विज्ञान से समझना होगा। हाँ, तो दोनों ही ओर के भूले "सब कुछ विज्ञान है, विज्ञान के अतिरिक्त कोई सत्ता नहीं" इस विज्ञान-वाद में मिलते हैं और किन्दी धर्मकीर्ति से हाथ मिलाता हुआ कहता है–इन्द्रिय प्रत्यक्ष ज्ञान और ज्ञेय (विषय) एक ही हैं और इसी तरह मन (कल्पना) द्वारा ज्ञात पदार्थ ("धर्म") भी प्रथम विज्ञान (आलय-विज्ञान) है। दोनों में इतना अन्तर ज़रूर है, कि जहाँ अपने सहधर्मियों (मुसलमानों) के डर के मारे दबी जाती किन्दी की आत्मा को एक सहृदय व्यक्ति के साथ एकान्त सम्मिलन में उक्त भाव प्रकट करने में उल्लास हो रहा था; वहाँ सहधर्मियों (बौद्धों) के डर के मारे दबकर अपने निज़ मत वस्तुवाद के स्थान पर विज्ञानवाद की प्रधानता को दबी ज़बान से स्वीकार करने वाले धर्मकीर्ति के मन में भारी ग्लानि हो रही थी और आश्चर्य नहीं, यदि किन्दी के "आलय विज्ञान" और "प्रथम नफ़्स" की एकता की बात करने-पर धर्मकीर्ति ने कह दिया हो–"मैंने तो यार! जान-बूझकर असंग के 'आलय विज्ञान' का बायकाट किया है, क्योंकि वह खिड़की के रास्ते स्थिरवाद (अक्षणिकवाद) और ईश्वरवाद को भीतर लाने वाला है।"

किन्दी का दर्शन नव-अफलातूनी पुट के साथ अरस्तू का दर्शन है।

2. फ़ाराबी (870 ? -950 ई०)

1.जीवनी

किन्दी के बाद इस्लाम में दर्शन के विकास की दूसरी सीढ़ी है, अबू-नस्र इब्न-मुहम्मद इब्न-तर्खन इब्न-उज़्लग, अल्-फ़ाराबी (फ़ाराब का रहने वाला उज़्लग के पुत्र तर्खन के पुत्र मुहम्मद का पुत्र अबू-नस्र)। अबू-नस्र का जन्म वक्षु (आमू) नदी के तटवर्ती फ़ाराब जिले के वसिज़ नामक स्थान में हुआ था। वसिज़ में एक छोटा-सा किला था, जिसका सेनापति अबू-नस्र का बाप मुहम्मद था। पूरे नाम को देखने से पता लगता है, कि अबू नस्र के बाप का ही नाम मुसलमानी है, नहीं तो उसके दादा तर्खन और परदादा उज़्लग के नाम गैर-मुसलमानी–शुद्ध तुर्की–हैं, जिसका अर्थ है, वह मुसलमान नहीं थे और अबू-नस्र सिर्फ़ दो पुश्त का मुसलमान तुर्क था। फ़ाराबी के पिता को ईरानी सेनापति कहा गया है, जिसका अर्थ यही हो सकता है, कि वह सफ्फ़ारी (871-903 ई०) या किसी दूसरे ईरानी शासक वंश का नौकर था। फ़ाराबी के वंशवृक्ष से यह भी पता लगता है, कि यद्यपि मध्य-एशिया में इस्लामी शासन स्थापित हुए डेढ़ सौ साल से ऊपर बीत चुके थे, किन्तु अभी वहाँ के सारे लोग कम से कम तुर्क मुसलमान नहीं हुए थे। फ़ाराबी की दार्शनिक प्रतिभा और बुद्धि स्वातंत्र्य पर विचार करते हुए हमें ढाई सौ साल पहले उधर से गुज़रे ह्वेन-चाङ के वर्णन का भी खयाल रखना होगा, जिसमें इस प्रदेश में सैकड़ों बड़े-बड़े बौद्ध शिक्षणालयों (संघारामों) और हजारों शिक्षित भिक्षुओं का जिक्र आता है। दो पीढ़ी के नव-मुस्लिम के होने का मतलब है, फ़ाराबी की जन्मभूमि में अभी बौद्ध (दार्शनिक) परंपरा कुछ न कुछ बची हुई थी। वक्षु-तटवर्ती ये तुर्क विद्या और संस्कृति में समुन्नत थे, इसमें तो सन्देह ही नहीं।

फ़ाराबी की प्रारंभिक शिक्षा अपने पिता के घर पर ही हुई होगी, उसके बाद वह बुखारा या समरकन्द जैसे अपने देश के उस समय भी ख्यातनामा विद्या केन्द्र में पढ़ने गया या नहीं, इसका पता नहीं लगता। यह भी नहीं मालूम, कि किस उम्र में वह इस्लाम की नालन्दा–बगदाद की ओर विद्याध्ययन के लिए रवाना हुआ। किन्दी तो ज़रूर उस समय तक मर चुका होगा, किन्तु राज़ी जिन्दा था। जन्मभूमि में बुद्धि-स्वातंत्र्य की कुछ हल्की हवा तो उसे लगी ही होगी, बगदाद में आकर उसने योहन्ना इब्न-हैलान की शिष्यता स्वीकार की। योहन्ना जैसे गैर मुस्लिम (ईसाई) विद्वान् को अध्यापक चुनना भी फ़ाराबी के मानसिक झुकाव को बतलाता है। बगदाद में कैसा विचार-स्वातंत्र्य का वातावरण–कम से कम मुसलमानों की सनातनी ज़मात के बाहर–था, इसका परिचय पहले मिल चुका है। फ़ाराबी ने दर्शन के अतिरिक्त साहित्य, गणित, ज्योतिष, वैद्यक की शिक्षा पाई थी। उसने संगीत पर भी कलम चलाई है। फ़ाराबी को सत्तर भाषाओं का पंडित कहा जाता है। तुर्की तो उसकी मातृभाषा ही थी, फ़ारसी उसकी जन्मभूमि की हवा में फैली हुई थी, अरबी इस्लाम की ज़बान ही थी, इस प्रकार इन तीन भाषाओं पर फ़ाराबी का अधिकार था, इसमें तो सन्देह ही नहीं हो सकता, सुरियानी, इब्रानी, यूनानी भाषाओं को भी यह जानता होगा।

शिक्षा समाप्त करने के बाद भी फ़ाराबी बहुत समय तक बगदाद में रहा। नवीं सदी का अंत होते-होते बगदाद के खलीफ़ों की राज़नीतिक शक्ति का भारी पतन हो चुका था। प्रान्तों तथा देशों में होने वाली राज्य क्रान्तियों का असर कभी-कभी बगदाद पर भी पड़ता था। शायद ऐसी ही किसी अशान्ति के समय फ़ाराबी ने बगदाद छोड़ हलब (अलेप्पो) में वास स्वीकार किया। हलब का सामन्त सैफ़ुद्दौला बड़ा ही विद्यानुरागी–विशेषकर दर्शन-प्रेमी व्यक्ति था। फ़ाराबी को ऐसे ही आश्रयदाता की आवश्यकता थी।

फ़ाराबी हाल गें ही बौद्ध रो मुरालमान हुए देश और परिवार में पैदा ही नहीं हुआ था, बल्कि बौद्ध भिक्षुओं की ही भाँति वह शान्ति और एकान्त जीवन को बहुत पसन्द करता था। इस्लाम में सूफियों का ही गिरोह था, जो कि उसकी तबियत से अनुकूलता रखता था, इसीलिए फ़ाराबी सूफियों की पोशाक में रहा करता था। उसका जीवन भी दूसरे इस्लामिक दार्शनिकों की अपेक्षा यूनानी सोफिस्तों या बौद्ध भिक्षुओं के जीवन से ज़्यादा मिलता था।

वह उस समय हलब से दमिश्क गया हुआ था, जबकि दिसम्बर 950 ई० में वहीं पर उसका देहान्त हुआ। हलब के सामन्त ने सूफ़ी की पोशाक में उसकी कब्र पर फ़ातिहा पढ़ा था। मृत्यु के समय फ़ाराबी की उम्र अस्सी वर्ष की बतलाई जाती है। उसकी मृत्यु से 10 साल पहले ही उसके सहकारी (अनुवादक) अबू-बिश्र मत्ता का देहान्त हो चुका था। उसके शिष्य अबू-ज़करिया यह्या इब्न-आदी ने 971 ई० में इक्क्यासी साल की उम्र में शरीर छोड़ा।

2. फ़ाराबी की कृतियाँ

फ़ाराबी की तरूणाई की लिखी हुई, वह छोटी-छोटी पुस्तकें हैं, जिनमें, उसने वादविद्या और शारीरिक ब्रह्मवाद (नव-पिथागोरीय) प्राकृतिक दर्शन का जिक्र किया है, किन्तु अपने परिपक्व ज्ञान का परिचय उसने अरस्तू के ग्रन्थों के अध्ययन और व्याख्याओं में दिया है, जिसके ही लिए

उसे "द्वितीय अरस्तू" या "हकीम सानी" (दूसरा आचार्य) कहा गया। अरस्तू के गंभीर दर्शन और वस्तुवादी ज्ञान (साइंस) का यूरोप के पुनर्जागरण और उसके द्वारा आधुनिक साइंस-युग के प्रवर्तन में कितना हाथ है, इसे यहाँ कहने की ज़रूरत नहीं और इसमें तो शक नहीं अरस्तू को पुनरुज्जीवित करने में फ़ाराबी की सेवाएँ अमूल्य हैं। फ़ाराबी ने अरस्तू के ग्रन्थों की, जो संख्या और क्रम निश्चित किया था वह, आज़ भी वैसा ही है, इसमें शक नहीं। इनमें से कुछ–"अरस्तू का धर्मशास्त्र"–अरस्तू के नाम पर दूसरों की बनाई पुस्तकें भी फ़ाराबी ने शामिल कर ली थीं। फ़ाराबी ने अरस्तू के तर्कशास्त्र के आठ, साइंस के आठ, अधिभौतिक (अध्यात्म) शास्त्र, आचार-शास्त्र, राजनीति, आदि ग्रन्थों पर टीका और विवरण लिखे हैं।

फ़ाराबी ने वैद्यक का भी अध्ययन किया था, किन्तु उसका सारा ध्यान तर्कशास्त्र, अध्यात्मशास्त्र और साइंस (भौतिकशास्त्र) पर केन्द्रित था।

3. दार्शनिक विचार

ऊपर की पंक्तियों को पढ़ने से मालूम होता है, कि फ़ाराबी को दर्शन की तह में पहुँचने का जितना अवसर मिला था, उतना उसे पहले तथा उसकी सहायता को छोड़ देने पर पीछे भी, किसी इस्लामिक दार्शनिक को नहीं मिला था। वक्षुतट, मेर्व, बगदाद, हलब, दमिष्क सभी दर्शन की भूमियाँ थीं और फ़ाराबी ने उनसे पूरा फ़ायदा उठाया था।

(1) अफलातूँ-अरस्तू-समन्वय–अफलातूँ का दर्शन अ-वस्तुवादी विज्ञानवाद है और अरस्तू अपने सारे देवी-देवताओं तथा विज्ञान (नफ़्स) के होते भी सबसे ज़्यादा वस्तुवादी है। फ़ाराबी इस फर्क को समझ रहा था और यदि निष्पक्ष साइंस भक्त होता, तो वह लीपापोती की कोशिश न करता, किन्तु फ़ाराबी ने अपने दिल को नव-अफलातूनी रहस्यवादी दर्शन को दे रखा था, जबकि उसका सबल मस्तिष्क अरस्तू को छोड़ने के लिए तैयार न था; ऐसी हालत में दोनों के समन्वय करने के सिवा दूसरा कोई चारा न था। यही नहीं इस समन्वय द्वारा वह इस्लाम के लिए भी गुंजाइश रख सका, जिससे वह काफ़िरों की गति भोगने से भी बच सका। फ़ाराबी के अनुसार अफलातूँ और अरस्तू का मतभेद बाहरी वर्णन शैली का है, दोनों का भाव एक है, दोनों उच्चतम दर्शन-ज्ञान के इमाम (ऋषि) हैं। इसके कहने की आवश्यकता नहीं, कि फ़ाराबी के हृदय में जो सम्मान इन दो यूनानी दार्शनिकों का था, वह किसी दूसरे के लिए नहीं हो सकता था।

(2) तर्क–फ़ाराबी के अनुसार तर्क सिर्फ़ प्रयोग (दृष्टान्त)-सिद्ध विश्लेषण या ऊहा मात्र नहीं है। ज्ञान की प्रामाणिकता तथा व्याकरण की कितनी ही बातें भी तर्क के अन्तर्गत आती हैं। ज्ञात और सिद्ध वस्तु से अज्ञात वस्तु का जानना–प्रमाण सिद्धान्त–तर्क है।

(3) सामान्य (जाति)–यूनानी दर्शन और उससे ही लेकर पीछे भारतीय न्याय-वैशेषिक शास्त्र में सामान्य को एक स्वतंत्र, वस्तुसत् पदार्थ सिद्ध करने की बहुत चेष्टा की गई है। फ़ाराबी ने इसागोजी पर लिखते वक्त एक जगह सामान्य के बारे में अपनी सम्मति दी है–सिर्फ़ वस्तु और इन्द्रिय प्रत्यक्ष में ही नहीं, बल्कि विचार में भी हमें विशेष प्राप्त होता है। इसी तरह सामान्य भी वस्तु-व्यक्तियों में केवल घटनावश ही नहीं रहता, बल्कि मन में भी वह एक द्रव्य के तौर पर

अवस्थित है। यह ठीक है, कि मन वस्तुओं से लेकर सामान्य (गायपन) को कल्पित करता है, तो भी सामान्य उन वस्तु-व्यक्तियों (गायपिंडों) के अस्तित्व में आने से पहले भी सत्ता रखता है, इसमें शक नहीं।

(4) सत्ता–सत्ता क्या है, इसका उत्तर फ़ाराबी देता है–वस्तु की सत्ता वस्तु अपने (स्वयं) ही है।

(5) ईश्वर अद्वैत-तत्त्व–ईश्वर के अस्तित्व को सिद्ध करने के लिए फ़ाराबी सत्ता को इस्तेमाल करता है। सत्ता दो ही तरह की हो सकती है, वह या तो आवश्यक है अथवा संभव (विद्यमान) है। जिस किसी वस्तु की सत्ता संभव (विद्यमान) है, वह संभव तभी हो सकती है, यदि उसका कोई कारण हो। इस तरह हर एक संभव सत्ता कारण पूर्वक होती है किन्तु कारण की शृंखला को अनन्त तक नहीं बढ़ा सकते, क्योंकि आख़िर शृंखला को बनाने वाली कड़ियाँ अनन्त नहीं सान्त हैं और इस प्रकार हमारे लिए आवश्यक हो जाता है, एक ऐसी सत्ता का मानना, जो स्वयं कारण-रहित रहते सबका कारण है, जो कि अत्यन्त पूर्ण, अपरिवर्तनशील, आत्मतृप्त परमशिव, चेतन, परम-मन (विज्ञान) है। वह प्रकृति के सभी शिव-सुन्दर रूपों को-जो कि उसके अपने ही रूप हैं, प्यार करता है। इस (ईश्वर की) सत्ता के अस्तित्व को प्रमाण द्वारा सिद्ध नहीं किया जा सकता, क्योंकि वह स्वयं प्रमाण तथा सत्य–वास्तविकता या अपने भीतर रखते हुए स्वयं भी वस्तुओं का मूल कारण है, जैसे ऐसी सत्ता का होना आवश्यक है, वैसे ही उसका एक–अद्वैत–ही होना भी आवश्यक है। दो होने पर उसमें समानताएँ और असमानताएँ दोनों होंगी, जिसके कारण एक दूसरे की टक्कर से प्रत्येक की सरलता नष्ट हो जायेगी। परिपूर्ण सत्ता का एक होना आवश्यक है।

प्रथम सत्ता केवल एक तथा वस्तुसत् है, उसी को ईश्वर कहा जाता है। सबके मूलकारण उस एक सत्ता में सभी वस्तुएँ एक हो जाती हैं, वहाँ किसी तरह का भेद नहीं रहता; इसीलिए ऐसी सत्ता का लक्षण नहीं किया जा सकता, तो भी मनुष्य उसके लिए सुन्दर भाव प्रकट करने वाले अच्छे से अच्छे नामों का प्रयोग करते हैं; सुन्दर से सुन्दर गुण या विशेषण उसके लिए प्रयुक्त करते हैं, किन्तु उन्हें काव्य की उपमा के समान ही जानना चाहिए। परम तत्त्व के पूर्ण प्रकाश को हमारी निर्बल आँखें (बुद्धि) देख नहीं सकतीं भूतों की अपूर्णता हमारी समझ को अपूर्ण रखती है।

(6) अद्वैत तत्त्व से विश्व का विकास–परम सत्ता, अद्वैत तत्त्व या ईश्वर से विश्व के विकास को फ़ाराबी ने छः-छः सीढ़ियों और श्रेणियों में विभक्त किया है, जिनमें पहले निराकार षट्क हैं–

1. सर्वशक्तिमान कर्ता पुरुष ईश्वर जिसके बारे में अभी कहा जा चुका है और जिसमें ही (पिथागोरीय) आकृतियाँ अनन्तकाल से वास करती हैं।

2. कर्तापुरुष से नौ फ़रिश्ते या देवात्मायें (आलम-अफलाक) प्रकट होती हैं, इनमें से पहली तो कर्ता पुरुष के समान ही है और वह (हिरण्यगर्भ की भाँति) दूर तक ब्रह्माण्ड का संचालन करती है। इस पहली देवात्मा से क्रमशः एक के बाद दूसरे आठों फ़रिश्ते, देवात्मायें या "अभिमानी" देवता प्रकट होते हैं।

यह दो श्रेणियाँ सदा एकरस बनी रहती हैं।

3. तीसरी श्रेणी में क्रिया-परायण विज्ञान (नफ़्स) है, जिसे पवित्र आत्मा भी कहते हैं, यही क्रिया-परायण विज्ञान (बुद्धि), स्वर्ग (आकाश) और पृथ्वी को मिलाती है।

4. चौथी श्रेणी जीव की है।

बुद्धि और जीव यह दो श्रेणियाँ एकरस अद्वैत स्वरूप में न रहकर मनुष्यों की संख्या के अनुसार बहुसंख्यक होती हैं।

5. आकृति–पिथागोर की आकृति जो भौतिक तत्त्व से मिलकर भिन्न-भिन्न तरह की वस्तुओं के बनाने में सहायक होती है।

6. भौतिक तत्त्व–पृथ्वी, जल, आग, हवा निराकार रूप में।

इनमें पहले तीन–ईश्वर, देवात्मा, बुद्धि,–सदा नफ़्स (विज्ञान)–स्वरूप निराकार रहती हैं। पिछले तीन–जीव, आकृति, भौतिक तत्त्व–यद्यपि मूलतः निराकार–(अ-काय) हैं, तो भी शरीर को लेकर वह आपस में संबंध स्थापित करते हैं।

दूसरे साकार षट्क हैं–

१. देव-काय–शरीरधारी फ़रिश्ते।

2. मनुष्य-काय–शरीरधारी मानव।

३. पशु (तिर्यक)-काय–पशु, पक्षी आदि शरीरधारी।

४. वनस्पति-काय–वृक्ष, वनस्पति आदि साकार पदार्थ।

५. धातु-काय–सोना, चाँदी आदि साकार पदार्थ।

६. महाभूत-काय–पृथ्वी, जल, आग, हवा साकार रूप में।

(7) ज्ञान का उद्गम–किन्दी की भाँति फ़ाराबी भी ज्ञान को मानव-प्रयत्न-साध्य वस्तु न मानकर ऊपर से-ईश्वर द्वारा-प्रदान की गई वस्तु मानता है। जीव की परिभाषा करते हुए फ़ाराबी कहता है–वह जो शरीर (काय) के अस्तित्व को पूर्णता प्रदान करता है, किन्तु जीव को जो चीज़ पूर्णता प्रदान करती है, वह विज्ञान (अक़्ल या नफ़्स) है, वही विज्ञान वास्तविक मानव है। यह विज्ञान (नफ़्स) शिशु के जीव में मौजूद है, किन्तु उस वक्त वह सुप्त है अर्थात् उसकी क्षमता अन्तर्हित होती है। इन्द्रियाँ और कल्पना शक्ति जब काम करने लगती हैं, तो बच्चे को साकार वस्तुओं का ज्ञान होने लगता है और इस प्रकार सुप्त विज्ञान जागृत होने लगता है, किन्तु यह विज्ञान सुप्तावस्था से जागृत अवस्था में आना मनुष्य के अपने प्रयत्न का फल नहीं है, बल्कि यह अन्तिम नवीं देवात्मा-चन्द्र से प्रकट होता है। देवात्मायें खुद स्वयंभू नहीं हैं, बल्कि वह अपनी सत्ता के लिए मूल-विज्ञान (ईश्वर) पर अवलंबित हैं।

(8) जीव का ईश्वर से समागम–मूल-विज्ञान (ईश्वर) में समाना यही मानव का लक्ष्य है। फ़ाराबी इसे संभव कहता है–आख़िर मनुष्य का नफ़्स (विज्ञान, अक्ल) अपने नज़दीक के अन्तिम देवात्मा (चन्द्र) से समानता रखता है, जिसमें समाना असंभव नहीं है और देवात्मा में समाना मूल-विज्ञान (ईश्वर) में समाने की ओर ले जाने वाला ही कदम है।

यह समाना किस तरह से हो सकता है, इसके लिए फ़ाराबी का मत है, इस जीवन में सबसे बढ़कर जो बात की जा सकती है, वह है बुद्धि-सम्मत ज्ञान; किन्तु जब आदमी मर जाता है, तो ऐसे ज्ञानी जीव को उसी तरह का पूर्ण स्वतंतत्रा प्राप्त होती है, जो कि नफ़्स (विज्ञान) में ही संभव है, उस अवस्था में देवात्मा में समा जाने के बाद वह पुरुष अपने व्यक्तित्व को खो बैठता है या वह

मौजूद रहता है? इसका उत्तर फ़ाराबी साफ तौर से देना नहीं चाहता। मनुष्य मृत्यु के बाद लुप्त हो जाता है, एक पीढ़ी के बाद दूसरी पीढ़ी आती है। सदृश से सदृश, प्रत्येक अपने जैसे से मिलता है, ज्ञानी जीवों के लिए देश की सीमा नहीं है, इसलिए उनकी संख्या वृद्धि के लिए सीमा की ज़रूरत नहीं, जैसे विचार के भीतर, विचार शक्ति के भीतर, शक्ति के मिलने में किसी सीमा या परिमिति की ज़रूरत नहीं। प्रत्येक जीव अपने और अपने जैसे दूसरों पर ध्यान करता है, जितना ही अधिक वह ध्यान करता है, उतना ही अधिक वह आनन्द अनुभव करता है।

(9) फलित ज्योतिष और कीमिया में अविश्वास–फ़ाराबी का काम स्वतंत्र दार्शनिक चिन्तन उतना नहीं था, जितना कि अरस्तू जैसे महान् दार्शनिकों के विचारों का विशदीकरण (समझाना), इसीलिए इस क्षेत्र में उससे बहुत आशा नहीं रखनी चाहिए। फ़ाराबी यद्यपि धर्म और रहस्य (सूफ़ी) वाद से भयभीत था, तो भी उस पर तर्क और स्वतंत्र चिन्तन ने असर किया था, जिसका ही यह फल था, कि वह फलित ज्योतिष और कीमिया (उस वक्त की कीमिया जिसके द्वारा आसानी से सस्ती धातुओं–ताँबे आदि को बहुमूल्य धातु-सोने में बदल कर धनी बनने की प्रवृत्ति लोगों में पाई जाती थी) को मिथ्या विश्वास समझता था।

4. आचार शास्त्र

फ़ाराबी ज्ञान का उद्गम जीव से बाहर मूल विज्ञान (ईश्वर) से मानता है, इसे बतला चुके हैं, ऐसी अवस्था में ऐसी भी संभावना थी, कि फ़ाराबी आचार-भलाई, बुराई, पुण्य-पाप के विवेक को भी ऊपर से ही आया बतलाता, किन्तु यहाँ यह बात स्मरण रहनी चाहिए, कि फ़ाराबी मूल विज्ञान से विश्व की उत्पत्ति को इस्लाम के "कुन्" की भाँति अभाव से भाव की उत्पत्ति की तरह नहीं मानता, बल्कि उसके मत से विकास कार्य-कारण संबंध के साथ हुआ है, यद्यपि विज्ञान से भौतिक तत्त्व की ओर का विकास आरोह नहीं अवरोह क्रम से है, तो भी यह अपेक्षाकृत ज़्यादा वस्तुवादी है, इसमें सन्देह नहीं। कुछ भी हो, उसके "ज्ञान के उद्गम" के सिद्धान्त की अपेक्षा आचार के उद्गम का सिद्धान्त ज्यादा बुद्धिपूर्वक है। ईश्वरवादी लोग ज्ञान को किसी वक्त मानव बुद्धि की उपज मानने के लिए तैयार भी हो सकते हैं, किन्तु आचार-पुण्य-पाप के विचार का स्रोत वह हमेशा ईश्वर को ही मानते हैं। फ़ाराबी इस बारे में बिलकुल उलटा मत रखता है, वह ज्ञान का स्रोत अ-मानुषिक मानता है, किन्तु आचार-विवेक को वह मानव-बुद्धि का चमत्कार है –भले-बुरे की तमीज़ की ताकत बुद्धि में है। ज्ञान को फ़ाराबी कर्म (आचार) से ऊपर मानता है, इसलिए भी वह उसका उद्गम मनुष्य से ऊँचा रखना चाहता है। शुद्ध ज्ञान को फ़ाराबी स्वातंत्र्य की भूमि बतलाता है, लेकिन यह शुद्ध ज्ञान ईश्वर पर निर्भर होने से उसी के अनुसार निश्चित है, जिसका अर्थ हुआ, मानव स्वतंत्रता भी ईश्वराधीन है। यह फ़ाराबी का सीधा-सादा भाग्यवाद है–"उसके हुकुम के बिना पत्ता तक हिलता नहीं।"

5. राजनीतिक विचार

फ़ाराबी ने अफलातूँ के "प्रजातंत्र" को पढ़ा था और उसका उस पर कुछ असर जरूर हुआ था, किन्तु वह अफलातूँ के जगत्–अथेन्स और उसके प्रजातंत्र–को अपने सामने चित्रित

नहीं कर सकता था। उसकी दृष्टि में राजतंत्र के सिवा दूसरे प्रकार का शासन संभव ही नहीं–एक ईश्वरवादी धर्म के मानने वालों के लिए एक शासन (राजतंत्र), वाद से ऊपर उठना बहुत मुश्किल है। इसीलिए फ़ाराबी अफलातूँ के बहुत से दार्शनिकों के प्रजातंत्र की जगह एक आदर्श दार्शनिक राजा के शासन को समाज का सर्वोच्च ध्येय बताता है। मनुष्य जीवन-साधनों के लिए एक-दूसरे पर अवलंबित है और मनुष्यों में कोई नैसर्गिक तौर से बलशाली अधिक साधन-सम्पन्न होता है, कोई स्वभावतः निर्बल और अल्प-साधन। इसलिए, ऐसे बहुत से लोगों को एक बलशाली के अधीन रहना ही पड़ेगा। राज्य के भले-बुरे होने की कसौटी फ़ाराबी राजा के भले-बुरे होने को बतलाता है। यदि राजा भलाइयों के बारे में अनभिज्ञ, उलटा ज्ञान रखने वाला है या दुराचारी है, तो राज्य बुरा होगा। भला राज्य वही हो सकता है, जिसका राजा अफलातूँ जैसा दार्शनिक है। आदर्श (दार्शनिक) राजा दूसरे अपने जैसे गुण वाले व्यक्तियों को शासन के काम में अपना सहायक बनाता है।

फ़ाराबी एक ओर शासक राजा के निरंकुश–यदि अंकुश है, तो दर्शन का–शासन वाले अधिकार को कायम रखना चाहता है, किन्तु साथ ही एक आदर्शवादी दार्शनिक होने के कारण वह उसके कर्तव्य भी बतलाता है, सब कर्तव्यों–जिम्मेवारियों–का निचोड़ इसी विचार में आ जाता है, कि राज्य का बुरा होना राजा पर निर्भर है। मूर्ख राज्य में प्रजा निर्बुद्धि हो, पशु की अवस्था में पहुँच जाती है। इसकी सारी जिम्मेवारी राजा पर पड़ती है, जिसके लिए परलोक में उसे यातना भोगने के लिए तैयार रहना पड़ेगा। यह है कुछ विस्तृत अर्थ में–

"जासु राज प्रिय प्रजा दुखारी।
सो नृप अवशि नरक-अधिकारी।।" –तुलसीदास

फ़ाराबी के राजनीतिक विचार व्यवहार-बुद्धि से बिलकुल शून्य हैं, लेकिन इसके कारण भी थे। एक सफल वैद्य होने से वह व्यवहार के गुण-को बिलकुल जानता न हो, यह बात नहीं हो सकती, यही कहा जा सकता है, कि वह व्यवहार के जीवन से दार्शनिक (व्यवहारशून्य मानसिक उड़ान के) जीवन को ज़्यादा पसन्द करता था। जब हम उसके जीवन की ओर देखते हैं, तो यह बात साफ हो जाती है। उसका जीवन एक विचार-मग्न सूफ़ी या बौद्ध भिक्षु का जीवन था। उसके पास सम्पत्ति नहीं थी, किन्तु मन उसका किसी राजा से कम न था। पुस्तकों में उसे अफलातूँ, अरस्तू का सत्संग, और तज्जन्य अपार आनन्द प्राप्त होता था। अपने बाग के फूल और चिड़ियों के कलरव बाकी कमी को पूरा कर देते थे। यद्यपि सनातनी मुसलमान फ़ाराबी को सदा काफ़िर कहते थे, किन्तु वह उनके ज्ञान के तल को बहुत नीचा समझता था, उनकी राय की कोई कदर नहीं करता था। उसके लिए यह काफी सन्तोष की बात थी, कि पारखी-व्यक्ति-चाहे वह कितने ही थोड़े हों, उसकी कदर करते थे। वह उनके लिए महान् तत्त्वज्ञानी था। फ़ाराबी का शुद्ध और सादा जीवन दूसरी तरह के मज़हबी पक्षपात से शून्य व्यक्तियों पर भी प्रभाव डाले बिना नहीं रह सकता था।

यह सब इसी बात को बतलाते हैं, कि दर्शन में दूर हटे होने पर भी फ़ाराबी से तत्कालीन समाज या शासन को कोई डर न था।

6. फ़ाराबी के उत्तराधिकारी

फ़ाराबी जैसे एकान्तप्रिय प्रकृति वाले विद्वान के पास शिष्यों की भारी भीड़ जमा नहीं हो सकती थी, इसीलिए उसके शिष्यों की संख्या बहुत कम थी। अरस्तू के कितने ही ग्रन्थों का अनुवाद अबू-ज़करिया यह्या इब्न आदि-याकूबी पंथ का ईसाई उसका शिष्य था। अनुवादक होने के सिवा आदी में स्वयं कोई ख़ास बात न थी, किन्तु उसका ईरानी शिष्य अबू-सुलैमान मुहम्मद (इब्न-ताहिर इब्न-बहराम अल्) सजिस्तानी एक ख्यातनामा पंडित था। दसवीं सदी के उत्तरार्ध में सजिस्तानी की शिष्य मंडली में बगदाद के बड़े-बड़े विद्वान् शामिल थे। सजिस्तानी-गुरु-शिष्य-मंडली के दार्शनिक पाठ और संवाद के कितने ही भाग अब भी सुरक्षित हैं, जिससे पता लगता है, कि उनकी दिलचस्पी दर्शन के गंभीर विषयों में कितनी थी, तो भी फ़ाराबी की तर्कशास्त्र की परंपरा आगे चलकर, हमारे यहाँ के नव्य-नैयायिकों की भाँति तत्त्व-चिंतन की जगह शाब्दिक बहस की ओर ज़्यादा बहक गई। सजिस्तानी-शिष्य मंडली वस्तुतः तर्क को दार्शनिक अन्तर्दृष्टि प्राप्त करने के लिए साधन न समझ, उसे दिमागी कसरत और बहस के लिए बहस करने का तरीका समझती थी। उनमें जो तत्त्वबोध की ओर रुचि रखते थे, उनके लिए सूफियों का रहस्यवाद था ही, जिसकी भूलभुलैयाँ के ताने-बाने तार्किकों के तर्क से भी ज़्यादा सूक्ष्म थे। यह सूफ़ी रहस्यवाद की ओर का झुकाव ही था, जिसके कारण कि (जैसा कि उसके शिष्य तौहीदी 1009 ई० ने लिखा है) अबू-सुलैमान सजिस्तानी के अध्ययन-अध्यापन में एम्पेदोकल, सुक्रात, अफलातूँ–सभी रहस्यवादी समझे जाने वाले दार्शनिकों की जितनी चर्चा होती थी, उतनी अरस्तू की नहीं। सजिस्तानी-शिष्य मंडली में देश-जाति-धर्म की संकीर्णता का बिलकुल अभाव था, उनका विश्वास था, कि यह विभिन्नताएँ बाहरी हैं, इन सबके भीतर रहने वाला सत्य एक है।

3. बू-अली मस्कविया (.....-1030 ई०)

फ़ाराबी के समय से चलकर अब हम फिर्दौसी (940-1020 ई०), अबू रेहाँ अल्-बैरूनी (973-1048) और महमूद गज़नवी (मृ0 1033 ई०) के समय में आते हैं। अब विचार की बागडोर ही नहीं, शासन की बागडोर भी नामनिहादी अरबों के हाथ से अरब-भिन्न मुसलमान जातियों के हाथ में चली गई है और वह कबीलेशाही इस्लाम की समानता और भाईचारे के भाव से प्रभावित हो, नीचे से उठी लोकशक्ति को नये शासकों–जिनमें कितने ही गुलामी का मज़ा खुद चख चुके थे या उनके बाप-दादों की गुलामी उनको भूली न थी, के नेतृत्व में संगठित कर इस्लाम की अपूर्ण विजय को अलग-अलग पूरा करना चाहती है। यह समय है, जबकि इस्लामी तलवार का सीधा हिन्दू तलवार से मुकाबला होता है और हिन्दू-रक्षक पर्वतमाला हिन्दूकुश का नाम धारण करती है। महमूद गज़नवी काबुल के हिन्दू राज्य के विजय से ही सन्तोष नहीं करता, बल्कि इस्लाम के "झंडे" को बुलन्द करने के लिए भारत पर हमले पर हमले करता है। ऊपरी दृष्टि से देखने पर यही शक्ल हमारे सामने आती है, जैसा कि हमारे विद्यालयों के इतिहास लेखक हमारे सामने उसे पेश करते हैं, किन्तु सतह से भीतर जाने पर यह हिन्दू और इस्लाम के झंडों के झगड़े का सवाल नहीं रह जाता, यद्यपि यह ठीक है, कि उस समय उसे भी ऐसा ही समझा गया था।

प्रारंभिक इस्लाम पर अरब कबीलाशाही की ज़बरदस्त छाप थी, इसका जिक्र पहले हो चुका है, साथ ही हम यह भी बतला चुके हैं, कि दमिश्क की ख़िलाफ़त ने उस कबीलाशाही को पहली शिकस्त दी और बगदाद की ख़िलाफ़त ने उसे दफ़ना दिया। यह बात जहाँ तक ऊपर के शासकवर्ग का संबंध है, बिलकुल ठीक है, किन्तु कबीलाशाही क़ुरान अब भी मुसलमानों का मुख्य धर्म ग्रन्थ था। उसकी पढ़ाई का हर मस्जिद, हर मदरसे में उसी तरह का रिवाज़ था। अरबी कबीलों के भीतर सरदार और साधारण व्यक्तियों की जो समानता है, उसका न क़ुरान में उतना स्पष्ट चित्रण था और न उसका उदाहरण लोगों के सामने था, बल्कि खलीफ़ों और धनी मुसलमानों का जो उदाहरण सामने था, वह बिलकुल उलटा रूप पेश करता था। हाँ, भाईचारे की बात क़ुरान में साफ और बार-बार दुहराई गई थी, मस्जिद में ज़ुमा की नमाज़ के वक्त सुल्तानों को भी इसे दिखलाना पड़ता था। जिन शक्तियों से मुसलमानों का विरोध था, उनमें इस भाईचारे का खयाल इतना ख़त्म हो चुका था, उनका सामाजिक संगठन सदियों से इस तरह विशृंखलित हो चुका था, कि "हिन्दू झंडे" या किसी दूसरे नाम पर उसे लाने की बात उस परिस्थिति में कभी भी संभव न थी। इस्लामी झंडा यद्यपि अब विश्वव्यापी (अन्तर्राष्ट्रीय) इस्लामी कबीले का झंडा नहीं था, तो भी वह ऐसे विचारों को लेकर हमला कर रहा था, जिससे शत्रु देश के राजनीतिक ही नहीं, सामाजिक ढाँचों को भी चोट पहुँच रही थी और शोषण पर आश्रित सदियों की बोसीदा जात-पात की इमारत की नींव हिल रही थी।

मस्कविया का जन्म ऐसे समय में हुआ था।

1.जीवनी

मस्कविया के जीवन के बारे में हमें बहुत मालूम नहीं है। वह सुल्तान अदूदद्दौला (व्वायही ?) का कोषाध्यक्ष था और 1030 ई० में, जब उसकी मृत्यु हुई, तो वह बहुत बूढ़ा हो चुका था। मस्कविया वैद्य था, दर्शन के अतिरिक्त इतिहास, भाषाशास्त्र उसके प्रिय विषय थे, किन्तु जिस कृति ने उसे अमर किया है, वह है उसकी पुस्तक "तहज़ीबुल-इख्लाक्" (आचार-सभ्यता)। उसने इसके लिखने में अफलातूँ, अरस्तू, जालीनूस (गलेन) के ग्रन्थों को, इस्लामिक धर्मशास्त्र के साथ मिलाकर बड़ी सफलता से इस्तेमाल किया। वह अपने विचारों में अरस्तू का सबसे ज्यादा ऋणी है। मस्कविया का यही तहज़ीबुल-इख्लाक् है, जिसके आधार पर ग़ज़ाली ने अपने सर्वश्रेष्ठ ग्रन्थ "अह्या-उल्-उलूम"–को लिखा। मस्कविया ने आचार-संबंधी रोगों (दुराचार) को लोभ, कंजूसी, लज्जा आदि आठ किस्म का बतलाया है। इन रोगों को दूर करने के उसने दो रास्ते बतलाए हैं– (1) एक तो रोग से उलटी औषधि इस्तेमाल की जाये, कंजूसी-के हटाने के लिए शाह खर्ची का हथियार इस्तेमाल किया जाये। (2) दूसरे, चूँकि सभी आचारिक रोगों के कारण क्रोध और मोह होते हैं, इसलिए इन्हें दूर करने के उपाय इस्तेमाल किये जायें।

2. दार्शनिक विचार

(मानव जीव)–मस्कविया मानव जीव और पशु जीव में भेद करता है, ख़ासकर ईश्वर की ओर मनुष्य की बौद्धिक उड़ान को ऐसी ख़ास बात समझता है, जिससे कि पशु-जीव को मानव-जीव की श्रेणी में नहीं रखा जा सकता।

मानव जीव एक ऐसा अमिश्रित निराकार द्रव्य है, जो कि अपनी सत्ता, ज्ञान और क्रिया का अनुभव करता है। वह अभौतिक, आत्मिक स्वभाव रखता है, यह तो इसी से सिद्ध है, कि जहाँ भौतिक शरीर एक दूसरे से अत्यन्त विरोधी आकारों–काले, सफेद...के ज्ञानों–में से सिर्फ़ एक को ग्रहण कर सकता है, वहाँ जीव (आत्मा) एक ही समय कई "आकारों" को ग्रहण करता है। यही नहीं वह इन्द्रिय-ग्राह्य तथा इन्द्रिय-अग्राह्य दोनों प्रकार के "आकारों" को अभौतिक स्वरूप में ग्रहण करता है–इन्द्रिय से हम कलम की लंबाई देखते हैं, किन्तु उसका "आकार" सा स्मृति में सुरक्षित होता है, वह वही भौतिक लंबाई नहीं है। इसी से सिद्ध है, कि जीव भौतिक सीमा से बद्ध नहीं है। अतएव जीव के ज्ञान और प्रयत्न शरीर की सीमा से बाहर तक की पहुँच रखते हैं और बल्कि वह इन्द्रिय-गोचर जगत् की सीमा से भी पार पहुँचते हैं। सच और झूठ का ज्ञान जीव में सहज होता है, इन्द्रियाँ इस ज्ञान को नहीं प्रदान करतीं। इन्द्रियाँ अपने प्रत्यक्ष के द्वारा जिन विषयों-को उपस्थित करती हैं, उनकी विवेचना और निर्धारण करते वक्त वह अपनी उसी सहज शक्ति से काम लेती हैं। "मैं जानता हूँ" इसको जानना–"आत्म-चेतना"–इस बात का सबसे बड़ा प्रमाण है, कि जीव एक अभौतिक तत्त्व है।

3. आचार-शास्त्र

(1) पाप-पुण्य–जैसा कि पहले कहा जा चुका है, मस्कविया ज्यादा प्रसिद्ध है, एक आचारशास्त्री के तौर पर। आचार शास्त्र में पहला प्रश्न आता है–शुभ (भलाई, नेकी) क्या है? मस्कविया का उत्तर है–जिसके द्वारा एक इच्छावान् व्यक्ति (प्राणी) अपने उद्देश्य या स्वभाव की पूर्णता को प्राप्त करता है। नेक (शुभ) होने के लिए एक ख़ास तरह की योग्यता या रुझान होनी ज़रूरी है, लेकिन हम जानते हैं, हर मनुष्य में योग्यता एक-सी नहीं है। स्वभावतः नेक मनुष्य बहुत कम होते हैं, जो स्वभावतः नेक हैं, वह बुरे नहीं हो सकते, क्योंकि स्वभाव उसी को कहते हैं, जो बदलता नहीं। कितने ही स्वभावतः बुरे कभी अच्छे न होने वाले मनुष्य भी हैं। बाकी मनुष्य पहले पहल न नेक होते हैं न बद, वह समाजिक वातावरण (संसर्ग) या शिक्षा-दीक्षा के कारण नेक या बद बन जाते हैं

शुभ (नेकी) दो तरह का होता है–साधारण शुभ और विशेष शुभ। इसके अतिरिक्त एक परम शुभ है, जो कि सर्व-महान् सत् (ईश्वर) और सर्व-महान् ज्ञान को कहते हैं। सभी शुभ मिलकर इसी परम शुभ तक पहुँचना चाहते हैं। हर व्यक्ति को किसी विशेष शुभ के करने से, उसके भीतर आनन्द या प्रसन्नता प्रकट होती है। यह आनन्द और कुछ नहीं अपने ही मुख्य स्वभाव का पूर्ण और सजीव रूप में प्राकट्य है, अपने ही अन्तस्तम अस्तित्व का पूर्ण अनुभव है।

(2) समाज का महत्त्व–मनुष्य उसी वक्त शुभ (नेक) और सुखी है, जबकि वह मनुष्य की तरह आचरण करता है–शुभाचार मानव महानीयता है। मानव समाज के सभी व्यक्ति एक समान नहीं हैं, इसीलिए शुभ और आनन्द (सुख) का तल सबके लिए एक-सा नहीं है। यदि मनुष्य अकेला छोड़ दिया जाये, तो स्वभावतः जो मनुष्य न नेक है न बद, उसे नेक बनने का अवसर नहीं मिलेगा, इसीलिए बहुत से मनुष्यों का इकट्ठा (समाज में) में रहना ज़रूरी है और इसके लिए पहला कर्तव्य तथा सभी शुभाचरणों की नींव है, मानव-जाति के लिए साधारण प्रेम, जिसके बिना कोई

समाज कायम नहीं रह सकता। दूसरे मनुष्यों के साथ और उनके बीच ही मनुष्य अपनी कमियों को दूर कर पूर्णता प्राप्त कर सकता है, इसीलिए आचार वही हो सकता है, जो कि सामाजिक आचार है। इस तरह मित्रता आत्म-प्रेम (अपने भीतर केन्द्रित प्रेम) का सीमा-विस्तार नहीं, बल्कि आत्म-प्रेम का संकोच है, वह अपनेपन की सीमा के बाहर, अपने पड़ोसी का प्रेम है। इस तरह का प्रेम या मित्रता संसार-त्यागी एकान्तवासी साधु में संभव नहीं है, यह संभव है केवल समाज या सामूहिक जीवन ही में। जो एकान्तवासी योगी समझता है, कि वह शुभ (सदाचारी) जीवन बिता रहा है, वह अपने को धोखा देता है। वह धार्मिक हो सकता है किन्तु आचारवान् हर्गिज़ नहीं, क्योंकि आचारवान् होने के लिए समाज चाहिए।

(3) धर्म (मज़हब)–धर्म या मज़हब मस्कविया के विचार से लोगों को आचार की शिक्षा देने का तरीका है, उदाहरणार्थ, नमाज़ (भगवान् की उपासना) और हज़ (मक्का की तीर्थयात्रा) पड़ोसी या लोकप्रेम को बड़े पैमाने पर पैदा करने का सुन्दर अवसर है।

साम्प्रादायिक सकीर्णता का अभाव और मानव-जीवन में समाज का बहुत ऊँचा स्थान बतलाता है, कि मस्कविया की दृष्टि कितनी व्यापक और गंभीर थी।

4. बू-अली सीना (980-1037 ई०)

फ़ाराबी अपने शान्त अतएव निष्क्रिय स्वभाव के कारण, चाहे दर्शन-क्षेत्र में उतना काम न कर सका हो, जितना कि वह अपने गंभीर अध्ययन और प्रतिभा के कारण कर सकता था, किन्तु वह एक महान् विद्वान् था, इसमें सन्देह नहीं। बू-अली सीना के बारे में तो हम कह सकते हैं, कि उसके रूप में पूर्वी इस्लामिक दर्शन उन्नति की पराकाष्ठा पर पहुँचा। बू-अली सीना मस्कविया (मृत्यु 1030 ई०), फ़िर्दोसी (940-1020 ई०), अल्बैरूनी (973-1048) का समकालीन था, मस्कविया से भेंट और अल्बैरूनी से उसका पत्र-व्यवहार भी हुआ था।

1. जीवनी

अबू-अली अल्-हुसैन (इब्न-अब्दुल्ला इब्न) सीना का जन्म 980 ई० में बुखारा के पास अफ़्शन में हुआ था। सीना के परिवार के लोग पीढ़ियों से सरकारी कर्मचारी रहते चले आए थे। उसने प्रारंभिक शिक्षा घर पर पाई। यद्यपि मध्य-एशिया के इस भाग में इस्लाम को प्रभुत्व जमाए, प्रायः तीन सदियाँ हो गईं थीं, किन्तु मालूम होता है, यहाँ की सभ्य जाति के लिए जितना अरबी तलवार के सामने सिर झुकाना आसान था, उतना अपने जातीय व्यक्तित्व (राष्ट्रीय सभ्यता) का भुलाना आसान न था। फ़ाराबी को हम देख चुके हैं, कैसे वह इस्लाम की निर्धारित सीमा को विचार-क्षेत्र में पसन्द न करता था, फ़ाराबी भी सीना का ही स्वदेश-भाई था। यही क्यों, फ़ाराबी और सीना की मातृभूमि–वर्तमान उज़बेकिस्तान सोवियत प्रजातन्त्र–ने कितनी आसानी से चंद वर्षों के भीतर धर्म और मुल्लों से पिंड छुड़ा लिया और आज उज़्बक मध्य-एशिया की जातियों में सबसे आगे बढ़े हुए माने जाते हैं। इससे यह भी पता लगता है, कि तेरह सदियों में इस्लाम ने वहाँ के लोगों की जातीय भावना को नष्ट करने में सफलता नहीं पाई। ऐसे सामाजिक वातावरण ने सीना के विचारों के विकास में कितना प्रभाव डाला होगा, यह आसानी से समझा जा सकता है।

सीना ने स्वयं लिखा है, कि बचपन में मेरे बाप और चाचा नफ़्स के सिद्धान्त पर बातनियों के मत से बहस किया करते थे, जिसे मैं बड़े ध्यान से सुना करता।

प्रारम्भिक शिक्षा को समाप्त कर बू-अली मध्य-एशिया की इस्लामिक नालन्दा बुखारा में पढ़ने के लिए गया। वहाँ उसने दर्शन और वैद्यक का विशेष तौर से अध्ययन किया। 'होनहार बिरवान के होत चीकने पात'–की कहावत के अनुसार अभी बू-अली जब 17 वर्ष का तरुण था, उसी वक्त उसने स्थानीय राजा नूह इब्न-मंसूर को अपनी चिकित्सा से रोग-मुक्त किया। इस सफलता से उसे सबसे ज्यादा फ़ायदा जो हुआ वह यह था, कि नूह-के पुस्तकालय का दरवाजा उसके लिए खुल गया। तब से सीना वैज्ञानिक अध्ययन या चिकित्सा-प्रयोग में अपना गुरु आप बना, इसमें वह कितना सफल हुआ, यह अगले पृष्ठ में बतलायेंगे। एक बात तो निश्चित है, कि अब तक चलते आए ढर्रे की पढ़ाई से इतनी कम आयु में मुक्त हो जाने से, वह दर्शन में टीकाकार और गतानुगतिक न बन, स्वतंत्र रूप से यूनानी दर्शन के तुलनात्मक अध्ययन से अपनी निजी शैली को विकसित कर सका।

किसी महत्त्वाकांक्षी विद्वान् के लिए अपने उद्देश्य की सिद्धि के लिए उस वक्त ज़रूरी था, कि वह किसी शासक का आश्रय ले। सीना को भी वैसा ही करना पड़ा। सीना, हो सकता है, अपनी प्रतिभा और विद्वत्ता के कारण किसी बड़े दरबार में रसूख हासिल कर सकता, किन्तु आत्म-सम्मान और स्वतंत्रता का भाव इतना अधिक था, कि वह बहुत बड़े दरबार में टिक न सकता था। छोटे दरबारों में वह बहुत कुछ समानता के साथ निर्वाह कर सकता था, इसलिए उसने अपनी दौड़ को वहीं तक सीमित रखा। वहाँ भी, एक दरबार में यदि कोई तबियत के विरुद्ध बात हुयी, तो दूसरा घर देखा। उसके काम भी भिन्न-भिन्न दरबारों में भिन्न-भिन्न थे, कहीं वह शासन का कोई अधिकारी बना, कहीं अध्यापक और कहीं लेखक। अन्त में चक्कर काटते-काटते हमदान (पश्चिमी ईरान) के शासक शमसुद्दौला का वजीर बना। शमसुद्दौला के मरने के बाद उसके पुत्र ने कुछ महीनों के लिए सीना को जेल में डाल दिया। सीना ने खानदान भर तो क्या उत्तराधिकारी तक की कोर्निश करनी नहीं सीखी थी। जेल से छूटने पर वह इस्पहाँ के शासक अलाउद्दौला के दरबार में पहुँचा। अलाउद्दौला ने जब हमदान को जीत लिया, तो अबूसीना फिर वहाँ लौट गया। यहीं 1037 ई० में 57 वर्ष की उम्र में उसका देहान्त हुआ। हमदान में आज भी उसकी समाधि मौजूद है। हमदामन (इखबतन) ईरान के प्रथम राजवंश (मद्रवंश) के प्रथम राजा देवक (दयउक्कु, मृत्यु 655 ई० पू०) की राजधानी थी।

2. कृतियाँ

सीना ने यूनानी दार्शनिकों की कृतियों पर कोई टीका या विवरण नहीं लिखा। उसका मत था टीकायें और विवरण ढेर की ढेर मौजूद हैं, ज़रूरत है उन पर विचार कर स्वतन्त्र निश्चय पर पहुँचने की। वह जिस निश्चय पर पहुँचा, उसे अपने ग्रन्थों में उल्लिखित किया। उसके दर्शन के ग्रन्थों में तीन मुख्य हैं–

(1) शफ़ा, (चिकित्सा) (अबू-अबीद जोज़जानी को पढ़ाते वक्त तैयार हुई), (2) इशारात (संकेत), (3) नजात (मुक्ति)।

इनमें “शफ़ा” के बारे में उसने खुद कहा है, कि मैंने यहाँ अरस्तू के विचारों को दर्ज किया है, तो भी इसका यह मतलब नहीं, कि उसमें उसने अपनी बातें नहीं मिलाई हैं। यहाँ “पैगंबरी” “इमामपन” की जो बहस छेड़ी है, निश्चय ही उसका अरस्तू के दर्शन से कोई सम्बन्ध नहीं है। इसी तरह “इशारात” में भी पैगंबरी, पाप (बुराई) की उत्पत्ति, प्रार्थना-का प्रभाव, उपासना-कर्तव्य मोज़ज़ा (चमत्कार) आदि पर जो लिखा है, उसका यूनानी दर्शन से नहीं इस्लाम से संबंध है। रोश्द (1126-98 ई०) सीना का कड़ा समालोचक था, उसने जगह-जगह उदाहरण देकर बतलाया है, कि सीना कितनी ही जगह अरस्तू के विरुद्ध गया, कितनी ही जगह उसने अरस्तू के भावों को गलत पेश किया और कितनी ही जगह अरस्तू के नाम से नई बातें दर्ज कर दी। इन सबका अर्थ सिर्फ़ यही निकलता है, कि सीना की तबियत में निरंकुशता थी।

सीना अपने जीवन के हर क्षण को बेकार नहीं जाने देता था। 17 से 57 वर्ष की उम्र तक के 40 वर्षों की एक-एक घड़ियों का उसने पूरा उपयोग किया। दिन में वह सरकारी अफसर का कर्तव्य पूरा करता या विद्यार्थियों को पढ़ाता, शाम को मित्र-गोष्ठी या प्रेमाभिनय में बिताता, किंन्तु रात को वह हाथ में कलम तथा नींद न आने देने के लिए सामने मदिरा का प्याला रखे बिता देता था। समय और साधन के अनुसार उसके ग्रन्थों का विषय होता था। जब पर्याप्त समय तथा पास में पुस्तकालय रहता, तो वैद्यक (हिकमत) या दर्शन पर कोई बड़ा ग्रन्थ लिखने में लग जाता। जब यात्रा में रहता, तो छोटी-छोटी पुस्तकें लिखता। जेल में उसने कवितायें तथा ध्यान (रियाज़त) पर लेखनी चलाई। उसकी कविताओं और सूफ़ी-निबंधों में बहुत ही प्रसाद गुण पाया जाता है। पद्य-रचना पर उसका इतना अधिकार था, कि इच्छा होने पर उसने साइंस, वैद्यक और तर्क की पुस्तकों को भी पद्य में लिखा। पारसी और अरबी दोनों भाषाओं पर उसका पूर्ण अधिकार था।

3. दार्शनिक विचार

सीना दार्शनिक और वैद्य (हकीम) दोनों था। रोश्द ने दर्शन क्षेत्र में उसकी कीर्तिछटा को मन्द कर दिया, तो भी वैद्यक के आचार्य के तौर पर बहुत पीछे तक यूरोप उसका सम्मान करता रहा।

(1) मिथ्याविश्वास-विरोध–सीना अपने से पहले के इस्लामिक दार्शनिकों से कहीं ज़्यादा फलित-ज्योतिष और कीमिया–उस वक्त के दो ज़बरदस्त मिथ्या विश्वासों–का सख्त विरोधी था। वह इन्हें निरी मूढ़ता समझता था, यद्यपि इसका अर्थ यह नहीं, कि आँख मूँदने के साथ ही लोग उसके नाम से इन विषयों पर ग्रन्थ लिखने से बाज़ आये हों।

हाँ, उसका बुद्धिवाद साइंस-वेत्ताओं का बुद्धिवाद–प्रयोग सिद्ध सिद्धान्त ही सत्य–नहीं बल्कि दार्शनिकों का बुद्धिवाद था, जिसमें कि इन्द्रियों को गलत रास्ते पर ले जाने से बचाने के लिए बुद्धि को तर्क के अस्त्र को चतुराई से उपयोग पर जोर दिया गया है। तर्क बुद्धि के लिए अनिवार्यतया आवश्यक है, तर्क की आवश्यकता सिर्फ़ उन्हीं को नहीं है, जिनको दिव्य प्रेरणा मिली हो, जैसे अनपढ़ बद्दू को अरबी व्याकरण की आवश्यकता नहीं।

(2) जीव-प्रकृति-ईश्वरवाद–फ़ाराबी की भाँति सीना प्रकृति (मूल भौतिक तत्त्व) को ईश्वर से उत्पन्न हुआ नहीं मानता था, उसके विचार में ईश्वर एक ऊँची हस्ती है, जिसे प्रकृति के रूप में

परिणत हुआ मानना उसे खींचकर नीचे लाना है, उसी तरह वह जीव को भी ईश्वर से नीचे किन्तु प्रकृति से ऊपर तत्त्व मानता है। उसके मत से ईश्वर जो सृष्टि करता है, उसका अर्थ यही है, कि कर्ता (भगवान) अनादि (अकृत) प्रकृति को साकार रूप देता है। अरस्तू और सीना के मत में यहाँ थोड़ा अन्तर है। अरस्तू प्रकृति के अतिरिक्त आकृति को भी अनादि (अकृत) मानता है और सृष्टि करने का मतलब वह यही लेता है, कि कर्ता ने प्रकृति और आकृति को मिलाकर साकार जगत् और उसकी वस्तुएँ बनाई। सीना प्रकृति को ही अनादि मानता है और आकृति को अकृत नहीं कृत (बनाई हुई) मानता है। निश्चय ही यह सिद्धान्त सनातनी मुसलमानों के लिए कुफ्र से कम न था और यही समझकर 1150 ई० में बगदाद में खलीफ़ा मुस्तन्जिद ने सीना के ग्रन्थों को आग में जलाया था।

(3) ईश्वर–अकृत (अनादि) प्रकृति निराकार है, उस अवस्था में, जगत् तथा उसकी साकार वस्तुओं का अस्तित्व नहीं हो सकता। इस नास्तित्व की अवस्था से जगत् को साकार अस्तित्व में परिणत करने के लिए एक सत्ता की ज़रूरत है और वही ईश्वर है। ईश्वर की सिद्धि के लिए सीना की यह युक्ति अरस्तू से भिन्न है। अरस्तू का कहना है, कि प्रकृति और आकृति दोनों ही अनादि (अकृत) वस्तुएँ हैं, उसके ही मिलने से साकार जगत् पैदा होता है, इस मिलने के लिए गति की ज़रूरत है, जो गति चिरकाल से जगत् में देखी जाती है, इस गति का कोई चालक (गतिकारक) होना चाहिए, जिसको ही ईश्वर कहते हैं।

ईश्वर एक (अद्वितीय) है। उसमें बहुत से विशेषण माने जा सकते हैं, किन्तु ऐसा मानते वक्त यह खयाल रखना चाहिए, कि उनकी वजह से ईश्वर-अद्वैत में बाधा न पड़े।

(4) जीव और शरीर–यूनानी दार्शनिकों तथा उनके अनुयायी इस्लामी दार्शनिकों की भाँति सीना ने भी ईश्वर से प्रथम विज्ञान (नफ़्स), उससे द्वितीय विज्ञान आदि की उत्पत्ति का वर्णन किया है, जिसको बहुत कुछ रूखी पुनरावृत्ति समझकर हम यहाँ छोड़ देते हैं। सीना ने जीव का स्थान प्रकृति से ऊपर रखा, जो कि भारतीय दर्शन (सेश्वर सांख्य) से समानता रखता है। उस समय, जबकि काबुल में अभी ही अभी महमूद ने हिन्दू-शासन हटाकर अपना शासन स्थापित किया था, किसी घूमते-फिरते योग (सेश्वर सांख्य) के अनुयायी से सीना की मुलाकात असंभव न थी अथवा अरबी अनुवाद के रूप में उसके पास कोई भारतीय दर्शन की ऐसी पुस्तक भी मौजूद हो सकती है, जिससे कि उसने इन विचारों को लिया हो। एक बात तो स्पष्ट है, कि सीना के दर्शन में सबसे ज़्यादा ज़ोर जीव (आत्मा) पर दिया गया है, किसी भी दार्शनिक विवेचना के वक्त उसकी दृष्टि सदा मानव जीव पर रहती है। इसी जीव का खयाल रखने के कारण ही उसने अपने सबसे महत्त्वपूर्ण दर्शन-ग्रन्थ का नाम "शफ़ा" (चिकित्सा) रखा है, जिसका भाव है, जीव की चिकित्सा।

सीना शरीर और जीव को दो बिलकुल भिन्न पदार्थ मानता है। सभी पिंड भौतिक तत्त्वों से मिलकर बने हैं, मानव-शरीर भी उसी तरह भौतिक तत्त्वों से बना है, हाँ, वहाँ मात्रा के सम्मिश्रण में बहुत बारीकी से काम लिया गया है। ऐसे मिश्रण द्वारा मानव जाति की सृष्टि या विनाश यकायक किया जा सकता है, किन्तु जीव इस तरह भौतिक तत्त्वों के मिश्रण से नहीं बना है। जीव शरीर का अभिन्न अंश नहीं है, बल्कि उसका शरीर के साथ पीछे से संयोग हुआ है। हर एक शरीर को

अपना-अपना जीव ऊपर से मिलता है। प्रारम्भ से ही प्रत्येक जीव एक अलग वस्तु है, शरीर में रहते हुए सारे जीवन भर जीव अपने वैयक्तिक विकास को जारी रखता है।

मनन करना जीव की सबसे बड़ी शक्ति है। पाँच बाहरी और पाँच भीतरी इन्द्रियाँ (अन्तःकरण) जगत् का ज्ञान विज्ञानमय जीव के पास पहुँचाती हैं, जिसका अन्तिम ज्ञानात्मक निर्णय या बोध जीव करता है। बोध-शक्ति या बुद्धि जीव की शक्तियों की चरमसीमा है। पहले बुद्धि के भीतर चिन्तन की छिपी क्षमता रहती है, किन्तु बाहरी भीतरी इन्द्रियों द्वारा प्रस्तुत ज्ञानसाम्रगी उसकी छिपी क्षमता को प्रकट कार्यक्षमता के रूप में परिणत कर देती है, लेकिन ऊपर आकृतिदाता (द्वितीय नफ़्स) की प्रेरणा भी शामिल रहती है, वही बुद्धि को विचार प्रदान करता है। मानव जीव की स्मृति शुद्ध निराकार कभी नहीं होती, क्योंकि स्मृति होने के लिए पहले साकार आधार ज़रूरी है।

विज्ञानमय (मानव) जीव अपने से नीचे (भौतिक वस्तुओं) का स्वामी है, किन्तु ऊपर की वस्तुओं का ज्ञान उसे ज़गदात्मा (द्वितीय नफ़्स) द्वारा मिलता है। इस तरह ऊपर नीचे के ज्ञानों को पाकर मनुष्य वास्तविक मनुष्य बनता है, तो भी साररूपेण वह (मानव जीव) एक अमिश्रित, अनश्वर, अमृत वस्तु है। जब तक मानव-जीव शरीर और जगत् में रहता है, तब तक वह उनके द्वारा अधिक शिक्षित, अधिक विकसित होने का अवसर पाता है, किन्तु जब शरीर मर जाता है, तो जीव जगदात्मा का समीपी-सा ही बना रहता है। यही जगदात्मा की समीपता समान नहीं–नेक ज्ञानी जीवों की धनधान्यता है। दूसरे जीवों को यह अवस्था नहीं प्राप्त होती, उनका जीवन अनन्त दुःख का जीवन है, जैसे शारीरिक विकार रोग को पैदा करता है, उसी तरह जीव की विकृत अवस्था के लिए दंड होना ज़रूरी है। स्वर्ग फल भी मानव-जीव को उसी परिमाण में मिलता है, जिस परिमाण में कि उसने अपने आत्मिक स्वास्थ्य-बोध को इस शरीर में प्राप्त किया है। हाँ, उच्चतम पद पर पहुँचने वाले थोड़े ही होते हैं, क्योंकि सत्य के शिखर पर बहुतों के लिए स्थान नहीं है।

(5) हई की कथा–हमारे यहाँ जैसे 'संकल्प सूर्योदय' जैसे नाटक या वेदान्त या दूसरे आध्यात्मिक विषयों को समझाने के लिए लिखी गई हैं। सीना ने भी 'हई इब्न-यक़ज़ान' या 'प्रबुद्ध-पुत्र जीवक' की कथा को लिखकर उसी शैली का अनुसरण किया है। जीवक अपनी बाहरी और भीतरी इन्द्रियों की सहायता से पृथ्वी और स्वर्ग की बातों को जानने की कोशिश करता भटक रहा है। उसे उत्साह में तरुणों को मात करने वाला एक वृद्ध मिलता है। यह वृद्ध और कोई नहीं एक ज्ञानी–दार्शनिक–है, जो कि पथ प्रदर्शक की भाँति भटकने को रास्ता बतलाना चाहता है। वृद्ध का नाम है–हई, और वह जागृत (प्रबुद्ध) का पुत्र है। भटकते मुसाफिर के सामने दो मार्ग हैं–(1) एक पश्चिम का रास्ता है, जो कि सांसारिक वस्तुओं और पाप की ओर ले जाता है, (2) दूसरा उगते सूर्य की ओर ले जाता है, यह एक सदा शुद्ध आकृतियों और आत्मा का मार्ग। हई मुसाफ़िर को उगते सूर्य की ओर ले जाने वाले मार्ग पर चलने को कहता है। दोनों साथ-साथ आगे बढ़ते हुए उस दिव्य ज्ञान-वापी पर पहुँचते हैं, जो चिरतारुण्य का चश्मा है, जहाँ सौन्दर्य की यवनिका सौन्दर्य, ज्योति का घूँघट ज्योति है, जहाँ कि वह अनन्त रहस्य वास करता है।

(6) उपदेश में अधिकारिभेद–जीव और प्रकृति को भी ईश्वर की भाँति ही सनातन मानना, क़ुरान की बातों की मनमानी व्याख्या करना जैसी बहुत-सी बातें शीना की ऐसी थीं, कि वह कुफ्र

के फ़तवे के साथ ज़िन्दा दफ़ना दिया जा सकता था, इस खतरे को सीना समझता था। इसीलिए उसने इस बात पर बहुत जोर दिया, कि सभी तरह का ज्ञान या उपदेश सबको नहीं देना चाहिए। ज्ञान प्रदान करते वक्त गुरु का काम है, कि वह अपने शिष्य की योग्यता को देखे और जो जिस ज्ञान का अधिकारी हो, उसको वही ज्ञान दे। पैगंबर मुहम्मद अरब के खानाबदोश बद्दुओं को सभ्य बनाना चाहते थे, उन्होंने देखा कि बद्दुओं को आत्मिक आनन्द आदि की बातें बतलाना "भैंस के सामने बीन बजाना" होगा, इसलिए उन्होंने उनसे कहा "क़यामत (अन्तिम निर्णय) के दिन मुर्दे जिन्दा हो उठेंगे।" बद्दुओं ने समझा, हमारा यह प्रिय शरीर सदा के लिए बिछुड़ने वाला नहीं, बल्कि वह हमें फिर मिलने वाला है और यह उनके लिए आशा और प्रसन्नता की बात थी। इसी तरह बहिश्त (स्वर्ग) की दूध-शहद की नहरे, अंगूरों के बाग, हूरें (अप्सरायें) बद्दुओं के चित्त को आकर्षित कर सकती थीं। मगर इन बातों को यदि किसी ज्ञानी, योगी, दार्शनिक के सामने कहा जाये तो वह आकर्षण नहीं घृणा पैदा करेंगी। ऐसे व्यक्ति भगवान् की उपासना किसी स्वर्ग या अप्सरा की कामना से नहीं करते, बल्कि उसमें उनका लक्ष्य होता है, भगवत्-प्रेम का आनन्द और ब्रह्म-निर्वाण (नफ़्स की आज़ादी) की प्राप्ति।

(अल्-बैरूनी 973-1048 ई०)

महमूद गज़नवी के समकालीन पंडित अबू-रेहाँ अल्बैरूनी का नाम भारत में प्रसिद्ध है। यद्यपि अपने ग्रन्थों–ख़ासकर "अल्-हिन्द"–में उसने दर्शन का भी जिक्र किया है, किन्तु उसका मुख्य विषय दर्शन नहीं बल्कि गणित, ज्योतिष, भूगोल, मानवशास्त्र थे। उसका दार्शनिक दृष्टिबिन्दु यदि कोई था, तो यही जो कि उसने आर्यभट्ट (476 ई०) के अनुयायियों के मत को उद्धृत करके कहा है।

"सूर्य की किरणें जो कुछ प्रकाशित करती हैं, वही हमारे लिए पर्याप्त है। उनसे परे जो कुछ है और वह अनन्त दूर तक फैला हो सकता है, लेकिन उनका हम प्रयोग नहीं कर सकते। जहाँ सूर्य की किरणें नहीं पहुँचतीं, वहाँ इन्द्रियों की गति नहीं और जहाँ इन्द्रियों की गति नहीं उसे हम जान नहीं सकते।"

ख. धर्मवादी दार्शनिक

5. ग़ज़ाली (1059-1111 ई०)

अब हम उस युग में हैं, जबकि बगदाद के खलीफ़ों का सम्मान शासक के तौर पर उतना नहीं था, जितना कि धर्माचार्य के तौर पर। विशाल इस्लामिक राज्य छिन्न-भिन्न होकर अलग-अलग सल्तनतों के रूप में परिणत हो गया था। इन सल्तनतों में सबसे बड़ी सल्तनत, जो कि एशिया में थी, वह थी सलेजू की तुर्कों की सल्तनत। इस सल्तनत के बानी तोग्रल बेग (1037-62 ई०) ने 429 हिज़री (1036 ई०) में सिस्तान की राजधानी तूस पर अधिकार कर लिया और धीरे-धीरे सारे ईरान को विजय करते 447 हिज़री (1054 ई०) में इराक (बगदाद वाले देश) का भी स्वामी बन गया। तोग्रल के बाद अल्प अर्सलन् (1062-72 ई०), फिर बाद में मलिक शाह प्रथम (1072-92 ई०) शासक बना। मलिकशाह के शासन में सलजू की

सल्तनत का भाग्य-सूर्य मध्याह्न पर पहुँचा हुआ था। मलिक शाह के राज्य की पूर्वी सीमा जहाँ काशगर के पास चीन से मिलती, वहाँ पश्चिम में वह यरूशिलम और कुस्तुनतुनिया तक फैली हुयी थी। यही तुर्कों के शासन का प्रारम्भ है, जो कि अन्त में तुर्की के तुर्कों के शासन और ख़िलाफ़त का अग्रदूत बना।

इस्लाम के इन चिरशासित मुल्कों में अब इस्लाम की प्रगतिशीलता ख़त्म हो चुकी थी, अब वह दीन-दरिद्रों का बन्धु तथा पुराने सामन्तवंशों तथा धनी पुरोहितों का संहारक नहीं रह गया था। अब उसने खुद सामन्त और पुरोहित पैदा किये थे, जो पहले से कम खर्चीले न थे, ख़ासकर नये सामन्त तो शौक और विलासप्रियता में कैसरों और शाहंशाहों का कान काटते थे। (ग़ज़ाली के समकालीन सुल्तान संज़र सलजूकी ने एक गुलाम लड़के के अप्राकृतिक प्रेम में पागल हो, उसे लाखों की जागीर तथा सात लाख अशर्फियाँ दे दी थीं)। साधारण जाँगर चलाने वाली जनता के ऊपर इससे क्या बीत रही थी, यह ग़ज़ाली के उस वाक्य से पता लगता है, जिससे कि उसने सुल्तान संज़र (1118-57 ई०) से कहा था–"अफ़सोस मुसलमानों (मेहनत करने वाली साधारण जनता) की गर्दनें मुसीबत और तकलीफ से टूटी जाती हैं और तेरे घोड़ों की गर्दनें सोने के हमेलों के बोझ से दबी जा रही हैं।" धर्म-पुरोहितों (मौलवियों) के बारे में ग़ज़ाली भी कहता है–"ये (मुल्ला) लोग इन्सानी सूरत में शैतान (शया-तीन्-उल्-उन्स) हैं, जो कि स्वयं पथभ्रष्ट हैं, और दूसरों को पथभ्रष्ट करते हैं। आजकल के सारे धर्मोपदेशक ऐसे ही हैं, हाँ, शायद किसी कोने में कोई इसका अपवाद हो, किन्तु मुझको कोई ऐसा आदमी मालूम नहीं।"

"पंडित-पुरोहित (उलमा)...सुल्तानों और अमीरों के वेतनभोगी बन गए थे, जिसने उनकी ज़बानें बन्द कर दी थीं। वह प्रजा पर होते हर प्रकार के अन्याय, अत्याचार को अपनी आँखों देखते और जीभ तक नहीं हिला सकते थे। सुल्तान और अमीर हद से ज़्यादा बिलासी और कामुक होते जाते थे...किन्तु पंडित-पुरोहित रोक-टोक नहीं कर सकते थे।"

1. जीवनी

मुहम्मद (इब्न-मुहम्मद इब्न-मुहम्मद इब्न-मुहम्मद) ग़ज़ाली का जन्म 450 हिज़री (1059 ई०) में तूस (सीस्तान) शहर के एक भाग ताहिरान में हुआ था। इनके घर वालों का खानदानी पेशा सूत कातना (कोरी या तूँतवा) का था, जिसे अरबी में ग़ज़ल कहते हैं, इसीलिए उन्होंने अपने नाम के साथ ग़ज़ाली लगाया। ग़ज़ाली छोटे ही थे, तभी उनके बाप का देहान्त हो गया। ग़ज़ाली का बाप स्वयं अनपढ़ था, किन्तु उसे विद्या से बहुत प्रेम था और चाहता था, कि उसका लड़का विद्वान् बने, इसीलिए मरते वक्त उसने मुहम्मद को उसके छोटे भाई अहमद के साथ एक दोस्त के हाथ में सौंपते हुए उनकी शिक्षा के लिए ताकीद की थी। ग़ज़ाली का घर गरीब था। उनके बाप का दोस्त भी धनी न था। इसलिए बाप की छोड़ी सम्पत्ति के खत्म होते ही दोनों भाइयों को खैरात की रोटी पर गुजारा करके अपनी पढ़ाई जारी रखनी पड़ी। शहर की पढ़ाई खत्म कर ग़ज़ाली को आगे पढ़ने की इच्छा हुई और उसने ज़र्जान में जाकर एक बड़े विद्वान् अबू-नस्र इस्माइली की शिष्यता स्वीकार की। उस समय पढ़ाने की यह शैली थी, कि अध्यापक पाठ्य विषय पर जो बोलता जाता

था, विद्यार्थी उसे लिखते जाते थे। सौभाग्य से सातवीं सदी से ही, जब कि अरबों ने समर-कंद पर अधिकार किया, इस्लामिक देशों में कागज़ का रवाज़ हो गया था, यद्यपि अभी तक नालंदा के विद्यार्थी तालपत्र और लकड़ी की पट्टी से आगे नहीं बढ़े थे। ग़ज़ाली ने इस्माइली से जो पढ़ा, उसे वह कागज़ पर लिखते गये थे। कुछ समय बाद जब वह अपने घर लौट रहे थे, तो रास्ते में डाका पड़ा और ग़ज़ाली के और सामान में वह खरें भी लुट गए। ग़ज़ाली से रहा न गया और उसने डाकुओं के सरदार के पास उस कागज़ को दे देने के लिए प्रार्थना की। डाकू सरदार ने हँसकर कहा–"तुमने क्या खाक पढ़ा है? जब तुम्हारी यह हालत है, कि एक कागज़ न रहा, तो तुम कोरे रह गए।" किन्तु कागज़ उसने लौटा दिए।

ग़ज़ाली की पढ़ाई काफी आगे बढ़ चुकी थी और अब छोटे-मोटे विद्वान् उसे सन्तुष्ट न कर सकते थे। उस वक्त नेशापोर (ईरान) और बगदाद (इराक) दो शहर विद्या के महान् क्रेन्द्र समझे जाते थे, जिनमें नेशापोर में इमाम अब्दुल्मलिक हरमैन और बगदाद में अबू-इस्हाक शीराजी विद्या के दो सूर्य माने जाते थे। नेशापोर ग़ज़ाली के ही प्रान्त (खुरासान) में था, इसलिए ग़ज़ाली ने नेशापोर जाकर हरमैन की शागिर्दी स्वीकार की।

अरबों ने ईरान पर जब (642 ई०) अधिकार किया था, उस वक्त भी नेशापोर एक प्रसिद्ध नगर तथा शिक्षा-संस्कृति का केन्द्र था, इसीलिए वहाँ वेहकिया के नाम से जो मदरसा खोला गया था, वह बहुत शीघ्रता से उन्नति करके एक महान् विद्यापीठ के रूप में परिणत हो गया और इस्लाम के सबसे पुराने मदरसे निजामिया (बगदाद) का मुकाबिला कर रहा था। हरमैन वेहकिया तथा निजामिया (बगदाद) के विद्यार्थी रह चुके थे। अबुल्-मलिक, हरमैन (मक्का-मदीना) में जाकर कुछ दिनों अध्यापन करते थे, इसलिए हरमैन उनके नाम के साथ लग गया था। सुल्तान अलप अर्सलन सलजूकी (1062-72 ई०) का महामंत्री पीछे निज़ामुल मुल्क बना। यह स्वयं विद्वान्–हसन बिन्-सब्बाह (किल्-उल्-मौत के संस्थापक) और (उमर-खय्याम का सहपाठी) तथा विद्वानों की इज्ज़त करता था। हरमैन की विद्वत्ता को वह जानता था, इसलिए उसने नेशापोर में अपने नाम पर एक ख़ास विद्यालय–मद्रसा निज़ामिया–बनवाकर हरमैन को वहाँ प्रधान अध्यापक नियुक्त किया। ग़ज़ाली हरमैन के बहुत प्रतिभाशाली छात्रों में थे। हरमैन के जीवन में ही उसके योग्य शिष्य की कीर्ति चारों ओर फैलने लगी। ग़ज़ाली की शिक्षा समाप्त हो गई थी, तो भी वह तब तक अपने अध्यापक के साथ रहे, जब तक कि 478 हिज़री (1085 या 1087 ई०) में हरमैन का देहान्त न हो गया। ग़ज़ाली की आयु उस वक्त अट्ठाईस साल की थी।

ग़ज़ाली बड़े महत्त्वाकांक्षी व्यक्ति थे और महत्त्वाकांक्षा की पूर्ति के लिए ज़रूरी था, कि दरबार का वरदहस्त प्राप्त हो। इसलिए कितने ही सालों के बाद गज़ाली ने दरबार में जाना तै किया। निज़ामुल्मुल्क उनके ही शहर तूस का रहने वाला था और विद्वानों का सम्मान तथा परख करना भी जानता था। निजामुल्-मुल्क ने दरबार में आने पर ग़ज़ाली का बड़ा सम्मान किया और बड़े-बड़े विद्वानों की सभा करके ग़ज़ाली की विद्वता देखने के लिए शास्त्रार्थ कराया। ग़ज़ाली विजयी हुए और 34 वर्ष की उम्र में इस्लामी दुनिया के सबसे बड़े विद्यापीठ बगदाद के मद्रसा निजामिया के प्रधानाध्यापक बनाए गए। उमादी-उल्-अब्बल 484 हिज़री (1091-1093 ई०) को जब वह

बगदाद में दाखिल हुए, तो सारे शहर ने उनका शाहाना स्वागत किया। यद्यपि अब वास्तविक राजधानी नेशापोर थी और बगदाद का खलीफ़ा बहुत कुछ सलजूकियों का पेंशनख्वार-सा रह गया था, तो भी बगदाद अब भी विद्या की नगरी थी।

485 हिज़री (1092 ई०) में मलिक शाह सलजूकी मर गया, उस वक्त उसकी प्रभावशाली बेगम तुर्फान खातून ने अमीरों और दरबारियों को इस बात पर राजी कर लिया, कि गद्दी पर उसका चार साल का बेटा महमूद (1092-94 ई०) बैठे और साथ ही खलीफ़ा के सामने यह भी माँग पेश की, कि खुत्बा (शुक्रवार के नमाज़ के बाद शासक खलीफ़ा के नाम का पाठ) भी उसी के नाम से पढ़ा जाय। पहली बात को तो खलीफ़ा मुक्तदर ने डरकर मान लिया, किन्तु दूसरी बात का मानना बहुत मुश्किल था। इसके लिए खलीफ़ा ने ग़ज़ाली को तुर्फान खातून के दरबार में भेजा, और ग़ज़ाली के व्यक्तित्व और समझाने-बुझाने का यह असर हुआ, कि तुर्फान खातून ने अपने आग्रह को छोड़ दिया।

1094 ई० में मुक्तदर के बाद मुस्तज़हर खलीफ़ा बना। ग़ज़ाली पर मुस्तज़हर की ख़ास कृपा थी। उस वक्त बातनी (इस्माइली) पंथ का जोर फिर बढ़ने लगा था, बगदाद ही में नहीं और जगहों पर भी। ग्यारहवीं सदी में मिस्र पर फ़ातमी खलीफ़ों का शासन था, वह सभी बातनी थे। काहिरा का गणितज्ञ दार्शनिक अबू-अली मुहम्मद (इब्नुल्-हसन) इब्नुल्-रहीम (मृत्यु 1038 ई०) बातनी था। ईरान में इस्माइली बातनियों का नेता हसन बिन-सब्बा (जो कि निजामुल्-मुल्क का सहपाठी था) ने एक स्वर्ग (किल-उल्-मौत) कायम किया था और उसका प्रभाव बढ़ता ही जा रहा था। ग़ज़ाली ने बातनियों के प्रभाव को कम करने के लिए एक पुस्तक लिखी, जिसका नाम खलीफ़ा के नाम पर "मुस्तज़हरी" रखा।

बगदाद की परंपरा उसकी स्थापना के समय (762 ई०) से ही ऐसी बन चुकी थी, कि वहाँ स्वतंत्र विचारों की लहर को दबाया नहीं जा सकता था। तीन सदियों से वहाँ ईसाई, यहूदी, पारसी, मोतज़ली, बातनी, सुन्नी सभी शान्ति पूर्वक साधारण ही नहीं बौद्धिक जीवन बिताते आ रहे थे, यकवयक ख़िलाफ़त के गए-गुजरे जमाने में, सीना और हसीम की पुस्तकों की होली भले ही कभी जला दी जाये, किन्तु अब उस विचार-स्वातन्त्र्य की लहर को दबाना उतना आसान न था। सनातनी इस्लाम का ज़बरदस्त समर्थक अश्अरी के अनुयायी ग़ज़ाली पहले जोश में आकर भले ही 'मुस्तज़हरी' लिख डालें अथवा 'मजालिसे ग़जालिया' में विरोधियों पर बड़े-बड़े वाग्-वाण बरसा जायें, किन्तु यह अवस्था देर तक नहीं रह सकती थी। ग़ज़ाली ने खुद लिखा है–

"मैं एक-एक बातनी, जाहिरी, फिलसफी (दर्शनानुयायी), मुत्कल्लिम (वादविद्यानुयायी), जिन्दीक (नास्तिक) से मिलता था और उनके विचारों को जानना चाहता था, चूँकि मेरी प्रवृत्ति आरम्भ से ही सच के खोज़ की ओर थी, इसलिए धीरे-धीरे यह असर हुआ, कि आँख मूँदकर पीछे चलने की बान छूट गई। जो (धार्मिक) विश्वास बचपन से सुनते-सुनते मन में जम गये थे, उनसे श्रद्धा उठ गई। मैंने सोचा–इस तरह के अन्धानुसरण करने वाले (धार्मिक) विश्वास तो यहूदी, ईसाई, सभी के पास हैं...और (अन्त में) किसी बात पर विश्वास नहीं रहा। करीब दो महीने तक यही हालत रही, फिर खुदा की मेहरबानी से यह हालत तो जाती रही, किन्तु भिन्न-भिन्न धार्मिक विश्वासों के

प्रति सन्देह अब भी बना रहा। उस वक्त...चार सम्प्रदाय मौजूद थे–मुत्कल्लिम्, बातनी, फिल्सफ़ा (दर्शन) और सूफ़ी। मैंने एक-एक सम्प्रदाय के बारे में जानकारी प्राप्त करनी शुरू की। अन्त में मैंने सूफ़ी मत की ओर ध्यान दिया। जुनेद, शिब्ली, वायज़ीद, बस्तामी सूफ़ी आचार्यों ने जो कुछ लिखा था, उसे पढ़ डाला।...लेकिन चूँकि यह विद्या वस्तुतः अभ्यास करने की विद्या है, इसलिए सिर्फ़ पढ़ने से कुछ फल नहीं प्राप्त हो सकता था। अभ्यास के लिए तप और संयम की ज़रूरत है।...(सब सोचकर) दिल में खयाल आया, कि बगदाद से निकल खड़ा होऊँ और सभी संबंधों को छोड़ दूँ ...(किन्तु) दिल किसी तरह मानता न था, कि ऐसे ऐश्वर्य और सम्मान को तिलांज़लि दे दूँ। इस तरह की चिंतन से नौबत यहाँ तक पहुँची, कि ज़बान रुक चली, पढ़ाने का काम बन्द हो गया, धीरे-धीरे पाचनशक्ति जाती रही, अन्त में वैद्यों ने दवा करना छोड़ दिया...।"

ग़ज़ाली का अपना विश्वास पुराने इस्लाम की शरीअत पर दृढ़ था, जो कि बिलकुल श्रद्धा पर निर्भर था। यह श्रद्धामय धर्मवाद पहली अवस्था थी। इस पर बुद्धिवाद ने प्रहार करना शुरू किया, जिसका असर जो हुआ वह बतला चुके हैं। अब ग़ज़ाली के सामने दो रास्ते थे, एक तो बुद्धि को तिलांज़लि देकर पहले के विश्वास पर कायम रहना; दूसरा रास्ता था, बुद्धि जहाँ ले जाय वहाँ जाना। ग़ज़ाली ने बगदाद के सुख ऐश्वर्य के जीवन को छोड़कर आपसी शारीरिक कष्ट-सहिष्णुता और त्याग का परिचय दिया, किन्तु बुद्धि अपने रास्ते पर ले जाने के लिए जो शर्त रख रही थी, वह इस त्याग और शारीरिक कष्ट से कहीं कठिन थी। उसमें नास्तिक बनकर 'पंडित', मूर्ख सबकी गालियाँ सहनी पड़ती, उसके नाम पर थू-थू होती। सत्य शक्ति पर विश्वास न होने से वह यह भी खयाल कर सकता था, कि हमेशा के लिए दुनिया के सामने उसके मुँह पर कालिख पुत जायेगी और निज़ामिया के प्रधानाध्यापकी का सुख-ऐश्वर्य ही नहीं छिनेगा, बल्कि शरीर को सरेबाजार कोड़े खाने को भी तैयार होना पड़ेगा। यदि बुद्धि के रास्ते पर पूरे दिल से जाने का संकल्प करते तो ग़ज़ाली को इन सबके लिए तैयार रहना पड़ता। ग़ज़ाली न पूर्ण मूढ़ विश्वास को अपना सकते थे, और न केवल बुद्धि पर ही चल सकते थे, इसलिए उन्होंने सूफ़ियों के रास्ते को पकड़ा, जिसमें यदि दिखावे के लिए कुछ त्याग करना पड़ता है, तो उससे कई गुना मानसिक सन्तोष, सम्मान, प्रभाव का ऐश्वर्य मिलता है। दिक्कत यही थी, कि बुद्धि के प्रखर तेज़ को रोका कैसे जाये, इसके लिए आत्म सम्मोह की ज़रूरत थी, जो एक बुद्धिप्रधान व्यक्ति के लिए कड़वी गोली ज़रूर थी, किन्तु आ पड़ने पर आदमी आत्महत्या भी कर डालता है।

आख़िर चार वर्ष के बगदाद के जीवन को आख़िरी सलाम कह 488 हिज़री (1095 ई०) में 38 वर्ष की उम्र में कमली कंधे पर रख ग़ज़ाली ने दमिश्क का रास्ता लिया। दमिश्क में दो साल रहने के बाद वह यरूशिलम आदि घूमते-घामते हज़ के लिए मक्का मदीना गये। मक्का में बहुत समय तक रहे। इसी यात्रा में उन्होंने सिकन्दरिया और काहिरा को भी देखा। 499 हिज़री (1106 ई०) में जब वह पैगंबर इब्राहीम के जन्मस्थान खलीला में थे, तो उसी वक्त उन्होंने तीन बातों की प्रतिज्ञा ली थी–

(1) किसी बादशाह के दरबार में न जाऊँगा।

(2) किसी बादशाह के धन को स्वीकार न करूँगा।

(3) किसी से वाद-विवाद (शास्त्रार्थ) न करूँगा।

यरूशिलम में ईसा की जन्मकुटी (भेड़ों का घर, जहाँ ईसा पैदा हुए थे) में एक बार इस्माइल हाकमी, इब्राहीम शब्बाकी, अबुल हसन बस्री आदि सूफ़ियों के साथ सत्संग चल रहा था, उसी वक्त ग़ज़ाली के मुँह से एक पद्य निकला, जिस पर बस्री को समाधि लग गई, जिससे सब पर भारी प्रभाव पड़ा और बहुतों ने अपने गरीबाँ (कपड़े के कोर) फ़ाड़ डाले।

इसी जीवन में ग़ज़ाली ने अपनी सर्वश्रेष्ठ पुस्तक 'अह्यउल-उलूम' लिखी। "हज़ करने के बाद घरबार के आकर्षण ने (ग़ज़ाली को) जन्मभूमि में पहुँचाया।" और फिर मेरे एक दोस्त के अपने बारे में हाल के लिखे पत्र के अनुसार ग़ज़ाली को "फिर वही...चहारदीवारी, फिर वही खूँटा, वही पगहा, वहीं गाय और वही बैल! बहुत दिन उन्मुक्त रहने के बाद...स्वयंवृत्त बन्धन", लेकिन मेरे दोस्त की भाँति ग़ज़ाली का "दम घुटने लगा" ऐसा पता नहीं लगता। आख़िर सूफ़ीवाद में वेदान्त की भाँति यह करामात है, कि जब चाहे किसी बात को बन्धन बना दे और जब चाहे उसे मुक्त कर दे।

ग़ज़ाली अब घर-बार वाले थे। 499 हिज़री (1106 ई०) के ग्यारहवें महीने में फिर उन्होंने नेशापोर के निज़ामिया विद्यालय में अध्यापन शुरू किया, किन्तु वहाँ ज़्यादा दिन तक न रह सके। निज़ामुल-मुल्क का बड़ा बेटा फ़खरुल-मुल्क संज़र सलजूकी का महामंत्री बना था। उस वक्त एक बातनियों (इस्माइलियों, आगाखाँ के पूर्वज़ हसन बिन-सब्बाह के अनुयायियों) का ज़ोर बढ़ रहा था, यह बतला चुके हैं। उनके खिलाफ कलम ही नहीं बल्कि हुकूमत की तलवार भी इस्तेमाल हुई, जिस पर बातनियों ने भी अपना ज़बरदस्त गुप्त संगठन (असे-सिन) बनाया, और 500 हिज़री (1107 ई०) में फखरुल्-मुल्क उनकी तलवार का शिकार हुआ। सब्बाह का "किल-उल्-मौत" ही नहीं नेशापोर भी असेसिनों का गुप्त गढ़ बनता जा रहा था, इसलिए ग़ज़ाली ने उसे छोड़ना ही पसन्द किया।

ग़ज़ाली अब एकान्त जीवन पसन्द करते थे, किन्तु उनसे ईर्ष्या रखने वालों की भी कमी न थी। उन्होंने ग़ज़ाली की किताबों को उलट-पलट कर यह कहना शुरू किया, कि ग़ज़ाली जिन्दी को मुल्हिदों (दो नास्तिक मतों) की शिक्षा देता है। चाहे सुल्तान संज़र खुद अप्राकृतिक अपराध का अपराधी हो, किन्तु वह अपना यह कर्तव्य समझता था, कि इस्लाम की रक्षा के लिए ग़ज़ाली जैसों की खबर ले। संज़र ने गज़ाली को दरबार में हाजिर होने के लिए हुक्म दिया। गज़ाली मशहद-रज़ा (वर्तमान मशहद शहर) तक गया और वहाँ से सुल्तान के पास पत्र लिखा–

"बिस्त साल दर-अय्याम सुल्तान शहीद (मलिकशाह) रोज़गार गुज़ाश्त व अज़ओ व-इस्पहान व बगदाद अकबालहा दीद, व चंद बार मियाने-सुल्तान व अमीरुल्मोमिनीन रसूल बूद् दर्-कारहाये-बुज़ुर्ग। व दर्-उलूमे-दीन नज़्दीक हफ़्ताद किताब तस्नीफ कर्द। पस् दुनियारा चुनाँकि बवद बदीद, व ब-जुम्लगी ब-यन्दाख्त। व मुद्दते दर-बैतुल-मुकद्दस्, व मक्का क्याम कर्द। व बर्-सरे मशहदे-इब्राहीम खलीलुल्लाह अह्द कर्द, कि हर्गिज़ पेश्-हेच् सुल्तान न रवद् व माले-हेच्-सुल्तान न गीरद्, व मुनाज़िरा व तअस्सुब न कुनद्। द्वाज़्दह साल बरीं वफ़ा कर्द। व अमीरुल्-मोमिनीन् व यमा सुल्तानां दुआगोमरा मअज़ूर दाश्तन्द। इकनूँ शुनीदम् कि अज्-मज्लिसे-आली इशारते रफ़्ता अस्त-ब-हाज़िर आम्दान। फर्मारा ब-मश्हद आम्दम्, व निगह् दाश्त अहदे-खलीलरा बलश्करगाह न याम्दम्।"

जिसका भाव यह है कि आपके पिता मलिकशाह के शासन में मैंने बीस साल गुजारे, अस्फहान (सलजूकी राजधानी) और बगदाद में (शाही) अकबाल देखे। कितनी ही बार सुल्तान (सल्जूकी) और खलीफ़ा (अमी-मोरुल्मनीन्) के बीच बड़े-बड़े कामों के लिए दूत बनकर काम किया। धर्म की विद्याओं की सत्तर के नज़्दीक पुस्तकें लिखी...मुद्दतों यरूशिलम और मक्का में वास किया। इब्राहीम अल्लाह के दोस्त के शहीद-स्थान पर प्रतिज्ञा की : (1) कभी किसी सुल्तान के सामने न जाना, (2) किसी सुल्तान के धन को नहीं ग्रहण करना, (3) शास्त्रार्थ और हठधर्मी नहीं करनी। बारह साल तक इस (प्रतिज्ञा) को पूरा किया। खलीफ़ा तथा सारे सुल्तानों ने (इस) दुआ करने वाले (फ़कीर) को माफ् किया। अब सुना है कि सरकार ने सामने आने के लिए हुक्म निकाला है। हुक्म मानकर मशहद-रज़ा तक आया हूँ। खलील (स्थान) पर ली हुई प्रतिज्ञा के खयाल से लश्करगाह नहीं आया।

किन्तु ग़ज़ाली की सारी प्रार्थना व्यर्थ गई, प्रतिज्ञा को तोड़कर उन्हें लश्करगाह ही नहीं संज़र के दरबार में जाना पड़ा। ग़ज़ाली के जनता पर प्रभाव, विद्वत्ता तथा पीछे के कर्मों को देखकर संज़र ने उनका सम्मान किया। संज़र के दरबार के दबदबे का कहते हैं, ग़ज़ाली पर इतना रोब छाया, कि वह होश-हवास खोने लगे थे। खैर, यह पीछे के लेखकों की कारस्तानी है, ग़ज़ाली के लिए ऐसे दरबारों में जाना कोई नई बात नहीं थी। संज़र के बर्ताव से ग़ज़ाली की जान में जान ही नहीं आई, बल्कि उनकी हिम्मत कुछ खरी-खरी सुनाने की भी हुई, उसी में सुनहरी हमेलों के भार से घोड़ों की गरदन दबने की बात भी थी। संज़र का खानदान हन्दी मत को मानता था। ग़ज़ाली पर यह भी आरोप था, कि उसने इमाम हनीफ़ा को बुरा-भला कहा है। ग़ज़ाली ने अपनी सफ़ाई देते हुए कहा–"मैंने (अपनी) किताब अह्याउल्-उलूम में लिखा है, कि मैं उन (हनीफ़ा) को फिका (धर्म-मीमांसा-शास्त्र) में दुनिया में चुना हुआ (अद्वितीय) मानता हूँ।" खैर! ग़ज़ाली ने ज़वानी के जोश में किसी के खिलाफ चाहे कुछ भी लिखा हो, किन्तु अब वह वैसी तबियत नहीं रखते थे। जैसे-तैसे मामला शान्त हो गया।

बगदाद को जब ग़ज़ाली ने छोड़ा था, तबसे उनकी विद्वत्ता की कीर्ति बहुत बढ़ गई थी और खलीफ़ा तथा बगदाद के दूसरे विद्याप्रेमी हाकिम और अमीर इस बात की बहुत ज़रूरत महसूस करतें थे, कि ग़ज़ाली फिर मद्रसा निजामिया की प्रधानाध्यापकी स्वीकार करें। इसके लिए खलीफ़ा का सारे दरबारियों के हस्ताक्षर से ग़ज़ाली के पास पत्र आया। संज़र के महामंत्री ने बड़े जोर शोर की सिफ़ारिश की, किन्तु ग़ज़ाली तैयार न हुए और निम्न कारण बतलाते हुए माफी माँगी (1) मेरे डेढ़ सौ विद्यार्थियों को तूस से वहाँ जाना मुश्किल है, (2) मैं पहले की भाँति अब बे बाल बच्चे का नहीं हूँ, वहाँ जाने पर घर वालों को कष्ट होगा, (3) मैंने शास्त्रार्थ तथा वाद-विवाद न करने की प्रतिज्ञा की है, जिससे बगदाद में बचा नहीं जा सकता।

ग़ज़ाली की अन्तिम पुस्तक "मुस्तफ्सी" है, जिसे उन्होंने मरने से एक साल पहले 504 हिज़री (1111 ई०) में लिखा था। 14 ज़मादी द्वितीय बृहस्पतिवार 505 हिज़री (19 दिसम्बर 1111 ई०) को तूस में उनका देहान्त हुआ।

2. कृतियाँ

500 हिज़री (1107 ई०) के आसपास जब कि ग़ज़ाली ने संज़र को अपना प्रसिद्ध पत्र लिखा था, उस वक्त तक वह सत्तर के करीब पुस्तकें लिख चुके थे, यह उनके ही लेख से मालूम होता है। उसके बाद के चार सालों में उनका लिखना बन्द नहीं हुआ। एक तरह बीस वर्ष की आयु से अपने 54वें-55वें वर्ष तक (जब कि वह मरे) लगातार–34, 35 वर्ष–उनकी लेखनी चलती रही। अल्लामा शिब्ली नेअमानी ने अपनी पुस्तक "अल्-ग़ज़ाली" में उनकी 78 पुस्तकों की सूची दी है, जिनमें कुछ तो कई-कई जिल्दों में हैं। उनके ग्रन्थ मुख्यतः फ़िका (धर्म-मीमांसा), तर्कशास्त्र, दर्शन, वाद-शास्त्र (कलाम), सूफ़ीवाद (अद्वैत ब्रह्मवाद) और आचार-शास्त्र से संबंध रखते हैं।

ग़ज़ाली की सबसे महत्त्वपूर्ण पुस्तकें हैं–

1. अह्याउल्-उलूम् (सूफ़ी, आचार)
2. जवाहरुल्-क़ुरान (सूफ़ी, आचार)
3. मकासिदुल् फिलासफ़ा (दर्शनाभिप्राय) (दर्शन)
4. मइयारुल इल्म (तर्क)
5. तोहाफ़ुतुल्-फिलासफ़ा (दर्शन-खंडन) (वाद)
6. मुस्तस्फ़ी (फ़िक़्रा, धर्ममीमांसा)

अह्याउल-उलूम (विद्या-संजीवनी) और तोहाफतुल्-फ़िलासफ़ा (दर्शन खंडन) ग़ज़ाली की दो सर्वश्रेष्ठ किताबें हैं, जिनमें अह्याउल्-उलूम् को दूसरा "क़ुरान" समझा जाता है।

(1) अह्याउल्-उलूम (विद्या-संजीवनी)–ग़ज़ाली के अह्याउल्-उलूम के कुछ प्रशंसापत्र सुन लीजिए–

(क) प्रशंसापत्र–ग़ज़ाली के समकालीन तथा हरमैन के पास साथ पढ़े अब्दुल-गाफिर फ़ार्सी का कहना है– "अह्याउल्-उलूम् जैसी कोई किताब उससे पहले नहीं लिखी गई।"

"इमाम नूदी मुस्लिम्" (हदीस) के टीकाकार का उद्‌गार है–"अह्याउल्-उलूम् क़ुरान के लगभग है।"

शेख अबू-मुहम्मद कारज़दनी ने कहा है–"यदि दुनिया की सारी विद्याएँ (उलूम) मिटा दी जायें, तो अह्याउल्-उलूम् से सबको जिन्दा कर दूँगा।"

प्रसिद्ध सूफ़ी शेख अब्दुल्ला ईदरदस को अह्याउल-उलूम् कंठस्थ-सी थी। शेख अली दूसरे सूफ़ी ने पचीस बार अह्याउल्-उलूम का अखन्ड पाठ किया और हर बार पाठ की समाप्ति पर फकीरों और विद्यार्थियों को भोज दिया।

कुतुब शाज़ली बहुत पहुँचे हुए सूफ़ी समझे जाते थे, एक दिन अह्याउल्-उलूम् को हाथ में लिए "जानते हो, यह क्या किताब है?" कह बदन पर कोड़ों की मार का दाग दिखला कर बोले–"पहले मैं इस किताब से इन्कार करता था। आज रात को मुझे इमाम ग़ज़ाली ने आँ-हज़रत (पैगंबर मुहम्मद) के दरबार में पेश किया और इस अपराध की सज़ा में मुझे कोड़े लगाए गए।"

शेख मुहीउद्दीन अकबर जगद्विख्यात सूफ़ी गुज़रे हैं। वह अह्याउल्-उलूम को काबा (मक्का) के सामने बैठ का पढ़ा करते थे। यह तो खैर, "घरवालों" के मुँह से अतिरंजित प्रशंसा होने के

कारण उतनी कीमत नहीं रखेगा, किन्तु पिछली सदी के प्रसिद्ध "दर्शन इतिहास" के लेखक जार्ज हेनरी लेविस् का कहना है–

"अगर द-कार्त (1596-1650 ई०) के समय में अह्याउल्-उलूम् का अनुवाद फ्रेंच भाषा में हो चुका होता, तो लोग यही कहते कि द-कार्त ने अह्याउल्-उलूम से चुराया है।"

(ख) आधार ग्रन्थ–अह्याउल्-उलूम् या विद्याओं को संजीवित करनेवाली विद्या संजीवनी कहिए–में यद्यपि दर्शन, आचार और सूफ़ी ब्रह्मवाद सब मिले हुए हैं, किन्तु मुख्यतः वह आचार-शास्त्र का ग्रन्थ है। आचारशास्त्र में ग़ज़ाली के वक्त यूनानी ग्रन्थों के अनुवाद तथा स्वतंत्र ग्रन्थ मौजूद थे, जिनमें दार्शनिक मस्कविया (मृ 1030 ई०) की पुस्तक "तहज़ीबुल-इखलाक" (आचार-सभ्यता) का जिक्र भी हो चुका है। सबसे पहले अरस्तू ने इस विषय पर दो पुस्तकें (आचार-शास्त्र) लिखीं, जिस पर पोर्फोरि (फोर्फोरियस) ने टीका लिखी थी। हनैन इब्न-इस्हाक ने अरस्तू की पुस्तक का अरबी में अनुवाद किया था। मशहूर यूनानी वैद्य जालीनूस (गलेन) ने भी इस विषय पर एक पुस्तक "मनुष्य अपने दोषों को कैसे जान सकता है" के नाम से लिखी थी, जिसका अनुवाद भी शायद अरबी में हो चुका था, मस्कविया (1030 ई०) ने इसके उद्धरण अपने ग्रन्थ में जगह-जगह दिये हैं।

यूनानी पुस्तकों से प्रेरित होकर भिन्न-भिन्न ग्रन्थकारों ने इस विषय पर अरबी में निम्न पुस्तकें लिखीं–

1. "आराउल्-मदीनतुल्-फ़ाजिला" फ़ाराबी (870-950 ई०) राजनीति भी है।
2. "तहज़ीबुल्-इखलाक" मस्कविया (मृ 1030 ई०)
3. "अकबर वल्-इस्म" बू-अली सीना (980-1037 ई०)।

यह तीनों पुस्तकें यूनानी दार्शनिकों की भाँति बहुत कुछ मज़हब से स्वतंत्र रहकर लिखी गई हैं।

4. "कूवतुल्-कुलूब", अबूतालिब मक्की (मज़हबी ढंग पर)।
5. "ज़रिया इला मकारिमु श्-शरीयत् राग़िब इस्फहानी (मज़हबी ढंग पर)।

इन पांच पुस्तकों में से "तहज़ीबुल-इखलाक" और "कुवतुल्-कुलूब" से तो बहुत सी बातें बिलकुल शब्दशः ली गई हैं और ढंग (मज़हब आचारशास्त्र) तो मक्की की किताब जैसा है।

(ग) लिखने का प्रयोजन–हम बतला चुके हैं, कि अह्याउल्-उलूम् को ग़ज़ाली ने उस वक्त लिखा, जबकि उन पर सूफ़ीवाद का भूत बड़े ज़ोर से सवार था और वह कमली ओढ़े अरब–शाम–की खाक छान रहे थे। उन्होंने ब्रह्मानंद को छोड़ इस पुस्तक को लिखने के लिए कलम क्यों उठाई, इसका उत्तर ग़ज़ाली ने स्वयं ग्रन्थ के प्राक्कथन में लिखा है–

"मैंने देखा कि रोग सारी दुनिया पर छा गया है और चरम (आत्मिक पारलौकिक) सदाचार के रास्ते बंद हो गए हैं, जो विद्वान् मार्ग समझाने वाले थे, उनसे दुनिया खाली होती जा रही है। जो रह गए हैं, वह नाम के विद्वान् हैं, निजी स्वार्थों में फँसे हुए हैं और उन्होंने सारी दुनिया को यह विश्वास दिला रखा है, कि विद्या सिर्फ़ तीन चीजों का नाम है, शास्त्रार्थ, कथा-उपदेश और फ़तवा ('व्यवस्था') । रही आख़िरत (परलोक) की विद्या वह तो संसार से उठ गई है और लोग उसको

भूल-भुला चुके हैं। इसी रोग को दूर करने या "भूल-भुलाई" (मृत) विद्याओं को संजीवन देने के लिए ग़ज़ाली ने "विद्यासंजीवनी' लिखने के लिए लेखनी उठाई।"

(घ) ग्रन्थ की विशेषता–शिब्ली ने 'विद्यासंजीवनी' की कई विशेषतायें विस्तार पूर्वक लिखी हैं, उनके बारे में संक्षेप में कहा जा सकता है–

(1) ग्रन्थकार ने विद्वानों और साधारण पाठकों दोनों की समझ में आने के खयाल से बहुत सीधी-सादी भाषा (अरबी) का प्रयोग किया है, साथ ही उसके दार्शनिक महत्त्व को कम नहीं होने दिया है। मस्कविया की किताब "अत्-तहारत्" को पढ़ने के लिए पहले भाषा की दुहारोह दीवार को फाँदना पड़ेगा, तब अर्थ पर पहुँचने के लिए मग़ज़-पच्ची करनी होगी–वह नारियल के भीतर बंद सूखी गरी है, किन्तु ग़ज़ाली की पुस्तक पतले छिलकों का लँगड़ा आम है। (2) इसमें अधिकारभेद– गृहस्थ और गृहत्यागी (अविवाहित रहने वाले सूफ़ी) आदि का पूरा खयाल रखकर उनके योग्य आचार-नियमों की शिक्षा दी गई है। (3) उठने-बैठने, खाने-पीने जैसे साधारण आचारों पर भी व्यापक दृष्टि से लिखा गया है। (4) क्रोध, आंकांक्षा आदि को सर्वथा त्याग के उपदेश से मनुष्य की उपयोगी शक्तियों को कमजोर कर, जो निराशावाद, अकर्मण्यता फैलाई जाती है, उसके खिलाफ काफी युक्तियुक्त बहस की गई है। यहाँ पिछली दो बातों के कुछ नमूने पेश करते हैं–

1. साधारण सदाचार–मेज़ पर खाना खाना, छलनी (से आटा छानना), अश्नान (साबुन का काम देनेवाली घास) और पेट भर खाना–इन चार चीज़ों के बारे में पुराणपंथी मुसलमान विद्वान् यह कहकर नाक-भौं सिकोड़ते थे, कि यह पैगंबर के बाद पैदा हुए बुरे व्यवहार हैं। इस पर ग़ज़ाली ने लिखा–"दस्तरखान" (सामने बिछी चादर) पर खाना अच्छा है, लेकिन इसका अर्थ यह नहीं, कि सन्दली (मेज़) पर खाना बुरा या हराम है, क्योंकि इस तरह कोई हुकुम शरीयत (धार्मिक पुस्तकों) में नहीं आया है।...मेज़ पर खाने में (फ़ायदे की) यह बात है, कि खाना ज़मीन से ज़रा ऊँचा हो जाता है और खाने में आसानी होती है...। अश्नान (घास) से हाथ धोना, तो अच्छी बात है, क्योंकि इसमें सफ़ाई और शुद्धता (रहती) है। खाना खाने के बाद हाथ धोने का हुक्म (जो शरीअत में) है वह सफ़ाई के खयाल से ही है, और अश्नान से धोने में ज़्यादा सफ़ाई है। पुराने ज़माने में (पैगंबर के समय) यदि इसका उपयोग नहीं किया जाता था, तो इसकी यह वज़ह होगी, कि उस ज़माने में उसका रिवाज़ न था या वह मिलती न होगी या (मिथ्याविश्वास के कारण) वह हाथ भी नहीं घोते थे और तलवों में हाथ पोंछ लिया करते थे, लेकिन इससे यह निष्कर्ष नहीं निकलता, कि हाथ धोना ठीक नहीं।" खाने के तरीके में कितनी ही बातें पश्चिम से लेते हुए लिखा है–"खाना किसी ऊँची चीज़ पर रखकर खाना चाहिए। खाना बारी-बारी से आना चाहिए। जूसवाला (सूप आदि) खाना पहले आना चाहिए। यदि अधिक मेहमान आ चुके हैं और सिर्फ़ एक-दो बाकी हों, तो खाना शुरू कर देना चाहिए। खाने के बाद मेवे या मिठाई आनी चाहिए।" अनुकरणीय उदाहरण के तौर पर पेश करते हुए लिखते हैं–"बाज़ लोगों के यहाँ यह तरीका था, कि सारे खानों के नाम पर्चे पर लिखकर मेहमानों के सामने पेश किये जाते थे।"

2. उद्योगपरायणता और कर्मण्यता पर ज़ोर–बच्चों की प्रारंभिक शिक्षा में सैर, शारीरिक व्यायाम, मर्दाना खेलों को रखना ग़ज़ाली ज़रूरी समझते हैं। उन्होंने गाने को मन बहलाव की बात

कह, उसके औचित्य को यह कहकर साबित किया है, कि पैगंबर ने खुद हब्शियों के खेल को देखा था। इसके अतिरिक्त मैं कहता हूँ, कि खेलकूद या मनोविनोद दिल को ताज़गी देता है, उससे दिमागी थकावट दूर हो जाती है। मन का यह स्वभाव है, कि जब वह किसी चीज़ से घबरा जाता है, तो अंधा हो जाता है। इसलिए उसको आराम देना, इस बात के लिए तैयार करना है, कि वह फिर काम के योग्य बन जाये, जो आदमी रात-दिन पढ़ा करता है, उसको चाहिए, कि किसी-किसी समय खाली बैठे, क्योंकि काम करने के बाद खाली बैठना और खेल-कूद करना आदमी को गंभीर काम करने के लिए फिर तैयार कर देता है।

इस तरह ग़ज़ाली शरीर को कर्मण्य रखने के लिए गाना, कसरत, खेलकूद की सिफ़ारिश करते हुए फिर उसके वास्ते मानसिक शक्तियों के इस्तेमाल के लिए इस प्रकार जोर देते हैं—क्रोध की शक्ति को नष्ट करना, आचार की शिक्षा नहीं है। आचार-शिक्षा का अभिप्राय यह है, कि आदमी में आत्मसम्मान और सच्चा शौर्य पैदा हो, यानी न डरपोकपन आये न गुंडापन।...क्रोध को बिलकुल नष्ट करना कैसे अभिप्रेत हो सकता है, जब कि खुद वन्दनीय पैगंबर लोग गुस्से से खाली न थे। आँ-हजरत (पैगंबर मुहम्मद) ने स्वयं फरमाया है—मैं आदमी हूँ और मुझको भी उसी तरह गुस्सा आता है, जिस तरह और आदमियों को। आँ-हजरत की यह हालत थी, कि जब आपके सामने कोई अनुचित बात की जाती तो आपके गाल लाल हो जाते थे, हाँ यह अन्तर जरूर था, कि गुस्सा की हालत में भी आपके मुखारविन्द से कोई बेजा बात नहीं निकलती थी।

"सन्तोष परमं सुखं" पर लाठी प्रहार करते हुए ग़ज़ाली कहते हैं—"जानना चाहिए, कि ज्ञान एक अवस्था पैदा करता हे और उस अवस्था से काम लिया जाता है। कोई-कोई समझते हैं, कि सन्तोष के यह माने हैं, कि जीविका-उपार्जन के लिए न हाथ पैर हिलाये जायें न कोई उपाय सोचा जाय, बल्कि आदमी इस तरह बेकार पड़ा रहे, जिस तरह चीथड़ा जमीन पर पड़ा रहता है या माँस पटरे पर रखा रहता है, लेकिन यह मूर्खों का विचार है, क्योंकि ऐसा करना शरीअत (धर्म-आज्ञा) में हराम है। यदि तुम इस बात का इन्तजार करो, कि खुदा तुमको रोटी के बिना तृप्त कर देगा या रोटी को यह शक्ति दे देगा, कि वह स्वयं तुम तक चली आये या किसी फरिश्ते को मुकर्रर कर देगा, कि वह रोटी को चबाकर तुम्हारे पेट में डाल दे, तो तुम खुदा के स्वभाव से बिलकुल अनभिज्ञ हो।"

मठों के सन्तोषी साधु-फकीरों के बारे में ग़ज़ाली कहते हैं—"मठों में बंधान की रोजी पर बसर करना सन्तोष से बहुत दूर है। हाँ यदि माँगा न जाय और भेंट-पूजा पर सन्तोष किया जाय, तो यह सन्तोष की महिमा है, लेकिन जब (मठ) की प्रसिद्धि हो चुकी है, तो मठ बाजार की भाँति है और उनमें रहना बाजार में रहना है, जो आदमी (इस तरह के) बाजार में आता-जाता हो, वह सन्तोषी नहीं कहा जा सकता...।"

इस तरह ग़ज़ाली सूफ़ी होते हुए भी, उस पंथ की अकर्मण्यता के प्रशंसक नहीं थे।

(ङ) आचार व्याख्या—अह्याउल्-उलूम् (विद्या-संजीवनी) में ग़ज़ाली ने आचार की व्याख्या करते हुए लिखा है, कि मनुष्य दो चीजों का नाम है। शरीर और जीव। जिस तरह शरीर की एक ख़ास सूरत शक्ल है, (वैसे ही) जीव की भी है। फिर जिस तरह शरीर की सूरत अच्छी या बुरी होती है, जीव की भी होती है। जिस तरह बाहरी सूरत के खयाल से आदमी को सुरूप या कुरूप

कहते हैं, जीव की (आत्मिक) सूरत के खयाल से उसे सदाचारी या दुराचारी कहते हैं। ग़ज़ाली ने आचार का संबंध सिर्फ़ शारीरिक क्रियाओं तक ही सीमित नहीं रखा है, बल्कि उसके लिए यह भी शर्त लगाई है, कि उसके करने के लिए आदमी में क्षमता या स्थायी झुकाव हो। ग़ज़ाली ने आचार के चार मुख्य स्तंभ माने हैं–ज्ञान, क्रोध, काम-इच्छा और न्याय की शक्तियों को संयमपूर्वक साम्य (बीच की) अवस्था में रखना। यदि यह चारों शक्तियाँ साम्य-अवस्था में हो, तो आदमी पूरा सदाचारी होगा, यदि सिर्फ़ दो या एक हों, तो अपूर्ण।

गलेन (जालीनूस) आदमियों के सदाचारी या दुराचारी होने के बारे में समझता है, कि कुछ आदमी स्वभावतः सदाचारी, कुछ स्वभावतः दुराचारी होते हैं और कुछ ऐसे हैं, जो न स्वभावतः सदाचारी होते न दुराचारी; इसी तीसरी श्रेणी के आदमियों के सुधार होने की संभावना है। मस्कविया ने गलेन के इसी मत को स्वीकार किया, यह हम कह चुके हैं। अरस्तू का मत इससे उलटा है–सदाचारी या दुराचारी होना मनुष्य में स्वाभावतः नहीं है, इसमें कारण शिक्षा और वातावरण है। हाँ, शिक्षा और वातावरण का प्रभाव सब पर समान नहीं पड़ता। ग़ज़ाली ने अरस्तू के मत को स्वीकार किया है। इसीलिए बच्चों की शिक्षा पर उन्होंने ख़ास जोर दिया है, जिसके कुछ नमूने लीजिए–

(1) बच्चों का निर्माण–"बच्चे में जैसे ही विवेचना शक्ति प्रकट होने लगे, उसी वक्त से उसकी देखभाल रखनी चाहिए। बच्चे को सबसे पहले खाने की इच्छा होती है, इसलिए शिक्षा का आरम्भ यहीं से करना चाहिए। उसको सिखलाना चाहिए, कि खाने से पहले बिसमिल्लाह पढ़ लिया करे। दस्तरखान पर जो खाना सामने और समीप हो, उसी की ओर हाथ बढ़ाये, साथ खाने वालों से आगे बढ़ने की कोशिश न करे, खाने या खाने वालों की तरफ नज़र न जमाए। जल्द-जल्द न खाए। कौर को अच्छी तरह चबाए। हाथ और कपड़े को खानें में लसरने न दे। उसको समझा दिया जाये, कि ज़्यादा खाना बुरा है। कम खाना, मामूली खाने पर सन्तोष करने, (अपना खाना) दूसरों को खिला देने की बड़ाई को उसके मन में बिठला देना चाहिए।"

"(बच्चों को) सफेद कपड़ा पहनने का शौक दिलाया जाये और समझाया जाये कि रंगीन, रेशमी, ज़र्दोज़ी कपड़े पहनना औरतों और हिजड़ों का काम है। जो लड़के इस तरह के कपड़ों को पहना करते हैं, उनके संग से बचाया जाये। आराम तलबी और नाज़-सुकुमारता से घृणा दिलाई जाये।"

"जब बच्चा कोई अच्छा काम करे, तो प्रशंसा करके उसके दिल को बढ़ाया जाये और उसे भेंट-ईनाम दिया जाये। यदि बुरी बात करते देखा जाये, तो चेतावनी देनी चाहिए, जिसमें बुरे कामों के करने में दिलेर न हो जायें...किन्तु बार-बार लजवाना नहीं चाहिए...बार-बार कहने से बात का असर कम हो जाता है।"

"(और उसे सिखलाना चाहिए कि) दिन को सोना नहीं चाहिए। बिछौना बहुत सजा तथा ज़्यादा नरम नहीं होना चाहिए। हर रोज कुछ न कुछ पैदल चलना और कसरत करनी चाहिए, जिसमें कि दिल में अकर्मण्यता और सुस्ती न आने पावे। हाथ-पाव खुले न रखे, बहुत जल्द-जल्द न चलें, धन-दौलत, कपड़ा, खाना, कलम-दावात, किसी चीज़ पर अभिमान न प्रकट करे...।"

"सभा में थूकना, जम्हाई-अँगड़ाई लेना, लोगों की तरफ पीठ करके बैठना, पाँव पर पाँव रखना, ठोड़ी के नीचे हथेली रखकर बैठना–इन बातों से मना करना चाहिए।"

"कसम खाने से–चाहे वह सच्ची भी हो–रोकना चाहिए। बात खुद न शुरू करनी चाहिए, कोई पूछे तो जवाब दे।... पाठशाला से पढ़कर निकले, तो उसे मौका देना चाहिए, कि कोई खेल खेले, क्योंकि हर वक्त पढ़ने-लिखने में लगे रहने से दिल बुझ जाता है, समझ मन्द हो जाती है, तबियत उचट जाती है।"

यह शिक्षायें मस्कविया ने अपने तहज़ीबुल् इखलाक में यूनानी ग्रन्थों से लेकर दी हैं।

(2) प्रसिद्धि के लिए दान-पुण्य ग़लत–नाम और प्रसिद्धि की लालच में अमीर लोग दान-धर्म करतें हैं, उनके बारे में ग़ज़ाली कहता है–

"इन (धनियों, अमीरों, बादशाहों) में बहुत से लोग मस्जिद, मदरसे और मठ (खानकाहें) बनवाते हैं और समझते हैं, कि यह बड़े पुण्य का कान है, यद्यपि जिस आमदनी से उन्हें बनवाया जाता है, वह बिलकुल नाजायज तरीके से हुयी है। यदि आमदनी जायज़ हो, तो भी उनका अभिप्राय वस्तुतः पुण्य नहीं, बल्कि प्रसिद्धि और नाम पाना होता है। उसी शहर में ऐसे दुर्गति में पड़े आदमी हैं, जिनकी सहायता करना, मस्जिद बनाने से ज़्यादा सवाब का काम है, लेकिन उसकी अपेक्षा इमारत बनवाने को बेहतर समझते हैं, जिसकी वजह सिर्फ़ यह होती है, कि इमारत से जो चिर् स्थायी प्रसिद्धि मिलती है, वह गरीबों को देने से नहीं हो सकती।"

3. तोहाफ़तुल्-फिलासफ़ा (दर्शन-खंडन)

(क) लिखने का प्रयोजन–कितने ही मुसलमान इस पुस्तक के नाम और ग़ज़ाली की सर्वप्रियता को देखकर यह समझने की गलती करते हैं, कि ग़ज़ाली ने सचमुच दर्शन का विध्वंस (खंडन) कर दिया। ग़ज़ाली के अपने ही विचार दर्शन छोड़ और हैं क्या? उन्होंने कभी बद्दुओं के सीधे-सादे इस्लाम की ओर लौटने का नारा नहीं लगाया, यद्यपि उनकी कुछ सामाजिक बातों–कबीलाशाही, भाई-चारा, समानता को वह ज़रूर अनुकरणीय बनाना चाहते थे। शिक्षित संस्कृत नागरिक श्रेणी में उस वक्त यूनानी दर्शन का बहुत सम्मान था, खुद इस्लाम के भीतर "पवित्र-संघ" (अखवानुस्सफ़ा), बातनी आदि सम्प्रदाय पैदा हो गये थे, जो कि अफलातूँ-अरस्तू को सूक्ष्म ज्ञान मे रसूल-अरबी से भी बड़ा समझते थे, इसलिए इस्लाम के जबर्दस्त वकील ग़ज़ाली को ऐसी सूक्ष्म ज्ञान में पुस्तक लिखना जरूरी था, जैसा कि उन्होंने स्वयं पुस्तक की भूमिका में लिखा है–

"हमारे ज़माने में ऐसे लोग पैदा हो गए हैं, जिनको यह अभिमान है, कि उनका दिल-व-दिमाग़ साधारण आदमियों से श्रेष्ठ है। यह लोग मज़हबी आज्ञाओं और नियमों को घृणा की निगाह से देखते हैं। इनका खयाल है, कि अफलातूँ, अरस्तू आदि पुराने हकीम (मुनि या आचार्य) मज़हब को झूठा समझते थे, चूँकि ये हकीम ज्ञान-विज्ञान के प्रवर्तक और प्रतिष्ठापक थे और बुद्धि तथा प्रतिभा में उनके जैसा कोई नहीं हुआ; इसलिए उनका धर्म को न मानना इस बात का प्रमाण है, कि मज़हब (धर्म) वस्तुतः झूठ और फ़ज़ूल है। उसके नियम तथा सिद्धान्त मनगढ़न्त और बनावटी हैं, जो सिर्फ़ देखने ही में सुन्दर और चित्ताकर्षक मालूम होते हैं। इसी वजह से मैंने निश्चय किया, कि

(यूनानी) आचार्यों ने आध्यात्मिक विषय पर जो कुछ लिखा है, उसकी गलतियाँ दिखलाऊँ और साबित करूँ, कि उनके सिद्धान्त और बहसें लड़कों के खेल हैं।"

(ख) दार्शनिक तत्त्व सभी त्याज्य नहीं–ग़ज़ाली दर्शन की सत्यताओं को जानते थे, इसलिए दर्शन की सभी बातों को गलत कहना उनके लिए असंभव था, उनका तो काम था, कुमारिल भट्ट की भाँति दर्शन का खंडन करते हुए, भी उसी की आड़ लेकर लचर विश्वासों की स्थापना करना। अस्तु अपनी स्थिति साफ करते हुए ग़ज़ाली लिखते हैं–

दर्शन में तीन तरह के सिद्धान्त आते हैं–

(1) वह सिद्धान्त जो केवल शब्द और परिभाषा को लेने पर इस्लाम के सिद्धान्तों से भेद रखतें हैं, जैसे खुदा (ईश्वर) को वह द्रव्य बतलातें हैं, लेकिन द्रव्य से उनका अभिप्राय अनित्य (वस्तु) नहीं, बल्कि ऐसी वस्तु से है, जो स्वयं बिना किसी के सहारे, अपना अस्तित्व रखती हैं। इस खयाल से खुदा को द्रव्य कहना बिलकुल ठीक है, यद्यपि शरीअत् (इस्लामी धर्म-ग्रन्थ) में यह शब्द इस्तेमाल नहीं किया गया है।

(2) वह सिद्धान्त जो इस्लाम के सिद्धान्तों के विरुद्ध नहीं है, जैसे चन्द्रमा में इस वजह से ग्रहण लगता है, कि उसके और सूर्य के बीच में पृथ्वी आ बाधक हो जाती है। ऐसे सिद्धान्तों का खंडन करना, मेरा काम नहीं है, जो लोग ऐसे सिद्धान्तों के इन्कार और झुठलाने को अंग समझते हैं, वह वस्तुतः इस्लाम पर अन्याय करते हैं; क्योंकि इन सिद्धान्तों की बुनियाद गणित-शास्त्र की युक्तियाँ हैं, जिनको जान लेने पर उनकी सत्यता में कोई सन्देह नहीं रह न जाता। अब अगर कोई आदमी यह साबित करे, कि ये सिद्धान्त इस्लाम के विरुद्ध हैं, तो विद्या के जानकार पुरुष के मन में स्वयं इस्लाम के प्रति संदेह पैदा हो जायेगा।

(3) तीसरे प्रकार के वे सिद्धान्त हैं, जो कि इस्लाम के निश्चित सिद्धान्तों के विरूद्ध हैं, जैसे जगत् की अनादिता, कयामत से इनकार आदि। यही सिद्धान्त हैं, जिनसे हमें यहाँ काम है और जिनको झूठा साबित करना हमारी (इस) पुस्तक का प्रयोजन है।

इस पर हमारे हम-वतन अल्लामा शिब्ली फर्माते हैं–

"इस भूमिका के बाद इमाम (ग़ज़ाली) साहब ने दर्शन के 20 सिद्धान्तों को लिया है और उनका खंडन किया है, लेकिन अफसोस है, कि इमाम साहब की यह मेहनत बहुत लाभदायक नहीं हुई; क्योंकि जिन सिद्धान्तों को (उन्होंने) इस्लाम के खिलाफ़ समझा है, उनमें से 17 के बारे में उन्होंने खुद पुस्तक के अन्त में व्याख्या की है, कि उनकी वजह से किसी को काफ़िर नहीं बनाया जा सकता।"

(ग) बीस दर्शन-सिद्धान्त गलत–"दर्शन-खंडन" में ग़ज़ाली कितना सफल हुआ, इस पर अल्लामा शिब्ली की राय आप पढ़ चुके, "यहाँ हम यूनानी दर्शन के उन बीस सिद्धान्तों को देते हैं" (इनमें बहुत से हिन्दू दर्शन भी पाये जाते हैं, इसके कहने की ज़रूरत नहीं) –

	यूनानी दर्शन	ग़ज़ाली
1	जगत् अनादि	गलत
2	जगत् अनंत नित्य	गलत
3	ईश्वर का जगत्-कर्ता होना भ्रम मात्र	गलत
4	ईश्वर का अस्तित्व	सिद्ध नहीं कर सकते
5	ईश्वर एक	सिद्ध नहीं कर सकते
6	ईश्वर में गुण नहीं	गलत
7	ईश्वर में सामान्य और विशेष नहीं	गलत
8	ईश्वर लक्षण-रहित (अलख) सर्व-व्यापक मात्र है	सिद्ध नहीं कर सकते
9	ईश्वर शरीर-रहित	सिद्ध नहीं कर सकते
10	दार्शनिक	को नास्तिक होना पड़ता है
11	ईश्वर अपने सिवा और को जानता है	साबित नहीं कर सकते
12	ईश्वर अपने को जानता है	साबित नहीं कर सकते
13	ईश्वर व्यक्तियों को नहीं जानता	गलत
14	आसमान (फ़रिश्ते) और प्राणी इच्छानुसार गति करते हैं	गलत
15	आसमान की गति के लिए दिए गए कारण	गलत
16	आसमान सारे (जगत्) अवयवों के जानकार हैं	गलत
17	अप्राकृतिक घटना नहीं होती	गलत
18	जीव एक द्रव्य है जो न गुण है न शरीर	साबित नहीं कर सकते
19	जीव नित्य है	साबित नहीं कर सकते
20	क़यामत (प्रलय) और मुर्दों का जी उठना नहीं होता	गलत

4. दार्शनिक विचार

ग़ज़ाली सभी दार्शनिक सिद्धान्तों के विरोधी न थे, यह तो ऊपर के लेख से साफ हो गया; अब हम यहाँ उनके कुछ सिद्धान्तों को देते हैं–

(1) जगत् अनादि नहीं–यूनानी दार्शनिकों का जगत्-नित्यतावाद इस्लाम के लिए खतरे की चीज़ थी, यह इस्लाम के ईश्वर-अद्वैत (तौहीद) पर ही सख्त हमला न था, बल्कि अनीश्वरवाद की ओर खींचने वाला जबरदस्त हथियार था; जैसा कि ग़ज़ाली ने "दार्शनिकों को नास्तिक होना पड़ता है" अपने प्रतिपाद्य विषय के बारे में लिखते हुए प्रकट किया है। दार्शनिक कहते थे, कि जगत् एक सान्त, गोल किन्तु काल में अनन्त सदा रहने वाला है, सदा से वह ईश्वर से निकलता आ रहा है, वैसे ही जैसे कि कार्य (घड़ा) अपने कारण (मिट्टी) से।

ग़ज़ाली का कहना है, कि जो काल में सान्तता मानता है, उसे देश में भी सान्तता माननी पड़ेगी। यह कहना कि हम वैसा इसलिए मानते हैं, क्योंकि देश बाहरी इन्द्रियों का विषय है, किन्तु काल आन्तरिक इन्द्रिय (अन्तःकरण) का, इससे कोई अन्तर नहीं पड़ता, आख़िर इन्द्रिय-ग्राह्य (विषय) को तो स्वीकार करना ही पड़ेगा। फिर जैसे देश का पिंड (विषय) के साथ एक संबंध है, उसी तरह काल का संबंध पिंड (विषय) की गति से बराबर बना रहता है। काल और देश दोनों ही वस्तुओं के आपसी संबंधमात्र हैं–देश वस्तुओं की उस स्थिति को प्रकट करता है, जो उनके साथ-साथ रहने पर होती है, काल वस्तुओं की उस स्थिति को बतलाता है, जो उनके एक साथ न रहने पर (आगे-पीछे होने से) होती है। ये दोनों ही जगत् की वस्तुओं (पिंडो, इन्द्रिय-विषयों) के भीतर और उनके साथ बने हैं अथवा कहना चाहिये, कि देश-काल हमारे मानस-प्रतिबिंबों (मन के भीतर जिन रूपों में वस्तुएँ ज्ञात या याद होती हैं) के पारस्परिक संबंध हैं, जिन्हें कि ईश्वर ने बनाया है। इस प्रकार देश और काल में एक की सान्तता को स्वीकार करना, दूसरे की सान्तता का नहीं करना गलत है। दोनों ही वस्तुतः कृत और सादि हैं और फिर सादि (देश-काल में अवस्थित) जगत् भी सादि होगा। अतएव ईश्वर के सृजन (जगत्-उत्पादन) में किसी जगत्-अनादिता आदि की बात नहीं, वह जगत् बनाने में सर्वत्र-स्वतन्त्र है।

(2) कार्यकारणवाद और ईश्वर–ग़ज़ाली के जगत् के आदि-अनादि होने के बारे में क्या खयाल हैं, यह बतला चुके; किन्तु सवाल यहीं ख़त्म नहीं हो जाता। यदि ईश्वर को सर्वतंत्र-स्वतंत्र– बिना कारण (मिट्टी) के कार्य (घड़ा) बनानेवाला–मानते हैं, तब तो कार्य-कारण का सवाल ही नहीं उठता, ईश्वर खुद हर वक्त वैसे ही बना रहा है, फिर तो इमाम अश्अरी का कार्य-कारण-रहित परमाणुवाद ठीक है। ग़ज़ाली के सामने दो मुसीबतें थीं। कार्यकारणवाद मानने पर यूनानी दार्शनिकों की भाँति जगत् को (प्रवाह या स्वरूप से) अनादि मानना होगा; यदि कार्य-कारणवाद को न मानें तो अश्अरी के "परमाणुवाद" में फँसना पड़ेगा। आइये "तोहाफ़तुल्-फिलासफ़ा" से उनके शब्दों में इस बहस को लें–

"(यूनानी) दार्शनिकों का खयाल है, कि कार्य और कारण का जो संबंध दिखाई पड़ता है, वह एक नित्य (समवाय) संबंध है, जिसकी वजह से यह संभव नहीं कि कारण (मिट्टी) के बिना कार्य (घड़ा) पाया जाये। सारे साइंस (प्रयोग सिद्ध ज्ञान) का आधार इसी (कार्य-कारण) वाद पर है।"

"लेकिन मैं (ग़ज़ाली) जो इस (वाद) के विरुद्ध हूँ, उसकी वजह यह है कि इसके मानने से पैगंबर की करामात (दिव्य चमत्कार) गलत हो जाती है, क्योंकि यदि यह स्वीकार कर लिया जाये, कि दुनिया की हर चीज़ में नित्य-संबंध पाया जाता है, तो ऐसी अवस्था में अ-प्राकृतिक घटनाएँ (करामात) असंभव हो जायेंगी और धर्म का आधार अ-प्राकृतिक घटनाओं (करामात या कारण बिना ईश्वर के सृष्टि करने के सिद्धान्त)–पर है।"...(इसलिए हम मानते हैं कि) आग और आँच में, सूर्योदय और प्रकाश में कोई नित्य संबंध नहीं पाया जाता, बल्कि ये सारे कार्य-कारण ईश्वर की इच्छा से (हर क्षण नये) पैदा होते हैं।"

दार्शनिक वैसा क्यों मानते हैं? इसलिए कि "जलाने वाली चीज़ अर्थात् आग इच्छा करके नहीं जलाती, बल्कि वह अपने स्वभाव से मजबूर है, कि कपड़े को जलाये, अतएव यह कैसे संभव

है, कि आग कपड़े को जलावे, किन्तु (किसी सिद्ध पुरुष की आज्ञा मान अपनी इच्छा को रोक) मस्जिद को न जलावे।...."

अब सवाल होगा कि आग के स्वभाव और उसकी मजबूरी का ज्ञान कैसे हुआ–

साफ है, कि इस प्रश्न का उत्तर सिवाय इसके और कुछ नहीं हो सकता, कि आग जब कपड़े में लगाई जाती है, तो हम सदा देखते हैं, कि वह जला देती है, लेकिन हमें बार-बार के देखने से यदि कुछ मालूम होता है, तो वह यह है कि आग ने कपड़े को जलाया। (इससे) यह कैसे मालूम हुआ, कि आग ही जलाने का कारण है। उदाहरणों को देखो– सब जानते हैं, कि विवाह-क्रिया से मानव-वंश की वृद्धि होती है, किन्तु यह तो कोई नहीं कहता, कि क्रिया बच्चे की उत्पत्ति का (नित्य संबंध होने से अवश्य ही) कारण है?

इस सारी बहस से ग़ज़ाली कार्य-कारणवाद के किले की दीवार में एक छोटा-सा सुराख करना चाहते हैं; जिससे सृष्टि को सादि, ईश्वर को सर्वतत्र-स्वतंत्र तथा पैगंबर की करामात को सच्ची साबित कर सकें।

ग़ज़ाली यहाँ अश्अरी के "परमाणुवाद" के बहुत पास पहुँच गए हैं, किन्तु अब फिर उनको होश आता है और कहते हैं–

"कारणों के कारण (ईश्वर) ने अपना कौशल दिखलाने के लिए यह ढंग स्वीकार किया है, उसने कार्यों को कारणों से बाँध दिया है, कार्य अवश्य कारण के बाद अस्तित्व में आयेगा, यदि कारण की सारी शर्तें पाई जायें। यह इस तरह के कारण हैं, जिनसे कार्यों का अस्तित्व बंधा हुआ है–वह कभी उनसे अलग नहीं होता और यह भी ईश्वर की प्रभुता और इच्छा है।...जो कुछ आसमान और जमीन में है, वह आवश्यक क्रम और अनिवार्य नियम (हक) के अनुसार पैदा हुआ है, जिस तरह वह पैदा हुआ और जिस क्रम से पैदा हुआ, इसके विरुद्ध और कुछ हो ही नहीं सकता। जो चीज़ किसी चीज़ के बाद पैदा हुई, वह इसी वजह से हुई, कि उसका पैदा होना इसी शर्त पर निर्भर था।...जो कुछ दुनिया में है, उससे बेहतर या उससे पूर्णतर संभव ही नहीं था। यदि संभव था और तब भी ईश्वर ने उसको रख छोड़ा और उसको पैदा करके अपने अनुग्रह को प्रकट नहीं किया, तो यह कृपा से उलटी कृपणता (कंजूसी) है, उलटा जुल्म है। यदि वैसा संभव होने पर भी ईश्वर वैसा करने में समर्थ नहीं हैं, तो इससे ईश्वर की बेचारगी साबित होती है, जो कि ईश्वरता के विरुद्ध है"।

(3) ईश्वरवाद–ग़ज़ाली का दार्शनिकों से जिन बीस बातों में मतभेद है। उनमें तीन मुख्य हैं, एक "जगत् की अनादिता" जिसके बारे में कहा जा चुका है। दूसरा मतभेद स्वयं ईश्वर के अस्तित्व के संबंध में है। दार्शनिक ईश्वर को सर्वश्रेष्ठ तत्त्व मानने के लिए तैयार हैं, किन्तु साथ ही वह कहते हैं, कि वह ज्ञानमय (ज्ञानसार) है, जो (उसके) ज्ञान में है, वही उससे निकलकर अस्तित्व में आता है, किन्तु वह इच्छा नहीं करता, इच्छा तभी होती है, जब किसी बात की कमी हो। इच्छा भौतिक पदार्थों के भीतर की गति है–पूर्णसत्य आत्मा (ब्रह्म) किसी बात की इच्छा नहीं कर सकता। इसलिए ईश्वर अपनी सृष्टि को ध्यान में पाता है, उसमें इच्छा के लिए गुंजाइश नहीं।

किन्तु ग़ज़ाली ईश्वर को इच्छारहित मानने को तैयार नहीं। उनके मत से (ईश्वर की इच्छा) सदा उसके साथ रहती है और उसी इच्छा से वह सृष्टि को बिना किसी मजबूरी (प्रकृति-जीव तत्त्वों के पहले से मौजूद होने) के बनाता है। दार्शनिकों के लिए ईश्वर का ज्ञान सृष्टि का कारण है, ग़ज़ाली के लिए ईश्वर की इच्छा; चूँकि वह इच्छापूर्वक हर चीज़ को बनाता है, इसलिए उसे सिर्फ़ वस्तु सामान्य का ही ज्ञान नहीं बल्कि वस्तु-व्यक्ति (एक-एक वस्तु) का भी ज्ञान है और इस तरह ग़ज़ाली भाग्यवाद के फंदे में फँसते हैं और सिर्फ़ कर्म-स्वातंत्र्य न होने से मनुष्य के उद्योगपरायण होने आदि की शिक्षा बेकार हो जाती है।

(4) कर्मफल–ईश्वर को सर्वतंत्र-स्वतंत्र (प्रकृति-जीव तत्त्वों पर निर्भर न होना) सिद्ध करने के लिए इस्लाम के वकील ग़ज़ाली को जगत् का सादि होना तथा ईश्वर को इच्छावान् मानना पड़ा; "ईश्वरेच्छा वलीयसी" मानने पर भाग्यवाद से बचना असंभव हुआ। जीव का पहले-पहल एक ही बार के लिए जगत् में उत्पन्न होना, यह सिद्धान्त की ऊपर की बातों को लेते हुए ग़ज़ाली को और मुश्किल में डाल देता है। आख़िर खुदा ने मनुष्यों की मानसिक शारीरिक योग्यता में भेद क्यों किया?–खैर इसका उत्तर तो वह दे नहीं सकते थे क्योंकि उसकी न्यायता के लिए उन्हें पिथागोर या हिन्दुओं की भाँति पुनर्जन्म मानना पड़ता और फिर जगत् जीव-अनादिता का सवाल उठ खड़ा होता, किन्तु इस्लाम ने कर्म के अनुसार सज़ा-इनाम (नर्क-स्वर्ग) पाने की जो बात कही है, उससे भी ईश्वर पर आक्षेप आता है। सज़ा (दंड) सिर्फ़ दो ही मतलब से दी जा सकती है या तो बदला लेने के लिए, जो कि ईश्वर के लिए शोभा नहीं देता अथवा सुधार के लिए, किन्तु वह भी ठीक नहीं क्योंकि सुधार के बाद मनुष्य को फिर कार्यक्षेत्र में उतरने (जगत् में पुनः जन्मने) का मौका कहाँ मिलता है? ईश्वर को ऐसा करने से अपने लिए कोई लाभ की इच्छा हो, यह बात मानना तो ईश्वर की ईश्वरता पर भारी धब्बा होगा। इस शंका का उत्तर ग़ज़ाली ने अपनी पुस्तक "मज़्मून बे अला-गैर-अहले-ही" में दिया है, जिसका भाव यह है–स्थूल जगत् में कार्य कारण का जो क्रम देखा जाता है, उससे किसी को इन्कार नहीं हो सकता। संखिया घातक है, गुलाब ज़ुकाम पैदा करता है। यह चीजें जब इस्तेमाल की जायेंगी, तो उनके असर जरूर प्रकट होंगे। अब यदि कोई आदमी संखिया खाये और मर जाये, तो यह आक्षेप नहीं किया जा सकता, कि ईश्वर ने क्यों उसको मार डाला या ईश्वर को उसके मार डालने से क्या मतलब था। मरना संखिया खाने का एक अनिवार्य परिणाम है। उसने संखिया अपनी खुशी से खाई और जब खाई, तो उसके परिणाम का प्रकट होना अवश्यंभावी था। यही बात आत्मिक जगत् में भी है। भले बुरे जितने कर्म हैं, उसका अच्छा बुरा प्रभाव जीव पर लगातार होता है। अच्छे कामों से जीव में दृढ़ता आती है, बुरे कामों से गन्दगी। यह परिणाम किसी तरह रुक नहीं सकते। जो आदमी किसी बुरे काम को करता है, उसी समय उसके जीव पर एक ख़ास प्रभाव पड़ जाता है, इसी का नाम सज़ा (दंड) है। मान लो, एक आदमी चोरी करता है, इस काम के करने के साथ ही उस पर भय सवार हो जाता है। वह चाहे पकड़ा जाये या नहीं, दंडित हो या नहीं, उसके दिल पर दाग लग चुका और यह दाग मिटाये नहीं मिट सकता। जिस तरह ईश्वर पर यह आक्षेप नहीं हो सकता, कि संखिया खाने पर ईश्वर ने अमुक आदमी को क्यों मार डाला, उसी तरह यह आक्षेप भी नहीं हो सकता, कि बुरा काम करने के लिए ईश्वर ने दंड

क्यों दिया? क्योंकि उस बुरे काम का यह अवश्यंभावी परिणाम था, इसलिए वह हुए बिना नहीं रह सकता था। ग़ज़ाली के अपने शब्द हैं–

"भगवान् के ग्रन्थ के विधि-निषेधों के अनुसार न चलने पर जो फल (अज़ाब) होगा, वह क्रोध या बदला लेना नहीं है। उदाहरणार्थ जो आदमी बीबी से प्रसंग नहीं करेगा, ईश्वर उसे सन्तान नहीं देगा, जो आदमी खाना-पीना छोड़ देगा, ईश्वर उसे भूख-प्यास की तकलीफ देगा। पापी-पुण्यात्मा का कयामत (ईश्वरीय न्याय के दिन) की यातनाओं और सुखों के साथ यही संबंध है। पापी को क्यों यातना दी जायेगी–यह उसी तरह कहना है, कि प्राणी विष से क्यों मर जाता है और विष क्यों मृत्यु का कारण है?"

ईश्वर ने अपने धार्मिक विधि-निषेधों की ज़हमत में आदमियों को क्यों डाला, इसके उत्तर में ग़ज़ाली कहते हैं–

"जिस तरह शारीरिक रोगों के लिए चिकित्सा-शास्त्र (वैद्यक) है, उसी तरह जीव के लिए भी एक चिकित्सा-शास्त्र है और वंदनीय पैगंबर लोग उसके वैद्य हैं। कहने का ढंग है, कि बीमार इसलिए अच्छा नहीं हुआ, कि वह वैद्य (की आज्ञा) के विरुद्ध गया, इस वजह से अच्छा हुआ कि वैद्य की आज्ञा का पालन किया। यद्यपि रोग का बढ़ना, इसलिए नहीं हुआ कि रोग वैद्य (की आज्ञा) के विरुद्ध गया; बल्कि (असली) वजह यह थी, कि उसने स्वास्थ्य के उन नियमों का अनुसरण नहीं किया, जो कि वैद्य ने उसे बताये थे।"

(5) जीव (रूह)–पैगंबर मुहम्मद को भी लोगों ने जीव के बारे में सवाल करके तंग किया था, जिस पर अल्लाह ने अपने पैगंबर को यह जवाब देने के लिए कहा–"कह जीव मेरे रब के हुक्म से हैं"। जब क़ुरान और पैगंबर तक को इससे ज्यादा कहने की हिम्मत नहीं है, तो ग़ज़ाली का आगे बढ़ना खतरे से खाली नहीं होता, इसलिए बेचारे ने "अह्याउल्-उलूम्" में यह कहकर जान छुड़ानी चाही, कि यह उन रहस्यों में है, जिनको प्रकट करना ठीक नहीं, लेकिन "मज्नून-सगीर" में उन्होंने इस चुप्पी को तोड़ना जरूरी समझा–आख़िर "रब के हुक्म से" जीव का होना बद्दुओं को सन्तोष भले ही दे सकता था, किन्तु फ़ाराबी और सीना के शार्गिर्दों को उससे चुप नहीं किया जा सकता था; इसलिए ग़ज़ाली दर्शन की भाषा में कहते हैं–"वह (जीव) द्रव्य है, शरीर नहीं। उसका संबंध बदन से है, किन्तु इस तरह कि न शरीर से मिला न अलग, न भीतर न बाहर, न आधार न आधेय।"

द्रव्य है–क्योंकि जीव वस्तुओं को पहचानता है, पहिचानना या पहिचान एक गुण है। गुण बिना द्रव्य के नहीं हो सकता, अतएव जीवन को जरूर द्रव्य होना चाहिए, अन्यथा उसमें गुण नहीं रह सकता।

शरीर नहीं है, क्योंकि शरीर होने पर उसमें लम्बाई चौड़ाई होगी, फिर उसके अंश हो सकेंगे, अंश हो सकने पर यह हो सकता है, कि एक अंश में एक बात पाई जाय और दूसरे अंश में उससे विरुद्ध बात, जैसे लकड़ी-के भट्ठे में आधे का रंग सफेद, आधे का रंग काला और फिर यह भी संभव है, कि जीव के एक भाग में राम (जिसका कि वह जीव है) का ज्ञान हो और दूसरे भाग में उसी राम की बेवकूफ़ी का। ऐसी अवस्था में जीव एक ही समय में एक ही वस्तु का जानकार हो सकता है और गैर जानकार भी और यह असंभव है।

न मिला न अलग, न भीतर न बाहर है, क्योंकि यह गुण शरीर (पिंड) के हैं, जब जीव शरीर ही नहीं है तो वह मिला-अलग-भीतर-बाहर कैसे हो सकता है?

क़ुरान और आप्त पुरुषों ने जीव क्या है, इसे बताने से इन्कार क्यों किया, इसका उत्तर ग़ज़ाली देते हैं–दुनिया में साधारण और असाधारण दो तरह के लोग हैं। साधारण लोगों की तो बुद्धि में ही जीव जैसी चीज़ नहीं आयेगी, इसीलिए तो हंबलिया और कर्रामिया सम्प्रदाय वाले ईश्वर को साकार मानते हैं, क्योंकि उनके खयाल से जो चीज़ साकार नहीं उसका अस्तित्व नहीं हो सकता, जो व्यक्ति साधारण लोगों की अपेक्षा कुछ विस्तृत विचार रखते हैं, वह शरीर का निषेध करते हैं, तो भी ईश्वर का दिशावान होना मानते हैं। अश्-अरिया और मोतज़ला सम्प्रदाय वाले इस तरह के अस्तित्व को स्वीकार करते हैं, जिसमें न शरीर हो, न दिशा, लेकिन वह इस प्रकार के अस्तित्व को सिर्फ़ ईश्वर के व्यक्तित्व तथा ईश्वर के गुण के साथ ही मानते हैं। यदि जीव का अस्तित्व भी इस तरह का हो, तो उनके विचार से ईश्वर और जीव में कोई अन्तर नहीं रह जायेगा, जैसे भी देखें, चूँकि जीव की वास्तविकता क्या है? यह साधारण और असाधारण दोनों प्रकार के लोगों की समझ से बाहर की बात थी, इसलिए उसके बताने से टालमटोल की गई।

ग़ज़ाली ने जीव का जो लक्षण बतलाया है, वह यूनानी और भारतीय दर्शन जानने वालों के लिए नयी बात नहीं है।

"न हन्यते हन्यमाने शरीरे" की आवाज़ में आवाज़ मिलाते हुए ग़ज़ाली कहते हैं–

"व लैस ल्-बद्नो मिन् कवामे ज़ातेका

फ़ इन्हदाम ल्-बदने ला यस्मो-का।"

("शरीर तेरे अपने लक्षण (स्वरूपों) में नहीं है, इसलिए शरीर का नष्ट होना, तेरा नष्ट होना नहीं है।")

(6) क़यामत में पुनरुज्जीवन–जो मनुष्य दुनिया में मरते हैं, वह क्यामत (अन्तिम न्याय) के दिन फरिश्ते इस्राफील के नरसिगे (सूर)-के बजते ही उठ खड़े होंगे। इस तरह के पुनरुज्जीवन को इस्लाम भी दूसरे सामीय (यहूदी, ईसाई) धर्म की भाँति मानता है। बद्दुओं में भी कुछ वस्तुवादी थे, जो इसे खामखा की कबाहत समझते थे, जैसा कि बद्दू कवि अल्हाद अपनी स्त्री को सुनाकर कहता है–

"अमोतो सुम्म बअस सुम्म नश्रा। हदीसे खुराफ़ात या उम्-अमरू" (मरना फिर जीना फिर चलना-फिरना। अमरूँ की माँ! यह तो खुराफ़ात की बातें हैं।) ग़ज़ाली इस बात को अपने और दार्शनिकों के बीच के तीन बड़े मतभेदों में मानता है। दार्शनिक सिर्फ़ जीव को अमर मानते हैं, शरीर को वह नश्वर समझते हैं। इस्लाम में कयामत में मुर्दों के जिन्दा उठ खड़े होने को लेकर दो तरह के मत थे–(1) एक तो अब्दुल्ला बिन्-अब्बास जैसे लोगों का जो कि क़यामत के बाद मिलने वाली सारी चीज़ों को आज की दुनिया की चीज़ों, जो कि कयाम मात्र की समानता मानते थे, शराब होगी किन्तु उसमें नशा न होगी, आहार होगा किन्तु पेशाब-पाखाना नहीं होगा। इसी तरह शरीर मिलेगा किन्तु यही शरीर नहीं। (2) दूसरा–गिरोह अश्-अरियों का था, जो कि क़यामत वाले जिस्म क्या सभी चीज़ो को इसी दुनिया की तथा बिलकुल ऐसी ही मानते थे। इनके अलावा तीसरा गिरोह बाहरी विचारों और दर्शन से प्रभावित सूफ़ी लोगों का था, जो कहते थे–

"हूरो खुल्दो कौसर् ए वाअज़ अगर खुशकर्द ई।

बज़्मे मा-हम् शाहिदो नक्लो शराबे बेश् नेस्त।।"

(धर्मवक्ता! अप्सरा, बाग और नहर यदि स्वर्ग में हमें खुश करने के लिए हैं, तो वह हमारी आमोद मंडली और शराब से बेहतर तो नहीं हैं।)

ग़ज़ाली तीसरे पथ के पथिक होते हुए भी, पहले दो गिरोहों को अपने साथ रखना चाहते थे–

"बहारे-आलमे-हुस्न-श् दिलो जाँ ताज़ मी-दारद्।

ब-रंग स्हाबे-सूरतरा ब-बू अर्बाबे-मानी-रा।"

(उस प्रियतम के सौन्दर्य की दुनिया के बाहर अपने रंग से सूरत के प्रेमियों के और सुगंध से भाव के प्रेमियों के दिलों जान को ताजा रखती है।)

खैर! यह तो बहिश्त में मिलने वाली दूसरी चीज़ों की बात कही। सवाल फिर भी वही मौजूद है–कयामत में जिन्दा हो उठे को, वही पुराना छोड़ा शरीर मिलेगा या दूसरा? अश्-अरियों का कहना था–बिलकुल वही शरीर और वैसी ही आकृति (सूरत)। इस पर प्रश्न होता था–जो चीज़ नष्ट हो गई, उसका फिर लौटकर अस्तित्व में आना असंभव है और फिर मान लो, एक आदमी दूसरे आदमी को मारकर खा गया और एक के शरीर-परमाणु दूसरे के परमाणु शरीर बन गये, तो हत्यारे का शरीर कयामत में यदि ठीक वही हो, जो कि दुनिया में था, तो मारे गये व्यक्ति का शरीर बिलकुल वैसा ही नहीं हो सकता।

ग़ज़ाली का मत है, कि कयामत में मुर्दे जिन्दा हो उठेंगे, यह ठीक है, शरीर बिलकुल वही पुराना होगा, यह ज़रूरी नहीं।

(7) सूफ़ीवाद–ग़ज़ाली का लड़खड़ाता पैर सूफ़ीवाद के सहारे सँभल गया, इसके बारे में पहले भी कहा जा चुका है और उसके समकालीन किसी महाविद्वान् की गवाही चाहते हों, तो अबुल्-वलीद तर्तूशी के शब्द सुनिए

मैंने ग़ज़ाली को देखा। निश्चय, वह अत्यन्त प्रतिभाशाली, पंडित, शास्त्रज्ञ है। बहुत समय तक वह अध्ययन-अध्यापन में लगा रहा; किन्तु अन्त में सब छोड़-छाड़ कर सूफियों में जा मिला और दार्शनिकों के विचारों तथा मन्सूर-हल्लाज (सूफ़ी) के रहस्य (वचनों) को मजहब में मिला दिया। फ़क़ीहों (इस्लामिक मीमांसकों) तथा वाद-शास्त्रियों (मुत्कल्लमीन) को उसने बुरा कहना शुरू किया और मजहब की सीमा से निकलने वाला ही था। उसने "अह्याउल्-उलूम्" लिखा, तो चूँकि पूरी जानकारी नहीं थी, इसलिए मुँह के बल गिरा और सारी किताब में निर्बल प्रमाणवाली (मौज़ूअ) पैगंबर-वचनों (परंपरा) को उद्धृत किया।"

तर्तूशी बेचारे स्टन्तू पीर थे, इसलिए वह ग़ज़ाली की दूरदर्शिता और विचार-गाम्भीर्य को क्यों समझने लगे, उन्होंने तो इतना ही देखा, कि वह उनके जैसे फ़क़ीहों और मुत्कल्लमीनों (मुलंटों) के हलवे-मांडे पर भारी हमला कर रहा है।

सूफ़ीवाद पर ग़ज़ाली की कितनी आस्था थी, इसका पता उनके इन शब्दों से मालूम होता है–

"जिसने तसव्वुफ़ (सूफ़ीवाद) का मज़ा ही नहीं चखा है, वह पैगंबरी क्या है, इसे नहीं जान सकता, पैगंबरी का नाम भले ही जान ले।...सूफ़ियों के तरीके के अभ्यास से मुझको पैगंबरी की असलियत और विशेषता प्रत्यक्ष की तरह मालूम हो गई।

ग़ज़ाली के पहले ही से इस्लाम में भीतर-भीतर सूफ़ी-मत फैल चुका था, यह हम बतला चुके हैं, किन्तु ग़ज़ाली ने ही उसको एक सुव्यवस्थित शास्त्र का रूप दिया। ग़ज़ाली के पहले सूफ़ीवाद पर दो पुस्तकें लिखी जा चुकी थीं–

(1) "कूबतु ल्-कुलूब" अबूतालिब मक्की।

(2) "रिसाला केसरिया" इमाम केसरी।

पहले कुछ लोग कर्म-योग (शौच-संतोष आदि) पर जोर देते थे और कितने ही समाधि-योग (मुकाशफ़ा) पर। ग़ज़ाली पहले शख्स थे, जिन्होंने दोनों को बड़ी खूबी के साथ मिलाया, जैसे कि इतिहास का दार्शनिक इब्न-खल्दून कहता है–

"ग़ज़ाली ने अह्याउल्-उलूम् में दोनों तरीकों को इकट्ठा कर दिया...जिसका परिणाम यह हुआ कि सूफ़ीवाद (तसव्वुफ़) भी एक बाकायदा शास्त्र बन गया, जो कि पहले उपासना का ढंग मात्र था।"

सूफियों का "अहं-ब्रह्मवाद" (अन ल्-हक) शंकर के ब्रह्मवाद जैसा है। सूफ़ी बहस नहीं करना चाहते, वह जानते हैं, बुद्धि को वह दर्शन से कुंठित नहीं कर सकते, इसीलिए रहस्यवाद की शरण लेते हैं।

"जौके-ई बादा न दानी ब-खुदा तान चशी।"

(खुदा की कसम! जब तक नहीं पीता, तब तक वह इस प्याले का स्वाद नहीं जान सकता।)

ग़ज़ाली का सूफ़ीवाद क्या था, इसे हम पहले सूफ़ीवाद के प्रकरण में दे आए हैं, इसलिए यहाँ दुहराने की ज़रूरत नहीं।

(8) पैगंबरवाद–दार्शनिकों का इस्लाम और सभी सामीय धर्मों पर एक यह भी आक्षेप था, कि वह इस तरह की भोली-भाली बातों पर विश्वास करते हैं–खुदा अपनी ओर से ख़ास तरह के आदमियों (पैगंबरों) को तथा उनके पास अपनी शिक्षा-पुस्तक भेजता है। ग़ज़ाली पैगंबरी को ठीक साबित करते हुए कहते हैं–

"आदमी जन्मते बिलकुल अज्ञान पैदा होता है। पैदा होते वक्त वह...किसी चीज़ से परिचित नहीं होता। सबसे पहले उसे स्पर्श का ज्ञान होता है, जिसके द्वारा वह उन चीज़ों से परिचय प्राप्त करता है, जो कि छूने से संबंध रखती हैं, फिर गर्मी-सर्दी, खुश्की-नमी, नर्मी-सख्ती को।...फिर देखने की शक्ति...फिर सुनने...चखने की शक्ति...। इस तरह इन्द्रियाँ (तैयार हो जाती हैं)...। फिर नया युग शुरू होता है। अब उसे विवेक की शक्ति प्राप्त होती है और वह उन चीज़ों की जानकारी प्राप्त करता है, जो इन्द्रियों की पहुँच से बाहर हैं। यह युग सातवें वर्ष से शुरू होता है। इससे बढ़ने पर बुद्धि (अक्ल) का युग आता है, जिससे संभव-असंभव, उचित-अनुचित का ज्ञान होता है। इससे बढ़कर एक और दर्जा है, जो बुद्धि की सीमा से भी आगे है, जिस तरह विवेक और बुद्धि के ज्ञेयों (विषयों) की जानकारी के लिए इन्द्रियाँ बिलकुल बेकार हैं, उसी तरह इस दर्जे के ज्ञेयों (विषयों) के लिए बुद्धि बिलकुल बेकार है। इसी दर्जे का नाम पैगंबरी (नबूवत्) है।"

पैगंबर और उसके पास खुदा की ओर से भेजे संदेश (वही) के बारे में ग़ज़ाली का कहना है–

"मनुष्यों में कोई इतना जड़बुद्धि होता है, कि समझाने पर भी बहुत मुश्किल से समझता है। कोई इतना तीक्ष्ण बुद्धि होता है, कि ज़रा से इशारे से समझ जाता है। कोई इतना पूर्ण (प्रतिभा रखने वाला) है, कि बिना सिखाए सारी बातें उसके मन से पैदा होती हैं।...वंदनीय पैगंबरों की यही उपमा है, क्योंकि बिना किसी से सीखे-सुने उनके तन में सूक्ष्म बातें स्वयं खुल जाती हैं। इसी का नाम अल्हाम (ईश्वर-संदेश का पाना) है और आँ-हजरत-मुहम्मद ने जो यह फर्माया कि पवित्रात्मा ने मेरे दिल में यह फूंका, उसका यही अभिप्राय है।"

पैगंबरी के लिए करामात (चमत्कार) का प्रमाण माना जाता है और करामात को ठीक सिद्ध करने कि लिए ग़ज़ाली की क्या दलील है? यह कार्य-कारणवाद के प्रकरण में बतलाया जा चुका है।

(9) क़ुरान की लाक्षणिक व्याख्या–मोतज़ला और पवित्र-संघ (अख-बानुस्सफ़ा) के वर्णन में बतलाया जा चुका है, कि वह क़ुरान के कितने ही वाक्यों का शब्दार्थ छोड़ लाक्षणिक अर्थ ले, अपने मत की पुष्टि करते थे, इमाम अहमद बिन्-हंबल लाक्षणिक अर्थ का सबसे जबरदस्त दुश्मन था। वह समझता था, कि यदि इस तरह लाक्षणिक अर्थ करने की आज़ादी दी जायेगी, तो अरबी इस्लाम को सिर्फ़ क़ुरान के लफ़्ज़ों को लेकर चाटना पड़ेगा, लेकिन निम्नोक्त-पैगंबर-वाक्यों (हदीसों) में उसे भी मुख्यार्थ की जगह लाक्षणिक अर्थ स्वीकार करना पड़ा–

"(काबा का) कृष्ण-पाषाण (संग-असवद्) खुदा का हाथ है।" "मुसलमानों का दिल खुदा की अँगुलियों में है।" "मुझको यमन से खुदा की खुश्बू आती है।"

सूफियों का तो लाक्षणिक अर्थ के बिना काम ही नहीं चल सकता और ग़ज़ाली किस तरह बहिश्त के बागों-हूरों- शराबों का लाक्षणिक अर्थ करते हैं, इसका वर्णन किया जा चुका है।

(10) धर्म में अधिकारि भेद–हर एक सूफ़ी के लिए मुल्लों की चोट से बचने के लिए बाहर से शरीअत की पाबंदी की भी ज़रूरत है, साथ ही तसव्वुफ़ (सूफ़ीवाद) के प्रति सच्चा-ईमान रखने से उसे बहुत-सी शरीअत की पाबंदियों और विचारों का भीतर से विरोध करना पड़ता है। इस 'भीतर कुछ बाहर कुछ' की चाल से लोगों के मन में सन्देह हो सकता है, इसलिए अधिकारि-भेद के सिद्धान्त की कल्पना की गई। इसका कुछ जिक्र साधारण और असाधारण लोग तौर पर कयामत में पुनरुज्जीवन के प्रकरण में आ चुका है। इस अधिकारि-भेद वाले सिद्धान्त की पुष्टि में पैगंबर के दामाद तथा चौथे खलीफ़ा (शीओ के सर्वस्व) अली का वचन उद्धृत किया जाता है" –

"जो बात लोगों की अक्ल में आए, वह उनसे बयान करो और जो न आए उसे छोड़ दो।"

ग़ज़ाली ने वैसे तो बातनी शीओं के विरुद्ध कई पुस्तकें लिखी थीं, मगर जहाँ तक अली के इस वचन का संबंध है, वह उनसे बिलकुल सहमत थे। यहाँ अपने विरोधियों को फटकारते हुए, वह कहते हैं–

"विद्याओं के गुप्त और प्रकट दो भेद होने से कोई समझदार आदमी इन्कार नहीं कर सकता। इससे सिर्फ़ वही लोग इन्कार करते हैं, जिन्होंने बचपन में कुछ बातें सीखीं और फिर उसी पर जम गये।"

अपने मतलब को और स्पष्ट करते हुए ग़ज़ाली दूसरी जगह लिखते हैं–

"खुदा ने (क़ुरान में) कहा है–बुला, अपने भगवान् के पथ की ओर हिकमत (युक्ति) और सुन्दर उपदेश के द्वारा और ठीक तरह बहस कर। जानना चाहिए कि हिकमत (युक्ति) के द्वारा जो लोग बुलाए जाते हैं, वह और हैं, और जो नसीहत और बहस के जरिए से बुलाए जाते हैं, वह और; यदि हिकमत (दर्शन) उन लोगों के लिए इस्तेमाल की जाय जो कि नसीहत के अधिकारी हैं, तो उनको नुकसान होगा–जिस तरह दुधमुँहे बच्चे को चिड़िया का गोश्त खाना नुकसान करता है और नसीहत को यदि उन लोगों के लिए इस्तेमाल किया जाये, जो कि हिकमत (दर्शन) के अधिकारी हैं, तो उनकों घृणा होगी–जैसे कि बलिष्ठ आदमी को औरत का दूध पिलाया जाय और नसीहत यदि पसंद लगने वाले ढंग से न की जाय, तो उसकी मिसाल होगी, सिर्फ़ खजूर खाने की आदत वाले बद्दू को गेहूँ का आटा खिलाना..."

(11) बुद्धि (दर्शन) और धर्म का समन्वय–हम ग़ज़ाली की जीवनी में भी देख चुके हैं, किस तरह बगदाद पहुँचने पर उनके हृदय में धर्म (मजहब) और बुद्धि का झगड़ा खड़ा हुआ और तर्तूशी के शब्दों में वह "मजहब से निकलने वाला ही था।" किन्तु उन्होंने अपने भीतर बुद्धि और धर्म में समन्वय (समझौता) करने में सफलता पाई, उनके सूफ़ीवाद, अधिकारि-भेदवाद, लाक्षणिक व्याख्यावाद, इसी तरफ किये हुए प्रयत्न हैं। ग़ज़ाली का यह प्रयत्न खतरे से खाली न था, इसका उदाहरण तो संजर के सामने उसकी तलबी के बयान में देख चुके हैं। ग़ज़ाली के जीवन ही में उनकी कीर्ति इस्लामिक जगत् में दूर-दूर तक फैल गई थी। किस तरह उनके शिष्य मुहम्मद (इब्न-अब्दुल्लाह) तोमरत ने स्पेन-मराको के मुसलमानों में 'ग़ज़ाली संप्रदाय' फैलाने तथा एक नये मोहिदीन राजवंश की स्थापना में सफलता पाई, इसे हम आगे बतलाने वाले हैं, किन्तु तोमरत की सफलता के पहले ग़ज़ाली के जीवन ही में 500 हिजरी (1107 ई०) में ऐसा मौका आया, जबकि स्पेन में खलीफ़ा अली (इब्न-यूसुफ) बिन्-वाशकीनकी के हुक्म से मरिया में ग़ज़ाली की पुस्तकों-ख़ासकर "अह्याउल्-उलूम"–को बड़े मजमें के सामने जलाया गया।

विरोध को देखते हुए भी ग़ज़ाली ने तै कर लिया था, कि बुद्धि और धर्म के झगड़े में उनकी क्या स्थिति होनी चाहिए–

"कुछ लोगों का खयाल है, कि बौद्धिक विद्याओं तथा धार्मिक विद्याओं में (अटल) विरोध है और दोनों का मेल कराना असंभव है; किन्तु यह विचार कम समझी के कारण पैदा होता है।"

"जो आदमी बुद्धि को तिलांजलि दे सिर्फ़ (अंध) अनुगमन की ओर लोगों को बुलाता है, वह मूर्ख (जाहिल) है और जो आदमी केवल बुद्धि पर भरोसा करके क़ुरान और हदीस (पैगंबर-वचन) की परवाह नहीं करता, वह घमंडी है। खबरदार! तुम इनमें एक पक्ष के न बनना। तुमको दोनों का समन्वय (जामेअ) होना चाहिए, क्योंकि बौद्धिक विद्याएँ आहार की तरह हैं और धार्मिक विद्याएँ दवा की तरह।"

बौद्धिक विद्याओं के प्रति यही उनके विचार थे, जिन्होंने ग़ज़ाली को यह लिखने के लिये मजबूर किया, कि दर्शन के अंधशत्रु इस्लाम के नादान दोस्त हैं–

"बहुत से लोग इस्लाम की हिमायत का अर्थ यह समझते हैं, कि दर्शन के सभी सिद्धान्तों को धर्म के विरुद्ध साबित किया जाये, लेकिन चूँकि दर्शन के बहुत से सिद्धान्त ऐसे हैं, जो पक्के

प्रमाणों से सिद्ध हैं, इसलिए जो आदमी उन प्रमाणों से अभिज्ञ हैं, वह उन सिद्धान्तों को पक्का समझता है। इसके साथ जब उसे यह विश्वास दिलाया जाता है, कि ये सिद्धान्त इस्लाम के विरुद्ध हैं, तो उन सिद्धान्तों में सन्देह होने की जगह, उसे खुद इस्लाम में सन्देह पैदा हो जाता है। इसके कारण इन नादान दोस्तों से इस्लाम को सख्त नुकसान पहुँचता है।"

ग़ज़ाली के ये विचार सनातनी विचारों के मुसलमानों तथा उनको हर वक्त भड़काने के लिये तैयार मुल्लों को अपना विरोधी बनाने वाले थे, इसे फिर से कहने की जरूरत नहीं। तो भी ग़ज़ाली का प्रयत्न सफल हुआ, इसे उनके विरोधी इब्न-तैमिया के ये शब्द बतला रहे हैं–

"मुसलनान और आँखवाले (मुल्ले?) लोग तर्क (शास्त्रियों) के ढंग को समझते आते थे। इस (तर्क) के प्रयोग का रवाज अबू-हामिद (ग़ज़ाली) के समय से हुआ, उसने यूनानी तर्क शास्त्र के मन्तव्यों को अपनी पुस्तक–मुस्तस्फी–में मिला लिया।"

5. सामाजिक विचार

हो नहीं सकता था, कि ग़ज़ाली के जैसा उर्वर मस्तिष्क अपने विचारों को दर्शन और धर्म तक ही सीमित रखता। यहाँ उसके समाज-संबंधी विचारों पर भी कुछ प्रकाश डालना चाहते हैं।

(1) राजतंत्र-संबंधी–ग़ज़ाली ने इस्लामी साहित्य में कबीलों के भीतर की सादगी, भाईचारा आदि के बहुत से उदाहरण पढ़े थे, जब वह उनसे अपने समकालीन राजाओं के आचरण से मिलाते थे, तो उनके दिल में असन्तोष की आग भड़के बिना नहीं रह सकती थी। इसीलिए ग़ज़ाली ने अपने समय के राजतंत्र पर कितनी ही बार चोटें की हैं। जैसे–

"हमारे समय में सुल्तानों की जितनी आमदनी है, कुल या बहुत अधिक हराम है और क्यों हराम न हो? हलाल आमदनी तो ज़कात (ऐच्छिक कर) और लड़ाई-लूट (ग़नीमत के माल) का पाँचवा हिस्सा (यही दो) हैं। सो इन चीज़ों का इस समय में कोई अस्तित्व नहीं। सिर्फ़ जज़िया (अनिवार्य कर) रह गया है, जिसे ऐसे जालिमाना ढंग से वसूल किया जाता है, कि वह उचित और हलाल नहीं रहता।"

ग़ज़ाली ने सुल्तान के पास न जाने की शपथ ली थी, जिसे यद्यपि संजर की जबर्दस्ती के सामने झुककर, एक बार तोड़ने की नौबत आई, तो भी ग़ज़ाली ने इन सुल्तानों से सहयोग न रखने को अपने ही तक सीमित न कर दूसरों को भी वैसा ही करने की शिक्षा देते थे–

"आदमी को सुल्तानों के दरबार में पग-पग पर गुनाह (पाप) करना पड़ता है। पहली ही बात यह है, कि शाही मकान बिलकुल जबर्दस्ती के जरिए बने होते हैं और ऐसी भूमि पर पैर रखना पाप है। दरबार में पहुँचकर सिर-झुकाना, हाथ को बोसा (चुम्बन) देना और ज़ालिम का सम्मान करना पाप है। दरबार में जरदोजी के पर्दे, रेशमी लिबास, सोने के बर्तन आदि जितनी चीजें आती हैं, सभी हराम हैं और इनको देखकर चुप रहना पाप है। आख़िर में बादशाह के तन-धन की कुशल क्षेम के लिए दुआ माँगनी पड़ती है और यह पाप है।"

इसलिए ग़ज़ाली की सलाह है–

"आदमी इन सुल्तानों (राजाओं) से इस तरह अलग-अलग रहे, कि कभी उनका सामना न होने पाये। यही करना उचित है, क्योंकि इसी में मंगल है। आदमी को यह विश्वास रखना फर्ज है, कि इन (सुल्तानों) के अत्याचार के प्रति द्वेष रक्खे। आदमी को चाहिए, कि न वह उनकी कृपा का इच्छुक हो और न उनकी प्रशंसा करे, न उनका हाल-चाल पूछे और न उनके संबंधियों से मेल-जोल रखे।"

एक जगह ग़ज़ाली के निष्क्रिय असहयोग ने चन्द शर्तों के साथ कुछ सक्रियता का रूप भी लेना चाहा है–

"सुल्तानों (राजाओं) का विरोध (खून खराबी) करने से यदि देश में फसाद होने का डर हो, तो (वैसा करना) अनुचित है, किन्तु अगर सिर्फ़ अपनी जान-माल का खतरा हो, तो उचित ही नहीं बल्कि वह बहुत ही श्लाघनीय है। पुराने बुज़ुर्ग हमेशा अपनी जान को खतरे में डालकर स्वतंत्रता का परिचय देते थे और सुल्तानों तथा अमीरों को हर समय टोकते रहते थे। इस काम के लिए यदि कोई आदमी जान से मारा जाता था, उसे सौभाग्यशाली माना जाता था, क्योंकि वह शहीद का दर्जा पाता था।"

यहीं तक नहीं, उनके दिल में यह भी खयाल काम कर रहा था, कि ऐसे राज्यों को हटाकर एक आदर्श राज्य कायम किया जाये, जिसके शासक में जहाँ एक ओर बद्दू कबीले के सरदार की सादगी तथा भायप हो, वहाँ दूसरी ओर उसमें अफलातूनी प्रजातंत्र के नेता, दार्शनिकों अथवा खुद ग़ज़ाली जैसे सूफ़ी के गुण हों। इस विचार को कार्यरूप में परिणत करने में ग़ज़ाली स्वयं तो असमर्थ रहे, किन्तु उनकी सलाह से उनके शिष्य तोमरत ने उसे कार्यरूप में परिणत किया, यह हम अभी बतलाने वाले हैं।

(2) कबीलाशाही आदर्श–ग़ज़ाली न व्यवहार-कुशल विचारक थे, न उनकी प्रकृति में साहस और जोखिम उठाने की प्रवृत्ति थी। सुल्तानों-अमीरों के दरबार से वह तंग थे, एक ओर सलजूकी सुल्तान या बगदाद के खलीफ़ा के यहाँ जाने पर झुक कर दोहरे शरीर से सलाम फिर हाथ पर चुंबन देना, दूसरी ओर अरबों का पैगंबर मुहम्मद के आने पर भी सम्मानार्थ खड़ा न होना, ग़ज़ाली के दिमाग़ को सोचने पर मजबूर करता था। शायद ग़ज़ाली स्वयं अमीरज़ादा या शाहज़ादा होते, तो दूसरी तरह की व्याख्या कर लिए होते, किंतु उन्हें अपने बचपन के दिन याद थे, जबकि भर्तृहरि के शब्दों में–

"भ्रान्तं देशमनेकदुर्गविषमं प्राप्तं न किंचित् फलं,
त्यक्त्वा जातिकुलाभिमानमुचितं सेवा कृता निष्फला।
भुक्तं मानविवर्जितं परगृहे साशंकैया काकवत्।"

अनाथ ग़ज़ाली ने कितने ही दिन भूखों और कितनी ही जाड़े की रातें ठिठुरते हुए बिताई होंगी। दूसरों के दिए टुकड़ों को खाते वक्त उन्होंने अच्छी तरह का अनुभव किया होगा, कि उनमें कितना तिरस्कार भरा हुआ है। यद्यपि 34 वर्ष की उम्र में पहुँचने पर उन्हें वह सभी साधन सुलभ थे, जिनसे कि वह भी एक अच्छे अमीर की जिन्दगी बिता सकते थे, किन्तु यहाँ वह उसी तरह मानसिक समझौता करने में सफल नहीं हुए, जैसे धर्मवाद और बुद्धिवाद के झगड़े में। उन्होंने पैगंबर

और उनके साथियों (सहाबा) के जीवन को पढ़ा था, उनकी सादगी, समानता उन्हें बहुत पसंद आई, और वह उसी को आदर्श मानते थे। उन्हें क्या पता था, प्रकृति ने लाखों साल के विकास के बाद मानव को कबीले के रूप में परिणत होने का अवसर दिया था। अपनी बढ़ती आवश्यकता, संख्या, बुद्धि और जीवन-साधनों ने जमा होकर उसे अगली सीढ़ी सामन्तवाद पर जाने के लिए मजबूर किया था। कबीलाशाही प्रभुत्व को हटाकर सामन्तशाही प्रभुत्व स्थापित करने में हजारों वर्षों तक जो नर-संहार होता रहा, म्वाविया और अली अथवा कर्बला का झगड़ा भी उसी का एक अंश था, किन्तु बहुत छोटा नगण्य-सा अंश। इतने संघर्ष के बाद आगे बढ़े इतिहास के पहिए को पीछे हटाना प्रकृति के लिए कितना असंभव काम था, यह ग़ज़ाली की समझ में नहीं आ सकता था, इसलिए वह असंभव के संभव होने की (करने की नहीं) लालसा रखता था।

उनके ग्रन्थों में जगह-जगह उद्धृत बद्दू समाज की निम्न घटनाएँ ग़ज़ाली के राजनीतिक आदर्श का परिचय देती हैं—

1. "एक आर अमीर म्वाविया (661-80 ई०) ने लोगों की वृत्तियाँ बन्द कर दी थीं। इस पर अबू-मुस्लिम खौलानी ने भरे दरबार में उठकर कहा–ऐ म्वाविया! यह आमदनी तेरी या तेरे बाप की कमाई नहीं है।"

2. "अबू-मूसा की रीति थी, कि खुत्बा (उपदेश) के वक्त खलीफ़ा उमर (642-44ई०) का नाम लेकर, उनके लिए दुआ करते थे।..ज़ब्बा ने ठीक खुत्बा देते वक्त ही खड़े होकर कहा–तुम अबू-बकर का नाम क्यों नहीं लेते, क्या उमर अबू-बकर से बड़ा है?"...(उमर ने इस बात को सुनकर) जब्बा को मदीना बुलवाया। जब्बा ने उमर से पूछा–तुमको क्या हक था, कि मुझे यहाँ बुलवाते?...फिर उसने (अबू-मूसा की खुशामद वाली) सब बात ठीक-ठीक बतलाई। उमर रोने लगे और बोले–तुम सच पर हो, मुझसे कसूर हुआ, माफ करना।"

3. "हारून और सफ़ियान सोरी में बचपन की दोस्ती थी। जब हारून बगदाद में खलीफ़ा (786-809 ई०) बना, तो सब लोग उसको बधाई देने आए, किन्तु सफ़ियान नहीं आया। हारून ने स्वयं सफ़ियान से मिलने की इच्छा प्रकट की, लेकिन उसने पर्वा न की, अन्त में हारून ने सफ़ियान को पत्र लिखा–

"मेरे भाई सफ़ियान...तुमको मालूम है कि भगवान् ने सभी मुसलमानों में भाई का संबंध कायम किया है। अब भी मेरे और तुम्हारे बीच पहले के संबंध वैसे ही हैं, मेरे सारे दोस्त मेरी ख़िलाफ़त के लिए बधाई देने मेरे पास आए और मैंने उन्हें बहुमूल्य इनाम दिये। अफसोस है कि, आप अब तक नहीं आए। मैं खुद आता, लेकिन यह खलीफ़ा की शान के खिलाफ़ है। कुछ भी हो अब अवश्य तशरीफ़ लाइये।"

सफियान ने पत्र को न पढ़कर फेंक दिया और कहा कि मैं इसे हाथ नहीं लगाना चाहता, जिसे कि जालिम (राजा) ने छुआ है। फिर उसी पत्र की पीठ पर यह जवाब दूसरे से लिखवाया–

"बंदा निर्बल सफियान की ओर से धन पर लट्टू हारून के नाम। मैंने पहले ही तुझे सूचित कर दिया था, कि मेरा तुझसे कोई संबंध नहीं। तूने अपने पत्र में स्वयं स्वीकार किया है, कि तूने मुसलमानों के कोषागार (बैतु'ल्-माल) के रुपये को ज़रूरत के बिना अनुचित तौर से खर्च किया। इस पर भी

तुझको सन्तोष नहीं हुआ और चाहता है, कि मैं कयामत में (अन्तिम न्याय के दिन) तेरी फ़ज़ूलखर्ची की गवाही दूँ। हारून! तुझको कल खुदा के सामने जवाब देने के लिए तैयार रहना चाहिए। तू तख्त पर (बैठकर) इजलास करता है, रेशमी लिबास पहनता है। तेरे दरवाजे पर चौकी-पहरा रहता है। तेरे अफसर स्वयं शराब पीते हैं और दूसरों को शराब पीने की सजा देते हैं; खुद व्यभिचार करते हैं, और व्यभिचारियों पर रोब जारी करते हैं। खुद चोरी करते हैं और चोरों का हाथ काटते हैं। पहले इन अपराधों के लिए तुझको और तेरे अफसरों को सजा मिलनी चाहिए, फिर औरों को।...अब फिर कभी मुझको पत्र न लिखना।"

"यह पत्र जब हारून के पास पहुँचा, तो वह (आत्मग्लानि के मारे) चीख उठा और देर तक रोता रहा।"

ग़ज़ाली एक ओर दार्शनिक उड़ान की आज़ादी चाहता था, दूसरी ओर कबीलाशाही की सादगी और समानता–कहाँ कबीलाशाही और कहाँ खयाल की आज़ादी!

(3) इस्लामिक पंथों का समन्वय–इस्लाम के भीतरी सम्प्रदायों के झगड़ों को दूर करना ग़ज़ाली के अपने उद्देश्यों में था। दर्शन में उनके जबर्दस्त विरोधी रोश्द का कहना है–

"ग़ज़ाली ने अपनी किताबों में सम्प्रदायों में से किसी ख़ास सम्प्रदाय को नहीं दूषा है, बल्कि (यह कहना चाहिए कि) वह अश्अरियों के साथ अशअरी, सूफियों के साथ सूफ़ी और दार्शनिकों के साथ दार्शनिक है।" ग़ज़ाली के वक्त इस्लाम सिन्ध और काशगर से लेकर मराको और स्पेन तक फैला हुआ था, इस विस्तृत भूखंड पर इस्लाम से भिन्न धर्म ख़त्म हो गये थे या उनमें इस्लाम से आँख मिलाने की शक्ति नहीं रह गई थी; किन्तु खुद इस्लाम के भीतर बीसियों सम्प्रदाय पैदा हो गये थे। इनमें सबसे ज़्यादा जोर तीन फ़िर्कों का था–अश्अरी, हंबली और बातनी (शीआ)। इन सम्प्रदायों का प्रभाव सिर्फ़ धार्मिक क्षेत्र तक ही सीमित न था, बल्कि उन्होंने शासन पर अपना अधिकार जमाया था। स्पेन में हंबली सम्प्रदाय के हाथ में धार्मिक राजनीतिक शक्ति थी। बातनी (शीआ) मिस्र पर अधिकार जमाए हुए थे। खुरासान (पूर्वी ईरान) से इराक तक अश्अरियों का बोलबाला था। बातनी चूँकि शीआ थे, इसलिए उनके विरुद्ध अली-म्वाविया के समय से सुलगाई आग अब भी यदि धाँय-धाँय कर रही थी, तो कोई आश्चर्य नहीं; किन्तु ताज्जुब तो यह था, कि अशुअरी और हंबली दोनों सुन्नी होने पर भी एक दूसरे के खून के प्यासे रहते थे। शरीफ अबुल-क़ासिम (475 हिजरी या 1082 ई०) बहुत बड़ा उपदेशक था। महामंत्री निजामुल्मुल्क ने उसे बड़े सम्मान के साथ निज़ामिया (बगदाद) का धर्मोपदेष्टा बनाया था। वह मस्जिद के मेंबर (धर्मासन) से खुले आम कहता था, कि हंबली काफिर हैं। इतने ही से उसे सन्तोष नहीं हुआ, बल्कि उसने महाजज के घर पर जाकर ऐसी ही बातें कीं, जिस पर भारी मारकाट मच गई। अल्प अर्सलन् सल्जूकी (1062-72 ई०) के शासनकाल में शीओं और अश्अरियों पर मुद्दतों मस्जिद के धर्मासन से लानत (धिक्कार) पढ़ी जाती थी। निज़ामुल्-मुल्क जब महामंत्री हुआ, तो उसने अश्अरियों पर पढ़ी जाने वाली लानत को तो बंद कर दिया, किन्तु शीआ बेचारों की वही हालत रही। अबू-इस्हाक शीराज़ी बगदाद की विद्वन्मंडली के सरताज थे और वह भी हंबलियों को बुरा-भला कहना अपना फ़र्ज समझते थे, इसकी ही वजह से एक बार बगदाद में भारी मारकाट मच गई थी।

जहाँ जिस सम्प्रदाय का जोर था, वहाँ दूसरे को "दशनन में जीभ बेचारी" बनकर रहना पड़ता था। इब्न-असीर मोतज़ला-सम्प्रदाय का प्रधान नेता और भारी विद्वान् था, उसकी मृत्यु 478 हिजरी (1085 ई०) में हुई। अपने सम्प्रदाय-विरोधियों के डर के मारे पूरे पचास साल तक वह घर से बाहर नहीं निकल सका था। इन झगड़ों, खून-खराबियों की जड़ को बुरा कहते हुए ग़ज़ाली लिखते हैं–

"(धार्मिक) विद्वान् बहुत सख्त हठधर्मी दिखलाते हैं और अपने विरोधियों को घृणा और बेइज्जती की नज़र से देखते हैं। यदि यह लोग विरोधियों के सामने नर्मी, मुलायमियत और प्रेम के साथ काम लेते और हितैषी के तौर पर एकान्त में उन्हें समझाते, तो (ज़्यादा) सफल होते, चूँकि अपनी शान-शौकत (जमाने) के लिए जमात की ज़रूरत है, जमात बाँधने के लिए मजहबी जोश दिखलाना तथा अपने संप्रदाय-विरोधियों को गाली देना ज़रूरी है, इसलिए विद्वानों ने हठधर्मी को अपना हथियार बनाया है और इसका ही नाम धर्म-प्रेम तथा इस्लाम-विरोध परिहार रखा है, हालाँकि यह वस्तुतः लोगों को तबाह करना है।"

पैगंबर मुहम्मद के मुँह से कभी निकला था–"मेरे मजहब में 73 फ़िर्के (सम्प्रदाय) हो जायेंगे, जिनमें से एक स्वर्गगामी होगा, बाकी सभी नरक-गामी।" इस हदीस (पैगंबर-वाक्य) को लेकर भी हर सम्प्रदाय अपने को स्वर्गगामी और दूसरों को नरक-गामी कहकर कटुता पैदा करता था। ग़ज़ाली ने इस्लाम के इस भयंकर गृहकलह को हटाने के लिए एक ग्रंथ "तफका बैनु'ल्-इस्लाम वज-न्दक़ा" इस्लाम और जिन्दीकों (नास्तिकों) का भेद लिखा है, जिसमें वह इस हदीस पर अपनी राय इस तरह देते हैं–

"हदीस सही है, लेकिन इसका यह अर्थ नहीं, कि वह (बाकी 72 फिर्के वाले) लोग काफिर हैं और सदा नरक में रहेंगे, बल्कि इसका असली अर्थ यह है, कि वह नरक में...अपने पाप की मात्रा के अनुसार...रहेंगे।"

ग़ज़ाली ने अपनी इस पुस्तक में काफिर (नास्तिक) होने के सभी लक्षणों से इन्कार करके कहा, कि काफिर वही है, जो मुसलमान नहीं हैं और "वह सारे (आदमी) मुसलमान हैं, जो कल्मा (अल्लाह के सिवाय दूसरा ईश्वर नहीं, मुहम्मद अल्लाह का भेजा हुआ है') पढ़ने वाला है और मुसलमान होने के नाते सभी भाई-भाई हैं। इन सम्प्रदायों का मतभेद है, उसका मूल इस्लाम से कोई सम्बन्ध नहीं, वह गौण और बाहरी बातें हैं।"

ग़ज़ाली ने अपनी इस उदारशयता को मुसलमानों तक ही सीमित नहीं रखा बल्कि उन्होंने लिखा है–

"बल्कि मैं कहता हूँ, कि हमारे समय के बहुत से तुर्क तथा ईसाई रोमन लोग भी भगवान् के कृपापात्र होंगे।"

इस प्रयत्न का फल ग़ज़ाली को अपने जीवन में ही देखने को मिला। अश्अरियों और हंबलियों के झगड़े बहुत कुछ बंद हो गए। बगदाद के शीओं और सुन्नियों में 502 हिजरी (1109 ई०) में सुलह हो गई और वह आपसी मार-काट बन्द हो गई, जिससे राजधानी के मुहल्ले के मुहल्ले बर्बाद हो गये थे।

6. ग़ज़ाली के उत्तराधिकारी

अपनी पुस्तकों की भाँति ग़ज़ाली के शिष्यों की भी भारी संख्या थी, जिनमें कितने ही इस्लाम के धार्मिक इतिहास में ख़ास स्थान रखते हैं, पाठकों के लिए अनावश्यक समझकर हम उनके नामों की सूची देना नहीं चाहते। ग़ज़ाली की शिक्षा का महत्त्व इसी से समझिए, कि मुसलमानों की भारी संख्या आज भी उन्हें ही अपना नेता मानती है। हाँ, उनके एक शिष्य तोमरत के बारे में हम आगे लिखने वाले हैं, क्योंकि उसने अपने गुरु के धर्म-मिश्रित राजनीतिक स्वप्न को साकार करने में कुछ हद तक सफलता पाई।

अध्याय 7

स्पेन के इस्लामी दार्शनिक

1. स्पेन की धार्मिक और सामाजिक अवस्था

1. उमैय्या शासक

जिस वक्त इस्लामिक अरबों ने पूर्व में अपनी विजय-यात्रा शुरू की थी, उसी समय पश्चिम की ओर–ख़ासकर पड़ोसी मिस्र पर–भी उनकी नज़र जानी ज़रूर थी। मिस्र के बाद पश्चिम की ओर आगे बढ़ते हुए वह तूनिस् और मराको (मराकश) तक पहुँच गए। पैगंबर के देहान्त हुए एक सौ वर्ष भी नहीं हुए थे, जब कि 92 हिजरी (706 ई०) में तारिक (इब्न-ज़ियाद) लेसी ने 12 हजार बर्बरी (मराको-निवासी) सेना के साथ स्पेन पर हमला किया। स्पेन पर उस वक्त एक गॉथिक वंश का राज्य था, जो दो हजार वर्ष से शासन करता आ रहा था, जिसका अर्थ है, वह समय के अनुसार नया होने की क्षमता नहीं रखता था। किसानों की अवस्था दयनीय थी, ज़मीदारों के जुल्मों का ठिकाना न था। दासता-प्रथा के कारण लोगों की दशा और असह्य हो रही थी–किसानों और दासों के बच्चे पैदा होते ही जमींदारों और फौजी अफसरों में बाँट दिये जाते थे। जनता इस जुल्म से त्राहि-त्राहि कर रही थी, जब कि तारिक की सेना अफ्रीका के तट से चलकर समुद्र के दूसरे तट पर उस पहाड़ी के पास उतरी, जिसका नाम पीछे जब्रुल-तारिक (तारिक की पहाड़ी) पड़ा और जो बिगड़कर आज जिब्राल्टर बन गया है। राजा रोद्रिका ने तारिक का सामना करना चाहा, किन्तु पहली ही मुठभेड़ में उसकी ऐसी हार हुई, कि निराश हो रोद्रिक नदी में डूब मरा। दूसरे साल अफ्रीका के मुसलमान गवर्नर मूसा-बिन्-नसीर ने स्वयं एक बड़ी फौज लेकर स्पेन पर चढ़ाई की, स्पेन में किसी की मजाल नहीं थी, कि इस नई ताकत को रोकता, तो भी मुल्क में थोड़ी बहुत अशान्ति धर्म और जाति के नाम पर कुछ दिनों तक और जारी रही; किन्तु तीन चार साल के बाद प्रायः सारा स्पेन मुसलमानों के हाथ में आ गया–जायदादें मालिकों को वापस की गईं, मज़हबी स्वतंत्रता की घोषणा की गई। दूसरी जातियों को अपने धार्मिक कानून के अनुसार जातीय मुकदमों के फैसले की इजाज़त दी गई। मूसा का बेटा अब्दुल्-अज़ीज़ स्पेन का पहला गवर्नर बनाया गया।

इसके कुछ ही समय बाद बनी–उमैय्या के शासन पर प्रहार हुआ। उसकी जगह अब्दुल अब्बास ने अपनी सल्तनत कायम की और उमैय्या खानदान के राजकुमारों को चुन-चुन कर मौत के घाट उतारा। उसी समय (750 ई०?) एक उमैय्या राजकुमार अब्दुर्रहमान दाखिल भागकर स्पेन आया और उसने स्पेन को उमैय्या वंश के हाथ से जाने से रोक दिया। अब्दुर्रहमान दमिश्क के सांस्कृतिक वायुमंडल में पला था, इसलिए उसके शासन में स्पेन ने शिक्षा और संस्कृति में काफी उन्नति की और पश्चिम के इस्लामिक विद्वानों ने पूर्व से संबंध जोड़ना शुरू किया।

जब तक इस्लाम मराको तक रहा, तब तक अरबों का संबंध वहाँ के बर्बर लोगों से था, जो कि स्वयं बद्दुओं से बेहतर अवस्था में न थे, किन्तु स्पेन में पहुँचने पर वही स्थिति पैदा हुई, जो कि बगदाद जाकर हुई थी। दोनों ही जगह उसे एक पुरानी संस्कृत जाति के संपर्क में आने का मौका

मिला। बगदाद में अरबों ने ईरानी बीबियों के साथ ईरानी सभ्यता से विवाह किया और स्पेन में उन्होंने स्पेनिश स्त्रियों के साथ रोमन सभ्यता के साथ। इसका परिणाम भी वही होना था, जो कि पूर्व में हुआ। अभी उस परिणाम पर लिखने से पहले ऐतिहासिक भित्ति को ज़रा और विशद कर देने की ज़रूरत है।

स्पेन पर उमैय्यों का राज्य ढाई सौ साल से ज़्यादा (756-1031 ई०) रहा। स्पेनिश उमैय्यों का वैभव सूर्य तृतीय अब्दुर्रहमान (912-61 ई०) के शासनकाल में मध्याह्न पर पहुँचा था। इसी ने पहले पहल खलीफ़ा की पदवी धारण की थी। उसके बाद उसका पुत्र हकम द्वितीय (961-76 ई०) ने भी पिता के वैभव को कायम रखा। धन और विद्या दोनों में अब्दुर्रहमान और हकम का शासनकाल (912-76 ई०) पश्चिम के लिए उसी तरह वैभवशाली था, जिस तरह हारून मामून का शासनकाल (786-833 ई०) पूर्व के लिए। हाँ, यह ज़रूर था, कि स्पेन के मुसलमानी समाज में अपने पूर्वज या अब्बासियों द्वारा शासित समाज की अपेक्षा विद्यानुराग के पीछे सारा समय बिताने वालों की अपेक्षा कमाऊ लोग ज़्यादा थे। अब्दुर्रहमान की प्रजा में ईसाइयों के अतिरिक्त यहूदियों की संख्या भी शहरों में पर्याप्त थी। कैसर हर्दियन ने विजन्तीन से देश निकाला देकर पाँच लाख यहूदियों को स्पेन में बसाया था। ईसाई शासन में उन्हें दबाकर रखने की कोशिश की जाती थी, किन्तु इस्लामिक राज्य कायम होने पर उनके साथ बेहतर बर्ताव होने लगा, और इन्होंने भी देश की बौद्धिक और सांस्कृतिक प्रगति में भाग लेना शुरू किया। स्पेन के यहूदियों का भी धार्मिक केन्द्र बगदाद में था, जहाँ सरकार-दरबार में भी यहूदी हकीमों और विद्वानों का कितना मान था, इसका जिक्र पहले हो चुका है। स्पेन में पहले से भी रोमन कैथलिक जैसे धार्मिक संकीर्णता के लिए कुख्यात सम्प्रदाय का जोर था। मुसलमान आए, तो अरब और अर्ध-अरब इतनी अधिक संख्या में आकर बस गए, कि स्पेन के शहरों और गाँवों में अरबी भाषा आम बोल चाल हो गई। ये अरब पूर्व के साम्प्रदायिक मतभेदों को देखकर नहीं चाहते थे, कि वहाँ दूसरे सम्प्रदाय सर उठायें। उन्होंने हंबली सम्प्रदाय को स्वीकार किया था, जिसमें क़ुरान का वही अर्थ मंजूर था, जो कि एक साधारण बद्दू समझता है। ईसाइयों और अरबों की इस पक्की किलाबंदी में यदि कोई दरार थी, तो यही यहूदी थे, जिनका संबंध बगदाद जैसे "वायु बहै चौआई" वाले विचार-स्वातंत्र्य केन्द्र से था। ये लोग चुपके-चुपके दर्शन की पुस्तकों को पढ़ते और प्रचार करते थे। इनके अतिरिक्त कितने ही प्रतिभाशाली मुसलमान भी "निषिद्ध फल" के खाने के लिए पूर्व की सैर करने लगे। अब्दुर्रहमान बिन्-इस्माइल ऐसे ही लोगों में था, जिसने पूर्व की यात्रा की और ईरान के साबी विद्वानों के पास रहकर दर्शन की शिक्षा ग्रहण की। इसी ने लौटकर पहले-पहल पवित्र-संघ (अखवानुस्सफ़ा)-ग्रन्थावली का स्पेन में प्रचार किया। यह 458 हिजरी (1065 ई०) में मरा था।

2. दर्शन का प्रथम प्रवेश

हकम द्वितीय स्पेन का हारून था। उसे विद्या से बहुत प्रेम था और दार्शनिकों की वह ख़ास तौर से बहुत इज़्ज़त करता था। उसे पुस्तकों के संग्रह का बहुत शौक था। दमिश्क, बगदाद, काहिरा, मर्व, बुखारा तक उसके आदमी पुस्तकों की खोज में छूटे हुए थे। उसके पुस्तकालय में

चार लाख पुस्तकें थीं। इस पुस्तकालय का प्रधान पुस्तकाध्यक्ष अल्-हज़्ज़ी बयान करता है कि पुस्तकालय की ग्रंथ सूची 44 जिल्दों-प्रत्येक जिल्द में 20 पृष्ठ में लिखी गई थी। हकम को पुस्तकों के जमा करने का ही नहीं पढ़ने का भी शौक था, पुस्कालय की शायद ही कोई पुस्तक हो, जिसे उसने एक बार न पढ़ा हो, या जिस पर हकम ने अपने हाथ से ग्रंथकार का नाम, मृत्युकाल आदि न लिखा हो; उसका दर्शन की पुस्तकों का संग्रह बहुत जबर्दस्त था।

हकम के मरने (976 ई०) के बाद उसका बारह साल का नाबालिग बेटा हश्शाम द्वितीय गद्दी पर बैठा और काजी मंसूर इब्न-अबीआमर उसका वली मुकर्रर हुआ। आमर ने हश्शाम की माँ को अपने काबू में करके दो सालों में पुराने अफसरों और दरबारियों को हटाकर उनकी जगह अपने आदमियों को भर दिया और फिर हश्शाम को नाममात्र का बादशाह बनाते हुए, उसने अपने नाम के सिक्के जारी किए, खुत्बे (मस्जिद में शुक्र के उपदेश) अपने नाम से पढ़वाने शुरू किए; देश के लोग और बाहरवाले भी आमर को खलीफ़ा समझने लगे थे।

आमर ने तलवार से यह शक्ति नहीं प्राप्त की, बल्कि यह उसकी चालबाजियों का पारितोषिक था। इन्हीं चालबाजियों में एक यह भी थी, कि वह अपने को मजहब का सबसे जबर्दस्त भक्त जाहिर करता था। "उसने (इसके लिए) आलिमों और फकीहों (मीमांसकों) का एक जलसा बुलाया। एक छोटे से भाषण में उनसे प्रश्न किया, कि तुम्हारे खयाल में दर्शन और तर्कशास्त्र की कौन-कौन सी पुस्तकें देश में फैलकर भोले-भाले मुसलमानों के ईमान को खराब कर रही हैं। स्पेन के मुसलमान अपनी मज़हबी हठधर्मी के लिए मशहूर ही थे, दर्शन से उन्हें हमेशा टकराना पड़ता था। इन लोगों ने तुरन्त प्रचार के लिए निषिद्ध पुस्तकों की एक लंबी सूची तैयार करके इब्न-अबी-आमर के सामने रखी। आमर ने उन्हें बिदा कर दर्शन की पुस्तकों को जलाने का हुक्म दिया।"

हकम का बहुमूल्य पुस्तकालय बात की बात में जलकर राख हो गया, जो पुस्तकें उस वक्त जलने से बच गई वह पीछे (1013 ई०) बर्बरों के गृहयुद्ध में जल गई। हकम के शासन में दार्शनिकों को बहुत बड़े-बड़े दर्जे मिले थें, यह कहने की ज़रूरत नहीं, कि आमर ने उन्हें पहले ही दूध की मक्खी की तरह निकाल फेंका। खैरियत यही थी, कि आमर यहूदियों का कत्ल-आम नहीं कर सकता था, जिससे और जब तक वह स्पेन (यूरोप) की भूमि पर थे, तब तक दर्शन का उच्छेद नहीं किया जा सकता था।

3. स्पेनिश् यहूदी और दर्शन

दसवीं सदी में स्पेन की राजधानी कार्दोवा (कर्तबा) की आबादी दस लाख से ज्यादा थी और पश्चिम में उसका स्थान वही था, जो कि पूर्व में बगदाद का। वहाँ स्पेन और मराको के ही नहीं यूरोप के नाना देशों के गैरमुस्लिम विद्यार्थी भी विद्या पढ़ने आया करते थे, यह कहने की ज़रूरत नहीं कि, इस वक्त की सभ्य दुनिया के पश्चिमार्द्ध (पश्चिमी एशिया और यूरोप) की सांस्कृतिक भाषा अरबी थी, उसी तरह जैसे कि प्रायः सारे पूवार्द्ध (भारत, जावा, चम्पा, आदि) की संस्कृत। अरबी और इब्रानी (यहूदियों की भाषा) बहुत नजदीक की भाषाएँ हैं, इसलिए यहूदियों को और भी सुभीता था। दर्शन के क्षेत्र में यहूदियों का पहले से भी हाथ था, किन्तु जब हकम द्वितीय ने अपने

समय के प्रसिद्ध दार्शनिक हकीम हस्दा बिन-इस्हाक को अपना कृपा-पात्र बनाया, तबसे उन्होंने दर्शन के झंडे को और आगे बढ़ाने की जद्दोजहद शुरू की। इब्न इस्हाक ने जब पहले-पहल अरस्तू के दर्शन का प्रचार करना शुरू किया, तो यहूदी धर्माचार्यों ने फ़तवा निकालकर मुखालफत करनी चाही, किन्तु वह बेकार गई और ग्यारहवीं सदी पहुँचते-पहुँचते अरस्तू स्पेन के यहूदियों का अपना दार्शनिक-सा बन गया।

(1) इब्न-जिब्रोल (1021-70 ई०)–जिब्रोल माल्ता के एक यहूदी परिवार में पैदा हुआ था। यह स्पेन का सबसे बड़ा और मशहूर दार्शनिक था। जिब्रोल की प्रसिद्ध दार्शनिक पुस्तक "यन्बूउ'ल्-हयात" है। इसके दार्शनिक विचार थे–दुनिया में दो परस्पर विरोधी शक्तियाँ हैं–भूत (मूल प्रकृति या हेवला) और आत्मा (विज्ञान) या "आकार"। लेकिन यह दो वस्तुएँ वस्तुतः एक परमसामान्य (परमतत्त्व) के भीतर हैं, जिसे जिब्रोल सामान्यभूत (या सामान्यप्रकृति) कहता है। जिब्रोल के इस विचार को रोश्द ने और विकसित किया है।

(2) दूसरे यहूदी दार्शनिक–जिब्रोल के बाद दूसरा बड़ा यहूदी दार्शनिक मूसा बिन-मामून हुआ, जिसका जन्म 1135 ई० में कार्दोवा में हुआ था। यह एक प्रतिभाशाली विद्वान् था। तोमरत के उत्तराधिकारी अब्दुल्मोमिन ने जब स्पेन पर अधिकार करके दर्शन के उत्पादन क्षेत्र यहूदियों पर गजब ढाना तथा देश-निकाला देना शुरू किया, तो मूसा मिस्र चला गया, जहाँ मिस्र के सुल्तान सलाहुद्दीन ने उसे अपना (राज) वैद्य बना लिया और वहीं 605 हिजरी (1212 ई०) में उसकी मृत्यु हुई। कोई-कोई विद्वान् मूसा को रोश्द का शिष्य कहते हैं। मूसा के बाद उसका शिष्य तथा दामाद यूसुफ-बिन्-यह्या एक अच्छा दार्शनिक हुआ।

स्पेनिश यहूदी दर्शन प्रेमियों की संख्या घटने की जगह बढ़ती ही गई, किन्तु अब रोश्द-सूर्य के उग आने पर वह टिमटिमाते तारे ही रह सकते थे।

4. मोहिदीन शासक

ग्यारहवीं सदी में उमैय्या शासक इस अवस्था में पहुँच गए थे, कि देश की शक्ति को कायम रखना उनके लिए मुश्किल हो गया। फलतः सल्तनत में छोटे-छोटे सामन्त स्वतंत्र होने लगे। वह समय नजदीक था, कि पड़ोसी ईसाई शासक स्पेन की सल्तनत को ख़त्म कर देते, इसी वक्त समुद्र के दूसरे (अफ्रीकी) तट के बर्बरों ने 1013 ई० में हमला किया और कार्दोवा को जलाया, बर्बाद किया। इसके बाद उन्होंने मराको में एक सल्तनत कायम की, जिसे ताशकीन (मुल्समीन) कहते हैं। अली (बिन्-यूसुफ) ताशकीन (1147 ई०) वंश का अन्तिम बादशाह था, जब कि एक दूसरे राजवंश–मोहिदीन–ने उसकी जगह ली।

(1) मुहम्मद बिन्-तोमरत (मृ० 1147 ई०)–मोहिदीन शासन का संस्थापक मुहम्मद (इब्न-अब्दुल्लाह) बिन्-तोमरत मराको के बर्बरी कबीले मस्मूदी में पैदा हुआ था। उसका दावा था, कि हमारा वंश अली की सन्तान में से है। देश में उपलभ्य शिक्षा को समाप्त कर वह पूर्व की ओर आया और वहाँ जिन विद्वानों से उसने शिक्षा ग्रहण की, उनमें ग़ज़ाली का प्रभाव उस पर सबसे ज्यादा पड़ा। ग़ज़ाली के पास वह कई साल रहा और इस समय इस्लाम और ख़ासकर स्पेन की

इस्लामी सल्तनत की दुरवस्था पर गुरु-चेलों में अकसर चर्चा हुआ करती थी। ग़ज़ाली भी एक धर्म-राजनीतिक सल्तनत का स्वप्न देख रहे थे और इधर तोमरत भी उसी मर्ज का मरीज़ था। इतिहास-दार्शनिक इब्न-खल्दून इस बारे में लिखता है–

"जैसा कि लोगों का खयाल है, वह (तोमरत) ग़ज़ाली से मिला और उससे अपनी योजना के बारे में राय ली। ग़ज़ाली ने उसका समर्थन किया, क्योंकि वह ऐसा समय था, जबकि इस्लाम सारी दुनिया में निर्बल हो रहा था और कोई ऐसा सुल्तान न था, जो कि सारे पंथ (मुसलमानों) को संगठित कर उसे कायम रख सके, किन्तु ग़ज़ाली ने अपनी सहमति तब प्रकट की, जब कि उसने, पूछकर जान लिया, कि उसके पास उतना साधन और जमात है, जिसकी सहायता से अपनी शक्ति और रक्षा का प्रबन्ध कर सकता है।"

ग़ज़ाली के आशीर्वाद से उत्साहित हो, तोमरत देश को लौटते हुए मिस्र में पहुँचा। काहिरा में उसके उत्तेजनापूर्ण व्याख्यानों से ऐसी अशान्ति फैली, कि हुकूमत ने उसे शहर से निकाल दिया। सिकन्दरिया में चन्द दिनों रहने के बाद वह तूनिस होता मराको पहुँचा। तोमरत पक्का धर्मान्ध था, उसके सामने जरा-सी भी कोई बात शरीअत के विरुद्ध होती दिखाई पड़ती, कि वह आपे से बाहर हो जाता। मराको के बर्बर कबीलों में काफी बदूइयत मौजूद थी, इसलिए उनके वास्ते यह आदर्श मुल्ला था, इसमें सन्देह नहीं। थोड़े ही समय में ग़ज़ाली के शागिर्द बगदाद से पढ़कर लौटे इस महान् मौलवी की चारों ओर ख्याति फैल गई। वह बादशाह, अमीर, मुल्ला सबके पीछे लट्ठ लिए पड़ा था और इसके लिए वहाँ बहुत मसाला मौजूद था। मुल्समीन (ताशकीन) खानदान में एक अजब रवाज था, उनकी औरतें खुले मुँह फिरती थीं, किन्तु मर्द मुँह पर पर्दा डालकर चलते थे। व्यभिचार आम था, भले घरों की बहू-बेटियों की इज़्ज़त फौज के लोगों के मारे नहीं बचती थी– शहरों में यह सब कुछ खुल्लम-खुल्ला चल रहा था। शराब खुले आम बिकती थी। मामला बढ़ते देख मुल्समीन सुल्तान अली बिन-ताशकीन ने तोमरत के साथ शास्त्रार्थ करने के लिए विद्वानों की एक सभा बुलाई। शास्त्रार्थ में तोमरत की जीत हुई, बादशाह ने उसके विचारों को स्वीकार किया। इस पर दरबार वाले दुश्मन बन गए और तोमरत को भागकर अम्साम्दा नामक बर्बरी कबीले के पास शरण लेनी पड़ी। यहाँ से उसने अपने मत का प्रचार और अनुयायियों को सैनिक ढंग पर संगठित करना शुरू (1121 ई०) किया। इसी समय अब्दुल्मोमिन उसका शागिर्द बना। तोमरत अपने जीवन में अपने विचारों के प्रचार तथा लोगों के संगठन में ही लगा रहा, उसे चंद कबीलों के संगठन से ज़्यादा सफलता नहीं हुई, किन्तु उसके मरने के बाद उसका शागिर्द अब्दुल्-मोमिन उसका उत्तराधिकारी हुआ, जिसने 542 हिजरी (1147 ई०) में मराको पर अधिकार कर मुल्समीन की सल्तनत को ख़त्म कर दिया।

(2) अब्दुल्-मोमिन (1147-63ई०)–तोमरत अपने को मोहिद (अद्वैतवादी) कहता था, इसलिए, उसका संस्थापित शासन मोहिदों (मोहिदीन) का शासन कहा जाने लगा और अब्दुल्-मोमिन मोहिदीन का पहला सुल्तान था। अब्दुल्मोमिन कुम्हार का लड़का था और सिर्फ़ अपनी योग्यता और हिम्मत से तोमरत के मिशन को सफल करने में समर्थ हुआ था। मराको में इस तरह उसने अपना राज्य स्थापित कर तोमरत की शिक्षा के अनुसार हुकूमत चलानी शुरू की।

इसकी खबर उस पार स्पेन में पहुँची। स्पेन की सल्तनत टुकड़े-टुकड़े में बँटी हुई थी। इन छोटे-छोटे सुल्तानों की विलासिता और जुल्म से लोग तंग थे, उन्होंने स्वयं एक प्रतिसंधि मंडल अब्दुल्मोमिन के पास भेजा। अब्दुल्मोमिन ने उसका बहुत स्वागत किया और आश्वासन देकर लौटाया। थोड़े ही समय बाद अब्दुल्मोमिन ने स्पेन पर हमला किया और स्पेन को भी मराको की सल्तनत में मिला लिया।

तोमरत ने अपने को अश्अरी घोषित किया था, इसलिए अब्दुल्मोमिन ने भी उसे सरकारी पंथ घोषित किया, लेकिन यह अश्अरी पंथ ग़ज़ाली की शिक्षा से प्रभावित था, इसलिए दर्शन का अन्धा दुश्मन नहीं, बल्कि बुद्धि की कदर करता था। यद्यपि उसके शासन के आरम्भिक दिनों में सख्ती के कारण कितने ही यहूदियों और उनके दार्शनिकों को देश छोड़कर भागना पड़ा था, किन्तु आगे अवस्था बदली। हकम द्वितीय के बाद यह पहला समय था, जब कि दर्शन के साथ हुकूमत ने सहानुभूति दिखानी शुरू की। अबुमर्दा बिन-जुह्र और इब्न-तुफैल उस वक्त स्पेन में दो प्रसिद्ध दार्शनिक थे, अब्दुल्मोमिन ने दोनों को ऊँचे दर्जे दिये। अब्दुल्मोमिन शिक्षा का बड़ा प्रेमी था। अब तक विद्यार्थी मस्जिदों में पढ़ा करते थे, मोमिन ने मद्रसों के लिए अलग ख़ास तरह की इमारतें बनवाई। उसका खयाल था, कि जो बुराइयाँ इस्लाम में आये दिन घुस आया करती हैं, उनके दूर करने का उपाय शिक्षा ही है।

मोमिन के बाद (1163 ई०) उसका पुत्र मुहम्मद 48 दिन तक राज कर सका और नालायक समझ गद्दी से उतार दिया गया, उसके बाद उसका भाई याकूब मन्सूर (1163-84) गद्दी पर बैठा, इसमें मोमिन के बहुत से गुण थे, कितनी ही कमजोरियाँ भी थीं, जिन्हें हम रोश्द के वर्णन में बतलायेंगे।

2. स्पेन के दार्शनिक

1. इब्न-बाजा (मृ० 1138 ई०)

(1) जीवनी–अबू-बक्र मुहम्मद (इब्न-यहिया इब्न-अल-सायग्) इब्न-बाजा का जन्म स्पेन के सरगोसा नगर में ग्यारहवीं सदी के अन्त में उस वक्त हुआ था, जब कि स्पेनिश सल्तनत ख़त्म होकर स्वतंत्र सामन्तों में बँटने वाली थी। स्पेन के उत्तर में अर्धसभ्य लड़ाकू ईसाई सरदारों की अमल-दारियाँ थीं, जिनसे हर वक्त खतरा बना रहता था। देश की साधारण जनता उसी दयनीय अवस्था में पहुँच गई थी, जो कि तारिक के आते वक्त थी। मुल्समीन दर्शन के कितने प्रेमी थे, यह तो ग़ज़ाली के ग्रंथों की होली से हम जान चुके हैं, ऐसी अवस्था में बाजा जैसे दार्शनिक को एक अजनबी दुनिया में आये जैसा मालूम हो, तो कोई ताज्जुब नहीं। बाजा की कीमत को सरगोसा के गवर्नर अबू-बक्र इब्न-इब्राहीम ने समझा, जो स्वयं दर्शन, तर्कशास्त्र, गणित, ज्योतिष का पंडित था। उसने बाजा को अपना मित्र और मंत्री बनाया, जिसका फल यह हुआ, कि मुल्ला (फकीह) और सैनिक उसके खिलाफ हो गए और वह ज़्यादा दिन तक गवर्नर नहीं रह सका।

बाजा के जीवन के बारे में सिर्फ़ इतना ही मालूम है, कि सरगोसा की पराजय के बाद 1118 ई० में वह शेविली में रहा, जहाँ उसने अपनी कई पुस्तकें लिखीं। एक बार उसे अपने विचारों के

लिए जेल की हवा खानी पड़ी और रोश्द के बाप ने उसे छुड़ाया था। वहाँ से वह फेज़ राजदरबार में पहुँचा और वहीं 1138 ई० में उसका देहान्त हुआ। कहा जाता है, कि बाजा के प्रतिद्वंदी किसी हकीम ने उसे जहर देकर मरवा दिया। अपने छोटे से जीवन से बाजा स्वयं ऊबा हुआ था और अन्तिम शान्ति में पहुँचने के लिए वह अकसर मृत्यु की कामना करता था। आर्थिक कठिनाइयाँ तो होंगी ही, सबसे ज्यादा अखरने वाली बात उसके लिए थी, सहृदय विचार वाले मित्रों का अभाव और दार्शनिक जीवन के रास्ते में पग-पग पर उपस्थित होने वाली कठिनाइयाँ। उस वातावरण में बाजा को अपना दम घुटता-सा मालूम होता था और वह फ़ाराबी की भाँति एकान्त पसन्द करता था।

(2) कृतियाँ–बाजा ने बहुत कम पुस्तकें लिखी हैं और जो लिखी भी हैं, उन्हें सुव्यवस्थित तौर से लिखने की कोशिश नहीं की। उसने छोटी-छोटी पुस्तकें अरस्तू तथा दूसरे दार्शनिकों के ग्रन्थों पर संक्षिप्त व्याख्या के तौर पर लिखी हैं। बाजा की पुस्तकों में "तद्बीरु-ल्-मुत्वह द्" और "हयातुल्-मोतज़िल" ज़्यादा दिलचस्प इस अर्थ में हैं, कि उनमें बाजा ने एक राजनीतिक दृष्टिकोण पेश किया है। रोश्द ने इस दृष्टिकोण के बारे में लिखा है–इब्न स्-सायग (बाजा) ने हयातु'ल्-मोतज़िल में एक ऐसा राजनीतिक दृष्टिकोण पेश किया है, जिसका संबंध उन मानव-समुदायों से है, जो अत्यन्त शान्ति के साथ जीवन व्यतीत करना चाहते हैं।

बाजा का विचार है, कि राज्य (हुकूमत) की बुनियाद आचार पर होनी चाहिए। उसके खयाल से एक स्वतंत्र प्रजातंत्र में वैद्यों और जजों (न्यायाधीशों) की श्रेणी का होना बेकार है। जब आदमी सदाचारपूर्ण जीवन बिताने के लिए अभ्यस्त हो जायेंगे और खाने-पीने तथा आमोद-प्रमोद में संयम और मितव्ययिता की बान डाल लेंगे, तो ज़रूर ही वैद्यों की ज़रूरत नहीं रह जायेगी। इसी तरह जजों की श्रेणी इसलिए बेकार है, कि ऐसे समाज में व्यभिचार तथा आचारिक पतन का पता नहीं होगा; फिर मुकदमा कहाँ से आयेगा? और जज लोग फैसला क्या करेंगे?

(3) दार्शनिक विचार–बाजा से एक सदी पहले जिब्रोल हो चुका था। ग़ज़ाली बाजा से सत्ताईस साल पहले मरे थे। पूर्व के दूसरे दार्शनिकों को ख़ासकर फ़ाराबी का उस पर बहुत ज़्यादा असर था। बाजा की राय में दिव्य प्रकाश द्वारा सत्य-साक्षात्कर के पूर्ण लाभ मात्र से सुखी होने की बात से आनंदित हो, ग़ज़ाली वास्तविक तत्त्व तक नहीं पहुँच सका। दार्शनिक को ऐसे आनन्द को भी छोड़ना होगा, क्योंकि धार्मिक रहस्यवाद द्वारा जो प्रतिबिंब मानसतल पर प्रकट होते हैं, वह सत्य को खोलते नहीं ढाँकते हैं। किसी भी तरह की आकांक्षा से अकंपित शुद्ध चिन्तन ही महान् ब्रह्म के दर्शन का अधिकारी बनाता है।

(क) प्रकृति-जीव-ईश्वर–बाजा के अनुसार जगत् में दो प्रकार के तत्त्व हैं–(1) एक वह जो कि गतियुक्त होता है; (2) दूसरा जो कि गति-रहित है। जो गतियुक्त है, वह पिंड (जड़) और परिच्छिन्न (सीमित) होता है; परिच्छिन्न शरीर होने के कारण वह स्वयं अपने भीतर सदा होती रहती गति का कारण नहीं हो सकता। उसकी अनन्त गति के लिए एक ऐसा कारण चाहिए, जो कि अनन्त शक्ति या नित्य-सार हो, यही ब्रह्म (नफ़्स) है। पिंड (शरीर) या प्राकृतिक (जड़) तत्त्व परतः गतियुक्त होता है, ब्रह्म (नफ़्स) स्वयं अचल रहते, पिंड (जड़ तत्त्व) को गति प्रदान करता है (3)

जीव तत्त्व इन दोनों (जड़ ब्रह्म) तत्त्वों के बीच की स्थिति रखता है–उसकी गति स्वतः है। पिंड और जीव का संबंध एक दूसरे से कैसे होता है, इस प्रश्न को बाजा महत्त्व नहीं देता, उसके लिए सबसे बड़ी समस्या है–"मानव के अन्दर जीव और ब्रह्म आपस में कैसा संबंध रखते है?"

(a) "आकृति"–अफलातूँ की भाँति बाजा मान लेता है, कि जड़ (भूत) तत्त्व बिना "आकृति" के नहीं रह सकता, किन्तु "आकृति" बिना जड़ तत्त्व के भी रह सकती है, क्योंकि ऐसा न मानने पर विश्व के परिवर्तन की कोई व्याख्या नहीं हो सकती–यह परिवर्तन वास्तविक आकृतियों के आने और जाने से ही सम्भव है। बाजा की इस बात को समझने के लिए एक उदाहरण लीजिए–घड़ा आकृति (मुटाई, गोलाई आदि) और भूत तत्त्व (मिट्टी) दोनों के मिलने से बना है। जब मिट्टी से आकृति नहीं जुड़ी थी, तब वहाँ घड़ा नहीं था। चिर्-काल से मिट्टी पड़ी थी, किन्तु घड़ा वहाँ नदारद था, क्योंकि आकृति उससे आकर नहीं मिली थी। अब आकृति आकर मिट्टी से मिलती है, मिट्टी घड़े का रूप धारण करती है। जब यह आकृति मिट्टी को छोड़कर चली जाती है, तो घड़ा नष्ट हो जाता है। पिथागोर, अफलातूँ, अरस्तू सभी इस "आकृति" पदार्थ पर सबसे ज़्यादा जोर देते हैं और कहते है, कि वह पिंड से बिलकुल स्वतंत्र पदार्थ है और वही जगत् के परिवर्तन का कारण है।

(b) मानव का आत्मिक विकास–इन आकृतियों के कई दर्जे हैं, सबसे निचले दर्जे में हेवला (सक्रिय-प्रकृति) में पाई जाने वाली आकृतियाँ हैं और सबसे ऊपर शुद्ध आत्मिक (ब्रह्म) आकृति। मानव का काम है, सभी आत्मिक आकृतियों का एक दूसरे के साथ साक्षात्कार (बोध) करना–पहले सभी पिंडमय पदार्थों की सभी बुद्धिगम्य आकृतियों का बोध, फिर वाह्यान्तः करणों द्वारा स्थापित सामग्री से जीव का जो स्वरूप प्रतीत होता है, उसका बोध फिर खुद मानव-विज्ञान और उसके ऊपर के कर्ता-विज्ञान, आत्मा का बोध और अन्त में ब्रह्माण्ड के शुद्ध विज्ञानों का बोध। इस तरह जीव के लिए वांछनीय बोध का विकास क्रम हुआ–

(1) प्राकृतिक- "आकृति"
(2) जीव- "आकृति"
(3) मानव-विज्ञान- "आकृति"
(4) क्रिया-विज्ञान- "आकृति"
(5) ब्रह्माण्ड-विज्ञान (ब्रह्म)- "आकृति"

वैयक्तिक तथा इन्द्रिय-ज्ञेय भौतिक तत्त्व–जो कि विज्ञान (नफ़्स) की क्रिया का अधिकरण है–से क्रमशः ऊपर उठते हुए मानव अमानुष दिव्य तत्त्व (ब्रह्म) तक पहुँचता है (मुक्ति प्राप्त करता है)।

(ख) ज्ञान बुद्धि-गम्य–ग़ज़ाली ने ज्ञान से परे योगि प्रत्यक्ष (मुकाशफ़ा) को मुक्ति का साधन बतलाया, बाजा "ऋते ज्ञानात् न मुक्तिः" (ज्ञान के बिना मुक्ति नहीं) के शब्दार्थ का अनुयायी है; इसीलिए दिव्यतत्त्व तक पहुँचने (मुक्ति) के लिए (रहस्यमय) सूफ़ीवाद को नहीं, दर्शन को पथप्रदर्शक मानता है। दर्शन सामान्य का ज्ञान है। सामान्य ज्ञान प्राप्त होता है, विशेष या व्यक्ति के ज्ञान से चिन्तना-कल्पना के द्वारा, किन्तु इसमें ऊपर के बोधदायक विज्ञान की सहायता की भी जरूरत है। इस सामान्य या अनन्त–जिसमें कि सत्ता ("है") तथा प्रत्यक्ष विषय ("होना) एक

हैं—के ज्ञान से तुलना करने पर, वाह्य वस्तुओं की सभी मानस प्रतीतियाँ और चिन्तन भ्रमात्मक हैं। वास्तविक ज्ञान सामान्य ज्ञान है, जो सिर्फ़ बुद्धि-गम्य है। इससे पता लगा, कि इन्द्रिय-गम्यज्ञान से सदा लिप्त मजहबी और यौगिक स्वप्न (ध्यान) देखने से मानव-विज्ञान पूर्णता (मुक्ति) को नहीं प्राप्त हो सकता, उसे पूर्णता तक पहुँचने का रास्ता एक ही है और वह है, बुद्धिगम्य ज्ञान। चिन्तन सर्वश्रेष्ठ आनन्द है और उसी के लिए जो कुछ बुद्धिगम्य है, उसे जानना होता है। बुद्धिगम्य ज्ञान केवल सामान्य का ज्ञान है और वही सामान्य वस्तुसत् है, इन्द्रिय-गम्य व्यक्ति वस्तु-सत् नहीं हैं, इसलिए, इस जीवन के बाद व्यक्ति के तौर पर मानव-विज्ञान का रहना संभव नहीं। मानव-विज्ञान तो नहीं, किन्तु हो सकता है, मानव-जीव (जो कि व्यक्ति का ज्ञान करता है, और उसके अस्तित्व को अपनी इच्छा और क्रिया से प्रकट करता है) मृत्यु के बाद ऐसे वैयक्तिक अस्तित्व को जारी रखने तथा कर्मफल पाने की क्षमता रखता हो, लेकिन विज्ञान (नफ़्स) या जीव का बौद्धिक (इन्द्रियक नहीं) अंश सबमें एक है। यह सारी मानवता का विज्ञान अर्थात् वह एक बुद्धि मानवता के भीतर का मन या विज्ञान ही एक मात्र नित्य सनातन तत्त्व है और वह विज्ञान भी अपने ऊपर के कर्ता-विज्ञान के साथ एक होकर।

बाजा के सिद्धान्त को हम फ़ाराबी में भी अस्पष्ट रूप में पाते हैं और बाजा के योग्य शिष्य रोश्द ने तो इसे इतना साफ़ किया, कि मध्यकालीन यूरोप की दार्शनिक विचारधारा में इसे रोश्द का सिद्धान्त कहा जाता था।

(ग) मुक्ति-विज्ञान (नफ़्स)—के उस चरम विकास—सामान्य-विज्ञान के समागम को बहुत कम मनुष्य प्राप्त होते हैं। अधिकांश मानव अँधेरे में ही टटोलते रहते हैं। यह ठीक है, कितने ही आदमी ज्योति और वस्तुओं की रंगीन दुनिया को देखते हैं, किंतु उनकी संख्या बहुत ही कम है, जो कि देखे हुए सार का बोध करते हैं। वहीं, जिन्हें कि सार का बोध होता है, अनन्त जीवन को पाते तथा स्वयं ज्योति बन जाते है।

ज्योति बनना या मुक्त होना कैसे होता है, इसके लिये बाजा का मत है—बुद्धि-पूर्वक क्रिया और अपनी बौद्धिक शाक्ति का स्वतंत्र विकास ही उसका उपाय है। बुद्धि-क्रिया स्वतंत्र (बिना मज़दूरी की) क्रिया है; वह ऐसी क्रिया है, जिसके पीछे उद्देश्य प्राप्ति या प्रयोजन का खयाल काम कर रहा है। उदाहरणार्थ, यदि कोई आदमी ठोकर लगने के कारण उस पत्थर को तोड़ने लगता है, तो वह छोटे बच्चे या पशु की भाँति उद्देश्य-रहित काम कर रहा है, यदि वह इसी काम को इस खयाल से कर रहा है, कि दूसरे उससे ठोकर न खाये, तो उसके काम को मानवोचित तथा बुद्धिपूर्वक कहा जायेगा।

(घ) एकान्तता-उपाय—बाजा की एक पुस्तक का नाम 'तद्-बोरुल्-मुत-वह्-हद' या एकान्तता का उपाय है। आत्मा की चरम उन्नति के लिए वह एकान्तता या एकान्तचिन्तन के जीवन पर सबसे ज़्यादा जोर देता है, फ़ाराबी ने इस विचार को अपनी मातृभूमि (मध्य-एशिया) के बौद्ध-विचारों के ध्वंसावशेष से लिया था और बाजा ने इसे फ़ाराबी से लिया और इस सारे लेन-देन में बौद्ध दुःख (निराशा-वाद) चला आये तो आश्चर्य ही क्या? एकान्तता के जीवन के पीछे समाज पर व्यक्ति की प्रधानता की छाप स्पष्ट है और इसीलिए बाजा एक ऐसे अ-सामाजिक

समाज की कल्पना करता है, जिससे वैद्यों और जजों (न्यायाधीशों) की जरूरत नहीं, जिसमें एक दूसरे की स्वच्छंदता पर प्रहार किए बिना, मानव कम से कम पारस्परिक संपर्क रखते आत्माराम हो विहरें। वह पौधों की भाँति खुली हवा में उगते हैं, उन्हें माली के चतुर हाथों की आवश्यकता नहीं, वह (अज्ञानी) लोगों के निकृष्ट भोगों और भावुकताओं से दूर रहते हैं। वह संसारी समाज के चाल-व्यवहार से कोई सरोकार नहीं रखते और चूँकि वह एक दूसरे के मित्र हैं, इसलिए उनका जीवन पूर्णतया प्रेम पर आश्रित है। फिर सत्यस्वरूप ईश्वर के मित्र के तौर पर वह अमानुष (दिव्य) ज्ञान-विज्ञान की एकता में विश्राम पाते हैं।

2. इब्न-तुफैल (मृत्यु 1185 ई०)

अब्दुल्मोमिन् (1147-63) के शासन का जिक्र हम कर चुके हैं। उसके पुत्र यूसुफ (1163-84 ई०) और याकूब (1184-98 ई०) का शासन-काल मोहिदीन वंश के चरम उत्कर्ष का समय है। इन्हीं के समय स्पेन में फिर दर्शन का मान बढ़ा। इस वक्त दर्शन के मान बढ़ने का मतलब था, समाज में शारीरिक श्रम से मुक्त मनुष्यों की अधिकता और जिसका मतलब था गुलामी और गरीबी के सीकड़ों का कमकर जनता पर भारी भार और उसके बर्दाश्त करने के लिए मजहब और परलोकवाद के अफीम की कड़ी पुड़ियों का उत्साह के साथ वितरण। यही समय भारत में जयचन्द और "खंडनखंडखाद्य" (शून्यवादी वेदान्त) के कर्ता श्रीहर्ष कवि का है।

(1) जीवनी–अबू-बक्र मुहम्मद (इब्न-अब्दुल्मलिक) इब्न-तुफ़ैल (अल्-कैसी) का जन्म गर्नाता के गादिस स्थान में हुआ। उसका जन्म-संवत् अज्ञात है। उसने अपनी जन्मभूमि ही में दर्शन और वैद्यक का अध्ययन किया। बाजा (मृत्यु 1138 ई०) शायद उस वक्त तक मर गया था, किन्तु इसमें शक नहीं बाजा की पुस्तकों ने उसके लिए गुरु का काम किया था। शिक्षा समाप्ति के बाद तुफ़ैल गर्नाता के अमीर का लेखक हो गया, किन्तु तुफ़ैल की योग्यता देर तक गर्नाता की सीमा के भीतर छिपी नहीं रह सकती थी और कुछ समय ही बाद (1163 ई०) में सुल्तान यूसुफ ने उसे मराको बुलाकर अपना वज़ीर और राजवैद्य नियुक्त किया। तुफ़ैल सरकारी काम से जो समय बचा पाता, उसे पुस्तकावलोकन में लगाता था। उसका अध्ययन बहुत विस्तृत जरूर था, किन्तु वह उन विद्वानों में था, जिनको अध्ययन के फल को अपने ही तक सीमित रखने में आनन्द आता है, इसीलिए लिखने में उसका उत्साह नहीं था।

यूसुफ़ के बाद याकूब (1184-98 ई०) सुल्तान बना, उसने भी तुफ़ैल का सम्मान बाप की तरह ही किया। इसी के शासन में 1185 ई० में तुफ़ैल की मराको में मृत्यु हुई।

(2) कृतियाँ–तुफ़ैल की कृतियों में कुछ कवितायें तथा "हई इब्न-यकजान' (प्रबुद्ध-पुत्र जीवक) की कथा है। "हई की कथा" डेढ़ सौ साल पहले की बू-अली सीना (980-1037 ई०) रचित "हई इब्न-यकज़ान"–की नकल नाम में जरूर है, किन्तु विचार उसमें तुफ़ैल के अपने हैं।

(3) दार्शनिक विचार–(क) बुद्धि और आत्मानुभूति–बुद्धिपूर्वक ज्ञान की प्रधानता को मानने में तुफ़ैल भी बाजा से सहमत है, यद्यपि वह उतनी दूर तक नहीं जाता, बल्कि कहीं-कहीं तो ग़ज़ाली की भाँति उसकी टाँग लड़खड़ाने लगती है–

"आत्मानुभूति" ("योगि प्रत्यक्ष") से जो कुछ दिखाई देता है, उसे शब्दों द्वारा प्रकट नहीं किया जा सकता, क्योंकि वह (आत्मानुभूति द्वारा देखा तत्त्व) गौरवपूर्ण ऊँचे अर्थों वाले शब्दों के पहिनावे में पड़कर दुनिया के चलते-फिरते पदार्थों जैसे लगने लगते हैं, जो कि सत्य (स्वरूप) आत्मा के विचार से देखने पर उनसे कोई संबंध नहीं रखते। यही वजह है, कि कितने ही (विद्वान) लोग अपने भावों को प्रकट करने में असमर्थ रहे और बहुतों ने इस राह में ठोकरें खाईं।"

(ख) हई की कथा–दो द्वीप हैं, जिनमें से एक में हमारे जैसा मानव-समाज अपनी सारी रूढ़ियों के साथ है और दूसरे में एक अकेला आदमी प्रकृति की गोद में आत्मविकास कर रहा है। समाज वाले द्वीप में मनुष्य की निम्न प्रवृत्तियों का राज है, जिस पर यदि कोई अंकुश है, तो मोटे ज्ञान वाले धर्म का बाहरी नियंत्रण; किन्तु इसी द्वीप में इसी परिस्थिति में पलते आदमी-सलामाँ और असल बुद्धिपूर्वक (बौद्धिक) ज्ञान तथा अपनी इच्छाओं पर विजय प्राप्त करने में समर्थ होते हैं। सलामाँ व्यवहारकुशल मनुष्य है, वह सार्वजनिक धर्म के अनुसार बने हुए लोगों पर शासन करता है। असल मननशील तथा सन्तप्रवृत्ति का आदमी है, वह पर्यटन करते दूसरे द्वीप में पहुँच जाता है। पहले वह उसे एक निर्जन द्वीप समझता है और वहाँ स्वाध्याय तथा योगाभ्यास में लग जाता है।

लेकिन, इस द्वीप में हई यक्ज़ान–(प्रबुद्ध) का पुत्र हई (जीवक) –एक पूर्ण दार्शनिक विद्यमान है। हई इस द्वीप में बचपन में ही फेंक दिया गया था अथवा अयोनिज प्राणी की तरह वहीं उत्पन्न हुआ था। बचपन में हरिनियों ने उसे दूध पिलाया, सयाना होने पर उसे सिर्फ़ अपनी बुद्धि का सहारा रह गया था। उसने अपनी बुद्धि को पूरा इस्तेमाल किया और उसके द्वारा उसने शारीरिक आवश्यकताओं की ही पूर्ति नहीं की, बल्कि निरीक्षण और मनन द्वारा उसने प्रकृति, आसमानों (फरिश्ते), ईश्वर और स्वयं अपनी आन्तरिक सत्ता का ज्ञान प्राप्त करते हुए 7×7 (49) वर्ष तक उस उच्चतम अवस्था को प्राप्त हो गया है, जिसे ईश्वर का सूफ़ीवाला साक्षात्कार या समाधि-अवस्था कहते हैं। जब असल वहाँ पहुँचा, तो हई इसी अवस्था में था। हई को भाषा नहीं मालूम थी, इसलिए पहले पहल दोनों को एक दूसरे के विचारों के जानने में दिक्कत हुई, किन्तु जब वह दिक्कत दूर हो गई, तो उन्होंने एक-दूसरे को अपने तजुर्बे बतलाये, जिससे पता लगा कि हई का दर्शन और असल का धर्म एक ही सत्य के दो रूप हैं, फ़र्क दोनों में इतना ही है, कि पहला दूसरे की अपेक्षा कम ढँका है।

जब हई (जीवक) को मालूम हुआ, कि सामने के द्वीप में ऐसे लोग बसते हैं, जो अंधकार और अज्ञान में अपना जीवन बिता रहे हैं, तो उसने निश्चित किया, कि वहाँ जाकर उन्हें भी सत्य का दर्शन कराये। जब उसे उन लोगों से वास्ता पड़ा, तो पता लगा कि वह सत्य के शुद्ध दर्शन करने में असमर्थ है, तब उसने समझा कि पैगंबर मुहम्मद ने ठीक किया, जो कि उन्होंने लोगों को पूर्ण ज्योति न प्रदान कर, उसके मोटे रूप को प्रदान किया। इस तरह हार स्वीकार कर हई अपने मित्र असल को लिये फिर अपने द्वीप में चला गया और वहाँ अपनी शुद्ध दार्शनिक भावना के साथ जीवन के अन्तिम क्षण तक भगवान् की उपासना करता रहा।

सीना और तुफ़ैल के हई में फर्क है, दोनों ही हई प्रबुद्ध-पुत्र या दार्शनिक हैं, किन्तु जहाँ सीना का हई अपने दार्शनिक ज्ञान से दूसरे को मार्ग बतलाने में सफल होता है, वहाँ तुफैल का हई हार

मानकर मुहम्मदी मार्ग की प्रशंसा करता हुआ लौट आता है, तो भी दोनों में एक बात ज़रूर एक-सी है, दोनों ही ज्ञान-मार्ग को श्रेष्ठ मानते हैं।

(ग) ज्ञानी की चर्या–हई की चर्या के रूप में तुफ़ैल ने ज्ञानी या दार्शनिक की दिनचर्या बतलाई है। हई कर्म को छोड़ता नहीं, वह उसे करता है, किन्तु इस उद्देश्य से कि सब में एक (अद्वैत तत्त्व) को ढूँढ़े और उस स्वयं विद्यमान परम (तत्त्व) से अपने को मिला दे। हई सारी प्रकृति को उस सर्वश्रेष्ठ सत्ता तक पहुँचने के लिए प्रयत्नशील देखता है। हई (क़ुरान की) इस बात को नहीं मानता, कि पृथ्वी की सारी वस्तुएँ मनुष्य के लिए हैं। मनुष्य की भाँति ही पशु और वनस्पति भी अपने लिए और भगवान् के लिए जीते हैं, इसलिए हई उचित नहीं समझता, कि उनके साथ मनमाना बर्ताव करे। वह अपनी शारीरिक आवश्यकताओं को कम करके उतना ही रहने देता है, जितना कि जीने के लिए अत्यन्त जरूरी है। वह पके फलों को खाता है और उनके बीजों को बड़ी सावधानी से धरती में गाड़ देता है, जिसमें किसी वनस्पति-जाति का उच्छेद न हो। कोई दूसरा उपाय न रहने पर ही हई माँस ग्रहण करता है और वहाँ भी वह इस बात का पूरा खयाल रखता है, कि किसी जाति का उच्छेद न हो। "जीने के लिए पर्याप्त, सोने के लिए पर्याप्त नहीं" हई के आहार का नियम है।

पृथ्वी के साथ उसके शरीर का संबंध कैसा होना चाहिए, उसका निदर्शन है, हई की यह शरीर-चर्या; लेकिन उसका जीवन-तत्त्व आसमानों (फरिश्ते) से संबद्ध कराता है, आसमानों (फरिश्तों) की भाँति ही उसे अपने पास-पड़ोस के लिए उपयोगी बनना तथा अपने जीवन को शुद्ध रखना चाहिए। इसी भाव को सामने रखते हुए, अपने द्वीप को स्वर्ग के रूप में परिणत करने के लिए हई अपने पास-पड़ोस के पौधों को सींचता, खोदता तथा पशुओं की रक्षा करता है। अपने शरीर और कपड़ों को शुद्ध रखने का बहुत अधिक ध्यान रखता है और कोशिश करता है कि, आसमानी पिण्डों (ग्रहों, आदि) की भाँति ही अपनी हर एक गति को सबकी अनुकूलता के साथ रखे।

इस तरह हई अपनी आत्मा को पृथ्वी और आसमान से ऊपर उठाते हुए शुद्ध-आत्मा तक पहुँचाने में समर्थ होता है। यही वह समाधि (आत्म-विस्मृति) की अवस्था है, जिसे किसी भी कल्पना, शब्द, मानसप्रतिबिंब द्वारा न जाना जा सकता है, न प्रकट किया जा सकता है।

3. इब्न-रोश्द (1126-98 ई०)

बू-अली सीना के रूप में जैसे पूर्व में दर्शन अपने उच्चतम शिखर पर पहुँचा, उसी तरह रोश्द पश्चिमी इस्लामिक दर्शन का चरम विकास है। यही नहीं, रोश्द का महत्त्व मध्यकालीन यूरोपीय दर्शन-चक्र की गति देकर, आधुनिक दर्शन के लिए क्षेत्र तैयार करने में साधन होने के कारण और बढ़ जाता है।

(1) जीवनी–अबू-वलीद मुहम्मद (इब्न-अहमद इब्न-मुहम्मद इब्न-अहमद इब्न-अहमद) इब्न-रोश्द का जन्म सन् 1126 ई० (520 हिजरी) में स्पेन के प्रसिद्ध शहर कार्दोवा (कर्तवा) में एक शिक्षित परिवार में हुआ था। कार्दोवा उस समय विद्या का महान् केन्द्र तथा 10 लाख की आबादी की महानगरी थी। रोश्द के खानदान के लोग ऊँचे-ऊँचे सरकारी पदों पर रहते चले आए थे। रोश्द का दादा मुहम्मद (1058-1126 ई०) फ़िका (इस्लामिक मीमांसा का भारी पंडित) कार्दोवा का

महाजज (काज़ी-उल्-कुज्ज़ात्) तथा जामा-मस्जिद का इमाम था। रोश्द के बाद अहमद (1094-1168 ई०) भी अपने बाप की तरह कार्दोवा का काज़ी (जज) और जामा-मस्जिद का इमाम हुआ था। रोश्द का घर स्वयं एक बड़ा विद्यालय था, जहाँ उसके बाप-दादा के पास दूर-दूर के विद्यार्थी काफी संख्या में आकर पढ़ते थे, फिर बालक रोश्द की पढ़ाई का माँ-बाप ने कितना अच्छा प्रबंध किया होगा, इसे कहने की ज़रूरत नहीं। रोश्द ने पहले-पहल अपने बाप से क़ुरान और मोता पढ़कर कंठस्थ किया, उसके बाद अरबी साहित्य और व्याकरण। बचपन में रोश्द को कविता करने का शौक हुआ था और उसने कुछ पद्य-रचना भी की थी, किन्तु सयाना होने पर उसे वह नहीं जँची और कार्ल मार्क्स की भाँति उसने अपनी कविताओं को आग के सुपुर्द कर दिया।

दर्शन का शौक रोश्द को बचपन से ही था। उस वक्त बाजा (1138 ई०) ज़िन्दा था। रोश्द ने इस तरुण दार्शनिक से दर्शन और वैद्यक पढ़ना शुरू किया, लेकिन बाजा के मरने के बाद उसे दूसरे गुरुओं की शरण लेनी पड़ी, जिनमें अबू-बक्र बिन्-जज़ियोल और अबू जाफ़र बिन्-हारून रजाली ऊँचे दर्जे के दार्शनिक थे।

बाजा का शागिर्द तथा स्वयं भी दर्शन का पण्डित होने के कारण तुफ़ैल की नज़र रोश्द पर पड़नी ज़रूरी थी। अभी रोश्द की विद्वत्ता का सिक्का नहीं जम पाया था, उसी वक्त तुफ़ैल ने लिखा था–

"बाजा के बाद जो दार्शनिक हमारे समकालीन हैं, वह अभी निर्माण की अवस्था में हैं और पूर्णता को नहीं पहुँच पाये हैं, इसलिए उनकी वास्तविक योग्यता और विद्वत्ता का अंदाजा अभी नहीं लगाया जा सकता।"

रोश्द ने साहित्य, फ़िका (इस्लामिक मीमांसा), हदीस (पैगंबर-वचन) आदि का भी गंभीर अध्ययन किया था, किन्तु वैद्यक और दर्शन में उसका लोहा लोग जल्दी ही मानने लगे। शिक्षा समाप्ति के बाद रोश्द कार्दोवा में वैद्यक का व्यवसाय और अध्यापन का काम करता रहा।

तुफ़ैल रोश्द का दोस्त था, उसने समय पाकर सुल्तान यूसुफ़ से उसकी तारीफ़ की। रोश्द की यूसुफ़ से इस पहली मुलाकात का वर्णन, रोश्द ने एक शागिर्द से सुनकर अब्दुल्वाहिद मराकशी ने इस प्रकार किया है–

"जब मैं दरबार में दाखिल हुआ, तो वहाँ तुफ़ैल भी हाज़िर था। उसने अमीरु ल्-मोमिनीन (खलीफ़ा) यूसुफ़ के सामने मुझको पेश किया और वह मेरे खानदान की प्रतिष्ठा, मेरी अपनी योग्यता और विद्या को इतना बढ़ा चढ़ाकर बयान करने लगा, जिसके कि मैं योग्य न था और जिससे मेरे साथ उसका स्नेह और कृपा प्रकट होती थी। यूसुफ़ ने मेरी ओर देखते हुए मेरे नाम आदि को पूछा, फिर एक बार ही मुझसे सवाल कर बैठा, कि दार्शनिक (अरस्तू आदि) आसमानों (देवताओं) के बारे में क्या राय रखते हैं, अर्थात् वह दुनिया को नित्य या नाशवान् मानते हैं। यह सवाल सुनकर मैं डर गया और चाहा कि किसी बहाने से उसे टाल दूँ। यह सोचकर मैंने कहा, कि मैं दर्शन से परिचित नहीं हूँ। यूसुफ़ (सुल्तान) मेरी घबराहट को समझ गया और मेरी ओर से फिरकर तुफ़ैल की ओर मुँह कर उसने इस सिद्धान्त पर बहस शुरू कर दी और अरस्तू, अफलातूँ तथा दूसरे (दर्शन के) आचार्यों ने जो कुछ इस सिद्धान्त के बारे में लिखा है, उसे सविस्तार कहा, फिर इस्लाम के वाद-शास्त्रियों (मुत्कल्लमीन) ने (दर्शन) आचार्यों पर जो आक्षेप किये हैं, उन्हें

एक-एक कर बयान किया। यह देखकर मेरा भय जाता रहा।...अपना कथन समाप्त कर (यूसुफ़ ने) फिर मेरी ओर नज़र की। अब मैंने आज़ादी के साथ इस सिद्धान्त के संबंध में अपने विचार और ज्ञान को प्रकट किया। जब मैं दरबार से चलने लगा, तो (सुल्तान ने) मुझे नकद अशर्फी, खिलअत (पोशाक), सवारी का घोड़ा और बहुमूल्य घड़ी प्रदान की।"

यूसुफ़ पहली ही मुलाकात में रोश्द की विद्वता से बहुत प्रभावित हुआ। 1169 ई० (565 हिजरी) में यूसुफ़ ने रोश्द को शेविली (अश्बीलिया) का ज़ज (काज़ी) नियुक्त किया। इसी सन् (565 हिजरी सफ़र मास) में शेविली ही में रोश्द ने अरस्तू के "प्राणिशास्त्र" की व्याख्या समाप्त की। रोश्द अपनी पुस्तकों में अकसर शिकायत करता है–"अपने सरकारी काम से बहुत लाचार हूँ, मुझको इतना समय नहीं मिलता, कि लिखने के काम को शान्त चित्त से कर सकूँ...मेरी अवस्था बिलकुल उस आदमी की है, जिसके मकान में चारों तरफ से आग लग गई हो और वह परेशानी और घबराहट की हालत में सिर्फ़ मकान की ज़रूरी और कीमती चीज़ों को बाहर निकाल निकालकर फेंक रहा हो। अपनी ड्यूटी को पूरा करने के लिए मुझे राज्य के नज़दीक और दूर के स्थानों का दौरा करना पड़ता है। आज राजधानी मराकश (मराको) में हूँ, तो कल कर्तबा (कार्दोवा) में और परसों फिर अफ्रीका (मराको) में। इसी तरह बार-बार सल्तनत के जिलों के दौरे में वक्त गुजर जाता है और साथ ही साथ लिखने का काम भी जारी रहता है, जो कि बहुधा इस मानसिक अस्थिरता के कारण दोषपूर्ण और अधूरा रह जाता है।"

राजकीय अधिकारी बनने के बाद रोश्द की यह हालत रही, किन्तु रोश्द ने दर्शन प्रेम में सीना की तरह का दृढ़ संकल्प और काम की लगन पाई थी, जिसका फल हम देखते हैं। इतना बहुधंधी होने पर भी उसका उतनी पुस्तकों का लिखना।

1184 ई० (580 हिजरी) में यूसुफ़ मर गया, उसके बाद उसका बेटा याकूब मंसूर गद्दी पर बैठा। तोमरत और उसके बाद अब्दुल्मोमिन ने मोहिदीनो में विद्या के लिए इतनी लगन पैदा कर दी थी, कि शाहजादों को पढ़ने के लिए बहुत समय और श्रम करना पड़ता था। याकूब अपने बाप और दादा से भी बढ़-चढ़कर विद्वान् और विद्वत्तप्रेमी था। साथ ही वह एक अच्छा जनरल था और उठती हुई पड़ोसी ईसाई शक्तियों को कई बार पराजित करने में सफल हुआ।

याकूब अपने बाप से भी ज़्यादा रोश्द का सम्मान करता था और अकसर दर्शन-चर्चा के लिए उसे अपने पास रखता था। याकूब के साथ रोश्द की बेतकल्लुफ़ी इतनी बढ़ गई थी, कि वार्तालाप में अकसर वह उसे कहता–"अस्मओ या अखी!" (सुना मेरे मित्र!)...

आख़िरी उम्र रोश्द बादशाह से छुट्टी ले कार्दोवा में रह लेखन-अध्ययन में बिताने लगा।

1195 ई० (591 हि0) में याकूब मंसूर अपने प्रतिद्वंद्वी अल्फांसो के हमले का बदला लेने के लिए कार्दोवा आया और वहाँ तीन दिन ठहरा, इस वक्त रोश्द के सम्मान को उसने चरम सीमा तक पहुँचा दिया। रोश्द के समकालीन एक काज़ी ने इस मुलाकात का वर्णन इस प्रकार किया है–

"मंसूर जब 591 हिजरी (1195 ई०) में दशम अल्फांसो के ऊपर चढ़ाई करने की तैयारी कर रहा था, उस समय उसने रोश्द को मुलाकात के लिए बुलाया। दरबार में मुहम्मद अब्दुल्वाहिद का बहुत प्रभाव था, वह मंसूर का दामाद और नदीम-ख़ास था। इसके बेटे को मंसूर ने अफ्रीका की

गवर्नरी दी थी। दरबार में अबू-मुहम्मद अब्दुल्वाहिद की कुर्सी तीसरे नंबर पर होती थी, लेकिन उस दिन मंसूर ने इब्न-रोश्द को अब्दुल्-वाहिद से भी आगे बढ़ा अपनी बगल में जगह दी और देर तक बेतकल्लुफ़ी से बातें करता रहा। बाहर रोश्द के दुश्मनों ने खबर उड़ा दी, कि मंसूर ने उसके कत्ल का हुक्म दे दिया है। विद्यार्थियों की भारी जमात बाहर प्रतीक्षा कर रही थी, यह खबर सुनकर सब परेशान हो गये। जब थोड़ी देर बाद इब्न-रोश्द बाहर आया (और असली हालत मालूम हुई तो) उसके दोस्तों ने इस प्रतिष्ठा और सम्मान के लिए उसे बधाई दी, लेकिन आख़िर में हकीम (रोश्द) ने खुशी प्रकट करने की जगह अफ़सोस जाहिर किया और कहा–'यह खुशी का नहीं बल्कि रंज का मौका है, क्योंकि यकबयक इस तरह की समीपता बुरे परिणाम लायेगी'।"

रोश्द की बात सच निकली और उसके जीवन के अन्तिम चार साल बड़े दुःख और शोक से पूर्ण बन गये।

(क) सत्य के लिए यंत्रणा–1195 से 1197 ई० तक याकूब मंसूर लड़ाइयों में लगा रहा और अन्त में दुश्मनों को जबर्दस्त शिकस्त देने के बाद उसने शेबिली में देर तक रहने का निश्चय किया। रोश्द के इतने बड़े सम्मान से कितने ही बड़े-बड़े लोग उससे डाह करने लगे थे, उधर रोश्द अपने विचारों को प्रकट करने में सावधानी नहीं रखता था, जिससे उनको अच्छा मौका मिला। उन्होंने रोश्द के कुछ विद्यार्थियों को उसके विचारों को जमा करने में लगाया। उनका मतलब यह था, कि इस प्रकार से रोश्द जी खोलकर सब कुछ कह डालेगा और फिर खुद उसी के वचन से उसकी बेदीनी के सबूत को एकत्रित करना मुश्किल न होगा और हुआ भी ऐसा ही। रोश्द ने अपने शागिर्दों से वह बातें कह डालीं, जो कि मुल्लों के उस धर्मान्ध-युग में नहीं कहनी चाहिए थीं। दुश्मनों को और क्या चाहिए था? उन्होंने रोश्द के पूरे व्याख्यान को खूब नमक-मिर्च लगाकर सुल्तान के पास पहुँचा दिया। सबूत के लिए सौ गवाह पेश कर दिये गए। यूसुफ़ चाहे कितना ही दर्शनानुरागी हो, उसे अपने समकालीन जयचन्द की प्रजा न मिली थी, जिसके सामने खुले बाँग श्रीहर्ष न्याय के ऋषि गौतम को गोतम (महाबैल) कहकर निर्द्वन्द्व घूमते-फिरते और दरबार में 'ताबूल-द्वय' और 'आसन' (कुर्सी) प्राप्त करते। मंसूर यदि अब रोश्द का पक्ष करता, तो उसे प्रजा और सेना को दुश्मन बनाना पड़ता।

गवाहों ने गवाही दी, रोश्द के हाथ के लेख पेश किये गये, जिनमें से एक में रोश्द ने बादशाह को अमीरुल मोमिनीन या सुल्तान न कह "बर्बरों" के सरदार (मलिकु'ल्-बर्बर) के मामूली नाम से याद किया था। दूसरे लेख में रोश्द ने शुक्र (ज़ोहरा) तारा को यूनानियों की भाँति सम्मान प्रकट करते हुए देवी कहा था। पहली बात के लिए अब्दुल्ला उसूली ने रोश्द की ओर से बहस की, जिसका नतीजा यह हुआ, कि वह भी धर लिया गया। सभी गवाहियों, सबूतों से यह साबित किया गया, कि रोश्द बेदीन नास्तिक है। यूसुफ़ मज़बूर था, उसने रोश्द को अपने शिष्यों और अनुयायियों के साथ सार्वजनिक सभा में आने का हुक्म दिया, जिसके लिए कार्दोवा की जामा-मस्जिद को चुना गया। बादशाह अपने दरबारियों के साथ वहाँ पहुँचा। इस भारी ज़ल्से की कार्रवाई का वर्णन अन्सारी ने इस प्रकार किया है–

"मन्सूर की मज़लिस में इब्न-रोश्द का दर्शन टीका और व्याख्या के साथ पेश किया गया। कुछ डाह करने वालों ने उसमें नमक-मिर्च भी मिला दी थी, चूँकि सारा दर्शन बेदीनी (नास्तिकता)

से भरा था, इसलिए आवश्यक था, कि इस्लाम की रक्षा की जाये। खलीफ़ा (यूसुफ) ने सारी जनता को एक दरबार में जमा किया, जिसका स्थान पहले ही से जामा मस्जिद निश्चित था।...(इस जल्से में) यह बतलाना था, कि इब्न-रोश्द पथभ्रष्ट और धिक्कार का पात्र हो गया है। इब्न-रोश्द के साथ काज़ी अबू-अब्दुल्ला उसूली भी इसी अपराध में घेरे गये थे–उनके वार्तालाप में भी बाज़ वक्त बेदीनी जाहिर हुई थी। कार्दोवा की जामा-मस्जिद में दोनों अपराधी उपस्थित किये गए... अबू-अली हज्जाज ने खड़े होकर घोषित किया, कि इब्न-रोश्द नास्तिक (मूलहिद) और बेदीन हो गया है।"

हज्जाज के व्याख्यान के बाद सुलतान ने खुद इब्न-रोश्द को इस अभिप्राय से बुलाया, कि वह जवाबदेही करे और पूछा, कि क्या ये लेख तुम्हारे हैं? यह अजब नाटक था। क्या याकूब मन्सूर जानता नहीं था, कि रोश्द के दार्शनिक विचार क्या हैं? क्या वर्षों उसके साथ बेतकल्लुफ़ाना दर्शन चर्चा में रोश्द के विचार उससे छिपे हुए थे? वह जानते हुए भी लोगों को अपनी धर्मप्राणता दिखलाने तथा अपनी राजनीतिक स्थिति को सर्वप्रियता द्वारा दृढ़ करने के खयाल से यह अभिनय कर रहा था। अच्छा होता, यदि इस वक्त रोश्द भी सुक्रात के रास्ते को स्वीकार किये होता, किन्तु रोश्द का नागरिक समाज अथेन्स के नागरिक समाज से बहुत निम्न श्रेणी का था, वह उसके साथ अधिक कमीने- पन से पेश आता? साथ ही रोश्द सब कुछ खोकर भी जितने दिन और जीता उतना ही दर्शन और विचार-स्वातन्त्र्य के लिए अच्छा था। इसके अतिरिक्त रोश्द को अपने शिष्यों-अनुयायियों-मित्रों का भी खयाल करना ज़रूरी था। यह सब सोच रोश्द ने भी उसी तरह अपने लेखों से इन्कार कर दिया, जिस तरह मंसूर ने उनके पूर्व परिचय से इन्कार का नाटक किया था। जवाब सुनकर मंसूर ने उन लेखों के लिखने वाले को धिक्कार (लानत) कहा और उपस्थित जनमंडली ने 'आमीन' (एवमस्तु) कहा। इब्न-रोश्द का अपराध सारी जनता के सामने साबित हो गया, उसमें शक-शुबहा की गुंजाइश न थी। यदि सुल्तान बीच में न होता, तो शायद सारी जनमंडली ने गुस्सा में आकर रोश्द की बोटियाँ नोच डाली होतीं, लेकिन बादशाह की राय से सिर्फ़ सज़ा पर सन्तोष किया गया, कि वह किसी अलग स्थान पर भेज दिया जाये।

रोश्द के विरुद्ध गवाही देने वालों में कुछ ने यह भी कहा था, कि स्पेन में जो अरबी कबीले आकर आबाद हुए हैं इब्न-रोश्द का उनमें से किसी के साथ खानदानी संबंध नहीं है और यदि उसका संबंध है, तो बनी-इस्राईल (यहूदी) के खानदान से। इस पर यह भी फैसला हुआ, कि उसे लोसीनिया (अलेसान्ता) में भेज दिया जाये, क्योंकि यह बनी-इस्राईल (यहूदियों) की बस्ती है और उनके अतिरिक्त दूसरी जाति के लोग वहाँ नहीं रहते।

रोश्द के दुश्मनों और मुल्लाओं ने एक अर्से से उसके खिलाफ जो जबर्दस्त प्रचार करके लोगों की धर्मान्धिता को उत्तेजित कर रखा था, उसे इस फैसले के बाद भड़क उठने का बहुत डर था। रोश्द यदि यहूदी बस्ती में भेज दिया गया, तो यह उसके लिए अच्छा ही हुआ। लोग मुल्लों की बात में आकर कुछ और कह बैठते। इसका ध्यान उन्हें शान्त करने तथा अपने को संदेह-भाजन न बनाने के लिए मंसूर ने एक ख़ास सरकारी विभाग कायम किया, जिसका काम था, दर्शन और तर्क-शास्त्रियों की पुस्तकों को एकत्रित कर उन्हें जलाना तथा इन विद्याओं के पढ़ने

वालों को कड़ी कड़ी सज़ाएँ दिलवाना। इसी समय मन्सूर ने लोगों को शान्त करने के लिए एक फरमान (घोषणा) लिखकर सारे मुल्क में प्रकाशित कराया। इस सारे फर्मान को अन्सारी ने अपने ग्रन्थ में उद्धृत किया है और उसके संक्षेप को इस प्रकार दिया है–"पुराने जमाने में कुछ लोग ऐसे थे, जो मिथ्याविश्वास का अनुगमन करते और हर बात में उल्टे सीधे सवाल उठाया करते थे, तो भी आम लोग उनकी बुद्धि की प्रखरता पर लट्टू हो गए थे। इन लोगों ने अपने विचारों के अनुसार ऐसी पुस्तकें लिखीं, जो कि शरीअत (इस्लामी धर्मग्रंथों) से उतनी ही दूर थीं, जितना पूर्व से पश्चिम दूर है। हमारे समय में भी कुछ लोगों ने इन्हीं नास्तिकों (मुल्हिदों) की पैरवी की और उन्हीं के मत के अनुसार किताबें लिखीं। यह पुस्तकें देखने में क़ुरान की आयतों (वाक्यावलियों) से अधिक अलंकृत हैं, लेकिन भीतर से कुफ्र (नास्तिकता) और जिन्दका (धर्मविरोधी एक मत) हैं। जब हम (सुल्तान मंसूर) को उनके धोका-फरेब का हाल मालूम हुआ, तो हमने उनको दरबार से निकाल दिया और उनकी किताबें जलवा दीं, क्योंकि हम शरीअत और मुसलमानों को इन नास्तिकों के फरेब से दूर रखना चाहते हैं।...या खुदा! इन नास्तिकों और उनके दोस्तों को तबाह और बर्बाद कर।...(फिर लोगों को हुक्म दिया है कि) इन नास्तिकों की संगत से वैसे ही परहेज करो, जैसे विष से करते हो, यदि कहीं उनकी कोई पुस्तक पाओ, तो उसे आग में झोंक दो, क्योंकि कुफ्र की सज़ा आग है...।"

तर्क और दर्शन के प्रति शिक्षित मुल्लाओं का उस वक्त क्या रुख था, वह विद्वान् इब्न-जुह जिसे कि मंसूर ने पुस्तकों के जलाने का इंचार्ज बनाया था–की इस हरकत से पता लगेगा। दो विद्यार्थी जुह से वैद्यक पढ़ रहे थे। एक दिन उनके पास कोई किताब देख जुह ने उसे लेकर गौर किया तो मालूम हुआ, मंतिक (तर्क) की किताब है। जुह गुस्से में पागल हो नंगे पैर उनके पीछे मारने के लिए दौड़ा। उन विद्यार्थियों ने फिर जुह के पास जाना छोड़ दिया। कुछ दिनों बाद उन्होंने जाकर उस्ताद से कसूर की माफी माँगी और कहा कि वस्तुतः वह पुस्तक हमारी न थी, एक दोस्त से हमने जबर्दस्ती छीनी और गलती से हमारे पास रह गई थी। जुह ने कसूर माफ़ कर दिया और नसीहत दी, कि क़ुरान कंठस्थ करो, फ़िका (मीमांसा) और हदीस (पैगंबर-वचन) पढ़ो। जब उन्होंने उसे समाप्त कर लिया, तो उसने स्वयं अपने पुस्तकालय से फोर्फोरि (फोर्फोरियस) की पुस्तक ईसागोजी को लाकर कहा, कि फ़िका और हदीस के बाद अब इसको पढ़ने का समय है, तर्क और दर्शन में पांडित्य प्राप्त करो, किन्तु इससे पहले दर्शन का पढ़ना, तुम्हारे लिए हर्गिज उचित न था। इब्न-जुह यद्यपि बाहर से तर्क-दर्शन की पुस्तकों को "जलवाता फिरता" था, किन्तु भीतर स्वयं दर्शन के अध्ययन में लगा रहता था। जुह के एक दुश्मन ने रोश्द के उदाहरण से लाभ उठाकर, उसे तबाह करना चाहा। उसने मंसूर के पास बहुत से लोगों के हस्ताक्षर के साथ एक आवेदनपत्र भेजा, कि जुह स्वयं दर्शन का हामी है, उसके घर में दर्शन की हजारों पुस्तकें हैं। मंसूर ने आवेदन पत्र को पढ़कर हुक्म दिया, कि लेखक को तुरंत जेल भेज दिया जाये। वह जेल भेज दिया गया और हस्ताक्षर करने वाले डर के मारे छिपते फिरने लगे। मुल्लों ने जनता की आँखों में धूल झोंककर, उनमें धर्मान्धता की भारी आग भड़का दी थी। मंसूर जानता था, कि यह आग देर तक इसी अवस्था में नहीं रह सकती, किन्तु इसका

दबना भी तभी संभव है, जब कि इसे एक बड़ी बलि दी जाये। वह रोश्द की बलि चढ़ा चुका था और वह आग ठंडी पड़ गई थी। वह जानता था, कि मुल्लों की ताकत से यह बाहर की बात है, कि तुरंत ही फिर जनता को उसी तरह उत्तेजित कर सकें। इसीलिए बड़े इतमीनान के साथ उसने इन कठमुल्लों को दबा देने का निश्चय किया।

जिस वक्त रोश्द को निर्वासित किया गया था, उसी वक्त कितने ही दूसरे दार्शनिकों–ज़हबी, उसूली, बजाया, कफ़ीफ़, क्राबी आदि–को भी निर्वासित किया गया था। इस वक्त मुल्लों ने खुशी में आकर सैकड़ों कवितायें बनाई थीं, जिनमें से कितनी ही अब भी सुरक्षित हैं।

यहूदी स्पेन में पहले से दर्शन के झंडाबर्दार थे, इसलिए लूसीनिया के यहूदियों ने जब इस नास्तिक, पतित, दार्शनिक को उस दीन-अवस्था में देखा, तो उसे वह सर-आँखों पर बैठाने के लिए तैयार थे। आख़िर स्पेन में एक छोटा गाँव था, जहाँ के गँवार उस वक्त भी रोश्द को सत्य का शहीद समझते थे। उनके इस सम्मान की कीमत और बढ़ जाती है, जब हम जानते हैं, कि उन्हें यह मालूम न था, कि लूसीनिया का यह रोश्द भविष्य में सारी विद्या और प्रकाश की दुनिया का पूज्य देवता बनने जा रहा है और उस दुनिया के निर्माण की बुनियाद में उसके विचार और अपमान की ईंटें भी पड़ेंगी।

रोश्द के ऊपर होने वाले अत्याचारों के बारे में कितनी ही बातें मशहूर हैं। एक बार वह लूसीनिया से फ्रांस भाग गया, मुल्लों ने पकड़वाकर, उसे मस्जिद के दरवाजे पर खड़ा करवाया और यह सज़ा दी, कि जो मस्जिद के भीतर दाखिल हो या बाहर निकले उस पर थूकता जाये। एक अपमान का वर्णन स्वयं रोश्द ने लिखा है–"सबसे अधिक दुःख मुझे उस वक्त हुआ था, जब कि एक बार मैं और मेरा बेटा अब्दुल्ला कार्दोवा की जामा-मस्जिद में नमाज़ पढ़ने के लिए गये, लेकिन न पढ़ सके। चंद गुंडों ने हल्ला मचाया और हम दोनों को मस्जिद से निकाल दिया गया।"

रोश्द को लूसीनिया में निर्वासित कर एक तरह से सख्त नज़रबंदी में रखा गया था, कोई दूसरी जगह का आदमी उससे मिलने नहीं पाता था।

(ख) मुक्ति और मृत्यु–दो साल (1197-98 ई०) तक रोश्द उस बुढ़ापे में अपनी दार्शनिक प्रतिभा के लिए उस शारीरिक और मानसिक यातना को सहता रहा। मंसूर समझ रहा था, कि उसने अपने समय के लोगों के सामने ही नहीं, इतिहास के सामने कितना भारी पाप किया है, किन्तु रोश्द के बदले स्वयं बलिवेदी पर चढ़ने की उसकी हिम्मत न थी। अब मंसूर अपने पड़ोसी ईसाई राजाओं की अन्तिम पराजय करके, जहाँ उधर से निश्चिन्त था, वहाँ उसका प्रभाव अपनी प्रजा पर एक भारी विजेता के तौर पर हो गया था, उधर मुल्लों का जादू भी जनता के सिर से कम हो गया था। मंसूर के इशारे से या खुद ही सेविली (अश्बीलिया) के कुछ संभ्रान्त लोगों ने गवाही दी, कि रोश्द पर झूठा बेबुनियाद इल्जाम लगाया गया था। इस पर मंसूर ने इस शर्त पर छोड़ने का हुक्म दिया, कि रोश्द जामा-मस्जिद के दरवाजे पर खड़ा होकर लोगो के सामने तौबा करे। रोश्द जामा-मस्जिद के दरवाजे पर तब तक नंगे सिर खड़ा रखा गया, जब तक लोग नमाज़ पढ़ते रहे (और खुदा शान्तचित्त से उस नमाज़ को सुनता भी रहा!)। इसके बाद वह कार्दोवा में बड़ी गरीबी की जिन्दगी बिताने लगा।

मंसूर की आत्मा अभी भी उसे कोस रही थी, इसलिए वह रोश्द के साथ कुछ और उपकार करने का रास्ता ढूँढ़ रहा था। इसी बीच मराको के काज़ी (ज़ज) को उसके जुल्म के लिए बर्खास्त करना पड़ा। मंसूर ने तुरंत उसकी जगह रोश्द को मुकर्रर किया। दर्शन की पुस्तकों के ध्वंस का हुक्म भी वापस लिया गया और जो दूसरे दार्शनिक निर्वासित किये गए थे, उनको बुलाकर कितनों को बड़े-बड़े दर्जे दिये गए।

रोश्द एक साल और जीवित रहा और अन्त में 10 दिसम्बर, 1198 ई० को मराको में उसका देहान्त हुआ; उसके शव को कार्दोवा में लाकर खान्दानी कब्रस्तान मकबरा-अब्बास में दफन किया गया।

तेईस दिन बाद (2 जनवरी, 1199 ई०) को मंसूर भी मर गया और साथ ही अपने नाम पर हमेशा के लिए एक काला धब्बा छोड़ गया। वह समय जल्द आया, जब स्पेन की भूमि से मंसूर के खानदान का शासन ही नहीं बल्कि इस्लाम भी ख़त्म हो गया, किन्तु रोश्द की आवाज़ सारे यूरोप में गूँजने लगी।

(ग) रोश्द का स्वभाव–रोश्द के स्वभाव के बारे में इतिहास-लेखक बाजी का कहना है–

"इब्न-रोश्द की राय बहुत मजबूत होती थी। वह जैसा जबर्दस्त प्रतिभा का धनी था, वैसा ही दिल का मज़बूत था। उसके संकल्प बहुत पक्के होते थे और वह कष्टों से कभी भय नहीं खाता था।"

'रोश्द गंभीरता की मूर्ति था। ज़्यादा बोलना उसके स्वभाव में न था। अभिमान उसे छू नहीं गया था। किसी को बुरा-भला कहना उसे पसंद न था। धन और पद का न उसे अभिमान था और न लोभ। वह अपने शरीर पर खर्च न करता था। दूसरों की सहायता करने में उसे बहुत आनन्द आता था। चापलूसी से उसे सख्त घृणा थी। उसकी विशालहृदयता मित्रों ही तक नहीं, शत्रुओं तक के लिए खुली हुई थी। वह कहा करता था–यदि हमने दोस्तों को दिया, तो वह काम किया, जो कि हमारी अपनी रुचि के अनुकूल है। उपकार और दया उसे कहते हैं, जिसमें उन शत्रुओं तक को शामिल किया जाये, जिनको हमारी तबियत पसंद नहीं करती।'

"दया उसमें इतनी थी, कि यद्यपि वर्षों वह काज़ी (ज़ज) रहा, किन्तु कभी किसी को मृत्यु-दंड नहीं दिया। यदि कोई ऐसा मौका आता, तो स्वयं न्यायासन को छोड़ दूसरे को अपना स्थानापन्न बना देता। अपने शहर कार्दोवा से उसका वैसा ही प्रेम था, जैसा कि यूनानी दार्शनिकों का अथेन्स से। एक बार मंसूर के दरबार में जुह और रोश्द में अपने-अपने शहरों सेविली ओर कार्दोवा के संबंध में बहस छिड़ गई। रोश्द ने कहा–सेविली में जब कोई विद्वान् मर जाता है, तो उसके ग्रंथ-संग्रह को बेचने के लिए कार्दोवा लाना पड़ता है, क्योंकि सेविली में इन चीज़ों की पूछ करने वाले नहीं हैं, हाँ, जब कार्दोवा का कोई गायनाचार्य मर जाता है, तो उसके वाद्ययंत्र सेविली में बिकने के लिए जाते हैं, क्योंकि कार्दोवा में इन चीज़ों की माँग नहीं है।"

पुस्तक पढ़ने का रोश्द को बहुत शौक था। इब्नु'ल्-अबार का कहना है, कि रात के वक्त भी उसके हाथ से किताब नहीं छूटती थी। सारी-सारी रात वह किताब पढ़ा करता था। अपनी उम्र में सिर्फ़ दो रातें उसने किताब पढ़े बिना बिताई, एक शादी की रात, दूसरी वह रात जब कि उसके बाप की मृत्यु हुई।

(2) कृतियाँ–भिन्न-भिन्न विषयों पर रोश्द की लिखी हुई पुस्तकों की संख्या साठ से ऊपर हैं। इब्नु'ल्-अबार के कथनानुसार वह दस हजार पृष्ठ के करीब हैं। मौलवी मुहम्मद यूनस् अन्सारी (फिरंगीमहली) ने अपनी पुस्तक "इब्न-रोश्द" में (जो कि मेरे इस प्रकरण का मुख्य आधार है) भिन्न-भिन्न विषयों पर रोश्द की पुस्तकों की विस्तृत सूची दी है, मैं वहाँ से सिर्फ़ पुस्तकों की संख्या देता हूँ।

(१) दर्शन	28
(२) वैद्यक	20
(३) फिक़ा	8
(४) कलाम (वाद)-शास्त्र	6
(५) ज्योतिष-गणित	4
(६) व्याकरण (अरबी)	2
	68

रोश्द ने अपनी सभी पुस्तकें अरबी में लिखी थीं, किन्तु उनमें से कितनों के अरबी मूल नष्ट हो चुके हैं और उनके इब्रानी या लातीनी अनुवाद ही मौजूद हैं।

इब्न-रोश्द ने स्वयं लिखा है, कि किस तरह तुफ़ैल ने उसे दर्शन की पुस्तकों के लिखने की ओर प्रेरणा दी–"एक दिन इब्न-तुफ़ैल ने मुझे बुलाया। जब मैं गया, तो उसने कहा कि आज अमीरुल मोमिनीन (यूसुफ़) अफसोस करते थे, कि अरस्तू का दर्शन बहुत गंभीर है और (अरबी) अनुवादकों ने अच्छे अनुवाद नहीं किये हैं। यदि कोई आदमी तैयार होता और उनका संक्षेप करके सुबोध बना देता। मैं तो यह काम नहीं कर सकता, मेरी उम्र अब नहीं है और अमीरू ल्मोमिनीन की सेवा से भी छुट्टी नहीं। तुम तैयार हो जाओ, तो कुछ मुश्किल नहीं, तुम इस काम को अच्छी तरह कर भी सकते हो। मैंने इब्न-तुफ़ैल को वचन दे दिया और उसी दिन से अरस्तू की किताबों की व्याख्या-टीकायें लिखनी शुरू कीं।"

रोश्द की दर्शन-संबंधी पुस्तकों को तीन प्रकार से बाँटा जा सकता है–

(1) अरस्तू तथा कुछ और यूनानी दार्शनिकों की पुस्तकों की टीकायें या विवरण।

(2) अरस्तू का पक्ष ले सीना और फ़ाराबी का खंडन।

(3) दर्शन का पक्ष ले ग़ज़ाली आदि वाद-शास्त्रियों का खंडन।

रोश्द ने अरस्तू के ग्रंथों की तीन प्रकार की टीकायें की हैं–

(1) विस्तृत व्याख्या टीका–इनमें हर मूल शब्द को उद्धृत कर व्याख्या की गई है।

(2) मध्यम व्याख्या–इनमें वाक्य के प्रथम शब्द को उद्धृत कर व्याख्या की गई है।

(3) संक्षेप ग्रंथ–इनमें वाक्य को बिलकुल दिये बिना ही वह भाव को समझाता है।

अरस्तू के कुछ ग्रंथों की निम्न व्याख्याएँ रोश्द ने निम्न सालों और स्थानों में समाप्त कीं–

सन्	नाम पुस्तक	स्थान
1171 ई०	अस्समाअ-वल्-आलम (व्याख्या)	सेविली
1174 ई०	खताबत-वल्-शेअर (मध्यम व्याख्या)	कार्दोवा
	मावाद त्-तबीआत (मध्यम व्याख्या	कार्दोवा
1176 ई०	अखलाक़ (मध्यम व्याख्या)	कार्दोवा
1186 ई०	तबीआत (विस्तृत व्याख्या)	सेविली

इनके अतिरिक्त उसकी निम्न पुस्तकों की समाप्ति के समय स्थान मालूम हैं–

1178 ई०	जवाहरु'ल्-कौन	मराको
1176 ई०	कश्फ़-मनाहजु ल-अवला	सेविली
1163 ई०	अल्-इस्तेकात (व्याख्या)	सेविली
1165 ई०	बाज ल्-अस्अला व लु-अजबा फि ल् मन्तिक्	निर्वासन

अरस्तू की निम्न पुस्तकों पर रोश्द की तीनों तरह की व्याख्यायें अरबी, मौजूद हैं–

1. तब्इयात (भौतिक शास्त्र)
2. सआम (देवता या फरिश्ता)
3. नफ़्स (विज्ञान या आत्म-शास्त्र)
4. माबाद्-तब्इयात् (अतिभौतिक या अध्यात्म शास्त्र)

अरस्तू के प्राणिशास्त्र (किताबु'ल्-हैवान) के पहले दस अध्यायों पर रोश्द की व्याख्या नहीं मिलती। आचार-शास्त्र की व्याख्या में उसने लिखा है, कि मुझे अरस्तू के राजनीति-शास्त्र का अरबी अनुवाद स्पेन में नहीं मिला, इसलिए मैंने अफलातूँ के "प्रजातंत्र" (जमहूरियत्) की व्याख्या लिखी।

रोश्द के दार्शनिक विचारों को जानने के लिए उसके दर्शन-संबंधी "संक्षेप" (तल्खीस) फ़ाराबी तथा सीना पर आक्षेप और वाद-शास्त्र खंडन देखने लायक है, जो बदकिस्मती से किसी जीवित भाषा में बहुत ही कम छपे हुए हैं।

रोश्द की किसी पुस्तक की विशेष तौर से विवेचना यहाँ संभव नहीं हैं, इसलिए इसके लिए पाठक आगे आने वाले उद्धरणों से ही संतोष करें।

(3) दार्शनिक विचार–रोश्द के लिए अरस्तू मनुष्य की बुद्धि का उच्चतम विकास था, वह अपना काम बस यही समझता था, अरस्तू के दर्शन को ऐसे रूप में प्रकट करे, जिसमें उसके तत्त्वज्ञान के समझने में गलती न हो; इसीलिए वह कितनी ही बार फ़ाराबी और सीना की गलतियों को दिखलाता है। फ़ाराबी "द्वितीय अरस्तू" के नाम से मशहूर हुआ, किन्तु रोश्द अरस्तू को जिस ऊँचाई पर पहुँचा समझता था, वहाँ पहुँचना किसी की शक्ति से बाहर समझता था और शायद

वह यदि यह सुनता तो बहुत खुश होता, कि पीछे की दुनिया ने उसे (अरस्तू) "भाष्यकार" की उपाधि दी है।

सबसे पहले हम उन बातों के बारे में कहना चाहते हैं, जिनके बारे में रोश्द और ग़ज़ाली तथा दूसरे "वादशास्त्रियों" का झगड़ा था–

(क) ग़ज़ाली का खंडन–रोश्द का समय ठीक वही है, जो कि श्रीहर्ष का। श्रीहर्ष का दार्शनिक ग्रंथ खंडन-खंड-खाद्य" (खंडरूपी खाँड का आहार या खंडन रूपी मिठाई) है और रोश्द के ग्रंथ का नाम भी उससे मिलता-जुलता "तोहाफ्तु'ल्-तोहाफ्तु ल्-फिलासफ़ा" (दर्शन-खंडन-खंडन) संक्षेप में तोहाफ्तु'ल-तोहाफत् (खंडन-खंडन) है, "खंडन-खाद्य" और, 'खंडन-खंडन' में नाम सादृश्य बहुत ज़्यादा ज़रूर है, किन्तु, इससे दोनों के प्रतिपाद्य विषयों को एक समझने की गलती नहीं करनी चाहिए, दोनों में यदि और कोई समानता है, तो यही कि दोनों ऐसे युग में पैदा हुए, जिसमें खंडन पर खंडन बड़े जोर से चल रहे थे। श्रीहर्ष अपने "खंडन" को "धर्मकीर्ति" और उन जैसे तर्कशास्त्रियों तथा वस्तुवादी दार्शनिकों के खिलाफ इस्तेमाल कर "शून्यब्रह्मवाद" स्थापित करना चाहता है। उसका समकालीन रोश्द ग़ज़ाली के द्विविधात्मक "ब्रह्मवाद" का खंडन कर वस्तुवादी "विज्ञानवाद"–जो कि धर्मकीर्ति के वाद के बहुत नजदीक है–की स्थापना करना चाहता था। अर्थात् पूर्व और पश्चिम के दोनों महान् दार्शनिकों में एक (श्रीहर्ष) वस्तुवाद को हटाकर अ-वस्तुवाद (विज्ञानवाद, शून्यवाद) कायम करना चाहता था, दूसरा (रोश्द) अवस्तुवाद (सूफ़ी ब्रह्मवाद) को हटाकर वस्तुवाद की स्थापना कर रहा था और दोनों के प्रयत्नों का आगे हम परिणाम क्या देखते हैं? श्रीहर्ष की परंपरा ब्रह्मवाद के मायाजाल में उलझकर भारत के मृतोत्पन्न समाज को पैदा करती है और रोश्द की परम्परा पुनर्जागरण के संघर्ष में भाग लेकर नवीन यूरोप के उत्पादन में सफल होती है। भारत में यदि ग़ज़ाली और श्रीहर्ष परंपरा सर्वमान्य रही, तो उसके कार्य-कारण संबंध भी दिखाई पड़ते हैं।

(a) दर्शनालोचना ग़ज़ाली की अनधिकार-चेष्टा–एक बार अपनी स्मृति को ताजा करने के लिए इस्लामिक वाद-शास्त्र (ललाम) पर नज़र दौड़ानी चाहिए। मोतज़लाने 'वाद' को अपनाया, फिर अबुल हसन्-अश्अरी ने वस्रा में इसी हथियार को लेकर मोतज़ला पर प्रहार करना शुरू किया। अश्अरी के अनुयायी अबूबक्र बाकलानी ने बाद में थोड़ी दर्शन की पुट देनी चाही, जिसमें ग़ज़ाली के गुरु इमाम हर्मेन ने अपनी प्रतिभा का ही सहारा नहीं दिया, बल्कि ग़ज़ाली जैसे शागिर्द को तैयार करके दे दिया। ग़ज़ाली ने सूफ़ीवाद, दर्शनवाद, क़ुरानवाद, बुद्धिवाद, अ-बुद्धिवाद, कबीलाशाही जनतंत्रवाद...क्या-क्या नहीं मिलाकर एक चूँचूँ का मुरब्बा 'वाद' (कलाम) के नाम पर तैयार किया, जिसका नमूना हम देख चुके हैं। ग़ज़ाली के 'दर्शन-खंडन' के खंडन में उस जैसे ही नाम पर रोश्द का 'दर्शन-खंडन-खंडन लिखना बतलाया है, कि रोश्द को ग़ज़ाली का चूँचूँ का मुरब्बा पसंद नहीं आया।' रोश्द अपनी पुस्तक "कश्फ़ुल्-अदला" में ग़ज़ाली के इस चूँचूँ के मुरब्बे के बारे में लिखता है–

"इस्लाम में सबसे पहले बाहरी (मतवालों) ने फ़साद (झगड़ा, मतभेद) पैदा किया, फिर मोतज़ला ने, फिर अश्अरियों ने, फिर सूफियों ने और सबसे अन्त में ग़ज़ाली ने। पहले उस

(ग़ज़ाली) ने 'मकासिदुल्-फिलासफ़ा' (दर्शनाभिप्राय) एक पुस्तक लिखी। जिसमें (यूनानी) आचार्यों के मतों को खोलकर बिना घटाये-बढ़ाये नकल कर दिया। उसके बाद 'तोहाफतु'ल्-फिलासफ़ा'' (दर्शन-खंडन) लिखा, जिसमें तीन सिद्धान्तों के बारे में दार्शनिकों को काफ़िर बनाया। उसके बाद "जवाहरु'ल्-क़ुरान" में ग़ज़ाली ने खुद बतलाया, कि "तोहाफ़तु'ल्-फ़िलासफ़ा" (दर्शन-खंडन) केवल लड़ाई-भिड़ाई (जदल) की किताब है और मेरे वास्तविक विचार 'मज़्नून-बे-अलागैरे अल्हेही' में है। इसके बाद ग़ज़ाली ने "मिश्कातु'ल्-अन्वार" एक किताब लिखी, जिसमें ज्ञानियों के मर्तबों की व्याख्या करके यह साबित किया, कि सभी ज्ञानी असली सत्य से अपरिचित हैं। इसमें अपवाद सिर्फ़ वह हैं, जो कि महान् सिर्जनहार के संबंध के दार्शनिक सिद्धान्तों को ठीक मानते हैं। यह कहने के बाद भी कितनी ही जगह ग़ज़ाली ने यह बतलाया है, कि ब्रह्मज्ञान (इल्म-इलाही) केवल चिन्तन और मनन का नाम है और इसीलिए "मुनक्कज़-मिन'ल्-ज़लाल" में (अरस्तू आदि) आचार्यों पर ताना कसा है और फिर स्वयं ही यह साबित किया है, कि ज्ञान, एकान्तवास तथा चिन्तन से प्राप्त होता है। सारांश यह कि ग़ज़ाली के विचार इतने विभिन्न और अस्थिर हैं, कि उसके असली विचारों का जानना मुश्किल है।"

ग़ज़ाली ने "तोहाफ़तुल्-फ़िलासफ़ा" की भूमिका में अपने जमाने के दार्शनिकों को जो फटकारा है और उनके 20 सिद्धान्तों का खंडन किया है, उसके उत्तर में रोश्द 'खंडन-खंडन' में मिलता है–

"(दार्शनिकों के) इन सिद्धान्तों की जाँच सिर्फ़ वही आदमी कर सकता है, जिसने दर्शन की किताबों को ध्यानपूर्वक पढ़ा है (ग़ज़ाली सीना के अतिरिक्त कुछ नहीं जानता था), ग़ज़ाली जो यह आक्षेप करता है, इसके दो कारण हो सकते हैं, या तो वह सब बातों को जानता है और फिर आक्षेप करता है और यह दुष्टता का काम है; या वह अनभिज्ञ है, तो भी आक्षेप करता है और यह मूर्खों को ही शोभा देता है, लेकिन ग़ज़ाली में दोनों बातें नहीं मालूम होतीं हैं। मालूम यह होता है, कि बुद्धि के अभिमान ने उसे इस पुस्तक को लिखने के लिए मज़बूर किया। आश्चर्य नहीं यदि उसकी मंशा इस तरह लोगों में प्रिय होने की रही हो।"

(b) कार्य-कारण-नियम अटल–ग़ज़ाली ने प्रकृति में कार्य-कारण नियम को मानने से यह कहकर इन्कार कर दिया कि वैसा मान लेने पर "करामात (अकल के खिलाफ अप्राकृतिक घटनाएँ) गलत हो जायेंगी और धर्म की बुनियाद करामात पर ही है।"

इसके उत्तर में रोश्द कहता है–

"जो आदमी कार्य-कारण-नियम से इन्कार करता है, उसको यह मानने की भी जरूरत नहीं, कि हर एक कार्य किसी न किसी कर्ता से होता है, बाकी यह बात दूसरी है, कि सरसरी तौर से जिन कारणों को हम देखते हैं, वह काफ़ी खयाल न किए जायें; किन्तु इससे कार्य-कारण नियम (इल्लियत) पर असर नहीं पड़ता! असल सवाल यह है, कि चूँकि कुछ ऐसी चीज़ें भी हैं, जिनके कारण या सबब का पता नहीं लगता, इसलिए क्या एकदम कार्य-कारण-नियम से ही इन्कार कर दिया जाये? लेकिन यह बिलकुल गलत बात है। हमारा काम यह है, कि अनुभूत (वस्तु) से अन्-अनुभूत (अज्ञात) की खोज करें, न कि यह कि (एक वस्तु के) अन्-अनुभूत होने की वज़ह से जो अनुभूत (ज्ञात है) उससे भी इन्कार कर दें।...."

"आख़िर ज्ञान का प्रयोजन क्या है? सिर्फ़ यही की अस्तित्व रखने वाले (पदार्थों) के कारणों का पता लगावें, लेकिन जब कारणों ही से बिलकुल इन्कार कर दिया गया, तो अब बाकी क्या रहा? तर्कशास्त्र में यह बात प्रमाण-कोटि तक पहुँच गई है, कि हर कार्य का एक कारण होता है, फिर यदि कारण और हेतु से ही इन्कार कर दिया गया, तो इसका नतीजा या तो यह होगा, कि कोई वस्तु मालूम (ज्ञात) न रहेगी, या यह कि किसी को पक्का मालूम (ज्ञात) न (मानना) होगा और सभी ज्ञात (वस्तुओं) को काल्पनिक कहना पड़ेगा। इस तरह पक्का (सच्चा) ज्ञान दुनिया में रह न जायेगा।"

"कश्फुल्-अदला" में इसी विषय पर बहस करते हुए रोश्द कहता है–

"यदि कार्य-कारण (नियम) से बिलकुल इन्कार कर दिया जाये अर्थात् यह मान लिया जाये कि जगत् का वर्तमान (कार्य-कारण) स्थिति से किसी दूसरी स्थिति के रूप में बदलना संभव है और जगत् में कोई अटल संबंध नहीं है, तो शिल्पी (हकीम) के शिल्प (हिकमत) के लिए क्या बाकी रह जायेगा? शिल्प तो नाम ही इसका है, फिर सारा जगत् क्रम और नियम का अनुसरण करे, लेकिन जब मनुष्य के सारे काम संयोगवश हर अंग से किये जा सकते हैं–अर्थात् आँख के ज्ञान का आँख से, कान के विषय का कान से, रसना के विषय का रसना से कोई अटल संबंध नहीं है, तो मनुष्य के ढाँचे में ईश्वर की कारीगरी या शिल्प का कौन सा नमूना बाकी रहेगा।...अगर वर्तमान नियम पलट जाये–यानी जो चीज़ पश्चिम की ओर गति कर रही है, वह पूर्व की ओर और जो पूर्व की ओर, गति कर रही है, वह पश्चिम की ओर गति करने लगे, आग ऊपर उठने की जगह नीचे उतरने लगे, मिट्टी नीचे उतरने की जगह ऊपर चढ़ने लगे, तो फिर क्या (ईश्वर की) कारीगरी और शिल्प झूठा न हो जायेगा।"

(c) धर्म-दर्शन-समन्वय का ढंग गलत–ग़ज़ाली भी बुद्धि और धर्म अथवा दर्शन और धर्म में समन्वय (समझौता) कराने के पक्षपाती हैं और रोश्द भी, किन्तु दोनों में भारी अन्तर यह है, "इब्न रोश्द मज़हब को विद्या (दर्शन) के मातहत समझता है और ग़ज़ाली विद्या को मज़हब के मातहत। रोश्द लिखता है–जब कोई बात प्रमाण (बुर्हान) से सिद्ध हो गई, तो मज़हब (की बात) में ज़रूर नई व्याख्या (तावील) करनी होगी।"

(ख) जगत् आदि-अन्त-रहित–अरस्तू तथा दूसरे यूनानी दार्शनिक जगत् को अभाव से उत्पन्न नहीं, बल्कि अनादिकाल से चला आता तथा अनन्तकाल तक चला जाने वाला मानते थे, ग़ज़ाली और इस्लाम को इस पर एतराज़ था। रोश्द ने इस विषय को साफ करते हुए अपने ग्रंथ "अतिंभौतिक शास्त्र-संक्षेप" में लिखा है–

जगत् की उत्पत्ति के सिद्धान्त पर दार्शनिकों के दो परस्पर विरोधी मत हैं–(1) एक पक्ष उत्पत्ति से इन्कार करता है और विकास-नियम का मानने वाला है और (2) दूसरा पक्ष विकास से इन्कार करता है और उत्पत्ति होने को मानता है। विकासवादियों का मत है, कि उत्पत्ति इसके सिवा और कुछ नहीं है, कि बिखरे हुए परमाणु इकट्ठे हो, मिश्रित रूप स्वीकार कर लेते हैं। ऐसी अवस्था में निमित्तकारण (ईश्वर) का कार्य सिर्फ़ इतना ही होगा, कि भौतिक परमाणुओं को शक्ल देकर, उनके भीतर पारस्परिक भेद पैदा करे। इसका अर्थ यह हुआ, कि ऐसी अवस्था में कर्ता उत्पादक (स्रष्टा) नहीं रहा, बल्कि उसका दर्जा गिर गया और वह केवल चालक के दर्जे पर रह गया।

"इसके विरुद्ध उत्पत्ति या सृष्टि के पक्षपाती मानते हैं, कि उत्पादक ने भूत (प्रकृति) की ज़रूरत रखे बिना, जगत् को उत्पन्न किया। हमारे (इस्लामिक) वाद-शास्त्री (मुत्कल्लमीन, ग़ज़ाली आदि) और ईसाई दार्शनिक इसी मत को मानते हैं।..."

"इन दोनों मतों के अतिरिक्त भी कुछ मत हैं, जिनमें कम या अधिक इन दो विचारों में से किसी एक विचार की झलक पाई जाती है। उदाहरणार्थ–(1) इब्न-सीना यद्यपि विकासवादियों से इस बात में सहमत है, कि (जगत्-उत्पत्ति) केवल भूत (प्रकृति) के शक्ल-सूरत पकड़ने का नाम है, लेकिन सूरत (आकृति) की उत्पत्ति के प्रश्न पर वह अरस्तू से मतभेद रखता है। अरस्तू कहता है, कि प्रकृति (भूत) और आकृति दोनों अनुत्पन्न (नित्य) हैं, लेकिन इब्न-सीना प्रकृति को अनुत्पन्न तथा आकृति को उत्पन्न (अनित्य) मानता है, इसीलिए उसने जगत्-उत्पादक का नाम आकृति-कारक शक्ति रखा है। इस प्रकार इस (सीना) के मत के अनुसार प्रकृति केवल (कार्य) अधिकरण का नाम है–उत्पत्ति या कार्य का सामर्थ्य (स्वतः) उसमें बिलकुल नहीं हैं। (2) इसके विरुद्ध देमासियुस और फ़ाराबी का मत है, कि बाज़ अवस्थाओं में स्वयं प्रकृति भी (जगत्) उत्पत्ति का काम कर सकती है। (3) तीसरा मत अरस्तू का है। उसके मत का संक्षेप यह है–स्रष्टा (उत्पादक) न ही प्रकृति का स्रष्टा है और न ही आकृति का, बल्कि इन (प्रकृति, आकृति) दोनों से मिलकर जो चीज़ें बनती हैं, उनका स्रष्टा है, अर्थात् प्रकृति में गति पैदा कर, उसकी आकृति-शक्ल को यहाँ तक बदल देता है, कि जो अन्तर्हित शक्ति की अवस्था में होती है, वह कार्य-पन (कार्य-अवस्था) में आ जाती है। स्रष्टा का कार्य बस इतना ही है। इस तरह उत्पत्ति की क्रिया का यह अर्थ हुआ, कि प्रकृति को गति देकर अन्तर्हित (अ-प्रकट) शक्ति (की अवस्था) से कार्य (के रूप) में ले आना; अर्थात् सृष्टि वस्तु की गति-क्रिया है, किन्तु गति गर्मी के बिना नहीं पैदा हो सकती। यही कारण है, कि जल और पृथिवी-मंडल में जो गर्मी छिपी (निहित) है, उसी से रंग-रंग के वनस्पतियों और प्राणियों की उत्पत्ति होती रहती है। नेचर के ये सारे कार्य नियम-क्रम के साथ होते हैं, जिसको देखकर यह खयाल होता है, कि कोई पूर्णबुद्धि इसका पथ प्रदर्शन कर रही है, यद्यपि दिमाग को इसके बारे में किसी इन्द्रिय या मानसिक-ज्ञान का पता नहीं। इस बात का अर्थ यह हुआ, कि अरस्तू के मत में जगत्-स्रष्टा आकृति-शक्ल का उत्पादक नहीं है और हम उसको उनका उत्पादक मानें, तो यह भी मानना पड़ेगा, कि वस्तु का होना अ-वस्तु से (अभाव से भाव का) होना हो गया।

"इब्न-सीना की गलती यह है, कि वह आकृतियों को उत्पन्न मानता है और हमारे (इस्लामिक) वादशास्त्रियों की गलती यह है, कि वह वस्तु को अ-वस्तु (अ-भाव) से हुई मानते हैं। इसी गलत सिद्धान्त-वस्तु का अ-वस्तु से होना को स्वीकार कर, हमारे वादशास्त्रियों ने जगत् स्रष्टा को एक ऐसा पूर्ण (सर्वतंत्र) स्वतंत्र कर्ता मान लिया है, जो कि एक ही समय में परस्पर-विरोधी वस्तुओं को पैदा किया करता है। इस मत के अनुसार न आग जलाती है और न पानी में तरलता और आर्द्रता (स्नेह) की सामर्थ्य है। (जगत् में) जितनी वस्तुएँ हैं, वह अपनी-अपनी क्रिया के लिए जगत्-स्रष्टा के हस्तक्षेप पर आश्रित हैं। यही नहीं, इन लोगों का खयाल है, कि मनुष्य जब एक ढेला ऊपर फेंकता है, तो इस क्रिया को उसके अंग अवयव स्वयं नहीं करते, बल्कि जगत्-स्रष्टा

उसका प्रवर्तक और गतिकारक होता है। इस प्रकार इन लोगों ने मनुष्य की क्रिया-शक्ति की जड़ ही काट डाली।"

इसी तत्त्व को अन्यत्र समझाते हुए रोश्द लिखता है–

(a) प्रकृति–"(जगत्) उत्पत्ति केवल गति का नाम है, किन्तु गति के लिए एक गतिवाले का होना जरूरी है। यह गतिवाला जब केवल (अन्तर्हित) क्षमता या योग्यता की अवस्था में है, तो इसी का नाम मूलभूत (प्रकृति) है, जिस पर हर तरह की आकृतियाँ पिन्हाई जा सकती हैं, यद्यपि वह अपने निजी रूप (स्वभाव) में हर प्रकार की आकृतियों–शक्लों–से सर्वथा रहित रहता है। उसका कोई तर्कसम्मत लक्षण नहीं किया जा सकता, वह केवल क्षमता–योग्यता– का नाम है। यही वजह है, जगत् पुरातन–अनादि–है, क्योंकि जगत् की सारी वस्तुएँ अस्तित्व में आने से पहले क्षमता–योग्यता–की अवस्था में थीं, अ-वस्तु (अ-भाव) से वस्तु (भाव) का होना असंभव है।"

"प्रकृति सर्वथा अनुत्पन्न (अनादि) और अ-नश्वर (न नाश होने लायक) है। दुनिया में पैदाइश का न-अन्त होनेवाला क्रम जारी है, जो वस्तु (अन्तर्हित) क्षमता या योग्यता की अवस्था में होती है। वह क्रिया अवस्था में जरूर आती है, अन्यथा दुनिया में बाज़ चीज़ों को कर्ता के बिना ही रह जाना पड़ेगा। गति के पहले स्थिति या स्थिति के पहले गति नहीं होती, बल्कि गति स्वयं आदि-अन्त रहित है। उसका कर्ता स्थिति (गतिशून्यता) नहीं है, बल्कि गति के कारण स्वयं एक दूसरे के कारण होते हैं।"

(b) गति सब कुछ–जगत् का अस्तित्व भी गति ही से कायम है। हमारे शरीर के अन्दर, जो तरह-तरह के परिवर्तन होते हैं, उन्हीं से हम इस दुनिया का अन्दाजा लगाते हैं, यही परिवर्तन गति के भिन्न-भिन्न प्रकार हैं। यदि जगत् एक निर्जीव यंत्र की भाँति स्थिर (गति-शून्य) हो जाये, तो हमारे दिमाग़ से दुनिया का खयाल भी निकल जायेगा। स्वप्नावस्था में हम दुनिया का अन्दाजा अपने दिमाग़ और खयाल की गतियों से करते हैं और जब हम मधुर स्वप्न में बेखबर (सुषुप्त) रहते हैं, उस समय दुनिया का खयाल भी हमारे दिल से निकल जाता है। सारांश यह है, कि यह गति ही का चमत्कार है, जो कि आरम्भ और अन्त के विचार हमारे दिमाग़ में पैदा होते हैं। यदि गति का अस्तित्व न होता, तो जगत् में उत्पत्ति का जो यह लगातार प्रवाह जारी है, उसका अस्तित्व भी न होता, अर्थात् दुनिया में कोई चीज़ मौजूद नहीं हो सकती।

(ग) जीव–नफ़्स या विज्ञान का सिद्धान्त अरस्तू के लिए जितना महत्त्वपूर्ण है, रोश्द के लिए वह उससे भी ज्यादा है, क्योंकि उसने इसी के ऊपर अपने एक-विज्ञानता के सिद्धान्त को स्थापित किया है, लेकिन जिस तरह जगत् के समझने के लिए प्रकृति (मूल तत्त्व) और गति एवं गति का स्रोत ईश्वर जानना ज़रूरी है, उसी तरह ईश्वर कर्ता-नफ़्स या कर्ता-विज्ञान, जो कि नफ़्सों (विज्ञानों) का नफ़्स (विज्ञान) और सभी नफ़्सों के उद्गम तक पहुँचने के पहले प्रकृति और ईश्वर (नफ़्स) के बीच के तत्त्व जीव (रूह) के बारे में जानना जरूरी है।

(a) पुराने दार्शनिकों का मत–पुराने यूनानी दार्शनिक जीव के बारे में दो तरह के विचार रखते थे, एक वह जो कि जीव को भूत (प्रकृति) से अलग नहीं समझते थे, जैसे एम्पेदोकल (483-30 ई० पू०), एपीकुरु (341-270 ई० पूर्व) था और दूसरे दोनों को अलग-अलग मानते थे,

इनमें मुख्य हैं, अनखागोर (500- 428 ई० पू०), अफलातून (427-370 ई० पू०)। पुराने यूनानी दार्शनिक इस बात पर एकमत थे, कि जीव में ज्ञान और स्वतः गति यह दो बातें अवश्य पाई जाती हैं। अखीमन के मत में जीव सदा गतिशील तथा आदि-अन्तहीन (नित्य) पदार्थ है। क्षणिकवादी हैराक्लितु (535-425 ई० पूर्व) के मत में जीव सारे (भौतिक) तत्त्वों से श्रेष्ठ और सूक्ष्म है, इसीलिए वह हर तरह की परिवर्तनशील चीज़ों को जान सकता है। देवजेन (421-322 ई० पू०) जीव के मूल तत्त्व को वायु का सा मानता है, जीव स्वयं उसकी दृष्टि में सूक्ष्म तथा ज्ञान की शक्ति रखता है, परमाणुवादी देमोक्रितु (460-370 ई० पू०) के मत में जीव कभी न स्थिर होने वाली सतत् गतिशील तथा दुनिया की दूसरी चीजों को गति देने वाला तत्त्व है, भौतिकवादी एम्पेदोकल (483-430 ई० पू०) के मत में जीव दूसरी मिश्रित वस्तुओं की भाँति चार महाभूतों से बना है। आपस में मत-भेद ज़रूर है, किन्तु सिर्फ़ पिथागोर (570-500 ई० पू०) और ज़ेनो (490-430 ई० पू०) को छोड़, सुक्रात (469-399 ई० पू०) से पहले वाले सारे यूनानी दार्शनिक जीव और भूत (प्रकृति) को अलग-अलग तत्त्व नहीं समझते।

(b) अफलातूँ का मत–अफलातूँ ने इस बात पर ज़्यादा जोर दिया, कि जीव और भूत अलग-अलग तत्त्व हैं। मानव शरीर के भीतर के जीव उसके मत में तीन प्रकार के हैं। (1) विज्ञानीय जीव जो कि मनुष्यों के मस्तिष्क के भीतर सदा गतिशील रहता है, (2) दूसरा पाशविक जीव हृदय में रहता है और नश्वर है। इससे आदमी को क्रोध और वीरता की प्राप्ति होती है। (3) पाशविक जीव से भी नीचे प्राकृतिक (वानस्पतिक) जीव है; क्षुधा, पिपासा, मानुषिक कामना आदि का उद्गम यही है। वानस्पतिक (प्राकृतिक) और पाशविक जीव आमतौर से आत्मिक जीव के आधीन काम करते हैं, किन्तु कभी-कभी वह मनमानी करने लगते हैं, तब अक्ल (विज्ञान) बेचारी असमर्थ हो जाती है और आदमी के काम अबुद्धिपूर्वक कहे जाते हैं।

(c) अरस्तू का मत–अरस्तू जीव के बारे में अपने गुरु अफलातूँ के इस मत (भूत से जीव का एक भिन्न द्रव्य होना) से सहमत नहीं है। अरस्तू का पुराने दार्शनिकों पर यह आक्षेप है, कि वह जीव का ऐसा लक्षण नहीं बतलाते, जो कि वानस्पतिक (प्राकृतिक), पाशविक और आत्मिक तीनों प्रकार के जीवों पर एक-सा लागू हो। अरस्तू अपना लक्षण करते हुए कहता है, कि भूत (प्रकृति) क्रिया का आधार (क्रिया-अधिकरण) मात्र है और जीव केवल क्रिया या आकृति है। भूत और जीव अथवा प्रकृति और आकृति परस्पर संबद्ध तथा एक दूसरे के पूरे अंश हैं, इन दोनों के योग को ही प्राकृतिक (भौतिक) पिंड कहा जाता है। अभाव या अन्धकार में पड़ी प्रकृति (भूत) को जीव (आकृति) प्रकाश में लाता है, दूसरी ओर जीव भी प्रकृति का मुखापेक्षी है, क्योंकि वह प्रकृति में उन्हीं बातों का प्रकाश ला सकता है, जिसकी योग्यता उसमें पहले से मौजूद है।

अरस्तू भी अफ़लातूँ की ही भाँति जीव के तीन भेद बतलाता है–(1) वानस्पतिक जीव जिसका काम प्रसव और वृद्धि है और जो वनस्पतियों में पाया जाता है। (2) पाशविक जीव जिसमें प्रसव और वृद्धि के अतिरिक्त पहचान की भी शक्ति है, यह सभी पशुओं में पाई जाती है। (3) मानुषिक जीव बाकी दोनों जीवों से श्रेष्ठ है, इसमें प्रसव, वृद्धि, पहचान के अतिरिक्त बुद्धि, चिन्तन या विचार की शक्ति भी है, यह सिर्फ़ मनुष्य में है। प्राणिशास्त्र का पिता अरस्तू

चाहे डार्विनी विकासवाद तक न पहुँचा हो, किन्तु वह एक तरह के विकास को वनस्पति-पशु-मनुष्य में क्रमशः होते ज़रूर मानता है, जैसा कि उसके जीव संबंधी पूर्व-पूर्व के गुणों को लेते हुए उत्तर-उत्तर में नये गुणों के विकास से मालूम हो रहा है। अरस्तू जीव (आकृति) को प्रकृति से अलग अस्तित्व रखने वाली वस्तु नहीं मानता, यह बतला आए हैं। वह यह भी मानता है, कि जीव-व्यक्तियों के रूप में प्रकट होते हैं और व्यक्ति के खातमे के साथ उनका भी खातमा हो जाता है। अरस्तू जीव की सीमा को यहाँ समाप्त कर नफ़्स या आत्मा की सीमा में दाखिल होता है, यह जरा ठहरकर बतलायेंगे। गोया अरस्तू का वर्गीकरण हुआ प्रकृति-आकृति (जीव)-विज्ञान (नस), जिनमें प्रकृति और आकृति अभिन्न-सहचारिणी सखियाँ हैं, उपनिषद् का त्रैतवाद प्रकृति, आकृति (जीव) के सखित्व को न मानकर आकृति को आत्मा बना आत्मा (परम) आत्मा को सखा बनाता है, किन्तु जिस तरह हमने यहाँ साफ-साफ करके इस वर्गीकरण को दिखलाया, अरस्तू अपने लेखों में उतना साफ नहीं है। कहीं वह मानुषिक जीव को जीव कोटि में रख, उसे प्रकृति-सहचर तथा व्यक्ति के साथ उत्पत्तिमान और नाशवान मानता है और कहीं वानस्पतिक और पाशविक जीव की बिरादरी से निकालकर उसे नातिक-विज्ञान लोक में लाना चाहता है। वह जीवन ही नातिक-विज्ञान है।

नातिक-विज्ञान–विज्ञानीय जीव या नातिक विज्ञान नीचे के तत्त्वों (प्रकृति, आकृति) से श्रेष्ठ है और वही सभी चीज़ों का ज्ञाता है–मानो नातिक-विज्ञान ऊपर से नीचे की दुनिया में ख़ास उद्देश्य से भेजा जाता है। उसका इस दुनिया की (प्राकृतिक या आकृतिक) व्यक्तियों से कोई अपनापन नहीं, यह अवयव को नहीं अवयवी, सामान्य तथा आकृति का ज्ञान रखता है, इसी के द्वारा मनुष्य इन्द्रियों की दुनिया के परे ज्ञान-गम्य दुनिया को जानने में समर्थ होता है; किन्तु ज्ञान-गम्य दुनिया का ठीक-ठीक पता अतिमानुष विज्ञानों (ऊपर की नफ़्सों) को ही होता है, अतः नातिक-विज्ञान एक दर्पण है, जिसके द्वारा मनुष्य ऊपर की विज्ञानीय दुनिया के प्रतिबिंब को देख सकता है।

इन्द्रिय-विज्ञान–नातिक-विज्ञान अवयव का ज्ञान नहीं करता, वह अति मानुष विज्ञानों की भाँति केवल अवयवी, आकृति या सामान्य का ज्ञान करता है; यह कह आए हैं। इसलिए अवयव या व्यक्ति के ज्ञान के लिए अरस्तू ने एक और विज्ञान की कल्पना की है, जिसका नाम इन्द्रिय-विज्ञान है। आग को छूकर गर्मी का ज्ञान इन्द्रिय-विज्ञान का काम है, इन्द्रिय-विज्ञानों का कार्यक्षेत्र निश्चित है, शरीर में उनका सीमित स्थान है, नातिक-विज्ञान न तो अवयव या शरीर के किसी भाग में समाया हुआ है, न शरीर के भीतर एक जगह सीमित होकर बैठा है, न उसके लिए बाह्य विषयों की पाबंदी है और न उसकी क्रिया के लिए देश-काल या कमी-बेशी की। वह भौतिक वस्तुओं पर बिलकुल आश्रय नहीं करता।

नातिक-विज्ञान–जीव और शरीर के पारस्परिक संबंध तथा शरीर के उत्पत्ति विनाश के साथ जीव के उत्पत्ति-विनाश की बात कह आए हैं, किंतु नातिक-विज्ञान, जैसा कि अभी बतलाया गया, शरीर से बिलकुल अलग है, जिस तरह अपनी क्रिया के आरंभ करने में वह शरीर पर अवलंबित नहीं, उसी तरह शरीर के नष्ट हो जाने पर भी उसमें परिवर्तन नहीं होता; वह नित्य सनातन है।

नातिक विज्ञान के अरस्तू ने दो भेद बतलाए हैं–क्रिया-विज्ञान और अधिकरण-विज्ञान क्रिया विज्ञान वस्तुओं को ज्ञात मालूम होने योग्य बनाता है, यह अतिमानुष विज्ञानों का नातिक-विज्ञान है, जिसके भागीदारों में मानव जाति भी है। अधिकरण-विज्ञान ज्ञात (वस्तुओं) से प्रभावित हो, उनके प्रतिबिंब को अपने भीतर ग्रहण करता है, यह मानव-व्यक्तियों का विज्ञान है; पहले का गुण क्रिया और प्रभाव है, दूसरे का गुण है प्रभावित होना। ये दोनों ही तत्त्व मौजूद रहते हैं, किंतु अधिकरण-विज्ञान का प्रकाश प्राकट्य क्रिया-विज्ञान के बाद होता है। क्रिया-विज्ञान, अधिकरण-विज्ञान से श्रेष्ठ है, क्योंकि क्रिया-विज्ञान शुद्ध विज्ञानीय शक्ति है, किन्तु अधिकरण-विज्ञान चूँकि उससे प्रभावित होता है, इसलिए उसमें पिंड (शरीर) का भी मेल है, अरस्तू के नफ़्स (विज्ञान) संबंधी विचारों का संक्षेप है–

(1) क्रिया-विज्ञान और अधिकरण-विज्ञान एक नहीं भिन्न-भिन्न हैं।

(2) क्रिया-विज्ञान नित्य और अधिकरण विज्ञान नश्वर है।

(3) क्रिया-विज्ञान मानव व्यक्तियों से भिन्न है।

(4) क्रिया-विज्ञान आदमी के भीतर भी है।

अरस्तू-टीकाकार सिकन्दर अफ़दिसियुस् और देमासियुस् (549 ई०) दोनों अरस्तू से भिन्न विचार रखते हैं। वह क्रिया-विज्ञान को मानव से बिलकुल अलग मानते हैं, क्रिया-विज्ञान को देमासियुस् भेदक-विज्ञान कहता है और उसी को सिकंदर कारण-कारण कहता है।

(घ) रोश्द का विज्ञान (नफ़्स) वाद–ऊपर के विवरण से अरस्तू के निम्न-विचार हमें मालूम हैं। तत्त्व मुख्यतः तीन हैं–प्रकृति, जीव (आकृति) और विज्ञान (नस)। जीव के वह तीन भेद मानता है, जिनमें मानुष (विज्ञानीय) जीव को विज्ञान की तरफ खींचना चाहता है। विज्ञान (नफ़्स) के वह सिर्फ़ दो भेद मानता है–क्रिया-विज्ञान और अधिकरण-विज्ञान।

लेकिन रोश्द के वर्णन से नफ़्स (विज्ञान) के पाँच भेद मिलते हैं–(1) प्राकृतिक विज्ञान या भूतानुगत विज्ञान; (2) अभ्यस्त-विज्ञान; (3) ज्ञाता-विज्ञान (4) अधिकरण-विज्ञान और (5) क्रिया-विज्ञान।

सिकन्दर और अरब दार्शनिक प्राकृतिक-विज्ञान और अधिकरण-विज्ञान को एक समझते हैं, किन्तु रोश्द कभी-कभी प्राकृतिक विज्ञान को क्रिया-विज्ञान आत्मा के अर्थ में लेता है और उसे अनादि अनुत्पन्न मानता है और कहीं इससे भिन्न मानता है। देमासियुस् अभ्यस्त-विज्ञान और ज्ञाता-विज्ञान को एक मानता है, क्योंकि अक़्ल (विज्ञान) को अक़्ल ही पैदा कर सकती है, माद्दा (प्रकृति) अक़्ल (विज्ञान) को नहीं पैदा कर सकता; अतएव सारी ज्ञान रखनेवाली वस्तुएँ सिर्फ़ क्रिया-विज्ञान से ही उत्पन्न हैं। इस बात की ओर पुष्टि करते हुए वह कहता है–यद्यपि सभी अक़्ल (नफ़्स या विज्ञान) अक़्ल-फ़आल (कर्ता-विज्ञान) से उत्पन्न हैं, लेकिन ज्ञान की शक्ति हर व्यक्ति में उसकी अभ्यास से प्राप्त ज्ञान-योग्यता के अनुसार होती है; इसलिए ज्ञाता-विज्ञान और अभ्यस्त-विज्ञान में अन्तर नहीं रहा, अर्थात् ज्ञाता-विज्ञान भी वही है, जो अभ्यास-प्राप्त होता है। देमासियुस् के इस मत के विरुद्ध रोश्द अभ्यस्त-विज्ञान में दोनों बातें मानता है–एक ओर उसे वह ईश्वर (कर्ता-विज्ञान) का कार्य बतलाता है और इस प्रकार उसे अनादि और अ-नश्वर मानता है और दूसरी ओर उसे आदमी के अभ्यास का परिणाम कहता है, जिससे वह उत्पन्न तथा नश्वर है।

नाम अलग-अलग रखते हुए भी अरस्तू तथा उसके दूसरे टीकाकारों की भाँति रोश्द वस्तुतः नफ़्सों (अक़्लों, विज्ञानों) के भेद को न मानकर नफ़्स की एकता को स्वीकार करता है। वह कहता है–यह ठीक है, कि चूँकि विज्ञान (नफ़्स) अनेक भिन्न-भिन्न आकार-प्रकारों को स्वीकार करने की शक्ति रखता है, इसलिए जहाँ तक उसके अपने स्वरूप का संबंध है, उसे आकार-प्रकार से रहित होना चाहिए–अर्थात् अपने असली स्वरूप में विज्ञान (नफ़्स) ज्ञान-योग्यता का नाम है; लेकिन यह कहने का कोई अर्थ नहीं, कि सिर्फ़ योग्यता के अस्तित्व को स्वीकार कर, मनुष्य में क्रिया-विज्ञान के होने से इंकार कर दिया जाये और जब हम मनुष्य में क्रिया-विज्ञान को मानते हैं, तो यह भी मानना पड़ेगा, कि विज्ञान अपने स्वरूप में किसी विशेष आकार-प्रकार के साथ मूर्तिमान् हो गया–"क्रिया सिर्फ़ (अ-प्रकट, अन्तर्हित) योग्यता के प्रकाश का नाम है, वह किसी विशेष आकार-प्रकार के साथ मूर्तिमान् होने का नाम नहीं है। अतएव यह कहने के लिए कोई कारण नहीं मालूम होता, कि आध्यात्मिक या (आन्तरिक) संभवनीयता या योग्यता को तो स्वीकार किया जायें, किन्तु वाह्य क्रियावत्ता या प्रकाश को स्वीकार न किया जाये। ऐसी अवस्था में, ज्ञान या प्रतीति का अर्थ सिर्फ़ ज्ञान योग्यता नहीं, बल्कि ज्ञान-घटना है। जब तक आध्यात्मिक या अधिकरण-संबंधी और वाह्य या क्रिया-सबंधी विज्ञानों के पारस्परिक प्रभाव–अर्थात् शक्तिमत्ता और क्रियावत्ता एकत्रित न होंगे, तब तक ज्ञान अस्तित्व में आ नहीं सकता। यह ठीक है, कि अधिकरण-विज्ञान में अनेकता या बहुसंख्यकता है और वह मानव शरीर की भाँति नश्वर है तथा क्रिया-विज्ञान अपने उद्गम के खयाल से मनुष्य से अलग और अनश्वर है।"

दोनों (क्रिया और अधिकरण) विज्ञानों में उपरोक्त भेद रहते भी दोनों का एकत्रित होने का न तो यह अर्थ है, कि क्रिया-विज्ञान व्यक्तियों की अनेकता के कारण अनेक हो जाये और न इसका यह अर्थ है, कि व्यक्तियों की अनेकता खतम हो जाये और वह क्रिया-विज्ञान की एकता में विलीन हो जायें। इसका अर्थ सिर्फ़ यही है, कि क्रिया-विज्ञान के (अनादि सनातन) अंशों में मानवता बाँट दी गई है, अर्थात् क्रिया और अधिकरण-विज्ञानों के एकत्रित होने का सिर्फ़ यह अर्थ है, कि मनुष्य के मस्तिष्क की बनावट जिस तरह एक-सी योग्यताओं की प्रदर्शिका है, उससे मानवजाति में क्रिया-विज्ञान के अंशों का मिश्रण होता रहता है। ये अंश अपने स्वरूप में अ-नश्वर और चिरस्थायी हैं। इनका अस्तित्व मानव व्यक्तियों के साथ बंधा नहीं है बल्कि, यदि कभी मानव-व्यक्तित्व का अस्तित्व न रह जाये, उस अवस्था में भी इनका काम इसी तरह जारी रहता है, जिस तरह मानव व्यक्तियों के भीतर। इस असंभव कल्पना की भी आवश्यकता नहीं। सारा विश्व परम-विज्ञान के प्रकाशमान कणों से प्रकाशित है। प्राणी, वनस्पति, धातु और भूमि के भीतर-बाहर के भाव-सभी जगह इसी परम-विज्ञान का शासन चल रहा है। परम विज्ञान जैसे इन सब जगहों में प्रकाशमान है, वैसे ही मनुष्य में भी, क्योंकि मनुष्य भी उसी प्रकाशमान विश्व का एक अंश है। जिस तरह मानवता सारे मनुष्यों में एक ही है, उसी तरह सारे मनुष्यों में एक विज्ञान भी पाया जाता है। इसका अर्थ यह हुआ, कि व्यक्ति-संख्या भेद से शून्य तथा विश्व-शासक परम-विज्ञान जब क्रियापन का वस्त्र पहनता है, तो भिन्न-भिन्न किस्मों में प्रकाशित होता है–कहीं वह प्राणी में प्रकाशित होता है, कहीं

देवताओं में और कहीं मनुष्य में; इसीलिए व्यक्ति स्वरूप नश्वर है, किन्तु मानवता-विज्ञान चिरन्तन तथा अनश्वर है, क्योंकि वह उस विज्ञान का अंश है।

उपरोक्त कथन से यह भी सिद्ध होता है, कि क्रिया-विज्ञान और मानवता-विज्ञान दोनों के अनादि होने पर मानवता कभी नष्ट न होगी–मानव में ज्ञान (दर्शन, साइंस आदि) का प्रकाश सदा होता रहेगा।

(ङ) सभी विज्ञानों का परमविज्ञान में समागम–रोश्द के कहे पाँच विज्ञानों का नाम हम बतला चुके हैं, रोश्द उनको समझाते हुए कहता है, कि (1) प्राकृतिक विज्ञान का अस्तित्व मनुष्य के पैदा होने के साथ होता है, उस वक्त वह सिर्फ़ ज्ञान की योग्यता या संभावना के रूप में रहता है। आयु के बढ़ने के साथ (अन्तर्हित) योग्यता क्रिया का रूप लेती है और इस विकास का अन्त; (2) अभ्यस्त-विज्ञान की प्राप्ति पर होता है, जो कि मानव-जीवन की चरम सीमा है, लेकिन अभ्यस्त-विज्ञान, विज्ञान का चरम स्थान नहीं है। हाँ, प्रकृति से लिप्त रहते, उसका जो विकास हो सकता है, उसको चरम विकास कह सकते हैं। उसके आगे प्राकृतिक-जगत् से ऊपर उठता, वह शुद्ध विज्ञान जगत् की ओर बढ़ता है, जितना वह विज्ञान-जगत् के करीब पहुँचता जाता है, उतना ही उसका विज्ञान-जगत् से समागम होता जाता है। इस अवस्था में पहुँचकर विज्ञान हर प्रकार की वस्तुओं का ज्ञान स्वयं प्राप्त कर लेता है, अर्थात ज्ञाता-विज्ञान की अवस्था में पहुँच जाता है। यही यह अवस्था है, जहाँ 'मैं-तुम' के भेद उठ जाते हैं और मनुष्य कर्ता-विज्ञान (ईश्वर) का पद प्राप्त कर लेता है; चूँकि कर्ता विज्ञान के अन्दर सब तरह की वस्तुएँ मौजूद हैं, इसलिए मनुष्य भी मूर्तिमान् "सर्व खल्विदं ब्रह्म" बन जाता है।

[कर्ता (परम) विज्ञान ही सब कुछ]–अरस्तू कहता है–"ज्ञान ही विज्ञान का स्वरूप है और ज्ञान भी मामूली इन्द्रिय-विषयों का नहीं, बल्कि सनातन गुण रखनेवाली चीज़ों–विज्ञानमय (विज्ञान-जगत्) का। तब स्पष्ट है, कि नफ़्सों का नफ़्स (विज्ञानों का विज्ञान) अर्थात् कर्ता-विज्ञान (ईश्वर) का स्वरूप ज्ञान के सिवा और कुछ हो ही नहीं सकता।। ईश्वर में जीवन है और उसका जीवन केवल ज्ञान क्रिया होने का नाम है। कर्ता-विज्ञान सनातन शिव और केवल मंगल (मय) है और ज्ञान से बढ़कर कोई शिवता (अच्छाई) नहीं हो सकती। ("नहिनेन सदृशं पवित्रमिह विद्यते") अतः ईश्वर इस शिवता का स्रोत है, किन्तु उसके ज्ञान में विज्ञाता और विज्ञेय का भेद नहीं, क्योंकि वहाँ उसके स्वरूप के सिवा और कोई चीज़ मौजूद भी नहीं है और है भी तो उसके अन्दर। अतएव वह (कर्ता-विज्ञान, ईश्वर) यदि अपने से भिन्न चीज़ का ज्ञान भी करे, तो भी अपने स्वरूप के ज्ञान के सिवा और हो नहीं सकता। इस तरह वह स्वयं ही ज्ञाता और ज्ञेय दोनों है, बल्कि यों कहना चाहिए, कि उसका ज्ञान, ज्ञान के ज्ञान का नाम है, क्योंकि उस अवस्था में ज्ञान, ज्ञेय और ज्ञाता में कोई भी भेद नहीं है–जो ज्ञान है, वही ज्ञाता है, जो ज्ञाता है, वही ज्ञेय है और उसके अतिरिक्त सारी चीजें 'नास्ति' हैं।

रोश्द आचार-शास्त्र में संक्षेप में फिर अपने विज्ञान-अद्वैतवाद पर लिखता है–

"ज्ञान–प्रतीति के अतिरिक्त और जितनी शिवतायें (अच्छाइयाँ) हैं, उनमें से कोई भी स्वतः वांछनीय नहीं होती और न किसी से आयु में वृद्धि होती है। वह सबकी सब नश्वर हैं, किंतु यह

शिवता (ज्ञान) अनश्वर है; सबकी सब दूसरों की वांछा पूरी करती हैं, किंतु यह (ज्ञान) स्वयं अपनी वांछा है, उसको छोड़ किसी वांछा का अस्तित्व नहीं, लेकिन मुश्किल यह है, कि ज्ञानों का उच्चतम पद मनुष्य की पहुँच से बाहर है—मनुष्य सिर से पैर तक भौतिकता से घिरा हुआ है, वह मानवता की चहारदीवारी के भीतर रहते, उन पदों तक किसी तरह पहुँच नहीं सकता। हाँ, उसके भीतर ईश्वर (कर्ता-विज्ञान) की ज्योति जग रही है, यदि वह उसकी ओर बढ़ने की कोशिश करे—मानवता की पोशाक (आवरण) को उतारकर अपने अपनत्व (मैंपन) को नष्ट कर दे, तो निस्सन्देह केवल शिव की प्राप्ति उसे हो सकती है।...लोग कहते हैं, कि मनुष्य को मनुष्य की तरह जीवन-यापन करना चाहिए, चूँकि वह स्वयं भौतिक है, इसलिए भौतिकता से ही उसे नाता रखना चाहिए, लेकिन यह ठीक नहीं है। हर जाति की शिवता (अच्छाई) सिर्फ़ उसी चीज़ में होती है, जिससे उसके आनंद में वृद्धि होती हो और जो उसके अनुकूल हो। अतएव मनुष्य की शिवता यह नहीं है, कि वह कीड़ों-मकोड़ों की तरह (प्रवाह में) बह जाये। उसके भीतर तो ईश्वर की ज्योति जगमगा रही है, वह उसकी ओर क्यों न खयाल करे और ईश्वर से वास्तविक समागम क्यों न प्राप्त करे—यही तो वास्तविक शिवता और उसका अमर जीवन है। उस पद की क्या प्रशंसा की जाये? यह आश्चर्य पद है, जहाँ पर पहुँच कर बुद्धि आत्मविभोर हो जाती है, लेखनी आनंदातिरेक में रुक जाती है, जिव्हा स्खलित होने लगती है और शब्द अर्थों के पर्दों में छिप जाते हैं। जबान उसके स्वरूप को किस तरह कहे और लेखनी चलना चाहे तो भी किस तरह चले?"

(च) परमविज्ञान की प्राप्ति का उपाय—यद्यपि ऊपर के उद्धरण की भाषा और कुछ-कुछ आशय से भी—आदमी को भ्रम हो सकता है, कि रोश्द सूफ़ीवाद के योग-ध्यान को कर्ता-विज्ञान (ईश्वर) के समागम के लिए ज़रूरी समझता होगा; किन्तु ध्यान से देखने से मालूम होगा, कि उसका परम-विज्ञान, समागम-ज्ञान की प्राप्ति पर है। इस्लामिक दार्शनिकों में रोश्द सबसे ज़्यादा सूफ़ीवाद का विरोधी है। वह योग, ध्यान, ब्रह्मलीनता को बिलकुल झूठी बात कहता है। मनुष्य की शिवता उसी योग्यता को विकसित करने में है, जिसे लेकर वह पैदा हुआ और वह है ज्ञान की योग्यता। आदमी को उसी वक्त शिवता प्राप्त होती है, जब वह इस योग्यता को उन्नत कर पदार्थों की वास्तविकता के तह तक पहुँच जाता है। सूफियों का आचार-उपदेश बिलकुल असत्य और बेकार है। मनुष्य के पैदा होने का प्रयोजन यह है, कि इन्द्रिय-जगत् पर विज्ञान-जगत् का रंग चढ़ाये। बस इसी एक उद्देश्य-के प्राप्त हो जाने पर मनुष्य को स्वर्ग मिल जाता है, चाहे उसका कोई भी मज़हब क्यों न हो। "दार्शनिकों का असली मज़हब है, विश्व के अस्तित्व का अध्ययन, क्योंकि ईश्वर की सर्वश्रेष्ठ उपासना केवल यही हो सकती है, कि उसकी सृष्टि—कारीगरी का वास्ततिक ज्ञान प्राप्त किया जाये, यह ईश्वर के परिचय करने जैसा है। यही एक कर्म है, जिससे ईश्वर खुश होता है। सबसे बुरा कर्म वे करते हैं, जो कि ईश्वर की बहुत ही श्रेष्ठ उपासना करने वालों को काफिर कहते तथा परेशान करते हैं।"

(छ) मनुष्य परिस्थिति का दास—मनुष्य काम करने में स्वतंत्र है या परतंत्र; दूसरे कितने ही दार्शनिकों की भाँति रोश्द ने भी इस प्रश्न पर कलम उठाई है। इस पर कुछ कहने से पहले संकल्प को समझना ज़रूरी है, क्योंकि कर्म करने से पहले संकल्प होता है अथवा संकल्प स्वयं ही एक कर्म-मानस-कर्म है।

(a) संकल्प–संकल्प के बारे में रोश्द का मत है–संकल्प मनुष्य की एक आत्मिक (मानसिक) अवस्था है, जिसका उद्देश्य यह है, कि मनुष्य कोई कर्म करे, लेकिन मनुष्य के संकल्प की उत्पत्ति, उसके भीतर से नहीं होती, बल्कि उसकी उत्पत्ति कितने ही बाहरी कारणों पर निर्भर है। यही नहीं कि इन बाहरी कारणों से हमारे संकल्प में दृढ़ता पैदा होती है, बल्कि हमारे संकल्प की कायमी और सीमा भी इन्हीं कारणों पर निर्भर है। संकल्प राग या द्वेष इन दो मानसिक अवस्थाओं का है, जो कि बाहर किसी लाभदायक या हानिकारक वस्तु के अस्तित्व या खयाल से हमारे भीतर पैदा होती हैं। इससे यह स्पष्ट है, कि एक हद तक संकल्प का अस्तित्व बाहरी कारणों ही पर निर्भर है–जब कोई सुन्दर वस्तु हमारी आँख के सामने आती है, अवश्य ही हमारा आकर्षण उसकी ओर होता है; जब कोई असुन्दर या भयानक वस्तु पर हमारी निगाह पड़ती है, तो उससे विराग होता है। मन की इसी राग-द्वेष या आकर्षण-विराग वाली अवस्था का नाम संकल्प है। जब तक हमारे मन को उकसाने वाली कोई बात सामने नहीं आती, उस वक्त तक संकल्प भी अस्तित्व में नहीं आता, यह स्पष्ट है।

(b) संकल्पोत्पादक बाहरी कारण–(1) बाहरी कारण संकल्प-के उत्पादक होते हैं, यह तो बतलाया; किन्तु यह भी खयाल रखना है, कि इन बाहरी कारणों का अस्तित्व भी क्रम-रहित–व्यवस्था-शून्य–नहीं होता; बल्कि ये स्वयं बाहर वाले अपने कारणों के आधीन होते हैं। इस प्रकार हमारे भीतर संकल्प का आना क्रम-शून्य तथा बे-समय नहीं होता; बल्कि (2) कारणों के क्रम (परम्परा) की भाँति संकल्पों की भी एक क्रमबद्ध शृंखला होती है, जिसकी प्रत्येक कड़ी कारणों की शृंखला की भाँति बाहरी कड़ी से मिली होती है। इसके अतिरिक्त (3) स्वयं हमारी शारीरिक व्यवस्था–जिस पर कि बहुत हद तक हमारे संकल्प निर्भर करते हैं–भी एक ख़ास व्यवस्था के आधीन हैं। ये तीनों कार्य कारण शृंखला में एक दूसरे से जकड़ी हुई हैं। इन तीनों शृंखलाओं के सभी अंश या कड़ियाँ मनुष्य की अक्ल की पहुँच से बाहर हैं। हमारे शरीर की व्यवस्था में जो परिवर्तन होते हैं, वे सभी हमारे ज्ञान या अधिकार से बाहर हैं। इसी तरह बाहरी जगत् की जो क्रियाएँ या प्रभाव हमारे मानसिक जीवन पर काम करते हैं, वह असंख्य होने के अतिरिक्त हमारे ज्ञान या अधिकार से बाहर रहते हैं, हम पर काम करते हैं। इस तरह इन बाहरी क्रियाओं या प्रभावों में से अधिकांश को संचित करना क्या उनका ज्ञान प्राप्त करना भी मनुष्य की शक्ति से बाहर की बात है। यही वजह है, कि मनुष्य परिस्थिति के सामने लाचार और बेबस है। वह चाहता कुछ है और होता कुछ है।

(4) सामाजिक विचार–हम देख चुके हैं, कि रोश्द जहाँ विज्ञान (नफ़्स) को लेता है, तो ज्ञान की हलकी-सी चिनगारी को भी परम विज्ञान से आई बतलाकर सबको विज्ञानमय बतलाता है। साथ ही प्रकृति (भूत) से न वह इन्कार करता है और न उसे विज्ञान का विकार या माया बतलाता है; बल्कि परिस्थितिवाद में तो विज्ञान-ज्योति से युक्त मानव को वह जिस प्रकार प्रकृति से लाचार बतलाता है, उससे तो अपने क्षेत्र में प्रकृति उसके लिए विज्ञान से कम स्वतंत्र नहीं है। इन्हीं दो तरह के विचारों को लेकर उसके समर्थकों का विज्ञानवादी और भौतिकवादी दो दलों में बँट जाना बिलकुल स्वाभाविक था। यदि रोश्द का विज्ञानवाद भी पसंद था, तो इसमें तो शक

नहीं, कि यह ग़ज़ाली आदि के सूफ़ीवाद या शंकर आदि के अद्वैत-ब्रह्मवाद की तरह का नहीं था, जिसमें जगत् ब्रह्म में कल्पित सिर्फ़ माया या अभ्यास मात्र हो, लेकिन रोश्द के सामाजिक विचारों की जो बानगी हम देने जा रहे हैं, उससे जान पड़ता है, कि भौतिकवाद और व्यवहारवाद पर ही उसका जोर ज्यादा था।

(क) समाज का पक्षपाती–समाज के सामने व्यक्ति को रोश्द कितना कम महत्त्व देता था, यह उसके इस विचार से साफ हो जाता है–मानव जाति की अवस्था वनस्पति की भाँति है। जिस तरह किसान हर साल बेकार तथा निष्फल वृक्षों और पौधों को जड़ से उखाड़ फेंकते हैं और सिर्फ़ उन्हीं वृक्षों को रहने देते हैं, जिनसे फल लेने की आशा होती है, उसी तरह यह बहुत आवश्यक है, कि बड़े-बड़े नगरों की जनगणना कराई जाये और उन व्यक्तियों को कतल कर दिया जाये, जो बेकार जीवन बिताते हैं और कोई ऐसा पेशा या काम नहीं करते, जिनसे जीवन-यापन हो सके। सफ़ाई और स्वास्थ्य-रक्षा के नियमानुसार, नगरों का बसाना सरकार का कर्तव्य है और यह तब तक संभव नहीं है, जब तक कि काम करने में असमर्थ, लूले, लँगड़े और बेकार आदिमियों से शहरों को पाक न कर दिया जाये।

रोश्द ने अरस्तू के "राजनीति-शास्त्र" के अभाव में अफलातूँ के "प्रजातंत्र" पर विवरण लिखा था और इस बारे में अफलातूँ के सिद्धान्तों से बहुत हद तक सहमत था। नगर को फ़ज़ूल के आदमियों से पाक करना, अफलातूँ के दुर्बल बच्चों को मरने के लिए छोड़ देने का अनुकरण है। स्वास्थ्य-रक्षा, अनुवांशिकता और सन्तान-नियत्रण द्वारा, बिना कतल किये भी, अगली पीढ़ियों को कितना बेहतर बनाया जा सकता है, इसे रोश्द ने नहीं समझा, तो भी उस वक्त के ज्ञान की अवस्था में यह क्षम्य हो सकता है; किन्तु उनके लिए क्या कहा जाय, जो कि आज कत्ले-आम के द्वारा "हीन" जातियों का संहार कर "उच्च" जाति का विस्तार करना चाहते हैं।

रोश्द मूर्ख शासकों और धर्मान्ध मुल्लों के सख्त खिलाफ था। मुल्लों को वह विचार-स्वातन्त्र्य का दुश्मन होने से मानवता का दुश्मन मानता था। अपने समय के शासकों और मुल्लाओं का उसे बड़ा तल्ख तज़ुर्बा था और हकामकी (हस्तलिखित) चार लाख पुस्तकों की लाइब्रेरी की होली, उसे भूलने वाली न थी। इस तरह दुनिया में अंधेर देखते हुए भी वह फ़ाराबी या बाजा की भाँति वैयक्तिक जीवन या एकान्तता का पक्षपाती न था। समाज में उसका विश्वास था। वह कहता था, कि वैयक्तिक जीवन न किसी कला का निर्माण कर सकता है न विज्ञान का। वह ज्यादा से ज्यादा यही कर सकता है, कि समाज की पहले की अर्जित निधि से गुज़ारा करे और जहाँ-तहाँ नाममात्र का सुधार भी कर सके। समाज में रहना तथा अपनी शक्ति के अनुसार सारे समाज की भलाई के लिए कुछ करना हर एक आदमी का फ़र्ज़ होना चाहिए। इसीलिए वह स्त्रियों की स्वतंत्रता चाहता है। मजहब वालों की भाँति सदाचार नियम को वह "आसमान से टपका" नहीं मानता था, बल्कि उसे बुद्धि की उपज समझता था; न कि वैयक्तिक स्वार्थ के लिए वैयक्तिक बुद्धि की उपज। राष्ट्र या समाज की भलाई उसके लिए सदाचार की कसौटी थी। धर्म के महत्त्व को भी वह सामाजिक उपयोगिता के खयाल से स्वीकार करता था। आमतौर

से दर्शन से भिन्न और उलटी राय रखने के कारण धर्म की असत्यता पर रोश्द का विश्वास था, किन्तु अफलातूँ के "भिन्न-भिन्न धातुओं से बने आदमियों की श्रेणियाँ होने" को प्रोपेगंडा द्वारा हृदयांकित करने की भाँति मजहब को भी वह प्रोपेगंडा की मशीन समझता था और उस मशीन को इस्तेमाल करने से उसे इन्कार नहीं था, यदि वह अपने आचार-नियमों द्वारा समाज की बेहतरी कर सके।

(ख) स्त्री-स्वतन्त्रतावादी–मुल्समीन शासकों के यहाँ स्त्रियाँ मुँह खोले सरे-आम् घूमती थीं और मर्द मुँह पर पर्दा रखते थे, ऐसा करके इस्लाम-ने दिखला दिया, कि वह इस पार उस पार दोनों चरम-पंथों में जा सकता है, किंतु इसका यह अर्थ नहीं, कि मुल्समीन रानियाँ और राजकुमारियाँ आर्थिक स्वातंन्त्र्य–जो कि वास्तविक स्वातन्त्र्य है–की अधिकारिणी थीं और फिर यह रवाज सिर्फ़ राजवंश तक सीमित था। रोश्द वस्तुतः स्त्रियों की स्वतंत्रता चाहता था, क्योंकि वह इसी में समाज का कल्याण समझता था। यह भी स्मरण रहना चाहिए, कि इस बात में अफलातूँ भी इतना उदार नहीं था।

रोश्द की राय में स्त्री और पुरुष की मानसिक तथा शारीरिक शक्तियों में कोई मौलिक भेद नहीं है, भेद यदि कहीं मिलेगा, तो वह कुछ कमी-बेशी ही का। कला, विद्या, युद्ध-चातुरी में जिस तरह पुरुष दक्षता प्राप्त करते हैं, उसी तरह स्त्रियाँ भी प्राप्त कर सकती हैं; पुरुषों के कंधे से कंधा मिलाकर वह समाज की हर तरह से सेवा कर सकती हैं। यही नहीं, कितनी ही विद्याएँ-कलाएँ तो स्त्रियों के ही लिए प्रकृति की ओर से सुरक्षित हैं–उदाहरणार्थ संगीत की व्यवस्था और चरम विकास तभी हो सकता है, जब कि स्त्रियाँ उसमें हस्तावलंब दें। युद्ध में स्त्रियों की दक्षता कोई काल्पनिक बात नहीं है। अफ्रीका की कितनी ही बद्दू-रियासतों में स्त्रियों की रणचातुरी के बहुत अधिक उदाहरण मिलते हैं, जिनमें स्त्रियों ने युद्ध-क्षेत्र में सिपाही और अफसरों के कर्तव्य को बड़ी सफलता से पूरा किया। इसी तरह इसके भी कितने ही उदाहरण हैं, जब कि शासन-यंत्र स्त्री के हाथ में रहा और राज्य-प्रबंध ठीक से चलता रहा। स्त्रियों के लिए स्थापित की गई, आजकल की व्यवस्था बहुत बुरी है, इसके कारण स्त्रियों को अवसर नहीं मिलता, कि वह अपनी योग्यता को दिखला सकें। आज की व्यवस्था ने तय कर दिया है, कि स्त्रियों का कर्तव्य सिर्फ़ यही है, कि सन्तान बढ़ावें और बच्चों का पालन-पोषण करें, लेकिन इसी का परिणाम है, जो कि एक हद तक उनकी छिपी हुई स्वाभाविक शक्ति लुप्त होती चली जा रही है। यही वजह है, कि हमारे देश (स्पेन) में ऐसी स्त्रियाँ बहुत कम दिखलाई पड़ती हैं, जो किसी बात में भी समाज में विशेष स्थान रखती हों। उनका जीवन वनस्पतियों का जीवन है, खेती की भाँति वह अपने पतियों की सम्पत्ति हैं। हमारे देश (स्पेन) में जो दरिद्रता दिन-पर-दिन बढ़ रही है, उसका भी कारण स्त्रियों की यही दुरवस्था है; चूँकि हमारे देश में स्त्रियों की संख्या पुरुषों से अधिक है और स्त्रियाँ अपने दिनों को अधिकतर बेकार गुजारती हैं, इसलिए वह अपने श्रम से परिवार की सम्पत्ति को बढ़ाने की जगह मर्दों पर भार होकर जिन्दगी बसर करती हैं।

रोश्द के ये विचार बतलाते हैं, कि क्यों वह यूरोपीय समाज में तूफ़ान लाने तथा उसे एक नई दिशा की ओर धक्का देने में सफल हुआ।

4. यहूदी दार्शनिक

क–इब्न-मैमून (1135-1208 ई०)

यद्यपि इब्न्-मैमून मुसलमान घर में नहीं, बल्कि इब्न्-जिब्रोल की भाँति यहूदी घर में पैदा हुआ था, तो भी इस्लामिक दर्शन या दार्शनिक से हमारा अभिप्राय यहाँ कुरानी दर्शन से नहीं है, बल्कि ऐसी विचारधारा से है, जो अरब से निकले उस क्षीण स्रोत में दूसरी नई-पुरानी विचारधाराओं के मिलने से बनी। इसीलिए हमने जिब्रोल–जो कि स्पेनिश इस्लामिक दर्शनधारा का आरम्भक था–के बारे में पहले लिखा, अब और ईब्न-मैमून के बारे में लिखते हैं, जिसके साथ यह धारा प्रायः बिलकुल ख़त्म हो जाती है।

(1) जीवनी–मूसा इब्न-मैमून का जन्म रोश्द के शहर कार्दोवा में 1135 ई० में हुआ था। बचपन से ही वह बहुत तेज बुद्धि रखता था और जब वह अभी बिलकुल तरुण था, तभी उसने काबुल और यरूशिलम की तालमूदों पर विवरण लिखे, जिसकी वजह से यहूदियों में उसका बहुत सम्मान होने लगा। मैनून ने दर्शन किससे पढ़ा, इसमें मतभेद है। कुछ लेखक उसे रोश्द का शिष्य कहते हैं और वह अपने दार्शनिक विचारों में रोश्द का अनुगामी था, इसमें सन्देह नहीं है; लेकिन वह स्वयं अपनी पुस्तक "दलाला" में सिर्फ़ इतना ही लिखता है, कि उसने इब्न-बाजा के एक शिष्य से दर्शन पढ़ा। मोहिदीन के प्रथम शासक अबुल्मोमिन (1147-63 ई०) के शासनारंभ में यहूदियों की जो बुरी अवस्था हुई थी, उसी समय मैमून मिस्र भाग गया। पीछे वह मिस्र के नये शासक तथा शीयों के ध्वंसक सलाहुद्दीन अयूबी का राजवैद्य बना। मिस्र में आने पर उसे रोश्द के ग्रंथों को पढ़ने का शौक हुआ। 1191 ई० में वह अपने योग्य शिष्य यूसुफ़ इब्न-यह्या को लिखता है–"मैं अरस्तू पर लिखी इब्न-रोश्द की सारी व्याख्याओं को एकत्रित कर चुका हूँ, सिर्फ़ 'हिस्स व महसूस' (इन्द्रिय के ज्ञान और ज्ञेय) की पुस्तक अभी नहीं मिली। वस्तुतः इब्न-रोश्द के विचार बहुत ही न्याय-सम्मत होते हैं, इसलिए मुझे उसके विचार बहुत पसंद हैं; किन्तु अफसोस है, कि समयाभाव से मैं उसकी पुस्तकों का अध्ययन नहीं कर सका हूँ।"

मैमून ने ही सबसे पहले रोश्द के महत्त्व को समझा और उसकी वज़ह से यहूदी विद्वानों ने उसके दर्शन के अध्ययन-अध्यापन का काम ही अपने हाथ में नहीं लिया, बल्कि उन्हीं के इब्रानी और लातीनी अनुवादों ने यूरोप की अगली विचार-धारा के बनाने का भारी काम किया।

मैमून का देहान्त 605 हिजरी (सन् 1208 ई०) में हुआ।

(2) दार्शनिक विचार–रोश्द ने जिस तरह दर्शन के बुद्धि-प्रधान हथियार से इस्लाम के मज़हबी वाद-शास्त्रियों की खबर ली, मैमून ने वही काम यहूदी वाद-शास्त्रियों के साथ किया। रोश्द का "तोहाफ़तू तू-तोहाफ़तू" (खंडन-खंडन) की भाँति ही उसकी पुस्तक "दलाला" ने यहूदी धर्म-वादियों पर प्रहार का काम किया। यहूदियों के कितने ही सिद्धान्त इस्लाम की तरह के थे और उनके खंडन में मैमून ने रोश्द की तरह ही सरगर्मी दिखलाई; बल्कि ईश्वर के बारे में तो वह रोश्द से भी आगे गया और उसने कहा कि ईश्वर के बारे में हम सिर्फ़ इतना ही कह सकते हैं, कि "वह यह नहीं" है "ऐसा नहीं है"। यह बतलाना तो हमारे सामर्थ्य के बाहर है, कि उसमे अमुक अमुक

गुण हैं; क्योंकि यदि हम ईश्वर के गुणों को साफ तौर से बतला सकें, तो वह संसार की चीज़ों जैसा हो जायेगा। वह यहाँ तक कहता है, कि ईश्वर को "असंग-अद्वैत" (वहदहू-लाशरीक) भी नहीं कह सकते, क्योंकि अद्वैत भी एक गुण है। यद्यपि मैमून "जगत् की अनादिता" को स्वयं नहीं मानता था, किन्तु ऐसा मानने वाले को वह नास्तिक कहने के लिए तैयार न था।

विज्ञान (नफ़्स) के सिद्धान्त में मैमून का रोश्द से मतभेद था। वह मानता था, कि प्राकृतिक-विज्ञान, अभ्यस्त-विज्ञान से ज्ञान प्राप्त करता है और अभ्यस्त-विज्ञान-कर्ता-विज्ञान (ईश्वर) से। विद्या (दर्शन) को वह भी रोश्द की भाँति ही बहुत महत्त्व देता था–मनुष्य की चरमोन्नति उसकी विद्या संबंधी उन्नति पर निर्भर है और यही ईश्वर की सच्ची उपासना है। विद्या के द्वारा ही आदमी अपने जीवन को उन्नत कर सकता है, किन्तु साधन का उपयोग सबके लिए आसान नहीं, इसलिए मूर्खों और अ-विद्वानों की शिक्षा के लिए ईश्वर पैगंबरों को भेजता है।

ख. यूसुफ़ इब्न-यह्या (1191 ई०)

जीवनी–यूसुफ़ इब्न-यह्या मराको का रहने वाला यहूदी था। यहूदियों के निर्वासन के जमाने में वह भी मिस्र चला आया और मूसा इब्न-मैमून से उसने दर्शन का अध्ययन किया। यूसुफ़ भी अपने गुरु की भाँति ही रोश्द के दर्शन का बड़ा भक्त था। रोश्द के प्रति अपनी भक्ति को उसने एक पत्र में प्रकट किया है, जिसे उसने अपने गुरु मैमून को लिखा था–

"मैने आपकी प्रिय पुत्री सुरैया को ब्याह-संदेश दिया। उसने तीन शर्तों के साथ मुझ गरीब की प्रार्थना स्वीकार की– (1) स्त्रीधन (मेहर)–देने की जगह मैं अपने दिल को उसके हाथ बेच डालूँ (2) शपथपूर्वक सदा प्रेम करने की प्रतिज्ञा करूँ (3) वह षोड़शी कुमारियों की तरह मुझे आलिंगन करना पसंद करे। मैंने विवाह के बाद तीनों शर्तें पूरी करने की उससे प्रार्थना की। बिना किसी उज्र के वह राजी हो गई। अब हम दोनों पारस्परिक प्रेम के आनंद लूट रहे हैं। ब्याह तो गवाहों की उपस्थिति में हुआ था; एक स्वयं आप मूसा इब्न-मैमून-थे और दूसरे थे इब्न-रोश्द।

सारे पत्र को यूसुफ़ ने आलंकारिक भाषा में लिखा है। सुरैया वस्तुतः मैमून की कोई औरस पुत्री नहीं थी, बल्कि मैमून द्वारा प्रदत्त दर्शन-विद्या को ही वह उसकी प्रिय पुत्री कह रहा है और इस "पाणिग्रहण" के कराने में रोश्द का भी हाथ वह स्वीकार करता है।

यूसुफ़ जब हलब (अलेप्पो, सीरिया) में रहता था, तो उसकी जमालउद्दीन कुफ्ती से बहुत दोस्ती थी। जमालुद्दीन लिखता है–"एक दिन मैंने यूसुफ़ से कहा–यदि यह सच है, कि मरने के बाद जीव को इस दुनिया की खबर मिलती रहती है, तो आओ हम दोनों प्रतिज्ञा करें, कि हममें से जो कोई पहले भरे, वह स्वप्न में आकर दूसरे से मृत्यु के बाद की हालत की सूचना दे।...इसके थोड़े ही समय बाद यूसुफ़ मर गया। अब मुझको फिक्र पड़ी, कि यूसुफ स्वप्न में आये और मुझे परलोक की बात बतलाये। प्रतीक्षा करते-करते दो वर्ष बीत गए। अंत में एक रात उसके दर्शन का सौभाग्य हुआ। मैंने देखा, कि वह एक मस्जिद के आँगन में बैठा हुआ है, उसकी पोशाक उज़ली है। उसे देखते ही मैंने पुरानी प्रतिज्ञा की याद दिलाई। पहले वह मुस्कराया और मेरी ओर से उसने मुँह को दूसरी ओर फेर लिया, लेकिन मैंने आग्रहपूर्वक कहा, कि प्रतिज्ञा पूरी करनी

होगी। लाचार हो कहने लगा–अवयवी (पूर्ण ब्रह्म) अवयव में समा गया और अवयव (शरीर-परमाणु) अवयव ही में रह गया।"

यूसुफ़ इब्न-यह्या की प्रसिद्धि एक लेखक के तौर पर नहीं है। उसने अपने गुरु के काम–रोश्द के दर्शन का पठन-पाठन द्वारा यहूदियों में प्रचार-को खूब किया। यहूदियों में इस प्रचार का यह नतीजा हुआ, कि उनमें धर्म की ओर से उदासीनता होने लगी। यह अवस्था देख यहूदी धर्माचार्य मैमूनियों के विरोधी हो गए और 1305 ई० में बारसलोना (स्पेन) के बड़े यहूदी धर्माचार्य सुलेमान इब्न-इद्रीस ने फ़तवा जारी किया, कि जो आदमी 25 वर्ष की आयु से पहले दर्शन की पढ़ाई करेगा, वह बिरादरी से निकाल दिया जावेगा।

युरोप में दर्शन के प्रचार–विशेषकर रोश्द के ग्रंथों के अनुवाद–द्वारा–यहूदी विद्वानों ने किस तरह किया, इसे हम अगले अध्याय में कहेंगे।

5. इब्न-खल्दून (1332-1406 ई०)

[सामाजिक-अवस्था]–तेरहवीं सदी में जब कि इस्लाम ने भारत पर अधिकार कर पूर्व में अपने राज्य का विस्तार किया। उसी समय पच्छिम में उठती हुई युरोपीय जातियों के प्रहार के कारण उसे स्पेन छोड़कर हटना पड़ा, लेकिन यह छोड़ना सिर्फ़ शासन के क्षेत्र में ही नहीं था, बल्कि इस्लाम-धर्म को भी उसी के साथ जिब्राल्टर के जल तट को छोड़ अफ्रीका लौटना पड़ा, जहाँ अब भी मराको पर इस्लाम की ध्वजा फहरा रही है और जिसकी राजधानी फेज़की बनी काले फ़ूँदनेवाली लाल टोपियाँ अब भी तुर्की टोपी के नाम से भारत के कितने ही मुसलमानों के सिरों पर देखी जाती हैं। कबीलाशाही युग के यहूदी धर्म ने राजनीतिक विजय में जिस तरह धर्म को भी शामिल किया था, उसे सामन्तशाही युग का ईसाई धर्म स्वीकार करने में असमर्थ था और उसने कबीलाशाही मनोवृत्ति को छोड़ भिन्न-भिन्न राष्ट्रों में केवल धार्मिक भाव को लेकर अपना प्रसार किया। धार्मिक प्रचार के साथ राजनीतिक प्रभाव विस्तार भी पीछे हुआ, बल्कि यूरोप के कितने ही जर्मन, स्लाव आदि सामन्तों ने तो ईसाइयत को स्वीकार कर उसका प्रचार अपनी प्रजा में इसलिए जोर से किया, कि उससे कबीलाशाही स्वतंत्रता का खात्मा होता है और निरंकुश ईश्वर के प्रतिनिधि सामन्त के शासन की पुष्टि होती, तो भी ईसाइयत में दूसरे के देश पर आक्रमण कर उसे जीतने के लिए जहाद (धर्म-युद्ध) छेड़ने की गुंजाइश नहीं थी। शुद्ध कबीलाशाही समाज में धर्म, राजनीति और बहुत हद तक अर्थनीति भी सामाजिक जीवन के अभिन्न अंश से होते हैं, इसलिए कबीला जो कुछ भी करता है, उसके पीछे सिर्फ़ एक लक्ष्य को रख करता है, यह नहीं कहा जाता। इस्लाम कबीलाशाही अरब में पैदा हुआ था, किन्तु वह सामन्तशाही प्रभाव से वंचित नहीं, बल्कि बहुत हद तक प्रभवित था, जहाँ तक उसके धर्म का संबंध था; हाँ, प्रारंभ में आर्थिक और राजनीतिक दृष्टि उसकी बहुत कुछ कबीलाशाही थी। हर कबीले का ईश्वर, धर्म तथा जातीयता के साथ इतना संबंध होता है, कि उसे दूसरे कबीले को दिया नहीं जा सकता है। इस्लाम इस बारे में एक गैर-कबीलाशाही धर्म था, उसका ईश्वर और धर्म सिर्फ़ कुरैश के कबीले के ही नहीं, सिर्फ़ अरब भाषा-भाषी कबीलों के ही लिए नहीं, बल्कि दुनिया के सभी लोगों के लिए

था। इस तरह धर्म में गैर-कबीलाशाही होते भी, युद्धनीति और राजनीति में उसने कबीलाशाही का अनुकरण करना चाहा। राज (शासन) नीति में किस तरह म्वाविया ने कबीलाशाही–जिसे कितने ही लोग जनतंत्रता समझने की भारी गलती करते हैं–को तिलांजलि दी, इसका हम जिक्र कर चुके हैं, लेकिन युद्धनीति में कबीलाशाही मनोभाव को इस्लाम ने नहीं छोड़ा–जहाद और मालगनीमत (लूट का धन) का औचित्य उसी के निदर्शन हैं। अरब कबीले कबीलाशाही सार्वदेशिक नियम के अनुसार जहाद और मालगनीमत को ठीक समझते थे, किन्तु इस्लाम जिस सामन्तशाही धर्म का प्रचार कर रहा था, उसमें ज्यादा विशाल दृष्टि की जरूरत थी, जिसे कि ईसाई या बौद्ध जैसे दूसरे अन्तर्राष्ट्रीय धर्मों ने स्वीकार किया था। इस्लाम को वैसा बनने के लिए इतिहास ने भी मजबूर किया था। पैगंबर मुहम्मद ने अपनी पैगंबरी के आरंभिक (मक्कावाले) वर्षों में इस्लाम के लिए जो नीति स्वीकार की थी, वह बहुत कुछ ईसाइयों जैसी युक्ति और प्रेम के साथ धर्म को समझाने की थी; किन्तु जब कुरैश के जुल्म से 'बचने के लिए' वह भागकर मदीना आये और वहाँ भी वही खतरा ज्यादा जोर के साथ दिखलाई देने लगा, तो उन्हें तलवार उठानी पड़ी। हर तलवार के पीछे कोई नारा ज़रूर होना चाहिए, वहाँ के लोग कबीलाशाही नारे को ही समझते थे–जो कि जहाद और मालगनीमत का नारा हो सकता था–पैगंबर को भी वही नारा स्वीकार करना पड़ा और जब एक बार इस नारे पर अल्लाह की मुहर लग गई, तो हर-देश और काल में उसे स्वीकार करने से कौन रोक सकता है? इस्लाम अरब से बाहर गया, साथ ही इस "जहाद" (रक्षात्मक ही नहीं धन जमा करने के लिए भी आक्रमणात्मक युद्ध) के नारे को भी लेता गया। इस्लाम का नेतृत्व अरबी कबीलों तथा अरबी सामन्तों के हाथ से निकलकर गैर-अरब लोगों के हाथ में चला गया, तो भी उन्होंने इस नारे को अपने मतलब के लिए इस्तेमाल किया।

यह भी पीछे कहा जा चुका है, कि इस्लाम ने एक छोटे से कबीले से बढ़ते-बढ़ते अनेक जाति-व्यापी "विश्व कबीला" बनाने का आदर्श अपने सामने रखा था। कबीला होने के लिए एक धर्म, एक भाषा, एक जाति, एक संस्कृति, एक देश, (भौगोलिक स्थिति) होने की जरूरत है। इस्लाम ने इस स्थिति के पैदा करने की भी कोशिश की। आज मराको, त्रिपोली, मिस्र, सीरिया, मेसोपोतामिया में (पहले स्पेन और सिसली में भी) जो अरबी भाषा बोली जाती है, वह बहुत कुछ उसी एक भाषा बनाने का नतीजा है। अरबी भाषा में ही नमाज़ पढ़ने की सख्ती भी उसी मनोभाव को बतलाती है। ईरान, शाम, तुर्किस्तान (मध्य-एशिया) आदि देशों की जातीय संस्कृतियों तथा साहित्यिकों को एक ओर से नेस्त-नाबूद करने का प्रयत्न भी एक कबीला-स्थापना का फल था। प्रारंभिक अरब मुस्लिम विजेता बड़ी ईमानदारी के साथ इस्लाम के इस आर्दश को पूरा करना चाहते थे। उनको क्या मालूम था, कि जिस काम को वह करना चाहते हैं, उसमें उनका मुकाबला वर्तमान पीढ़ी की कुछ जातियाँ ही नहीं कर रही हैं, बल्कि उनकी पीठ पर प्रकृति भी है, जो सामन्तवादी जगत् को कबीलाशाही जगत् में बदल देने के लिए इजाज़त नहीं दे सकती। आखिर भयंकर नरसंहार और कुर्बानियों के बाद भी एक कबीला (जन) नहीं बन सका।

हाँ, सामन्तशाही युग के निवासियों के लिए 'जहाद' का नारा अजब-सा लगा। वे लोग लड़ाइयाँ न लड़ते हों, यह बात नहीं थी, किन्तु वह लड़ाइयाँ राजाओं के नेतृत्व में राजनीतिक

लाभ के लिए होती थीं। उनमें ईश्वर की सहायता या वरदान भी माँगा जाता था, लेकिन लड़ने वाले दोनों फरीक दिल में

समझते थे, कि ईश्वर इसमें तटस्थ है। जो धार्मिक थे, वह यह भी मानते थे, कि जिधर न्याय है, ईश्वर उधर ही पलड़ा भारी करना चाहेगा। यह समझना उनके लिए मुश्किल था, कि वह जो लड़ाई लड़ रहे हैं, वह ईश्वर की लड़ाई है। इस्लाम के जहादियों ने किस तरह अपने झंडों को दूर-दूर तक गाड़ने में सफलता पाई, इसको यहाँ कहने की ज़रूरत नहीं। यहाँ हमें सिर्फ़ इतना बतलाना है, कि इस्लामी जहाद के मुकाबले में यूरोप की जातियों को भी उसी की नकल पर ईसाई जहाद (सलीबी जंग) लड़ने पड़े। ये ईसाई जहाद से भी कितने अधिक भयंकर थे, यह इसी से पता लगता है, कि जहाँ मुस्लिम स्पेन में कितने ही स्पेनिश ईसाई परिवार बच गये थे, वहाँ ईसाई स्पेन में कोई भी पहले का मुसलमान नहीं रह गया।

इस्लाम के इस युग के एक दार्शनिक का हम यहाँ जिक्र करते हैं।

(1) जीवनी–इब्न-खल्दून का जन्म 1332 ई० में उत्तरी अफ्रीका के तूनिस् नगर में हुआ था। उसका परिवार पहले सेविली (स्पेन) का रहनेवाला था। इस प्रकार हम उसे प्रवासी स्पेनिश मुसलमान कह सकते हैं। तूनिस् में ही उसने शिक्षा पाई। उसका दर्शनाध्यापक एक ऐसा व्यक्ति था, जिसने पूर्व में भी शिक्षा पाई थी और इस प्रकार उसके शिष्य को सेविली, तूनिस् और पूर्व की शिक्षाओं से लाभ उठाने का मौका मिला।

शिक्षा समाप्त करने के बाद खल्दून कभी किसी दरबार में नौकरी करता और कभी देशों की सैर करता रहा। वह कितनी ही बार भिन्न-भिन्न सुल्तानों की ओर से अफ्रीका और स्पेन में राजदूत भी रहा। राजदूत बनकर कुछ समय वह 'क्रूर' पीतर के दरबार में सेविली में भी रहा। उस वक्त पूर्वजों की जन्मनगरी इस्लामिक स्पेन के गौरव-सेविली को उस तरह ईसाइयों के हाथ में देखकर उसके दिल पर कैसा असर हुआ होगा। उसकी वज़ह से उसके दिमाग को जो सोचना पड़ा था, उसी सोचने का फल हम उसके इतिहास-दर्शन में पाते हैं। कैस्तिल के राजा पेट्रो के दरबार में तथा और कई दरबारों में वह राजदूत बनकर रहा। तैमूर का शासन उस वक्त मध्य-एशिया से भूमध्य सागर के पूर्व तट तक था और दमिश्क भी उसकी एक राजधानी थी। खल्दून दमिश्क में तैमूर (मंगोल, थि-मुर-लोहा) के दरबार में सम्मानित अतिथि बनकर भी कितने ही समय तक रहा था। 1406 ई० में काहिरा (मिस्र) में खल्दून का देहान्त हुआ।

(2) दार्शनिक विचार : (क) प्रयोगवाद–इस्लामिक दर्शन के इतिहास के बारे में हमने अब तक देखा है, कि अश्अरी की तरह कुछ लोग तो दर्शन या तर्क को इस्तेमाल करके सिर्फ़ यही साबित करना चाहते थे, कि दर्शन गलत है, बुद्धि, ज्ञान प्राप्ति के लिए टूटी नैया है। ग़ज़ाली की भाँति कुछ का कहना था कि दर्शन की नैया कुछ ही दूर तक हमारा साथ दे सकती है, उसके आगे योग-ध्यान ही हमें पहुँचा सकता है। सीना और रोश्द जैसे इन दोनों तरीकों ने झूठ और बेकार कहकर बुद्धि को अपना सारथी बना दर्शन को ही एकमात्र पथ मानते थे। खल्दून, सीना और रोश्द के करीब ज़रूर था, किन्तु उसने जगत् और उसकी वस्तुओं को बहुत बारीकी से देखा था और उस बारीक दृष्टि ने उसे वस्तु-जगत् के बारे में विश्वास दिला दिया था, कि सत्य तक पहुँचने के लिए

यहाँ तुम्हें बेहतर साधन मिलेगा। उसका कहना था–दार्शनिक समझते हैं, कि वह सब कुछ जानते हैं, किंतु विश्व इतना महान् है, कि उस सारे को समझना दार्शनिक की शक्ति से बाहर है। विश्व में इतनी हस्तियाँ और वस्तुएँ हैं, वह इतनी अनगिनित हैं, जिनका जानना मनुष्य के लिए कभी संभव न होगा। तर्क से जिस निष्कर्ष पर हम पहुँचते हैं, वह कितनी ही बार व्यवहार या प्रयोग-वस्तु-स्थिति से मेल नहीं खाता। इससे साफ है, कि केवल तर्क के उपयोग से सच तक पहुँचने की आशा दुराशा मात्र है। इसलिए साइंसवेत्ता का काम है प्रयोग से प्राप्त अनुभव के सहारे सत्य तक पहुँचने की कोशिश करे और यहाँ भी उसे सिर्फ़ अपने प्रयोग, अनुभव और निष्कर्ष पर सन्तोष नहीं करना चाहिए, बल्कि पीढ़ियों से मानव जाति ने जो ऐसे निष्कर्ष छोड़े हैं, उनसे भी मदद लेनी चाहिए। वाद की सत्यता प्रयोग के अनुसरण करने पर है–साइंस के इस सिद्धान्त की कितनी साफ तौर से खल्दून ने पुष्टि की है, इसे कहने की ज़रूरत नहीं।

(ख) ज्ञान-प्राप्ति का उपाय तर्क नहीं–खल्दून जीव को स्वभाव से ज्ञानहीन मानता है, किन्तु साथ ही यह भी, कि उसमें यह शक्ति स्वाभाविक है, वह अपने तजुर्बे पर मनन और व्याख्या कर सकता है। जिस वक्त वह इस तरह के मनन में लगा रहता है, उसी वक्त अक्सर एक विचार यकायक बिजली की तरह दिमाग में चमक उठता है और हम अन्तर्दृष्टि–वास्तविकता–सत्य तक पहुँच जाते हैं। इस प्रयोग, मनन, अन्तर्दृष्टि को पीछे तर्क की भाषा (प्रतिज्ञा, हेतु, उदाहरण आदि) में क्रमबद्ध किया जा सकता है। इससे यह तो साफ है, कि तर्क ज्ञान को उत्पन्न नहीं करता, वह सिर्फ़ उस पथ को अंकित करता है, जिसे हमें मनन करते वक्त पकड़ना चाहिए था, वह बतलाता है, कि कैसे हम ज्ञान तक पहुँचते हैं। तर्क का एक फायदा यह भी है, कि वह हमें हमारी भूल बतलाता है, बुद्धि को तीखी करता और उसे ठीक तौर से सोचने में सहायक होता है।

खल्दून ज्ञान के युद्ध में प्रयोग को प्रधान और तर्क को सहायक मानता है, फिर उससे इस बात की आशा ही थी, कि वह कीमिया और फलित ज्योतिष के मिथ्या-विश्वास से मुक्त होगा।

(ग) इतिहास-साइंस–खल्दून का सबसे महत्त्वपूर्ण विचार है, इतिहास की सतह से भीतर घुसकर उसके मौलिक नियमों–इतिहास-दर्शन या इतिहास-साइंस को पकड़ना। खल्दून के मत से इतिहास को साइंस या दर्शन का एक भाग कहना चाहिए। इतिहासकार का काम है, घटनाओं का संग्रह करना और उनमें कार्य-कारण संबंध को ढूँढ़ना। इस काम को गंभीर आलोचनात्मक दृष्टि के साथ निष्पक्षपात होकर करना चाहिए। हर समय हमें इस सिद्धान्त को सामने रखना चाहिए, कि कारण जैसा कार्य होता है–अर्थात्, एक-जैसी घटनाएँ बतलाती हैं, कि उनसे पूर्व की स्थितियाँ एक जैसी थी अथवा सभ्यता की एक जैसी परिस्थितियों में एक-जैसी घटनाएँ घटित होती हैं। यह बहुत संभव है, कि समय के बीतने के साथ मनुष्यों और मानव-समाज के स्वभाव में परिवर्तन नहीं हुआ है या बहुत ज़्यादा नहीं हुआ है; ऐसा होने पर वर्तमान का एक सजीव ज्ञान हमें अतीत संबंधी गवेषणा के लिए जबर्दस्त साधन हो सकता है, जिसे हम पूरी तौर से जानते हैं तथा जो अब भी हमारी आँखों के सामने है, उसकी सहायता से हम एक गुजरे जमाने की अल्पज्ञात घटना के बारे में एक निष्कर्ष पर पहुँच सकते हैं। हर एक परम्परा को लेते वक्त उसे वर्तमान की कसौटी पर कसना चाहिए और यदि वह ऐसी बात बतलाये, जो वर्तमान में असंभव है, तो उसकी सत्यता

पर संदेह होना चाहिए। वर्तमान और अतीत दो बूँदों की भाँति एक दूसरे जैसे हैं, किन्तु यहाँ ध्यान रखना चाहिए, कि यह नियम सामान्य तौर से ही ठीक है, विस्तार में जाने पर उसमें कई दिक्कतें हैं और वहाँ इसके ठीक होने के लिए घटनाओं की आवश्यकता होगी।

सामाजिक जीवन–या समाज की सामूहिक, भौतिक और बौद्धिक संस्कृति–खल्दून के मत से इतिहास का प्रतिपाद्य विषय है। इतिहास को दिखलाना है, कि कैसे मनुष्य श्रम करता तथा अपने लिए आहार प्राप्त करता है? क्यों वह एक दूसरे पर निर्भर रहते तथा एक अकेले नेता के अधीन हो एक बड़े समुदाय का अंग बनना चाहते है? कैसे एक स्थायी जीवन में उन्हें उच्चतर कला और साइंस के विकास के लिए अवकाश और अनुकूलता प्राप्त होती है? कैसे एक मोटे-मोटे तथा छोटे आरंभ से सुन्दर संस्कृति फूट निकलती और फिर काल-कवलित हो जाती है? जातियाँ अपने इस उत्थान और पतन में समाज के निम्न स्वरूपों से गुजरती हैं–(1) खानाबदोशी समाज; (2) सैनिक राजवंश के अधीनस्थ समाज; (3) नागरिक ढंग का समाज।

सबसे पहला प्रश्न आदमी के लिए आहार का है। अपने आर्थिक स्वरूपों के कारण मनुष्य और जातियाँ तीन अवस्थाओं में बँटी हैं–खानाबदोश (अ-स्थायी-वास, घुमन्तू), स्थायी-वास पशुपालक और कृषिजीवी। आहार की माँग, युद्ध, लूट और संघर्ष पैदा करती है और मनुष्य ऐसे एक राज की अधीनता को स्वीकार करते हैं, जो कि वहाँ उनका नेतृत्त्व करे। वह सैनिक नेता अपना राज-वंश स्थापित करता है, जिसके लिए नगर-राजधानी की ज़रूरत पड़ती है। नगर में श्रम-विभाग और पारस्परिक सहयोग स्थापित होता है, जिससे वह अधिक सम्पत्तिवान् तथा समृद्ध होता है, किन्तु यही समृद्धि नागरिकों को विलासिता और निठल्लेपन में गिराती है। श्रम वे सभ्यता की प्रथमावस्था में सम्पत्ति और समृद्धि पैदा की; किन्तु सभ्यता की उच्चतम अवस्था में मनुष्य दूसरे आदमियों से अपने लिए श्रम करवा सकता है और अक्सर बदले में बिना कुछ दिये। आगे समाज और खासकर समृद्धिशाली वर्ग की आवश्यकतायें बढ़ती जाती हैं, जिसके कारण कर का बोझ और बढ़ता तथा असह्य होता जाता है। समृद्धिशाली धनी वर्ग का एक ओर विलासिता के कारण फ़जूल खर्च होता है और दूसरी ओर उस पर कर का बोझ बढ़ता है; इस प्रकार वह अधिक और अधिक दरिद्र होता जाता है; साथ ही अस्वाभाविक जीवन बिताने के कारण उसका शारीरिक और मानसिक स्वास्थ्य गिरता जाता है। खल्दून स्वयं सेविली-निर्वासित इसी गिरे हुए वर्ग में पैदा हुआ था, इसलिए वह सिर्फ़ इसी संस्कृत प्रभु वर्ग की दुरवस्था पर आँसू बहाता है, उसे अपने आसपास के दासों और कम्मियों के पशु से बदतर जीवन के ऊपर नज़र डालने की फ़ुरसत न थी। नागरिक जीवन, उसके पुराने सैनिक रीति-रवाज अधिक सम्भ्रान्त रूप धारण कर अपनी उपयोगिता खो बैठते हैं और लोग शत्रु के आक्रमण से अपनी रक्षा नहीं कर सकते। एक समाज या एक धर्म से संबद्ध होने के कारण, जो सामूहिक शक्ति और इरादा पहले मौजूद था, वह जाता रहता है और लोग ज़्यादा स्वार्थी तथा अधार्मिक हो जाते हैं। भीतर ही भीतर सारा समाज खोखला बन जाता है, उसी वक्त रेगिस्तान से कोई प्रबल खानाबदोश या सभ्यता में अधिक प्रगति न रखने-वाली, किन्तु सामूहिक जीवन में दृढ़ जंगली-प्राय जाति उठकर स्त्रैण नागरिकों पर टूट पड़ती है। एक नया शासन कायम होता है और शनैः शनैः विजयी जाति पुरानी सभ्यता की भौतिक तथा

बौद्धिक सम्पत्ति को अपनाती है और फिर वही इतिहास दुहराया जाता है। यह उतार-चढ़ाव जैसे परिवार में देखा जाता है, वैसे ही राजवंश या बड़े समाज में भी पाया जाता है; और तीन से छै पीढ़ी में उनका इतिहास समाप्त हो जाता है–पहली पीढ़ी अधिकार स्थापित करती है, दूसरी पीढ़ी उसे कायम रखती है और शायद तीसरी या कुछ और पीढ़ियाँ भी उसे सँभाले रहती हैं और फिर अन्त आ पहुँचता है। यही सभी सभ्यताओं का जीवन-चक्र है।

जर्मन-विद्वान् अगस्ट मूलर का कहना है, खल्दून का यह नियम ग्यारहवीं से पन्द्रहवीं सदी तक के स्पेन, मराको, दक्षिणी अफ्रीका और सिसली के इतिहासों पर लागू होता है और उन्हीं के अध्ययन से खल्दून इस निष्कर्ष पर पहुँचा मालूम होता है।

खल्दून पहला ऐतिहासिक है, जिसने इतिहास की व्याख्या ईश्वर या प्राकृतिक उपद्रवों के आधार पर न करके उसकी आन्तरिक भौतिक सामग्री से करने का प्रयत्न किया और उनके भीतर गाये जाने वाले नियमों–इतिहास-दर्शन तक पहुँचने की कोशिश की। खल्दून अपने ऐतिहासिक लेखों में इतिहास की कारण-श्रृंखला तक पहुँचने के लिए जाति, जलवायु, आहार-उत्पादन आदि सभी की स्थिति पर बारीकी से विचार करता है और फिर सभ्यता के जीवन-प्रवाह में वह अपने सिद्धान्त की पुष्टि होते देखता है। हर जगह अ-प्राकृतिक नहीं प्राकृतिक, दैवी–लोकोत्तर–नहीं, लौकिक कारणों को ढूँढ़ने में वह चरम सीमा तक जाता है। कारण-श्रृंखला का जहाँ से आगे पता नहीं लगता, वहाँ हमें चरम कारण या ईश्वर को स्वीकार करना पड़ता है। गोया खल्दून इस तरह इतिहास की कारण-श्रृंखला में ईश्वर के लाने का मतलब अज्ञता स्वीकार करना समझता है। अपने अज्ञान से आगाह होना भी एक प्रकार का ज्ञान है, किन्तु जहाँ तक हो सकता है, हमें ज्ञान के पाने की कोशिश करनी चाहिए। खल्दून अपने काम के बारे में समझता है, कि उसने सिर्फ़ मुख्य-मुख्य समस्याओं का संकेत किया है और इतिहास-साइंस की प्रक्रिया तथा विषय के बारे में सुझाव भर पेश किये हैं; लेकिन वह आशा करता है, कि उसके बाद आनेवाले लोग इसे और आगे बढ़ायेंगे।

इब्न-खल्दून की आशा पूर्ण हुई, किन्तु इस्लाम के भीतर नहीं वहाँ जैसे उसका (अपने विचारों का) कोई पूर्वगामी नहीं था, वैसे ही उसका कोई उत्तराधिकारी भी नहीं मिला।

अध्याय 8

यूरोप पर इस्लामी दार्शनिकों का ऋण

रोश्द के बाद कैसे उसके दर्शन का मैमूनियों ने अध्ययनाध्यापन जारी रखा, इसका जिक्र पहले हो चुका है और हम यह भी बतला चुके हैं, कि स्पेन की इस्लामिक सल्तनत तथा स्वयं इस्लाम भी वहाँ से ईसाई जहादों में खतम हो गया। इस्लाम की प्रभुता जब स्पेन में स्थापित थी और कार्दोवा दस लाख का एक बड़ा शहर ही नहीं बल्कि विद्या का महान् केन्द्र था, उस वक्त भी पास-पड़ोस के देशों के ईसाई-विद्यार्थी वहाँ विद्या पढ़ने आते थे (अध्ययन का माध्यम अरबी थी) और रोश्द तथा दूसरे दार्शनिकों के विचारों को अपने साथ ले जाते थे, लेकिन जब मोहिदीन शासकों और स्पेनिश ईसाइयों की अन्तिम जहादी लड़ाइयाँ होने लगीं, तो देश के हर भाग और श्रेणी के लोगों में खून-खराबी मच गई। दोनों पक्षों में से किसी भी ओर रहने वाले यहूदी स्पेन छोड़कर भागने लगे। यह भागे हुए यहूदी या तो उत्तरी (ईसाई) स्पेन के शहरों–प्राविंस, बारसलोना, सारागोसा आदि में बस गए या दक्षिणी फ्रांस के मार्सेई आदि शहरों में चले गए। ये प्रवासी यहूदी अपने साथ अपनी विद्या और विद्याप्रेम को भी लेते गये और कुछ ही समय बाद उनके नये निवास-स्थान भी विद्या-केन्द्र बनने लगे।

1. अनुवादक और लेखक

1. यहूदी (इब्रानी)

यूनानी पुस्तकों के सुरियानी, इब्रानी फ़ारसी और अरबी भाषाओं में अनुवाद होने की बात कही जा चुकी है। अब सात सदियों बाद फिर नये अनुवादों का दौर शुरू होता है। यूनानी दर्शन के आधार पर अरबों ने जो दर्शन-प्रासाद खड़ा किया था, अब उसको यूरोप के दर्शन अनुरागियों के सामने रखना था और इसमें भाग लेने वाले थे–यही प्रवासी यहूदी। यहूदी जब तक इस्लामिक स्पेन में रहे, तब तक अरबी उनकी मातृभाषा बनी हुई थी। इसलिए अनुवाद की ज़रूरत न थी, किन्तु जब वह दूसरे देशों में बस गए और वहाँ अरबी की जगह दूसरी भाषा को उन्हें द्वितीय भाषा के तौर पर अपनाना पड़ा, तो अरबी भाषा (अरबी भाषा क्या अरबी लिपि) को भी द्वितीय भाषा के तौर पर जारी रखना, उनके लिए मुश्किल था। स्थानीय भाषाएँ उतनी उन्नत न थी, इसलिए उन्होंने जहाँ अरबी की पुस्तकों को इब्रानी लिपि में उतार डाला; वहाँ उन्हें इब्रानी में अनुवादित करना भी शुरू किया। इन अनुवादित ग्रन्थों में रोश्द की कृतियाँ बहुत ज़्यादा थीं।

(1) प्रथम इब्रानी अनुवाद-युग–इब्रानी-अनुवाद के काम को शुरू करने वालों में इब्न-तैबून के खानदान का खास हाथ है। ये लोग इस्लामिक स्पेन से आकर ल्योनल (उत्तरी स्पेन) में बस गये थे। इस खानदान का पूर्व-पुरुष इब्न-तैबून दर्शन, प्राणिशास्त्र और कीमिया का एक बड़ा पंडित था। इस खानदान का सबसे पहिला अनुवादक समुयेल इब्न-तैबून था, जिसने 'दार्शनिकों के सिद्धान्त' के नाम से एक पुस्तक लिखी, जो कि इब्न-रोश्द के ग्रन्थों सें शब्दशः ली गई थी। इसी समय तलेतला (स्पेन) के एक यहूदी धर्माचार्य यह्या बिन्-सलामा ने 'तिब्बुल्-हिकमत्' (1274

ई०) लिखी, यह्या जर्मन राजा फ्रेडरिक द्वितीय (1240 ई०) के दरबार में अरबी ग्रंथों के अनुवाद का काम करता था।

समुयेल के बाद मूसा-बिन्-तैबून ने 'भौतिक-शास्त्र' की अधिकतर पुस्तकों का इब्रानी में अनुवाद किया। समुयेल के समकालीन इब्न-यूसुफ़ बिन्-फ़ाख़ीरा (जन्म 1226 ई०) तथा जर्सन विन्-सुलेमान ने भी अनुवाद किये। जर्सन समुयेल का संबंधी भी था, इसने इब्रानी में बहुत ज़्यादा अनुवाद किये।

फ्रेडरिक के दरबार में एक मशहूर यहूदी अनुवादक याकूब बिन्-मरियम् अबी-शम्शून था, इसने फ्रेडरिक की आज्ञा (1232 ई०) से रोश्द की बहुत-सी पुस्तकों का अनुवाद किया, जिनमें निम्न मुख्य हैं–

तर्कशास्त्र (मन्तकियात)-व्याख्या	(1232 ई०) नेपल्स में
तर्क-संक्षेप (तल्खीस-मन्तिक)	
तल्खीस-मुहस्सती	(1231 ई०) नेपल्स में

इनके अतिरिक्त निम्न अनुवाद के कुछ अनुवाद इस प्रकार हैं–

सुलेमान बिन्-यूसुफ़	मुकाला फि स्-समाअ-व-आलम्	(1256 ई०)
जकरिया बिन्-इस्हाक	भौतिक शास्त्र-टीका	(1284 ई०)
	अति भौतिक शास्त्र-टीका	(1259 ई०)
	देवात्मा-जगत्-टीका	(1284 ई०)
याकूब बिन्-मशीर	तर्क-संक्षेप	(1298 ई०)
	प्राणिशास्त्र	(1300 ई०)

(2) द्वितीय इब्रानी अनुवाद-युग चौदहवीं सदी से इब्रानी अनुवादों का दूसरा युग आरम्भ होता है। पहले अनुवाद की भाषा उतनी मँजी हुई नहीं थी और न उसमें ग्रंथकार के भावों का उतना ख्याल रखा गया था। ये अनुवाद गोया फ़ाराबी से पहले के अरबी अनुवादों जैसे थे, लेकिन नये अनुवाद भाषा-भाव दोनों की दृष्टि से बेहतर थे। इन अनुवादकों में सबसे पहला है, कालोनीम् बिन्-कालोनीम् बिन-मीर (जन्म 1287 ई०) है। उसने निम्न पुस्तकों के अनुवाद किये–

ताँपिक् (तर्क)	अरस्तू	1314 ई०
सोफिस्ता (तर्क)	अरस्तू	1314 ई०
अनालोतिक द्वितीय (तर्क)	”	”
भौतिक शास्त्र	”	1317 ई०
अतिभौतिक शास्त्र	”	”

देवात्मा और जगत् (भौतिक शास्त्र)	"	"
कोन-व-फ़साद (भौतिक शास्त्र)	"	"
मुकाला फिल्-माहयात् (भौतिक शास्त्र)	"	"

इसके अतिरिक्त निम्न अनुवादकों ने भी इस युग में इब्रानी अनुवाद किये–

अनुवादक	**ग्रंथ**	**ग्रंथकर्ता**	**अनुवाद-काल**
कालोनीम् बिन्-दाऊद	खंडन-खंडन	रोश्द	
अबी समुयेल बिन्-यह्या	आचार शास्त्र	अरस्तू	1321
	"प्रजातंत्र"-व्याख्या	रोश्द	"
थ्योदोर	ताँपिक	अरस्तू	1337
	खिताबत्	अरस्तू	1337
	आचार-शास्त्र	अरस्तू	1337

इस सदी में निम्न अनुवादक और हुए जिन्होंने करीब सारे ही रोश्ददर्शन को इब्रानी में कर डाला–

इब्न-इस्हाक,
यह्या-बिन्-मैमून,
मूसा-बिन्-ताबूरा,
मूसा-बिन्-सुलेमान,
यह्या बिन्-याकूब,
सुलेमान बिन्-मूसा अल् गोरी,

(क) ल्योन् अफ़्रीकी–इसी चौदहवीं सदी ही में लाबी बिन्जर्सन–जिसे ल्योन् अफ़्रीकी भी कहते हैं–ने रोश्द के दर्शन के अध्ययनाध्यापन के सुभीते के लिए वही काम किया है, जो कि रोश्द ने अरस्तू के लिए किया था। ल्योन् ने रोश्द के ग्रन्थों की व्याख्याएँ और संक्षेप लिखे। उनका एक समय इतना प्रचार हुआ था, कि लोग रोश्द के ग्रंथों को भी भूल गए। ल्योन भूत (प्रकृति) को अनुत्पन्न नित्य पदार्थ मानता था। वह पैगम्बरी को मानवी शक्तियों का ही भेद समझता था।

ल्योन् अफ़्रीकी के ग्रंथों ने यहूदी विद्वानों में रोश्द का इतना प्रचार बढ़ाया, कि अरस्तू की पुस्तकों को कोई पढ़ना न चाहता था। इसी काल में मूसा नारबोनी ने भी रोश्द की बहुत-सी व्याख्याएँ और संक्षेप लिखी।

(ख) अहरन् बिन्-इलियास्–अब तक यहूदियों में मज़हबी लोग दर्शन से दूर-दूर रहा करते थे और वह सिर्फ़ स्वतंत्र विचार रखने वाले धर्मो-पेक्षकों की चीज़ समझा जाता था, किन्तु चौदहवीं सदी के अन्त में एक प्रसिद्ध यहूदी दार्शनिक अहरन्-बिन्-इलियास् पैदा हुआ। इसने 'जीवन-वृक्ष' के नाम से एक पुस्तक लिखी, जिसमें रोश्द के दर्शन का जबर्दस्त समर्थन किया, जिससे उसका प्रचार बहुत ज़्यादा बढ़ा।

यहूदी विद्वान् इलियास् मदीजू पदुआ (इताली) विश्वविद्यालय में अन्तिम प्रोफेसर था। इसने भी रोश्द पर कई पुस्तकें लिखीं।

सोलहवीं सदी पहुँचते-पहुँचते रोश्द के दर्शन के प्रभाव से विचार-स्वातंत्र्य का इतना प्रचार हो गया, कि यहूदी धर्माचार्यों को धर्म के खतम होने का डर होने लगा। उन्होंने दर्शन का जबर्दस्त विरोध शुरू किया और दर्शन के खिलाफ़ मुसलमान धर्माचार्यों के इस्तेमाल किये हुए हथियारों को इस्तेमाल करना चाहा। इसी अभिप्राय से अबी-मूसा अल्-मशीनों ने 1538 ई० में गज़ाली की पुस्तक "तोहाफ़तुल्-फ़िलासफ़ा" (दर्शन-खंडन) का इब्रानी अनुवाद प्रकाशित किया। अफ़लातून के दर्शन को धर्म के ज्यादा अनुकूल देखकर उन्होंने अरस्तू की जगह उसका प्रचार शुरू किया। अब हम बेकन् (1561-1626), हॉब्स (1588-1679 ई०) और द-कार्त (1596-1650 ई०) के जमाने के साथ दर्शन के आधुनिक युग में पहुँच जाते हैं, जिसमें अन्तिम यहूदी दार्शनिक स्पिनोजा (1632-77 ई०) हुआ, जिसने यहूदियों के पुराने दर्शन और द-कार्त के सिद्धान्तों को मिला कर, आधुनिक यूरोप के दर्शन की बुनियाद रखी और तबसे दर्शन धर्म से स्वतंत्र हो गया।

स्पिनोज़ा पर इस्राईली (850-950 ई० के बीच), सादिया (892-942 ई०), वाकिया (1000-1050 ई०), इब्न-जब्रोल (1020-70 ई०), मैमून (1135-1204 ई०), गेरसूनी (1288-1344 ई०) और क्रस्का (1340-1410 ई०) के ग्रंथों का बहुत असर पड़ा था।

2. ईसाई (लातीनी)

ईसाई जहादों (सलीबी युद्धों) का जिक्र पहले हो चुका है। तेरहवीं सदी में ये युद्ध स्पेन ही में नहीं हो रहे थे, बल्कि उस वक्त सारे यूरोप के ईसाई सामन्त मिलकर यरोशिलम और दूसरे फिलस्तीनी ईसाई तीर्थ-स्थानों के लौटाने के बहाने से लड़ाइयाँ लड़ रहे थे। इन लड़ाइयों में भाग लेने के लिए साधारण लोगों से ज़्यादा उत्साह यूरोपीय सामन्त दिखाते थे। कितनी ही बार तो एक सामन्त दूसरे सामन्त या राजा से अपने प्रभाव और प्रभुत्व को बढ़ाने के लिए युद्ध में सबसे आगे रहना चाहता था।

(1) फ्रेडरिक द्वितीय (1240 ई०) जर्मन राजा फ्रेडरिक द्वितीय सलीबी युद्धों के बड़े बहादुरों में से था। जब यूरोपीय ईसाइयों ने यरोशिलम पर छठा हमला किया, तो फ्रेडरिक उसमें शामिल था। धर्म के बारे में उसकी सम्मति बहुत अच्छी न थी, तो भी अपने ही कथनानुसार वह उसमें इसलिए शामिल हुआ, कि अपने मूर्ख सिपाहियों और जनता पर प्रभुत्व बढ़ाये। इस बात में वह हिटलर का मार्ग-दर्शक था। फ्रेडरिक की प्रारम्भिक ज़िन्दगी का काफी भाग सिसली में बीता था। सिसली द्वीप सदियों तक अरबों के हाथों में रहने से अरबी संस्कृति का केन्द्र बन गया था। फ्रेडेरिक का अरब विद्वानों से बहुत मेल-जोल था और वह अरबी भाषा को बहुत अच्छी तरह से बोल सकता था। अरबी सभ्यता का वह इतना प्रेमी हो गया था, कि उसने भी हरम (रनिवास) और ख्वाजा-सरा (हिजड़े दरोगा) कायम किये थे। ईसाइयत के बारे में उसकी राय थी, चर्च की नींव दरिद्रावस्था में रखी गई थी, इसीलिए आरम्भिक युग में सन्तों से ईसाई दुनिया खाली न रहती थी, लेकिन अब धन जमा करने की इच्छा ने चर्च और धर्माचार्यों के दिल को गंदगी से भर दिया है।

वह खुल्लमखुल्ला ईसाई धर्म का उपहास करता था, जिससे नाराज होकर पादरियों ने उसे शैतान का नाम दे रखा था। पोप इन्नोसेंत चतुर्थ की प्रेरणा से ल्योन्स में एक धर्म-परिषद् (कौंसिल) बैठी, जिसने फ्रेडरिक को ईसाई बिरादरी से छाँट दिया।

जिस वक्त सलीबी युद्ध चल रहा था, उस वक्त भी फ्रेडरिक का दार्शनिक कथा-संवाद जारी रहता था। मुसलमान विद्वान् बराबर उसके दरबार में रहते थे। मिस्र के सुल्तान सलाह्-उद्दीन से उसकी वैयक्तिक मित्रता थी, जो उन युद्ध के दिनों में भी वैसी ही बनी हुई थी और दोनों ओर से भेंट-उपायन आते-जाते रहते थे।

युद्ध से लौटने के बाद उसने खुल्लमखुल्ला, दर्शन तथा दूसरी विद्याओं का प्रचार शुरू किया, सिसली में पुस्तकालय स्थापित किये; अरस्तू, तालमी और रोश्द के ग्रंथों को अनुवाद करने के लिए यहूदी विद्वानों को नियुक्त किया। पिपल्स में एक युनिवर्सिटी की नींव रखी और सलनों के विद्यापीठ का संरक्षक बना। उसने विद्या-प्रचार के लिए दूर-दूर से अरबीदा विद्वानों को एकत्रित किया। तैबून खानदान वाले अनुवादक इसी के दरबार से संबंध रखते थे। फ्रेडरिक स्वयं विद्वान् था और विद्या तथा संस्कृति में सिरमौर उस समय की अरबी दुनिया को उसने नज़दीक से देखा था, इसलिए वह चाहता था, कि अपने लोगों को भी वैसा ही बनाये। आक्सफोर्ड के एक पुस्तकालय में "मसायल-सक्लिया" नामक एक अरबी हस्तलिखित पुस्तक है, जिसके बारे में कहा जाता है, कि फ्रेडरिक ने स्वयं उसे लिखा था; लेकिन वस्तुतः वह पुस्तक दक्षिणी स्पेन के एक सूफी दार्शनिक इब्न-सबईन की कृति है, जिसे उसने 1240 ई० में फ्रेडरिक के चंद दार्शनिक प्रश्नों–जिन्हें कि उसने इस्लामिक दुनिया के दूसरे प्रसिद्ध विद्वानों के पास भी भेजे थे–के उत्तर में लिखा था। इस वक्त दक्षिणी स्पेन पर सुल्तान रशीदी की हुकूमत थी। इस हुकूमत में उस वक्त विचार-स्वातंत्र्य की क्या हालत थी? यह सबईन के इस वाक्य से पता लगता है–"हमारे देश में इन विषयों पर कलम उठाना, बहुत खतरे का काम है। यदि मुल्लों को खबर हो जाये, कि मैंने इस विषय पर कलम उठाई है, तो वह मेरे दुश्मन बन जायेंगे और उस वक्त मैं दुश्मनी के हमलों से बच न सकूँगा।"

चालीस साल तक फ्रेडरिक ने चर्च के विरोध के होते हुए भी, यूरोप को विद्या के प्रकाश से प्रकाशित करने की कोशिश जारी रखी। जब वह मरा, तो पोप इन्नोसेंत ने सिसली के पादरियों के सामने प्रसन्नता प्रकट को हुए कहा–"आसमान और ज़मीन के लिए यह खुशी की घड़ी है, क्योंकि जिस तूफ़ान में मानव जगत् फँस गया था, उससे ईसाई जगत् को अन्तिम बार मुक्ति मिली।" लेकिन फ्रेडरिक के बाद जो परिवर्तन यूरोप में दिखाई पड़ा, उसने पोप की राय को गलत साबित किया।

(2) अनुवादक–बिन्-मीर के 'खंडन-खंडन' के लातीनी अनुवाद (1328 ई०) के बारे में हम कह चुके हैं, किन्तु इसके पहले ही से अरबी ग्रंथों के लातीनी अनुवाद शुरू हो गए थे। फ्रेडरिक का दरबारी भी काल स्कात तलेतला (स्पेन) का निवासी था, इसने अपने शहर में एक यहूदी विद्वान् की मदद से कई पुस्तकों का लातीनी भाषा में अनुवाद किया, जिनमें कुछ हैं–

समाअ-व-आलम्-शरह (टीका)	रोश्द 1230 ई०
मुकाला फिल्-रूह (टीका)	रोश्द 1230 ई०

मुकाला कोन-व-फसाद	रोश्द
जौहरुल-कौन	

राजर बैकन (1214-92 ई०) के अनुसार स्कात अरबी भाषा बहुत कम जानता था और उसने दूसरों की सहायता से ही अनुवाद किये थे। कुछ भी हो, स्कात पहला आदमी है, जिसने ईसाई दुनिया के सामने पहले-पहल रोश्द के दर्शन को, उस वक्त की चर्च की भाषा लातीनी में पेश किया। राजर बैकन खुद अरबी जानता था, उसने रोश्द के दर्शन को अपने देश इंगलैंड में फैलाने के लिए क्या किया, यह हम आगे कहेंगे।

फ्रेडरिक के दरबार के दूसरे विद्वान् हरमन ने निम्न दर्शन-ग्रन्थों का लातीनी में अनुवाद किया–

भाषण-टीका	फाराबी	1256 (तलेतला)
अलंकर-संक्षेप	रोश्द	1256 (तलेतला)
आचार-संक्षेप	रोश्द	1240 (तलेतला)

तेरहवीं सदी के अन्त होते-होते तक रोश्द के सभी दार्शनिक ग्रंथों का लातीनी भाषा में अनुवाद हो गया था।

अध्याय 9

यूरोप में दर्शन-संघर्ष

संत अगस्तिन् (353-430 ई०) के दर्शन प्रेम के बारे में हम पहले कह चुके हैं; किन्तु अगस्तिन् का प्रेम अर्गास्तिन् तक ही रह गया। उसके बाद यद्यपि ईसाई धर्म यूरोप में बड़े जोर से फैला, किन्तु ईसाई साधु या तो लोगों को अपनी तोतारटन पर विश्वास करते, मठों को दान-पुण्य करने का उपदेश देते और छोटे-बड़े महन्त बन मौज लूट रहे थे, अथवा कोई-कोई सब छोड़ एकान्तवासी बन ध्यान-भक्ति में लगे हुए थे–विद्या का दीपक एक तरह से बुझ चुका था।

1. स्कोलास्तिक

आठवीं सदी में जब शार्लमान (चार्लस) यूरोप का महान् राजा हुआ, तो उसने यह हालत देखी। साथ ही उसने यह खतरा भी देखा, कि बाहर से देख-सुनकर आये लोगों के द्वारा, धर्म पर संदेह की दृष्टि डालने की ओर प्रवृत्ति भी चुपके-चुपके बढ़ रही है। शार्लमान ने इसके प्रतिकार के लिए मूर्ख-उजड्ड साधुओं से भरे ईसाई मठों में पढ़े-लिखे साधुओं को बैठा, बच्चों की शिक्षा का प्रबंध किया और नये-नये मठ भी कायम किये। इन पाठशालाओं में सिर्फ़ धर्म ही की शिक्षा नहीं दी जाती थी, बल्कि ज्यामिति, अंकगणित, ज्योतिष, संगीत, साहित्य, व्याकरण, तर्क–इन 'सात उदार कलाओं' की भी पढ़ाई होती थी। बढ़ते हुए बुद्धिवाद को कुंठित कर धर्म का अनुसरण करने के लिए वहाँ तर्क की पढ़ाई होती थी। शार्लमान का यह प्रयत्न उसी वक्त हो रहा था, जब कि भारत के नालंदा की कीर्ति सारी दुनिया में फैली हुई थी और उसमें भी शार्लमान की भाँति ही राजाओं और सामन्तों ने दिल खोलकर गाँव और धन दिया था। नालंदा के अतिरिक्त और भी विद्यापीठ तथा 'गुरुकुल' थे, जिनमें विद्या, विशेषकर दर्शन की चर्चा होती थी। हमारे यहाँ ही की तरह शार्लमान द्वारा स्थापित विद्यापीठों में भी ग्रंथों को कंठस्थ तथा शास्त्रार्थ करना विद्याध्ययन का मुख्य अंग था। यहाँ यह कहने की जरूरत नहीं, कि भारत के इतने बड़े शिक्षा प्रयत्न क्यों निष्फल हुए और वह क्यों फिर अन्धकार की कालरात्रि में चला गया–वस्तुतः भारत में उस वक्त भी शिक्षा को सार्वजनिक करने का प्रयत्न नहीं हुआ और न बाद ही, विद्या-प्रचार थोड़े से लोगों–शासकों और धर्माचार्यों–में ही सीमित रहा।

शार्लमान के मरने के बाद यद्यपि उसके स्थापित मठों, विद्यापीठों में शिथिलता आ गई, तो भी ईसाई यूरोप की छाती पर–स्पेन में–इस्लाम काला साँप बनकर लोट रहा था, वह सिर्फ़ तलवार के बल पर ही अपने प्रभुत्व का विस्तार नहीं कर रहा था, बल्कि पुराने यूनान और पूरब के पुराने ज्ञान-भंडार को अपनी देन के साथ यूरोप के ज्ञान-पिपासुओं में वितरित कर रहा था। ऐसी अवस्था में ईसाई धर्म अच्छी तरह समझता था, कि उसकी रक्षा तभी हो सकती है, जब वह भी अपनी मदद के लिए विद्या के हथियार को अपनावे।

शार्लमान के इन मठीय विद्यालयों को स्कोल (स्कूल, पीठ) कहा जाता था और इनमें धर्म और दर्शन पढ़ाने वाले अध्यापकों को स्कोलास्तिक आचार्य, कहा जाता था। पीछे धर्म की रक्षा

के समर्थक के तौर पर जिस मिश्रित दर्शन (वाद-शास्त्र) को उन्होंने विकसित किया, उसका नाम भी स्कोलास्तिक दर्शन पड़ गया। इस वाद-दर्शन का विकास ईसाई धर्माचार्यों के उस प्रयत्न के असफल होने का पक्का प्रमाण था, जो कि बुद्धिवाद और दर्शन की ओर बढ़ती हुई रुचि को दबाने लिए वह पशुबल से गला घोटकर कर रहे थे। इस नये प्रयत्नों से उन्हें इतनी आशातीत सफलता हुई, कि जिस समय (बारहवीं सदी के अन्त में) नालंदा, उडन्तपुरी, विक्रमशिला, जगत्तला आदि के महान् विद्यापीठ भारत में आग की नज़र किये जा रहे थे, उसी समय यूरोप में आक्सफोर्ड, केम्ब्रिज, पेरिस, सोरबोन्, बोलोना, सलेर्नों आदि में नये मठीय विश्वविद्यालय कायम किये जा रहे थे।

स्कोलास्तिक विद्वानों में जान स्काट्स एरिगेना (810-77 ई०) सन्त अन्से (ल) म् (1063-1109 ई०), रोसेलिन (1051-1121 ई०) अबेलार्द (1079-1142 ई०) ज्यादा प्रसिद्ध हैं।

1. जान-स्काट्स एरिगेना (810-77 ई०)

एरिगेना इंग्लैण्ड में पैदा हुआ था और स्कोलों के प्रयत्नों के पहले फलों में था। उसे अरस्तू का वस्तुवादी दर्शन पसन्द था। उस वक्त यूनानी दार्शनिकों के ग्रंथ सिर्फ़ एशियाई भाषाओं में ही मिलते थे, लेकिन एरिगेना अरबी भाषा से बिलकुल अनभिज्ञ था। संभव है, सुरियानी भाषा पढ़ने या सुरियानी ईसाई विद्वानों की संगति का उसे अवसर मिला हो।

एरिगेना के मुख्य सिद्धान्त थे, अद्वैत विज्ञानवाद और जगत् की अनादिता। यह दोनों ही सिद्धान्त ईसाई धर्म के विरुद्ध थे, इसे यहाँ बतलाने की आवश्यकता नहीं। एरिगेना अपनी पुस्तक 'जगत् की वास्तविकता' में अपने सिद्धान्तों के बारे में लिखता है–जगत् के अस्तित्व में आने से पहले सभी चीज़ें पूर्ण-विज्ञान के भीतर मौजूद थीं, जहाँ से निकल निकल कर उन्होंने अलग-अलग रूप धारण किये, लेकिन जब ये रूप नष्ट हो जायेंगे, तो वे फिर उसी पूर्ण-विज्ञान में जाकर मिल जायेंगी, जहाँ से कि वह निकली थीं। इसमें संदेह नहीं यह वसुबंधु (400 ई०) की 'विज्ञप्तिमात्रतासिद्धि' (त्रिशंतिका) की इस कारिका का भावार्थ है–

"(आलय विज्ञान रूपी समुद्र से) वीची तरंग की तरह उन (जगत् की चीज़ों) की उत्पत्ति कही गई है।"

ऐरिगेना का पूर्ण-विज्ञान योगाचार (विज्ञानवाद) का आलय-विज्ञान है, जिसमें क्षणिकता के अटल नियम के अनुसार नाश-उत्पाद वीची-तरंग की तरह होता रहता है। एरिगेना से पहले यह सिद्धान्त यूरोप के लिए अज्ञात था। हमने देखा है, पीछे रोश्द ने भी इसी विज्ञानवाद को अपनी व्याख्या के साथ लिया। धर्मान्धता-युग के दूसरे दार्शनिकों की भाँति एरिगेना भी धर्म और दर्शन का समन्वय करना चाहता था।

2. अमोरी और दाविद

एरिगेना के विचार-बीज पश्चिमी यूरोप के मस्तिष्क में पड़ ज़रूर गये, किन्तु उनका असर जल्दी दिखाई नहीं दिया। दसवीं सदी में अमोरी और उसका शागिर्द दाविद-दे-देनितो प्रसिद्ध दार्शनिक हुए। अमोरी के सिद्धान्त जिब्रोल (1021-70 ई०) से मिलते हैं, जो कि अभी तक पैदा

न हुआ था। दाविद जगत् की उत्पत्ति मूल हेवला (प्रकृति) से मानता है। हेवला स्वयं शकल-सूरत से रहित है, यह एरगेना के पूर्ण विज्ञान का ही शब्दान्तर से व्याख्यान है, यद्यपि मूल प्रकृति के रूप में वह वाह्यार्थवाद–प्राकृतिक (वास्तविक) दुनिया के बहुत करीब आ जाता है।

3. रोसेलिन् (1051-1121 ई०)

दाविद और अमोरी के दर्शन ने वाह्यार्थवाद (प्राकृतिक जगत् की वास्तविकता) की ओर कदम बढ़ाया था। स्कोलास्तिक डाक्टर रोसेलिन् ने उसके विरुद्ध नाम (अ-रुप) वाद पर जोर दिया, और कहा कि एक प्रकार की सभी व्यक्तियों में जो समानताएँ (सामान्य) पाई जाती हैं, उनका अस्तित्व उन व्यक्तियों से बाहर नहीं है।

2. इस्लामिक दर्शन और ईसाई चर्च

रोश्द के ग्रन्थों का पठन-पाठन तथा पीछे उनके अनुवादकों की प्रगति के बारे में हम बतला चुके हैं। यह हो नहीं सकता था, कि एरिगेना, अमोरी आदि के प्रयत्न के कारण पहले से कान खड़े किये ईसाई धर्म के क्षेत्र पर उसका असर न पड़ता।

1. फ्रांसिस्कन संप्रदाय

रोश्द के दर्शन का सबसे ज्यादा प्रभाव ईसाइयों के फ्रांसिस्कन संप्रदाय पर पड़ा। इस संप्रदाय के संस्थापक उस वक्त काफिर और पीछे सन्त–फ्रांसिस् (1182-1226) ने तेहरवीं सदी में विलासिता में सर तक डूबे पोप और उसके महन्तों के विरुद्ध बगावत का झंडा खड़ा किया था। फ्रांसिस् का जन्म असिसी (इताली) में 1182 ई० में हुआ था। उसने विद्या पढ़ने के लिए तीव्र प्रतिभा ही नहीं पाई थी, बल्कि आसपास के दीन-हीनों की व्यथा समझने लायक हृदय भी पाया था। 'सादा आचार और उच्च विचार'–उसका आदर्श था। महन्तों की शान-शौकत और दुराचार से वह समझ रहा था, कि ईसाई धर्म रसातल को जाने वाला है, इसलिए उसने गरीबी की जिन्दगी बिताने वाले शिक्षित साधुओं का एक गिरोह बनाया, जिसे ही पीछे फ्रांसिस्कन संप्रदाय कहा जाने लगा। फ्रांसिस् जैसे विद्वान् को ऐसी गरीबी की जिन्दगी बिताते देख लोगों का उधर आकर्षित होना स्वाभाविक ही था–खासकर उस वक्त के विचार-संघर्ष के समय में और थोड़े ही समय में फ्रांसिस् के साथियों की संख्या पाँच हजार तक पहुँच गई।

(1) अलेकज़ेंडर हेस–अलेकज़ेंडर हेस (तेहरवीं सदी) फ्रांसिस्कन संप्रदाय का साधु था। इसने पेरिस में शिक्षा पाई थी। हेस ने अरस्तू के अतिभौतिक-शास्त्र पर विवरण लिखा था। अपने विवरण में उसने सीना और ग़ज़ाली के मतों को बड़े सम्मान के साथ उद्धृत किया है; किन्तु उसी संबंध के रोश्द के विचारों के उद्धृत नहीं करने से पता लगता है, कि वह उससे परिचित न था।

(2) रॉजर बैकन (1214-94 ई०)–(क) जीवनी–आक्सफोर्ड विश्वविद्यालय फ्रांसिस्कन संप्रदाय का गढ़ था और वहाँ रोश्द के दर्शन का बहुत सम्मान था। रॉजर बैकन नालंदा-विक्रमशिला के ध्वंस (1200 ई०) के चंद ही सालों के बाद इंग्लैण्ड में पैदा हुआ था। उसने पहले आक्सफोर्ड में शिक्षा पाई थी, पीछे पेरिस में जाकर डाक्टर की उपाधि प्राप्त की। वह लातीनी तो जानता ही था, साथ ही अरबी और यूनानी से भी परिचित था। इन भाषाओं का जानना-खासकर अरबी

का जानना उस वक्त के विद्याभ्यासी के लिए बहुत जरूरी था। पेरिस से लौटने पर वह साधु (फ्रांसिस्कन) बना। यद्यपि उसके विचार मध्यकालीनता से मुक्त न थे, तो भी उसने वेध, प्रयोग, तथा परीक्षण के तरीकों पर ज़्यादा जोर दिया, पुस्तकों तथा शब्द प्रमाण पर निर्भर रहने को ज्ञान के लिए बाधक बतलाया। वह स्वयं यंत्र और रसायन शास्त्र की खोज में समय लगाता था, जिसके लिए स्वार्थी पादरियों ने लोगों में मशहूर कर दिया कि वह जादूगर है। जादूगरी के अपराध में उस वक्त यूरोप में लाखों स्त्री-पुरूष जलाये जाते थे। खैर रॉजर उससे तो बच गया; किन्तु उसके स्वतंत्र विचारों को देखकर पादरी जल बहुत रहे थे और जब इसकी खबर रोम में पोप को पहुँची, तो उसने भी इसके बारे में कुछ करने की कोशिश की, किन्तु वह तब तक सफल नहीं हुआ, जब तक कि 1278 ई० में फ्रांसिस्कन संप्रदाय का एक महंथ जेरोम डी-एसल् राँजर का दुश्मन नहीं बन गया। रॉजर बैकन नास्तिकता और जादूगरी के अपराध में जेल में डाल दिया गया। उसके दोस्तों की कोशिश से वह जेल से मुक्त हुआ और 1294 ई० में आक्सफोर्ड में मरा। पादरियों ने उसकी पुस्तकों को आग में जला दिया, इसलिए राँजर बैकन की कृतियों से लोगों को ज्यादा फ़ायदा नहीं हो सका।

(ख) दार्शनिक विचार–सीना और रोश्द के दार्शनिक विचारों से राँजर बहुत प्रभावित था। एक जगह वह लिखता है–

"इब्न-सीना पहला आदमी था, जिसने अरस्तू के दर्शन को दुनिया में प्रकाशित किया; लेकिन सबसे बड़ा दार्शनिक इब्न-रोश्द है, जो इब्न-सीना से अकसर मतभेद प्रकट करता है। इब्न-रोश्द का दर्शन एक समय तक उपेक्षित रहा; किन्तु अब (तेहरवीं सदी में) दुनिया के करीब-करीब सारे दार्शनिक उसका लोहा मानते हैं। कारण यही है, कि अरस्तू के दर्शन की उसने ठीक व्याख्या की है। यद्यपि कहीं-कहीं वह उसके विचारों पर कटाक्ष भी करता है; किन्तु सिद्धान्ततः उसके विचारों की सत्यता उसे स्वीकृत है।"

रॉजर दूसरे फ्रांसिस्कनों की भाँति रोश्द का समर्थक था और वह 'कर्ता-विज्ञान' को जीव से अलग एक स्वतंत्र सत्ता मानता तथा उसी का नाम ईश्वर बतलाता था–

कर्ता-विज्ञान एक रूप में ईश्वर है और एक रूप में फरिश्तों (देवात्माओं) के तौर पर। (दोमिनिकन संप्रदाय वाले कहते हैं, कि) कर्ता-विज्ञान, नातिक-विज्ञान (जीव) की एक अवस्था का नाम है, लेकिन यह ख्याल ठीक नहीं जान पड़ता। मनुष्य का नातिक-विज्ञान स्वयं ज्ञान प्राप्त करने में असमर्थ है, जब तक कि दैवी साधन उसके सहायक न हों और वह सहायक किस तरह होते हैं? कर्ता-विज्ञान के द्वारा, जो कि मनुष्य तथा ईश्वर के बीच संबंध पैदा करानेवाला और मनुष्य से अलग स्वतः सत्तावान् एक अ-भौतिक द्रव्य है।

(3) दन् स्कातस्–रॉजर बैकन के बाद अरबी दर्शन का समर्थक दन् स्कातस् था। पहले स्कात्स अक्विना का अनुयायी था, किन्तु पीछे अक्विना के इस बात से असहमत हो गया, कि ईश्वर का मनुष्य के कर्मों पर कोई अधिकार नहीं। अक्विना और स्कातस् के इस विवाद की प्रतिध्वनि सारे स्कोलास्तिक दर्शन में मिलती है। तामस के विरुद्ध स्कातस् की यह भी राय थी, कि मूलभूत (प्रकृति) अनादि है, आकृति के उत्पन्न होने से प्रकृति का उत्पन्न होना ज़रूरी नहीं

है, क्योंकि प्रकृति आकृति के बिना भी पाई जाती है। ईश्वर का सृष्टि करने का यही मतलब है, कि प्रकृति को आकृति की पोशाक पहना दे। स्कातस् रोश्द के अद्वैत-विज्ञान को मानने से ही इन्कार नहीं करता था, बल्कि इस सिद्धान्त के प्रारंम्भ को मनुष्यता की सीमा के भीतर रखना नहीं चाहता था। स्कातस् ने ही पहले-पहल रोश्द को उसके अद्वैतवाद के कारण घोर नास्तिक घोषित किया, जिसको लेकर पीछे यूरोप में रोश्द की पैगंबरी के अन्दर नास्तिकों का गिरोह कायम हो गया।

2. दोमिनिकन्-सम्प्रदाय

जिस तरह ईसाइयों का फ्रांसिस्कन सम्प्रदाय रोश्द और इस्लामिक दर्शन का ज़बर्दस्त समर्थक था, उसी तरह दोमिनिकन् सम्प्रदाय उसका जबर्दस्त विरोधी था। इस सम्प्रदाय का संस्थापक सन्त दोमिनिक स्पेन के कैस्तिल नगर में 1170 में पैदा हुआ था और 1221 ई० में मरा–गोया वह भारत के अन्तिम बौद्ध संघराज तथा विक्रमशिला के प्रधानाचार्य शाक्य श्रीभद्र (1127-1225 ई०) का समकालीन था। फ्रांसिस्कन सम्प्रदाय रोश्द के दर्शन का जबरदस्त विरोधी था, यह बतला चुके हैं।

(1) अल्बर्तस् मग्नस् (1193-1280 ई०)–अल्बर्तस् मग्नस् उसी समय पैदा हुआ था, जब कि दिल्ली पर अभी हाल में तुर्की झंडा फहराने लगा था। वह उसी साल (1221 ई०) दोमिनिकन संप्रदाय में साधु बना, जिस साल कि सन्त दोमिनिक मरा था और फिर बोलोन् (फ्रांस) विश्वविद्यालय में प्रोफेसर हुआ। अरबी दार्शनिकों के खंडन में इसने कितनी पुस्तकें लिखी थीं, तो भी वह इब्न-सीना का प्रशंसक और रोश्द का दूषक था। रोश्द का विरोधी तथा अरस्तू का ज़बर्दस्त समर्थक ताम्रस अक्विना इसी का शिष्य था। अल्बर्तस् ने स्वयं भी रॉजर बैकन और दन् स्कातस् के रोश्द-समर्थक विचारों का खंडन किया, तो भी वह ज़्यादा एकान्तप्रिय था और उसके काम को उसके शिष्य अक्विन ने पूरा किया।

(2) तामस् अक्विना (1225-74 ई०) (क) जीवनी–तामस अक्विना इतली के एक पुराने सामन्त वंश में 1225 ई० में (जिस साल कि नेपाल, तिब्बत आदि की खाक छानकर अपनी जन्मभूमि कश्मीर में शाक्य श्रीमद्र ने शरीर छोड़ा) पैदा हुआ था। उसकी शिक्षा केसिनो और नेपल्स में हुई, मगर अन्त में वह अल्बर्तस् मग्नस् की विद्या की प्रसिद्धि सुन, बोलो विश्वविद्यालय में अल्बर्तस् के शिष्यों में सम्मिलित हो गया। विद्या समाप्त करने के बाद पेरिस विश्वविद्यालय में धर्म, दर्शन और तर्कशास्त्र का प्रोफेसर नियुक्त हुआ। 1272 ई० में जब पोप ग्रेगरी दशम ने रोमन और यूनानी चर्च में मेल कराने के लिए एक परिषद् बुलाई थी, तो तामस् अक्विना ने एक पुस्तक लिखकर परिषद् के सामने रखी थी, जिसमें यूनानी चर्च के दोष बतलाये थे। मेल तो नहीं हो सका, किन्तु इस पुस्तक के कारण अक्विना का नाम बहुत मशहूर हो गया। परिषद् के दो वर्ष बाद (1274 ई०) अक्विना का देहान्त हो गया।

(ख) दार्शनिक विचार–अक्विना अपने समय में रोश्द-विरोधी दोमिनिकन विचारकों का अगुआ था। धर्म में वह कितना कट्टर था, यह तो इसी से मालूम है, कि ग़ज़ाली की भाँति विशाल हृदयता दिखलाते हुए सारे ईसाई सम्प्रदायों को मिलाने के काम में पोप ग्रेगरी के प्रयत्न के असफल होने से जिसे सबसे खुशी हुई, वह अक्विना था। फ्रांसिस्कन यद्यपि रोश्द के दर्शन के समर्थक थे,

किन्तु इसलिए नहीं कि वह प्रगतिशील विचारों का वाहक है, बल्कि इसलिए कि वह वस्तुवाद से ज़्यादा अद्वैत-विज्ञानवाद का समर्थक है। इसके विरुद्ध रोश्द का विरोधी अक्विना अपने गुरु अल्बर्तस् की भाँति वस्तुवाद का समर्थक था। अक्विना का गुरु अल्बर्तस् मग्नस् पहला आदमी था, जिसने अरस्तू के वस्तुवादी दर्शन की ओर अपना ध्यान आकर्षित किया। मध्यकाल की गाढ़ निद्रा से यूरोप को जगाने में चंगेज़ के हमले ने मदद पहुँचाई। चंगेज़ की तलवार के साथ बारूद, कागज, कुतुबनुमा आदि व्यवहार की बड़ी सहायक चीज़ों ने पहुँचकर भी इस प्रत्यक्ष दुनिया का मूल्य बढ़ा दिया था, इस प्रकार अक्विना का इस ओर झुकाव सिर्फ़ आकस्मिक घटना न थी।

जान लेविस् (2) अक्विना के बारे में लिखता है—उसने बिखरे हुए भिन्न-भिन्न विचारों को एकत्रित कर एक सम्बद्ध पूर्ण शरीर के रूप में संगठित किया और फिर से आविष्कृत और प्रतिष्ठापित हुए अरस्तू के बौद्धिक दर्शन से जोड़ दिया। (इस प्रकार) उसने जो सामाजिक, राजनीतिक, दार्शनिक रचना की, वह चार सौ वर्षों तक यूरोपीय सभ्यता का आधार रही और तीन सौ साल तक यूरोप के अधिक भाग तथा लातीनी अमेरिका में एक जबर्दस्त—यद्यपि पतनोन्मुख—शक्ति बनी रही।

"(अक्विना द्वारा किया गया) ईसाई दर्शन का नया संस्करण अधिक सजीव, अधिक आशावादी, अधिक दुनियावी, अधिक रचनात्मक था।...यह अरस्तू का पुनरुज्जीवन था।"

अक्विना और मग्नस् की नई विचारधारा के प्रवाहित करने में कम कठिनाई नहीं हुई। पुराने ढर्रे के ईसाई विद्वान् अरस्तू के वस्तुवादी दर्शन का इस प्रकार स्वागत, धर्म के लिए खतरे की चीज़ समझते थे; लेकिन भौतिक परिस्थिति नये विचारों के अनुकूल थी, इसलिए अक्विना की जीत हुई। अक्विना का प्रधान ग्रंथ सुम्मा थेवलोगी का एक विश्वकोष है। अक्विना का दर्शन अब भी रोमन कैथलिक सम्प्रदाय का सर्वमान्य दर्शन है।

(1) मन—अक्विना सारे ज्ञान की बुनियाद तजुर्बे (अनुभव) को बतलाता था—सभी चीज़ें जो बुद्धि में हैं, वह (कभी) इन्द्रियों में थीं। मन इन्द्रियों के पाँच रोशनदानों से रोशन है। कोई चीज़ स्वयं बुरी नहीं है, बल्कि चीज़ों के आधार बुरे होते हैं। इस प्रकार अक्विना इंद्रियों, शरीर की वेदनाओं और साधारण मनुष्य के अनुभवों को तुच्छ या हेय नहीं, बल्कि बड़े महत्त्व की चीज समझता था।

(2) शरीर—मनुष्य को तभी हम जान सकते हैं, जब कि हम सारे मनुष्यत्व को लेकर विचार करें, बिना शरीर के मनुष्य, मनुष्य नहीं है, उसी तरह जैसे कि मन के बिना, वह मनुष्य नहीं। मनुष्य, मनुष्य तभी है, जब मन और शरीर का योग हो।

भौतिक तत्त्व अ-मूर्त, कच्चे पदार्थ हैं, जिनसे कि सारी चीज़ें बनी हैं। वही भौतिक तत्त्व भिन्न-भिन्न वास्तविकताओं के रूप में संगठित किये जा सकते हैं, जीवन-चिन्तन वाला मानव इन्हीं वास्तविकताओं में से एक है। भौतिक तत्त्वों की विशेषता यह है, कि वह नये परिवर्तन, नये संगठन, नये गुणों को अस्तित्व में ला सकते हैं। अक्विना यहाँ अनजाने मार्क्सीय भौतिकवाद की ओर बहक गया है। यदि गुणात्मक परिवर्तन हो सकता है, तो भौतिक तत्त्व चेतना को भी पैदा कर सकते हैं।

मनुष्य को अपना या अपनी चेतना का ज्ञान पीछे होता है। वह क्या है, इसे भी पीछे जानता है? सबसे पहिले मनुष्य (अपनी इन्द्रियों से) वस्तु को देखता है और वह जानता है, कि मैं 'देख

रहा हूँ' जिसका अर्थ है, कि वह कोई चीज़ देख रहा है। यहाँ "है" मौजूद है और मन बाहरी वस्तु के सिर्फ़ संस्कारों को नहीं बल्कि उसकी सत्ता को पूरी तौर पर जानता है। अपने या अपनी चेतना के बारे में मनुष्य का ज्ञान इसके बाद और इसके आधार पर होता है, इसलिए बाहरी वस्तुओं से इन्कार करना, ज्ञान के आधार से इन्कार करना है।

(2) द्वैतवाद–अक्विना की दुनिया दो भागों में विभक्त है–(1) रोज़-बरोज़ हम जिस जगत् को इन्द्रियों से देख रहें हैं; (2) और उसके भीतर बसने वाला मूलरूप (विज्ञान)। शुद्धतम और सर्वश्रेष्ठ विज्ञान ईश्वर है–यही अरस्तू का दर्शन है। ईश्वर के अतिरिक्त कितने ही विशेष विज्ञान हैं, जिन्हें जीव कहा जाता है और जो देव (फरिश्ते), मनुष्य, आदि की आत्माओं के रूप में छोटे-बड़े दर्जों में बंटें हैं। इन विज्ञानों में देवों, मनुष्यों के अतिरिक्त वह आत्मायें भी शामिल हैं, जो नक्षत्रों का संचालन करती हैं।

अक्विना की सबसे बड़ी कोशिश थी, धर्म और दर्शन के समन्वय करने की। उसका कहना था, दर्शन और धर्म दोनों के लिए अपना-अपना अलग कार्य-क्षेत्र है, उन्हें एक दूसरे के काम में बाधा नहीं डालनी चाहिए। अगस्तिन् (रोश्द भी) सारे ज्ञान को भगवान के प्रकाश की देन मानता था, किन्तु अक्विना इन्द्रिय प्रत्यक्ष के महत्त्व को स्वीकार करता था।

अक्विना नवीन अरस्तू-दर्शन के हिमायती दोमिनिकन साधु-सम्प्रदाय से संबंध रखता था। फ्रांसिस्कन साधु उसका विरोध करते थे। उनके विद्वान् दन् स्कातस् (1265-1308) और ओकम्वासी विलियम (1324-1404 ई०) इस बात के विरोधी थे, कि धर्म और दर्शन में समन्वय किया जाये। दर्शन और पदार्थ ज्ञान के लिए एक बात सच्ची हो सकती है, किन्तु वही बात धर्म के अनुसार असत्य हो सकती है। सत्य का साक्षात्कार इन्द्रियों और अनुभव से नहीं, बल्कि आत्मा से होता है। शिव (अच्छा) सत्य से ऊपर है और शिव वही है, जिसके लिए भगवान् का वैसा आदेश है। मनुष्य का कर्तव्य है, भगवान की आज्ञा का पालन करना। बुरे समझे जाने वाले कर्म भी अच्छे हो जाते हैं, यदि वह भगवान की सेवा के लिए हों। चर्च या धर्म-संप्रदाय के द्वारा ही हमें भगवान् का आदेश मिलता है, इसलिए धर्म के हिमायतियों का कहना था, कि चर्च और उसका अध्यक्ष पोप पृथ्वी पर वही अधिकार रखते हैं, जो भगवान ईसा मसीह विश्व पर।

(3) रेमोंद मार्तिनी–अक्विना के बाद रेमोंद मार्तिनी दोमिनिकनों की ओर से विज्ञवाद और रोश्द के विरोधों का आरम्भ हुआ। इसने अपने काम में ग़ज़ाली की पुस्तकों से मदद ली; यद्यपि ग़ज़ाली स्वयं सूफी अद्वैतवादी था, किन्तु उसके चूँचूँ के मुरब्बे में क्या नहीं था? मार्तिनी इस अन्दाज़ में सच के बहुत करीब था, कि रोश्द ने अपने अद्वैत विज्ञान (वहदत्-अक्ल) वाद को अरस्तू से नहीं अफलातूँ से लिया।

(4) रेमोंद लिली(1224-1315 ई०)–इस्लामी जहादो के जवाब में प्रारम्भ हुई, ईसाई जहादों की बात हम कह चुके हैं। बाहरवीं, तेरहवीं सदियों में जहाँ बाहरी दुनिया में ये जेहाद चल रहे थे, वहाँ भीतरी दुनिया में भी विचारात्मक जहाद चल रहे थे, जिसे कि लाखों स्त्री-पुरूषों को नास्तिक और जादूगर होने के एल्जाम में जलाये जाने के रूप में देखते हैं। हमें इसके लिए यूरोप वालों को ताना देने का हक नहीं है, क्योंकि वाण (600 ई०) की तीव्र आलोचना से लेकर बेंटिक

(1829 ई०) के सती कानून तक में धर्म के नाम पर पागल करके, जिन्दा जलाई जाने वाली स्त्रियों की तादाद गिनी जाये, तो वह उससे कई गुना ज़्यादा होती है। कहीं रॉजर बैकन की पुस्तकों के जलाये जाने के रूप में और कहीं दोमिनिकन और फ्रांसिस्कन के वाद-विवाद के रूप में। रेमोंद लिली ऐसे ही समय में इताली के एक समृद्ध परिवार में पैदा हुआ था। पहिले तो उसका जीवन बहुत विलासिता-पूर्ण रहा, किन्तु यकायक उसने अपने को सुधारा और उसे धुन सवार हो गई, कि इस्लाम को दुनिया से नेस्तनाबूद करना चाहिए। वह यूरोप के सारे ईसाइयों को सलीबी लड़ाइयों में शामिल देखना चाहता था। इसके लिए उसने 1287 ई० में पोप हानोरियस् के दरबार में पहुँचकर, अपने विचार रखे, इस्लाम को खतम करने के लिए एक भारी सेना तैयार की जाये, इस्लामी देशों में काम करने लायक विद्वानों को तैयार करने के लिए विश्वविद्यालय कायम किये जायें और रोश्द की पुस्तकों को धर्म-विरोधी घोषित कर दिया जाये। वहाँ सफल न होने पर उसने फ्रांस, इताली, स्विटज़रलैंड आदि में इसके लिए दौरा किया। 1311 ई० में ईसाइयों की एक बड़ी सभा विएना (आस्ट्रिया) में हुई, वहाँ भी वह पहुँचा; किन्तु वहाँ भी असफल रहा। इसी निराशा में वह 1315 ई० में मर भी गया। रेमोंद विद्वान् था। उसने रोश्द और दूसरे दार्शनिकों की पुस्तकों को पढ़ा था और कुछ लिखा भी था, इसलिए उसके इस्लाम-विरोधी विचार-बीज धरती में पड़े हुए समय की प्रतीक्षा कर रहे थे।

3. इस्लामी दर्शन और विश्वविद्यालय

1. पेरिस और सोरबोन्

फ्रांसिस्कन सम्प्रदाय का कार्यक्षेत्र अपने गढ़ आक्सफोर्ड से इंग्लैंड भर ही में सीमित था। पश्चिमी यूरोप में इस्लागिक दर्शन का प्रचार केन्द्र पेरिस था। पेरिस में एक बड़ा सुभीता यह भी था, कि यहाँ स्पेन से प्रवासित उन यहूदियों की एक काफी संख्या रहती थी, जिन्होंने रोश्द तथा दूसरे दार्शनिकों के ग्रंथों को अरबी से अनुवाद करने में बहुत काम किया था। रोश्द-दर्शन के समर्थकों और विरोधियों के यहाँ भी दो गिरोह थे। सोरबोन् विश्वविद्यालय रोश्द विरोधियों का गढ़ था और पास ही पेरिस-विश्वविद्यालय समर्थकों का। पेरिस के कला (आर्ट) विभाग का प्रधानाध्यापक सीज़र ब्राबत (मृ1284 0 ई०) रोश्द का जबर्दस्त हामी था। अपने इन विचारों के लिए धर्म-विरोधी होने के अपराध में उसे जेल भेज दिया गया और ओर्बीतो के जेल में उसकी मृत्यु हुई। अब भी पेरिस में उसकी दी हुई अरबी की दार्शनिक पुस्तकों की काफी संख्या है।

पेरिस विश्वविद्यालय के विरुद्ध सोरबोन् धर्मवादियों का गढ़ था—और शायद इसीलिए आज भी वह भाग (जो कि अब पेरिस नगर के भीतर आ गया है) लातीनी मुहल्ला कहा जाता है। सोरबोन् पर पोप की विशेष कृपा होनी ही चाहिए और उसी परिमाण में पेरिस पर कोप। सोरबोन् वालों की कोशिश से पोप ने पेरिस विश्वविद्यालय के नाम 1217 ई० में फ़र्मान निकाला, कि ऐसे शास्त्रार्थ न किये जायें, जिनमें फ़साद का डर हो। वस्तुतः यह फ़र्मान अरबी दर्शन संबंधी वाद-विवाद को रोकने का एक बहाना मात्र था। पीछे के पोपों ने भी इस तरह के फ़र्मान जारी करके अरबी दर्शन अध्ययनाध्यापन को ही धर्म-विरुद्ध ठहरा दिया। 1269 ई० में सोरबोन वालों की

कोशिश से एक धर्म-परिषद् बुलाई गई, जिसमें निम्न सिद्धान्तों के मानने वालों पर नास्तिकता का फ़तवा दे दिया–

(1) सभी आदमियों में एक ही विज्ञान है;

(2) जगत् अनादि है;

(3) मनुष्य का वंश किसी बाबा आदम तक खतम नहीं हो जाता,

(4) जीव शरीर के साथ नष्ट हो जाता है;

(5) ईश्वर व्यक्तियों का ज्ञान नहीं रखता;

(6) बंदों (आदमियों) के कर्म पर ईश्वर का कोई अधिकार नहीं;

(7) ईश्वर नश्वर वस्तु को नित्य नहीं बना सकता।

यह सब कुछ होने पर भी पेरिस-विश्वविद्यालय में इस्लामिक दर्शन का अध्ययन बंद नहीं हुआ।

2. पदुआ विश्वविद्यालय

यूरोप में सिसली द्वीप और स्पेन इस्लामिक शासन केन्द्र थे, इसलिए इनके ही रास्ते इस्लामिक विचारों (दर्शन) का भी यूरोप में पहुँचना स्वाभाविक था। सिसली द्वीप इताली के दक्षिण में है, यहाँ से ही वे विचार इताली में पहुँचे, उनके स्पेन से फ्रांस जाने की बात हो चुकी है। इताली में भी पदुआ के विद्यापीठ ने इस्लामिक दर्शन के अध्ययन के द्वारा अपनी कीर्ति को सारे यूरोप में फैला दिया, खासकर रोश्द के दर्शन के अध्ययन के लिए तो यह विश्वविद्यालय सदियों तक प्रसिद्ध रहा। यहाँ रोश्द पर कितने ही विवरण और टीकायें लिखी गई। तेरहवीं सदी से रोश्द के दर्शन के अन्तिम आचार्य दे-क्रिमोनी (मृत्यु 1631 ई०) तक यहाँ इस्लामिक दर्शन पढ़ाया जाता रहा। यहाँ के इस्लामिक दर्शन के प्रोफेसरों में निम्न नाम बहुत प्रसिद्ध है–

पीतर-द-बानो
जीन दे-जाँदन
फ़्रा अरबानो
पाल दी-वेनिस्–(मृत्यु 1429 ई०)
गाइतनो–(मृत्यु 1465 ई०)
इलियास् मदीजू–(1477 ई०)
बेरोना
ज़्राबीला–(1564-89 ई०)
पंदेसियो
सीज़र क्रिमोनी–(मृ० 1631 ई०)

सोलहवीं सदी में इब्न-रोश्द की पुस्तकों के नये लातीनी अनुवाद हुए, इस काम में पदुआ का खास हाथ रहा। इन अनुवादकों में पदुआ का प्रोफेसर वेरोना भी था, जिसने कुछ पुस्तकों का अनुवाद सीधे यूनानी से किया था। पंदेसियों के व्याख्यानों के कितने ही पुराने नोट, अब भी पेदुआ के पुस्तकालय में मौजूद हैं।

[क्रिमोनी]–ज्राबीला का शागिर्द सीज़र क्रिमोनी इस्लामिक दर्शन का अन्तिम ही नहीं, बल्कि वह बहुत योग्य प्रोफेसर भी था। इसके लेक्चरों के भी कितने ही नोट उत्तरी इताली के अनेक पुस्तकालयों में मिलते हैं। ज्राबीला की भाँति इसका भी मत था, कि ग्रह नक्षत्रों की गति के सिवा ईश्वर के अस्तित्व का कोई सबूत नहीं। रोश्द की भाँति यह भी मानता था, कि ईश्वर को सिर्फ़ अपना ज्ञान है, उसे व्यक्तियों का ज्ञान नहीं है। मनुष्य में सोचने की शक्ति कर्ता विज्ञान से आती है। यह ऐसे विचार थे, जिन्हें ईसाई धर्म नास्तिकता कहता था। क्रिमोनी उनसे बचने की कोशिश कैसे करता था, इसका उदाहरण लीजिए, इस पुस्तक में मैं कहना नहीं चाहता, कि जीव के बारे में हमारा क्या विश्वास होना चाहिए। यहाँ मैं सिर्फ़ यह बतलाना चाहता हूँ, कि जीव के बारे में अरस्तू के क्या विचार थे? यह स्मरण रहे कि दर्शन की आलोचना मेरा काम नहीं है, इस काम को सन्त तामस् आदि ने अच्छी तरह पूरा किया है; लेकिन इस पर भी 3 जुलाई, 1619 ई० को उसके नाम पदुआ के सरकारी अफसर का हुक्मनामा आया–"लेतरन कौंसिल सारे प्रोफेसरों को सजग करती है, कि दर्शन के जो सिद्धान्त धर्म के खिलाफ हैं, (पढ़ाते वक्त) उनका खंडन भी वह करते जायें और जब किसी विषय का उद्धरण देने लगें, तो इस बात का ख्याल रखें, कि विद्यार्थियों पर उसका बुरा असर न पड़े; चूँकि आप इस आज्ञा का ख्याल नहीं रखते, इसलिए मेरा फ़र्ज है, कि मैं बार-बार आपका ध्यान इधर आकर्षित करता रहूँ। क्रिमोनी ने इसके उत्तर में एक लंबा पत्र लिखा–"मुझे विश्वविद्यालय की ओर से सिर्फ़ इसलिए वेतन मिलता है, कि मैं अरस्तू के दर्शन की शिक्षा दूँ। यदि विश्वविद्यालय इस काम की जगह कोई दूसरा काम लेना चाहता है, तो मैं त्यागपत्र देने के लिए तैयार हूँ, वह स्वतंत्र है, किसी दूसरे को उस काम पर लगा ले। मैं तो जब तक प्रोफेसर के पद पर रहूँगा, अपने पद-कर्तव्य के विरुद्ध कोई काम नहीं कर सकता।"

क्रिमोनी की मृत्यु (1631 ई०) के साथ इस्लामिक दर्शन का ही पठन-पाठन खतम नहीं होता, बल्कि पुरानी दुनिया ही बदल जाती है। क्रिमोनी के बाद लसीतो (मृत्यु 1656 ई०) प्रोफेसर हुआ, जिस पर नवीन दर्शन का प्रभाव दिखाई देने लगता है। उसके बाद ब्रेगार्द प्राचीन यूनानी दर्शन की पढ़ाई करता है। 1700 ई० में फार्देला के साथ पदुआ में पुराना सिलसिला टूट जाता है और वहाँ प्राचीन दर्शन की जगह दे-कार्त का दर्शन पाठ्य-पुस्तकों में दाखिल होता है।

4. इस्लामी दर्शन का यूरोप में अन्त

दन स्कातस् ने किस तरह रोश्द की शिक्षा को मनुष्यता से गिरी हुई बतलाया, यह हम कह चुके हैं। इसकी वजह से रोश्द जहाँ धार्मिक क्षेत्र में बदनाम हुआ, वहाँ हर तरह की स्वतंत्रता के चाहने वाले लोग–खासकर बुद्धिस्वातंत्र्यवादी–रोश्द के झंडे के नीचे खड़े होने लगे और रोश्द के नाम पर जगह-जगह दल बनने लगे। इन्हीं दलों में से एक उन लोगों का था, जिन्होंने अपना नाम 'स्वतंत्रता के पुत्र' रखा था। ये लोग विश्व को ही ईश्वर मानते थे और विश्व की चीज़ों को उसका अंश। ईसाई चर्च के न्यायालयों से इनको आग में जलाने की सज़ा होती थी और ये लोग खुशी-खुशी आग में गिरकर जान दे देते थे। स्वतंत्रता के पुत्रों में बहुत-सी स्त्रियाँ भी शामिल थीं, उन्होंने भी अग्नि परीक्षा पास की।

पादरी लोग इस अधार्मिकता के जिम्मेवार फ्रेडरिक और इब्न-रोश्द को ठहराते थे, तो भी इस विरोध से रोश्द के दर्शन–अथवा पुराने दर्शन का कुछ नहीं बिगड़ा।

चौदहवीं सदी में तुर्की ने बिज़न्तीन के ईसाई राज्य पर आक्रमण कर अधिकार जमाना शुरू किया। हर ऐसे युद्ध–राजनीतिक अशांति–में लोगों का तितर-बितर होना जरूरी है। कुस्तुन्तुनिया (आज का इस्तांबूल) का नाम उस वक्त बिज़न्तीन था और प्राचीन रोमन सल्तनत के उत्तराधिकारी होने से उसका जहाँ सम्मान ज़्यादा था, वहाँ वह विद्या और संस्कृति का एक बड़ा केन्द्र भी था। ईसाई धर्म के दो सम्प्रदायों–उदार (कैथलिक) और सनातनी (आर्थोडाक्स) में सनातनी चर्च का पेत्रियार्क (महापितर या धर्मराज) यहीं रहता था, जिस तरह कैथलिक चर्च की धर्मभाषा लातीनी थी, उसी तरह पूर्वी सनातनी चर्च की धर्मभाषा यूनानी थी। तुर्कों के इस आक्रमण के समय वहाँ से भागने वालों में कितने ही यूनानी साहित्य के पंडित भी थे। वे बहूमूल्य प्राचीन यूनानी पुस्तकों के साथ पूर्व से भागकर इताली में आ बसे! इन पुस्तकों को देखकर वहाँ पंडितों की आँखें खुल गई, यदि जैसे मानो तिब्बती चीनी अनुवादों-दर-अनुवादों के सहारे पढ़ते रहने वाले भारतीय विद्वानों के हाथ में असंग की "योगचर्या भूमि" वसुबंधु की 'वादविधि' दिग्नाग का 'प्रमाणसमुच्चय', धर्म-कीर्ति का 'प्रमाणवार्त्तिक' और "प्रमाणविनिश्चय" मूल संस्कृत में मिल जावें। अब लोगों की क्या जरूरत थी, कि वे मूल यूनानी पुस्तक को छोड़ यूनानी न जानने वाले लेखकों की टीकाओं और संक्षेपों की मदद से उन्हें पढ़ने की कोशिश करें।

पिदारक (1304-74 ई०) –रेमोंद लिली (1224-1315) ने इस्लाम को उखाड़ फेंकने की बहुत कोशिश की थी, किन्तु वह उसमें सफल नहीं हुआ, तो भी उसकी वसीयत के एक हिस्से यूरोप से इस्लामिक दर्शन के अध्ययनाध्यापन को ख़तम करने की पूर्ति के लिए तस्केनी में पिदारक का जन्म हुआ। बाप ने उसे वकील बनाना चाहा था, किन्तु उसका उसमें दिल नहीं लगा और अन्त में वह पेदुआ में आ गया। पिदारक लातीनी और यूनानी भाषाओं का पंडित था, दर्शन और आचार-शास्त्र पर उसकी पुस्तकें आज भी मौजूद हैं। 'जहादवाद' ने यूरोप के दिमाग़ पर कितना ज़हरीला असर किया था, यह पिदारक के इस विचार से मालूम होगा : अरबों ने कला और विद्या की कोई सेवा न की, उन्होंने यूनानी संस्कृति और कला की कुछ बातों को कायम ज़रूर रखा। पिदारक कहता था–कि जब यूनानी संस्कृति और विद्या की मूल वस्तुएँ हमें प्राप्त हो गई हैं, तो हमें अरबों की जूठी पत्तल चाटने से क्या मतलब। अरबों से उसे कितनी चिढ़ थी, यह उसके एक पत्र से पता लगेगा, जिसे उसने अपने एक मित्र को लिखा था–"मैं तुमसे इस कृपा की आशा रखता हूँ, कि तुम अरबों को इस तरह भुला दोगे, जैसे संसार में उनका अस्तित्व कभी था ही नहीं। मुझे इस जाति की जाति से घृणा है। यह भली भाँति याद रखें, कि यूनान ने दार्शनिक, वैद्य, कवि और वक्ता पैदा किये। दुनिया की वह कौन-सी विद्या है, जिस पर यूनानी विद्वानों की पुस्तकें न मौजूद हों, लेकिन अरबों के पास क्या है? सिर्फ़ दूसरों की बची-खुची पूँजी। मैं उनके यहाँ के वैद्यों, दार्शनिकों, कवियों से भली प्रकार परिचित हूँ और यह मेरा विश्वास है, कि अरब कौम से कभी भलाई की उम्मीद नहीं की जा सकती।...तुम ही बताओ, यूनानी भाषा के वक्ता देमस्थनीज़ के बाद सिसरो, यूनानी कवि होमर के बाद वर्जिल, यूनानी ऐतिहासिक हेरोदोतस् के बाद तीतस् लेवी का जन्म

दुनिया में कहां हुआ?...हमारी जाति के काम बाज़ बातों में दुनिया की सभी जातियों के कारनामों से बढ़-चढ़कर हैं। यह क्या बेवकूफी है? कि अपने को अरबों से भी हीन समझते हो। यह क्या पागलपन है? कि अपने कारनामों को भुलाकर अरबों की स्तुति–प्रशंसा–के नशे में डूब गये हो। इताली की बुद्धि और प्रतिभा! क्या तू कभी गाढ़ निद्रा से नहीं जागेगी?"

पिदारक के बाद 'इताली की प्रतिभा' जगी और यूनानी दर्शन के विद्वानों ने–जो कि पूरब से भाग-भाग कर आये थे–जगह-जगह ऐसे विद्यालय स्थापित किये, जिनमें यूनानी साहित्य और दर्शन की शिक्षा सीधे यूनानी पुस्तकों से दी जाती थी। आरम्भ के यूनानी अध्यापकों में गाज़ा (मृत्यु 1478 ई०) जार्ज दे-त्रेपरविंद (मृत्यु 1484 ई०) जार्ज स्कोलारियस ज़्यादा प्रसिद्ध हैं।

4 नवम्बर, सन् 1497 ई० की तारीख पदुआ और इताली के इतिहास में अपना 'खास' महत्त्व रखती है। इसी दिन प्रोफेसर ल्युनियस् ने पदुआ के विश्वविद्यालय-भवन में अरस्तू के दर्शन को उस भाषा द्वारा पढ़ाया, जिसमें अठारह सौ साल पहिले खुद अरस्तू अथेन्स में पढ़ाया करता था। प्राचीनता-पंथियों को गर्व हुआ, कि उन्होंने काल की सुई को पीछे लौटा दिया, किन्तु वह उनके बस की बात नहीं थी, इसे इतिहास ने आगे साबित किया।

4 नवम्बर, 1497 ई० के बाद भी रोश्द का पठन-पाठन पदुआ में भी जारी रहा, यह बतला चुके हैं। सत्रहवीं सदी में जेसुइत-पंथियों ने रोश्द पर भी हमला शुरू किया, किन्तु सबसे जबर्दस्त हमला, जो चुपचाप हो रहा था; वह था साइंस की ओर से, गेलेलियो की दूरबीन, न्यूटन के गुरुत्वाकर्षण और भाप के इंजन के रूप में।

अध्याय 10

यूरोपीय दर्शन

सत्रहवीं सदी के दार्शनिक (विचार-स्वातंत्र्य का प्रवाह)

[ल्योनार्दो दा-विन्ची(1452-1516)]–नवीन यूरोप के स्वतंत्र-विचारक और कलाकार का एक नमूना था–दा-विन्ची, जिसकी कला (चित्र) में ही नहीं, लेखों में भी नवयुग की ध्वनि थी, किन्तु वह अपने ग्रन्थों को उस वक़्त प्रकाशित कर पोप और धर्माचार्यों के कोप का भाजन नहीं बनना चाहता था, इसलिए उसके वैज्ञानिक ग्रन्थ उस वक्त प्रकाश में नहीं आये।

1455 ई० में छापे का आविष्कार ज्ञान के प्रचार में बड़ा सहायक साबित हुआ, निश्चय ही छापे के बिना पुस्तकों द्वारा ज्ञान का प्रचार उतनी शीघ्रता से न होता, जितना कि वह हुआ। पोप-पुरोहित परिश्रम से देर में लिखी दो-चार कापियों को जलवा सकते, किन्तु छापे ने सैकड़ों हजारों कापियों को तैयार कर उनके प्रयत्न को बहुत हद तक असफल कर दिया।

पंद्रहवीं-सोलहवीं सदियाँ हमारे यहाँ सन्तों और सूफियों को पैदा कर दुनिया की तुच्छता–अतएव दुनिया की समस्याओं को भुलाने का प्रचार कर रही थीं, लेकिन इसी समय यूरोप में बुद्धि को धर्म और रूढ़ियों से स्वतंत्र करने का प्रयत्न बहुत जोखिम उठाकर हो रहा था। लारेंज़ोवाला (1408-57 ई०) ने खुलकर शब्दों के धनी धर्म-रूढ़ि के हिमायती दार्शनिकों पर प्रहार किया। उसका कहना था, शब्दों के दिमाग़ी तर्क को छोड़ो और सत्य की खोज के लिए वस्तुओं के पास जाओ। कोलम्बस(1447-1506), वास्को-दा-गामा(1469-1524) ने अमेरिका और भारत के रास्ते खोले। परासेल्सस् (1493-1541) और फान् हेल्मोन्ट (1577-1644) ने पुस्तक पत्रे की गुलामी को छोड़ प्रकृति के अध्ययन पर जोर दिया। उस वक्त के विश्वविद्यालय धर्म की मुट्ठी में थे और साइंस-संबंधी गवेषणा के लिए वहाँ कोई स्थान न था; इसीलिए साइंस की खोजों के लिए स्वतंत्र संस्थाएँ स्थापित करनी पड़ीं। लेलेसिओ (1577-1644) ने ऐसी गवेषणाओं के लिए नेपल्स में पहली रसायनशाला खोली। 1543 में वेसालियस्(1515-64 ई०) ने शरीर शास्त्र पर साइंस सम्मत ढंग से पहली पुस्तक लिखी, इसमें उसने कल्पना की जगह हर बात को शरीर देखकर लिखने की कोशिश की। धर्म बहुत परेशानी में पड़ा हुआ था, वह मृत्यु के डर से साइंस की प्रगति को रोकना चाहता था। 1533 ई० में सर्वेतस् और 1600 ई० में ग्योर्दिनो ब्रूनो आग में जलाकर साइंस के शहीद बनाये गये। यह वह समय था, जब कि भारत में अकबर उदारता पूर्वक साइंस वेत्ताओं के खून के प्यासे इन ईसाई पुरोहितों और दूसरे धर्मियों के साथ समानता का बर्ताव करते हुए सबकी धार्मिक शिक्षाओं को सुनता तथा एक नये धर्म द्वारा उनके समन्वय करने के प्रयत्न में लगा हुआ था। सोलहवीं सदी के पोथी-विरोधी प्रयोग-हिमायती विद्वानों में 'मोंताञ'(1553-1592), तायचो ब्राहे (1546-1601) के, सांशेज (1562-1632) के नाम खास तौर से उल्लेखनीय हैं।

पन्द्रहवीं सदी के विचार-स्वातंत्र्य और सोलहवीं सदी के भौगोलिक, खगोलिक आविष्कारों ने कूप-मंडूकता के दूर करने में बहुत मदद की और इस प्रकार सत्रहवीं सदी के यूरोप में कुछ खुली हवा-सी आने लगी थी। इस वक़्त के दार्शनिकों की विचारधारा दो प्रकार की देखी जाती है। (1) कुछ का कहना था, कि इन्द्रिय-प्रत्यक्ष और तजुर्बा (प्रयोग) ही ज्ञान का एक मात्र आधार है, इन्हें प्रयोगवादी कहते हैं। बैकन, हाब्स, लॉक, बर्कले, ह्यूम, प्रयोगवादी दार्शनिक थे; (2) दूसरे दार्शनिक ज्ञान को इन्द्रिय या प्रयोगगम्य नहीं बुद्धिगम्य मानते थे। इन्हें बुद्धिवादी कहा जाता है, द-कार्त, स्पिनोजा, लाइब्निट्ज़, इस प्रकार के दार्शनिक थे।

1. प्रयोगवाद

प्रयोगवाद प्रयोग या तजुर्बे को ज्ञान का साधन बतलाता है, किन्तु प्रयोग के जरिए जिस सच्चाई को वह सिद्ध करता है, वह केवल भौतिक तत्त्व, केवल विज्ञान तत्त्व–अर्थात् अद्वैत भी हो सकता है– अथवा भौतिक और विज्ञान दोनों तत्त्वों को मानने वाला द्वैतवाद भी। हॉब्स-टोलैण्ड, अद्वैती-भौतिकवादी थे, स्पिनोज़ा अद्वैती-विज्ञानवादी और बैकन, द-कार्त लीब्नितज़ द्वैतवादी थे।

1. अद्वैत-भौतिकवाद

(1) हॉब्स (1588-1679 ई०)–टामस हॉब्स ने अध्ययन आक्सफोर्ड में किया। पेरिस में उसका परिचय देकार्त से हुआ। जो देश, उद्योगधंधे और पूँजीवाद का बानी बनने जा रहा था, यह जरूरी था, कि उसका नंबर स्वतंत्र-विचारकों में भी पहला हो, इसलिए सत्रहवीं सदी के आरंम्भ में फ्रांसिस बैकन (1561-1626) का विचार-स्वातंत्र्य का प्रचार और मध्ययुगीनता का विरोध करना तथा हॉब्स, लॉक जैसे दार्शनिकों का उसे आगे बढ़ाना, कोई आकस्मिक घटना न थी। बैकन दार्शनिक विचारों में प्रगतिशील था, किन्तु यह जरूरी नहीं है, कि दार्शनिक प्रगतिशीलता राजनीति में भी वही स्थान रखे। जब इंग्लैंड में सामन्तवाद के खिलाफ क्रामवेल के नेतृत्व में जनता ने क्रान्ति का झंडा उठाया, तो हॉब्स क्रान्ति-विरोधियों के दल में था। 30 जनवरी, 1649 को शाहजहाँ के समकालीन राजा चार्लस्‌ का शिरच्छेद कर जनता ने सामन्तवादियों पर विजय पाई। हॉब्स जैसे कितने ही व्यक्ति उससे सन्तुष्ट नहीं हुए। नवम्बर 1651 में हॉब्स फ्रांस भाग गया, लेकिन उसे यह समझने में देर न लगी, कि गुजरा ज़माना नहीं लौट सकता और उसी साल लौटकर उसने अधिनायक ओलिवर क्रामवेल (1599-1658) से समझौता कर लिया।

हॉब्स लोकोत्तरवाद का विरोधी था। उसके अनुसार दर्शन कारणों से कार्य और कार्यों से कारण के ज्ञान को बतलाता है। हम इन्द्रियों के साक्षात्कार द्वारा वस्तु का ज्ञान (सिद्धान्त) प्राप्त कर सकते हैं या इस प्रकार के सिद्धान्त से वस्तु के ज्ञान को भी पा सकते हैं।

दर्शन गति और क्रिया का विज्ञान है, ये गति-ज्ञान प्राकृतिक पिंडों के भी हो सकते हैं, राजनीतिक पिंडों के भी। मनुष्य का स्वभाव, मानसिक जगत्, राज्य, प्राकृतिक घटनाएँ उन्हीं गतियों के परिणाम हैं।

ज्ञान का उद्गम इन्द्रियों की वेदना (प्रत्यक्ष) है और वेदना मस्तिष्क या इसी तरह के आभ्यन्तरिक तत्त्व में गति के सिवा और कुछ नहीं है, जिसे हम मन कहते हैं, वह मस्तिष्क या सिर

के भीतर मौजूद इसी तरह के किसी प्रकार के भौतिक पदार्थ की गतिमात्र है। विचार या प्रतिबिंब, मस्तिष्क और हृदय की गतियाँ–अर्थात् भौतिक पदार्थों की गतियाँ हैं। भौतिक तत्त्व और गति ये मूलतत्त्व हैं, वे जगत् की हर एक वस्तु जड़-चेतन सभी की व्याख्या करने के लिए पर्याप्त हैं।

हॉब्स ने ईश्वर के अस्तित्व का साफ तौर से इन्कार नहीं किया, उसका कहना था, कि "मनुष्य ईश्वर के बारे में कुछ नहीं जान सकता।"

अच्छा-बुरा, पाप-पुण्य–हॉब्स के लिए सापेक्ष बातें हैं, कोई परमार्थतः न अच्छा है न परमार्थतः बुरा।

हॉब्स अरस्तू की भाँति मनुष्य को सामाजिक प्राणी नहीं, बल्कि "मानव भेड़िया" कहता था। मनुष्य हमेशा धन, मान, प्रभुता या शक्ति की प्रतियोगिता में रहता है, उसका झुकाव अधिक के लोभ तथा द्वेष और युद्ध की ओर होता है, जब उसके रास्ते में दूसरा प्रतियोगी आता है, तो फिर उसे मार डालने, अधीन बना लेने या भगा देने की कोशिश करता है।

(2) टोलैंड (1670-1721 ई०)–हॉब्स की भाँति उसका देश-भाई टोलैंड भी भौतिकवाद का हामी, तथा बर्कले के विज्ञानवाद का विरोधी था। भौतिक तत्त्व गतिशून्य नहीं, बल्कि सक्रिय द्रव्य या शक्ति हैं। भौतिक तत्त्व शक्ति है और गति, जीवन, मन, सब इसी शक्ति की क्रियाएँ हैं। चिन्तन उसी तरह मस्तिष्क की क्रिया है, जिस तरह स्वाद जिह्वा का।

2. अद्वैत-विज्ञानवाद

स्पिनोज़ा (1632-77 ई०)–बारुच दे-स्पिनोज़ा हालैंड में एक धनी यहूदी परिवार में पैदा हुआ था। उसने पहले इब्रानी साहित्य का अध्ययन किया, पीछे फ्रेंच दार्शनिक द-कार्त के ग्रंथों को पढ़कर उसकी प्रवृत्ति स्वतंत्र दार्शनिक चिंतन की ओर हुई। उसके धर्मविरोधी विचारों से उसके सधर्मी नाराज़ हो गये और उन्होंने 1656 ई० में उसे अपने धर्म-मन्दिर से निकाल बाहर किया, जिससे स्पिनोज़ा को अम्स्टर्डम् छोड़ने पर बाध्य होना पड़ा। जहाँ-तहाँ धक्के खाते अन्त में 1669 में (औरंगजेब के शासनारंभ काल में) वह हाग में जाकर बस गया, जहाँ उसकी जीविका का ज़रिया चश्मे के पत्थरों को घिसना था। शताब्दियों तक स्पिनोज़ा को नास्तिक समझा जाता था और ईसाई, यहूदी दोनों उससे घृणा करने में होड़ लगाये हुए थे।

स्पिनोज़ा पहला दार्शनिक था, जिसने मध्यकालीन लोकोत्तरवाद तथा धर्म-रूढ़िवाद को साफ शब्दों में खंडन करते हुए बुद्धिवाद और प्रकृतिवाद का ज़बर्दस्त समर्थन किया; हर तरह के शास्त्र या धर्म-ग्रंथ के प्रमाण से बुद्धि ज़्यादा विश्वसनीय प्रमाण है। धर्मग्रंथों को भी सच्चा साबित होने के लिए उसी तरह बुद्धि की कसौटी पर ठीक उतरना होगा, जिस तरह कि दूसरे ऐतिहासिक लेखों या ग्रंथों को करना पड़ता है। बुद्धि का काम है, यह जानना कि, भिन्न-भिन्न वस्तुओं में आपस का क्या संबंध है। प्राकृतिक घटनाएँ परस्पर संबंद्ध हैं। यदि उनकी व्याख्या के लिए प्रकृति से परे की किसी लोकोत्तर चीज़ को लाते हैं, तो वस्तुओं का यह आन्तरिक संबंध विच्छिन्न हो जाता है और सत्य तक पहुँचने के लिए जो एक जरिया हमारे पास था, उसे ही हम खो देते हैं। इस तरह बुद्धिवाद और प्रकृतिवाद (भौतिकवादी प्रयोगवाद) दोनों का हम स्पिनोजा के दर्शन में

संमिश्रण पाते हैं, लेकिन स्पिनोज़ा के प्रकृति (भौतिक)-वाद और हॉन्स के भौतिकवाद में अन्तर है। हॉब्स शुद्ध भौतिकवादी था। वह सबकी व्याख्या भौतिक तत्त्वों और उसकी शक्ति या गति से करता था; किन्तु इसके विरुद्ध स्पिनोजा स्ताइको या ब्रह्म-जगत् अद्वैतवादी वेदान्तियों की भाँति "यह सब ईश्वर (ब्रह्म) है और ईश्वर (ब्रह्म) यह है।" इस तरह उसका जोर भौतिक तत्त्व पर नहीं, बल्कि आत्मतत्त्व पर था।

(परमतत्त्व)–एक सान्त वस्तु अपनी सत्ता के लिए दूसरे अनगिनित तत्त्वों पर निर्भर है, और इन आधारभूत तत्त्वों में से भी प्रत्येक दूसरे अनगिनित तत्त्वों पर निर्भर है। इस तरह एक का आधार दूसरा, दूसरे का आधार तीसरा...मानते जाने पर हम किसी निश्चय पर नहीं पहुँच सकते। कोई ऐसा तत्त्व होना चाहिए, जो स्वयंसिद्ध स्वयं अपना आधार हो, जो सभी अधेयों, घटनाओं को अवलम्ब दे; लेकिन ऐसे स्वतः सिद्ध तत्त्व के ढूँढ़ने के लिए हमें प्रकृति से परे, किसी स्रष्टा की जरूरत नहीं। प्रकृति या सृष्टि स्वयं इस काम तथा ईश्वर की आवश्यकता को पूरी करती है। इस तरह प्रकृति या ईश्वर स्वयं सर्वमय, अनन्त और पूर्ण है, इससे परे कुछ नहीं है, न कोई लोकोत्तर तत्त्व है। प्रकृति भी गतिशून्य नहीं बल्कि सक्रिय परिवर्तनशील है–सभी तरह की शक्तियाँ वही है। हर एक अन्तिम शक्ति, ईश्वर का गुण है। मनुष्य इन गुणों में से सिर्फ़ दो गुणों को जानता है–विस्तार (परिणाम) और चिन्तन; और यही दोनों हैं, भौतिक और मानसिक शक्तियाँ। सभी भौतिक पिंड और भौतिक घटनायें विस्तार-गुण की भिन्न-भिन्न अवस्थाएँ हैं और सभी मन तथा मानसिक अनुभव चिन्तन गुण की। चूंकि, विस्तार और चिन्तन दोनों एक परमतत्त्व के गुण है। इसलिए भौतिक मानसिक पदार्थों के संबंध में कोई कठिनाई नहीं है, जितनी सान्त स्थितियाँ हमें दृष्टिगोचर होती है, वह भ्रम या माया नहीं, बल्कि वास्तविक है–उस वक्त जब कि वह घटित हो रही है और उस वक्त भी जब कि यह लुप्त होती है, तब भी उनका अत्यंताभाव नहीं होता, क्योकि वह एक परमतत्त्व मौजूद रहता है, जिसमें कि अनेक बदलते और फिर बदलते रहते हैं।

3. द्वैतवाद

लॉक (1632-1704 ई०)–जॉन लॉक ने आक्सफोर्ड में दर्शन, प्राकृतिक विज्ञान और चिकित्सा का अध्ययन किया था। बहुत सालों तक (1666-83 ई०) इंग्लैंड के एक रईस (अर्ल शाफ्टसबरी) का सेक्रेटरी रहा।

प्रयोग या अनुभव से परे कोई स्वतः सिद्ध वस्तु है, लॉक इससे इन्कारी था। हमारा ज्ञान हमारे विचारों से परे नहीं पहुँच सकता। ज्ञान तभी सच हो सकता है, जब कि हमारे विचारों को वस्तुओं की सत्यता स्वीकार करती हो–अर्थात् विचार प्रयोग के विरुद्ध न जाते हों।

(1) तत्त्व–मानसिक और भौतिक तत्त्व–प्रत्यक्ष-सिद्ध और अप्रत्यक्ष-सिद्ध–दो पदार्थ तो हैं ही, इनके अतिरिक्त एक तीसरा आत्मतत्त्व ईश्वर है। अपनी प्राकृतिक योग्यता का ठीक तौर से उपयोग करके हमें ईश्वर का ज्ञान हो सकता है।

अपने कामों के बुरे होने के बारे में हमारी जो राय है–जो कि हमारे सीखे आचारज्ञान से तैयार होती है– इसी को आत्मा की पुकार कहा जाता है; वह इससे अधिक कुछ नहीं है। आचार-नियम

स्वयंभू (स्वतः उत्पन्न) नहीं कहे जा सकते, क्योंकि उन्हें न स्वयंभू देखा जाता है और न सर्वत्र एक समान पाया जाता है। ईश्वर-संबंधी विचार भी स्वयंभू नहीं है। यदि ऐसा होता, तो कितनी ही जातियों को ईश्वर के ज्ञान से वंचित अथवा उसके जानने के लिए उत्सुक न देखा जाता। इसी प्रकार आग, सूर्य, गर्मी के ज्ञान भी सीखने से आते हैं, स्वयंभू नहीं हैं।

(2) मन–मन पहले-पहल साफ सलेट जैसा होता है, उसमें न कोई विचार होते हैं, न कोई छाप या प्रतिबिंब (वासना)। ज्ञान की साम्रगी हमें अनुभव (प्रयोग) द्वारा प्राप्त होती है, अनुभव के ऊपर हमारे ज्ञान की इमारत खड़ी है।

लॉक कहता है, कारण वह चीज़ है, जो दूसरी चीज़ को बनाता है और कार्य वह है, जिसका आरम्भ किसी दूसरी चीज़ से है।

इन्द्रियों से प्राप्त वेदना या उस पर होने वाला विचार ही हमें देश-काल विस्तार, भेद-अभेद, आचार तथा दूसरी बातों के संबंध का ज्ञान देते हैं; यही हमारे ज्ञान की साम्रगी को प्रस्तुत करते हैं।

लॉक चाहता था, कि दर्शन को कोरी दिमाग़ी उड़ान से बचाकर प्रकृति के अध्ययन में लगाया जाये। जिज्ञासा करने, प्रश्नों के हल ढूँढ़ने से पहले, हमें अपनी योग्यता का निरीक्षण करना चाहिए और देखना चाहिए, किस और कितने विषय को हमारी बुद्धि समझ सकती है। "अपनी योग्यता से परे की जिज्ञासाएँ, अनेक नये प्रश्न, कितने ही विवाद खड़े कर देती हैं, जिससे...हमारे सन्देह ही बढ़ते हैं।"

2. बुद्धिवाद (द्वैतवाद)

वैसे तो स्पिनोज़ा के अद्वैती विज्ञानवाद को भी बुद्धिवाद में गिना जा सकता है, क्योंकि विज्ञानवाद भौतिक जगत् की सत्ता को महत्त्व नहीं देता, किन्तु स्पिनोज़ा के दर्शन में विज्ञानवाद और भौतिकवाद का कुछ इतना सम्मिश्रण है तथा प्रकृति की वास्तविकता पर उसका इतना जोर है, कि उसे केवल विज्ञानवाद में नहीं गिना जा सकता; बाकी सत्रहवीं सदी के प्रमुख बुद्धिवादी दार्शनिक द-कार्त और लाइव्निट्स हैं, जो दोनों ही द्वैतवादी भी हैं।

1. द कार्त (1596-1650 ई०)

रेने द-कार्त का जन्म फ्रांस के एक रईस परिवार में हुआ था। दार्शनिक के अतिरिक्त वह कितनी ही पुरानी भाषाओं का पंडित तथा प्रथम श्रेणी का गणितज्ञ था, उसकी ज्यामिति आज भी कार्तेसीय ज्यामिति के नाम से मशहूर है।

यूरोप के पुनर्जागरण काल के कितने ही और विद्वानों की भाँति द-कार्त भी अपने समय के ज्ञान की अवस्था से असन्तुष्ट था। सिर्फ़ गणित एक विद्या थी, जिसकी अवस्था को वह सन्तोषजनक समझता था और उसका कारण उसका श्रेय वह नपी-तुली नियमबद्ध प्रक्रिया को देता था। उसने गणित के ढंग को दर्शन में भी इस्तेमाल करना चाहा। सन्त अगस्तिन की भाँति उसने भी "बाकायदा सन्देह" से सोचना आरंभ किया–मैं दुनिया की हर चीज़ को संग्दिध समझ सकता हूँ, लेकिन अपने 'होने' के बारे में सन्देह नहीं कर सकता, "मैं सोचता हूँ, इसलिए मैं हूँ।" इसे सच इसलिए मानना पड़ता है, क्योंकि यह "स्पष्ट और असंदिग्ध है"। इस तरह हम

इस सिद्धान्त पर पहुँचते हैं, "जिसे हम अत्यन्त स्पष्ट और असंदिग्ध पाते हैं, वह सच है।" इस तरह के स्पष्ट और असंदिग्ध अतएव सच विचार हैं–ईश्वर, रेखा-गणित के स्वयंसिद्ध और "नहीं से कुछ नहीं पैदा हो सकता" की तरह के अनादि सत्य। यद्यपि द-कार्त ने स्पष्ट और असंदिग्ध विचार होने से ईश्वर को स्वयंसिद्ध मान लिया था, किन्तु हवा का रुख इतना प्रतिकूल था, कि ईश्वर की सिद्धि के लिए अलग भी उसे प्रयत्न करना पड़ा। दृश्य जगत् के भी "स्पष्ट और असंदिग्ध अंश को उसने सत्य कहा"। जगत् ईश्वर ने बनाया है और अपनी स्थिति को जारी रखने के लिए वह बिलकुल ईश्वर पर निर्भर है। ईश्वर निर्मित जगत् के दो भाग हैं–काया या विस्तारयुक्त पदार्थ और मन या सोचने वाला पदार्थ। आत्मा और शरीर को वह अक्विना की भाँति अभिन्न नहीं; बल्कि अगस्तिन् की भाँति सर्वथा भिन्न–एक दूसरे से बिलकुल अलग-अलग कहता था। यह भगवान् की दिव्य सहायता है, जिससे कि आत्मा शरीर की गति को उत्पन्न नहीं, बल्कि संचालित कर सकता है। द-कार्त इस प्रकार लोकोत्तरवादी तथा अगस्तिन् की भाँति ईसाई धर्म का एक ज़बर्दस्त सहायक था। शरीर और आत्मा में आपस का कोई संबंध नहीं, इस धारणा ने द-कार्त को यह मानने के लिए भी मजबूर किया, कि जब दोनों में से किसी एक में कोई परिवर्तन होता है, तो भगवान् बीच में दखल देकर दूसरे में भी वही परिवर्तन पैदा कर देता है।

अंग्रेज़ दार्शनिक हॉब्स, द-कार्त का समकालीन तथा परिचित था, किन्तु दोनों के विचारों में हम ज़मीन-आसमान का अंतर देखते हैं। द-कार्त पूरा लोकोत्तरवादी, ईश्वर के इशारे पर जड़-चेतन को नचानेवाला मानता था; किन्तु हॉब्स लोकोत्तरवाद के बिलकुल खिलाफ़, हर समस्या के हल को प्रकृति में ढूँढ़ने का पक्षपाती था। स्पिनोज़ा ने द-कार्त के ग्रंथों से बहुत फायदा उठाया, 'विस्तार और चिन्तन', 'काया और आत्मा' के स्वरूपों को भी उसने द-कार्त से लिया, किन्तु द-कार्त दर्शन के ईश्वरीय यंत्रवाद की कमज़ारियों को वह समझता था, इसलिए द-कार्त के द्वैतवाद को छोड़ उसने प्रकृति-ईश्वर-अद्वैत या विज्ञानवाद को हॉब्स के नजदीकतर लाने की कोशिश की।

द-कार्त के अनुसार दर्शन कहते हैं, मनुष्य जितना जान सकता है, वह ज्ञान तथा अपने जीवन के आचरण, अपने स्वास्थ्य की रक्षा और सभी कलाओं (विद्याओं) के आविष्कार के पूर्ण ज्ञान को। इस तरह द-कार्त की परिभाषा में दर्शन में लौलिक लोकोत्तर सारे ही "स्पष्ट और असंदिग्ध (अविसंवादि) ज्ञान" शामिल हैं।

ईश्वर के काम के बारे में द-कार्त का कहना है–भगवान् ने शुरू में गति और विश्राम के साथ भौतिक तत्त्वों (प्रकृति) को पैदा किया। प्रकृति में जो गति उसने उस वक़्त पैदा की, उसे उसी मात्रा में जारी रखने के लिए उसकी सहायता की अब भी जरूरत है, इस प्रकार ईश्वर को सदा सक्रिय रहना पड़ता है।

आत्मा या सोचने वाली वस्तु, उसे कहते हैं, जो सन्देह करने, समझने, ग्रहण-समर्थन-अस्वीकार-इच्छा-प्रतिषेध करने की क्षमता रखती है।

गंभीर विचारक होते हुए भी द-कार्त मध्ययुगीन मानसिक बंधनों से अपने को आज़ाद नहीं कर सका था और अपने दर्शन को सर्वप्रिय रखने के लिए भी, वह धर्मवादियों का कोपभाजन नहीं

बनना चाहता था। स्वयं द-कार्त के अपने वर्ग का भी स्वार्थ इसी में था, कि धर्म और उसके साथ प्राचीन समाज की व्यवस्था को न छेड़ा जाये।

2. लाइब्निट्ज़ (1646-1716 ई०)

गोट्फ्रीड् विल्हेल्म लाइब्निट्ज़ लिपज़िग् (जर्मनी) में एक मध्यवित्तक परिवार में पैदा हुआ था। विश्वविद्यालय में वह कानून, दर्शन और गणित का विद्यार्थी रहा।

दर्शन–लाइब्निट्ज़ आत्म-कणवाद का प्रवर्तक था। उसके दर्शन में भौतिक पदार्थ–और अवकाश भी–वस्तु सत्य नहीं हैं, मन जिन्हें अनुभव करता है, उसके ये सिर्फ़ दिखावे मात्र हैं। आत्मकण (मन विज्ञान) ही एकमात्र वस्तु सत्य हैं। सभी आत्मकण विकास में एक से नहीं हैं। कुछ का विकास अत्यन्त अल्प है, वह सुप्त से हैं। कुछ का विकास इनसे कुछ ऊँचा है, वह स्वप्न अवस्था की चेतना जैसे हैं। कुछ का विकास बहुत ऊँचा है, पूरी जागृत चेतना जैसे हैं और इन सबसे ऊँचा चरम विकास ईश्वर का है। उसकी चेतना अत्यन्त गंभीर, अत्यन्त पूर्ण और अत्यन्त सक्रिय है। आत्मकणों की संख्या अनन्त और उनके विकास के दर्जे भी अनन्त हैं, उनमें इतनी भिन्नता है, कि कोई दो आत्मकण एक से नहीं हैं। इस प्रकार लाइब्निट्ज़ द्वैती विज्ञानवाद को मानता है।

प्रत्येक आत्मकण अपनी सत्ता और गुण के लिए दूसरे आत्मकण का मुहताज नहीं है, एक आत्मकण दूसरे को प्रभावित नहीं कर सकता; लेकिन सर्वोच्च आत्मकण ईश्वर इस नियम का अपवाद है–उसने एक तरह अपने में से इन आत्मकणों को पैदा किया। आत्मकण अपनी क्रियाओं के संबंध में जो आपस में सहयोग करते दीख पड़ते हैं, वह पहले से स्थापित समन्वय के कारण हैं–भगवान् ने उन्हें इस तरह बनाया है, जिसमें वह एक दूसरे से सहयोग करें।

द-कार्त का यह विचार कि ईश्वर ने भौतिक तत्त्वों में गति एक निश्चित मात्रा में–घड़ी की कुंजी की भाँति–भर रखी है, लाइब्निट्ज़ को पसंद न था, यद्यपि धर्म, ईश्वर, द्वैतवाद आदि का जहाँ तक संबंध था, वह उससे सहमत था। लाइब्निट्ज़ का कहना था–पिंड चलते हैं, पिंड विश्राम करते हैं–जिसका अर्थ है, गति आती है और नष्ट भी होती है। यह (संसार) प्रवाह का सिद्धान्त–अर्थात् प्रकृति में मेढक-कुदान नहीं सम प्रवाह है–के खिलाफ़ जाता है। संसार में कोई ऐसा पदार्थ नहीं है, जो क्रिया नहीं करता; जो क्रिया नहीं करता, वह है ही नहीं, लाइब्निट्ज़ ने इस कथन द्वारा अपने से हज़ार वर्ष पहिले के बौद्ध दार्शनिक धर्मकीर्ति की बात को दुहराया। "अर्थ क्रिया में जो समर्थ है वही ठीक सच है।"

लाइनिज विस्तार को नहीं बल्कि शक्ति को शरीर का वास्तविक गुण कहता है, बिना शक्ति के विस्तार नहीं हो सकता अतएव शक्ति मुख्य गुण है।

अवकाश या देश सापेक्ष पदार्थ है, उसकी परमार्थ सत्ता नहीं है। वस्तुएँ जिसमें स्थित हैं, वह देश है और वह वस्तुओं के नाश के साथ नाश हो जाता है। शक्तियाँ देश पर निर्भर नहीं है, किन्तु देश अपनी सत्ता के लिए शक्तियों पर अवश्य निर्भर है। इसलिए वस्तुओं (आत्मकणों) के बीच में तथा उनसे परे देश नहीं हो सकता; जहाँ शक्तिया खतम होती हैं, वहाँ देश भी खतम होता है। देश की यह कल्पना आइन्स्टाइन के सापेक्षतावाद के बहुत समीप है।

(1) ईश्वर–लाइब्निट्ज़ के अनुसार दर्शन भगवान् तक पहुँचाता है; क्योंकि दर्शन भौतिक और यांत्रिक सिद्धान्तों की व्याख्या करना चाहता है, उसकी उस व्याख्या के बिना चरम कारण भगवान् को हम मान ही नहीं सकते। भगवान् स्वनिर्मित गौण या उपादान-कारणों द्वारा सभी चीज़ों को बनाता है। भगवान् ने दुनिया कोई अच्छी तो नहीं बनाई है, इसका जवाब लाइब्निट्ज़ देता है–भई! दुनिया को भगवान् ने उतना अच्छा बनाया है, जितनी अच्छी कि वह बनाई जा सकती थी, इसमें जितना संभव हो सकता है, उतने वैचित्र्य और पारस्परिक समन्वय हैं। यह ठीक है, कि यह पूर्ण नहीं है, इसमें दोष हैं; किन्तु भगवान् सीमित रूप में कैसे अपने स्वभाव को व्यक्त कर सकता था? दोष (बुराइयाँ) भी अनावश्यक नहीं हैं। चित्र में जैसे काली ज़मीन की आवश्यकता होती है, उसी तरह अच्छाइयों (शिव) को व्यक्त करने के लिए बुराइयों की भी जरूरत है। यहाँ समाज के अत्याचार उत्पीड़न के समर्थन के लिए लाइब्निट्ज़ कैसी कायरतापूर्ण युक्ति दे रहा है? यदि अपनी अच्छाइयों को दिखलाने के लिए ईश्वर ने चंद व्यक्तियों को अपना कृपापात्र और 90 सैकड़ा को पीड़ित, दुखी, नारकीय बना रखा है, तो ऐसे भगवान् से त्राहि माम्।

(2) जीवात्मा–जीव अगणित आत्मकणों में एक है–यह बतला चुके हैं। आत्मा को लाइब्निट्ज़ अचल एकरस मानता है। "आत्मा मोम नहीं है, जो कि उस पर ठप्पा (वासना) मारा जा सके, जो आत्मा को ऐसा मानते हैं, वह आत्मा को भौतिक पदार्थ बना देते हैं।" आत्मा के भीतर भाव (सत्ता), द्रव्य, एकता, समानता, कारण, प्रत्यक्ष, कार्यकारण, ज्ञान, परिमाण–यह सारे ज्ञान मौजूद हैं। इनके लिए आत्मा इन्द्रियों का मुहताज नहीं है।

(3) ज्ञान–बुद्धिसंगत ज्ञान तभी संभव है, जब हम कुछ सिद्धान्तों को स्वयंभू सिद्ध मान लें, जिसमें कि उनके आधार पर अपनी युक्तियों को इस्तेमाल किया जा सके। समानता (सादृश्य) और विरोध इन्हीं स्वयंभू सिद्धान्तों में हैं। शुद्ध चिन्तन के क्षेत्र में सच्चाई की कसौटी यही समानता और विरोध हैं। प्रयोग (तजुर्बे) के क्षेत्र में सच्चाई की कसौटी पर्याप्त युक्ति ही स्वयंभू सिद्धान्त है। दर्शन का मुख्य काम ज्ञान के मौलिक सिद्धान्तों–जो कि साथ ही सत्यता के भी मौलिक सिद्धान्त या पूर्वनिश्चय हैं का आविष्कार करना है।

हॉब्स और द-कार्त दोनों बिलकुल एक दूसरे के विरोधीवादों–प्रकृतिवाद और लोकोत्तरवाद को मानते थे। स्पिनोज़ा का दिल द-कार्त के साथ था, दिमाग हॉब्स के साथ, जिससे वह द-कार्त को मदद नहीं कर सका और उसका दर्शन नास्तिकता और भौतिकवाद के लिए रास्ता साफ़ करने का काम देने लगा। लाइब्निट्ज़ चाहता था, कि दर्शन को बुद्धिसंगत बनाने के लिए मध्य-युगीनता से कुछ आगे जरूर बढ़ना चाहिए, किन्तु इतना नहीं कि, स्पिनोज़ा की भाँति लोग उसे भौतिकवादी कहने लगें। साथ ही ईश्वर, आत्मा, सृष्टि आदि के धार्मिक विचारों को भी वह अपने दर्शन में जगह देना चाहता था, जिसमें कि सभ्य समाज उसे एक प्रतिष्ठित दार्शनिक समझे। इन्हीं विचारों से प्रेरित हो, स्पिनोज़ा के समन्वय–प्रकृति-ईश्वर-अद्वैत तत्त्व–को न मान, उसने आत्मकण सिद्धान्त निकाला, जिसमें स्पिनोज़ा का विज्ञानवाद भी था और द-कार्त का द्वैतवाद, ईश्वरवाद भी।

अध्याय 11

अठारहवीं सदी के दार्शनिक

न्यूटन (1642-1727 ई०) के सत्रहवीं सदी के आविष्कार गुरुत्वाकर्षण (1666 ई०) और विश्व की यांत्रिक व्याख्या ने सत्रहवीं सदी और आगे की दार्शनिक विचार-धारा पर प्रभाव डाला। अठारहवीं सदी में हर्शल (1738-1822 ई०) ने न्यूटन के यांत्रिक सिद्धान्त के अनुसार शनि की कक्षा से और परे वरुण (1781 ई०) ग्रह तथा शनि के दो उपग्रहों का (1789 ई०) आविष्कार किया। इसके अतिरिक्त उसने एक दूसरे के गिर्द घूमनेवाले 800 युग्म (जुड़वें) तारे खोज निकाले, जिससे यह भी सिद्ध हो गया कि न्यूटन का यांत्रिक सिद्धान्त सौरमंडल के आगे भी लागू है। शताब्दी के अन्त (1799 ई०) में लाप्सास् ने अपनी पुस्तक 'खगोलीय यंत्र' लिखकर उक्त सिद्धान्त की और पुष्टि की। इधर भौतिक साइंस ने भी ताप, ध्वनि, चुम्बक, बिजली की खोजों में नई बातों का आविष्कार किया। रम्फोर्ड ने सिद्ध किया, कि ताप भी गति का एक भेद है। हॉक्सबी ने 1705 ई० में प्रयोग करके पहले-पहल बतलाया, कि ध्वनि हवा पर निर्भर है, हवा न होने पर ध्वनि नहीं पैदा हो सकती।

रसायन शास्त्र में प्रीस्टली (1733-1804 ई०) और शीले (1742-86 ई०) ने एक दूसरे से स्वतंत्र रूपेण आक्सीजन का आविष्कार किया। कवेन्डिश (1731-1810) ने आक्सीजन और हाइड्रोजन मिलाकर साबित किया, कि पानी दो गैसों से मिलकर बना है।

इसी शताब्दी में हटन (1726-97 ई०) ने अपने निबन्ध पृथिवी-सिद्धान्त (1788) लिखकर भूगर्भ साइंस की नींव डाली और जेनेर (1749-1823 ई०) ने चेचक के टीके का आविष्कार कर (1798 ई०) बीमारियों की पहले से रोकथाम का नया तरीका चिकित्साशास्त्र में प्रारम्भ किया।

अठारहवीं सदी में साइंस की जो प्रगति अभी हम देख चुके हैं, हो नहीं सकता था, कि उसका प्रभाव दर्शन पर न पड़ता। इसीलिए हम अठारहवीं सदी के दार्शनिकों को सिर्फ़ हवा में उड़ते नहीं देखते, बल्कि सन्देहवादी ह्यूम् ही नहीं, विज्ञानवादी बर्कले और कान्ट को भी प्रयोग की पूरी सहायता लेते हुए अपने काल्पनिकवाद का समर्थन करना चाहते हैं।

1. विज्ञानवाद

अठारहवीं सदी के प्रमुख विज्ञानवादी दार्शनिक बर्कले और कान्ट हैं।

1. बर्कले (1685-1753 ई०)

जार्ज बर्कले का जन्म आयरलैंड में हुआ था और शिक्षा डब्लिन के ट्रिनिटी कालेज में। 1734 ई० में वह कोलोञ का लाट-पादरी बना।

बर्कले के दर्शन का मुख्य प्रयोजन किसी नये तत्त्व का अन्वेषण नहीं था। उसकी मुख्य मंशा थी, भौतिकवाद और अनीश्वरवाद से ईसाई धर्म की रक्षा करना। इस प्रकार वह अठारहवीं सदी का अगस्तिन् और सीमित अर्थ में ईसाइयों का अक्विना था। हॉब्स का भौतिकवादी दर्शन तथा विचार-स्वातन्त्र्य संबंधी दूसरी शिक्षायें धीरे-धीरे शिक्षित बुद्धिवादी दिमाग़ों पर असर कर

ईसाइयत के लिए खतरा पैदा कर रही थी। सत्रहवीं और अठारहवीं सदी में भी जिस तरह की प्रगति साइंस में देखी जा रही थी, उससे धर्म का पक्ष और निर्बल होता जा रहा था तथा यह साबित हो रहा था, कि प्रकृति और उसके अपने नियम हर बौद्धिक समस्या के हल के लिए पर्याप्त हैं। यद्यपि इस लहर को रोकने के लिए दकार्त, स्पिनोज़ा और लाइब्निट्ज़ के दर्शन भी सहायक हो सकते थे, किन्तु भौतिक तत्त्वों के अस्तित्व को वे किसी न किसी रूप में स्वीकार करते थे। बिशप् (लाट-पादरी) बर्कले ने भौतिक तत्त्वों के अस्तित्व को ही अपने दर्शन-द्वारा मिटा देना चाहा–न भौतिक तत्त्व रहेंगे न भौतिकवादी सर उठायेंगे।

बर्कले का कहना था, मुख्य या गौण गुणों के संबंध में जो हमारे विचार या वेदनाएँ हैं, वह किन्हीं वास्तविक बाह्य तत्त्वों की प्रतिकृति या प्रतिबिंब नहीं हैं, वह सिर्फ़ मानसिक वेदनाएँ हैं और इनसे अधिक कुछ नहीं है। विचार विचारों से ही सादृश्य रख सकते हैं, भौतिक पदार्थों और उनके गुणों–गोल, पीला, कड़वा आदि–से इन अभौतिक विचारों या मानस-प्रतिबिंबों का कोई सादृश्य नहीं हो सकता। इसलिए भौतिक पिंडों के अस्तित्व को मानने के लिए कोई प्रमाण नहीं। ज्ञान का विषय हमारे विचार हैं, उनसे परे या बाहर कोई भौतिक तत्त्व ज्ञान का वास्तविक विषय नहीं है। "मन से बाहर चाहे वह स्वर्ग की संगीत मंडली हो अथवा पृथ्वी के सामान हों, मन (विज्ञान) को छोड़ वहाँ कोई दूसरा द्रव्य नहीं, (मानसिक) ग्रहण ही उनकी सत्ता को बतलाता है, जब उन्हें कोई मनुष्य नहीं जान रहा है, तो या तो वे हैं ही नहीं, अथवा वे किसी अविनाशी आत्मा के मन में हैं। भौतिक पिंड अपने गुणानुसार नियमित प्रभाव (आग, ठंडक) पैदा करते हैं, यदि भौतिक तत्त्व नहीं हैं, तो सिर्फ़ विचार से यह कैसे होता है? बर्कले का उत्तर था, कि यह 'प्रकृति के विधाता के द्वारा स्वेच्छा से बनाए उस संबंध' का परिणाम है, जिसे उसने भिन्न-भिन्न विचारों के बीच कायम किया है। बर्कले के अनुसार सत्य के तत्त्व हैं, भगवान्, उसके बनाए आत्मा और भिन्न-भिन्न विचार जो उसकी आज्ञानुसार विशेष अवस्था में पैदा होते हैं।

2. कान्ट (1724-1804 ई०)

इम्नानुयेल कान्ट कोइनिग्सबर्ग (जर्मनी) में एक साधारण कारीगर के घर पैदा हुआ था। उसका बाल्य धार्मिक वातावरण में बीता था। प्रायः सारा जीवन उसने अपने जन्मनगर और उसके पड़ोस ही में बिताया और इस प्रकार देशभ्रमण के संबंध में वह एक पूरा कूपमंडूक था।

हॉब्स, स्पिनोज़ा, दकार्त, लाइब्निट्ज़, बर्कले के दर्शनों में या तो भौतिक तत्त्वों को ही मूलतत्त्व होने पर जोर दिया गया था अथवा प्रकृति की उपेक्षा करके विज्ञान (चेतना) को ही एकमात्र परमतत्त्व कहा गया। कान्ट के समय तक विज्ञान का विकास और उसके प्रति शिक्षितों का सम्मान इतना बढ़ गया था, कि वह उसकी अवहेलना करके सिर्फ़ विज्ञानवाद पर सारा जोर नहीं खर्च कर सकता था। यद्यपि घूम फिर कर उसे भी वहीं पहुँचना था और भौतिकवाद का तो वह पूर्ण विरोधी था ही। ह्यूम की भाँति इन दोनों वादों पर संदेह करने को ही वह अपना वाद बनाना पसन्द नहीं करता था। उसके दर्शन का मुख्य लक्ष्य था–ह्यूम के सन्देहवाद और पुरानी दार्शनिक रूढ़ि को सीमित करना तथा सबसे बढ़कर वह भौतिकवाद, अनीश्वरवाद को नष्ट करना चाहता

था। अपने को बुद्धिवादी साबित करने के लिए वह भाग्यवाद, भावुकतावाद, मिथ्या-विश्वास का भी विरोधी था। कान्ट के वक़्त यूरोप का विचारशील समाज मध्ययुगीन मानस-बन्धनों से ही मुक्त नहीं हो गया था, बल्कि उसने मध्ययुग के आर्थिक ढाँचे-सामन्तवाद को भी दो प्रमुख देशों, इंग्लैंड (1649-1776) और फ्रांस (1789) से विदा कर पूँजीवाद की ओर जोर से कदम उठाया था। इंग्लैंड में अंग्रेजी सामन्तवाद की निरंकुशता चार्ल्स प्रथम के साथ ही 1649 में खतम कर दी गयी थी। वहाँ सवाल सिर्फ़ एक मुकुट के धूल में लोटने का नहीं था, बल्कि मुकुट के साथ ही सनातन मर्यादाओं के प्रति लोगों की आस्था उठने लगी थी। अठारहवीं सदी में अब फ्रांस की बारी थी। सामन्तवाद और उसके पिट्ठू धर्म से दबते-दबते लोग ऊब गए थे। उनके इस भाव को व्यक्त करने के लिए फ्रांस ने बोल्तेर (1694-1778) और रूसो (1712-78 ई०) जैसे जबर्दस्त लेखक पैदा किये। बोल्तेर धर्म को अज्ञान और धोखे की उपज कहता था। उसके मत से मजहब होशियार पुरोहितों का जाल है, जिन्होंने कि मनुष्य की मूर्खता और पक्षपात को इस्तेमाल कर इस तरह उन पर शासन का एक तरीका निकाला है। रूसो, वोल्तेर से भी आगे गया और उसने कला और विज्ञान को भी शौकीनी तथा कामचोरपन की उपज बतलाया और कहा कि आचारिक पतन के यही कारण है। स्वभाव से सभी मनुष्य समान है। यह हमारा समाज है, जिसने वैयक्तिक सम्पत्ति की प्रथा चला, उन्हें अ-समान बना दिया और आज हम उसमें स्वामी-दास, शिक्षित-अशिक्षित, धनी निर्धन, पा रहे हैं। एक बड़ा रईस बैरन् दो ल्वाश (1723-1789 ई०) कह रहा था–"आत्मा कोई चीज नहीं है, चिन्तन मस्तिष्क की क्रिया है, भौतिक तत्त्व ही एक मात्र अमर वस्तु है।"

ऐसी परिस्थति में कान्ट समझता था, कि यूरोप के मुक्त होते विचारों को ईसाइयत की तंग चहारदीवारी के अन्दर बन्द नहीं किया जा सकता, इसलिए चहारदीवारी को कुछ बढ़ाना चाहिए और ईश्वर, कर्मस्वातंत्र्य तथा आत्मा के अमरत्व-धर्म के इन मौलिक सिद्धान्तों की रक्षा करने की कोशिश करनी चाहिए। इन्हीं को लेकर कान्ट ने अपने प्रखर तर्क के ताने-बाने बुनकर एक जबर्दस्त जाल तैयार किया। उसने कहा तजुर्बे पर निर्भर मानव-बुद्धि बहुत दूर तक जा सकती है, इसमें शक नहीं; किन्तु उसकी गति अनन्त तक नहीं हो सकती। उसकी दौड़ की भी सीमा है। ईश्वर, परलोक या परजीवन मानव के तजुर्बे की सीमा से बाहर की सीमापारीय–चीज़ें हैं, इसलिए उनके बारे में कोई तर्क-वितर्क नहीं किया जा सकता, तर्क से न उनका खंडन ही किया जा सकता है, न उन्हें सिद्ध किया जा सकता है। उन्हें श्रद्धावश माना जा सकता है–सैद्धान्तिक तौर से यह श्रद्धा भले ही कमजोर मालूम होती है, मगर व्यवहार मूलक होने से वह काफी प्रबल है अर्थात् ईश्वर तथा परजन्म् के विश्वास समाज और व्यक्ति में शान्ति और संयम का प्रचार करते हैं, जो कि इनके मानने के लिए काफी कारण हैं।

(1) ज्ञान–वास्तविक ज्ञान वह है, जो कि सार्वदेशिक तथा आवश्यक हो। इन्द्रियाँ हमारे ज्ञान के लिए मसाला जमा करती हैं और मन अपने स्वभाव के अनुकूल तरीकों से उन्हें क्रमबद्ध करता है। इसीलिए जो ज्ञान हमें मिलता है, वह वस्तुएँ अपने भीतर जैसी हैं, वैसा नहीं होता, बल्कि विचारों के क्रम-संबंधी सार्वदेशिक और आवश्यक ज्ञान के तौर पर होता है। गोया वस्तुएँ अपने भीतर क्या हैं, इसे हम नहीं जान सकते–यह है कान्ट का **सन्देहवाद**।

साथ ही, हमारे ज्ञान में जो कुछ आता है, वह तजुर्बे या प्रयोग से आता है। यहाँ वह प्रयोगवादी-सा मालूम होता है। लेकिन, मन बाहरी बातों की कोई परवाह न करके, अपने तजुर्बों पर चिन्तन करता है और उन्हें अपने स्वभाव के अनुसार ग्रहण करता है। यह बाह्यार्थ से असंबद्ध मन का अपना निर्णय बुद्धिवाद है। प्रयोगवाद, सन्देहवाद और बुद्धिवाद तीनों को सिर्फ़ अपने मतलब के लिए कान्ट ने इस्तेमाल किया है और इसका मतलब विचार को बड़ी सीमाबंदी के परे जाने से रोकना है।

(2) निश्चय–ज्ञान सदा निश्चय के रूप में प्रकट होता है–हम ज्ञान में चाहे किसी बात की स्वीकृति (विधि) करते हैं या निषेध करते हैं, तो भी प्रत्येक निश्चय ज्ञान नहीं है; जो निश्चय "सार्वदेशिक और आवश्यक" नहीं है, वह साइंस-सम्मत नहीं हो सकता। यदि उस निश्चय का कोई अपवाद भी है, तो वह सार्वदेशिक नहीं रहेगा, यदि कोई विरोधी भी आ सकता है, तो वह आवश्यक नहीं।

(3) प्रत्यक्ष–किसी वस्तु का प्रत्यक्ष करने के लिए ज़रूरी है, कि वहाँ भौतिक तत्त्व या उसके भीतर जो कुछ भरा (वेदना) और आकार (रंग, शब्द, भार) हों। इन्हें बुद्धि एक ढाँचे या देश-काल के चौकठे-में क्रमबद्ध करती है, तब हमें किसी वस्तु का प्रत्यक्ष होता है। आत्मा (मन) सिर्फ़ वेदनाओं को प्राप्त करता है, वह सीधे पदार्थों (विषयों) तक नहीं पहुँच सकता और न विषय सीधे मन (आत्मा) तक पहुँच सकते। फिर अपनी एक विशेष शक्ति-आत्मानुभूति द्वारा उन्हें वह प्रत्यक्ष करता है, तब वह अपने से बाहर देश और काल में रंग को देखता है, शब्द को सुनता है।

देश-काल–मन की बनावट ही ऐसी है, कि वहाँ कोई वैसी वस्तु न होने पर भी देश और काल का प्रत्यक्ष करता है–वह वस्तुओं को ही देश और काल में (अर्थात् देश-काल के साथ) प्रत्यक्ष नहीं करता, बल्कि खुद देश-काल को स्वतंत्र वस्तु के तौर पर प्रत्यक्ष करता है। हमारी आन्तरिक मानस क्रिया काल की सीमा के भीतर अर्थात् एक के बाद दूसरा करके होती है; और बाहरी इन्द्रिय-ज्ञान देश की सीमा के भीतर होता है अर्थात् हम उन्हीं चीज़ों का प्रत्यक्ष कर सकते हैं, जिनका कि हमारी इन्द्रियों से संबंध है। देश और काल वस्तु-सत्य अर्थात् बिना दूसरे की सहायता के खुद अपनी सत्ता के धनी नहीं हैं और न ही वस्तुओं के गुण या संबंध ही हैं। वे तरीके या प्रकार जिनसे कि हमारी इन्द्रियाँ विषयों को ग्रहण करती हैं, इन्द्रियों के स्वरूप या क्रियाएँ हैं। देश और काल आत्मानुभूति से ही जाने जाते हैं, वे बाहरी इंद्रियों के विषय नहीं हैं–इसका मतलब है, कि यदि आत्मानुभूति या देशकाल के प्रत्यक्षीकरण की शक्ति रखनेवाले तत्त्व जगत् में न होते, तो निश्चय ही जगत् हमारे लिए देशकाल वाला न रह जाता। बिना देश के हम वस्तु का ख्याल भी नहीं कर सकते और न बिना वस्तु के हम देश का ख्याल कर सकते, इसलिए वस्तुओं या बाहरी दुनिया-संबंधी विचार के लिए देश का होना जरूरी है। काल के बारे में भी यही बात है।

(4) सीमापारी–इस प्रकार देश-काल इन्द्रियों से संबंध नहीं रखते, वह अनुभव (तजुर्बे) की चीज़ें नहीं हैं, बल्कि उनकी सीमा से परे–सीमा-पारी–चीज़ें हैं। सीमा पारी होते, इन्द्रिय-अगोचर होते भी वस्तुओं के ज्ञान से वह चीज़ें कितना नित्य संबंध रखती हैं, यह बतला आए हैं।

(5) वस्तु अपने भीतर–बाहरी जगत का संबंध–सन्निकर्ष–इन्द्रियों से होता है, इन्द्रियाँ उनकी सूचना मन को देती हैं, मन उनकी व्याख्या स्वेच्छापूर्वक खुद करता है। इन्द्रियों का सन्निकर्ष वस्तुओं के बाहरी दिखावे से होता है, फिर मन वस्तु के बारे में जो व्याख्या करता है, वह इसी दिखावे की सूचना के बल पर होता है। इसलिए वस्तु अपने भीतर क्या है, यह ज्ञान इन्द्रिय या तजुर्बे का विषय नहीं है, वह इन्द्रिय की सीमा से परे की इन्द्रिय-सीमा-पारी है। प्रत्यक्ष से या तो वस्तुओं की आभा हमें मिलती है या उनके संबंध का ज्ञान होता है, लेकिन वस्तु अपने भीतर क्या है? इसे न वह आभा बतला सकती है–न सम्बन्ध। वस्तु अपने भीतर (वस्तु-सार) अज्ञेय है, उसे इन्द्रियाँ नहीं जान सकीं। हाँ, उसके होने का पता दूसरी तरह से लग सकता है, वह है आन्तरिक आत्मानुभूति, जो इन्द्रियों से यह कहती है, तुम्हारे आने की सीमा यहीं तक है, इससे आगे जाने का तुम्हें अधिकार नहीं।

(आत्मा)–हम आत्मा का ज्ञान–साक्षात्कार नहीं कर सकते, किन्तु उसके अस्तित्व पर मनन किया जा सकता है। हम इस पर चिन्तन कर सकते हैं–ज्ञान सम्भव ही नहीं है, जब तक एक स्वयंचेतन, विचारों को स्मृति के रूप में जोड़नेवाला तत्त्व आत्मा न हो, किन्तु इस आत्मा को सीधे इन्द्रियों की सहायता से हम नहीं जान सकते, क्योंकि वह सीमापारी, इन्द्रिय-अगोचर है।

इस तरह सीमापारी वस्तुओं का होना भी संभव है। वस्तु अपने भीतर या वस्तुसार भी इसी तरह अज्ञेय है, किन्तु वह है जरूर, अन्यथा इन्द्रिय तथा विषय के संबंध से जो वेदना होती है, वह निराधार होगी–आखिर बाहरी जगत् या वस्तु की जिस आभा का ज्ञान हमें होता है, उसके पीछे कोई वस्तुसार जरूर है, जो कि मन से परे की चीज़ है, जो हमारी इन्द्रियों को प्रभावित करता है और हमारे ज्ञान के लिए विषय प्रस्तुत करता है। इस आधार पर वस्तु–अपने भीतर (वस्तुसार) के बिना वह झाँकी ही नहीं मिलती, जिसकी बुनियाद पर कि हमारा सारा ज्ञान खड़ा है।

कान्ट बुद्धि और समझ के बीच फरक करता है। समझ वह है, जो कि इन्द्रिय द्वारा लाई साम्रगी वेदना पर आधारित है, लेकिन बुद्धि समझ से परे जाती है और इन्द्रिय-अगोचर ज्ञान–जिस ज्ञान का कि कोई प्रत्यक्ष विषय नहीं है, जो शुद्ध बोध रूप है–को उपलब्ध करना चाहती है। मन या बुद्धि की साधारण क्रिया को समझ कहते हैं। वह हमारे तजुर्बे–विषय-साक्षात्कारों–को समान रूप से तथा नियमों और सिद्धान्तों के अनुसार एक दूसरे के साथ संबंध कराती है और इस प्रकार हमें निश्चय प्रदान करती है।

निश्चय–समझ जिन निश्चयों को हमारे सामने प्रस्तुत करती है, कान्ट ने उनके बारह भेद गिनाये हैं–

(1) सामान्य निश्चय–जैसे सारी धातुएँ तत्त्व हैं।

(2) विशेष निश्चय–जैसे कुछ वृक्ष आम हैं।

(3) एकत्व निश्चय–जैसे अकबर भारत का सम्राट था। इन तीन निश्चयों में चीज़ें गुण-विभाग-योग, बहुत्व, एकत्व–के रूप में देखी जाती हैं।

(4) स्वीकारात्मक निश्चय–जैसे गर्मी एक प्रकार की गति है।

(5) नकारात्मक निश्चय–जैसे मन में विस्तार परिमाण नहीं है।

(6) असीम निश्चय–जैसे मन अ-विस्तृत है। इन तीनों निश्चयों में वास्तविकता (भाव) अभाव और सीमा के रूप में गुण-विभाग दिखाई देते हैं।

(7) **स्पष्ट निश्चय**–जैसे देह भारी है।

(8) **अशंसात्मक निश्चय**–जैसे यदि हवा गर्म रही तो तापमान बढ़ेगा।

(9) **विकल्पात्मक**–जैसे द्रव्य या तो ठोस होते हैं या तरल या गैसीय।

ये तीनों निश्चय संबंधों–नित्य (समवाय या अयुतसिद्ध)-संबंध, आधार (और संयोग)-संबंध, कार्यकारण-संबंध, समुदाय (सक्रिय निष्क्रिय के आपसी)–संबंध को बतलाते हैं।

(10) **सन्देहात्मक निश्चय**–जैसे 'हो सकता है यह ज़हर हो।'

(11) **आग्रहात्मक निश्चय**–यह ज़हर है।

(12) **सुपरीक्षित निश्चय**–हर एक कार्य का कोई कारण होता है। ये तीनों निश्चय संभव-असंभव, सत्ता-असत्ता, आवश्यकता-संयोग–इन स्थितियों को बतलाते हैं।

ये गुण-संबंध, स्थिति, इन्द्रिय-गोचर विषयों में ही हैं, इन्द्रिय-अगोचर (सीमापारी) में नहीं।

वस्तुसार (वस्तु-अपने भीतर), अमर आत्मा, कर्मस्वातंत्र्य, ईश्वर यदि हमारी समझ के विषय नहीं हैं, तो उससे उनका न होना साबित नहीं होता। उनके अस्तित्व को हमें बुद्धि नहीं बतलाती है, क्योंकि वह सीमापारी पदार्थ हैं, तो भी आचारिक कानून भी हमें बाध्य करते हैं, कि हम ईश्वर के अस्तित्व को स्वीकार करें, नहीं तो अहिंसा, सत्यभाषण, चोरी-न-करना आदि आचारों के पालन करने में नियंत्रण नहीं रह जायेगा।

इस प्रकार कान्ट ने भी वही काम करना चाहा, जो कि बिशप बर्कले ने किया था। हाँ, जहाँ बर्कले ने समझ का आश्रय ले भौतिकतत्त्वों के अस्तित्व का खंडन तथा विज्ञान का समर्थन किया; वहाँ कान्ट ने भौतिक तत्त्वों के ज्ञान की सच्चाई पर सन्देह पैदा कर उनके अस्तित्व को खतरे में डाल दिया और ईश्वर-आत्मा मन के चूँचूँ के मुरब्बे–वस्तु-अपने भीतर या वस्तुसार–को इन्द्रियों से परे–सीमा-पारी–बना, ईश्वर-आत्मा-धर्म-आचार (और समाज के वर्तमान ढांचे) को शुद्ध बुद्धि से 'सिद्ध' करने की कोशिश की।

किन्तु क्या बुद्धि और भौतिक प्रयोग के अस्त्र को कुंठित कर कान्ट अपने अभिप्राय में सफल हुआ? मुमकिन है बुद्धि और भौतिक तजुर्बे से जिन्हें सरोकार नहीं, वह ऐसा समझने की गलती करें; किन्तु कान्ट के तीक्ष्ण तर्क का क्या परिणाम हुआ, इसे मार्क्स के समकालीन जर्मन कवि और विचारक हाइनरिख हाइने के शब्दों में सुनिए–

"तब (कान्ट के बाद) से सोचने वाली बुद्धि के क्षेत्र से ईश्वर निर्वासित हो गया। शायद कुछ शताब्दियाँ लगें, जब कि उसकी मृत्यु-सूचना सर्व-साधारण तक पहुँचे, लेकिन हम तो यहाँ देर से इस संबंध में शोक कर रहे हैं। आप शायद सोच रहे हैं, कि अब (शोक करने के लिए कुछ नहीं है), सिवाय इसके कि (अपने-अपने) घर जायें?"

"अभी नहीं अपनी कसम! अभी एक पीछे आने वाली चीज़ का अभिनय करना है। दुःखान्त नाटक के बाद प्रहसन आ रहा है।"

अब तक इम्मानुयेल कान्ट एक गंभीर निष्ठुर दार्शनिक के तौर पर सामने आया था। उसने स्वर्ग (दुर्ग) को तोड़कर सारी सेना को तलवार के घाट उतार दिया। विश्व का शासक (ईश्वर) बेहोश अपने खून में ही तैर रहा है। वहाँ दया का नाम नहीं रहा। वही हालत पितृतुल्य शिवता और आज के कष्टों

के लिए भविष्य में मिलने वाले सुफल की है। आत्मा की अमरता अपनी आखिरी सांस गिन रही है। उसके कंठ में मृत्यु की यंत्रणा ध्वनित हो रही है! और बूढ़ा भगवानदास पास खड़ा है, उसका छत्ता उसकी बाँह में हैं। वह एक शोकपूर्ण दर्शक है, व्यथाजनित पसीने से उसकी भौएँ भीगी हैं, उसके गालों पर अश्रुबिन्दु टपक रहे हैं।

तब इम्मानुयेल कान्ट का दिल पसीजता है और अपने को दार्शनिकों में महान् दार्शनिक ही नहीं, बल्कि मनुष्यों में भला मानुष प्रकट करने के लिए वह आधी भलमनसाहत से और आधा व्यंग्य के तौर पर सोचता है–

"बूढ़े भगवान दास के लिए एक देवता की ज़रूरत है, नहीं तो बेचारा सुखी नहीं रह सकेगा और वस्तुतः लोगों को इस दुनिया में सुखी रहना चाहिए। व्यावहारिक साधारण बुद्धि का यह तकाजा है।"

"अच्छी बात, ऐसा ही हो क्या परवाह! व्यावहारिक बुद्धि को किसी ईश्वर या और किसी के अस्तित्व की स्वीकृति देने दो।"

"परिणाम स्वरूप कान्ट सैद्धान्तिक और व्यावहारिक बुद्धि के भेद पर तर्क-वितर्क करता है और व्यावहारिक बुद्धि की सहायता से उसी देवता (ईश्वर) को फिर जिला देता है, जिसे कि सैद्धान्तिक बुद्धि ने लाश के रूप में परिणत कर दिया था।"

'शुद्ध बुद्धि' के लिखने के बाद 'व्यावहारिक बुद्धि' लिखकर कान्ट ने जो लीपापोती करनी चाही, हाइन ने यहाँ उसका सुन्दर खाका खींचा है।

2. सन्देहवाद

ह्यूम (1711-76 ई०)–डेविड ह्यूम एडिनबरा (स्काटलैंड) में कान्ट से 13 साल पहिले पैदा हुआ था। इसने कानून का अध्ययन किया था। पहले जेनरल सेन्टक्लेर फिर लार्ड हर्टफोर्ड का सेक्रेटरी रहा और अन्त में 1767-09 में इंग्लैंड का अण्डर-सेक्रेटरी (उपमंत्री) रहा। इस प्रकार ह्यूम शासक वर्ग का सदस्य ही नहीं, खुद एक शासक तथा सम्पत्ति वाली श्रेणी से संबंध रखता था। मध्यम तथा उच्चवर्गीय शिक्षित लेखक सदा यह दिखलाना चाहते हैं, कि वह वर्ग और वर्गस्वार्थ से बहुत ऊपर उठे हुए हैं; लेकिन कोई भी आँख रखने वाला इस धोखे में नहीं आ सकता। अक्सर जान-बूझकर कभी-कभी अनजाने भी लेखक अपनी चेष्टाओं से उस स्वार्थ की पुष्टि करते हैं, जिससे उनकी 'दाल-रोटी' चलती है। हम बिशप् बर्कले की पुष्टि करते हैं, कि किस तरह बुद्धि की आँख में धूल झोंक, प्रत्यक्ष-अनुमानगम्य-बुद्धिगम्य-भौतिक तत्त्वों से इन्कार कर उसने लंबे-चौड़े आकर्षक विज्ञान तत्त्व का समर्थन किया और जब लोग वस्तु-सत्य को छोड़ इस ख्याली विज्ञान को एकमात्र तत्त्व मानकर आँख मूँद झूमने लगे, तो फिर ईश्वर, धर्म, आत्मा, फरिश्तों को चुपके से सामने ला बैठाया। कान्ट को बर्कले की यह चेष्टा कुछ बोदी तथा गँवारूपन लिये हुए मालूम हुई। उसने उसे और ऊपरी तल पर उठाया। भौतिक तत्त्व साधारण बुद्धि (समझ) गम्य है, उनकी सत्ता भी आंशिक सत्य हो सकती है, किन्तु असली तत्त्व वस्तु अपने भीतर (वस्तुसार) है, जिसकी सत्ता शुद्ध बुद्धि से सिद्ध होती है। समझ द्वारा ज्ञेय वस्तुओं से कहीं अधिक सत्य है, शुद्ध-बुद्धिगम्य

वस्तुसार। तर्क, तजुर्बे, समझ, साधारण बुद्धि के क्षेत्र की सीमा निर्धारित कर उनकी गति को रोक कान्ट ने समझ से परे एक सुरक्षित क्षेत्र तैयार किया और इस प्रशान्त, झगड़े-झंझट रहित स्थान में ले जाकर ईश्वर, आत्मा, धर्म, आचार (वैयक्तिक सम्पत्ति, सड़ी सामाजिक व्यवस्था) को बैठा दिया। यह था कान्ट की अप्रतिम प्रतिभा का चमत्कार।

आइये अब हम इंग्लैंड के टोरी शासक (अण्डर-सेक्रेटरी) ह्यूम को भी देखें। कान्ट से पहले के साइंसजन्य विचार-स्वातंत्र्य के प्रवाह से पुरानी नींव की रक्षा करने के लिए पहले के दर्शनिकों के प्रयत्नों को उसने देखा था और यह भी देखा था, कि वस्तु-जगत् और उनसे प्राप्त सच्चाइयाँ इतनी प्रबल हैं, कि उनका सामना उन हथियारों से नहीं किया जा सकता, जिनसे दकार्त, लाइब्निट्ज़, बर्कले ने किया था। भौतिक तत्त्वों को गलत साबित करने से ह्यूम सहमत था, किन्तु इसे वह फ़जूल की जवाबदेही समझता था, कि सामने देखी जाने वाली वस्तु को तो इन्कार कर दिया जाये और इन्द्रिय अनुभव से परे किसी चीज़ विज्ञान-को सिद्ध करने की जिम्मेवारी ली जाये। ह्यूम पूँजीवादी युग के राजनीतिज्ञों का एक अच्छा पथ प्रदर्शक था। उसने कहा–भौतिक तत्त्वों को सिद्ध मत होने दो, विज्ञान को सिद्ध करके जिस ईश्वर या धर्म को लाना चाहते हो, वह समाज के ढाँचे को क्रान्ति की लपट से बचाने के लिए ज़रूरी है, किन्तु उनका नाम लेते ही लोग हमारी नेकनीयती पर शक करने लगेंगे, इसलिए अपने को और सच्चा साबित करने के लिए उन पर भी दो चोट लगा देनी चाहिए और इस प्रकार अपने को दोनों से ऊपर रखकर मध्यस्थ बना देना चाहिए। यदि एक बार हम भौतिक तत्त्वों के अस्तित्व में संदेह पैदा कर देंगे और बाहरी प्रकाश को रोक देंगे, तो फिर अँधेरे में पड़ा जनसमुद्र किस्मत पर बैठ रहेगा और फिर इस सन्देहवाद से हमारी हानि ही क्या है–उससे न हमारे क्लाइव झूठे हो सकते हैं और न मक्खन रोटी या शम्पेन ही।

अब जरा इस मध्यस्थ, दूध का दूध, पानी का पानी, करने वाले राजमंत्री की दार्शनिक उड़ान को देखिए।

(1) दर्शन–हम जो कुछ जान सकते हैं, वह हे हमारी अपनी मानसिक छाप–संसार। हमें यह अधिकार नहीं है, कि भौतिक या अभौतिक तत्त्वों की वास्तविकता सिद्ध करें। हम उतने ही को जान सकते हैं, जितनों के कि इन्द्रियाँ और मन ग्रहण करते हैं और इस क्षेत्र में भी सम्भावनामात्र के बारे में हम कह सकते हैं। इस अनुभव (प्रत्यक्ष, अनुमान) से बढ़कर ज्ञान प्राप्त करने का हमारे पास कोई साधन नहीं है।

(2) स्पर्श–हमारे ज्ञान की सारी साम्रगी बाहरी (वस्तु द्वारा प्राप्त) और भीतरी वस्तुओं के स्पर्शों–छापों–से प्राप्त होती है। जब हम देखते, अनुभव, प्यार, शत्रुता, इच्छा या संकल्प करते हैं, यानी हमारी सभी वेदनाएँ, आसक्तियाँ और मनोभाव जब-जब आत्मा में पहले-पहल प्रकट होते हैं, तो हमारे सबसे सजीव साक्षात्कार स्पर्श ही हैं। बाहरी स्पर्श या वेदनाएँ आत्मा के भीतर अज्ञात कारणों से उत्पन्न होती हैं। भीतरी स्पर्श अधिकतर हमारे विचारों से आते हैं, अर्थात् एक स्पर्श हमारी इन्द्रियों पर चोट करता है और हम सर्दी-गर्मी, सुख-दुख अनुभव करते हैं।

(3) विचार–स्पर्शों के बाद ज्ञान से संबंध रखने वाली दूसरी महत्त्वपूर्ण चीज़ विचार हैं। हमारे विचार बिलकुल ही भिन्न-भिन्न असंबद्ध संयोगवश मिले पदार्थ नहीं हैं। एक दूसरे से

मिलते वक्त उनमें एक खास दर्जे तक नियम और व्यवस्था की पाबन्दी देखी जाती है। वह एक तरह की एकता के सूत्र में बद्ध दीख पड़ते हैं, जिन्हें कि हम विचार-संबंध कहते हैं।

(4) कार्य-कारण–कार्य-कारण से एक बिलकुल ही अलग चीज़ है, कारण को हम कार्य में हर्गिज नहीं पा सकते। कार्य-कारण के संबंध का ज्ञान हमें निरीक्षण और अनुभव से होता है। कार्य-कारण का संबंध यही है, कि एक के बाद दूसरा आता है–कार्य-नियत-पूर्व-वृत्ति कारण, कारण-नियत-पश्चाद्-वृत्ति कार्य–हम यहाँ एक घटना के बाद दूसरी को होते देखते हैं।

(5) ज्ञान–हम सिर्फ़ प्रत्यक्ष (साक्षात्) मात्र कहते हैं, हम इससे अधिक किसी चीज़ का पूर्ण ज्ञान रखते हैं, यह गलत है, जो प्रत्यक्ष है, वही वह वस्तु नहीं है, जिसकी कि एक तेज झांकी उस रूप में मिलती है। वस्तु की सिर्फ़ बाहरी सतह और उससे भी एक भाग मात्र का प्रत्यक्ष होता है। दार्शनिक विचार या आत्मानुभूति से और अधिक जान सकेंगे, इसकी कोई आशा नहीं, क्योंकि दार्शनिक निर्णय और कुछ नहीं, सिर्फ़ नियमित तथा शोधित साधारण जीवन का प्रतिबिंब मात्र है। इस तरह हमारा ज्ञान सतही ऊपर-ऊपर का है और उससे किसी चीज़ की वास्तविकता स्थापित नहीं की जा सकती।

(6) आत्मा–जब मैं खूब नज़दीक से उस चीज़ पर विचार करता हूँ, जिसे कि मैं अपनी आत्मा कहता हूँ, तो वहाँ सदा एक या दूसरी तरह का प्रत्यक्ष (अनुभव) सामने आता है। वहाँ कभी मैं अपनी आत्मा को नहीं पकड़ पाता। आत्मा पर भीतर से चिन्तन करने पर वहाँ मिलता है–गर्मी-सर्दी, प्रकाश-अन्धकार, राग-द्वेष, सुख-पीड़ा का अनुभव। इन्हें छोड़ वहाँ शुद्ध अनुभव कभी नहीं मिलता। इस प्रकार आत्मा को साबित नहीं किया जा सकता।

(7) ईश्वर–जब ईश्वर प्रत्यक्ष नहीं देखा जा सकता, तो उसके होने का प्रमाण क्या है? उसके गुण आदि किन्तु ईश्वर के स्वभाव, गुण, आज्ञा और भविष्य योजना के संबंध में कुछ भी कहने के लिए हमारे पास कोई भी साधन नहीं है। घड़े से कुम्हार–अर्थात् कार्य से कारण–के अनुमान से हम ईश्वर को सिद्ध नहीं कर सकते। जब हम एक घर को देखते हैं, तो पक्की तौर से इस निश्चय पर पहुँचते हैं, कि इसका कोई बनाने वाला मिस्त्री या कारीगर था, क्योंकि हमने सदा मकान-जाति के कार्यों को कारीगर-जाति के कारणों द्वारा बनाये जाते देखा है, किन्तु विश्व जाति के कार्यों को ईश्वर जाति के कारणों द्वारा बनते हमने कभी नहीं देखा, इसलिए यहाँ घर और कारीगर के दृष्टान्त से ईश्वर को नहीं सिद्ध कर सकते। आखिर अनुमान में, जिस जातीय कार्य को जिस जातीय कारण से उत्पन्न होता देखा गया, उसी जाति के भीतर ही रहना पड़ता है। ईश्वर पूर्ण, अचल, अनन्त है, ये ऐसे गुण हैं, जिन्हें निरन्तर परिवर्तनशील क्षण-क्षण पैदा होने तथा मरने वाला-मन नहीं जान सकता; जब एक मन दूसरे क्षण रहता ही नहीं, तो नया आने वाला मन कैसे जान सकता है, कि ईश्वर का अमुक गुण पहले भी मौजूद था। मनुष्य अपने परिमित ज्ञान से ईश्वर का अनुमान कर ही नहीं सकता, यदि उसके अज्ञान से, अनुमान करने का आग्रह किया जाये, तो फिर यह दर्शन नहीं हुआ।

विश्व के स्वभाव से ईश्वर के स्वभाव का अनुमान बहुत घाटे का सौदा रहेगा। कार्य के गुण के अनुसार ही हम कारण के गुण का अनुमान कर सकते हैं। कार्य-जगत् अनन्त नहीं सान्त, अनादि

नहीं सादि है, इसलिए ईश्वर को भी सान्त और सादि मानना पड़ेगा, जगत् पूर्ण नहीं अपूर्ण, क्रूरता, संघर्ष विषमता से भरा हुआ है और यह भी तब जब कि ईश्वर को अनन्तकाल से अभ्यास करते हुए बेहतर जगत् के बनाने का मौका मिला था। ऐसे जगत् का कारण ईश्वर तो और अपूर्ण, क्रूर, संघर्ष विषमता प्रेमी होगा।

मनुष्य की शारीरिक और मानसिक सीमित अवस्थाओं के कारण सदाचार, दुराचार का भी उस पर दोष उतना नहीं आ सकता; आखिर वह ईश्वर ही की देन है।

(8) धर्म–अटकलबाज़ी, कुतूहल या सत्यता का शुद्ध प्रेम भी धर्म और ईश्वर-विश्वास को पैदा करता है, किन्तु उनके मुख्य आधार हैं–सुख के लिए भारी चिन्ता, भविष्य की तकलीफों का भय, बदला लेने की ज़बर्दस्त इच्छा, पान-भोजन और दूसरी आवश्यक चीज़ों की भूख।

ह्यूम ने यद्यपि बर्कले, कान्ट जैसों के तर्कों पर भी काफी प्रहार किया है और दर्शन को धर्म का चाकर बनने से रोकना चाहा; किन्तु दूसरी तरफ ज्ञान को असंभव मानकर, उसने कोई भावात्मक दर्शन नहीं पेश किया। दर्शन का प्रयोजन सन्देहमात्र पैदा करना नहीं होना चाहिए, क्योंकि जीवन के होने में सन्देह की गुंजाइश नहीं है।

3. भौतिकवाद

अठारहवीं सदी में भौतिकवादी विचारों तथा सामाजिक परिवर्तन संबंधी ख्याल जोर पकड़ रहे थे, इसे हम कह चुके हैं। इस शताब्दी में भौतिकवादी दार्शनिक भी काफ़ी थे, जिनमें प्रमुख थे हर्टली (1704-57 ई०), ला मेत्री (1709-51), हल्वेशियस(1715-71), दा अलेम्ब्र (1717-83), द होल्बाख (1723-89), दीदेरो (1731-84), प्रीस्टली (1733-1804), कबानी (1757-1808)

भौतिकवाद का समर्थन सिर्फ़ दार्शनिकों के प्रयत्न पर ही निर्भर नहीं था, बल्कि सारा साइंस– साइंसदानों के वैयक्तिक विचार चाहे कुछ भी हों–भौतिकवादी प्रवृत्ति रखता था, इसलिए यह अकेला अस्त्र दार्शनिकों के हजारों दिमाग़ी तर्कों को काटने के लिए पर्याप्त था। इसीलिए अठारहवीं सदी की भौतिकवादी प्रगति इस पर निर्भर नहीं है, कि उसके दार्शनिकों की संख्या कितनी है या वह कितने शिक्षितों को प्रिय हुआ।

हर्टली मनोविज्ञान को शरीर का एक अंश मानता था। दकार्त यद्यपि द्वैतवादी ईश्वर-विश्वासी कट्टर कैथलिक ईसाई था, लेकिन उसके दर्शन ने अनजाने फ्रांस में भौतिकवादी विचारों के फैलाने में सहायता की। दकार्त का मत था, कि निम्न श्रेणी के प्राणी चलते-फिरते यंत्र भर रहे हैं; यदि प्राणी के सभी अंग ठीक जगह पर लगे हों, तो बिना आत्मा के सिर्फ़ इन्द्रियों द्वारा उत्पादित उत्तेजना से भी शरीर चलने फिरने लगेगा। इसी को लेकर ला-मेत्री और दूसरे फ्रेंच भौतिकवादियों ने आत्मा को अनावश्यक साबित किया और कहा कि सभी सजीव वस्तुएँ भौतिक तत्त्वों से बने चलते-फिरते स्वयं वह यंत्र हैं। ला-मेत्री ने कहा–"जब दूसरे प्राणी, दार्शनिक दकार्त के मत से, बिना आत्मा के भी चल-फिर, सोच-समझ सकते हैं, तो मनुष्य में ही आत्मा की क्यों ज़रूरत है? सभी प्राणी एक ही विकास के नियमों का अनुसरण करते हैं, अन्तर है तो उनके विकास के दर्जे

में।" कबानी के ग्रंथ फ्रांस में भौतिकवाद के प्रचार में सहायक हुए थे। उसकी कितनी ही कहावतें बहुत मशहूर हैं। "शरीर और आत्मा एक ही चीज़ है।" "मनुष्य ज्ञान तन्तुओं का गड्ढा है।" "पित्ता जिस तरह रस-प्रस्राव करता है, वैसे ही दिमाग विचारों का प्रस्राव करता है।" "भौतिक तत्त्वों के नियम मानसिक आचारिक घटनाओं पर भी लागू हैं।"

भौतिकवाद पर एक आक्षेप किया जाता था, कि उसके अनुसार ईश्वर, परलोक का न डर होने से दुनिया में दुराचार फैलने लगेगा, लोग स्वार्थान्ध हो, दूसरे की धन-सम्पत्ति को लूटने में नहीं हिचकिचायेंगे, किन्तु अठारहवीं सदी ने इसका जवाब भौतिकवादियों के आचार-विचार से दे दिया। ये भौतिकवादी सबसे ज्यादा वैयक्तिक सम्पत्ति और सामाजिक असमानता के विरोधी थे, व्यक्ति नहीं सारे समाज के कल्याण पर जोर देते थे। हेल्वेशियो ने कहा था–'प्रबोधपूर्ण आत्म-स्वार्थ, आचार की सबसे अधिक दृढ़ बुनियाद बन सकता है।'

अध्याय 12

उन्नीसवीं सदी के दार्शनिक

अठारहवीं सदी साइंस का प्रारंभिक काल था, लेकिन उन्नीसवीं सदी उसके विकास के विस्तार और गति दोनों में ही पहले से तुलना न रखती थी। अब साइंस पर्वत का आरंभिक चश्मा नहीं बल्कि एक महानदी बन गया था। अब उसे दर्शन की परवाह नहीं थी, बल्कि अपनी प्रतिष्ठा कायम रखने के लिए दर्शन को साइंस की सहायता आवश्यक थी और इस सहायता को बिना उसकी मर्जी के लेने में दर्शन ने परहेज नहीं किया।

उन्नीसवीं सदी में ज्योतिष शास्त्र ने ग्रहों-उपग्रहों की छान-बीन ही नहीं पूरी की, बल्कि सूर्य की दूरी ज्यादा शुद्धता से मालूम की। स्पेक्ट्रस्कोप (वर्ण-रश्मि-दर्शक-यंत्र) की मदद से सूर्य, तारों के भीतर मौजूद भौतिक तत्त्वों, उनके ताप घनता आदि तथा दूरी मालूम हुई और तारों के बारे में चले आते कितने ही भ्रम और मिथ्याविश्वास दूर हो गये।

गणित के क्षेत्र में लोबाचेस्की, रीमान आदि ने ओकलेदिस से अलग तथा अधिक शुद्ध ज्यामिति का आविष्कार किया।

भौतिक साइंस में यूल, हेल्महोलट्ज, केल्विन्, एडिंग्टन ने नये आविष्कार किये। वैज्ञानिकों ने सिर्फ़ परमाणुओं की ही छानबीन नहीं की, बल्कि टाम्सन परमाणुओं को भी तोड़कर एलेक्ट्रान पर पहुँच गया। बिजली से परिचय ही नहीं, बल्कि शताब्दी के अन्त तक सड़कों और घरों को बिजली प्रकाशित करने लगी।

रसायन शास्त्र में परमाणुओं की नाप-तोल होने लगी और हाइड्रोजन को बटखरा बना परमाणु-तत्त्वों के भार आदि का पता लगाया गया। 1828 ई० में वोलर ने सिर्फ़ प्राणियों में मिलने वाले तत्त्व ऊरिया को रसायनशाला में कृतिम रूप से बनाकर सिद्ध कर दिया, कि भौतिक नियम प्राणि-अप्राणि दोनों जगत् में एक से लागू है। शताब्दी के आरंभ में 30 के करीब मूल रसायन तत्त्व ज्ञात थे, किन्तु अन्त में उनकी संख्या 80 तक पहुँच गई।

प्राणिशास्त्र में अनुवीक्षण से देखे जाने वाले बेक्टीरिया और दूसरे कीटाणुओं की खोज उनके गुण आदि ने विज्ञान के ज्ञान-क्षेत्र को ही नहीं बढ़ाया, बल्कि पास्तोर की इन खोजों ने घाव आदि की चिकित्सा तथा टीनबंद खाद्यपदार्थों की तैयारी में बड़ी सहायता पहुँचाई। डेवी ने बेहोशी की दवा निकालकर चिकित्सकों के लिए आपरेशन आसान बना दिया। शताब्दी के मध्य मे डार्विन के जीवन-विकास के सिद्धान्त ने विचारों में भारी क्रान्ति पैदा की और जड़-चेतन की सीमाओं को बहुत नज़दीक कर दिया।

इस तरह उन्नीसवीं सदी ने विश्व-संबंधी मनुष्य के ज्ञान में भारी परिवर्तन किया, जिससे भौतिकवाद को जहाँ एक ओर भारी सहायता मिली, वहाँ "दार्शनिकों" की दिक्कतें बहुत बढ़ गई। इसी तरह फिख्टे, हेगेल, शोपनहार जैसे विज्ञानवादियों ने भौतिक तत्त्वों से भी परे विज्ञान तत्त्व पर पहुँचने की कोशिश की। शेलिङ्, नीट्शे ने द्वैतवादी बुद्धिवाद का आश्रय ले, भौतिकवाद की

बाढ़ को रोकना चाहा। स्पेन्सर ने ह्यूम के मिशन को सँभाला और अपने अज्ञेयतावाद द्वारा समाज के आर्थिक-सांस्कृतिक ढाँचे को बरकरार रखने की कोशिश की, लेकिन इसी शताब्दी को मार्क्स जैसे प्रखर दार्शनिक को पैदा करने का सौभाग्य है, जिसने साइंस से अपने दर्शन को सुव्यवस्थित किया और उसके द्वारा दर्शन को समाज के बदलने का साधन बनाया।

1. विज्ञानवाद

1. फ़िख्टे (1765-1814 ई०)

योहन गॉटलीप् फिख्टे सैक्सनी (जर्मनी) में एक गरीब जुलाहे के घर पैदा हुआ था।

परमतत्त्व–कान्ट ने बहुत प्रयत्न से वस्तुसार (वस्तु-अपने भीतर) को समझ की सीमा के पार बुद्धि-अगम्य वस्तु साबित किया था। फिख्टे ने कहा, कि वस्तुसार भी मन से परे की चीज नहीं, बल्कि मन ही की उपज है। सारे तजुर्बे तथा मन के सिर्फ़ आकार ही नहीं "परम-आत्मा से उत्पन्न हुए हैं, बल्कि उत्पत्ति में वैयक्तिक मनों ने भी भाग लिया है।" परम-आत्मा ने अपने को ज्ञाता (आत्मा) और ज्ञेय (विषय) के रूप में विभक्त किया; क्योंकि आत्मा के आचारिक विकास के लिए ऐसे बाधा डालने वाले पदार्थों की जरूरत है, जिनको कि आत्मा अपने आचारिक प्रयत्नों से पार करे। इन्हीं कारणों से परम-आत्मा को अनेक आत्माओं में भी विभक्त होना पड़ता है। यदि ऐसा न हो, तो उन्हें अपने-अपने कर्तव्यों को पूरा करने का अवसर नहीं मिलेगा। आत्माओं के अनेक होने पर भी वह उस एक आचारिक विधान के प्रकाश हैं, जिसे कि परम-आत्मा या ईश्वर कहते हैं। फिख्टे का परमतत्त्व स्थिर नहीं, बल्कि सजीव प्रवाह है। ईश्वर को ठोंक पीटकर, हर एक दार्शनिक अपने मन का बनाना चाहता है; लेकिन सबका प्रयत्न है, इस बेचारे को खतरे से बचाना।

(1) श्रद्धातत्त्व–कान्ट ने आचारिक विधि–यह आचार तुम्हें ज़रूर करना होगा के बारे में कहा, कि उस पर विश्वास करने से हम सन्देहवाद, भौतिकवाद और नियतिवाद से बचते हैं, चूँकि हम आचारिक विधान पर विश्वास रखते हैं, इसलिए हम उसे जानते हैं। यह आचारिक सच्चाई है, जो हमको आज़ाद बनाती है और हमारे स्वातंत्र्य को सिद्ध करती है। कान्ट और फिख्टे के इस दर्शन के अनुसार हम ज्ञान की परवाह न कर विश्वास पर दृढ़ हो अपनी स्वतंत्रता पाते हैं–विश्वास करने न करने में जो हमें आज़ादी है! यदि हम दो-तीन हजार वर्ष पहले चंद आदमियों द्वारा अपने स्वार्थ और स्वार्थ रक्षा के लिए बनाये गये, आचारिक नियमों को नहीं मानते, तो अपनी आज़ादी खो डालते हैं!! और हमारी आज़ादी के सबसे बड़े दुश्मन सन्देहवाद, भौतिकवाद हैं, जो कि आज़ादी के एकमात्र नुस्खे विश्वास (श्रद्धा) पर कुठाराघात करते हुए बुद्धि और तजुर्बे के बतलाये रास्ते पर चलने के लिए जोर देते हैं!! अक्ल को घबराने की जरूरत नहीं, 'दर्शन' का मतलब उसे सहारा देना नहीं, बल्कि उसे भूल-भुलैया में डाल थका कर बैठा देना है और जहाँ अक्ल ने ठोस पृथिवी और उसके तजुर्बे को छोड़ा, कि दार्शनिक अपने मतलब में कामयाब हुए।

(2) बुद्धिवाद–साइंस-युग में फिख्टे साइंस और प्रयोग (तजुर्बे) को इन्कार कर अपने दर्शन को सिर्फ़ उपहास की चीज बना सकता था। इसीलिए दर्शन फिख्टे की परिभाषा में, सार्वदेशिक साइंस, साइंसों का साइंस, (विज़ेन्शाफ्ट लेरे) है। प्रयोग और बुद्धिवाद को पहले मारकर फिख्टे

कहने चला है–यदि दर्शन तजुर्बे से सामंजस्य नहीं रखता, तो वह अवश्य झूठा है: क्योंकि दर्शन का काम है अनुभव के पर्ण (रूप) को निकाल कर रखना और बुद्धि की आवश्यक क्रिया द्वारा उसकी व्याख्या करना। जो परम-आत्मा को एकमात्र परमार्थ तत्त्व माने और 'आचारिक' विश्वास (श्रद्धा) को आज़ादी को एकमात्र पन्थ समझे, उसके मुँह से तजुर्बे और अकल की यह हिमायत दिखावे से बढ़कर नहीं है।

(3) आत्मा–आत्मा परम-आत्मा से निकला है, यह बतला आये हैं। आत्मा परम-आत्मा की क्रिया का प्राकट्य है। आत्मा की सीमाएँ हैं। विचार में वह इन्द्रिय-प्रत्यक्ष और मनन से परे नहीं जा सकता और व्यवहार में वह (परम-आत्मा के) विश्व-प्रयोजन से परे नहीं जा सकता।

(4) ईश्वर–ईश्वर, एकमात्र परम-तत्त्व या परम-आत्मा है, यह बतला आये हैं। आचारिक विधान पर कान्ट की भाँति फिख्टे का कितना ज़ोर था, यह भी कहा जा चुका है। आचारिक विधान के ढाँचे को कायम रखने के लिए एक विश्व-प्रयोजन या ईश्वर की ज़रूरत है। सचमुच ही आचारिक विधान–जो कि सत्ताधारी वर्ग के स्वार्थ के यंत्र है–का समर्थन बुद्धि और प्रयोग से नहीं हो सकता, उसके लिए ईश्वर का अवलंब चाहिए। फिख्टे और स्पष्ट करते हुए यह भी कहता है, कि आचारिक विधान के लिए धार्मिक विश्वास की भी ज़रूरत है। संसार भर में विद्यमान आचारिक विधान (धर्म-नियम) और उसके विधान के विपाक पर विश्वास के बिना आचारिक विधान ठहर नहीं सकते। अन्तरात्मा की आवाज़ सभी विश्वासों और सच्चाइयों की कसौटी है। वह अभ्रान्त है। अन्तरात्मा की आवाज़ हमारे भीतर भगवान् की आवाज़ है। आध्यात्मिक जगत् और हमारे बीच ईश्वर बिचवई है और वह अन्तरात्मा की आवाज़ के रूप में अपना सन्देश भेजता है।

2. हेगेल (1770-1831 ई०)

जार्ज विल्हेल्म फ्रीड्रिख हेगेल स्टट्गार्ट (जर्मनी) में पैदा हुआ था। टुबिंगन् विश्वविद्यालय में उसने धर्मशास्त्र और दर्शन का अध्ययन किया। पहले जेना में दर्शन का प्रोफेसर हुआ, फिर 1806-08 ई० तक बम्बेर्ग में एक समाचार पत्र का सम्पादक रहा। उसके बाद फिर अध्यापन का काम शुरू किया और पहले हाइडेल्बर्ग फिर बर्लिन में प्रोफेसर रहा। 61 वर्ष की उम्र में हैज़े से उसकी मृत्यु हुई।

[विकास]–आधुनिक युग में जो अभौतिकवादी दर्शन का नया प्रवाह आरम्भ हुआ, हेगेल के दर्शन के रूप में वह चरमसीमा को पहुँचा। उसके दर्शन के विकास में अफलातूँ, अरस्तू, स्पिनोज़ा, कान्ट का खास हाथ है। कान्ट से उसने लिया, कि मन (विज्ञान) सारे विश्व का निर्माता है। हमारे वैयक्तिक मन (विज्ञान) विश्व-मन के अंश हैं। वही विश्व-मन हमारे द्वारा विश्व को अस्तित्व में लाने के लिए मनन (अभिध्यान) करता है। स्पिनोज़ा से उसने यह लिया, कि आत्मिक और भौतिक तत्त्व उसी एक अनादि तत्त्व के दो रूप हैं। अफलातूँ के दर्शन से लिया–(1) विज्ञान, सामान्य विज्ञान, (आचारिक) मूल्य और यह कि पूर्णता का जगत् ही एकमात्र वास्तविक जगत् है। इन्द्रियों का जगत् उसी सीमा-पारी आत्मिक जगत् की उपज है। (2) भौतिक जगत् आत्मिक जगत् (परमतत्त्व) के स्वेच्छापूर्वक सीमित करने का परिणाम है अर्थात् वह आत्मिक तत्त्व के उच्च स्थान से नीचे पतन है; लेकिन इस विज्ञानवादी पतन के साथ-साथ हेगेल ने अरस्तू के आत्मिक

विकास को भी लेना चाहा, यानी विश्व का हर एक कदम और ऊँचे विकास की ओर उसे ले जा रहा है। हेगेल की अपनी सबसे बड़ी देन है, यही द्वंद्वात्मक विकास।

(1) दर्शन और उसका प्रयोजन–हेगेल के अनुसार दर्शन का काम है, प्रकृति और तजुर्बे के द्वारा सारे जगत् को जैसा वह है, वैसा जानना; उसके भीतर के हेतु का अध्ययन करना और समझना–सिर्फ़ बाहरी चलायमान तथा संयोग से उत्पन्न रूपों का ही नहीं, बल्कि प्रकृति के भीतर जो अनादि सार, समन्वयी व्यवस्था है, उसका भी। जगत् की वस्तुओं का कुछ अर्थ है, संसार की घटनाएँ बुद्धिपूर्वक हैं; ग्रह-उपग्रह-सौरमंडल बुद्धिसंगत नियम के अन्दर है, प्राणि शरीर सप्रयोजन, अर्थपूर्ण और बुद्धिसंगत है, चूँकि वास्तविकता अपने गर्भ के भीतर बुद्धिसंगत है, इसलिए अपने चिन्तन या ज्ञान की प्रक्रिया को भी हम बुद्धिसंगत घटना के रूप में पाते हैं; चूँकि दर्शन का संबंध प्रकृति का गंभीरता से अध्ययन करना है, इसीलिए प्रकृति के साथ दर्शन का विकास उच्च-से-उच्चतर होता जा रहा है।

(2) परमतत्त्व–हेगेल ने कान्ट के अज्ञात वस्तुसार (वस्तु-अपने भीतर) या परमात्मतत्त्व को मानने से इन्कार कर दिया और उसकी जगह बतलाया, कि मन (विज्ञान) और भौतिक प्रकृति ही परमतत्त्व है, प्रकृति किसी अज्ञात परम (आत्म) तत्त्व का बाहरी आभास या दिखलावा नहीं, बल्कि वह स्वयं परमतत्त्व है। मन और भौतिक तत्त्व दो अलग-अलग चीजें नहीं, बल्कि परम तत्त्व के आत्मप्रकाश के एक ही प्रवाह के दो अभिन्न अंग हैं। मन के लिए एक भौतिक जगत् की जरूरत है, जिस पर कि वह अपना प्रभाव डाल सके, किन्तु भौतिक जगत् भी मनोमय है। 'वास्तविक मनोमय है और मनोमय वास्तविक है।'

(3) द्वन्द्वात्मक परम तत्त्व–परमतत्त्व भौतिक और मानस जगत से अभिन्न है, इसे हेगेल बहुत व्यापक अर्थ में इस्तेमाल करता है। परमतत्त्व स्थिर नहीं गतिशील, चल है। जगत् क्षण-क्षण बदल रहा है; विचार, बुद्धि, समझ या सच्चा ज्ञान सक्रिय, प्रवाहित घटना, विकास की धारा है। विकास नीचे से ऊपर की ओर हो रहा है; कोई चीज़–सजीव या निर्जीव, निम्न दर्जे या ऊँचे दर्जे के जन्तु–अभी अविकसित, विशेषताशून्य, सम-स्वरूप रहती है, वह उस अवस्था से विकसित, विशेषतायुक्त, हो विभक्त होती है और कितने ही भिन्न-भिन्न आकारों को ग्रहण करती है। गर्भ, अणुगुच्छक आदि के विकास में इसे हम देख चुके हैं। ये भिन्न-भिन्न आकार जहाँ पहली अविकसित अवस्था में अभिन्न–विशेषता-रहित थे, अब वह एक दूसरे से स्वरूप और स्थिति में ही भेद नहीं रखते, बल्कि वह एक दूसरे के विरोधी हैं। इन विरोधियों का अपने विरोधी गुणों और क्रियाओं के कारण आपस में द्वन्द्व चल रहा है, तो भी उस पूर्ण में वह एक है, जिसके कि वह अवयव हैं–अर्थात् वास्तविकता अपने भीतर द्वन्द्व या विरोधी अवयवों का स्वागत करती है। ऊपर की ओर विकास करना वस्तुओं की अपनी आन्तरिक 'रुचि' का परिणाम है। इस तरह विकास निम्न स्थिति का प्रयोजन, अर्थ और सत्य है। निम्न में जो छिपा, अस्पष्ट होता है, उच्च अवस्था में वह प्रकट, स्पष्ट हो जाता है। विकास की धारा अपनी हर एक अवस्था में पहले की अपनी सारी अवस्थाओं को लिये रहती है तथा सभी आनेवाली अवस्थाओं की झाँकी देता है। जगत् अपनी प्रत्येक स्थिति में पहले की उपज तथा भविष्यवाणी भी है। उच्च अवस्था में पहुँचने पर निचली

अवस्था अभावप्राप्त (प्रतिषिद्ध) बन जाती है–अर्थात् इस वक्त वह वही नहीं रहती, जो कि पहले थी; तो भी पिछली अवस्था उच्च अवस्था के रूप में सुरक्षित है, वह ऊपर पहुँचाई गई है। यह पहुँचना–निम्न से ऊपर की ओर बढ़ना, एक दूसरी विरोधी अवस्था में पहुँचा देता है। दो रास्ते एक जगह से फूटते हैं, किन्तु आगे चलकर उनकी दिशा एक दूसरे से विरोधी बन जाती है। पानी की गति उसे बर्फ बना गति से उलटे (कठोर, स्थिर, ज़्यादा विस्तृत) रूप में बदल देती है। पहली अवस्था से उसकी बिलकुल विरोधी अवस्था में बदल जाना इसे हेगेल द्वन्द्वात्मक घटना कहता है।

[द्वन्द्वात्मकता] द्वन्द्व, विरोध सभी तरह के जीवन और गति की जड़ है। हर एक वस्तु द्वन्द्व है। द्वन्द्व या विरोध का सिद्धान्त संसार पर शासन कर रहा है। हर एक वस्तु बदलती और बदल कर पहले से विरुद्ध अवस्था में परिणत होना चाहती है। बीजों के भीतर कुछ और बनने, अपनेपन से लड़ने तथा बदलने की चाह भरी है। द्वन्द्व (विरोध) यदि न होता, तो जगत् में न जीवन होता, न गति, न वृद्धि और सभी चीज़ें मुर्दा और स्थिर होतीं, लेकिन, प्रकृति का काम विरोध (द्वन्द) तक ही खतम नहीं हो जाता, प्रकृति उस पर काबू पाना चाहती है; वस्तु अपने विरोधी रूप में परिणत ज़रूर हो जाती है, लेकिन गति वहीं रुक नहीं जाती, वह आगे जारी रहती है और आगे भी विरोधों को दबाया और उनका समन्वय किया जाता है, इस प्रकार विरोधी एक पूर्ण शरीर के अवयव बन जाते हैं। विरोधी, एक दूसरे से जहाँ तक संबंध है, आपस में विरोधी हैं; किन्तु जहाँ तक उस अपने एक पूर्ण शरीर से संबंध है, वे परस्पर विरोधी नहीं हैं। वहाँ तो यही परस्पर विरोधी मिलकर एक पूर्ण शरीर को बनाते हैं।

विश्व निरन्तर होते विकासों का प्रवाह है, यही उसके लक्ष्य या प्रयोजन हैं, वहीं विश्व-बुद्धि के प्रयोजन हैं। परमात्मतत्त्व वस्तुतः विश्व के विकास का परिणाम है, लेकिन यह परिणाम जितना है, उतना सम्पूर्ण नहीं है। सच्चा सम्पूर्ण है, परिणाम (परमात्मतत्त्व) और उसके साथ विकास का सारा प्रवाह–वस्तुएँ अपने प्रयोजन के साथ खतम नहीं होती, बल्कि वह जो बन जाती हैं, उसी में समाप्त होती हैं। इसलिए दर्शन का लक्ष्य परिणाम नहीं, बल्कि उसका लक्ष्य यह दिखलाना है, कि कैसे एक परिणाम दूसरे परिणाम से पैदा होता है, कैसे उसका दूसरे से प्रकट होना अवश्यंभावी है।

वास्तविकता (परमतत्त्व) मन से कल्पित एक निराकार ख्याल नहीं, बल्कि चलता बहता प्रवाह, एक द्वन्द्वात्मक सन्तान है। उसे हमारे निराकार, ख्याल पूरी तौर से नहीं व्यक्त कर सकते। निराकार ख्याल एक अंश और उत्पन्न छोटे अंश के ही बारे में बतलाते हैं। वास्तविकता इस क्षण यह है, दूसरे क्षण वह है; इस अर्थ में वह अभावों, विरोधों, द्वन्द्वों से भरी हुई है; पौधा अंकुरित होता है, फूलता है, सूखता और फिर मर जाता है; मनुष्य बच्चा होता फिर तरुण, जीर्ण, वृद्ध हो मर जाता है।

(4) द्वन्द्ववाद–वस्तु आगे बढ़ते-बढ़ते अपने से उलटे विरोधी रूप में बदल जाती है। सम्पूर्ण (अवयवी) परस्पर विरोधी अवयवों का योग है, यह हम कह चुके। दो विरोधियों का समागम कैसे होता है, इसे हेगेल ने इस प्रकार समझाया है। हमारे सामने एक चीज़ आती है, फिर उसकी विरोधी दूसरी चीज़ आ मौजूद होती है। इन दोनों का द्वन्द्व चलता है, फिर दोनों का समन्वय हम एक तीसरी चीज़ से करते हैं। इनमें पहली बात **वाद** है, दूसरी **प्रतिवाद** और तीसरी **संवाद**,

उदाहरणार्थ–पर्मेनिद ने कहा : मूल तत्त्व स्थिर नित्य है, यह हुआ वाद। हेराक्लितु ने कहा कि वह निरन्तर परिवर्तनशील है, यह हुआ प्रतिवाद। परमाणुवादियों ने कहा, यह न तो स्थिर ही है, न परिवर्तनशील ही, बल्कि दोनों है, यह हुआ संवाद।

(5) ईश्वर–हेगेल का दर्शन स्पिनोज़ा से अधिक क्रान्तिकारी है, किन्तु ईश्वर का मोह उसे स्पिनोज़ा से ज्यादा है। ईश्वर सिद्ध करने के लिए बड़ी भूमिका बाँधते हुए वह कहता है–विश्व एक पागल प्रवाह, बिलकुल ही अर्थहीन बे-लगाम-सी घटना नहीं है; बल्कि इसमें नियमबद्ध विकास और प्रगति देखी जाती है। हम वास्तविकता को आभास और सार, बाह्य और अन्तर, द्रव्य और गुण, शक्ति और उसके प्राकट्य, सान्त और अनन्त, मन (विज्ञान) और भौतिक तत्त्व, लोक और ईश्वर में विभक्त करना चाहते हैं; किन्तु इससे हमें झूठे भेद और मनमानी दिमाग़ी कल्पना के सिवाय कुछ हाथ नहीं आता सार ही आभास है, अन्तर ही बाह्य है, मन ही शरीर है, ईश्वर ही विश्व है।

हेगेल ईश्वर को विज्ञान (विचार) कहकर पुकारता है। विश्व जो कुछ हो सकता है, वह है, अनन्तकाल में विकास की जितनी संभावनाएँ हैं, यह उनका योग है। मन वह विज्ञान है, जो कि अब तक तैयार हो चुका है।

जगत् सदा बनाया जा रहा है। विकास सामयिक नहीं निरन्तर प्रवाहित है। ऐसा कोई समय नहीं था, जब कि विकास का प्रवाह जारी न रहा हो। परमात्म तत्त्व वह सनातन है, जिसकी ओर सारा विकास जा रहा है। विकास असत् से सत् की ओर कभी नहीं हुआ। भिन्न-भिन्न वस्तुओं का विकास क्रमशः जरूर हुआ है, उनमें कुछ दूसरों के कारण या पूर्ववर्ती रहीं।

(6) आत्मा–विश्व-बुद्धि या विश्व-विज्ञान प्राणिशरीर में आत्मा बन जाता है। वह अपने को शरीर में बन्द करता है, अपने लिए एक शरीर बनाता, एक विशेष व्यक्ति बन जाता है। यह उत्पादन अनजाने होता है, किन्तु आत्मा, जिसने अपने लिए एक प्राणि शरीर बनाया, उससे वह हो जाता है और अपने को शरीर से भिन्न समझने लगता है। चेतना उसी तत्त्व का विकास है, जिसका कि शरीर भी एक प्राकट्य है। वस्तुतः हम (आत्मा) सिर्फ़ उसे ही जानते हैं, जिसे कि हम बनाते या पैदा करते हैं। हमारे ज्ञान का विषय हमारी अपनी ही उपज है, इसलिए वह ज्ञानमय है।

(7) सत्य और भ्रम–सत्य और भ्रम के संबंध में हेगेल के विचार बड़े विचित्र से हैं। उसके अनुसार भ्रम परम सत्य के प्रकट करने लिए आवश्यक है। यदि ऐसा न होता, तो जिसे हम गलती से उस समय सत्य कहते हैं, उससे आगे नहीं बढ़ सकते। संपूर्ण सत्य हर तरह के संभव भ्रमपूर्ण दृष्टि बिन्दुओं से मिलकर बना है, भ्रम की यह क्रमागत अवस्थाएँ ज़रूरी हैं; आगे पाये जाने वाले सत्य का यह सार है, कि पीछे पार किये सारे भ्रमों का सत्य–वह लक्ष्य जिसकी कि खोज में यह भ्रम में फिर रहा था–होवे। इसीलिए परमतत्त्व-निम्न और सापेक्ष सत्य के रूप में ही मौजूद है। अनन्त सिर्फ़ सान्त के सत्य के तौर पर ही पाया जाता है। सत्य पूर्ण तभी हो सकता है, जब कि अपूर्ण द्वारा की जाने वाली खोज को पूरा करता हो।

(8) हेगेल के दर्शन की कमजोरियाँ–(1) हेगेल का दर्शन विश्व को परमविज्ञान के रूप में मानता है। इस तरह बर्कले का विज्ञानवाद और हेगेल के दर्शन का भाव एक ही है। दोनों मन, शुद्ध-चेतना को भौतिक तत्त्वों से पहले मानते हैं।

(2) हेगेल यद्यपि विश्व में परिवर्तन, प्रवाह की बात करता है; किन्तु वास्तविक परिवर्तन को वह एक तरह से इन्कार करता है, जो भविष्य में होने वाला है, वह पहले ही से मौजूद है, यह इसी बात को प्रकट करता है और विश्व को भाग्यचक्र में बंधा एक निरीह वस्तु बना देता है। परम तत्त्व की एकता में विश्व की विचित्रताओं को वह खपा देना चाहता है और इस तरह भिन्न-भिन्न वस्तुओं वाले जगत् के व्यक्तित्व को एक मूल तत्त्व से बढ़कर "कुछ नहीं" कह, परिवर्तन तथा विकास के सारे महत्त्व को खतम कर देता है।

(3) हेगेल कहता है, कि सभी सत्ताओं की एकताएँ, सभी बुराई-सी जान पड़ती बातें वस्तुतः अच्छी (शिव) हैं। ऊँचे दृष्टिकोण से वह बुराइयों को उचित ठहराना चाहता है और बुराइयों का भ्रम कहकर उनसे ऊपर उठना चाहता है। दर्शन में उसका यह औचित्य व्यवहार में बहुत खतरनाक है, इसके द्वारा राजनीतिक, सामाजिक, अत्याचार, वैषम्य सभी को उचित ठहराया जा सकता है।

3. शोपन्हार (1788-1860 ई०)

अर्थर शोपन्हार डेन्जिग् में एक धनी बैंकर के घर में पैदा हुआ था। उसकी माँ एक प्रसिद्ध उपन्यास-लेखिका थी। गोटिंगेन (1809-11 ई०) और बर्लिन (1811-13 ई०) के विश्वविद्यालय में उसने दर्शन, विज्ञान और संस्कृत-साहित्य का अध्ययन किया। कितने ही सालों तक जहाँ-तहाँ ठोकरें खाने के बाद बर्लिन विश्वविद्यालय में उसे अध्यापकी मिली, जहाँ से 1831 में उसने अवकाश ग्रहण किया और फिर माइन-तटवर्ती फ्रांकफोर्त शहर में बस गया।

[तृष्णावाद] कान्ट का दर्शन वस्तु-अपने भीतर (वस्तु-सार) के गिर्द घूमता है, शोपन्हार का दर्शन तृष्णा–सबके भीतर (सर्वव्यापी तृष्णा) के गिर्द घूमता है। वस्तुएँ या इच्छाएँ कोई वैयक्तिक नहीं हैं, व्यक्ति केवल भ्रम है। तृष्णा से परे कोई वस्तु-अपने भीतर नहीं है। तृष्णा ही कालातीत, देशातीत, मूलतत्त्व और कारण-विहीन क्रिया है। वही मेरे भीतर उत्तेजना, पशुबुद्धि, उद्यम, इच्छा, भूख्र के रूप में प्रकट होती है। प्रकृति के एक अंश के तौर पर, उसके आभारा के तौर पर मैं अपनेपन से आगाह हो जाता हूँ, मैं अपने को विस्तारयुक्त प्राणि शरीर समझने लगता हूँ। वस्तुतः यही तृष्णा मेरी आत्मा है, शरीर भी उसी तृष्णा का आभास है।

जब मैं अपने भीतर की ओर देखता हूँ, तो मुझे वहाँ तृष्णा (मान की तृष्णा, खाने की तृष्णा, जीने की तृष्णा, न जीने की तृष्णा) दिखाई पड़ती है। जब मैं बाहर की ओर देखता हूँ, तो उसी अपनी तृष्णा को शरीर के तौर पर देखता हूँ। दूसरे शरीर भी मेरे शरीर की ही भाँति तृष्णा के प्राकट्य हैं। पत्थर में तृष्णा अंधी शक्ति के तौर पर प्रकट होती है, मनुष्य में वह चेतना युक्त बन जाती है। चुम्बक की सुई सदा उत्तर की ओर घूमती है; पिंड गिरने पर सीधे नीचे की ओर लंबाकार गिरता है। एक तत्त्व को जब दूसरे से प्रभावित किया जाता है, तो स्फटिक बनते हैं। यह सब बतलाते हैं, कि प्रकृति में सर्वत्र तृष्णा की जाति की ही शक्तियाँ काम कर रही हैं। वनस्पति-जगत् में भी अनजाने इसी तरह की उत्तेजना या प्रयत्न दीखते हैं–वृक्ष प्रकाश की तृष्णा रखता है और ऊपर की ओर जाने का प्रयत्न करता है। वह नमी की भी तृष्णा रखता है, जिसके लिए अपनी जड़ों को धरती की ओर फैलाता है। तृष्णा या आन्तरिक उत्तेजना प्राणियों की वृद्धि और सभी क्रियाओं

को संचालित करती है। हिंस्र पशु अपने शिकार को निगलने की चाह (तृष्णा) रखता है, जिससे तदुपयोगी दांत, नख और नस-पेशियाँ उसके शरीर में निकल आती हैं। तृष्णा अपनी ज़रूरत को पूरा करने लायक शरीर को बनाती है; प्रहार करने की चाह सींग जमाती है। जीवन की तृष्णा ही जीवन का मूल आधार है।

जड़-चेतन, धातु-मनुष्य में प्रकट होने वाली यह आधारभूत तृष्णा न मनुष्य है और न कोई ज्ञानी ईश्वर। वह एक अंधी चेतनारहित शक्ति है, जो कि अस्तित्व की चाह (तृष्णा) रखती है। वह न देश से सीमित है, न काल से, किन्तु व्यक्तियों में देश-काल से परिसीमित हो प्रकट होती है।

होने की तृष्णा, जीने की तृष्णा दुनिया के सारे संघर्षों दुःख और बुराइयों की जड़ है। तृष्णा स्वभाव से ही बुरी है, उसको कभी तृप्त नहीं किया जा सकता। निरन्तर युद्ध और संघर्ष की यह दुनिया है, जिसमें भिन्न-भिन्न प्रकार की बने रहने की अन्धी तृष्णाएँ एक दूसरे के साथ लड़ रहीं हैं; यह दुनिया जिसमें छोटी मछलियाँ बड़ी मछलियों द्वारा खाई जा रही हैं। यह अच्छी नहीं, बुरी दुनिया, बल्कि जितना संभव हो सकता है, उतनी बुरी दुनिया है। जीवन अंधी चाह से अधिक और कुछ नहीं है। जब तक उसकी तृप्ति नहीं होती, तब तक पीड़ा होती है और जब उसकी तृप्ति कर दी जाती है, तो दूसरी पीड़ा कारक तृष्णा पैदा हो जाती है। तृष्णाओं को कभी सदा के लिए सन्तुष्ट नहीं किया जा सकता। हर एक फूल में कांटे हैं। इस दुःख से बचने का एक ही रास्ता है, वह है तृष्णा का पूर्णतया त्याग (प्रहाण) और इसके लिए त्याग और तपस्या का जीवन चाहिए।

शोपन्हार के दर्शन पर बौद्ध दर्शन का बहुत प्रभाव पड़ा है। उसके दर्शन में तृष्णा की व्याख्या और प्राधान्य उसी तरह से पाया जाता है, जैसा कि बुद्ध दर्शन में। बुद्ध ने भी तृष्णा-निरोध पर ही सबसे ज़्यादा जोर दिया है।

2. द्वैतवाद

निट्ज़्शे (1844-1900 ई०)–फ्रीडरिख निट्ज़्शे जर्मन दार्शनिक था। निट्ज़्शे ने कान्ट से ज्ञान की असम्भवनीयता ली, शोपन्हार से तृष्णा ली; किन्तु निट्ज़्शे की तृष्णा जीने के लिए नहीं प्रभुता के लिए है। शोपन्हार तृष्णा को त्याज्य बतलाता है, किन्तु निट्ज़्शे उसे ग्राह्य, अपने उद्देश्य–शक्ति के पाने की साधना मानता है। डार्विन से 'योग्यतम ही बँच रहते हैं' इस सिद्धान्त को लेकर उसने महान् पुरुषों ही को मानवता का उद्देश्य बतलाया।

(1) दर्शन–सोचना वस्तुतः अ-स्पष्ट साक्षात्कार है। सोचने में हम सिर्फ़ समानता पर नज़र डालते हैं और असमानताओं पर ख्याल नहीं करते; इसका परिणाम होता है, वास्तविकता का एक गलत चित्रण। कोई भी वस्तु नित्य स्थिर नहीं है–नहीं काल, नहीं सामान्य, नहीं कारण-संबंध। न प्रकृति में कोई प्रयोजन है। न कोई निश्चित लक्ष्य है। विश्व हमारे सुख की कोई परवाह नहीं करता, नहीं हमारे आचार की। प्रकृति से परे कोई दैवी शक्ति नहीं है, जो हमारी सहायता करेगी। ज्ञान, शक्ति, प्रभुता पाने का हथियार है। ज्ञान के साधनों का विकास इस अभिप्राय से हुआ है, कि उसे अपनी रक्षा के लिए हम इस्तेमाल कर सकें। दार्शनिकों ने जगत् को वास्तविक और दिखलावे के दो जगतों में बाँटा। जिस जगत् में मानव को जीना है, जिसके भीतर कि मानव ने अपनी बुद्धि का

आविष्कार किया (परिवर्तन, है नहीं का होना, द्वैत, द्वन्द्व, विरोध युद्ध की दुनिया) और उसी दुनिया से वह इन्कारी हो गया। वास्तविक जगत् को दिखलावे की दुनिया, माया का संसार झूठा लोक कहा गया और दार्शनिकों ने अपने दिमाग़ से जिस कल्पित दुनिया का आविष्कार किया, वही हो गई, नित्य, अपरिवर्तनशील, इन्द्रिय-सीमा-पारी। सच्ची वास्तविक दुनिया को हटाकर झूठी दुनिया को गद्दी पर बिठाया गया। सच्चाई को खोजकर प्राप्त किया जाता है, उसे गढ़ा-बनाया नहीं जाता; किन्तु दार्शनिकों ने अपना कर्तव्य-सत्य को ढूँढ़ना छोड़, उसे गढ़ना शुरू किया।

(2) महान् पुरुषों की जाति–निट्ज्शे, कान्ट, हेगेल आदि के दर्शन को कितना गलत बतलाता था, यह मालूम हो चुका। वह वास्तविकतावादी था, किन्तु इस दर्शन का बहुत ही खतरनाक उपयोग करता था। प्रभुता पाने के लिए ज्ञान एक हथियार है, जिसे प्रभुता पाने की तृष्णा इस्तेमाल करती है। तृष्णा या संकल्प विश्वास पर आश्रित होता है। विश्वास झूठा है या सच्चा, इसे हमें नहीं देखना चाहिए; हमें देखना है, कि वह सार्थक है या निरर्थक, उपयोगी है या अनुपयोगी। प्रभुता का प्रेम निट्ज्शे के लिए सर्वोच्च उद्देश्य है और महान् पुरुष पैदा करना सर्वोच्च आदर्श है–एक महान् पुरुष नहीं, महान् पुरुषों की जाति, एक ऊँचे दर्जे की जाति, वीरों की जाति। निट्ज्शे के इसी दर्शन के अनुसार कल तक हिटलर जर्मनों को महान् पुरुषों की जाति बना रहा था; ऐसी जाति बना रहा था, जो दुनिया को विजय करे, दुनिया पर शासन करे और विश्वास रखे, कि वह शासन तथा विजय करने के लिए पैदा हुई है। इसके लिए जो भी किया जाये, निट्ज्शे उसे उचित ठहराता है। युद्ध, पीड़ा, आफ़त, निर्बलों पर प्रहार करना अनुचित नहीं है। इसीलिए शान्ति से युद्ध बेहतर है, बल्कि शान्ति को तो मृत्यु का पूर्व लक्षण समझना चाहिए। हम इस दुनिया में अपने सुख और हर्ष के लिए नहीं हैं। हमारे जीवन का और कोई अर्थ नहीं, सिवाय इसके कि हम एक अंगुल भी पीछे न हटें या तो अपने को ऊपर उठायें या खतम हो जायें। दया बहुत बुरी चीज है, यह उस आदमी के लिए भी बुरी है, जो इसे करके अपने लक्ष्य से विचलित होता है और उसके लिए भी, जो कि दूसरों की दया लेकर अपने को दूसरों की नजरों में गिराता है। दया निर्बल और बलवान् दोनों को कमज़ोर करती है, यह जाति के जीवन-रस को चूस लेती है।

जन्मजात रईस व्यक्तियों को अधिक सुभीता होना चाहिए, क्योंकि साधारण निम्न श्रेणी के आदमियों से उनके कर्तव्य ज्यादा और भारी हैं। सर्वश्रेष्ठ आदमियों को ही शासन का अधिकार होना चाहिए और सर्वश्रेष्ठ आदमी वही हैं, जो दया-मया से परे हैं, खुद खतरे में पड़ने तथा दूसरों पर उसे डालने के लिए हर वक्त तैयार रहे। हिटलर, गोयरिंग, आदि इसी तरह के सर्वश्रेष्ठ आदमी थे।

निट्ज्शे जनतन्त्रता, समाजवाद, साम्यवाद, अराजकवाद सबको फ़जूल और असम्भव बतलाता है। वह कहता है, कि यह जीवन जिस सिद्धान्त–योग्यतम का बँच रहना–पर कायम है, जो उसके बरखिलाफ हैं, वे आदर्श के विरोधी हैं। वे सबल व्यक्तियों के विकास में बाधा डालते हैं। "आज हमारे लिए सबसे बड़ा खतरा है, यही समानता की हवा–शान्ति, सुख, दया, आत्मत्याग, जगत् से घृणा, जनानापन, अ-विरोध, समाजवाद, साम्यवाद, समानता, धर्म, दर्शन और साइंस सभी जीवन-सिद्धान्त के विरोधी हैं, इसलिए उनसे कोई संबंध नहीं रखना चाहिए।"

निट्ज्शे कहता है, महान् पुरुष उसी तरह दूसरों को परास्त कर आगे बढ़ जायेंगे, जैसे कि मानुष ने वनमानुष को।

3. अज्ञेयतावाद

स्पेन्सर (1820-1903 ई०)–हर्बर्ट स्पेन्सर डर्बी (इंग्लैंड) में एक मध्यम श्रेणी के परिवार में पैदा हुआ था।

दर्शन–स्पेन्सर मानवज्ञान को इन्द्रियों की दुनिया तक ही सीमित रखना चाहता है, किन्तु इस दुनिया के पीछे एक अज्ञेय दुनिया है, इसे वह स्वीकार करता है। उसका कहना है–हम शान्त और सीमित वस्तु को ही जान सकते हैं; परमतत्त्व, आदिकारण, अनन्त का जानना हमारी शक्ति से बाहर है। ज्ञान सापेक्ष होता है और परमतत्त्व को किसी से तुलना या भेद करके बतलाया नहीं जा सकता, चूँकि हम परमतत्त्व के बारे में कोई ज्ञान नहीं पैदा कर सकते, इसलिए उसकी सत्ता से इन्कार करना भी ठीक नहीं है। विज्ञान और धर्म दोनों इस बात पर एकमत हो सकते हैं, कि सभी दृश्य जगत् के पीछे एक सत्ता, परमतत्त्व है। शक्तियाँ दो प्रकार की होती हैं–वह शक्ति जिससे प्रकृति हमें अपनी सत्ता का परिचय देती है; वह शक्ति जिससे वह काम करता हुआ दिखाई पड़ता है, अर्थात् सत्ता और क्रिया की परिचायक शक्तियाँ।

(1) परमतत्त्व या अज्ञेय–अपने को दो परस्पर विरोधी बड़े समुदायों में प्रकाशित करता है, वह है, अन्तर और बाह्य, आत्मा और अनात्मा, मन और भौतिक तत्त्व।

(2) विकासवाद–हमारा ज्ञान, परमतत्त्व के भीतरी (मन) और बाहरी (जड़) प्रदर्शन तक ही सीमित है। दार्शनिकों का काम है, कि उनमें जो साधारण प्रवृत्ति है, सभी चीज़ों का जो सार्वदेशिक नियम है, उसे ढूँढ़ निकालें। यही नियम है, विकास का नियम। विकास के प्रवाह में हम भिन्न-भिन्न रूप देखते हैं– (1) **एकीकरण** जैसे कि बादलों, बालुओं के टीले, शरीर या समाज के निर्माण में देखते हैं; (2) **विभाजन** या पिंड का उसकी परिस्थिति से अलग कर, एक अलग भाग बनाना तथा उसे एक संगठित पिंड का इस तरह बनाना, जिसमें अवयव अलग होते हुए भी एक दूसरे से संबद्ध हो। विकास और विनाश में अन्तर है। विनाश में विभाजन होता है, किन्तु संबद्धता नहीं। विकास भौतिक तत्त्वों का एकीकरण और गति का वितरण है; इसके विरुद्ध विनाश गति को हज़म करता और भौतिक तत्त्वों को तितर-बितर करता है।

जीवन है, बाहरी संबंध के साथ भीतरी संबंध का बराबर समन्वय स्थापित करते रहना। अत्यन्त पूर्ण जीवन वह है, जिसमें बाहरी संबंधों के साथ भीतरी संबंधों का पूर्ण समन्वय हो।

(3) सामाजिक विचार–स्पेन्सर के अनुसार बड़े ही निम्न श्रेणी की सामाजिक अवस्था में ही सर्वशक्तिमान् समाजवादी राज्य स्वीकार किया जा सकता है। जब समाज का अधिक ऊँचा विकास हो जाता है, तो इस तरह के राज्य की ज़रूरत नहीं रहती, बल्कि वह प्रगति में बाधा डालता है। राज का काम है, भीतर शान्ति रखना और बाहर के आक्रमण से बचाना। जब समाजवादी राज्य इससे आगे बढ़ता तथा मनुष्य के आर्थिक सामाजिक बातों में दखल देता है, तो वह न्याय का खून करता है और विकास में आगे बढ़े व्यक्तियों की स्वतंत्रता पर प्रहार करता है!

स्पेन्सर समाजवाद के सख्त खिलाफ था, वह कहता था–वह आ रहा है, किन्तु जाति के लिए यह भारी दुर्भाग्य की बात होगी और बहुत दिन टिकेगा भी नहीं।

4. भौतिकवाद

उन्नीसवीं सदी के दर्शन में विज्ञानवादियों का बड़ा जोर रहा, किन्तु मेयू, यूल, हैल्महोल्ट्ज़, श्वान आदि वैज्ञानिकों की खोजों ने भौतिकवाद को अप्रत्यक्ष रूप से बहुत प्रोत्साहित किया।

(1) बुखनेर् (1824-99 ई०)

बुखनेर् का ग्रंथ 'शक्ति और भौतिक तत्त्व' भौतिकवाद का एक महत्त्वपूर्ण ग्रंथ है। उसने लिखा है कि सभी शक्तियाँ गति हैं और सभी चीज़ें गति और भौतिक तत्त्वों के योग से बनती हैं। गति और भौतिक तत्त्वों को हम अलग समझ सकते हैं, किन्तु अलग कर नहीं सकते। आत्मा या मन कोई चीज़ नहीं। जीवन विशेष परिस्थिति में भौतिक तत्त्वों से ही पैदा हो जाता है। मन की क्रिया "बाहर से आई उत्तेजना से मस्तिष्क की पीली मज्जा के सेलों की गति है।"

मोल्शोट् (1822-93 ई०) फोगट् (1817-95 ई०) कुजोल्वे (1819-73 ई०), इस सदी के भौतिकवादी दार्शनिक थे। विरोधी भी इस बात को कबूल करते हैं, कि इस सदी के सभी भौतिकवादी दार्शनिक और साइंसवेत्ता मानवता और मानव प्रगति के जबर्दस्त हामी थे।

-2 लुड्विग् फ़्वेरबख़ (1804-72 ई०)

कान्ट ने अपनी 'शुद्ध बुद्धि' या सैद्धान्तिक तर्क से किस प्रकार धर्म, रूढ़ि, ईश्वर के चीथड़े-चीथड़े उड़ा दिये, किन्तु अन्त में "भलेमानुष" बनने के ख्याल ने अथवा भले दार्शनिकों की पंक्ति से बहिष्कृत न होने के डर ने, उसे थूके को चाटने के लिए मज़बूर किया, यह हम बतला आये हैं। हेगेल ने शुद्ध बुद्धि, भौतिक तजुर्बे (प्रयोग) के सहारे अपने दर्शन द्वन्द्वात्मक विज्ञानवाद–का विकास किया, यद्यपि भौतिक तत्त्वों को विज्ञान का विकार बतला, वह उल्टे स्थान पर उल्टे परिणाम पर पहुँचा। हेगेल के बाद उसके दार्शनिक अनुयायी दो भागों में बँट गये, एक तो डूरिंग जैसे लोग जो भौतिकवाद के सख्त दुश्मन थे और हेगेल के विज्ञानवाद को–आगे विकसित करने की बात ही क्या, उसे रोककर प्रतिगमिता की ओर ले जा रहे थे और दूसरा भाग था प्रगतिगामियों का, जो कि हेगेल के दर्शन को रहस्यवाद और विज्ञानवाद से छुड़ा, उसके वास्तविक लक्ष्य द्वन्द्वात्मक (क्षणिक) भौतिकवाद पर ले जा रहे थे। फ़्वेरवाख इस प्रगतिगामी हेगलीय दल का अगुआ था। इसी दल में आगे मार्क्स और एन्गेल्स शामिल हुए।

सत्ताधारी–धनिक और धर्मानुयायी–भौतिकवाद को अपना परम शत्रु समझते हैं, क्योंकि वह समझते हैं, कि परलोक की आशा और ईश्वर के न्याय पर से विश्वास यदि हट गया, तो मेहनत करते-करते भूखी मरनेवाली जनता उन्हें खा जायेगी और भौतिकवादी विचारकों के मतानुसार भूतल पर स्वर्ग और मानव-न्याय स्थापित करने लगेगी। इसलिए पुरोहितों ने कहना शुरू किया, कि भौतिकवादी गंदे, इन्द्रिय-लोलुप, अधर्म-परायण, झूठे, अविश्वासी, 'ऋणं कृत्वा घृतं पिबेत्'–वादी हैं; उनके विरुद्ध विज्ञानवादी संयमी, धर्मात्मा, स्वार्थत्यागी, विरागी, आदर्शवादी होते हैं।

फ़्वेरबाख़ का मुख्य ग्रंथ है–'ईसाइयतसार'। इसमें लेखक ने ईसाई धर्म की शव परीक्षा द्वारा सारे धर्मों की वास्तविकता दिखलाई है। 'ईसाइयत-सार' के दो भाग हैं, पहले भाग का प्रतिपाद्य विषय है "धर्म का सच्चा या मानव शास्त्रीय सार।" दूसरे भाग में "धर्म का झूठा या मज़हबी सार" बतलाया गया है। भूमिका में मनुष्य और धर्म के मुख्य स्वभावों की विवेचना की गई है। मनुष्य का मुख्य स्वभाव उसकी अपनी जाति की चेतना मानव-स्वभाव है। यह चेतना कितनी है, इसका पता उसके भावुक भावों और संवेदना से लगता है।

"तो जिसके बारे में वह महसूस करता है, वह मानव स्वभाव क्या है, अथवा मनुष्य की खास मानवता, उसकी विशेषता क्या है? बुद्धि, इच्छा, स्नेह।..."

"मनुष्य के अस्तित्व के आधार उसके मनुष्य होने के तौर पर उसकी सर्वोच्च शक्तियाँ हैं–समझना (बुद्धि की क्रिया), इच्छा करना और प्रेम।" मनुष्य है–समझने, प्रेम करने और इच्छा करने के लिए।...

सिर्फ़ वही सच्चा पूर्ण और दिव्य है, जो अपने लिए अस्तित्व रखता है, किन्तु ऐसा ही तो प्रेम है, ऐसी ही तो बुद्धि है, ऐसी ही तो इच्छा है। वैयक्तिक मानव में मनुष्य के भीतर यह दिव्यत्रयी–बुद्धि, प्रेम, इच्छा–का समागम है। बुद्धि, प्रेम, इच्छा ऐसी शक्तियाँ नहीं हैं, जिन पर मनुष्य का अधिकार है। उनके बिना मनुष्य कुछ नहीं है। वह जो कुछ है, वह उनकी ही वजह से है। यही उसके स्वभाव की बुनियादी ईंटें हैं। वह न उन्हें (स्वामी के तौर पर) रखता है, न उन्हें ऐसी सजीव, निश्चायक, नियामक शक्तियाँ– दिव्य परम शक्तियाँ–बनाता है, जिनके कि प्रतिरोध के वह खिलाफ जा सके।

फ़्वेरबाख़ ने बतलाया–"मनुष्य के लिए परमतत्त्व (श्रेष्ठतम वस्तु) उसका अपना स्वभाव है"। "मनोभाव से जिस दिव्य स्वभाव का पता लगता है, वह वस्तुतः और कुछ नहीं, वह है खुद अपने प्रति आनन्द विभोर हो प्रसन्नता की भावना, अपने ही भीतर की आन्दमयता।" उसने धर्म के सार के बारे में कहा–जहाँ "इन्द्रियों के प्रत्यक्ष में विषय (वस्तु) संबंधी चेतना को अपनी (आत्मा की) चेतना से फर्क किया जा सकता है; धर्म में विषय-चेतना और आत्मचेतना एक बना दी जाती है।" वस्तुतः मनुष्य की आत्मचेतना को एक स्वतंत्र अस्तित्व के तौर पर आसमान पर चढ़ाना, धर्म है। इसी तरह उसे पूजा की वस्तु बनाया जाता है। फ़्वेरबाख़ ने इसे साफ करते हुए कहा–

"किसी मनुष्य के जैसे विचार, जैसी प्रवृत्तियाँ होती हैं, वैसा ही उसका ईश्वर होता है, जितने मूल्य का मनुष्य होता है, उतना ही उसका ईश्वर होता है, उससे अधिक नहीं। ईश्वर-संबंधी चेतना (चिन्तन) आत्म (अपनी) चेतना है, ईश्वर-संबंधी ज्ञान (उसका) आत्म (अपना) ज्ञान है। उसके ईश्वर से तू उस मनुष्य को जानता है और उस मनुष्य से उसके ईश्वर को; दोनों (मनुष्य और उसका ईश्वर) एक हैं।"

दिव्यतत्त्व मानवीय है, इसकी आलोचना करने के बाद वह फिर कहता है–

धर्म (मजहब)-संबंधी विकास...विशेषकर इस तरह पाया जाता है, कि मनुष्य ईश्वर को अधिकाधिक कल्पित करता है और अधिकाधिक अपने पर लगाता है। ईश्वरीय वाणी के संबंध में यह बात खास तौर से स्पष्ट है। पीछे के युग या संस्कृत जनों के लिए जो बात प्रकृति या बुद्धि से मिली होती है, वही बात पहले के युग या अ-संस्कृत जनों को ईश्वर-प्रदत्त (मालूम होती) थी।

"इस्राइलियों (यहूदी धर्मानुयायियों) के अनुसार ईसाई स्वतंन्त्र विचार वाला (धर्म की पाबंदी से मुक्त) है। बातों में इस तरह परिवर्तन होता है, जो कल तक धर्म (मजहब) था, आज वह वैसा नहीं रह गया है; जो आज नास्तिकवाद है, कल वही धर्म होगा।"

धर्म का वास्तविक सार क्या है, इसके बारे में उसका कहना है–

"धर्म मनुष्य को अपने आप से अलग कराता है, (इसके कारण) वह (मनुष्य) अपने सामने अपने प्रतिवादी के तौर पर ईश्वर को ला रखता है। ईश्वर वह है, जो कि मनुष्य नहीं है–मनुष्य वह है, जो कि ईश्वर नहीं है।...ईश्वर और मनुष्य दो विरोधी छोर हैं, ईश्वर पूर्णतया भावरूप, वास्तविकताओं का योग है, मनुष्य पूर्णतया अभावरूप, सभी अभावों का योग है।

"परन्तु धर्म में मनुष्य अपने निजी अन्तर्हित स्वभाव पर ध्यान करता है। इसलिए यह दिखलाना होगा, कि यह प्रतिवाद, यह ईश्वर और मनुष्य का विभाजन–जिसे लेकर कि धर्म (अपना काम) शुरू करता है। मनुष्य का उसके अपने स्वभाव से विभाजन करता है।"

अपने ग्रंथ के दूसरे भाग में फ़्वेरबाख़ ने धर्म झूठे (अर्थात् मजहबी) सार पर विवेचन करते हुए कहा है–

"धर्म के लिए सम्पूर्ण वास्तविक मनुष्य, प्रकृति का वह भाग है, जो कि व्यावहारिक है, जो कि निश्चय करता है, जो कि समझ-बूझ कर (स्वीकार किये) लक्ष्यों के अनुसार काम करता है... जो कि जगत् को उसके अपने भीतर नहीं सोचता, बल्कि सोचता है, उन्हीं लक्ष्यों या आकांक्षाओं के संबंध से। इसका परिणाम यह होता है, कि जो कुछ व्यावहारिक चेतना के पीछे छिपा रखा गया है, तो भी जो सिद्धान्त का आवश्यक विषय है, उसे मनुष्य और प्रकृति के बाहर एक खास वैयक्तिक सत्ता के भीतर ले जाता है। यहाँ सिद्धान्त बहुत मौलिक और व्यापक अर्थ में लिया गया है, जिसमें वास्तविक (जगत्-संबंधी) चिन्तन और अनुभव (प्रयोग) के सिद्धान्त तथा बुद्धि (तर्क) और साइंस के (सिद्धान्त) शामिल हैं।"

इसी कारण से फ़्वेरबाख़ जोर देता है, कि हम ईसाइयत (धर्म) से ऊपर उठें। धर्म झूठे तौर से मनुष्य और उसकी आवश्यक सत्ता के बीच के संबंध को उलट देता है और मनुष्य को खुद मानवीय स्वभाव के सार को पूजने, उस पर विश्वास करने के लिए परामर्श देता है। ऐसी प्रवृत्ति का विरोध करते हुए फ़्वेरबाख़ बतलाता है, कि "मनुष्य की उच्चतम सत्ता, उसका ईश्वर वह स्वयं है।" धर्म का आदि, मध्य और अन्त मानव है। यहाँ फ़्वेरबाख़ धर्म को एक खास अर्थ में प्रयुक्त करता है–मानवता-धर्म। वह फिर कहता है–

"धर्म आत्मा-चेतना का प्रथम स्वरूप है। धर्म पवित्र चीज है, क्योंकि वह प्राथमिक चेतना की कथाएँ हैं, किन्तु जो चीज़ धर्म में प्रथम स्थान रखता है अर्थात् ईश्वर...वह खुद और सत्य के अनुसार दूसरे (दर्जे का) है, क्योंकि वह वस्तुरूपेण सोचा गया मनुष्य का स्वभाव मात्र है और जो चीज़ धर्म के लिए दूसरे दर्जे की है–अर्थात् मानव को उसे प्रथम बनाना और घोषित करना होगा। मानव के लिए प्रेम शाखा-स्थानीय प्रेम नहीं होना चाहिए, उसे मूल-स्थानीय होना चाहिए, यदि मानवीय स्वभाव मानव के लिए श्रेष्ठतम स्वभाव है, तो व्यवहारतः, मनुष्य के प्रति मनुष्य के प्रेम को भी उच्चतम और प्रथम नियम बनाना चाहिए। मनुष्य मनुष्य के लिए ईश्वर है, यह महान् व्यावहारिक सिद्धान्त है: यह धुरी है जिस पर कि जगत् का इतिहास चक्कर काटता है।"

इस उद्धरण से मालूम होता है, कि फ़्वेरबाख़ यद्यपि धर्म की कड़ी दार्शनिक आलोचना करता है, किन्तु साथ ही आज के नास्तिकवाद को कल का धर्म भी देखना चाहता है। वह भौतिकवाद को धर्म के सिंहासन पर बैठाना चाहता था। "मानव और पशु के बीच का वास्तविक भेद धर्म का आधार है। पशुओं में धर्म नहीं है।" यह भी इसी बात को बतलाता है।

फ़्वेरबाख़ यद्यपि धर्म शब्द को खारिज नहीं करना चाहता था, किन्तु उसके विचार धर्म-विरोधी तथा भौतिकवाद के समर्थक थे–खासकर धर्म के दुर्ग के भीतर पहुँचकर वह वैसा ही काम करना चाहते थे। भला यह धर्म तथा सत्ताधारियों के पिट्ठुओं को कब पसन्द आ सकता था? प्रोफेसर डूरिंग ने फ़्वेरबाख़ के खिलाफ कलम चलाई थी, जिसका कि उत्तर 1888 ई० में एन्गेल्स ने अपने ग्रंथ "लुड्विग फ़्वेरबाख़" में दिया।

3. मार्क्स (1818-83 ई०)

कार्ल मार्क्स का जन्म राइनलैंड के ट्रवेज़ नगर में हुआ था। उसने बोन बर्लिन और जेना के विश्वविद्यालयों में शिक्षा पाई। जेना में उसने "देमोक्रितु और एपीकुरु के प्राकृतिक दर्शन" पर निबंध लिखा था, जिस पर उसे पी-एच०डी० (दर्शनाचार्य) की उपाधि मिली। मार्क्स भौतिकवादी बनने से पहले हेगेल के दर्शन का अनुयायी था। राजनीतिक, सामाजिक विचार उसके शुरू ही से उग्र थे, इसलिए जर्मनी का कोई विश्वविद्यालय उसे अध्यापक क्यों रखने लगा? मार्क्स ने पत्रकार कला को अपनाया और 24 साल की उम्र में "राइनिश ज़ाइटुड" पत्र का संपादक बना, किन्तु प्रुशियन सरकार उसे बहुत खतरनाक समझती थी, जिसके कारण देश छोड़कर मार्क्स को विदेशों में मारा-मारा फिरना पड़ा। पहले वह पेरिस में रहा, फिर ब्रुशेल्स (वेल्जियम) में। वहाँ की सरकारों ने भी प्रुशिया के नाराज़ होने के डर से मार्क्स को चले जाने को कहा और अन्त में मार्क्स 1849 में लंदन चला गया। उसने बाकी जीवन वहीं बिताया।

मार्क्स दर्शन का विद्यार्थी विश्वविद्यालय ही से था और खुद भी एक प्रथम श्रेणी का दार्शनिक था; किन्तु उसके सामाजिक और राजनीतिक विचार इतने उग्र, अद्वितीय और दृढ़ थे, कि उसका नाम जितना एक समाजशास्त्र, अर्थनीति और राजनीति के महान् विचारक के तौर पर मशहूर है, उतना दार्शनिक के तौर पर नहीं। इसमें एक कारण और भी है। कला की भाँति दर्शन भी बैठे-ठाले सम्पत्ति-शालियों के मनोरंजन का विषय है। वह जिस तरह का दर्शन चाहते हैं, मार्क्स का दर्शन वैसा नहीं है; फिर मार्क्स को वह क्यों दार्शनिकों में गिनने लगे?

मार्क्स के दर्शन के बारे में हमने खास तौर से "वैज्ञानिक भौतिकवाद" लिखा है, इसलिए यहाँ दुहराने की जरूरत नहीं है।

(1) मार्क्सीय दर्शन का विकास–आधुनिक युग के अभौतिकवादी यूरोपीय दर्शनों का चरम विकास हेगेल के दर्शन के रूप में हुआ और सारे मानव इतिहास के भौतिकवादी, वस्तुवादी दर्शनों का चरम विकास मार्क्स के दर्शन में।

प्राचीन यूनान के यूनिक दार्शनिक भौतिक तत्त्व को सभी वस्तुओं का मूल और चेतना के लिए भी पर्याप्त समझते थे, इसीलिए उन्हें भूतात्मवादी कहा जाता था। स्तोइक भी भौतिक तत्त्व से इन्कार नहीं करते थे, किन्तु भौतिकवाद का ज्यादा विकास देमोक्रितु और एपीकुरु ने किया, जिन

पर कि मार्क्स ने विश्वविद्यालय के लिए अपना निबंध लिखा था। रोम के लुक्रेशियस् ने अपने समय में भौतिकवाद का झंडा नीचे गिरने नहीं दिया। मध्य-युग में विचार-स्वातंत्र्य के लिए जैसे गुंजाइश नहीं थी, उसी तरह भौतिकवाद के लिए भी अवकाश नहीं था। मध्य युग से बाहर निकलते ही हम यूरोप में बारुच स्पिनोज़ा को देखते हैं, जो है तो विज्ञानवादी, किन्तु उसके विचार ज्यादातर यूनानी भूतात्मवादियों की तरह के हैं। इंग्लैण्ड में टामस् हॉब्स (1588-1679) ने भौतिकवाद को जगाया। अठारहवीं सदी में फ्रेंच क्रान्ति (1792 ई०) के पहले जो विचार-स्वातंत्र्य की बाढ़ आई थी, उसने दीदेरो, हेल्वेशियो, दोलबाश, लामेत्री, जैसे भौतिकवादी दार्शनिक पैदा किये। उन्नीसवीं सदी में लुड्विग् फ़्वेरबाख़ ने भौतिकवाद पर कलम उठाई थी। फ़्वेरबाख़ का प्रभाव मार्क्स पर भी पड़ा था। मार्क्स ने हेगेल की द्वन्द्वात्मक प्रक्रिया से मिलाकर भौतिकवादी दर्शन का पूर्णरूप हमारे सामने पेश किया और साथ ही दर्शन को कल्पना क्षेत्र में बौद्धिक व्यायाम करने वाला न बना, उसका प्रयोग समाजशास्त्र में किया।

विज्ञानवादी धारा समाजशास्त्र में धुंध और रहस्यवाद छोड़ और कुछ नहीं पैदा करती। वह समाज की व्यवस्था में किसी तरह का दखल देने की जगह ईश्वर, परमतत्व, अज्ञेय पर विश्वास श्रद्धा रखने की शिक्षा मात्र दे सकती है, लेकिन मार्क्सीय दर्शन के विचार इससे बिलकुल उलटे हैं। मानव जाति की भाँति ही मानव-समाज उसकी आर्थिक, धार्मिक व्यवस्था, प्रकृति की उपज और वह प्रकृति के अधीन है और तभी तक अपना अस्तित्व कायम रख सकता है, जब तक प्रकृति उसकी आवश्यकताओं को पूरा करती है। भौतिक उपज–खाना, कपड़ा आदि–तथा उस उपज के साधनों पर ही मानव-समाज कायम है।

"महान् मानसिक संस्कृति", "भव्य विचार", "दिव्य चिन्तन"–चाहे कैसे ही बड़े-बड़े शब्दों को इस्तेमाल कीजिए; हैं वह सभी भौतिक उपज की करतूतें।

"ना कुछ देखा भाव-भजन में, ना कुछ देखा पोथी में।
कहैं कबीर सुनो भाई सन्तो, जो देखा सो रोटी में।।"

अथवा–

"भूखे भजन न होय गोपाला। लेले अपनी कंठी माला।।"

दर्शन के लिए अवसर कब आया? जब कि प्रकृति पर मनुष्य की शक्ति ज़्यादा बढ़ी, मनुष्य के श्रम की उपज में वृद्धि हुई; उसका सारा समय खाने पहनने की चीज़ों के संपादन में ही नहीं लगकर कुछ बचने लगा तथा बैठे-ठाले व्यक्ति के लिए दूसरे भी काम करने को तैयार हुए। जब इस तरह आदमी काम से मुक्त रहता है, उसी समय वह सोचने, तर्क-वितर्क करने, योजना बनाने, भव्य संस्कृति, ब्रह्म-ज्ञान पैदा करने में समर्थ हो सकता है और जगहों की भाँति समाज में भी भौतिक तत्त्व या प्रकृति ही मन की माँ है, मन प्रकृति का जनक नहीं।

भौतिकवाद "मानस-जीवन" की विशेषताओं की व्याख्या जितनी अच्छी तरह कर सकता है, विज्ञानवाद वैसा नहीं कर सकता; क्योंकि विज्ञानवाद समझता है, कि विचार या विज्ञान का पृथिवी और उसकी वस्तुओं से कोई संबंध नहीं है, वह अपने भीतर से उत्पन्न होता है। हेगेल अपने 'दर्शन-इतिहास' में कैसी ऊल-जलूल व्याख्या करता है–"यह अच्छा (शव), यह बोध...

ईश्वर है। ईश्वर जगत् पर शासन करता है। उसके संस्कार का स्वरूप, उसकी योजना की पूर्ति विश्व इतिहास है।" बूढ़े ईश्वर ने एक ही साथ बाबा आदम, बीबी हौआ अथवा ऋषि-मुनि, वेश्याएँ, हत्यारे, कोढ़ी, पैदा किये; साथ ही भूख और दरिद्रता, आतशक और ताड़ी को पापियों के दंड के लिए पैदा किया। उन्हें खुद उस तरह का पैदा किया गया हो, कि वह उन पापों को करें और फिर न्याय का नाट्य किया जाये और उन्हें दंड दिया जाये, क्या मजाक!! और वह भी एक दिन का नहीं, अनादि से अनन्त काल तक यह प्रहसन-लीला चलती रहेगी। यह है ईश्वर, जिसे कि विज्ञानवादी दार्शनिक फाटक से नहीं खिड़की के रास्ते द्रविड़-प्राणायाम द्वारा हमारे सामने रखना चाहते हैं।

यूनानी दार्शनिक पर्मेनिद–इलियातिकों के नेता–की शिक्षा थी, कि हर एक चीज़ अचल-अनादि, अनन्त, एकरस, अपरिवर्तनशील, अविभाज्य, अविनाशी है। जेनो (336-246 ई० पू०) ने वाण के दृष्टान्त को देकर सिद्ध करना चाहा, कि वाण हर क्षण किसी न किसी स्थान पर स्थित है, इसलिए उसकी गति भ्रम के सिवा कुछ नहीं है। इस प्रकार जिसके चलने को लोग आँखों से साफ देखते हैं, उसने उससे भी इन्कार कर स्थिरवाद को दृढ़ करना चाहा। इसके विरुद्ध हेराक्लितु को हम यह कहते देख चुके हैं, कि संसार में कोई ऐसा पदार्थ नहीं, जो गतिशील न हो। हर एक चीज़ बह रही है, कोई चीज़ खड़ी नहीं है ("पान्त रेह")। उसी नदी में हम दो बार नहीं उतर सकते, क्योंकि दूसरी बार उतरते वक्त वह दूसरी ही नदी होगी। उसके साथी क्रातिलो ने कहा, "उसी नदी में दो बार उतरना असंभव है, क्योंकि नदी लगातार बदल रही है।" परमाणुवादी देमोक्रितु ने गति–खासकर परमाणुओं की गति–को सभी वस्तुओं का आधार बतलाया। हेगेल ने गति तथा भवति (अ-वर्तमान का वर्तमान होना) का समर्थन किया।

(2) दर्शन–गति, परिवर्तनवाद हेगेल के दर्शन का आधार है, हेगेल के इस गतिवाद का और संस्कार करके मार्क्स ने अपने दर्शन की स्थापना की। विश्व और उसके सजीव-निर्जीव वस्तुओं और समाज को भी दो दृष्टियों से देखा जाता है, एक तो पर्मेनिद या जेनो की भाँति उन्हें स्थिर अचल मानना-स्थिरवाद; दूसरे हेराक्लितु और हेगेल का गतिवाद (क्षणिकवाद) (क्षण-क्षण परिवर्तनवाद)। प्रकृति स्थिरवाद के विरुद्ध है, इसे जैसे राह का सीधा सादा बटोही कह सकता है, वैसे ही आइन्स्टाइन भी बतलाता है। जिन तारों को किसी समय अचल और स्थिर समझा जाता था, आज उनके बारे में हम जानते हैं, कि वह कई हजार मील प्रति घंटे की चाल से दौड़ रहे हैं। पिंडों के अत्यन्त सूक्ष्म अंश परमाणु दौड़ रहे हैं और उनके भी सबसे छोटे अवयव एलेक्ट्रान परमाणु के भीतर चक्कर काटते तथा कक्षा से दूसरी कक्षा की ओर भागते देखे जाते हैं। वृक्ष, पशु आज वही नहीं हैं, जैसा कि उन्हें "ईश्वर ने" कभी बनाया था। आज के प्राणी वनस्पति बिलकुल दूसरे हैं, इसे आप भूगर्भ शास्त्र से जानते हैं। आज कहाँ पता है, उन महान् सरीसृपों का जो तिमहले मकान के बराबर ऊँचे तथा एक पूरी मालगाड़ी ट्रेन के बराबर लम्बे होते थे। करोड़ों वर्ष पहले यह पृथ्वी जिनकी थी, आज उनका कोई नामलेवा भी नहीं रह गया। उस समय न आम का पता था, न देवदार का, न उस वक्त के जंगलों में हिरन, भेड़, बकरी, गाय या नीलगाय का पता था। बानर, नर-बानर और नर तो बहुत पीछे आये। सर्वशक्तिमान् खुदा बेचारा सृष्टि बनाते वक्त इन्हें बनाने में असमर्थ

था। आज मनुष्य प्रयोग करके इस लायक हो गया, कि वह यार्कशायर के सुअरों, अनरस-स्ट्राबरी, काले गुलाब को पैदा कर उनकी नस्ल को जारी रख सकता है।

इस प्रकार इसमें कोई शक नहीं है, कि विश्व में कोई स्थिर वस्तु नहीं है। मैं जिस चीड़ के बक्स को चौकी बनाकर इस वक्त लिख रहा हूँ, वह भी क्षण-क्षण बदल रही है, किन्तु बदलना जिन परमाणुओं, एलेक्ट्रानों के रूप में हो रहा है, उन्हें हम आँखों से देख नहीं सकते। यदि हमारी आँखों की ताकत करोड़ गुना होती है, तो हम अपनी इस छोटी सी "चौकी" को उड़ते हुए सूक्ष्म कणों का समूह मात्र देखते। ये कण बहुत धीरे-धीरे, अलग-अलग समय "चौकी" की सीमा पार करते हैं; इसीलिए चौकी को जीर्ण-शीर्ण होकर टूटने में अभी देर लगेगी, शायद तब तक यहाँ देवली में रहकर लिखने की मुझे ज़रूरत नहीं रहेगी।

निरंतर गतिशील भौतिक तत्त्व इस विश्व के मूल उपादान हैं। किसी बाह्य दृश्य को देखते वक्त हमको बाहरी दिखलावटी स्थिरता को नहीं लेना चाहिए, हमें उसे उसके भीतर की अवस्था में देखना चाहिए। फिर हमें पता लग जायेगा, कि गतिवाद विश्व का अपना दर्शन है। गतिवाद को ही द्वन्द्ववाद भी कहते हैं।

(क) द्वन्द्ववाद–हेराक्लितु, हेगेल् और बुद्ध को भी ले लीजिये–गतिवाद, अनित्यतावाद, क्षणिकवाद के आचार्य थे, दर्शन की व्याख्या करते वक्त वे द्वन्द्ववाद पर पहुँचे। हेराक्लितु ने कहा–विरोधिता (द्वन्द्व) सभी सुखों की माँ है। हेगेल ने कहा "विरोधी वह शक्ति है, जो कि चीज़ों को चालित करती है।" विरोध क्या है? पहली की स्थिति में गड़बड़ी पैदा करना। इसे द्वन्द्ववाद इसलिये कहा जाता है, क्योंकि इस वाद में परिवर्तन का कारण वस्तुओं, सामाजिक संस्थाओं में पारस्परिक विरोध या द्वन्द्व को मानते हैं। हेगेल ने द्वन्द्ववाद को सिर्फ़ विचारों के क्षेत्र तक ही सीमित रखा, किन्तु मार्क्स ने इसे समाज और उसकी संस्थाओं तथा दूसरी जगहों में भी एक-सा लाभ बतलाया। वाद, प्रतिवाद, संवाद का दृष्टान्त हम दे चुके हैं। द्वन्द्ववाद के इन अवयवों का उपयोग प्राणिविकास में देखिए, लंकाशायर में सफेद रंग के तेलचट्टे जैसे फतिंगे थे। वहाँ मिलें खड़ी हो जाती हैं, जिनके धुएँ से धरती, वृक्ष, मकान सभी काले रंग के हो जाते हैं, जितने तेलचट्टे अब भी सफेद हैं, उन्हें उस काली जमीन में दूर से ही देख कर पक्षी तथा दूसरे कृमि-भक्षी प्राणी खा रहे हैं, डर है, कि कुछ ही समय में "तेलचट्टे" नाम शेष रह जायेंगे। उसी समय उसी धुएँ का एक ऐसा रासायनिक प्रभाव पड़ता है, कि उनमें जाति-परिवर्तन होकर स्थायी पुश्तों के लिए काले तेलचट्टे पैदा हो जातें हैं। धीरे-धीरे उनकी औलाद बढ़ चलती है। इस बीच में सफेद तेलचट्टे बड़ी तेजी के साथ भक्षक प्राणियों के पेट में चले जाते हैं। दस वर्ष बाद लोग प्रश्न करतें हैं–"पहले यहाँ सफेद तेलचट्टे बहुत थे, कहाँ गये वह? और ये काले फतिंगे कहाँ से चले आये?" यहाँ भी द्वन्द्ववाद हमारे काम आता है।–(1) सफेद "तेलचट्टा" था, (2) फिर प्रतिकूल परिस्थिति–सभी चीज़ों का काला होना–उपस्थित हुई और परिस्थिति-का उनसे द्वन्द्व चला; (3) अन्त में जाति-परिवर्तन से काले तेलचट्टे पैदा हुए, जिनका रंग काली परिस्थिति में छिप जाता है और भक्षकों को उनके ढूँढ़ने में काफी श्रम और समय लगाना पड़ता है। इसलिए वह बचकर बढ़ने लगते हैं। पहली अवस्था वाद, दूसरी विरोधी अवस्था प्रतिवाद है, दोनों के द्वन्द्व से तीसरी नई चीज जो पैदा हुई वह संवाद है।

संवाद की अवस्था में जो काला फतिंगा हमारे सामने आया है, वही सफेद फतिंगा नहीं है। उसकी अगली पीढ़ियाँ सभी काले फतिंगों की है। वह एक नई चीज, नई जाति है। यह ऊपरी चमड़े का परिवर्तन नहीं बल्कि अन्तस्तम का परिवर्तन, आनुवंशिकता का परिवर्तन (जाति परिवर्तन) है। इस परिवर्तन को "द्वन्द्वात्मक परिवर्तन" कहते हैं।

हमने देखा कि गति या क्षणिकवाद को मानते ही हम द्वन्द्व या विरोध पर पहुँच जाते हैं। ऊपर के फतिंगे वाले दृष्टान्त में हमने फतिंगे और परिस्थिति को एक समय देखा, उस वक्त इन दो विरोधियों का समागम पर द्वन्द्व के रूप में हुआ। गोया द्वन्द्ववाद इस प्रकार हमें विरोधियों के समागम पर पहुँचाता है। वाद, प्रतिवाद का झगड़ा मिटा संवाद में, जिसे कि द्वन्द्वात्मक परिवर्तन हमने बतलाया। यह परिवर्तन मौलिक परिवर्तन है। यहाँ वस्तु ऊपर से ही नहीं बल्कि अपने गुणों में परिवर्तित हो जाती है, जैसे कि अगली सन्तानों तक के लिए भी बदल गये, लंकाशायर के तिलचट्टों ने दिखलाया। इसे गुणात्मक-परिवर्तन कहते हैं। वाद को मिटाना चाहता है प्रतिवाद, प्रतिवाद का प्रतिकार फिर संवाद करता है। इस प्रकार वाद का अभाव प्रतिवाद से होता है और प्रतिवाद का अभाव संवाद से अर्थात् संवाद अभाव का अभाव या प्रतिषेध का प्रतिषेध है। बिच्छू का बच्चा माँ को खाकर बाहर निकलता है, यह कहावत गलत है, किन्तु 'प्रतिषेध का प्रतिषेध' को समझने के लिए यह एक अच्छा उदाहरण है। पहले दादी बिच्छू थी, उसको खतम (प्रतिषेध) कर माँ बिच्छू पैदा हुई, फिर उसे भी खतम कर बेटी बिच्छू पैदा हुई। पहली पीढ़ी का प्रतिषेध दूसरी पीढ़ी है और दूसरी का तीसरी पीढ़ी, प्रतिषेध का प्रतिषेध है। चाहे विचारों का विकास हो चाहे प्राणी का विकास, सभी जगह यह प्रतिषेध का प्रतिषेध देखा जाता है।

विरोधी-समागम, गुणात्मक-परिवर्तन तथा प्रतिषेध का प्रतिषेध के बारे में हमने अपनी दूसरी पुस्तक में लिखा है, इसलिए यहाँ इसे इतने पर ही समाप्त करते हैं।

(ख) विज्ञानवाद की आलोचना–विज्ञानवादियों में चाहे कान्ट को लीजिए या बर्कले को, सबका जोर इस पर है, कि साइंसवेत्ता जिस दुनिया पर प्रयोग करते हैं, वह गलत है। साइंसवेत्ता की वास्तविक दुनिया क्या है, इसे जानते ही नहीं, वास्तविक दुनिया (विज्ञान जगत्) का जो आभास मन उत्पन्न करता है, वह तो सिर्फ़ उसी को जान सकते हैं। वह कार्य-कारण को साबित नहीं कर सकते। लोहा से आप को दागा जा रहा है। आप यहाँ क्या जानते हैं? लोहे का लाल रंग और बदन में आंच। रंग और आंच के अतिरिक्त आप कुछ नहीं जानते और यह दोनों मन की कल्पना है। इस प्रकार साइंस के नियम या संभावनाएँ मन की आदत मात्र हैं।

मार्क्सवाद का कहना है आप किसी चीज को जानते हैं, तो उसमें विचार ज़रूर शामिल रहता है, लेकिन इसका मतलब यह नहीं कि आप लाल और आंच मात्र ही जानते हैं। ज्ञान का होना ही असंभव हो जायेगा, यदि वस्तु की सत्ता से आप इन्कार करते हैं। जिस वक्त आप ज्ञान के अस्तित्व को स्वीकार करते हैं, उसी वक्त ज्ञाता और ज्ञेय को भी स्वीकार कर लेते हैं; बिना जानने-वाले और जानी जाने वाली चीज़ों को जानना कैसा? बिना उसके संबंध के हम ख्याल मात्र से विश्व के अस्तित्व के जानकार नहीं होते, फिर यह अर्थ कैसे होता है, कि आप सिर्फ़ अपने विचारों के ही जानकार हैं। इन्द्रिय और विषय का जब सन्निकर्ष (योग) होता है, तो पहले-पहल हमें वस्तु का

अस्तित्व मात्र ज्ञात होता है–प्रत्यक्ष को दिग्नाग और धर्म कीर्ति ने भी कल्पना-अपीढ़ (कल्पना से रहित) माना है। लाल रंग और आँच तो पीछे की कल्पना है, जिसे वस्तुतः प्रत्यक्ष में गिनना ही नहीं चाहिए, प्रत्यक्ष सारे ज्ञानों का जनक–हमें पहले-पहल वस्तु के अस्तित्व का ज्ञान कराता है। यह ठीक है कि हम विषय को पूर्णतया नहीं जानते, उसके बारे में सब कुछ नहीं जानते; लेकिन उसके अस्तित्व को अच्छी तरह जानते हैं, इसमें तो शक की गुंजाइश नहीं। इन्द्रिय-साक्षात्कार हमें थोड़ा-सा वस्तु के बारे में बतलाता है और जो बतलाता है, वह सापेक्ष होता हैं। विज्ञानवाद में यदि कोई सच्चाई हो सकती है, तो यही सापेक्षता है, जो कि सभी ज्ञानों पर लागू है।

प्रकृति बाह्य पदार्थ के तौर पर मौजूद है, यह निश्चित है लेकिन वह पूर्णरूपेण क्या है, यह उसका रहस्य है, जिसका खोलना उसके स्वभाव में नहीं है। हमें वह परिस्थितियों को बतलाती है, उन परिस्थितियों के रूप में हम प्रकृति को देखते हैं। सभी प्रत्यक्ष विशेष या वैयक्तिक प्रत्यक्ष हैं, जो कि खास परिस्थितियों में होता है। शुद्ध प्रत्यक्ष–विशेष विषय और परिस्थिति से रहित–कभी नहीं होता। हम सदा वस्तुओं के विशेष रूप को ही प्रत्यक्ष करते हैं। हम सीधी छड़ी को पानी में खड़ा करने पर वक्र (टेढ़ी-मेढ़ी), छोटी या लाल प्रकाश से प्रकाशित देखते हैं। यह वक्रता, छोटापन और लाली सिर्फ़ छड़ी का रूप नहीं है, बल्कि उस परिस्थिति में देखी गई छड़ी के रूप हैं।

अतएव ज्ञान वास्तविकता का आभास है, किन्तु आभास मात्र नहीं है। वह दृष्टिकोण और ज्ञात के प्रयोजन–इसीलिए ऐतिहासिक विकास की खास अवस्था–से बिलकुल सापेक्ष है; देश-काल की परिस्थिति को हटाकर वस्तु का ज्ञान नहीं हो सकता। "प्रकृति का ज्ञान होता ही नहीं" और "वह सदा सापेक्ष ही होता है" इसमें उतना ही अन्तर है, जितना "हाँ" और "नहीं" में। मार्क्सवाद सापेक्ष ज्ञान को बिलकुल संभव मानता है, जिससे साइंस की गवेषणाओं का समर्थन होता है; विज्ञानवाद वस्तु की सत्ता से ही इन्कार करके ज्ञान को असंभव बना देता है, जिससे साइंस को भी वह त्याज्य ठहराता है।

(ग) भौतिकवाद और मन–जब हम विज्ञानवाद के गंधर्व-नगर से नीचे उतर कर, जरा वास्तविक जगत् में आते हैं, तो फिर क्या देखते हैं–भौतिक तत्त्व, प्राकृतिक जगत् मन की उपज नहीं है, बल्कि भौतिक तत्त्व की उपज मन है। पृथ्वी प्रायः दो अरब वर्ष पुरानी है। जीव कुछ करोड़ वर्ष पुराने, लेकिन उन जीवों के पास जगत बनाने वाला मन नहीं था। मनुष्य की उत्पत्ति ज्यादा से ज्यादा 10 लाख वर्ष तक ले जायी जा सकती है, किन्तु जावा, चीन या नेअण्डर्थल मानव के पास भी ऐसा मन नहीं था, जो "विश्व" को बनाता। विश्व "बनाने वाला' मन सिर्फ़ पिछले ढाई हजार वर्ष के दार्शनिकों की पिनक-में पैदा हुआ। गोया दो अरब वर्ष से कुछ लाख वर्ष पहले तक किसी तरह के मन का पता नहीं था और इस सारे समय में भौतिक तत्त्व मौजूद थे, फिर इस हाल के बच्चे मन को भौतिक तत्त्वों का जनक कहना क्या बेटे को बाप का बाप बनना नहीं है? मूल भौतिक तत्त्वों से परमाणु, अणु, अणु-गुच्छक, फिर आरंभिक निर्जीव क्षुद्र पिंड तथा जीव-अजीव के बीच के विरस और बेक्टीरिया जैसे एक सेल वाले अत्यन्त सूक्ष्म तत्त्व बने। एक सेल वाले प्राणियों से क्रमशः विकास होते-होते अस्थि-रहित, अस्थिधारी, स्तनधारी जीव, यहाँ तक कि कुछ लाख वर्ष पहले मनुष्य आ मौजूद हुआ। यह सारा सिलसिला यह नहीं बतलाता, कि आरम्भ में मन था,

उसने सोचा कि जगत् हो जाये और उसकी कल्पना जगत् रूप में देखी जाने लगी। सारा साइंस तथा भूगर्भ शास्त्र एवं विकास सिद्धान्त हमें यही बतलाते हैं, कि भौतिकतत्त्व प्राणी से पहले मौजूद थे, प्राणी बाद की परिस्थिति की उपज है। मन प्राणी की भी पिछली अवस्था में उत्पन्न हुआ है। इस प्रकार साफ है, कि मन भौतिक तत्त्वों की उपज है।

उपज होने का यह अर्थ नहीं समझना चाहिए, कि मन भौतिक-तत्त्व है। भौतिक तत्त्व सदा बदल रहे हैं, जिससे परिस्थिति में गड़बड़ी, विरोध (द्वन्द्व) शुरू होता है, जिससे द्वन्द्वात्मक-परिवर्तन–गुणात्मक-परिवर्तन–होता है। गुणात्मक परिवर्तन हो जाने के बाद हम उसे "वही चीज़" नहीं कह सकते, क्योंकि गुणात्मक परिवर्तन एक बिलकुल नई वस्तु हमारे सामने उपस्थित करता है। मन इसी तरह का भौतिक-तत्त्वों से गुणात्मक परिवर्तन है। वह भौतिक तत्त्वों से पैदा हुआ है, किन्तु भौतिक तत्त्व नहीं है।

अध्याय 13

बीसवीं सदी के दार्शनिक

बीसवीं सदी में साइंस की प्रगति और भी तेज हुई। मनुष्य हवा में उसी तरह बेधड़क उड़ने लगा है, जिस तरह अब तक वह समुद्र में "तैर" रहा था। उसके कान की शक्ति इतनी बढ़ गई है, कि वह हजारों मीलों दूर के शब्दों-खबरों, गानों को सुनता है। उसकी आँख की ज्योति इतनी बढ़ रही है, कि हजारों मील दूर के दृश्य भी उसके सामने आने लगे हैं, यद्यपि इसमें अभी और विकास की जरूरत है। पिछली शताब्दी ने जिन शक्लों और स्वरों को अचल पत्थर की मूर्ति तथा गुफा की प्रतिध्वनि की भाँति हमारे पास पहुँचाया था, अब हम उन्हें अपने सामने सजीव-सा चलते-फिरते, बोलते-गाते देखते हैं। अभी हम इसे प्रतिचित्र और प्रतिध्वनि के रूप में देख रहे हैं, लेकिन उस समय का भी आरंभ हो गया है, जिसमें आमतौर से रक्त-मांस के रूप को सीधे अपने सामने सजीवता प्रदर्शन करते देखेंगे। यह भी बातें कुछ शताब्दियाँ पहले दैवी चमत्कार, अमानुषिक सिद्धियाँ समझी जाती थीं।

मनुष्य का एक ज्ञान-क्षेत्र है और एक अज्ञान-क्षेत्र। उसका अज्ञान-क्षेत्र जब बहुत ज़्यादा था, तब ईश्वर, धर्म की बहुत गुंजाइश थी। अज्ञान-क्षेत्र के खंडों को जब ज्ञान ने छीन कर अपना क्षेत्र बनाना चाहा, तो अज्ञान-क्षेत्र के वासियों–धर्म और ईश्वर की स्थिति खतरे में पड़ गई। उस वक्त अज्ञान-राज्य की हिमायत के लिए "दर्शन" का खास तौर से जन्म हुआ। उसका मुख्य काम था, खुली आँखों में धूल झोंकना–नाम से बिलकुल उल्टा, जो बात दर्शन ने ईसा-पूर्व सातवीं-छठीं सदी में अपने जन्म के समय की थी, वही उसने अब भी उठा रखा है। इसमें शक नहीं, दर्शन ने कभी-कभी धर्म और ईश्वर का विरोध किया है, किन्तु वह विरोध नाम का था, वह बदली हुई परिस्थिति के अनुसार "अर्ध तजहि बुध सर्बस जाता" की नीति का अनुसरण करने के लिए था।

बीसवीं सदी ने सापेक्षता, क्वन्तम् के सिद्धान्त, एलेक्ट्रान, न्यूट्रान आदि कितने ही साइंस के क्रान्तिकारी सिद्धान्त प्रदान किये हैं, इसका वर्णन हम "विश्व की रूपरेखा" में कर चुके हैं। इन सबने ईश्वर, धर्म, परमात्म-तत्त्व, वस्तु, अपने-भीतर, विज्ञानवाद सभी के लिए खतरा उपस्थित कर दिया है, किन्तु ऐसे संकट के समय दार्शनिक चुप नहीं हैं। उसके जिस रूप का पर्दा खुल गया है, उससे तो लोगों को भरमाया नहीं जा सकता; इसलिए धर्म, ईश्वर, चिरस्थापित आचार का पोषण, उनके जरिये नहीं हो सकता। कान्ट को हम देख चुके हैं, कैसे बुद्धि-सीमा-पारी वस्तु अपने-भीतर को मनवाकर उसने धर्म-ईश्वर, आचार सबको हमारे मत्थे थोपना चाहा। यही बात फिख्टे, हेगेल, स्पेन्सर में भी हम देख चुके हैं।

बीसवीं सदी के दार्शनिकों में कहीं राधाकृष्णन के "लौटो उपनिषदों की ओर" की भाँति, "लौटो कान्ट की ओर" कहते हुए जर्मनी में कोहेन, विन्डेल, बान्ट, हुस्सेर्ल को देख रहे हैं, कहीं यूकेन और बर्गसाँ को अध्यात्म-जीवनवाद और सृजनात्मक जीवनवाद का प्रचार करते देखते हैं। कहीं विलियम् जेम्स को "प्रभाव (मनुष्यमाप) वाद" बर्टेंड रसल को भूत और विज्ञान दोनों

से भिन्न अनुभयवाद को पुष्ट करते पा रहे हैं। ये सभी दार्शनिक अतीत के मोह में पड़े–"तेहि नो दिवसा गताः" बड़ी बुरी बीमारी है। किन्तु यह सभी बातें दिमागी बुनियाद पर नहीं हो रही हैं। मानव समाज के प्रभुओं के वर्गस्वार्थ का यह तकाजा है, कि वह अतीत न होने पाये, नहीं तो वर्तमान की मौज उनके हाथ से जाती रहेगी।

यहाँ हम बीसवीं सदी के शरीरवाद विज्ञानवाद, द्वैतवाद, अनुभयवाद का कुछ परिचय देना चाहते हैं।

1. ईश्वरवाद

1. वाह्इटहेड् (जन्म 1861 ई०)

अलफ्रेड नार्थ वाह्इटहेड् इंग्लैंड के मध्यम श्रेणी के एक धर्म-विश्वासी गणितज्ञ हैं।

दर्शन–वाह्इटहेड् को इस बात का बहुत क्षोभ है, कि प्रत्यक्ष करने में इतनी समृद्धि प्रकृति 'शब्दहीन, गंधहीन, वर्णहीन, व्यर्थ की निरन्तर दौड़ते रहने वाला भौतिक तत्त्व' बना दी गई। वाहइटहेड् अपने दर्शन–शरीरवाद–द्वारा प्रकृति को इस अधःपतन से बचाना चाहता है। उसका दर्शन कार्य-गुणों–शब्द, गन्ध, वर्ण आदि–को ही नहीं, बल्कि मनुष्य के कला, आचार, धर्म संबंधी जीवन से संबंध रखने वाली बातों का समर्थन करना चाहता है, साथ ही अपने को विज्ञान का समर्थक भी जतलाना चाहता है। हमारे तजुर्बे (अनुभव) सदा साकार घटनाओं के होते हैं। यह घटनाएँ अलग-अलग नहीं, बल्कि एक शरीर के अनेक अवयवों की भाँति हैं। शरीर अपने स्वभाव से सारे अवयव तत्त्व या घटनाओं को प्रभावित करता है। वाह्इटहेड् यहाँ शरीर को जिस अर्थ में प्रयुक्त करता है वह सारे वस्तु-सत्य–वास्तविकता–का बोधक है और वह सिर्फ़ चेतन प्राणी शरीर तक ही सीमित नहीं है। सारी प्रकृति का यही मूलस्वरूप है। वाह्इटहेड् के अनुसार भौतिकशास्त्र अतिसूक्ष्म 'शरीर' (एलेक्ट्रान, परमाणु आदि) का अध्ययन करता है और प्राणिशास्त्र बड़े 'शरीर' का। वाह्इटहेड् प्राणी-अप्राणी के ही नहीं मन और काया के भेद को भी नहीं मानता। मन शरीर का ही एक खास घटना-प्रबन्ध है और उसका प्रयोजन है उच्च क्रियाओं का संपादन करना। भौतिकशास्त्र की आधुनिक प्रगति को लेते हुए वाह्इटहेड् मन या काया को वस्तु नहीं घटनाओं–बदलती हुई वास्तविकता–को विश्व का सूक्ष्मतम अवयव या इकाई मानता है। इकाइयों और उनके पारस्परिक संबंध का योग विश्व है। बड़ी घटनाएँ छोटी घटनाओं की अवयवी (अवयव वाले) हैं और अन्त में सबके नीचे मूल आधार या इकाई परमाणु वाली घटनाएँ हैं। इस प्रकार वाह्इटहेड् वास्तविकता को प्रवाह या दीपकलिका की भाँति निरन्तर परिवर्तनशील मानता है, किन्तु साथ ही आकृति को स्थायी मानकर एक नित्य पदार्थ या अफलातूँ के सामान्य को साबित करना चाहता है, "न बचने वाले प्रवाह में एक चीज़ है, जो बनी रहती है, नित्यता को नष्ट करने में एक तत्त्व है जो प्रवाह के रूप में बँच रहता है।"

जिसे एक वस्तु या व्यक्ति कहा जाता है, वह वस्तुतः घटनाओं का समाज या व्यवस्थित प्रवाह है और उसमें कार्य कारण-धारा जारी रहती है। सूक्ष्मतम इकाई, परमाणु आदि की घटना, विश्व में सारी दूसरी प्राथमिक परमाणुवीय–घटनाओं से अलग-थलग नहीं, बल्कि परस्पर संबद्ध

घटनाओं का संगठित परिवार है और इस पारस्परिक संबंध और संगठन के कारण यह भी कहा जा सकता है, कि "हर एक चीज़ हर समय हर जगह है।" प्रत्येक प्राथमिक (परमाणुवीय) घटना, अपने से पहले की प्राथमिक घटना की उपज है और उसी तरह आने वाली घटना की पूर्वगामिनी है। इस प्रकार प्रत्येक प्राथमिक घटना, प्रवाह रूप होने पर भी 'पदार्थ रूपेण अविनाशी' है।

ईश्वर–विश्व का 'साथ होना', संबद्ध होना ही ईश्वर है। अलग-अलग वस्तु में ईश्वर नहीं है, बल्कि वह उनका आधार 'शरीर' है। विश्व-पूर्ण एकता के लाने में तत्पर सान्तों का बहुत्व है। ईश्वर "भौतिक बहुत्व की खोज में तत्पर दृष्टि की एकता है, वह वेदना (एहसास) के लिए बंसी या अंकुशी तथा इच्छा की अनन्त भूख है।"

अपने सारे 'साइंस-सम्मत' दर्शन का अन्त वाह्इटहेड्, ईश्वर धर्म और आचार के समर्थन में करता है। यह क्यों?

2. यूकेन (1846-1926)

यह जर्मन दार्शनिक था।

यूकेन के अनुसार सर्वोच्च वास्तविकता आत्मिक जीवन या सजीव आत्मा है। यह आत्मिक जीवन प्रकृति (विश्व) से ऊपर है, किन्तु वह उसमें इस तरह व्याप्त है, कि उसके लिए सीढ़ी का काम दे सकता है। यह आत्मिक जीवन कूटस्थ एक रस नहीं, बल्कि अधिक ऊँचा, अधिक गंभीर आत्मिकता की ओर बढ़ रहा है। ऐसी चमत्कारिक (योग जैसी) प्रक्रियाएँ हैं, जिनकी सहायता से मनुष्य आत्मिक जीवन का ज्ञान प्राप्त कर सकता है, मनुष्य स्वयं इस आत्मिक जीवन की प्रगति में सहायक हो सकता है। साइंस, कला, धर्म, दर्शन आदि को अन्तः प्रेरणा इसी आत्मिक जीवन की तरफ से मिलती है और वह उसकी प्रगति में भाग लेता है। सत्य मनुष्य की कृति नहीं है, वह आत्मिक लोक में मौजूद है, जिसका मनुष्य को पता भर लगाना है। ऐसे स्वयंसिद्ध, स्वयंभू सत्य की जरूरत है, क्योंकि उसके बिना श्रद्धा संभव नहीं है। सत्य मनुष्य की नाप है, मनुष्य सत्य की नाप नहीं है। सत्य बाध्य करके अपने अस्तित्व को मनवाता है। सत्य आत्मिक जीवन के अस्तित्व का प्रमाण है। उसका दूसरा प्रमाण यह है, जो कि कष्ट के वक्त लोग आत्मिक लोक या स्वर्गिक राज्य की शरण लेते हैं।

प्रकृति भी उपेक्षणीय नहीं है। इसके भीतर भी काफी बोध है। मनुष्य का मन स्वयं प्रकृति की उपज है तो भी प्रकृति मन (आत्मा) से नीचे हैं, अधिक-से-अधिक यही कह सकते हैं, कि प्रकृति आत्मिक जीवन के मार्ग की पहली मंजिल है। आत्मिक जीवन प्रकृति की उपज नहीं, बल्कि उसका मौलिक आधार तथा अन्तिम लक्ष्य है।

आत्मिक जीवन का ज्ञान साइंस या बौद्धिक तर्क-वितर्क से नहीं हो सकता, इसके लिए आत्मिक अनुभव उस आत्मिक जीवन की अपने भीतर सर्वत्र उपस्थिति के अनुभव की जरूरत है।

यही आत्मिक जीवन ईश्वर है। धर्म मानव जीवन को आत्मिक जीवन के उच्च शिखर पर ले जाता है, उसके बिना मनुष्य का अस्तित्व खोखला सारहीन है। यूकेन् ने इस प्रकार भौतिकवाद के प्रभाव को हटाकर दम तोड़ते ईश्वर और धर्म को हस्तावलंब देना चाहा।

2. अन्-उभयवाद

1. बेर्गसाँ (1859-1941 ई०)

फ्रेंच दार्शनिक था। हाल (1940 ई०) में जर्मनों द्वारा फ्रांस के पराजित होने के बाद उसकी मृत्यु हुई।

बेर्गसाँ की कोशिश है, कि प्रकृति और प्राकृतिक नियमों को इन्कार किये बिना विश्व की आध्यात्मिकता को सिद्ध किया जाये। इसके दर्शन की विशेषता है, परिवर्तन (क्षणिकता), क्रिया, स्वतंत्रता, सृजनात्मक विकास, स्थिति, आत्मानुभूति। बेर्गसाँ के दर्शन को आमतौर से "परिवर्तन का दर्शन" या "सृजनात्मक विकास" कहते हैं।

(1) तत्त्व–बेर्गसाँ के अनुसार असली तत्त्व न भौतिक है, न मन (विज्ञान), बल्कि इन दोनों से भिन्न–अन्-उभय तत्त्व है, जिससे ही भौतिक तत्त्व तथा मन दोनों उपजते हैं। यह मूल तत्त्व सदा परिवर्तनशील, घटना-प्रवाह लहराता जीवन, सदा नये रूप की ओर बढ़ रहा जीवन है।

(2) स्थिति–बेर्गसाँ स्थिति को मानता है, किन्तु स्थिरता की स्थिति को नहीं बल्कि प्रवाह की स्थिति को। स्थिति अतीत की लगातार प्रगति है, जो कि भविष्य के रूप में बदल रही है और जैसे-जैसे वह आगे बढ़ रही है, वैसे-ही-वैसे उसका आकार विशाल होता जा रहा है। इस प्रकार बेर्गसाँ यहाँ खामखाह "स्थिति" शब्द को घसीट रहा है, क्योंकि स्थिति परिवर्तन से बिलकुल उलटी चीज़ है। वह और कहता है–"हमने अपने अत्यन्त बाल्य से जो कुछ अनुभव किया है, सोचा और चाहा है; वह यहाँ हमारे वर्तमान के ऊपर झुक रहा है और वर्तमान जिससे तुरन्त मिलने वाला है।".... जन्म से लेकर नहीं, बल्कि जन्म से भी पहले से क्योंकि आनुवंशिकता भी हमारे साथ है, जो कुछ जीवन में हमने किया है, उस इतिहास के सार के अतिरिक्त हम और हमारा स्वभाव और है ही क्या? इसमें सन्देह नहीं कि हम अपने भूत के बहुत छोटे से भाग को सोच सकते हैं, किन्तु...हमारी चाह, संकल्प, क्रिया अपने सारे भूत को लेकर होती है। बेर्गसाँ इसे स्थिति कहता है। यह सारे अतीत का वर्तमान में साराकर्षण है। स्थिति के कारण सिर्फ़ वास्तविक और निरन्तर परिवर्तन ही नहीं होता, बल्कि प्रत्येक नया परिवर्तन, कुछ ताज़गी कुछ नवीनता के लिए होता है। इसीलिए इसे सृजनात्मक विकास कहते हैं। आध्यात्मिकता (आत्मतत्त्व) इसी प्रकार की स्मृति को कहते हैं, वह इस प्रकार की निरन्तर क्रिया है, जिसमें कि अतीत वर्तमान में व्याप्त है। कभी-कभी इस क्रिया में शिथिलता हो जाती है, जिससे भौतिक तत्त्व या प्रकृति पैदा होती है। चेतना (विज्ञान) बाह्यता की अपेक्षा के बिना व्यापन को कहते हैं और प्रकृति बिना व्यापन की बाह्यता को कहते हैं।

जीवन के विकास की तीन भिन्न-भिन्न तथा स्वतंत्र दिशायें हैं–वानस्पतिक, पशुबुद्धिक, बुद्धिक, जो कि क्रमशः वनस्पति, पशु और मनुष्य में पाई जाती है।

(3) चेतना–चेतना या आत्मिकता को, बेर्गसाँ स्मृति से संबद्ध मानता है, प्रत्यक्षीकरण से नहीं। चेतना मस्तिष्क की क्रिया नहीं, बल्कि मस्तिष्क का वह औज़ार के तौर पर इस्तेमाल करता है। कोट और खूँटी जिस पर कि वह टँगा है, दोनों का घनिष्ठ संबंध है, क्योंकि यदि खूँटी को उखाड़ दें, तो कोट गिर जायेगा, किन्तु, इससे क्या यह हम कह सकते हैं, कि खूँटी की शक्ल जैसी होती है, वैसी ही कोट की शक्ल होती है?

(4) भौतिक तत्त्व–बेर्गसाँ के अनुसार भौतिक तत्त्वों का काम है जीवन-समुद्र को अलग-अलग व्यक्तियों में बाँटना, जिसमें कि वह अपने स्वतंत्र व्यक्तित्व को विकसित कर सके। प्रकृति इस विकास में बाधा नहीं डालती, बल्कि अपनी रुकावट द्वारा उन्हें और उत्तेजित कर कार्यक्षम बनाती है। प्रकृति एक ही साथ "बाधा, साधन और उत्तेजना" है। जीवन सिर्फ़ समाज में ही पहुँच सन्तुष्ट होता है। सर्वोच्च और अत्यन्त सजीव मनुष्य वह है, जिसका काम स्वयं जबर्दस्त तो है ही, साथ ही दूसरे मनुष्य के काम को भी जो ज़बर्दस्त बनाता है, जो स्वयं उदार है और उदारता की अँगीठी को जलाता है।

(5) ईश्वर–जीवन का केन्द्रीय प्रकाश-प्रसरण ईश्वर है। ईश्वर "निरन्तर जीवन-क्रिया, स्वतंत्रता है।"

(6) दर्शन–दर्शन, बेर्गसाँ के अनुसार, सदा से वास्तविकता का प्रत्यक्ष दर्शन–आत्मानुभूति रहा और रहेगा।–यह बात बिलकुल शब्दशः ठीक है। 'आत्मानुभूति' द्वारा ही हम 'स्थिति', 'जीवन', 'चेतना' का साक्षात्कार कर सकते हैं। परमतत्त्व तभी अपने आप को हमारे सामने प्रकट करेगा, जबकि हम कर्म करने के लिए नहीं बल्कि उसके साक्षात्कार करने ही के लिए साक्षात्कार करना चाहेंगे।

इस प्रकार बेर्गसाँ के दर्शन का भी अवसान आत्म-दर्शन और ईश्वर समर्थन के साथ होता है।

2. बर्टरंड रसल् (जन्म 1872 ई०)

अर्ल रसल् एक अंग्रेज लार्ड तथा गणित के विद्वान् विचारक हैं।

रसल् का दर्शन 'अन्-उभयवाद' कहा जाता है–अर्थात् न प्रकृति मूलतत्त्व है, न विज्ञान, मूलतत्त्व यह दोनों नहीं हैं। यदि दार्शनिक गोल-मोल न लिखकर स्पष्ट भाषा में लिखें, तो उन्हें दार्शनिक ही कौन कहेगा। दार्शनिक के लिए ज़रूरी है, कि वह संध्या-भाषा में अपने विचार प्रकट करे, जिसमें उसकी गिनती रात-दिन दोनों में हो सके। रसल् के दर्शन को, वह खुद "तार्किक परमाणुवाद", "अनुभयवादी अद्वैतवाद", "द्वैतवाद", "वस्तुवाद" कहता है।

रसल् कहीं-कहीं हमारे सारे अनुभवों का विश्लेषण प्रकृति के मूलतत्त्व परमाणुओं के रूप में करता है। दर्शन साइंस का अनुयायी हो सकता है, साइंस की जगह लेने का उसका अधिकार नहीं है। वस्तुओं, घटनाओं का बहुत्व विज्ञान और व्यवहार-बुद्धि दोनों से सिद्ध है, इसलिए दर्शन को उनसे इन्कारी नहीं होना चाहिए, किन्तु इसका मूल क्या है? इस पर विचार करते हुए रसल् कहता है–विज्ञानवाद का सारे बाहरी बहुत्वों को मानसिक कहना ठीक नहीं, क्योंकि यह साइंस का अपलाप है। साथ ही भौतिकवाद के भी वह विरुद्ध है। मूलतत्त्व तरंग–शक्ति या केवल किरण प्रसरण नहीं है। मूलतत्त्व न विज्ञान है, न भौतिकतत्त्व, वह दोनों से अलग 'अन्-उभय-तत्त्व' है, लेकिन 'अनुभयतत्त्व' एक नहीं घटनाओं की एक किस्म है या तत्त्वों की एक जाति है। जगत् अनेक शायद परिसंख्यात या असंख्य तत्त्वों का समूह है। ये तत्त्व एक दूसरे के साथ विभिन्न संबंध रखते हैं और शायद उनके गुणों में भी भेद हैं। इन तत्त्वों में से प्रत्येक को 'घटना' कहा जा सकता है।

रसल् के अनुसार–"दर्शन जीवन के लक्ष्य को निश्चित नहीं कर सकता, किन्तु वह दुराग्रहों, संकीर्ण दृष्टि के अनर्थों से हमें बचा सकता है।"

3. भौतिकवाद

बीसवीं सदी का समाजवाद जैसे मार्क्स का समाजवाद है, वैसे ही बीसवीं सदी का भौतिकवाद मार्क्सीय भौतिकवाद है। मार्क्सवाद के कहने से यह नहीं समझना चाहिए, कि वह स्थिर और अचल एकरस है। विकास मार्क्सवाद का मूलमन्त्र है, इसलिए मार्क्सवादीय भौतिक दर्शन का भी विकास हुआ है।

मार्क्सवाद भौतिक दर्शन के बारे में हमने अपने "वैज्ञानिक भौतिकवाद" में सविस्तार लिखा है। इसलिए उसे यहाँ दुहराने की ज़रूरत नहीं।

4. द्वैतवाद

बीसवीं सदी में नयी-नयी खोजों ने साइंस की प्रतिष्ठा और प्रभाव को और बढ़ा दिया, इसीलिए केवल बुद्धिवादी दार्शनिकों की जगह आज प्रयोगवादियों की प्रधानता ज़्यादा है।

विलियम् जेम्स (1842-1910 ई०)–विलियम् जेम्स का जन्म अमेरिका के मध्यमवर्गीय परिवार में हुआ था। मनोविज्ञान और दर्शन का वह प्रोफेसर रहा। जिस तरह बुद्ध के तृष्णावाद (क्षय) वाद ने शोपनहार के दर्शन को प्रभावित किया, उसी तरह बुद्ध के 'अनात्मवादी मनोविज्ञान' ने जेम्स पर प्रभाव डाला था।

जेम्स को भौतिकवादी तथा विज्ञानवादी दोनों प्रकार के अद्वैतवाद पसन्द न थे। भौतिक अद्वैतवाद के विरूद्ध उसका कहना था, कि यदि सभी चीज़ें मनुष्य भी "आदिम नीहारिकाओं" या अतिसूक्ष्म तत्त्वों की उपज मात्र है, तो मनुष्य की आचारिक जिम्मेवारी (दायित्व), कर्म-स्वातंत्र्य, वैयक्तिक प्रयत्न और महत्त्वाकांक्षाएँ बेकार हैं। यह स्पष्ट है, कि भौतिकवाद का विरोध करते वक्त उसके सामने सिर्फ़ यांत्रिक भौतिकवाद था। वैज्ञानिक भौतिकवाद जिस प्रकार गुणात्मक परिवर्तन द्वारा बिलकुल नवीन वस्तु के उत्पादन को मानता है और परिस्थिति के अनुसार बदलती, किन्तु और भी बढ़ती जिम्मेवारियों को अज्ञान और भय के आधार पर नहीं, बल्कि और भी ऊँचे तल पर ज्ञान के प्रकाश में–मनुष्य होने का नाता मानता है और उसके लिए बड़ी से बड़ी कुर्बानी करने के लिए आदमी को तैयार करता है इससे स्पष्ट है, कि वह 'आचारिक जिम्मेवारियों' की उपेक्षा नहीं करता; किन्तु आचारिक जिम्मेवारियों से यदि जेम्स का अभिप्राय पुराने आर्थिक स्वार्थों और उस पर आश्रित समाज के ढाँचे को कायम रखने से मतलब है, तो निश्चय ही वह इस तरह की जिम्मेवारी को उठाने के लिए तैयार नहीं है। शायद, जेम्स को यदि पिछला महायुद्ध–और खासकर वर्तमान युद्ध–देखने का मौका मिला होता, तो वह अच्छी तरह समझ लेता, कि सामाजिक स्वार्थ की अवहेलना करते, अन्धी वैयक्तिक लिप्सा–जिसे कर्म-स्वातंत्र्य, प्रयत्न, महत्त्वाकांक्षा आदि जो भी नाम दिया जावे–मानव को कितना नीचे ले जा सकती है।

(1) प्रभाववाद–जेम्स के दिल में साइंस के प्रयत्नों, उसकी गवेषणाओं और सच्चाइयों के प्रति बहुत सम्मान था, इसलिए वह कोरे मस्तिष्क की कल्पनाओं या विज्ञानवाद को महत्त्व नहीं दे

सकता था। उसका कहना था, किसी वाद, विश्वास या सिद्धान्त की सच्चाई की कसौटी वह प्रभाव या व्यावहारिक परिणाम जो हम पर या जगत् पर पड़ता दिखाई देता है। प्रभाव पर जोर देने के ही कारण जेम्स के दर्शन को प्रभाववाद भी कहते हैं।

(2) ज्ञान–ज्ञान एक साधन है, वह जीवन के लिए है, जीवन ज्ञान के लिए नहीं है। सच्चा ज्ञान या विचार वह है, जिसे हम हज़म कर सकें, यथार्थ साबित कर सकें और जिसकी परीक्षा कर सकें।

यह कहना ठीक नहीं है, कि जो कुछ बुद्धिपूर्वक है, वह वस्तु-सत् है। जो कुछ प्रयोग या अनुभव में सिद्ध है, वह वस्तु-सत् है। अनुभव से हमें सिर्फ़ उसी अनुभव को लेना चाहिए, जो कि कल्पना से मिश्रित नहीं किया गया, जो शुद्धता और मौलिक निर्दोषिता से युक्त है। वस्तु-सत् वह शुद्ध अनुभव है, जो मनुष्य की कल्पना से बिलकुल स्वतंत्र है, उसकी व्याख्या बहुत मुश्किल है। यह वह वस्तु है, जो कि अभी-अभी अनुभव में घुस रही है, किन्तु अभी उसका नामकरण नहीं हुआ है; अथवा यह अनुभव में कल्पनारहित ऐसी आदिम उपस्थिति है, जिसके बारे में अभी कोई श्रद्धा या विश्वास उत्पन्न नहीं हो पाया है, जिस पर कोई मानवी कल्पना चिपकाई नहीं गई है।

(3) आत्मा नहीं–मानसी वृत्तियों और काया को मिलाने वाले माध्यम–आत्मा–का मानना बेकार है, क्योंकि वहाँ ऐसे स्वतंत्र तत्त्व नहीं हैं, जिनको मिलाने के लिए किसी तीसरे पदार्थ की जरूरत हो। वास्तविकता, एक अंश में हमारी वेदनाओं का निरन्तर चला आता प्रवाह है, जो आते और विलीन होते ज़रूर हैं, किन्तु आते कहाँ से हैं, इसे हम नहीं जानते, दूसरे अंश में वह वे संबंध हैं, जो हमारी वेदनाओं या मन में उनके प्रतिबिंबों के बीच पाये जाते हैं और एक अंश में वह पहले की सच्चाइयाँ हैं।

(4) सृष्टिकर्ता...नहीं–प्रकट घटनाओं के पीछे कोई छिपी हुई वस्तु नहीं है, वस्तु अपने भीतर (वस्तुसार), परमतत्त्व, अज्ञेय कल्पना के सिवा कोई हस्ती नहीं रखते। यह बिलकुल फ़ज़ूल बात है, कि हम मौजूद स्पष्ट वास्तविकता की व्याख्या करने के लिए एक ऐसी कल्पित वास्तविकता का सहारा लें, जिसको हम ख्याल में भी नहीं ला सकते, यदि हम खुद अपने अनुभव से ही निकले कल्पित चित्रों का सहारा न लें। मन से परे भी सत्ता है, इसे जेम्स इन्कार नहीं कर सकता था, लेकिन साथ ही, शुद्ध आदिम अनुभव को वह मनःप्रसूत नहीं, बल्कि वस्तु-सत् मानता था–आदिकालीन तत्त्व ही विकसित हो चेतना के रूप में परिणत होते हैं।

(5) द्वैतवाद–जेम्स का उग्र प्रभाववाद द्वैतवाद के पक्ष में था–अनुभव हमारे सामने बहुता, भिन्नता, विरोध को उपस्थित करता है। वहाँ न हमें कहीं पता मिलता है, कूटस्थ विश्व का, नहीं परमतत्त्व (ब्रह्म)-वादियों, अद्वैतियों के उस पूर्णतया संगठित परस्पर स्नेहबद्ध जगत्-प्रबंध का, जिसमें कि सभी भेद और विरोध एकमत हो जायें। अद्वैतवाद, हो सकता है, हमारी ललित भावनाओं और चमत्कार प्रिय भावुकताओं को अच्छा मालूम हो, किन्तु वह हमारी चेतना-संबंधी गुत्थियों को सुलझा नहीं सकता, बल्कि बुराइयों (पाप) के संबंध की एक नई समस्या ला खड़ा करता है–अद्वैत शुद्धतत्त्व में आखिर जीवन की अशुद्धताएँ, शुद्ध अद्वैत विश्व में विषमताएँ–क्रूरताएँ कहाँ से आ पड़ीं? अद्वैतवाद इस प्रश्न को हल करने में असमर्थ है, कि कूटस्थ एकरस अद्वैत तत्त्व में परिवर्तन क्यों होता है। सबसे भारी दोष अद्वैतवाद में है, उसका भाग्यवादी (नियतिवादी)

होना–वह एक है, उसकी एक इच्छा है, वह एकरस है, इसलिए उसकी इच्छा–भविष्य-नियत है। इसके विरुद्ध द्वैतवाद प्रत्यक्षसिद्ध घटना के प्रवाह की सत्ता को स्वीकार करता है, उसकी तथ्यता (जैसा-है-वैसापन) का समर्थक है और कार्य-कारण संबंध (परिवर्तन) या इच्छा-स्वातंत्र्य (कर्म-स्वातंत्र्य) की पूर्णतया संगत व्याख्या करता है–द्वैतवाद में परिवर्तन, नवीनता के लिए स्थान है।

(6) ईश्वर–जेम्स भी उन्नीसवीं सदी के कितने ही उन दब्बू, अधिकारारूढ़ वर्ग से भयभीत दार्शनिकों में हैं, जो एक वक्त सत्य से प्रेरित होकर बहुत आगे बढ़ जाते हैं, फिर पीछे छूट गये, अपने सहकर्मियों की उठती अंगुलियों को देखकर किन्तु-परन्तु करने लगते हैं। जेम्स ने कान्ट के वस्तु अपने-भीतर, स्पेन्सर के अज्ञेय, हेगेल के तत्त्व को इन्कार करने में तो पहले साहस दिखलाया, किन्तु फिर भय खाने लगा, कि कहीं 'सभ्य' समाज उसे नास्तिक अनीश्वरवादी न समझ लें। इसलिए उसने कहना शुरू किया–ईश्वर विश्व का एक अंग है। यह सहानुभूति रखने वाला शक्तिशाली मददगार है तथा महान् सहचर है। वह हमारे ही स्वभाव का एक चेतन, आचार-परायण व्यक्तित्वयुक्त सत्ता है, उसके साथ हमारा समागम हो सकता है, जैसा कि कुछ अनुभव (यकायक भगवान से वार्तालाप, या श्रद्धा-से रोगमुक्ति) सिद्ध करते हैं। तो भी यह ईश्वरवादी मान्यताएँ पूर्णतया सिद्ध नहीं की जा सकतीं, लेकिन यही बात किसी दर्शन के बारे में भी कही जा सकती है। किसी दर्शन को पूर्णतया सिद्ध नहीं किया जा सकता, प्रत्येक दर्शन श्रद्धा करने की चाह पर निर्भर है। श्रद्धा का सार या समझ महसूस करना नहीं है, बल्कि वह है चाह–उस बात के विश्वास करने की चाह, जिसे हम साइंस के प्रयोगों द्वारा न सिद्ध कर सकते और न खंडित कर सकते हैं।

अध्याय 14

भारतीय दर्शन

प्राचीन ब्राह्मण-दर्शन (1000-600 ई० पू०)

हम बतला चुके हैं, कि दर्शन मानव मस्तिष्क के बहुत पीछे की उपज है। यूरोप में दर्शन का आरंभ छठी सदी ईसा पूर्व में होता है। भारतीय दर्शन का आरंभ-समय भी करीब-करीब यही है, यद्यपि उसकी स्वप्न-चेतना वेद के सबसे पिछले मन्त्रों में मिलती है, जो ईसा पूर्व दसवीं सदी के आस-पास बनते रहे।

प्राकृतिक मानव जब अपने अज्ञान एवं भय का कारण तथा सहारा ढूँढ़ने लगा, तो वह देवताओं और धर्म तक पहुँचा। जब सीधे-सादे, धर्म-देवता-संबंधी विश्वास उसकी विकसित बुद्धि को सन्तुष्ट करने में असमर्थ होने लगे, तो उसकी उड़ान दर्शन की ओर हुई। प्राकृतिक मानव को यात्रा के आरंभ से धर्म तक पहुँचने में भी लाखों वर्ष लगे थे, जिससे मालूम होता है, कि मनुष्य की सहज बुद्धि प्रकृति के साथ-साथ रहना ज्यादा पसन्द करती है। शायद धर्म और दर्शन को उतनी सफलता न हुई होती, यदि मानव समाज अपने स्वार्थों के कारण वर्गों में विभक्त न हुआ होता। वर्ग-स्वार्थ को जगत् की परिवर्तनशीलता द्वारा परिचालित सामाजिक परिवर्तन से ज़बर्दस्त खतरा रहता है, इसलिए उसकी कोशिश होती है, कि परिवर्तित होते जगत् में अपने को अक्षुण्ण रक्खे। इन्हीं कारणों से पितृसत्तात्मक समाज ने धर्म की स्थायी बुनियाद रक्खी और प्राकृतिक शक्तियों एवं मृत-जीवित प्राणियों के आतंक से उठाकर उसे वैयक्तिक देवताओं और भूतों के रूप में परिणत किया। शोषक वर्ग की शक्ति बढ़ने के साथ अपने समाज के नमूने पर उसने देवताओं की परम्परा और सामाजिक संस्थाओं की कल्पना की। यूरोपीय दर्शनों के इतिहास में हम देख चुके हैं, कि कैसे विकास के साथ स्वतंत्र होती बुद्धि को घेरा बढ़ाते हुए लगातार रोक रखने की कोशिश की गई, लेकिन जब हम दर्शन के उस तरह के स्वार्थपूर्ण उपयोग के बारे में सोचते हैं, तो उस वक्त यह भी ध्यान में रखना चाहिए, कि दर्शन की आड़ में वर्ग-स्वार्थ को मज़बूर करने का प्रयत्न सभी ही दार्शनिक जान-बूझकर करते हैं, यह बात नहीं है, कितने ही अच्छी नियत रखते भी आत्म-संमोह के कारण वैसा कर बैठते हैं।

1. वेद (1500-1000 ई० पू०)

'मानव-समाज' में हम बतला आये हैं, कि किस तरह आर्यों के भारत में आने से पूर्व सिन्धु-उपत्यका में असीरिया (मसोपोतामिया) की समसामयिक एक सभ्य जाति रहती थी, जिसका सामन्तशाही समाज अफगानिस्तान में दाखिल होने वाले आर्यों के जनप्रभावित पितृसत्तात्मक समाज से कहीं अधिक उन्नत अवस्था में था। असभ्य लड़ाकू जन-युगीन जर्मनों ने जैसे सभ्य संस्कृत रोमनों और उनके विशाल साम्राज्य को ईसा की चौथी शताब्दी में परास्त कर दिया, उसी तरह सर जान मार्शल के मतानुसार इन आर्यों ने सिन्धु-उपत्यका के नागरिकों को परास्त कर वहाँ अपना प्रभुत्व 1800 ई० पू० के आसपास जमाया। यह वही समय था, जब कि यूरोपीय

ऐतिहासिकों की राय में–थोड़े ही अन्तर से पश्चिम में भी हिन्दी-यूरोपीय जाति की दूसरी शाखा यूनानियों ने यूनान को वहाँ के भूमध्य-जातीय निवासियों को हराकर अपना प्रभुत्व स्थापित किया। यद्यपि एक से देशकाल में मानव प्रगति की समानता का कोई नियम नहीं है, तो भी यहाँ कुछ जातों में हिन्दी-यूरोपीय जातीय दोनों शाखाओं–यूनानियों और हिन्दियों–को हम दर्शन-क्षेत्र में एक समय प्रगति करते देख रहे हैं; यद्यपि यह प्रगति आगे विषम गति पकड़ लेती है। हाँ, एक विशेषता ज़रूर है, कि समय बीतने के साथ हिन्दी-आर्यों की सामाजिक प्रगति रुक गई, जिससे उनके समाज-शरीर को सुखंडी मार गई। इसका यदि कोई महत्त्व है, तो यही कि उनका समाज जीवित फोसील बन गया, आज वह चार हजार वर्ष तक की पुरानी बेवकूफियों का एक अच्छा म्यूजियम है, जब कि यूनानी समाज परिस्थिति के अनुसार बदलता रहा–आज यहाँ नव्य शिक्षित भारतीय भी वेद और उपनिषद् के ऋषियों को ही अनन्तकाल तक के लिए दार्शनिक तत्त्वों को सोचकर पहले से रख देने वाला समझते हैं। वहाँ आधुनिक यूरोपीय विद्वान् अफलातूँ और अरस्तू को दर्शन की प्रथम और महत्त्वपूर्ण ईंटें रखनेवाले समझते हुए भी, आज की दर्शन विचारधारा के सामने उनकी विचारधारा को आरंभिक ही समझता है।

प्राचीन सिन्धु-उपत्यका की सभ्यता का परिचय वर्तमान शताब्दी के द्वितीयपाद के आरम्भ से होने लगा है, जब कि मोहनजोदड़ो और हड़प्पा की खुदाइयों में उस समय के नगरों और नागरिक जीवन के अवशेष हमारे सामने आये; लेकिन जो सामग्री हमें वहाँ मिली है, उनसे यही मालूम होता है, कि मेसोपोतामिया की पुरानी सभ्य जातियों की भाँति सिन्धुवासी भी सामन्तशाही समाज के नागरिक जीवन को बिता रहे थे। वह कृषि, शिल्प, वाणिज्य के अभ्यस्त व्यवसायी थे। ताम्र और पित्तल युग में रहते भी, उन्होंने काफी उन्नति की थी। उनका एक सांगोपांग धर्म था, एक तरह की चित्र-लिपि थी। यद्यपि चित्र-लिपि में जो मुद्राएँ और दूसरी लेख-सामग्री मिली है, अभी वह पढ़ी नहीं जा चुकी है, लेकिन दूसरी परीक्षाओं से मालूम होता है, कि सिन्धु-सभ्यता असुर और काल्दी सभ्यता की समसामयिक ही नहीं, बल्कि उनकी भगिनी-सभ्यता थी और उसी तरह के धर्म का ख्याल उसमें था। वहाँ लिंग तथा दूसरे देव-चिह्न या देव-मूर्तियाँ पूजी जाती थीं, किन्तु जहाँ तक दर्शन का संबंध है, इसके बारे में इतना ही कहा जा सकता है, कि सिन्धु-सभ्यता में उसका पता नहीं मिलता। यदि वह होता, तो आर्यों को दर्शन का विकास शुरू से करने की जरूरत न होती।

1. आर्यों का साहित्य और काल

आर्यों का प्राचीन साहित्य वेद, जैमिनि (300 ई०) के अनुसार मंत्र और ब्राह्मण दो भागों में विभक्त है। मंत्रों के संग्रह को संहिता कहते हैं। ऋग्, यजुः, साम, अथर्व की अपनी-अपनी मंत्रसंहिताएँ हैं, जो शाखाओं के अनुसार एक से अधिक अब भी मिलती हैं। बहुत काल तक–बुद्ध (563-483 ई० पू०) के पीछे तक–ब्राह्मण (और दूसरे धर्मवाले भी) अपने ग्रंथों को लिखकर नहीं कंठस्थ करके रखते थे और इसमें शक नहीं, उन्होंने जितने परिश्रम से वेद के छन्द, व्याकरण, उच्चारण और स्वर तक को कंठस्थ करके सुरक्षित रखा, वह असाधारण बात है, तो भी इसका मतलब यह नहीं, कि आज भी मंत्र उसी रूप में, शुद्ध से-शुद्ध छपी पोथी में भी मौजूद है। यदि

ऐसा होता, तो एक ही शुक्ल यजुर्वेद संहिता के माध्यन्दिन और काण्व शाखा के मंत्रों में पाठभेद न होता। आर्यों के विचारों, सामाजिक व्यवस्थाओं तथा आरंभिक अवस्था के लिए जो लिखित सामग्री मिलती है, वह मंत्र (संहिता), ब्राह्मण, आरण्यक तीन भागों में विभक्त है। वैदिक साहित्य तथा कर्मकाण्ड के संरक्षक ब्राह्मणों के तत् -तत् मतभेदों के कारण अलग-अलग संप्रदाय हो गये थे, इन्हीं को शाखा कहा जाता है। हर एक शाखा की अपनी-अपनी अलग संहिता, ब्राह्मण और आरण्यक थे; जैसे (कृष्ण) यजुर्वेद की तैत्तिरीय शाखा की तैत्तिरीय संहिता, तैत्तिरीय ब्राह्मण और तैत्तिरीय आरण्यक। आज बहुत-सी शाखाओं के संहिता, ब्राह्मण, आरण्यक लुप्त हो चुके हैं।

वेदो में सबसे पुरानी ऋग्वेद मंत्र-संहिता है। ऋग्वेद के मंत्रकर्ता ऋषियों में सबसे पुराने विश्वामित्र, वशिष्ठ, भारद्वाज गौतम (दीर्घतमा), अत्रि आदि हैं। इनमें कितने ही विश्वामित्र, वशिष्ठ की भाँति हैं, समसामयिक परस्पर और कुछ में एक दो पीढ़ियों का अंतर है। अंगिरा के पौत्र तथा बृहस्पति के पुत्र भारद्वाज का समय 1500 ई० पू० है। भारद्वाज उत्तर-पंचाल (वर्तमान रूहेलखंड) के राजा दिवोदास के पुरोहित थे। विश्वामित्र दक्षिण-पंचाल (आगरा कमिश्नरी का अधिक भाग) से संबद्ध थे। वशिष्ठ का संबंध कुरु (मेरठ और अम्बाला कमिश्नरियों के अधिक भाग)–राज के पुरोहित थे। सारा ऋग्वेद छः सात पीढ़ियों के ऋषियों की कृति है, जैसा कि बृहस्पति के इस वंश से पता लगेगा

(अंगिरा)

बृहस्पति (1520 ई० पू०)

भारद्वाज (1500 ई० पू०)

(विदथी)

नर (1460 ई० पू०)

(संकृति 1440 ई० पू०)

गौरवीति (1420 ई० पू०) | (रन्तिदेव)

इनमें बृहस्पति, भारद्वाज, नर और गौरवीति ऋग्वेद के ऋषि हैं। बृहस्पति से गौरवीति (सांकृत्यायनों के एक प्रवर पुरुष) तक छः पीढ़ियाँ होती हैं। मैंने अन्यत्र भारद्वाज का काल 1500 ई० पू० दिखलाया है और पीढ़ी के लिए 20 वर्ष का औसत लेने पर बृहस्पति (1520 ई० पू०) से गौरवीति के समय (1420 ई० पू०) के अंदर ही ऋषियों ने अपनी रचनाएँ कीं। ऋषियों की परम्पराओं पर नज़र करने पर हम इसी नतीजे पर पहुँचते हैं, कि ऋग्वेद का सबसे अधिक भाग इसी समय बना है। ब्राह्मणों और आरण्यकों के बनने का समय इससे पीछे सातवीं और छठीं सदी ईसा पूर्व तक चला आता है। प्राचीन उपनिषदों में सिर्फ़ एक (ईश) मंत्र-संहिता (शुक्ल यजुर्वेद) का भाग (अन्तिम चालीसवाँ) अध्याय है, बाकी सातों ब्राह्मणों के भाग हैं, या आरण्यकों के।

ऋग्वेद प्रधानतया कुरु, उत्तर-दक्षिण-पंचाल देशों अर्थात् आजकल के पश्चिमी युक्त-प्रान्त में बना, जो कि आर्यों के भारत में आगमन के बाद तीसरा बसेरा है–पहला बसेरा मंजिल काबुल और स्वात नदियों की उपत्यकाओं (अफ़गानिस्तान) में था, दूसरा सप्त-सिन्धु (पंजाब) में और यह तीसरा बसेरा पश्चिमी युक्त-प्रान्त या यमुना-गंगा-रामगंगा की मैदानी उर्वर उपत्यकाओं में। इतना कहने से यह भी मालूम हो जायेगा, कि क्यों प्रयाग और सरस्वती (घाघर) के बीच के प्रदेश को पीछे बहुत पुनीत, अधिकांश तीर्थों का क्षेत्र तथा आर्यावर्त कहा गया।

वेद से आर्यों के समाज के विकास के बारे में जो कुछ मिलता है, उससे जान पड़ता है, कि "आर्यावर्त्त" में बस जाने के समय तक आर्यों में कुरु, पांचाल जैसे प्रभुताशाली सामन्तवादी राज्य कायम हो चुके थे। कृषि, ऊनी वस्त्र तथा व्यापार खूब चल रहा था, तो भी पशुपालन–विशेषकर गोपालन, जो कि मांस, दूध, हल चलाना, तीनों के लिए बहुत उपयोगी था। उनकी आर्थिक उपज का सबसे बड़ा जरिया था। चाहे सुवस्तु और सप्तसिंन्धु के समय–जो कि इससे तीन-चार सदी पहिले बीत चुका था–की ध्वनियाँ वहाँ कहीं-कहीं भले ही मिल जायें, किन्तु उन पर ऋग्वेद ज्यादा रोशनी नहीं डालता। इस समय के साहित्य से यही पता लगता है, कि आर्यावर्त्त में बसने की आरंभिक अवस्था में उनके भीतर "वर्ण" या जातियाँ बनने ज़रूर लगी थीं, किन्तु अभी वह तरल या अस्थिर अवस्था में थीं। अधिक शुद्ध रक्तवाले आर्य–ब्राह्मण या क्षत्रिय थे। केवल विश्वामित्र ही राज-पुत्र (क्षत्रिय) होते ऋषि नहीं हो गए, बल्कि ब्राह्मण भारद्वाज के पौत्रों सुहोत्र और शुनहोत्र की अगली सारी सन्तानें क्रमशः कुरु और पंचाल की क्षेत्रिय शासक थीं। भारद्वाज के प्रपौत्र संकृति का पुत्र रन्तिदेव भी राजा और क्षत्रिय था। इस प्रकार इस समय (कुरु-पंचालकाल में) जहाँ तक बाह्मण क्षत्रियों-शासकों तथा पुरोहितों का संबंध हैं, वर्ण-व्यवस्था कर्म पर निर्भर थी। ब्राह्मण क्षत्रिय हो सकता था और क्षत्रिय ब्राह्मण हो सकता था। आगे जिस वक्त राजाओं की संरक्षकता में पुस्तैनी पुरोहित-ब्राह्मण तथा ब्राह्मणों के विधान के अनुसार क्षत्रिय आनुवंशिक योद्धा और शासक बनते जा रहे थे, उस वक्त भी सप्तसिन्धु तथा काबुल-स्वात में ब्राह्मणदि भेद नहीं कायम हुआ। पूरब में भी मल्ल-वज्जी आदि प्रजातंत्रों में भी यही हालत थी, यह हम अन्यत्र बतला चुके हैं। इसी पुरोहित-शाही के कारण इन देशों के आर्यों को, जो रक्त में 'आर्यावर्त' के ब्राह्मण-क्षत्रियों (आर्यों) से कहीं अधिक शुद्ध थे–व्रात्य (पतित) कहा जाता था, किन्तु यह "क्रिया के लोप" या "ब्राह्मण

के अदर्शन से नहीं" था, बल्कि वहीं वह अपने साथ लाई पुरानी व्यवस्था पर ज्यादा आरूढ़ रहना चाहते थे। आर्यों के सामन्तवाद के चरम विकास की उपज ब्राह्मादि भेद को मानना नहीं चाहते थे।

ऋग्वेद के आर्यावर्त (1500-1000 ई० पू०) में, जैसा कि मैं अभी कह चुका, कृषि और गोपालन जीविकार्जन के प्रधान साधन थे। युक्तप्रान्त अभी घने जंगलों से ढँका था, इसलिए उसके वास्ते वहाँ बहुत सुभीता भी था। उस वक्त के आर्यों का खाद्य रोटी, चावल, दूध, घी, दही, मांस– जिसमें गोमांस (बछड़े का मांस,प्रियतम) बहुप्रचलित खाद्य थे; मांस पकाया और भुना दोनों तरह का होता था। अभी मसाले और छौंक-बघाड़ का बहुत जोर न था। गर्मागर्म सूप (मांस का रस) जो कि हिन्दी-यूरोपीय जाति के एक जगह रहने के समय का प्रधान पेय था, वह अब भी वैसा ही था। सोम (भाँग) का रस हिन्दी-ईरानी काल से उनके प्रिय पानों में था, वह अब भी मौजूद था। पान के साथ नृत्य उनके मनोरंजन का एक प्रिय विषय था। देशवासी लोहार (ताम्रकार), बढ़ई (रथकार), कुम्हार अपने व्यवसाय को करते थे। सूत (ऊनी) कातना और बुनना प्रायः हर आर्यगृह में होता था। ऊनी कपड़ों के अतिरिक्त चमड़े की पोशाक भी पहनी जाती थी।

सिन्धु की पुरानी सभ्यता में मेसोपोतामिया और मिस्र की भाँति वैयक्तिक देवता तथा उनकी प्रतिमाएँ या संकेत भी बनते थे। किन्तु आर्यों को वह पसन्द न थे–खासकर अपने प्रतियोगी सिन्धुवासियों की लिंगपूजा को घृणा की दृष्टि से देखते हुए, वह उन्हें "शिश्नदेवाः" कहते थे। आर्यावर्तीय आर्यों के देवता इन्द्र, वरुण, सोम, पर्जन्य आदि अधिकतर प्राकृतिक शक्तियाँ थे। उनके लिए बनी स्तुतियों में कभी-कभी हमें कवित्व-कला का चमत्कार दिखाई पड़ता है, किन्तु वह सिर्फ़ कविताएँ ही नहीं, बल्कि भक्त की भावपूर्ण स्तुतियाँ हैं। वायु की स्तुति करते हुए, ऋषि कहता है–

"वह कहाँ पैदा हुआ और कहाँ से आता है?
वह देवताओं का जीवनप्राण, जगत् की सबसे बड़ी सन्तान है।
वह देव जो इच्छापूर्वक सर्वत्र घूम सकता है।
उसके चलने की आवाज़ को हम सुनते हैं; किन्तु उसके रूप को नहीं।"

2. दार्शनिक विचार

(1) ईश्वर–ऋग्वेद के पुराने मंत्रों में यद्यपि इन्द्र, सोम, वरुण की महिमा ज्यादा गाई गई है, किन्तु उस वक्त किसी एक देवता को सर्वेसर्वा मानने का ख्याल नहीं था। ऋषि जब किसी भी देवता की स्तुति करने लगता तन्मय होकर उसी को सब कुछ सभी गुणों का आकर कहने लगता, किन्तु जब हम ऋग्वेद के सबसे पीछे के मंत्रों (दशम मंडल) पर पहुँचते हैं, तो वहाँ बहुदेववाद से एक देववाद की ओर प्रगति देखते हैं। सभी जातियों के देव-लोक में उनके अपने समाज का प्रतिबिंब होता है। जहाँ आरंभकाल में देवता, पितृसत्ता के समाज के नेता पितरों की भाँति छोटे-बड़े शासक थे, वहाँ आगे नियंत्रित सामन्त या राजा बनते हुए, अन्त में वह निरंकुश राजा बन जाते हैं–निरंकुश जहाँ तक कि दूसरे देवव्यक्तियों का संबंध है; धार्मिक, सामाजिक, नियमों से भी उन्हें निरंकुश कर देना, तो न ब्राह्मणों को पसन्द होता, न प्रभु वर्ग को। प्रजा के अधिकार जब

बहुत कम रह गए और राजा सर्वेसर्वा बन गया, उसी समय (600-500 ई० पू०) 'देव' राजा का पर्यायवाची शब्द बना।

देवावली की ओर अग्रसर होने पर एक तो हम इस ख्याल को फैलते देखते हैं, कि ब्राह्मण एक ही (उस देवता को) अग्नि, यम, सूर्य कहते हैं। दूसरी ओर एकाधिकार को प्रकट करने वाले प्रजापति वरुण जैसे देवताओं को आगे आते देखते हैं। ब्राह्म (नपुंसकलिंग) व्यापार-प्रधान काल के उपनिषदों में चलकर यद्यपि देवताओं का देवता, एक अद्वितीय निराकार शक्ति बन जाता है, किन्तु जहाँ ऋग्वेद का ब्रह्मा (पुलिंग) एक साधारण-सा देवता है, यहाँ ब्रह्म (नपुंसक) का अर्थ भोजन, भोजनदान, सामगीत अद्भुत शक्तिवाला मंत्र, यज्ञपूर्ति, दान-दक्षिणा, होता (पुरोहित) का मंत्रपाठ, महान् आदि मिलता है। प्रजापति ऋग्वेद के अन्तिम काल में पहुँचकर महान् एकदेवता सर्वेश्वर बन जाता है; उसके क्रम विकास पर भी यदि हम गौर करें, तो वह पहले प्रजाओं का स्वामी, एक विशेषण मात्र है। ऋग्वेद की अन्तिम रचना दशम मंडल में प्रजापति के बारे में कहा गया है–

"हिरण्य-गर्भ (सुनहरे गर्भवाला) पहले था, वह भूत का अकेला स्वामी मौजूद था।"

"वह पृथिवी और इस आकाश को धारण करता था, उस (प्रजापति) देव को हम हवि प्रदान करते हैं।"

वरुण तो भूतल के शक्तिशाली सामन्त राजा का एक पूरा प्रतीक था। उसके लिए यहाँ तक कहा गया–

"दो (आदमी) बैठकर जो आपस में मंत्रणा करते हैं, उसे तीसरा राजा वरुण जानता है।"

(2) आत्मा–वैदिक ऋषि विश्वास रखते थे, कि आत्मा (मन) शरीर से अलग भी अपना अस्तित्व रखता है। ऋग्वेद के एक मंत्र में कहा गया है, कि वह वृक्ष, वनस्पति, अन्तरिक्ष सूर्य आदि से हमारे पास चली आये। वेद के ऋषि विश्वास करते थे, कि इस लोक से परे भी दूसरा लोक है, जहाँ मरने के बाद सुकर्मा पुरुष जाता है और आनन्द भोगता है। नीचे पाताल में नर्क का अन्धकारमय लोक है, जहाँ अधर्मी जाते हैं। ऋग्वेद में मन, आत्मा और असु जीव के वाचक शब्द है, लेकिन आत्मा वहाँ आमतौर से प्राणवायु या शरीर के लिए प्रयुक्त हुआ है। वैदिक काल के ऋषि पुनर्जन्म से परिचित न थे। शायद उनकी सामाजिक विषमताओं के इतने ज़बर्दस्त समालोचक नहीं पैदा हुए थे, जो कहते कि दुनिया की यह विषमता–गरीबी-अमीरी, दासता-स्वामिता, जिससे चंद को छोड़कर बाकी सभी दुःख की चक्की में पिस रहे हैं–सख्त सामाजिक अन्याय है और उसका समाधान कभी न दिखाई देने वाले परलोक से नहीं किया जा सकता। जब इस तरह के समालोचक पैदा हो गए, तब उपनिषद्-काल के धार्मिक नेताओं को पुनर्जन्म की कल्पना करनी पड़ी। यहाँ की सामाजिक विषमता भी वस्तुतः उन्हीं जीवों को लौटकर अपने किये को भोगने के लिए है। जिस सामाजिक विषमता को लेकर समाज के प्रभुओं और शोषकों के बारे में यह प्रश्न उठा थाः पुनर्जन्म से उसी विषमता के द्वारा उसका समाधान बड़े ही दिमाग़ का आविष्कार था, इसमें सन्देह नहीं।

ऋग्वेद के बारे में जो यहाँ कहा गया, वह बहुत कुछ साम और यजुर्वेद पर भी लागू है। 75 मंत्रों को छोड़ साम के सभी मंत्र ऋग्वेद से लेकर यज्ञों में गान के लिए एकत्रित कर दिये गये हैं।

(शुक्ल) यजुर्वेद संहिता के भी बहुत से मंत्र ऋग्वेद से लिए गए हैं और कितने ही नये मंत्र भी हैं। यजुर्वेद यज्ञ या कर्मकांड का मंत्र है और इसलिए इसके मंत्रों को भिन्न-भिन्न यज्ञों में उनके प्रयोग के क्रम से संगृहीत किया गया है। अथर्ववेद सबसे पीछे का वेद है। बुद्ध के वक्त (563-483 ई० पू०) तक वेद तीन ही माने जाते थे। सुपठित पंडित ब्राह्मण को उस वक्त "तीनों वेदों का पारंगत" कहा जाता था। अथर्ववेद "मारन-मोहन-उच्चाटन" जैसे तंत्र-मंत्र का वेद है।

(3) दर्शन–इस प्रकार जिसे हम दर्शन कहते हैं, वह वैदिक काल में दिखलाई नहीं पड़ता। वैदिक ऋषि धर्म और देववाद में विश्वास रखते हैं। यज्ञो-दान द्वारा अब और मरने के बाद भी, वह सुखी रहना चाहते थे। इस विश्व की तह में क्या है? इस चल के पीछे क्या कोई अचल शक्ति है? यह विश्व प्रारंभ में कैसा था? इन विचारों का धुँधला-सा आभास मात्र हमें ऋग्वेद के नासदी सूक्त और यजुर्वेद के अन्तिम अध्याय में मिलता है। नासदीय सूक्त में है—

"उस समय न सत् (न सत था न असत्)।
न अन्तरिक्ष था न उसके पर व्योम था।
किसने सबको ढाँका था? और कहाँ? और किसके द्वारा रक्षित?
क्या वहाँ पानी अथाह था?!!1!!
तब न मृत्यु था न अमर मौजूद;
सत् और दिन में वहाँ भेद न था।
वहाँ वह एकाकी स्वावलंबी शक्ति से श्वसित था,
उसके अतिरिक्त न कोई था उसके ऊपर!!2!!
अंधकार वहाँ आदि में अँधेरे में छिपा था;
विश्व भेदशून्य जल था।
वह जो शून्य और खाली में छिपा बैठा है।
वही एक (अपनी) शक्ति से विकसित था!!3!!
तब राबरो पहली बार कागना उत्पन्न हुई;
जो कि अपने भीतर मन का प्रारंभिक बीज थी।
और ऋषियों ने अपने हृदय में खोजते हुए,
अ-सत् में सत् के योजक संबंध को खोज पाया!!4!!

X X X X X X

वह मूल स्रोत जिससे यह विश्व उत्पन्न हुआ
और क्या वह बनाया गया या अकृत था
(इसे) वही जानता या नहीं जानता है, जो कि उच्चतम द्यौलोक से
शासन करता है, जो सर्वदर्शी स्वामी है।"!!7!!

यहाँ हम उन प्रश्नों को उठते हुए देखते हैं, जिनके उत्तर आगे चलकर दर्शन की बुनियाद कायम करते हैं। विश्व पहले क्या था? इसका उत्तर किसी ने सत् अर्थात् वह सदा से ऐसे ही मौजूद रहा–दिया। किसी ने कहा कि वह अ-सत् नहीं मौजूद अर्थात् सृष्टि से पहले कुछ नहीं था। इस सूक्त

के ऋषि ने पहले वाद के प्रतिवाद का प्रतिवाद (प्रतिषेध) करके "नहीं सत् था नहीं असत्" द्वारा अपने संवाद को पेश किया। उसने उस विश्व से पहले की शून्य अवस्था में भी सत्ता की कल्पना की, जो कि उस मृत-शून्य जगत् में भी सजीव थी। आरंभ में 'विश्व भेद-शून्य जल था', यह उपनिषद के यह जल ही पहले था का मूल है। ऋषि की इस जिज्ञासा और उत्तर से पता लगता है, कि विश्व का मूल ढूँढ़ते हुए, वह कभी तो प्रकृति के साथ चलना चाहता है और थेल की भाँति, किन्तु उससे कुछ सदियों पूर्व, जल को सबका मूल मानता है। दूसरी ओर प्रकृति का तट छोड़ वह शून्य में छलाँग मारकर एक रहस्मयी शक्ति की कल्पना करता है, जो कि उस शून्य और खाली में बैठी है। अन्त में रहस्य को और गूढ़ बनाते हुए, विश्व के सर्वदर्शी शासक के ऊपर विश्व के कृत या अकृत होने तथा उसके बारे में जानने न जानने का भार रखकर चुप हो जाता है। इस लम्बी छलाँग में साहस भी है, साथ ही कुछ दूर की उड़ान के बाद थकावट से फिर घोंसले की ओर लौटना भी देखा जाता है। जो यही बतलाते हैं, कि कवि (ऋषि) अभी ठोस पृथिवी को बिलकुल छोड़ने की हिम्मत नहीं रखता।

ईश-उपनिषद् यद्यपि संहिता (यजुर्वेद) का भाग है, तो भी वह काल और विचार दोनों से उपनिषद्-युग का भाग है, इसलिए उसके बारे में हम आगे लिखेंगे।

2. उपनिषद् (700-100 ई० पू०)

क–काल

वैसे तो निर्णयसागर-प्रेस (बंबई) ने 112 उपनिषदें छापी हैं, किन्तु यह बढ़ती संख्या पीछे के हिन्दू धार्मिक पंथों के अपने को वेदोक्त साबित करने की धुन की उपज हैं। इनमें निम्न तेरह को हम असली उपनिषदों में गिन सकते हैं और उन्हें कालक्रम से निम्न प्रकार विभाजित किया जा सकता है–1. प्राचीनतम उपनिषदें (700 ई० पू०)–

(1) ईश, (2) छांदोग्य, (3) बृहदारण्यक।

2. द्वितीय काल की उपनिषदें (600-500 ई० पू०)

(1) ऐतरेय (2) तैत्तिरीय।

3. तृतीयकाल की उपनिषदें (500-400 ई० पू०)

(1) प्रश्न, (2) केन, (3) कठ, (4) मुंडक, (5) मांडूक्य।

4 चतुर्थकाल की उपनिषदें (200-100 ई० पू०)

(1) कौषीतकि, (2) मैत्री, (3) श्वेताश्वतर

जैमिनि ने वेद के मंत्र और ब्राह्मण दो भाग बतलाये हैं, यह हम कह चुके हैं। मंत्र सबसे प्राचीन भाग है, यह भी बतलाया जा चुका है। ब्राह्मणों का मुख्य काम है, मंत्रों की व्याख्या करना, उनमें निहित या उनके पोषक आख्यानों का वर्णन करना, यज्ञ के विधि-विधान तथा उसमें मंत्रों के प्रयोग को बतलाना। ब्राह्मणों के ही परिशिष्ट आरण्यक हैं, जैसे (शुक्ल)-यजुर्वेद शतपथ (सौ रास्तों वाले) ब्राह्मण का अन्तिम भाग बृहदारण्यक-उपनिषद्, एक बहुत ही महत्त्वपूर्ण उपनिषद् है, लेकिन सभी आरण्यक उपनिषद् नहीं है; हाँ किन्हीं-किन्हीं आरण्यकों के अन्तिम भाग में उपनिषद मिलती हैं, जैसे ऐतरेय-उपनिषद ऐतरेय-आरण्यक और तैत्तिरीय उपनिषद् तैत्तिरीय-आरण्यक के अन्तिम

भाग हैं। ईश-उपनिषद् यजुर्वेद संहिता (मंत्र) के अन्त में आती है, दूसरी उपनिषदें प्रायः किसी न किसी ब्राह्मण या आरण्यक के अन्त में आती हैं और ब्राह्मण खुद जैमिनि के अनुसार वेद के अन्त में आते हैं, आरण्यक ब्राह्मण के अन्त में आते हैं, यह बतला चुके हैं। इन्हीं कारणों से उपनिषदों को पीछे वेदान्त (वेद का अन्त, अन्तिम भाग) कहा जाने लगा।

वैसे उपनिषद् शब्द का अर्थ है, पास बैठकर गुरु द्वारा अधिकारी शिष्य को बतलाया जाने वाला रहस्य। ईश को छोड़ देने पर सबसे पुरानी उपनिषदें छांदोग्य और बृहदारण्यक गद्य में हैं, पीछे की उपनिषदें केवल पद्य या गद्य मिश्रित पद्य में हैं।

ख–उपनिषद्-संक्षेप

उपनिषद् के ज्ञात और अज्ञात दार्शनिक आपस में विचार भिन्नता रखतें हैं। उनमें कुछ आरुणि और उसके शिष्य याज्ञवल्क्य की भाँति एक तरह के अद्वैती विज्ञानवाद पर जोर देते हैं, दूसरे द्वैतवाद पर जोर देते हैं, तीसरे शरीर के रूप में ब्रह्म और जगत् की अद्वैतता को स्वीकार करते हैं। उपनिषद् इन दार्शनिकों के विचारों के उनकी शिष्य परंपरा और शाखा-परंपरा द्वारा अपूर्ण रूप से याद करके रखे गये संग्रह हैं, किन्तु इस संग्रह में न दार्शनिक की प्रधानता है, न द्वैत या अद्वैत की। बल्कि किसी वेद की शाखा में जो अच्छे-अच्छे दार्शनिक हुए, उनके विचारों को वहाँ एक जगह जमाकर दिया गया। ऐसा होना ज़रूरी भी था, क्योंकि प्रत्येक ब्राह्मण को अपनी शाखा के मंत्र, ब्राह्मण, आरण्यक, उपनिषद्, (कल्प व्याकरण) का पढ़ना (स्वाध्याय) परम कर्तव्य माना जाता था। उपनिषद् के मुख्य विषय है–लोक, ब्रह्म, आत्मा (जीव), पुनर्जन्म मुक्ति–जिनके बारे में हम आगे कहेंगे। यहाँ हम मुख्य उपनिषदों का संक्षेप में परिचय देना चाहते हैं।

1. प्राचीनतम उपनिषदें (700 ई० पू०)

(1) ईश-उपनिषद्–ईश-उपनिषद् यजुर्वेद संहिता का अन्तिम (चालीसवाँ) अध्याय है, यह बतला, आये हैं। यह अठारह पद्यों का एक छोटा-सा संग्रह है, चूँकि उसका प्रथम पद्य (मंत्र) शुरू होता है, 'ईशावास्य' से इसलिए इसका नाम ही ईश या ईशावास्य उपनिषद् पड़ गया। इसमें वर्णित विषय हैं, ईश्वर की सर्वव्यापकता, कार्य करने की अनिवार्यता, व्यवहार-ज्ञान (अविद्या) से परमार्थ ज्ञान (ब्रह्म-विद्या) की प्रधानता, ज्ञान और कर्म का समन्वय। प्रथम मंत्र बतलाता है–

"यह सब जो कुछ जगती में जगत् है, वह ईश से व्याप्त है; अतः त्याग के साथ भोग करना चाहिए। दूसरे के धन का लोभ मत करो।"

वैयक्तिक सम्पत्ति का ख्याल उस वक्त तक इतना पवित्र और दृढ़ हो चुका था, साथ ही धनी-गरीब, कमकर-कामचोर की विषमता, इतनी बढ़ चुकी थी, कि उपनिषद्-कर्ता अपने पाठक के मन में तीन बातों को बैठा देना चाहता है–(1) ईश सब जगह बसा हुआ है, इसलिए किसी "बुरे" काम के करते वक्त तुम्हें इसका ध्यान और ईश से भय खाना चाहिए; (2) भोग करो, यह कहना बतलाता है, कि अभी वैराग्य बिना नकेल के ऊँट की भाँति नहीं छूट पड़ा था; जीवन की वास्तविकता और उसके लिए ज़रूरी भोग-साम्रगी अभी हेय नहीं समझी गई थी। हाँ, वैयक्तिक सम्पत्ति के ख्याल से भी यह ज़रूरी था, कि निर्धन कमकर वर्ग "भोग करो" का अर्थ स्वच्छन्द-

भोगवाद न समझ ले, इसलिए उन पर नियंत्रण करने के लिए त्याग पर भी जोर दिया गया और (3) अन्त में मंत्र कर्ता ने वैयक्तिक सम्पत्ति की पवित्रता की रक्षा के लिए कहा–"दूसरे के धन का लोभ मत करो। उस काल के वर्ग-युक्त (शोषक-शोषित, निठल्ले-कमकर) समाज के लिए इस मन्त्र का यही अर्थ था; यद्यपि व्यक्तियों में से कुछ के लिए इसका अर्थ कुछ बेहतर भी हो सकता था, क्योंकि यहाँ त्याग के साथ भोग की बात उठाई गई थी, लेकिन उसके लिए बहुत दूर तक खींचतान करने की गुंजाइश नहीं है। ईश के व्याप्त होने तथा दूसरे के धन को न छूने की शिक्षा समर्थ है, वहाँ भय पैदा करने के लिए जहाँ राजदंड भी असमर्थ है। आज के वर्ग-समाज की भाँति उस काल के वर्ग-समाज के शासन-यंत्र (राज्य) का प्रधान कर्तव्य था; वर्ग-स्वार्थ-शोषण और वैयक्तिक सम्पत्ति की रक्षा करना। मंत्रकर्ता ने अपनी प्रथम और अन्तिम शिक्षाओं से राज्य के हाथों को मजबूत करना चाहा। यदि ऐसा न होता, तो आज से भी अत्यन्त दयनीय दशावाले दास-दासियों (जिन्हें बाजारों में ले जाकर सौदे की तरह बेंचा-खरीदा जाता था) और काम करते-करते मरते रहते भी खाने कपड़े को मुहताज कम्मियों की ओर भी ध्यान देना चाहिए था। ऐसा होने पर कहना होता–जगती में जो कुछ है, वह ईश की देन, सबके लिए समान है, इसलिए मिलकर भोग करो, ईश के उस धन में लोभ मत करो।"

उपनिषद्-काल के आरंभ तक आर्यों के ऊपरी वर्ग–शासक पुरोहित वर्ग में भोग और विलास-प्रधान जीवन उस सीमा तक पहुँच गया था; जहाँ समाज की भीतरी विषमता, अन्दर-अन्दर कुढ़ते उत्पीड़ित वर्ग के मूक रोष और शोषकों की अपने-अपने लोभ की पूर्ति के लिए निरन्तर होते पारस्परिक कलह, शोषक धनिक वर्ग को भी सुख की नींद सोने नहीं देते और हर जगह शंका एवं भय उठते रहते हैं। इन सबका परिणाम होता है, निराशावाद और अकर्मण्यता। राज्य और धर्म द्वारा शासन करने वाले वर्ग को अकर्मण्यता से हटाने के लिए दूसरे मंत्र में कहा गया है–'यहाँ काम करते हुए ही सौ वर्ष जीने की इच्छा रक्खो।' (बस) यही और दूसरा (रास्ता) तुम्हारे लिए नहीं, नर में कर्म नहीं लिप्त होता। उपनिषद्कार स्वयं, यज्ञों के व्यर्थ के लम्बे-चौड़े विधिविधान के विरुद्ध एक नई धारा निकालने वाले थे–यज्ञ के ये कमजोर बेड़े हैं।...इसे उत्तम मान जो अभिनन्दन करते हैं, वे मूढ़ फिर बुढ़ापे और मृत्यु के शिकार बनते हैं। अविद्या के भीतर स्वयं वर्तमान (अपने को) धीर और पंडित मानने वाले... मूढ़ (उसी तरह) भटकते हैं, जैसे अंधे द्वारा लिये जाये जाते अंधे। इष्ट (यज्ञ) और पूर्त्त (परार्थ किये जाने वाले कूप, तालाब) निर्माण आदि कर्म को सर्वोत्तम मानते हुए (उससे) दूसरे को (जो) अ-मूढ़ अच्छा नहीं समझते, वे स्वर्ग के ऊपर सुकर्म को अनुभव कर इस हीनतर लोक में प्रवेश करते हैं।

उपनिषद् की प्रतिक्रिया से कर्मकांड के त्याग की जो हवा उठी, उसके कारण नेतृवर्ग कहीं हाथ-पैर ढीला कर मैदान न छोड़ भागे, इसलिए कर्म करते हुए सौ वर्ष तक जीते रहने की इच्छा करने का उपदेश दिया गया।

(2) छान्दोग्य उपनिषद् (700 ई० पू०); (क) संक्षेप–छान्दोग्य और बृहदारण्यक न सिर्फ़ आकार ही में बड़ी उपनिषदें हैं, बल्कि काल और प्रथम प्रयास में भी बहुत महत्त्व रखती हैं। छान्दोग्य के प्रधान दार्शनिक उद्दालक। आरुणि (गौतम) का स्थान यदि सुक्रात का है, तो उनके शिष्य याज्ञवल्क्य वाजसेनय उपनिषद् का अफलातूँ है। हम इन दोनों उपनिषदों के इन दोनों

दार्शनिकों तथा कुछ दूसरों पर भी आगे लिखेंगे, तो भी इन उपनिषदों के बारे में यहाँ कुछ संक्षेप में कह देना जरूरी है।

बृहदारण्यक की भाँति छान्दोग्य पुरानी और संधिकालीन उपनिषद् है, इसीलिए कर्मकांड-प्रशंसा को इसने छोड़ा नहीं है, बल्कि पहले दूसरे अध्याय तो उपनिषद् नहीं ब्राह्मण का भाग होने लायक है। उपनिषद् के सामवेदी होने से सामगान और ओम् की महिमा इन अध्यायों में गाई गयी है। हाँ, प्रथम अध्याय। के अंत में, दाल रोटी के लिए "हावु" "हावु" (सामगान-का अलाप) करने वाले पुरोहितों का एक दिलचस्प मज़ाक किया गया है। बक दाल्भ्य–जिसका दूसरा नाम ग्लाब मैत्रेय भी था, कोई ऋषि था। वह वेद पाठ के लिए किसी एकांत स्थान में रह रहा था; उस समय एक सफेद कुत्ता वहाँ प्रकट हुआ, फिर कुछ और कुत्ते आ गये और उन्होंने सफेद कुत्ते से कहा कि हम भूखे हैं, तुम साम गाओ, शायद इससे हमें कुछ भोजन मिल जाये। सफेद कुत्ते ने दूसरे दिन आने के लिए कहा। दाल्भ्य ने कुत्तों की बात सुनी थी। वह भी सफेद कुत्ते के साम गान को सुनने के लिए उत्सुक था। दूसरे दिन उसने देखा कि कुत्ते आगे-पीछे एक की मूँछ दूसरे के मुँह में लिए बैठकर गा रहे थे–हि! ओम् खावें, ओम् पीयें, ओम् देव हमें भोजन दें। हे अन्न देव! हमारे लिए अन्न लाओ, हमारे लिए इसे लाओ, ओम्। इस मज़ाक में सामगायक पेट के लिए यज्ञ के वक्त एक के पीछे एक दूसरे अगलों का वस्त्र पकड़े हुए पुरोहित के साम-गायन की नकल उतारी गई है।

तीसरे अध्याय में आदित्य (सूर्य) को देव-मधु बतलाया गया है। चौथे अध्याय में रैक्व, सत्यकाम जाबाल और सत्यकाम के शिष्य उपकोसल की कथा और उपदेश हैं। पाँचवें अध्याय में जैविल और अश्वपति कैकेय (राजा) के दर्शन हैं। छठे अध्याय में उपनिषद् के प्रधान ऋषि आरुणि की शिक्षा है और यह अध्याय सारे छान्दोग्य का बहुत महत्त्वपूर्ण भाग है। शतपथ ब्राह्मण से पता लगता है, कि आरुणि बहुत प्रसिद्ध ऋषि तथा याज्ञवल्क्य के गुरु थे। सातवें अध्याय में सनत्कुमार के पास जाकर नारद के ब्रह्मज्ञान सीखने की बात है। आठवें तथा अन्तिम अध्याय में आत्मा के साक्षात्कार की युक्ति बतलाई गई है।

(ख) ज्ञान छान्दोग्य कर्मकांड से नाता तोड़ने की बात नहीं करता, बल्कि उसे ज्ञानकांड से पुष्ट करना चाहता है; जैसा कि इस उद्धरण से मालूम होगा–

"प्राण के लिए स्वाहा। व्यान, अपान, समान, उदान के लिए स्वाहा, जो इसके ज्ञान के बिना अग्नि होम करता है, वह अंगारों को छोड़ मानो भस्म में ही होम करता है, जो इसे ऐसा जानकर अग्निहोत्र करता है, उसके सभी पाप (बुराइयों) उसी तरह दूर हो जाते हैं, जैसे सरकंडे का धुआँ आग में डालने पर। इसलिए ऐसे ज्ञानवाला चाहे चांडाल को जूठ ही क्यों न दे, वह वैश्वानर-आत्मा (ब्रह्म) में आहुति देना होता है।"

"विद्या और अविद्या तो भिन्न-भिन्न है। (किन्तु) जिस (कर्म) को (आदमी) विद्या (ज्ञान) के साथ श्रद्धा और उपनिषद् के साथ करता है, वह ज्यादा मज़बूत होता है।"

मनुष्य की प्रतिभा एक नये क्षेत्र में उड़ रही थी, जिसके चमत्कार को देखकर लोग आश्चर्य करने लगे थे। लोगों को आश्चर्य चकित होने को ये दार्शनिक कम नहीं होने देना चाहते थे। इसलिए चाहते थे कि इसका ज्ञान कम से कम आदमियों तक सीमित रहे। इसीलिए कहा गया है–

"इस ब्रह्म को पिता या तो ज्येष्ठ पुत्र को उपदेश करे या प्रिय शिष्य को किसी दूसरे को (हर्गिज) नहीं, चाहे (वह) इसे जल-रहित धन से पूर्ण इस (पृथ्वी) को ही क्यों न दे देवे, यही उससे बढ़कर है, यही उससे बढ़कर है।"

(ग) धर्माचार–छान्दोग्य के समय में दुराचार किसे कहते थे? इसका पता निम्न पद्य से लगता है– 'सोने का चोर, शराब पीनेवाला, गुरु-पत्नी के साथ व्यभिचार करने वाला और ब्रह्महत्या करनेवाला, ये चार और इनके साथ (संसर्ग या) आचरण करने वाले पतित होते हैं।"

सदाचार तीन प्रकार के बतलाये गये हैं–

"धर्म के तीन स्कन्ध (वर्ग) हैं–यज्ञ, अध्ययन (वेदपाठ) और दान। यह पहला तप ही दूसरा (स्कन्ध है), ब्रह्मचर्य, (रख) आचार्य-कुल में बसना, आचार्य के कुल में अपने को अत्यन्त छोटा करके (रहना)। ये सभी पुण्य लोक (वाले) होते हैं। (जो) ब्रह्म में स्थित है वह अमृतत्व (मुक्ति) को प्राप्त होता है।"

(घ) ब्रह्म–ब्रह्म को ज्ञानमय चिह्नों या प्रतीकों में उपासना करने की बात छान्दोग्य में सबसे ज्यादा आई है। इनके बारे में सन्देह उठ सकते थे, कि यह ब्रह्म की उपासनाएँ हैं या जिन प्रतीकों– आदित्य, आकाश आदि की उपासना करने–को कहा गया है। वहाँ अलग-अलग देवता हैं और उसी रूप में उनकी उपासना करने को कहा गया है। वादरायण ने अपने वेदान्त-सूत्रों के काफी भाग को इसी की सफाई में खर्च किया है, यह हम आगे देखेंगे। इन उपासनाओं में से कुछ इस प्रकार हैं–

(a) दहर–दहृदय के क्षुद्र (दहर) आकाश में ब्रह्म की उपासना करने के लिए कहा गया है–

'इस ब्रह्मपुर (शरीर) में जो दहर (क्षुद्र) पुंडरीक (कमल) गृह है। इसमें भीतर (एक) दहर आकाश है, उसके भीतर जो हैं, उसका अन्वेषण करना चाहिए, उसकी ही जिज्ञासा करनी चाहिए।...जितना यह (बाहरी) आकाश है, उतना यह हृदय के भीतर का आकाश है। दोनों द्यु (नक्षत्र) लोक और पृथ्वी उसी के भीतर एकत्रित हैं–दोनों अग्नि और वायु, दोनों सूर्य और चन्द्रमा, दोनों बिजली-तारे और इस विश्व का जो कुछ यहाँ है तथा जो नहीं, वह सब इसमें एकत्रित हैं।'

(b) भूमा–सुख की कामना हर एक मनुष्य में होती है। ऋषि ने सुख को ही प्राप्त करने का प्रलोभन दे, भारी (भूमा) सुख की ओर खींचते हुए कहा–

'जब सुख पाता है तब (उसके) लिए प्रयत्न करता है। अ-सुख को प्राप्त कर नहीं करता; सुख को ही पाकर करता है। सुख की ही जिज्ञासा करनी चाहिए।...जो कि भूमा (बहुत) है वह सुख है, थोड़े में सुख नहीं होता। भूमा की ही जिज्ञासा करनी चाहिए। जहाँ (ब्रह्म में) न दूसरे को देखता, न दूसरे को सुनता, न दूसरे का विजानन करता (जानता) वह भूमा है। जहाँ दूसरे को देखता, सुनता, विजानन करता है, वह अल्प है। जो भूमा है वह अमृत है, जो अल्प है वह मर्त्य (नाशमान)। हे भगवान्! वह (भूमा) किसमें स्थित है।'

'अपनी महिमा में या (अपनी) महिमा में नहीं।' गाय-घोड़े, हाथी-सोने, दास-भार्या, खेत-घर को यहाँ (लोग) महिमा कहते हैं। मैं ऐसा नहीं कह रहा हूँ। वही (भूमा ब्रह्म) नीचे वही, ऊपर वही, पश्चिम वही, पूरब वही, दक्षिण वही उत्तर में है; वही यह सब है।...वह (ज्ञानी) इस प्रकार देखते, इस प्रकार मनन करते और इस प्रकार विजानन करते आत्मा के साथ रति रखनेवाला, आत्मा के साथ

क्रीड़ा और आत्मा के साथ जोड़ीदारी रखनेवाला, आत्मानंद स्व-राड् (अपना राजा) होता है, वह इच्छानुसार सारे लोकों में विचरण कर सकता है।

इसी भाँति आकाश, आदित्य, प्राण, वैश्वानर आत्मा, सेतु, ज्योति, आदि को भी प्रतीक मानकर ब्रह्मोपासना की शिक्षा दी गई है।

(ङ) सृष्टि–विश्व के पीछे कोई अद्भुत शक्ति काम कर रही है और वह अपने को बिलकुल छिपाए हुए नहीं है, बल्कि विश्व की हर एक क्रिया उसी के कारण दृष्टिगोचर हो रही है; उसी तरह जैसे कि शरीर में, जीव की क्रिया देखी जाती है, लेकिन वस्तुओं के बनने-बिगड़ने से मानव के मन में यह भी ख्याल पैदा होने लगा, कि इस सृष्टि का कोई आरम्भ भी है और आरम्भ है तो उस के पहले कुछ था भी या बिलकुल कुछ नहीं था। इसका उत्तर इस तरह दिया गया है–

"हे सोम्य (प्रिय)! यह पहले एक अद्वितीय सद् (भावरूप) ही था। उसी को कोई कहते हैं–यह पहले एक अद्वितीय असद् (अभाव रूप) ही था। इसलिए अ-सत् से सत् उत्पन्न हुआ। लेकिन, सोम्य! कैसे ऐसा हो सकता है कैसे अ-सत् से सत् उत्पन्न होगा? सोम्य! यह पहले एक अद्वितीय सद् ही था। उसने ईक्षण (इच्छा) किया–मैं बहुत ही प्रकट होऊँ। उसने तेज(अग्नि) को सिरजा। उस तेज ने ईक्षण किया...उसने जल को सिरजा...उस जल ने...अन्न को सिरजा।

इस उद्धरण से स्पष्ट है कि (1) यहाँ उपनिषत्कार असत् से सत् की उत्पत्ति नहीं मानता अर्थात् वह एक तरह का सत्यकार्यवादी है; (2) भौतिक तत्त्वों में आदिम या मूलतत्त्व तेज (अग्नि) है।

(च) मन–(a) भौतिक–मन आत्मा से अलग और भौतिक वस्तु है, इसी ख्याल से यहाँ हम मन को अन्न से बना सुनते हैं–

"खाया हुआ अन्न तीन तरह का बनता (परिणत होता) है। उसका जो स्थूल धातु (सत्त्व) है, वह पुरीष (पायखाना) बनता है, जो विचला वह मांस और जो अतिसूक्ष्म वह मन (बनता है)।... सोम्य! मन अन्नमय है।...सोम्य! दही को मथनेपर जो सूक्ष्म (अंश है) वह ऊपर उठ आता है; वह मक्खन (सर्पिः) बनता है। इसी तरह सोम्य! खाये जाते अन्न का जो सूक्ष्म अंश है, वह ऊपर उठ आता है, वह मन बनता है।"

(b) सुप्तावस्था–इन आरंभिक विचारों के लिए गाढ़ निद्रा और स्वप्न की अवस्थाएँ बहुत बड़ा रहस्य ही नहीं रखती थीं, बल्कि इनसे उनके आत्मा-परमात्मा संबंधी विचारों की पुष्टि होती जान पड़ती थी। इसीलिए बृहदारण्यक में कहा गया–

'जब वह सुषुप्त (गाढ़ निद्रा में सोया) होता है, तब (पुरुष) कुछ नहीं महसूस (वेदना) करता। हृदय से पुरीतत की ओर जाने वाली 72 हजार हिता नामवाली नाड़ियाँ हैं। उनके द्वारा (वहाँ) पहुँचकर पुरीतत में वह सोता है, जैसे कुमार (बच्चा) या महाराजा या महा ब्राह्मण आनन्द की पराकाष्ठा को पहुँच सोये, वैसे ही यह सोता है।'

इसी बात को छान्दोग्य ने इन शब्दों में कहा है–

'जहाँ यह सुप्त अच्छी तरह प्रसन्न हो स्वप्न को नहीं जानता, उस वक्त इन्हीं (हिता नाड़ियों) में वह सोया होता है।'

इसी के बारे में–

"उद्दालक आरुणि ने (अपने) पुत्र श्वेत केतु को कहा–स्वप्न के भीतर (की बात को) समझो।... जैसे सूत से बँधा पक्षी दिशा-दिशा में उड़कर दूसरी जगह स्थान न पा, बंधन (स्थान) का ही आश्रय लेता है। इसी तरह सौम्य! वह मन दिशा-दिशा में उड़कर दूसरी जगह स्थान न पा प्राण का ही आश्रय लेता है। सौम्य! मन का बंधन प्राण है।"

सुषुप्ति (गाढ़ निद्रा) में आदमी स्वप्न भी नहीं देखता, इस अवस्था को आरुणि ब्रह्म के साथ समागम मानते हैं।

'जब यह पुरुष सोता है (स्वपिति), उस समय सौम्य! वह सत् (ब्रह्म) के साथ मिला रहता है। स्वं-अपीति (अपने को मिला) होता है, इसीलिए इसे स्वपिति कहते हैं।'

जब हम रोज़ इस तरह ब्रह्म-मिलन कर रहे हैं, किन्तु इसका ज्ञान और लाभ (मुक्ति) हमें क्यों नहीं मिलती, इसके बारे में कहा है–

"जैसे क्षेत्र का ज्ञान न रखने वाले छिपी हुई सुवर्ण निधि के ऊपर-ऊपर चलते भी उसे नहीं पाते, इसी तरह यह सारी प्रजा (प्राणी) रोज़-रोज़ जाकर भी इस ब्रह्मलोक को नहीं प्राप्त करती, क्योंकि वह अनृत (अ-सत्य, अज्ञान) से ढँकी हुई है।"

(छ) मुक्ति और परलोक–इन प्रारंभिक दार्शनिकों में जो अद्वैतवादी भी हैं, उन्हें भी उन अर्थों में हम अद्वैती नहीं ले सकते, जिनमें कि बर्कले या शंकर को समझते हैं, क्योंकि एक तो वे शंकर की भाँति पृथिवी और पार्थिव भोगों का सर्वथा अपलाप करने के लिए तैयार नहीं हैं, दूसरे धर्म के विरुद्ध अभी इतने स्वतंत्र विचार नहीं उठ खड़े हुए थे, कि वह सीधे किसी बात को दो टूक कह देते अथवा अभी मनुष्य का ज्ञान इतना विकसित नहीं हुआ था, कि रास्ते के झाड़-झंखाड़ को उखाड़ते हुए, वह अपना सीधा रास्ता लेते। निम्न उद्धरण में मुक्ति को इस प्रकार बतलाया गया है, जैसे वहाँ मुक्त आत्मा और ब्रह्म का भेद बिलकुल नहीं रहता–

"जैसे सोम्य! मधुमक्खियाँ मधु बनाती हैं, नाना प्रकार के वृक्षों के रसों से संचय कर एक रस को बनाती हैं, जैसे वहाँ वह (मधु आपस में) फर्क नहीं पातीं–मैं अमुक वृक्ष का रस हूँ, मैं अमुक वृक्ष का रस हूँ, ऐसे ही सोम्य! यह सारी प्रजा सत् में प्राप्त हो नहीं जानतीं–हमने सत् को प्राप्त किया।"

यहाँ सुषुप्ति की अवस्था को लेकर मधु के दृष्टान्त से अभेद बतलाने की कोशिश की गई है, किन्तु इस अभेद ऋषि का अभिप्राय आत्मा की अत्यन्त समानता तथा ब्रह्म का शुद्ध शरीर होना भी अभिप्रेत मालूम होता है, जैसा कि निम्न उद्धरण बतलाता है–

"जो यहाँ आत्मा को न जानकर प्रयाण करते (मरते) हैं, उनका सारे लोकों में स्वेच्छापूर्वक विचरण नहीं होता, जो यहाँ आत्मा को जानकर प्रयाण करते हैं उनका सारे लोकों में स्वेच्छापूर्वक विचरण होता है।"

मुक्त पुरुष का मरकर स्वेच्छापूर्वक विचरण यही बतलाता है, कि यहाँ विचारक को मुक्ति में अपने अस्तित्व का खोना अभिप्रेत नहीं है। छान्दोग्य ने इसे और साफ करते हुए कहा है–

"जिस-जिस बात (अन्त) की वह कामना वाला होता है, जिस जिसकी कामना करता है, संकल्पमात्र से ही (वह) उसके पास उपस्थित होता है, वह उसे प्राप्त कर महान् होता है।"

ब्रह्म-ज्ञान प्राप्त कर जीवित रहते मुक्तावस्था में–

"जैसे कमल के पत्ते में पानी नहीं लगता, इसी तरह ऐसे ज्ञानी को पाप-कर्म नहीं लगता।"

'पाप कर्म नहीं लगता यह वाक्य सदाचार के लिए घातक भी हो सकता है, क्योंकि इसका अर्थ वह पापकर्म नहीं कर सकता नहीं है।'

मुक्त के पाप क्षीण हो जाते हैं, इसके बारे में और भी कहा है–

"घोड़ा जैसे रोयें को (झाड़े हो), ऐसे ही पापों को झाड़कर, चन्द्र जैसे राहु के मुख से छूटा हो, शरीर को झाड़कर कृतार्थ (हो), वैसे ही मैं ब्रह्मलोक को प्राप्त होता हूँ।"

(a) आचार्य–मुक्ति की प्राप्ति में ज्ञान की अनिवार्यता है, ज्ञान के लिए आचार्य ज़रूरी है। इसी अभिप्राय को इस वाक्य में कहा गया है–

"जैसे सोम्य! एक पुरुष को गंधार (देश) से आँख बाँधे लाकर, उसे जहाँ बहुत जन हों, उस स्थान में छोड़ दें; जैसे वह वहाँ पूरब पश्चिम ऊपर उत्तर चिल्लाये–आँख बाँधे लाया आँख बाँधे (मुझे) छोड़ दिया; जैसे उसकी पट्टी खोलकर (कोई) कहे–इस दिशा में गंधार है, इस दिशा को जा। वह (एक) गाँव से (दूसरे) गाँव को पूछता पंडित मेधावी (पुरुष) गंधार में ही पहुँच जाये। उसी तरह यहाँ आचार्य वाला पुरुष (ब्रह्म को) जानता है। उसकी उतनी ही देर है, जब तक विमोक्ष नहीं होता, फिर तो (वह ब्रह्म को) प्राप्त होगा।"

(b) पुनर्जन्म–भारतीय प्राचीन साहित्य में छांदोग्य ही ने सबसे पहले पुनर्जन्म (परलोक में ही नहीं इस लोक में भी कर्मानुसार प्राणी जन्म लेता है) की बात कही। शायद उस वक्त प्रथम प्रचारकों ने यह न सोचा हो, कि जिस सिद्धान्त का प्रचार कर रहे हैं, वह आगे कितना खतरनाक साबित होगा और वह परिस्थिति के अनुसार बदलने की क्षमता रखनेवाली शक्तियों को कुंठितकर, समाज को प्रवाहशून्य नदी का गेंदला पानी बना छोड़ेगा। मरकर किसी दूसरे चंद्र आदि लोक में जा भोग भोगना, सिर्फ़ यहाँ के कष्ट पीड़ित जनों को दूर की आशा देता है, जिसका भी अभिप्राय यही है कि यहाँ सामाजिक विषमता ने जो तुम्हारे जीवन को तल्ख कर रखा है, उसके लिए समाज में उथल-पुथल लाने की कोशिश न करो। इसी लोक में आकर फिर जनमना (पुनर्जन्म) तो पीड़ित वर्ग के लिए और खतरनाक चीज़ है। इसमें यही नहीं है, कि आज के दुखों को भूल जाओ, बल्कि साथ ही यह भी बतलाया गया है, कि यहाँ की सामाजिक विषमताएँ न्याय्य हैं; क्योंकि तुम्हारी ही पिछले जन्म की तपस्याओं (दुःखों अत्याचारपूर्ण वेदनाओं) के कारण संसार ऐसा बना है। इस विषमता के बिना तुम अपने आज के कष्टों का पारितोषिक नहीं पा सकते। पुनर्जन्म के संबंध में वह सर्वपुरातन वाक्य है–

"सो जो यहाँ रमणीय–अच्छे आचरण वाले हैं, यह ज़रूरी है कि वह रमणीय योनि–ब्राह्मण-योनि या क्षत्रिय-योनि या वैश्य-योनि–को प्राप्त हों और जो बुरे (आचार वाले) हैं, यह ज़रूरी है कि वह बुरी योनि–कुत्ता-योनि, सूकर-योनि या चांडाल-योनि को प्राप्त हों।"

ब्राह्मण, क्षत्रिय, वैश्य को यहाँ मनुष्य-योनि के अन्तर्गत न मानकर, उन्हें स्वतंत्र योनि का दर्जा दिया है, क्योंकि मनुष्य-योनि मानने पर समानता का सवाल उठ सकता था। पुरुष सूक्त के एक ही शरीर के भिन्न-भिन्न अंग की बात को भी यहाँ भुला दिया गया, क्योंकि यद्यपि वह कल्पना भी

सामाजिक अत्याचार पर पर्दा डालने के लिए ही गढ़ी गई थी, तो भी वह उतनी दूर तक नहीं जाती थी। ब्राह्मण, क्षत्रिय, वैश्य को स्वतंत्र योनि का दर्जा इसीलिए दिया गया, जिसमें सम्पत्ति के स्वामी इन तीनों वर्गों की वैयक्तिक सम्पत्ति और प्रभुता को धर्म (कर्म-फल) द्वारा न्याय्य बतलाया जाये और वैयक्तिक सम्पत्ति के संरक्षक राज्य के हाथ को धर्म द्वारा दृढ़ किया जाये।

(c) पितृयान–मरने के बाद सुकर्मी जैसे अपने कर्मों का फल भोगने के लिए लोकान्तर में जाते हैं, इसे यहाँ पितृयान (पितरों का मार्ग) कहा गया है। उस पर जाने का तरीका इस प्रकार है–

"जो ये ग्राम में (रहते) इष्ट-आपूर्त (यज्ञ, परोपकार के कर्म), दान का सेवन करते हैं। वह (मरते वक्त) धूएँ से संगत होते हैं। धुएँ से रात, रात से अपर (कृष्ण) पक्ष, अपर पक्ष से छः दक्षिणायन मासों को प्राप्त होते हैं...। मासों से पितृलोक को, पितृलोक से आकाश को, आकाश से चंद्रमा को प्राप्त होते हैं। वहाँ (चन्द्रलोक में) संपात (मियाद) के अनुसार निवास कर फिर उसी रास्ते से लौटते हैं–जैसे कि (चंद्रमा से) इस आकाश को, आकाश से वायु को, वायु हो धूम होता है, धूम हो बादल होता है, बादल हो मेघ होता है, मेघ हो बरसता है। (तब) वे (लौटे जीव) धान, जौ, औषधि, वनस्पति, तिल-उड़द हो पैदा होते हैं...जो-जो अन्न खाता है, जो वीर्य सेचन करता है, वह फिर से ही होता है।"

यहाँ चन्द्रलोक में सुख भोगना, फिर लौटकर पहले उद्धृत वाक्य के अनुसार "ब्राह्मण-योनि", "क्षत्रिय-योनि" में जन्म लेना पितृयान है।

(d) देवयान–मुक्त पुरुष जिस रास्ते से अंतिम यात्रा करते हैं, उसे देवयान या देवताओं का पथ कहते हैं। पुराने वैदिक ऋषियों को कितना आश्चर्य होता, यदि वह सुनते कि देवयान वह है, जो कि उनको इन्द्र आदि देवताओं की ओर नहीं ले जाता। देवयानवाला यात्री–किरणों को प्राप्त होते हैं। किरण से दिन, दिन से भरते (शुक्ल) पक्ष, भरते पक्ष से जो छः उत्तरायण के मास हैं, उन्हें (उन) मासों से संवत्सर, संवत्सर से आदित्य, आदित्य से चन्द्रमा, चन्द्रमा से विद्युत् को (प्राप्त होते हैं) फिर अ-मानव पुरुष इन (देवयान-यात्रियों) को ब्रह्म के पास पहुँचाता है। यही देवपथ ब्रह्मपथ है, इससे जानेवाले इस मानव की लौटाने में नहीं लौटते, नहीं लौटते।

(ज) अद्वैत–मुक्ति और उसके रास्ते का जो वर्णन यहाँ दिया गया है, उससे स्पष्ट है कि छांदोग्य के ऋषि जीवात्मा और ब्रह्म के भेद को पूर्णतया मिटाने को तैयार नहीं थे, तो भी वह बहुत दूर तक इस दिशा में जाते थे। यह इससे भी स्पष्ट है, कि शंकर ने जिन चार उपनिषद् वाक्यों को अद्वैत का जबर्दस्त प्रतिपादक समझा, जिन्हें "महावाक्य" कहा गया, उनमें दो 'सर्व खल्विदं ब्रह्म' (यह सब ब्रह्म ही है) और 'तत्त्वमसि' (वह तू है) छान्दोग्य-उपनिषद् के हैं।

(झ) लोक विश्वास–वैदिक कर्मकाण्ड से लोगों का विश्वास हटता जा रहा था, जब छांदोग्य ऋषि राजा जैवलि और ब्राह्मण आरुणि ने नया रास्ता निकाला। उन्होंने पुनर्जन्म जैसे विश्वासों को गढ़कर दास, कर्मकर, आदि पीड़ित जनता की बंधन-श्रृंखला की कड़ियों को और भी मजबूत किया। भारत के बहुत से आजकल के विचारक भी जाने या अनजाने उन्हीं कड़ियों को मजबूत करने के लिए जैवलि, आरुणि, याज्ञवल्क्य की दुहाई देते हैं–दर्शनपथ के प्रथम पथिक की प्रशंसा के तौर पर नहीं, बल्कि उन्हें सर्वज्ञ जैसा बनाकर। वह कितने सर्वज्ञ थे, यह तो राहु के मुख में

चन्द्रमा के घुसने (चंदग्रहण), तथा सूर्यलोक से भी परे चन्द्रलोक के होने की बात ही से स्पष्ट है। इन विचारकों की नज़र में भौतिक साइंस की यह भद्दी भूल-सी मालूम होने वाली गलतियाँ "सर्वज्ञता" पर कोई असर नही डालतीं; कसौटी पर कसकर देखने लायक ज्ञान में भद्दी गलती कोई भले ही करे, किन्तु ब्रह्मज्ञान पर उसका निशाना अचूक लगेगा, यह तो यही साबित करता है, कि ब्रह्मज्ञान के लिए अति साधारण बुद्धि से भी काम चल सकता है।

चोरी या बुरे कर्म की सज़ा देने के लिए जब गवाही नहीं मिल सकती थी; तो उसके साबित करने के लिए दिव्य (शपथ) करने का रवाज़ बहुत से मुल्कों में अभी बहुत पीछे तक रहा है। आरुणि के वक्त में यह अतिप्रचलित प्रथा थी, जैसा कि यह वाक्य बतलाता है–

'सोम्य! एक पुरुष को हाथ पकड़कर लाते हैं–चुराया है, सो इसके लिए परशु (फरसे) को तपाओ। अगर वह (पुरुष) उस (चोरी) का कर्ता होता है, (तो) उससे ही अपने को झूठा करता है; वह झूठे दावेवाला झूठ से अपने को गोपित कर तपे परशु को पकड़ता है, वह जलता है; तब (चोरी के लिए) मारा जाता है और यदि वह उस (चोरी) का अ-कर्ता होता है, तो, उससे ही अपने को सच कहता है, वह सच्चे दावेवाला सच से अपने को गोपित कर तपे परशु को पकड़ता है, वह नहीं जलता; तब छोड़ दिया जाता है।'

कोई समय था, जब कि दिव्य के फरेब में फंसाकर हज़ारों आदमी निरपराध जान से मारे जाते थे, किन्तु आज कोई ईमानदार इसके लिए तैयार नहीं होगा। यदि 'दिव्य सचमुच दिव्य था' तो सबसे ज़बर्दस्त चोरों–जो यह कामचोर तथा संपत्ति के स्वामी–ब्राह्मण, क्षत्रिय, वैश्य-योनियाँ हैं–के परखने में उसने क्यों नहीं करामात दिखलाई?

छांदोग्य के अन्य प्रधान विषयों के विचारों पर हम आगे लिखेंगे।

3. बृहदारण्यक (600 ई० पू०)

(क) संक्षेप–बृहदारण्यक शुक्ल-यजुर्वेद के शतपथ ब्राह्मण का अन्तिम भाग तथा एक आरण्यक है। उपनिषद् के सबसे बड़े दार्शनिक याज्ञवल्क्य के विचार इसी में मिलते हैं, इसलिए उपनिषद्-साहित्य में इसका स्थान बहुत ऊँचा है। याज्ञवल्क्य के बारे में हम अलग लिखने वाले हैं, तो भी सारे उपनिषद् के परिचय के लिए संक्षेप में यहाँ कुछ कहना ज़रूरी है। बृहदारण्यक में छः अध्याय हैं, जिनमें द्वितीय, तृतीय और चतुर्थ दार्शनिक महत्त्व के हैं, बाकी में शतपथ ब्राह्मण की कर्मकांडी धारा बह रही है। पहले अध्याय में यज्ञीय अश्व की उपमा से सृष्टि पुरुष का वर्णन है, फिर मृत्यु सिद्धान्त का। दूसरे अध्याय में तत्त्वज्ञानी काशिराज, अजातशत्रु और अभिमानी ब्राह्मण गार्ग्य का संवाद है, जिसमें गार्ग्य का अभिमान चूर होता है और वह क्षत्रिय के चरणों में ब्रह्मज्ञान सीखने की इच्छा प्रकट करता है। द, ध्य, च्, आथर्वण के विचार भी इसी अध्याय में हैं। तीसरे अध्याय में याज्ञवल्क्य के दर्शन होते हैं, वह जनक के दरबार में दूसरे दार्शनिकों से शास्त्रार्थ कर रहे हैं। चौथे अध्याय में याज्ञवल्क्य का जनक को उपदेश है। पांचवें अध्याय में धर्म-आचार तथा दूसरी कितनी ही बातों का जिक्र है। छठें अध्याय में याज्ञवल्क्य के गुरु (आरुणि) के गुरु प्रवाहण जैवलि के बारे में कहा गया है। इसी अध्याय में अच्छी सन्तान के लिए साँड़, बैल आदि के मांस खाने की

गर्भिणी को हिदायत दी गई है, जो बतलाता है कि अभी ब्राह्मण-क्षत्रिय गोमांस को अपना प्रिय खाद्य मानते थे, जिस तरह आज के हिन्दू दार्शनिक अपने विचारों की सच्चाई के लिए उपनिषद् की दुहाई देते हैं; उसी तरह बृहदारण्यक उपनिषद् चाहता है, कि वेदों का झंडा ऊँचा रहे। इसीलिए अपनी पुष्टि के लिए कहता है–

ऋग्वेद, यजुर्वेद, सामवेद, अथर्वाङ्गरस, इतिहास, पुराण, विद्या, उपनिषद्, श्लोक, सूत्र, अनुव्याख्यान "इस महान् भूत (ब्रह्म) का श्वास है, इसी के ये सारे निःश्वसित हैं।"

इतना होने पर भी वेद और ब्राह्मणों के यज्ञादि से लोगों की श्रद्धा उठती जा रही थी, इसमें तो शक नहीं। इस तरह के विचार-स्वातंत्र्य को खतरनाक न बनने देने के प्रयत्न में पुरोहित (ब्राह्मण) जाति की अपेक्षा शासक (क्षत्रिय) जाति का हाथ काफी था, इसीलिए छान्दोग्य ने कहा–

"चूँकि तुझसे पहले यह विद्या ब्राह्मणों के पास नहीं गई, इसीलिए सारे लोकों में (ब्राह्मण का नहीं बल्कि सिर्फ़) क्षत्र (क्षत्रिय) का ही शासन हुआ।"

इसमें कौन सन्देह कर सकता है? कि राजनीति–खासकर वर्गस्वार्थ-वाली राजनीति–को चलाने के लिए पुरोहित से ज्यादा पैनी बुद्धि चाहिए, लेकिन समाज में ब्राह्मण की सबसे अधिक सम्माननीय अवस्था को बृहदारण्यक समझता था। इसीलिए विद्याभिमानी ब्राह्मण गार्ग्य जब उशीनर (बहांवलपुर के आसपास के प्रदेश) से मत्स्य (जयपुर राज्य), कुरु (मेरठ के जिले), पंचाल (रुहेल-खंड आगरा कमिश्नरियाँ), काशी (बनारस के पास का प्रदेश), विदेह (तिरहुत, बिहार) में घूमता काशिराज आजातशत्रु के पास ब्रह्म उपदेश करने गया और उसे आदित्य, चंद्रमा, विद्युत्, स्तनयित्नु (बिजली की कड़क) वायु, आकाश, आग, पानी, दर्पण, छाया, प्रतिध्वनि, शब्द, शरीर, दाहिनी बाईं आँखों में पुरुष की उपासना करने को कहा, किन्तु अजातशत्रु के प्रश्नों से निरुत्तर हो गया, तब भी काशिराज ने विधिवत् शिष्य बनाए बिना ही गार्ग्य को उपदेश दिया–

'अजातशत्रु ने कहा–यह उलटा है, जो कि (वह) मुझ ब्राह्मण को ब्रह्म बतलाएगा। इस ख्याल से (ब्राह्मण) क्षत्रिय का शिष्य बनने जाये। तुझे (ऐसे ही) मैं विज्ञापन करूँगा (बतलाऊँगा)। (फिर) उसे हाथ में ले खड़ा हो गया। दोनों एक सोये पुरुष के पास गये। उसे इन नामों से पुकारा–बड़े, पीले वस्त्र वाले, सोमराजा! (किन्तु) वह न खड़ा हुआ। उसे हाथ से दबाकर जगाया, वह उठ खड़ा हुआ, तब अजातशत्रु बोला–जब यह सोया हुआ था, तब यह विज्ञानमय पुरुष (जीव) कहाँ था? कहाँ से अब यह आया? गार्ग्य यह नहीं समझ पाया, तब अजातशत्रु ने कहा–जहाँ यह सोया हुआ था...(उस समय यह) विज्ञानमय पुरुष...हृदय के भीतर जो यह आकाश है उसमें सोया था।'

(ख) ब्रह्म–ब्रह्म के बारे में याज्ञवल्क्य की उक्ति हम आगे कहेंगे, हाँ द्वितीय अध्याय में उसके बारे में इस प्रकार कहा गया है–

"वह यह आत्मा सभी भूतों (प्राणियों) का राजा है, जैसे कि रथ (के चक्र) की नाभि और नेमि (पुट्ठी) में सारे अरे समर्पित (घुसे) होते हैं, इसी तरह इस आत्मा (ब्रह्म) में सारे भूत, सारे देव, सारे लोक और सारे ये आत्मा (जीवात्माएँ) समर्पित हैं।"

जगत् ब्रह्म का एक रूप है। पिथागोर और दूसरे जगत् को ब्रह्म का शरीर मानने वाले दार्शनिकों की भाँति यहाँ भी जगत् को ब्रह्म का एक रूप कहा गया और फिर–

'ब्रह्म के दो ही रूप हैं–मूर्त (साकार) और अ-मूर्त (निराकार), मर्त्य (नाशमान) और अमृत (अविनाशी)...।'

पुराने धर्म-विश्वासी ईश्वर को संसार में पाये जाने वाले भले पुरुषों के गुणों–कृपा, क्षमा आदि से–युक्त, भावात्मक गुणों वाला मानते थे, किन्तु अब श्रद्धा से आगे बढ़कर विकसित बुद्धि के राज्य में लोग घुस चुके थे; इसलिए उनको समझाने या अपने वाद को तर्कसंगत बनाने एवं पकड़ में न आने के लिए, ब्रह्म को अभवात्मक गुणोंवाला कहना ज्यादा उपयोगी था। इसीलिए बृहदारण्यक में हम पाते हैं–

"(वह) न स्थूल, न सूक्ष्म (अणु), न ह्रस्व, न दीर्घ, न लाल, न छाया, न तम, न संग-रस-गंधवाला, न आँख-कान-वाणी-मन-प्राण-मुखवाला, न आन्तरिक, न बाहरी, न वह किसी को खाता है, न उसे कोई खाता है।"

ब्रह्म के गुणों का अन्त नहीं "नेति नेति" इस तरह का विशेषण भी ब्रह्म के लिए पहले-पहल इसी वक्त दिया गया है।

(ग) सृष्टि–ऋग्वेद के नासदीय सूक्त की कल्पना को जारी रखते हुए बृहदारण्यक कहता है–

'यह कुछ भी पहले न था, मृत्यु (जीवन-शून्यता), भूख से यह ढँका हुआ था। भूख (अशनाया) मृत्यु है। सो उसने मन में किया–मैं आत्मा वाला (सशरीर) होऊँ। उसने अर्चन (चाह) किया। उसके अर्चने पर जल पैदा हुआ।...जो जल का शर था। वह बड़ा हुआ। वह पृथिवी हुई। उस (पृथिवी) में श्रान्त हो (थक) गया। श्रान्त तप्त उस (बह्म) का जो तेज (रूपी) रस बना, (वही) अग्नि (हुआ)।'

यूनानी दार्शनिक थेल (525-640 ई० पू०) की भाँति यहाँ भी भौतिक तत्त्वों में सबसे प्रथम जल को माना गया है, पृथिवी का नंबर दूसरा और आग का तीसरा है।

दूसरी जगह सृष्टि का वर्णन इन शब्दों में किया गया है–

"आत्मा ही यह पहले पुरुष जैसा था। उसने नज़र दौड़ाकर अपने से भिन्न (किसी) को नहीं देखा। (उसने) मैं हूँ (सोहं), यह पहले कहा। इसीलिए 'अहं' नाम वाला हुआ। इसीलिए आज भी बुलाने पर (मैं) अहं पहले कहकर पीछे दूसरा नाम बोला जाता है।...वह डरा। इसीलिए (आज भी) अकेला (आदमी) डरता है।...उसने दूसरे की चाह की।...उसने (अपने) इसी ही आत्मा (शरीर) का दो भाग किया, उससे पति और पत्नी हुए।"

और भी–

"ब्रह्म ही यह पहले था, उसने अपने को जाना–'मैं ब्रह्म हूँ' उससे वह सब हुआ। तब देवताओं में से जो-जो जागा, वह ही वह हुआ। वैसे ही ऋषियों और मनुष्यों में से भी जो ऐसा जानता है–'मैं ब्रह्म हूँ' (अहं ब्रह्मास्मि), वह यह सब होता है और जो दूसरे देवता की उपासना करता है–'वह दूसरा, मैं दूसरा हूँ', वह नहीं जानता, वह देवताओं के पशु जैसा है।"

आत्मा (ब्रह्म) से कैसे जगत् होता है? इसकी उपमा देते हुए कहा है–

"जैसे आग से छोटी चिंगारियाँ (विस्फुलिंग) निकलती है, इसी तरह इस आत्मा (विश्वात्मा, ब्रह्म) से सारे प्राण (जीव), सारे लोक, सारे देव, सारे भूत निकलते हैं।"

बृहदारण्यक के और दार्शनिक विचारकों के बारे में हम आगे याज्ञवल्क्य,आदि के प्रकरण में कहेंगे।

2. द्वितीय काल की उपनिषदें (600-500 ई० पू०)

ईश उपनिषद् संहिता का एक भाग है। छान्दोग्य, बृहदारण्यक, ब्राह्मण के भाग हैं, यही तीन सबसे पुरानी उपनिषदें हैं, यह हम बतला आए हैं। आगे की आरण्यकों वाली ऐतरेय और तैत्तिरीय उपनिषदों ने एक कदम और आगे बढ़कर संधिकालीन उपनिषदों से कुछ और स्पष्ट भाषा में ज्ञान का समर्थन और कर्मकांड की अवहेलना शुरू की।

(1) ऐतरेय-उपनिषद्

ऐतरेय-उपनिषद् ऋग्वेद के ऐतरेय-आरण्यक का एक भाग है। ऐतरेय ब्राह्मण और आरण्यक दोनों के रचयिता महिदास ऐतरेय थे। इस उपनिषद् के तीन भाग हैं। पहले भाग में सृष्टि को ब्रह्म ने कैसे बनाया, इसे बतलाया गया है। दूसरे भाग में तीन जन्मों का वर्णन है, जो शायद पुनर्जन्म के प्रतिपादक अति प्राचीनतम वाक्यों में है। अन्तिम भाग में प्रज्ञानवाद का प्रतिपादन है।

(क) सृष्टि–विश्व की सृष्टि कैसे हुई? इसके बारे में महिदास ऐतरेय का कहना है–

'यह आत्मा अकेला ही पहले प्राणित (जीवित) था और दूसरा कुछ भी नहीं था। उसने ईक्षण किया (मन में किया)–लोकों को सिरजूँ। उसने इन लोकों–जल, किरणों...को सिरजा। उसने ईक्षण किया कि ये लोक पालों को सिरजें। उसने पानी से ही पुरुष को उठाकर कम्पित किया, उसे तपाया। तप्त करने पर उसका मुख उसी तरह फूट निकला, जैसे कि अंडा। (फिर) मुख से वाणी, वाणी से आग, नाक से नथने फूट निकले, नथुनों से प्राण, प्राण से वायु। आँखें फूट निकलीं। आँखों से चक्षु (इन्द्रिय), चक्षु से आदित्य (सूर्य)। दोनों कान फूट निकले। कानों से श्रोत्र (इन्द्रिय)। श्रोत्र से दिशाएँ। त्वक् (चमड़ा) फूट निकला। चमड़े से रोम, रोगों से औषधि-वनस्पतियाँ। हृदय फूट निकला। हृदय से मन, मन से चन्द्रमा। नाभि फूट निकली। नाभि से अपान (वायु), अपान से मृत्यु। शिश्न (जननेन्द्रिय) फूट निकला। शिश्न से वीर्य, वीर्य से जल...(फिर) उत्स (पुरुष) के साथ भूख प्यास लगा दी।'

सृष्टि की यह एक बहुत पुरानी कल्पना है, जिसे कि वर्णन की भाषा ही बतला रही है। उपनिषत्कार एक ही वाक्य में शरीर तथा उसकी इन्द्रियाँ एवं विश्व के पदार्थों की भी रचना बतलाना चाहता है। पानी से मानुष शरीर और उसमें क्रमशः मुख आदि का फूट निकलना, किन्तु अभी ऋषि भौतिक विश्व से पूर्णतया इन्कार नहीं करना चाहता, इसीलिए क्रम-विकास का आश्रय लेता है। उसे "कुन्, फ-यकून" (होजा, बस हो गया) कहने की हिम्मत न थी।

(ख) प्रज्ञान (ब्रह्म)–ज्ञान या चेतना को ऋषि ने यहाँ प्रज्ञान कहा है, जैसा कि उसके इस वचन से मालूम होता है–

"सं-ज्ञान, अ-आ-ज्ञान, विज्ञान, प्रज्ञान, मेधा, दृष्टि, धृति (धैर्य), मति, मनीषा, जुति, स्मृति, संकल्प, क्रतु, असु (प्राण), काम (कामना), वश, ये सभी प्रज्ञान के नाम है।"

फिर चराचर जगत् को प्रज्ञानमय बतलाते हुए कहता है–

"यह (प्रज्ञान ही) ब्रह्मा है। यह इन्द्र...(यही) ये पाँच महाभूत...अंडज, जारुज, स्वेदज और उद्भिज, घोड़े, गाय, पुरुष, हाथी, जो कुछ चलने और उड़ने वाले प्राणी हैं, जो स्थावर हैं; वह सब प्रज्ञा-नेत्र हैं, प्रज्ञान में प्रतिष्ठित हैं। लोक (भी) प्रज्ञा-नेत्र है, प्रज्ञा (सबकी) प्रतिष्ठा (आधार) है। प्रज्ञान ब्रह्मा है।"

प्रज्ञान या चेतना को ऋषि सर्वत्र उसी तरह देख रहा है, लेकिन जगत् के पदार्थों से इन्कार करके प्रज्ञान को इस प्रकार देखना अभी नहीं हो रहा है; बल्कि जगत् के भीतर की क्रियाओं और हर्कतों को देखकर वह अपने समकालीन यूनानी दार्शनिकों की भाँति विश्व को सजीव समझकर वैसा कह रहा है।

(2) तैत्तिरीय-उपनिषद्

तैत्तिरीय-उपनिषद्, कृष्ण-यजुर्वेद के तैत्तिरीय आरण्यक का एक भाग है। इसके तीन अध्याय हैं, जिनमें ब्रह्म, सृष्टि, आनंद की सीमा, आचार्य का शिष्य के लिए उपदेश आदि का वर्णन है।

(क) ब्रह्म–ब्रह्म के बारे में सन्देह करने वाले को तैत्तिरीय कहता है–"ब्रह्म अ-सत् है ऐसा जो समझता है, वह अपने भी असत् ही होता है। ब्रह्म सत् है, जो समझता है, उसे सन्त कहते हैं।"

ब्रह्म की उपासना के बारे में कहता है–

"वह (ब्रह्म) प्रतिष्ठा है" ऐसे (जो) उपासना करे, वह प्रतिष्ठावाला होता है। वह मह है, ऐसे जो उपासना करे, तो महान् होता है। वह मन है, ऐसे उपासना करे, तो वह मानवान् होता है...। वह... परिमर है, यदि ऐसे उपासना करे, तो द्वेष रखने वाले शत्रु उससे दूर ही मर जाते हैं।"

इस प्रकार तैत्तिरीय की ब्रह्म-उपासना अभी राग-द्वेष से बहुत ऊँचे नहीं उठी है और वह शत्रु-संहार का भी साधन हो सकती है। ब्रह्म की उपासना और उसके फल के बारे में और भी कहा है–

"वह जो यह हृदय के भीतर आकाश है। उसके अन्दर यह मनोमय अमृत, हिरण्मय (सुनहला) पुरुष है। तालु के भीतर की ओर जो यह स्तन-सा (क्षुद्र-घंटिका) लटक रहा है। वह इन्द्र (आत्मा) की योनि (मूल स्थान) है।...(जो ऐसी उपासना करता है) वह स्वराज्य पाता है, मन के पति को पाता है। उससे (यह) वाक्-पति, चक्षु-पति, श्रोत-पति, विज्ञान-पति होता है। ब्रह्म आकाश-शरीर वाला है।"

ब्रह्म को अन्तस्तम तत्त्व आनन्दमय-आत्मा बतलाते हुए कहा है

"इस अन्न-रसमय आत्मा (शरीर) से भिन्न आन्तरिक आत्मा प्राणमय है, उससे यह (शरीर) पूर्ण है और वह यह (प्राणमय शरीर) पुरुष जैसा ही है।...उस इस प्राणमय से भिन्न...मनोमय है, उससे यह पूर्ण है। वह यह (मनोमय शरीर) पुरुष जैसा ही है।...उस मनोमय से भिन्न विज्ञानमय (जीवात्मा) है। उससे यह पूर्ण है...। उस विज्ञानमय से भिन्न...आनन्दमय (ब्रह्म) आत्मा है। उससे यह पूर्ण है। वह यह (विज्ञानमय आत्मा) पुरुष जैसा ही है।"

यहाँ आत्मा शब्द शरीर से ब्रह्म तक का वाचक है। आत्मा का मूल अर्थ शरीर अभी भी चला आता था। अध्यात्म से शरीर के भीतर यह अर्थ पुराने उपनिषदों में पाया जाता है, किन्तु धीरे-धीरे आत्मा शब्द शरीर-का प्रतियोगी, उससे अलग तत्त्व का वाचक, बन जाता है। आनन्दमय शब्द ब्रह्म का वाचक है, इसे सिद्ध करने के लिए वादरायण ने सूत्र लिखा: "आनन्दमयोऽभ्यासात्" (आनन्दमय ब्रह्मवाचक है, क्योंकि वह जिस तरह दुहराया गया है, उससे वही अर्थ लिया जा सकता है)।

आनन्द ब्रह्म के बारे में एक कल्पित आख्यायिका का सहारा ले उपनिषत्कार कहता है–

"भृगु वारुणि (वरूण-पुत्र) (अपने) पिता वरुण के पास गया (और बोला)–भगवन्! (मुझे) ब्रह्म सिखलायें। उसे (वरुण ने) यह कहा। (और बोला) यह भूत उत्पन्न होते (जन्मते) हैं, जिससे उत्पन्न हो जीवित रहते हैं, जिससे पास जाते, (जिसके) भीतर समाते हैं। उसकी जिज्ञासा करो वह ब्रह्म है। उस (भृगु) ने तप किया। तप करके अन्न ब्रह्म हैं यह जाना। अन्न से ही यह भूत जन्मते हैं, जन्म ले अन्न से जीवित रहते हैं, अन्न में जाते, भीतर घुसते हैं। इसे जानकर फिर (अपने) पिता वरुण के पास गया– भगवन्! ब्रह्म सिखायें। उसको (वरुण) ने कहा–तप से ब्रह्म की जिज्ञासा करों, तप ब्रह्म है।...उसने तप करके विज्ञान ब्रह्म है यह जाना।...तप करके आनन्द ब्रह्म है यह जाना।..."

भिन्न-भिन्न स्थानों में अवस्थित होते भी ब्रह्म एक है, इसके बारे में कहा–

"वह जो कि यह पुरुष में और जो वह आदित्य में है, वह एक है।"

ब्रह्म मन वचन का विषय नहीं है–

"(जहाँ) बिना पहुँचे, जिससे मन के साथ वचन लौट आते हैं, वही ब्रह्म है।"

(ख) सृष्टिकर्ता ब्रह्मा–ब्रह्म से विश्व के जन्मादि होते हैं, इसका एक उद्धरण दे आए हैं। तैत्तिरीय के एक वचन के अनुसार पहले विश्व अ-सत् (सत्ताहीन, कुछ नहीं) था, जैसे कि–

"असत् ही यह पहले था। उससे सत् पैदा हुआ। उसने अपने को स्वयं बनाया। इसीलिए उसे (विश्व को) सु-कृत (अच्छा बनाया गया) कहते हैं।"

ब्रह्म ने सृष्टि कैसे बनाई?–

"उसने कामना की बहुत होऊँ जन्माऊँ। उसने तप किया। उसने तप करके यह जो कुछ है, इस सब (जगत्) को सिरजा। उसको सिरजकर फिर उसमें प्रविष्ट हो गया। उसमें प्रविष्ट कर सत् और तत् (वह) हो गया, व्याख्यात और अव्याख्यात, निलयन (छिपने की जगह) और अ-निलयन, विज्ञान और अ-विज्ञान (अ-चेतन), सत्य और अ-नृत (अ-सत्य) हो गया।"

(ग) आचार्य-उपदेश–आचार्य से शिष्य के लिए अन्तिम उपदेश तैत्तिरीय ने इन शब्दों में दिलवाया है।

"वेद पढ़ाकर आचार्य अन्तेवासी (शिष्य) को अनुशासन (उपदेश) देता है–सत्य बोल, धर्माचरण कर, स्वाध्याय में प्रमाद न करना। आचार्य के लिए प्रिय धन (गुरु दक्षिणा के तौर पर) लाकर प्रजा-तन्तु (सन्तान परंपरा) को न तोड़ना। देवों-पितरों के काम में प्रमाद न करना। माता को देव मानना, पिता को देव मानना, आचार्य को देव मानना, अतिथि को देव मानना। जो हमारे निर्दोष कर्म हैं, उन्हीं को सेवन करना, दूसरों को नहीं।"

3. तृतीय काल की उपनिषदें (500-400 ई० पू०)

(1) प्रश्न-उपनिषद्

जैसा कि इसके नाम ही से प्रकट होता है, यह छः ऋषियों के पिप्पलाद–के पास पूछे प्रश्नों के उत्तरों का संग्रह है।

प्रश्न में निम्न बातें बतलाई गई हैं–

(क) मिथुन (जोड़ा) वाद–"भगवन्! यह प्रजाएँ कहाँ से पैदा हुईं?" उसको (पिप्पलाद) ने उत्तर दिया–'प्रजापति प्रजा (पैदा करने) की इच्छा वाला (हुआ), उसने तप किया, उसने तप करके यह मेरे लिए बहुत-सी प्रजाओं को बनायेंगे, (इस ख्याल से) मिथुन (जोड़े) को उत्पन्न किया–रयि (धन, भूत) और प्राण (जीवन) को। आदित्य प्राण है, चंद्रमा रयि ही है...। संवत्सर प्रजापति है, उसके दक्षिण और उत्तर दो अयन हैं।...जो पितृयान (के छः मास) हैं, वही रयि हैं।...मास प्रजापति है, उसका कृष्णपक्ष रयि है, शुक्ल (पक्ष) प्राण है...दिन-रात प्रजापति है, उसका दिन प्राण है, रात रयि है।'

इस प्रकार प्रश्न उपनिषद् का प्रधान ऋषि पिप्पलाद विश्व को दो-दो (मिथुन) तत्त्वों में विभक्त कर उसे द्वैतमय मानता है; यद्यपि रयि और प्राण दोनों मिलकर प्रजापति के रूप में एक हो जाते हैं।

(ख) सृष्टि–एक प्रश्न है–

भगवन्! प्रजाओं (सृष्टि) को कितने देव धारण करते हैं? कौन से देव प्रकाशन करते हैं, कौन उनमें सर्वश्रेष्ठ है? उसको उस (पिप्पलाद ऋषि) ने बतलाया–ऽ(प्रजा को धारण करने वाला) यह आकाश देव है, वायु, अग्नि, जल, पृथिवी, वाणी, मन, नेत्र और श्रोत्र (देव) हैं। वह प्रकाश करके कहते हैं, हम इस प्राण (शरीर) को रोककर धारण करते है। उनसे सर्वश्रेष्ठ (देव) प्राण ने कहा–"मत मूढ़ता करो, मैं ही अपने को पाँच प्रकार से विभक्त कर इस प्राण को रोक कर धारण करता हूँ। उन्होंने विश्वास नहीं किया। वह अभिमान से निकलने लगा। उस (प्राण) के निकलते ही दूसरे सारे ही प्राण (इन्द्रिय) निकल जाते हैं, उसके ठहरने पर सभी ठहरते हैं, जैसे (शहद की) सारी मक्खियाँ मधुकर राजा (रानी मक्खी) के निकलने पर निकलने लगती हैं, उसके ठहरने पर सभी ठहरती हैं।...वाणी, मन, चक्षु, श्रोत्र ने...प्राण की स्तुति की–यही तप रहा अग्नि है, यह सूर्य पर्जन्य (वृष्टि देवता), मधवा (इंद्र) यही वायु है, यही पृथिवी रयि देव है, जो कुछ कि सद् असद् और अमृत है...। (हे प्राण!) जो तेरे शरीर या वचन में स्थित है, जो श्रोत्र या नेत्र में (स्थित है) जो मन में फैला हुआ है, उसे शान्त कर, (और शरीर से) मत निकल।"

इस प्रकार पिप्पलाद ने प्राण (जीवन या विज्ञान) को सर्वश्रेष्ठ माना और रवि (या भौतिक तत्त्व) को द्वितीय या गौण स्थान दिया।

(ग) स्वप्न–स्वप्न-अवस्था पिप्पलाद के लिए एक बहुत ही रहस्यपूर्ण अवस्था थी। वह समझता था कि वह परम पुरुष या ब्रह्म के मिलन का समय है। इसके बारे में गार्ग्य के प्रश्न का उत्तर देते हुए पिप्पलाद ने कहा–

"जैसे गार्ग्य! अस्त होते सूर्य के तेजोमंडल में सारी किरणें एकत्रित होती हैं, (सूर्य के) उदय होते वक्त वह फिर फैलती है, इसी तरह (स्वप्न में) वह सब (इन्द्रियाँ) उस परमदेव मन में एक होती हैं। इसीलिए तब यह पुरुष न सुनता है, न देखता है, न सूंघता है, (उसके लिए) सो रहा है, इतना ही कहते हैं।"

'वह जब तेज से अभिभूत (मद्धिम पड़ा) होता है, तब यह देव स्वप्नों को नहीं देखता; तब यह इस शरीर में सुखी होता है।'

'मन यजमान है, अभीष्ट फल उदान है। यह (उदान) इस यजमान को रोज-रोज (सुप्तावस्था में) ब्रह्म के पास पहुँचाता है।'

'यहाँ सुप्तावस्था में यह देव (अपनी) महिमा को अनुभव करता है और देखे-देखे के पीछे देखता है, सुने-सुने के पीछे सुनता है...देखे और न देखे, सुने और न सुने, अनुभव किये और न अनुभव किये, सत् और अ-सत्, सबको देखता है सबको देखता है।'

(घ) मुक्तावस्था–मुक्तावस्था के बारे में इस उपनिषद् का कहना है–

"जैसे कि नदियाँ समुद्र में जा अस्त हो जाती हैं, उनका नाम और रूप छूट जाता है, समुद्र बस यही कहा जाता है; इसी तरह पुरुष (ब्रह्म) को प्राप्त हो, इस परिद्रष्टा की यह सोलह कला अस्त हो जाती है। उनके नाम-रूप छूट जाते हैं, उसे पुरुष बस यही कहा जाता है। वही यह कला-रहित अमृत है।" असत्य-भाषण के बारे में कहा है–"जो झूठ बोलता है, वह जड़ से सूख जाता है।"

(2) केन-उपनिषद्

ईश की भाँति केन-उपनिषद् भी "केन" से शुरू होता है, इसलिए इसका यह नाम पड़ा। केन के चार खंडों में पहले दो पद्य में हैं और अन्तिम दो गद्य में। पद्य खंड में आत्मा का शरीर से अलग तथा इन्द्रियों का प्रेरक होना सिद्ध किया गया है और बतलाया गया है, कि वही चरम सत्य तथा पूजनीय है। उपसंहार में (रहस्यवादी भाषा में) कहा है: "जो जानते हैं वह वस्तुतः नहीं जानते, जो नहीं जानते वही उसे जानते हैं।" आत्मा को सिद्ध करते हुए केन ने कहा है–

"जो श्रोत्र का श्रोत्र, मन का मन, वचन का वचन और प्राण का प्राण, आँख की आँख है, (ऐसा समझने वाले) धीर अत्यन्त मुक्त हो, इस लोक से जाकर अमृत हो जाते है।"

ब्रह्म छोड़ दूसरों की उपासना नहीं करनी चाहिए–

"जो वाणी से नहीं बोला जाता, जिससे वाणी बोली जाती है; उसी को तू ब्रह्म जान, उसे नहीं जिसे कि (लोग) उपासते हैं।"

'जो मन से मनन नहीं किया जाता, जिससे मन जाना गया कहते हैं; उसी को तू ब्रह्म जान...'

'जो प्राण से प्राणन करता है, जिससे प्राण प्राणित किया जाता है; उसी को तू ब्रह्म जान'।

केन के गद्य-भाग में जगत् के पीछे छिपी अपरिमेय शक्ति को बतलाया गया है।

(3) कठ-उपनिषद्

(क) नचिकेता-यम-समागम–कठ-शाखा के अन्तर्गत होने से इस उपनिषद् का नाम कठ पड़ा है। यह पद्यमय है। भगवद्गीता ने इस उपनिषद् से बहुत लिया है और उपनिषद् रूपी गायों से कृष्ण ने अर्जुन के लिए गीतामृत दूध का दोहन किया, यह कहावत कठ के संबंध से है। नचिकेता और यम की प्रसिद्ध कथा इसी उपनिषद् में है। नचिकेता का पिता अपनी सारी सम्पत्ति का दान कर रहा था, जिसमें उसकी अत्यन्त बूढ़ी गायें भी थी। नचिकेता इन गायों को दान के अयोग्य समझता था, इसलिए उसने सोचा–

"पानी पीना तृण खाना दूध दुहना जिन (गायों) का खतम हो चुका है, उनको देने वाला (दाता) आनन्दरहित लोक में जाता है।"

नचिकेता की समझ में यह नहीं आया, कि सर्वस्व-दान में यह निरर्थक वस्तुएँ भी शामिल हो सकती हैं। यदि सर्वस्व-दान का अर्थ शब्दशः लिया जाये, तो फिर मैं भी उसमें शामिल हूँ। इस पर

नचिकेता ने पिता से पूछा–"मुझे किसे देते हो?" पुत्र को प्रश्न दुहराते देख गुस्सा हो पिता ने कहा–'तुझे मृत्यु को देता हूँ। नचिकेता मृत्यु के देवता (यम) के पास गया। यम कहीं बाहर दौरे पर गया हुआ था। उसके परिवार ने अतिथि को खाने पीने के लिए बहुत आग्रह किया; किन्तु नचिकेता ने यम से मिले बिना कुछ भी खाने से इन्कार कर दिया। तीसरे दिन यम ने अतिथि को इस प्रकार भूखे-प्यासे घर पर बैठा देखकर एक सद्गृहस्थ की भाँति खिन्न हुआ और नचिकेता को तीन वर माँगने के लिए कहा।' इन वरों में तीसरा सबसे महत्त्वपूर्ण है। इसे नचिकेता ने इस प्रकार माँगा था–

जो यह मरे मनुष्य के बारे में सन्देह है। कोई कहता है "है" कोई कहता है यह (जीव) नहीं है। तुम ऐसा उपदेश दो, कि मैं इसे जानूँ। वरों में यह तीसरा वर है।

यम–'इस विषय में देवों ने पहले भी सन्देह किया था। यह सूक्ष्म धर्म (बात) जानने में सुकर नहीं है। नचिकेता! दूसरा वर माँगो, मत आग्रह करो, इसे छोड़ दो।'

नचिकेता–"देवों ने इसमें सन्देह किया था, हे मृत्यु! जिसे तुम जानने में सुकर नहीं कहते। तुम्हारे जैसा इसका बतलाने वाला दूसरा नहीं मिल सकता; इसके समान कोई दूसरा वर नहीं।"

यम–"मर्त्यलोक में जो जो काम (भोग) दुर्लभ हैं, उन सभी कामों को स्वेच्छा से माँगो? रथों, वाद्यों के साथ...मनुष्यों के लिए अलभ्य यह रमणियाँ हैं। नचिकेता! मेरी दी हुई इन (रमणियों) के साथ मौज करो–मरण के संबंध में मुझ से मत प्रश्न पूछो।"

नचिकेता–"कल इनका अभाव (होनेवाला है)। हे अन्तक! मर्त्य (मरणधर्मा मनुष्य) की इन्द्रियों का तेज जीर्ण होता है, बल्कि सारा जीवन ही थोड़ा है। ये घोड़े तुम्हारे ही रहें, नृत्य-गीत तुम्हारे ही (पास) रहें।...जिस महान् परलोक के विषय में (लोग) सन्देह करते हैं, हे मृत्यु! हमें उसी के विषय में बतलाओ। जो यह अतिगहन वर है, उससे दूसरे को नचिकेता नहीं माँगता।"

इस पर यम ने नचिकेता को उपदेश देना स्वीकार किया।

(ख) ब्रह्म–ब्रह्म का वर्णन कठ-उपनिषद् में कई जगह आया है। एक जगह उसे पुरुष कहा गया है–

'इन्द्रियों से परे (ऊपर) अर्थ (विषय) हैं, अर्थों से परे मन, मन से परे बुद्धि, बुद्धि से परे महान् आत्मा (महत् तत्त्व) है। महान् से परे परम अव्यक्त (मूल प्रकृति), अव्यक्त से परे पुरुष है। पुरुष से परे कुछ नहीं, वही पराकाष्ठा है, वही (परा) गति है।'

फिर कहा है–

"ऊपर मूल रखने वाला, नीचे शाखा वाला यह अश्वत्थ (वृक्ष) सनातन है। वही शुक्र है, वही ब्रह्म है, उसी को अमृत कहा जाता है, उसी में सारे लोक आश्रित हैं। उसको कोई अतिक्रमण नहीं कर सकता। यही वह (ब्रह्म) है।"

और–"अणु से अत्यन्त अणु, महान् से अत्यन्त महान्, (वह) आत्मा न जन्तु की गुहा (हृदय), में छिपा हुआ है।"

और भी–

'वहाँ सूर्य नहीं प्रकाशता न चाँद तारे, न यह बिजलियाँ प्रकाशतीं, (फिर) यह आग कहाँ से प्रकाशेगी। उसी (ब्रह्म) के प्रकाशित होने पर सब पीछे से प्रकाशते हैं, उसी की प्रभा से यह सब प्रकाशता है।'

और भी–

'जैसे एक आग भुवन में प्रविष्ट हो, रूप-रूप में प्रतिरूप होती है, उसी तरह सारे भूतों का एक अन्तरात्मा है, जो रूप-रूप में प्रतिरूप तथा बाहर भी है।'

सर्वव्यापक होते भी ब्रह्म निर्लेप रहता है–

'जैसे सारे लोक की आँख (सूर्य) आँख-संबंधी बाहरी दोषों से लिप्त नहीं होता; वैसे ही सारे भूतों का एक अन्तरात्मा (ब्रह्म) लोक के बाहरी दुखों से लिप्त नही होता। ब्रह्म की रहस्मयी सत्ता के प्रतिपादन में रहस्यमयी भाषा का प्रचुर प्रयोग पहले पहल कठ-उपनिषद् में किया गया है।' जैसे–

"जो सुनने के लिए भी बहुतों को प्राप्य नहीं हैं। सुनते हुए भी बहुतेरे जिसे नहीं जानते। उसका वक्ता आश्चर्य (मय) है, उसको प्राप्त करने वाला कुशल (चतुर) है, कुशल द्वारा उपदिष्ट ज्ञाता आश्चर्य (पुरुष) है।"

अथवा–

"बैठा हुआ दूर पहुँचता है, लेटा सर्वत्र जाता है। मेरे बिना उस मद-अमद देव को कौन जान सकता है?"

(ग) आत्मा (जीव)–जीवात्मा का वर्णन जिस प्रकार कठ-उपनिषद् ने किया है, उससे उसका झुकाव आत्मा और ब्रह्म की एकता (अद्वैत) की ओर नहीं जान पड़ता। आत्मा शरीर से भिन्न है, इसे इस श्लोक में बतलाया गया है जिसे भगवद्गीता ने भी अनुवादित किया है–

"(वह) ज्ञानी न जन्मता है न मरता है, न यह कहीं से (आया) न कोई हुआ। यह अजन्मा, नित्य, शाश्वत, पुराण है। शरीर के हत होने पर वही नहीं हत होता।"

"हन्ता यदि हनन को मानता है, हत यदि हत (मारित) मानता है, तो वे दोनों ज्ञान रहित हैं; न यह मारता है न मारा जाता है।"

कठ ने रथ के दृष्टान्त से आत्मा को सिद्ध करना चाहा–

"आत्मा को रथी जानो और शरीर को रथ मात्र। इन्द्रियों को घोड़ा कहते हैं, (और) मन को पकड़ने की रास। बुद्धि को सारथी जानो...।"

(घ) मुक्ति और उसके साधन–मुक्ति–दुःख से छूटना और ब्रह्म को प्राप्त करना-उपनिषदों का लक्ष्य है। कठ मानव को मुक्ति के लिए प्रेरित करते हुए कहता है–

'उठो जागो, वरों को पाकर जानो। कवि (ऋषि) लोग उस दुर्गम पथ को छुरे की तीक्ष्ण धार (की तरह) पार होने में कठिन बतलाते हैं।'

तर्क, पठन या बुद्धि से उसे नहीं पाया जा सकता–

'यह आत्मा प्रवचन (पठन-पाठन) से मिलने वाला नहीं है, न ही बुद्धि या बहुश्रुत होने से।'

'दूसरे के बिना बतलाये यहाँ गति नहीं है। सूक्ष्माकार होने से वह अत्यन्त अणु और तर्क का अ-विषय है। यह मति (ज्ञान) तर्क से नहीं मिलने वाली है। हे प्रिय! दूसरे के बतलाने ही पर (यह) जानने में सुकर है।'

(a) सदाचार–ब्रह्म की प्राप्ति के लिए कठ ज्ञान और ध्यान को ही प्रधान साधन मानता है, तो भी सदाचार की वह अवहेलना नहीं देखना चाहता। जैसे कि–

'दुराचार से जो विरत नहीं, जो शान्त और एकाग्रचित्त नहीं अथवा जो शान्त मानस नहीं, वह प्रज्ञान से इसे नहीं, पा सकता।'

तो भी मुक्ति के लिए कठ का बहुत जोर ज्ञान पर है–

'सारे भूतो (प्राणियों) के अन्दर छिपा हुआ, यह आत्मा नहीं प्रकाशता; किन्तु वह तो सूक्ष्मदर्शियों द्वारा सूक्ष्म तीव्र बुद्धि से देखा जाता है।'

(b) ध्यान–ब्रह्म-प्राप्ति या मुक्ति के लिए ज्ञान-दृष्टि आवश्यक है; किन्तु साथ ही ज्ञान-दर्शन के लिए ध्यान या एकाग्रता भी आवश्यक है–

'स्वयंभू (विधाता) ने बाहर की ओर छिद्र (इन्द्रियाँ) खोदी हैं। इसलिए मनुष्य बाहर की ओर देखते हैं, शरीर के भीतर (अन्तरात्मा) नहीं। कोई-कोई धीर (हैं जो कि) आँखों को मूंद कर अमृत पद की इच्छा से भीतर आत्मा में देखते हैं।'

"(ब्रह्म) न आँख से ग्रहण किया जाता है, न वचन से, न दूसरे देवों, तपस्या या कर्म से। ज्ञान की शुद्धता से (जो) मन विशुद्ध (हो गया है वह), ध्यान करते हुए, उस निष्फल (ब्रह्म) का दर्शन करता है।"

(4) मुंडक उपनिषद्

मुडंक का अर्थ है, मुँडे-शिरवाला यानी गृहत्यागी परिव्राजक, भिक्षु या संन्यासी, जो कि आज की भाँति उस समय भी मुंडे शिर रहा करते थे।

बुद्ध के रागय ऐरो गुटंक बहुत थे, रवयं बुद्ध और उनके भिक्षु मुडंक थे। मुंडक उपनिषद् में पहली बार हमें बुद्धकालीन घुमन्त परिव्राजकों के विचार मालूम होते हैं। यहाँ प्राचीन परंपरा से एक नई परंपरा आरम्भ होती दीख पड़ती है।

(क) कर्मकांड-विरोध–ब्राह्मणों के याज्ञिक कर्मकांड से, मुंडक को खास चिढ़ मालूम होती है, जो कि निम्न उद्धरण से मालूम होगा।

"यज्ञ-रूपी ये बेड़े (या घरनइयाँ) कमजोर हैं...। जो मूढ़ से अच्छा (कह) कर अभिनन्दन करते हैं, वे फिर-फिर बुढ़ापे और मृत्यु को प्राप्त होते हैं। अविद्या (अज्ञान) के भीतर वर्तमान अपने को धीर (और) पंडित समझने वाले, वे मूढ़ अंधे द्वारा लिवाये जाते अंधों की भाँति दुःख पाते भटकते हैं। अविद्या के भीतर बहुत करके वर्तमान 'हम कृतार्थ हैं' ऐसा अभिमान करते हैं। (ये) बालक बेकर्मी (कर्मकांडपरायण) राग के कारण नहीं समझते हैं, उसी से (ये) आतुर लोग (पुण्य) लोक से क्षीण हुए (नीचे) गिरते हैं।...तप और श्रद्धा के साथ भिक्षाटन करते हुए, जो शान्त विद्वान् अरण्य में वास करते हैं। वह निष्पाप हो सूर्य के रास्ते (वहाँ) जाते हैं, जहाँ कि वह अमृत, अक्षय-आत्मपुरुष है।"

जिस वेद और वैदिक कर्मकांडी विद्या के लिए पुरोहितों को अभिमान था, उसे मुंडक निम्न स्थान देता है–

'दो विद्याएँ जानने की हैं' यह ब्रह्मवेत्ता बतलाते हैं। (वह) हैं, परा और अपरा (छोटी)। उनमें अपरा है– 'ऋगवेद, यजुर्वेद, सामवेद, अथर्ववेद, शिक्षा, कल्प, व्याकरण, निरुक्त, छन्द, ज्योतिष।' परा (विद्या) वह है, जिससे उस अक्षर (अविनाशी) को जाना जाता है।

(ख) ब्रह्म–ब्रह्म के स्वरूप के बारे में कहता है–

'वही अमृत ब्रह्म आगे है, ब्रह्म पीछे, ब्रह्म दक्षिण और उत्तर में। ऊपर नीचे यह ब्रह्म ही फैला हुआ है; सर्वश्रेष्ठ (ब्रह्म ही) यह सब है।'

"यह सब पुरुष ही हैं।...गुहा (हृदय) में छिपे इसे जो जानता है। वह...अविद्या की ग्रंथि को काटता है।"

'वह वृहद् दिव्य, अचिन्त्य रूप, सूक्ष्म से भी सूक्ष्मतर (ब्रह्म) प्रकाशता है। दूर से (वह) बहुत दूर है और देखने वालों को यही गुहा (हृदय) में छिपा वह... पास ही में है।'

(ग) मुक्ति के साधन–कर्मकांड-यज्ञ-दान-वेदाध्ययन आदि को मुंडक हीन दृष्टि से देखता है, यह बतला चुके हैं, उसकी जगह मुंडक दूसरे साधनों को बतलाता है।

"यह आत्मा सत्य, तप, ब्रहाचर्य से सदा प्राप्य है। शरीर के भीतर (वह) शुभ्र ज्योतिर्मय है, जिसको दोषरहित यति देखते हैं।"

'यह आत्मा बलहीन द्वारा नहीं प्राप्य है और न ही प्रमाद या लिंगहीन तप से ही (प्राप्य है)।'

शायद लिंग से यहाँ मुंडकों (परिव्राजकों) के विशेष शरीरचिह्न अभिप्रेत हैं। कठ, प्रश्न की भाँति मुंडक भी उन उपनिषदों में है, जो उस समय में बनी, जबकि ब्राह्मणों के कर्मकांड पर भारी प्रहार हो चुका था।

(a) गुरु–मुडंक गुरु की प्रधानता को भी स्वीकारता है, इससे पहले दूसरी शिक्षाओं की तरह ब्रह्मज्ञान की शिक्षा देनेवाला भी आचार्य या उपाध्याय के तौर पर एक आचार्य था। अब गुरु को वह स्थान दिया गया, जो कि तत्कालीन अवैदिक बौद्ध, जैन आदि धर्मों में अपने शास्ता और तीर्थंकर को दिया जाता था। मुडंक ने कहा–

'कर्म से चुने गए लोकों की परीक्षा करने के बाद ब्रह्मण को निर्वेद (वैराग्य) होना चाहिए, कि अ-कृत (ब्रह्मत्व) कृत (कर्मों) से नहीं (प्राप्त होता)। उस (ब्रह्म) ज्ञान के लिए समिधा हाथ में ले (शिष्य बनने के वास्ते) श्रोत्रिय ब्रह्मनिष्ठ गुरु के पास ही में जाये।'

(b) ध्यान–ब्रह्म की प्राप्ति के लिए मन की तन्मयता आवश्यक है–

'उपनिषद् के महास्त्र धनुष को लेकर, उपासना से तेज किये शर को चढ़ाए, तन्मय हुए चित्त से खींचकर, हे सोम्य; उसी अ-क्षर (अ-विनाशी) को लक्ष्य समझ। प्रणव (ओम्) धनुष है, आत्मा शर, ब्रह्म वह लक्ष्य कहा जाता है। (उसे) प्रमाद (गफ़लत) रहित हो वेधना चाहिए, शर की भाँति तन्मय होना चाहिए।'

(c) भक्ति–वैदिक काल के ऋषि और ज्ञान-युग के आरंभिक ऋषि आरुणि, याज्ञवल्क्य आदि भी देवताओं की स्तुति करते थे, उनसे अभिलषित भोग-वस्तुएँ भी माँगते थे; किन्तु यह सब होता था, आत्म-सम्मानपूर्वक यह स्वाभाविक भी था, क्योंकि सामन्तवाद में पहुँच जाने पर भी आर्य अपने जन तथा पितृ-सत्ता-कालीन भावों को अभी छोड़ नहीं सके थे, इसलिए देवताओं के साथ भी अभी समानता या मित्रता का भाव दिखलाना चाहते थे, किन्तु अब अवस्था बदल गई थी। आर्य जिस तरह खून में मिश्रित होते जा रहे थे, उसी तरह उनके विचारों पर भी बाहरी प्रभाव पड़ते जा रहे थे। इसीलिए अब आत्मसमर्पण का ख्याल राजनीतिक क्षेत्र की भाँति, धार्मिक क्षेत्रों में भी ज्यादा जोर मारने लगा था। मुडंककार ने ज्ञान को भी काफी नहीं समझा और कह दिया।

"जिसको ही वह (ब्रह्म) चुनता (वरण) करता है, उसी को वह प्राप्य है, उसी के लिए यह अपने तन को खोलता है।"

(d) ज्ञान–अन्य उपनिषदों की भाँति यहाँ भी (ब्रह्म) ज्ञान पर जोर दिया गया है–

"उसी आत्मा को जानो, दूसरी बातें छोड़ो, यह (ही) अमृत (मुक्ति) का सेतु है।...उसके विज्ञान (ज्ञान) से धीर (पुरुष), (उसे) चारों ओर देखतें हैं, जो कि आनन्दरूप, अमृत, प्रकाशमान है।"

'जब देखने वाला (जीव) चमकीले रंगवाले कर्ता, ईश, ब्रह्मयोनि, पुरुष को देखता है, तब वह (विद्वान्) पुण्य-पाप को फेंक कर, निरंजन की परम समानता को प्राप्त होता है।'

यहाँ याद रखना चाहिए, कि ज्ञान को ब्रह्मप्राप्ति का साधन मानते हुए, मुडंक मुक्त जीव की ब्रह्म से अभिन्न होने की बात नहीं, बल्कि "परम-समानता" की बात कह रहा है।

(घ) त्रैतवाद–ऊपर के उद्धरण से मालूम हो गया, कि मुडंक के मत में मुक्ति का मतलब ब्रह्म की परम समानता मात्र है, जिससे यह समझना आसान है; कि वह अद्वैत नहीं द्वैत का हामी है। इस बात में सन्देह की कोई गुंजाइश नहीं रह जाती, जब हम उसके निम्न उद्धरणों को देखते हैं–

"दो सहयोगी सखा पक्षी (जीवात्मा और परमात्मा) एक वृक्ष को आलिंगन कर रहे हैं। उनमें से एक फल (कर्मभोग) को चखता है, दूसरा न खाते हुए चारों ओर प्रकाशता है। (उस) एक वृक्ष (प्रकृति) में निमग्न पुरुष परवश मूढ़ हो शोक करता है। दूसरे ईश को जब वह (अपना) साथी (तथा) उसकी महिमा को देखता है, तो शोक-रहित हो जाता है।"

(ङ) मुक्ति–मुक्ति मुंडक के त्रैतवाद–प्रकृति (वृक्ष), जीव, ईश्वर और मुक्ति का आभास तो कुछ ऊपर मिल चुका, यदि उसे और स्पष्ट करना है, तो निम्न उद्धरणों को लीजिए–

"जैसे नदियाँ बहती हुई नाम-रूप छोड़ समुद्र में अस्त हो जाती हैं, वैसे ही विद्वान् (ज्ञानी) नाम-रूप से मुक्त हो, दिव्य-परात्पर (अति परम) पुरुष को प्राप्त होता है।"

'इस (ब्रह्म) को प्राप्त कर ऋषि ज्ञानतृप्त, कृतकृत्य, वीतराग, (और) प्रशान्त (हो जाते हैं)। वे धीर आत्म-संयमी सर्वज्यापी (ब्रह्म) को चारों ओर पाकर सर्व (ब्रह्म) में ही प्रवेश करते हैं।'

"वेदान्त के विज्ञान से अर्थ जिन्हें सुनिश्चित हो गया, संन्यास-योग से जो यति शुद्ध मन वाले हैं; वे सब सबसे अन्तकाल में ब्रह्म-लोक में पर-अमृत (बन) सब ओर से मुक्त होते हैं।"

उपनिषद् या ज्ञानकांड के लिए यहाँ वेदान्त शब्द आ गया, जो इस तरह का पहला प्रयोग है।

(च) सृष्टि–ब्रह्म ने किस तरह विश्व की सृष्टि की, इसके बारे में मुंडक का कहना है–

"(वह है) दिव्य अ-मूर्त (निराकार) पुरुष, बाहर भीतर (बसने वाला) अ-जन्मा। प्राण-रहित, मन-रहित शुद्ध अ-क्षत (प्रकृति) के परे से परे है। उससे प्राण, मन और सारी इन्द्रियाँ पैदा होती हैं। आकाश, वायु, ज्योति (अग्नि), जल, विश्व को धारण करने वाली पृथ्वी।...उससे बहुत प्रकार के देव पैदा हुए। साध्य (निम्न कोटि के देव) मनुष्य, पशु, पक्षी, प्राण, अपान, धन, जौ, तप और श्रद्धा, सत्य, ब्रह्मचर्य, विधि (कर्म का विधान)।...इससे (ही) समुद्र और गिरि। सब रूप के सिन्धु (नदियाँ) इसी से बहते हैं। इसी से सारी औषधियाँ और रस पैदा होते हैं।"

और–

"जैसे मकड़ी सृजती है और समेट लेती है, जैसे पृथिवी में औषधियाँ (वनस्पति) पैदा होती हैं; जैसे विद्यमान पुरुष से केश रोम (पैदा होते हैं), उसी तरह अक्षर (अविनाशी) से विश्व पैदा होता है।"

और–

'इसलिए यह सत्य है, कि जैसे सुदीप्त अग्नि से समान रूप वाली हजारों शिखाएँ पैदा होती हैं, उसी तरह अ-क्षर (अ-विनाशी) से हे सोम्य! नाना प्रकार के भाव (हस्तियाँ) पैदा होते हैं।'

इस प्रकार मुंडक के अनुसार ब्रह्म (अ-क्षर) जगत् का निमित्त और उपादान कारण दोनों हैं; वह ब्रह्म और जगत् में शरीर-शरीरी जैसा संबंध मानता है, तभी तो जहाँ सत्ता बतलाते वक्त वह जीव, ब्रह्म और प्रकृति तीनों के अस्तित्व को स्वीकार करता है, वहाँ सृष्टि के उत्पादन में प्रकृति को अलग नहीं बतलाता। मकड़ी आदि का दृष्टान्त इसी बात को सिद्ध करता है।

बुद्ध के समय परिव्राजकों के नाम से प्रसिद्ध धार्मिक सम्प्रदाय इन्हीं मुंडकों का था। पाली सूत्रों के अनुसार इनका मत था, कि मरने के बाद "आत्मा, अरोग, एकान्त, सुखी होता है।"

"पोट्ठपाद, वच्छ-गोत्त जैसे अनेकों परिव्राजक बुद्ध के प्रति श्रद्धा रखते थे और उनके सर्वश्रेष्ठ दो शिष्य सारिपुत्र और मोद्गल्यायन पहले परिव्राजक सम्प्रदाय के थे। मुंडकों से ब्रह्मणों को चिढ़ थी, यह अमबष्ट के बुद्ध के सामने 'मुंडक, श्रमण...काले, बंधु (ब्रह्म) के पैर की सन्तान' कह कर बुरा-भला कहने से भी पता लगता है। सुन्दरिका भारद्वाज का बुद्ध को 'मुंडक' कहकर तिरस्कार करना भी उसी भाव को पुष्ट करता है। मज्झिम-निकाय में परिव्राजकों के सिद्धान्त के बारे में कितनी ही और बातें मिलती हैं, जो इस उपनिषद् के अनुकूल पड़ती हैं। परिव्राजक कर्मकांड-विरोधी भी थे।"

(5) मांडूक्य-उपनिषद्

इसके प्रतिपाद्य विषयों में ओम् को खामखाह दार्शनिक तल पर उठाने की कोशिश की गयी है; और दूसरी बात है, चेतना की चार अवस्थाओं–जागृत, स्वप्न, सुषुप्ति और तुरीय–का विवेचन। इसका एक और महत्त्व यह है कि 'प्रच्छन्न बौद्ध' शंकर के परम गुरु तथा बौद्ध गौड़पाद ने मांडूक्य पर कारिका लिखकर पहले-पहल बौद्ध-विज्ञानवाद से कितनी ही बातों को ले–और कुछ को स्पष्ट स्वीकार करते भी–आगे आने वाले शंकर के अद्वैत वेदान्त का बीजारोपण किया।

(क) ओम्–"भूत, वर्तमान, भविष्यत्, सब ओंकार ही है। जो कुछ त्रिकाल से परे है, वह भी ओंकार ही है।"

(ख) ब्रह्म–ओंकार को ब्रह्म से मिलाते आगे कहा है–

"सब कुछ यह ब्रह्म है। यह आत्मा (जीव) ब्रह्म है। वह यह आत्मा चार पाद वाला है। (1) जागरित अवस्था वाला, बाहर का ज्ञान रखने वाला, सात अंगों (इन्द्रियों), उन्नीस मुखोंवाला, वैश्वानर (नाम का) प्रथम पाद है, (जिसका) भोजन, स्थूल है। (2) स्वप्न अवस्था वाला भीतरी ज्ञान रखने वाला, सात अंगों, उन्नीस मुखोंवाला तैजस (नाम का) दूसरा पाद है, जो अति एकान्तभोगी है। (3) जिस (अवस्था) में सोया, न किसी भोग की कामना करता है, न किसी स्वप्न को देखता है, वह

सुषुप्त (की अवस्था) है। सुषुप्त की अवस्था में एकमय प्रज्ञान-घन (ज्ञानमय) ही आनन्द-मय (नामक) चेतोमुखवाला तीसरा पाद है, जिसका कि आनन्द ही भोजन है। यही सर्वेश्वर है, यही सर्वज्ञ, यही अन्तर्यामी, यही सब की योनि (मूल), भूतों (प्राणियों) की उत्पत्ति और विनाश है। (4) न भीतरी प्रज्ञा वाला, न बाहरी प्रज्ञा वाला, न दोनों तरह की प्रज्ञा वाला, न प्रज्ञान-घन, न प्रज्ञ और न अ-प्रज्ञ है। (जो कि वह) अ-दृष्ट, अ-व्यवहार्य, अ-ग्राह्य, अ-लक्षण, अ-चिन्त्य, अ-व्यपदेश्य (बे नाम का), एक आत्मा रूपी ज्ञान (प्रत्यय) के सारवाला, प्रपंचों का उपशमन करने वाला शान्त, शिव, अद्वैत है। इसे चौथा पाद मानते हैं। वह आत्मा है, उसे जानना चाहिए। वह आत्मा अक्षरों के बीच ओंकार है।...

मांडूक्य-उपनिषद् की भाषा को दूसरी पुरानी उपनिषद् की भाषा से तुलना करने से मालूम हो जावेगा, कि अब हम दर्शन-विकास के काफी समय से गुजर चुके हैं और ब्रह्मवाद-आत्मवाद के विरोधियों का इतना प्राबल्य है, कि यह अज्ञात उपनिषद्-कर्ता खंडन के भय से भावात्मक विशेषणों को न दे, "अदृष्ट, अव्यपदेश्य" आदि भावात्मक विशेषणों पर जोर देने लगा है। साथ ही वेद से दूर रहने से वेद की स्थिति निर्बल हो जाने के डर से ओंकार को भी अपने दर्शन में घुसाने का प्रयत्न कर रहा है। प्राचीन उपनिषदों में उपदेष्टा ऋषि का जिक्र ज़रूर आता है, किन्तु इन जैसे उपनिषदों में कर्ता का जिक्र न होना, उस युग के आरंभ की सूचना देता है, जब कि धर्मपोषक ग्रंथकारों का प्रारंभ होता है। पहले ऐसे ग्रंथकार नाम के बिना अपनी कृतियों को इस अभिप्राय से लिखते हैं, कि अधिक प्रामाणिक और प्रतिष्ठित किसी ऋषि के नाम से उसे समझ लिया जायेगा। इसमें जब आगे कठिनाई होने लगी, तब मनुस्मृति, भगवद्गीता, पुराण जैसे ग्रंथ खास-खास महर्षियों और महापुरुषों के नाम से बनने लगे।

4. चतुर्थकाल की उपनिषदें (200–100 ई० पू०)

बुद्ध और उनके समकालीन दार्शनिकों के विचारों से तुलना करने पर समझना आसान होगा, कि कौषीतकि, मैत्री तथा श्वेताश्वतर उपनिषदें बुद्ध के पीछे की हैं, तो भी वह उन बरसाती मेढकों जैसी उपनिषदों में नहीं हैं, जिनकी भरमार हम पीछे 112 और 150 उपनिषदों के रूप में देखते हैं।

(1) कौषीतकि उपनिषद् (200 ई० पू०)

कौषीतकि उपनिषद्, कौषीतकि ब्राह्मण का एक भाग है। इसके चार अध्याय हैं। **प्रथम** अध्याय में छान्दोग्य, वृहदारण्यक में वर्णित पितृयान और देवयान को विस्तारपूर्वक दुहराया गया है। **द्वितीय** अध्याय में कौषीतकि, पैंग्य, प्रतर्दन और शुष्क शृंगार के विचार स्फुट रुप में उल्लिखित हैं। साथ ही कितनी ही पुत्र-धन आदि के पाने की "युक्तियाँ" भी बतलाई गई हैं। **तृतीय** अध्याय में ऋग्वेदीय राजा, तथा भारद्वाज के यजमान (वशिष्ठ, विश्वामित्र के यजमान सुदास् के पिता) दिवोदास् के वंशज (?) प्रतर्दन को इन्द्र के लोक में (संदेह) जाने की बात तथा इन्द्र के साथ संवाद का जिक्र है। इसमें अधिकतर इन्द्र की अपनी करतूतों का वर्णन है, इसी वर्णन में प्राण (ब्रह्म) के बारे में इन्द्र ने बतलाया। **चतुर्थ** अध्याय में गार्ग्य वालाकिका उशीनर में घूमते हुए काशिराज अजात-शत्रु को ब्रह्मविद्या सिखाने के प्रयास, फिर अजातशत्रु के प्रश्नों से निरुत्तर हो, उसके पास शिष्यता ग्रहण करने की बात है।

(क) ब्रह्म–प्रतर्दन राजा को इन्द्र ने वर दिया और जिज्ञासा करने पर उसने आत्मप्रशंसा (मुझे ही जान, इसी को मैं मनुष्यों के लिए हित में समझता हूँ) करके प्राण रूपी ब्रह्म के बारे में कहा–

"आयु (जीवन) प्राण है, प्राण आयु है।...प्राणों की सर्वश्रेष्ठता तो है ही। जीते (आदमी) में वाणी? न होने पर गूँगों को हम देखते हैं...आँख न होने पर अंधों, कान न होने पर बहरों...मन (बुद्धि) न होने पर बालों (मूर्खों) को देखते हैं। जो प्राण है वह प्रज्ञा (बुद्धि) है, जो प्रज्ञा है, वह प्राण है। ये दोनों एक साथ इस शरीर में बसते हैं साथ निकलते हैं।...जैसे जलती आग से सभी दिशाओं में शिखाएँ स्थित होती हैं; उसी तरह इस आत्मा से प्राण अपने-अपने स्थान के अनुसार स्थित होते हैं। प्राणों से देव, देवों से लोक (स्थित होते हैं)।...जैसे रथ अरों में नेमि (चक्के की पुट्ठी) अर्पित होती है, नाभि में अरे अर्पित होते हैं; इसी तरह यह भूत-मात्राएँ, प्रज्ञा-मात्राओं में अर्पित हैं। प्रज्ञा मात्राएँ (चेतन तत्त्व) प्राण में अर्पित हैं। सो यह प्राण ही प्रज्ञात्मा, आनन्द अजर अमृत है। (यह) अच्छे कर्म से बड़ा नहीं होता। बुरे से छोटा नहीं होता।"

प्राण और प्रज्ञात्मा कौषीतकि का खास दर्शन है। प्राण की उपासना ज्ञानियों के लिए सबसे बड़ा अग्निहोत्र है–

"जब तक पुरुष बोलता है, तब तक प्राणन (साँस लेना) नहीं कर सकता प्राण को (वह) उस समय वचन (भाषण क्रिया) में हवन करता है। जब तक पुरुष प्राणन करता है, तब तक बोल नहीं सकता, वाणी को उस समय प्राण में हवन करता है। ये (प्राण और वचन) दोनों अनन्त अमृत (अविनाशी) आहुतियाँ हैं, (जिन्हें) जागते-सोते वह सदा निरंतर हवन करता है। जो दूसरी आहुतियाँ हैं, वह कर्मवाली अन्तवाली होती हैं, इसीलिए पुराने विद्वान् (ज्ञानी) अग्निहोत्र नहीं करते थे।"

(ख) जीव–जीव को कौषीतकि ने प्रज्ञात्मा कहा है और वह उसे यावद्-शरीर-व्यापी मानता है–

'जैसे छुरा छुरधान (छुरा रखने की थैली) में रहता है, या विश्वंभर (चिड़िया) विश्वंभर के घोंसलों में; इसी तरह यह प्रज्ञात्मा इस शरीर में लोमों तक, नखों तक प्रविष्ट है।'

(2) मैत्री-उपनिषद्

(200–100 ई० पू०) मैत्री–उपनिषद् पर बुद्धिकालीन शासक-समाज के निराशावाद और वैराग्य का पूरा प्रभाव है, यह राजा वृहद्रथ के वचन से मालूम होगा और राजा का शाक्यायन राजा के पास जाना भी कुछ खास अर्थ रखता है, क्योंकि शाक्यमुनि गौतम बुद्ध को शाक्यायन बुद्ध भी कहा जा सकता है। मैत्री के पहले चार अध्याय ही दार्शनिक महत्त्व के हैं। आगे के तीन में षडंगयोग, भौतिकवादी दार्शनिक वृहस्पति और फलित ज्योतिष के शनि, राहु, केतु का जिक्र है। पहले अध्याय में वैराग्य ले राजा वृहद्रथ (शायद राजगृह मगधवाले) का शाक्यायन के पास जा अपने उद्धार की प्रार्थना है। शाक्यायन ने जो कुछ अपने गुरु मैत्री से सीखा था, उसे अगले तीनों अध्यायों में बतलाया है। मैत्री के दर्शन में दो प्रकार की आत्माओं को माना गया है–एक शुद्ध आत्मा, जो शरीर में प्रादुर्भूत हो अपनी महिमा से प्रकाशमान होती है। दूसरी भूत-आत्मा, जिस पर अच्छे बुरे कर्मों का प्रभाव होता है और यही आवागमन में आती है। शुद्धात्मा शरीर को वैसे ही संचालित करता है, जैसे कुम्हार चक्के को।

(क) वैराग्य–मैत्री ने वैराग्य के भाव प्रकट करते हुए कहा–

"वृहद्रथ राजा पुत्र को राज्य दे इस शरीर को अनित्य मानते हुए वैराग्यवान् हो जंगल में गया। वहाँ परम तप में स्थित हो, आदित्य पर आँख गड़ाये, ऊर्ध्व-बाहु खड़ा रहा। हजार दिनों के बाद... आत्मवेत्ता भगवन् शाक्यायन आये और राजा से बोले–"उठ-उठ वर माँग।"..."भगवन्! हड्डी, चमड़ा-नस- मज्जा-मांस-शुक्र (वीर्य) रक्त-कफ़-आँसू से दूषित, विष्टा-मूत्र-वात-पित्त-कफ़ से युक्त, निःसार और दुर्गन्ध वाले इस शरीर में काम उपभोगों से क्या? काम-क्रोध-लोभ-भय-विषाद-ईर्ष्या, प्रिय-वियोग-अप्रिय-संयोग-क्षुधा-प्यास-जरा-मृत्यु-रोग-शोक आदि से पीड़ित इस शरीर में काम-उपभोगों से क्या? इस सब को मैं नाशमान देखता हूँ। ये डंस, मच्छर...तृण-वनस्पतियों की भाँति (सभी) पैदा होने-नष्ट होने वाले हैं, फिर क्या इनसे (लेना है)?...(जहाँ) महासमुद्रों का सूखना, पहाड़ों का गिरना, ध्रुव का चलना...पृथिवि का डूबना, देवताओं का हटना (होता है) इस तरह के इस संसार में काम–भोगों से क्या?...राजा ने गाथा कही...मैं अंधे कुएँ में मेंढक की भाँति इस संसार में (पड़ा हूँ); भगवन् तुम्हीं हमारे बचाने वाले हो।"

इसे बुद्ध के दुःख-वर्णन से मिलाइये मालूम होता है उसे देखकर ही यह लिखा गया।

(ख) आत्मा–बालखिल्यों ने प्रजापति से आत्मा के बारे में प्रश्न किया।

'भगवन्! शकट (गाड़ी) की भाँति यह शरीर अचेतन है।...भगवन्! जिसे इसका प्रेरक जानते हैं, उसे हमें बतलावें।' उन्होंने कहा–"जो (यहाँ)–शुद्ध...शान्त...शाश्वत, अजन्मा, स्वतंत्र अपनी महिमा में स्थित है, उसके द्वारा यह शरीर चेतन की भाँति स्थित है।"

उस आत्मा का स्वरूप–

"शरीर के एक भाग में अँगूठे के बराबर अणु (सूक्ष्म) से भी अणु (इस आत्मा को) ध्यान कर (पुरुष) परमता (परमपद) को प्राप्त करता है।"

(3) श्वेताश्वतर (200–100 ई० पू०)

श्वेताश्वतर उपनिषद् तेरह उपनिषदों में सबसे पीछे की ही नहीं है, बल्कि उसमें पहुँचकर हम भाषा-भाव सभी बातों में शैव आदि सम्प्रदायों के जमाने में चले आते हैं। रुद्र (शिव) की महिमा, सांख्य-दर्शन की प्रकृति, पुरुष (जीव) में ईश्वर को जोड़ त्रैतवाद तथा योग उसके खास विषय हैं। इसके छोटे–छोटे छः अध्याय हैं, जो सभी पद्यमय हैं। **प्रथम** अध्याय में अद्वैत ब्रह्म के स्थान पर त्रैतवाद–जीव, ईश्वर, प्रकृति–का प्रतिपादन किया गया है। **द्वितीय** अध्याय में योग का वर्णन है। **तृतीय** अध्याय में जीवात्मा और परमात्मा तथा साथ ही शैव-सम्प्रदाय और द्वैतवाद के बारे में कहा गया है। इसके बहुत से श्लोकों को शब्दशः या भावतः पीछे भगवद्गीता में ले लिया गया है। **चतुर्थ** अध्याय में त्रैतवाद और ज्ञान की प्रधानता है। **पंचम** अध्याय में कपिल ऋषि तथा जीवात्मा के स्वरूप का वर्णन है। **षष्ठ** अध्याय में त्रैतवाद, सृष्टि, ब्रह्म-ज्ञान आदि का जिक्र है।

"जो पहले (पुराने समय में) उत्पन्न कपिल ऋषि को ज्ञानों के साथ धारण करता है।"–इससे मालूम होता है, बुद्ध से कुछ समय बाद पैदा हुए सांख्य के संस्थापक कपिल से बहुत पीछे यह उपनिषद् बनी। पुरानी उपनिषदों (700-600 ई० पू०) से बहुत पीछे यह उपनिषद् बनी, इसे वह

स्वयं उस उद्धरण में स्वीकार करती है, जिसमें कि छान्दोग्य के ज्येष्ठ पुत्र और प्रिय शिष्य के सिवा दूसरे को उपनिषद् ज्ञान को न बतलाने की बात को पुराकल्प (पुराने युग) की बात कहा गया है–

"पुराने युग में वेदान्त में (यह) परम गुह्य (ज्ञान) कहा गया था, उसे न अ-प्रशान्त (व्यक्ति) को देना चाहिए और (न उसे जो कि) न (अपना) पुत्र और शिष्य है।"

(क) जीव-ईश्वर-प्रकृतिवाद–मुंडक बुद्धकालीन परिव्राजकों का उपनिषद् है, यह कह चुके हैं और यह भी कि उसमें त्रैतवाद की स्पष्ट झलक है। नीचे हम श्वेताश्वतर (सफेद-खच्चर) से इस विषय के कितने ही वाक्य उद्धृत करते हैं। इनकी प्रचुरता से मालूम होता है, कि इसके गुमनाम लेखक की मुख्य मंशा ही त्रैतवाद-प्रतिपादन करना था।

"उस ब्रह्मचक्र में हंस (जीव) घूमता है। प्रेरक पृथग्-आत्मा (ब्रह्म) का ज्ञान करके फिर उस (ब्रह्म) से युक्त हो, अमृतत्त्व (मुक्ति) को प्राप्त करता है।

"ज्ञ (ज्ञानी, ब्रह्म) और अज्ञ (जीव) दोनों अजन्मा हैं, जिनमें से एक ईश, (दूसरा) अनीश (पराधीन) है। एक अजा (जन्मरहित प्रकृति है, जो कि) भोक्ता (जीव) के भोग वाले पदार्थों से युक्त है। आत्मा (ब्रह्म) अनन्त, नाना-रूप, अकर्ता है। तीनों को लेकर यह ब्रह्म है? क्षर (नाशमान) प्रधान (प्रकृति) है, अमृत अक्षर (अविनाशी) हर है। क्षर और (जीव) आत्मा (दोनों) पर एक देव (ईश्वर) शासन करता है।...सदा (जीव) आत्मा में स्थित वह (ब्रह्म) जानने योग्य है। इससे परे कुछ भी जानने लायक नहीं है। भोक्ता (जीव), भोग्य (प्रकृति), प्रेरिता (ब्रह्म) को जानना; यह सारा त्रिविध ब्रह्म कहा गया।"

"लाल-सफेद-काली एक रूप वाली बहुत-सी प्रजाओं को सृजन करती एक अ-जा (प्रकृति) में एक अज (जीव) भोग करते हुए आसक्त है, (किन्) इस भुक्त भोगों वाली (प्रकृति) को दूसरा (ब्रह्म) छोड़ता है। दो सहयोगी सखा पक्षी (जीव, ईश्वर) एक वृक्ष को आलिंगन कर रहें हैं। उनमें से एक फल को चखता है, दूसरा न खाते हुए चारों ओर प्रकाशता है...मायी (मायावाला ईश्वर) इस विश्व को सृजता है, उसमें दूसरा माया से बँधा हुआ है। प्रकृति को माया जानो और महेश्वर को मायी।"

"नित्यों (बहुत से जीवों) के बीच (एक) नित्य, चेतनों के बीच एक चेतन जो (कि) बहुतों की कामनाओं को (पूरा) करता है।...प्रधान और क्षेत्रज्ञ (जीव) का स्वामी गुणों का ईश संसार से मोक्ष, स्थिति, बंधन का (जो) हेतु है।"

श्वेताश्वतर की भगवद्गीता से तुलना करने पर साफ़ ज़ाहिर होता है, कि गीता के कर्ता के सामने यह उपनिषद् मौजूद ही नहीं थी, बल्कि इस प्रथम प्रयास से उसने लाभ उठाया, रचना के ढंग को लिया, तथा बेनाम न रख वासुदेव कृष्ण के नाम उसे थोपने द्वारा बड़ी चतुराई दिखलाई। जान पड़ता है, उसका अभिप्राय था शैवों के मुकाबिले में वैष्णवों का भी एक जबर्दस्त ग्रंथ–गीतोपनिषत तैयार करना। यद्यपि ईसा पूर्व प्रथम शताब्दी के आस-पास समाप्त होने वाले श्वेताश्वतर से चार-पाँच सदियाँ पिछड़ कर आने से उसने देरी ज़रूर की, किन्तु गीता की जन-प्रियता बतलाती है, कि गीताकार अपने उद्देश्य में सफल ज़रूर हुआ और उत्तरी भारत में पुराने वैष्णवों को प्रधानता दिलाने में सफल हुआ।

(ख) शैववाद–श्वेताश्वतर के त्रैतवाद में ईश्वर या ब्रह्म को शिव, रुद्र या महेश्वर–हिन्दुओं के तीन प्रधान देवताओं में से एक को लिया गया है।

"एक ही रुद्र है...जो कि इन लोकों पर अपनी ईशनी (प्रभुताओं) से शासन करता है।"

"माया को प्रकृति जानो, मायी को महेश्वर।"

'सारे भूतों (प्राणियों) में छिपे शिव को...जानकर (जीव)...सारे फंदों से मुक्त होता है।'

(ग) ब्रह्म–ब्रह्म से इस शैव-उपनिषद् का अर्थ उसका इष्टदेवता शिव से है। ब्रह्म के रूप के वर्णन में यहाँ भी पुराने उपनिषदों का आश्रय लिया गया है, यद्यपि वह कितनी ही जगह ज्यादा स्पष्ट है। उदाहरणार्थ–

"जिस (ब्रह्म) से न परे न उरे कुछ भी है, न जिससे सूक्ष्मतम या महत्तम कोई है। द्युलोक में वृक्ष की भाँति निश्चल (वह) एक खड़ा है, उस पुरुष से यह सब (जगत्) पूर्ण है।"

"जिससे यह सारा (विश्व) नित्य ही ढँका है, जो काल का काल गुणी और सर्ववेत्ता है, उसी से संचालित कर्म (क्रिया) यहाँ पृथिवी, जल, तेज, सारे का उद्घाटन (सृजन) करता है...। वह ईश्वरों का परम-महेश्वर, देवताओं का परम-देवता, पतियों (पशुपतियों) का परम (पति) है। पूज्य भुवनेश्वर (उस) देव को हम जानें। उसका कार्य और कारण (कोई) नहीं है, न कोई उसके समान या अधिक है...। जो ब्रह्म को पहले बनाता है और जो उसे वेदों को देता है...।"

(घ) जीवात्मा–जीवात्मा का वर्णन त्रैतवाद में कर चुके हैं, लेकिन श्वेताश्वतर जीवात्मा को ईश्वर से अलग करने पर तुला हुआ है, तो भी पुरानी उपनिषदों के ब्रह्म-अद्वैतवाद को वह इन्कार करने की हिम्मत नहीं कर सकता था। इसीलिए "त्रयं..ब्रह्ममेतत् (तीन...यह ब्रह्म है), "त्रिविधं ब्रह्ममेतत्" में जीव, ईश्वर, प्रकृति–तीनों को (ब्रह्म) कहकर संगति करनी चाही है। जीव में कोई लिंग-भेद नहीं–

"न वह स्त्री है न...पुरुष और न वह नपुंसक ही है। जिस-जिस शरीर को ग्रहण करता है, उसी-उसी के साथ जोड़ा जाता है।"

जीव अत्यन्त सूक्ष्म है और उसका परिमाण है–

"बाल की नोंक के सौवें हिस्से का और सौ (हिस्सा) किया जावे, तो इस भाग को जीव (के समान) जानना चाहिए।"

(ङ) सृष्टि–सृष्टि के लिए श्वेताश्वतर ने भी मकड़ी का दृष्टान्त दिया किन्तु और उपनिषदों की भाँति ब्रह्म के उपादान-कारण होने का सन्देह न हो, इसे साफ़ करते हुए–

"जिसे एक देव मकड़ी की भाँति प्रधान (प्रकृति) से उत्पन्न तन्तुओं द्वारा स्वभाव से (विश्व को) आच्छादित करता है।"

(च) मुक्ति–मुक्ति के लिए श्वेताश्वतर का जोर ज्ञान पर है; यद्यपि "मैं मुमुक्षु उस देव की शरण लेता हूँ"–वाक्य में भगवद्गीता के लिये शरणागति-धर्म (प्रपत्ति) का रास्ता भी खोल रखा है। शरणागति जो भागवतों (वैष्णवों) के पंचरात्र-आगम की भाँति शायद तत्कालीन शैव-आगमों में भी रही है। वैसे भी भेदवादी ईश्वरवाद शरणागति-धर्म की ही ओर ले जाता है, तो भी अभी "मत शोच कर सारे धर्मों को छोड़ अकेले मेरी शरण में आ, मैं तुझे सारे पापों से मुक्त कराऊँगा।" बहुत दूर था, इसीलिए–"देव को जानकर सारे फंदों से छूट जाता है।"

"जब मनुष्य चमड़े की भाँति आकाश को लपेट सकेंगे, तभी देव को बिना जाने दुःख का अन्त होगा।"

(अ) योग–योग का वेद में नाम नहीं है। पुरानी उपनिषदों में भी योग से जो अर्थ आज हम लेते हैं, उसका पता नहीं है। श्वेताश्वतर में हम स्पष्ट योग का वर्णन पाते हैं। उसके पहले इसका वर्णन बुद्ध के उपदेशों में भी मिलता है, जिस सांख्य योग का समन्वय पीछे भगवद्गीता में किया गया, उसकी नींव पहले-पहल श्वेताश्वतर ही ने डाली थी। पुरुष, प्रकृति ही नहीं कपिल ऋषि तक का उसने जिक्र किया, हाँ, निरीश्वर सांख्य को सेश्वर बना कर। इस बात का इस्तेमाल भगवद्गीता ने भी बहुत सफाई के साथ किया और सेश्वर सांख्य तथा योग को एक कहकर घोषित किया–"मूर्ख ही सांख्य और योग को अलग-अलग बतलाते हैं।"

श्वेताश्वतर की योग-विधि को गीता ने भी लिया है–

"तीन जगह से शरीर को समान उन्नत स्थापित कर हृदय में मन से इन्द्रियों को रोककर, ब्रह्मरूपी नाव से विद्वान् (ज्ञानी) सभी भयावह धारों को पार करे। चेष्टा में तत्पर हो प्राणों को रोक, उनके क्षीण होने पर नासिका से श्वास ले। दुष्ट घोड़े वाले यान की भाँति इस मन को विद्वान् बिना गाफ़िल हुए धारण करे। समतल, पवित्र, कंकड़ी-आग-बालुका-रहित, शब्द-जलाश्रय आदि द्वारा मन को अनुकूल–किन्तु आँख को न खींचने वाले गुहा सूनसान स्थान में (योग का) प्रयोग करे। योग में ब्रह्म की अभिव्यक्ति कराने वाले ये रूप पहले आते हैं–'कुहरा, धूम, सूर्य, अग्नि, वायु, जुगनू, बिजली, बिल्लोर और चन्द्रमा।'...योग-गुणों के चालित हो जाने पर उस योगाग्निमय शरीर वाले योगी को न रोग, न बुढ़ापा, न मृत्यु होती है। (शरीर में) हलकापन, आरोग्य, निर्लोभता, रंग में स्वच्छता, स्वर में मधुरता, अच्छी गंध, मल-मूत्र कम, योग की पहली अवस्था में (दीखते)।...दीप की भाँति (योग) युक्त हो, जब आत्मतत्त्व से ब्रह्म तत्त्व को देखता है; (तब) सारे तत्त्वों से विशुद्ध अजन्मा ध्रुव (नित्य) देव को जान सारे फंदों से मुक्त हो जाता है।"

(ब) गुरुवाद–मुक्ति की प्राप्ति के लिए ज्ञान और योग जैसे आवश्यक हैं, वैसे ही गुरु भी अनिवार्य है– पुराने उपनिषदों और वेद के आचार्यों की भाँति अध्यापन-शिक्षण करने वाले गुरु नहीं, बल्कि ऐसे गुरु जो कि ईश्वर से दूसरे नम्बर पर हैं–

"जिसकी देव में परम भक्ति है, जैसी देव में वैसी ही गुरु में (भी भक्ति है), उसी महात्मा के कहने पर ये अर्थ (परमार्थ तत्त्व) प्रकाशित होते हैं।"

ग–उपनिषद् के प्रमुख दार्शनिक

जिन उपनिषदों का हम जिक्र कर आए हैं, इनमें छान्दोग्य, वृहदारण्यक, कौषीतकि, मैत्री में ही ऐतिहासिक नाम मिलते हैं। इनमें भी जिन ऋषियों के नाम आते हैं, उनमें और प्रवाहण जैबलि, उद्दालक, आरुणि, याज्ञवल्क्य, सत्यकाम जावाल ही वह व्यक्ति हैं, जिनके बारे में कहा जा सकता है, कि उपनिषद् के दर्शन की मौलिक कल्पना में इनका विशेष हाथ था। ऋग्वेदकाल में भी कुरु-पंचाल (मेरठ-आगरा-रुहेलखंड की कमिश्नरियाँ) वैदिक आर्यों का प्रधान कर्मक्षेत्र

था। यहीं भारद्वाज के यजमान राजा दिवोदास् का समृद्धशाली शासन था। यहीं उनके पुत्र सुदास् ने पहले वशिष्ठ और पीछे विश्वामित्र को पुरोहित बना अनेक योग कराये और पश्चिम के दश राज्यों को पराजित कर पंजाब में भी सतलज-व्यास तक अपना राज्य फैलाया। उपनिषद् काल में वेद की इसी भूमि को हम फिर नये विचारक पैदा करते देखते हैं। उद्दालक आरुणि कुरु पंचाल का ब्राह्मण था, यह शतपथ ब्राह्मण से मालूम होता है। जनक की जिस परिषद् में विद्वानों से शास्त्रार्थ करके याज्ञवल्क्य ने विजय प्राप्त की थी, उसमें मुख्यतः कुरु-पंचाल के विद्वान् मौजूद थे। याज्ञवल्क्य के समय से दो शताब्दी बाद बुद्ध के समय में भी इसी भूमि में उन्होंने "महासत्तिपट्ठानसुत्त" और "महानिदान-सुत्त" जैसे दार्शनिक उपदेश दिये थे, जिसका कारण बतलाते हुए अट्ठकथाकार कहते हैं–"कुरु देशवासी...देश के अनुकूल ऋतु आदि-युक्त होने से हमेशा स्वस्थ-शरीर स्वस्थ चित्त होते हैं। चित्त और शरीर के स्वस्थ होने से प्रज्ञा-बलयुक्त हो गंभीर कथा के ग्रहण करने में समर्थ होते हैं।...भगवान् (बुद्ध) ने कुरु-देशवासी परिषद् को पा गंभीर देशना का उपदेश किया।...(इस देश में) दास और कर्मकर, नौकर-चाकर भी स्मृति-प्रस्थान (ध्यान योग)-संबंधी कथा ही को कहते हैं। पनघट और सूत कातने के स्थान आदि में भी व्यर्थ की बात नहीं होती। यदि कोई स्त्री–'अम्म! तू किस स्मृति-प्रस्थान की भावना करती है?' पूछने पर 'कोई नहीं', बोलती है; तो उसको धिक्कारती है–"धिक्कार है तेरी जिन्दगी को, तू जीती भी मुर्दे के समान है।"

त्रिपिटक की यह अट्ठकथाएँ ईसा पूर्व तीसरी शताब्दी में भारत से सिंहल गई, परंपरा के आधार पर ईसवी चौथी सदी में लेखबद्ध हुई थीं।

उपनिषद् के दार्शनिक विकास को दिखलाने के लिए यहाँ हम उपनिषद् के कुछ प्रधान दार्शनिकों के विचारों को देते हैं।

1. प्रवाहण जैवलि (700–650 ई० पू०)

आरुणि का समय अपने शिष्य याज्ञवल्क्य (650 ई०) से थोड़ा पहले होगा और आरुणि का गुरु होने से प्रवाहण जैवलि को हम उससे कुछ और पहले ले जा सकते हैं। वह पंचाल के राजा थे और सामवेद के उद्गीथ (गान) में अपने समय के तीन मशहूर गवैयों–शिलक शालावत्य, चैकितायन दाल्भ्य, और प्रवाहण जैवलि में एक थे। प्रवाहण क्षत्रिय थे। यह अपने दो समकक्षों के कहने पर उनकी इस बात से मालूम होता है–"आप (दोनों) भगवान् बोलें, बोलते (दोनों) ब्राह्मणों के वचन को मैं सुनूँगाँ।" जैवलि के प्रश्नों का उत्तर न दे सकने के कारण श्वेतकेतु का अपने पिता आरुणि के पास गुस्से में जैवलि को राजन्यबन्धु कहकर ताना देना भी उनके क्षत्रिय राजा होने को साबित करता है।

(दार्शनिक विचार)–जैवलि के विचार छान्दोग्य में दो जगह और बृहदारण्यक में एक जगह मिलते हैं, जिनमें एक तो छान्दोग्य और वृहदारण्यक दोनों जगह आया है–

"श्वेतकेतु आरुणेय पंचालों की समिति में गया। उससे (राजा) प्रवाहण जैवलि ने पूछा–कुमार! क्या पिता ने तुझे अनुशासन (शिक्षण) किया है?"

'हाँ भगवन्!'

'जानते हो कि यहाँ से प्रजाएँ (प्राणी) कहाँ जाती हैं?'

'नहीं भगवन्!'

'जानते हो, कि कैसे यहाँ लौटती हैं?'

'नहीं भगवन्!'

'जानते हो, देवयान के पथ को और पितृयाण से लौटने को?'

'नहीं भगवन्!'

'जानते हो, क्यों वह लोक नहीं भर जाता?'

'नहीं भगवन्!'

'जानते हो, क्यों पाँचवीं आहुति में जल-पुरुष-नाम वाला हो जाता है?'

'नहीं भगवन्!'

'तो कैसे तुम (अपने को) अनुशासन किया (पठित) बतलाते हो? जो इन (बातों) को नहीं जानता, कैसे वह (अपने को) अनुशिष्ट बतलायेगा!'

(तब) खिन्न हो वह अपने पिता के पास आया और बोला–'बिना अनुशासन किये ही भगवान् ने मुझे कहा–तुझे मैंने अनुशासन कर दिया। राजन्यबन्धु (प्रवाहण) ने मुझसे पाँच प्रश्न पूछे, उनमें से एक का भी उत्तर मैं नहीं दे सका।'

'जैसा...तूने इन (प्रश्नों) को बतलाया, मैं उनमें से एक को भी नहीं जानता। यदि मैं इन्हें जानता, तो क्यों न तुझे बतलाता?'

'तब गौतम (आरुणि) राजा के पास गया। उसके पहुँचने पर (जैवलि) ने उसका सम्मान किया। दूसरे दिन... (आरुणि गौतम) से पूछा– 'भगवान् गौतम! मानुष वित्त का वर माँगो।'

'उसने कहा– 'मानुष वित्त तेरे ही पास रहे। जो कुमार (श्वेतकेतु) से बात कही उसे मुझसे भी कहा।'

"वह (जैवलि) मुश्किल में पड़ गया। फिर आज्ञा दी 'चिरकाल तक वास करो।...जैसा कि तुमने गौतम! मुझसे कहा? (किन्तु) चूँकि यह विद्या तुमसे पहले ब्राह्मणों के पास नहीं गई, इसीलिए सारे लोकों में क्षत्रिय का ही प्रशासन (शासन) हुआ था।'...पीछे पाँचवीं आहुति में कैसे वह पुरुष नामवाली होती हैं, इसे समझाते हुए जैवलि ने कहा–

"गौतम! वह (नक्षत्र) लोक अग्नि है, उसकी आदित्य ही समिधा (ईंधन) है, (आदित्य) रश्मियाँ धूम हैं, दिन, किरण, चन्द्रमा, अंगार, और नक्षत्र शिखाएँ हैं। इस अग्नि में देव श्रद्धा का हवन करते हैं, उस आहुति से सोम राजा पैदा होता है।"

"पर्जन्य अग्नि है...वायु समिधा, अभ्र (बादल) धूम, बिजली किरण, अशनि (चमक) अंगार, हादुनि (कड़क) शिखाएँ। इस अग्नि में देव सोमराज को हवन करते हैं, उस आहुति से वर्षा होती है।"

इसी तरह आगे भी बतलाया। इस सारे उपदेश को कोष्ठक-चित्र में देने पर इस प्रकार होगा–

अग्नि	समिधा	धूम	किरण	अंगार	शिखा	आहुति	फल
1. (नक्षत्र) लोक	आदित्य	रश्मि	दिन	चन्द्रमा	नक्षत्र	श्रद्धा	सोम
2. पर्जन्य	वायु	अभ्र	विद्युत्	अशनि	हादुनी	सोम	वर्षा
3. पृथिवी	संवत्सर	आकाश	रात्रि	दिशा	अंतर्दिशा	वर्षा	अन्न
4. पुरुष	वाणी	प्राण	जिह्वा	चक्षु	श्रोत्र	अन्न	वीर्य
5. स्त्री	उपस्थ	प्रेमाह्वान	योनि	अन्तःप्रवेश	मैथुन सुख	वीर्य	गर्भ

"इस प्रकार पाँचवीं आहुति में जल पुरुष नामवाला (पुरुष कहा जाने वाला) होता है। झिल्ली में लिपटा वह गर्भ दस या नौ मास के बाद (उदर में) लेटकर जन्मता है। जन्म ले आयु भर जीता है। मरने पर अग्नियाँ ही उसे यहाँ से वहाँ ले जाती हैं, जहाँ से (आकर) कि वह (यहाँ) पैदा हुआ था।"

आगे ब्रह्मविद्या के जानने वाले साधक के लिए, देवयान का रास्ता प्राप्त होता है, यह बतलाया गया है।

छान्दोग्य के इसी संवाद को वृहदारण्यक ने भी दुहराया है। हाँ, जैवलि ने आरुणि को जिन मानुष-वित्तों के देने का प्रलोभन दिया, उनकी यहाँ गणना भी की गई है–हाथी, सोना, गाय, घोड़े, प्रवर दासियाँ, परिधान (वस्त्र)। यह विद्या आरुणि से पहले 'किसी ब्राह्मण में नहीं बसी' पर यहाँ भी जोर दिया गया? पंचाहुति, फिर देवयान, पितृयाण और पितृयाण से लौटकर फिर इस लोक में छान्दोग्य के अनुसार ब्राह्मण, क्षत्रिय आदि योनियों और वृहदारण्यक के अनुसार कीट-पतंग आदि में भी जन्म लेना। यह खूब स्मरण रखने की बात है, कि पुनर्जन्म का सिद्धान्त ब्राह्मणों का नहीं क्षत्रियों (शासकों) का गढ़ा हुआ है और तब इसके भीतर छिपा रहस्य आसानी से समझ में आ सकता है।

2. उद्दालक आरुणि-गौतम (650 ई० पू०)

आरुणि शतपथ के अनुसार कुरु-पंचाल के ब्राह्मण थे। पंचालराज प्रवाहण-जैवलि के पास देर तक शिष्य रहे, इन्होंने उनसे पंचाग्नि विद्या, देव, यान, पितृयाण (पुनर्जन्म) तत्त्व की शिक्षा ग्रहण की थी, इसे हम अभी बतला चुके हैं। आगे के उद्धरण से यह भी मालूम होगा, कि इन्होंने राजा अश्वपति कैकय तथा (राजा?) चित्र गाग्-र्यायणि से भी दर्शन की शिक्षा ग्रहण की थी। वृहदारण्यक के अनुसार याज्ञवल्क्य आरुणि के शिष्य थे, किन्तु साथ ही जनक की परिषद् में उद्दालक आरुणि का याज्ञवल्क्य के साथ शास्त्रार्थ होना प्रमाद पाठ है, यह हम बतला चुके हैं। इस तरह आरुणि की शिष्य-परंपरा है– (क), (ख) और याज्ञवल्क्य के समकालीन प्रतिद्वंद्वी, साथी या शिष्य हैं– 1. याज्ञवल्क्य, 2. जनक वैदेह, 3. जारत्कारव आर्त्तभाग, 4. भुज्यु लाह्यायनि, 5. उषीस्त चाक्रायण, 6. कहोल कौषीतकेय, 7. गार्गी वाचक्नवी, 8. विदग्ध साकल्य।

अश्वपति प्रवाहण चित्र

आरुणि

पुत्र → श्वेतकेतु याज्ञवल्क्य

मधुक पैंग्य

चूल भागवित्ति

जानकि आपस्थूण

सत्यकाम जाबाल

(ग) जनक वैदेह के साथ बात करने वालों में, हम निम्न नाम पाते–

9. जित्वा शैलिनि, 10. उदङ शौल्वायन, 11. वर्कु वाष्‌-र्ण , 12. गर्दभीविपीत भारद्वाज, 13. सत्यकाम जाबाल।

इन तीनों सूचियों के मिलाने से सत्यकाम जाबाल और उद्दालक आरुणि कि संबंधों में गड़बड़ी मालूम होती है–(क) में उद्दालक आरुणि (श्वेतकेतु का पिता) याज्ञवल्क्य के गुरु हैं, लेकिन (ख) में वह जनक की सभा में उनके प्रतिद्वन्द्वी। इसी तरह (क) में सत्यकाम जाबाल याज्ञवल्क्य की शिष्य-परंपरा में पाँचवें हैं, किन्तु (ग) में वह जनक-विदेह के उपदेशक रह चुके हैं। वंशावली की अपेक्षा संवाद के समय कहा गया संबंध यदि अधिक शुद्ध मान लिया जाये, तो मानना पड़ेगा, कि सत्यकाम जाबाल याज्ञवल्क्य की शिष्य-परंपरा में नहीं बल्कि समकालीन थे। यद्यपि दोनों उद्दालक आरुणियों के गौतम होने से वहाँ दो व्यक्तियों की कल्पना स्वाभाविक नहीं मालूम होती, साथ ही आरुणि के सर्वप्रथम क्षत्रिय से पंचाग्नि विद्या, देवयान, पितृयाण की शिक्षा पाने वाले प्रथम ब्राह्मण होने से आरुणि का याज्ञवल्क्य का गुरु होना ज्यादा स्वाभाविक मालूम होता है और यहाँ संवाद में आरुणि को याज्ञवल्क्य का प्रतिद्वंद्वी बतलाया गया है, लेकिन, जब हम संवादों की संख्या और क्रम को देखते हैं, तो मालूम होता है कि परिषद में सभी प्रतिद्वन्द्वियों के संवाद एक जगह आये हैं, सिर्फ़ गार्गी वाचक्नवी ही वहाँ एक ऐसी प्रतिद्वंद्वी है, जिसके संवाद दो बार आये हैं और दोनों संवादों के बीच आरुणि का संवाद मिलता है। यद्यपि इसमें भीतर रह ब्रह्म के संचालन (अन्तर्यामिता) की महत्त्वपूर्ण बात है, इसलिए उसकी उपेक्षा नहीं की जा सकती, तो भी आरुणि को बीच में डालकर गार्गी के संवाद को दो टुकड़े में बाँटने का कोई कारण नहीं मालूम होता। आखिर, क्या वजह जब सभी वक्ता एक-एक बार बोलते हैं, तो गार्गी दो बार बोलने गई, फिर पतंचल काप्य की भार्या पर आये भूत का जिक्र भुज्यु ने पहले अपने नाम से कहा है, अब

उसे ही आरुणि भी दुहरा रहा है, यह भी हमारे सन्देह को पुष्ट करता है और एक बार गार्गी के चुप हो जाने पर निगृहीत व्यक्ति का फिर बोलना, उस वक्त की वाद-प्रथा के भी विरुद्ध था। इस तरह आरुणि का याज्ञवल्क्य का गुरु होना ही ठीक मालूम होता है।

दार्शनिक विचार–

(1) आरुणि जैवलिकी शिष्यता में– आरुणि को पंचालराज जैवलि ने पंचम आहुति तथा देवयान-पितृयान का उपदेश दिया था, इसका जिक्र हम कर चुके हैं। छान्दोग्य में एक जगह और आरुणि का आचार्य नहीं शिष्य के तौर पर जिक्र आया है–

"प्राचीनशाल औपमन्यव, सत्यज्ञ पौलुषि, इन्द्रद्युम्न भाल्लवेय, जन शाकंराक्ष्य, बुडिल अश्वतारश्वि– इन महाशालों (प्रतापी) महाश्रोत्रियों (महावेदज्ञों) ने एकत्रित हो, विचार किया–'क्या आत्मा है, क्या ब्रह्म है' उन्होंने सोचा–भगवानो! 'यह उद्दालक आरुणि इस वक्त वैश्वानर आत्मा की उपासना करता है, उसके पास (चलो) हम चलें।' वह उसके पास गये। उस (आरुणि) ने सोचा (संपादन किया)– 'ये महाशाल महाश्रोत्रिय मुझसे प्रश्न करेंगे, उन्हें सब नहीं समझा सकूँगा। अच्छा! मैं दूसरे का (नाम) बतलाऊँ।' (और) उनसे कहा–'भगवानो! यह अश्वपति कैकय इस वक्त इस वैश्वानर आत्मा का अध्ययन करता है, (चलो) उसी के पास हम चलें।' वे उसके पास गये। आने पर उसने उनकी पूजा (सम्मान) की। (फिर) उसने सबेरे...(उनसे) कहा–'न मेरे देश (जनपद) में चोर हैं, न कंजूस, न शराबी, न अग्निहोत्र न करने वाला, न अ-विद्वान्, न स्वैरी हैं, (फिर) स्वैरिणी (व्याभिचारिणी) कहाँ से? मैं यज्ञ कर रहा हूँ, जितना एक-एक ऋत्विज को धन दूँगा, उतना (आप) भगवानों को भी दूँगा। बसो भगवानो!'

उन्होंने कहा–'जिस प्रयोजन से मनुष्य चले, उसी को कहे। वैश्वानर आत्मा को तुम इस वक्त अध्ययन कर रहे हो, उसे ही हमें बतलाओ।'

उसने कहा–'सबेरे आप लोगों को बतलाऊँगा।'

वे (शिष्यता-सूचक) समिधा हाथ में लिए पूर्वान्ह में (उसके) पास गये। उसने उनका उपनयन किये (शिष्यता स्वीकार कराये) बिना कहा–

'औपभ्मन्यव! तू किस आत्मा की उपासना कर रहा है?'

'द्यौ (नक्षत्रलोक) की भगवन् राजन्!'

'वह सुन्दर तेजवाला वैश्वानर आत्मा है, जिसकी तू उपासना करता है; इसलिए तेरे कुल में सुत (सन्तान), प्र-सुत, आ-सुत दिखाई देते हैं, तू अन्न भोजन करता है, प्रिय को देखता है, जो ऐसे इस वैश्वानर आत्मा की उपासना करता है, उसके कुल में ब्रह्मतेज रहता है। यह आत्मा का शिर है।...शिर तेरा गिर जाता, यदि तू मेरे पास न आया होता।'

तब सत्य यज्ञ पौलुषि से बोला–'प्राचीनयोग्य! तू किस आत्मा की उपासना करता है?'

'आदित्य की ही भगवन् राजन्!'

'यदि विश्व रूप वैश्वानर आत्मा है, जिसकी तू उपासना करता है। इसलिए तेरे कुल में विश्वरूप दिखलाई देते हैं–ऊपर से ढँका खचरी का रथ, दासी, निष्क (अशर्फी)...तू अन्न खाता... यह आत्मा का नेत्र है।...अन्धा हो जाता यदि तू मेरे पास न आया होता।'

तब इन्द्रद्युम्न भाल्लवेय से बोला–'वैयाघ्रपद्य! तू किस आत्मा की उपासना करता है?'

'वायु ही भगवन् राजन्!'

'यही पृथग् वर्त्म (अलग रास्तेवाला) वैश्वानर आत्मा है...। इसीलिए तेरे पास अलग (अलग से) बलियाँ आती हैं, अलग (अलग) रथ की पंक्तियाँ अनुगमन करती हैं।'

तब जन शार्कराक्ष्य से पूछा–'तू किस...?'

'आकाश की ही भगवन् राजन्!'

'यही बहुल वैश्वानर आत्मा है।...इसलिए तू प्रजा (सन्तान) और धन से बहुबल है...!'

तब वुडिल अश्वताराश्वि से बोला–'वैयाघ्रपति!...?'

'जल की ही..!'

'यही रयि वैश्वानर आत्मा है।...इसीलिए तू रयिमान् (धनी) पुष्टिमान् है।'

तब उद्दालक आरुणि से बोला–'गौतम...?'

'पृथिवि की ही भगवन् राजन्!'

'यही प्रतिष्ठा वैश्वानर आत्मा है। इसीलिए तू प्रजा और पशुओं से प्रतिष्ठित है।..!'

(फिर) उन (सब) से बोला–'तुम सब वैश्वानर आत्मा को पृथक् की तरह जानते अन्न खाते हो।...इस वैश्वानर आत्मा का शिर ही सुतेजा है, चक्षु विश्वरूप है, प्राण पृथग्वर्त्मा है...।'

यहाँ इस संवाद में आरुणि ने अपने को पृथिवी को वैश्वानर आत्मा (जगत्-शरीर आत्मा) के तौर पर अध्ययन करने वाला बतलाया है और अश्वपति ने उसे एकांशिक कहा।

(2) आरुणि गाग्-र्यायणि की शिष्यता में–आरुणि मालूम होता है, क्षत्रियों से दार्शनिक ज्ञान संग्रह करने में ब्राह्मणों के एक जबर्दस्त प्रतिनिधि थे। उनकी पंचालराज जैवलि, कैकयराज अश्वपति के पास ज्ञान सीखने की बात कही जा चुकी। कौषीतकि उपनिषद् से यह भी पता लगता है, कि उन्होंने चित्र गाग्-र्यायणि के पास भी ज्ञान प्राप्त किया था।–

"चित्र गाग्-र्यायणि ने यज्ञ करते आरुणि को (ऋत्विक्) चुना। उसने (अपने) पुत्र श्वेतकेतु से कहा–'तू यज्ञ करा!'...."

गाग्-र्यायणि के प्रश्नों का उत्तर न दे सकने के कारण श्वेतकेतु ने घर लौटकर पिता से कहा। तब आरुणि शिष्य बनकर ज्ञान सीखने के लिए समिधा हाथ में लिये गाग्-र्यायणि के पास गया। गाग्-र्यायणि ने पितृयान, पुनर्जन्म, देवयान का उपदेश दिया; जो कि जैवलि के उपदेश की भद्दी आवृत्ति मात्र है।

(3) आरुणि का याज्ञवल्क्य से संवाद ग़लत–वृहदारण्यक में आये आरुणि-याज्ञवल्क्य संवाद की असंगति के बारे में हम बतला चुके हैं। वहाँ आरुणि के मुँह से यह कहलाया गया है–

(एक बार हम मद्र में पतंचल काप्य के घर यज्ञ (विद्या) का अध्ययन करते निवास करते थे। उसकी भार्या को गंधर्व (देवता) ने पकड़ा था। उस (गंधर्व) से पूछा–'तू कौन है?' उसने कहा–'कबन्ध आथर्वण।' उस (गंधर्व) ने याज्ञिकों और पतंचल काप्य से पूछा–'काप्य! क्या तुझे वह सूत्र (धागा) मालूम है, जिसमें यह लोक, परलोक, सारे भूत गुथे हुए हैं।'...पतंचल ने कहा–'भगवन् मैं उसे नहीं जानता।'

शायद आरुणि का मद्र में पतंचल के पास कर्मकाण्ड का अध्ययन सही हो और याज्ञिक (वैदिक) गुरु भी दर्शन से बिलकुल कोरे रहते थे, यह भी ठीक हो।

इन उद्धरणों से यह पता लगता है, कि आरुणि प्रथम ब्राह्मण दार्शनिक था। इससे पहले दर्शन-चिन्तन शासक (क्षत्रिय) वर्ग करता था, जिसमें कितने ही उस समय के राजा भी शामिल थे। राजा दार्शनिक होते भी यज्ञ करना, ब्राह्मणों को दक्षिणा देना छोड़ते नहीं थे, जैसा कि अश्वपति और गाग्-र्यायणि के दृष्टान्त से स्पष्ट है। आरुणि ने पंचमाहुति (देवयान-पितृयान) तथा वैश्वानर-आत्मा का ज्ञान अपने क्षत्रिय गुरुओं से सीखा था, किन्तु उसका अपना दर्शन वही था, जिसे कि उसने अपने पुत्र श्वेतकेतु को 'तत्त्वमसि' या ब्रह्म-जगत् अभेदवाद द्वारा बतलाया।

(4) आरुणि का श्वेतकेतु को उपदेश–श्वेतकेतु आरूणेय आरुणिक का पुत्र था, दोनों पिता-पुत्रों का संवाद हमें छान्दोग्य में मिलता है–

श्वेतकेतु आरुणेय था। उसे पिता ने कहा–

'श्वेतकेतु! ब्रह्मचर्य वास कर। सोम्य! हमारे कुल का (व्यक्ति) अपठित रह ब्रह्मबन्धु (ब्राह्मण का भाई मात्र) की तरह नहीं रहता।'

"बारहवें वर्ष में उपनयन (ब्रह्मचर्य-आरंभ) कर चौबीस वर्ष तक सारे वेदों को पढ़ (श्वेतकेतु) महामना पठिताभिमानी गम्भीर-सा हो पास गया।" उससे पिता ने कहा–

'श्वेतकेतो! जो कि सोम्य! यह तू महामना है, क्या तूने उस आदेश को पूछा, जिसके द्वारा न-सुना, सुना हो जाता है, न-जाना, जाना?'

'कैसा है भगवन्! वह आदेश (उपदेश)?'

'जैसे सोम्य! एक मिट्टी के पिंड से सारी मिट्टी की (चीज़ें) ज्ञात हो जाती हैं, मिट्टी ही सच है और तो विकार, वाणी का प्रयोग नाम-मात्र है, जैसे सोम्य! एक लोह मणि (ताम्र-पिंड) से सारी लोहे की (चीज़ें) विज्ञात हो जाती हैं...। जैसे सोम्य! एक नख से खरोटने से सारी कृष्ण-अयस् (लोहे) की (चीज़ें) विज्ञात हो जाती हैं। इसी तरह सोम्य! वह आदेश होता है।'

'निश्चय ही वे भगवन् (मेरे आचार्य) नहीं जानते थे, यदि उसे जानते तो क्यों न मुझे बतलाते। भगवान् ही उसे बतलायें।'

'अच्छा सोम्य!'

'सोम्य! पहले यह एक अद्वितीय सद् (भावरूप) ही था, उसे कोई-कोई कहते हैं–पहले यह एक अद्वितीय अ-सद् ही था, इसीलिए अ-सत् से सत् उत्पन्न हुआ, किन्तु सोम्य! यह कैसे हो सकता है?'

'कैसे असत् से सत् उत्पन्न हो सकता है?'

'सत् ही सोम्य! यह एक अद्वितीय था। उसने ईक्षण (कामना) किया...उसने तेज को सिरजा।'

इस प्रकार आरुणि के मत से तेज (अग्नि) प्रथम भौतिकतत्त्व था, जिससे दूसरा तत्त्व–जल–पैदा हुआ। तपने पर पसीना निकलता है, इस उदाहरण को आरुणि अग्नि से जल की उत्पत्ति साबित करने के लिए काफी समझता था। जल से अन्न। इस प्रकार "सत् मूल" है तेज का, "तेज मूल" है पानी का। उदाहरणार्थ 'मरते हुए की वाणी मन में मिल जाती है, मन प्राण में, प्राण तेज

(अग्नि) में, तेज परम देवता में।' सो जो यह अणिमा (सूक्ष्मता) है, इसका ही स्वरूप यह सारा (विश्व) है, वह सत्य है, वह आत्मा है, 'वह तू है' (तत् त्वं असि) श्वेतकेतु!

'और भी मुझे भगवान् विज्ञापित करें।'

'अच्छा सोम्य...जैसे सोम्य! मधु मक्खियाँ मधु बनाती हैं, नाना प्रकार के वृक्षों के रसों को जमाकर एक रस बनाती हैं। वह (रस) जैसे वहाँ फ़र्क नहीं पाता–मैं उस वृक्ष का रस हूँ, उस वृक्ष का रस हूँ। इसी तरह सोम्य! यह सारी प्रजाएँ सत् (ब्रह्म) में प्राप्त हो नहीं जानतीं–हम सत् में प्राप्त होते हैं।...वह तू है श्वेतकेतु!'

'और भी मुझे भगवान् विज्ञापित करें।'

'अच्छा सोम्य! जैसे सोम्य! पूर्ववाली नदियाँ पूर्व से बहती हैं, पश्चिम वाली पश्चिम से, वह समुद्र से समुद्र में जाती हैं, (वहाँ) समुद्र ही होता है। वह जैसे नहीं जानतीं 'मैं यह हूँ'। ऐसे ही सोम्य! यह सारी प्रजाएँ सत् से आकर नहीं जानती–सत् से हम आईं...वह तू है श्वेतकेतु!'

'और भी मुझे भगवान् विज्ञापित करें।'

'अच्छा सोम्य! जैसे सोम्य! बड़े वृक्ष के यदि मूल में आघात करे, तो जीव (रस) बहता है। मध्य में आघात करे, अग्र में आघात करे, जीव (रस) बहता है। सो यह (वृक्ष) इस जीव आत्मा द्वारा अनुभव किया जाता, पिया जाता, मोद लेता स्थित होता है। उसकी यदि एक शाखा को जीव छोड़ता है, वह सूख जाती है, दूसरी को छोड़ता है, वह सूख जाती है, तीसरी को छोड़ता है, वह सूख जाती है, सबको छोड़ता है, सब (वृक्ष) सूख जाता है। ऐसे ही सोम्य! तू समझ!...जीव-रहित ही यह (शरीर) मरता है, जीव नहीं मरता। सो जो यह...वह तू है श्वेतकेतु!'

'और भी मुझे भगवान् विज्ञापित करें!'

'बरगद का फल ले आ।'

'यह है भगवन्!'

'तोड़।'

'तोड़ दिया भगवन्!'

'यहाँ क्या देखता है!'

'छोटे-छोटे इन दोनों को भगवन्!'

'इनमें से प्रिय! एक को तोड़!'

'तोड़ दिया भगवन्!'

'यहाँ क्या देखता है?'

'कुछ नहीं भगवन्!'

'सोम्य! तू जिस इस अणिमा (सूक्ष्मता) को नहीं देख रहा है, इसी अणिमा से सोम्य! यह महान् बरगद खड़ा है। श्रद्धा कर सोम्य! सो जो...वह तू है श्वेतकेतु!'

'और भी मुझे भगवान् विज्ञापित करें।'

'अच्छा सोम्य! इस नमक को सोम्य! पानी में रख, फिर सबेरे मेरे पास आना।'

'उसने वैसा किया।'

'जो नमक रात को पानी में रखा, प्रिय! उसे ला तो।'

'उसे ढूंढ़ा पर नहीं पाया।'

'गल गया-सा (मालूम होता) है।'

'प्रिय! भीतर से इसका आचमन कर। कैसा है?'

'नमक है।'

'मध्य से आचमन कर। कैसा है!'

'नमक है।'

'इसे पीकर मेरे पास आ।'

'उसने वैसा किया।' वह एक समान (नमकीन) था। उस (श्वेतकेतु) से कहा– '(उसके) यहाँ होते भी जिसे सोम्य! तू नहीं देखता, यहीं है (वह)। सो जो...वह तू है श्वेतकेतु!'

'और भी मुझे भगवान् विज्ञापित करें।'

'अच्छा सोम्य! जैसे सोम्य (किसी) पुरुष को गंधार (देश) से आँख मूँद लाकर (एक) जनपूर्ण (स्थान) में छोड़ दे। वह जैसे वहाँ आगे-पीछे या ऊपर-नीचे चिल्लाये–'आँख मूँदे (मुझे) लाया, आँख मूँदे मुझे छोड़ दिया।' जैसे उसकी पट्टी छोड़ (कोई) कहे, इस दिशा में गंधार है, इस दिशा में जा। वह पंडित, मेधावी एक गाँव से दूसरे गाँव को पूछता गंधार ही को पहुँच जाये; इसी तरह यहाँ आचार्य रखने वाला पुरुष ज्ञान प्राप्त करता है। 'उसको (मुक्त होने में) उतनी ही देर है, जब तक कि (शरीर से) नहीं छूटता, (शरीर छूटने) पर तो (ब्रह्म को) प्राप्त होता है। सो जो वह तू है श्वेतकेतु!'

'और भी मुझे भगवान् विज्ञापित करें।'

'अच्छा सोम्य! जैसे सोम्य! (मरण-यातना से) पीड़ित पुरुष को भाई-बंधु घेरते (और पूछते) हैं– पहिचानते हो मुझे, पहिचानते हो मुझे! जब तक उसकी वाणी मन में नहीं मिलती, मन प्राण में, प्राण तेज में, तेज परम देवता में (नहीं मिलता) तब तक, पहिचानता है, किन्तु जब उसकी वाणी मन में मिल जाती है, मन प्राण में, प्राण तेज में, तेज परम देवता में, तब नहीं पहचानता। सो जो... तह तू है श्वेतकेतु! ..'

इस तरह आरुणि सद्ब्रह्म (शारीरक ब्रह्म) वादी थे और भौतिक तत्त्वों में अग्नि को प्रथम मानते थे।

3. याज्ञवल्क्य (650 ई० पू०)

(1) जीवनी–याज्ञवल्क्य की जन्मभूमि कहाँ थी?, इसका उल्लेख नहीं मिलता। कुछ लेखकों ने जनक वैदेह का गुरु होने से उन्हें भी विदेह (तिरहुत) का निवासी समझ लिया है, जो कि गलत है। वृहदारण्यक के उद्धरण पर गौर करने से यही पता लगता है, कि वह कुरु-पंचाल के ब्राह्मणों में से थे–

"जनक वैदेह ने बहुत दक्षिणा वाले यज्ञ को किया। उसमें कुरु-पंचाल (पश्चिमी युक्तप्रान्त) के ब्राह्मण एकत्रित हुए थे। जनक वैदेह के मन में जिज्ञासा हुई, इन ब्राह्मणों (कुरु-पंचाल वालों) में कौन सबसे बड़ा शिक्षित (अनूचानतम) है?.."

यहाँ इन बाह्मणों शब्द से कुरु-पंचाल वालों का ही बोध होता है। वैसे भी यदि याज्ञवल्क्य विदेह के थे, तो उनकी विद्वता जनक के लिए अज्ञात नहीं होनी चाहिए।

इस तरह जान पड़ता है, जैवलि, आरुणि, याज्ञवल्क्य तीनों दिग्गज उपनिषद् के दार्शनिक कुरु-पंचाल के रहने वाले थे। इसी से बुद्ध काल में भी कुरु-पंचाल दर्शन की खानि समझा जाता था, जैसा कि पीछे हम बतला चुके हैं और इस तरह ऋग्वेद के समय से (1500 ई० पू०) जो प्रधानता इस प्रदेश को मिली, वह बराबर याज्ञवल्क्य के समय तक मौजूद रही, यद्यपि इसी बीच कैकय (पंजाब) काशी और विदेह में भी ज्ञान-चर्चा होने लगी थी।

अश्वपति कैकय के पास जाने वाले ये ब्राह्मण महाशाल बड़े धनाढ्य व्यक्ति थे। उनके पास सैकड़ों खचरी के रथ–घोड़े से खच्चर की कीमत उस वक्त ज्यादा थी–हाथी, दासियाँ, अशर्फियाँ थीं। प्रवर (सुन्दर) दासियों के लिखने से यही मतलब मालूम होता है, कि दासियाँ सिर्फ़ कमकरियाँ ही नहीं बल्कि अपने स्वामियों की कामतृप्ति का साधन भी थीं। याज्ञवल्क्य इसी तरह के एक ब्राह्मण महाशाल (धनी) थे। याज्ञवल्क्य की कोई सन्तान न थी, यह इसी से पता लगता है, कि गृहत्यागी होते वक्त उन्होंने अपनी दोनों भार्याओं मैत्रेयी और कात्यायनी में सम्पत्ति बाँटने का प्रस्ताव किया–

'याज्ञवल्क्य की दो भार्यायें थीं–मैत्रेयी और कात्यायनी। उनमें मैत्रैयी ब्रह्मवादिनी थी, किन्तु कात्यायनी सिर्फ़ स्त्री बुद्धि वाली। तब याज्ञवल्क्य ने कहा–

'मैत्रेयी! मैं इस स्थान से प्रव्रज्या लेने वाला हूँ। आ तुझे इस कात्यायनी से (धन के बँटवारे द्वारा) अलग कर दूँ।'

ब्रह्मवादिनी मैत्रैयी भी पति की भाँति धन से विरक्त थी, इसलिए उसने उससे इन्कार करते हुए कितने ही प्रश्न किये, जिसके उत्तर में याज्ञवल्क्य ने जो उपदेश दिया था, उसका जिक्र हम आगे करने वाले हैं।

(2) दार्शनिक-विचार–याज्ञवल्क्य के दार्शनिक विचार वृहदारण्यक में तीन प्रकरणों में आये हैं–एक जनक की यज्ञ-परिषद् में, दूसरा जनक के साथी की तीन मुलाकातों में और तीसरा संवाद अपनी स्त्री मैत्रेयी के साथ।

(क) जनक की सभा में–"जनक वैदेह ने बहु-दक्षिणा यज्ञ का अनुष्ठान किया। वहाँ कुरु-पंचाल के ब्राह्मण आए थे। जनक वैदेह को जिज्ञासा हुई–'कौन इन ब्राह्मणों में सर्वश्रेष्ठ पंडित है।' उसने हजार गायों को रुकवाया (एक जगह खड़ा किया)। उनमें से एक-एक की दोनों सींगों में दश-दशपाद बाँधे हुए थे। जनक ने उनसे कहा–'ब्राह्मणो, भगवानो! जो तुममें ब्रह्मिष्ठ (सर्वश्रेष्ठ ब्रह्मवादी) है, वह इन गायों को हँका ले जाये।' ब्राह्मणों ने हिम्मत नहीं की। तब याज्ञवल्क्य ने अपने ही ब्रह्मचारी (शिष्य) को कहा–सोमश्रवा! हँका ले चल इन्हें और उन्हें हँकवा दिया। वे ब्राह्मण क्रुद्ध हुए–कैसे (यह) हममें (अपने को) ब्रह्मिष्ठ कहता है। जनक वैदेह का होता अश्वल था, उसने इस (याज्ञवल्क्य) से पूछा–

'तुम हममें ब्रह्मिष्ठ हो याज्ञवल्क्य'

'हम ब्रह्मिष्ठ को नमस्कार करते हैं, हम तो गायें चाहते हैं।'

(a)अश्वल का कर्म पर प्रश्न–होता अश्वल ने वहीं से उससे प्रश्न करना शुरू किया–

अश्वल ने अपने प्रश्न ज्यादातर यज्ञ और कर्म-कलाप के बारे में किये। याज्ञवल्क्य वैदिक कर्मकाण्ड के बड़े पंडित थे, यह शतपथ ब्राह्मण के 1-4 तथा 10-14 कांडों में उद्धृत उनकी बहुत-सी याज्ञिक व्याख्याओं से स्पष्ट है। याज्ञवल्क्य की आधी तार्किक और आधी साम्प्रदायिक व्याख्या से होता अश्वल चुप हो गया।

(b) आर्तभाग का मृत्यु-भक्षक पर प्रश्न–फिर जारत्कारव आर्तभाग ने प्रश्न करने शुरू किये– अतिग्राह (बहुत पकड़ने वाले) क्या हैं? आठ-प्राण, वाग्, जिह्वा, आँख, कान, मन, हाथ, चर्म–यह आठ ग्रह (इन्द्रिय) हैं, जो क्रमशः अपान, नाम, रस, रूप, शब्द, कामना और कर्म इन आठ अतिग्राहों (विषयों) द्वारा गंध सूँघते, नाम बोलते, रस चखते, रूप देखते, शब्द सुनते, काम (भोग) चाहते, कर्म करते, स्पर्श जानते हैं। इन्द्रियों के बारे में यह उत्तर सुनकर आर्तभाग ने फिर पूछा–

"याज्ञवल्क्य! यह सब (विश्व) तो मृत्यु का अन्न (भोजन) है। कौन वह देवता है, जिसका अन्न मृत्यु है?"

'आग मृत्यु है, वह पानी का भोजन है, पानी से मृत्यु को जीता जा सकता है।'

'याज्ञवल्क्य! जब यह पुरुष मर जाता है, (तब) उसके प्राण (साथ) जाते हैं या नहीं?'

'नहीं।...यहीं रह जाते हैं। वह उसास लेता है, खर्खर करता है, फिर मरकर पड़ जाता है।'

'याज्ञवल्क्य! जब यह पुरुष मरता है, क्या (है जो) इसे नहीं छोड़ता?'

'नाम...।'

'याज्ञवल्क्य! जब मरने पर इस पुरुष की वाणी आग (तत्त्व) में समा जाती है, प्राण वायु में, आँख आदित्य में, मन चन्द्रमा में, श्रोत्र दिशाओं गें, शरीर पृथिवी में, आत्मा आकाश में, रोएँ औषधियों में, केश वनस्पतियों में, खून और वीर्य पानी में मिल जाते हैं, तब पुरुष (जीव) कहाँ होता है?'

'हाथ ला, सोम्य आर्तभाग! हम दोनों ही इस (तत्त्व) को जान सकेंगे, ये लोग नहीं...।'

"तब दोनों ने उठकर मंत्रणा की, उन्होंने जो कहा, वह कर्म ही के बारे में कहा, जो प्रशंसा की कर्म की ही प्रशंसा की। 'पुण्य-कर्म से पुण्य (भला) होता है, पाप से पाप (बुरा) होता है।' तब जारत्कारव आर्तभाग चुप हो गया।"

(c) भुज्यु लाह्यायनि का अश्वमेध-याजियों के लोक पर प्रश्न–तब भुज्यु लाह्यायनि ने पूछा– "याज्ञवल्क्य! हम मद्र देश में विचरण करते थे। वहाँ पतंचल काप्य के घर पर गये। उसकी लड़की गंधर्व-गृहीता (देवता जिसके सिर पर आया हो) थी। उससे मैंने पूछा–'तू कौन है?' उसने कहा–'सुधन्वा अडींरस।' तब उससे लोकों का अन्त पूछते हुए मैंने कहा–'कहाँ पारिक्षित (परीक्षित-वंशी) गये?' सो मैं तुमसे भी याज्ञवल्क्य! पूछता हूँ, कहाँ पारीक्षित गये?"

'उस (याज्ञवल्क्य) ने कहा–'वह वहाँ गये जहाँ अश्वमेध-याजी (करने वाले) जाते हैं?'

'अश्वमेधयाजी कहाँ जाते हैं?'

इस पर याज्ञवल्क्य ने वायु द्वारा उस लोक में अश्वमेधाजियों का जाना बतलाया, जिस पर लाह्ययनि चुप हो गया।

(d) उषस्ति चाक्रायण-सर्वान्तरात्मा पर प्रश्न–उषस्ति चाक्रायण कुरु-देश का एक प्रसिद्ध वेदज्ञ था। छान्दोग्य में उसके बारे में कहा गया है–

"कुरु–देश में ओले पड़े थे, उस समय उषस्ति चाक्रायण (अपनी भार्या आटिकी के साथ प्रद्राणक नामक शूद्रों के ग्राम में रहता था। उसने (एक) इभ्य (शूद्र) को कुल्माष (दाल) खाते देख, उससे माँगा। उसने उत्तर दिया–'यह जो मेरे सामने है उसे छोड़ और नहीं है।' 'इसे ही मुझे दे।'... उसने दे दिया...।"

इभ्य ने उषस्ति को जब पानी भी देना चाहा, तो उषस्ति ने कहा– "यह जूठा पानी होगा, जिस पर दूसरे ने पूछा–क्या यह (कुल्माष) जूठा नहीं है? तो उसने कहा–इसे खाये बिना हम नहीं जी सकेंगे। पानी तो यथेष्ट पा सकते हैं, खाकर बाकी को स्त्री के लिए ले गया। वह पहले ही आहार प्राप्त कर चुकी थी। उसने उसे लेकर रख दिया। दूसरे दिन उसी जूठे कुल्माष को खाकर उषस्ति कुरु-राज के यज्ञ में गया, और राजा ने उसका बहुत सन्मान किया।"

उषस्ति चाक्रायण अब कुरु (मेरठ जिले) से चलकर विदेह (दरभंगा जिले, बिहार) में आया था, जहाँ कि जनक बहुदक्षिणा यज्ञ कर रहा था। याज्ञवल्क्य को गायें हँकवाते देख, उसने पूछा–

"याज्ञवल्क्य जो साक्षात् अपरोक्ष (प्रत्यक्ष) ब्रह्म, जो सबके भीतरवाला (सर्वान्तर) आत्मा है, उसके बारे में मुझे बतलाओ।"

'यह तेरा आत्मा सर्वान्तर है।'

'कौन-सा याज्ञवल्क्य! सर्वान्तर है?'

'जो प्राण से प्राणन करता (श्वास लेता) है, वह तेरा सर्वान्तर आत्मा है, जो अपान से...व्यान... उदान से उदानन (ऊपर को खींचने की क्रिया) करता है, वह तेरा सर्वान्तर आत्मा है।'

उषस्ति चाक्रायण ने कहा–'जैसे कहे यह गाय है, यह अश्व है; इसी तरह यह (तुम्हारा) कहा हुआ, जो वही साक्षात् अपरोक्ष ब्रह्म, जो सर्वान्तर आत्मा है, उसके बारे में मुझे बतलाओ।'

'यह तेरा आत्मा सर्वान्तर है।'

'कौन-सा याज्ञवल्क्य? सर्वान्तर है?'

'दृष्टि के देखने वालों को तू नहीं देख सकता, न श्रुति (शब्द) के सुनने वाले को सुन सकता, न मति के मनन करने वाले को मनन कर सकता, न विज्ञाति (जानने) के जानने वालों को विज्ञानन कर सकता। यही तेरा आत्मा सर्वान्तर है, इससे भिन्न तुच्छ (आर्त) है।'

'तब उषस्ति चाक्रायण चुप हो गया।'

(e) कहोल कौषीतकेय का सर्वान्तरात्मा पर प्रश्न–तब कहोल ने पूछा–

"याज्ञवल्क्य! जो ही साक्षात् अपरोक्ष ब्रह्म है, जो सर्वान्तर आत्मा है, उसके बारे में मुझे बतलाओ।" 'यह तेरा आत्मा सर्वान्तर है।'

'कौन-सा याज्ञवल्क्य! सर्वान्तर है?'

'(वह) जो (कि) भूख, प्यास, शोक, मोह, जरा, मृत्यु से परे है। इसी आत्मा को जानकर ब्राह्मणपुत्र इच्छा, धन-इच्छा, लोक (सन्मान) इच्छा से हटकर भिक्षाचारी (गृहत्यागी) होते हैं, जो कि पुत्र-इच्छा है, वही वित्त-इच्छा है, जो वित्त-इच्छा है, वही लोक-इच्छा है; दोनों ही इच्छाएँ हैं। इसलिए ब्राह्मण को पांडित्य से विरक्त हो बाल्य (बालकों की भाँति भोला भालापन) के साथ रहना चाहिए। बाल्य और पाण्डित्य से विरक्त हो मुनि...मौन से विरक्त हो, फिर ब्राह्मण (होता है)। वह ब्राह्मण कैसे होता है? जिससे होता है, उससे ऐसा ही (होता है) इससे भिन्न तुच्छ है।'

तब कहोल कौषीतकेय चुप हो गया।

(f) गार्गी वाचक्नवी (ब्रह्मलोक, अक्षर)–मैत्रेयी की भाँति गार्गी और उसके प्रश्न इस बात के सबूत हैं, कि छठी-सातवीं सदी ईसा पूर्व में स्त्रियों को चौके चूल्हे से आगे बढ़ने का काफ़ी अवसर मिलता था; अभी वह पर्दे और दूसरी सामाजिक जकड़बन्दियों में उतनी नहीं जकड़ी गई थीं। गार्गी ने पूछा–

"याज्ञवल्क्य! जो (कि) यह सब (विश्व) पानी में ओत-प्रोत (ग्रथित) है, पानी किसमें ओतप्रोत है?"

'वायु में, गार्गी!'

'वायु किसमें ओतप्रोत है?'

'अन्तरिक्ष लोकों में गार्गी!'

आगे के इसी तरह के प्रश्न के उत्तर में याज्ञवल्क्य ने गन्धर्वलोक, आदित्यलोक, चन्द्रलोक, नक्षत्रलोक, देवलोक, इन्द्रलोक, प्रजापतिलोक, ब्रह्मलोक में–पहलों का पिछलों में ओतप्रोत होना बतलाया। ब्रह्मलोक में सारे ही ओतप्रोत हैं, इस पर गार्गी ने पूछा–

'ब्रह्मलोक किसमें ओतप्रोत है?'

उस याज्ञवल्क्य ने कहा–'मत प्रश्न की सीमा के पार जा, मत तेरा शिर गिरे। प्रश्न की सीमा न पार की जाने वाली देवता के बारे में तू अतिप्रश्न कर रही है। गार्गी! मत अति-प्रश्न कर।'

"तब गार्गी वाचक्नवी चुप हो गई।"

इसके बाद उद्दालक आरुणि का प्रश्न है, जो कि प्रश्नकर्ता आरुणि के लिए असंगत मालूम होता है। सदियों तक ये सारे ग्रन्थ कंठस्थ करके लाये गये थे, इसलिए एकाध जगह ऐसी भूल संभव है। पालि दीघनिकाय के महापरिनिब्बाणसुत्त में भी कंठस्थ प्रथा के कारण ऐसी गलती हुई है, इसका उल्लेख हमने वहाँ किया है। गार्गी के प्रश्न के उत्तरांश को भी देकर हम आगे याज्ञवल्क्य के विचारों के जानने के लिए किसी विस्मृत प्रश्नकर्ता के प्रश्नोत्तर को (जो कि यहाँ आरुणि के नाम से मिल रहा है) देंगे।

तब वाचक्नवी ने पूछा–

"ब्राह्मण भगवानो! अच्छा तो मैं इन (याज्ञवल्क्य) से दो प्रश्न पूछती हूँ, यदि उन्हें यह बतला देंगे, तो तुममें से कोई भी इन्हें ब्रह्मवाद में न जीतेगा।"

(याज्ञवल्क्य)–'पूछ गार्गी!'

उसने कहा–'याज्ञवल्क्य! जैसे काशी या विदेह देश का कोई उग्र-पुत्र (सिपाही) उत्तरी प्रत्यंचा को धनुष पर लगा शत्रु को बेधने वाले वाण-फलवाले दो (तीरों) को हाथ में ले उपस्थित हो, इसी तरह मैं तुम्हारे पास दो प्रश्नों के साथ उपस्थित हुई हूँ। उन्हें मुझे बतलाओ।'

'पूछ गार्गी!'

उसने कहा–'याज्ञवल्क्य! जो ये द्यौ (नक्षत्र) लोक से ऊपर, जो पृथिवी से नीचे, जो द्यौ और पृथिवी के बीच में है, जो अतीत, वर्तमान और भविष्य कहा जाता है; किसमें यह ओतप्रोत है?'

'वह आकाश में ओतप्रोत है।'

उस (गार्गी) ने कहा–'नमस्ते याज्ञवल्क्य! जो कि तुमने यह मुझे बतलाया। (अब) दूसरा (प्रश्न) लो।' 'पूछ गार्गी!'

'आकाश किसमें ओतप्रोत है?'

'गार्गी! इसे ही ब्राह्मण अक्षर (अ-विनाशी) कहते हैं; (जो कि) न स्थूल, न अणु, न ह्रस्व, न दीर्घ, न लाल, न स्नेह, (चिकना या आर्द) न छाया, न तम, न वायु, न आकाश, न संग, न रस, न गंध, न नेत्र-श्रोत्र-वाणी-मन द्वारा ग्राह्य, न तेज (अग्नि) वाला, न प्राण, न मुख, न मात्रा (परिमाण) वाला, न आन्तरिक, न बाह्य है। न वह किसी को खाता है, न उसको कोई खाता है। गार्गी! इसी अक्षर के शासन में सूर्य-चन्द्र धारे हुए स्थित हैं, इसी अक्षर के शासन में द्यौ और पृथिवी...मुहूर्त रात-दिन, अर्ध-मास, मास, ऋतु-संवत्सर...धारे हुए स्थित हैं। इसी अक्षर के शासन में श्वेत पहाड़ों (हिमालय) से पूर्व वाली नदियाँ या पश्चिम वाली दूसरी नदियाँ उस उस दिशा में बहती हैं, इसी अक्षर के शासन में (हो) गार्गी! दाताओं की मनुष्य, यजमान की देव प्रशंसा करते हैं।...गार्गी! जो इस अक्षर को बिना जाने इस लोक में हवन करे, यज्ञ करे, बहुत हजार वर्ष तप तपे, उसका यह (सब करना) अन्तवाला ही है। गार्गी! जो इस अक्षर को बिना जाने इस लोक से प्रयाण करता है, वह अभागा (कृपण) है और जो गार्गी! इस अक्षर को जानकर इस लोक से प्रयाण करता है, वह ब्राह्मण है। वह यह अक्षर गार्गी! न-देखा देखने वाला, न-सुना सुनने वाला, न-मनन किया मनन करनेवाला, न विज्ञात विजानन करने वाला है। इससे दूसरा श्रोता...मन्ता... विज्ञाता नहीं है। गार्गी! इसी अक्षर में आकाश ओतप्रोत है।...'

'तब वाचक्नवी चुप हो गई।'

गार्गी के दो भागों में बँटे संवाद में 'किसमें यह विश्व ओतप्रोत है' इसी प्रश्न का उत्तर है, इससे भी हमारा सन्देह दृढ़ होता है, कि श्रुति में स्मरण करने वालों की गलती से यहाँ आरुणि–जो कि याज्ञवल्क्य के गुरु थे–के नाम से नया प्रश्न डालने की गड़बड़ी हुई है।

(g) विदग्ध शाकल्य का देवों की प्रतिष्ठा पर प्रश्न–अन्तिम प्रश्न कर्ता विदग्ध शाकल्य था। उसका संवाद वैदिक देवताओं के संबंध में 'दूर की कौड़ी' लाने की तरह का है–

'...कितने देव हैं?'

'तैंतीस।'

'हाँ, कितने देव हैं?'

'छः।' 'तीन।' 'दो।'...'आधा।'

'कौन से तैंतीस?'

'आठ वसु, ग्यारह रुद्र, बारह आदित्य, (सब मिलकर) एकतीस और इन्द्र तथा प्रजापति तैंतीस।'

फिर इन वैदिक देवताओं के बारे में दार्शनिक अटकलबाजी की गई है, फिर अन्त में शाकल्य ने पूछा–

'किसमें तुम और आत्मा प्रतिष्ठित (स्थित) हो,'

'प्राण में।'

'किसमें प्राण प्रतिष्ठित है?'

'अपान में।'... 'व्यान में।'... 'उदान में।'

'किसमें उदान प्रतिष्ठित है?'

"समान में। वह यह (समान आत्मा) अ-गृह्य–नहीं ग्रहण किया जा सकता, अ-शीर्य नहीं शीर्ण हो सकता, अ-संग नहीं लिप्त हो सकता तुझसे मैं। उस औपनिषद् (उपनिषद् प्रतिपादित, अथवा रहस्यमय) पुरुष के बारे में पूछता हूँ, उसे यदि नहीं कहेगा तो तेरा शिर गिर जायेगा।"

"शाकल्य ने उसे नहीं समझा, (और) उसका शिर गिर गया। (मरा-सा) समझ दूसरे हटाने वाले उसकी हड्डियों को ले गये।"

ब्रह्म के संवाद में शाकल्य का इस तरह शोचनीय अन्त हो जाने पर याज्ञवल्क्य ने कहा–

"ब्राह्मण भगवानो! आपमें से जिसकी इच्छा हो, मुझसे प्रश्न करे, या सभी मुझसे प्रश्न करें। आप में से जो चाहें उससे मैं प्रश्न करूँ या आप में सबसे मैं प्रश्न करूँ।"

"उन ब्राह्मणों की हिम्मत नहीं हुई।"

(h) अज्ञात प्रश्नकर्ता का अन्तर्यामी पर प्रश्न आरुणि के नाम से किये गये प्रश्न के कर्ता का असली नाम हमारे लिए चाहे अज्ञात हो, किन्तु याज्ञवल्क्य के दर्शन को जानने के लिए प्रश्न महत्त्वपूर्ण है, इसलिए उसका भी संक्षेप देना जरूरी हे–

"उसे मैं जानता हूँ, याज्ञवल्क्य! यदि उस सूत्र और अन्तर्यामी को बिना जाने ब्राह्मणों की गायों को हँकायेगा, तो तेरा शिर गिर जायेगा।"

'मैं जानता हूँ गौतम! उस सूत्र (धागे) को उस अन्तर्यामी को।'

'मैं जानता हूँ, (कहता है, तो) जैसे तू जानता है, वैसे बोल...।'

उस (याज्ञवल्क्य) ने कहा–'वायु हे गौतम! वह सूत्र–वायु है। सूत्र से गौतम! यह लोक, परलोक और सारे भूत गुथे हुए हैं। इसीलिए गौतम! मरे पुरुष के लिए कहते हैं–वायु से इसके अंग छूट गये...।'

'यह ऐसा ही है याज्ञवल्क्य! अन्तर्यामी के बारे में कहो।'

'जो पृथिवी में रहते पृथिवी से भिन्न हैं, जिसे पृथिवी नहीं जानती, जिसका पृथिवी शरीर है, जो पृथिवी को अन्दर से नियमन करता (अन्तर्यामी) है, यही तेरा आत्मा अन्तर्यामी अमृत है।'

'जो पानी में...आग में...अन्तरिक्ष में...वायु में...द्यौ में...आदित्य में...दिशाओं में...चन्द्र-तारों में...आकाश में...तम (अन्धकार) में...तेज में...सारे भूतों में...प्राण में...वाणी में...नेत्र में...

श्रोत्र में मन में...चर्म (त्वग्-इन्द्रिय) में... विज्ञान (जीव) में...(और) जो वीर्य (रेतस्) में रहते वीर्य से भिन्न हैं, जिसे वीर्य नहीं जानता, जिसका वीर्य शरीर है, जो वीर्य को अन्दर से नियमन करता (अन्तर्यामी) है, यही तेरा आत्मा अन्तर्यामी अमृत (अविनाशी) है। वह अ-देखा देखनेवाला अ-विज्ञात विजानन करने वाला है। इनसे दूसरा श्रोता...मन्ता...विज्ञाता नहीं है। यही तेरा आत्मा अन्तर्यामी अमृत है। इससे अन्य (सभी) तुच्छ हैं।'

(ख) जनक को उपदेश–सभा के बाद भी याज्ञवल्क्य और दर्शनप्रेमी जनक (राजा) विदेह का समागम होता रहा। इस समागम में जो दार्शनिक वार्तालाप हुए थे, उसको वृहदारण्यक के चौथे अध्याय में सुरक्षित रखा गया है।–

जनक वैदेह बैठा हुआ था, उसी समय याज्ञवल्क्य आ गये। उनसे (जनक ने) पूछा–

'कैसे आये, पशुओं की इच्छा से या (किसी) सूक्ष्म बात (अण्वन्त) के लिए?'

'दोनों ही के लिए सम्राट्! जो कुछ किसी ने तुझे बताया हो, उसे सुनना चाहता हूँ।'

'मुझसे जित्वा शैलनि ने कहा था–वाणी ब्रह्म है।'

'जैसे माता-पिता आचार्य वाला (शिक्षित पुरुष) बोले, उसी तरह शैलनि ने यह कहा–वाणी ब्रह्म है।...क्या उसने तुझे उसका आयतन (स्थान) प्रतिष्ठा बतलाई?'

'नहीं बतलाई।'

'वह एकपाद (एक पैर वाला) है सम्राट!'

'तो (उसे) मुझे बतलाओ याज्ञवल्क्य!'

'वाणी आयतन है, आकाश प्रतिष्ठा है, प्रज्ञा (मान) करके इसकी उपासना करे।'

'प्रज्ञा क्या है याज्ञवल्क्य!'

'वाणी ही सम्राट्! वाणी से ही सम्राट्र! बन्धु (ब्रह्मा) जाना जाता है; ऋग्वेद, यजुर्वेद, सामवेद, अथर्वांगिरस, इतिहास, पुराण, विद्या, उपनिषद्, श्लोक, सूत्र, व्याख्यान, अनुव्याख्यान, आहुति, खान-पान, यह लोक, परलोक, सारे भूत वाणी से ही जाने जाते हैं। सम्राट्! वाणी परमब्रह्म है। जो ऐसे जानते हुए इसकी उपासना करता है, उसको वाणी नहीं त्यागती, सारे भूत उसे (भोग) प्रदान करते हैं, (वह) देव बन देवों में जाता है।'

जनक वैदेह ने कहा–'(तुम्हें) हजार हाथी-साँड देता हूँ।'

याज्ञवल्क्य ने कहा–'पिता मेरे मानते थे, कि बिना अनुशासन (उपदेश) के (दान) नहीं लेना चाहिए। जो कुछ किसी ने तुझे बतलाया हो, उसी को मैं सुनना चाहता हूँ।'

'मुझसे उदङ शौल्वायन ने कहा था–प्राण ही ब्रह्म है'

'जैसे माता-पिता, आचार्य वाला बोले, उसी तरह शौल्वायन ने कहा–प्राण ही ब्रहा है। क्या उसने... प्रतिष्ठा बतलाई?'

'नहीं बतलाई।'...

'हजार हाथी-साँड देता हूँ।'

(जनक) –'मुझसे **वर्कु वाष्र्णु** ने कहा–नेत्र ही ब्रहा है।'...

'मुझसे **गर्दभीविपति भारद्वाज** ने कहा–श्रोत्र ही ब्रहा है।'...

‘मुझसे **सत्यकाम जाबाल** ने कहा–मन ही ब्रह्म है।’

‘मुझसे **विदग्ध शाकल्य** ने कहा–हृदय ही ब्रह्म है।’...

(जनक) –‘हजार हाथी-साँड देता हूँ।’

याज्ञवल्क्य ने कहा–‘पिता मेरे मानते थे, कि बिना अनुशासन के दान नहीं लेना चाहिए।’

और दूसरी बार जाने पर जनक वैदेह ने दाढ़ी पर (हाथ) फेरते हुए कहा–‘नमस्ते हो याज्ञवल्क्य! मुझे अनुशासन (उपदेश) करो।’

“उस (याज्ञवल्क्य) ने कहा–‘जैसे सम्राट्! बड़े रास्ते पर जाने वाला (यात्री) रथ या नाव पकड़ता है, इसी तरह इन उपनिषदों (तत्त्वोपदेशों) से तेरे आत्मा का समाधान हो गया है। इस तरह वृन्दारक (देव), आढ्य (धनी) वेद पढ़ा, उपनिषद् सुना, तू यहाँ से छूटकर कहाँ जायेगा?”

‘भगवन्! मैं... नहीं जानता कि कहाँ जाऊँगा।’

‘अच्छा तो जहाँ तू जायेगा उसे मैं तुझे बतलाता हूँ।’

‘कहें भगवन्!’

इस पर याज्ञवल्क्य ने आँखों और हृदय से हजार होकर ऊपर को जाने वाली केश-जैसी सूक्ष्म हिता नामक नाड़ियों का जिक्र करते प्राण को चारों ओर व्यापक बतलाया और कहा–

‘वह यह ‘नेति’ (इतना ही नहीं) आत्मा है, (जो) अगृह्य–नहीं ग्रहण किया जा सकता, अ-संग नहीं लिप्त हो सकता...जनक! (अब) तू अभय को प्राप्त हो गया।’

“जनक वैदेह ने कहा–‘अभय तुम्हें प्राप्त हो, याज्ञवल्क्य! जो कि हमें तुम अभय का ज्ञान करा रहे हो। नमस्ते हो, यह विदेह (देश) यह मैं (तुम्हारा) हुँ ॥2॥”

(a) आत्मा, ब्रह्म और सुषुप्ति–‘जनक वैदेह के पास याज्ञवल्क्य गए।...जब तक वैदेह और याज्ञवल्क्य अग्निहोत्र में एकत्रित हुए, (तब) याज्ञवल्क्य ने जनक को वर दिया। उसने इच्छानुसार प्रश्न का वर माँगा; उसने उसे दिया! सम्राट् ने ही पहले पूछा–

‘याज्ञवल्क्य! किस ज्योति वाला यह पुरुष है?’

‘आदित्य-ज्योति वाला सम्राट! आदित्य-ज्योति से ही वह...कर्म करता है...।’

‘हाँ, ऐसा ही है याज्ञवल्क्य! आदित्य के डूबने पर...किस ज्योति वाला...?’

‘चन्द्र-ज्योति वाला...अग्नि-ज्योतिवाला...वाणी...’

‘आत्म–ज्योति वाला सम्राट्! आत्मा (रूपी) ज्योति से ही वह...कर्म करता है।’

‘कौन-सा है आत्मा?’

‘जो यह प्राणों में विज्ञानमय, हृदय में आन्तरिक ज्योति (प्रकाश) पुरुष है, वह समान हो, दोनों लोकों में संचार करता है...वह स्वप्न (देखने वाला) हो, इस लोक के मृत्यु के रूपों को अतिक्रमण करता है...वह पुरुष पैदा हो, शरीर में प्राप्त हो, पाप से लिप्त होता है, उत्क्रान्ति करते मरते वक्त पाप को त्यागता है। इस पुरुष के दो ही स्थान होते हैं–यह और परलोक स्थान, तीसरा सन्धि वाला स्वप्न स्थान है। उस सन्धि स्थान में रहते (वह) इन दोनों स्थानों को देखता है–इस और परलोक स्थान को।...पाप और आनन्द दोनों को देखता है। वह जब सोता है, इस लोक की सारी ही मात्रा को ले... स्वयं निर्माण कर, अपनी प्रभा, अपनी ज्योति के साथ प्रसुप्त होता है, वहाँ यह पुरुष स्वयं ज्योति

होता है। न वहाँ (स्वप्न में) रथ होते, न घोड़े (रथ-योग) न रास्ते; किन्तु (वह) रथों, रथयोगों, रास्तों को सृजता है... आनन्दों को सृजता है। न वहाँ घर, पुष्करिणियाँ, नदियाँ होतीं, किन्तु...(इन्हें) वह सृजता है।...जिन्हें जागृत (अवस्था में) देखता है, उन्हें स्वप्न में भी (देखता है); इस तरह वहाँ यह पुरुष स्वयं ज्योति होता है।'

'सो मैं भगवान् को (और) हजार देता हूँ, इसके आगे (भी) विमोक्ष के बारे में बतलावें।'...

"जैसे कि बड़ी मछली (नदी के दोनों किनारों में संचार करती है...इसी तरह यह पुरुष स्वप्न और बुद्ध (जागृत) दोनों छोरों में संचार करता है। जैसे आकाश में बाज़ या गरुड़ उड़ते (उड़ते) थककर पंखों को इकट्ठा कर घोंसले का ही (आश्रय) पकड़ता है, इसी तरह यह पुरुष उस अन्त (छोर) की ओर धावन करता है, जहाँ सोया हुआ न किसी काम (भोग) की कामना करता है, न किसी स्वप्न को देखता है। उसकी वह केश-जैसी (सूक्ष्म) हजारों फूट-निकली, नील-पिंगल-हरित-लोहित (रस) से पूर्ण हिता नामक नाड़ियाँ हैं...जिनमें...गड़हे में (गिरते) जैसा गिरता है...जहाँ देव की भाँति, राजा की भाँति मैं ही यह सब कुछ हूँ, (मैं ही) सब हूँ–यह मानता है; वह इसका परम लोक है।...सो जैसे प्रिय स्त्री से आलिंगित हो (पुरुष) न बाहर के बारे में कुछ जानता, न भीतर के बारे में, ऐसे ही पुरुष प्राज्ञ-आत्मा (ब्रह्म) से आलिंगित हो, न बाहर के बारे में कुछ जानता, न भीतर के बारे में। वह इसका रूप है। यहाँ पिता अ-पिता हो जाता है, माता अ-माता, लोक अ-लोक, देव अ-देव, वेद अ-वेद हो जाते हैं। यहाँ चोर अ-चोर, गर्भघाती अ-गर्भघाती, चंडाल अ-चंडाल, पोल्कस (म्लेच्छ) अ-पोल्कस, श्रमण अ-श्रमण, तापस अ-तापस, पुण्य से रहित, पाप से रहित होता है। उस समय वह हृदय के सारे शोकों से पार हो चुका होता है। यदि वहाँ उसे नहीं देखता, तो देखते हुए ही उसे नहीं देखता, अविनाशी होने से द्रष्टा (आत्मा) की दृष्टि का लोप नहीं होता। उससे विभक्त (भिन्न) दूसरा नहीं है, जिसे कि वह देखता।...जहाँ दूसरा जैसा हो, वहाँ दूसरा दूसरे को देख, दूसरा दूसरे को सूंघे...चखे...बोले...सुने, संयुक्त हो...छुये...विजानन करे।..द्रष्टा एक अद्वैत होता है, यह है ब्रह्मलोक सम्राट!"

(b) ब्रह्मलोक-आनन्द– ब्रह्मलोक में कितना आनन्द है, इसको समझाते हुए याज्ञवल्क्य ने कहा–

"मनुष्यों में जो संतुष्ट समृद्ध, दूसरों का अधिपति न (होते भी) सब मानुष भोगों से सम्पन्न होता है, उसको यह (आनन्द) मनुष्यों का परमानंद है। 100 मनुष्यों के जो आनन्द हैं, वह एक पितरों का... आनन्द...", आगे–

100 पितर	आनन्द =1 गंधर्व-लोक आनन्द
100 गन्धर्वलोक	आनन्द =1 कर्म देव आनन्द
100 कर्मदेव	आनन्द =1 आजानदेव आनन्द
100 आजानदेव	आनन्द = प्रजापति-लोक आनन्द
100 प्रजापति-लोक	आनन्द =1 ब्रह्म-लोक आनन्द

फिर उपसंहार करते–

'यही परम आनन्द ही ब्रह्मलोक है, सम्राट्!'

'सो मैं भगवान को सहस्र देता हूँ। इससे आगे (भी) विमोक्ष के लिए ही बतलाओ।'

"यहाँ याज्ञवल्क्य को भय होने लगा–'राजा मेधावी है, इन सब (की बात करने) से मुझे रोक दिया।' (पुनः) वही यह (आत्मा) इस स्वप्न के भीतर रमण, विचरण कर पुण्य और पाप को देखकर फिर नियमानुसार...जागृत अवस्था को दौड़ता है, जैसे राजा को आते देख उग्र-प्रत्येनस् (सैनिक), सूत (सारथी) ग्रामणी (गाँव के मुखिया) अन्न-पान-निवास प्रदान करते हैं–'यह आ रहा है', 'यह आता है', इसी तरह इस तरह के ज्ञानी के लिए सारे भूत (प्राणी) प्रदान करते हैं–यह ब्रह्म आ रहा है–यह आता है।"

(ग) मैत्रेयी को उपदेश–याज्ञवल्क्य की दो स्त्रियाँ थीं–मैत्रेयी और कात्यायनी। याज्ञवल्क्य ने घर छोड़ते वक्त सम्पत्ति के बँटवारे का प्रस्ताव किया, तो मैत्रेयी ने अपने पति से कहा–

'भगवन्! यदि वित्त से पूर्ण यह सारी पृथिवी मेरी हो जाय, तो क्या उससे मैं अमृत होऊँगी अथवा नहीं?'

'नहीं, जैसे सम्पत्ति वालों का जीवन होता है, वैसा ही तेरा जीवन होगा, अमृतत्त्व (मुक्तपद) की तो आशा नहीं है।'

उस (मैत्रेयी) ने कहा–'जिससे मैं अमृत नहीं हो सकती, उसे (ले) क्या करूँगी। जो भगवान् जानते हैं, वही मुझसे कहें।'

याज्ञवल्क्य ने कहा–हमारी प्रिया हो आपने सबसे प्रिय (वस्तु) माँगी, अच्छा तो आपको यह बतलाता हूँ। 'मेरे वचन को ध्यान में करो' और उसने कहा–'अरे! पति की कामना के लिए पति प्रिय नहीं होता, अपनी कामना (भोग) के लिए पति प्रिय होता है! भार्या की कामना के लिए भार्या प्रिया नहीं होती, अपनी कामना के लिए भार्या प्रिय होती है।...पुत्र...वित्त...पशु...ब्रह्म... क्षत्र...लोक... देव...वेद...भूत...सर्व की कामना के लिए सर्व (सब वस्तुएँ) प्रिय नहीं होता, अपनी कामना के लिए सर्व प्रिय होता है! अरे! आत्मा (आप) ही द्रष्टव्य, श्रोतव्य, मन्तव्य, निदिध्यास (ध्यान) करने योग्य है। मैत्रेयी! आत्मा के दृष्ट, श्रुत, मत, विज्ञात हो जाने पर यह सब (विश्व) विदित हो जाता है। ब्रह्म उसे हटा देता है, जो आत्मा से अलग ब्रह्म को जानता है। क्षत्र...लोक... देव...वेद...भूत (प्राणी)...सर्व...। यह जो आत्मा है, वही ब्रह्म, क्षत्र...लोक...देव...वेद...भूत... सर्व है।...जैसे सभी जलों का समुद्र एकायन (एक घर) है; ऐसे ही सभी स्पर्शों का त्वक...गंधों की नासिका...रसों की जिह्वा...रूपों का नेत्र... शब्दों का श्रोत्र...संकल्पों का मन...विद्याओं का हृदय, कर्मों का हाथ, आनन्दों का उपस्थ (जनन-इन्द्रिय)...विसर्गों (त्यागों) की गुदा...मार्गों के पैर...सभी वेदों की वाणी एकायन है। सो जैसे सेंधा (नमक) पूर्ण होता है, बाहर भीतर (कहीं) बिना छोड़े सारा (लवण) रसपूर्ण ही है, इसी तरह अरे! मैं आत्मा बाहर, भीतर (कहीं) न छोड़े प्रज्ञानपूर्ण (प्रज्ञानघन) ही हूँ। इन (शरीर के) भूतों से उठकर उनके बाद ही विनष्ट हो जाता है, अरे! मरकर (प्रेत्य) संज्ञा नहीं है (यह मैं) कहता हूँ।'

"...मैत्रेयी ने कहा–यही मुझे भगवान् ने मोह में डाल दिया, मैं इसे नहीं समझ सकी।"

उस (याज्ञवल्क्य) ने कहा–"अरे! मैं मोह (की बात) नहीं कहता। अविनाशी है अरे! यह आत्मा उच्छिन्न न होने वाला है। जहाँ द्वैत हो, वहाँ (उनमें से) एक दूसरे को देखता...

सूँघता...चखता... बोलता...सुनता...मनन करता...छूता, विजानन करता है; जहाँ कि सब उसका आत्मा ही है, वहाँ किससे किसको देखे...विजानन करे। सो यह 'नेति नेति' आत्मा अगृह्य–नहीं ग्रहण किया जा सकता। अ-संग नहीं लिप्त हो सकता है। मैत्रेयी! यह (जो स्वयं) सबका विज्ञाता (जाननहार) है, उसे किससे जाना जाये, यह मैत्रेयी! तुझे अनुशासना कह दी गई। अरे! इतना ही अमृतत्त्व है। यह कह याज्ञवल्क्य चल दिये।"

याज्ञवल्क्य के इन उपदेशों से पता लगता है, कि यद्यपि अभी भी जगत् के प्रत्याख्यान का सवाल नहीं उठा था और न पीछे के योगाचारों और शंकरानुयायियों की भाँति "ब्रह्म सत्यं जगन् मिथ्या" तक बात पहुँची थी; तो भी सुषुप्ति और मुक्ति में याज्ञवल्क्य ब्रह्म से अतिरिक्त किसी और तत्त्व का भान होता है, इसे स्वीकार नहीं करते थे। आनंदों की सीमा ब्रह्म या ब्रह्मलोक है–वह सिर्फ़ अभावात्मक गुणों का ही धनी नहीं है। ब्रह्म सबके भीतर है और सबको अन्दर से नियमन करता (अन्तर्यामी) है। यद्यपि अन्त में याज्ञवल्क्य ने घर-बार छोड़ा, किन्तु सन्तान रहित एक बूढ़े के तौर पर। घर छोड़ते वक्त उनका ब्रह्मज्ञान (दर्शन) पहले से ज्यादा बढ़ गया था, इसकी संभावना नहीं है। पहले जीवन में धन और कीर्ति दोनों का उन्होंने खूब संग्रह किया, यह हम देख चुके हैं। याज्ञवल्क्य के समय में कर्म-कांड पर जबर्दस्त संदेह होने लगा था, यज्ञ में लाखों खर्च करने वाले क्षत्रियों के मन में पुरोहितों की आमदनी के संबंध में खतरनाक विचार पैदा हो रहे थे। साथ ही गृहत्यागी श्रमण और तापस साधारण लोगों को अपनी तरफ़ खींच रहे थे। ऐसी अवस्था में याज्ञवल्क्य और उनके गुरु आरुणि की दार्शनिक विचारधारा ने ब्राह्मणों के नेतृत्व को बचाने में बहुत काम किया। (1) पुराने ब्राह्मण इन बातों पर डटे हुए थे–यज्ञ से लौकिक- पारलौकिक सारे सुख प्राप्त होते हैं। (2) ब्राह्मण विरोधी विचार-धारा कहती थी–यज्ञ, कर्मकांड फ़जूल हैं, इन्हें लोक में कितनी ही बार असफल होते देखा गया है; ब्राह्मण अपनी दक्षिणा के लोभ से परलोक का प्रलोभन देते हैं। (3) इस पर आरुणि याज्ञवल्क्य का कहना था–ज्ञान के बिना कर्म बहुत कम फल देता है। ज्ञान सर्वोच्च साधन है, उससे हम उस अक्षर ब्रह्म के पास जाते हैं, जिसका आनंद सभी आनंदों की चरम सीमा है। इस ब्रह्मलोक को हम नहीं देखते, किन्तु वह है, उसकी हल्की-सी झाँकी हमें गाढ़ निद्रा (सुषुप्ति) में मिलती है जहाँ–

"जब सो गये हो गये बराबर।
कब शाही-गदा में फ़र्क पाया।।"

इन्द्रिय-अगोचर इस ब्रह्मलोक के ख्याल को मजबूत कर देने पर यज्ञ-फल भोगने वाले के लिए देवलोक की सत्ता को मनवाने का भी काम चल जाता है। सर्वश्रेष्ठ ब्रह्मज्ञानी याज्ञवल्क्य यज्ञ के वेद (यजुर्वेद) के मुख्य आधार तथा यजुर्वेद के कर्मकाण्डीय ब्राह्मण–शतपथ ब्राह्मण–के महान् कर्ता हैं। यज्ञरूपी अदृढ़ प्लवों को उन्होंने सबसे अधिक दृढ़ता प्रदान की। उपनिषद् के इन ऋषियों ने अपने सारे ब्रह्मज्ञान के साथ पुनर्जन्म, परलोक की बात छोड़ी नहीं। सामाजिक दृष्टि से देखने पर पुरोहित वर्ग के आर्थिक स्वार्थ पर जो एक भारी संकट आया था, उसे यज्ञों की प्रथा को पूर्ववत प्रधान स्थान दिलाकर तो नहीं, बल्कि स्वयं गुरु बनने तथा श्रद्धा-दक्षिणा पाने का पहले से भी मजबूत दूसरा रास्ता–ब्रह्मज्ञान-प्रचार–निकालकर हटा दिया। अब जहाँ ब्राह्मण पुरोहित बन पुराने

यज्ञों में श्रद्धा रखने वाले की सन्तुष्टि कर्मकांड द्वारा कर सकते थे, वहाँ ब्राह्मण ज्ञानी बुद्धिवादियों को ब्रह्म ज्ञान से भी सन्तुष्ट कर सकते थे।

4. सत्यकाम जाबाल (650 ई० पू०)

सत्यकाम जाबाल का दर्शन जैसा हम छान्दोग्य में पाते हैं और उसके प्रकट करने का जो स्थूल-सा ढंग है, उससे वह समय याज्ञवल्क्य से पहले वाली पीढ़ी का मालूम होता है। याज्ञवल्क्य के यजमान जनक वैदेह ने सत्यकाम से अपने वार्तालाप का जिक्र किया है, उससे याज्ञवल्क्य के समय में उसका होना सिद्ध होता है। अपने गुरु हारिद्रुमत गौतम के अतिरिक्त गोश्रुति वैयाघ्र-पद्य का नाम सत्यकाम के साथ आता है, वैयाघ्र-पद्य उसके शिष्यों में था।

(1) जीवनी–सत्यकाम जाबाल के जीवन के बारे में उपनिषद् से हमें इतना ही मालूम होता है–

'सत्यकाम जाबाल ने (अपनी) माँ जबाला से पूछा–'मैं ब्रह्मचर्य-वास करना चाहता हूँ... मेरा गोत्र क्या है?'

'बहुतों के साथ संचरण-परिचारण करती जवानी में मैंने तुझे पाया। इसलिए मैं नहीं जानती, कि तेरा क्या गोत्र है। जबाला तो नाम मेरा है, सत्यकाम तेरा नाम, इसलिए सत्यकाम जाबाल ही तू कहना।'

'तब वह हारिद्रुमत गौतम के पास जाकर बोला–'भगवान के पास ब्रह्मचर्यवास करना चाहता हूँ, भगवान् की शिष्यता मुझे मिले।'

"उससे पूछा–'क्या है सोम्य! तेरा गोत्र?'

"उसने कहा–मैं यह नहीं जानता भोः। माँ से पूछा, उसने मुझसे कहा–बहुतों के साथ संचरण-परिचारण करती जवानी में मैंने तुझे पाया।...सत्यकाम जाबाल ही तू कहना। सो मैं सत्यकाम जाबाल हूँ भोः!"

उससे (गौतम ने) कहा–'अ-ब्राह्मण ऐसे (साफ़-साफ़) नहीं कह सकता। सौम्य! समिधा ला, तेरा उपनयन (शिष्य बनाना) करूँगा, तू सत्य से नहीं हटा।'

(2) अध्ययन–"उपनयन के बाद दुबली-पतली चार सौ गौओं को हवाले कर (हारिद्रुमत गौतम ने कहा–'सोम्य! इनके पीछे जा।'...'हजार हुए बिना नहीं लौटना।' उसने कितने ही वर्ष (वर्षगण) प्रवास किये, जब कि वह हज़ार हो गई, तब ऋषभ (साँड ने) उसके पास आकर (बात) सुनाई–हम हजार हो गए, हमें आचार्य-कुल में ले चलो और मैं ब्रह्म का एक पाद तुझे बतलाता हुँ।"

'बतलायें मुझे भगवन्!'

'पूर्व दिशा एक कला, पच्छिम दिशा एक कला, दक्षिण दिशा एक कला, उत्तर दिशा एक कला–यह सौम्य! ब्रह्म का प्रकाशवान् नामक चार कला वाला पाद है। (अगला) पाद अग्नि तुझे बतलायेगा।'

'दूसरे दिन उसने गायों को हाँका। जब संध्या आई, तो आग को जगा गायों को घेर, समिधा को रखकर आग के सामने बैठा। उसे अग्नि ने आकर कहा– 'सत्यकाम!'

'भगवन्!'

'ब्रह्म का एक पाद मैं तुझे बतलाता हूँ।'

'बतलायें मुझे भगवन्!'

'पृथिवी एक कला, अन्तरिक्ष...द्यौ...समुद्र एक कला है। यह सोम्य–ब्रह्म का अनन्तवान् नामक चार कला वाला पाद है।'...हंस तुझे (अगला) पाद बतलायेगा।

'अग्नि...सूर्य...चन्द्र...विद्युत्...कला है। यह ज्योतिष्मान् नामक...पाद है। मद् तुझे (अगला) पाद बतलायेगा।'

'प्राण...चक्षु...श्रोत्र...मन कला है। यह...आयतन (इन्द्रिय) वान् नामक पाद है।'

"वह आचार्य कुल में पहुँच गया। आचार्य ने उससे कहा–'सत्यकाम!'

'भगवन्!'–उत्तर दिया।'

'ब्रह्मवेत्ता की भाँति सौम्य! तू दिखाई दे रहा है, किसने तुझे उपदेश दिये?'

'(वह) मनुष्यों में से नहीं थे।...भगवान् ही मुझे इच्छानुसार बतला सकते हैं। भगवान-जैसों से सुना है, आचार्य के पास से जानी विद्या ही उत्तम प्रयोजन (समाधि) को प्राप्त करा सकती है।'

"(आचार्य ने) उससे कहा–यहाँ छूटा कुछ नहीं है।"

इससे इतना ही पता लगता है कि गौतम ने सत्यकाम से कई वर्षों गायें चरवाई, वहीं चराते वक्त पशुओं और प्राकृतिक वस्तुओं से उसे दिशाओं, लोकों, प्राकृतिक शक्तियों और इन्द्रियों से व्याप्त प्रकाशमान्, ज्योतिः स्वरूप इन्द्रिय (चेतना)-प्रेरक ब्रह्म का ज्ञान हुआ।

(3) दार्शनिक विचार–सत्यकाम ब्रह्म को व्यापक, अनन्त, चेतन, प्रकाशवान् मानता था, यह ऊपर आ चुका। जनक को उसने "मन ही ब्रह्म" का उपदेश किया था, अर्थात् ब्रह्म मन की भाँति चेतन है। उसके दूसरे दार्शनिक विचार (आँख में का पुरुष ही ब्रह्म है आदि) उस उपदेश से जाने जा सकते हैं, जिसे कि उसने अपने शिष्य उपकोसल कामलायन को दिया था।–

"उपकोसल कामलायन ने सत्यकाम जाबाल के पास ब्रह्मचर्यवास (शिष्यता) किया। उसने गुरु की (पूजा की) अग्नियों की बारह वर्ष तक सेवा (परिचरण) की। वह (सत्यकाम) दूसरे शिष्यों का समावर्तन (शिक्षा समाप्ति पर विदाई) कराते भी इसका समावर्तन नहीं कराता था।" उससे पत्नी ने कहा–

'ब्रह्मचारी ने तपस्या की, अच्छी तरह अग्नि-परिचरण किया। क्या तुझे अग्नियों ने इसे बतलाने को नहीं कहा?'

"(सत्यकाम) बिना बतलाये ही प्रवास कर गया। उस (उपकोसल) ने (चिंता) व्याधि के मारे खाना छोड़ दिया।" उसे आचार्य-जाया ने कहा–

'ब्रह्मचारिन्! खाना खा, क्यों नहीं खाता?'

'इस पुरुष में नाना प्रकार की बहुत-सी कामनाएँ हैं। मैं (मानसिक) व्याधियों से परिपूर्ण हूँ। (अपने को) नष्ट करना चाहता हूँ।'

इसके बाद जिन अग्नियों की उसने सेवा की थी, उन्होंने उसे उपदेश दिया–

"...(प्राण ब्रह्म है...प्राण को आकाश भी कहते हैं।...जो यह आदित्य में पुरुष (आत्मा) है, वह मैं (सोऽहम्) हूँ, वही मैं हूँ।...जो यह चन्द्रमा में पुरुष (आत्मा) है, वह मैं (सोऽहम्) हूँ, वही मैं हूँ।... जो यह विद्युत् में पुरुष है वह मैं हूँ, वहीं मैं हूँ।..."

साथ ही अग्नियों ने यह भी कहा–'उपकोसल! यह विद्या तू हमसे जान, (बाकी) आचार्य तुझे (इसकी) गति बतलायेगा।'

आचार्य ने आने पर पूछा– 'उपकोसल!'

'भगवन्!'

'सोम्य! तेरा मुख ब्रह्मवेत्ता की भाँति दिखलाई दे रहा है। किसने तुझे उपदेश दिया।'

'कौन मुझे उपदेश देता भोः!'

पीछे और पूछने पर उपकोसल ने बात बतलाई, तब सत्यकाम ने कहा–

'सोम्य! तुझे लोकों के बारे में ही उन्होंने कहा, मैं तुझे वह (ज्ञान) बतलाऊँगा; कमल-पत्र में पानी नहीं लगने की तरह ऐसा जानने वालों में पाप कर्म नहीं लगता।'

'कहें भगवन्।'

'यह जो आँख में पुरुष दिखलाई पड़ता है, यह आत्मा है। यह अमृत, अभय है, यह ब्रह्म है।'

5. सयुग्वा (गाड़ीवाला) रैक्व

सयुग्वा रैक्व उपनिषत्काल के प्रसिद्ध ही नहीं आरम्भिक ऋषियों में मालूम होता है। बैलगाड़ी नाघ जहाँ-तहाँ आधे पागलों की भाँति घूमते रहना तथा राजाओं और सम्पत्ति की परवाह न करना–एक नये प्रकार के विचारकों का नमूना पेश करना था। यूनान में दियोजेन (412–322 ई० पू०)–जो कि चन्द्रगुप्त मौर्य के राज्यारोहण के साल मरा–भी इसी तरह का एक फ़क्कड़ दार्शनिक हुआ था, अपने स्नान-भोजन में बैठे रहते उपदेश देना उसका मशहूर है। भारत में इस तरह के फ़क्कड़ चाहे उनमें विचारों की मौलिकता हो या न हो–अभी भी सिद्ध महात्मा समझे जाते हैं। याज्ञवल्क्य ने जो ब्रह्मज्ञानी को बालक की भाँति रहने की बात कही थी, वह सयुग्वा जैसों ही के आचरण से आकृष्ट होकर कही मालूम होती है। इतना होते भी सयुग्वा अध्यात्मवादी नहीं ठेठ भौतिकवादी दार्शनिक था, वह संसार का मूल उपादान याज्ञवल्क्य के समकालीन अनक्सिमनस् (लगभग 588–524 ई० पू०) की भाँति वायु को मानता था।

रैक्व का जीवन और उपदेश–सिर्फ़ छान्दोग्य में और उसमें भी सिर्फ़

एक स्थान पर सयुग्वा रैक्व का जिक्र आया है–

"(राजा) जानश्रुति पौत्रयण श्रद्धा से दान देने वाला, बहुत दान देने वाला था, (अतिथियों के लिए) बहुत पाक (बाँटने वाला) था। उसने सर्वत्र आवसथ (पथिकशालाएँ, धर्मशालाएँ) बनवाई थीं (इस ख्याल से कि) सर्वत्र (लोग) मेरा ही (अन्न) खायेंगे। हंस रात को उड़ रहे थे। उस समय एक हंस ने दूसरे हंस से कहा–

'हो–हो–हि भल्लाक्ष! भल्लाक्ष! जानश्रुति पौत्रायण की भाँति (यहाँ) दिन की ज्योति (अग्नि) फैली हुई है, सो छू न जाना, जल न जाना।'

'उसे दूसरे ने उत्तर दिया–कम्बर! तू तो ऐसा कह रहा है, जैसे कि वह सयुग्वा रैक्व हो।'

'कैसा है सयुग्वा रैक्व'

'जैसे विजेता के पास नीचे वाले जाते हैं, इसी तरह प्रजाएँ जो कुछ अच्छा कर्म करती हैं, वह उस (रैक्व) के ही पास चले जाते हैं...।'

'जानश्रुति पौत्रायण ने सुन लिया। उसने बड़े सवेरे उठते ही क्षत्ता (सेक्रेटरी) से कहा–'अरे प्रिय! सयुग्वा रैक्व के बारे में बतलाओ न?'

'कैसा सयुग्वा रैक्व'

'जैसे विजेता के पास नीचे वाले जाते हैं...।'

'ढूँढ़ने के बाद क्षत्ता ने कहा–नहीं पा सका।'

'(फिर) जहाँ ब्राह्मणों को ढूँढ़ा जा सकता है, वहाँ ढूँढ़ो।'

'वह शकट के नीचे दाद खुजलाता बैठा हुआ था। (क्षत्ता ने) उससे पूछा–'भगवन्! तुम्हीं सयुग्वा रैक्व हो?'

'मैं ही हूँ रे!...'

"क्षत्ता...लौट गया। तब जानश्रुति पौत्रायण छः सौ गायों, निष्क (अशर्फी या सुवर्ण मुद्रा), खचरी-रथ लेकर गया और उससे बोला–

'रैक्व! यह छः सौ गायें हैं, यह निष्क है, यह खचरी-रथ है। भगवन्! मुझे उस देवता का उपदेश करो, जिस देवता की तुम उपासना करते हो।'

"(रैक्व ने) कहा–हटा रे शूद्र! गायों के साथ (यह सब) तेरे ही पास रहे।"

तब फिर जानश्रुति पौत्रायण हजार गायें, निष्क, खचरी-रथ (और अपनी) कन्या को लेकर गया और उससे बोला–

'रैक्व! यह हजार गायें हैं, यह निष्क हैं, यह खचरी-रथ है, यह (तुम्हारे लिए) जाया (भार्या) है, यह गाँव है, जिसमें तुम (इस समय) बैठे हुए हो।'

'भगवन्! मुझे उपदेश दो।'

(रैक्व ने) उस (कन्या) के मुख को (हाथ से) ऊपर उठाते हुए कहा–

"हटा रे शूद्र! इन सबको, इसी मुख के द्वारा तू मुझसे (उपदेश) कहलवायेगा।...वायु ही मूल (संवर्ग) है। जब आग ऊपर जाती है, वायु में ही लीन होती है। जब सूर्य अस्त होता है, वायु में ही लीन होता है। जब चन्द्र अस्त होता है, वायु में ही लीन होता है। जब पानी सूखता है, वायु में ही लीन होता है। वायु ही इन सबको समेटता है। यह देवताओं के बारे में। अब शरीर में (अध्यात्म) प्राण मूल (संवर्ग) है, वह जब सोता है, वाणी प्राण में ही लीन होती है...चक्षु, श्रोत्र, मन, प्राण, में ही लीन होता है। यही दोनों मूल हैं–देवों में वायु, प्राणों में प्राण।"

इस प्रकार भौतिक जगत् (देवताओं) और शरीर (अध्यात्म) दोनों में वायु को ही मूलतत्त्व मानना रैक्व का दर्शन था। रैक्व को फ़क्कड़पन बहुत पसंद था, इसलिए 'राजकन्या को लिए' बैलगाड़ी पर विचरना और गाड़ी के नीचे बैठे दाद खुजलाना, जितना उसे पसंद था, उतना उसे गाँव, सोना, गायें, रथ नहीं।

अध्याय 15

स्वतंत्र विचारक

जिस समय भारत में उपनिषद् के दार्शनिक विचार तैयार हो रहे थे, उसी वक्त उससे उलटी दिशा की ओर जाती, दूसरी विचार धाराएँ भी चल रही थीं, स्वयं उपनिषद् में भी इसका पता लगता है। सयुग्वा रैक्व के विचार भी भौतिकवाद की ओर झुकते थे, यह हम देख चुके हैं। ये तो वे विचारक थे, जो किसी न किसी तरह वैदिक परंपरा से अपना संबंध बनाये रखना चाहते हैं, किन्तु इनके अतिरिक्त ऐसे भी विचारक थे, जो वैदिक परंपरा से अपने को बँधा नहीं समझते थे और जीवन तथा विश्व की पहेलियों को वैदिक परंपरा से बाहर जाकर हल करना चाहते थे। हम मानव-समाज में कह चुके हैं, कि भारतीय आर्यों का प्रारंभिक समाज जब अपनी पितृसत्ताक व्यवस्था से आगे सामन्तवाद की ओर बढ़ा, तो उसकी दो शाखाएँ हुई, एक तो वह जिसने कुरू-पंचाल (मेरठ-रूहेलखंड) और आसपास के प्रदेशों में जा राजसत्ता कायम की, दूसरी वह जिसने कि पंजाब तथा मल्लवज्जी (युक्तप्रान्त-बिहार की सीमाओं पर) में अपने सामन्तवादी प्रजातंत्र कायम किये। इनके अतिरिक्त यह भी स्मरण रखना चाहिए, कि सिन्धु-उपत्यका और दूसरे भू-भागों में भी जिस जाति (असुर) से आर्यों का संघर्ष हुआ था, वह सामन्तवादी थे, राजतांत्रिक थे, सभ्य थे, नागरिक थे। उनके परास्त होने का मतलब यह नहीं था, कि सभ्यता और विचारों में जो विकास उन्होंने किया था, वह उनके पराजय के साथ बिलकुल लुप्त हो गया।

ईसा-पूर्व छठीं-सातवीं सदी में जब कि भारत में दर्शन का स्रोत पहले-पहल फूट निकला, उस समय तीन प्रणालियाँ मौजूद थीं–वैदिक (ब्राह्मणानुयायी) आर्य, अ-वैदिक (ब्राह्मणों से स्वतंत्र, या व्रात्य) आर्य और न-आर्य। इनमें वैदिक और अवैदिक आर्यों के राजनीतिक (आर्थिक) क्षेत्र किसी एक जनपद की सीमा के भीतर न थे, लेकिन न-आर्य नागरिक दोनों में मौजूद थे, गणों (प्रजातंत्रों) में खून की प्रधानता मानी जाने से राजनीति में सीधे तो वह दखल नहीं दे सकते थे, किन्तु उनके लिए राजतंत्रों में सुविधा अधिक थी। वहाँ किसी एक कबीले (जन) की प्रधानता न होने से राजा और पुरोहित की अधीनता स्वीकार कर लेने पर उनके लिए भी राज्य के उच्च पद और कभी-कभी तो राजपद पर भी पहुँचने का सुभीता था। इतना होने भी पर दर्शन-युग के आरंभ होने से पहले अनार्य-संस्कृति से आर्य-संस्कृति को अलग रखने ही की कोशिश की जाती रहीं। वेद-संहिताएँ उठाइए, ब्राह्मणों को देखिए, कहीं अनार्य-धार्मिक रीति-रवाजों को लेने या समन्वय का प्रयास नहीं मिलता–इसका अपवाद यदि है तो अथर्ववेद; किन्तु बुद्ध के समय (500 ई० पू०) तक वेद अभी तीन ही थे, बुद्ध के समकालीन उपनिषदों में इसका नाम तो आता है, किन्तु तीनों वेदों के बाद बिना वेद-विशेषण के–अथर्ववेद नहीं आथर्वण या अथर्वाङिरस के नाम से, तो भी अथर्ववेद निम्न तल पर आर्य-अनार्य, धर्मों–मंत्र-तंत्रों, टोने-टोटकों–के मिश्रण का प्रथम प्रयत्न है। दर्शन की शिक्षा यद्यपि दास-स्वामी दो वर्गों में विभक्त समाज में जरा भी हेरफेर करने के लिए तैयार नहीं है, तो भी मानसिक तौर पर इस तरह के भेद को मिटाने का प्रयत्न जरूर करती है। इस दिशा में वैदिक दर्शन (उपनिषद्) का प्रयत्न जितना हुआ, उससे कहीं अधिक प्रयत्नशील हम अ-वैदिक दर्शनों

को पाते हैं। बुद्ध ने जातिभेद या रंग के प्रश्न (आर्य-अनार्य-भेद) को उठा देना चाहा। यही बात जैन, आजीवक आदि धर्मों के बारे में भी है।

इन स्वतंत्र विचारकों में चार्वाक और कपिल के दर्शन प्रथम आते हैं, उनके बाद बुद्ध और उनके समकालीन तीर्थंकर (सम्प्रदाय-प्रर्वतक)।

1. बुद्ध के पहले के दार्शनिक

चार्वाक

भौतिकवादी दर्शन कों हमारे यहाँ चार्वाक दर्शन कहा जाता है। चार्वाक का शब्दार्थ है, चबाने के लिये मुस्तैद या जो खाने-पीने–इस दुनिया के भोग को ही सब कुछ समझता है। चार्वाक मत-संस्थापक व्यक्ति का नाम नहीं है, बल्कि परलोक पुनर्जन्म, देववाद से जो लोग इन्कारी थे, उनके लिए यह गाली के तौर पर इस्तेमाल किया जाता था। जड़वादी दर्शन के आचार्यों में बृहस्पति का नाम मिलता है। बृहस्पति ने शायद सूत्र, रूप में अपने दर्शन को लिखा था। उसके कुछ सूत्र कहीं-कहीं उद्धृत भी मिलते हैं, किन्तु हम देखेंगे कि सूत्र रूपेण दर्शनों का निर्माण ईसवी सन के बाद से शुरू हुआ है। बुद्ध के समकालीन अजित केशकम्बल भी जड़वादी थे, किन्तु वह धार्मिक चोगे को उतारना पसंद न करते थे। प्राचीन चार्वाक सिद्धान्त जड़वाद के सिद्धान्त थे–ईश्वर नहीं, आत्मा नहीं, पुनर्जन्म और परलोक नहीं। जीवन के भोग त्याज्य नहीं ग्राह्य है। तज़ुर्बे (अनुभव) और बुद्धि को हमें सत्य के अन्वेषण के लिए अपना मार्गदर्शक बनाना चाहिए। चार्वाक दर्शन के कितने ही और मंतव्य हमें पीछे के ग्रंथों में मिलते हैं। वह उसके पिछले विकास की चीज़ें हैं, उनके बारे में हम आगे कहेंगे।

2. बुद्ध-कालीन और पीछे के दार्शनिक (500-150 ई० पू०)

हमने 'विश्व की रूपरेखा' में देखा कि अचेतन प्रकृति के राज्य में गति शान्त एकरस प्रवाह की तरह नहीं, बल्कि रह-रह कर गिरते जल-प्रपात या मेढक कुदान की भाँति होती है। "मानव समाज में भी यही बात मानव संस्कृति, वैज्ञानिक आविष्कारों और सामाजिक प्रगति के बारे में देखी।" दर्शन क्षेत्र में भी हम यही बात देखते हैं–कुछ समय तक प्रगति नीव होती है, फिर प्रवाह रुध जाता है, उसके बाद एकत्रित होती शक्ति, एक बार फिर फूट निकलती देख पड़ती है। हर वाद के प्रतिवाद में जान पड़ता है, काफी समय लगता है, फिर संवाद फूट निकलता है। यूरोपीय दर्शन के इतिहास में हम ईसा पूर्व छठीं से चौथी शताब्दी का समय दर्शन की प्रगति का सुनहरा समय देखते हैं; फिर जो प्रवाह क्षीण होता है, तो तेहरवीं सदी में कुछ सुगबुगाहट होती दीख पड़ती है और सत्रहवीं सदी में प्रवाह फिर तीव्र हो जाता है। भारतीय इतिहास में ई० पू० पद्रहवीं से तेरहवीं सदी भारद्वाज, वशिष्ठ, विश्वामित्र जैसे प्रतिभाशाली वैदिक कवियों का समय है, फिर छः सदियों के कर्मकांडी जंगल की मानसिक निद्रा के बाद हम ई० पू० सातवीं-छठवीं-पाँचवीं सदियों के दर्शन के रूप में प्रतिभा को जागते देखते हैं। इन तीन सदियों के परिश्रम के बाद, मानो श्रान्त प्रतिभा

स्वास्थ्य के लिए सदियों की निद्रा को आवश्यक समझती है और फिर ईसा की दूसरी सदी में तीन सदियों तक यूनानी दर्शन से प्रभावित हो, वह नागार्जुन के दर्शन के रूप में फूट निकलती है। चार सदियों तक प्रवाह प्रखर होता जाता है, उसके बाद आठवीं और बारहवीं सदी में सिवाय थोड़ी सी करवट बदलने के वह अब तक चिरसुप्त है।

उपनिषद् के जैबलि, आरुणि, याज्ञवल्क्य ऋषियों आदि और चार्वाक-दर्शन के स्वतंत्र विचारकों ने जो विचार-सम्बन्धी उथल-पुथल पैदा की थी, वह अब पाँचवीं सदी ई० पू० में अपनी चरम सीमा पर पहुँच रही थी। यह बुद्ध का समय था। इस काल के निम्नलिखित दार्शनिक बहुत प्रसिद्ध है, इनका उस समय के सभ्य समाज में बहुत सम्मान था–

1. भौतिकवादी–अजित केशकम्बल, मक्खलि गोशाल
2. नित्यतावादी–पूर्णकाश्यप, प्रक्रुधकात्यायन
3. अनिश्चिततावादी–संजय वेलट्ठिपुत्त, निगंठ नातपुत्त
4. अभौतिक क्षणिक अनात्मवादी–गौतम बुद्ध।

1 . अजित केशकम्बल (523 ई० पू०) भौतिकवादी

अजित केशकम्बल के जीवन के बारे में हमें इससे अधिक नहीं मालूम है, कि वह बुद्ध के समय एक लोक-विख्यात, सम्मानित तीर्थंकर (सम्प्रदाय-प्रवर्तक) था। कोसलराज प्रसेनजित् ने युद्ध से एक बार कहा था–"हे गौतम! वह जो श्रमण-ब्राह्मण संघ के अधिपति, गणाधिपति, गण के आचार्य, प्ररिद्ध यशस्वी, तीर्थंकर, बहुत जनों द्वारा सुसम्मत हैं, जैसे–पूर्ण काश्यप, मक्खलि गोशाल, निगंठ नातपुत्त, संजय वेलट्ठिपुत्त, प्रक्रुध कात्यायन, अजित केशकम्बल–वह भी यह पूछने पर कि (आपने) अनुपम सच्ची सम्बोधी (परम ज्ञान) को जान लिया, यह दावा नहीं करते। फिर जन्म से अल्पवयस्क और प्रव्रज्या (संन्यास) में नये आप गौतम के लिए तो क्या कहना है?"

इससे जान पड़ता है, कि बुद्ध (563-483 ई० पू०) से अजित उम्र में ज़्यादा था। त्रिपिटक में अजित और बुद्ध के आपस में संवाद की कोई बात नहीं आती, हाँ यह मालूम है, कि एक बार बुद्ध और इन छओं तीर्थंकरों का वर्षावास राजगृह में (523 ई० पू०) हुआ था। केशकम्बल नाम पड़ने से मालूम होता है, कि आदमी के केशों का कम्बल पहिनने को, सयुग्वा रैक्व की बैलगाड़ी की भाँति उसने अपना बाना बना रखा था।

दर्शन–अजित केशकम्बल के दार्शनिक विचारों का जिक्र त्रिपिटक में कितनी ही जगह आया है, लेकिन सभी जगह एक ही बात को उन्हीं शब्दों में दुहराया गया है।

"दान...यज्ञ...हवन नहीं (बेकार है), सुकृत-दुष्कृत कर्मों का फल विपाक नहीं। यह लोक-परलोक नहीं। माता-पिता नहीं। देवता (औपपातिक, अयोतिज) नहीं। लोक में सत्य तक पहुँचे, सत्यारूढ़ (ऐसे) श्रमण-ब्राह्मण नहीं है, जो कि इस लोक, परलोक को स्वयं जानकर साक्षात्कर (दूसरों को) जतलावेंगे। आदमी चार महाभूतों का बना है। जब (यह) मरता है, (शरीर की) पृथिवी, पृथिवी में....पानी, पानी में...आग, आग में...वायु, वायु में मिल जाते हैं। इन्द्रियाँ आकाश में चली जाती हैं। मृत पुरुष को खाट पर ले जाते हैं। जलाने तक चिह्न जान पड़ते हैं। (फिर) हड्डियाँ कबूतर

(के रंग) सी हो जाती हैं। आहुतियाँ राख रह जाती हैं। दान (करो) यह मूर्खों का उपदेश है, जो कोई आस्तिकवाद की बात करते हैं, वह उनका (कहना) तुच्छ (थोथा) झूठ है। मूर्ख हों चाहे पंडित, शरीर छोड़ने पर (सभी) उच्छिन्न हो जाते हैं, विनष्ट हो जाते हैं; मरने के बाद (कुछ) नहीं रहता।

यहाँ हमें अजित का दर्शन उसके विरोधियों के शब्दों में मिल रहा है, जिसमें उसे बदनाम करने के लिए भी कोशिश जरूर की गई होगी। अजित आदमी को चातुर्महाभौतिक (चारों भूतों का बना) मानता था। परलोक और उसके लिए किये जाने वाले दान-पुण्य तथा आस्तिकवाद को वह झूठ समझता था, यह तो स्पष्ट है, किन्तु वह माता-पिता और इस लोक को भी नहीं मानता था, यह गलत है। यदि ऐसा होता, तो वह वैसी शिक्षा न देता, जिसके कारण वह अपने समय का लोक-सम्मानित सम्भ्रान्त आचार्य माना जाता था; फिर तो उसे डाकुओं और चोरों का आचार्य या सरदार होना चाहिए था।

अजित ने अपने दर्शन में, मालूम होता है, उपनिषद् के तत्त्वज्ञान की अच्छी खबर ली थी। सत्य तक पहुँचा (सम्यग्-गत), सत्यआरूढ़ ब्रह्मज्ञानी कोई हो सकता है, यह मानने से उसने इन्कार किया; एक जन्म के पाप-पुण्य को आदमी दूसरे जन्म में इसी लोक में अथवा परलोक में भोगता है, इसका भी खंडन किया।

उग्र भौतिकवादी होते हुए भी अजित तत्कालीन साधुओं जैसे कुछ संयम-नियम को मानता था, यह उक्त उद्धरण के आगे–ब्रह्मचर्य, नंगा, मुंडित रहना, उकडूं-तप करना, केश-दाढ़ी नोचना– इस वचन से मालूम होता है, किन्तु यह वचन छओं अ-बौद्ध तीर्थंकरों के लिए एक ही तरह दुहराया गया है और निगंठ नातपुत्त के (जैन) मत में यह बातें धर्म का अंग मानी भी जाती रही है, जिससे जान पड़ता है, त्रिपिटक को कंठस्थ करने वालों ने एक तीर्थंकर की बात को कंठ करने की सुविधा के लिए सबके साथ जोड़ दी–स्मरण रहे बुद्ध के निर्वाण के चार सदियों बाद तक बुद्ध का उपदेश लिखा नहीं गया था।

2. मक्खलि गोशाल (523 ई० पू०) अकर्मण्यतावादी

मक्खलि (मस्करी) गोशाल का जिक्र बौद्ध और जैन दोनों पिटकों में आता है। जैन 'पिटक' से पता लगता है, कि वह पहले जैन मत का साधु था, पीछे उससे निकल गया। गोशाल का जो चित्र वहाँ अंकित किया गया है, उससे वह बहुत नीच प्रकृति का ईष्यालु, धर्मान्ध जान पड़ता है। उसने महावीर (जैन-तीर्थंकर, निगंठ नातपुत्त) को जान से मारने की कोशिश की; ब्राह्मण-देवता की मूर्ति पर पेशाब-पखाना किया, जिससे ब्राह्मणों ने उसे कूटा आदि आदि, किन्तु इसके विरुद्ध बौद्ध पिटक उसे बुद्धकालीन छः प्रसिद्ध लोकसम्मानित आचार्यों में एक मानता है; आजीवक सम्प्रदाय के तीन आचार्यों (निर्याताओं)–नन्द वात्स्य, कृश सांकृत्य और मक्खलि गोशाल में से एक बतलाता है। वहीं यह भी पता लगता है, कि मक्खलि गोशाल (आजीवक) आचार्य नंगे रहते तथा कुछ संयम-नियम की पाबन्दी भी करते थे। बुद्ध के बुद्धत्व प्राप्त करने के समय (537 ई० पू० में) आजीवक सम्प्रदाय मौजूद था, क्योंकि बुद्ध गया से चलने पर बोधि और गया के बीच रास्ते उन्हें उपक नामक आजीवक मिला था। इससे यह भी पता लगता है, कि गोशाल से पहले नन्द वात्स्य और कुछ सांकृत्य आजीवक संप्रदाय के आचार्य थे।

मक्खलि गोशाल नाम की व्याख्या करने की भी पाली में कोशिश की गई है, जिसमें मक्खलि–मा खलि–न गिर, गो शाल–गोशाला में उत्पन्न बतलाया गया। पाणिनि (400 ई० पू०) ने मस्करी शब्द को गृहत्यागियों के लिए माना है। पाली की व्याख्या की जगह पाणिनि की व्याख्या लेने पर अर्थ होगा 'साधु गोशाल'।

दर्शन–गोशाल के (आजीवक) दर्शन का जिक्र पालि-त्रिपिटक में कई जगह आया है, किन्तु सभी जगह उन्हीं शब्दों को दुहराया गया है।

'प्राणियों (सत्त्वों) के संक्लेश (चित्त-मालिन्य) का कोई हेतु, कोई प्रत्यय नहीं। बिना हेतु के ही प्राणी संक्लेश को प्राप्त होते हैं। प्राणियों की (चित्त) विशुद्धि का कोई हेतु...नहीं। बिना हेतु के प्राणी विशुद्ध होते हैं। बल नहीं, वीर्य नहीं, पुरुष की दृढ़ता नहीं, पुरुष पराक्रम नहीं (काम आते) सभी तत्त्व, सभी प्राणी, सभी भूत, सभी जीव वश-बल-वीर्य के बिना ही नियति (भवितव्यता) के वश में छः अभिजातियों (जन्मों) में सुख-दुःख अनुभव करते हैं। चौदह सौ हजार प्रमुख योनियाँ हैं, (दूसरी) साठ सौ, (दूसरी) छः सौ। पाँच सौ कर्म हैं, (दूसरे) पाँच कर्म, तीन कर्म, एक कर्म और आधा कर्म। बासठ प्रतिपद् (मार्ग), बासठ अन्तरकल्प, छः अभिजातियाँ, आठ पुरुष-भूमियाँ, उन्नीस सौ आजीवक, उनचास सौ परिव्राजक, उनचास सौ नागा-वास, बीस सौ इन्द्रियाँ, तीस सौ नरक, छत्तीस रजो (मलवाली) धातु, सात संज्ञी (होशवाले) गर्भ, सात अ-संज्ञी गर्भ, सात निगंठी गर्भ, सात देव, सात मनुष्य, सात पिशाच, सात स्वरों, सात सौ सात पमुट (गाँठ), सात सौ सात प्रपात, सात सौ सात स्वप्न और अस्सी लाख छोटे बड़े कल्प हैं, जिन्हें मूर्ख और पंडित जानकर और अनुगमन कर दुःखों का अन्त कर सकते हैं। वहाँ यह नहीं है, कि इस शील-व्रत से इस तप-ब्रह्मचर्य से मैं अपरिपक्व कर्म को परिपक्व करूँगा; परिपक्व कर्म को भोगकर (उसका) अन्त करूँगा। सुख और दुःख द्रोण (नाप) से नपे हुए हैं। संसार में घटना-बढ़ना, उत्कर्ष-अपकर्ष नहीं होता, जैसे कि सूत की गोली फेंकने पर खुलती हुई गिर पड़ती है, वैसे ही मूर्ख और पंडित दौड़कर, आवागमन में पड़कर, दुःख का अन्त करेंगे।

इससे जान पड़ता है, कि मक्खलि गोपाल (आजीवक) पूरा भाग्यवादी था; पुनर्जन्म और देवताओं को मानता था और कहता था कि जीवन का रास्ता नपा-तुला है, पाप-पुण्य उसमें कोई अन्तर नहीं डालते।

3. पूर्ण काश्यप (523 ई० पू०) अक्रियावादी

पूर्ण काश्यप के बारे में भी हम इससे अधिक नहीं जानते, कि वह बुद्ध का समकालीन एक प्रसिद्ध तीर्थंकर था।

दर्शन–पूर्ण अच्छे बुरे कर्मों को निष्फल बतलाता था, किन्तु परलोक के सम्बन्ध में था, या इस लोक के, इसे वह स्पष्ट नहीं करता था। उसका मत इस प्रकार उद्धृत मिलता है–

"(कर्म) करते-कराते, छेदन करते-कराते, पकाते-पकवाते, शोक करते, परेशान होते, परेशान करते, चलते-चलाते, प्राण मारते, बिना दिया लेते (चोरी करते), सेंध काटते, गाँव लूटते, चोरी-बटमारी करते, परस्त्रीगमन करते, झूठ बोलते भी पाप नहीं होता। छुरे जैसे तेज चक्र द्वारा (काटकर) चाहे इस पृथिवी के प्राणियों का (कोई) मांस का एक खलिहान, मांस का एक पुंज (क्यों न) बना

दे, तो (भी) इसके कारण उसको पाप नहीं होगा, पाप का आगम नहीं होगा। यदि घात करते-कराते, काटते-कटवाते, पकाते-पकवाते, गंगा के (उत्तर तीर से) दक्षिण तीर पर भी (चला) जाये; तो भी इसके कारण उसको पाप नहीं होगा, पाप का आगम नहीं होगा। दान देते-दिलाते, यज्ञ करते-कराते यदि गंगा के उत्तर तीर भी जाय, तो इसके कारण उसको पुण्य नहीं होगा, पुण्य का आगम नहीं होता। दान-दम-संयम से सत्य बोलने से न पुण्य है न पुण्य का आगम है।"

पूर्ण काश्यप का यह मत परलोक में भोगे जाने वाले पाप-पुण्य के संबंध ही में मालूम होता है; इस लोक में चोरी, हत्या, व्याभिचार का फल राजदंड के रूप में अनिवार्य है, इसे वह जानता ही था।

4. प्रक्रुध कात्यायन (523 ई० पू०) नित्यपदार्थवादी

प्रक्रुध की जीवनी के संबंध में भी हम यही जानते हैं, कि वह बुद्ध का ज्येष्ठ समकालीन प्रसिद्ध और लोकसम्मानित तीर्थंकर था।

दर्शन–मक्खलि गोशाल ने भाग्यवाद के कारण फलतः शुभ कर्मों को निष्फल बतलाया था। पूर्ण काश्यप भी उन्हें निष्फल समझता था। प्रक्रुध कात्यायन हर वस्तु को अचल, नित्य मानता था, इसलिए कोई कर्म वस्तुस्थिति में किसी तरह का परिवर्तन ला नहीं सकता, इस तरह वह भी उसी अकर्मण्यतावाद पर पहुँचता था। उसका मत इस प्रकार मिलता है–

"यह सात काय (समूह) अ-कृत-अकृत जैसे अ–निर्मित? अनिमित जैसे, अ-बध्य, कूटस्थ स्तम्भ जैसे (अचल) हैं, यह चल नहीं होते, विकार को प्राप्त नहीं होते; न एक दूसरे को हानि पहुँचाते हैं; न एक दूसरे के सुख, दुःख या सुख-दुःख के लिए पर्याप्त (समर्थ) हैं। कौन से सात? पृथिवी-काय (पृथिवी तत्त्व) जल-काय, अग्नि-काय, वायु-काय, सुख, दुःख और जीवन–यह सात।...यहाँ न (कोई) हन्ता है न घातयिता (हनन करने वाला), न सुनने वाला, न सुनाने वाला, न जानने वाला, न जतलाने वाला। यदि तीक्ष्ण शस्त्र से भी काट दे, (तो भी) कोई किसी को नहीं मारता। सातों कायों से हटकर विवर (खाली जगह) में वह शस्त्र गिरता है।"

प्रक्रुध पृथिवी, जल, तेज, वायु इन चार भूतों तथा जीवन (चेतना) के साथ सुख और दुःख को भी अलग तत्त्व मानता था। इन तत्त्वों के बीच में काफी खाली जगह है, जिसकी वजह से हमारा कड़ा से कड़ा प्रहार भी वहीं रह जाता है और मूल तत्त्व को नहीं छू पाता। यह विचार-धारा बतलाती है, कि दृश्य तत्त्वों की तह में किसी तरह के अखंडनीय सूक्ष्म अंश को वह मानता था, जो कि एक तरह का परमाणुवाद-सा मालूम होता है। खाली जगह या विवर (आकाश) को उसने आठवाँ पदार्थ नहीं माना। सुख और दुःख को जीवन से स्वतंत्र वस्तु मानना यही बतलाता है, कि कर्म के निष्फल मान लेने पर उन्हें अकृत माने बिना, उसके लिए कोई चारा नहीं था।

5. संजय वेलट्ठिपुत्त (523 ई० पू०) अनेकान्तवादी

संजय वेलट्ठिपुत्त भी बुद्ध का ज्येष्ठ समकालीन तीर्थंकर था।

दर्शन–संजय वेलट्ठिपुत्त और निगंठ नातपुत्त (महावीर) दोनों ही के दर्शन अनेकान्तवादी हैं। फ़र्क इतना ही है, कि महावीर का जोर 'हाँ' पर ज़्यादा है और संजय का 'नहीं' पर, जैसा कि संजय के निम्न वाक्य और महावीर के स्याद्वाद के मिलाने से मालूम होगा–

"यदि आप पूछें, क्या परलोक है, तो यदि मैं समझता होऊँ कि परलोक है, तो आपको बतलाऊँ कि परलोक है। मैं ऐसा भी नहीं कहता, वैसा भी नहीं कहता, दूसरी तरह से भी नहीं कहता। मैं यह भी नहीं कहता कि वह नहीं है। मैं यह भी नहीं कहता, कि वह नहीं नहीं है। परलोक नहीं है, परलोक नहीं नहीं है। परलोक है भी और नहीं भी है। परलोक न है और न नहीं है। देवता (औपपातिक प्राणी) हैं...। देवता नहीं हैं, हैं भी और नहीं भी, न हैं और न नहीं हैं। अच्छे बुरे कर्म के फल हैं, नहीं हैं, हैं भी और नहीं भी, न हैं और न नहीं हैं। तथागत (मुक्तपुरुष) मरने के बाद होते हैं, नहीं होते हैं? यदि मुझसे ऐसा पूछें, तो मैं यदि ऐसा समझता होऊँ.. ऐसा आपको कहूँ। मैं ऐसा भी नहीं कहता, वैसा भी नहीं कहता..."

परलोक, देवता, कर्मफल और मुक्त-पुरुष के विषय में संजय के विचार यहाँ उल्लिखित हैं। अजित के विचारों तथा उपनिषद् में उठाई शंकाओं को देखने से मालूम होता है, कि धर्म की कल्पनाओं पर सन्देह किया जाने लगा था और यह सन्देह इस हद तक पहुँच गया था, कि अब उसके आचार्य लोक-सम्मानित महापुरुष माने जाने लगे थे। संजय का दर्शन जिस रूप में हम तक पहुँचा है, उससे तो उसके दर्शन का अभिप्राय है, मानव की सहज बुद्धि को भ्रम में डाला जाये और वह कुछ निश्चय न कर भ्रान्त धाराओं को अप्रत्यक्ष रूप से पुष्ट करे।

6. वर्धमान महाबीर (569–485 ई० पू०) सर्वज्ञतावादी

जैन धर्म के संस्थापक वर्धमान ज्ञातपुत्र (नातपुत्त) बुद्ध के समकालीन आचार्यों में थे। उनका जन्म प्राचीन वज्जी प्रजातंत्र की राजधानी वैशाली में लिच्छवियों की एक शाखा ज्ञातृवंश में बुद्ध के जन्म (563 ई० पू०) से कुछ पहले हुआ था। उनके पिता सिद्धार्थ गण-संस्था (सीनेट) के सदस्यों (राजाओं) में से एक थे। वर्धमान की शादी यशोदा से हुई थी, जिससे एक लड़की हुई। माँ-बाप के मरने के बाद 30 वर्ष की उम्र में वर्धमान ने गृहत्याग किया। 12 वर्ष तक शरीर को सुखानेवाली तपस्याओं के बाद उन्होंने केवल (सर्वज्ञ) पद पाया। तब से 42 वर्ष तक उन्होंने अपने धर्म का उपदेश मध्यदेश (युक्तप्रान्त और बिहार) में किया। 84 वर्ष की उम्र में पावा में उसका देहान्त हुआ। मृत्यु के समय महावीर के अनुयायियों में भारी कलह उपस्थित हो गया था।

तीर्थंकर वर्धमान को जैन लोग वीर या महावीर भी कहते हैं, बौद्ध उनका उल्लेख निगंठ नातपुत्त (निर्ग्रंथ ज्ञातपुत्र) के नाम से करते हैं।

(1) शिक्षा–महावीर की मुख्य शिक्षा को बौद्ध-त्रिपिटक में इस प्रकार उद्धृत किया गया है–

(क) चातुर्याम संवर–"निर्ग्रंथ (जैन साधु) चार संवरों (संयमों) से संवृत्त (आच्छादित, संयत) रहता है।...(1) निर्ग्रंथ जल के व्यवहार का वारण करता है, (जिसमें जल के जीव न मारे जावें); (2) सभी पापों का वारण करता हैं; (3) सभी पापों के वारण करने से वह पापरहित (धुतपाप) होता है; (4) सभी पापों के वारण में लगा रहता है।...चूँकि निर्ग्रंथ इन चार प्रकार के संवरों से संवृत रहता है, इसीलिए वह ...गतात्मा (अनिच्छुक), यतात्मा (संयमी) और स्थितात्मा कहलाता है।"

(ख) शारीरिक कर्मों की प्रधानता–मज्झिम-निकाय में महावीर (ज्ञातपुत्र) के शिष्य दीर्घ तपस्वी के साथ बुद्ध का वार्तालाप उद्धृत किया गया है। इसमें दीर्घ तपस्वी ने कर्म की जगह निर्ग्रंथी परिभाषा में दंड कहे जाने पर जोर देते हुए, कर्मों (दंडों) को काय-वचन, मन-दंडों में विभक्त करते हुए, काय-दंड (कायिक कर्म) को सबसे 'महादोष-युक्त' बतलाया है।

(ग) तीर्थंकर सर्वज्ञ–तीर्थंकर सर्वज्ञ होता है, इस पर जान पड़ता है, आरम्भ ही से बहुत जोर दिया जाता था–

"(तीर्थंकर) सर्वज्ञ, सर्वदर्शी, सारे ज्ञान-दर्शन को जानते हैं–चलते, खड़े, सोते, जागते, सदा, निरन्तर (उनको) ज्ञान-दर्शन उपस्थित रहता है।

इस तरह की सर्वज्ञता का मजाक उड़ाते हुए बुद्ध के शिष्य आनन्द ने कहा था–

"...एक शास्ता सर्वज्ञ, सर्वदर्शी होने का दावा करते हैं...(तो भी) वह सूने घर में जाते हैं, (वहाँ) भिक्षा भी नहीं पाते, कुक्कुर भी काट खाता है, चंड हाथी, चंड घोड़े, चंड-बैल से भी सामना हो जाता है। (सर्वज्ञ होने पर भी) स्त्री-पुरुषों के नाम-गोत्र को पूछते हैं, गाँव-कस्बे का नाम और रास्ता पूछते हैं। (आप सर्वज्ञ हैं, फिर) क्यों पूछते हैं–पूछने पर कहते हैं–सूने घर में जाना...भिक्षा न मिलनी...कुक्कुर का काटना...हाथी...घोड़ा बैल से सामना बदा था।"

(घ) शारीरिक तपस्या–शारीरिक कर्म पर महावीर का जोर था, उनका उससे शारीरिक तपस्या पर तो जोर देना स्वाभाविक था। इस शारीरिक तपस्या मरणान्त अनशन, नंगे बदन रह शीत-उष्ण को सहना आदि बातें जैन-आगमों में बहुत आती हैं। जैन साधुओं की तपस्या और उसके औचित्य का वर्णन त्रिपिटिक में भी मिलता है। बुद्ध ने महानाम शाक्य से कहा था–

एक समय महानाम! मैं राजगृह में गृध्रकूट पर्वत पर रहता था। उस समय बहुत से निगंठ (जैन साधु) ऋषिगिरि की कालशिला पर खड़े, रहने (का व्रत) ले, आसन छोड़, तप (उपक्रम) करते, दुःख, कटु, तीव्र, वेदना झेल रहे थे। (कारण पूछने पर) निगंठों ने कहा–"निगंठ नातपुत्त (महावीर) सर्वज्ञ सर्वदर्शी हैं।" वह ऐसा कहते हैं–"निगंठों! जो तुम्हारा पहले का किया हुआ कर्म है, उसे इस कड़वी, दुष्कर-क्रिया (तपस्या) से नाश करो और जो यहाँ तुम काय-वचन-मन से संयम-युक्त हो, यह भविष्य के लिए पाप का न करना होगा। इस प्रकार तपस्या द्वारा पुराने कर्मों का अन्त होने और नये कर्मों के न करने से भविष्य में चित्त निर्मल (अनास्रव) हो जायेगा। भविष्य में मल (आस्रव) न होने से कर्म का क्षय (हो जायेगा), कर्मक्षय से दुःख-क्षय, दुःख-क्षय से वेदना का क्षय, वेदना-क्षय से सभी दुःख नष्ट हो जायेंगे।"

बुद्ध ने इस पर उन निगंठों से पूछा, कि क्या तुम्हें पहले अपना होना मालूम है? क्या तुमने उस समय पापकर्म किये थे? क्या तुम्हें मालूम है कि इतना दुःख (पाप-फल) नष्ट हो गया, इतना बाकी है? क्या मालूम है, कि तुम्हें इसी जन्म में पाप का नाश और पुण्य का लाभ प्राप्त करना है? इसका उत्तर निगंठों ने नहीं में दिया। इस पर बुद्ध ने कहा–

'ऐसा होने से ही तो निगंठों! जो दुनिया में रुद्र (भयंकर), खून-रंगे हाथों वाले, क्रूरकर्मा मनुष्यों में नीच हैं, वह निगंठों में साधु बनते हैं। निगंठों ने फिर कहा–'गौतम! सुख से सुख प्राप्य नहीं है, दुःख से सुख प्राप्य है।'

–अर्थात् शारीरिक दुःख ही पाप हटाने और कैवल्य-सुख प्राप्त करने का मुख्य साधन है, यह वर्धमान का विश्वास था।

(2) दर्शन–तप-संयम ही वर्धमान की मूल शिक्षा मालूम होती है, उसमें दर्शन का अंश बहुत कम था; यदि था, तो यही कि पानी, मिट्टी, सभी जड़-अजड़ तत्त्व जीवों से भरे पड़े हैं, मनुष्य को हर तरह की हिंसा से बचना चाहिए। इसीलिए उन्होंने जल के व्यवहार तथा गमन-आगमन आदि सब में भारी प्रतिबंध लगाया। इसी का परिणाम यह हुआ, कि जोतने, काटने, निराने–जैसे कामों में प्रत्यक्ष अगनित जीवों को मारे जाते देख, जैन लोग खेती छोड़ बैठे और आज वे प्रायः सभी बनिया-वर्ग में पाये जाते हैं। यूरोप में यहूदियों ने राज द्वारा खेत के अधिकार से वंचित होने के कारण मजबूरन बनिया-व्यवसाय स्वीकार किया, किन्तु भारत में जैनियों ने अपने धर्म से प्रेरित हो स्वेच्छापूर्वक वैसा किया। मनुष्यों की एक भारी जमात को कैसे धर्म द्वारा उत्पादक-श्रम से हटाकर पर परिश्रमापहारी बनाया जा सकता है, यहाँ यह इसका एक ज्वलंत उदाहरण है।

आगे चलकर जैनों का भी एक स्वतंत्र दर्शन बना, जिस पर आगे यथास्थान लिखा जायेगा। आधुनिक जैन-दर्शन का आधार स्याद्वाद है, जो मालूम होता है, संजय वेलट्ठिपुत्त के चार अंगवाले अनेकान्तवाद को लेकर उसे सात अंगवाला किया गया है। संजय ने तत्त्वों (परलोक, देवता) के बारे में कुछ भी निश्चयात्मक रूप से कहने से इन्कार करते हुए, उस इन्कार को चार प्रकार कहा है–

(1) है?–नहीं कह सकता।

(2) नहीं है?–नहीं कह सकता।

(3) है भी और नहीं भी?–नहीं कह सकता।

(4) न है और न नहीं है?–नहीं कह सकता।

इसकी तुलना कीजिए, जैनों के सात प्रकार के स्याद्वाद से–

(1) है?–हो सकता है (स्याद् अस्ति)

(2) नहीं है?–नहीं भी हो सकता है। (स्याद् नास्ति)

(3) है भी और नहीं भी?–है भी और नहीं भी हो सकता है (स्यादस्ति च नास्ति च)

उक्त तीनों उत्तर क्या कहे जा सकते (वक्तव्य हैं)? इसका उत्तर जैन नहीं में देते हैं–

(4) स्याद् (हो सकता है) क्या यह कहा जा सकता (वक्तव्य) है?–नहीं, स्याद् अ-वक्तव्य है।

(5) स्याद् अस्ति क्या यह वक्तव्य है? नहीं, 'स्याद् अस्ति' अवक्तव्य है।

(6) स्याद् नास्ति क्या यह वक्तव्य है? नहीं, 'स्याद् नास्ति' अवक्तव्य है।

(7) 'स्याद् अस्ति च नास्ति च' क्या यह वक्तव्य है? नहीं, 'स्याद् अस्ति च नास्ति च' अ-वक्तव्य है।

दोनों के मिलाने से मालूम होगा, कि जैनों ने संजय के पहले वाले तीन वाक्यों (प्रश्न और उत्तर दोनों) को अलग करके अपने स्याद्वाद की छः भंगियाँ बनाई हैं और उसके चौथे वाक्य "न है और न नहीं है" को छोड़कर, स्याद् भी अवक्तव्य है, यह सातवाँ भंग तैयार कर अपनी सप्तभंगी पूरी की।

उपलभ्य सामग्री से मालूम होता है, कि संजय अपने अनेकान्तवाद का प्रयोग–परलोक, देवता, कर्मफल, मुक्त पुरुष जैसे–परोक्ष विषयों पर करता था। जैन संजय की युक्ति को प्रत्यक्ष

वस्तुओं पर भी लागू करते हैं। उदाहरणार्थ सामने मौजूद घट की सत्ता के बारे में यदि जैन-दर्शन से प्रश्न पूछा जाये, तो उत्तर निम्न प्रकार मिलेगा–

(1) घट यहाँ है?–हो सकता है (स्याद् अस्ति)।

(2) घट यहाँ नहीं है?–नहीं भी हो सकता है (स्याद् नास्ति)।

(3) क्या घट यहाँ है भी और नहीं भी है?–है भी और नहीं भी हो सकता है (स्याद् अस्ति च नास्ति च)।

(4) 'हो सकता है' (स्याद्) क्या यह कहा जा सकता (वक्तव्य) है? नहीं, 'स्याद्' यह अ-वक्तव्य है।

(5) घट यहाँ 'हो सकता है?' (स्यादस्ति) क्या यह कहा जा सकता है?–नहीं 'घट यहाँ हो सकता है', यह नहीं कहा जा सकता।

(6) घट यहाँ 'नहीं हो सकता है' (स्याद् नास्ति) क्या यह कहा जा सकता है?–नहीं, 'घट यहाँ नहीं हो सकता', यह नहीं कहा जा सकता।

(7) घट यहाँ 'हो भी सकता है, नहीं भी हो सकता है', क्या यह कहा जा सकता है? नहीं, 'घट यहाँ हो भी सकता है, नहीं भी हो सकता है', यह कहा नहीं जा सकता।

इस प्रकार एक भी सिद्धान्त (वाद) की स्थापना न करना, जो कि संजय का वाद था, उसी को संजय के अनुयायियों के लुप्त हो जाने पर, जैनों ने अपना लिया और उसकी चतुर्भंगी न्याय को सप्तभंगी में परिणत कर दिया।

3. गौतम बुद्ध (563–483 ई० पू०)

दो सदियों तक के भारतीय दार्शनिक दिमाग़ों के जबर्दस्त प्रयास का अन्तिम फल हमें बुद्ध के दर्शन–क्षणिक अनात्मवाद–के रूप में मिलता है। आगे हम देखेंगे कि भारतीय दर्शन धाराओं में जिसने काफी समय तक नई गवेषणाओं को जारी रहने दिया, वह यही धारा थी–नागार्जुन, असंग, वसुबंधु, दिङ् नाग, धर्मकीर्ति,–भारत के अप्रतिम दार्शनिक इसी धारा में पैदा हुए थे। उन्हीं के ही उच्छिष्ट-भोजी पीछे के प्रायः सारे ही दूसरे भारतीय दार्शनिक दिखलाई पड़ते हैं।

1. जीवनी

सिद्धार्थ गौतम का जन्म 563 ई० पू० के आस-पास हुआ था। उनके पिता शुद्धोदन को शाक्यों का राजा कहा जाता है, किन्तु हम जानते हैं कि शुद्धोदन के साथ-साथ भद्दिय और दंडपाणि को भी शाक्यों का राजा कहा गया; जिससे यही अर्थ निकलता है कि शाक्यों के प्रजातंत्र की गण-संस्था (सीनेट या पार्लमेंट) के सदस्यों को लिच्छविगण की भाँति राजा कहा जाता था। सिद्धार्थ की माँ मायादेवी अपने मैके जा रहीं थीं, उसी वक्त कपिलवस्तु से कुछ मील पर लुम्बिनी नामक शालवन में सिद्धार्थ पैदा हुए। उनके जन्म से 318 वर्ष बाद तथा अपने राज्याभिषेक के बीसवें साल अशोक ने इसी स्थान पर एक पाषाण स्तम्भ गाड़ा था, जो अब भी वहाँ मौजूद है। सिद्धार्थ के जन्म के सप्ताह बाद ही उनकी माँ मर गई और उनके पालन-पोषण का भार उनकी मौसी तथा सौतेली माँ प्रजापती गौतमी के ऊपर पड़ा। तरुण सिद्धार्थ को संसार

से कुछ विरक्त तथा अधिक विचार-मग्न देख शुद्धोदन को डर लगा, कि कहीं उनका लड़का भी साधुओं के बहकावे में आकर घर न छोड़ जाये; इसके लिए उसने पड़ोसी कोलिय गण (प्रजातंत्र) की सुन्दरी कन्या भद्रा कापिलायनी (या यशोधरा) से विवाह कर दिया। सिद्धार्थ कुछ दिन और ठहर गये और इस बीच में उन्हें एक पुत्र पैदा हुआ, जिसे अपने उठते विचार-चन्द्र के ग्रसने के लिए राहु समझ उन्होंने राहुल नाम दिया। वृद्ध, रोगी, मृत और प्रव्रजित (संन्यासी) के चार दृश्यों को देख उनकी संसार से विरक्ति पक्की हो गई और एक रात चुपके से वह घर से निकल भागे। इसके बारे में बुद्ध ने स्वयं चुनार (संसुमारगिरि) में वत्सराज उदय के पुत्र बोधिराजकुमार से कहा था–

'राजकुमार! बुद्ध होने से पहले मुझे भी होता था–सुख में सुख नहीं प्राप्त हो सकता, दुःख में सुख प्राप्त हो सकता है। इसलिए...मैं तरुण बहुत काले केशों वाला ही, सुन्दर यौवन के साथ, प्रथम वयस में माता-पिता को अश्रुमुख छोड़ घर से...प्रब्रजित हुआ।...(पहले) आलार कालाम (के पास)...गया।...'

आलार कालाम ने कुछ योग की विधियाँ बतलाई, किन्तु सिद्धार्थ की जिज्ञासा उससे पूरी नहीं हुई। वहाँ से चलकर वह उद्दक रामपुत्त (उद्रक रामपुत्र) के पास गये, वहाँ भी योग की कुछ बात सीख सके; किन्तु उससे भी उन्हें सन्तोष नहीं हुआ। फिर उन्होंने बोधगया के पास प्रायः छः वर्षों तक योग और अनशन की भीषण तपस्या की। इस तपस्या के बारे में वह खुद कहते हैं–

"मेरा शरीर (दुर्बलता) की चरमसीमा तक पहुँच गया था। जैसे...आसीतिक (अस्सी साल वाले) की गाँठें...वैसे ही मेरे अंग प्रत्यंग हो गये थे।...जैसे ऊँट का पैर वैसे ही मेरा कूल्हा हो गया था। जैसे...सूओं की (ऊँची-नीची) पाँती वैसे ही पीठ के काँटे हो गये थे। जैसे शाल की पुरानी कड़ियाँ टेढ़ी-मेढ़ी होती हैं, वैसी ही मेरी पँसुलियाँ हो गई थीं।...जैसे गहरे कुएँ में तारा, वैसे ही मेरी आँखें दिखाई देती थीं।...जैसे कच्ची तोड़ी कड़वी लौकी हवा-धूप से चुचक जाती है,

मुर्झा जाती है, वैसे ही मेरे शिर की खाल चुचक मुझे गई थी।...उस अनशन से मेरे पीठ के काँटे और पैर की खाल बिलकुल सट गई थी।...यदि मैं पाखाना या पेशाब करने के लिए (उठता) तो वहीं भहराकर गिर पड़ता। जब मैं काया को सहराते हुए, हाथ से गात्र को मसलता, तो...काया से सड़ी जड़ वाले रोम झड़ पड़ते।...मनुष्य...कहते–श्रमण गौतम काला है कोई...कहते–काला नहीं स्याम।...कोई...कहते– मंगुरवर्ण है। मेरा वैसा परिशुद्ध, गोरा (परि-अवदात) चमड़े का रंग नष्ट हो गया था।..."

"...लेकिन...मैंने इस (तपस्या)...से उस चरम...दर्शन...को न पाया। (तब विचार हुआ) बोधि (ज्ञान) के लिए क्या कोई दूसरा मार्ग है?...तब मुझे हुआ–...मैंने पिता (शुद्धोदन) शाक्य के खेत पर जामुन की ठंडी छाया के नीचे बैठ...प्रथम ध्यान को प्राप्त हो विहार किया था, शायद वह मार्ग बोधि का हो।...(किन्तु) इस प्रकार की अत्यन्त कृश पतली काया से वह (ध्यान) सुख मिलना सुकर नहीं है। फिर मैं स्थूल आहार-दाल-भात-ग्रहण करने लगा।...उस समय मेरे पास पाँच भिक्षु रहा करते थे।...जब मैं स्थूल आहार...ग्रहण करने लगा, तो वह पाँचों भिक्षु...उदासीन हो चले गये।..."

आगे की जीवन यात्रा के बारे में बुद्ध अन्यत्र कहते हैं–

"मैंने एक रमणीय भूभाग में, वनखंड में एक नदी (निरंजना) को बहते देखा। उसका घाट रमणीय और श्वेत था। यही ध्यान-योग्य स्थान है, (सोच) वहाँ बैठ गया। (और)...जन्मने के दुष्परिणाम को जान...अनुपम निर्वाण को पा लिया...मेरा ज्ञान दर्शन (साक्षात्कार) बन गया, मेरे चित्त की मुक्ति अचल हो गई, यह अन्तिम जन्म है, फिर अब (दूसरा) जन्म नहीं (होगा)।"

सिद्धार्थ का यह ज्ञान दर्शन था–दुःख है, दुःख का हेतु (समुदय), दुःख का निरोध (विनाश) है और दुःख-निरोध का मार्ग। जो धर्म (वस्तुएँ घटनाएँ) हैं, वह हेतु से उत्पन्न होते हैं। उनके हेतु को, बुद्ध ने कहा और उनका जो निरोध है (उसे भी), ऐसा मत रखनेवाला महाश्रमण।"

सिद्धार्थ ने उनतीस साल की आयु (534 ई० पू०) में घर छोड़ा। छः वर्ष तक योग-तपस्या करने के बाद ध्यान और चिन्तन द्वारा 36 वर्ष की आयु (528 ई० पू०) में बोधि (ज्ञान) प्राप्त कर वह बुद्ध हुए। फिर 45 वर्ष तक उन्होंने अपने धर्म (दर्शन) का उपदेश कर 80 वर्ष की उम्र में 483 ई० पू० में कुसीनारा में निर्वाण प्राप्त किया।

2. साधारण विचार

बुद्ध होने के बाद उन्होंने सबसे पहले अपने ज्ञान का अधिकारी उन्हीं पाँचों भिक्षुओं को समझा, जो कि अनशन त्यागने के कारण पतित समझ उन्हें छोड़ गये थे। पता लगाकर वह उनके आश्रम ऋषि-पतन मृगदाव (सारनाथ, बनारस) पहुँचे। बुद्ध का पहला उपदेश उसी शंका को हटाने के लिए था, जिसके कारण कि अनशन तोड़ आहार आरम्भ करने वाले गौतम को वह छोड़ आये थे। बुद्ध ने कहा–

"भिक्षुओ! इन दो अतियों (चरम-पंथों) को...नहीं सेवन करना चाहिए।–(1)...काम-सुख में लिप्त होना (2)...शरीर पीड़ा में लगना। इन दोनों अतियों को छोड़...(मैं) ने मध्यम मार्ग खोज़ निकाला है, (जो कि) आँख देने वाला, ज्ञान करानेवाला शान्ति (देने) वाला है...वह (मध्यम-मार्ग) यही आर्य (श्रेष्ठ) अष्टांगिक (आठ अंगों वाला) मार्ग है, जैसे कि ठीक दृष्टि (दर्शन), ठीक संकल्प, ठीक वचन, ठीक कर्म, ठीक जीविका, ठीक प्रयत्न, ठीक स्मृति और ठीक समाधि।..."

(1) चार आर्य सत्य–

दुःख, दुःख-समुदय (हेतु), दुःख निरोधदुःखनिरोधगामी मार्ग–जिनका जिक्र अभी हम कर चुके हैं, इन्हें बुद्ध ने आर्य-सत्य–श्रेष्ठ सच्चाइयाँ–कहा है।

क) दुःख-सत्य की व्याख्या करते हुए बुद्ध ने कहा है–'जन्म भी दुःख है, बुढ़ापा भी दुःख है, मरण... शोक-रुदन–मन की खिन्नता–हैरानगी दुःख हैं। अ-प्रिय से संयोग भी, प्रिय से वियोग भी दुःख है, इच्छा करके जिसे नहीं पाता, वह भी दुःख है। संक्षेप में पाँचों **उपादान स्कन्ध** दुःख हैं।'

(पाँच उपादान स्कंध)–रूप, वेदना, संज्ञा, संस्कार, विज्ञान–यही पाँचों उपादान स्कंध हैं।

(a) रूप–चारों महाभूत–पृथिवी, जल, वायु, अग्नि, यह रूप उपादान स्कंध हैं।

(b) वेदना–हम वस्तुओं या उनके विचार के सम्पर्क में आने पर जो सुख, दुख या न सुख-दुख के रूप में अनुभव करते हैं, इसे ही वेदना स्कंध कहते हैं।

(c) संज्ञा–वेदना के बाद हमारे मस्तिष्क पर पहले से ही अंकित संस्कारों द्वारा जो हम पहिचानते हैं– 'यह वही देवदत्त है', इसे संज्ञा कहते हैं।

(d) संस्कार–रूपों की वेदनाओं और संज्ञाओं का जो संस्कार मस्तिष्क पर पड़ा रहता है और जिसकी सहायता से कि हमने पहिचाना–'यह वही देवदत्त है', इसे संस्कार कहते हैं।

(e) विज्ञान–चेतना या मन को विज्ञान कहते हैं।

ये पाँचों स्कंध जब व्यक्ति की तृष्णा के विषय होकर पास आते हैं, तो इन्हें ही उपादान स्कंध कहते हैं। बुद्ध ने इन पाँचों उपादान-स्कंधों को दुःख-रूप कहा है।

ख) दुःख हेतु–दुःख का हेतु क्या है? तृष्णा-काम (भोग) की तृष्णा, भव की तृष्णा, विभव की तृष्णा। इन्द्रियों के जितने प्रिय विषय या काम हैं, उन विषयों के साथ संपर्क, उनका ख्याल, तृष्णा को पैदा करता है। "काम (प्रिय भोग) के लिए ही राजा भी राजाओं से लड़ते हैं, क्षत्रिय भी क्षत्रियों से, ब्राह्मण भी ब्राह्मणों से, गृहपति (वैश्य) भी गृहपति से, माता भी पुत्र से, पुत्र भी माता से, पिता पुत्र से, पुत्र पिता से, भाई भाई से, बहिन भाई से, भाई बहिन से, मित्र मित्र से लड़ते हैं। वह आपस में कलह विग्रह-विवाद करते एक दूसरे पर हाथ से भी, दंड से भी, शस्त्र से भी आक्रमण करते हैं। वह (इससे) मर भी जाते हैं, मरण-समान दुःख को प्राप्त होते हैं।"

ग. दुःख विनाश–उसी तृष्णा के अत्यन्त निरोध परित्याग विनाश को दुःख-निरोध कहते हैं। प्रिय विषयों और तद्विषयक विचारों विकल्पों से जब तृष्णा छूट जाती है, तभी तृष्णा का निरोध होता है।

तृष्णा के नाश होने पर उपादान (विषयों के संग्रह करने) का निरोध होता है। उपादान के निरोध से भव (लोक) का निरोध होता है, भव निरोध से जन्म (पुनर्जन्म) का निरोध होता है। जन्म के निरोध से बुढ़ापा, मरण, शोक, रोना, दुःख, मन की खिन्नता, हैरानगी नष्ट हो जाती है। इस प्रकार दुःखों का निरोध होता है।

यही दुःख निरोध बुद्ध के सारे दर्शन का केन्द्र-बिन्दु है।

घ. दुःख-विनाश का मार्ग–दुःख निरोध की ओर ले जाने वाला मार्ग क्या है?–आर्य-अष्टांगिक मार्ग जिन्हें पहले गिना आए हैं। आर्य-अष्टांगिक मार्ग की आठ बातों को ज्ञान (प्रज्ञा), सदाचार (शील) और योग (समाधि) इन तीन भागों (स्कंधों) में बाँटने पर वह होते हैं–

(क) ज्ञान	ठीक दृष्टि ठीक संकल्प
(ख) शील	ठीक वचन ठीक कर्म ठीक जीविका
(ग) समाधि	ठीक प्रयत्न ठीक स्मृति ठीक समाधि

(क) ठीक ज्ञान–

(a) ठीक (सम्यग) दृष्टि–कायिक, वाचिक, मानसिक, भले बुरे कर्मों ठीक-ठीक ज्ञान को ठीक दृष्टि कहते हैं। भले बुरे कर्म इस प्रकार हैं–

	बुरे कर्म	भले कर्म
कायिक	1. हिंसा	अ–हिंसा
	2. चोरी	अ–चोरी
	3. (यौन) व्यभिचार	अ–व्यभिचार
वाचिक	4. मिथ्याभाषण	अ–मिथ्याभाषण
	5. चुगली	न–चुगली
	6. कटु भाषण	अ–कटुभाषण
	7. बकवास	न–बकवास
मानसिक	8. लोभ	अ–लोभ
	9 . प्रतिहिंसा	अ–प्रतिहिंसा
	10. झूठी धारणा	न–झूठी धारणा

दुःख, हेतु, निरोध, मार्ग का ठीक से ज्ञान ही ठीक दृष्टि (दर्शन) कही जाती है।

(b) ठीक संकल्प–राग, हिंसा, प्रतिहिंसा-रहित संकल्प को ही ठीक संकल्प कहते हैं।

(ख) ठीक आचार–

(a) ठीक वचन–झूठ, चुगली, कटुभाषण और बकवास से रहित सच्ची मीठी बातों का बोलना।

(b) ठीक कर्म–हिंसा-चोरी-व्यभिचार-रहित कर्म ही ठीक कर्म हैं।

(c) ठीक जीविका–झूठी जीविका छोड़ सच्ची जीविका से शरीर यात्रा चलाना। उस समय के शासक-शोषक समाज द्वारा अनुमोदित सभी जीविकाओं में सिर्फ़ प्राणि हिंसा संबंधी निम्न जीविकाओं को ही बुद्ध ने झूठी जीविका कहा–

"हथियार का व्यापार; प्राणि का व्यापार; मांस का व्यापार; मद्य का व्यापार; विष का व्यापार।"

(ग) ठीक समाधि–

(a) ठीक प्रयत्न (व्यायाम)–इन्द्रियों पर संयम, बुरी भावनाओं को रोकने तथा अच्छी भावनाओं के उत्पादन का प्रयत्न, उत्पन्न अच्छी भावनाओं को कायम रखने का प्रयत्न–ये ठीक प्रयत्न हैं।

(b) ठीक स्मृति–काया, वेदना, चित्त और मन के धर्मों की ठीक स्थितियों–उनके मलिन, क्षण-विध्वंसी आदि होने–का सदा स्मरण रखना।

(c) ठीक समाधि–"चित्त की एकाग्रता को समाधि कहते हैं"। ठीक समाधि वह है जिससे मन के विक्षेपों को हटाया जा सके। बुद्ध की शिक्षाओं को अत्यन्त संक्षेप में एक पुरानी गाथा में इस तरह कहा गया है–

"सारी बुराइयों का न करना और अच्छाइयों का संपादन करना; अपने चित्त का संयम करना, यह बुद्ध की शिक्षा है।"

अपनी शिक्षा का क्या मुख्य प्रयोजन है, इसे बुद्ध ने इस तरह बतलाया है–

"भिक्षुओ! यह ब्रह्मचर्य (भिक्षु का जीवन) न लाभ-सत्कार-प्रशंसा के लिए है, न शील (सदाचार) की प्राप्ति के लिए, न समाधि प्राप्ति के लिए, न ज्ञान-दर्शन के लिए है। जो न अटूट चित्त की मुक्ति है, उसी के लिए...यह ब्रह्मचर्य है, यही सार है, यही उसका अन्त है।"

बुद्ध के दार्शनिक विचारों को देने से पूर्व उनके जीवन के बाकी अंश को समाप्त कर देना जरूरी है।

सारनाथ में अपने धर्म का प्रथम उपदेश कर, वहीं वर्षा बिता, वर्षा के अन्त में स्थान छोड़ते हुए प्रथम चार मासों में हुए अपने साठ शिष्यों को उन्होंने इस तरह सम्बोधित किया–

"भिक्षुओ! बहुत जनों के हित के लिए, बहुत जनों के सुख के लिए, लोक पर दया करने के लिए, देव-मनुष्यों के प्रयोजन-हित-सुख के लिए विचरण करो। एक साथ दो मत जाओ।...मैं भी ...उरुवेला...सेनानी-ग्राम में...धर्म-उपदेश के लिए जा रहा हूँ।"

इसके बाद 44 वर्ष बुद्ध जीवित रहे। इन 44 वर्षों के बरसात के तीन मासों को छोड़ वह बराबर विचरते, जहाँ-तहाँ ठहरते, लोगों को अपने धर्म और दर्शन का उपदेश करते रहे। बुद्ध ने बुद्धत्व प्राप्ति के बाद की 44 बरसातों को निम्न स्थानों पर बिताया था–

स्थान	ई० पू०	स्थान	ई० पू०
लुंबिनी जन्म	563	13. चालिय पर्वत (बिहार)	516
बोधगया बुद्धत्व में	528	14. श्रावस्ती (गोंडा)	515
1. ऋषिपतन (सारनाथ)	528	15. कपिलवस्तु	514
2-4. राजगृह	25	16. आलवी (अरवल)	513
5. वैशाली	524	17. राजगृह	512
6. मंकुल पर्वत (विहार)	523	18. चालिय पर्वत	511
7. (त्रयसिंत्रश?)	522	19. चालिय पर्वत	510
8. संसुमारगिरि (चुनार)	521	20. राजगृह	509
9. कौशांबी (इलाहाबाद)	520	21-45. श्रावस्ती	508-484
10. पारिलेयक (मिर्जापुर)	519	46. वैशाली	483
11. नाला (बिहार)	518	(कुसीनारा में निर्वाण)	
12. वैरंजा (कन्नौज-मथुरा के बीच)	517		

उनके विचरण का स्थान प्रायः सारे युक्त प्रान्त और सारे बिहार तक सीमित था। इससे बाहर वह कभी नहीं गये।

(2) जनतंत्रवाद–

हम देख चुके हैं, कि जहाँ बुद्ध एक ओर अत्यन्त भोग-मय जीवन के विरुद्ध थे, वहाँ दूसरी ओर वह शरीर सुखाने को भी मूर्खता समझते थे। कर्मकांड, भक्ति की अपेक्षा, उनका झुकाव ज्ञान और बुद्धिवाद की ओर ज़्यादा था। उनके दर्शन की विशेषता को हम अभी कहने वाले हैं। इन सारी बातों के कारण अपने जीवन में और बाद में भी बुद्ध प्रतिभाशाली व्यक्तियों को आकर्षित करने में समर्थ हुए। मगध के सारिपुत्र, मौद्गल्यायन, महाकाश्यप ही नहीं, सुदूर उज्जैन के राजपुरोहित महाकात्यायन जैसे विद्वान् ब्राह्मण उनके शिष्य बने, जिन्होंने ब्राह्मणों के धर्म और स्वार्थ के विरोधी बौद्ध धर्म के प्रति ब्राह्मणों में कटुता फैलने–खासकर प्रारंभिक सदियों में से रोका। मगध का राजा बिंबिसार बुद्ध का अनुयायी था। कोसल के राजा प्रसेनजित् को इसका बहुत अभिमान था, कि बुद्ध भी कोसल क्षत्रिय हैं और वह भी कोसल क्षत्रिय। उसने बुद्ध का और नजदीकी बनने के लिए शाक्यवंश की कन्या के साथ ब्याह किया था। शाक्यमल्ल-लिच्छवि-प्रजातंत्रों में उनके अनुयायियों की भारी संख्या थी। बुद्ध का जन्म एक प्रजातंत्र (शाक्य) में हुआ था और मृत्यु भी एक प्रजातंत्र (मल्ल) ही में हुई। प्रजातंत्र प्रणाली उनको कितनी प्रिय थी, यह इसी से मालूम है, कि अज्ञातशत्रु के साथ अच्छा संबंध होने पर भी उन्होंने उसके विरोधी वैशाली के लिच्छवियों की प्रशंसा करते हुए राष्ट्र को अपराजित रखने वाली निम्न सात बातें बतलाई–

(1) बराबर एकत्रित हो सामूहिक निर्णय करना; (2) (निर्णय के अनुसार) कर्तव्य को एक हो करना; (3) व्यवस्था (कानून और विनय) का पालन करना; (4) वृद्धों का सत्कार करना; (5) स्त्रियों पर जबर्दस्ती नहीं करना; (6) जातीय धर्म का पालन करना; (7) धर्माचार्यों का सत्कार करना।

इन सात बातों में सामूहिक निर्णय, सामूहिक कर्तव्य-पालन, स्त्री-स्वातंत्र्य प्रगति के अनुकूल विचार थे, किन्तु बाकी बातों पर जोर देना यही बतलाता है, कि वह तत्कालीन सामाजिक व्यवस्था में हस्तक्षेप नहीं करना चाहते थे। वैयक्तिक तृष्णा के दुष्परिणामों को उन्होंने देखा था। दुःखों का कारण यही तृष्णा है। दुःखों का चित्रण करते हुए उन्होंने कहा था–

'चिरकाल से तुमने माता-पिता-पुत्र-दुहिता के मरण को सहा, भोग-रोग की आफ़तों को सहा, प्रिय के वियोग, अप्रिय के संयोग से रोते क्रन्दन करते, जितना आँसू तुमने गिराया, वह चारों समुद्रों के जल से भी ज़्यादा है।'

यहाँ उन्होंने दुख और उसकी जड़ को समाज में न ख्याल कर व्यक्ति में देखने की कोशिश की। भोग की तृष्णा के लिए राजाओं, क्षत्रियों, ब्राह्मणों, वैश्यों, सारी दुनिया को झगड़ते मरते-मारते देख भी उस तृष्णा को व्यक्ति से हटाने की कोशिश की। उनके मतानुसार मानो, काँटों से बचने के लिए सारी पृथिवी को तो नहीं ढाँका जा सकता है, हाँ अपने पैरों को चमड़े से ढाँक कर काँटों से बचा जा सकता है। वह समय भी ऐसा नहीं था, कि बुद्ध जैसे प्रयोगवादी दार्शनिक, सामाजिक पापों को सामाजिक चिकित्सा से दूर करने की कोशिश करते, तो भी वैयक्तिक सम्पत्ति

की बुराइयों को वह जानते थे, इसीलिए जहाँ तक उनके अपने भिक्षु संघ का संबंध था, उन्होंने उसे हटाकर भोग में पूर्ण साम्यवाद स्थापित करना चाहा।

(3) दुःख विनाश-मार्ग की त्रुटियाँ–

बुद्ध का दर्शन घोर क्षणिकवादी है, किसी वस्तु को वह एक क्षण से अधिक ठहरने वाली नहीं मानते, किन्तु इस दृष्टि को उन्होंने समाज की आर्थिक व्यवस्था पर लागू नहीं करना चाहा। सम्पत्तिशाली शासक-शोषक-समाज के साथ इस प्रकार शान्ति स्थापित कर लेने पर उनके जैसे प्रतिभाशाली दार्शनिक का ऊपर के तबके में सम्मान बढ़ना लाजिमी था। पुरोहित-वर्ग के कूटदंत, सोणदंण जैसे धनी प्रभुताशाली ब्राह्मण उनके अनुयायी बनते थे, राजा लोग उनकी आवभगत के लिए उतावले दिखाई पड़ते थे। उस वक्त का धन कुबेर व्यापारी-वर्ग तो उससे भी ज्यादा उनके सत्कार के लिए अपनी थैलियाँ खोले रहता था, जितने कि आज के भारतीय महासेठ गाँधी के लिए। श्रावस्ती के धन कुबेर सुदत्त (अनाथपिंडक) ने सिक्के से ढाँक एक भारी बाग (जेतवन) खरीद कर बुद्ध और उनके भिक्षुओं के रहने के लिए दिया। उसी शहर की दूसरी सेठानी विशाखा ने भारी व्यय के साथ एक दूसरा विहार (मठ) पूर्वाराम बनवाया था। दक्षिण और दक्षिण-पश्चिम भारत के साथ व्यापार के महान केन्द्र कौशाम्बी के तीन भारी सेठों ने तो बिहार बनवाने में होड़-सी कर ली थी। सच तो यह है, कि बुद्ध के धर्म को फैलाने में राजाओं से भी अधिक व्यापारियों ने सहायता की। यदि बुद्ध तत्कालीन आर्थिक व्यवस्था के खिलाफ जाते, तो यह सुभीता कहाँ से हो सकता था?

3. दार्शनिक विचार

"अनित्य, दुःख, अनात्म इस एक सूत्र में बुद्ध का सारा दर्शन आ जाता है। इनमें दुःख के बारे में हम कह चुके हैं।

(1) क्षणिकवाद–बुद्ध ने तत्त्वों का विभाजन तीन प्रकार से किया है–(1) स्कन्ध, (2) आयतन, (3) धातु।

स्कन्ध पाँच हैं–रूप, वेदना, संज्ञा, संस्कार, विज्ञान। रूप में पृथिवी आदि चारों महाभूत शामिल हैं। विज्ञान चेतना या मन है। वेदना सुख-दुःख आदि का जो अनुभव होता है, उसे कहते हैं। संज्ञा होश या अभिज्ञान को कहते हैं। संस्कार मन पर बस रही छाप या वासना को कहते हैं। इस प्रकार वेदना, संज्ञा, संस्कार-रूप के संपर्क से विज्ञान (मन) की भिन्न-भिन्न स्थितियाँ हैं। बुद्ध ने इन स्कंधों को "अ-नित्य संस्कृत (कृत), प्रतीत्य समुत्पन्न, क्षय धर्मवाला, व्यय धर्मवाला... निरोध (विनाश) धर्मवाला" कहा है।

आयतन बारह हैं–छः इन्द्रियाँ (चक्षु, श्रोत्र, घ्राण, जिह्वा, काया या चमड़ा और मन) और छः उनके विषय रूप, शब्द, गंध, रस, स्प्रष्टव्य और धर्म (वेदना, संज्ञा, संस्कार)।

धातु अठारह हैं–उपरोक्त छः इन्द्रियाँ तथा उनके छः विषय और इन इन्द्रियों तथा विषयों के सम्पर्क से होने वाले छः विज्ञान (चक्षु-विज्ञान, श्रोत्र-विज्ञान, घ्राण-विज्ञान, जिह्वा-विज्ञान, काय-विज्ञान और मन-विज्ञान)।

विश्व की सारी वस्तुएँ स्कन्ध, आयतन, धातु तीनों में से किसी एक प्रक्रिया में बांटी जा सकती हैं। इन्हें ही नाम और रूप में भी विभक्त किया जाता है, जिनमें नाम विज्ञान का पर्यायवाची है। यह सभी अनित्य हैं–

"यह अटल नियम है–रूप (महाभूत) वेदना, संज्ञा, संस्कार, विज्ञान (ये) सारे संस्कार (कृत वस्तुएँ) अनित्य हैं।"

'रुप...वेदना...संज्ञा...संस्कार...विज्ञान (ये पांचों स्कंध) नित्य, ध्रुव, शाश्वत, अविकारी नहीं हैं, यह लोक में पंडित सम्मत (बात) है। मैं भी (वैसा) ही कहता हूँ। ऐसा कहने...समझाने पर भी जो नहीं समझता, नहीं देखता, उस...बालक (मूर्ख) अन्धे बेआँख अजान के लिए मैं क्या कर सकता हूँ।

रुप (भौतिक पदार्थ) की क्षणिकता को तो आसानी से समझा जा सकता है। विज्ञान (मन) उससे भी क्षणभंगुर है, इसे दर्शाते हुए बुद्ध कहते हैं। "भिक्षुओं! यह बल्कि बेहतर है, कि अजान... पुरुष इन चार महाभूतों की काया को ही आत्मा (नित्य तत्त्व) मान लें, किन्तु चित्त को (वैसा मानना ठीक) नहीं। सो क्यों?...चारों महाभूतों की यह काया एक...दो...तीन...चार...पाँच...छः... सात वर्ष तक भी मौजूद देखी जाती है; किन्तु जिसे 'चित्त', 'मन' या विज्ञान कहा जाता है, वह रात और दिन में भी (पहले से) दूसरा ही उत्पन्न होता है, दूसरा ही नष्ट होता है।

बुद्ध के दर्शन में अनित्यता एक ऐसा नियम है, जिसका कोई अपवाद नहीं है।

बुद्ध का अनित्यवाद भी "दूसरा ही उत्पन्न होता है, दूसरा ही नष्ट होता है" के कहे अनुसार किसी एक मौलिक तत्त्व का बाहरी अपरिवर्तनमात्र नहीं, बल्कि एक का बिलकुल नाश और दूसरे का बिलकुल नया उत्पाद है।–बुद्ध कार्य-कारण की निरन्तर या अविच्छिन्न सन्तति को नहीं मानते।

(2) प्रतीत्य-समुत्पाद–यद्यपि कार्य-कारण को बुद्ध अविच्छिन्न सन्तति नहीं मानते, तो भी वह यह मानते हैं कि 'इसके होने पर यह होता है' (एक के विनाश के बाद दूसरे की उत्पत्ति इसी नियम को बुद्ध ने प्रतीत्य-समुत्पाद नाम दिया है)। हर एक उत्पाद का कोई प्रत्यय है। प्रत्यय और हेतु (कारण) समानार्थक शब्द मालूम होते हैं, किन्तु बुद्ध प्रत्यय से वही अर्थ नहीं लेते, जो कि दूसरे दार्शनिकों को हेतु या कारण से अभिप्रेत है। प्रत्यय से उत्पाद का अर्थ है, बीतने से उत्पाद–यानी एक के बीत जाने, नष्ट हो जाने पर दूसरे की उत्पत्ति। बुद्ध का प्रत्यय ऐसा हेतु है, जो किसी वस्तु या घटना के उत्पन्न होने से पहले क्षण सदा लुप्त होते देखा जाता है। प्रतीत्य समुत्पाद के कार्यकारण नियम को अविच्छिन्न नहीं विच्छिन्न प्रवाह बतलाता है। प्रतीत्य समुत्पाद के इसी विच्छिन्न प्रवाह को लेकर आगे नागार्जुन ने अपने शून्यवाद को विकसित किया।

प्रतीत्य-समुपाद–बुद्ध के सारे दर्शन का आधार है, उनके दर्शन के समझने की यह कुंजी है, यह खुद बुद्ध के इस वचन से मालूम होता है–

"जो प्रतीत्य समुत्पाद को देखता है, वह धर्म (बुद्ध के दर्शन) को देखता है, जो धर्म को देखता है, वह प्रतीत्य समुत्पाद को देखता है। यह पाँच उपादान स्कंध (रूप, वेदना, संज्ञा, संस्कार, विज्ञान) प्रतीत्य समुत्पन्न (विच्छिन्न प्रवाह के तौर पर उत्पन्न) हैं।"

प्रतीत्य-समुत्पाद के नियम को मानव व्यक्ति में लगाते हुए, बुद्ध ने इसके बारह अंग (द्वादशांग प्रतीत्य समुत्पाद) बतलाये हैं। पुराने उपनिषद् के दार्शनिक तथा दूसरे कितने ही आचार्य नित्य ध्रुव, अविनाशी, तत्त्व को आत्मा कहते थे। बुद्ध के प्रतीत्य समुत्पाद में आत्मा के लिए कोई गुंजाइश न थी, इसीलिए आत्मवाद को वह महा-अविद्या कहते थे। इस बात को उन्होंने अपने एक उपदेश में अच्छी तरह समझाया है–

'साति केवट्टपुत्त भिक्षुक को ऐसी बुरी दृष्टि (धारणा) उत्पन्न हुई थी–मैं भगवान् के उपदिष्ट धर्म को इस प्रकार जानता हूँ, कि दूसरा नहीं बल्कि वही (एक) विज्ञान (जीव) संसरण-संधावन (आवागमन) करता रहता है।'

बुद्ध ने यह बात सुनी तो बुलाकर पूछा–

"क्या सचमुच साति! तुझे इस प्रकार की बुरी धारणा हुई है?"

हाँ...दूसरा नहीं वही विज्ञान (जीव) संसरण-संधावन करता है।

'साति! वह विज्ञान क्या है?'

यह जो, भन्ते! वक्ता अनुभव करता है, जो कि वहाँ-वहाँ (जन्म लेकर) अच्छे बुरे कर्मों के फल को अनुभव करता है।

'निकम्मे (मोघपुरुष)! तूने किसको मुझे ऐसा उपदेश करते सुना? मैंने तो मोघपुरुष! विज्ञान (जीव) को अनेक प्रकार से प्रतीत्य समुत्पन्न कहा है–प्रत्यय (विगत) होने के बिना विज्ञान का प्रादुर्भाव नहीं हो सकता बतलाया है। मोघपुरुष! तू अपनी ठीक से न समझी बात का हमारे ऊपर लांछन लगाता है।'

फिर भिक्षुओं को संबोधित करते हुए कहा–

'भिक्षुओं! जिस-जिस प्रत्यय से विज्ञान (जीव) चेतना उत्पन्न होता है, वही उसकी संज्ञा होती है। चक्षु के निमित्त से (जो) विज्ञान उत्पन्न होता है, उसकी चक्षुर्विज्ञान ही संज्ञा होती है। (इसी प्रकार) श्रोत्र, घ्राण, रस, काया, मन-विज्ञान संज्ञा होती है। जैसे जिस-जिस निमित्त (प्रत्यय) से आग जलती है, वही-वही उसकी संज्ञा होती है...काष्ट अग्नि...तृण अग्नि...तुष अग्नि...'

'...यह (पांच स्कन्ध) उत्पन्न हैं–यह अच्छी प्रकार प्रज्ञा से देखने पर (आत्मा के होने का) सन्देह नष्ट हो जाता है न?'

'हाँ, भन्ते!'

'भिक्षुओं! यह (पाँच स्कन्ध-भौतिक तत्त्व और मन) उत्पन्न हैं, यह अपने आहार से उत्पन्न हैं... यह अपने आहार के निरोध से निरुद्ध होने वाला है–यह ठीक से अच्छी प्रकार जानना सुदृष्ट है न?'

'हाँ भन्ते!'

"भिक्षुओ! तुम इस...परिशुद्ध (सु.) दृष्ट (विचार) में भी आसक्त न होना, रमण न करना, मेरा धन है–न समझना, न ममता करना। बल्कि भिक्षुओ! मेरे उपदेश किए धर्म को बेड़े (कुल्ल) के समान समझना, (यह) पार होने के लिए है, पकड़ रखने के लिए नहीं है।

साति केवट्टपुत्त के मन में जैसे आत्मा है यह अविद्या छाई थी, उस अविद्या का कारण समझाते हुए बुद्ध ने कहा–

सभी आहारों का निदान (कारण) है तृष्णा...उसका निदान वेदना...उसका निदान स्पर्श... उसका निदान छः आयतन, (पाँचों इन्द्रियाँ और मन) उसका निदान नाम और रूप...उसका निदान विज्ञान उसका निदान संस्कार...उसका निदान अविद्या।

अविद्या फिर अपने चक्र को 12 अंगों में दुहराती है, इसे ही द्वादशांग प्रतीत्य-समुत्पाद कहते हैं–

1.अविद्या
↓
2. संस्कार
↓
3. विज्ञान
↓
4. नाम–रूप
↓
5. छः आयतन (इन्द्रियाँ)
↓
6. स्पर्श

7. वेदना
↓
8. तृष्णा
↓
9. उपादान (ग्रहण या ग्रहण करने की इच्छा)
↓
10. भव (आवागमन)
↓
11. जाति (जन्म)
↓
12. जरामरण

तृष्णा की उत्पत्ति की कथा कहते हुए बुद्ध ने वहीं कहा है–

"भिक्षुओ! तीन के एकत्रित होने से गर्भधारण होता है।.....

(1) माता-पिता एकत्रित होते हैं, (2) माता ऋतुमती होती है, (3) गंधर्व उपस्थित होता है। तब माता गर्भ को नौ या दस मास के बाद जनती है। उसको माता अपने लोहित...दूध से पोसती है। तब वह बच्चा (कुछ बड़ा होने पर बच्चों के खिलौने–बंका, घड़िया, मुंह के लट्टू, चिंगुलियां, तराजू, गाड़ी, धनुही से खेलता है। (और) बड़ा होने पर पाँच प्रकार के विषय-भोगों–(रूप, शब्द, रस, गंध, स्पर्श)–का सेवन करता है। वह (उनकी अनुकूलता, प्रतिकूलता आदि के अनुसार) अनुरोध (राग), विरोध में पड़ा सुखमय, दुःखमय, न सुख-न दुःखमय वेदना को अनुभव करता है, उसका अभिनन्दन करता है। (इस प्रकार) अभिनन्दन करते उसे नन्दी (तृष्णा) उत्पन्न होती है। वेदनाओं के विषय में जो यह नन्दी (तृष्णा) है। (यही) उसका उपादान (ग्रहण करना या ग्रहण करने की इच्छा) है।

(3) अनात्मवाद बुद्ध के पहले उपनिषद के ऋषियों को हम आत्मा के दर्शन का जबर्दस्त प्रचार करते देखते हैं। साथ ही उस समय चावार्क की तरह के भौतिकवादी दार्शनिक भी थे, यह भी बतला चुके हैं। नित्यतावादियों के आत्मा-संबंधी विचारों को बुद्ध ने दो भागों में बाँटा है, एक वह जिसमें आत्मा को रूपी (इन्द्रिय-गोचर माना जाता है) दूसरे में उसे अ-रूपी माना गया है। फिर इन दोनों विचार वालों में कुछ आत्मा को अनन्त मानते हैं और कुछ सान्त (परित या अणु)। फिर ये दोनों विचार वाले नित्यवादी और अनित्यवादी दो भागों में बँटे हैं–

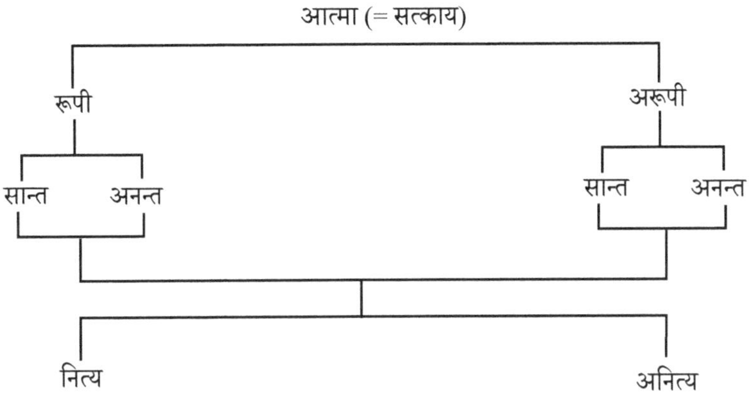

आत्मवाद के लिए बुद्ध ने एक दूसरा शब्द सत्काय-दृष्टि भी व्यवहृत किया है। सत्काय का अर्थ है, काया में विद्यमान (काया से भिन्न अजर अमर तत्त्व)। अभी साति केवट्टपुत्त के विज्ञान (जीव) के आवागमन की बात करने पर बुद्ध ने उसे कितना फटकारा और अपनी स्थिति को स्पष्ट किया। यह बतला चुके हैं। सत्काय (आत्मा) को धारणा को बुद्ध दर्शन-संबंधी एक भारी बन्धन (दृष्टि-संयोजन) मानते थे और सच्चे ज्ञान की प्राप्ति के लिए उससे नष्ट होने की सबसे ज्यादा ज़रूरत समझते थे। बुद्ध की शिष्या पंडिता धम्मदिन्ना ने अपने एक उपदेश में पाँच उपादान (ग्रहण करने की इच्छा से युक्त) स्कन्धों को सत्काय बतलाया है और आवागमन की तृष्णा को सत्काय दृष्टि का कारण।

बुद्ध अविद्या और तृष्णा से मनुष्य की सारी प्रवृत्तियों की व्याख्या करते हैं। हम लिख आये हैं, कि कैसे जर्मन दार्शनिक शोपेन्हार ने बुद्ध की इसी सर्वशक्तिमती तृष्णा का बहुत व्यापक क्षेत्र में प्रयोग किया।

लेकिन बुद्ध सत्काय-दृष्टि या आत्मवाद की धारणा को नैसर्गिक नहीं मानते थे, इसलिए उन्होंने कहा है–

“उतान (ही) सो सकने वाले (दुधमुंहे) अबोध छोटे बच्चे को सत्काय (आत्मवाद) का भी (पता) नहीं होता, फिर कहाँ से उसे सत्काय-दृष्टि उत्पन्न होगी?”

–यहाँ मिलाइए, भेड़िये की माँद से निकाली गई लड़की कमला से, जिसने चार वर्ष में 30 शव सीर

उपनिषद् के इतने परिश्रम से स्थापित किए, आत्मा के महान् सिद्धान्त को प्रतीत्य समुत्पादवादी बुद्ध कितनी तुच्छ दृष्टि से देखते थे?–

“जो यह मेरा आत्मा अनुभव कर्ता, अनुभव का विषय है और तहाँ-तहाँ (अपने) भले-बुरे कर्मों के विषय को अनुभव करता है। वह मेरा आत्मा नित्य-ध्रुव-शाश्वत अपरिवर्तनशील है, अनन्त वर्षों तक वैसा ही रहेगा–यह भिक्षुओं! केवल भरपूर बाल-धर्म (मूर्ख-विश्वास) है।”

अपने दर्शन में अनात्मा से बुद्ध को अभावात्मक वस्तु अभिप्रेत नहीं है। उपनिषद् में आत्मा को ही नित्य, ध्रुव, वस्तु सत्य माना जाता था। बुद्ध ने उसे निम्न प्रकार से उत्तर दिया–

(उपनिषद्)–आत्मा–नित्य, ध्रुव–वस्तुसत्

(बुद्ध) –अन्-आत्मा–अ-नित्य, अ-ध्रुव–वस्तुसत्

इसीलिए वह एक जगह कहते हैं–

“रूप अनात्मा है; वेदना अनात्मा है, संज्ञा...संस्कार...विज्ञान...सारे धर्म अनात्मा हैं।”

बुद्ध ने प्रतीत्य-समुत्पाद के जिस महान् और व्यापक सिद्धान्त का आविष्कार किया था, उसके व्यक्त करने के लिए उस वक्त अभी भाषा भी तैयार नहीं हुई थी; इसलिए अपने विचारों को प्रकट करने के वास्ते जहाँ उन्हें प्रतीत्य-समुत्पाद, सत्काय जैसे कितने ही नये शब्द गढ़ने पड़े; वहाँ कितने ही पुराने शब्दों को उन्होंने अपने नये अर्थों में प्रयुक्त किया। उपरोक्त उद्धरण में धर्म को उन्होंने अपने खास अर्थ में प्रयुक्त किया है, जो कि आज के साइंस की भाषा में वस्तु की जगह प्रयुक्त होने वाला घटना शब्द का पर्यायवाची है। ये धर्मा हेतु प्रभवाः (जो धर्म हैं वह हेतु से उत्पन्न हैं)। यहाँ भी धर्म विच्छिन्न-प्रवाह वाले विश्व के कण-तरंग अवयव को बतलाता है।

(4) अ-भौतिकवाद–आत्मवाद के बुद्ध जबर्दस्त विरोधी थे सही; किन्तु इससे यह अर्थ नहीं लेना चाहिए, कि वह भौतिक (जड़) वादी थे। बुद्ध के समय कोसल देश की सालविका नगरी में लौहित्य नामक एक ब्राह्मण सामन्त रहता था। धर्मों के बारे में उसकी बहुत बुरी सम्मति थी–

संसार में (कोई ऐसा) श्रमण (संन्यासी) या ब्राह्मण नहीं है, जो अच्छे धर्म को...जानकर... दूसरे को समझावेगा। भला दूसरा दूसरे के लिए क्या करेगा? (नये नये धर्म क्या हैं), जैसे कि एक पुराने बंधन को काटकर एक दूसरे नये बंधन का डालना। इसी प्रकार मैं इसे पाप (बुराई) और लोभ की बात समझता हूँ।

बुद्ध ने अपने शील-समाधि-प्रज्ञा संबंधी उपदेश द्वारा उसे समझाने की कोशिश की थी।

कोसल देश में ही एक दूसरा सामन्त-सेतव्याका स्वामी पायासी राजन्य था। उसका मत था–

‘यह भी नहीं है, परलोक भी नहीं है, जीव मरने के बाद (फिर) नहीं पैदा होते और अच्छे बुरे कर्मों का कोई भी फल नहीं होता।’

पायासी क्यों परलोक और पुनर्जन्म को नहीं मानता था, इसके लिए उसकी तीन दलीलें थीं, जिन्हें कि बुद्ध के शिष्य कुमार कश्यप के सामने उसने पेश की थीं–(1) किसी मरे ने लौटकर नहीं कहा, कि दूसरा लोक है; (2) धर्मात्मा आस्तिक–जिन्हें स्वर्ग मिलना निश्चित है–भी मरने से अनिच्छुक होते हैं; (3) जीव के निकल जाने से मृत शरीर का न वजन कम होता है; और सावधानी से मारने पर भी जीव को कहीं से निकलते नहीं देखा जाता।

बुद्ध समझते थे, कि भौतिकवाद उनके ब्रह्मचर्य और समाधि का भी वैसा ही विरोधी है, जैसा कि वह आत्मवाद का विरोधी है। इसीलिए उन्होंने कहा–

“वही जीव है वही शरीर है, (दोनों एक हैं) ऐसा मत होने पर ब्रह्मचर्यवास नहीं हो सकता। जीव दूसरा है, शरीर दूसरा है ऐसा मत (दृष्टि) होने पर भी ब्रह्मचर्यवास नहीं हो सकता।”

आदमी ब्रह्मचर्यवास (साधु का जीवन) तब करता है, जब कि इस जीवन के बाद भी उसे फल या काम पूरा करने का अवसर मिलने वाला हो। भौतिकवादी के वास्ते इसीलिए ब्रह्मचर्यवास व्यर्थ है। शरीर और जीव को भिन्न-भिन्न मानने वाले आत्मवादी के लिए भी ब्रह्मचर्यवास व्यर्थ

है; क्योंकि नित्य-ध्रुव आत्मा में ब्रह्मचर्य द्वारा संशोधन संवर्द्धन की गुंजाइश नहीं। इस तरह बुद्ध ने अपने को अभौतिकवादी अनात्मवादी की स्थिति में रक्खा।

(5) अनीश्वरवाद–बुद्ध के दर्शन का जो रूप–अनित्य, अनात्म, प्रतीत्यसमुत्पाद–हम देख चुके हैं, उसमें ईश्वर या ब्रह्म की भी उसी तरह गुंजाइश नहीं है, जैसे कि आत्मा की। यह सच है कि बुद्ध ने ईश्वरवाद पर उतने ही अधिक व्याख्यान नहीं दिये हैं, जितने कि अनात्मवाद पर। इससे कुछ भारतीय-साधारण ही नहीं लब्ध प्रतिष्ठ पश्चिमी ढंग के प्रोफेसर–भी यह कहते हैं, कि बुद्ध ने चुप रहकर इस तरह के बहुत से उपनिषद् के सिद्धान्तों की पूर्ण स्वीकृति दे दी है।

ईश्वर का ख्याल जहाँ आता है, उससे विश्व के स्रष्टा, भर्ता, हर्त्ता, एक नित्य चेतन व्यक्ति का अर्थ लिया जाता है। बुद्ध के प्रतीत्य-समुत्पाद में ऐसे ईश्वर की गुंजाइश तभी हो सकती है, जबकि सारे "धर्मों" की भाँति वह भी प्रतीत्य-समुत्पन्न हो। प्रतीत्य-समुत्पन्न होने पर वह ईश्वर ही नहीं रहेगा। उपनिषद् में हम विश्व का एक कर्ता पाते हैं–

"प्रजापति ने प्रजा की इच्छा से तप किया।...उसने तप करके जोड़े पैदा किये।"

"ब्रह्म ने कामना की।...तप करके उसने इस सब (विश्व) को पैदा किया।"

"आत्मा ही पहले अकेला था।...उसने चाहा–'लोकों को सिरजूँ। उसने इन लोकों को सिरजा।"

अब इस सृष्टिकर्ता ब्रह्मा, आत्मा, ईश्वर, सत्...की बुद्ध क्या गति बनाते हैं, इसे सुन लीजिए। मल्लों के एक प्रजातंत्र की राजधानी अनूपिया में बुद्ध भार्गव-गोत्र परिव्राजक से इस बात पर वार्तालाप कर रहे हैं।

"भार्गव! जो श्रमण-ब्राह्मण, ईश्वर (इस्सर) या ब्रह्मा के कर्तापन के मत (आचार्यक) को श्रेष्ठ बतलाते हैं, उनके पास जाकर मैं यह पूछता हूँ क्या सचमुच आप लोग ईश्वर...के कर्तापन को श्रेष्ठ बतलाते हैं?' मेरे ऐसा पूछने पर वे हाँ कहते हैं। उनसे मैं (फिर) पूछता हूँ–आप लोग कैसे ईश्वर या ब्रह्मा के कर्तापन को श्रेष्ठ बतलाते हैं?" मेरे ऐसा पूछने पर वे मुझसे ही पूछने लगते हैं।...मैं उनको उत्तर देता हूँ– बहुत दिनों के बीतने पर...इस लोक का प्रलय होता है।...(फिर) बहुत काल बीतने पर इस लोक की उत्पत्ति होती है। उत्पत्ति होने पर शून्य ब्रह्म-विमान (ब्रह्मा का उड़ता फिरता घर) प्रकट होता है। तब (आभास्वर देवलोक का) कोई प्राणी आयु के क्षीण होने से या पुण्य के क्षीण होने से उस शून्य ब्रह्म-विमान में उत्पन्न होता है।...वह वहाँ बहुत दिनों तक रहता है। बहुत दिनों तक अकेला रहने के कारण उसका जी ऊब जाता है और उसे भय मालूम होने लगता है।–'अहो दूसरे प्राणी भी यहाँ आवें।...'

दूसरे प्राणी भी आयु के क्षय होने से...शून्य ब्रह्म-विमान में उत्पन्न होते हैं।...जो प्राणी वहाँ पहले उत्पन्न होता है, उसके मन में होता है–मैं ब्रह्मा, महा ब्रह्मा, विजेता, अ-विजेता, अ-विजित, सर्वज्ञ, यशवर्ती, ईश्वर, कर्ता, निर्माता, श्रेष्ठ, स्वामी और भूत तथा भविष्य के प्राणियों का पिता हूँ। मैंने ही इन प्राणियों को उत्पन्न किया है।...(क्योंकि) मेरे ही मन में यह पहले हुआ था, दूसरे भी प्राणी यहाँ आवें। अतः मेरे ही मन से उत्पन्न होकर ये प्राणी यहाँ आये हैं और जो प्राणी पीछे उत्पन्न हुए, उनके मन में भी उत्पन्न होता है, यह ब्रह्मा...ईश्वर

कर्ता है।...सो क्यों? (इसलिए कि) हम लोगों ने इसको पहले ही से यहाँ विद्यमान पाया, हम लोग (तो) पीछे उत्पन्न हुए।...दूसरा प्राणी जब उस (देव) काया को छोड़कर इस (लोक) में आते हैं। (जब इनमें से कोई) समाधि को प्राप्त कर उससे पूर्वजन्म का स्मरण करता है, उसके आगे नहीं स्मरण करता है, वह कहता है जो वह ब्रह्मा ईश्वर कर्ता है, वह नित्य ध्रुव है शाश्वत, निर्विकार और सदा के लिए वैसा ही रहने वाला है और जो हम लोग उस ब्रह्मा द्वारा उत्पन्न किये गये हैं (वह) अनित्य, अ-ध्रुव, अल्पायु, मरणशील हैं। इस प्रकार (ही तो) आप लोग ईश्वर का कर्तापन बतलाते हैं? वह कहते हैं, जैसा आयुष्मान गौतम बतलाते हैं, वैसा ही हम लोगों ने (भी) सुना है।

उस वक्त की परंपरा, चमत्कार, शब्द की अंधेरगर्दी प्रमाण में ईश्वर का यह एक ऐसा बेहतरीन खंडन था, जिसमें एक बड़ा बारीक मज़ाक भी शामिल है।

सृष्टिकर्ता ब्रह्मा (ईश्वर) का बुद्ध ने एक जगह पर और सूक्ष्म परिहास किया है–

...बहुत पहले एक भिक्षु के मन में यह प्रश्न हुआ, ये चार महाभूत–पृथिवी-धातु, जल-धातु, तेज-धातु, वायु-धातु कहाँ जाकर बिलकुल निरुद्ध हो जाते हैं?...उसने...चातुर्महाराजिक देवताओं (के पास) जाकर (पूछा)...। चातुर्महाराजिक देवताओं ने उस भिक्षु से कहा–हम भी नहीं जानते... हमसे बढ़कर चार महाराजा हैं। वे शायद इसे जानते हों...।

हमसे भी बढ़कर त्रायस्त्रिंश...याम...सुयाम...तुषित (देवगण)...संतुषितदेवपुत्र निर्माणरति (देवगण) सुनिर्मित (देवपुत्र)...परनिर्मितवशवर्त्ती (देवगण) वशवर्ती नामक देवपुत्र...ब्रह्मकायिक नामक देवता हैं, यह शायद इसे जानते हों।...ब्रह्मकायिक देवताओं ने उस भिक्षु से कहा–'हमसे भी बहुत बढ़ चढ़कर ब्रह्मा हैं...वह ईश्वर, कर्ता, निर्माता और सभी पैदा हुए और होने वालों के पिता हैं, शायद वह जानते हों।...भिक्षु के पूछने पर उन्होंने कहा–हम नहीं जानते कि ब्रह्मा (ईश्वर) कहाँ रहते हैं।' इसके बाद शीघ्र ही महाब्रह्मा (महान् ईश्वर) भी प्रकट हुआ।...भिक्षु ने महाब्रह्मा से पूछा–ये चार महाभूत कहाँ जाकर बिलकुल निरुद्ध (विलुप्त) हो जाते हैं?...महाब्रह्मा ने कहा मैं ब्रह्मा ईश्वर पिता हूँ। दूसरी बार भी... महाब्रह्मा से पूछा–मैं तुमसे यह नहीं पूछता, कि तुम ब्रह्मा... ईश्वर पिता हो। मैं तो तुमसे यह पूछता हूँ, ये चार महाभूत कहाँ बिलकुल निरुद्ध हो जाते हैं? तीसरी बार भी पूछा–तब महाब्रह्मा ने उस भिक्षु की बाँह पकड़, (देवताओं की सभा से) एक ओर ले जाकर कहा–हे भिक्षु, ये देवता...मुझे ऐसा समझते हैं कि...(मेरे लिए) कुछ अज्ञात...अ-दृष्ट नहीं है...इसीलिए मैंने उन लोगों के सामने नहीं बतलाया। भिक्षु! मैं भी नहीं जानता...यह तुम्हारा ही दोष है कि तुम (बुद्ध) को छोड़ बाहर में इस बात की खोज करते हो। उन्हीं के पास जाओ...जैसा... (वह) कहें, वैसा ही समझो।

स्मरण रखना चाहिए, कि आज हिन्दू धर्म में ईश्वर से जो अर्थ लिया जाता है, वही अर्थ उस समय ब्रह्मा शब्द देता था। अभी शिव और विष्णु को ब्रह्मा से ऊपर नहीं उठाया गया था। बुद्ध की इस परिहासपूर्ण कहानी का मजा तब आयेगा, यदि आप यहाँ ब्रह्मा की जगह अल्लाह या भगवान् बुद्ध की जगह मार्क्स और भिक्षु की जगह किसी साधारण से मार्क्स-अनुयायी को रखकर इसे दुहरायें। हजारों अ-विश्वसनीय चीज़ों पर विश्वास करने वाले अपने

समय के अन्ध श्रद्धालुओं को बुद्ध बतलाना चाहते थे, कि तुम्हारा ईश्वर नित्य, ध्रुव वगैरह नहीं है, न वह सृष्टि को बनाता बिगाड़ता है, वह भी दूसरे प्राणियों की भाँति जन्मने-मरने वाला है। वह ऐसे अनगिनत देवताओं में सिर्फ़ एक देवतामात्र है। बुद्ध के ईश्वर (ब्रह्मा) के पीछे "लाठी" लेकर पड़ने का एक और उदाहरण लीजिए। अब के बुद्ध स्वयं जाकर "ईश्वर" को फ़टकारते हैं–

एक समय...वक ब्रह्मा को ऐसी बुरी धारणा हुई थी–यह (ब्रह्मलोक) नित्य, ध्रुव, शाश्वत, शुद्ध, अ-च्युत, अज, अजर, अमर है, न च्युत होता है, न उपजता है। इससे आगे दूसरा निस्सरण (पहुँचने का स्थान) नहीं है। तब मैं...ब्रह्मलोक में प्रकट हुआ। वक ब्रह्मा ने दूर से ही मुझे आते देखा। देखकर मुझसे कहा–आओ मार्ष! (मित्र!) स्वागत मार्ष! चिरकाल के बाद मार्ष! (आपका) यहाँ आना हुआ। मार्ष! यह (ब्रह्मलोक) नित्य, ध्रुव, शाश्वत...अजर...अमर है। ऐसा कहने पर मैंने कहा–अविद्या में पड़ा है, अहो! वक ब्रह्म, अविद्या में पड़ा है, अहो! वक ब्रह्मा, जो कि अनित्य को नित्य कहता है, अशाश्वत को शाश्वत। ऐसा कहने पर वक ब्रह्मा ने... कहा–मार्ष! मैं नित्य को ही नित्य कहता हूँ। मैंने कहा–ब्रह्मा! (दूसरे लोक) से च्युत होकर तू यहाँ उत्पन्न हुआ...।

ब्राह्मण अन्धे के पीछे चलने वाले अन्धों की भाँति बिना जाने देखे ईश्वर (ब्रह्मा) और उसके लोक पर विश्वास रखते हैं, इस भाव को समझाते हुए एक जगह और बुद्ध ने कहा है–

वशिष्ट ब्राह्मण ने बुद्ध से कहा–हे गौतम! मार्ग-अमार्ग के संबंध में ऐतरेय ब्राह्मण, छन्दोग ब्राह्मण, छन्दावा ब्राह्मण, नाना मार्ग बतलाते हैं, तो भी यह ब्रह्मा की सलोकता को पहुँचाते हैं। जैसे ग्राम या कस्बे के पास बहुत से, नाना मार्ग होते हैं, तो भी वे सभी ग्राम में ही जाने वाले होते हैं।.....

वशिष्ट! त्रैविद्य ब्राह्मणों में एक ब्राह्मण भी नहीं, जिसने ब्रह्मा को अपनी आँख से देखा हो, एक आचार्य...एक आचार्य-प्राचार्य...सातवीं पीढ़ी तक का आचार्य भी नहीं।...ब्राह्मणों के पूर्वज, ऋषि मंत्रों के कर्ता, मंत्रों के प्रवक्ता...अष्टक, वामक, वामदेव, विश्वामित्र, यमदग्नि, अंगिरा, भारद्वाज, वशिष्ट, कष्यप, भृगु में क्या कोई है...जिसने ब्रह्मा को अपनी आँखों से देखा हो, जिसको न जानते हैं, न देखते हैं, उसकी सलोकता के लिए मार्ग उपदेश करते हैं। वशिष्ट! (यह तो वैसे ही हुआ), जैसे अन्धों की पाँति एक दूसरे से जुड़ी हो, पहलेवाला भी नहीं देखता, बीचवाला भी नहीं देखता, पीछेवाला भी नहीं देखता।

(6) दश अकथनीय–बुद्ध ने कुछ बातों को अकथनीय (अव्याकृत) कहा है, कितने ही बौद्धिक बेईमानी के लिए उतारू भारतीय लेखक उसी का सहारा लेकर यह कहना चाहते हैं, कि बुद्ध ईश्वर, आत्मा के बारे में चुप थे। इसीलिए चुप्पी का मतलब यह नहीं लेना चाहिए, कि बुद्ध उनके अस्तित्व से इन्कार करते हैं, लेकिन वह इस बात को छिपाना चाहते हैं, कि बुद्ध की अव्याकृत बातों की सूची खुली हुई नहीं है, कि उसमें जितनी चाहें उतनी बातें आप दर्ज करते जायें। बुद्ध के अव्याकृतों की सूची में सिर्फ़ दस बातें हैं जो लोक (दुनिया), जीव-शरीर के भेद-अभेद तथा मुक्त-पुरुष के गति की बारे में हैं–

क. लोक	1. क्या लोक नित्य है? 2. क्या लोक अनित्य है? 3. क्या लोक अन्तवान है? 4. क्या लोक अनन्त है?	अ-अव्याकृत (अकथनीय, चुप)
ख. जीव-शरीर की एकता	5. क्या जीव और शरीर एक हैं? 6. क्या जीव दूसरा शरीर दूसरा है?	
ग. निर्वाण के बाद की अवस्था	7. क्या मरने के बाद तथागत (मुक्त) होते हैं? 8. क्या मरने के बाद तथागत नहीं होते? 9. क्या मरने के बाद तथागत होते भी हैं, नहीं भी होते हैं? 10. क्या मरने के बाद तथागत न होते हैं, न नहीं होते हैं?	

मालुंक्यपुत्त ने बुद्ध से इन दस अव्याकृत बातों के बारे में प्रश्न किया था–

'यदि भगवान् (इन्हें) जानते हैं...तो बतलायें...नहीं जानते हों...तो न जानने-समझने वालों के लिए यही सीधी (बात) है, कि वह (साफ़ कह दे)–मैं नहीं जानता, मुझे नहीं मालूम।...

बुद्ध ने इसका उत्तर देते हुए कहा–

"...मैंने इन्हें अव्याकृत (इसलिए) (कहा) है; (क्योंकि) यह (इनके बारे में कहना) सार्थक नहीं, भिक्षु-चर्या (आदि ब्रह्मचर्य) के लिए उपयोगी नहीं (और) न यह निर्वेद वैराग्य, निरोध-शान्ति...परम-ज्ञान, निर्वाण के लिए (आवश्यक) है; इसीलिए मैंने उन्हें अव्याकृत किया।"

(सर राधाकृष्णन् की लीपापोती)–बुद्ध के दर्शन में इस प्रकार ईश्वर, आत्मा, ब्रह्म–किसी भी नित्य ध्रुव पदार्थ की गुंजाइश न रहने पर भी, उपनिषद् और ब्राह्मण के तत्त्वज्ञान–सत्-चिद-आनन्द–से बिलकुल उल्टे तत्त्वों अ-सत् (अनित्य, प्रतीत्य, समुत्पन्न) अ-चित् (अनात्म)-अन्-आनन्द (दुःख) अनित्य-दुःख-अनात्म-की घोषणा करने पर भी यदि सर राधाकृष्णन् जैसे हिन्दू लेखक गैर जिम्मेवारी के साथ निम्न वाक्यों को लिखने की धृष्टता करते हैं, तो इसे धर्म कीर्ति के शब्दों में "धिग् व्यापकं तमः" ही कहना पड़ेगा।

(क) "उस (बुद्ध) ने ध्यान और प्रार्थना (के रास्ते) को पकड़ा। किसकी प्रार्थना?"

(ख) "बुद्ध का मत था कि सिर्फ़ विज्ञान (चेतना) ही क्षणिक है, और चीज़ें नहीं।"

अपने सारे धर्म प्रतीत्य समुत्पन्न हैं, इसकी खूब व्याख्या की?

(ग) बुद्ध ने जो ब्रह्म के बारे में साफ़ हाँ या नहीं कहा, इसे "किसी तरह भी परम सत्ता (ब्रह्म) से इन्कार के अर्थ में नहीं लिया जा सकता। यह समझना असम्भव है, कि बुद्ध ने दुनिया के इस बहाव

में किसी वस्तु को ध्रुव (नित्य) नहीं स्वीकार किया; सारे विश्व में हो रही अ-शान्ति में (उन्होंने) कोई ऐसा विश्राम-स्थान नहीं (माना), जहाँ कि मनुष्य का अशान्त हृदय शान्ति पा सके।"

इसके लिए सर राधाकृष्णन् ने बौद्ध निवार्ण को "परमसत्ता" मनवाने की चेष्टा की है, किन्तु बौद्ध निर्वाण को अभावात्मक छोड़ भावात्मक वस्तु माना ही नहीं जा सकता। बुद्ध जब शान्ति के प्राप्तिकर्ता आत्मा को भारी मूर्खता (बालधर्म) मानते हैं, तो उसके विश्राम के लिए शान्ति का ठाँव राधाकृष्णन् ही ढूँढ़ सकते हैं! फिर आपने तो इस वचन को वहीं उद्धृत भी किया है–"यह निरन्तर प्रवाह या घटना है, जिसमें कुछ भी नित्य नहीं। यहाँ (विश्व में) कोई चीज़ नित्य (स्थिर) नहीं–न नाम (विज्ञान) ही और न रूप (भौतिकतत्त्व) ही।"

(घ) "आत्मा के बारे में बुद्ध के चुप रहने का दूसरा ही कारण था"...बुद्ध उपनिषद् में वर्णित आत्मा के बारे में चुप हैं–"वह न उसे स्वीकार ही करते हैं, न इन्कार ही।"

नहीं जनाब! बुद्ध के दर्शन का नाम ही अनात्मवाद है। उपनिषद् के नित्य, ध्रुव आत्मा के साथ यहाँ 'अन्' लगाया गया है। "अनित्य दुःख अनात्म" की घोषणा करने वाले के लिए आपके ये उद्‌गार सिर्फ़ यही साबित करते हैं, कि आप दर्शन के इतिहास लिखने के लिए बिलकुल अयोग्य हैं।

आगे यह और दुहराते हैं–

'बिना इस अन्तर्हित तत्त्व के जीवन की व्याख्या नहीं की जा सकती। इसीलिए बुद्ध बराबर आत्मा की सत्यता के निषेध से इन्कार करते थे।'

इसे कहते हैं–"मुखमस्तीति वक्तव्यं दशहस्ता हरीतकीं।" और बुद्ध के सामने जाने पर राधाकृष्णन् की क्या गति होती, इसके लिए मालुंक्यपुत्त की घटना को पढ़िए।

(ङ) **मिलिन्द-प्रश्न** के रचयिता नागसेन (150 ई० पू०) ने बुद्ध के दर्शन की व्याख्या जिस सरलता के साथ यवनराजा मिनान्दर के सामने की, उसके बारे में सर राधाकृष्णन् का कहना है–

"नागसेन ने बौद्ध (बुद्ध के) विचार को उसकी पैतृक शाखा (उपनिषद्?) से तोड़कर शुद्ध बौद्धिक (बुद्धिसंगत) क्षेत्र में रोप दिया।"

और–

"बुद्ध का लक्ष्य (मिशन) था, कि उपनिषद् के श्रेष्ठ विज्ञानवाद (idealism) को स्वीकार कर उसे मानव जाति के दिन-प्रतिदिन की आवश्यकता के लिए सुलभ बनायें। ऐतिहासिक बौद्ध धर्म का अर्थ है, उपनिषद् के सिद्धान्त का जनता में प्रसार।"

स्वयं बुद्ध उनके समकालीन शिष्य, नागसेन (150 ई० पू०), नागार्जुन (175 ई०), असंग (375 ई०), वसुबंधु (400 ई०), दिग्नाग (425 ई०), धर्मकीर्ति (600), धर्मोत्तर, शान्तरक्षित (750 ई०), ज्ञानश्री, शाक्यश्रीभद्र (1200 ई०) जिस रहस्य को न जान पाये थे, उसे खोज निकालने का श्रेय सर राधाकृष्णन् को है, जिन्होनें अनात्मवादी बुद्ध को उपनिषद् के आत्मवाद का प्रचारक सिद्ध कर दिया। 2500 वर्षों तथा भारत, लंका, बर्मा, स्याम, चीन, जापान, कोरिया, मंगोलिया, तिब्बत, मध्य एशिया, अफ़ग़ानिस्तान और दूसरे देशों तक फैले भूभाग पर कितना भारी भ्रम फैला हुआ था, जो कि वह बुद्ध को अनात्मवादी अनीश्वरवादी समझते रहे! और अक्षपाद, वादरायण, वात्स्यायन,

उद्योतकर, कुमारिल, वाचस्पति, उदयन जैसे ब्राह्मणों ने भी बुद्ध के दर्शन को जिस तरह का समझा, वह भी उनकी भारी 'अविद्या' थी!

(7) विचार-स्वातंत्र्य–प्रतीत्य-समुत्पाद के आविष्कर्त्ता के लिए विचार-स्वातंत्र्य स्वाभाविक चीज़ थी। बौद्ध दार्शनिकों ने अपने प्रवर्तक के आदेश के अनुसार ही प्रत्यक्ष और अनुमान दो के अतिरिक्त तीसरे प्रमाण को मानने से इन्कार कर दिया। बुद्ध ने विचार-स्वातंत्र्य को अपने ही उपदेशों से इस प्रकार शुरू किया था–

"भिक्षुओ! मैं बेड़े (कुल्ल) की भाँति पार जाने के लिए तुम्हें धर्म का उपदेश करता हूँ, पकड़ रखने के लिए नहीं।...जैसे भिक्षुओ! पुरुष...ऐसे महान् जल-अर्णव को प्राप्त हो, जिसका उरला तीर खतरे और भय से पूर्ण हो और परला तीर क्षेमयुक्त तथा भयरहित हो। वहाँ न पार ले जाने वाली नाव हो, न इधर से उधर जाने के लिए पुल हो।...तब वह...तृण-काष्ठ पत्र जमाकर बेड़ा बाँधे और उस बेड़े के सहारे हाथ और पैर से मेहनत करते स्वस्तिपूर्वक पार उतर जाये। उतर जाने पर उसके (मन में) हो–यह बेड़ा मेरा बड़ा उपकारी हुआ है, इसके सहारे मैं पार उतर सका, क्यों न मैं ऐसे बेड़े को शिर पर रख कर या कन्धे पर उठाकर ले चलूँ। तो क्या...ऐसा करने वाला पुरुष उस बेड़े के प्रति (अपना) कर्तव्य पालन करने वाला होगा? नहीं। भिक्षुओ! वह पुरुष उस बेड़े से दुःख उठानेवाला होगा।"

एक बार बुद्ध से केशपुत्र ग्राम के कालामों ने नाना मतवादों के सच-झूठ में सन्देह प्रकट करते हुए पूछा था–

'भन्ते! कोई-कोई श्रमण (साधु) ब्राह्मण केशपुत्र में आते हैं, अपने ही वाद (मत) को प्रकाशित...करते हैं, दूसरे के वाद पर नाराज़ होते हैं, निन्दा करते हैं। दूसरे भी...अपने ही वाद को प्रकाशित करते, दूसरे के वाद पर नाराज होते हैं। तब...हमें सन्देह...होता है–कौन इन...में सच कहता है, कौन झूठ?'

'कालामो! तुम्हारा सन्देह...ठीक है, सन्देह के स्थान में ही तुम्हें सन्देह उत्पन्न हुआ है।... कालामो! मत तुम श्रुत (सुने वचनों, वेदों) के कारण (किसी बात को मानो), मत तर्क के कारण से, मत नय-हेतु से, मत (वक्ता के) आकार के विचार से, मत अपने चिर-विचारित मत के अनुकूल होने से, मत (वक्ता के) भव्यरूप होने से मत श्रमण हमारा गुरु है से। जब कालामो! तुम खुद ही जानो, कि ये धर्म (काम या बात) अच्छे, अदोष, विज्ञों से अनिन्दित हैं, यह लेने, ग्रहण करने पर हित, सुख के लिए होते हैं, तो कलामो! तुम उन्हें स्वीकार करो।'

(8) सर्वज्ञता गलत–बुद्ध के समकालीन वर्धमान को सर्वज्ञ सर्वदर्शी कहा जाता था, जिसका प्रभाव पीछे बुद्ध के अनुयायियों पर भी पड़े बिना नहीं रहा, तो भी बुद्ध स्वयं सर्वज्ञता के ख्याल के विरुद्ध थे।

वत्सगोत्र ने पूछा–"सुना है भन्ते! श्रमण गौतम सर्वज्ञ सर्वदर्शी हैं...–(क्या ऐसा कहने वाले)... यथार्थ कहने वाले हैं? भगवान् की असत्य...से निन्दा तो नहीं करते?"

'वत्स! जो कोई मुझे ऐसा कहते हैं...वह मेरे बारे में यथार्थ कहने वाले नहीं हैं। वह असत्य से...मेरी निन्दा करते हैं।'

और अन्यत्र–

'ऐसा श्रमण ब्राह्मण नहीं है, जो एक ही बार सब जानेगा, सब देखेगा (सर्वज्ञ सर्वदर्शी होगा)।'

(9) निर्वाण–निर्वाण का अर्थ है बुझना–दीप या आग का जलते-जलते बुझ जाना। प्रतीत्यसमुत्पन्न (विच्छिन्न प्रवाह रूप से उत्पन्न) नाम-रूप (विज्ञान और भौतिक तत्त्व) तृष्णा के गारे से मिलकर जो एक जीवन-प्रवाह का रूप धारण कर प्रवाहित हो रहे हैं, इस प्रवाह का अत्यन्त विच्छेद ही निर्वाण है। पुराने तेल-बत्ती या ईंधन के जल चुकने तथा नये की आमदनी न होने से जैसे दीपक या अग्नि बुझ जाते हैं, उसी तरह आस्रवों–चित्तमलों (काम-भोगों, पुनर्जन्म और नित्य आत्मा के नित्यत्व आदि की दृष्टियों) के क्षीण होने पर यह आवागमन नष्ट हो जाता है। निर्वाण बुझना है, यह उसका शब्दार्थ ही बतलाता है। बुद्ध ने अपने इस विशेष शब्द को इसी भाव के द्योतन के लिए चुना था, किन्तु साथ ही उन्होंने यह कहने से इन्कार कर दिया, कि निर्वाणगत पुरुष (तथागत) का मरने के बाद क्या होता है। अनात्मवादी दर्शन में उसका क्या हो सकता है, यह तो आसानी से समझा जा सकता है; किन्तु वह ख्याल 'बालानां त्रासजनकम्' (अज्ञों को भयभीत करने वाला) है, इसलिए बुद्ध ने उसे स्पष्ट नहीं कहना चाहा। उदान के इस वाक्य को लेकर कुछ लोग निर्वाण को एक भावात्मक ब्रह्मलोक जैसा बनाना चाहते हैं–

"हे भिक्षुओ! अ-जात, अ-भूत, अ-कृत–अ-संस्कृत।" किन्तु यह निषेधात्मक विशेषण से किसी भावात्मक निर्वाण को सिद्ध तभी कर सकते थे, जब कि उसके आनन्द का भोगने वाला कोई नित्य ध्रुव आत्मा होता। बुद्ध ने निर्वाण उस अवस्था को कहा है, जहाँ तृष्णा क्षीण हो गई, आस्रव–चित्तमल (भोग, जन्मान्तर और विशेष मतवाद की तृष्णाएँ हैं) जहाँ नहीं रह जाते। इससे अधिक कहना बुद्ध के अ-व्याकृत प्रतिज्ञा की अवहेलना करनी होगी।"

4. बुद्ध का दर्शन और तत्कालीन समाज-व्यवस्था

दर्शन दिमाग़ की चीज़ है, फिर हाड़-मांस के समूहों वाले समाज का उस पर क्या बस है? वह केवल मन की ऊँची-उड़ान, मनोमय जगत् की उपज है, इसलिए उसे उसी तल पर देखना चाहिए। दर्शन के संबंध में इस तरह के विचार पूरब और पश्चिम दोनों में देखे जाते हैं। उनके ख्याल में दर्शन भौतिक विश्व से बिलकुल अलग चीज़ है, लेकिन हमने यूनानी-दर्शन में भी देखा है, कि दर्शन मन की चीज़ होते हुए भी "तीन लोक से मथुरा न्यारी" वाली चीज़ नहीं रहा। खुद मन भौतिक उपज है। याज्ञवल्क्य के गुरु उद्दालक आरुणि ने भी साफ़ स्वीकार किया था कि "मन अन्नमय है।"...खाये हुए अन्न का जो सूक्ष्मांश ऊपर जाता है, वही मन है। हम खुद अन्यत्र बतला आये हैं कि, हमारे मन के विकास में हमारे हाथों-हाथ के श्रम, सामाजिक और वैयक्तिक दोनों का सबसे भारी हिस्सा है। मनुष्य की भाँति मनुष्य का मन भी अपने निर्माण में समाज का बहुत ऋणी है। ऐसी स्थिति में मन की उपज दर्शन की भी व्याख्या समाज से दूर जाकर कैसे की जा सकती है? इसलिए सजीव आँख की असलियत को जैसे शरीर से अलग निकालकर देखने से नहीं मालूम हो सकती, उसी तरह दर्शन के समझने में भी हमें उसे उसके जन्म और कार्य की परिस्थिति में देखना होगा।

उपनिषद् को हम देख चुके हैं, समाज की स्थिति को धारण करने (रोकने) वाले धर्म (वैदिक कर्मकाण्ड और पाठ-पूजा) की ओर से आस्था उठते देख पहले शासक वर्ग को चिन्ता हुई और क्षत्रियों-राजाओं ने ब्रह्मज्ञान तथा पुनर्जन्म के दर्शन को पैदा कर बुद्धि को थकाने तथा सामाजिक विषमता को उचित ठहराने की चेष्टा की। द्वन्द्वात्मक रीति से विश्लेषण करने पर हम देखेंगे– (1)

वाद–यज्ञ, वैदिक कर्मकांड, पाठ-पूजा श्रेय का रास्ता है

प्रतिवाद–यज्ञ रूपी घरनई पार होने के लिए बहुत कमजोर है।

संवाद–ब्रह्मज्ञान श्रेय का रास्ता है, जिसमें कर्म सहायक होता है।

बुद्ध का दर्शन (2)

वाद (उपनिषद्)–आत्मवाद।

प्रतिवाद (चार्वाक)–आत्मा नहीं भौतिकवाद।

संवाद (बुद्ध)–अभौतिक अनात्मवाद।

यह तो हुई विचार-श्रृंखला। समाज में वैदिक धर्म स्थिति-स्थापक था और वह सम्पत्ति वाले वर्ग की रक्षा और श्रमिक-दास, कर्मकर-वर्ग पर अंकुश रखने के लिए, खूनी हाथों से जनता को कुचल कर स्थापित हुए राज्य (शासन) की मदद करना चाहा था। इसका पारितोषिक था, धार्मिक नेताओं (पुरोहितों) का शोषण में और भागीदार बनाया जाना। शोषित जनता अपने स्वतंत्र-वर्गहीन, आर्थिक दासता-विहीन दिनों को भूल-सी चुकी थी, धर्म के प्रपंच में पड़कर वह अपनी वर्तमान परिस्थिति को "देवताओं का न्याय" समझ रही थी। शोषित जनता को वास्तविक न्याय करवाने के लिए तैयार करने के वास्ते जरूरी था, कि उसे धर्म के प्रपंच से मुक्त किया जाये। यह प्रयोजन था, नास्तिकवाद (देव-परलोक से इन्कारी)–भौतिकवादी का। ब्राह्मण (पुरोहित) अपनी दक्षिणा समेटने में मस्त थे, उन्हें भुस के ढेर में सुलगती इस छोटी-सी चिनगारी की पर्वाह न थी। सदियों से आये कर्म-धर्म को वह वर्ग शोषण का साधन नहीं, बल्कि साध्य समझने लगे थे, इसलिए भी वह परिवर्तन के इच्छुक न थे। क्षत्रिय (शासक) ठोस दुनिया और उसके चलने-फिरने वाले, समझने की क्षमता रखने वाले शोषित मानवों की प्रकृति और क्षमता को ज़्यादा समझते थे। उन्होंने खतरे का अनुभव किया और धर्म के फंदे को दृढ़ करने के लिए ब्रह्मवाद और पुनर्जन्म को उसमें जोड़ा। शुरू में पुरोहित वर्ग इससे कितना नाराज हुआ होगा, इसकी प्रतिध्वनि हमें जैमिनि और कुमारिल के मीमांसा-दर्शन में मिलेगी, जिन्होंने कि ब्रह्म (पुरुष) ब्रह्मज्ञान सबसे इन्कार कर दिया–वेद अपौरुषेय है, उसे किसी ने नहीं बनाया है। वह प्रकृति की भाँति स्वयंभू है। वेद का विधान कर्मफल, परलोक की गारंटी है। वेद सिर्फ़ कर्मों का विधान करते हैं, इन्हीं विधान–वाक्यों के समर्थन में अर्थवाद (स्तुति, निन्दा, प्रशंसा) के तौर पर बाकी संहिता, ब्रह्मण, उपनिषद् का सारा वक्तव्य है। तो भी जो प्रहार हो चुका था, उससे वैदिक कर्मकांड को बचाया नहीं जा सकता था। कौटिल्य के अर्थशास्त्र से पता लगता है, कि लोकायत (भौतिक-नास्तिक)–वाद शासकों में भी भीतर ही भीतर बहुत प्रिय था। किन्तु दूसरी ही दृष्टि से वह समय के अनुसार सिर्फ़ अपने स्थायी स्वार्थों का ख्याल रखते हर सामाजिक–धार्मिक रूढ़ि को बदलने की स्वतंत्रता चाहते थे। लोगों के धार्मिक मिथ्याविश्वासों से फायदा उठाकर, शासकों को दैवी चमत्कारों द्वारा राज्यकोष

और बल बढ़ाने की वहाँ साफ़ सलाह दी गई है। 'दशकुमारचरित'' के समय (ई० छठी सदी) में तो राज्य के गुप्तचर धार्मिक "निर्दोष वेष" को बेखटके इस्तेमाल करते थे; और इस तरीके का इस्तेमाल चाणक्य और उसके पहले के शासक भी निस्संकोच करते थे, इसमें सन्देह नहीं। लेकिन, शासकवर्ग भौतिकवाद को अपने प्रयोजन के लिए इस्तेमाल करता था–सिर्फ़, 'ऋणं कृत्वा घृतं पिवेत्'' (ऋण करके घी पीने) के नीच उद्देश्य थे। वही भौतिकवाद जब शोषित–श्रमितवर्ग के लिए इस्तेमाल होता, तो उसका उद्देश्य वैयक्तिक स्वार्थ नहीं होता था। अब अपने श्रम का फल स्वयं भोगने की माँग पेश करता–शोषण को बन्द करना चाहता था।

बुद्ध का दर्शन अपने मौलिक रूप–प्रतीत्य-समुत्पाद (क्षणिकवाद)–में भारी क्रान्तिकारी था। जगत्, समाज, मनुष्य सभी को उसने क्षण-क्षण परिवर्तनशील घोषित किया, और कभी न लौटने वाले "तेहि नो दिवसा गताः" (वे हमारे दिवस चले गये) की पर्वाह छोड़कर परिवर्तन के अनुसार अपने व्यवहार, अपने समाज के परिवर्तन के लिए हर वक्त तैयार रहने की शिक्षा देता था। बुद्ध ने अपने बड़े-से-बड़े दार्शनिक विचार ("धर्म") को भी बेड़े के समान सिर्फ़ उससे फायदा उठाने के लिए कहा था और उसे समय के बाद भी ढोने की निन्दा की थी। तो भी इस क्रान्तिकारी दर्शन ने अपने भीतर से उन तत्त्वों (धर्म) को हटाया नहीं था, जो "समाज की प्रगति को रोकने" का काम देते हैं। पुनर्जन्म की यद्यपि बुद्ध ने नित्य आत्मा का एक शरीर से दूसरे शरीर में आवागमन के रूप में मानने से इन्कार किया था, तो भी दूसरे रूप में परलोक और पुनर्जन्म को माना था। जैसे इस शरीर में 'जीवन' विच्छिन्न प्रवाह (नष्ट– उत्पत्ति–नष्ट–उत्पत्ति) के रूप में एक तरह की एकता स्थापित किये हुए है, उसी तरह वह शरीरान्त में भी जारी रहेगा। पुनर्जन्म के दार्शनिक पहलू को और मजबूत करते हुए बुद्ध ने पुनर्जन्म का पुनर्जन्म प्रतिसन्धि के रूप में किया अर्थात् नाश और उत्पत्ति की संधि (श्रृंखला) से जुड़कर जैसे जीवन-प्रवाह इस शरीर में चल रहा है, उसी तरह उसकी प्रतिसंधि (जुड़ना) एक शरीर से अगले शरीर में होती है। अविकारी ठोस आत्मा में पहले के संस्कारों को रखने का स्थान नहीं था, किन्तु क्षणपरिवर्तनशील तरल विज्ञान (जीवन) में उसके वासना या संस्कार के रूप में अपना अंग बनकर चलने में कोई दिक्कत न थी। क्षणिकता सृष्टि की व्याख्या के लिए पर्याप्त थी, किन्तु ईश्वर का काम संसार में व्यवस्था, समाज में व्यवस्था (शोषित को विद्रोह से रोकने की चेष्टा)–कायम रखना भी है। इसके लिए बुद्ध ने कर्म के सिद्धान्त को और मजबूत किया। आवागमन, धनी-निर्धन का भेद उसी कर्म के कारण है, जिसके कर्ता कभी तुम खुद थे, यद्यपि आज वह कर्म तुम्हारे लिए हाथ से निकला तीर है।

इस प्रकार बुद्ध के प्रतीत्य-समुत्पाद को देखने पर जहाँ तत्काल प्रभुवर्ग भयभीत हो उठता, वहाँ प्रतिसंधि और कर्म का सिद्धान्त उन्हें बिलकुल निश्चित कर देता था। यही वजह थी, जो कि बुद्ध के झंडे के नीचे हम बड़े-बड़े राजाओं, सम्राटों, सेठ-साहूकारों को आते देखते हैं और भारत से बाहर लंका, चीन, जापान, तिब्बत में तो उनके धर्म को फैलाने में राजा सबसे पहले आगे बढ़े–वह समझते थे, कि यह धर्म सामाजिक विद्रोह के लिए नहीं बल्कि सामाजिक स्थिति को स्थापित रखने के लिए बहुत सहायक साबित होगा। जातियों, देशों की सीमाओं को तोड़कर बुद्ध के विचारों ने राज्य विस्तार करने में प्रत्यक्ष या अप्रत्यक्ष रूपेण भारी मदद

की। समाज में आर्थिक विषमता को अक्षुण्ण रखते ही बुद्ध ने वर्ण-व्यवस्था, जातीय ऊँच-नीच के भाव को हटाना चाहा था, जिससे वास्तविक विषमता तो नहीं हटी, किन्तु निम्न वर्ग का सद्भाव ज़रूर बौद्ध धर्म की ओर बढ़ गया। वर्ग-दृष्टि से देखने पर बौद्ध धर्म शासक वर्ग के एजंट की मध्यस्थता जैसा था, वर्ग के मौलिक स्वार्थ को बिना हटाये वह अपने को न्याय-पक्षपाती दिखलाना चाहता था।

सिद्धार्थ गौतम अपने दर्शन के रूप में सोचने के लिए मजबूर हुए? इसके लिए उनके चारों ओर की भौतिक परिस्थिति कहाँ तक कारण बनी? यह प्रश्न उठ सकते हैं, किन्तु हमें ख्याल रखना चाहिए कि व्यक्ति पर भौतिक परिस्थिति का प्रभाव समाज के एक आवश्यक रूप में जो पड़ता है, कभी-कभी वही व्यक्ति की विशेष दिशा में प्रतिक्रिया के लिए पर्याप्त है और कभी-कभी व्यक्ति की अपनी वैयक्तिक भौतिक परिस्थिति भी दिशा-परिवर्तन में सहायक होती है। पहली दृष्टि से बुद्ध के दर्शन पर हम अभी विचार कर चुके हैं। बुद्ध की वैयक्तिक भौतिक परिस्थिति का उनके दर्शन पर क्या कोई प्रभाव पड़ा है, जरा इस पर भी विचार करना चाहिए। बुद्ध शरीर से बहुत स्वस्थ थे। मानसिक तौर से वह शान्त, गम्भीर, तीक्ष्ण प्रतिभाशाली विचारक थे। महत्त्वकांक्षाएँ उनकी उतनी ही थीं, जितनी कि एक काफी योग्यता रखने वाले आत्म-विश्वासी व्यक्ति को होनी चाहिए। वह अपने दार्शनिक विचारों की सच्चाई पर पूरा विश्वास रखते थे, प्रतीत्य समुत्पाद के महत्त्व को भली प्रकार समझते थे; साथ ही पहले-पहल उन्हें अपने विचारों को फैलाने की उत्सुकता न थी, क्योंकि वह तत्कालीन विचार-प्रवृत्ति को देखकर आशापूर्ण न थे। शायद अभी तक उन्हें यह पता न था, कि उनके विचारों और उस समय के प्रभुवर्ग की प्रवृत्ति में समझौते की गुंजाइश है। बुद्ध के दर्शन का अनित्य–अनात्म के अतिरिक्त दुःखवाद भी एक स्वरूप है। इस दुःखवाद का कारण यदि उस समय के समाज तथा बुद्ध की अपनी परिस्थिति में ढूँढ़ें, तो यही मालूम होता है, कि उन्हें बचपन में ही मातृवियोग सहना पड़ा था, किन्तु उनकी मौसी प्रजापती का स्नेह सिद्धार्थ के लिए कम न था। घर में उनको किसी प्रकार का कष्ट हुआ हो, इसका पता नहीं लगता। एक धनिक पुत्र के लिए जो भोग चाहिए, वह उन्हें सुलभ थे, किन्तु समाज में होती घटनाएँ तेजी से उन पर प्रभाव डालती थीं। बुद्ध, बीमार और मृत के दर्शन से मन में वैराग्य होना, इसी बात को सिद्ध करता है। दुःख की सच्चाई को हृदयंगम करने के लिए यही तीन दर्शन नहीं थे, इससे बढ़कर मानव की दासता और दरिद्रता ने उन्हें दुःख की सच्चाई को साबित करने में मदद दी होगी; यद्यपि उसका जिक्र हमें नहीं मिलता। इसका कारण स्पष्ट है–बुद्ध ने दरिद्रता और दासता को उठाना अपने प्रोग्राम का अंग नहीं बनाया था। आरम्भिक दिनों में, जान पड़ता है, दरिद्रता-दासता की भीषणता को कुछ हलका करने की प्रवृत्ति बौद्धसंघ में थी। कर्ज़ देने वाले उस समय सम्पत्ति न होने पर शरीर तक खरीद लेने का अधिकार रखते थे, इसलिए कितने ही कर्जदार त्राण पाने के लिए भिक्षु बन जाते थे, लेकिन जब महाजनों के विरोधी हो जाने का खतरा सामने आया, तो बुद्ध ने घोषित किया–

"ऋणी को प्रव्रज्या (संन्यास) नहीं देनी चाहिए।"

इसी तरह दासों के भिक्षु बनने से अपने स्वार्थ पर हमला होते देख दास-दासियों ने जब हल्ला किया तो घोषित किया–

"भिक्षुओं! दास को प्रव्रज्या नहीं देनी चाहिए।"

बुद्ध के अनुयायी मगधराज बिंबिसार के सैनिक जब युद्ध में जाने की जगह भिक्षु बनने लगे तो, सेनानायक और राजा बहुत घबराये, आखिर राज्य का अस्तित्व अन्त में सैनिक शक्ति पर ही तो निर्भर है। बिंबिसार ने जब पूछा कि, राज सैनिक को साधु बनाने वाला किस दंड का भागी होता है, तो अधिकारियों ने उत्तर दिया–

"देव! उस (गुरु) का शिर काटना चाहिए, अनुशासक (भिक्षु बनाते वक्त विधिवाक्यों को पढ़ने वाले) की जीभ निकालनी चाहिए और गण (संघ) की पसली तोड़ देनी चाहिए।"

राजा बिंबिसार ने जाकर बुद्ध के पास इसकी शिकायत की तो, बुद्ध ने घोषित किया–

"भिक्षुओं! राजसैनिकों को प्रव्रज्या नहीं देनी चाहिए।"

इस तरह दुःख सत्य के साक्षात्कारों से दुःख-हेतुओं को संसार में दूर करने का जो सवाल था, वह तो खतम हो गया; अब उसका सिर्फ़ आध्यात्मिक मूल्य रह गया था और वैसा होते ही सम्पत्तिवाले वर्ग के लिए बुद्ध का दर्शन विषदन्तहीन सर्प-सा हो जाता है।

सब देखने पर हम यही कह सकते हैं, कि तत्कालीन दासता और दरिद्रता बुद्ध को दुःख सत्य समझने में साधक हुए। दुःख दूर किया जा सकता है, इसे समझते हुए बुद्ध प्रतीत्य समुत्पाद पर पहुँचे–"क्षणिक" तथा "हेतुप्रभव" होने से उसका अन्त हो सकता है। संसार में साफ़ दिखाई देने वाले दुःख कारणों को हटाने में असमर्थ समझे, उन्होंने उसकी अलौकिक व्याख्या कर डाली।

4. बुद्ध के पीछे के दार्शनिक

क) कपिल (400 ई० पू०)

बुद्ध के पहले के दार्शनिकों में कपिल को भी गिना जाता है, किन्तु जहाँ तक बुद्ध के प्राचीनतम उपदेश-संग्रहों तथा तत्कालीन दूसरी उपलब्ध सामग्री का संबंध है, वहाँ कपिल या उनके दर्शन का बिलकुल पता नहीं है। श्वेताश्वतर में कपिल का नाम ही नहीं है, बल्कि उस पर कपिल के दर्शन की स्पष्ट छाप भी है, किन्तु वह बुद्ध के पीछे की उपनिषदों में है, यह कह आये हैं। ईसा की पहली सदी के बौद्ध कवि और दार्शनिक अश्वघोष ने अपने "बुद्धचरित" में बुद्ध के पहले के दो आचार्यों–आलार–कालाम और उद्दक रामपुक्त में एक को सांख्यवादी (कपिल का अनुयायी) कहा है; किन्तु यह भी जान पड़ता है, ज़्यादातर नवनिर्मित परम्परा निर्भर है, क्योंकि न इसका जिक्र पुराने साहित्य में है और न उन दोनों में से किसी की शिक्षा सांख्य दर्शन से मिलती है। ऐसी अवस्था में कपिल को बुद्ध के पहले के दार्शनिकों में ले जाना मुश्किल है।

श्वेताश्वतर में कपिल एक बड़े ऋषि हैं। भागवत में वह विष्णु के 24 अवतारों में हैं, और उनके माता पिता का नाम कर्दम ऋषि और देवहूति बतलाया गया है। तो भी इससे कपिल के जीवन पर हमें ज़्यादा प्रकाश पड़ता दिखाई नहीं पड़ता। कपिल के दर्शन का सबसे पुराना उपलब्ध ग्रंथ ईश्वर कृष्ण की सांख्यकारिका है। सांख्यसूत्रों के नाम से प्रसिद्ध दोनों सूत्र-ग्रंथ उससे पीछे तथा दूसरे पांच सूत्रात्मक दर्शनों से मुकाबिला करने के लिए बने। चीन में सुरक्षित भारतीय बौद्ध-परंपरा से पता लगता है, कि वसुबंधु समकालीन (400 ई०) विन्ध्यवासी ने सत्तर कारिकाओं में सांख्यदर्शन को

लिखा। वसुबंधु ने उसके खंडन में परमार्थसप्तति के नाम से कोई ग्रंथ लिखा था। सांख्यकारिका के ऊपर माठर ने एक वृत्ति (टीका) लिखी है, जिसका अनुवाद चीनी भाषा में हो चुका है। ईश्वरकृष्ण तथा माठर, के कथनों से मालूम होता है, कि विचारक कपिल के उपदेशों का एक बड़ा संग्रह था, जिसे षष्ठितंत्र कहा जाता था। ईश्वरकृष्ण ने षष्ठितंत्र के कथानकों, परवादों को हटाकर दर्शन के असली तत्त्व को सत्तर आर्या श्लोकों में गुंफित किया। इससे यह भी मालूम होता है, कि षष्ठितंत्र बौद्धों के पिटक और जैनों के अगामों की भाँति एक वृहत् साम्प्रदायिक पिटक था; जिसमें बुद्ध और महावीर के उपदेशों की भाँति कपिल और शायद उनके शिष्य आसुरि के उपदेश और संवाद संगृहीत थे।

दर्शन–इतना होते भी हम सांख्यकारिका को अपने समय से अप्रभावित षष्ठितंत्र का हूबहू सार नहीं मान सकते। संख्यकारिका में प्राप्त विकसित सांख्यदर्शन का वर्णन हम यथास्थान करेंगे, यहाँ संक्षेप में यही कह सकते हैं–कि कपिल उपनिषद् के दर्शन की भाँति ब्रह्म या आत्मा को ही सर्वेसर्वा नहीं मानते थे। वह आत्मा से इन्कार नहीं करते थे, बल्कि उन्होंने उसके लिए उपनिषद् के अकर्ता, अभोक्ता अज, नित्य आदि विशेषणों को भी स्वीकार कर लिया है। नित्य होने का मतलब है, निष्क्रियता, इसीलिए कपिल ने आत्मा के निष्क्रिय होने पर बहुत जोर दिया। निष्क्रिय होने पर आत्मा को विश्व की सृष्टि से क्या मतलब दूसरे जीवों से ही क्या प्रयोजन? ऐसी हालत में सृष्टिकर्ता, या अन्तर्यामी ब्रह्म की जरूरत न थी, इसीलिए कपिल ने अपने दर्शन में परमात्मा या ब्रह्म को स्थान नहीं दिया, हाँ असंख्य जीवों या पुरुषों को उन्होंने प्रकृति के साथ एक स्वतंत्र तत्त्व माना।

चेतन पुरुष के अतिरिक्त जड़ प्रकृति कपिल के मत में मुख्य तत्त्व हैं, इसीलिए प्रकृति का दूसरा नाम प्रधान है। प्रकृति नित्य है, जगत् की सारी वस्तुएँ उसी के विकार हैं। बुद्ध के पीछे होने पर भी कपिल यूनानियों के भारत आने (323 ई० पू०) से पूर्व ही हो चुके थे और उनका दर्शन कुछ इतना व्यवस्थित हो चुका था, कि जहाँ सभी पिछले मौलिक और प्रति संस्कृत दर्शनों ने परमाणुवाद को अपनाया, वहाँ सांख्य ने उससे लाभ नहीं उठाया; उसकी जगह उसने तीन गुणों–सत्त्व, रज, तम का सिद्धान्त पहले ही आविष्कृत कर लिया था। संक्षेप में कपिल प्रकृति और अनेक चेतन पुरुषों को मानते थे और कहते थे कि पुरुष की समीपता मात्र से और उसके ही लिए प्रकृति में क्रिया उत्पन्न होती है, जिससे विश्व की वस्तुओं का उत्पाद और विनाश होता है।

सांख्य के विकसित दर्शन के बारे में हम आगे लिखेंगे।

ख. बौद्ध दार्शनिक नागसन (150 ई० पू०)

1. सामाजिक परिस्थिति

बुद्ध के जन्म से कुछ पहले ही से उत्तरी भारत के सामन्तों ने राज्य विस्तार के लिए युद्ध छेड़ने शुरू किये थे–दो तीन पीढ़ी पहले ही कोसेल ने काशी जनपद को हड़प कर लिया था। बुद्ध के समय में ही बिंबिसार ने अंग को भी मगध में मिला लिया और उस समय विंध्य में होती मगध की सीमा अवन्ती (उज्जैन) के राज्य से मिलती थी। वत्स (कौशाम्बी, इलाहाबाद) का राज

भी उस वक्त के सभ्य भारत के बड़े शासकों में था। कोसल, मगध, वत्स, अवन्ती के अतिरिक्त लिच्छवियों (वैशाली) का प्रजातंत्र पाँचवीं महान् शक्ति थी।

आर्य प्रदेशों को विजय करते एक-एक जन (कबीले) के रूप में बसे थे। आर्मी की यह नई बस्तियाँ पहले से बसे लोगों और स्वयं दूसरे आर्य जनों के खूनी संघर्षों के साथ मजबूत हुई थीं। कितनी ही सदियों तक राजतंत्र या प्रजातंत्र के रूप में यह जन चले आये। उपनिषद् काल में भी यह जन दिखाई पड़ते हैं, यद्यपि जनतंत्र के रूप में नहीं बल्कि अधिकतर सामन्त तंत्र के रूप में। बुद्ध के समय जनों की सीमाबंदियाँ टूट रहीं थीं और काशि-कोसल, अंग-मगध की भाँति अनेक जनपद मिलकर एक राज्य बन रहे थे। व्यापारी वर्ग ने व्यापारिक क्षेत्र में इन सीमाओं को तोड़ना शुरू किया। एक नहीं अनेक राज्यों से व्यापारिक संबंध के कारण उनका स्वार्थ उन्हें मजबूर कर रहा था, कि वह छोटे-छोटे स्वतंत्र जनपदों की जगह एक बड़ा राज्य कायम होने में मदद करें। मगध के धनंजय सेठ (विशाखा के पिता) को साकेत (अयोध्या) में बड़ी कोठी कायम करते हम अन्यत्र देख चुके हैं। जिस वक्त व्यापारी अपने व्यापार द्वारा, राजा अपनी सेना द्वारा जनपदों की सीमा तोड़ने में लगे हुए थे, उस वक्त जो भी दर्शन या धार्मिक विचार उसमें सहायता देते, उनका अधिक प्रचार होना जरूरी था। बौद्ध धर्म ने इस काम को सफलता के साथ किया, चाहे जान-बूझकर थैली और राज्य के हाथ में बिककर ऐसा न भी हुआ हो।

बुद्ध के निर्वाण के तीन वर्ष बाद (480 ई० पू०) अजातशत्रु (मगध) ने लिच्छवि प्रजातंत्र को खतम कर दिया और अपने समय में ही उसने अपने राज्य की सीमा कोसी से यमुना तक पहुँचा दी, उत्तर दक्खिन में उसकी सीमा विंध्य और हिमालय थे। जनपदों, जातियों, वर्णों की सीमाओं को न मानने वाली बुद्ध की शिक्षा, यद्यपि इस बात में अपने समकालीन दूसरे छः तीर्थंकरों के समान ही थी, किन्तु उनके साथ इसके दार्शनिक विचार बुद्धिवादियों को ज़्यादा आकर्षक मालूम होते थे–पिछले दार्शनिक प्रवाह का चरम रूप होने से उसे श्रेष्ठ होना ही चाहिए था। उस समय के प्रतिभाशाली ब्राह्मणों और क्षात्रेय विचारकों का भारी भाग बुद्ध के दर्शन से प्रभावित था। इन आदर्शवादी भिक्षुओं का त्याग और सादा जीवन भी कम आकर्षक न था। इस प्रकार बुद्ध के समय और उसके बाद बौद्धधर्म युगधर्म–जनपद एकीकरण–में सबसे अधिक सहायक बना। बिंबिसार के वंश के बाद नन्दों का राज्यवंश आया, उसने अपनी सीमा को और बढ़ाया और पच्छिम में सतलज तक पहुँच गया। पिछले राजवंश के बौद्ध होने के कारण उसके उत्तराधिकारी नंदवंश का धार्मिक तौर से बौद्धसंघ के साथ उतना घनिष्ठ संबंध चाहे न भी रहा हो, किन्तु राज्य के भीतर जर्बदस्ती शामिल किये जाते जनपदों में जनपद के व्यक्तित्व के भाव को हटाकर एकता का जो काम बौद्ध कर रहे थे उसके महत्त्व को वह भी नहीं भूल सकते थे। मगध में बुद्ध के जीवन में उनका धर्म बहुत अधिक जनप्रिय हो चुका था और वहाँ का राजधर्म भी हो ही चुका था। इस प्रकार मगध-राज के शासन और प्रभाव के विस्तार के साथ उसके बौद्ध धर्म के विस्तार का होना ही था। नन्दों के अन्तिम समय में सिकन्दर का पंजाब पर हमला हुआ, यद्यपि यूनानियों का उस वक्त का शासन बिलकुल अ-स्थायी था, तो भी उसके कारण भारत में यूनानी सिपाही व्यापारी, शिल्पी लाखों की संख्या में बसने लगे थे। इन अभिमानी "म्लेच्छ" जातियों को भारतीय बनाने

में सबसे आगे बढ़े थे बौद्ध। यवन मिनान्दर और शक कनिष्क जैसे प्रतापी राजाओं का बौद्ध होना आकस्मिक घटना नहीं है, बल्कि वह यह बतलाता है, कि जनपद और जनपद, आर्य और म्लेच्छ के बीच के भेद को मिटाने में बौद्ध धर्म ने खूब हाथ बँटाया था।

2. यूनानी और भारतीय दर्शनों का समागम

यूनानी भारतीयों की भाँति उस वक्त की एक बड़ी सभ्य जाति थी। दर्शन, कला, व्यापार, राजनीति, सभी में वह भारतीयों से पीछे तो क्या मूर्तिकला, नाट्यकला जैसी कुछ बातों में तो भारतीयों से आगे थे। दर्शन के निम्न सिद्धान्तों को उनके दार्शनिक आविष्कृत कर चुके थे और इन्हें पिछले वक्त के भारतीयों ने बिना ऋण कबूल किये अपने दर्शन का अंग बना लिया।

वाद	**दार्शनिक**	**समय ई० पू०**
आकृतिवाद	पिथागोर	570–500
क्षणिकवाद	हेराक्लितु	535–475
बीजवाद	अनखागोर	500–428
परमाणुवाद	देमोक्रितु	460–370
विज्ञान (आकृति)	अफ़लातूँ	427–347
विशेष	”	
सामान्य (जाति)	”	
मूल-स्वरूप	”	
सृष्टिकर्ता	”	
उपादान कारण	”	
निमित्त कारण	अरस्तू	384-322
तर्कशास्त्र	”	
द्रव्य	”	
गुण	”	
कर्म	”	
दिशा	”	
काल	”	
परिमाण	”	
आसन	”	
स्थिति	”	

इस दर्शन का भारतीय दर्शन पर क्या प्रभाव पड़ा, यह अगले पृष्ठों से मालूम होगा। यहाँ हमें यह भी स्मरण रखना है, कि हेराक्लितु, अफ़लातूँ, अरस्तू दर्शनों को जानने वाले अनेक यवन भारत में बस गये थे और वे बुद्ध के दर्शन के महत्त्व को अच्छी तरह समझ सकते थे।

यह वह समय है जब कि यवन-शासित पंजाब में नागसेन पैदा होते हैं।

3. नागसेन की जीवनी

नागसेन के जीवन के बारे में 'मिलिन्द प्रश्न' में जो कुछ मिलता है, उससे इतना ही मालूम होता है, कि हिमालय पर्वत के पास (पंजाब) में कजंगल गाँव में सोनुत्तर ब्राह्मण के घर में उनका जन्म हुआ था। पिता के घर में ही रहते, उन्होंने ब्राह्मणों की विद्या वेद, व्याकरण आदि को पढ़ लिया था। उसके बाद उनका परिचय उस वक्त वत्तनीय (वर्त्तनीय) स्थान में रहते एक विद्वान् भिक्षु रोहण से हुआ, जिससे नागसेन बौद्ध-विचारों की ओर झुके। रोहण के शिष्य बन वह उनके साथ विजम्भवस्तु (विजृम्भवस्तु) होते हिमालय में रक्षिततल नामक स्थान में गये। वहीं गुरु ने उन्हें उस समय की रीति के अनुसार कंठस्थ किये सारे बौद्ध वाङ्मय को पढ़ाया और पढ़ने की इच्छा से गुरु की आज्ञा के अनुसार वह एक बार फिर पैदल चलते वर्त्तनीय में एक प्रख्यात विद्वान् अश्वगुप्त के पास पहुँचे। अश्वगुप्त अभी इस नये विद्यार्थी की विद्या-बुद्धि की परख कर ही रहे थे, कि एक दिन किसी गृहस्थ के घर भोजन के उपरान्त कायदे के अनुसार दिया जाने वाला धर्मोपदेश नागसेन के जिम्मे पड़ा। नागसेन की प्रतिभा उससे खुल गई और अश्वगुप्त ने इस प्रतिभाशाली तरुण को और योग्य हाथों में सौंपनें के लिए पटना (पाटलिपुत्र) के अशोका राम बिहार में वास करने वाले आचार्य धर्मरक्षित के पास भेज दिया। सौ योजन पर अवस्थित पटना पैदल जाना आसान काम न था, किन्तु अब भिक्षु बराबर आते-जाते रहते थे, व्यापारियों का सार्थ (कारवाँ) भी एक-न-एक चलता ही रहता था। नागसेन को एक ऐसा ही कारवाँ मिल गया, जिसके स्वामी ने बड़ी खुशी से इस तरुण विद्वान् को खिलाते-पिलाते साथ ले चलना स्वीकार किया।

अशोका राम में आचार्य धर्मरक्षित के पास रहकर, उन्होंने बौद्ध तत्त्व-ज्ञान और पिटक का पूर्णतया अध्ययन किया। इसी बीच उन्हें पंजाब से बुलौवा आया और वह एक बार फिर रक्षिततल पर पहुँचे।

मिनान्दर (मिलिन्द) का राज्य यमुना से आमू (वक्षु) दरिया तक फैला हुआ था। यद्यपि उसकी एक राजधानी बलख (वाह्लीक) भी थी, किन्तु हमारी इस परंपरा के अनुसार मालूम होता है, मुख्य राजधानी सागल (स्यालकोट) नगरी थी। प्लूतार्क ने लिखा है कि–मिनान्दर बड़ा न्यायी, विद्धान् और जनप्रिय राजा था। उसकी मृत्यु के बाद उसकी हड्डियों के लिए लोगों में लड़ाई छिड़ गई। लोगों ने उसकी हड्डियों पर बड़े-बड़े स्तूप बनवाये। मिनान्दर को शास्त्र चर्चा और बहस की बड़ी आदत थी और साधारण पंडित उसके सामने नहीं टिक सकते थे। भिक्षुओं ने कहा–'नागसेन! राजा मिलिन्द वाद -विवाद में प्रश्न पूछ कर भिक्षु-संघ को तंग करता और नीचा दिखाता है; जाओ तुम उस राजा का दमन करो।'

नागसेन, संघ के आदेश को स्वीकार कर सागल नगर के असंखेय्य नामक परिवेण (मठ) में पहुँचे। कुछ ही समय पहले वहाँ के बड़े पंडित आयु पाल को मिनान्दर ने चुप कर दिया था। नागसेन के आने की खबर शहर में फैल गई। मिनान्दर ने अपने एक अमात्य देवमंत्री (जो शायद यूनानी दिमित्री है) से नागसेन से मिलने की इच्छा प्रकट की। स्वीकृति मिलने पर एक दिन पाँच सौ यवनों के साथ अच्छे रथ पर सवार हो, वह असंखेय्य परिवेण में गया। राजा ने नमस्कार और अभिनंदन के बाद प्रश्न शुरू किये। इन्हीं प्रश्नों के कारण इस ग्रंथ का नाम "मिलिन्द-प्रश्न" पड़ा।

यद्यपि उपलभ्य पाली "मिलिन्द पञ्ह" में छः परिच्छेद हैं, किन्तु उनमें से पहले के तीन ही पुराने मालूम होते हैं। चीनी भाषा में भी इन्हीं तीन परिच्छेदों का अनुवाद मिलता है। मिनान्दर ने पहले दिन मठ में जाकर नागसेन से प्रश्न किये; दूसरे दिन उसने महल में निमन्त्रण कर प्रश्न पूछे।

4. दार्शनिक विचार

अपने उत्तर में नागसेन ने बुद्ध के दर्शन के अनात्मवाद, कर्म या पुनर्जन्म, नाम-रूप (मन और भौतिक तत्त्व), निर्वाण आदि को ज्यादा विशद् करने का प्रयत्न किया है।

(1) अनात्मवाद–मिनान्दर से पहले बौद्धों के अनात्मवाद की ही परीक्षा करनी चाही। उसने पूछा– **(क)** "भन्ते (स्वामिन्)! आप किस नाम से जाने जाते है?" "नागसेन नाम से (मुझे) पुकारते हैं? किन्तु यह केवल व्यवहार के लिए संज्ञा भर है, क्योंकि यथार्थ में ऐसा कोई एक पुरुष (आत्मा) नहीं है।"

"भन्ते! यदि एक पुरुष नहीं है तो कौन आपको वस्त्र...भोजन देता है? कौन उसको भोग करता है? कौन शील (सदाचार) की रक्षा करता है? कौन ध्यान...का अभ्यास करता है? कौन आर्यमार्ग के फल निर्वाण का साक्षात्कार करता है?...यदि ऐसी बात है तो न पाप है और न पुण्य, न पाप और पुण्य का कोई करने वाला है...न कराने वाला है।...न पाप और पुण्य...के...फल होते हैं?...यदि आपको कोई मार डाले तो किसी का मारना नहीं हुआ...(फिर) नागसेन क्या है?...क्या ये केश नागसेन हैं?"

"नहीं महाराज!"

"ये रोयें नागसेन हैं?"

"नहीं महाराज!"

"ये नख, दाँत, चमड़ा, मांस, स्नायु, हड्डी, मज्जा, बुक्क, हृदय, यकृत, क्लोमिक, प्लीहा, फुफ्फुस, आँत, पतली, आँत, पेट, पाखाना, पित्त, कफ़, पीव, लोहू, पसीना, मेद, आँसू, चर्बी, राल, नासामल, कर्णमल, मस्तिष्क नागसेन हैं?"

"नहीं महाराज!"

"तो क्या आपका रूप (भौतिक तत्त्व) वेदना...संज्ञा संस्कार या विज्ञान नागसेन हैं?"

"नहीं महाराज!"

"...तो क्या...रूप...विज्ञान (पाँचों स्कंध) सभी एक साथ नागसेन हैं?"

"नहीं महाराज!"

"...तो क्या...रूप आदि से भिन्न कोई नागसेन है?"

"नहीं महाराज!"

"भन्ते! मैं आपसे पूछते-पूछते थक गया किन्तु नागसेन क्या है। इसका पता नहीं लग सका, तो क्या नागसेन केवल शब्दमात्र है? आखिर नागसेन है कौन?"

"महाराज! क्या आप पैदल चल कर यहाँ आये या किसी सवारी पर?"

"भन्ते! मैं रथ पर आया।"

"महाराज!...तो मुझे बतायें कि आपका रथ कहाँ है? क्या हरिस (ईषा) रथ है?"

"नहीं भन्ते!"

"क्या अक्ष रथ है?"

"नहीं भन्ते!"

"क्या चक्के रथ हैं?"

"नहीं भन्ते!"

"क्या रथ का पंजर...रस्सियाँ...लगाम...चाबुक...रथ है?"

"नहीं भन्ते!"

"महाराज! क्या हरीस आदि सभी एक साथ रथ हैं?"

"नहीं भन्ते!"

"महाराज! क्या हरीस आदि के परे कहीं रथ है?"

"नहीं भन्ते!"

"महाराज! मैं आपसे पूछते-पूछते थक गया, किन्तु यह पता नहीं लगा कि रथ कहाँ है? क्या रथ केवल एक शब्द मात्र है। आखिर यह रथ है क्या? आप झूठ बोलते हैं, कि रथ नहीं है! महाराज! सारे जम्बूद्वीप (भारत) के आप सबसे बड़े राजा हैं; भला किससे डरकर आप झूठ बोलते हैं?"

"भन्ते नागसेन! मैं झूठ नहीं बोलता। हरीस आदि रथ के अवयवों के आधार पर केवल व्यवहार के लिए रथ ऐसा एक नाम बोला जाता है।"

"महाराज! बहुत ठीक, आपने जान लिया कि रथ क्या है। इसी तरह मेरे केश आदि के आधार पर केवल व्यवहार के लिए नागसेन ऐसा एक नाम बोला जाता है, परन्तु परमार्थ में नागसेन कोई एक पुरुष विद्यमान नहीं है। भिक्षुणी वज्रा ने भगवान् के सामने इसीलिए कहा था–

जैसे अवयवों के आधार पर रथ संज्ञा होती है, उसी तरह (रूप आदि) स्कंधों के होने से एक सत्त्व (जीव) समझा जाता है।

(ख) "महाराज! जान लेना विज्ञान की पहचान है, ठीक से समझ लेना प्रज्ञा की पहचान है और जीव ऐसी कोई चीज़ नहीं है।"

"भन्ते! यदि जीव कोई चीज़ ही नहीं है, तो हम लोगों में वह क्या है, जो आँख से रूपों को देखता है, कान से शब्दों को सुनता है, नाक से गंधों को सूँघता है, जीभ से स्वादों को चखता है, शरीर से स्पर्श करता है और मन से धर्मों को जानता है।"

"महाराज! यदि शरीर से भिन्न कोई जीव है, जो हम लोगों के भीतर रह आँख से रूप को देखता है, तो आँख निकाल लेने पर बड़े छेद से उसे और भी अच्छी तरह देखना चाहिए। कान काट देने पर बड़े छेद से उसे और भी अच्छी तरह सुनना चाहिए। नाक काट देने पर उसे और भी अच्छी तरह सूँघना चाहिए। जीभ काट देने पर उसे और भी अच्छी तरह स्वाद लेना चाहिए और शरीर को काट देने पर उसे और भी अच्छी तरह स्पर्श करना चाहिए।"

"नहीं भन्ते! ऐसी बात नहीं है।"

"महाराज! तो हम लोगों के भीतर कोई जीव भी नहीं है।"

(2) कर्म या पुनर्जन्म–आत्मा के न मानने पर किये गये भले बुरे कर्मों की जिम्मेवारी तथा उसके अनुसार परलोक में दुःख-सुख भोगना कैसे होगा, मिनान्दर ने इसकी चर्चा चलाते हुए कहा।

"भन्ते! कौन जन्म ग्रहण करता है?"

"महाराज! नाम (विज्ञान) और रूप...।"

"क्या यही नाम–रूप जन्म ग्रहण करता है?"

"महाराज! यही नाम और रूप जन्म नहीं ग्रहण करता। मनुष्य इस नाम और रूप से पाप या पुण्य करता है, उस कर्म के करने से दूसरा नाम रूप जन्म ग्रहण करता है।"

"भन्ते! तब तो पहला नाम और रूप अपने कर्मों से मुक्त हो गया?"

"महाराज! यदि फिर भी जन्म नहीं ग्रहण करे, तो मुक्त हो गया, किन्तु चूँकि वह फिर भी जन्म ग्रहण करता है, इसलिए (मुक्त) नहीं हुआ।"

"...उपमा देकर समझावें।"

a. "आम की चोरी– कोई आदमी किसी का आम चुरा ले। उसे आम का मालिक पकड़ कर राजा के पास ले जाये–राजन्! इसने मेरा आम चुराया है। इस पर वह (चोर) ऐसा कहे–'नहीं, मैंने इसके आमों को नहीं चुराया है। इसने (जो आम लगाया था) वह दूसरा था और मैंने जो आम लिये वे दूसरे हैं...महाराज! अब बतावें कि उसे सजा मिलनी चाहिए या नहीं,"

"...सज़ा मिलनी चाहिए।"

"सो क्यों?"

"भन्ते! वह ऐसा भले ही कहे, किन्तु पहले आम को छोड़ दूसरे ही को चुराने के लिए उसे ज़रूर सज़ा मिलनी चाहिए।"

"महाराज! इसी तरह इस नाम और रूप से पाप या पुण्य...करता है। उन कर्मों से दूसरा नाम और रूप जन्मता है। इसलिए वह अपने कर्मों से मुक्त नही हुआ।"

b. "आग का प्रवास–महाराज। कोई आदमी जाड़े में आग जलाकर तापे और उसे बिना बुझाये छोड़कर चला जाये। वह आग किसी दूसरे आदमी के खेत को जला दे (पकड़कर राजा के पास ले जाने पर वह आदमी बोले) मैंने इस खेत को नहीं जलाया। वह दूसरी ही आग थी, जिसे मैंने जलाया था और वह दूसरी है, जिससे खेत जला। मुझे सज़ा नहीं मिलनी चाहिए। महाराज। उसे सज़ा मिलनी चाहिए या नहीं?"

"...मिलनी चाहिए। उसी की जलाई हुई आग ने बढ़ते-बढ़ते खेत को भी जला दिया।..."

c. "दीपक से आग लगना–महाराज! कोई आदमी दीया लेकर अपने घर के उपरले छत पर जाये और भोजन करे। वह दीया जलता हुआ कुछ तिनकों में लग जाये। वे तिनके घर को (आग) लगा दें, और वह घर सारे गाँव को लगा दे। गाँव वाले उस आदमी को पकड़ कर कहें, तुमने गाँव में क्यों आग लगाई? इस पर वह कहे–मैंने गाँव में आग नहीं लगाई। उस दीये की आग दूसरी ही थी, जिसकी रोशनी में मैंने भोजन किया था और वह आग दूसरी ही थी, जिसने गाँव जलाया। इस तरह आपस में झगड़ा करते (यदि) वे आपके पास आयें, तो आप किधर फैसला देंगे?"

"भन्ते! गाँव वालों की ओर।"

"महाराज! इसी तरह यद्यपि मृत्यु के साथ एक नाम और रूप का लय होता है और जन्म के साथ दूसरा नाम और रूप उठ खड़ा होता है, किन्तु यह भी उसी से होता है। इसलिए वह अपने कर्मों से मुक्त नहीं हुआ।"

(ग) विवाहित कन्या–महाराज! कोई आदमी रुपया दे, एक छोटी-सी लड़की से विवाह कर, कहीं दूर चला जाये। कुछ दिनों के बाद वह बढ़कर जवान हो जाये। तब कोई दूसरा आदमी रुपया देकर उससे विवाह कर ले। इसके बाद पहला आदमी आकर कहे तुमने मेरी स्त्री को क्यों निकाल लिया? इस पर वह ऐसा जवाब दे, मैंने तुम्हारी स्त्री को नहीं निकाला। वह छोटी लड़की दूसरी ही थी, जिसके साथ तुमने विवाह किया था और जिसके लिए रुपये दिये थे। यह सयानी, जवान औरत दूसरी ही है, जिसके साथ मैंने विवाह किया है और जिसके लिए रुपये दिये हैं। अब यदि दोनों इस तरह झगड़ते हुए आपके पास आवे, तो आप किधर फैसला देंगे?

"...पहले आदमी की ओर। (क्योंकि) वही लड़की तो बढ़कर सयानी हुई है।"

(घ) "भन्ते! जो उत्पन्न है, वह वही व्यक्ति है या दूसरा?"

"न वही और न दूसरा ही।...(1) जब आप बच्चे थे और खाट पर चित्त ही लेट सकते थे, क्या आप अब इतने बड़े होकर भी वही हैं?"

"नहीं भन्ते! अब मैं दूसरा हो गया हूँ।"

"महाराज! यदि आप वही बच्चा नहीं हैं, तो अब आपकी कोई माँ भी नहीं है, कोई पिता भी नहीं है, कोई गुरु भी नहीं...क्योंकि तब तो गर्भ की भिन्न-भिन्न अवस्थाओं की भी भिन्न-भिन्न माताएँ होयेंगी। बड़े होने पर माता भी भिन्न हो जायेगी। शिल्प सीखने वाला (विद्यार्थी) दूसरा और सीखकर तैयार (हो जाने पर)...दूसरा होगा। अपराध करने वाला दूसरा होगा और (उसके लिए) हाथ-पैर किसी दूसरे का काटा जायेगा।"

"भन्ते!...आप इससे क्या दिखाना चाहते हैं?"

"महाराज! मैं बचपन में दूसरा था और इस समय बड़ा होकर दूसरा हो गया हूँ; किन्तु वह सभी भिन्न-भिन्न अवस्थाएँ इस शरीर पर ही घटने से एक ही में ले ली जाती हैं।..."

"(2) यदि कोई आदमी दीया जलावे, तो वह रात भर जलता रहेगा न?"

"...रात भर जलता रहेगा।"

"महाराज! रात के पहले पहर में जो दीये की टेग थी। क्या नही दूसरे या तीसरे पहर में भी बनी रहती है?"

"नहीं, भन्ते!"

"महाराज! तो क्या वह दीया पहले पहर में दूसरा, दूसरे और तीसरे पहर में और हो जाता है?"

'नहीं भन्ते! वही दीया सारी रात जलता रहता है।"

"महाराज! ठीक इसी तरह किसी वस्तु के अस्तित्व के सिलसिले में एक अवस्था उत्पन्न होती है, एक लय होती है और इस तरह प्रवाह जारी रहता है। एक प्रवाह की दो अवस्थाओं में एक क्षण का भी अन्तर नहीं होता; क्योंकि एक के लय होते ही दूसरी उत्पन्न हो जाती है। इसी कारण न (वह) वही जीव है और न दूसरा ही हो जाता है। **एक जन्म के अन्तिम विज्ञान (चेतना) के लय होते ही दूसरे जन्म का प्रथम विज्ञान उठ खड़ा होता है।**

(ङ) "भन्ते! जब एक नाम-रूप से अच्छे या बुरे कर्म किये जाते हैं, तो वे कर्म कहाँ ठहरते हैं?" "महाराज! कभी भी पीछा नहीं छोड़ने वाली छाया की भाँति वे कर्म उसका पीछा करते हैं।"

"भन्ते! क्या वे कर्म दिखाये जा सकते हैं, (कि) वह यहाँ ठहरे हैं?"

"महाराज! वे इस तरह नहीं दिखाये जा सकते।...क्या कोई वृक्ष के उन फलों को दिखा सकता है, जो अभी लगे ही नहीं...?"

(3) नाम और रूप–बुद्ध ने विश्व के मूल तत्त्व को विज्ञान (नाम) और भौतिक तत्त्व (रूप) में बाँटा है, इनके बारे में मिनान्दर ने पूछा–

"भन्ते!...नाम क्या चीज़ है और रूप क्या चीज़?"

"महाराज! जितनी स्थूल चीज़ें हैं, सभी रूप हैं और जितने सूक्ष्म मानसिक धर्म हैं, सभी नाम हैं।...दोनों एक दूसरे के आश्रित हैं, एक दूसरे के बिना ठहर नहीं सकते। दोनों सदा साथ ही होते हैं।...यदि मुर्गी के पेट में (बीज रूप में) बच्चा नहीं हो, तो अंडा भी नहीं हो सकता; क्योंकि बच्चा और अंडा दोनों एक दूसरे पर आश्रित हैं। दोनों एक ही साथ होते हैं। यह (सदा से)...होता चला आया है।..."

(4) निर्वाण–मिनान्दर ने निर्वाण के बारे में पूछते हुए कहा–

"भन्ते! क्या निरोध हो जाना ही निर्वाण है?"

"हाँ, महाराज! निरोध (बन्द) हो जाना ही निर्वाण है।...सभी...अज्ञानी...विषयों के उपभोग में लगे रहते हैं, उसी में आनन्द लेते हैं, उसी में डूबे रहते हैं। वे उसी की धारा में पड़े रहते हैं; बार-बार जन्म लेते, बूढ़े होते, मरते, शोक करते, रोते-पीटते, दुःख, बेचैनी और परेशानी से नहीं छूटते। (वह) दुःख ही दुःख में पड़े रहते हैं। महाराज! किन्तु ज्ञानी...विषयों के भोग (उपादान) में नहीं लगे रहते। इससे उनकी तृष्णा का निरोध हो जाता है। उपादान के निरोध से भव (आवागमन) का निरोध हो जाता है। भव के निरोध से जन्मना बन्द हो जाता है।...(फिर) बूढ़ा होना, मरना...सभी दुःख बन्द (निरुद्ध) हो जाते है। महाराज! इस तरह निरोध हो जाना ही निर्वाण है।..."

"... (बुद्ध) कहाँ हैं?"

"महाराज! भगवान् परम निर्वाण को प्राप्त हो गये हैं, जिसके बाद उनके व्यक्तित्व को बनाये रखने के लिए कुछ भी नही रह जाता...।"

"भन्ते! उपमा देकर समझावें।

"महाराज! क्या होकर-बुझ गई जलती आग की लपट दिखाई जा सकती?"

"नहीं भन्ते! वह लपट तो बुझ गई।"

नागसेन ने अपने प्रश्नोत्तरों से बुद्ध के दर्शन में कोई बात नहीं जोड़ी, किन्तु उन्होंने उसे कितना साफ किया, यह ऊपर के उद्धरणों से स्पष्ट है। यहाँ हमें यह भी स्मरण रखना चाहिए, कि नागसेन का अपना जन्म हिन्दी यूनानी साम्राज्य और सभ्यता के केन्द्र स्यालकोट (सागल) के पास हुआ था और भारतीय ज्ञान के साथ-साथ यूनानी ज्ञान का भी परिचय रखने के कारण ही वह मिनान्दर जैसे तार्किक का समाधान कर सके थे। मिनान्दर और नागसेन का यह संवाद इतिहास की उस विस्तृत घटना का एक नमूना है, जिसमें कि हिन्दी और यूनानी प्रतिभाएँ मिलकर भारत में नई विचारधाराओं का आरम्भ कर रही थीं।

अध्याय 16

अनीश्वरवादी दर्शन

दर्शन का नया युग (200–400)

क. बाह्य परिस्थिति

(**सामाजिक स्थिति**)–मौर्यों के शासन के साथ कुमारी अन्तरीप से हिमालय, सुवर्णभूमि (बर्मा) की सीमा से हिन्दूकुश तक का भारत एक शासन के सूत्र में बँध गया और इस विशाल साम्राज्य की राजधानी पटना हुई। पटना नाम ही पत्तन से बिगड़ कर बना है, जिसका अर्थ होता है बन्दरगाह, नाव का घाट। पटना जिस तरह शासन केन्द्र था, वैसे ही वह व्यापार का केन्द्र था। यह भी हम बतला चुके हैं, कि किस तरह मगध की राजनीतिक प्रधानता के साथ वहाँ के सर्व-प्रिय धर्म–बौद्ध धर्म–ने भी अपने प्रभाव का विस्तार किया। पाटलिपुत्र (पटना) विद्वानों की परीक्षा का स्थान बन गया। यहीं पाणिनि (400 ई० पू०) जैसे विद्वान् सुपरीक्षित हो सारे भारत में कीर्ति पाते थे। मिनान्दर के गुरु नागसेन का पटना (अशोकाराम) में आकर विद्याध्ययन की बात हम कह चुके हैं। इतने बड़े साम्राज्य में एक राजकीय भाषा (मागधी), एक तरह के सिक्के, एक तरह के नाप-तोल होने से भारतीय समाज में एकता आने लगी थी, लेकिन यह एकता भीतर नहीं प्रवेश कर सकी, क्योंकि देशों, प्रदेशों के छोटे छोटे प्रजातंत्रों और राजतंत्रों के टूटते रहने पर भी हर एक गाँव अपने स्वावलंबी 'प्रजातंत्र' के रूप को नहीं छोड़ना चाहता था।

मौर्य चन्द्रगुप्त ने यूनानी शासन को भारत से हटाया ज़रूर, किन्तु उससे यूनानी भारत से नहीं हट सके। पंजाब में उनकी कितनी ही बस्तियाँ बसी हुई थीं। हिन्दूकुश पार से उनका विशाल राज्य शुरू होता था, जो मध्य-एशिया, ईरान, मेसोपोतामिया, क्षुद्र-एशिया होते मिस्र और यूरोप तक फैला हुआ था। सिकन्दर की मृत्यु (323 ई० पू०) के साथ वह कितने ही टुकड़ों में बँटा जरूर, किन्तु तब भी उसकी शासनप्रणाली, सभ्यता आदि एक सी थीं। मातृभूमि (यूनान) तथा एक दूसरे के साथ उनका व्यापारिक ही नहीं सामाजिक, बौद्धिक घनिष्ठ सम्बन्ध था और मौर्य साम्राज्य के नष्ट होते ही यूनानी फिर हिन्दूकुश पार हो यमुना और नर्मदा के पश्चिम के सारे भारत पर स्थायी तौर से अधिकार जमाने में सफल हुए। इस कार्य को सम्पन्न करने वाले यूनानी शासकों में मिनान्दर (150 ई० पू०) प्रमुख और प्रथम था। इन यूनानी शासकों के मध्य-एशियायी साम्राज्य में शक, जट्ट, गुज्जर, आभीर आदि जातियाँ रहती थी, इसलिए पश्चिमी भारत में यूनानियों के शासन स्थापित होने पर यह जातियाँ भी आ-आकर भारत में बसने लगीं और आज भी उनकी सन्तानें पश्चिमी भारत की आबादी में काफी संख्या रखती हैं। इन जातियों में शक तो यूनानियों के क्षत्रप (उपराज या वाइसराय) होकर मथुरा और उज्जैन में रहते थे और यूनानियों के शासन के उठ जाने पर स्वतंत्र साम्राज्य कायम करने में समर्थ हुए। ईसा की पहली सदी में शक सम्राट कनिष्क प्रायः सारे उत्तरी भारत और मध्य-एशिया तक का शासक था। शक तीसरी सदी तक गुजरात और

उज्जैन पर शासन करते रहे। आभीर शकों के प्रधान सेनापति तथा कभी-कभी स्वतंत्र शासक भी बने थे। जायसवाल के मतानुसार गुप्त राजवंश जर्त्र या जट्ट था। अस्तु, यह तो साफ़ है, कि जिस काल की ओर हम आगे बढ़ रहे हैं, वह पश्चिम से आनेवाली जातियों के भारत में भारी संख्या में आकर भारतीय बन जाने का समय था। जातियों के साथ नाना सभ्यताओं, नाना विचारों का भारत में संमिश्रण भी हो रहा था। इसी समय (150 ई० पू०) भारत ने यूनानी ज्योतिष से 12 राशियाँ हीरा (घंटा), फलित ज्योतिष का होड़ाचक्र सीखा। गन्धार-मूर्तिकला इसी काल की देन है। इसी समय भारतीय कार्षापण चौकोर की जगह यूनानी सिक्कों की तरह गोल और राजा के चित्र से अंकित बनने लगे। यूनानी नाटकों की भाँति भारतीय नाटकों का प्रथम प्रयास भी इसी समय शुरू हुआ, उपलभ्य नाटक हमें अश्वघोष (50 ई०) से पहले नहीं ले जाते। दार्शनिक क्षेत्र में भी इस काल की देनों में आकृतिवाद, परमाणुवाद, विज्ञान-विशेष-जातिवाद, उपादान-निमित्त-कारण, द्रव्यगुणपरिणाम-देश-काल-वाद हैं, जिनके बारे में हम आगे कहेंगे।

इस राजनीतिक, अन्तर्जातिक, सांस्कृतिक उथल-पुथल के जमाने (1 सदी ई०) में यदि हम भारतीय समाज के आर्थिक वर्गों की ओर नज़र दौड़ाते हैं, तो मालूम होता है–सबसे ऊपर एक छोटी-सी संख्या देशीय या देशीय बन गये राजाओं, उनके दरबारियों की है, जो शारीरिक श्रम तथा उत्पादन के काम को घृणा की दृष्टि से देखते हैं। जनता की बड़ी संख्या इनके लिए अच्छे-अच्छे खाने, अच्छे-अच्छे कपड़े देती हैं; रहने के लिए बड़े-बड़े महल बनाती है; देश विदेश से अधिकार पर संकट उपस्थित होने पर सैनिक बन, हथियार उठा, उनके लिए अपना खून बहाने जाती है और परिणाम?–बाज की भाँति शिकार मारकर फिर मालिक के हाथ की साँकल में बँधना–फिर वही खून-पसीना एक कर मिनहत कर प्रभुओं के आगे–विलास की साम्रगी उपस्थित करना और खुद पेट के अन्न और तन के कपड़े बिना मरना।

इस शासक जमात के बाद दूसरी जमात थी, धर्माचार्यों, भाँडों और धूर्तों की जिनका काम था सामाजिक व्यवस्था को विश्रृंखलित होने से रोकना, लोगों को भ्रम में रखे रहना अर्थात् "दुनिया ठगिए मक्कर से। रोटी खाइए घी शक्कर से।" इस जमात के आहार-विहार के लिए भी उसी परिश्रमी भूखों मरती जनता को मेहनत करना पड़ता था।

तीसरी जमात व्यापारियों की थी, जो कारीगरों के माल को कम दाम पर खरीद और ज्यादा दाम पर बेंचते देश-विदेश में, जल-स्थल मार्ग से व्यापार करते थे या सूद पर रुपया लगाते थे और जिनकी करोड़ों की सम्पत्ति को देखकर राजा भी रश्क करते थे।

इन तीन कामचोर शोषक जमात के अतिरिक्त एक और जमात "संसार-त्यागियों' की थी, जो अपने को वर्गों से ऊपर निष्पक्ष, निर्लोभ, सत्यान्वेषी समझते थे। इनसे उस बहुसंख्यक कर्मी वर्ग को क्या मिलता था? संसार झूठा है, संसार की वस्तुएँ झूठी हैं; इसकी समस्याएँ झूठी हैं, इनकी ओर से आँख मूँदना ही अच्छा है अथवा धनी गरीब भगवान् के बनाये हैं, कर्म के सँवारे हैं, उनके भोगों के लिए ईर्ष्या करने की जरूरत नहीं; सन्तोष और धैर्य से काम लो, जिन्दगी ही भर तो दुःख है। गोया इस जमात का काम था, अफीम की गोलियों पर गोलियाँ खिलाकर धन-उत्पादक निर्धन वर्ग को बेहोश रखना। साथ ही इस 'संसार त्यागी' वर्ग को भी खाना, कपड़ा, मकान और बाज़ों के लिए वह राजाओं से कम खर्चीला नहीं चाहिए, जिसका भी बोझ उसी श्रम में पिसे जाते वर्ग पर था।

यह तो हुई कामचोर वर्ग की बात। कमकर वर्ग का क्या काम था, इसका दिग्दर्शन कामचोर वर्ग के साथ अभी कर चुके हैं, लेकिन उनकी मुसीबतें वहीं खतम नहीं होती थीं। उनमें काफी संख्या ऐसे स्त्री-पुरुषों की थी, जिनकी अवस्था पशुओं से बेहतर न थी। दूसरे सौदों की भाँति उनकी खरीद-फ़रोख्त होती थी। ये दास-दासी मनुष्य से पशु होते तो ही बेहतर था, क्योंकि उस वक्त इनका अनुभव भी तो पशुओं जैसा होता।

उस वक्त के दार्शनिकों ने ब्रह्म और निर्वाण तक की उड़ान लगाई, आत्मा-परमात्मा तक का सूक्ष्म विश्लेषण किया, किन्तु नब्बे सैकड़ा जनता के पशुवत् जीवन, उसके उत्पीड़न और शोषण के बारे में इससे अधिक नहीं बतलाया, कि यह अवश्य भोक्तव्य है।

ख. दर्शन-विभाग

विक्रम संवत् (57 ई० पू०), ईसवी सन् या शक संवत् (78 ई०) के शुरु होने के साथ तीन शताब्दियों के विचार-संघर्षों की धुन्ध फटने लगती है और उसके बीच से नई धारा निकलती है। पेशावर में जो इस वक्त भारत के महान सम्राट् कनिष्क की राजधानी ही नहीं है, बल्कि पूरब (चीन), पश्चिम (ईरान और यूनान) तथा अपने (भारत के) विचारों के सम्मिश्रण से पैदा हुए नये प्रयोग की नाप-तोल हो रही है। अश्वघोष संस्कृत काव्य-गगन में एक महान् कवि और नाट्यकार के रूप में आते हैं। इसी समय के आसपास गुणाढ्य अपनी वृहत्कथा लिखते हैं। चरक एक परिष्कृत आयुर्वेद का सम्पादन करते हैं। बौद्ध सभा बुला अपने त्रिपिटक पर नये भाष्य (विभाषा) तैयार करवाते हैं। उनके दर्शन में विज्ञानवाद, शून्यवाद, बाह्यार्थवाद (सौत्रान्तिक) और सर्वार्थवाद की दार्शनिक धाराएँ स्पष्ट होने लगती हैं, लेकिन इस वक्त की कृतियाँ इतनी ठोस न थीं, कि काल के थपेड़ों से बच रहती, न वह इतनी लाकोत्तर थीं कि धार्मिक लोग बड़ी चेष्टा के साथ उन्हें सुरक्षित रखते।

दर्शन का नया युग नागार्जुन से आरम्भ होता है, इस काल के दर्शनों में कितने ही ईश्वरवादी हैं और कितने ही अनीश्वरवादी, विश्लेषण करने पर हम उन्हें इस रूप में पाते हैं।

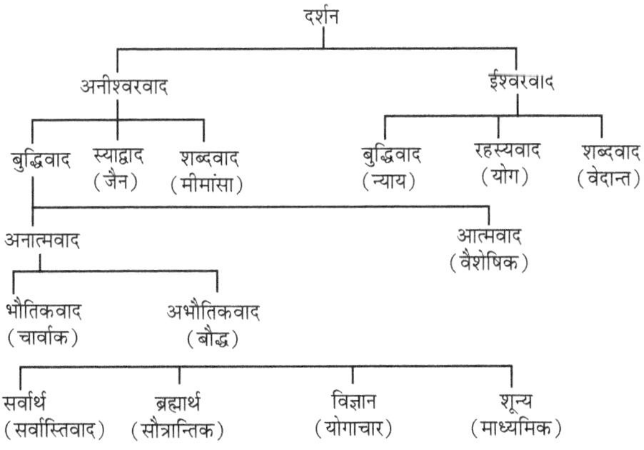

अनीश्वरवादी दर्शन

1. अनात्म-भौतिकवादी चार्वाक-दर्शन

चार्वाक दर्शन का हम पहले जिक्र कर चुके हैं। बुद्धकाल के बाद चार्वाक दर्शन के विकास का कोई क्रम हमें नहीं मिलता। साथ ही यह भी देखा जाता है, कि उसकी तरफ सभी शंका और घृणा की दृष्टि से देखते हैं। अब पायासी की तरह अपने भौतिकवाद को छोड़ने में भी शर्म महसूस करने की, तो बात ही अलग, लोग चार्वाक शब्द को गाली समझते हैं। इसका यही अर्थ हो सकता है, कि जिनके हित के लिए परलोकवाद, ईश्वरवाद, आत्मवाद का खंडन किया जाता था, वह भी विरोधियों के बहकावे में इतने आ गये थे, कि अब उधर ध्यान ही देना पसन्द नहीं करते थे, तो भी इनके जिन विचारों के खंडन के लिए विरोधी दार्शनिकों ने उद्धृत किया है, उससे मालूम होता है, कि अन्तर्हित होते भी इस वाद ने कुछ चेष्टा जरूर की थी। यहाँ संक्षेप में हम इन भारतीय भौतिकवादियों के विचारों को रखते हैं–

1. चेतना (जीव)–जीव को चार्वाक भौतिक उपज मात्र मानते हैं–

"पृथिवी, जल, हवा, आग, यह चार भूत हैं। (इन) चार भूतों से चैतन्य उत्पन्न होता है, जैसे (उपयोगी साम्रगी)...से शराब की शक्ति।"

2. अन्-ईश्वरवाद–सृष्टि के निर्माता की आवश्यकता नहीं, इसे बतलाते हुए कहा–

अग्नि–गर्म, पानी–ठंडा, और हवा–शीत-स्पर्शवाली।

यह सब किसने चित्रित किया? इसलिए (इन्हें) स्वभाव (से ही समझना चाहिए)। विश्व की सृष्टि स्वभाव से ही होती है, इसके लिए कर्ता को ढूँढ़ना फ़जूल है–

"काँटो में तीखापन, मृगों या पक्षियों में विचित्रता कौन करता है? यह (सब) स्वभाव से ही हो रहा है।"

3. मिथ्या विश्वास-खंडन–मिथ्या विश्वास का खंडन करते हुए लिखा है–

"न स्वर्ग है, न अपवर्ग, न परलोक में जानेवाला आत्मा। वर्ण और आश्रम आदि की (सारी) क्रियाएँ निष्फल हैं। अग्निहोत्र, तीनों वेद...बुद्धि और पौरुष से जो हीन हैं, उन लोगों की जीविका है..."

"यदि ज्यातिष्ठोम (यज्ञ) में मारा पशु स्वर्ग जायेगा, तो उसके लिए यजमान अपने बाप को क्यों नहीं मारता? श्राद्ध यदि मृत प्राणियों की तृप्ति का कारण हो सकता है, तो यात्रा पर जाने वाले व्यक्ति को पाथेय की चिन्ता व्यर्थ है। यदि यह (जीव) देह से निकलकर परलोक जाता है, तो बन्धुओं के स्नेह से व्याकुल हो, क्यों नहीं फिर लौट आता?...मृतक श्राद्ध (आदि को) ब्राह्मणों ने जीविकोपाय बनाया है।"

4. नैराश्य-वैराग्य-खंडन–"विषय के संसर्ग से होने वाला सुख-दुःख से संयुक्त होने के कारण त्याज्य है, यह मूर्खों का विचार है। कौन हितार्थी है, जो सफेद बढ़िया चावल वाले धान को तुष (भूसी) से लिपटी होने के कारण छोड़ देगा?"

2. अनात्म-अभौतिकवादी बौद्ध-दर्शन

1. बौद्ध धार्मिक संप्रदाय–बुद्ध आत्मवाद के सख्त विरोधी थे, फिर साथ ही वह भौतिकवाद के भी खिलाफ़ थे, यह हम बतला चुके हैं। मौर्यों के शासनकाल के अन्त तक मगध ही बौद्ध धर्म का

केन्द्र था, किन्तु साम्राज्य के ध्वंस के साथ बौद्ध धर्म का केन्द्र भी कम से कम उसकी सबसे अधिक प्रभावशाली शाखा (निकाय)–पूरब से पश्चिम की ओर को लेने पर हटने लगा। इसी स्थान-परिवर्तन में सर्वास्ति वाद निकाय मगध से उरुमुंड पर्वत (गोबर्धन, मथुरा) पहुँचा और यवन-शासन काल में पंजाब में जोर पकड़ते-पकड़ते कनिष्क के समय ईसा की पहली सदी के मध्य में गंधार-कश्मीर उसके प्रधान केन्द्र बन गये। यही जगह थी, जहाँ वह यूनानी विचार, कला आदि के संपर्क में आया। अशोक के समय(269 ई० पू०)तक बौद्धधर्म निम्न संप्रदायों में बँट चुका था।

अर्थात्–बुद्धनिर्वाण (483 ई० पू०) के बाद के सौ वर्षों (380 ई० पू०) में स्थविरवाद (बुद्धों के रास्ते वाले) और महासांधिक जो दो निकाय (संप्रदाय) हुए थे, वह अगले सवा सौ वर्षों में बँट कर महासांधिक के छः और स्थविरवाद के बारह कुल अठारह निकाय हो गए–सर्वास्तिवाद स्थविरवादियों के अन्तर्गत था। इन अठारह निकायों के पिटक (सूत्र, विनय, अभिधर्म) भी थे, जो सूत्र और विनय में बहुत कुछ समानता रखते थे, किन्तु अभिधर्म पिटक में मतभेद ही नहीं बल्कि उनकी पुस्तकें भी भिन्न थीं।

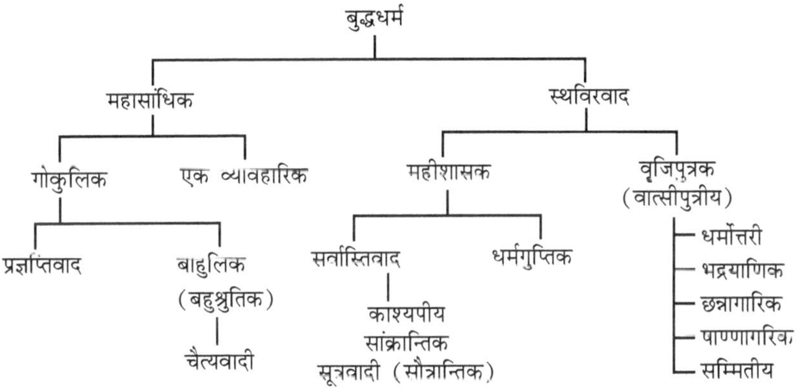

स्थविरवादियों ने इन प्राचीन निकायों में से निम्न आठ के कितने ही मतों का अपने अभिधर्म की पुस्तक 'कथावत्थु' में खंडन किया है–

महासांधिक, गोकुलिक, काश्यपीय; भद्रयाणिक, महीशासक, वात्सीपुत्रीय, सर्वास्तिवाद, साम्मितीय।

कथावत्थु को अशोक के गुरु मोग्गलिपुत्त तिस्स की कृति बतलाया जाता है, किन्तु उसमें वर्णित 214 कथावस्तुओं (वाद के विषयों) में सिर्फ़ 73 उन पुराने निकायों से संबंध रखते हैं, जो कि मोग्गलिपुत्त तिस्स के समय तक मौजूद थे–अर्थात् उसका इतना ही भाग मोग्गलिपुत्त का बनाया हो सकता है बाकी 'कथावस्तु' अशोक के बाद के निम्न आठ निकायों से संबंध रखती हैं–

(1) अन्धक, (2) अपरशैलीय, (3) पूर्वशैलीय, (4) राजगिरिक, (5) सिद्धार्थक, (६) वैपुल्यवाद, (7) उत्तरापथक, (8) हेतुवाद।

2. बौद्ध दार्शनिक संप्रदाय–इन पुराने निकायों के दार्शनिक विचारों में जाने की जरूरत नहीं, क्योंकि वह 'दिग्दर्शन' के कलेवर से बाहर की बात है, किन्तु इतना स्मरण रखना चाहिए, कि बौद्धों के जो चार दार्शनिक संप्रदाय प्रसिद्ध हैं, उनमें (1) सर्वास्तिवाद और (2) सौत्रान्तिक दर्शन तो पुराने अठारह निकायों से संबंध रखते थे, बाकी (3) योगाचार और (4) माध्यमिक अठारह निकायों से बहुत पीछे ईसा पहली सदी में आदिम रूप में आए। इनके विकास के क्रम के बारे में हम 'महायान बौद्ध धर्म की उत्पत्ति' में लिख चुके हैं। महासांधिकों में एक निकाय का नाम था चैत्यवाद, जिनका केन्द्र आन्ध्र-साम्राज्य में धान्यकटक का महाचैत्य (महास्तूप) था, इसी से इनका नाम ही चैत्यवादी पड़ा। आन्ध्र साम्राज्य के पच्छिमी भाग (वर्तमान महाराष्ट्र) में साम्मितीय निकाय का जोर था। इन्हीं दोनों निकायों से आगे चलकर महायान का विकास निम्न प्रकार हुआ–

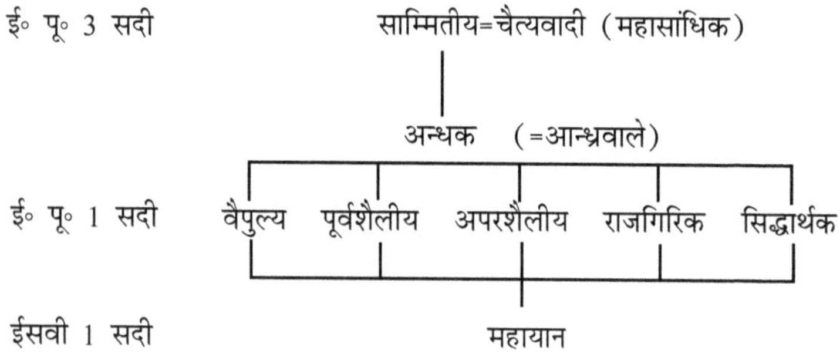

योगाचार का जबर्दस्त समर्थक "लंकावतार-सूत्र" वैपुल्यवादी पिटक से संबंध रखता है। नागार्जुन के माध्यमिक (शून्य) वाद के समर्थन में प्रज्ञा पार-मिताएँ तथा दूसरे सूत्र रचे गये, किन्तु नागार्जुन को अपने दर्शन की पुष्टि के लिए इनकी जरूरत न थी, उन्होंने तो अपने दर्शन को प्रतीत्य-समुत्पाद (विच्छिन्न-प्रवाहरूपेण उत्पत्ति) पर आधारित किया था।

कथावत्थु के "अर्वाचीन" निकायों में हमने उत्तरापथक और हेतुवाद का भी नाम पढ़ा है। उत्तरापथक कश्मीर-गंधार का निकाय था, इसमें सन्देह नहीं, किन्तु हेतुवाद के स्थान के बारे में हमें मालूम नहीं। अफ़लातूँ के विज्ञानवाद को प्रतीत्य-समुत्पाद से जोड़ देने पर वह आसानी से योगाचार विज्ञानवाद बन जाता है, किन्तु अभी हमारे पास इससे अधिक प्रमाण नहीं है, कि उसके दार्शनिक असंग का जन्म और कर्म स्थान पेशावर (गंधार) था। नागार्जुन के बाद बौद्धदर्शन के विकास में सबसे जबर्दस्त हाथ असंग और वसुबंधु इन दो पठान भाइयों का था। नागार्जुन से एक शताब्दी पहले के जबर्दस्त बौद्ध विचारक अश्वघोष को यदि हम लें, तो उनका भी कर्मक्षेत्र पेशावर (गंधार) ही मालूम होता है। इससे भी बौद्ध दर्शन पर यूनानी प्रभाव का पड़ना जरूरी मालूम होता है। अश्वघोष को महायानी अपने आचार्यों में शामिल करते हैं और इसके सबूत में "महायान श्रद्धोत्पाद" ग्रंथ को उनकी कृति के तौर पर पेश करते हैं; किन्तु जिन्होंने "बुद्धचरित", "सौन्दरानन्द", "सारिपुत्त-प्रकरण" जैसे काव्य नाटकों को पढ़ा है, तिब्बती भाषा में अनूदित उनके

सर्वास्तिवाद सूत्रों पर व्याख्याएँ देखी हैं और जो "सर्वास्तिवादी आचार्यों" को चैत्य बनाकर अर्पित करने वाले तथा त्रिपिटक की व्याख्या ("विभाषा") के लिए सर्वास्तिवादी आचार्यों की परिषद् बुलाने वाले महाराज कनिष्क पर विचार करते हैं, वह अश्वघोष को सर्वास्तिवादी स्थाविर छोड़ दूसरा कह नहीं सकते।

अस्तु! यूनानी तथा शक-काल के इन बौद्ध प्राचीन निकायों पर यदि और रोशनी डाली जा सके, तो हमें उन्हीं के नहीं, भारतीय दर्शन के एक भारी विकास के इतिहास के बारे में बहुत कुछ मालूम हो सकेगा; किन्तु चीनी, तिब्बती अनुवाद तथा गोबी की मरुभूमि हमारी इस विषय में कितनी मदद कर सकती हैं, यह आगे के अनुसन्धान के विषय हैं। अभी हमें इससे ज्यादा नहीं कहना है, कि भारतीय और यूनानी विचारधारा का जो समागम गंधार में हो रहा था। उसमें अश्वघोष अपने आधुनिक ढंग के काव्यों और नाटकों को ही नहीं, बल्कि नवीन दर्शन को भी यूनान से मिलाने वाली कड़ी थे। उनसे किसी तरह नागार्जुन का संबंध हुआ, फिर नागार्जुन ने वह दर्शन-चक्रप्रवर्तन किया, जिसने भारतीय दर्शनों को एक अभिनव सुव्यवस्थित रूप दिया।

3. नागार्जुन (175 ई०) का शून्यवाद (1) जीवन–नागार्जुन का जन्म विदर्भ (बरार) में एक ब्राह्मण के घर हुआ था। उनके बाल्य के बारे में हम अनुमान कर सकते हैं, कि वह एक प्रतिभाशाली विद्यार्थी थे, ब्राह्मणों के ग्रंथों का गम्भीर अध्ययन किया था। भिक्षु बनने पर उन्होंने बौद्ध ग्रंथों का भी उसी गंभीरता के साथ अध्ययन किया। आगे चलकर उन्होंने श्रीपर्वत (नागार्जुनी कोंडा, गुन्टूर) को अपना निवास स्थान बनाया; जो कि उनकी ख्याति तथा समय बीतने के साथ गढ़े जाने वाले पँवारों के कारण सिद्ध-स्थान बन गया। नागार्जुन वैद्यक और रसायन शास्त्र के भी आचार्य बतलाये जाते हैं। उनका "अष्टांगहृदय" अब भी तिब्बत के वैद्यों की सबसे प्रामाणिक पुस्तक है, किन्तु नागार्जुन की सिद्धाई तथा तंत्र-मंत्र के बनाने बढ़ाने की बातें, जो हमें पीछे के बौद्ध साहित्य में मिलती हैं, उनसे हमारे दार्शनिक नागार्जुन का कोई संबंध नहीं।

नागार्जुन आन्ध्रराजा गौतमीपुत्र यज्ञश्री (166-196 ई०) के समकालीन थे, विन्टरनिट्ज का यह मत युक्तियुक्त मालूम होता है।

नागार्जुन के नाम से वैसे बहुत से ग्रंथ प्रसिद्ध हैं, किन्तु उनकी असली कृतियों है–

(1) माध्यमिककारिका, (2) युक्तिषष्ठिका, (3) प्रमाणविध्वंसन, (4) उपायकौशल्य, (5) विग्रहव्यावर्तनी।

इनमें सिर्फ़ दो–पहली और पाँचवीं ही मूल संस्कृत में उपलब्ध है।

(2) दार्शनिक विचार–नागार्जुन ने विग्रहव्यावर्तनी में विरोधी तर्कों का खंडन करके कान्ट के वस्तु-सार से उलटे वस्तु शून्यता–वस्तुओं के भीतर कोई स्थिर तत्त्व नहीं, यह विच्छिन्न प्रवाह मात्र है– सिद्धि की है।

(क) शून्यता–नागार्जुन को कारिका शैली का प्रवर्तक कहा जाता है। कारिका में पद्य की सी स्मरण करने तथा सूत्र की भाँति अधिक बातों को थोड़े शब्दों में कहने की सुविधा होती है। कम से कम नागार्जुन के तीन ग्रंथ (1, 2, 5) कारिकाओं में ही है। "विग्रहव्यावर्तनी" में 72 कारिकाएँ हैं, जिनमें अन्तिम दो माहात्म्य और नमस्कार श्लोक हैं, इसलिए मूलग्रंथ सत्तर ही कारिकाओं

का हुआ। वह शून्यता पर है, इसलिए जान पड़ता है, विग्रह-व्यावर्तन का ही दूसरा नाम "शून्यता सप्तति" है। इन कारिकाओं पर आचार्य ने स्वयं सरल व्याख्या की है।

नागार्जुन ने ग्रंथ के आदि में नमस्कार श्लोक और ग्रंथ-प्रयोजन नहीं दिया है, जो कि पीछे के बौद्ध-अबौद्ध ग्रंथों में सर्वमान्य परिपाटी-सी बन गई, देखी जाती है। नागार्जुन ने 71वीं कारिका में शून्यता का माहात्म्य बतलाते हुए लिखा है–

"जो इस शून्यता को समझ सकता है, वह सभी अर्थों को समझ सकता है।"

"जो शून्यता को नहीं समझता, वह कुछ भी नहीं समझ सकता।"

इसकी व्याख्या में आचार्य ने बतलाया है, कि जो शून्यता को समझता है, वह प्रतीत्य-समुत्पाद (विच्छिन्न प्रवाह के तौर पर उत्पत्ति) को समझ सकता है, प्रतीत्य-समुत्पाद समझने वाला चारों **आर्यसत्यों** को समझ सकता है। चारों सत्यों के समझने पर उसे तृष्णा-निरोध (निर्वाण) आदि पदार्थों की प्राप्ति हो सकती है। प्रतीत्य-समुत्पाद जानने वाला जान सकता है, कि क्या धर्म है, क्या धर्म का हेतु और क्या धर्म का फल है। वह जान सकता है, कि अधर्म, अधर्म-हेतु, अधर्म-फल क्या है, क्लेश (चित्तमल), क्लेश-हेतु, क्लेश-वस्तु क्या है। जिसे यह सब मालूम है, वह जान सकता है कि क्या है, सुगति या दुर्गति, क्या है सुगति-दुर्गति में जाना, क्या है सुगति-दुर्गति में जाने का मार्ग, क्या है सुगति-दुर्गति से निकलना तथा उसका उपाय।

शून्यता से नागार्जुन का अर्थ है, प्रतीत्य-समुत्पाद–विश्व और उसकी सारी जड़-चेतन वस्तुएँ किसी भी स्थिर अचल तत्त्व (आत्मा, द्रव्य आदि) से बिलकुल शून्य हैं अर्थात् विश्व घटनाएँ हैं, वस्तु समूह नहीं। आचार्य ने अपने ग्रंथ की पहली बीस कारिकाओं में पूर्वपक्षी के आक्षेपों को दिया है और ग्रंथ के उत्तरार्द्ध में उसका उत्तर देते हुए शून्यता का समर्थन किया है। संक्षेप में उनकी तर्क प्रणाली इस प्रकार है–

पूर्वपक्ष–(1) वस्तुसार से इन्कार–अर्थात् शून्यवाद ठीक नहीं है, क्योंकि (i) जिन शब्दों को तुम युक्ति के तौर पर इस्तेमाल करते हो, वह भी शून्य–अ-सार–होंगे (ii) यदि नहीं, तो तुम्हारी पहली बात–सभी वस्तुएँ शून्य हैं–झूठी पड़ेगी; (iii) शून्यता को सिद्ध करने के लिए कोई प्रमाण नहीं है।

(2) सभी भाव (वस्तुएँ) वास्तविक हैं; क्योंकि (i) अच्छे बुरे के भेद को सभी स्वीकार करते हैं; (ii) जो वस्तु है नहीं उसका नाम ही नहीं मिलता; (iii) वास्तविकता का प्रतिषेध युक्तिसिद्ध नहीं; (iv) प्रतिषेध्य को भी सिद्ध नहीं किया जा सकता।

उत्तरपक्ष–(1) सभी भावों (सत्ताओं) की शून्यता या प्रतीत्य समुत्पाद (विच्छिन्न प्रवाह के रूप में उत्पत्ति) सिद्ध है; क्योंकि (1) विश्व की अवास्तविकता का स्वीकार, शून्यता सिद्धान्त के विरुद्ध नहीं है; (ii) इसलिए वह हमारी प्रतिज्ञा के विरुद्ध नहीं; (iii) जिन प्रमाणों से भावों की वास्तविकता सिद्ध की जा सकती है, उन्हीं को सिद्ध नहीं किया जा सकता–(a) न प्रमाण दूसरे प्रमाण से सिद्ध किया जा सकता, क्योंकि ऐसी अवस्था में वह प्रमाण नहीं प्रमेय (जिसे अभी प्रमाण से सिद्ध करना है) हो जायगा; (b) वह आग की भाँति अपने को सिद्ध कर सकता है; (c) न वह प्रमेय से सिद्ध किया जा सकता है, क्योंकि प्रमेय तो खुद ही सिद्ध नहीं, साध्य है; (d) न वह संयोग (इत्तिफ़ाक) से सिद्ध किया जा सकता है, क्योंकि संयोग कोई प्रमाण नहीं है।

(2) भावों (सत्ताओं) की शून्यता सत्य है, क्योंकि (1) यह अच्छे बुरे के भेद के खिलाफ़ नहीं है, वह भेद तो स्वयं प्रतीत्य-समुत्पाद के कारण ही है। यदि प्रतीत्य समुत्पाद के आधार पर नहीं बल्कि स्वतः परमार्थ रूपेण अच्छे बुरे का भेद हो, तो वह अचल एकरस है, फिर ब्रह्मचर्य आदि के अनुष्ठान द्वारा इच्छानुकूल उसे बदला नहीं जा सकता; (ii) शून्यता होने पर नाम नहीं हो सकता, यह भी ख्याल गलत है: क्योंकि नाम को हम सद्भूत नहीं असद्भूत मानते हैं। सत् (स्थिर, अविकारी, वस्तुसार) का ही नाम हो, अ-सत् का नहीं, यह कोई नियम नहीं, (iii) प्रतिषेध नहीं सिद्ध किया जा सकता, यह कहना गलत है, क्योंकि अप्रतिषेध को सिद्ध करने के लिए प्रमाण आदि की जरूरत पड़ेगी।

अक्षपाद के न्यायसूत्र का प्रमाण-सिद्धि प्रकरण तथा विग्रह-व्यावर्तिनी एक ही विषय के पक्ष प्रति-पक्ष में हैं। हम अन्यत्र बतला चुके हैं, कि अक्षपाद ने अपने न्यायसूत्र में नागार्जुन के उपरोक्त मत का खंडन किया है।

पुस्तक को समाप्त करते हुए नागार्जुन ने कहा है–

"जिसने शून्यता प्रतीत्य-समुत्पाद और अनेक अर्थोंवाली मध्यमा प्रतिपद (बीच के मार्ग) को कहा, उस अप्रतिम बुद्ध को प्रणाम करता हूँ।"

(a) प्रमाण-विध्वंसन में नागार्जुन ने प्रमाणवाद का खंडन किया है, नागार्जुन प्रमाणवाद का खंडन करते भी परमार्थ के अर्थ में ही उसका खंडन करते हैं, व्यवहार-सत्य में वह उससे इन्कार नहीं करते, लेकिन प्रमाण जैसा प्रबल खंडन उन्होंने अपने ग्रंथों में किया, उसका परिणाम यह हुआ कि माध्यमिक दर्शन व्यवहार-सत्यवादी वस्तुस्थितिपोषक दर्शन होने की जगह सर्वध्वंसक नास्तिकवाद बन गया। 'प्रमाण-विध्वंसन' में अक्षपाद की तरह ही प्रमाण, प्रमेय, आदि अठारह पदार्थों का संक्षिप्त वर्णन है। इसी तरह उपाय-कौशल्य में भी शास्त्रार्थ-संबंधी बातों–निग्रह-स्थान, जाति आदि–के बारे में कहा गया है, जो कि हमें अक्षपाद के सूत्रों में भी मिलता है। उपाय-कौशल्य का अनुवाद चीनी भाषा में 472 ई० में हुआ था। इनके बारे में हम यही कह सकते हैं, कि अनुयायियों में से किसी ने दूसरे के ग्रंथ से लेकर इसे अपने आचार्य के ग्रंथ में जोड़ दिया है।

(ख) माध्यमिक-कारिका के विचार–दर्शन की दृष्टि से नागार्जुन की कृतियों में **विग्रह-व्यावर्तनी** और **माध्यमिक-कारिका** का ही स्थान ऊँचा है। नागार्जुन का शून्यता से अभिप्राय है, प्रतीत्य-समुत्पाद, यह हम "विग्रह व्यावर्तनी" में देख आये हैं। नागार्जुन प्रतीत्य-समुत्पाद के दो अर्थ लेते हैं– (1) प्रत्यय (हेतु या कारण) से उत्पत्ति, "सभी वस्तुएँ प्रतीत्य समुत्पन्न हैं" का अर्थ है, सभी वस्तुएँ अपनी उत्पत्ति में अपनी सत्ता को पाने के लिए दूसरे प्रत्यय या हेतु पर आश्रित (पराश्रित) हैं। (2) प्रतीत्य-समुत्पाद का दूसरा अर्थ क्षणिकता है, सभी वस्तु क्षण के बाद नष्ट हो जाती हैं और उनके बाद दूसरी नई वस्तु या घटना क्षण भर के लिए आती है अर्थात् उत्पत्ति विच्छिन्न-प्रवाह सी है। प्रतीत्य-समुत्पाद को ही मध्यम-मार्ग कहा जाता है, यह कह चुके हैं और यह भी कि बुद्ध न आत्मवादी थे, न भौतिकवादी, बल्कि उनका रास्ता इन दोनों के बीच का (मध्यम-मार्ग) था– वह "विच्छिन्न प्रवाह" को मानते थे। आत्मवादियों की सतत विद्यमानता के विरुद्ध उन्होंने विच्छिन्न या प्रतीत्य को रखा और भौतिकवादियों के सर्वथा उच्छेद (विनाश) के विरुद्ध प्रवाह को रखा।

पराश्रित उत्पाद के अर्थ को लेकर नागार्जुन साबित करना चाहते हैं, कि जिसकी उत्पत्ति, स्थिति या विनाश है, उसकी परमार्थ सत्ता कभी नहीं मानी जा सकती।

माध्यमिक दर्शन वस्तुसत्ता के परमार्थ रूप पर विचार करते हुए कहता–

"न सत् है, न अ-सत्, न सत् और अ-सत् दोनों है, न सत्-असत् दोनों नहीं है।"

"कारक है, यह कर्म के निमित्त (प्रत्यय) से ही कह सकते हैं, कर्म है यह कारक के निमित्त से; यह छोड़ दूसरा (सत्ता की) सिद्धि का कारण हम नहीं देखते हैं।"

इस प्रकार कारक और कर्म की सत्यता अन्योन्याश्रित है, अर्थात् स्वतंत्र रूप से दोनों में एक की भी सत्ता सिद्ध नहीं है, फिर स्वयं असिद्ध वस्तु दूसरे को क्या सिद्ध करेगी? इसी न्याय को लेकर नागार्जुन कहते हैं, कि किसी की सत्ता नहीं सिद्ध की जा सकती–सत्ता और असत्ता भी इसी तरह एक दूसरे पर आश्रित है, इसलिए ये अलग-अलग, दोनों या दोनों के रूप में भी नहीं सिद्ध किये जा सकते।

कर्ता और कर्म का निषेध करते हुए नागार्जुन फिर कहते हैं–

"सत्-रूप कारक सत्-रूप कर्म को नहीं करता, (क्योंकि) सत्-रूप से क्रिया नहीं होती, अतः कर्म की कर्ता की जरूरत नहीं।"

सद्-रूप के लिए क्रिया नहीं, अतः कर्ता को कर्म की ज़रूरत नहीं।

इस प्रकार परस्पराश्रित सत्तावाली वस्तुओं में कर्ता, कर्म, कारण, क्रिया को सिद्ध नहीं किया जा सकता।

"कहीं भी कोई सत्ता न स्वतः है, न परतः, न स्वतः परतः दोनों और न बिना हेतु के ही है।"

कार्य कारण संबंध का खंडन करते हुए नागार्जुन ने लिखा है–

"यदि पदार्थ सत् है, तो उसके लिए प्रत्यय (कारण) की जरूरत नहीं। अ-सत् है तो भी उसके लिए प्रत्यय की जरूरत नहीं।"

(गदहे के सींग की भाँति) अ-सत् पदार्थ के लिए प्रत्यय की क्या जरूरत?

सत् पदार्थ को (अपनी सत्ता के लिए) प्रत्यय की क्या जरूरत?

उत्पत्ति, स्थिति और विनाश को सिद्ध करने के लिए कार्य-कारण, सत्ता-असत्ता आदि के विवेचन में पड़कर आखिर हमें यही मालूम होता है कि वह परस्पराश्रित है; ऐसी अवस्था में उन्हें सिद्ध नहीं किया जा सकता। बौद्ध-दर्शन में पदार्थों को संस्कृत (कृत) और अ-संस्कृत (कृत) दो भागों में बाँटकर सारी सत्ताओं को संस्कृत और निर्वाण को असंस्कृत कहा गया है। नागार्जुन ने इस संस्कृत-असंस्कृत विभाग पर प्रहार करते हुए कहा है–

"उत्पत्ति-स्थिति-विनाश के सिद्ध होने पर संस्कृत नहीं (सिद्ध) होगा। संस्कृत के सिद्ध हुए बिना अ-संस्कृत कैसे सिद्ध होगा?"

"जगत् और उसके पदार्थों की मरुमरीचिका बतलाते हुए नागार्जुन ने लिखा है।"

"(रेगिस्तान की) लहर को पानी समझकर भी यदि वहाँ जाकर पुरुष 'यह जल नहीं है' समझे तो वह मूढ़ है। उसी तरह मरीचि समान (इस) लोक को 'है' समझने वाले का 'नहीं है' यह मोह भी मोह होने से युक्त नहीं है।"

जिस तरह पराश्रित उत्पाद (प्रतीत्य-समुत्पाद) होने से किसी वस्तु को सिद्ध, असिद्ध, सिद्ध-असिद्ध, न-सिद्ध-न-अ-सिद्ध नहीं किया जा सकता, उसी तरह प्रतीत्य-समुत्पाद का अर्थ विच्छिन्न प्रवाह रूप से उत्पाद लेने पर वहाँ भी कार्य, कारण, कर्म, कर्ता आदि व्यवस्था नहीं हो सकती, क्योंकि उनमें से एक वस्तु दूसरे के बिलकुल उच्छिन्न हो जाने पर अस्तित्व में आती है।

(ग) शिक्षायें–आन्ध्रवंशी राजाओं की पदवी शातवाहन (शालिवाहन भी) होती थी। तत्कालीन शातवाहन राजा (यज्ञश्री गौतमी पुत्र) नागार्जुन का "सुहृद्" था। यह सुहृद् राजा साधारण नहीं भारी राजा था, यह नागार्जुन से चार सदी बाद हुए 'वाण' के "हर्षचरित" के इस वाक्य से पता लगता है– "नागार्जुन नामक भिक्षु ने उस एकावली (हार) को नागराज से माँगा और पाया भी। (फिर) उसे (अपने) सुहृद् तीन समुद्रों के स्वामी शातवाहन नामक नरेन्द्र को दिया।"

यहाँ शातवाहन को तीनों समुद्रों (अरब सागर, दक्षिण-भारत सागर, बंग-खाड़ी) का स्वामी तथा नागार्जुन का सुहृद् बतलाया गया है। नागार्जुन जैसा प्रतिभाशाली विद्वान् जिसके राज्य (विदर्भ) में पैदा हुआ तथा रहता हो, वह उससे क्यों नहीं सौहार्द्र प्रदर्शन करेगा? नागार्जुन ने अपने सुहृद्-शातवाहन राजा को एक शिक्षापूर्ण पत्र "सुहृद्-लेख" लिखा था, जिसका अनुवाद तिब्बती तथा चीनी दोनों भाषाओं में अब भी सुरक्षित है। इस लेख में नागार्जुन ने जो शिक्षाएँ अपने सुहृद् को दी हैं, उनमें से कुछ इस प्रकार हैं–

"6. धन को चंचल और असार समझ धर्मानुसार उसे भिक्षुओं, ब्राह्मणों, गरीबों और मित्रों को दो; दान से बढ़कर दूसरा मित्र नहीं है।"

"7. निर्दोष, उत्तम, अमिश्रित, निष्कलंक, शील (सदाचार) को (कार्यरूप में) प्रकट करो; सभी प्रभुताओं का आधार शील है, जैसे कि चराचर का आधार धरती है।"

"21. दूसरे की स्त्री पर नज़र न दौड़ाओ, यदि देखो तो आयु के अनुसार उसे माँ, बहिन या बेटी की तरह समझो।"

"29. तुम जग को जानते हो, संसार की आठ स्थितियों–लाभ, अलाम, सुख, दुःख, मान-अपमान, स्तुति-निन्दा–में समान भाव रखो, क्योंकि वह तुम्हारे विचार के विषय नहीं है।"

"37. किन्तु उस एक स्त्री (अपनी पत्नी) को परिवार की अधिष्ठात्री देवी की भाँति सम्मान करना, जो कि बहिन की भाँति मंजुल, मित्र की भाँति विजयिनी, माता की भाँति हितैषिणी, सेवक की भाँति आज्ञाकारिणी है।"

"49. यदि तुम मानते हो कि 'मैं' रूप (भौतिक तत्त्व) नहीं हूँ, तो इससे तुम समझ जाओगे कि रूप आत्मा नहीं है, आत्मा रूप में नहीं है, रूप आत्मा (मेरे) में नहीं बसता। इसी तरह दूसरे (वेदना आदि) चार स्कंधों के बारे में भी जानोगे।"

"50. ये स्कंध न इच्छा से, न काल से, न प्रकृति से, न स्वभाव से, न ईश्वर से और न बिना हेतु के पैदा होते हैं, समझो कि वे अविद्या और तृष्णा से उत्पन्न होते हैं।

"51. जानो कि धार्मिक क्रिया-कर्म (शीलव्रत परामर्श) झूठा दर्शन (सत्काय दृष्टि) और संशय (विचिकित्सा) में आसक्ति तीन बेड़ियाँ (संयोजन) हैं।"

नागार्जुन का दर्शन–शून्यवाद–वास्तविकता का अपलाप करता है। दुनिया को शून्य मानकर उसकी समस्याओं के अस्तित्व से इन्कम करने के लिए इससे बढ़कर दर्शन नहीं मिलेगा? इसीलिए आश्चर्य नहीं, यदि ऐसा दार्शनिक सम्राट यज्ञश्री गौतमी पुत्र का घनिष्ट मित्र (? सुहृद) था।

4. योगाचार और दूसरे बौद्ध-दर्शन–माध्यमिक और योगाचार महायान से संबंध रखने वाले दर्शन हैं, जब कि सर्वास्तिवाद और सौत्रान्तिक हीनयान (स्थविरवाद) से संबंध रखते हैं। इन चारों बौद्ध दर्शनों को यदि आकाश से धरती की ओर लायें, तो वह इस प्रकार मालूम होते हैं–

वाद	नाम	आचार्य
1. शून्यवाद	माध्यमिक	नागार्जुन, आर्यदेव, चंद्रकीर्ति, भाव्य, बुद्धपालित
2. विज्ञानवाद	योगाचार	असंग, वसुबंधु, दिङनाग, धर्मकीर्ति, शान्तरक्षित
3. वाह्य-अर्थवाद	सौत्रान्तिक	
4. बाह्य-आभ्यन्तर-अर्थवाद	सर्वास्तिवाद	संघभद्र, वसुबंधु (का अभिधर्मकोश)

योगाचार-दर्शन के मूल बीज वैपुल्य सूत्रों में मिलते हैं। उसके लंकावतार, सन्धि-निर्मोचन, आदि सूत्र बाह्य जगत् के अस्तित्व से इन्कार करते हुए विज्ञान (अभौतिक तत्त्व, मन) को एकमात्र पदार्थ मानते हैं। "जो क्षणिक नहीं वह सत् ही नहीं" सूत्र का अपवाद बौद्ध दर्शन में हो नहीं सकता, इसलिए योगाचार विज्ञान भी क्षणिक है। दूसरी कितनी ही विचारधाराओं की भाँति योगाचार के प्रथम प्रवर्तक के बारे में भी हमें कुछ नहीं मालूम है। चौथी सदी तक यह दर्शन जिस किसी तरह चलता रहा, किन्तु चौथी सदी के उत्तरार्द्ध में असंग और वसुबंधु दो दार्शनिक भाई पेशावर में पैदा हुए, जिनके प्रौढ़ ग्रंथों के कारण यह दर्शन अत्यन्त प्रबल और प्रसिद्ध हो गया।

योगाचार योगावचर (योगी) शब्द से निकला है, जो कि पुराने पिटक में भी मिलता है, किन्तु यहाँ यह दार्शनिक सम्प्रदाय के नाम के तौर पर प्रयुक्त होता है। इस नाम के पड़ने का एक कारण यह भी है कि योगाचार दर्शन-प्रतिपादक आर्य असंग का मौलिक महान् ग्रंथ "योगाचार भूमि" है। असंग के बारे में हम आगे कहेंगे। यहाँ नागार्जुन और उनसे पहले जैसा विज्ञानवाद माना जाता था और जिस पर गंधार-प्रवासी यूनानियों द्वारा अफ़लातूनी दर्शन का प्रभाव ज़रूर पड़ा था, उसके बारे में कुछ कहते हैं।

"**आलय-विज्ञान** (समुद्र) से प्रवृत्ति विज्ञान की तरंग उत्पन्न होती है।"

विश्व के मूल तत्त्व को इस दर्शन की परिभाषा में आलय विज्ञान कहा गया है। विज्ञान समुद्र से जो पाँचों इन्द्रियाँ और मन के–ये छः विज्ञान उत्पन्न होते हैं, उन्हें प्रवृत्ति-विज्ञान कहते हैं।

"जैसे पवन-रूपी प्रत्यय (हेतु) से प्रेरित हो समुद्र से नाचती हुई तरंगें पैदा होती हैं और उनके (प्रवाह का) विच्छेद नहीं होता। उसी तरह विषय-रूपी पवन से प्रेरित चित्र-विचित्र नाचती हुई विज्ञान-तरंगों के साथ आलय समुद्र सदा क्रिया परायण रहता है।"

अर्थात् भीतरी ज्ञेय पदार्थ (अभौतिक विज्ञान) पदार्थ है, वही बाहर की तरह दिखलाई पड़ता है। स्कंध, प्रत्यय (हेतु), अणु, भौतिक तत्त्व, सभी विज्ञान मात्र हैं। यह आलय विज्ञान भी प्रतीत्य-समुत्पन्न (विच्छिन्न प्रवाह के तौर पर उत्पन्न), क्षण-क्षण परिवर्त्तनशील है। क्षणिकता के कारण उसे हर वक्त नया रूप धारण करते रहना पड़ता है, जिसके कारण यह जगत-वैचित्र्य है।

सर्वास्तिवाद का वही सिद्धान्त है, जिसे हम बुद्ध के दर्शन में बतला आये हैं वह वाह्य रूप आन्तरिक विज्ञान दोनों की प्रतीत्य समुत्पन्न सत्ता को स्वीकार करता है।

सौत्रान्तिक अपने को बुद्ध के सूत्रान्तों (सूत्रों या उपदेशों का) अनुयायी बतलाते हैं। वह वाह्य विज्ञानवाद से उलटे वाह्यार्थवादी हैं अर्थात् क्षणिक रूप ही मौलिक तत्त्व है।

3. आत्मवादी दर्शन

अनीश्वरवादी दर्शनों में चार्वाक और बौद्ध अनात्मवादी हैं, उनके बारे में हम बतला चुके। दर्शन के इस नवीन युग में कुछ ऐसे भी भारतीय दर्शन रहे हैं, जो कि ईश्वर पर तो जोर नहीं देते, किन्तु आत्मा को स्वीकार करते रहे हैं। वैशेषिक ऐसा ही आत्मवादी दर्शन है।

1. परमाणुवादी कणाद (150 ई०)

क. कणाद का काल–वैशेषिक दर्शन के कर्ता कणाद थे। ब्राह्मणों के छः दर्शनों के कर्ताओं की जीवनी और समय के बारे में जो घना अंधकार देखा जाता है, वह कणाद के बारे में भी वैसा ही है। कणाद के जीवन के बारे में हम इतना ही जानते हैं, कि वह गिरे हुए दानों (कणों) को खाकर जीवन यात्रा करते थे, इसीलिए उनका नाम कणाद (कण-आद) पड़ा, लेकिन यह सूचना शायद ऐतिहासिक स्रोत से नहीं, बल्कि व्याकरण से मिली व्याख्या के आधार पर है। वैशेषिक का दूसरा नाम औलूक्य दर्शन भी है। वैशेषिक के कर्ता या सृष्टि के उलूक (उल्लू) पक्षी का क्या संबंध था, यह नहीं कहा जा सकता। कणाद का दूसरा नाम उलूक होता। यदि वे सरस्वती (विद्या) के नहीं बल्कि लक्ष्मी (धन के) स्वामी होते! उलूक कोई अच्छा पक्षी नहीं, कि माता-पिता या मित्र-सुहृद् इस नाम से कणाद को याद करते। उल्लू अथेन्स (यूनान) के पवित्र चिह्नों में था, क्या इस दर्शन का यूनानी दर्शन से जो घनिष्ठ संबंध है, उसे ही तो उलूक शब्द सूचित नहीं करता?

ख. यूनानी दर्शन और वैशेषिक–देवली की इस मरुस्थली कारा में जितनी कम साम्रगी के साथ मुझे यह पंक्तियाँ लिखनी पड़ रही हैं, उसकी दिक्कतों को सहृदय पाठक जान सकते हैं, तो भी यूनानी दार्शनिकों के मूल अनुवादों को पढ़कर तुलना कर फिर कुछ विस्तृत तौर पर लिखने के ख्याल पर इसे छोड़ देना अच्छा नहीं है; इसलिए यहाँ हम ऐसे कुछ हिन्दू-यवन सिद्धान्तों के बारे में लिखते हैं।

a. परमाणुवाद–देमोक्रितु (460-370 ई० पू०) का जन्म खुद के निर्माण (483 ई० पू०) से 23 साल पीछे हुआ था। यह वह समय है, जबकि हमारी दर्शन-साम्रगी, कुछ पुराने (उपनिषदों) तथा बुद्ध, महावीर आदि तीर्थंकरों के उपदेशों पर निर्भर थी। इस सामग्री में ढूँढ़ने पर हमें परमाणु के जगत् का मूलतत्त्व होने की गंध तक नहीं मिलती। देमोक्रितु ने जिस वक्त अविभाज्य, अवेध्य–अ-तोमन् का सिद्धान्त निकाला, उस वक्त भारत में उसका बिलकुल

ख्याल नहीं था, यह स्पष्ट है। देमोक्रितु परमाणुओं को सबसे सूक्ष्म तत्त्व मानता था, किन्तु साथ ही उनके परिमाण हैं, इससे इन्कार नहीं करता था। कणाद भी परमाणु को सूक्ष्म परिमाण वाला कण समझते हैं। दोनों ही परमाणुओं को सृष्टि के निर्माण की ईंटें मानते हैं।

b. सामान्य, विशेष–पिथागोर (570-500 ई० पू०) ने आकृति को मूल तत्त्व माना था, क्योंकि भिन्न-भिन्न गायों के मरने के बाद भी हर पीढ़ी में गाय की आकृति मौजूद रहती है। अफ़लातूँ (427-347 ई० पू०) ने और आगे बढ़कर, बराबर दुहराई जाने वाली आकृतियों की जो समानता–सामान्य है, उस पर और जोर दिया, उसके ख्याल में विशेष मूलतत्त्व (विज्ञान) में बिखरे हुए हैं। यह सामान्य विशेष की कल्पना अफ़लातूँ ने पहले-पहल की थी। यूनानियों के भारत से घनिष्ठ संबंध स्थापित करने (323 ई० पू०) से पहले के भारतीय साहित्य में इस ख्याल का बिलकुल अभाव है।

c. द्रव्य, गुण आदि–कणाद ने अपने दर्शन में विश्व के तत्त्वों का–द्रव्य, गुण, कर्म, सामान्य, विशेष, समवाय इन छः पदार्थों में वर्गीकरण किया है। अफ़लातूँ के शिष्य अरस्तू (384–322 ई० पू०) ने अपने तर्क-शास्त्र में आठ और दस पदार्थ माने हैं–द्रव्य, गुण, परिमाण, संबंध, दिशा, काल, आसन, स्थिति, कर्म, परिमाण, द्रव्य, गुण, कर्म, संबंध (समवाय) दोनों के मत में समान हैं। दिशा और काल को कणाद ने द्रव्यों में गिना है और परिमाण को गुणों में। इस प्रकार हम कह सकते हैं, कि कणाद ने अरस्तू के पदार्थों का वर्गीकरण फिर से किया।

इन बातों के साथ काल और भारत के यूनान से घनिष्ठ संबंध तथा सांस्कृतिक दानादान को देखते हुए यह आसानी से समझ में आ सकता है, कि ये सादृश्य आकस्मिक नहीं हैं।

कणाद के वैशेषिक दर्शन को बुद्ध से पहले ले जाने का प्रयास फ़ज़ूल है, कणाद का दर्शन यदि पहले से मौजूद होता है, तो बुद्ध तथा दूसरे समकालीन दार्शनिकों को त्रिपिटक और जैनागमों की भाषा-परिभाषा के द्वारा अपने दर्शनों को न आरंभ करने की जरूरत थी और न वह कणाद के दर्शन के प्रभाव से अछूते रह सकते थे।

कणाद के दर्शन पर बौद्ध दर्शन का कोई प्रभाव नहीं है, यह कहते हुए, कितने ही विद्वान वैशेषिक को बुद्ध से पहले खींचना चाहते हैं। इसके उत्तर में हम अभी कह चुके हैं, कि (1) बुद्ध के दर्शन में उसकी गंध तक नहीं है। (2) कणाद का दर्शन बौद्ध-दर्शन से अप्रभावित नहीं है। आत्मा और नित्यता की सिद्धि पर इतना जोर आखिर किसके प्रहार के उत्तर में दिया गया है? यह निश्चय ही बुद्ध के "अनित्य- अनात्म" के विरुद्ध कणाद की दार्शनिक जहाद है। यूनानी दर्शन में भी हेराक्लितु (535–424 ई० पू०) के अनित्यतावाद के उत्तर में नित्य सामान्य की कल्पना पेश की गई थी, कणाद और उनके अनुयायियों का शताब्दियों तक उसी सामान्य को नित्यता के नमूने के तौर पर पेश करना, बौद्धों के अनित्य (क्षणिक) वाद के उत्तर में ही था और इस तरह वैशेषिक बौद्ध दर्शन से परिचित नहीं, यह बात गलत है।

नागार्जुन से कणाद पहले थे, यद्यपि इसके बारे में अभी कोई पक्की बात नहीं कही जा सकती, किन्तु जिस तरह हम कणाद को नागार्जुन के प्रमाण-विध्वंसन के बारे में चुप देखते हैं, उससे यही कहना पड़ता है, कि शायद कणाद को नागार्जुन के विचार नहीं मालूम थे।

ग. वैशेषिक सूत्रों का संक्षेप–कणाद ने अपने ग्रंथ–वैशेषिक सूत्र–को दस अध्यायों में लिखा है; हर एक अध्याय में दो-दो आह्निक हैं। अध्यायों और आह्निकों के प्रतिपाद्य विषय निम्न प्रकार हैं–

1 अध्याय	**पदार्थ-कथन**
1. आह्निक	सामान्य (जाति) वान्
2. आह्निक	सामान्य, विशेष
2 अध्याय	**द्रव्य**
1. आह्निक	पृथिवी आदि भूत
2. आह्निक	दिशा, काल
3 अध्याय	**आत्मा, मन**
1. आह्निक	आत्मा
2. आह्निक	मन
4 अध्याय	**शरीर आदि**
1. आह्निक	कार्य-कारण-भाव आदि
2. आह्निक	शरीर (पार्थिव, जलीय...नित्य)
5 अध्याय	**कर्म**
1. आह्निक	शारीरिक कर्म
2. आह्निक	मानसिक कर्म
6 अध्याय	**धर्म**
1. आह्निक	दान आदि धर्मों की विवेचना
2. आह्निक	धर्मानुष्ठान
7 अध्याय	**गुण, समवाय**
1. आह्निक	निरपेक्ष गुण
2. आह्निक	सापेक्ष गुण
8 अध्याय	**प्रत्यक्ष प्रमाण**
1. आह्निक	कल्पना-सहित प्रत्यक्ष
2.आह्निक	कल्पना-रहित प्रत्यक्ष
9 अध्याय	**अभाव हेतु**
1. आह्निक	अभाव
2. आह्निक	हेतु
10 अध्याय	**अनुमान के भेद**
1. आह्निक	अनुमान के भेद
2. आह्निक	अनुमान के भेद

कणाद ने किस प्रयोजन से अपने दर्शन की रचना की, इसे उन्होंने ग्रंथ के पहले सूत्रों में साफ़ कर दिया है–

'अतः अब मैं धर्म का व्याख्यान करता हूँ।'

"जिससे अभ्युदय (लौकिक सुख) और निःश्रेय (पारलौकिक सुख) की सिद्धि होती है, वह धर्म है।"

'उस (धर्म) को कहने से वेद (आम्नाय) की प्रामाणिकता है।'

घ. धर्म और सदाचार–इसका अर्थ यह है, कि यद्यपि कणाद ने द्रव्य, गुण, कर्म, प्रत्यक्ष, अनुमान जैसी संसारी वस्तुओं पर ही एक बुद्धिवादी की दृष्टि से विवेचना की है, तो भी उस विवेचना का मुख्य लक्ष्य है, धर्म के प्रति होती शंकाओं को युक्तियों से दूर कर फिर से धर्म की धाक स्थापित करना। अपने इस दार्शनिक प्रयोजन की सिद्धि वे दो प्रकार से करते हैं, एक तो दुष्ट हेतुओं से–ऐसे हेतुओं से जिन्हें हम लौकिक दृष्टि से जान (देख) सकते हैं, दूसरे वे जिनके लिए दृष्ट हेतु पर्याप्त नहीं हैं और उनके लिए अदृष्ट की कल्पना करनी पड़ती है। कणाद ने अपने को बुद्धिवादी साबित करते हुए कहा, कि दृष्ट न होने पर ही अदृष्ट की कल्पना करनी चाहिए, जैसे कि चुम्बक (अयस्कान्त) की ओर लोहा क्यों खिंचता है, वृक्ष के शरीर में ऊपर की ओर पानी कैसे चढ़ता है और चक्कर काटता है, आग क्यों ऊपर की ओर जाती है, हवा क्यों अगल-बगल में फैलती है, परमाणुओं में एक दूसरे के साथ संयोग करने की प्रवृत्ति क्यों होती है। इनके लिए दृष्ट हेतु न मिलने से अदृष्ट की कल्पना से–ऐसे हेतुओं से जिन्हें हम लौकिक दृष्टि से जान (देख) सकते हैं, दूसरे वे जिनके लिए दृष्ट हेतु पर्याप्त नहीं हैं और उनके लिए अदृष्ट की कल्पना करनी पड़ती है। इसी तरह जन्मान्तर, गर्भ में जीव का आना आदि के बारे में दृष्ट हेतु नहीं मिल सकते, वहाँ हमें अदृष्ट की कल्पना करनी पड़ेगी। कणाद के मतानुसार द्रव्य, गुण, कर्म इन तीन पदार्थों तक दृष्ट हेतुओं का प्रवेश है, इनसे अन्यत्र अदृष्ट का सहारा लेना पड़ता है।

एक बार जब अदृष्ट की सल्तनत कायम हो गई, तो फिर उससे धर्म, रूढ़ि, वर्ग-स्वार्थ सभी को कितना पुष्ट किया जा सकता है; इसे हम कान्ट आदि पाश्चात्य दार्शनिकों के प्रयत्नों में देख चुके हैं। पाँचवें अध्याय के दूसरे आह्निक में उस समय के अज्ञात कारणवाली कितनी ही भौतिक घटनाओं की व्याख्या अदृष्ट द्वारा करने की कोशिश की गई है। पुरोहितों के कितने ही यज्ञ-यागों, स्नान, ब्रह्मचर्य, गुरुकुलवास, वानप्रस्थ, यज्ञ, दान आदि क्रिया-कर्मों का जो फल बतलाया जाता है, उसे बुद्धि से नहीं साबित किया जा सकता, इनके लिए हमें अदृष्ट पर वैसे ही विश्वास रखना चाहिए, जैसे कि चुम्बक द्वारा लोहे के खिंचने पर हमें विश्वास करना पड़ता है।

आहार भी धर्म का अंग है। शुद्ध आहार वह है, जो कि यज्ञ करने के बाद बच रहता है, जो आहार ऐसा नहीं है वह अशुद्ध है।

ङ. दार्शनिक विचार–इस तरह कणाद ने धर्म के पुष्ट करने की प्रतिज्ञा पूरी करने की चेष्टा ज़रूर की है, किन्तु सार ग्रंथ में उसकी मात्रा इतनी कम और दलीलें इतनी निर्बल हैं, कि किसी ब्राह्मण को यह कहना ही पड़ा–

"धर्म व्याख्यातुकामस्य षट्पदार्थोपवर्णनम्।
हिमवद्गन्तुकामस्य सागरागमनोपमम्।।"

["धर्म की व्याख्या की इच्छा रखने वाले (कणाद) का छः पदार्थों का वर्णन वैसा ही है, जैसा हिमालय जाने की इच्छा वाले का समुद्र की ओर आना।"]

(a) **पदार्थ**–अरस्तू ने जिस तरह अपने 'तर्कशास्त्र' में पदार्थों को गिनाया है, उसी तरह कणाद ने भी विश्व के तत्त्वों को छः पदार्थों में विभाजित किया है, वे हैं–

द्रव्य, गुण, कर्म, सामान्य, विशेष, समवाय।

(b) **द्रव्य**–चल विश्व की तह में जो अचल या बहुत कुछ अचल तत्त्व हैं, उन्हें कणाद ने द्रव्य कहा है। जो आज ईटें, घड़े, सिकोरे हैं, वे कल टूटकर घिसते-घिसते धूलि बन जाते हैं, फिर उन्हें हम ईटों और बर्तनों के रूप में बदल सकते हैं। इन सब तब्दीलियों में जो वस्तु एकसाँ रहती है, वही है पृथिवी द्रव्य। कणाद ने नौ द्रव्य माने हैं–

पृथिवी, जल, अग्नि, वायु, आकाश, काल, दिशा (देश) आत्मा और मन।

इनमें पहले चार अभौतिक तत्त्व और अपने मूलरूप में अत्यन्त सूक्ष्म, अविभाज्य, अवैध्य अनेक परमाणुओं से मिलकर बने हैं। आकाश, काल, दिशा, आत्मा, अभौतिक तथा सर्वत्र व्यापी तत्त्व हैं। मन भी अतिसूक्ष्म अभौतिक कण (अणुपरिमाण वाला) है।

(c) **गुण**–गुण सदा किसी द्रव्य में रहता है। जैसे–

द्रव्य	विशेषगुण	सामान्य गुण		
1. पृथिवी	गंध	रस, रूप, स्पर्श		
2. जल	रस	रस, रूप, स्पर्श, तरलता, स्निग्धता	संयोग, विभाग	संख्या
3. अग्नि	रूप	रूप, स्पर्श		परिमाण
4. वायु	स्पर्श	स्पर्श		पृथक्त्व
5. आकाश	शब्द	शब्द		
6. काल			परत्व, अपरत्व	
7. दिशा			परत्व, अपरत्व	
8. आत्मा				

कणाद ने सिर्फ़ ग्यारह गुण माने थे–

(1) रूप, (2) रस, (3) गंध, (4) स्पर्श (सर्दी, गर्मी), (5) संख्या, (6) परिमाण, (7) पृथक्त्व (अलगपन), (8) संयोग (जुड़ना), (9) विभाग, (10) परत्व (परे होना), (11) अपरत्व (उरे होना)

किन्तु, पीछे के आचार्यों ने 13 और बढ़ा गुणों की संख्या चौबीस कर दी है–

(12) बुद्धि(ज्ञान), (13) सुख, (14) दुःख, (15) इच्छा, (16) द्वेष, (17) प्रयत्न, (18) गुरुत्व (भारीपन), (19) लघुत्व (हल्कापन), (20) द्रवत्व (तरलता), (21) स्नेह (जोड़ने का गुण), (22) संस्कार, (23) अदृष्ट (अलौकिक शक्तिमत्ता), (24) शब्द।

इनमें द्रवत्व, स्नेह और शब्द को कणाद ने जल और आकाश के गुणों में गिना है। गन्ध, रस, रूप, स्पर्श, शब्द–विशेष गुण कहे गये हैं, क्योंकि ये पृथिवी, जल, अग्नि, वायु, आकाश के क्रमशः अपने-अपने विशेष गुण हैं।

(d) कर्म–कर्म क्रिया (गति) को कहते हैं। इसके पाँच भेद हैं–

(1) उत्क्षेपण (ऊपर की ओर गति), (2) अवक्षेपण (नीचे की ओर गति), (3) आकुंचन (सिकुड़ना), (4) प्रसारण (चारों ओर फैलना), (5) गमन (सामने की गति)।

द्रव्य, गुण और कर्म पर दृष्ट हेतुओं का प्रयोग होता है, यह बतला चुके हैं। इन तीनों को हम निम्न समान रूपों में पाते हैं–

(1) सत्ता (अस्तित्व) वाले, (2) अनित्य, (3) द्रव्य, (4) कार्य, (5) कारण, (6) सामान्य, (7) विशेष

गुण और कर्म सदा किसी द्रव्य में रहते हैं, इसलिए द्रव्य को गुणकर्मों का समवीय (नित्य) कारण कहते हैं। गुण की विशेषता यह है, कि वह किसी दूसरे गुण और कर्म में नहीं होता है।

(e) सामान्य–अनेक द्रव्यों में रहने वाला नित्य पदार्थ सामान्य है, जैसे पृथिवीत्व (पृथिवीपन) अनेक पार्थिव द्रव्यों में, गोत्व (गायपन)।

अनेक गायों में रहने वाला नित्य पदार्थ है। गायें लाखों आज, पहले और आगे भी नष्ट होती रहेंगी, किन्तु गोत्व नष्ट नहीं होता। वह आज की सारी गायों में जिस तरह मौजूद है, उसी तरह पहले भी था और आगे की गायों में भी मिलेगा, इस प्रकार गोत्व नित्य है।

(f) विशेष–परमाणुओं (पृथिवी, जल, वायु, आग के सूक्ष्मतम नित्य अवयव) में जो एक दूसरे से भेद है, उसे विशेष कहते हैं। विशेष सिर्फ़ नित्य द्रव्यों में रहता है और वह स्वयं भी नित्य है। इसी विशेष के प्रतिपादन के कारण कणाद के शास्त्र का नाम वैशैषिक पड़ा।

(क) समवाय–वस्तुओं के बीच के नित्य संबंध को समवाय कहते हैं। द्रव्य के साथ उसके गुण, कर्म समवाय संबंध से संबद्ध हैं–पृथिवी में गंध, जल में रस समवाय संबंध से रहते हैं। सामान्य (गोत्व आदि) भी द्रव्य, गुण, कर्म में समवाय (नित्य) संबंध से रहता है।

(ख) द्रव्य–चारों भूतों का जिक्र ऊपर हो चुका है, बाकी द्रव्यों में आकाश, काल और दिशा अदृष्ट हैं, साथ ही वैशेषिक इन्हें निष्क्रिय भी मानता है। अदृष्ट और निष्क्रिय होने पर वह है, इसको कैसे सिद्ध किया जा सकता है–इस प्रश्न का उत्तर आसान नहीं था। वैशेषिक का कहना है–शब्द एक गुण है जो प्रत्यक्ष सिद्ध है। गुण द्रव्य के बिना नहीं रह सकता, शब्द को किसी और भूत से जोड़ा नहीं जा सकता, इसलिए एक नये द्रव्य की जरूरत है जो कि आकाश है। कणाद को यह नहीं मालूम था, कि हवा से खाली जगह में रखी घंटी शब्द नहीं कर सकती।

(a) काल–बाल्य, जरा, एक साथ (यौगपद्य), क्षिप्रता हमारे लिए सिद्ध बाते हैं, इनका कोई ज्ञापक होना चाहिए, इसी ज्ञापक को काल कहा जाता है। काल का जबर्दस्त खंडन बौद्धों ने किया

है, जो बहुत कुछ आधुनिक सापेक्षतावाद की तरह का है। इसे हम आगे कहेंगे। कणाद के समय व्यवहार की आसानी के लिए जो कितनी ही युक्तिरहित धारणाएँ फैली हुई थीं, उनसे भी उन्होंने अपने वाद का अंग बनाया।

(b) दिशा–दूर और नज़दीक का ख्याल जो देखा जाता है, उसका भी कोई आश्रय होना चाहिए और वही दिशा (देश) द्रव्य है। सापेक्षता में हम देख चुके हैं और आगे धर्मकीर्ति के दर्शन में भी देखेंगे, कि देश या दिशा व्यवहार-सत्य हो सकती है, किन्तु ऐसे निष्क्रिय अदृष्ट तत्त्व को परमार्थ-सत्य श्रद्धावश ही माना जा सकता है।

(c) आत्मा–(1) इन्द्रियों और विषयों के संपर्क से हमें जो ज्ञान होता है, उसका आधार इन्द्रिय या विषय नहीं हो सकते, क्योंकि वे दोनों ही भौतिक–जड़ हैं। ज्ञान का अधिकरण (कोश) आत्मा है। (2) जीवितावस्था में शरीर में गति और मृतावस्था में गति का बन्द होना भी बतलाता है, कि गति देने वाला कोई पदार्थ है, वही आत्मा है। (3) श्वास-प्रश्वास, आँख का निमेष-उन्मेष, मन की गति, सुख, दुःख, इच्छा, द्वेष, प्रयत्न, शरीर के रहते भी, जिसके अभाव में नहीं होते वही आत्मा है। दूसरे आत्मवादियों की भाँति कणाद शब्द (वेद, धार्मिक ग्रंथ) के प्रमाण से आत्मा को सिद्ध कर सकते थे, किन्तु शब्द-प्रमाण पर जिस तरह का प्रहार उस वक्त पड़ रहा था, उससे उन्होंने उस पर ज्यादा जोर नहीं दिया। उन्होंने यह भी कहा कि (4) आत्मा प्रत्यक्ष सिद्ध है, जिसे 'मैं' (अहं) कहा जाता है, वह किसी पदार्थ का वाचक है और वही पदार्थ आत्मा है। इस प्रकार यद्यपि आत्मा प्रत्यक्ष-सिद्ध है, तो भी अनुमान उसकी और पुष्टि करता है। सुख, दुख, ज्ञान की निष्पत्ति (उत्पत्ति) सर्वत्र एक-सी होने से (सभी आत्माओं) की एक-आत्मता (एक आत्मा की व्यापकता) है, तो भी सबका सुख, दुःख, ज्ञान अलग-अलग होता है, जिससे सिद्ध है, कि आत्मा एक नहीं अनेक हैं। शास्त्र (वेद आदि) भी इस मत की पुष्टि करते हैं।

(d) मन–अणु (सूक्ष्म) परिमाणवाला तथा प्रत्येक आत्मा का अलग-अलग है। कई इन्द्रियों और विषयों का सन्निकर्ष हो चुका है, आत्मा भी व्यापक होने से वहाँ मौजूद है, तो भी अनेक इन्द्रियाँ आत्मा के साथ मिलकर अनेक विषयों का ज्ञान नहीं करा सकीं, एक बार एक विषय का ही ज्ञान होता है; इससे मालूम होता है, कि इन तीनों के रहते कोई एक चौथी चीज़ (आत्मा की शक्ति को सीमित करने वाली) है, जो अणु होने से सिर्फ़ एक इन्द्रिय-विषय-संपर्क पर ही पहुँच सकती है, यही मन है। मन प्रत्यक्ष का विषय नहीं है, इसलिए एक बार एक ही विषय का ज्ञान होने से उसका हम अनुमान कर सकते है।

(ग) अन्य विषय–छः पदार्थों के अतिरिक्त कुछ और बातों पर कणाद ने प्रसंगवश विचार किये हैं। जैसे–

(a) अभाव–अभाव को यद्यपि कणाद ने अपने पिछले अनुयायियों की भाँति पदार्थों में नहीं गिना है, तो भी उन्होंने उसका प्रतिपादन जरूर किया है। अभाव अ-सत्, अ-विद्यमान को कहते हैं। अभाव गुण और क्रिया से रहित है। सिर्फ़ क्रिया से रहित इसलिए नहीं कहा, क्योंकि वैसा करने पर आकाश, काल और दिशा भी अभाव में शामिल हो जाते; इसलिए कणाद ने उन्हें कोई न कोई गुण देकर भाव-पदार्थों में शामिल किया। अभाव चार प्रकार के होते हैं। (1) **प्राग-**

अभाव–उत्पत्ति से पहले उस वस्तु का न होना प्राग्-अभाव है, जैसे बनने से पहले घड़ा। (2) **ध्वंस-अभाव**–ध्वंस हो जाने पर जो अभाव होता है, जैसे टूट जाने के बाद घड़े की अवस्था। (3) **अन्योन्य-अभाव**–भाव वाले पदार्थ भी एक दूसरे के तौर पर अभाव-रूप हैं, घड़ा कपड़े के तौर पर अभाव-रूप है, कपड़ा घड़े के तौर पर अभाव रूप है। (4) **सामान्य-अभाव** (अत्यंता भाव)–किसी देश-काल में वस्तु का न होना, सामान्याभाव है, जैसे गदहे की सींग, बाँझ का बेटा। अभाव बनी वस्तु की स्मृति की सहायता से अभाव को प्रत्यक्ष किया जा सकता है। स्मृति अभाव के प्रतियोगी (जिसका कि वह अभाव है, उस) वस्तु का चित्र सामने उपस्थित रखती है, जिससे हम अभाव का साक्षात्कार करते हैं।

(b) नित्यता–जो सद् (भाव-रूप) है और बिना कारण का है, वह नित्य है, जैसे कार्य (धुएँ) से कारण (आग) का अनुमान होता है, जैसे अभाव से भाव का अनुमान होता है, उसी तरह अनित्य से नित्य का अनुमान होता है। कणाद, देमोक्रितु के मतानुसार बाहर से निरन्तर परिवर्तन होती दुनिया की तह में अचल, अपरिवर्तनशील, नित्य परमाणुओं को देखते हैं। पृथिवी, जल, तेज वायु ये चारों भूत परमाणु-रूप में नित्य हैं। इन्हीं नेत्र-अगोचर सूक्ष्मकणों व मिलने से आँख से दिखाई देने वाले अथवा शरीर के स्पर्श से मालूम होनेवाले स्थूल महाभूत पैदा होते हैं। मन भी अणु तथा नित्य है। आकाश, काल, दिक्, आत्मा, सर्वव्यापी (विभु) होते नित्य हैं। इस प्रकार कणाद के मत में परिवर्तन अनित्यता या क्षणिकता बाहरी दिखावा मात्र है; नहीं, तो विश्व वस्तुतः नित्य है–अर्थात् अनित्यता अवास्तविक है और नित्यता वास्तविक। यह सीधे बौद्धदर्शन के अनित्यता (वाणिक) बाद का जवाब नहीं तो और गया है? कणाद का मुख्य प्रयोजन ही मालूम होता है, बौद्ध क्षणिकवाद को देमोक्रितु के परमाणुवाद, अफ़लातूँ के सामान्यवाद तथा अरस्तू के द्रव्य आदि पदार्थवाद की सहायता से खंडित करना। कणाद ने यूनानियों के दर्शन का प्रयोग पूरी तौर से अपने मतलब के लिए किया, इसमें सन्देह नहीं।

(c) प्रमाण–वैशेषिक दर्शन की पदार्थों की विवेचना मुख्यतः थी पदार्थों के नित्य और अनित्य रूपों एवं दृष्ट और अदृष्ट (शास्त्र) हेतुओं से उन रूपों की सिद्धि के लिए, किन्तु किसी वस्तु की सिद्धि के लिए प्रमाण पर कुछ कहना जरूरी था, इसीलिए विशेष तौर से नहीं बल्कि प्रसंगवश प्रमाणों पर भी वैशेषिक सूत्रों में कुछ कहा गया। यहाँ सभी प्रमाणों का एक जगह क्रमबद्ध विवेचन नहीं है, तो भी सब मिलाने पर प्रत्यक्ष, अनुमान ये दृष्ट प्रमाण वहीं मिलते हैं। (1) साथ ही कणाद कितनी ही बातों के लिए शास्त्र या शब्द प्रमाण को भी मानते हैं। (2) नवें अध्याय के प्रथम, आह्निक वस्तु के साक्षात्कार करने के लिए योगों की विशेष शक्ति का भी जिक्र आता है, जिससे मालूम होता है, कि यौगिक शक्ति को कणाद प्रमाणों में मानते हैं। किस तरह के शब्द और योगि-प्रत्यक्ष को प्रमाण माना जाये, इसके बारे में कणाद ने बहस नहीं की। (3) प्रत्यक्ष पर एक जगह कोई विवेचना नहीं है, तो भी आत्मा के प्रकरण में 'इन्द्रिय और विषय के सन्निकर्ष (संबंध) से ज्ञान' का जिक्र प्रत्यक्ष के ही लिए आया है, इसमें संदेह नहीं। जो पदार्थ प्रत्यक्ष के विषय हैं, उनमें से गुण, कर्म, सामान्य की प्रत्यक्षता को उनके आश्रयभूत द्रव्य के संयोग से बतलाया है जैसे कि पृथिवी द्रव्य का (घाण से) संयोग होने पर गंध गुण का

प्रत्यक्ष होता है, जल-अग्नि-वायु के संयोग से रस, वर्ण, स्पर्श, गुणों के प्रत्यक्ष होते हैं। (4) वस्तु का अनुमान प्रसिद्धि के आधार पर होता है। इसके तीन रूप हैं–(a) एक के अभाव का अनुमान दूसरे के भाव (विद्यमानता) से, जैसे सींग के विद्यमान होने से अनुमान हो जाता है, कि वह घोड़ा नहीं है। (b) एक के भाव का अनुमान दूसरे के अभाव से, जैसे सींग के न विद्यमान होने से अनुमान होता है, कि वह घोड़ा है। (c) एक के भाव से दूसरे के भाव का अनुमान, जैसे सींग के विद्यमान होने से अनुमान होता है, यह गाय है। ये सभी अनुमान इन प्रसिद्धियों के आधार पर किये जाते हैं, कि घोड़ा सींग-रहित होता है, गाय सींग-सहित होती है। प्रथम अध्याय के प्रथमाह्निक में यह भी बतलाया है, कि कारण (आग) के अभाव में कार्य (धूम) का अभाव होता है, किन्तु कार्य (धूम) के अभाव में कारण (अग्नि) का अभाव नहीं होता। अनुमान के लिए हेतु की जरूरत होती है। बिना देखे ही कोई कह उठता है, 'पहाड़ में आग है', किन्तु जब हम उसे देखते नहीं, कहने मात्र से आग की सत्ता नहीं मानी जा सकती। इसके लिए हेतु देने की जरुरत पड़ती है और वह है–'क्योंकि वहाँ धुआँ दिखाई पड़ रहा है' इस प्रकार नवम अध्याय के दूसरे आह्निक में हेतु का जिक्र किया गया है।

(d) ज्ञान और मिथ्याज्ञान–अ-विद्या या मिथ्याज्ञान इन्द्रियों के विकार अथवा गलत संस्कारों के साथ किये साक्षात्कार या असाक्षात्कार के कारण होता है। इससे उल्टा है, विद्या या ज्ञान।

(ग) ईश्वर– ईश्वर के लिए कणाद के दर्शन में गुंजाइश नहीं। उसके नौ द्रव्यों में आत्मा आया है, किन्तु वे हैं इन्द्रियों और मनों की सहायता से ज्ञान प्राप्त करने वाले अनेक जीव। उन्हें कर्मफल आदि अदृष्ट देता है। यह फल देने वाला अदृष्ट सुकृत-दुष्कृत की वासना या संस्कार है। इसे ईश्वर नहीं कहा जा सकता। सृष्टि के निर्माण के लिए परमाणुओं में गति की आवश्यकता है, जिससे कि उनमें संयोग होकर स्थूल पदार्थ बनें। सृष्टि रचना के लिए होने बाली यह परमाणु-गति भी कणाद के अनुसार अदृष्ट के अनुसार होती है, इस प्रकार अदृष्टवादी कणाद को सृष्टि कर्मफल, कहीं भी ईश्वर की जरूरत नहीं महसूस होती।

2. अनेकान्तवादी जैन-दर्शन

जैन तीर्थंकर महावीर के दर्शन के बारे में हम पहले कुछ बतला चुके हैं। महावीर के समय यह व्रत-उपवास और तपस्या का पंथ था, अभी इस पर दर्शन की पुट नहीं लगी थी, किन्तु जैसा कि हम बतला आये हैं, संजय वेलट्ठिपुत्त के अनेकान्तवाद से प्रभावित हो, जैनों ने अपना अनेकान्तवादी स्याद्वाद, दर्शन तैयार किया। दार्शनिक विचार-संघर्ष और यूनानियों के संपर्क से ईसवी सन् के आरम्भ होने के साथ अपने-अपने दार्शनिक विचारों को सुव्यवस्थित करने का प्रयत्न, जो भारत के भिन्न-भिन्न संप्रदायों ने करना शुरू किया, उसमें जैन भी पीछे नहीं रह सकते थे और इसी का परिणाम हम नग्नता और अनशन के व्रती इस संप्रदाय में स्याद्वाद दर्शन के रूप में पाते हैं। नई व्यवस्था वाले जैन-दर्शन के पुराने ग्रंथकारों में उमास्वातिका नाम पहले आता है। इनका समय ईसा की पहली सदी बतलाया जाता है, किन्तु वह सन्दिग्ध है। जो कुछ भी हो उमास्वातिका तत्वार्थाधिगम नवीन दर्शन-युग में जैनों का सबसे पुराना दर्शन-ग्रंथ है।

यद्यपि जैनों के श्वेताम्बर और दिगम्बर दो मुख्य संप्रदाय ईसा की पहली सदी से चले आते हैं, तो भी जहाँ तक दर्शन का संबंध है, उनमें वैसा कोई मौलिक भेद नहीं है। दोनों के भेद आचार आदि के संबंध में हैं, जैसे–

श्वेतांबर	दिगंबर
1. अर्हत् भोजन करते हैं	नहीं
2. वर्धमान को गर्भावस्था में देवनन्दा से त्रिशला के गर्भ में बदला गया था।	नहीं
3. साधु वस्त्र पहन सकते हैं	नहीं
4. स्त्री को मोक्ष मिल सकता है	नहीं

श्वेतांबर जैन अधिकतर गुजरात, पश्चिमी राजपूताना, युक्तप्रान्त और मध्यभारत में रहते हैं। दिगंबर पश्चिमोत्तर पंजाब, पूर्वीय राजपूताना और दक्षिण भारत में रहते हैं। श्वेतांबरों के मूलग्रंथ–अंग–प्राकृत में मिलते हैं, किन्तु दिगंबरों के सारे ग्रंथ संस्कृत में हैं। दिगंबर प्राकृत अंगों को बनावटी बतलाते हैं, यद्यपि पालि-त्रिपिटक से अर्वाचीनता रखने पर भी उतने नवीन नहीं हैं, जितने कि ये उन्हें बतलाते हैं।

जैन-धर्म-दर्शन की एक खास विशेषता है, कि इसके प्रायः सारे अनुयायी व्यापारी, महाजन और छोटे दूकानदार हैं। "लाभ-शुभ" और शान्ति के स्वाभाविक प्रेमी व्यापारी वर्ग का चरम अहिंसा के दर्शन में इतनी श्रद्धा आकस्मिक नहीं हो सकती, यह हम अन्यत्र बतला आये हैं।

हमने यहाँ 200-400 ई० तक के भारतीय दर्शनों को लिया है, किन्तु इससे अगले प्रकरण में दुहराने से बचने के लिए हम यहीं अगले विकास को भी लेते हुए इस विषय में लिख रहे हैं।

(1) दर्शन और धर्म–जैनों के स्याद्वाद का जिक्र पीछे कर चुके हैं, जिसके अनुसार वह सब में सबके होने की संभावना मानते हैं। उपनिषद् के दर्शन में नित्यता पर जोर दिया गया था, बौद्धों का जोर अनित्यता पर था, जैनों ने दोनों को सम्भव बतलाते हुए बीच का रास्ता स्वीकार किया। उदाहरणार्थ–

उपनिषद्	बौद्ध	जैन
(ब्रह्म) सत् है	सब अनित्य है	कुछ नाशमान कुछ अनाशमान भी

जैन दोनों की आंशिक सत्यता और असत्यता को बतलाते हुए कहते हैं–पर्यायनय से देखने पर मिट्टी का पिंड नष्ट होता है, घड़ा उत्पन्न होता है, वह भी नष्ट होता जाता है, किन्तु द्रव्ययन से देखने पर सारी अवस्थाओं में मिट्टी (द्रव्य) मौजूद रहती है। द्रव्य को न वह सर्वथा परिवर्तनशील मानते हैं, न ही सर्वथा अपरिवर्तनशील, बल्कि परिवर्तनशील, अ-परिवर्तनशील दोनों तरह का मानते हैं–अर्थात् द्रव्य एक ही समय में वह (द्रव्य है) और नहीं भी है। सत्ता (विद्यमानता) के बारे में सात प्रकार के स्याद (हो सकता है) की बात हम पीछे बतला चुके हैं।

(2) तत्त्व–जैन-दर्शन में तत्त्वों के दो, पाँच, सात, नौ भेद बतलाये गये हैं–जो कि बौद्धों के स्कन्ध, आयतन धातु की भाँति एक ही विश्व के भिन्न-भिन्न दृष्टि से विभाजन है–

दो तत्त्व–जीव, अजीव

पाँच तत्त्व–जीव, अजीव, आकाश, धर्म, पुद्गल

सात तत्त्व–जीव, अजीव, आस्रव, बंध, संवर, निर्जर, मोक्ष

नौ तत्त्व–जीव, अजीव, आस्रव, बंध, संवर, निर्जर, मोक्ष, पुण्य, अपुण्य

दो और पाँच तत्त्वों वाले विभाजन में दार्शनिक पदार्थों को ही रखा गया है, पिछले दो विभाजनों में धर्म और आचार की बातों को भी शामिल कर दिया गया है।

(3) पाँच अस्तिकाय–जीव अजीव के दो भेदों में अजीव को ही आकाश, धर्म, अधर्म, पुद्गल, चार भेदों में बाँटकर पाँच तत्त्व में बाँटा गया है, इन्हें ही पंच अस्तिकाय भी कहते हैं, इनमें–

(क) जीव–जीव आत्मा को कहता है जिसकी पहिचान ज्ञान है, तो भी सिर्फ़ ज्ञानवाला मान लेने पर अनेकान्तवाद न हो सकता था, इसलिए कहा गया–

"जो ज्ञान से भिन्न है और न अभिन्न है, न कैसे भी भिन्न-और-अभिन्न है, (जो) ज्ञान पूर्वापरवाला है, वह आत्मा है॥"

आत्मा भौतिक (भूतपरिणाम) नहीं है, शरीर उसका अधिकरण है, जीवों की संख्या असंख्य है, जीव नहीं सर्वव्यापी है; न वैशेषिक के मन की भाँति अणु है, बल्कि वह मध्यम परिमाणी है अर्थात् जितना बड़ा शरीर होता है, उतना बड़ा ही आत्मा है। हाथी के शरीर में हाथी के बराबर की आत्मा है और चींटी के शरीर में चींटी के बराबर की। मृत हाथी से निकलकर जब वह चींटी के शरीर में प्रवेश करता है, तो उसे वैसा ही क्षुद्र आकार धारण करना पड़ता है। दीपक के प्रकाश की भाँति वह प्रसार और संकोच कर सकता है। इतने पर भी आत्मा नित्य है, भिन्न-भिन्न जीवों में इन्द्रियों की संख्या कम-वेश होती है, यह ख्याल जैनों में महावीर के समय से चला आता है। वृक्षों के कटवाने पर जैन साधुओं ने बौद्ध भिक्षुओं को "एकेन्द्रिय जीव" के वध करने वाले कहकर बदनाम करना शुरू किया था, जिस पर बुद्ध को भिक्षुओं के लिए वृक्ष काटना निषिद्ध ठहराना पड़ा। भिन्न-भिन्न जीवों में इन्द्रियों की संख्या इस प्रकार है–

जीव	इन्द्रिय संख्या
(1) वृक्ष	(1) स्पर्श
(2) पीलु (कृमि)	(2) स्पर्श, रस
(3) चींटी	(3) स्पर्श, रस, गंध
(4) मक्खी	(4) स्पर्श, रस, गंध, दृष्टि
(5) पृष्ठधारी	(5) स्पर्श, रस, गंध, दृष्टि, शब्द
(6) नर, देव, नारकीय	(6) स्पर्श, रस, गंध, दृष्टि, शब्द, मन

स्पर्श आदि की जगह त्वक्, रसना, नासिका, आँख, श्रोत्र और मन इंद्रिय समझ लीजिए।

जीवों के फिर दो भेद हैं, कितने ही जीव संसारी हैं और कितने ही मुक्त।

(a) संसारी–संसारी आवागमन (पुनर्जन्म) के चक्कर (संसार) में फिरते रहने वाले हैं। वे कर्म के आवरण से ढँके हुए हैं। मन-सहित (समनस्क) और मन-रहित (अमनस्क) यह उनके दो भेद हैं।

शिक्षा, क्रिया, आलाप को ग्रहण करने वाली संज्ञा (होश) जिनमें है, वह मन-सहित जीव हैं, जिनमें संज्ञा (होश) नहीं है, वह मन-रहित (अमनस्क) हैं। अमनस्कों में फिर दो भेद हैं। पृथिवी, जल, अग्नि, वायु और वृक्ष–ये एक इन्द्रिय वाले जीव स्थावर जीव हैं। पृथिवी आदि चारों महाभूत भी जैन-दर्शन के अनुसार किसी जीव के शरीर हैं, उपनिषद् के अन्तर्यामी ब्रह्म की तरह नहीं, बल्कि द्वैती आत्मवादियों के शरीर निवासी जीव की तरह।

मन-सहित (समनस्क) जीव छः इन्द्रियों वाले नर, देव और नारकीय प्राणी हैं।

(b) मुक्त–जीवों में जिन्होंने त्याग-तपस्या से कर्म के आवरण को हटाकर, कैवल्य पद प्राप्त कर लिया है, वे मुक्त कहे जाते हैं।

प्रश्न हो सकता है, कि अनन्तकाल से आज तक जिस प्रकार प्राणी मुक्त होते जा रहे हैं, उससे तो एक दिन दुनिया जीवों से खाली हो जायेगी। इसके समाधान में जैन-दर्शन का कहना है, कि जीवों की संख्या घटने योग्य नहीं है, विश्व तो निगोद–जीव-ग्रंथियों–से भरा हुआ है। एक-एक निगोद के भीतर संकोच-विकास-शील जीवों की कितनी भारी संख्या है, यह इसी से पता लग सकता है कि अनादिकाल से लेकर आज तक जितने जीव मुक्त हुए हैं, उनके लिए एक निगोद पर्याप्त है। इस प्रकार संसार के उच्छिन्न होने का डर नहीं।

(अजीव)–अजीव के धर्म, अधर्म, पुद्गल, आकाश चार भेद बतला चुके हैं, धर्म, अधर्म यहाँ खास अर्थ में व्यवहृत होता है।

(ख) धर्म–विश्वव्यापी एक चालक तत्त्व है, जिसका अनुमान गति–प्रवृत्ति–से होता है।

(ग) अ-धर्म–एक विश्वव्यापी रोधक तत्त्व है, स्थिति–गतिहीन अवस्था–से इसका अनुमान होता है।

विश्व का संचालन, सृष्टि, स्थिति, प्रलय इन्हीं दो तत्त्वों–धर्म-अधर्म–द्वारा होता है।

(घ) पुद्गल–(भौतिक तत्त्व)–बौद्ध-दर्शन में पुद्गल जीव को कहते हैं और बौद्ध इस तरह के पुद्गल को नहीं मानते। जैनों का पुद्गल उससे बिलकुल उलटा अ-जीव पदार्थ अर्थात् भौतिक तत्त्व है। पुद्गल (भौतिक तत्त्व) में स्पर्श, रस, वर्ण, तीनों गुण मिलते हैं। इनके दो भेद हैं–(1) उनकी तह में पहुँचने पर वह सूक्ष्म अणु रह जाते हैं, इन्हें अणु-पुद्गल कहते हैं। ये देमोक्रितु के भौतिक परमाणु हैं, जिनके ख्याल को दूसरे भारतीय दार्शनिकों की भाँति जैन-दर्शन ने भी बिना आभार स्वीकार किये यवनों से ले लिया है। (2) दूसरे हैं, स्कंध पुद्गल जो अनेक परमाणुओं के संघात (स्कंध) हैं। स्कंध पुद्गलों की उत्पत्ति परमाणुओं के संयोग-वियोग से होती है।

(ङ) आकाश–यह भी पंच अस्तिकायों में एक है और उपनिषद् के समय से चला आया है। यह आकाश संसारी जीवों के लोक से परे, जहाँ कि मुक्त जीव हैं, वहाँ तक फैला हुआ है। आकाश अभावात्मक नहीं भावात्मक वस्तु है, इसीलिए इसकी गणना पाँच अस्तिकायों में है।

(4) सात तत्त्व–(क, ख) सात में जीव और अजीव को पाँच अस्तिकायों के रूप में अभी बतला चुके हैं, बाकी पाँच निम्न प्रकार हैं।

(ग) आस्रव–आस्रव बहने को कहते हैं, जैसे 'नदी आस्रवति' (नदी बहती है)। बौद्ध-दर्शन में भी आस्रव (आसव) आता है, किन्तु वह बहुत कुछ चित्तमल के अर्थ में। जीव कषाय या चित्तमलों से लिपटा आवागमन में आता है।

कषाय–क्रोध, मान, माया, लोभ और अशुभ बुरे कषाय हैं, अ-क्रोध, उ-मान, अ-माया, अ-लोभ, शुभ (अच्छे) कषाय हैं।

(घ) बंध–बंध सातवाँ तत्त्व है। कषाय से लिप्त होने से जीव विषयों में आसक्त होता है, यही बंध या बन्धन है, जिसके कारण जीव एक शरीर से दूसरे शरीर में दुःख सहते मारा-मारा फिरता है।

कषाय के चार हेतु होते हैं–(1) मिथ्या दर्शन–झूठा दर्शन, जो नैसर्गिक या पूरबले मिथ्या कर्मों से उत्पन्न भी हो सकता है, या उपदेशज यानी इसी जन्म में झूठे दर्शनों के सुनने-पढ़ने से हो सकता है। (2) अविरति या इन्द्रिय आदि पर संयम न करना। (3) प्रमाद है, आस्रव रोकने के उपाय गुप्ति समिति आदि से आलसी होना।

(ड) संवर–आस्रव-प्रवाह के रास्ते को रोक देने को संवर कहते हैं। जो कि गुप्ति और समिति द्वारा होता है।

(a) गुप्ति–काया, वचन, मन की रक्षा को कहते हैं। गुप्ति का शब्दार्थ है रक्षा।

(b) समिति–समिति संयम है, इसके पाँच भेद हैं–(1) ईर्या समिति यानी प्राणियों की रक्षा करना; (2) भाषा-समिति, हित, परिमित और प्रिय भाषण; (3) ईषणा-समिति–शुद्ध, दोषरहित भिक्षा को ही लेना, (4) आदान-समिति, यह देख-भाल कर आसन्न, वस्त्र आदि को लेना, कि उसमें प्राणिहिंसा आदि होने की तो संभावना नहीं है: (5) उत्सर्ग–समिति यानी वैराग्य, जगत् मल गंदगी से पूर्ण है, इसे उत्सर्ग (त्याग) करना चाहिए।

जैसे बौद्धों का आर्य-सत्यों पर बहुत जोर है, वैसे ही जैन धर्म में आस्रव और संवर मुमुक्षु के लिए त्याज्य और ग्राह्य हैं–

"आवागमन (भव) का हेतु आस्रव है, और संवर मोक्ष का कारण। बस यह अर्हत् (महावीर) की रहस्य-शिक्षा है, दूसरे तो इसी के विस्तार हैं।"

इसी तरह बौद्धों में भी बुद्ध की शिक्षा का सार माना जाता है–

"सारी बुराइयों (पापों) का न करना, भलाइयों का संपादन करना। अपने चित्त का संयम करना, यह बुद्ध की शिक्षा है।"

(च) निर्जर–जन्मान्तर से जो कर्म–कषाय–संचित हो गया है, उसका निर्जरण या नाश करना निर्जर है, यह केश उखाड़ने, गर्मी, सर्दी को नंगे बदन से बर्दाश्त करने आदि तपों के द्वारा होता है।

(छ) मोक्ष–कर्मों का जब बिलकुल नाश हो जाता है, तो जीव अपने शुद्ध आनंद में होता है, इसे ही केवल अवस्था या कैवल्य भी कहते हैं। इस अवस्था में मुक्त पुरुष हर समय अनन्त ज्ञान अनन्त दर्शन–सर्वज्ञ सर्वदर्शी होता है। संसार या आवागमन की अवस्था में जीव की यह कैवल्यावस्था ढँकी होती तथा शुद्ध स्वरूप मल-लिप्त होता है। मुक्त जीव हमारे लोक के सीमान्त पर अवस्थित लोकाकाश के भी ऊपर जाकर अचल हो वास करते हैं।

(5) नौ तत्त्व–पिछले (क-छ) सात तत्त्वों में पुण्य और अपुण्य को और जोड़ देने से नौ तत्त्व होते हैं–

(ज) पुण्य–जीव पर पड़ा एक प्रकार का संस्कार है, जो कि सुख का साधन होता है। यह अभौतिक नहीं परमाणुमय है, जो एक गिलाफ़ की भाँति जीव से लिपटा रहता है। मुक्ति के लिए इस पुण्य से मुक्त होना ज़रूरी है।

(झ) पाप–पाप दुःख-साधन है और पुण्य की भाँति परमाणुमय है।

(6) मुक्ति के साधन–दुःख के त्याग और अनन्त अमिश्रित सुख की प्राप्ति के लिए मोक्ष की ज़रूरत है। इसकी प्राप्ति के लिए ज्ञान, श्रद्धा, चरित्र और भावना (योग) की ज़रूरत है।

(क) ज्ञान–ज्ञान से मतलब जैन-दर्शन स्याद्वाद या अनेकान्तवाद की सत्यता का निश्चय है।

(ख) श्रद्धा–तीर्थंकर के वचनों पर श्रद्धा या विश्वास।

(ग) चरित्र–सदाचार या शील को जैन धर्म में चरित्र कहा गया है। पाप का विरत होना अर्थात् अ-हिंसा, सूनृत (सत्य), अ-चोरी, ब्रह्मचर्य, अ-परिग्रह (अ-संसर्ग) ये चरित्र हैं। गृहस्थों के लिए चरित्र कुछ नर्म हैं, उन्हें सच्चाई से धन अर्जन, सदाचार का पालन, कुलीन सती स्त्री से विवाह, देशाचार का पालन, पोषधव्रत, अतिथि-सेवा करनी चाहिए।

(घ) भावना–मानसिक एकाग्रता है। मोक्ष के लिए करणीय भावनाओं के कई प्रकार हैं, जैसे–

(a) **अन्त्यिता-भावना**–भोगों को अनित्य समझ उनकी भावना करना।

(b) **अशरण-भावना**–कि मृत्यु, दुःख के प्रहार से बचने के लिए संसार में कोई शरण नहीं है।

(c) **अशुचि-भावना**–कि शरीर मल-दुर्गंध पूर्ण है।

(d) **आस्त्रवा-भावना**–कि आस्त्रव बंधन के हेतु है।

(e) **धर्मस्वभावाख्यातता-भावना**–संयम, सत्य, शौच, ब्रह्मचर्य, अलोभ, तप, क्षमा, मृदुता, सरलता आदि द्वारा भावना-रत होना।

(f) **लोक-भावना**–सृष्टि के स्वभाव की भावना।

(g) **बोधि-भावना**–मनुष्य की अवस्था कर्म-निर्मित है।

(h) **मैत्री-भावना**–सर्वत्र मित्रता के भाव से देखना।

(i) **करुणा-भावना**–

(j) **मुदिता-भावना**–आदि।

(7) अनीश्वरवाद–ईश्वर के न मानने में जैन भी चार्वाक और बौद्ध दर्शनों के साथ हैं। इनकी युक्तियाँ भी प्रायः वहीं है, जिन्हें वे दोनों दर्शन देते हैं। वैशेषिक ने लोक की सृष्टि के लिए अदृष्ट को ईश्वर के स्थान पर रखा है और जैनों ने धर्म-अधर्म को उसके स्थान पर रखा। लोक, ऊर्ध्व, मध्य और अधः तीनों लोकों में विभक्त है, जिनमें क्रमशः देव, मानव और नारकीय लोग बसते हैं। लोक में सर्वत्र आकाश है, जिसे लोकाकाश कहते हैं। लोकाकाश के परे तीन तह हवा की हैं। मुक्त जीव तीनों लोकों को पार लोकाकाश के ऊपर जाकर वास करता है।

3. शब्दवादी जैमिनि (300 ई०)

जैमिनि उस काल के ग्रन्थकारों में हैं, जब कि ब्राह्मणों में पुराने ऋषियों के नाम पर ग्रंथों को लिख कर अपने धर्म को मज़बूत करने का बहुत जोर था। इसलिए मीमांसाकार जैमिनि की जीवनी के बारे में जानना संभव नहीं है। हम इतना ही कह सकते हैं, कि मीमांसा का लेखक कणाद, नागार्जुन, अक्षपाद के पीछे हुआ और इन स्वतंत्र चेता दार्शनिकों के ग्रन्थों से उसने पूरा लाभ उठाया। साथ ही उसे हम वसुबंधु (400 ई०) और दिग्नाग (425) से पीछे नहीं ला सकते। वादरायण और जैमिनि दोनों ने एक दूसरे के मत को उद्धृत किया है, इसलिए दोनों का समय एक तथा 300 ई० के आसपास मालूम होता है।

(1) मीमांसा शास्त्र का प्रयोजन–मीमांसा का आरंभ करते हुए जैमिनि ने लिखा है–'अब यहाँ से धर्म की जिज्ञासा आरंभ होती है।' वैशेषिक का प्रथम सूत्र भी इससे मिलता-जुलता है। कुछ विद्वानों के मत से वैशेषिक एक तरह की पुरानी मीमांसा है, जिससे प्रभावित हो जैमिनि ने अपने 12 अध्याय के विस्तृत मीमांसा-शास्त्र को लिखा। यद्यपि वेद की अनित्यता, वेद के स्वतःप्रामाण्य आदि कितनी ही बातों में वैशेषिक का मीमांसा से मतभेद है, तो भी, अदृष्ट, कितनी ही बातों में शास्त्र, प्रामाण्य, धर्म-व्याख्यान आदि पर दोनों का जोर एक-सा होने से समानता भी ज्यादा है। भारी भेद यही कहा जा सकता है, कि वैशेषिक जहाँ उत्तर में हिमालय के लिए घर से निकल दक्षिण के समुद्र में पहुँच गया, वहाँ जैमिनि ने सचमुच शुरू से अन्त तक धर्म-जिज्ञासा जारी रखी और वैदिक कर्मकांड के समर्थन तथा विरोधियों के प्रत्याख्यान में अपनी शक्ति लगाई।

जैन तत्त्वों को वृक्ष रूप में इस प्रकार अंकित कर सकते हैं।

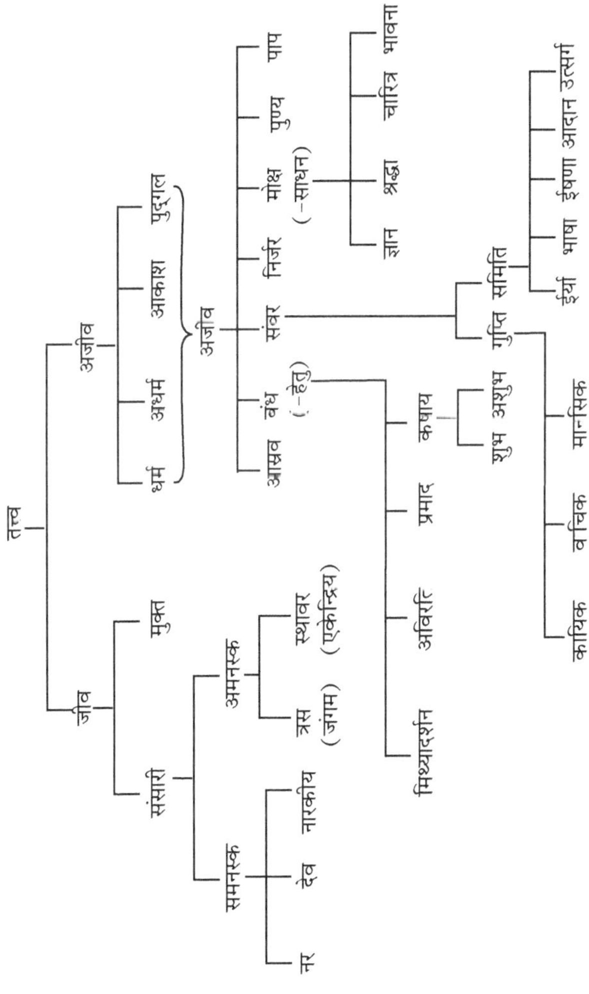

उपनिषद् के वर्णन के समय हमने ब्राह्मण ग्रंथों का जिक्र किया था, जो कि वेद-संहिताओं के बाद यज्ञ-कर्मकांड की विधि और व्याख्या के लिए भिन्न-भिन्न ऋषियों द्वारा कई पीढ़ियों तक बनाए जाते रहे। शतपथ ऐतरेय, तैत्तिरीय, षड्विंश, गोपथ आदि कितने ही ब्राह्मण ग्रंथ अब भी मिलते हैं। इन्हीं ब्राह्मणों में से कुछ के अन्तिम भाग आरण्यक और उपनिषद् हैं, यह भी हम बतला चुके हैं। ब्राह्मणों का मुख्य तात्पर्य भिन्न-भिन्न यज्ञों की प्रक्रियाओं तथा वह वेद के किन-किन मंत्रों के साथ की जानी चाहिए, इसे ही बतलाना है। ब्राह्मण ग्रंथों में वर्णित ये विधान जहाँ-तहाँ बिखरे तथा कहीं-कहीं असंबद्ध भी थे, जिससे पुराहितों को दिक्कत होती थी, जिसके लिए बुद्ध के पीछे कितने ही ग्रंथ बने, जिन्हें कल्प-सूत्र या प्रयोग-शास्त्र कहते हैं। कल्प-सूत्रों में श्रौत-सूत्रों का काम था, यज्ञ करने वाले पुरोहितों की आसानी के लिए सारी प्रक्रिया को व्यवस्थित रीति से जमा कर देना। यजुर्वेद के कात्यायन श्रौतसूत्र को देखने से यह बात स्पष्ट हो जावेगी।

ब्राह्मण और श्रोतसूत्रों ने यज्ञ-पद्धतियाँ बनाने की कोशिश की। अपने-अपने वक्त के लिए वह पर्याप्त थीं, किन्तु, ईसवी सन् के शुरू होने के साथ सिर्फ़ पद्धतियों से काम नहीं चल सकता था, बल्कि वहाँ जरूरत थी, उठती हुई शंकाओं को दूर कर यज्ञ और कर्मकांड के महत्त्व को समझाने की। इसी काम को अप्रत्यक्ष रूप से कणाद ने करना चाहा, किन्तु यूनानी दर्शन ने दिमाग़ पर भारी असर किया था, जिससे धर्म के लौकिक व्याख्यान द्वारा अदृष्ट की पुष्टि की जगह दृष्ट पर जोर ज्यादा दिया, जिससे वह लक्ष्य से बहक गए। जैमिनि ने, जैसा कि अभी कहा जा चुका है, यज्ञ और कर्मकांड के लौलिक पारलौलिक लाभ के रूप में पुरोहितों की आमदनी के एक भारी व्यवयाय की रक्षा करने के ख्याल से पहले तो यह सिद्ध करना चाहा, कि सत्य की प्राप्ति के लिए वेद ही एकमात्र अभ्रान्त प्रमाण हैं। इसके बाद फिर उसने भिन्न-भिन्न यज्ञों, उनके अंगों तथा दूसरी कर्मकांड संबंधी प्रक्रियाओं का विवेचन किया।

मीमांसा-सूत्र में 12 अध्याय तथा प्रायः 2500 सूत्र हैं। इसके भाष्यकार शवर स्वामी (400 ई०) ने योगाचार मत का जिस तरह से खंडन किया है, उससे उसको असंग का समकालीन या पश्चात्कालीन होना चाहिए। मीमांसा के शब्द प्रामाण्यवाद तथा कर्मकांड का खंडन दिङ्नाग और दूसरे आचार्यों ने किया, उसके उत्तर में छठी सदी में कुमारिल भट्ट (550 ई०) ने कलम उठाई और जैमिनि का समर्थन करते हुए मीमांसा के भिन्न-भिन्न भागों पर क्रमशः श्लोकवार्तिक, तन्त्रवार्तिक और टुप्टीका तीन ग्रंथ लिखे, जिनमें श्लोकवार्तिक विशेषकर तर्क-निर्भर है। कुमारिल के शिष्य प्रभाकर (जिसकी प्रतिभा के कारण कहा जाता है, उसके गुरु कुमारिल ने उसे गुरु का नाम दे दिया और तबसे प्रभाकर का मत गुरुमत कहा जाने लगा) ने शबर-भाष्य पर दूसरी टीका बृहती लिखी। मीमांसा पर और भी ग्रंथ लिखे गए, किन्तु शबर और कुमारिल के ही ग्रंथ ज्यादा महत्त्व रखते हैं। हम यहाँ जैमिनि ही के दर्शन पर कहेंगे, कुमारिल का दार्शनिक मत धर्मकीर्ति के प्रकरण में पूर्वपक्ष के रूप में आ जायेगा।

(2) मीमांसासूत्र-संक्षेप–मीमांसा ने अपने 12 अध्याय तथा ढाई हजार सूत्रों में निम्न विषयों पर विवेचन किया है–

अध्याय	विषय
1.	प्रमाण–विधि (यज्ञ का विधान), अर्थवाद, मन्त्र, स्मृति, नामधेय की प्रामाणिकता।
2.	अर्थ–कर्मभेद, उपोद्धात, प्रमाण, अपवाद, प्रयोगभेद।
3.	श्रुति, लिंग, वाक्य, प्रकरण, स्थान, समाख्या (नाम) के विरोध, प्रधान (यज्ञ) के उपकारक और कर्मों का चिन्तन।
4.	प्रधान (मुख्य) यज्ञ तथा अप्रधान (अंग यज्ञ) की प्रयोजकता, जूहू (पात्र) के पत्ते आदि के होने का फल, राजसूय यज्ञ के भीतर जुआ खेलने आदि कर्मों पर विचार।
5.	श्रुति, लिंग, आदि के क्रम, उनके द्वारा विशेष का घटना बढ़ना और मजबूती तथा कमजोरी।
6.	अधिकारी उसका धर्म, द्रव्य-प्रतिनिधि, अर्थलोपनप्रायश्चित्त, सत्रदेय वह्नि पर विचार।
7.	प्रत्यक्ष (श्रुति में) न कथन किये गए अतिदेशों में से नाम-लिंग-अतिदेश पर विचार।
8.	स्पष्ट, अस्पष्ट प्रबल लिंगवाले अतिदेश पर विचार।
9.	ऊह पर विचारारम्भ–साम-ऊह, मंत्र ऊह।
10.	निषेध के अर्थों पर विचार।
11.	तंत्र के उपोद्धात, अवाप, प्रपंचन अवाय, प्रपंचन चिंतन।
12.	प्रसंग, तंत्र निर्णय, समुच्चय, विकल्प पर विचार।

यह सूची पूर्ण नहीं है। यहाँ दिये विषयों से यह भी पता लग जाता है, कि मीमांसा का दर्शन से बहुत थोड़ा-सा संबंध है, बाकी तो कर्मकांड-संबंधी प्रश्नों, विरोधों, सन्देहों को दूर करने के लिए कोशिश मात्र है। वस्तुतः जैमिनि ने कल्प-सूत्रों (प्रयोगशास्त्रों) के लिए वही काम किया है, जो कि वेदान्त ने उपनिषदों के लिए।

(3) दार्शनिक विचार–जैमिनि ने पहले सूत्र में धर्म-जिज्ञासा को मीमांसा शास्त्र का प्रयोजन बतलाया। धर्म क्या है। इसका उत्तर दिया–"चोदनालक्षणार्थों धर्म"–(वेद की) प्रेरणा जिसके लिए हो, वह बात धर्म है। कणाद ने धर्म की व्याख्या करते हुए उसे अभ्युदय और निःश्रेयस (पारलौकिक समृद्धि) का साधन बतलाया था। जैमिनि ने यहाँ धर्म का स्वरूप बतलाना चाहा और उसके लिए तर्क और बुद्धि पर जोर न देकर वेद के उन वाक्यों को मुख्य बतलाया, जिनमें कर्म की प्रेरणा (चोदना या विधि) पाई जाती है। ऐसे प्रेरणा (चोदना) वाक्य ब्राह्मणों में सत्तर के करीब हैं। इन्हें ही जैमिनि कर्मकांड के लिए सबसे बड़ा प्रमाण तथा उसके साफल्य की गारंटी बतलाता है।

मीमांसा ने बुद्धिवाद की चकाचौंध में आये भारत में किस मतलब से पदार्पण किया, इसे आचार्य श्चेर्बास्की के दो वाक्य अच्छी तरह बतलाते हैं–

"मीमांसक पुराने ब्राह्मणी यज्ञ वाले धर्म के अत्यन्त कट्टर धर्मशास्त्री थे। यज्ञ के सिवाय किसी दूसरे विषय के तर्क-वितर्क के वह सख्त खिलाफ़ थे। शास्त्र वेद–उन 70 के करीब उत्पत्ति विधियों के संग्रह के अतिरिक्त और कुछ नहीं। ये विधियाँ यज्ञों का विधान करती हैं और बतलाती हैं कि उनके करने से किस तरह का फल मिलेगा। (मीमांसा के) इस धर्म में न कोई धार्मिक भावुकता है और न उच्च भावनाएँ। उसकी सारी बातें इस सिद्धान्त पर स्थापित हैं–ब्राह्मणों को उनकी दक्षिणा दे दो और फल तुम्हारे पास आ मौजूद होगा, लेकिन इस धार्मिक क्रय-विक्रय-व्यापार पर जो प्रहार (बुद्धिवादियों की ओर से) हो रहे थे, उनसे अपनी रक्षा करना मीमांसकों के लिए ज़रूरी था और (सारे व्यापार की भित्ति) वेद की प्रामाणिकता को दृढ़ करने के लिए 'शब्द नित्य हैं।' इस सिद्धान्त की कल्पना थी। जिन गकार आदि (वर्णों) से हमारी भाषा बनी है, वह उस तरह की ध्वनियाँ या शब्द नहीं हैं, जैसी कि दूसरी ध्वनियाँ और शब्द हैं। वर्ण नित्य अविकारी द्रव्य हैं, किन्तु सिवाय समय-समय पर अभिव्यक्त होने के उन्हें साधारण आदमी (सदा) नहीं ग्रहण कर सकता। जिस तरह प्रकाश जिस वस्तु पर पड़ता है, उसे पैदा नहीं करता, बल्कि प्रकाशित (अभिव्यक्त) करता है; इसी तरह हमारा उच्चारण वेद के शब्दों को पैदा नहीं, बल्कि प्रकाशित करता है। सभी दूसरे आस्तिक-नास्तिक दर्शन मीमांसकों के इस उपहासास्पद विचार का खंडन करते थे, तो भी मीमांसक अपनी असाधारण सूक्ष्म तार्किक युक्तियों से उनका उत्तर देते थे। इस एक बात की रक्षा में वह इतने व्यस्त थे, कि उन्हें दूसरे दार्शनिक विषयों पर ध्यान देने की फुर्सत न थी। वह कट्टर वस्तुवादी, योग तथा अध्यात्मविद्या के विरोधी और निषेधात्मक सिद्धान्तों के पक्षपाती थे। कोई सृष्टिकर्ता ईश्वर नहीं, कोई सर्वज्ञ नहीं, कोई मुक्त पुरुष नहीं, विश्व के भीतर कोई रहस्यवाद नहीं, वह उससे अधिक कुछ नहीं है, जैसा कि हमारी (स्थूल) इन्द्रियों को दिखलाई पड़ता है। इसलिए (यहाँ) कोई स्वयंभू (स्वतः सिद्ध) विचार नहीं, कोई रचनात्मक साक्षात्कार नहीं, कोई (मानस) प्रतिबिंब नहीं, कोई अन्तर्दर्शन नहीं; एक केवल चेतना–चेतना स्मृति की कोरी तख्ती है, जो कि सभी बाहरी अनुभवों को अंकित करती और सुरक्षित रखती है। बोले जाने वाले शब्दों को नित्य मानने के लिए उन्होंने जिस प्रकार की मनोवृत्ति दिखाई, वही उनके (यज्ञ के) फलों के पैसे-पैसे के हिसाब वाले सिद्धान्त में भी पाई जाती है। यज्ञ की क्रियाएँ बहुत पेचीदा हैं, यज्ञ बहुत से टुकड़ों (अंगों) से मिलकर संपन्न होता है। प्रत्येक अंग-क्रिया आंशिक फल (भाग-अपूर्व) उत्पन्न करती है, फिर ये आंशिक फल जोड़े जाते हैं, जिससे सम्पूर्ण फल (समाहार-अपूर्व) तैयार होता है–यही सम्पूर्ण योग (प्रधान) का फल है। 'शब्द नित्य है' इस सिद्धान्त तथा इससे संबंध रखने वाले विचारों को छोड़ देने पर मीमांसा और बुद्धिवादी न्याय-वैशेषिक दर्शनों में कोई भेद नहीं रहता। मीमांसकों के सबसे जबर्दस्त विरोधी बौद्ध दार्शनिक थे। दोनों के प्रायः सारे ही सिद्धान्त एक दूसरे से उल्टे हैं।"

(क) वेद स्वतः प्रमाण हैं–जैसा कि ऊपर के उद्धरण में मालूम हुआ, मीमांसा का मुख्य प्रयोजन था, पुरोहितों की आमदनी को सुरक्षित करना, दक्षिणा उन्हें तभी मिल सकती थी, यदि लोग वैदिक कर्मकांड को मानें, वैदिक कर्मकांड तब यजमानों को प्रिय हो सकता था, जब कि

उन्हें विश्वास हो, कि यज्ञ का अच्छा फल–स्वर्ग जरूर मिलेगा। इस विश्वास के लिए कोई पक्का प्रमाण चाहिए, जिसके लिए मीमांसकों ने वेद को पेश किया। उन्होंने कहा–वेद अनादि हैं, वह किसी देवता या किसी मानुष के नहीं बनाये "अपौरुषेय" है। पुरुष के वचन में गलती का डर रहता है, क्योंकि उसमें राग-द्वेष है, जिसकी प्रेरणा से वह गलत बात भी मुँह से निकाल सकता है। वेद यदि बना होता, तो उसके कर्ताओं का नाम सुना जाता, कर्ता की याद तक न रहना, यही सिद्ध करती है कि वेद अकृत हैं। वेद अनादि हैं, क्योंकि उन्हें हर एक वेदपाठी ने अपने गुरु से पढ़ा है और इस प्रकार यह गुरु-शिष्य की परंपरा कभी नहीं टूटती। वेदमंत्रों में भारद्वाज, वशिष्ठ, कुशिक, आदि ऋषियों, दिवोदास्, सुदास्, आदि राजाओं के नाम आते हैं। जैमिनि मंत्र (संहिता) और ब्राह्मण दोनों को वेद मानता है। उसने और सैकड़ों ऐतिहासिक नामों की व्याख्या के फंदे में फँसने के डर से, दयानंद की भाँति ब्राह्मण को वेद से खारिज नहीं किया। भारद्वाज-वशिष्ठ और दिवोदास-सुदास से लेकर आरुणि-याज्ञवल्क्य और पौत्रायण-जनक तक सैकड़ों ऐतिहासिक नामों को वह अनैतिहासिक वस्तुओं का नाम कहकर व्याकरण के धातु-प्रत्ययों से व्याख्या कर देना चाहता है। जैमिनि के लिए प्रावाहणि किसी प्रवहण के पुत्र का नाम नहीं, बहने वाली हवा का नाम है। ऋषियों को मंत्रकर्ता कहना गलत है। वेद के शब्द-अर्थ का संबंध नित्य है, जैसे लौकिक भाषा में "रेलगाड़ी" शब्द और पहिया वाले लम्बे चौड़े घर पदार्थ का संबंध पिता-माता-गुरु आदि द्वारा बतलाया और किसी समय बने मानुष-संकेत के रूप में देखा जाता है; वेद में ऐसा नहीं है। जैमिनि ने तो बल्कि यहाँ तक कहा है, कि लौकिक भाषा में भी "गाय" शब्द और गाय अर्थ का जो संबंध है, वह भी वैदिक शब्दार्थ-संबध की नकल पर भ्रान्ति के कारण है।

वेद जिस कर्म को इष्ट का साधक बतलाता है, वही धर्म है। वेद जिसे अनिष्ट का साधक बतलाता है, वह अधर्म है। स्मृति (ऋषियों के बनाए-धर्म संबंधी ग्रंथ) और सदाचार भी धर्म में प्रमाण हो सकते हैं, यदि वह वेद-अनुसारी हैं। स्मृति और सदाचार में पाये जाने वाले कितने ही कर्म भी धर्म हो सकते हैं, यदि वेद में उनका विरोध न मिले, किन्तु उन्हें वेद से अलग का समझ कर धर्म नहीं माना जायेगा, बल्कि इसलिए माना जायेगा कि वेद का वैसा कोई वाक्य पहले कभी मौजूद था, जिससे स्मृति और सदाचार ने उसे लिया। अब वेद की कितनी ही शाखाओं के लुप्त हो जाने से वह प्राप्य नहीं हैं। "प्राप्य नहीं हैं" का अर्थ इतना ही लेना है, कि उसकी अभिव्यक्ति नहीं होती, अन्यथा नित्य होने से वेद की शब्दराशि तो कहीं मौजूद है ही।

(a) विधि–वेद में भी सबसे ज्यादा प्रयोजन के हैं विधि-वाक्य, जिनके द्वारा वेद यज्ञ आदि कर्मों के करने का आदेश देता है–'स्वर्ग की कामना वाला अग्निहोत्र करे', 'सोम से यजन करे', 'पशु की कामना वाला उदिभद् (यज्ञ) का यजन करे।' इस तरह सत्तर के करीब विधि-वाक्य हैं, जो यज्ञ कर्मों के करने का विधान करते हैं और साथ ही यजमान को उसके शुभफल की गारंटी देते हैं। वेद के मंत्रभाग का जैमिनि, इससे ज्यादा कोई प्रयोजन नहीं मानता कि यज्ञ की क्रियाओं–पशु के पकड़ने, धोने, वध करने, मांस काटने, पकाने-बघारने, होम करने आदि में उनके पढ़ने (विनियोग) की ज़रूरत होती है। ब्राह्मण में भी इन सत्तर-बहत्तर यज्ञ विधायक वाक्यों के अतिरिक्त, बाकी सारे ब्राह्मण-आरण्यक-उपनिषद् के पोथे सिर्फ़ अर्थवाद हैं।

सांगोपांग सारा यज्ञ प्रधान यज्ञ कहा जाता है, लेकिन सारा यज्ञ एक क्षण में पूरा नहीं हो सकता, जैसे "गाय लाता है" यह सारा वाक्य एक अभिप्राय को व्यक्त करता है, किन्तु जब "गा" बोला जा रहा होता है, उसी वक्त अभिप्राय नहीं मालूम होता। जब एक-एक करके "है' तक हम पहुँचते हैं, तो सारे 'गाय लाता है' वाक्य का अभिप्राय मालूम हो जाता है। उसी तरह एक यज्ञ के अंगभूत कर्म पूरे होते-होते जब सांगोपांग यज्ञ पूरा हो जाता है, तो उसके फल का अपूर्व–फल-उत्पादक-संस्कार–पैदा होता है, यही अपूर्व श्रुति-प्रतिपादित फल को इस जन्म या परजन्म में देगा।

(b) अर्थवाद–वेद (ब्राह्मण) के चंद विधि-वाक्यों को छोड़ बाकी सभी अर्थवाद हैं, यह बतला चुके। अर्थवाद चार प्रकार के हैं–निंदा, प्रशंसा, परकृति, पुराकल्य निंदा आदि द्वारा अर्थवाद विधि की पुष्टि करता है। जैमिनि के अनुसार आरुणि और याज्ञवल्क्य के सारे गंभीर दर्शन यज्ञ-प्रतिपादक विधियों के अर्थवाद को छोड़ और कोई महत्त्व नहीं रखते।

(i) स्तुति–"उसका मुख शोभता है, जो इसे जानता है–यहाँ जानने की विधि की स्तुति है।"

(ii) निन्दा–इस अर्थवाद का उदाहरण है–"आँसुओं से जन्मी (यह) चाँदी है, जो इसे यज्ञ में देता है, वर्ष से पहले ही उसके घर में रोते हैं।" यह यज्ञ में दक्षिणा रूप से चाँदी देने की निंदा करके "यज्ञ में चाँदी नहीं देनी चाहिए"–इस विधि-वाक्य की पुष्टि करता है।

(iii) परकृति–दूसरे किसी महान् पुरुष ने किसी काम को किया, उसको बतलाना परकृति है, जैसे "अग्नि ने कामना की"

(iv) पुराकल्प–पुराने कल्प की बात जैसे "पहले (जमाने में) ब्राह्मण डरे।" जैसे स्तुति और निंदा से विधि की पुष्टि होती है, वैसे ही बड़ों की कृति तथा पुराने युग की बातें भी उसकी पुष्टि करती हैं। यह समझाने की कोशिश की गई है, कि वेद में विधि-वाक्यों को कम करने से वेद का अधिकांश भाग निरर्थक नहीं है। जैमिनि ने एक ओर तो वेद को अनादि अपौरुषेय सिद्ध करने के लिए यह घोषित किया, कि उसमें कोई इतिहास नहीं, दूसरी ओर अर्थवादों में परकृति और पुराकल्प जोड़कर इतिहास को मान-सा लिया; इसके उत्तर में मींमासकों का कहना है, यह इतिहास नित्य इतिहास है, अर्थात् याज्ञवल्क्य और जनक अनित्य इतिहास की एक बार की घटना नहीं, बल्कि रात दिन की भाँति बराबर अनादिकाल से ऐसे याज्ञवल्क्य और जनक होते हैं, जिनका जिक्र वेद के एक अंश शतपथ ब्राह्मण के अंतिम खंड वृहदारण्यक में हमेशा से लिखा हुआ है। आज हमें यह दलील उपहासास्पद-सी जान पड़ेगी, किन्तु कोई समय था, जब कि कितने ही लोग ईमानदारी से जैमिनि के इस तरह के अपौरुषेय वेद के सिद्धान्त को मानते थे।

(ख) अन्य प्रमाण–मीमांसा के प्रमाणों की सूची बहुत लंबी है। वह शब्द प्रमाण के अतिरिक्त प्रत्यक्ष, अनुमान, उपमान, अर्थापत्ति, संभव, अभाव, छः और प्रमाणों को मानता है, यद्यपि सबसे मजबूत प्रमाण उसका शब्द-प्रमाण या वेद है। प्रत्यक्ष, अनुमान, उपमान मीमांसकों के भी वैसे ही हैं, जैसे कि उन्हें अक्षपाद गौतम जैमिनि से पहले कह गए थे। अर्थापत्ति–का उदाहरण "मोटा-देवदत्त दिन को नहीं खाता" अर्थात् रात को खाता है। संभव–जैसे हजार

कहने पर सौ उसमें सम्मिलित समझा जाता है। अभाव या अनुपलब्धि भी एक प्रमाण है, क्योंकि "भूमि पर घड़ा नहीं है" इसके सच होने के लिए यही प्रमाण दे सकते हैं, कि वहाँ घड़ा अनुपलब्ध है।

(ग) तत्त्व–मीमांसा के अनुसार बाह्य विश्व सच है और वह जैसा दिखलाई पड़ता है वैसा ही है। आत्मा अनेक है। स्वर्ग को भी वह मानता है, किन्तु उसके भोगों की विश्व के भोगों से इस बात में समानता है, कि दोनों भौतिक हैं। ईश्वर के लिए मीमांसा में गुंजाइश नहीं। जैमिनि को वेद की स्वतः प्रमाणता सिद्धकर यज्ञ कर्मकांड का रास्ता साफ़ करना था। उसने ईश्वर-सिद्धि के बखेड़े में पड़ने से वेद को नित्य-अनादि सिद्ध करना आसान समझा और इतिहास के संबंध में उस वक्त जितना अज्ञान था, उससे यह बात आसान भी थी।

मीमांसा सूत्र वैसे बाकी पाँचों ब्राह्मण दर्शनों से बहुत बड़ा है, किन्तु उसमें दर्शन का अंश बहुत कम है।

मीमांसा वैदिक काल से चले आते पुरोहित श्रेणी का अपनी जीविका (दक्षिणा आदि) को सुरक्षित रखने के लिए अन्तिम प्रयत्न था। उपनिषद् काल के आस-पास (700–600 ई० पू०) धर्म और स्वर्ग के नाम पर होने वाली मुँह-बाँध कर या दूसरे ढंग से की गई पशु-हत्याओं तथा टोटके जैसी क्रियाओं से बुद्धि बगावत करने लगी थी। उपनिषद् ने यागों (यज्ञ) का स्थान थोड़ा नीचा कर ब्रह्मज्ञान को ऊँचे स्थान पर रख, ब्राह्मणों को नये धर्म (ब्रह्मवाद) का पुरोहित ही नहीं बनाया, बल्कि पुराने यज्ञ-यागों को पितृयाण का साधन मान पुरानी पुरोहिती को भी हाथ से नहीं जाने दिया। अब बुद्ध का समय आया। जात-पातों और आर्थिक विषमताओं से उत्पन्न हुए असन्तोषों ने धार्मिक विद्रोह का रूप धारण किया। अजित केशकम्बली जैसे भौतिकवादी तथा बुद्ध जैसे प्रतीत्य-समुत्पाद प्रचारक बुद्धिवादी ने पुराने धार्मिक विश्वासों पर जबर्दस्त प्रहार किये। कूपमंडूकता भौगोलिक ही नहीं बौद्धिक क्षेत्र में भी हटने लगी, फिर यूनानियों, शकों तथा दूसरी आकर बस जानेवाली आगन्तुक जातियों ने इस बौद्धिक युद्ध को और उग्र कर दिया। अब याज्ञवल्क्य और आरुणि की शिक्षाओं से, गार्गी को शिर गिराने का भय दिला, प्रश्न और सन्देह की सीमाओं को रोका नहीं जा सकता था। नवागन्तुक जातियाँ जब यहाँ बसकर भारतीय बन गईं, तो फिर अपने-अपने धर्मों को बौद्धिक भित्ति पर तर्कसम्मत सिद्ध करने की कोशिश की गई। बुद्ध के बाद भी मौर्यों के उत्तराधिकारी और प्रतिद्वंद्वी शुंगों ने अश्वमेघ यज्ञ तथा दूसरे यागों को पुनरुज्जीवित करना चाहा था। मथुरा में शककाल के भी यज्ञ-यूप मिले हैं। इस तरह जैमिनि के समय यज्ञ-संस्था लुप्त नहीं हो गई थी, लेकिन उसका ह्रास हुआ था और भविष्य का संकट और भी प्रबल था, जिसको रोकने के लिए कणाद ने हलका और जैमिनि ने भारी प्रयत्न किया। जैमिनि के बाद गुप्त काल में लोक-प्रसिद्धि के लिए यज्ञ राजाओं और धनियों को बड़े साधक मालुम हुए, जिससे इनका प्रचार अच्छा रहा, किन्तु इसी काल ने वसुवंधु (400 ई०), दिग्नाग (525 ई०) जैसे स्वतंत्रचेता तार्किकों को पैदा किया, जिससे फिर ब्राह्मणों की यज्ञ जीविका पर एक भारी संकट आन उपस्थित हुआ और तब कुमारिल ने जैमिनि के पक्ष में तलवार उठाई।

कुमारिल ने मीमांसा दर्शन में कोई खास-तत्त्व विकास नहीं किया, बल्कि जैमिनि के सिद्धान्तों को युक्ति और न्याय से और पुष्ट करना चाहा। कुमारिल के तर्क की बानगी हम उसके प्रतिद्वंद्वी धर्मकीर्ति के प्रकरण में देखेंगे।

यद्यपि इस प्रकार मीमांसकों ने वैदिक कर्मकांड को जीवित रखने का बहुत प्रयत्न किया, किन्तु उसके ह्रास को नहीं रोका जा सका। उसमें एक कारण था, ब्राह्मणों के अनुयायियों में भी मन्दिरों और मूर्तियों की अधिक सर्वप्रियता। वैदिक पुरोहित देवल या पुजारी बनकर दक्षिणा कम करने के लिए तैयार न था, दूसरी ओर यजमान भी चंद दिनों में खिला-पिला मामूली पत्थर या गूलर के यूप को खड़ा कर अपनी कीर्ति को उतना चिरस्थायिनी नहीं होते देखता था, जितना कि उसने खर्च से खड़ा किया देवबर्नारक या बैजनाथ (कांगडा) का मंदिर उसे कर सकता था।

अध्याय 17

ईश्वरवादी दर्शन

युग नये युग के अनीश्वरवादी दर्शनों के बारे में हम बतला चुके, अब हम इस युग के ईश्वरवादी दर्शनों को लेते हैं। इन्हें हम बुद्धिवाद, रहस्यवाद और शब्दवाद–तीन श्रेणियों में बाँट सकते हैं। अक्षपाद गौतम का न्यायशास्त्र बुद्धिवादी है, पतंजलि का योग रहस्यवादी दर्शन है, बल्कि दर्शन की अपेक्षा उसे योग-युक्ति का गुटका समझना चाहिए। वादरायण का वेदान्त शब्दवादी है।

1. बुद्धिवादी न्यायकार अक्षपाद (250 ई०)

1. अक्षपाद की जीवनी

अक्षपाद के जीवन के बारे में भी हम अन्धेरे में हैं। डॉक्टर सतीशचन्द्र विद्याभूषण ने मेधातिथि गौतम को आन्वीक्षिकी (न्याय) का आचार्य बतलाते हुए, उसका काल 550 ई० पू० साबित करना चाहा है, और दर्भंगा के गौतम-स्थान को उनका जन्मस्थान बतला, उन्होंने वहाँ की तीर्थयात्रा भी कर डाली। ऐसा गोतम स्थान सारन (छपरा जिला) में सरयू के दाहिने तट पर गोदना भी है, जहाँ कार्तिक के महीने में भारी मेला लगता है।

ऋग्वेद के ऋषि मेधातिथि गौतम और उपनिषद् के ऋषि नचिकेता गौतम को मिला-जुला कर उन्होंने आन्वीक्षकी के मूल आचार्य मेधातिथि गौतम को तैयार किया है। तर्कविद्या को आन्वीक्षकी अक्षपाद से पहले, कौटिल्य (320 ई० पू०) के समय भी मुमकिन है, कहा जाता हो। "तक्की वीमंसी" (तार्किक और मीमांसक) शब्द पाली ब्रह्मजाल-सुत्त में भी आता है, किन्तु इससे हम जैमिनि के 'मीमांसा' का अस्तित्व उस समय स्वीकार नहीं कर सकते, जिस न्यायसूत्र को हम अक्षपाद के न्यायसूत्रों के रूप में पाते हैं, उससे पहले भी ऐसा कोई व्यवस्थित शास्त्र था, इसका कोई पता नहीं।

न्यायसूत्रों के कर्ता अक्षपाद (आँख का काम देते हैं जिनके पैर) हैं। न्यायवार्तिक (उद्योतकर 550 ई०) और न्यायभाष्यकार (वात्स्यायन 300 ई०) में न्याय सूत्रकार को इसी नाम से पुकारा गया है, किन्तु श्रीहर्ष (नैषधकार 1190 ई०) के समय न्याय-सूत्रकार का नाम गोतम (? गौतम) भी प्रसिद्ध थे। दोनों की संगति गौतम गोत्री अक्षपाद से हो जाती है।

अक्षपाद के समय के बारे में हम इतना ही कह सकते हैं, कि वह नागार्जुन से पीछे हुए थे। सापेक्षतावादी नागार्जुन ने अपनी "विग्रहव्यावर्त्तनी" में परमार्थ रूप में प्रमाण की सत्ता न मानने के लिए जो युक्तियाँ दी हैं, अक्षपाद ने न्यायसूत्रों में उनका खंडन कर परमार्थ प्रमाण के साबित करने की चेष्टा की है, जिसका अर्थ इसके सिवाय और कुछ नहीं हो सकता, कि न्यायसूत्र नागार्जुन के बाद बना।

2. न्यायसूत्र का विषय-संक्षेप

न्यायसूत्रों के वर्णन की शैली ऐसी है, कि पहले ग्रंथकार प्रतिपाद्य विषयों के नामों की गिनती और लक्षण बतलाता है, फिर पीछे युक्ति (न्याय) से परीक्षा करके बतलाता है, कि उसका मत

ठीक है और विरोधी का मत गलत है। न्यायसूत्र में पाँच अध्याय और प्रत्येक अध्याय में दो-दो आह्निक हैं। इनमें सूत्रों की संख्या निम्न प्रकार है–

अध्याय	आह्निक	सूत्र-संख्या	
1	1	41	61
	2	20	
2	1	69	139
	2	70	
3	1	72	145
	2	73	
4	1	69	120
	2	51	
5	1	43	68
	2	25	
			= 533

अध्यायों में कही गई बातें निम्न प्रकार हैं–

1. प्रतिपाद्य का सामान्य कथन... ... ...अध्याय 1
    (1) प्रतिपाद्य विषयों का सामान्य तौर से वर्णन... ... ...अध्याय 1
    (2) प्रतिपादन के लिए युक्त और अयुक्त शैली... ... ... अध्याय 1
2. परीक्षाएँ... 2-5
    (1) प्रमाणों की परीक्षा 2
    (2) प्रमेयों (प्रमाण के विषयों) की परीक्षा... 3-4
        (क) स्वसम्मत वस्तुओं की परीक्षा... 3
        (ख) धार्मिक धारणाओं की परीक्षा... 4
    (3) अयुक्त वाद-शैलियों की परीक्षा... 5

न्यायसूत्र के प्रतिपाद्य विषय या पदार्थ सोलह हैं, जो कि पहले अध्याय के दोनों आह्निकों में दिये हैं। इनमें चार प्रमाणों और ग्यारह प्रमेयों पर ही बहुत जोर दिया गया है, यह इसी से मालूम होता है, कि पाँच अध्यायों में तीन अध्याय (4-2) तथा 533 सूत्रों में 404 सूत्र इन्हीं के बारे में लिखे गये हैं।

अध्याय	आह्निक	विषय	सूत्रांक
1	2	(7) साधक वाक्यों के अवयवों की नाम गणना	32
		उनके लक्षण	39-33
		(8) तर्क का लक्षण	40
		(9) निर्णय का लक्षण	41
1	2	(10) वाद (=ठीक बहस) का लक्षण	1
		(11) जल्प का लक्षण	2
		(12) वितंडा का लक्षण	3
		(13) गलत हेतुओं (हेत्वाभासों) की नाम-गणना	4
		हेत्वाभासों के लक्षण	5-9
		(14) छल का लक्षण	10
		छल के भेद	11
		उनके लक्षण	12-17
		(15) जाति (एक तरह का गलत हंतु) का लक्षण	18
		(16) निग्रह-स्थान (पराजय के स्थान) का लक्षण	19
		जाति-निग्रह स्थान की बहुता	20
2	1	संशय की परीक्षा	1-7
		(1) प्रमाण-परीक्षा (सामान्यतः)	8-19
		(क) प्रत्यक्ष-प्रमाण के लक्षण की परीक्षा	25-29
		प्रत्यक्ष अनुमान नहीं है	30-32
		[पूर्ण (अवयवी) अपने अंशों से अलग है]	33-36
		(ख) अनुमान प्रमाण-परीक्षा	37-38
		(काल-पदार्थ है)	39-43
		(ग) उपमान-प्रमाण की परीक्षा	44-48
		(घ) शब्द-प्रमाण की परीक्षा	49-69
2	2	प्रमाण चार ही हैं	1-12
		(बोले जाने वाले वर्ण नित्य नहीं हैं)	13-59
		पद क्या हैं	60
		पदार्थ (= गाय आदि पदों के विषय) क्या हैं?	61-70
3	1	(1) आत्मा है	1-27
		(आँखों के दो होने पर भी चक्षु-इन्द्रिय एक है)	8-15
		(2) शरीर क्या है?	28-29

		(3) इन्द्रियाँ भौतिक हैं	30-50
		(आँख आग से बनी है)	(30-36)
		इन्द्रियाँ भिन्न-भिन्न हैं	51-60
		(4) अर्थों (इन्द्रियों के विषयों) की परीक्षा	61-71
		(5) बुद्धि (ज्ञान) अनित्य है	1-56
		(बौद्धों के क्षणिकवाद की परीक्षा)	(10-17)
		(6) मन है	57-60
		[= अदृष्ट (देहान्तर और कालान्तर में भोग पाने का कारण) है]	61-73
		(7) प्रवृत्ति (कायिक, वाचिक, मानसिक, कर्म या धर्म-अधर्म) की परीक्षा	1
		(8) दोष क्या है?	2-9
		(दोष के तीन भेद–राग, द्वेष, मोह)	(3)
		(9) प्रेत्यभाव (पुनर्जन्म) है	10-13
		(बिना हेतु कुछ नहीं उत्पन्न होता)	14-18
		(ईश्वर है)	19-21
		अ-हेतुवाद का खंडन	22-24
		(सभी अनित्य हैं?)	25-28
		(सभी वस्तुएँ नित्य हैं?	29-33
		(सभी वस्तुएँ अपने भीतर भी अलग-अलग हैं?)	34-36
		(सभी शून्य हैं?)	37-40
		(प्रतिज्ञा, हेतु आदि एक नहीं हैं)	41-43
		(10) (कर्म) फल होता है	44-54
		(11) दुःख-परीक्षा	55-58
		(12) अपवर्ग (मुक्ति) है	59-69
4	2	पूर्ण [अवयवी] अंशों से अलग है	1-15
		परमाणु	15-16

3. अक्षपाद के दार्शनिक विचार

न्यायसूत्र के प्रतिपाद्य विषयों पर संक्षेप से भी लिखना यहाँ सम्भव नहीं है, तो भी दार्शनिक विचारों को बतलाने के लिए हम यहाँ उसकी कुछ बातों पर प्रकाश डालना चाहते हैं।

क–प्रमाण

(1) प्रमाण–सच्चे ज्ञान तक पहुँचने के तरीके को प्रमाण कहा जाता है। अक्षपाद प्रमाण को सापेक्ष नहीं परमार्थ अर्थ में लेते हैं, जिस पर (नागार्जुन जैसे) विरोधियों का पहले ही से आक्षेप था–

पूर्वपक्ष–प्रत्यक्ष आदि (परमार्थ रूपेण) प्रमाण नहीं हो सकते, क्योंकि तीनों कालों (भूत, भविष्यत्, वर्तमान) में वह (किसी) बात (प्रमेय–ज्ञेय बात) को नहीं सिद्ध कर सकते।–(क) यदि प्रमाण (प्रमेय से) पहले ही से सिद्ध है, (तो ज्ञान–रूप प्रमाण के पहले ही सिद्ध होने से) इन्द्रिय और विषय (अर्थ) के संयोग से प्रत्यक्ष (ज्ञान) उत्पन्न होता है, यह बात गलत हो जाती है। (ख) यदि प्रमाण (प्रमेय के सिद्ध हो जाने के बाद) सिद्ध होता है, तो प्रमाण से प्रमेय (ज्ञातव्य सच्चा ज्ञान सिद्ध होता है यह बात गलत है। (ग) एक ही साथ (प्रमाण और प्रमेय दोनों) की सिद्धि मानने पर (एक ही साथ दो ज्ञान (बुद्धि) होता है यह मानना पड़ेगा फिर) ज्ञान (बुद्धि) क्रमशः उत्पन्न होती है (अर्थात् एक समय मन में सिर्फ़ एक ज्ञान पैदा होता है) यह (तुम्हारा सिद्धान्त) नहीं रहेगा।

इन चार सूत्रों में किये गए आक्षेपों का उत्तर पाँच सूत्रों में देते हुए कहते हैं–

अध्याय	आह्निक	विषय	सूत्रांक
		विज्ञानवादियों का बाहरी जगत् से इन्कार गलत है	26-37
		तत्त्व ज्ञान प्राप्त करने का उपाय	38-51
		जल्प, वितंडा जैसी गलत बहसों की भी जरूरत है	50-51
5	1	जाति के भेद	1
		उनके लक्षण आदि	2-43
	2	निग्रह-स्थान के भेद	1
		उनके लक्षण आदि	2-25

उत्तरपक्ष–(क) तीनों कालों में (प्रमाण) सिद्ध नहीं है, ऐसा मानने पर (तुम्हारा) निषेध भी ठीक नहीं होगा। (ख) सारे प्रमाणों का निषेध करने पर निषेध नहीं किया जा सकता, क्योंकि आखिर निषेध भी प्रमाण की सहायता से ही किया जाता है। (ग) उस (अपने मतलब वाले प्रमाण) को प्रमाण मानने पर सारे प्रमाणों का निषेध नहीं हुआ। (घ) तीनों कालों (पहले, पीछे और एक काल) में निषेध (आपने किया है, वह) नहीं किया जा सकता, आखिर पीछे जिस शब्द (की सिद्धि सुनकर हमें होती है उस) से (पहले से स्थित) बाजा सिद्ध होता है। (इसी तरह एक साथ होने वाले धुएँ और आग में धुएँ के देखने से आग की सिद्धि होती है)। (ङ) प्रमेय (ज्ञेय) होने से कोई किसी वस्तु के प्रमाण होने में बाधक नहीं होती, जैसे तोला (का बटखरा माशा या रत्ती से तौलते वक्त प्रमेय हो सकता है, किन्तु साथ ही वह स्वयं मान प्रमाण है, इसमें सन्देह नहीं)।

इस पर फिर आक्षेप होता है–

पूर्वपक्ष–(क) प्रमाण से (दूसरे) प्रमाणों की सिद्धि मानने पर (फिर उस पहले प्रमाण की सिद्धि के लिए) किसी और प्रमाण की सिद्धि करनी पड़ेगी। (ख) इस बात से इन्कार करने पर जैसे (बिना प्रमाण के किसी बात को) प्रमाण मान लिया, उस तरह प्रमेय को भी (स्वतः) सिद्ध मान लेना चाहिए।

उत्तर-पक्ष–(आपका आक्षेप ठीक) नहीं है, दीपक के प्रकाश की भाँति (प्रमाण) स्वतः अपनी सत्ता को सिद्ध करते हुए दूसरी वस्तुओं की सत्ता को भी सिद्ध करता है।

इस तरह अक्षपाद ने प्रमाण को परमार्थरूपेण प्रमाण सिद्ध करना चाहा है, यद्यपि आज के सापेक्षतावादी युग में परमार्थ नामधारी किसी सत्ता को साबित करना टेढ़ी खीर है, साथ ही सापेक्ष प्रमाण ऐसा सिक्का है, जिसे प्रकृति स्वीकार करती है, इसलिए व्यवहार (अर्थक्रिया) में बाधा नहीं होती।

(2) प्रमाण की संख्या–अक्षपाद ने प्रमाण चार माने हैं–प्रत्यक्ष, अनुमान, उपमान, शब्द। दूसरे प्रमाणशास्त्री चार से अधिक प्रमाणों को भी मानते हैं–जैसे इतिहास, अर्थापत्ति (अर्थ से ही जिसको सिद्ध समझा जाये, जैसे मोटा देवदत्त दिन को बिलकुल नहीं खाता, जिसका अर्थ होता है, वह रात को खाता है), सम्भव, अभाव (घड़े का किसी जगह न होना वहाँ उसके अभाव से ही सिद्ध है)। अक्षपाद इन्हें अपने चारों प्रमाणों के अन्तर्गत मानते हैं और प्रमाणों की संख्या चार से अधिक करने की जरूरत नहीं समझते। जैसे–

<table>
<tr><th>इतिहास</th><th>शब्द प्रमाण में</th></tr>
<tr><td>अर्थापत्ति</td><td rowspan="3">अनुमान में</td></tr>
<tr><td>संभव</td></tr>
<tr><td>अभाव</td></tr>
</table>

किन्तु साथ ही इतिहास आदि की प्रामाणिकता में सन्देह करने की वह आज्ञा नहीं देते।

(क) प्रत्यक्ष-प्रमाण–इन्द्रिय और "अर्थ (विषय) के संयोग से उत्पन्न ज्ञान प्रत्यक्ष है, (किन्तु इन शर्तों के साथ, यदि वह ज्ञान) कथन का विषय न हुआ हो, गलत (व्यभिचारी) न हो और निश्चयात्मक हो (दूर आदि से देखी जाने वाली अनिश्चित चीज़ जैसी न हो।)"

अक्षपाद इन्द्रियों से परे मन और उससे परे आत्मा को भी मानते हैं, प्रत्यक्ष का लक्षण करते हुए उन्होंने "आत्मा से युक्त मन, मन से युक्त इन्द्रिय" नहीं जोड़ा इसलिए उनका लक्षण अपूर्ण (असमग्र) है। इसका समाधान करते हुए सूत्रकार ने कहा है, कि (अनुमान आदि दूसरे प्रमाणों से) खास बात जो ज्यादा (प्रत्यक्ष में) है, उसको यहाँ लक्षण में दिया गया है। (ऐसा न करने पर) दिशा, देश, काल, आकाश आदि को भी (प्रत्यक्ष के लक्षण में) देना होगा।

गाय का हम जब प्रत्यक्ष करते हैं, तो "उसके (सिर्फ़) एक अंग को ग्रहण करते हैं, एक अंग के ग्रहण से सारे गौ-शरीर का प्रत्यक्ष (ज्ञान) अनुमान होता है, इस प्रकार 'प्रत्यक्ष अनुमान' के

अन्तर्गत है। अक्षपाद का उत्तर है।–(क) एक अंश का भी प्रत्यक्ष मान लेने पर प्रत्यक्ष से इन्कार, नहीं किया जा सकता (ख) और एक अंश का प्रत्यक्ष ग्रहण करना भी ठीक नहीं है, क्योंकि आदमी गाय के सिर्फ़ एक अंश (अवयव) का ही प्रत्यक्ष नहीं करता, बल्कि अवयवों के भीतर किन्तु उनसे भिन्न एक अखंड अवयवी भी है, जिसका कि वह अपनी आँख से सीधा प्रत्यक्ष करता है।

यहाँ दूसरा उत्तर एक विवादास्पद वस्तु "अवयवी"–जिसे भारतीय दार्शनिक ने यवन दार्शनिकों से लिया है–को मानकर दिया और सापेक्ष को छोड़कर परमार्थरूपेण ज्ञान, सत्य आदि की सिद्धि के लिए पुराने दार्शनिक–चाहे पूर्वी हों या पश्चिमी–इस तरह की संदिग्ध दलीलों पर बहुत भरोसा किया करते थे। अवयवी के बारे में अक्षपाद का मत क्या है, इसे हम आगे बतलायेंगे।

(ख) अनुमान-प्रमाण–अनुमान वह है, जो कि प्रत्यक्ष-पूर्वक होता है अर्थात् जहाँ कुछ का प्रत्यक्ष होने पर बाकी के होने का ज्ञान होता है, जैसे धुएँ को हम प्रत्यक्ष देखते हैं, फिर उसके कारण आग–जो कि प्रत्यक्ष नहीं का अनुमान-ज्ञान होता है। अनुमान तीन प्रकार का है–**(a) पूर्ववत्** (पूर्व) वाली वस्तु के प्रत्यक्ष से पीछे होने वाली संबद्ध वस्तु का ज्ञान कारण से कार्य का अनुमान, चींटियों के उठने से वर्षा आने का अनुमान), **(b) शेषवत्** (पीछे वाली वस्तु के प्रत्यक्ष से पूर्व बीती बात का अनुमान–कार्य से कारण का अनुमान, बिना वर्षा ही हमारे यहाँ की बढ़ी गंगा से ऊपर की ओर वृष्टि के होने का अनुमान) और **(c) सामान्यतो-दृष्टि** (जो दो वस्तुएँ सामान्यतः एक साथ देखी जाती हैं, उनमें से एक के देखने से दूसरे का अनुमान जैसे आग को देख आँच या आँच को देख आग का अनुमान अथवा मोर और बादलों से एक से दूसरे का अनुमान)।

अनुमान के उक्त लक्षण और भेद के संबंध में आक्षेप हो सकता है–पूर्ववत् अनुमान कोई प्रमाण नहीं क्योंकि चींटियाँ कितनी ही बार वर्षा छोड़ किसी दूसरे त्रास के कारण भी अंडा मुँह में दाबे हजारों के झुंड में घर छोड़ बैठती हैं। शेषवत् भी गलत है, क्योंकि ऊपर की ओर वर्षा हुए बिना आगे प्रवाह रुक जाने पर–किसी पहाड़ के गिरने या दूसरे कारण से भी नदी में बाढ़ आयी सी मालूम हो सकती है। सामान्योदृष्ट भी गलत है, क्योंकि मोर का शब्द बाज वक्त मनुष्य के स्वर से मिल (समान हो) जाता है, फिर ऐसा सादृश्य वास्तविक नहीं भ्रमात्मक अनुमान पैदा कर सकता है। इसके उत्तर में कहा है–जब हम पूर्ववत्, शेषवत्, सामान्यतोदृष्ट कहते हैं, तो सारी विशेषताओं के साथ वैसा मानते हैं। सिर्फ़ नदी की भरी धार ऊपर हुई वृष्टि का अनुमान नहीं करा सकती, किन्तु यदि उसमें मिट्टी मिली हो, काठ और तिनके बहकर चले आ रहे हों, तो वृष्टि का अनुमान सच्चा होता है।

(ग) उपमान-प्रमाण–प्रसिद्ध वस्तु की समाQनता (सधर्मता) से किसी साध्य पदार्थ को सिद्ध करने को उपमान-प्रमाण कहते हैं, जैसे गाय एक लोक-प्रसिद्ध वस्तु है। किसी शहरी आदमी को कहा गया, कि जैसी गाय होती है, उसी के समान जंगल में एक जानवर होता है, जिसे नीलगाय (घोड़रोज) कहते हैं। शहरी आदमी इस ज्ञान के साथ जंगल में जा नीलगाय को ठीक से पहचानने में समर्थ होता है–यह ज्ञान उसे उपमान-प्रमाण से हुआ।

पूर्वपक्ष–किन्तु समानता एक सापेक्ष बात है, उससे अत्यन्त समानता अभिप्रेत है या प्रायिक समानता? अत्यन्त समानता लेने पर "जैसी गाय तैसी" गाय ही हो सकती है, फिर नये ज्ञान क्या

हुआ। प्रायिक समानता लेने पर जैसी सरसों गोल तैसी नारंगी गोल, इस तरह सरसों देखे हुए को नारंगी देखने पर उसका ज्ञान नहीं हो सकता।

उत्तर–हम न अत्यन्त समानता की बात कहते हैं और न प्रायिक समानता की, बल्कि हमारा मतलब प्रसिद्ध समानता से–जैसी गाय तैसी नीलगाय।

पूर्वपक्ष–फिर प्रत्यक्ष देखी गई गाय से अप्रत्यक्ष नीलगाय की सिद्धि जिस उपमान से होती है, उसे अनुमान ही क्यों न कहा जाये?

उत्तर–यदि नीलगाय अप्रत्यक्ष हो, तो वहाँ उपमान प्रयोग करने को कौन कहता है? अनुमान में प्रत्यक्ष धुएँ से अप्रत्यक्ष आग का अनुमान होता है, उपमान में अप्रत्यक्ष गाय की समानता से प्रत्यक्ष नीलगाय का ज्ञान होता है, यह दोनों में भेद है।

पूर्वपक्ष–किसी यथार्थवक्ता की बात पर विश्वास करके जो नीलगाय का ज्ञान हुआ, उसे शब्द-प्रमाण मूलक क्यों न मान लिया जाये?

उत्तर–'जैसी गाय तैसी नीलगाय" यहाँ "तैसी" यह खास बात है जो उपमान में ही मिलती है, जिसे कि शब्द-प्रमाण में हम नहीं पाते।

(घ) शब्द-प्रमाण–आप्त–यथार्थवक्ता (सत्यवादी) के उपदेश को "शब्द प्रमाण" कहते हैं। शब्द प्रमाण दो प्रकार का होता है, एक वह जिसका विषय दृष्ट–प्रत्यक्ष से सिद्ध–पदार्थ है, दूसरा वह जिसका विषय अ-दृष्ट–प्रत्यक्ष से अ-सिद्ध अथवा प्रत्यक्ष-भिन्न (अप्रत्यक्ष) से सिद्ध–पदार्थ हैं।

पूर्वपक्ष–(क) शब्द (प्रमाण) भी अनुमान है, क्योंकि गाय-शब्द का वाच्य जो साकार गाय-पदार्थ है, वह नहीं प्राप्त होता, उसका अनुमान ही किया जाता है। (ख) किसी दूसरे प्रमाण से भी गाय-पदार्थ को उपलब्ध मानने पर दो-दो प्रमाणों की एक ही बात के लिए क्या ज़रूरत? (ग) शब्द और अर्थ के संबंध के ज्ञात होने से उसी संबंध द्वारा गाय-पदार्थ का ज्ञान होना, एक प्रकार का अनुमान है, इस तरह भी शब्द को अलग प्रमाण नहीं मानना चाहिए।

उत्तर–सिर्फ़ शब्द प्रमाण से स्वर्ग आदि का ज्ञान नहीं होता, बल्कि आप्त (सत्यवादी) पुरुष के उपदेश की सामर्थ्य से (इस) वाच्य–अर्थ–।में विश्वास होता है। शब्द और अर्थ के बीच का संबंध किसी दूसरे प्रमाण से नहीं ज्ञात होता; अतः शब्द और उसके वाच्य अर्थ का कोई स्वाभाविक संबंध नहीं है, यदि संबंध होता, तो लड्डू कहने से मुँह का लड्डू से भर जाना, आग कहने से मुँह का जलना, बसूला कहने से मुँह का चीरा जाना देखा जाता।

पूर्वपक्ष–शब्द और अर्थ के बीच संबंध की व्यवस्था है, तभी तो गाय शब्द कहने से एक खास साकार गाय-अर्थ का ज्ञान होता है; इसलिए शब्द और अर्थ के स्वाभाविक संबंध से इन्कार नहीं किया जा सकता।

उत्तर–स्वाभाविक संबंध नहीं है, किन्तु सामयिक (मान लिया गया) संबंध जरूर है, जिसके कारण वाच्य-अर्थ का ज्ञान होता है। यदि शब्द-अर्थ का संबंध स्वाभाविक होता, तो दुनिया की सभी जातियों और देशों में उस शब्द का वही अर्थ पाया जाता, जैसे आग पदार्थ और गर्मी के स्वाभाविक संबंध होने से वे सर्वत्र एक से पाये जाते हैं।

शब्द-प्रमाण को सिद्ध करने से अक्षपाद का मुख्य मतलब है, वेद-ऋषि वाक्यों को प्रत्यक्ष अनुमान के दर्जे का एक स्वतंत्र प्रमाण मनवाना। इसीलिए उन्होंने जहाँ प्रत्यक्ष, अनुमान, उपमान की परीक्षाओं में क्रमशः 13, 2 और 4 सूत्र लिखे हैं, वहाँ शब्द-प्रमाण की परीक्षा में सबसे अधिक यानी 21 सूत्र लिखे हैं; जिनमें अन्तिम 12 सूत्रों का ढंग तो करीब-करीब वही है, जिसका अनुकरण पीछे जैमिनि ने अपने मीमांसा-सूत्रों में बड़े पैमाने पर किया है।

वेद की कितनी ही बातें (यज्ञ-कर्म) झूठ निकलती हैं, कितनी ही परस्पर विरोधी हैं, वहाँ कितनी ही पुनरुक्तियाँ भरी पड़ी हैं। अक्षपाद ने इसका समाधान करना चाहा है।–झूठ नहीं निकलतीं, ठीक फल न मिलना कर्म, कर्ता और सामग्री के दोष के कारण होता है। परस्पर विरोधी बात नहीं है, दो तरह की बात दो तरह के आदमियों के लिए हो सकती है। पुनरुक्ति अनुवाद के लिए भी हो सकती है।

फिर अक्षपाद ने वेद के वाक्यों को विधि, अर्थवाद और अनुवाद तीन भागों में विभक्त किया है। विधि का काम है कर्तव्य का विधान करना। विधि में श्रद्धा जमाने के लिए अच्छे की प्रशंसा (स्तुति), बुरे की निन्दा और दूसरे व्यक्तियों की कृतियों तथा पुरानी बातों का उदाहरण, वेद में बहुत मिलता है, इसको अर्थवाद कहते हैं। अनुवाद विधि वाक्य में बतलाये शब्द या अर्थ का फिर से दुहराना है, जो कि "जल्दी-जल्दी जाओ" की भाँति विधि (आज्ञा) को और जोरदार बनाता है, इसलिए वह व्यर्थ की चीज़ नहीं है। अन्त में वेद के प्रमाण में सबसे जबर्दस्त युक्ति है–वेद प्रमाण है, क्योंकि उसके वक्ता ऋषि आप्त (सत्यवादी) होने से प्रमाणिक है, उसी तरह जैसे कि साँप-बिच्छू के मंत्रों और आयुर्वेद की प्रामाणिकता हमें माननी पड़ती है। आखिर मंत्रों और आयुर्वेद के कर्ता जो ऋषि हैं, वही तो वेद के भी हैं।

यहाँ मैंने अक्षपाद की वर्णन शैली को दिखलाने के लिए उसका अनुकरण किया है, किन्तु साथ ही समझने की आसानी के लिए सूत्रों को लेते हुए भी उनके अर्थ को विशद करने की कोशिश की है।

ख. कुछ प्रमेय

आत्मा आदि ग्यारह प्रमेय न्याय ने माने हैं, इनमें मन, आत्मा और ईश्वर के बारे में हम यहाँ न्याय के मत को देंगे और कुछ का जिक्र न्याय के धार्मिक विचारों को बतलाते समय करेंगे।

(1) मन–यद्यपि न्याय सूत्र के भाष्यकार वात्स्यायन स्मृति, अनुमान, आगम, संशय, प्रतिभा, स्वप्न, ऊह (तर्क-वितर्क) की शक्ति जिसमें है, उसे मन बतलाया है, किन्तु अक्षपाद स्वयं इस विवरण में न जा 'एक समय (अनेक) ज्ञानों का उत्पन्न न होना, मन के अनुमान का लिंग बतलाते हैं। अर्थात् एक ही आँख का किसी रूप से संबंध है तथा उसी समय कान का शब्द से भी; किन्तु हम एक समय में एक का ही ज्ञान प्राप्त कर सकते हैं, जिस जान पड़ता है, पाँच इन्द्रियों के अतिरिक्त एक और भीतरी इन्द्रिय है, जिससे ज्ञान के प्राप्त करने में हाथ है और वही मन है। एक बार अनेक ज्ञान न होने से यह भी पता लगता है, कि मन एक और अणु है। जहाँ एक समय अनेक क्रिया देखी जाती है, वह तीव्र गति के कारण है, जैसे कि घूमती बनेठी के दोनों छोर आग की वृत्ति बनाते दीख पड़ते हैं।

(2) आत्मा–बौद्ध-दर्शन के बढ़ते प्रभाव को कम करना न्यायसूत्रों के निर्माण में खास तौर से अभिप्रेत था। शब्द-प्रमाणक सिद्धि में इतना प्रयत्न इसीलिए है, नित्य, आत्मा और ईश्वर को सिद्ध करने पर जोर भी इसीलिए है। बौद्धों के कितने ही सिद्धान्तों का न्याय में खंडन हम आगे देखेंगे। मन की तरह आत्मा को भी प्रत्यक्ष से नहीं सिद्ध किया जा सकता। अनुमान से उसे सिद्ध करने के लिए कोई लिंग (चिह्न) चाहिये, जो कि खुद प्रत्यक्ष-सिद्ध हो, साथ ही आत्मा से संबंध रखता हो। अक्षपाद के अनुसार (1) आत्मा के लिंग हैं–'इच्छा, द्वेष, प्रयत्न, सुख, दुःख और ज्ञान।' शरीर, इन्द्रिय और मन से भी अलग आत्मा की सत्ता को सिद्ध करते हुए अक्षपाद कहते हैं–(2) आँख से देखी वस्तु को स्पर्श-इन्द्रिय से छूकर जो हम एकता का ज्ञान, जिसे मैंने देखा, उसी को छू रहा हूँ–प्राप्त करते हैं, यह भी आत्मा की सत्ता को साबित करता है। (3) एक-एक इन्द्रिय को एक-एक विषय जो बाँटा गया है उससे भी अनेक इन्द्रियों के ज्ञानों के एकत्रीकरण के लिए आत्मा की ज़रूरत है। (4) आत्मा के निकल जाने पर मृत शरीर के जलाने में अपराध नहीं लगता। (5) आत्मा के नित्य होने से उसके साथ भी शरीर के जलाने पर आत्मा का कुछ नहीं होगा यह ठीक है; किन्तु शरीर को हानि पहुँचाकर हम उसके स्वामी को हानि पहुँचाते हैं, जिससे अपराध लगना जरूरी है। बाई आँख से देखी चीज़ को दूसरी बार सिर्फ़ दाहिनी से देखकर स्मरण करते हैं, यह आत्मा के ही कारण। (6) स्वादु भोजन को आँख से देखते ही हमारे जीभ में पानी आने लगता है, यह बात स्वाद की जिस स्मृति के कारण होती है, वह आत्मा का गुण है।

यहाँ जिन बातों से आत्मा की सत्ता का प्रतिपादन किया गया है, वह मन पर घटित होती है। इस आक्षेप का उत्तर अक्षपाद ने ज्ञाता (आत्मा) को ज्ञान का एक साधन (मन) भी चाहिए, कहकर देना चाहा है, किन्तु यह कोई उत्तर नहीं है। चूँकि आत्मा सर्वव्यापी (विभु) है, जिससे पाँचों इन्द्रियों और उनके विषयों का जिस समय संयोग हो रहा है, उस वक्त आत्मा भी वहाँ मौजूद है; तब भी चूँकि विषय ज्ञान नहीं होता, इससे साबित होता है कि आत्मा और इन्द्रियों के बीच एक और अणु (अ-सर्वव्यापी) चीज़ है जो कि मन है, अक्षपाद की इन्द्रिय, मन और आत्मा के विषय की यह कल्पना बहुत उलझी हुई है। अनुमान से वह मन को सिद्ध कर सकते हैं, जिसकी सिद्धि में ही सारे लिंग समाप्त हो जाते हैं, फिर उनमें से ही कुछ को लेकर वह आत्मा को सिद्ध करना चाहते हैं, जिससे आत्मा और मन एक ही वस्तु के दो नाम भले ही हो सकते हैं, किन्तु उन्हें दो भिन्न वस्तु नहीं साबित किया जा सकता।

(3) ईश्वर–अक्षपाद ने ईश्वर को अपने 11 प्रमेयों में नहीं गिना है और न उन्होंने कहीं साफ कहा है कि ईश्वर को भी वह आत्मा के अन्तर्गत मानते हैं। ऊपर जो मन को आत्मा का साधन कहा है, उससे भी यही साबित होता है, कि आत्मा से उनका मतलब जीव से है। अपने सारे दर्शन में अक्षपाद का ईश्वर पर कोई जोर नहीं है और न ईश्वर वाले प्रकरण को हटा देने से उनके दर्शन में कोई कमी रह जाती है; ऐसी अवस्था में न्याय-सूत्रों में यदि क्षेपक हुए हैं, तो हम इन तीन सूत्रों को ले सकते हैं, जिनमें ईश्वर की सत्ता सिद्ध की गई है। डॉक्टर सतीशचन्द्र विद्याभूषण ने जहाँ न्यायसूत्र के बहुत से भाग को पीछे का क्षेपक मान लिया है, फिर इन तीन सूत्रों का क्षेपक होना बहुत ज्यादा नहीं है। इन सूत्रों में भी, हम देखते हैं, अक्षपाद ईश्वर को दुनिया का कर्ता-हर्त्ता नहीं बना सकते हैं।

कर्म फल के भोग में ईश्वर कारण है, उसके न होने पर पुरुष के शुभ-अशुभ कर्मों का फल न होता। यह सही है कि पुरुष का कर्म न होने पर भी फल नहीं होता, किन्तु कर्म यदि फल का कर्ता है, तो ईश्वर उस फल का कारयिता (कराने वाला) है।

4. अक्षपाद के धार्मिक विचार

आत्मा और ईश्वर के बारे में न्यायसूत्र के विचार को हम कह आये हैं। शब्द-प्रमाण के प्रकरण में यह भी बतला चुके हैं, कि अक्षपाद का वेद की प्रामाणिकता ही नहीं उसके विधि-विधान–कर्मकांड–पर बहुत जोर था, यद्यपि कणाद की भाँति इन्होंने धर्म-जिज्ञासा पर ज्यादा जोर न दे तत्त्व-जिज्ञासा को अपना लक्ष्य बनाया।

(1) परलोक और पुनर्जन्म

एक शरीर को छोड़कर दूसरे शरीर में आत्मा जाता है, इसका अक्षपाद ने समर्थन किया है। मरने के बाद आत्मा लोकान्तर में जाता है, इसके लिए आत्मा का नित्य होना ही काफी हेतु है। परलोक में ही नहीं इस लोक में भी पुनर्जन्म होता है, इसे सिद्ध करने के लिए अक्षपाद ने निम्न युक्तियाँ दी हैं–(1) पैदा होते ही बच्चों को हर्ष, भय, शोक होते देखा जाता है, यह पहले (जन्म) के अभ्यास के कारण ही होता है, यह बात पद्म के खिलने और संकुचित होने की तरह स्वाभाविक नहीं है, क्योंकि पाँचों महाभूतों के बने पद्म आदि की वैसी अवस्था सर्दी, गर्मी, वर्षा, आदि के कारण होती है। (2) पैदा होते ही बच्चे को स्तन-पान की अभिलाषा होती है, यह भी पूर्वजन्म के आहार के अभ्यास से ही होती है।

(2) कर्म-फल

कायिक, वाचिक, मानसिक कर्मों से उनका फल उत्पन्न होता है। अच्छे बुरे कर्मों का फल तुरन्त नहीं कालान्तर में होता है, चूँकि कर्म तब तक नष्ट हो गया रहता है, इसलिए उससे फल कैसे मिलेगा? ऐसी शंका की गुजांइश नहीं, जब कि हम गेहूँ के पौधे के नष्ट हो जाने पर भी उसके बीज से अगले साल नये वृक्ष को उगते देखते हैं, उसी तरह किये कर्मों से धर्म-अधर्म उत्पन्न होते हैं, जिनसे आगे फल मिलता है। यह धर्म-अधर्म उसी आत्मा में रहते हैं, जिसने किसी शरीर में उस काम को किया है।

पहले के कर्म से पैदा हुआ फल शरीर की उत्पत्ति का हेतु है। महाभूतों से जैसे कंकड़-पत्थर आदि पैदा होते हैं, वैसे ही शरीर भी, यह कहना मान्य नहीं है; क्योंकि इसके बारे में कुछ विचारकों का मत है कि सारी दुनिया भले-बुरे कर्मों के कारण बनी है। माता-पिता का रज-वीर्य तथा आहार भी शरीर-उत्पत्ति का कारण नहीं है क्योंकि इनके होने पर भी नियम से शरीर (बच्चे) को उत्पन्न होते नहीं देखा जाता। भला-बुरा कर्म शरीर की उत्पत्ति का निमित्त (कारण) है, उसी तरह वह किसी शरीर के साथ किसी खास आत्मा के संयोग का भी निमित्त है।

(3) मुक्ति या अपवर्ग

यज्ञ आदि कर्मकांड का फल स्वर्ग होता है, यह वेद, ब्राह्मण तथा श्रौतसूत्र आदि का मन्तव्य था। उपनिषद् ने स्वर्ग के भी ऊपर मुक्ति या अपवर्ग को माना। जैमिनि ने अपने मीमांसा-दर्शन में

उपनिषद् की इस नई विचारधारा को छोड़, फिर पुराने वेद-ब्राह्मण की ओर लौटने का नारा बुलन्द किया; किन्तु अक्षपाद उपनिषद् से पीछे लौटने की सम्मति नहीं देते, बल्कि एक तरह उसे और "ऊपर" उठाना चाहते हैं। उपनिषद् में तथा सांसारिक या स्वर्गीय आनन्दों (सुखों) को एक जगह तौला गया है और उस तौल में ब्रह्मलोक या मुक्ति के आनन्द को भी तराजू पर रखा गया है। अक्षपाद भावात्मक (सुखमय) मुक्ति में इस तरह के खतरे को महसूस करते थे, इसीलिए उन्होंने मुक्ति को भावात्मक सुखात्मक न कह, दुःखाभाव-रूप माना है–"(तत्त्वज्ञान से) मिथ्या-ज्ञान (झूठे ज्ञान) के नाश होने पर दोष (राग, द्वेष, मोह) नष्ट होते हैं, दोषों के नष्ट होने पर धर्म-अधर्म (प्रवृत्ति) का खात्मा होता है, धर्म-अधर्म के खत्म होने पर जन्म खत्म होता है, जन्म खत्म होने पर दुःख समाप्त होता है, तदन्तर (इस) नाश से अपवर्ग (मुक्ति) होता है।" अपवर्ग के स्वरूप को और स्पष्ट करते हुए दूसरी जगह कहा है–'उन [शरीर, इन्द्रिय, अर्थ, बुद्धि, मन प्रवृत्ति (क्रिया), दोष, पुनर्जन्म, फल और दुःख] से सदा के लिए मुक्त होना अपवर्ग है।' यहाँ मुक्तावस्था में अक्षपाद गौतम ने आत्मा को बुद्धि (ज्ञान), मन और क्रिया से भी अत्यन्त रहित कहा है, इसी को लेकर श्रीहर्ष (1190 ई०) ने नैषध में उपहास किया है–"जिसने सचेतनों की मुक्ति के लिए अ-चेतन बन जाना कहते शास्त्र की रचना की, वह गौतम वस्तुतः गोतम (भारी बैल) ही होगा।"

(4) मुक्ति के साधन

(क) तत्त्वज्ञान–निःश्रेयस् (मुक्ति या अपवर्ग) की प्राप्ति के लिए अक्षपाद ने अपना दर्शन लिखा, यह उनके प्रथम सूत्र से ही स्पष्ट है। जन्म-मरण (पुनर्जन्म) या संसार में भटकने का कारण मिथ्या (झूठा) ज्ञान है, जिसे तत्त्वज्ञान (यथार्थ या वास्तविक ज्ञान) से दूर किया जा सकता है। तत्त्वज्ञान भी किसी वस्तु का होता है, उपनिषद् ब्रह्म का तत्त्वज्ञान (ब्रह्मज्ञान) मुक्ति के लिए जरूरी समझती है। अक्षपाद ने प्रमाण, प्रमेय आदि सोलह न्यायशास्त्र द्वारा प्रतिपाद्य पदार्थों के वास्तव ज्ञान को तत्त्वज्ञान कहा।

तत्त्वज्ञान प्राप्त करने के लिए विद्या और प्रतिभा पर्याप्त नहीं हैं, वह 'खास प्रकार की समाधि के अभ्यास' से होता है। "यह (खास प्रकार की समाधि) पूर्व (जन्म) के किये फल के कारण उत्पन्न होती है।" इसी के लिए "जंगल, गुहा, नदी-तट आदि पर योगाभ्यास का उपदेश है।"

(ख) मुक्ति के दूसरे साधन–मुक्ति कि लिए "यम, नियम (मन और इन्द्रिय का संयम) के द्वारा, योग तथा आध्यात्मिक विधियों के तरीकों से आत्मा का संस्कार करना होता है; ज्ञान ग्रहण करने का अभ्यास तथा उस (विषय) के जानकारों से संवाद (वाद या सत्संग) करना होता है।"

इस प्रकार न्याय सम्मत वाद-संवाद का प्रयोजन तत्त्वज्ञान होता है, किन्तु अपने मत की सिद्धि तथा परमत के खंडन के लिए छल आदि अनुचित तरीके वाले जल्प एवं केवल दूसरे के पक्ष के खंडन के लिए ही बहस–वितंडा–की भी तत्त्वज्ञान में जरूरत है, इसे बतलाते हुए अक्षपाद ने कहा है–तत्त्वज्ञान की रक्षा के लिए जल्प और वितंडा की उसी तरह जरूरत है, जैसे बीज के अंकुरों की रक्षा के लिए काँटेवाली शाखाओं के बाड़ की। हमें याद है, यूनान के स्तोइक दार्शनिक जेनो ईसा पूर्व तीसरी सदी में ही कहता था–दर्शन एक खेत है जिसकी रक्षा के लिए तर्क एक बाड़ है।

5 . न्याय पर यूनानी दर्शन का प्रभाव

भारत में यूनानियों का प्रभाव ईसा पूर्व चौथी सदी में सिकन्दर की विजय (323 ई० पू०) के साथ बढ़ने लगा। चन्द्रगुप्त मौर्य ने भारत से यूनानी शासन का खात्मा कर दिया, तो भी ईसा पूर्व तीसरी शताब्दी में यवन-प्रभाव कम नहीं हुआ, यह अशोक के शिलालेखों से भी मालूम होता है, जिनमें भारत और यूनानी राजाओं के शासित प्रदेशों से घनिष्ठ संबंध स्थापित करने की बात आती है और मौर्य साम्राज्य की समाप्ति के बाद उसके पश्चिमी भाग का तो शासन ही हिन्दूकुशपार वाले यूनानियों (मिनान्दर) के हाथ में चला गया। ईसापूर्व दूसरी शताब्दी से यूनानी और भारतीय मूर्तिकला के मिश्रण से गंधार कला उत्पन्न होती है और ईसा की तीसरी सदी तक अटूट चली आती है। कला के क्षेत्र में दोनों जातियों के दानादान का यह एक अच्छा नमूना है और साथ ही यह भी बतलाता है कि भारतीय दूसरे देशों से किसी बात को सीखने में पिछड़े नहीं थे। पिछली सदियों में कुछ उलटी मनोवृत्ति ज्यादा बढ़ने लगी थी जरूर और इसलिए वराहमिहिर को इस मनोवृत्ति के विरुद्ध कलम उठाने की जरूरत पड़ी। कला ही नहीं, आज का हिन्दू ज्योतिष भी यूनानियों का बहुत बड़ा ऋणी है। यह हो नहीं सकता था, कि भारतीय दार्शनिक यूनान के उन्नत दर्शन से प्रभावित न होते। यूनानी प्रभाव के कुछ उदाहरण हम वैशेषिक के प्रकरण में दे आए हैं। अक्षपाद ने स्तोइको के तर्क के बारे में "अंकुर की रक्षा के लिए (काँटों की) बाड़" की उपमा को एक तरह शब्दशः ले लिया, इसे हमने अभी देखा। महामहोपाध्याय सतीशचन्द्र विद्याभूषण ने अपने लेख "अरस्तू के तर्क-संबंधी सिद्धान्तों का सिकन्दरिया (मिस्र) से भारत में आना" दिखलाता है, कि 175 ई० पू० से 600 ई० तक किस तरह अरस्तू के तर्क ने भारतीय न्याय को प्रभावित किया। सिकन्दरिया के प्रसिद्ध पुस्तकालय के पुस्तकाध्यक्ष कलिमक्सु ने 285-247 ई० पू० में अरस्तू के ग्रंथों की प्रतियाँ पुस्कालय में जमा कीं। दूसरी सदी में स्यालकोट (सागल) यूनानी राज। मिनान्दर की राजधानी थी और मिनान्दर स्वयं तर्क और वाद का पंडित था। यह हम बतला आये हैं। उस समय भारत के यूनानियों में अरस्तू के तर्क का प्रचार होना बिलकुल स्वाभाविक बात है। यूनानी स्वयं बौद्ध धर्म से प्रभावित हुए थे, इसलिए उनके तर्क से यदि नागसेन, अश्वघोष, नागार्जुन, वसुबंधु, दिङ्नाग प्रभावित हुए हों, तो कोई आश्चर्य नहीं। अक्षपाद ने भी उससे बहुत कुछ लिया है, यहाँ इसके चन्द उदाहरण हम देने जा रहे हैं।

(1) अवयवी

अवयव (अंश) मिलकर अवयवी (पूर्ण) को बताते हैं, अर्थात् अवयवी अवयवों का योग है। यूनानी दार्शनिक अवयवी को एक स्वतंत्र वस्तु मानते थे। अक्षपाद ने भी उनके इस विचार को माना है। प्रमाण से हम सापेक्ष नहीं परमार्थ ज्ञान पा सकते हैं, यह अक्षपाद का सिद्धान्त है। प्रत्यक्ष प्रमाण से प्राप्त ज्ञान को भी वह इसी अर्थ में लेते हैं, किन्तु प्रत्यक्ष जिस इन्द्रिय और विषय के संयोग से होता है, वह संयोग विषय के सारे अवयव (वृक्ष के भीतरी-बाहरी छोटे से छोटे सभी अंशों-परमाणुओं) के साथ नहीं होता, इसलिए जो प्रत्यक्ष ज्ञान होगा, वह सारे विषय (वृक्ष) का नहीं हो सकता। ऐसी अवस्था में यह नहीं कहा जा सकता, कि हमने सारे वृक्ष का प्रत्यक्ष ज्ञान कर लिया; हम तो सिर्फ़ इतना ही कह सकते हैं, कि वृक्ष के एक बहुत थोड़े से बाहरी भाग का हमें

प्रत्यक्ष ज्ञान हुआ है, लेकिन अक्षपाद इसको मानने के लिए तैयार नहीं हैं। उनका कहना है–(वृक्ष) के एक देश का ज्ञान नहीं (सारे वृक्ष का ज्ञान होता है) क्योंकि अवयवी के अस्तित्व होने से (हम अखंड वृक्ष को देख लेते हैं)। 'अवयवी' (सिद्ध नहीं) साध्य है, इसलिए उस (की सत्ता) में सन्देह है। इस उचित सन्देह को दूर करने के लिए अक्षपाद ने कहा–

"सभी (पदार्थों) का ग्रहण (ज्ञान) नहीं होगा, यदि हम (अव्यवों से) अवयवी (की अलग सत्ता को) न मानें। थामने तथा खींचने से भी सिद्ध होता है (कि अवयव से अवयवी अलग है, क्योंकि थामते या खींचते वक्त हम वस्तु के एक अवयव से ही संबंध जोड़ते हैं, किन्तु थामने या खींचते हैं, सारी वस्तु को)। (यह नहीं कहा जा सकता कि) जैसे सेना या वन (अलग-अलग अवयवों–सिपाहियों तथा वृक्षों का समुदाय मात्र होने पर भी उन) का ज्ञान होता है, (वैसे ही यहाँ भी परमाणु-समूह वृक्ष का प्रत्यक्ष होता है); क्योंकि परमाणु अतीन्द्रिय (अत्यन्त सूक्ष्म) होने से इन्द्रिय के विषय नहीं हैं।

अवयवी को सिद्ध करते हुए दूसरी जगह भी अक्षपाद ने लिखा है–

पूर्वपक्ष–"(सन्देह हो सकता है कि अवयवी में अवयव) नहीं सर्वत्र है न एक देश में आ सकते, इसलिए अवयवों का अवयवी में अभाव (मानना पड़ेगा) अवयवों में न आ सकने से भी अवयवी का अभाव सिद्ध होता है। (अवयवों से पृथक् अवयवी हो नहीं सकता और नहीं अवयव ही अवयवी है।)"

उत्तर–एक (अखंड अवयवी वस्तु) में (एक देश और सर्वत्र का) भेद नहीं होता, इसलिए भेद शब्द का प्रयोग नहीं किया जा सकता; अतएव (अवयवी में सर्वत्र या एक देश का जो) प्रश्न (उठाया गया है, वह) हो नहीं सकता। दूसरे अवयव में (अवयवी के) न आ सकने पर भी (एक देश में) न होने से (वह अवयवी के न होने का) हेतु नहीं हैं।

पूर्वपक्ष–"(एक एक अवयव के देखने पर भी समूह में किसी वस्तु को देखा जा सकता है)। जैसे कि तिमिरान्ध (आदमी एक-एक केश नहीं देखता, किन्तु केश-समूहों को देखता है, उसी तरह अवयव-समूह में) उस वस्तु की उपलब्धि (प्राप्ति) हो सकती है (फिर अवयव-समूह से अलग अवयवी के मानने की क्या आवश्यकता?)"

उत्तर–"विषय के ग्रहण में (किसी आँख आदि) इन्द्रिय का तेज मद्धिम होने से अपने विषय को बिना छोड़े वैसा (तेजमंद देखना) होता है, (उस अपने) विषय से बाहर (इन्द्रिय की) प्रवृत्ति नहीं होती। केश और केश समूह एक तरह के विषय होने से वहाँ आँख की तेजी या मद्धिमपन (आवरण) का प्रभाव देखा जा सकता है, किन्तु परमाणु कभी आँख का विषय ही नहीं है, इसलिए वहाँ तेजी मंदी का सवाल नहीं हो सकता। अतएव अवयवी की अलग ही सत्ता माननी पड़ेगी।"

(परमाणुवाद)

पूर्वपक्ष–"अवयवों में अवयवी का होना तभी तक रहेगा, जब तक कि प्रलय नहीं हो जाता।"

उत्तर–"प्रलय (तक) नहीं, क्योंकि परमाणु की सत्ता (अन्तिम इकाई की भाँति उस वक्त भी रहती है)। (अवयव और अवयवी का विभाग) त्रुटि (परमाणु से बनी दूसरी इकाई) तक है। परमाणु

में अवयव नहीं होता, अवयव तो तब शुरू होता है, जब अनेक परमाणु मिलते हैं और अवयव बनने के बाद अवयवी भी आन उपस्थित होता, इसी त्रुटि से अवयवी का आरम्भ होता है।

यहाँ हमने देखा परमार्थ-ज्ञान के फेर में पड़कर अक्षपाद को अवयवों के भीतर अवयवों से परे एक पृथक पदार्थ सिद्ध करने की कोशिश करनी पड़ी; यदि सापेक्ष-ज्ञान से वह संतुष्ट होते और वह अर्थक्रिया (व्यवहार) के लिए पर्याप्त भी है, तो ऐसी क्लिष्ट कल्पना की जरूरत नहीं पड़ती।

(2) काल

अक्षपाद ने काल को एक स्वतंत्र पदार्थ सिद्ध करने की चेष्टा नहीं की: किन्तु, उनके अनुयायी विशेषकर उद्योतकर (500 ई०) ने काल को एक स्वतंत्र सत्ता सिद्ध करना चाहा है, उनकी युक्तियाँ हैं– (1) काल के न होने का कोई प्रमाण नहीं; (2) पहले और पीछे का जो ख्याल है, वह किसी वस्तु के आधार से ही हो सकता है और वह काल है। काल एक है, उसमें पहले, पीछे या भूत वर्तमान, भविष्य का भेद पाया जाता है, वह सापेक्ष है, जैसे कि एक ही पुरुष अनेक व्यक्तियों की अपेक्षा से पिता, पुत्र और भ्राता कहला सकता है। वर्तमान (काल) को अक्षपाद ने पाँच सूत्रों में सिद्ध किया है।

पूर्वपक्षी का आक्षेप है–"(ढेंप से) गिरते (फल) का (वही) काल साबित होता है, जिसमें कि वह गिर चुका या गिरने वाला है, (बीच का) वर्तमानकाल (वहाँ) नहीं मिलता।"

उत्तर–"वर्तमान के अभाव में (भूत और भविष्य) दोनों का भी अभाव होगा, क्योंकि वर्तमान की अपेक्षा से ही पहले को भूत और पिछले को भविष्य कहा जाता है। वर्तमान के न मानने पर किसी (वस्तु) का ग्रहण नहीं होगा, क्योंकि (वर्तमान के अभाव में) प्रत्यक्ष ही संभव नहीं।"

(3) साधन वाक्य के पाँच अवयव

अनुमान प्रमाण (विशेषकर दूसरे को समझाने के लिए उपयुक्त अनुमान) द्वारा जितने वाक्यों से किसी तथ्य तक पहुँचा जाता है, उसके पाँच अवयव (अंश) होते हैं, उनको अवयव या पंच-अवयव कहते हैं। डॉक्टर विद्याभूषण ने इसे सविस्तार से सिद्ध किया है, कि यह विचार ही नहीं बल्कि स्वयं अवयव शब्द भी अरस्तू के ऑर्गनॅ का अनुवाद मात्र हैं। अरस्तू ने पाँच के अतिरिक्त दो, तीन अवयव भी अपने तर्क में इस्तेमाल किए हैं, जैसा कि भारत में भी वसुबंधु, दिङ्नाग और धर्मकीर्ति ने किया है। ये पाँच अवयव हैं–प्रतिज्ञा, हेतु, उदाहरण, उपनय, निगमन, इनके उदाहरण हैं–

1. प्रतिज्ञा–यह पहाड़ आगवाला है;
2. हेतु–धुआँ दिखाई देने से;
3. उदाहरण–जैसे कि रसोईघर;
4. उपनय–वैसा ही धुआँ वाला यह पहाड़ है;
5. निगमन–इसलिए यह पहाड़ भी आग वाला है।

6. बौद्धों का खण्डन

अक्षपाद के दर्शन का मुख्य प्रयोजन ही था, युक्ति प्रमाण से अपने पक्ष का मंडन और विरोधी विचारों का खंडन। उनके अपने सिद्धान्तों के बारे में हम कह आए हैं। दूसरे दर्शनों में सबसे ज्यादा

जिसके खिलाफ़ उन्हें लिखना पड़ा, वह था बौद्ध-दर्शन। यूनानी दर्शन में जैसे हेराक्लितु के "सर्व अनित्यं" (सभी अनित्य है)–वाद के विरुद्ध एलियातिक दार्शनिक "अनित्यता" से ही बिलकुल इन्कार करते थे। अरस्तू ने इन दोनों वाद-प्रतिवादों का संवाद करते हुए कहा–विश्व नित्य है, किन्तु दृश्य जगत् जरूर परिवर्तनशील है। अक्षपाद के सामने भी सांख्य का 'सर्व नित्यवाद' और बौद्धों का 'सर्व अनित्यवाद' मौजूद था। यद्यपि अरस्तू की भाँति अक्षपाद विश्व को मौलिक तौर से नित्य ही साबित करना चाहते थे और इस प्रकार बौद्ध-दर्शन से बिलकुल उलटा मत रखते थे; तो भी उन्होंने पंच बनकर अरस्तू के फैसले को दुहराया। बौद्ध इस "पक्षताहीन" पंच के फैसले को नहीं मान सके और इसका परिणाम हम देखते हैं, नागार्जुन के आगे बराबर दोनों ओर से मल्लयुद्ध–

बौद्ध अनात्मवादी, अनीश्वरवादी तथा दो प्रमाण (प्रत्यक्ष, अनुमान) वादी हैं, साथ ही वह प्रमाण को भी परमार्थ नहीं सापेक्ष तौर पर मानते हैं। अक्षपाद के सिद्धान्त उनके विरुद्ध हैं, यह हम बतला आए हैं। यहाँ बौद्धों के दूसरे सिद्धान्तों का अक्षपाद ने किस तरह खंडन किया है, इसके बारे में लिखेंगे।

(1) क्षणिकवाद-खंडन–'सब कुछ क्षणिक है' यह सिद्धान्त पक्का (एकान्त) नहीं है, क्योंकि कितनी ही चीज़ें क्षणिक (क्षण-क्षण परिवर्तनशील) देखी जाती हैं और कितनी ही नहीं; जैसे कि शरीर में नया-नया परिवर्तन होता है, स्फटिक (बिल्लौर) में वैसा नहीं देखा जाता। परिवर्तन भी (बौद्धों के सिद्धान्त के अनुसार) बिना कारण (हेतु) के नहीं होता बल्कि, कारण के रहते होता है, जैसे कि कारण रूप दूध मौजूद रहने पर ही दही उत्पन्न होता है।

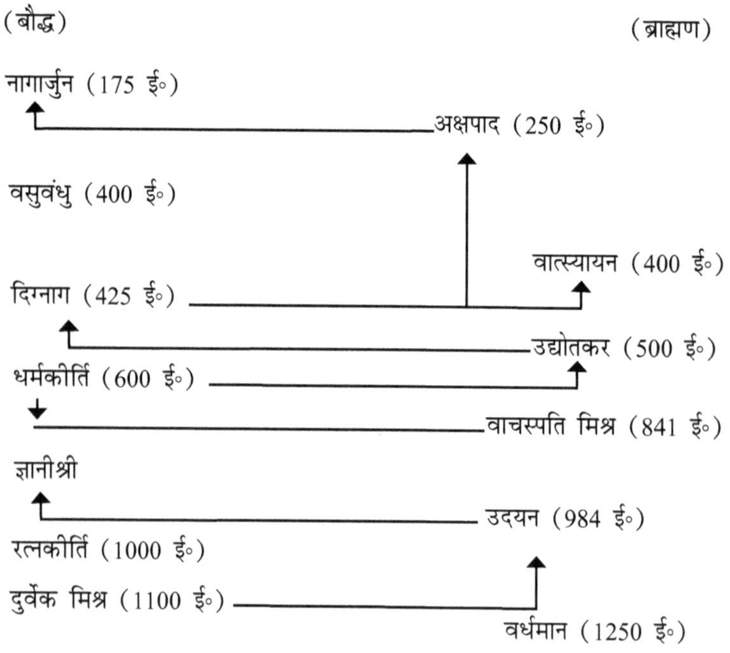

(2) अभाव अहेतुक नहीं–बौद्ध-दर्शन का कार्य-कारण के संबंध में अपना खास सिद्धान्त है, जिसे प्रतीत्य-समुत्पाद (विच्छिन्न प्रवाह) कहते हैं, अर्थात् कार्य और कारण के भीतर कोई वस्तु या वस्तुसार नहीं है, जो कि कारण (दूध) की अवस्था में भी हो, कार्य (दधि) की अवस्था में भी। प्रतीत्य-समुत्पाद के अनुसार पहले एक वस्तु (दूध) होकर आमूल नष्ट हो गई (इसे "कारण" कह लीजिए), फिर दूसरी वस्तु (दही) जो पहले बिलकुल न थी, सर्वथा नई पैदा हुई, इसे "कार्य" कह लीजिए। इस प्रकार कार्य अपने प्रादुर्भाव से पहले बिलकुल अभाव रूप था। अक्षपाद ने इसे "अभाव से भाव-उत्पत्ति" कहकर खंडित किया; यद्यपि यहाँ पर ख्याल रखना चाहिए, कि बौद्ध-दर्शन अत्यन्त विनाश और सर्वथा नये उत्पाद को मानते भी विनाश-उत्पत्ति...इस प्रवाह (सन्तान) को स्वीकार करता है।

"अभाव से भाव की उत्पत्ति होती है, क्योंकि बिना (बीज के) नष्ट हुए (अंकुर का) प्रादुर्भाव नहीं होता"–इन शब्दों में बौद्ध विचारों को रखते अक्षपाद ने इसका खंडन इस प्रकार किया है–

नष्ट और प्रादुर्भाव (में से एक) अभाव और (दूसरा) भावरूप होने से दो परस्पर विरोधी बातें हैं, जो कि एक ही वस्तु (बीज) के लिए नहीं इस्तेमाल की जा सकतीं। जो बीज वस्तुतः नष्ट हो गया है, उससे अंकुर नहीं उत्पन्न होता, इसलिए अभाव से भाव की उत्पत्ति कहना गलत है। पहले बीज का विनाश होता है, पीछे अंकुर उत्पन्न होता है, यह जो क्रम देखा जाता है, वह बतलाता है, कि अभाव से भाव की उत्पत्ति नहीं होती, यदि वैसा होता तो बीज-अंकुर-क्रम की जरूरत ही क्या थी?

प्रवाह स्वीकार करने से बौद्ध क्रम को भी स्वीकार करते हैं, इसलिए अक्षपाद का आक्षेप ठीक नहीं है, यह साफ़ है।

(3) शून्यवाद (नागार्जुन-मत) का खंडन–नागार्जुन ने क्षणिकवाद और प्रतीत्य-समुत्पाद के आधार पर अपने सापेक्षतावाद या शून्यवाद का विकास किया, यह हम बतला चुके हैं। विच्छिन्न-प्रवाह रूप में वस्तुओं के निरन्तर विनाश और उत्पत्ति होने से प्रत्येक वस्तु की स्थिति को सापेक्ष तौर पर ही कह सकते हैं। सर्दी की सत्ता हमें गर्मी की अपेक्षा से मालूम होती, गर्मी की सर्दी की अपेक्षा से। इस तरह सत्ता सापेक्ष ही सिद्ध होती है। सापेक्ष सत्ता से (वस्तु का) सर्वथा अभाव सिद्ध करना मर्यादा को पार करना है, तो भी हम जानते हैं, कि नागार्जुन का सापेक्षतावाद अन्त में वहाँ जरूर पहुँचा और इसीलिए शून्यवाद का अर्थ जहाँ क्षणिक जगत् और उसका प्रत्येक अंश किसी भी स्थिर तत्त्व से सर्वथा शून्य है–होना चाहिए था, वहाँ क्षणिक तत्त्व से भी उसका अर्थ शून्य–सर्वथा शून्य–मान लिया गया। "भावों" (सद्भूत् पदार्थों) में एक का दूसरे में अभाव (घड़े में कपड़े का अभाव, कपड़े में घड़े का अभाव) देखा जाता है, इसलिए सारे (पदार्थ) अभाव (शून्य) ही हैं–इस तरह शून्यवाद के पक्ष को रखते हुए अक्षपाद ने उसके विरुद्ध अपने मत को स्थापित किया–'सब अभाव है', यह बात गलत है, क्योंकि भाव (सद्भूत पदार्थ) अपने भाव (सत्ता) से विद्यमान देखे जाते हैं। एक ओर सब वस्तुओं के अभाव की घोषणा भी करना और दूसरी ओर उसी अभाव को सिद्ध करने के लिए उन्हीं अभावभूत वस्तुओं में से कुछ को सापेक्षता के लिए लेना क्या यह परस्पर विरोधी नहीं है?

(4) विज्ञानवाद-खंडन–यद्यपि बौद्ध (क्षणिक) विज्ञानवाद के महान् आचार्य असंग 350 ई० के आसपास हुए, किन्तु विज्ञानवाद का मूल (अविकसित) रूप उनसे पहले के वैपुल्य-सूत्रों में पाया जाता है, यह हम बतला आये हैं, इसलिए विज्ञानवाद के खंडन से अक्षपाद को असंग से पीछे खींचने की जरूरत नहीं।

"बुद्धि से विवेचन करने पर वास्तविकता (याथात्म्य) का ज्ञान होता है, जैसे (मूल) सूतों को (एक-एक करके) खींचने पर कपड़े की सत्ता का पता नहीं रहता, वैसे ही (बाहरी जगत का भी परमाणु और उससे आगे भी विश्लेषण करने पर) उसका पता नहीं मिलता।"–इस तरह विज्ञानवादी पक्ष को रख कर अक्षपाद ने उसका खंडन किया है–एक ओर बुद्धि से बाहरी वस्तुओं के विवेचन करने की बात करना, दूसरी ओर उनके अस्तित्व से इन्कार करना यह परस्पर विरोधी बातें हैं। कार्य (कपड़ा) कारण (सूत) के आश्रित होता है, इसलिए कार्य के कारण से पृथक् न मिलने में कोई हर्ज नहीं है। प्रत्यक्ष आदि प्रमाणों से हमें बाहरी वस्तुओं का पता लगता है। स्वप्न की वस्तुओं, जादूगर की माया, गंधर्वनगर, मृगतृष्णा की भाँति प्रमाण, प्रमेय की कल्पना, करने के लिए कोई हेतु नहीं है, इसलिए वाह्य जगत् स्वप्न आदि की भाँति है, यह सिद्ध नहीं होता। स्वप्न की वस्तुओं का ख्याल भी उसी तरह वास्तविक वाह्य दुनिया पर निर्भर है, जैसे कि स्मृति या संकल्प; यदि बाहरी दुनिया न हो तो जैसे स्मृति और संकल्प नहीं होगा, वैसे ही स्वप्न भी नहीं होगा। हाँ बाह्य जगत् का मिथ्या-ज्ञान भी होता है, किन्तु वह तत्त्व (यथार्थ) ज्ञान से वैसे ही नष्ट हो जाता है, जैसे जागने पर स्वप्न की वस्तुओं का ख्याल। इस तरह बाहरी वस्तुओं की सत्ता से इन्कार नहीं किया जा सकता।

2. योगवादी पतंजलि (400 ई०)

जहाँ तक योग में वर्णित प्राणायाम, समाधि, योगिक क्रियाओं का संबंध है, इनका पता हमें सात-पट्ठान जैसे प्राचीनतम बौद्ध सुत्तों तथा कठ, श्वेताश्वतर जैसी पुरानी उपनिषदों तक में लगता है। बुद्ध के वक्त तक योगिक क्रियायें काफी विकसित ही नहीं हो चुकी थीं, बल्कि मौलिक बातों में योग उस वक्त जहाँ तक बढ़ चुका था, उससे ज्यादा फिर विकसित नहीं हो सका हाँ, जहाँ तक सिद्धि, महातम को बढ़ा- चढ़ाकर कहने की बात है, उसमें तरक्की जरूर हुई। इस प्रकार योग को, ईसा पूर्व चौथी सदी में हम बहुत विकसित रूप में पाते हैं। योग का आरंभ कब हुआ–इसका उत्तर देना आसान नहीं है। यद्यपि पाणिनि (ईसा-पूर्व चौथी सदी) में युज् धातु को समाधि के अर्थ में लिया है, किन्तु वह इस अर्थ में हमें बहुत दूर तक नहीं ले जाता। खुद बौद्ध सुत्तों में योग शब्द अपरिचित-सा है और उसकी जगह वहाँ 'समाधि समापत्ति', स्मृतिप्रस्थान (सतिपट्ठान) आदि शब्दों का ज्यादा प्रयोग है। प्राचीन हिन्दी-यूरोपीय भाषा में युज् धातु का अर्थ जोड़ना ही मिलता है योग्य नहीं। चाहे दूसरे नाम से देवता की प्राप्ति की ऐसी क्रिया–जिसमें साम्रगी नहीं मन का संबंध हो–ही से योग का आरंभ हुआ होगा। दूसरे देशों में भी योग-क्रियाओं का प्रचार हुआ। नव्य-अफ़लातुनी दर्शन के साथ योग भी पश्चिम में फैला और वह पीछे ईसाई साधकों और मुसलमान सूफियों में प्रचलित हुआ था, किन्तु योग का उद्गम स्थान भारत ही मालूम होता है।

पतंजलि (250 ई०)–पहले से प्रचलित योग-क्रियाओं को पतंजलि ने अपने 194 सूत्रों में संगृहीत किया। पतंजलि के काल के बारे में हम इतना कह सकते हैं, कि उन्होंने वेदान्त-सूत्रों से पहले अपने सूत्र लिखे थे, क्योंकि वादरायण ने "एतेन योगः प्रत्युक्तः" में उसका जिक्र किया है। वादरायण का समय हमने 300 ई० माना है। डॉक्टर दासगुप्त ने व्याकरण महाभाष्यकार पतंजलि (150 ई० पू०) और योग-सूत्रकार पतंजलि को एक करके उनका समय ईसा-पूर्व दूसरी सदी माना है। मैं समझता हूँ, किसी भी हमारे सूत्रबद्ध दर्शन को नागार्जुन से पहले ले जाना मुश्किल है। चाहे योगसूत्र में नागार्जुन के शून्यवाद का खंडन नहीं भी हो, किन्तु उसके अन्तिम (चतुर्थ) पाद में विज्ञानवाद का खंडन आया है, जिसे डॉक्टर दासगुप्त ने क्षेपक मानकर छुट्टी ले ली है, लेकिन वैसा मानने के लिए उन्होंने जो प्रमाण दिए हैं, वे बिलकुल अपर्याप्त हैं। हाँ, उनके इस मत से मैं सहमत हूँ, कि पतंजलि ने जिस विज्ञानवाद का खंडन किया है, वह असंग से पहले भी मौजूद था।

दूसरे दर्शन-सूत्रकारों की भाँति पतंजलि की जीवनी के बारे में भी हम अन्धकार में हैं।

1. योगसूत्रों का संक्षेप

योग-दर्शन छओं दर्शनों में सबसे छोटा है, इसके सारे सूत्रों की संख्या सिर्फ़ 194 है, इसीलिए इसे अध्यायों में न बाँटकर चार पादों में बाँटा गया है, जिनके सूत्रों की संख्या निम्न प्रकार है–

पाद	नाम	सूत्र-संख्या
1	समाधिपाद	51
2	साधनपाद	55
3	विभूतिपाद	54
4	कैवल्यपाद	34

पादों के नाम मालूम होता है, पीछे से दिये गये हैं। कुल 194 सूत्रों में से चौथाई (49) योग से मिलने वाली अद्भुत शक्तियों की महिमा गाने के लिए हैं। इन सिद्धियों (विभूतियों) में "सारे प्राणियों की भाषा का ज्ञान", "अन्तर्द्धान", "भुवन (विश्व) ज्ञान", "क्षुधा-प्यास की निवृत्ति", "दूसरे के शरीर में घुसना", "आकाशगमन", "सर्वज्ञता", "इष्ट देवता से मिलन" जैसी बातें हैं। सूर्य में संयम करके, न जाने कितने योगियों ने "भुवन (विश्व) ज्ञान" प्राप्त किया होगा, किन्तु हमारा पुराना भुवन-ज्ञान कितना नगण्य सा है, यह हमसे छिपा नहीं है, जहाँ दूसरे देशों में अपने पंचांगों को आधुनिक उन्नत ज्योतिष शास्त्र के अनुसार सुधार लिया है। वहाँ अपने "भुवन-ज्ञान" के भरोसे हम अभी तालमी के पंचांग को लिए बैठे हैं।

2. दार्शनिक विचार

सिद्धियों की बात छोड़ देने पर योग-सूत्र में प्रतिपादित विषयों को मोटे तौर से दो भागों में बाँटा जा सकता है–दार्शनिक विचार और योग-साधना संबंधी विचार। दार्शनिक विचारों के (1) चित्त-चेतन, (2) बाह्य (दृश्य) जगत् और (3) तत्त्वज्ञान, इन तीन भागों में बाँटा जा सकता है; तो भी यह स्मरण रखना चाहिए, कि योगसूत्र का प्रतिपाद्य विषय दर्शन नहीं योगिक साधनायें हैं, इसलिए उसने जो दार्शनिक विचार प्रकट किये हैं, वह सिर्फ़ प्रसंगवश ही किये हैं।

(1) जीव (द्रष्टा)

"द्रष्टा चेतनामात्र (चिन्मात्र) शुद्ध निर्विकार होते भी बुद्धि की वृत्तियों के द्वारा देखता है (इसलिए वह बुद्धि की वृत्तियों से मिश्रित मालूम होता है।) दृश्य (जगत्) का स्वरूप उसी (दृष्टा) के लिए है।" पुरुष (चेतन, जीव) की निर्विकारिता को बतलाते हुए कहा है–उस (भोग्य बुद्धि) का प्रभु पुरुष अपरिणामी (निर्विकार) है, इसलिए (क्षण-क्षण बदलती भी) चित्त की वृत्तियाँ उसे सदा ज्ञात रहती हैं।"

यद्यपि इन सूत्रों में चेतना का स्वरूप पूरी तौर से व्यक्त नहीं किया गया है, किन्तु इनसे यह मालूम होता है, कि चेतन (पुरुष) चेतना का आधार नहीं बल्कि चेतना-मात्र तथा निर्विकार है। उसकी चेतना में हम जो विकार होते देखते हैं, उसका समाधान पतंजलि बुद्धि की वृत्तियों से मिश्रित होने की बात कह कर देते हैं। बुद्धि को सांख्य की भाँति पतंजलि भी भोग्य विकारशील (प्रकृति) से बनी मानते हैं। बुद्धि से प्रभावित हो पुरुष, जो विकारी मालूम होता, उसी को हटाकर उसे "अपने (चेतना मात्र), केवल स्वरूप में स्थापित करना)" योग का मुख्य ध्येय है, इसी अवस्था को कैवल्य कहते हैं।

(2) चित्त (मन)

चित्त से पतंजलि का क्या अभिप्राय है, इसे बतलाने की उन्होंने कोशिश नहीं की है, उनका ऐसा करने का कारण यह भी हो सकता है, कि सांख्य के प्रकृति-पुरुष-संबंधी दर्शन को मानते हुए उन्होंने योग-संबंधी पहलू पर ही लिखना चाहा। चित्त को वह भोक्ता (चेतन) को भोग्य वस्तुओं में मानते हैं–यद्यपि चित्त (मल, कर्म-विपाकवाली) असंख्य वासनाओं से युक्त होने से (देखने में भोक्ता जैसा मालूम होता है), तथापि (वह) दूसरे (अर्थात् भोक्ता जीव) के लिए है, क्योंकि वह संघातरूप में होकर (अपना काम) करता है, (वैसे ही जैसे कि घर, ईंट, काठ, कोठरी, द्वार आदि का) संघात बनकर जो अपने को बसने योग्य बनाता है, वह किसी दूसरे के लिए ही ऐसा करता है।

(3) चित्त की वृत्तियाँ

पतंजलि के अनुसार योग कहते ही हैं, चित्त की वृत्तियों के निरोध को। जब तक चित्त की वृत्तियों का निरोध (विनाश) नहीं होता, तब तक पुरुष (जीव) अपने शुद्ध रूप (कैवल्य) में नहीं स्थित होता; चित्त की वृत्तियाँ जैसी होती हैं, उसी रूप में वह स्थित रहता है। चित्त के बारे में ज्यादा न कहकर भी चित्त की वृत्तियों को पतंजलि ने साफ़ करके बतलाया है और यह वृत्तियाँ चूँकि चित्त की भिन्न-भिन्न अवस्थायें हैं, इसलिए उनसे हमें चित्त का भी परिज्ञान हो सकता है। चित्त-वृत्तियाँ पाँच प्रकार की हैं, जो कि (राग आदि के कारण) मलिन और निर्मल दो भेद और रखती हैं। वह पाँच वृत्तियाँ निम्न हैं–

(क) प्रमाण–यथार्थ ज्ञान के साधन, प्रत्यक्ष, अनुमान और शब्द, इन तीन प्रमाणों के रूप में जब चित्तवृत्ति क्रियाशील होती है, उसे प्रमाण-वृत्ति कहते हैं।

(ख) विपर्यय–(किसी वस्तु का ज्ञान) जो अपने से भिन्न रूप में होता है, वही मिथ्या-ज्ञान विपर्यय-वृत्ति है (जैसे रस्सी में साँप का ज्ञान)।

(ग) विकल्प–वस्तु के अभाव में सिर्फ़ उसके नाम (शब्द) के ज्ञान को लेकर (जो चित्त की अवस्था, कल्पना होती है) वही विकल्प (? संकल्प-विकल्प की) वृत्ति है।

(घ) निद्रा–(दूसरी किसी तरह की वृत्ति के) अभाव को ही लिए हुए, जो चित्त की अवस्था होती है, उसे निद्रावृत्ति कहते हैं।

(ङ) स्मृति–प्रमाण आदि वृत्तियों से जिन विषयों का अनुभव होता है, उनका चित्त से लुप्त न होना स्मृत्ति-वृत्ति है।

यहाँ पतंजलि ने स्वप्न का जिक्र नहीं किया है, जिसे कि विकल्प वृत्ति के लक्षण को जरा व्यापक वस्तु के अभाव में सिर्फ़ वासना को लेकर, जो चित्त की अवस्था होती है–करके प्रकट किया जा सकता है, किन्तु सूत्रकार केवल चित्त द्वारा निर्मित वस्तु को उतना तुच्छ नहीं समझते, बल्कि चित्त की ऐसी निर्माण करने की शक्ति को एक बड़ी सिद्धि मानते हैं, यह भी ख्याल रखना चाहिए।

(4) ईश्वर

पतंजलि के योगशास्त्र को सेश्वर (ईश्वरवादी) सांख्य भी कहते हैं, क्योंकि जहाँ कपिल के सांख्य में ईश्वर की गुंजाइश नहीं है, वहाँ पतंजलि ने अपने दर्शन में उनके लिए "गुंजाइश बनाई" इसलिए कहना पड़ता है, कि पतंजलि ने उसे उपनिषद्कारों की भाँति सृष्टिकर्ता नहीं बनाना चाहा और न अक्षपाद की भाँति कर्मफल दिलाने वाला ही। चित्तवृत्तियों के निरोध (बंद) करने के (योग-संबंधी साधनों का) अभ्यास, और (विषयों से) वैराग्य दो मुख्य उपाय बतलाये हैं; उसी में "अथवा ईश्वर की भक्ति से" कहकर ईश्वर को भी पीछे से जोड़ दिया। ईश्वर-भक्ति से समाधि की सिद्धि होती है, यह भी आगे कहा है। पतंजलि के अनुसार 'ईश्वर एक खास तरह का पुरुष है, जो कि (अविद्या, राग, द्वेष आदि) मलों, (धर्म, अधर्म, रूपी) कर्मों, (कर्म के) विपाकों (फलों) तथा संस्कारों से निर्लेप है।' इस परिभाषा के अनुसार जैनों और बौद्धों के अर्हत् तथा कैवल्य प्राप्त कोई भी (मुक्त) पुरुष ईश्वर है। हाँ, ईश्वर बनने वालों की सूची कम करने के लिए आगे फिर शर्त रक्खी है–'उस (ईश्वर) में बहुत अधिकता के साथ सर्वज्ञ बीज है।' लेकिन जैन और उनकी देखा-देखी पीछे वाले बौद्ध भी अपने मत-प्रवर्तक गुरु को सर्वज्ञ (सब कुछ जानने वाला) मानते हैं। इस खतरे से बचने के लिए पतंजलि ने फिर कहा–"वह पहले वाले (गुरुओं-ऋषियों) का भी गुरु है, क्योंकि जब वह न हो ऐसा काल नहीं है।" बुद्ध और महावीर ऐसे सनातन पुरुष नहीं हैं, यह सही है, तो भी पतंजलि के कथन से यही मालूम होता है, कि ईश्वर कैवल्यप्राप्त दूसरे मुक्तों जैसा ही एक पुरुष है; फ़र्क इतना ही है, कि जहाँ मुक्त पुरुष पहले बुद्ध रह कर, अपने प्रयत्न से मुक्त हुए हैं, वहाँ ईश्वर सदा से (नित्य) मुक्त है। उसका प्रयोजन यही है, कि उसकी भक्ति या प्रणिधान से चित्त-वृत्तियों का निरोध होता है। उसका वाचक प्रणव (ओम) है, जिसके अर्थ की भावना उस (ओम्) का जप कहलाता है, जिस (जप) से प्रत्येक्-चेतन (बुद्धि से भिन्न जो जीव है उस) का साक्षात्कार होता है, तथा (रोग, संशय, आलस्य आदि चित्त विक्षेपरूपी) अन्तरायों (बाधाओं) का नाश होता है।

(5) भौतिक जगत् (दृश्य)

पतंजलि ने जहाँ पुरुष को द्रष्टा (देखने वाला) कहा है, वहाँ भौतिक जगत् या सांख्य के प्रधान के लिए दृश्य शब्द का प्रयोग किया है। दृश्य का स्वरूप बतलाते हुए कहा है–"(सत्त्व, रज, तम, तीनों गुणों के कारण) प्रकाश, गति और गति-राहित्य (स्थिति) स्वभाववाला, भूत (पाँच महाभूत और पाँच तन्मात्रा) तथा इन्द्रिय (पाँच ज्ञान, पाँच कर्म-इन्द्रिय, बुद्धि, अहंकार, मन तीन अन्तःकरण) स्वरूपी दृश्य (जगत्) है, जो कि (पुरुष के) भोग, और मुक्ति (अपवर्ग) के लिए है।"

(क) प्रधान–सांख्य ने पुरुष के अतिरिक्त प्रकृति (प्रधान) के 24 तत्त्वों को प्रकृति, प्रकृति-विकृति, और विकृति इन तीन कोटियों में बाँटा है, जिन्हें ही पतंजलि ने चार प्रकार से बाँटा है–

सांख्य	**तत्त्व**	**योग**
प्रकृति 1	प्रधान (त्रिगुणात्मक)	अ-लिंग 1
प्रकृति-विकृति 7	1 महतत्त्व (=बुद्धि)	लिंग 1
	+5 तन्मात्रा +1 अहंकार	अ-विशेष 6
विकृति 16	5 महाभूत +5 कर्मेन्द्रिय +5 ज्ञानेन्द्रिय +1 मन	विशेष 16

दोनों के जन्य-जनक संबंध में निम्न अन्तर है–

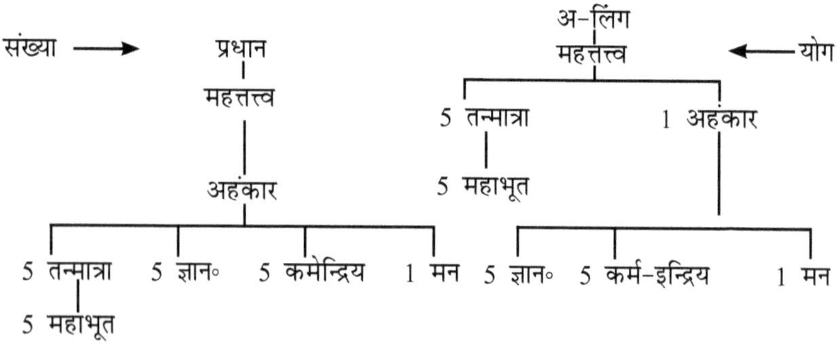

पाँच तन्मात्रायें हैं–गंधतन्मात्रा, स॰, रूप॰, स्पर्श॰, शब्दतन्मात्रा पाँच भूत हैं–पृथिवी, जल, अग्नि, वायु, आकाश

पाँच ज्ञान-इन्द्रियाँ हैं– नासिका, जिह्वा, चक्षु, स्पर्श, श्रोत्र

पाँच कर्म-इन्द्रियाँ हैं–वाणी, हाथ, पैर, मल-इन्द्रिय, मूत्र-इन्द्रिय

अनीश्वरवादी सांख्य 24 प्राकृतिक तत्त्वों तथा पुरुष (जीव) को लेकर 25 तत्त्वों को मानता है और ईश्वरवादी योग उसमें पुरुष विशेष (ईश्वर) को जोड़ कर 26 तत्त्वों को।

"पुरुष के लिए ही दृष्य (जगत) का स्वरूप है।" इसका अर्थ है, कि पुरुष के कैवल्य (मुक्ति) प्राप्त हो जाने पर संसार का अस्तित्व खतम हो जायेगा; किन्तु अनादिकाल से आज तक कितने ही पुरुष कैवल्य प्राप्त हो गए, तो भी जगत् इसलिए जारी है, कि कैवल्य प्राप्तों से भिन्न बद्ध पुरुषों–की भी वह साझे की भोग्य वस्तु है।

(ख) परिवर्तन–पाँचों महाभूतों, दशों इन्द्रियाँ और मन (चित्त) में निरन्तर परिवर्तन (नाश, उत्पत्ति) होता रहता है, जिनसे महाभूतों और इन्द्रियों के परिवर्तन (परिणाम) तीन प्रकार के होते हैं–धर्म-परिणाम (मिट्टी का पिंड रूपी धर्म छोड़, घट रूपी धर्म में परिणत होना); लक्षण-परिणाम (घड़े का अतीत, वर्तमान, भविष्य के संबंध-लक्षण से अतीत घड़ा, वर्तमान घड़ा, भविष्य घड़ा बनना); अवस्था परिणाम (वर्तमान घड़े का नयापन, पुरानापन आदि अवस्था बदलना)। मिट्टी में चूर्ण और पिंड, पिंड और घड़ा, घड़ा और कपाल (खपड़ा) यह जो पहले पीछे का क्रम देखा जाता है, वह एक ही मिट्टी के भिन्न-भिन्न धर्म-परिवर्तनों को जतलाता है; इसी अतीत, वर्तमान और भविष्यकाल के भिन्न-भिन्न क्रम से, भिन्न-भिन्न लक्षण तथा दुर्दृश्य, सूक्ष्म, स्थूल के भिन्न-भिन्न क्रम से भिन्न-भिन्न अवस्था का परिवर्तन मालूम पड़ता है।

इस तरह पतंजलि परिवर्तन होता है, इसे स्वीकार करते हैं, यद्यपि वह स्वयं इस बात को स्पष्ट नहीं करते, तो भी सांख्य की दूसरी कितनी ही बातों की भाँति उनके मत में भी परिवर्तन होता है। भाव से भाव रूप में (सत्कार्यवाद) में ही।

"(सत्त्व, रज, तम ये तीन) गुण स्वरूप वाले (प्रधान से नीचे के 23 तत्त्व) व्यक्त होते हैं (जब कि वर्तमान काल में हमारे सामने होते हैं) और सूक्ष्म होते हैं (जब कि वे आँख से ओझल भूत या भविष्य में रहते हैं)। (गुणों के तीन होने पर भी उनके धर्म, लक्षण या अवस्था) परिणाम (परिवर्तन) चूँकि एक होते हैं, इसलिए (परिणाग से उत्पन्न बुद्धि, अहंकार आदि वस्तुओं का) एक होना देखा जाता है। इस प्रकार नाना कारणों (गुणों) से एक कार्य की उत्पत्ति पतंजलि ने सिद्ध की। सांख्य और योग के तीनों गुण प्रकृति की तीन स्थितियों को बतलाते हैं। यह स्मरण रखना चाहिए, वह स्थितियाँ हैं, सत्त्व– प्रकाशमय अवस्था, रज–गतिमय अवस्था, तम–गतिशून्यतामय अवस्था।

(6) क्षणिक विज्ञानवाद खंडन

नाना कारण से एक कार्य का उत्पन्न होना विज्ञानवाद के विरुद्ध है, क्योंकि विज्ञानवादी एक ही विज्ञान से जगत् की असंख्य विचित्रताओं को उत्पन्न मानते हैं। इसका खंडन करते हुए पतंजलि कहते हैं, कि "वे (चित्त-विज्ञान-मन और भौतिक तत्त्व) दोनों भिन्न-भिन्न हैं, क्योंकि एक (स्त्री) वस्तु के होने पर भी (जिस चित्त से उसकी उत्पत्ति विज्ञानवादी बतलाते हैं, वह) चित्त (एक नहीं) अनेक हैं। विज्ञानवाद के अनुसार वहाँ जो स्त्री शरीर है, वह विज्ञान (चित्त) का ही बाहरी क्षेपण (फेंकना) है, किंतु जिस चित्त के क्षेपण का परिणाम वह स्त्री है, वह एक नहीं है–किसी के चित्त के लिए वह सुखदा प्रिया पत्नी है, किसी के चित्त के लिए वह दुःखदा सौत है। फिर ऐसे परस्पर विरोधी अनेक विज्ञानों (चित्तों) से निर्मित स्त्री एक विज्ञान से बनी नहीं कही जा सकती; इसकी जगह यही मानना चाहिए, कि विज्ञान और भौतिक तत्त्व भिन्न-भिन्न हैं और वही मिलकर एक वस्तु को बनाते हैं, और भी यदि वस्तु को एक चित्त (विज्ञान) से बनी माना जाये, तो (उस

चित्त के किसी दूसरे कपड़े आदि के निर्माण में) व्यस्त होने पर, उस वस्तु का क्या होगा–(निर्माण कर्ता चित्त के अभाव में उसका अभाव होना चाहिए, किन्तु ऐसा नहीं होता, इसलिए) वस्तु चित्त से बनी नहीं है, बल्कि उसकी स्वतंत्र सत्ता है। अकेला चित्त सारी वस्तुओं (भौतिक पदार्थों) का कारण होने से आपके तर्कानुसार, उसे सर्वज्ञ होना चाहिए, किन्तु वैसा नहीं देखा जाता, इसलिए विज्ञान सबका मूलकारण है, यह मत गलत है। हमारे मत में तो वस्तु के ज्ञात होने के लिए (इन्द्रिय-द्वारा) चित्त का उस (वस्तु) से 'रँगा जाना' (मन पर संस्कार पड़ना) जरूरी है, जब वह वस्तु से रंगा नहीं होता, तो वस्तु अज्ञात होती है। चित्त परिवर्तनशील है, किन्तु 'चित्त की वृत्तियाँ लगातार (सदा) ज्ञात रहती हैं, यह इसीलिए कि उस (भोग्य-वस्तु) का स्वामी (पुरुष) अ-परिवर्तनशील है।' दृश्य जगत् का एक भाग होने से चित्त स्वप्रकाश (स्वयंचेतन) नहीं है बल्कि उसे प्रकाश पुरुष के सम्पर्क से मिलता है। इसलिए चित्तमात्र से जगत् की उत्पत्ति मानने से चेतना की गुत्थी भी नहीं सुलझ सकती।

यद्यपि उपरोक्त आक्षेप शंकर और बर्कले जैसे नित्य (स्थिर) विज्ञानवादियों पर भी लागू होता है, किंतु पतंजलि का मुख्य लक्ष्य यहाँ क्षणिक विज्ञान पर है, इसीलिए अपने अभिप्राय को और स्पष्ट करते हुए कहते हैं, "और (बौद्धों के अनुसार चित्त के क्षणिक होने तथा उससे परे पुरुष के न होने पर) एक समय में (चित्त और चेतन पुरुष) दोनों की स्मृति (अवधारण) नहीं हो सकती" यद्यपि ऐसा होते देखा जाता है–घड़ा देखते वक्त 'मैंने घड़ा देखा' से मैं का भी स्मरण होता है। "यदि (दूसरे क्षणवाले) अन्य चित्त से (उसे) देखा जाने वाला मानें, तो उस बुद्धि से दूसरी, उससे दूसरी, इस प्रकार, कहीं निश्चित स्थान पर नहीं पहुँच सकेंगे और स्मृतियों में गड़बड़झाला (संकरता) होगा।" इसलिए क्षणिक विज्ञान स्मरण की समस्या को हल नहीं कर सकता और वस्तुओं की उत्पत्ति की समस्या को भी नहीं कर सकता। यह अभी कह आये हैं, इस प्रकार विज्ञानवाद युक्तिसंगत नहीं है।

(7) योग का प्रयोजन

अविद्या, प्रत्ययालम्बन, क्लेश, सविचार, निर्विचार, शुक्ल, कृष्णकर्म, आशय (आस्रव), चित्त, समापत्ति, वासना, वैशारद्य, प्रसाद, भवप्रत्यय, मृदु-मध्य-अधिमात्र, मैत्री-करुणा-मुदिता-उपेक्षा, श्रद्धा-वीर्य...आदि बहुत से पारिभाषिक शब्दार्थ पतंजलि ने ज्यों के त्यों बौद्धों से तो ले लिए ही हैं, साथ ही मौलिक सच्चाई जिस पर पतंजलि जोर देना चाहते हैं, उसे भी जब देखते हैं, कि वह बौद्धों के चार आर्य-सत्यों का ही रूपान्तर है; तो पता लग जाता है, कि पतंजलि बौद्ध विचारों से कितने प्रभावित हुए थे। बौद्ध आर्यसत्य हैं–(1) दुःख, (2) दुःख-समुदाय (दुःख-हेतु), (3) दुःख-निरोध (दुःख का विनाश) और (4) दुःख-निरोध-गामिनी-प्रतिपद् (दुःख निरोध की ओर ले जाने वाला मार्ग या उपाय)। इसकी जगह देखिये पतंजलि के (1) हेय (त्याज्य), (2) हेय-हेतु, (3) हान (नाश) और (4) हान-उपाय को। हेय से उनका क्या मतलब है, इसे खुद ही "हेय आने वाला दुःख" है, कह कर साफ़ कर दिया है, इसलिए इसमें सन्देह ही नहीं रह जाता, कि योग ने बौद्ध चार आर्य सत्तों को ले लिया है। योग के इन चार मौलिक सिद्धान्तों–जो ही वस्तुतः योगशास्त्र के मुख्य प्रयोजन हैं–के बारे में यहाँ कुछ और कहना जरूरी है।

(क) हान–हान दुःख को कहते हैं और दुःख पतंजलि का भी उतना ही व्यापक सत्य है, जितना बौद्धों का–"सारे (भोग) ही दुःख हैं।"

(ख) हेय (दुःख)–हेतु–इस दुःख का कारण क्या है? "जीव (द्रष्टा) और जगत् (दृश्य) का संयोग।" "(यही) संयोग मिल्कियत (जगत्) और मालिक (जीव) की शक्तियों के (जो) अपने-अपने स्वरूप हैं, उसकी उपलब्धि (अनुभव) का हेतु है।" इनमें जगत् के स्वरूप का अनुभव भोग के रूप में होता है, पुरुष (जीव) के स्वरूप का अनुभव अपवर्ग (कैवल्य) के रूप में। भोग के रूप में होने वाले अनुभव का कारण जो संयोग है, वही दुःख का हेतु है।

(ग) हान (दुःख) से छूटना–जीव और जगत के भोक्ता और भोग्य के रूप में जिस संयोग को अभी दुःख का हेतु बतलाया गया है, उस संयोग का कारण अविद्या है। उसी के अभाव से उस संयोग का अभाव होता है। यही संयोग का अभाव हान है और वही द्रष्टा (पुरुष) का कैवल्य है।

(घ) हान (दुःख) से छूटने का उपाय–पुरुष का प्रकृति के संयोग से मुक्त हो अपने स्वरूप में अवस्थित होना हान या कैवल्य है, यह तो ठीक है, किंतु यह संयोग से मुक्त होना (हान) किस उपाय से हो सकता है? इसका उत्तर पतंजलि देते हैं–"(पुरुष और प्रकृति के) विवेक (भिन्न-भिन्न होने) का निर्भ्रान्त ज्ञान हान का उपाय है।"

योग के अंगों के अनुष्ठान से (चित्त के) मलों का नाश होता है, जिससे ज्ञान उज्ज्वल होता जाता है, यहाँ तक कि विवेक ज्ञान प्राप्त हो जाता है।

3. योग की साधनायें

योगसूत्र का मुख्य प्रयोजन है, उन साधनों या अंगों के बारे में बतलाना, जिनसे पुरुष कैवल्य प्राप्त कर सकता है। ये योग के अंग आठ हैं, इसीलिए पतंजलि के योग को भी अष्टांगयोग कहते हैं। ये आठ अंग हैं–यम, नियम, आसन, प्राणायाम, प्रत्याहार, धारणा, ध्यान, समाधि, जिनमें पहले पाँच बहिरंग कहे जाते हैं और अन्तिम तीन चित्त की वृत्तियों से विशेष संबंध रखने के कारण अन्तरंग कहे जाते हैं। योगसूत्र के दूसरे और तीसरे पाद में इन आठों योग-अंगों का वर्णन है।

(1) यम–अहिंसा, सत्य, चोरी-त्याग (अस्तेय), ब्रह्मचर्य और अ-परिग्रह (भोगों का अधिक संग्रह न करना)।

(2) नियम–शौच (शारीरिक शुद्धता), सन्तोष, तप, स्वाध्याय और ईश्वर-प्रणिधान (ईश्वर भक्ति)।

(3) आसन–सुख पूर्वक शरीर को निश्चल रखना (जिसमें कि प्राणायाम आदि में आसानी हो)।

(4) प्राणायाम–आसन से बैठे श्वास-श्वास की गति का विच्छेद करना।

(5) प्रत्याहार–इन्द्रियों का उनके विषयों के साथ योग न होने दे, चित्त (मन) का अपने रूप जैसा रहना।

(6) धारणा–(किसी खास) देश (नासाग्र आदि) में चित्त को रोकना।

(7) ध्यान–उस (धारणा की स्थिति) में (चित्त की) वृत्तियों की एक-रूपता।

(8) समाधि–वही (ध्यान) जब (ध्यान के) स्वरूप (के ज्ञान से) रहित, सिर्फ़ (ध्येय) अर्थ (के स्वरूप) में प्रकाशमान होता है (तो उसे समाधि कहते हैं)।–अर्थात् ध्येय, ध्याता और ध्यान के ज्ञानों में जहाँ ध्येय मात्र का ज्ञान प्रकट होता है, उसे समाधि कहते हैं।

धारणा, ध्यान, समाधि इन तीन अन्तरंग योगांगों को संयम भी कहते हैं।

3. शब्दप्रमाणक ब्रह्मवादी वादरायण (300 ई०)

1. वादरायण का काल

यूनानियों और शकों के चार शताब्दियों के शासन और संस्कृति-संबंधी प्रभाव तथा बौद्धों के तीक्ष्ण तर्क प्रहार से ब्राह्मणों के कर्मकांड की ही नहीं उनके उपनिषदीय अध्यात्म दर्शन का प्रभाव भी क्षीण होने लगा। जहाँ तक युक्ति-संगत सिद्धान्तों के संबंध में उत्तर हो सकता था, वह उन्होंने न्याय, वैशेषिक, योग और सांख्य द्वारा दिया, किन्तु वह काफी नहीं था। यदि वेद-मूलक ज्ञान और कर्मकांड के संबंध में उत्पन्न हुई शंकाओं का वह उत्तर नहीं दे सकते थे, तो ब्राह्मण धर्म की जड़ खुद चुकी थी, इसीलिए उनकी रक्षा के लिए वादरायण और जैमिनि ने कलम उठाई। जैमिनि की कर्म-मीमांसा के बारे में हम लिख चुके हैं। वहाँ हमने यह भी बतलाया था, कि एक दूसरे की राय उद्धृत करने वाले जैमिनि और वादरायण समकालीन थे, जिसका अर्थ हुआ, वादरायण भी 300 ई० में मौजूद थे। पौराणिक पंरपरा वादरायण तथा व्यास को एक मानती है और पाँच हजार से कुछ साल पहले महाभारत काल में उनका होना बतलाती है; किन्तु इसका खंडन स्वयं वेदान्त सूत्रकार के सूत्र करते हैं, जिसमें सिर्फ़ बुद्ध के दर्शन का ही नहीं, बल्कि उनकी मृत्यु (483 ई० पू०) से छः-सात सदियों से भी पीछे अस्तित्व में आने वाले बौद्ध दार्शनिक सम्प्रदायों–वैभाषिक, योगाचार, माध्यमिक का खंडन है। अफ़लातूँ के प्रभाव से प्रभावित हो, बौद्धों ने अपने विज्ञानवाद का विकास नागार्जुन (175 ई०) से पहले भी किया था जरूर, किन्तु उसका पूर्ण विकास दो पेशावरी पठान भाइयों–असंग और वसुबंधु (350 ई०)–ने किया। यद्यपि विज्ञानवाद (योगाचार) का जिस प्रकार खंडन सूत्रों में किया गया है, उससे काफ़ी सन्देह की गुंजाइश है, कि वेदान्तसूत्र असंग (350 ई०) से पीछे बने, तो भी और निश्चयात्मक प्रमाणों के अभाव में अभी हम यही कह सकते हैं, कि वादरायण, कणाद (150 ई०), नागार्जुन (175 ई०), योगसूत्रकार पतंजलि (250 ई०), के पीछे और जैमिनि (300 ई०) के समकालीन थे। यह स्मरण रखना चाहिए, कि 350 ई० से पहले के दर्शन-समालोचक बौद्ध-दार्शनिकों के ग्रंथों से पता नहीं लगता, कि उनके समय में वेदान्तसूत्र या मीमांसा सूत्र मौजूद थे।

2. वेदान्त साहित्य

वेदान्त सूत्रों पर बौधायन और उपवर्ष ने वृत्तियाँ (छोटी टीकायें) लिखी थीं, जिनमें बौधायन वृत्ति के कुछ उद्धरण रामानुज (जन्म 1027 ई०) ने दिये हैं, किन्तु ये दोनों वृत्तियाँ आज उपलब्ध नहीं हैं। परम्परा से यही पता लगता है, कि बौधायन शारीरकवादी द्वैतवाद के समर्थक थे, जो वेदान्त सूत्रों का भी भाव मालूम होता है, जैसा कि आगे प्रकट होगा और उपवर्ष अद्वैतवाद के। वेदान्तसूत्रों पर सबसे पुराना ग्रंथ शंकर (788–820 ई०) का भाष्य है। हर्षवर्धन (640 ई०) के

शासन और धर्मकीर्ति (600 ई०) के दर्शन के बाद दिसयों से कल पर रख छोड़ी गई, सामाजिक और आर्थिक समस्याओं की उलझनों, उनके कारण पैदा हुई विषमताओं, बहुसंख्यक जनता की पीड़ा-प्रताड़नाओं तथा अल्पसंख्यक शासकों-शोषकों की मानसिक विलासिताओं, अनिश्चित भविष्य संबंधी आशंकाओं से भारतीय मस्तिष्क वस्तुस्थिति को लेते हुए, किसी हल के ढूँढ़ने में इतना असमर्थ था, कि उसे विज्ञानवाद, परलोकवाद, मायावाद की हवा में उड़कर आत्म सन्तोष या आत्मसम्मोह-आँख मूँदना- एक मात्र रास्ता सूझता था। असंग, वसुबंधु के विज्ञानवाद द्वारा बौद्धों को शिक्षित शासक-शोषक वर्ग में प्रिय और सम्मानित बनने का मौका मिला था, तो भी बौद्ध विज्ञानवाद उस समय अति तक न पहुँच सका, यह तो इसी से मालूम होता है, कि दिङ्नाग (450 ई०) और धर्मकीर्ति (600 ई०) विज्ञानवादी सम्प्रदाय के होते हुए भी उन पर वस्तुवाद का जितना प्रभाव था, उतना विज्ञानवाद का नहीं–धर्मकीर्ति को तो बल्कि स्वातंत्रिक (वस्तुवादी) विज्ञानवादी साफ़ तौर से कहा गया है। बौद्धों की सफलता को देखकर शंकर ने भी उपनिषद दर्शन को शुद्ध विज्ञानवाद के रूप में परिणत करने की इच्छा से भी अपने वेदान्त भाष्य को लिखा। उन्हें इसमें आशातीत सफलता हुई, यह तो इसी से मालूम है, कि आज के शिक्षित हिन्दुओं में जिन्हें दर्शन की ओर कुछ भी शौक है–सबसे अधिक संख्या शंकर-वेदान्त अनुयायियों–"वेदान्तियों" की है; शंकर-वेदान्त से संबंध रखने रखने वाली तथा खुद शंकर भाष्य पर लिखी गई, पुस्तकों की संख्या हजारों है। शंकर-भाष्य के बाद सबसे महत्त्वपूर्ण ग्रंथ वाचस्पति मिश्र (841 ई०) को भामती (शंकरभाष्य की टीका) तथा कन्नौजराज जयचन्द के दरबारी कवि और दार्शनिक श्रीहर्ष (1190 ई०) का खंडनखंडखाद्य है।

शंकर की सफलता ने बतला दिया, कि ब्राह्मण (हिन्दू)-धर्मी किसी सम्प्रदाय को यदि सफलता प्राप्त करनी है, तो उसे शंकर के रास्ते का अनुकरण करना चाहिए। इस अनुकरण का परिणाम यह हुआ है, कि आज सभी प्रधान-प्रधान हिन्दू सम्प्रदायों के पास अपनी दार्शनिक नींव मजबूत करने के लिए अपने-अपने वेदान्त-भाष्य हैं–

संप्रदाय	भाष्यकार	काल
शंकर (शैव)	शंकर (मंलबार)	788-820 ई०
रामानुजीय (वैष्णव)	रामानुज (तमिल)	1027 (जन्म)
निम्बार्क (वैष्णव)	निम्बार्क (तेलगू)	11वीं सदी
माध्व (वैष्णव)	आनन्दतीर्थ (कर्नाट)	1198 (जन्म)
राधावल्लभी (वैष्णव)	वल्लभ (तेलगू)	1401 (जन्म)

3. वेदान्त सूत्र

वेदान्त सूत्रों को शारीरक सूत्र भी कहा जाता है, क्योंकि इसमें जगत् और ब्रह्म को शरीर और शरीरधारी–शारीरक के तौर पर वर्णित किया है, जो कि शंकर के मत के खिलाफ़ जाता है। दूसरा नाम ब्रह्म मीमांसा है, जो कि कर्म मीमांसा (मीमांसा) की तुलना से रखा गया है। वेदान्तसूत्र में चार अध्याय और हर अध्याय में चार-चार पाद हैं, जिनमें सूत्रों की संख्या इस प्रकार है–

अध्याय	पाद	सूत्र-संख्या	अधिकरण (प्रकरण)	विषय
1	1	32	11	उपनिषद् सिर्फ़ ब्रह्म को
	2	33	6	जगत् की उत्पत्ति, स्थिति,
	3	44	10	प्रलय का कारण मानती हैं।
	4	29	8	युक्ति से भी जगत् कारण
		138		ब्रह्म है, प्रधान आदि नहीं।
2	1	36	10	दूसरे दर्शनों का खंडन
	2	42	8	चेतन और जड़
	3	52	7	प्राण और इन्द्रियाँ
	4	19	3	
		149		
3	1	27	6	पुनर्जन्म
	2	40	8	स्वप्न सुषुप्ति आदि अवस्थायें।
	3	64	26	उपनिषद् के सभी उपदेशों
				(विद्याओं) का प्रयोजन
				ब्रह्मज्ञान से ही मुक्ति;
	4	51	15	किन्तु कर्म भी सहकारी।
		182		
4	1	19	11	ब्रह्मज्ञान का फल शरीरान्त
	2	20	11	के बाद मुक्त की यात्रा।
	3	15	5	अन्तिम यात्रा का मार्ग
	4	22	6	मरने के बाद मुक्त की
	16	76	151	अवस्था और अधिकार
		545		

4. वेदान्त का प्रयोजन उपनिषदों का समन्वय

जिस तरह जैमिनि ने ब्राह्मण और उसके कर्मकांड का अन्धाधुंध समर्थन किया है, वही काम वादरायण ने उपनिषद् के संबंध में अपने ऊपर लिया। पहले अध्याय के चतुर्थ पाद तथा दूसरे अध्याय के प्रथम और द्वितीय पाद–545 सूत्रों में से 107–को छोड़ बाकी सारा ग्रंथ उपनिषद् की शिक्षाओं और विद्याओं (विशेष उपदेशों) पर बहस करने में लिखा गया है और इन 107 सूत्रों में भी अधिकतर उपनिषद्-विरोधी विचारों का खंडन किया गया है।

वेदान्त का प्रथम सूत्र है "अब यहाँ से ब्रह्म की जिज्ञासा" शुरू होती है; इसकी तुलना कीजिए मीमांसा के प्रथम सूत्र–"अब यहाँ से धर्म की जिज्ञासा शुरू होती है"–से। ब्रह्म क्या है, यह दूसरे सूत्र में बतलाया है–"इस (जगत्) का जन्म आदि (स्थिति और प्रलय) जिससे (वही ब्रह्म है)" यहाँ सूत्रकार ने ब्रह्म की सिद्धि में अनुमान प्रमाण का प्रयोग किया है, 'हर वस्तु का कोई कारण होता है, इसलिए जगत् का भी कारण होना चाहिये' इस तर्क से उन्होंने जगत्-स्रष्टा ब्रह्म को सिद्ध किया, तो भी वादरायण ब्रह्म को तर्क से सिद्ध करने पर उतने तुले हुए नहीं मालूम होते, इसलिए सबसे भारी हेतु ब्रह्म के होने में तीसरे सूत्र में दिया है–"क्योंकि शास्त्र (उपनिषद्) इसका प्रमाण है" (शब्दार्थ है "क्योंकि शास्त्र उसकी योनि है") और वह (शास्त्र का प्रमाण होना, सारे उपनिषदों का) सर्वसम्मत (समन्वय) है, बाकी सारा वेदान्त-सूत्र एक तरह इसी चौथे सूत्र की विस्तृत व्याख्या है।

सर्व-सम्मत या समन्वय साबित करने में वादरायण ने एक तो उपनिषद् के भीतरी विरोधों का परिहार करना चाहा है, दूसरे यह साबित किया है, कि भिन्न-भिन्न उपनिषद् वक्ताओं ने जो ब्रह्मज्ञान-संबंधी खास-खास उपदेश (विद्यायें) दिए हैं, वह सभी उसी एक ब्रह्म के बारे में हैं। ब्रह्म, जीव, जगत् आदि के बारे में अपने सिद्धान्त क्या हैं और विरोधी दार्शनिक सिद्धान्त युक्तिसंगत नहीं हैं, इतना और ले लेने पर वेदान्तसूत्र में प्रतिपादित सारी बातें आ जाती हैं, जैसा कि पहले दिये नक्शे से मालूम होगा।

(विरोध-परिहार)–उपनिषद् के ऋषियों ने जगत् के मूलकारण के ढूँढ़ने का प्रयास किया था और सभी एक ही राय पर नहीं पहुँचे–उदाहरणार्थ सयुग्वा रैक्व जल (आप) को मूलकारण मानता था; पिछले उपनिषदों में कपिल भी ऋषि माने गए हैं, वह प्रधान को मूलकारण मानते थे। इसलिए वादरायण के लिए यह ज़रूरी था, कि उपनिषद् के ऐसे वक्तव्यों के पारस्परिक विरोध को दूर करें। ग्रंथकार ने पहले अध्याय के पहले पाद के पाँचवें सूत्र से विरोध-परिहार को शुरू किया है।

(1) प्रधान (प्रकृति) को उपनिषद् मूलकारण नहीं मानता–उद्दालक आरुणि ने अपने पुत्र को ब्रह्म का उपदेश करते हुए कहा था–सौम्य! यह पहले एक अद्वितीय सद् (अस्ति रूप) था।। उसने ईक्षण (कामना) किया कि "मैं बहुत-सा होऊँ।" यहाँ जिस सद्, एक, अद्वितीय तत्त्व के अस्तित्व को सृष्टि से पहले आरुणि स्वीकार करते हैं, वह कपिल-प्रतिपादित प्रधान (प्रकृति) पर भी लागू हो सकता था; फिर कहीं जगत् का जन्म ब्रह्म से मानना कहीं प्रधान से, यह परस्पर विरोधी बात होती; इसी विरोध को दूर करते हुए वादरायण ने कहा है, "अ-शब्द (उपनिषद् के शब्दों से न प्रतिपादित प्रधान, यहाँ अभिप्रेत) नहीं है, क्योंकि यहाँ ईक्षण (का प्रयोग किया गया है और वह जड़ प्रधान के लिए इस्तेमाल नहीं हो सकता)। प्रश्न हो सकता है, शब्दों का प्रयोग कितनी ही बार मुख्य नहीं गौण अर्थ में भी किया जाता है, उसी तरह आगे होने वाली बात को काव्य की भाषा में ऋषि ने "ईक्षण किया" कहा होगा। उसका उत्तर है–"गौण नहीं है, क्योंकि (वहाँ उसी सत् के लिए) आत्म शब्द का प्रयोग आया है, जो कि जड़ प्रधान के लिए नहीं हो सकता।" यही नहीं उस (सत्य) में निष्ठा वाले को मोक्ष पाने की बात कही है। (प्रधान अभिप्रेत होता तो मुमुक्षु श्वेतकेतु के लिए अन्त में उस प्रधान को हेय त्याज्य के तौर पर बतलाना चाहिए था) हेय होना न कहना भी (यही सिद्ध करता है, कि आरुणि सत् से प्रधान का अर्थ नहीं लेते

थे)। आरुणि ने उपदेश के आरम्भ ही में “एक के जानने से सबका ज्ञान” होता है, इसे मिट्टी के पिंड और मिट्टी के भांडों के उदाहरण से बतलाने की प्रतिज्ञा (दावा) की थी, चेतन (पुरुष) उसी तरह प्रधान का कारण नहीं हो सकता, इसलिए (उस) प्रतिज्ञा के विरोध (का ख्याल करने) से भी यहाँ सद् से प्रधान अभिप्रेत नहीं है। आगे इसी उपदेश में स्वप्न में पुरुष (जीव) के उस सत् के पास जाने की बात कही है, इस “स्वप्न में जाने (की बात) से” भी प्रधान अभिप्रेत नहीं मालम् होता। यही नहीं जैसे यहाँ ‘सद् ही अकेला पहले था’ कहा गया है, उसी तरह ऐतरेय उपनिषद् में “आत्मा ही अकेला पहले था” कहा गया है; इस एक तरह की (वर्णन) गति (शैली) से भी हमारे पक्ष की पुष्टि होती है और खुद आत्मा का शब्द भी सत् के लिए वही “सुना गया (श्रुति ने कहा) है इससे भी।”

इसी तरह “आनन्दमय” में मय (धातुमय) से जीवात्मा अभिप्रेत नहीं है, बल्कि वहाँ भी यह ब्रह्मवाचक है।

(2) जीवात्मा (और प्रधान) भी मूल कारण नहीं–तैत्तिरीय उपनिषद् में कहा है–“उसी इस आत्मा से आकाश पैदा हुआ, आकाश से वायु, वायु से आग, आग से जल, जल से पृथिवी... विज्ञान (आत्मा) को यदि ब्रह्म जानता है...तो सभी कामनाओं को प्राप्त करता है। उस (विज्ञान) का यह शरीर (में रहने) वाला ही आत्मा है, जो कि पहले का है। उसी इस विज्ञानमय से अन्य अन्तर आनन्दमय आत्मा है, उससे यह (विश्व) पूर्ण है।” यहाँ आत्मा से आकाश आदि की उत्पत्ति बतलाई है, जिससे आत्मा मूलकारण मालूम होता है और उसी आत्मा के लिए “आनन्दमय”, “शरीरवाला” भी प्रयुक्त हुआ है, जिससे जान पड़ता है; सृष्टिकर्ता से यहाँ ब्रह्म नहीं जीवात्मा अभिप्रेत है। इसका उत्तर वेदान्त के आठ सूत्रों में दिया गया है–

“आनन्दमय (यहाँ जीव के लिए नहीं ब्रह्म के लिए है) क्योंकि तैत्तिरीय उपनिषद् के इसी प्रकरण– ब्रह्मानन्दवल्ली में आनन्द शब्द को (ब्रह्म के लिए) बार-बार दुहराया गया है।”

“मय (सिर्फ़) विकार (मिट्टी का विकार घड़ा मृन्मय, सोने का विकार कुंडल सुवर्णमय) वाचक नहीं है, बल्कि (वह) अधिकता (जैसे सुखमय) के लिए भी होता है।”

“और (वही तैत्तिरीय में) उस (आनन्द) का (इस आत्मा की) हेतु भी बतलाया गया है।”

“और (उसी उपनिषद् के) मंत्राक्षर में (जो ‘सत्य ज्ञान अनन्त ब्रह्म’) आया है, वही (आनन्दमय से यहाँ) गाया (वर्णित किया) गया है।”

“(ब्रह्म से) दूसरा (जीवात्मा) यहाँ संभव नहीं है (क्योंकि उसमें जगत् के उत्पादन के लिए आवश्यक सर्वशक्तिमत्ता और सर्वज्ञता कहाँ है?)।”

“और (यदि कहो कि जीवात्मा और ब्रह्म एक ही है, तो यह गलत है) क्योंकि (दोनों में) भेद बतलाया गया है।”–“उसी इस विज्ञानमय (जीव) से अन्य–अन्तर आनन्दमय आत्मा है।”

“उसने कामना की” यहाँ जो “कामना” करना आया है, उससे शब्द-प्रमाण-बहिष्कृत) अनुमान-गम्य (प्रधान) भी नहीं लिया जा सकता।”

“और फिर इस (आत्मा) के भीतर उस (आनन्द) का इस (जीव) के साथ योग (मिलना) भी कहा गया है।”

इस प्रकार आत्मा शब्द यहाँ न जीव को लेकर उसे मूलकारण माना जा सकता है और न "मय" प्रत्यय के विकार अर्थ को ले सांख्य वाले प्रधान को लिया जा सकता। इस तरह उपनिषद् ब्रह्म को ही विश्व के जन्म आदि का कर्ता मानते हैं यह बात साफ़ है।

"अन्तर", "आकाश", "प्राण", "ज्योति" शब्दों को भी छान्दोग्य उपनिषद् में जन्मादि-कर्ता के तौर पर कहा गया है। उनके बारे में भी प्रकृति (प्रधान) या प्राकृतिक पदार्थ का भ्रम हो सकता है, जिसको सूत्रकार ने इस पाद के आठ सूत्रों में यह कहकर दूर किया है, कि इनमें शब्दों के साथ जो विशेषण आदि आए हैं, वह ब्रहा पर ही घट सकते हैं, जीव या प्रकृति पर नहीं।

(1) **जगत् और जीव ब्रहा के शरीर**–उपनिषद् के कुछ उपदेश ऐसे भी है, जिनसे मालूम होता है, कि वक्ता जीव और ब्रह्म को एक-सा समझता है; वादरायण शारीरकवाद (जीव और जगत् शरीर हैं और ब्रह्म शरीर वाला–शारीरक, शरीर और शरीरवाले को अभिन्न समझना आमतौर से प्रचलित है, अथवा तीनों मिलकर एक पूर्ण ब्रहा हैं) को मानते ज़रूर थे, किन्तु वह जीव ही ब्रह्म है इसे मानने के लिए तैयार न थे, इसलिए जहाँ कहीं ऐसे भ्रम की संभावना हुई है, उसे उन्होंने बार-बार हटाने की कोशिश की है, इसे हम आगे बतलायेंगे। कौषीतकि उपनिषद् में इसी तरह का एक प्रकरण आया है, जिसमें "प्राण" को लेकर ऐसे भ्रम की गुंजाइश है–'दिवोदास् का पुत्र प्रतर्दन (देवासुर संग्राम में) युद्ध (विजय) तथा पराक्रम से इन्द्र के प्रिय धाम (इन्द्रलोक) में पहुँचा।' उसे इन्द्र ने कहा–'तुझे वर देता हूँ।' उसने उत्तर दिया–'मनुष्य के लिए जो हिततम वर हो, ऐसे वर को तुम ही चुन दो।' इन्द्र ने कहा–"मेरा ही ज्ञान प्राप्त कर...मैं प्रज्ञात्मा (प्रजास्वरूप) प्राण हूँ, मुझे आयु, अमृत समझ उपासना कर।" यहाँ प्राण की उपासना कहने से जान पड़ता है, कि वह ब्रह्म की भाँति उपास्य है तथा इन्द्र (एक जीव) के कहने से वह जीवात्मा का वाचक भी मालूम होता है। सूत्रकार ने इस सन्देह को दूर करते हुए कहा।–

"(यहाँ) प्राण (पहले) जैसा ही (ब्रह्मवाचक) है, क्योंकि (आगे कहे गए विशेषण तभी) संभव हैं।"

"वक्ता (इन्द्र) अपने (जीवात्मा की उपासना) का उपदेश करता है, यह (मानने की जरूरत) नहीं, क्योंकि (वक्ता इन्द्र) में आत्मा का आन्तरिक संबंध बहुत अधिक (ब्रह्म से व्याप्त है, इसलिए ब्रह्मभूत के तौर पर वहाँ इन्द्र ने अपने भीतर प्राण ब्रह्म की उपासना करने का उपदेश दिया, न कि अपने जीव को ब्रह्म सिद्ध करने के लिए)।"

'शास्त्र की दृष्टि से भी (ऐसा) उपदेश होता है, जैसे कि वामदेव (ने कहा है)।' वृहदारण्यक में कहा है– 'इसी को देखते हुए ऋषि वामदेव ने कहा–मैं मनु हुआ था और मैं सूर्य हुआ था।' सो आज भी जिसे ज्ञान हो गया है–'मैं ब्रहा हूँ वह यह सब (विश्व) होता है...इन सबका वह आत्मा होता है।' वामदेव ने जैसे ब्रह्म को अपने आत्मा के तौर पर समझ कर उसके नाते मनु और सूर्य को अपना रूप (शरीर) बतलाया, वैसे ही इन्द्र का प्राण और अपनी उपासना के बारे में कहना भी है।

(4) उपनिषद् में अस्पष्ट और स्पष्ट जीववाची शब्द भी ब्रह्म के लिये प्रयुक्त–कितने ही जीव-वाचक शब्द हैं, जिन्हें उपनिषद् के ऋषियों ने ब्रह्म के लिए प्रयुक्त किया है, इसलिए उन शब्दों के कारण इस भ्रम में नहीं पड़ना चाहिए, कि उपनिषद् जीव को ही जन्मादिकारण तथा उपास्य मानता हैं। ऐसे शब्दों में कुछ साफ़-साफ़ जीव-वाचक नहीं है, ऐसे अ-स्पष्ट जीववाचक शब्दों के बारे में सूत्रकार ने दूसरे पाद में कहा है; स्पष्ट जीव वाचक शब्द भी ब्रह्म के अर्थ में प्रयुक्त हुए हैं, यह तीसरे पाद में बतलाया है।

मनोमय अत्ता (भक्षक) अन्तर (भिन्न) अन्तर्यामी, अदृश्य (आँख से न दिखाई देने वाला), वैश्वानर ऐसे शब्द हैं, जो कि कितनी ही बार जीव के लिए भी प्रयुक्त हुए हैं, किन्तु ऐसे स्थल भी हैं, जहाँ उन्हें ब्रह्म के लिए प्रयुक्त किया गया है, इसलिए विरोध का भ्रम नहीं होना चाहिए। पहले अध्याय के दूसरे पाद में इन्हीं छः शब्दों को ब्रह्मवाची साबित किया गया है।

द्यौ और पृथिवी में रहने वाला भूमा (बहुत) अन्तर, ईक्षण (चाह) करने वाला, दहर (छोटा-सा) अंगुष्ठमात्र, देवताओं का मधु, अंगुष्ठ, आकाश जैसे जीवात्मावाची शब्द कितने ही उपनिषदों में आए हैं, इनमें भी जन्मादि कर्ता जैसे विशेषण आए हैं, तीसरे पाद में इन्हें ब्रह्मवाची सिद्ध कर विरोध-परिहार किया गया है।

इस प्रकार पहले अध्याय के प्रथम तीन पादों में ब्रह्म ही जिज्ञास्य (ज्ञान का विषय) तथा जगत् का जन्म-स्थिति-प्रलय-कर्ता उपनिषद् में बतलाया गया है, इस पक्ष का सूत्रकार ने समर्थन तथा पारस्परिक विरोधों का परिहार किया है। वेदान्त-सूत्रों में जिन उपनिषदों के वचनों पर ज्यादा बहस की गई है, वह ये हैं–कठ, प्रश्न, मुंड, तैत्तिरीय, ऐतरेय, छान्दोग्य, वृहदारण्यक, कौषीतकि, जिनमें छान्दोग्य के वाक्य एक दर्जन से अधिक सूत्रों में बहस के विषय बनाए गये हैं।

5. वादरायण के दार्शनिक विचार

वादरायण ने उपनिषदों के सिद्धान्तों की व्याख्या करनी चाही, किन्तु वादरायण के सूत्रों को लेकर आजकल द्वैत, अद्वैत, द्वैत-अद्वैत, शुद्ध-अद्वैत, विशिष्ट-अद्वैत, त्रैत आदि कितने ही वाद चल रहे हैं, और सभी दावा करते हैं, कि वही भगवान् वादरायण के एकमात्र उत्तराधिकारी हैं। वादरायण ने स्वयं उपनिषद् के भिन्न-भिन्न ऋषियों के भतभेदों को हटाकर सर्व-समन्वय करना चाहा था, किन्तु उपनिषद् में मतभेद के काफी बीज थे, जिसके कारण अनुयायियों ने गुरु की सर्वसमन्वय नीति को ठुकरा दिया, और आज वेदान्त के भिन्न-भिन्न सम्प्रदायों में उससे कहीं जबर्दस्त मतभेद हैं, जितना कि रैक्व; आरुणि या याज्ञवल्क्य में हमने देखा है। यहाँ ब्रह्म, जगत् जीव आदि के बारे में हम वादरायण के अपने विचार देते हैं, जिससे पता लगेगा, कि उनके सिद्धान्तों के सबसे समीप यदि किसी का वेदान्त है, तो वह है रामानुज का।

(1) ब्रह्म उपादान-कारण– 'जगत् का जन्म आदि जिससे हैं' इस सूत्र से ब्रह्म के कर्म–सृष्टि का उत्पादन, धारण और विनाशन–को बतलाया है; साथ ही अगले सूत्रों में उपनिषद् के वाक्यों की सहायता से सूत्रकार ने यह भी बतलाना चाहा, कि जैसे मिट्टी घड़े आदि का उपादान कारण है, वैसे ही विश्व का (निमित्त ही नहीं उपादान) कारण भी ब्रह्म है। यहाँ प्रश्न हो सकता है–ब्रह्म, चेतन,

शुद्ध, ईश्वर, स्वभाव वाला है, जब कि जगत् अचेतन, अशुद्ध, अनीश्वर (पराधीन) है, फिर कारण से कार्य इतना विलक्षण (अ-समान) स्वभाव वाला क्यों? इसका समाधान करते हुए वादरायण कहते हैं-(कारण से कार्य का विलक्षण होना) देखा जाता है। मक्खियाँ या तितलियाँ अपने अंडों से जिन कीड़ों को पैदा करती हैं, वह अपनी मातृव्यक्ति से बिलकुल ही विलक्षण होते हैं और इन कीड़ों से जो फिर मक्खी या तितली पैदा होती हैं, वह अपने मातृ-स्थानीय कीड़ों से विलक्षण होती हैं। (देखिये वैज्ञानिक भौतिकवाद का गुणात्मक-परिवर्तन कैसे स्वीकारा जा रहा है!) सृष्टि से पहले उसका 'असद्' होना जो कहा है, वह सर्वथा अ-भाव के अर्थ में नहीं है, बल्कि जिस रूप में कार्य-रूप जगत् है, उसका प्रतिषेध करके कार्य से कारण की विलक्षणता को ही यह पुष्ट करता है। उपादान कारण मानने पर कार्य (जगत्) की अशुद्धता, परवशता आदि के ब्रह्म पर लागू होने का भय नहीं है, क्योंकि उसका दृष्टान्त यह हमारा शरीर मौजूद है-यहाँ शरीर के दोष से आत्मा लिप्त नहीं है, इसी तरह जगत् के दोष से उसका शारीरक (आत्मा) लिप्त नहीं होगा। ब्रह्म से भिन्न प्रधान को कारण मानने से और भी दोष उठ खड़े होंगे। प्रधान जड़ है, पुरुष बिलकुल निष्क्रिय है; फिर प्रधान, पुरुष का न योग हो सकता है और न उससे सृष्टि ही उत्पन्न हो सकती है। तर्क से हम किसी एक निश्चय पर नहीं पहुँच सकते, तर्क एक दूसरे को खंडित करते रहते हैं, इसलिए उपनिषद् के वचन को स्वीकार कर ब्रह्म को जगत् का उपादान कारण मान लेना ही ठीक है।

ब्रह्म से जगत् भिन्न नहीं है, यह उद्दालक आरुणि के "मिट्टी ही सच है, (घड़ा आदि तो) बात कहने के लिए नाम है" इस वचन से स्पष्ट है, क्योंकि (जिस तरह मिट्टी के होने पर ही घड़ा मिलता है, वैसे ही ब्रह्म के) होने पर ही (जगत्) प्राप्त होता है और कार्य के कारण होने से भी ब्रह्म से जगत् भिन्न नहीं। जैसे (सूत) पटसे (भिन्न नहीं) वैसे ही ब्रह्म जगत् से भिन्न नहीं। जैसे (वही वायु) प्राण अपान आदि कितने ही रूपों में देखा जाता है, वैसे ही ब्रह्म भी जगत् के नाना रूपों में दिखाई पड़ता है।

जगत् को ब्रह्म से अभिन्न कहते हुए जीव को भी वैसा ही कहना पड़ेगा, फिर यदि जीव ब्रह्म है, तो अपने को बंधन में डालकर, वह स्वयं क्यों अपने हित का न करने वाला हो गया? यह प्रश्न नहीं हो सकता; क्योंकि ब्रह्म जीव भर ही नहीं उससे अधिक भी है, यह भेद करके बतलाया गया है, "जो आत्मा में रहते भी आत्मा से भिन्न हैं, जिसे आत्मा नहीं जानता, जिसका कि आत्मा शरीर है।" पत्थर आदि (भौतिक पदार्थों) में उस (ब्रह्म) के विशेष गुण सम्भव नहीं, वैसे ही जीव में भी वह सम्भव नहीं है। इसलिए जहाँ जीव जगत् से ब्रह्म के अनन्य होने की बात कही गई है, वहाँ आत्मा और आत्मीय (शरीर) भाव को लेकर ही समझना चाहिए। यह भी स्मरण रखना चाहिए, कि ब्रह्म जगत् की सृष्टि करने में साधनों का मुहताज नहीं है, बल्कि जैसे दूध स्वयं दही रूप में बदल सकता है, वैसे ही ब्रह्म भी अपने संकल्प (कामना) मात्र से जगत् की सृष्टि कर सकता है; देव आदि अपने-अपने लोकों में ऐसा करते हैं, यह शास्त्र से मालूम है।

प्रश्न हो सकता है, ब्रह्म तो एक अखंड पदार्थ है, यदि वह जगत् के रूप में परिणत होता है, तो सम्पूर्ण शरीर से परिणत होगा, अन्यथा उसे अखंड नहीं कहा जा सकता, किन्तु इसका उत्तर यह है कि उस परमात्मा में ऐसी बहुत-सी विचित्र शक्तियाँ हैं, जिन्हें कि श्रुति हमें बतलाती है। उसी विचित्र शक्ति से यह सब संभव है और इतना होने पर भी वह निर्विकार रहता है।

(2) सृष्टिकर्ता–ब्रह्म स्रष्टा (जन्मादि कर्ता) कहा गया है, किन्तु सवाल होता है, उस नित्य, मुक्त, तृप्त, ब्रह्म को सृष्टि करने का प्रयोजन क्या है? उत्तर है–लोक में जैसे अपेक्षाकृत नित्य, मुक्त, तृप्त, महाराज भी लीला (खेल) मात्र के लिए गेंद आदि खेलते हैं, वैसे ही ब्रह्म भी सृष्टि को लीला के लिए करता है। जगत् की विषमता या क्रूरता को देखकर ब्रह्म पर आक्षेप नहीं करना चाहिए, क्योंकि ब्रह्म तो जीवों के कर्म की अपेक्षा से वैसा जगत् बनाता है और यह कर्म अनादि काल से चला आया है, इसलिए जगत् की सृष्टि भी अनादिकाल से जारी है। प्रधान या परमाणु को जगत् का कारण मानकर जो बातें देखी जाती हैं, वह अधिक पूरे निर्दोष रूप में सिद्ध हो सकती हैं, यदि ब्रह्म को ही एकमात्र निमित्त-उपादान कारण माना जाये।

इस तरह वादरायण जगत्, जीव, ब्रह्म को एक ऐसा शरीर मानते हैं, जो तीनों से मिलकर पूर्ण होता है और जो सारा मिलकर सजीव सशरीर ब्रह्म ही नहीं है, बल्कि जिसमें एक "अवयव" के दोष उस अखंड ब्रह्म पर लागू नहीं होते। कैसे? इसका जो उत्तर वादरायण ने किया है, वह बिलकुल असन्तोष- जनक है तथा उसका आधार शब्द छोड़कर दूसरा प्रमाण नहीं है।

(3) जगत्–जगत्, ब्रह्म का शरीर है, जगत् का उपादान कारण ब्रह्म है, दोनों में विलक्षता है, किन्तु कार्य कारण की यह विलक्षता को वादरायण स्वीकार करते हैं, यह बतला चुके हैं। वादरायण ने कहीं भी जगत् को माया या काल्पनिक नहीं माना है और न उनके दर्शन से इसकी गंध भी मिलती है कि "ब्रह्म सत्य है, जगत् मिथ्या है।"

किन्तु जगत् उत्पत्तिमान् है, पृथिवी, जल, तेज, वायु ही नहीं आकाश भी उत्पत्तिमान् है। वादरायण दूसरे दर्शनों की भाँति आकाश को उत्पत्ति रहित नहीं मानते, इसे उन्होंने "उसी आत्मा से आकाश पैदा हुआ" आदि उपनिषद् वाक्यों से सिद्ध किया है। आकाश की भाँति दूसरे महाभूत–पृथिवी, जल, तेज, वायु तथा इन्द्रियाँ और मन भी उत्लन्न हैं और उनका कारण ब्रह्म है।

(4) जीव (क, ख) नित्य और चेतन–जगत्, ब्रह्म का शरीर है, वैसे ही जीव भी ब्रह्म का शरीर है; ब्रह्म दोनों का ही अन्तर्यामी आत्मा है–याज्ञवल्क्य का यह सिद्धान्त, वादरायण के ब्रह्मवाद का मौलिक आधार मालूम होता है; साथ ही वह जगत् को ब्रह्म से उत्पन्न मानते हैं, यद्यपि उत्पन्न का अर्थ वह माया या रस्सी में साँप जैसा भ्रम नहीं मानते। ब्रह्म और जगत् के अतिरिक्त एक तीसरी वस्तु भी है, जिसकी सत्ता को वह स्वीकार करते हैं, वह है जीवात्मा जो कि संख्या में अनेक हैं। इनमें ब्रह्म स्वरूप से ही अनादि कूटस्थ नित्य है। जगत् अनादि है, क्योंकि जिन कर्मों की अपेक्षा से ब्रह्म लीला के लिए उसे बनाता है, वह अनादि है। जगत् स्वरूप से नहीं प्रवाह से अनादि है, इसी को बतलाते हुए सूत्रकार ने कहा है–"श्रुति से आत्मा (पृथिवी आदि की भाँति उत्पत्तिमान्) नहीं (सिद्ध होता), बल्कि उनसे (उसका) नित्य होना (पाया) जाता है।" "(वह) चेतन न जन्मता है न मरता है।" "नित्यों में (जीवनों में वह ब्रह्म) नित्य है।"–"आदि बहुत से उपनिषद्-वाक्य इस बात के प्रमाण हैं।" आत्मा ज्ञ (चेतन) है।

(ग) अणु-स्वरूप आत्मा–जीव के शरीर छोड़कर शरीरान्तर लोकान्तर में जाने की बात से उसका अणु (सूक्ष्म) रूप होना सिद्ध होता है। "यह आत्मा अणु है" यह स्वयं श्रुति ने कहा है। श्रुति (उपनिषद्) में यदि कहीं महान् का शब्द आया है, तो वह जीवात्मा के लिए नहीं परमात्मा (ब्रह्म)

के लिए है। अणु तथा हृदय में अवस्थित होते भी आत्मा, चन्दन या प्रकाश की भाँति सारे देह में अपनी चेतना से व्याप्त कर सकता है, "जैसे गंध (अपने द्रव्य पृथिवी का गुण होते भी उससे भिन्न है, वैसे ही ज्ञान भी आत्मा से) भिन्न है।" कहीं-कहीं यदि आत्मा को ज्ञान या विज्ञान कहा गया है, तो इसलिए कि ज्ञान आत्मा का सारभूत गुण है और इसलिए भी कि जहाँ-जहाँ आत्मा है, वहाँ विज्ञान (ज्ञान) जरूर रहता है। यदि कभी विज्ञान नहीं दीख पड़ता, तो मौजूद होते भी बाल्यावस्था में जैसे (शिशु में) पुरुषत्व नहीं प्रकट होता, वैसे समझना चाहिए। ज्ञान शरीर के भीतर तक ही रहता है, इससे भी आत्मा अणु (एक देशी) सिद्ध होता है।

(घ) कर्ता आत्मा–आत्मा, कर्ता है, इसके प्रमाण श्रुति में भरे पड़े हैं और उसके कर्ता न होने पर भोक्ता मानना भी गलत होगा, फिर (सांख्य-योग-सम्मत) समाधि की क्या जरूरत? आत्मा को कर्ता मानने पर उसे किसी वक्त क्रिया करते न देखने से कोई दोष नहीं, बढ़ई में अपने काम करने की (कर्तृत्व) शक्ति है, किन्तु वह किसी वक्त उसको इस्तेमाल करता है, किसी वक्त न इस्तेमाल कर चुप बैठा रहता है। जीव की यह कर्तृत्व शक्ति परमात्मा से मिली है, यह श्रुति से सिद्ध है। शक्ति के ब्रह्म से मिलने पर भी चूँकि जीव के लिए प्रयत्न की अपेक्षा से वह कार्यपरायण होती है, इसलिए पुण्य-पाप के विधि-निषेध फ़जूल नहीं और न जीव को बेकसूर दंड भोगने की बात उठ सकती है।

(ङ) ब्रह्म का अंश जीव है–जीवात्मा ब्रह्म का अंश है, यह उपनिषद्-सम्मत विचार वादरायण को भी स्वीकृत है। प्रश्न हो सकता है, शुद्ध ब्रह्म का अंश होने से जीव भी शुद्ध हुआ, फिर उसके पुण्य-पाप के संबंध में विधि-निषेध की क्या आवश्यकता? (वादरायण छुआछूत जात-पाँत के कट्टर पक्षपाती हैं, इस बारे में उन्हें वेदान्त कुछ भी सिखलाने में असमर्थ है) इसीलिए वह समाधान करते हैं, कि देह-संबंध से विधि-निषेध की ज़रूरत होती है, जैसे आग के एक होने पर भी अग्निहोत्री ब्राह्मण के घर की आग ग्राह्य है और श्मशान की त्याज्य। जीव ब्रह्म का अंश है, साथ ही अणु भी है, इसलिए एक जीव के भोग के दूसरे में मिल जाने का डर नहीं है, क्योंकि प्रत्येक जीव एक दूसरे से भिन्न है।

(च) जीव ब्रह्म नहीं है–यद्यपि शरीर शरीरी भाव से वादरायण जीव को ब्रह्म के अन्तर्गत उसका अभिन्न अंश मानते हैं, किन्तु जीव और ब्रह्म के स्वरूप में भेद साफ़ रखना चाहते हैं और "(जीव तथा ब्रह्म के)" भेद को (उपनिषद् में) कहने से (दोनों एक नहीं हैं)। इस सूत्र को वादरायण ने पहले अध्याय में ही तीन बार दुहराया है। "भेद के कहने से (ब्रह्म जीव से) अधिक है" भी कहा है और अन्त में मुक्त होने पर भी जगत् बनाने आदि की बात छोड़ जीव और ब्रह्म में सिर्फ़ भोग भर की समानता होती है, कह कर वह ब्रह्म और जीव की एकता हो, किसी अवस्था में संभव नहीं मानते।

(छ) जीव के साधन–अणु-परिमाण वाले जीव के क्रिया और ज्ञान के साधन ग्यारह इन्द्रियों हैं–चक्षु, श्रोत्र, घ्राण, जिह्वा, त्वक्–पाँच ज्ञान-इन्द्रिय; वाणी, हाथ, पैर, मल-इन्द्रिय, मूत्र-इन्द्रिय–पाँच कर्म-इन्द्रिय और ग्यारहवाँ मन। ये सभी इन्द्रिय उत्पत्तिमान (अनित्य) और (एकदेशी) हैं।

इन ग्यारह इन्द्रियों के अतिरिक्त प्राण (श्रेष्ठ) भी जीव के साधनों में है और वह भी अनित्य तथा अणु है।

(ज) जीव की अवस्थायें–स्वप्न, सुषुप्ति, जागृत, मूर्छा जीव की भिन्न-भिन्न अवस्थायें हैं। स्वप्न की वस्तुयें माया मात्र हैं। स्वप्न ब्रह्म के संकल्प से होता है, तभी तो स्वप्न से अच्छी बुरी घटनाओं की पूर्व-सूचना मिलती है। स्वप्न का अभाव सुषुप्ति में होता है। बातों की अनुस्मृति से सिद्ध है, कि सुषुप्ति के बाद जागने वाला पहला ही आत्मा होता है। मूर्छा आधा मरण है।

(झ) कर्म–पहले बतला चुके हैं, कि जगत् बनाने में ब्रह्म को भी जीव के कर्म की अपेक्षा पड़ती है। वस्तुतः जगत् में–मानव समाज में–जो विषमता देखी जा रही हैं, जिस तरह हजार में 990 मनुष्य श्रम करते भूखे मरते हैं और 10 बिना काम किये दूसरे की कमाई से मौज़ करते हैं, जिनको ही देखकर पुरोहितों ने देवलोक की कल्पना की, फिर प्राणि-जगत्–मनुष्य से लेकर सूक्ष्मतम कीटों तक–में जिस तरह का भीषण संघार मचा हुआ है, वह जगत् के रचयिता ब्रह्म को भारी हृदयहीन, क्रूर ही साबित करेगा, इससे बचने के लिए उपनिषद् ने (पूर्वजन्म के) कर्मवाले सिद्धान्त को निकाला। समाज की तत्कालीन अवस्था–शोषक और शोषित, दास और स्वामी प्रथा–के जबर्दस्त पोषक वादरायण ने उसे दुहरा दिया। कर्म तो एक समय में किये जाते हैं, फिर उससे पहले जगत् कैसे? इसके उत्तर में कह दिया, कर्म अनादि है।

(ञ) पुनर्जन्म–पुनर्जन्म के बारे में भी वादरायण ने उपनिषद् के विचारों को सुव्यवस्थित रूप से एकत्रित किया है। प्रवाहण जैवलि के पानी के पुरुष रूप धारण करने के उपदेशों को सामने रख वादरायण कहते हैं–जब जीव शरीर छोड़ता है, तो सूक्ष्म भूतों (सूक्ष्म शरीर) के साथ जाता है। कृत कर्मों के भोग के समाप्त हो जाने पर, वह कुछ बचे अनुशय (कर्म) के साथ लौटता है।–वादरायण के पिता वादरि के मत से उपनिषद् में आये चरण शब्द से सुकृत-दुष्कृत अभिप्रेत है, जिसके साथ कि परलोक से लौटा पुरुष इस लोक में फिर से जीवन आरम्भ करता है। चन्द्रलोक वही जाते हैं, जिन्होंने कि पुण्य किया है। नये शरीर में आने के लिए चन्द्रमा से मेघ, जल, अन्न आदि का जो रास्ता उपनिषद् ने बतलाया है, उसमें देरी नहीं होती। जिन धान आदि अनाजों के साथ हो, जीव मातृगर्भ तक पहुँचता है, उनमें वह स्वयं नहीं दूसरे जीव के अधिष्ठाता होते समय ऐसा करता है। उस अनाज के खाने के बाद फिर रज-वीर्य का योनि में संयोग होता है, जिसके बाद शरीर बनता है।

(5) मुक्ति–ब्रह्म को प्राप्त हो, जीव के अपने रूप में प्रकट होने को मुक्ति कहते हैं। जीव का अपना स्वरूप अविद्या से ढँका रहता है, जिसके खोलने के लिए उपनिषद्-विद्या की जरूरत पड़ती है।

(क) मुक्ति के साधन–वादरायण विद्या (ब्रह्मज्ञान) को मुक्ति का खास साधन मानते हैं, जिसमें कर्म भी सहायक है।

(a) ब्रह्म-विद्या–उपनिषद् के भिन्न-भिन्न ऋषियों ने ब्रह्म को सत्, उदगीथ, प्राण, भूमा, पुरुष, दहर, वैश्वानर, आनन्दमय, अक्षर, मधु, आदि के तौर पर ज्ञान द्वारा उपासना करने की बात कही है, इन्हीं के नाम पर इनके बारे में किए गए उपदेश सद्-विद्या, उद्गीथ-विद्या, प्राण-विद्या आदि नामों से पुकारे जाते हैं। वादरायण इसी (विद्या) से पुरुषार्थ (मोक्ष) की प्राप्ति मानते हैं।

जैमिनि पुरुषार्थ (स्वर्ग) में कर्म की प्रधानता मानते हैं और विद्या को अर्थवाद; इसके लिए वह अश्वपति कैकय जैसे ब्रह्मवेत्ता का उदाहरण देते हुए कहते हैं, कि ब्रह्मवेत्ताओं का यज्ञ करने का आचार भी देखा जाता है। वादरायण, जैमिनि से मतभेद प्रकट करते हुए कहते हैं, (स्वर्ग से कहीं) अधिक (ब्रह्म के) उपदेश से (विद्या से ही) वैसा मोक्ष मिलता है। ब्रह्मवेत्ता के लिए यागादि कर्म करना सर्वत्र नहीं देखा जाता। कोई-कोई उपनिषद् के ऋषि गृहस्थ आदि कर्मकांड को ऐच्छिक भी बतलाते हैं और कुछ तो कर्म के क्षय को भी बतलाते हैं, संन्यास (ऊर्ध्वरेता) आश्रम भी है, जिसमें कर्मकांड नहीं है, तो भी विद्या (ब्रह्मज्ञान) प्रयुक्त होती है। जैमिनि जरूर ऐसे आश्रमों को मानने से इन्कार करते हैं, किन्तु वादरायण इन आश्रमों को भी श्रुतिपादित होने से अनुष्ठेय स्वीकार करते हैं।

विद्या–ब्रह्मज्ञान से ब्रह्म-साक्षात्कार-रूपी ब्रह्म-उपासना से जीव को अपने स्वरूप में अवस्थित-रूपी मुक्ति होती है, यह कह चुके, लेकिन सद्-उद्गीथ, प्राण-आदि विद्यायें अनेक हैं, इसलिए भ्रम हो सकता है, कि इनके उपासना के विषय (उपास्य) भी भिन्न-भिन्न हो सकते हैं। वादरायण इसका समाधान करते हुए सभी विद्याओं को एक ब्रह्मपरक मानते हैं।

(b) कर्म–विद्या (ब्रह्मज्ञान) की प्रधानता को मानते हुए भी वादरायण यज्ञ आदि कर्मकांड को कितने ही उपनिषद् के ऋषियों की भाँति तुच्छ नहीं समझते, बल्कि कर्मवाले गृहस्थ आदि आश्रमों में वह अग्निहोत्र आदि सारे कर्मों की विद्या (ब्रह्मज्ञान) में जरूरत समझते हैं, ज्ञानों को शम-दम आदि से युक्त भी होना चाहिए। कर्म ठीक है, किन्तु ब्रह्मविद्या के साथ वह बलवत्तर होता है।

यज्ञ-याग आदि इष्ट कर्म ही नहीं खानपान संबंधी छूतछात के नियमों से भी वादरायण ब्रह्मवादी को मुक्त करने के लिए तैयार नहीं हैं; हाँ प्राण का भय हो, तो उषस्ति चाक्रायण की भाँति सबके (हाथ के) अन्न को खाने की अनुमति देते हैं; किन्तु जानबूझ कर करने की नहीं। आश्रम (गृहस्थ आदि) के कर्तव्य (धर्म) को ब्रह्मज्ञानी के लिए भी ब्रह्मविद्या के सहकारी तौर पर कर्तव्य मानते हैं। हाँ वह आपत्काल में नियमों को शिथिल करने के लिए तैयार हैं, किन्तु आश्रमहीन रहने से आश्रम में रहने को बेहतर बतलाते हैं।

(c) उपासना के ढंग–भिन्न-भिन्न विद्याओं से ब्रह्म की उपासना किस तरह की जाये, यह उपनिषद् के प्रकरण में हम बतला चुके हैं। आत्मा में ब्रह्म की उपासना करनी चाहिए, ब्रह्म से भिन्न पदार्थों (प्रतीकों–मूर्ति आदि) में ब्रह्म की उपासना नहीं करनी चाहिए, क्योंकि वह (प्रतीक) ब्रह्म नहीं है।

आसन से बैठकर, शरीर को अचल रख, ध्यान के साथ, जहाँ चित्त की एकाग्रता हो, वहाँ ब्रह्मोपासना करनी चाहिए।

विद्या (ब्रह्मोपासना) की आवृत्ति यावज्जीवन करते रहना चाहिए।

(ख) मुक्त की अन्तिम यात्रा–ब्रह्म विद्या के प्राप्त हो जाने पर भोगोन्मुख न हुए पहले और पीछे के पाप-पुण्य विनष्ट हो जाते हैं; और वह ब्रह्मवेत्ता को नहीं लगते, किन्तु जो पुण्य-पाप भोगोन्मुख (प्रारब्ध) हो गए हैं, उन्हें भोगकर मोक्ष को प्राप्त करना होता है। इस तरह संपूर्ण कर्म-राशि को नष्ट कर मुक्त जीव निम्न क्रम से शरीर छोड़ता है–वाणी मन में लीन होती है, मन

प्राण में, प्राण जीव में और वह महाभूतों में, इस साधारण गति से मुक्ति की गति में विशेषता यह है–ब्रह्मविद्या के सामर्थ्य से सौ से ऊपर संख्या की नाड़ियों में से मूर्धावाली नाड़ी द्वारा जीव अपने आसन हृदय को छोड़ निकलता है, फिर सूर्य-किरण का अनुसरण करते हुए आगे प्रस्थान करता है। चाहे रात हो या दक्षिणायन, किसी वक्त मरने पर मुक्त पुरुष की मुक्ति में बाधा नहीं।

मुक्त पुरुष को मरने के बाद एक दूर देश की यात्रा करनी पड़ती है, यह उपनिषद् में हम देख आए हैं। उपनिषद् की बिखरी सामग्री को जमा करके, वादरायण ने खगोल की कल्पना की है। क्रमशः अर्चि (किरण) दिन-शुक्लपक्ष-उत्तरायण-संवत्सर-सूर्य-चन्द्र-विद्युत् (बिजली) तक मुक्त पुरुष जाता है, वहाँ अ-मानव पुरुष आ, उस मुक्त पुरुष को ब्रह्म के पास भेजता है। वृहदारण्यक में कहा है, जब पुरुष इस लोक से प्रयाण करता है, तो वायु को प्राप्त करता है। उसे वह वहाँ छोड़ ऊपर चढ़ता है और सूर्य में पहुँचता है। दोनों तरह के पाठों को ठीक से लगाते वादरायण ने संवत्सर से वायु में जाना बतलाया। इसी तरह कौषितकि के पाठकों को जोड़ते हुए विद्युत लोक से ऊपर वरुण लोक में जाने की बात कही। इस प्रकार उपरोक्त रास्ता हुआ–अर्चि-दिन-शुक्लपक्ष-उत्तरायण-संवत्सर-वायु-सूर्य-चन्द्र-वरुण (अमानव पुरुष) ब्रह्मलोक। गोया वादरायण अपने से हजार वर्ष पहले के ज्योतिष-ज्ञान को करीब- करीब अक्षुण्ण मानते हुए, खगोल में वायुलोक से सूर्य, उससे आगे चन्द्र, उससे आगे वरुण, उससे आगे ब्रह्मलोक को मानते हैं। ब्रह्म और ब्रह्मलोक तक का ज्ञान इन ऋषियों के बायें हाथ का खेल था, मगर वास्तविक विश्व के ज्ञान में बेचारों की सर्वज्ञता पिछड़ जाती थी।

(ग) मुक्त का वैभव–मुक्त जीव ब्रह्म में जब प्राप्त होता है, तो उससे जुदा हुए बिना रहता है। उस वक्त के उस जीव के रूप के बारे में जैमिनि का कहना है, कि वह ब्रह्मवाले रूप के साथ होता है, औडुलोमि आचार्य कहते हैं, कि वह चैतन्यमात्र स्वरूप वाला होता है। वादरायण इन दोनों मतों में विरोध नहीं पाते।

मुक्त की भोग-साम्रगी उसके संकल्प मात्र से आ उपस्थित होती है, इसलिए वह अपना स्वामी आप है।

ब्रह्म के पास रहते मुक्त शरीर होता है या नहीं?–इसके बारे में वादरि 'नहीं' कहते हैं, जैमिनि उसका सद्भाव मानते हैं, वादरायण कहते हैं–

शरीर नहीं होता और संकल्प करते ही वह आ मौजूद भी होता है। शरीर के अभाव में स्वप्न की भाँति वह ईश्वर-प्रदत्त भोगों को भोगता है और शरीर के मौजूद होने पर जाग्रत अवस्था की तरह।

मुक्त जीव फिर जन्म आदि में नहीं पड़ता, ब्रह्म के पास से फिर उसका लौटना नहीं होता।

मुक्त ब्रह्म की भाँति सृष्टि नहीं बना सकता, उसकी ब्रह्म से सिर्फ़ भोग की समानता होती है, यह बतला चुके हैं।

(6) वेद नित्य हैं–यद्यपि वादरायण जैमिनि की भाँति वेद को अपौरुषेय (किसी भी पुरुष–जीव या ब्रह्म–द्वारा न बनाया) नहीं मानते, किन्तु वेद को नित्य मनवाने की उनको भी बहुत फिक्र है। वह समझते हैं, कि यदि वेद भी दूसरे शास्त्रों की भाँति अनित्य साबित हो गए, तो युक्ति-तर्क

के बल पर सांख्य, वैशेषिक, न्याय, बौद्ध जैसे तार्किकों के सामने अपने पक्ष को नहीं साबित कर सकेंगे। ब्रह्म की उपासना करने के लिए मनुष्य के वास्ते अपने हृदय में अंगुष्ठ मात्र ब्रह्म को उपनिषद् में बतलाया गया। इसी प्रकरण में देवताओं की भी चर्चा चल गई और वादरायण ने कहा–मनुष्य के ऊपर वाले देवता भी ब्रह्म की उपासना करते हैं, क्योंकि यह (बिलकुल) संभव है। इस प्रकार तो देवता साकार साबित होंगे, फिर एक ही इन्द्र एक ही समय अनेक यज्ञों में कैसे उपस्थित हो सकता है? उत्तर है–वह अनेक रूप धारण कर सकता है। इन्द्र जैसे शरीरधारी अनित्य देवता का नाम वेद में आने से वेद भी अनित्य होगा, यह शंका नहीं करनी चाहिए, क्योंकि इन्द्र से वेद ने इस शब्द को नहीं लिया, बल्कि वेद के शब्द से इन्द्र को यह नाम मिला, इसलिए वेद नित्य हैं। इन्द्र आदि के एक ही नाम और रूपवाला होने से उनकी बार-बार आवृत्ति होते रहने से भी वेद की नित्यता में कोई क्षति नहीं।

(7) शूद्रों पर अत्याचार–वादरायण के छुआछूत के पक्षपात की बात अभी हम बतला आये हैं। वर्णाश्रम धर्म पर उनका बहुत जोर था। ऐसे व्यक्ति से शूद्रों के संबंध में उदार विचार की हम आशा नहीं रख सकते थे। वादरायण ब्रह्मविद्या पर कलम उठा रहे थे। वह याज्ञवल्क्य के अन्तर्यामी ब्रह्म, शारीरिक ब्रह्म के दार्शनिक विचार का प्रचार करना चाह रहे थे, ऐसी अवस्था में भारतीय मानवों में नीच समझे जाने वालों के प्रति अधिक सहानुभूति की आशा की जा सकती थी, किन्तु नहीं, वादरायण जैसे दार्शनिक यह प्रयत्न एक खास मतलब से कर रहे थे।

(क) वादरायण की दुनिया–भारत में आर्य आये, उन्होंने पहले के निवासियों को पराजित किया, फिर रंग और परतन्त्रता के बहाने से उन्हें दबाया और समाज में नीच। स्थान स्वीकार करने के लिए मजबूर किया। ज्यादा समय तक रह जाने पर रंग-मिश्रण (वर्णसंकरता) बढ़ने लगा। आर्यों के भीतरी द्वंद्व ने अनार्यों के हितैषी पैदा किए। बुद्ध जैसे दार्शनिकों और धार्मिक नेताओं ने इसका कुछ समर्थन किया। एक हद तक वर्णभेद पर प्रहार हुआ–कम से कम प्रभुता और संपत्ति के मालिक हो जाने वाले के लिए वह कड़ाई तेजी से दूर होने लगी। ई० पू० चौथी सदी से यवन, शक, जट्ट, गुर्जर, आभीर जैसी कितनी ही विदेशी गोरी जातियाँ भारत में आकर बस गईं। उस वक्त की भारतीय सामाजिक व्यवस्था में उनको क्या स्थान दिया जाये, यह भारी प्रश्न था।। वर्ण-व्यवस्था-विरोधियों–बौद्धों ने अपना नुस्खा दे उन्हें अपने वर्ग (शोषक-शोषित) युक्त, किन्तु वर्णहीन समाज की कल्पना को पूरा करने के लिए इन आगन्तुकों पर प्रभाव डालना चाहा और उसमें कुछ सीमा तक उन्हें सिर्फ़ इसी बात में सफलता हुई, कि उनमें से कितने ही अपने को बौद्ध कहने लगे, कार्ला और नासिक के गुहा-विहारों में दान देने लगे, किन्तु ब्राह्मण भी अपने आस-पास की इन घटनाओं को देखें बिना शंकित हुए नहीं रह सकते थे। उन्होंने वर्ण संहारकों के विरोध में अपने वर्णप्रदायक हथियार का इस्तेमाल शुरू किया–'बौद्ध तो गोरे, सुन्दर, वीर, शासक लोगों को वर्णहीन बना चांडालों की श्रेणी में रखना चाहते हैं, हम तो उनके उच्च वर्ण होने को स्वीकार करते हैं। जो आगन्तुक क्षत्रिय जातियाँ हैं, जो कि ब्राह्मणों के दर्शन न करने से म्लेच्छ हो गई थीं; अब ब्राह्मण दर्शन हुआ, हम इन्हें संस्कार के द्वारा फिर क्षत्रिय बनाते हैं, इन्हें चांडालों के बराबर करना ठीक नहीं।" जादू अन्त में ब्राह्मणों का ही जबर्दस्त निकला। एक ओर इन आगन्तुकों को क्षत्रिय, कुछ

को ब्राह्मण भी बनाया गया, दूसरी ओर अपनी उच्चवर्ण भक्ति को और पक्का साबित करने के लिए शूद्रों के लिए अत्याचार और अपमान की मात्रा और बढ़ा दी। ऐसे समय के ऋषियों में हैं, ये प्रातः स्मरणीय वेदान्त सूत्रकार भगवान् वादरायण।

(ख) प्रतिक्रियावादी वर्ग का समर्थन–रैक्व के पास भारी भेंट के साथ ब्रह्मविद्या सीखने के लिए आने पर जानश्रुति पौत्रायण को गाड़ी वाले रैक्व ने पहले 'हटा रे शूद्र...! इन सबको' कहा, फिर पौत्रायण को ब्रह्म विद्या भी बतलाई; जिससे जान पड़ता है। शूद्र को भी ब्रह्मविद्या का अधिकार है। वादरायण ब्रह्मविद्या में शूद्र का अधिकार न मानते हुए सिद्ध करते हैं, कि पौत्रायण शूद्र नहीं था, हंसों से इतना दानी होने पर भी अपने लिए अनादर, रैक्व के लिए प्रशंसा के शब्द सुनकर तथा रैक्व के पास एक से अधिक बार दौड़ने से पौत्रायण को शोक हुआ था, इसीलिए शोक से दौड़ने वाला (शुक्द्र), इस अर्थ में रैक्व ने उसे शूद्र कहा था। छांदोग्य के उस प्रकरण से पौत्रायण के क्षत्रिय होने का पता लगता है। उसी प्रकरण में रैक्व के 'वायु ही संवर्ग (मूल कारण) है' इस संवर्ग-विद्या के सीखने वालों में शौनक, कापेय, अभिप्रतारी, काक्षसेन तथा एक ब्रह्मचारी की बात आती है; जिनमें शौनक और ब्रह्मचारी ब्राह्मण थे और अभिप्रतारी के क्षत्रिय सिद्ध होने में दूसरे प्रमाण हैं। कापेय (कपि-गोत्री) पुरोहित चैत्ररथ को यज्ञ कराते थे, और 'चैत्ररथ' नामक एक क्षत्रपति (क्षत्रिय) पैदा हुआ था। चूँकि कापेयों का यज्ञ संबंधी चैत्ररथ क्षत्रिय था और यहाँ शौनक, कापेय, अभिप्रतारी, काक्षिसेन के साथ ब्रह्मविद्या सीख रहा है, इसलिए यहाँ भी पुरोहित यजमान-वंशज शौनक और अभिप्रतारी क्रमशः ब्राह्मण और क्षत्रिय हैं। इस तरह गाड़ी वाले रैक्व की ब्रह्मविद्या को सीखने वाले दो ब्राह्मणों के अतिरिक्त तीसरा क्षत्रिय ही है, फिर पौत्रायण शूद्र होगा यह संभव नहीं। सत्यकाम जाबाल के बाप का ठिकाना न था, उसको कैसे हारिद्रुमत गौतम ने ब्रह्मविद्या सिखाई। इसका उत्तर वादरायण की ओर से है, वहाँ "समिधा ला, तेरा उपनयन करूँगा" कहने से साफ है, हारिद्रुमत ने उसे ब्राह्मण समझा, क्योंकि शूद्र को उपनयन का "अभाव" (मनु ने) बतलाया है–'शूद्र' को पातक नहीं, उसे (उपनयन आदि) संस्कार का अधिकार नहीं। यही नहीं सत्यकाम के अब्राह्मण (शूद्र) न होने के निर्धारण की भी हारिद्रुमत गौतम कोशिश करते हैं–"अब्राह्मण ऐसे (साफ़-साफ अपने अनिश्चित पितृत्व को) नहीं कह सकता।" इससे भी साफ है, कि ब्रह्मविद्या में शूद्र (अब्राह्मण ?) का अधिकार नहीं। शूद्र को वेद के सुनने-पढ़ने का निषेध श्रुति में मिलता है–

"शूद्र श्मशान-सा है, इसलिए उसके समीप (वेद) नहीं पढ़ना चाहिए", "शूद्र बहुत पशु और (धन) वाला भी हो, तो भी वह यज्ञ करने का अधिकारी नहीं।" यही नहीं स्मृति भी इसका निषेध करती है–"उस (शूद्र) को पास से वेद सुनते पा (पिघले) सीसे और लाख से उसके कान को भरना चाहिए, (वेद का) पाठ करने पर उसकी जिह्वा को काटना चाहिए, याद (धारण) करने पर (उसके) शरीर को काट देना चाहिए।"

(ग) वादरायणीयों का भी वही मत–ब्रह्म ज्ञान की फिलासफी ने भी वर्ग-स्वार्थ पर आधारित वर्ण-व्यवस्था के नाम से शूद्रों (किसी समय स्वतंत्र फिर आर्य-समाज-बहिष्कृत पराजित दास और तब कितने ही वादरायणों की नसों में अपना खून तक दौड़ाने वालों) के ऊपर

होते शुद्ध सामाजिक अत्याचार को नरम करने की तो बात ही क्या, उसे और पुष्ट किया। वादरायण के ब्रह्म ज्ञान न धर्म सूत्रकर्ता गौतम की कठोर आज्ञा को–नरम करना तो अलग उसे–आदर्शवाक्य बनाया। शंकर के सारे अद्वैतवाद ने गौतम की इन क्रूर पंक्तियों के एक भी वज्राक्षर को विचलित करने की हिम्मत न की। रामानुज के गुरु तथा परदादा-नगड़दादा-गुरु स्वयं अतिशूद्र थे, तो भी वेदान्त-भाष्य करते वक्त वह धर्म सूत्रकार गौतम, वादरायण और शंकर से भी आगे रहने की कोशिश करते हैं। 'शूद्र को अधिकार नहीं' इस प्रकरण के अन्तिम सूत्र पर उनका भाष्य तीन सवा तीन पंक्तियों में समाप्त होता है, किन्तु उसके बाद 52 पंक्तियों के एक लच्छेदार व्याख्यान में रामानुज ने उसे वर्ण-व्यवस्था-विरोधी आदि बतला शंकर के दर्शन (मायावाद) पर आक्षेप करते हुए अपने (विशिष्टाद्वैत) दर्शन के द्वारा वास्तविक शूद्र-अनधिकार सिद्ध किया है, "जो (शंकर आदि)–(सर्व-विशेषण-रहित अद्वैत) चेतनामात्र (स्वरूपवाले) ब्रह्म को ही परमार्थ (वास्तविक तत्त्व) और सब (जीव, जगत्) को मिथ्या और (जीव के) बंध को अ-वास्तविक...कहते हैं"; वह ब्रह्मज्ञान में शूद्र आदि का अधिकार नहीं–यह नहीं कह सकते।...तर्क की सहायता से प्रत्यक्ष और अनुमान (प्रमाण) से भी (उस तरह के ब्रह्मज्ञान को प्राप्तकर)...शूद्र आदि भी मुक्ति पा जायेंगे। इसी तरह ब्राह्मण आदि को भी ब्रह्मविद्या मिल जायेगी, फिर उपनिषद् बेचारी को तो तिलांजलि (दत्तजलांजलि) ही दे दी गई।...किन्तु (रामानुज की तरह) जिनके (दर्शन में) वेदान्त-वाक्यों द्वारा उपासना रूप (ब्रह्म) ज्ञान को मोक्ष के साधन के तौर पर माना गया है और वह (उपासना) परब्रह्म-रूपी परमपुरुष को प्रसन्न करना है। और यह एकमात्र शास्त्र (उपनिषद्) से ही हो सकता है। उपासना (ज्ञान) शास्त्र (उपनिषद्) उपनयन आदि संस्कार के साथ पढ़े स्वाध्याय (वेद) से उत्पन्न ज्ञान को...ही अपने लिए उपाय के तौर पर स्वीकार करता है। इस तरह की उपासना से प्रसन्न हो, पुरुषोत्तम (ब्रह्म) उपासना को आत्मा के स्वाभाविक, वास्तविक आत्मज्ञान दे, कर्म से उत्पन्न अज्ञान को नाश करा बंध से (उसे) छुड़ाता है। ऐसे मत में पहले कहे ढंग से शूद्र आदि का (ब्रह्म ज्ञान में) अनाधिकार सिद्ध होता है।

यह है भारत के महान् ब्रह्मज्ञान का निचोड़, जिसका कि ढिंढोरा आज तक कितने ही लोग पीटते रहे हैं और पीट रहे हैं, वादरायण, शंकर और रामानुज की दुहाई के साथ!

6. दूसरे दर्शनों का खंडन

वादरायण ने उपनिषद्-सिद्धान्त के समन्वय तथा विपक्षियों के आक्षेपों के उत्तर में ही ज्यादा लिखा है, किन्तु साथ ही उन्होंने दूसरे दर्शनों की सैद्धान्तिक निर्बलताओं को भी दिखलाने की कोशिश की है। ऐसे दर्शनों में सांख्य और योग तो ऐसे हैं, जिनके मूल कर्ता–कपिल–को उस वक्त तक ऋषि माना जा चुका था, इसलिए ऋषिप्रोक्त होने से उनके मत में स्मृति की कोटि में गिने जाते थे। पाशुपत और पांचरात्र सम्भवतः आर्यों के आने के पहले के भारतीय धर्मों और परंपराओं की उपज थे, इसलिए ईश्वरवादी होने पर भी अन्-ऋषि प्रोक्त होने से उन्हें वैदिक आर्य क्षेत्र में सन्मान की दृष्टि से नहीं देखा जाता था। वैशेषिक, बौद्ध और जैन अन्-ऋषि प्रोक्त तथा अनीश्वरवादी होने से वादरायण जैसे आस्तिक के लिए और भी घृणा की चीज़ थे।

क. ऋषिप्रोक्त विरोधी दर्शनों का खंडन

(1) सांख्य-खंडन–कपिल के सांख्य-दर्शन और उसके प्रकृति (प्रधान) तथा पुरुष के सिद्धान्त के बारे में हम कह चुके हैं। उपनिषद् के ब्रह्मकारणवाद से सांख्य का प्रधानकारणवाद कई बातों में उलटा था। वादरायण कारण से कार्य को विलक्षण मानते थे, जब कि सत्कार्यवादी सांख्य कार्य-कारण को संलक्षण–अभिन्न मानता था। सांख्य का पुरुष निष्क्रिय था, जब कि वेदान्त का पुरुष सक्रिय था। सांख्य के संस्थापक कपिल को श्वेताश्वतर उपनिषद् तक ने ऋषि मान लिया था, इसलिए शब्द प्रमाण को अन्धाधुन्ध मानने वाले वादरायण जैसों के लिए भारी दिक्कत थी, ऊपर से सांख्य वाले–यदि सब नहीं तो उनकी एक शाखा अपने को वेद मानने वाला–अतएव उपनिषद् के वाक्यों से पुष्ट करने के लिए तत्पर दीख पड़ते थे। वादरायण ने यह बतलाने की कोशिश की है, कि उपनिषद् न सांख्य के प्रधान (प्रकृति) को मानती है और न ही उसके निष्क्रिय पुरुष को। साथ ही सांख्य अपने दर्शन को सिर्फ़ शब्द-प्रमाण पर ही आधारित नहीं मानता था, वह उसके लिए युक्ति तर्क भी देता था, जिसका उत्तर देते हुए वादरायण कहते हैं–

अनुमान (सिद्ध प्रधान का मानना युक्ति संगत) नहीं है, क्योंकि (जड़ होने से विश्व की विचित्र वस्तुओं) की रचना (उससे) सम्भव नहीं है, और (न उसमें प्रधान की) प्रवृत्ति (ही हो सकती है)। (जड़) दूध जैसे (दही बन जाता), पानी जैसे (बर्फ बन जाता है, वैसे ही बिना चेतन ब्रह्म की सहायता के भी प्रधान विश्व को बना सकता है, यह कहना ठीक नहीं) क्योंकि वहाँ भी (बिना ब्रह्म के हम दही, हिम की रचना सिर्फ़ दूध और जल से नहीं मानते)। तृण आदि जैसे (गाय के पेट में जा दूध बन जाते हैं, वैसे ही प्रधान से भी विचित्र विश्व बन जाता है, यह भी कहना ठीक नहीं है), क्योंकि (गाय से) अन्यत्र (तृण आदि का दूध बनना) नहीं (देखा जाता)। यदि (कहो–जैसे अन्धा और पंगु) पुरुष (आँख और पैर से हीन भी एक दूसरे की सहायता से देखने और चलने की क्रिया को कर सकते हैं, अथवा जैसे लोहा तथा चुम्बक पत्थर दोनों स्वतः निष्क्रिय होते हुए भी एक दूसरे की समीपता से चल सकते हैं, वैसे ही प्रकृति और पुरुष स्वतंत्र रूप से निष्क्रिय होते हुए भी एक दूसरे की समीपता से विश्व-वैचित्र्य पैदा करनेवाली क्रिया को कर सकते हैं। (उत्तर है) तब भी (गति संभव नहीं, क्योंकि प्रकृति और पुरुष की समीपता आकस्मिक नहीं नित्य घटना है, फिर तो सिर्फ़ गति ही निरन्तर होती रहेगी, किन्तु वस्तु के निर्माण के लिए गति और गतिरोध दोनों चाहिए))। (सत्व, रज, तम, गुणों के अंग तथा) अंगीपन (की कमी वेशी मानने) से भी (काम नहीं) चल सकता, (क्योंकि सर्वदा पुरुष के पास उपस्थित प्रकृति के इन तीन गुणों में कमी-वेशी करने वाला कौन है, जिससे कि कभी सत्व की अधिकता से हल्कापन और प्रकाश प्रकट होगा, कभी रज की अधिकता से चलन और स्तम्भन होगा और कभी तम की अधिकता से भारीपन तथा निष्क्रियता आ मौजूद होगी।)

यदि प्रधान को मान भी लिया जाये, तो भी उससे कोई मतलब नहीं, (क्योंकि पुरुष–जीव–तो स्वतः निष्क्रिय निर्विकार चेतन है, प्रधान के कार्य के कारण उसमें कोई खास बात नहीं होगी)। फिर सांख्य सिद्धान्त परस्पर विरोधी भी हैं–वहाँ एक ओर पुरुष के मोक्ष के लिए प्रकृति का रचना-परायण होना बतलाया जाता है, और दूसरी जगह यह भी कहा जाता है–न कोई बद्ध होता, न मुक्त होता है, न आवागमन में पड़ता है।

(2) योग-खंडन–सांख्य के प्रकृति, पुरुष में पुरुष-विशेष ईश्वर के जोड़ देने से वह ईश्वरवादी (सेश्वर) सांख्य-दर्शन हो जाता है, यह बतला आए हैं। वादरायण को योग के खंडन के लिए ज्यादा परिश्रम की ज़रूरत न थी, क्योंकि सांख्य-सम्मत प्रधान तथा पुरुष के विरुद्ध दी गई युक्तियाँ यहाँ काम आ सकती थीं। योग ईश्वर को विश्व का उपादान-कारण (प्रकृति) नहीं मानता था, वादरायण ने उपनिषद् के प्रमाण से उसे निमित्त-उपादान कारण सिद्ध कर दिया। ईश्वर (ब्रहा) जगत् के रुप में परिणत होता है, यह उसकी विचित्र शक्ति को बतलाता है और वह योग-सम्मत निर्विकार ईश्वर नहीं है।

प्रश्न उठता है, उपनिषद् ने जिस कपिल को ऋषि कहा है, उसके प्रतिपादित सांख्य का खंडन करके हम स्मृति (ऋषि-वचन) की अवहेलना करते हैं। उत्तर है–यदि हम उसे मानते हैं, तो दूसरी स्मृतियों (ऋषिवाक्यों) की अवहेलना होती है। इसी उत्तर से वादरायण ने योग-दर्शन की ओर से उठनेवाली शंका का भी उत्तर दे दिया है।

ख. अन्-ऋषिप्रोक्त दर्शन-खंडन

पाशुपत और पांचरात्र ऐसे दर्शन हैं, यह बतला चुके हैं।

(क) ईश्वरवादी दर्शन

(1) पाशुपत-खंडन–शिव का नाम पशुपति है। यद्यपि शिव वैदिक (आर्य) शब्द है, किन्तु शिव-पूजा जिस लिंग (पुरुष-जननेन्द्रिय चिह्न) को सामने रखकर होती है, वह मोहन्-जो-दड़ो काल (आज से 5000 वर्ष पूर्व) के अन्-आर्यों के वक्त से चली आती है और एक समय था, जब कि इसी लिंग (शिश्न) पूजा के कारण अन्-आर्यों को शिश्नदेव कहकर अपमानित भी किया जाता था; किन्तु इतिहास में एक वक्त अपमान समझी जाने वाली बात दूसरे वक्त सम्मान की हो जाये, यह दुर्लभ नहीं है। यही लिंग-पूजा धर्म कालान्तर में पाशुपत (शैव) मत के रूप में विकसित हुआ और उसने अपने दार्शनिक सिद्धान्त भी तैयार किए। आज के शैव यद्यपि पूजा में पाशुपतों के उत्तराधिकारी हैं, किन्तु दर्शन में शंकर के मायावादी अद्वैतवाद का अनुसरण करते हैं। वादरायण के समय उनका अपना एक दर्शन था, जिसके खंडन में उन्हें चार सूत्रों की रचना करनी पड़ी।

पाशुपत आजकल के आर्यसमाजियों की भाँति त्रैतवाद–जीव (पशु) जगत् और ईश्वर (पशुपति)–को मानते थे। वह कहते थे–जिनमें पशुपति जगत् का निमित्त कारण है, फिर वह वेदान्त-प्रतिपादित ब्रह्म की भाँति निमित्त और उपादान दोनों कारण नहीं है।

वादरायण ने पाशुपत दर्शन पर पहला आक्षेप यह किया, कि वह (वेद) संगत नहीं है (असामंजस्य)। घड़ा या घर रूपी कार्य का जैसे कोई देवदत्त अधिष्ठाता होता है, वैसे ही जगत् का भी कोई अधिष्ठाता है, इस तरह अनुमान से ईश्वर की सत्ता सिद्ध नहीं की जा सकती, क्योंकि (निराकार ईश्वर का) अधिष्ठाता होना सिद्ध नहीं हो सकता। (निराकार जीव) जैसे (इन्द्रिय, शरीर आदि) साधनों (का अधिष्ठाता है, वैसे ही पशुपति भी है, यह कहना ठीक नहीं; क्योंकि जीव को अधिष्ठाता होना पड़ता है), फल भोगादि के कारण (कर्म-बंधन-मुक्त पशुपति के लिए न-फल-भोग है, न उसके कारण शरीर-धारण की जरूरत पड़ सकती है) और (यदि पाशुपति के भोगादि को मान लिया जाये, तो उसे) अन्तवान् और अ-सर्वज्ञ (मानना पड़ेगा)।

(2) पांचरात्र-खंडन–पाशुपत मत की भाँति पाँचरात्र मत का भी स्रोत अन्-आर्य भारत का पुराना काल है। पाशुपत ने शिव और शिवलिंग को अपना इष्ट देव माना, पाँचरात्रों ने विष्णु भगवान्–वासुदेव को अपना इष्ट बनाया और इसीलिए इन्हें वैष्णव और भागवत भी कहते हैं। शिव की लिंग-मूर्ति मोहन-जो-दड़ो काल तक जरूर जाती है, किन्तु शिव की मूर्ति उतनी पुरानी नहीं मिलती। वासुदेव की मूर्तियों की कथा ईसा पूर्व चौथी सदी तक तथा मूर्तियों के प्रस्तरखंड ईसा-पूर्व तीसरी सदी तक के मिलते हैं। ईसा-पूर्व दूसरी सदी में भगवान् वासुदेव के सम्मान में एक यूनानी (हेलियोदोर) भागवत द्वारा खड़ा किया पाषाण-स्तम्भ आज भी भिलसा (ग्वालियर राज्य) में खड़ा है।

भागवत धर्म के मूल ग्रंथ को ही पंचरात्र कहते हैं, जो कि एक पुस्तक न हो, कई पुस्तकों का संग्रह है। इनमें अहिर्बृध्न्य, पौष्कर, सात्वत, परम-संहिता जैसे कुछ ग्रंथ अब भी प्राप्य हैं। जिस तरह पाशुपतों की पूजा और धर्म आज शैवों के पूजा और धर्म के रूप में परिणत मिलते हैं, यद्यपि दर्शन बिलकुल नया है; उसी तरह पाँचरात्र भागवत–धर्म आज के विष्णु-पूजक वैष्णव धर्म के रूप में मौजूद है, यद्यपि वह गुप्तकाल–अपने वैभव के समय में जितना बदला था, उससे आज कहीं ज्यादा बदला हुआ है, तो भी आज के अनेक वैष्णव मतों में रामानुज का वैष्णव मत अभी पंचारात्र-आगम को श्रद्धा की दृष्टि से देखता है और एक तरह से उसका उत्तराधिकारी भी है। कैसी विडंबना है? उसी सम्प्रदाय के एक महान् सारथी रामानुज वादरायण के द्वारा पाँचरात्र मत पर किए गए प्रहार का अनुमोदन करते हैं; और पाँचरात्र दर्शन की जगह वादरायण के दर्शन को स्वीकार करते हैं!

पाँचरात्र दर्शन के अनुसार वासुदेव, संकर्षण, प्रद्युम्न, अनिरुद्ध, क्रमशः ब्रह्म, जीव, मन और अहंकार के नाम हैं। ब्रह्म (वासुदेव) से जीव (संकर्षण) उत्पन्न होता है, उससे मन और उससे अहंकार। इस सिद्धान्त का खंडन करते हुए वादरायण कहते हैं–

(श्रुति में जीव के नित्य कहे जाने से उसकी) उत्पत्ति संभव नहीं। (मन कर्ता जीव का करण साधन है) और कर्ता से कारण नहीं जन्मता (इसलिए जीव संकर्षण से मन की उत्पत्ति कहना गलत है)। हाँ, यदि (वासुदेव को) आदि विज्ञान के तौर पर (लिया जाये) तो (पाँचरात्र के) उस (मत) का निषेध नहीं। परस्पर विरोधी (बातों के) होने से भी (पाँचरात्र दर्शन त्याज्य है)।

(ख) अनीश्वरवादी दर्शन-खंडन

कणाद को यद्यपि पीछे कपिल की भाँति ऋषि मान लिया गया, किन्तु वादरायण के वक्त (300 ई०) अभी कणाद को हुए इतना समय नहीं हुआ था, कि वह ऋषि-श्रेणी में शामिल हो गए होते। अनीश्वरवादी दर्शनों में वैशेषिक, बौद्ध और जैन दर्शनों पर ही वादरायण ने लिखा है, चार्वाक दर्शन का विरोध उस वक्त क्षीण पड़ गया था, इसलिए उसकी ओर ध्यान देने की ज़रूरत नहीं पड़ी।

(1) वैशेषिक दर्शन का खंडन–कणाद परमाणु को छः पार्श्ववाला परिमंडल–गोल-सा–कण मानते हैं, और कहते हैं, कि यही छः पासे वाले परमाणु दो मिलकर ह्रस्व (छोटे) परिमाण

वाले द्व्यणुक को बनाते हैं। इन्हीं ह्रस्व-परिमंडलों के योग से महद् (बड़े) और दीर्घ परिमाण वाली वस्तुओं की उत्पत्ति होती, तथा जगत् बनता है। वादरायण कहते हैं–(वैशेषिक कारण के गुण के अनुसार कार्य के गुण की उत्पत्ति मानता है, फिर अवयव-रहित परमाणु से सावयव ह्रस्व द्व्यणुक की उत्पत्ति संभव नहीं) और (महद्, दीर्घ परिमाण से रहित) ह्रस्व तथा परिमंडल (द्व्यणुक कण) से (आगे) महद् दीर्घ (परिमाण) वाले (पदार्थों की उत्पत्ति संभव नहीं)।

जड़ परमाणु वस्तुओं का उत्पादन तभी कर सकते हैं, जब कि उनमें क्रिया (गति) हो। कणाद के मत से जगत् की उत्पत्ति के लिए अदृष्ट (अज्ञात नियत) की प्रेरणा से परमाणु में कर्म (क्रिया) उत्पन्न होता है; जिससे दो परमाणु एक दूसरे से संयोग कर द्व्यणुक का निर्माण करते हैं और साथ ही अपने कर्म (क्रिया) को भी उसमें देते हैं; यही सिलसिला आगे चलता जगत् का निर्माण करता है। प्रश्न उठता है– परमाणु में जो आदिम क्रिया (कर्म) उत्पन्न होती है, क्या वह परमाणु (जड़) के अपने भीतर के अदृष्ट से उत्पन्न होती है, या आत्मा (चेतन) के भीतर से? वादरायण कहते हैं–"दोनों तरह से भी कर्म (संभव) नहीं, क्योंकि अदृष्ट पूर्व-जन्म के कर्म से उत्पन्न होता है, आत्मा के लिए कर्म का अदृष्ट परमाणु में कैसे जायेगा? और परमाणुओं में क्रिया के बिना जगत् ही नहीं उत्पन्न होगा, फिर आत्मा कर्म कैसे करेगा, इसलिए (अणु में) कर्म नहीं हो सकता। यदि कहा जाये, कि सदा एक साथ रहने वाले पदार्थों में जो समवाय (नित्य) संबंध होता है, उससे अदृष्ट का परमाणु में होना मानेंगे; तो "समवाय के स्वीकार से भी वही बात है (समवाय संबंध क्यों वहाँ है? उसके लिए दूसरा कारण, फिर उसके लिए भी दूसरा कारण इस प्रकार) अनवस्था (अन्तिम उत्तर का अभाव) होगी।" यही नहीं, समवाय-संबंध नित्य होता है, इसलिए परमाणु और उसका अदृष्ट दोनों नित्य ही मौजूद रहेंगे, फिर जगत् का "नित्य रहना ही" साबित होगा और यह जगत् की सृष्टि और प्रलय मानने वालों के लिए ठीक नहीं है।

परमाणु को एक ओर वैशेषिक नित्य, सूक्ष्म, अवयव-रहित मानता है, दूसरी ओर उसी से तथा 'कारण के गुण के अनुसार कार्य में गुण उत्पन्न होता है।' इस नियम के अनुसार, उत्पन्न घड़े में रूप आदि के 'देखने से' और पृथिवी, जल, आग, हवा के परमाणुओं में रूप आदि (रस, गंध, स्पर्श गुणों) के होने (की बात के स्वीकार करने) से भी 'परस्पर विरोधी' (बात होती) है। परमाणुओं को यदि रूप आदि वाला मानें, चाहे रूपादि रहित; दोनों तरह से दोष मौजूद रहता है। पहली अवस्था में अवयव-रहित होने की बात नहीं रहेगी, दूसरी अवस्था में 'कारण के गुण के अनुसार कार्य में गुण उत्पन्न होता है', यह बात गलत हो जायेगी।

इस तरह यूरोप के यांत्रिक भौतिकवादियों की भाँति कारण में गुणात्मक परिवर्तन ही कार्य के बनने को न मानने से परमाणुवाद में जो कमजोरियाँ थीं, उनका वादरायण ने खंडन किया। निर्विकार ब्रह्म उपादान कारण बन जगत् को अपने में से बनाकर सविकार हो जायेगा और अपने में से जगत् की उत्पत्ति नहीं करेगा, तो वह उपादान कारण नहीं, निमित्त कारण मात्र रह जायेगा, फिर उपनिषद् के एक (मिट्टी के) विज्ञान से ही सारे (मिट्टी से बने पदार्थों के) विज्ञान की बात कैसे होगी, आदि प्रश्नों का उत्तर वादरायण (और उनके अनुयायी रामानुज भी) कैसे देते हैं, इसे हम देख चुके हैं और वह लीपापोती से बढ़कर कुछ नहीं है।

तर्क-युक्ति से परमाणुवाद पर प्रहार करना, काफी न समझ, अन्त में वादरायण अपने असली रंग में उतर आते हैं–"चूँकि (आस्तिक वैदिक लोग वैशेषिक को) नहीं स्वीकार करते, इसलिए (उसका) अत्यन्त त्याग ही ठीक है।"

(2) जैन दर्शन-खंडन–जैनों के अपने दो मुख्य सिद्धान्त–स्याद्वाद और जीव का शरीर के अनुसार घटना-बढ़ना (मध्यम परिमाणी होना) है, जिनके ही ऊपर वादरायण ने प्रहार किया है। स्याद्वाद में "है भी नहीं भी..."। "आदि सात तरह की परस्पर विरोधी बातें मानी गई हैं;" वादरायण कहते हैं–"एक (ही वस्तु में इस तरह की परस्पर विरोधी बातें) संभव नहीं हैं।"

जीव का आकार अनिश्चित है, वह जैसे छोटे-बड़े (चींटी, हाथी के) देह में जाता है, उतने ही आकार का होता है, इसका खंडन करते हुए सूत्रकार कहते हैं–ऐसा (मानने पर) आत्मा अ-पूर्ण होगा और (संकोच विकास का विषय होने से) विकारी (अतएव अनित्य) आदि के (होने के) कारण किसी तरह भी (नित्यता, अनित्यता आदि) विरोध को हटाया नहीं जा सकता। अन्तिम (मोक्ष-अवस्था के जीव-परिमाण) के स्थायी रहने, तथा (मोक्ष और) इस वक्त के जीव-परिमाण–दोनों के नित्य होने से (बद्ध-अवस्था में भी) वैसा ही (होना चाहिए, फिर उस वक्त देह के परिमाण के अनुसार होता है, यह बात गलत होगी)।

(3) बौद्धदर्शन-खंडन–वादरायण ने बौद्ध दर्शन को चारों शाखाओं–वैभाषिक, सौत्रांतिक, योगाचार और माध्यमिक का खंडन किया है, जिससे साफ़ है, कि उस वक्त तक ये चारों शाखायें स्थापित हो गई थीं और यह समय असंग-वसुबंधु (350 ई०) का है, इससे वादरायण का 400 ई० के आस-पास होना सिद्ध होता है, किन्तु जैसा कि हमने पहले कहा है, अभी '300 ई० से पहले नहीं' इसी पर हम सन्तोष करते हैं। खंडन करते वक्त वादरायण ने पहले वैशेषिक दर्शन को लिया, जिसके बाद सभी बौद्ध-दर्शन-शाखाओं के समान सिद्धान्तों की भी आलोचना की है, फिर भिन्न-भिन्न शाखाओं के अपने जो खास-खास सिद्धान्त हैं, उनका खंडन किया है।

(क) वैभाषिक-खंडन–वैभाषिक बाहरी जगत् (वाह्य-अर्थ) और भीतरी वस्तु चित्त विज्ञान तथा चैत (चित्त-संबंधी अवस्थाओं) के अस्तित्व को स्वीकार करते हैं। सर्व (भीतरी-बाहरी सारे पदार्थों के) अस्तित्व को स्वीकार करने से ही उनका पुराना नाम सर्वास्तिवादी भी प्रसिद्ध है, लेकिन सबके अस्तित्व को वह बुद्ध के मौलिक सिद्धान्त अनित्यता–क्षणिकता के साथ मानते हैं। वादरायण ने मुख्यतः उनकी इस क्षणिकता पर प्रहार किया है। यद्यपि बुद्ध के वक्त परमाणुवाद अपनी जन्मभूमि यूनान में पैदा नहीं हुआ था, उसके प्रवर्तक देमोक्रितु के पैदा होने के लिए बुद्ध की मृत्यु (483 ई० पू०) के बाद और तेईस वर्षों की जरूरत थी। यूनानियों के साथ वह भारत आया जरूर तथा उसे लेने वालों में भारत की सीमा से पार ही उनसे मिलने वाले मानवतावादी (अन्तर्राष्ट्रीयतावादी) बौद्ध सबसे पहले थे। यूनान में देमोक्रितु (460-370 ई० पू०) का परमाणुवाद, स्थिरतावाद का समर्थक था और वह हेराक्लितु (535-425 ई० पू०) के क्षणिकवाद से समन्वय नहीं कर सका था; किन्तु भारत में परमाणुवाद के प्रथम स्वागत करने वाले बौद्ध स्वयं बुद्ध समकालीन हेराक्लितु की भाँति क्षणिकवादी थे। यह भी संभव है, बुद्ध के वक्त से चले आए, उनके अनित्यवाद का नया नामकरण, क्षणिकवाद, इसी समय हुआ हो। बौद्धों

ने परमाणुवाद का क्षणिकवाद से गठजोड़ करा दिया। सभी भौतिक तत्त्वों (रूप) की मूल इकाई अविभाज्य (अ-तोम) परमाणु हैं, किन्तु यह स्वयं एक क्षण से अधिक की सत्ता नहीं रखते–उनका प्रवाह (सन्तान) जारी रहता है, किन्तु प्रवाह के तौर पर इस क्षणिकता के कारण हर क्षण विच्छिन्न होते हुए। अणुओं के संयोग–अणु-समुदाय–से पृथिवी आदि भूतों का समुदाय पैदा होता है और पृथिवी आदि के कारणों से शरीर-इन्द्रिय विषय-समुदाय पैदा होता है। वादरायण इसका खंडन करते हुए कहते हैं–

"(परमाणु हेतु, या पृथिवी आदि हेतु) दोनों ही हेतुओं के (मानने) पर भी जगत् (का अस्तित्व में आना) नहीं हो सकता, (क्योंकि परमाणुओं के क्षणिक होने से उनका संयोग ही नहीं हो सकता, फिर समुदाय कैसे?)" (प्रतीत्य-समुत्पाद के अविद्या आदि 12 अंगों के) एक दूसरे के प्रत्यय से (समुदाय) हो सकता है, यह (कहना) ठीक नहीं; क्योंकि (वे अविद्या आदि, पृथिवी आदि के) संघात बनने में कारण नहीं हो सकते, (चाहे वह दिमाग में भले ही गलत ज्ञान आदि पैदा कर सकते हों)। (क्षणिकवाद के अनुसार) पीछे (की वस्तु के) उत्पन्न होने पर पहले वाली नष्ट हो गई रहती है; (फिर पिछली वस्तु का कारण पहली–नष्ट हो गई वस्तु कैसे हो सकती है, क्योंकि उस वक्त तो उसका अत्यन्त अभाव हो चुका है?) यदि (हेतु के) न होने पर भी (कार्य उत्पन्न होता है, यह मानते हैं, तो प्रत्यय के बिना कोई चीज़ नहीं होती यह) प्रतिज्ञा (आपकी) छूटती है और (होने पर होता है) कहते हैं, तो (कार्य और कारण दोनों के) एक समय मौजूद होने से (क्षणिकवाद गलत होता है)।

धर्मों (वस्तुओं या घटनाओं) को बौद्धों ने संस्कृत (कृत) और असंस्कृत (अ-कृत) दो भागों में बाँटा है, जिनमें रूप, वेदना, संस्कार, विज्ञान ये पाँचों स्कंध (12 आयतन या 18 धातु) संस्कृत धर्म हैं और निरोध (अभाव) तथा आकाश असंस्कृत। निरोध (अभाव, विनाश) भी दो प्रकार का है, एक प्रति- संख्या-निरोध या स्थूल-निरोध, दूसरा अप्रतिसंख्या-निरोध प्रतिक्षण हो रहा, अति-सूक्ष्म निरोध। दोनों में वह मानते हैं, कि विनाश विच्छिन्न (निरन्वय) होता है। वादरायण का कहना है, कि जिस तरह का निरन्वय 'प्रतिसंख्या-अप्रतिसंख्या-निरोध' (तुम मानते हो, वहीं) नहीं सिद्ध हो सकता, क्योंकि विच्छेद (होता) ही नहीं, घट-वस्तु के नाश होने पर भी मूल-उपादान मिट्टी घट के टुकड़ों में भी अविच्छिन्न भाव से मौजूद रहती है। (कारण के बिलकुल अभाव-शून्य हो जाने पर कार्य की उत्पत्ति तथा कार्य का नाश हो, बिलकुल अभाव-शून्य हो जाना) दोनों ही तरह से दोष हैं (शून्य से उत्पन्न तथा अन्त में शून्य हो जाने वाला शून्य ही रहेगा), जिससे (जगत् की उत्पत्ति की व्याख्या नहीं की जा सकती)। (प्रतिसंख्या-अप्रतिसंख्या-निरोध के) समान ही (विरोधी युक्तियों के कारण) आकाश में भी (शून्य रूप मानने से दोष आयेगा, वस्तुतः वह शून्य-अभाव नहीं पाँचों भूतों में एक भूत है)।

क्षणिकवादी बौद्ध विज्ञान (चित्त) को भी क्षणिक मानते हैं और उसके परे किसी आत्मा की सत्ता नहीं स्वीकार करते। वादरायण अनके मत को असंगत कहते हुए बतलाते हैं, कि इस तरह की क्षणिकता गलत है, क्योंकि (पहली बात का) "अनुस्मरण" (हम साफ़ देखते हैं, यदि कोई स्थायी वस्तु नहीं, तो अनुस्मरण कैसे होता है)।

(ख) सौत्रान्तिक खंडन–सौत्रांतिक वाह्यार्थवादी–बाहर की वस्तुओं की क्षणिक सत्ता को वास्तविक स्वीकार करते हैं। उनका कहना है–बाहरी वस्तुएँ क्षणिक हैं यह ठीक है और इसी वजह से जिस वक्त किसी वस्तु (घड़े) का अस्तित्व हमें मालूम हो रहा है, उस वक्त वह वस्तु (घड़ा) सर्वथा नष्ट हो चुकी है और उसकी जगह दूसरा, किन्तु बिलकुल उसी जैसा–घड़ा पैदा हुआ है। इस तरह इस वक्त जिस घड़े के अस्तित्व को हम अनुभव कर रहे हैं, वह है पहले निरन्वय (विच्छिन्न) विनष्ट हो गए घड़े का। यह कैसे होता है? इसका उत्तर सौत्रांन्तिक देते हैं–घड़ा आँख से प्राप्त होने वाले विज्ञान में अपने आकार (लाल आदि) को छोड़कर नष्ट हुआ, उसी विज्ञानमय आकारों को पा उससे घड़े की सत्ता का अनुमान होता है। वादरायण का आक्षेप है–अविद्यमान (विनष्ट घड़े) का (यह लाल आदि आकार) नहीं है, क्योंकि (विनष्ट वस्तु के लाल आदि गुण का किसी दूसरी वस्तु में स्थानान्तरित होना) नहीं देखा जाता। (यदि विनष्ट से भी) इस तरह (वस्तु उत्पन्न होती जाय) तो उदासीनों (जो किसी बात को प्राप्त करने के लिए कोई प्रयत्न भी नहीं करते उन) को भी (वह बात) प्राप्त हो जाये, (फिर तो निर्वाण के लए भारी प्रयत्न करना ही निष्फल है)।

(ग) योगाचार-खंडन–वैभाषिक ब्राह्यार्थ और विज्ञान दोनों को मानते हैं, सौत्रांन्तिक बाह्यार्थ को ही मुख्य मानते हैं, विज्ञान उसी का भीतर की ओर निक्षेप है। विज्ञानवादी योगाचार का मत सौत्रांन्तिक से बिलकुल उलटा है। क्षणिक विज्ञान ही वास्तविक तत्त्व है, बाह्य वस्तुयें, जगत् उसी के बाहरी निक्षेप हैं। वादरायण विज्ञानवाद पर आक्षेप करते हुए कहते हैं–"(बाहरी वस्तुओं का) अभाव (कहना ठीक) नहीं है, क्योंकि विज्ञान से परे वस्तुयें साफ़ पाई जाती हैं। स्वप्न आदि की तरह पाई जाती हैं, यह कहना ठीक नहीं है, क्योंकि स्वप्न के ज्ञान और जागृत-अवस्था के ज्ञान में भारी भेद है। (पदार्थों के बिलकुल न रहने पर ज्ञान का) होना नहीं (संभव है), क्योंकि (यह बात कहीं) नहीं देखी जाती।"

(घ) माध्यमिक-खंडन–शून्यवादी माध्यमिक दर्शन के खंडन में वादरायण ने एक सूत्र से अधिक लिखने की जरूरत न समझी और उसमें नागार्जुन के सबसे मजबूत पक्ष–सापेक्षतावाद को न छूकर उनके सबसे कमजोर पक्ष–शून्यवाद (वस्तु की क्षणिक वास्तविकता से भी इन्कार) को लिया। शायद पहले पक्ष का जवाब वह क्षणिकवाद के खंडन से दे दिया समझते थे। क्षणिकवाद को एक समान मानते हुए वैभाषिक जड़, अजड़ दोनों तत्त्वों के अस्तित्व को स्वीकार करते हैं, सौत्रांन्तिक सिर्फ़ वाह्य जड़ तत्त्व को, योगाचार सिर्फ़ आभ्यन्तर अ-जड़ (विज्ञान) तत्त्व को; लेकिन माध्यमिक वाह्य आभ्यतर सभी तत्त्वों के अस्तित्व के ज्ञान के परस्पर सापेक्ष होने से सबको शून्य मानते हैं। इसके खिलाफ़ वादरायण का कहना है–'सर्वथा असंगत (युक्ति-अनुभव-विरुद्ध) होने से शून्यवाद गलत है।'

अध्याय 18

भारतीय दर्शन का चरम विकास (600 ई०)

1–असंग (350 ई०)

भारतीय दर्शन को अपने अन्तिम विकास पर पहुँचानें के लिए पहला जबर्दस्त प्रयत्न असंग और वसुबंधु दो पेशावरी पठान भाइयों ने किया। बड़े भाई असंग ने योगाचार भूमि, उत्तरतन्त्र जैसे ग्रन्थों को लिखकर विज्ञानवाद का सर्मथन किया। छोटे भाई वसुबंधु की प्रतिभा और भी बहुमुखी थी। उन्होंने एक ओर वैभाषिक-सम्मत तथा बुद्ध के दर्शन से बहुसम्मत अपने सर्वोत्कृष्ट ग्रंथ अभिधर्मकोष तथा उस पर एक बड़ा भाष्य लिखा; दूसरी ओर विज्ञानवाद के संबंध में विज्ञप्ति मात्रता सिद्धि की विंशिका (बीस कारिकायें) और त्रिंशिका (तीस कारिकायें) लिख अपने बड़े भाई के काम को और सुव्यवस्थित रुप में दार्शनिकों के सामने पेश किया। तीसरा काम उनका सबसे महत्वपूर्ण था, वाद-विधान नामक न्याय-ग्रंथ को लिख, भारतीय न्यायशास्त्र को नागार्जुन की पैनी दृष्टि से मिली प्रेरणा को और नियमबद्ध करना और सबसे बड़ी बात थी, भारतीय मध्य युगीन न्याय के पिता 'दिग्नाग' जैसे शिष्य को पढ़ाकर अब तक के किये गये प्रयत्न को एक बड़े प्रवाह के रुप में ले जाने के लिए तैयार करना।

बौद्धों के विज्ञानवाद–क्षणिक विज्ञानवाद–के शंकराचार्य और उनके दादा गुरु गौडपाद कितने ऋणी हैं, यह हम बतल।ने वाले हैं। वस्तुतः गौडपाद की मांडूक्य-कारिका 'अलात शान्ति प्रकरण' प्रच्छन्न नहीं प्रकट रूप से एक बौद्ध विज्ञानवादी ग्रंथ है। बौद्ध विज्ञानवाद और असंग का एक दूसरे के साथ कितना संबंध है, यह इसी से मालूम हो सकता है, कि विज्ञानवाद अपने नाम की अपेक्षा 'योगाचार-दर्शन' के नाम से ज्यादा प्रसिद्ध है और योगाचार शब्द असंग के सबसे बड़े ग्रंथ 'योगाचार-भूमि' से लिया गया है।

1. जीवनी

असंग का जन्म पेशावर के एक ब्राह्मण (पठान) कुल में हुआ था। उनके छोटे भाई वसुबंधु बौद्ध जगत् के प्रमुख दार्शनिकों में थे। वसुबंधु के कितने ही मौलिक ग्रंथ कालकवलित हो गये। उनका अभिधर्मकोश बहुत प्रौढ़ ग्रंथ है, मगर वह सर्वास्तिवाद दर्शन का एक सुश्रंखलित विवेचन मात्र है, इसलिए हमने उसके बारे में विशेष नहीं लिखा। वसुबंधु ने अभिधर्मकोश पर विस्तृत भाष्य लिखा है, जो सौभाग्य से तिब्बत की यात्राओं में मुझे संस्कृत में मिल गया और प्रकाशित होने की प्रतीक्षा में फोटो रूप में पड़ा है। अपने बड़े भाई असंग के विज्ञानवाद पर 'विज्ञप्ति मात्रता सिद्धि' नाम के 'विंशिका' और 'त्रिंशिका' नाम से बीस और तीस कारिका वाले दो प्रकरण भी मिल कर प्रकाशित हो चुके हैं। वसुबंधु मध्यकालीन न्याय-शास्त्र' के पिता दिग्नाग के गुरु थे और उन्होंने स्वयं भी "वादविधान" नाम से न्याय पर एक ग्रंथ लिखा था, किन्तु शिष्य की प्रतिभा के सामने गुरु की कृतियाँ ढँक गई। वसुबंधु समुद्रगुप्त के पुत्र चंद्रगुप्त (विक्रमादित्य के) अध्यापक रह चुके थे और इस प्रकार वह ईसवी चौथी शताब्दी के उत्तरार्ध में मौजूद थे।

असंग की जीवनी के बारे में हम इससे अधिक नहीं जानते, कि वह योगाचार दर्शन के प्रथम आचार्य थे, कई ग्रंथों के लेखक, वसुबंधु के बड़े भाई और पेशावर के रहने वाले थे। वह 350 में जरूर मौजूद रहे होंगे। यह समय नागार्जुन से पौने दो सदी पीछे पड़ता है। नागार्जुन के ग्रंथ भारतीय न्यायशास्त्र के प्राचीनतम ग्रंथ हैं–जहाँ तक अभी हमारा ज्ञान जाता है–लेकिन, नागार्जुन को असंग-वसुबंधु से मिलाने वाली कड़ी, उसी तरह हमें मालूम नहीं है, जिस तरह यूनानी दर्शन के कितने ही वादों को भारतीय दर्शनों तक सीधे पहुँचने वाली कड़िया अभी उपलब्ध नहीं हुई हैं। असंग को वादशास्त्र (न्याय) का काफी परिचय था, यह हमें योगचार-भूमि से पता लगता है।

2. असंग के ग्रंथ

महायानोत्तर तंत्र, सूत्रालंकार, योगाचार-भूमि-वस्तुसंग्रहणी, बोधिसत्त्व-पिटकाववाद ये पाँच ग्रंथ अभी तक हमें असंग की दार्शनिक कृतियों में मालूम हैं; इनमें पिछले दोनों का पता तो 'योगाचार-भूमि' से ही लगा है। पहले तीनों ग्रंथों के तिब्बती या चीनी अनुवादों का पहले से भी पता था।

योगाचार-भूमि–असंग का यह विशाल ग्रंथ निम्न सत्रह भूमियों में विभक्त है–

1. ...विज्ञान भूमि
2. मन भूमि
3. सवितर्क-सविचारा भूमि
4. अवितर्क-विचारमात्रा भूमि
5. अवितर्क-अविचारा भूमि
6. समाहिता भूमि
7. असमाहिता भूमि
8. सचित्तका भूमि
9. अचित्तका भूमि
10. श्रुतमयी भूमि
11. चिन्तामयी भूमि
12. भावनामयी भूमि
13. श्रावक भूमि
14. प्रत्येकबुद्ध भूमि
15. बोधिसत्त्व भूमि
16. सोपधिका भूमि
17. निरुपधिका भूमि

3. दार्शनिक विचार

असंग क्षणिक विज्ञानवादी थे। यह विज्ञानवाद असंग के पहले भी "लंकावतार सूत्र", "संधिनिर्मोचन-सूत्र" जैसे महायान सूत्रों में मौजूद था। इन सूत्रों को बुद्धवचन कहा जाता है, मगर अधिकांश महायान-सूत्रों की भाँति यह बुद्ध के नाम पर बने पीछे के सूत्र हैं, लंकावतार सूत्र का, बुद्ध ने दक्षिण में लंका (सीलोन) द्वीप के पर्वत (समन्तकूट?) पर उपदेश दिया था। वस्तुतः उसे दक्षिण न ले जा उत्तर में गंधार की पर्वतावली में ले जाना अधिक युक्तियुक्त है। बौद्धों का विज्ञानवाद बुद्ध के "सब्बं अनिच्चं" (सब अनित्य है) या क्षणिकवाद का अफ़लातूँ के (स्थिर) विज्ञानवाद के साथ मिश्रण मात्र है, और यह मिश्रण उसी गंधार में किया गया, जहाँ यूनानियों की कला के मिश्रण द्वारा गंधार मूर्तिकला ने अवतार लिया। विज्ञानवाद विज्ञान को ही परमार्थ तत्त्व मानता है, यह बतला आये हैं और यह भी कि वह पाँच इन्द्रियों के पाँच विज्ञानों तथा छठे मन-विज्ञान के अतिरिक्त एक सातवें

आलय विज्ञान को मानता है। यही आलय विज्ञान वह तरंगित समुद्र है, जिससे तरंगों की भाँति विश्व की सारी जड़-चेतन वस्तुएँ प्रकट और विलीन होती रहती हैं।

यहाँ हम असंग के दार्शनिक विचारों को उनकी योगाचार-भूमि के आधार पर देते हैं। स्मरण रहे 'योगाचार-भूमि' कोई सुसंबद्ध दार्शनिक ग्रंथ नहीं है, वह

भूमि 1

1. (पाँच इन्द्रियों के) विज्ञानों की भूमियाँ।
2. पाँच इन्द्रियों के विज्ञान (ज्ञान)
1. आँख का विज्ञान

(1) विज्ञानों के स्वभाव

(2) उनके आश्रय (सहभू, समनन्तर, बीज)

(3) उनके आलंबन (Objects) वर्ण, संस्थान, विज्ञप्ति (क्रिया)

(4) उनके सहाय (सहयोगी)

(5) कर्म

(क) अपने विषय के आलंबन की क्रिया (विज्ञप्ति)

(ख) अपने (स्वरूप (स्वलक्षण) की विज्ञप्ति)

(ग) वर्तमान काल की विज्ञप्ति

(घ) एक क्षण की विज्ञप्ति

(ङ) मन वाले विज्ञान की अनुवृत्ति (पीछे आना)

(च) भलाई बुराई की अनुवृत्ति

2. कान का विज्ञान (स्वभाव आदि के साथ)

3. घ्राण का विज्ञान (..)

4. जिह्वा का विज्ञान (..)

5. काया (त्वक् इन्द्रिय) का विज्ञान (स्वभाव आदि के साथ)

3. पाँचों विज्ञानों का उत्पन्न होना

4. पाँचों विज्ञानों के साथ संबद्ध चित्त

5. पाँचों विज्ञानों के सहाय आदि की 'एक क़ाफिले वाला' आदि होने की उपमा।

भूमि 2

मन की भूमि

1. मन के स्वभाव आदि

2. मन का आश्रय

3. मन का आलंबन (विषय)

4. मन का सहाय (सहयोगी)

5. मन के विशेष कर्म

(1) आलंबन विज्ञप्ति

(2) विशेष कर्म

(क) विषय की विकल्पना

(ख) उपनिष्यान

(ग) मत्त होना

(घ) उन्मत्त होना

(ङ) रोना

(च) जागना

(छ) मूर्च्छित होना

(ज) मूर्च्छा से उठना

(झ) कायिक, वाचिक काम कराना

(ञ) विरक्त होना

(ट) विराग का हटना

(ठ) भली अवस्था की जड़ का कटना

(ड) भली अवस्था की जड़ का जुड़ना

2. मन का शरीर से च्युति और उत्पत्ति

(1) शरीर से च्युति (छूटना, मृत्यु)

(2) एक शरीर से दूसरे शरीर के बीच की अवस्था का सूक्ष्मकायिक मन (अन्तराभव)

3. दूसरे शरीर में उत्पत्ति

(1) उत्पत्ति वाले स्थान में जाने की अभिलाषा
(2) गर्भ में प्रवेश करना
(क) गर्भाधान में सहायक
(ख) गर्भाधान में बाधक
(a) योनि का दोष
(b) बीज का दोष
(c) पुरबिले कर्म का दोष
(ग) अन्तराभव की दृष्टि में परिवर्तन
(घ) पापी और पुण्यात्मा के जन्मकुल
(ङ) गर्भाशय में आलय विज्ञान (प्रवाह जुड़ने का ढंग)
(च) गर्भ की भिन्न-भिन्न अवस्थाएँ
(a) कलल-अवस्था
(b) अर्बुद-अवस्था
(c) पेशी "
(d) धन "
(e) प्रशाख "
(f) केश रोम-नख की अवस्था
(g) इन्द्रियों का प्रकट होना
(h) स्त्री-पुरूष-लिंग प्रकट होना
(छ) शरीर में विकार होना
(a) रंग में विकार
(b) चमड़े में विकार
(c) अंग में विकार
(ज) गर्भ के स्त्री या पुरूष होने की पहिचान
(3) गर्भ से निकलना
(4) शिशु-पोषण
3. जगत् का संहार और प्रादुर्भाव
1. संहार (संवर्तन) का क्रम
(1) देवताओं की आयु
(2) कल्प का परिमाण
2. प्रादुर्भाव (विवर्त)
(1) भिन्न-भिन्न लोकों का प्रादुर्भाव
(क) ब्रह्मलोक आदि का प्रादुर्भाव
(ख) पृथिवी का प्रादुर्भाव
(a) सुमेरू आदि प्रादुर्भाव
(b) नरक "
(c) द्वीपों "
(d) नागलोक "
(e) यक्षलोक "
(f) वैश्रवण आदि चारों महाराजों का प्रार्दुभाव
(g) हिमालय का प्रादुर्भाव
(h) अनवतप्तसर (मानसरोवर) "
(i) सुमेरु के पार्श्वों "
4. सत्वों का प्रादुर्भाव
1. प्रथम कल्प के सत्त्व (मानव)
(1) उनके आहार
(2) मन के विकार से आहार ह्रास
(3) राजा का पहला चुनाव
2. ग्रह नक्षत्र आदि का प्रादुर्भाव
(1) सत्वों के प्रकाश का लोप; सूर्य, चन्द्र, नक्षत्र आदि का प्रादुर्भाव
(2) चन्द्रमा और सूर्य की गतियाँ
(3) ऋतुओं में परिवर्तन
(4) चन्द्रमा का घटना बढ़ना
5. हजार चूड़ा वाला लोक (Local Universe) (बुद्ध का क्षेत्र)
6. रूप (जड़ तत्त्व)
1. रूप का बीज (मूलरूप)
2. महाभूत
3. परमाणु (अवयव)
4. द्रव्य चौदह
5. भूतों का साथ या अलग रहना
7. चित्त
8. चित्त-संबंधी (चैतस) तत्त्व (विज्ञान की उत्पत्ति)
1. चैतस मनस्कार आदि
(1) उनके स्वभाव
(2) उनके कर्म
9. तीन काल (जन्म, जरा आदि)

10. छः प्रकार के विज्ञान
1. विज्ञानों के चार प्रत्यय
(1) प्रत्यय
(2) प्रत्ययों के भेद
2. आयतनों के छः भेद
(1) इन्द्रियों के भेद
(क) चक्षु के भेद
(ख) श्रोत्र ”
(ग) घ्राण ”
(घ) जिह्वा ”
(ङ) काया ”
(च) मन ”
(2) आलंबनों के छः भेद
(क) रूप के भेद
(ख) शब्द ”
(ग) गन्ध ”
(घ) रस के भेद
(ङ) स्पर्श ”
(च) धर्म ”
11. नव वस्तुवाले बुद्ध-वचन

भूमि 3, 4, 5

(सवितर्क-सविचारा भूमि, अवितर्क-विचारमात्रा भूमि, अवितर्क-अविचारा भूमि)
(सवितर्क-सविचारा भूमि)

1. धातु की प्रज्ञप्ति से
1. धातु के प्रज्ञापन द्वारा
(1) काम (स्थूल) धातु (लोक)
(2) रूप धातु
(3) आरूप्य धातु
2. परिमाण के प्रज्ञापन द्वारा
(1) शरीर का परिमाण
(2) आयु का परिमाण
3. भोग के प्रज्ञापन द्वारा
(1) दुःखभोग
(क) नरक
(a) महानरक (आठ)
(b) छोटे (सामन्त) नरक (चार)
(c) ठंडे नरक (आठ)
(d) प्रत्येक नरक
(ख) तिर्यक्योनि
(ग) प्रेतयोनि
(घ) मनुष्ययोनि
(ङ) देवयोनि
(2) सुख-भोग
(क) नरक-योनि में
(ख) तिर्यक् (पशु-पक्षी) योनि में
(ग) मनुष्य-योनि में (चक्रवर्ती बनकर)
(घ) देव-योनि में
(a) स्वर्ग में इन्द्र और देवपुर, उत्तर-कुरु और असुर
(b) रूपलोक के देवता
(c) अरूपलोक के देवता
(3) दुःख सुख विशेष
(4) आहारभोग
(5) परिभोग
4. उपपत्ति (जन्म) के प्रज्ञापन द्वारा
5. आत्मभाव
6. हेतु और फल की अवस्था
(1) हेतु और फल (कार्य) के लक्षण
(2) हेतु-प्रत्यय के अधिष्ठान
(3) हेतु-प्रत्यय के भेद
(क) हेतु के भेद
(ख) प्रत्यय के भेद
(ग) फल के भेद
(7) हेतु-प्रत्यय-फलव्यवस्था
(क) हेतु-प्रज्ञापन
(ख) प्रत्यय-प्रज्ञापन
(ग) फल-प्रज्ञापन
(घ) हेतु-व्यवस्था
2. लक्षण-प्रज्ञप्ति से

1. शरीर आदि
(1) शरीर
(2) आलंबन (विषय)
(3) आकार
(4) समुत्थान
(5) प्रभेद
(6) विनिश्चय
(7) प्रवृत्ति
2. वितर्क-विचार गति के भेद से
(1) नारकों की गति
(2) प्रेत और तिर्यकों की गति
(3) देवों की गति
(क) कामलोक के देव
(ख) प्रथमध्यायन की भूमि वाले देव
3. योनिशोमनस्कार की प्रज्ञप्ति से
1. अधिष्ठान
2. वस्तु
3. एषणा
4. परिभोग
5. प्रतिपत्ति
4. अयोनिशोमनस्कार प्रज्ञप्ति से
1. दूसरों के वाद (मत)
(1) सद्वाद (सांख्य)
(2) अनभिव्यक्ति-वाद (सांख्य और व्याकरण)
(3) द्रव्यद्वाद (सर्वास्तिवादी)
(4) आत्मवाद (उपनिषद)
(5) शाश्वतवाद (कात्यायन)
(6) पूर्वकृत हेतुवाद (जैन)
(7) ईश्वरादि-कर्तावाद (नैयायिक)
(8) हिंसाधर्मवाद (याज्ञिक और मीमांसक)
(9) अन्तानन्तिकवाद
(10) अमराविक्षेपवाद (बेल-ट्ठिपुत्त)
(11) अहेतुकवाद (गोशाल)
(12) उच्छेदवाद (लोकायत)
(13) नास्तिकवाद (केशकम्बल)
(14) अग्रवाद (ब्राह्मण)
(15) शुद्धिवाद (")
(16) ज्योतिषशकुन (कौतुक-मंगल) वाद
5. संकलेश-प्रज्ञप्ति से
1. क्लेश (चित्त के मल)
(1) क्लेशों के स्वभाव
(2) क्लेशों के भेद
(3) क्लेशों के हेतु
(4) क्लेशों की अवस्था
(5) क्लेशों के मुख
(6) क्लेशों की अतिशयता
(7) क्लेशों के विपर्यास
(8) क्लेशों के पर्याय
(9) क्लेशों के आदीनव
2. कर्म
3. जन्म
(1) कर्मों के भेद
(2) कर्मों की प्रवृत्ति
6. प्रतीत्यसमुत्पाद

भूमि 6

(समाहिता भूमि)
1. ध्यान
1. नाम-गिनाई
(1) ध्यान
(2) विमोक्ष
(3) समाधि
(4) समापत्ति
2. व्यवस्थान
2. विमोक्ष
3. समाधि
4. सभापत्ति

भूमि 7

(असमाहिता भूमि)

भूमि 8, 9

अचित्त का भूमि

भूमि 10

सचित्त का भूमि

(श्रुतमयी भूमि)

पाँच विद्यायें–

1. अध्यात्म विद्या

1. वस्तु प्रज्ञप्ति

(1) सूत्र वस्तु

(2) विनय वस्तु

(3) मातृ का वस्तु

2. संज्ञाभेद प्रज्ञप्ति

(1) पद

(2) भ्रान्ति

(3) प्रपंच

(4) स्थिति

(5) तत्त्व

(6) शुभ

(7) वर

(8) प्रशम

(9) प्रकृति

(10) युक्ति

(11) संकेत

(12) अभिसमय

3. बुद्ध-शासन के अर्थ में प्रज्ञप्ति

3. बुद्ध-वचन के ज्ञेयों का अधिष्ठान

2. चिकित्सा विद्या

3. हेतु (वाद) विद्या

1. वाद

(1) वाद

(2) प्रतिवाद

(3) विवाद

(4) अपवाद

(5) अनुवाद

(6) अववाद

2. वाद के अधिकरण

3. वाद के अधिष्ठान (दस)

(1) दो प्रकार के साध्य

(2) आठ प्रकार के साधन

(क) प्रतिज्ञा

(ख) हेतु

(ग) उदाहरण

(घ) सारूप्य

(a) लिंग में सादृश्य

(b) स्वभाव में सादृश्य

(c) कर्म में सादृश्य

(d) धर्म में सादृश्य

(e) हेतुफल (कार्य-कारण) में सादृश्य

(ङ) वैरूप्य

(च) प्रत्यक्ष

(a) अ-परोक्ष

(b) अनभ्यूहित अनभ्यूह्य

(c) अभ्रान्त

(भ्रान्तियाँ–संज्ञा, संख्या, संस्थान, वर्ण, कर्म, चित्त दृष्टि से संबंध रखनेवाली)

प्रत्यक्ष के भेद–इन्द्रिय-प्रत्यक्ष, मन-प्रत्यक्ष, लोक-प्रत्यक्ष, युद्ध (योगि)-प्रत्यक्ष

(छ) अनुमान

(a) लिंग से

(b) स्वभाव से

(c) कर्म से

(d) धर्म से

(e) हेतु-फल (कार्य-कारण) से

(ज) आप्तागम (शब्द)

4. वाद के अलंकार

(1) अपने और पराये वाद की अभिज्ञता

(2) वाक्-कर्म सम्पन्नता (भाषण-पटुता)

(क) अग्राम्य भाषण

(ख) लघु (मित)-भाषण

(ग) ओजस्वी भाषण

(घ) पूर्वापरसंबद्ध भाषण

(ङ) अच्छे अर्थोवाला भाषण

(3) विशारद होना

(4) स्थिरता
(5) दाक्षिण्य (उदारता)
5. वाद का निग्रह
(1) कथात्याग
(2) कथामाद
(3) कथादोष
(क) बुरा वचन
(ख) संरब्ध (कुपित वचन)
(ग) अ-गमक वचन
(घ) अ-मिति वचन
(ङ) अनर्थ-युक्त वचन
(च) अ-काल वचन
(छ) अ-स्थिर वचन
(ज) अ-दीप्त वचन
(झ) अ-प्रबद्ध वचन
6. वाद-निःसरण
(1) गुण दोष-परीक्षा
(2) परिषत्-परीक्षा
(3) कौशल्य (नैपुण्य)-परीक्षा
7. वाद में उपकारक बातें
4. शब्द-विद्या
1. धर्म-प्रज्ञप्ति
2. अर्थ-प्रज्ञप्ति
3. पुद्गल-प्रज्ञप्ति
4. काल-प्रज्ञप्ति
5. संख्या-प्रज्ञप्ति
6. अधिकरण-प्रज्ञप्ति
7. शिल्प-कर्मस्थान विद्या

भूमि 11

(चिन्तामयी भूमि)
1. स्वभाव शुद्धि
2 ज्ञेयो (प्रमेयों) का संचय
1. सद् (वस्तु)
(1) स्वलक्षण सत्
(2) सामान्य लक्षण सत्
(3) संकेत लक्षण सत्
(4) हेतु लक्षण सत्
(5) फल (कार्य) लक्षण (सत्)
2. असद (वस्तु)
(1) अनुत्पतन्न असत्
(2) निरुद्ध असत्
(3) अन्योन्य असत्
(4) परमार्थ असत्
3. अस्तित्व
4. नास्तित्व
5. धर्मों का संचय
1. सूत्रार्थों का संचय
2. गाथार्थों का संचय
(यहाँ पिटकों की सैकड़ों गाथाओं का संग्रह है)

भूमि 12

(भावनामयी भूमि)
1. स्थानतः संग्रह
1. भावना के पद
2. भावना-उपनिषत्
3. योग-भावना
4. भावना-फल
2. अंगतः संग्रह
1. अभिनिरवृत्ति-संपद्
2. सद्धर्भ श्रवण-संपद्
(1) ठीक उपदेश करना
(2) ठीक सुनना
(3) निर्वाण-प्रमुखता
(4) चित्त-मुक्ति को परिपक्व बनाने वाली प्रज्ञा का परिपाक
(5) प्रतिपक्ष भावना

भूमि 13

(श्रावक भूमि)

भूमि 14

(प्रत्येक बुद्ध भूमि)
1. गोत्र
1. मन्द-रज वाला गोत्र
2. मध्य-करुणा वाला गोत्र

3. मध्य-इन्द्रिय वाला गोत्र

2. मार्ग

3. समुदागम

1. गैंडें की सींग जैसा अकेला विहरने वाला

2. जमात के साथ विहरने वाला

4. चार

भूमि 15

(बोधिसत्व भूमि)

भूमि 16

(उपाधि-संहिता भूमि)

तीन प्रज्ञप्तियों से

1. भूमि-प्रज्ञप्ति

2. उपशम-प्रज्ञप्ति

3. उपाधि-प्रज्ञप्ति

(1) प्रज्ञप्ति उपाधि

(2) परिग्रह उपाधि

(3) स्थिति प्रज्ञप्ति

(4) प्रवृत्ति प्रज्ञप्ति

(5) अन्तराय प्रज्ञप्ति

(6) दुःख प्रज्ञप्ति

(7) रति प्रज्ञप्ति

(8) अन्य प्रज्ञप्ति

भूमि 17

(उपाधि-रहिता भूमि)

1. भूमि-प्रज्ञप्ति से

2. निर्वृत्ति-प्रज्ञप्ति से

(1) व्युपशमा निर्वृत्ति

(2) अव्याबाध-निर्वृत्ति

3. निर्वृत्ति-पर्याय विज्ञप्ति से 'योगाचार भूमि' (संस्कृत) को महामहोपाध्याय विधुशेखर भट्टाचार्य सम्पादित कर रहे हैं।

बुद्धघोष के "विसुद्धिमग्ग" (विशुद्धिमार्ग) की भाँति ज्यादातर बौद्ध सदाचार, योग तथा धर्मतत्त्व का विस्तृत विवेचन है। असंग ने अपने इस तरुण समकालीन की भाँति बुद्ध की किसी एक गाथा को आधार बनाकर अपने ग्रंथ को नहीं लिखा है। "गाथार्थ-प्रविचय" में ज़रूर 178 गाथाएँ–हीनयान महायान दोनों पिटकों की–एकत्रित कर दी हैं। बुद्धघोष की भाँति असंग ने भी सूत्रों की भाषा-शैली का इतना अधिक अनुकरण किया है, कि बाज़ वक्त भ्रम होने लगता है कि, हम अभिसंस्कृत संस्कृत के काल में न हो, पिटक-काल की किसी पुस्तक को संस्कृत-शब्दान्तर के रूप में पढ़ रहे हैं। बुद्धघोष अपने ग्रंथ को पाली में लिख रहे थे, जिसे वसुबंधु कालिदास कालीन संस्कृत की भाँति संस्कृत बनने का अभी मौका नहीं मिला था, इसलिए बुद्धघोष पालि की भाषा-शैली का अनुकरण करने के लिए मजबूर थे; मगर असंग को ऐसी कोई मजबूरी न थी; न वह अपनी कृति को बुद्ध के नाम से प्रकट करने के लिए ही इच्छुक थे। फिर, उन्होंने क्यों ऐसी शैली को स्वीकार किया, जिसमें किसी बात को संक्षेप में कहा ही नहीं जा सकता? संभव है, सूत्रों की शैली से परिचित अपने पाठकों के लिए आसान करने के ख्याल से उन्होंने ऐसा किया हो।

हम यहाँ "योगाचार भूमि" का पूरा संक्षेप नहीं देना चाहते, इसलिए उसमें आये असंग के ज्ञेय (प्रमेय), विज्ञानवाद, प्रतीत्यसमुत्पाद हेतु (वाद) विद्या, परवाद-खंडन और द्रव्य-परमाणु-संबंधी विचारों को देने ही पर सन्तोष करते हैं।

(1) ज्ञेय (प्रमेय) विषय

ज्ञेय कहते हैं, परीक्षणीय पदार्थ को। ये चार प्रकार के होते हैं, सत् या भाव रूप, दूसरा असत् या अभाव रूप–अस्तित्व और नास्तित्व।

(क) सत्–यह पाँच प्रकार का होता है; (1) स्वलक्षण (अपने स्वरूप में) सत्; (2) सामान्य लक्षण (जाति आदि के रूप में) सत्; (3) संकेत लक्षण (संकेत किये रूप में) सत्: (4) हेतु लक्षण (इष्ट-अनिष्ट आदि के हेतु के रूप में) सत्; (5) फल लक्षण (परिणाम के रूप में) सत्।

(ख) असत्–यह भी पाँच प्रकार का है। (1) अनुत्पन्न (जो पदार्थ उत्पन्न नहीं हुआ, अतएव) असत्: (2) निरुद्ध (जो उत्पन्न होकर निरुद्ध या नष्ट हो गया, अतएव) असतः (3) अन्योन्य (गाय घोड़ा नहीं, घोड़ा गाय नहीं, इस तरह एक दूसरे के रूप में) असत्: (4) परमार्थ (मूल में जाने पर) असत्ः और (5) (बंध्या-पुत्र की भाँति) अत्यन्त असत्।

(ग) अस्तित्व–यह भी पाँच प्रकार का होता है–(1) परिनिष्पन्नलक्षण–जो अस्तित्व परमार्थतः है (जैसे कि असंग के मत में विज्ञान, भौतिकवादियों के मत में मूल भौतिक तत्त्व); (2) परतंत्र लक्षण अस्तित्व प्रतीत्य समुत्पन्न ("अमुक के होने के बाद अमुक अस्तित्व में आता है") अस्तित्व को कहते हैं; (3) परिकल्पित लक्षण अस्तित्व है, संकेत (Convention) वश जिसको माना जाये; (4) विशेष लक्षण है काल, जन्म, मृत्यु आदि के संबंध से माना जाने वाला अस्तित्व; और (5) अवक्तव्य लक्षण अस्तित्व वह है, जिसे "हाँ" या "नहीं" में दो टूक नहीं कहा जा सके (जैसे बौद्ध दर्शन में पुद्गल चेतना को स्कंधों से न अलग कहा जा सकता, न एक ही कहा जा सकता)।

(घ) नास्तित्व–यह पाँच प्रकार का होता है–(1) परमार्थ रूपेण नास्तित्व; (2) स्वतंत्ररूपेण नास्तित्व; (3) सर्वेसर्वा रूप से नास्तित्व; (4) अविशेष रूप से नास्तित्व और (5) अवक्तव्य रूप से नास्तित्व।

परमार्थतः सत्, असत्, अस्तित्व या नास्तित्व को बतलाने के लिए असंग ने परमार्थ-गाथा के नाम से महायान-सूत्रों की कितनी गाथाएँ उद्धृत की हैं। इनमें (1) वस्तुओं के अपने भीतर किसी प्रकार के स्थिर तत्त्व की सत्ता को इन्कार करते हुए, उन्हें शून्य (सार-शून्य) कहा गया है, बाह्य और मानस तत्त्वों को सार-शून्य कहते हुए उन्हें क्षणिक (क्षण-क्षण विनाशी) बतलाया गया है; और यह भी कि (3) कोई (ईश्वर आदि) जनक और नाशक नहीं है, बल्कि जगत के सारे पदार्थ स्वरस (स्वभावतः) भंगुर हैं। रुप (Matter), वेदना, संज्ञा, संस्कार और विज्ञान इन पाँच स्कन्धों में स्थिरता का भास सिर्फ़ भ्रम मात्र है, वस्तुतः वे फेन, बुलबुले, मृगमरीचिका, कदली-गर्भ तथा माया की भाँति निस्सार हैं।

"आध्यात्मिक (मानसजगत्) शून्य है, बाह्य भी शून्य है।

ऐसा कोई (आत्मा) भी नहीं है, जो शून्यता को अनुभव करता॥3॥

अपना (कोई) आत्मा ही नहीं है, (यह आत्मा की कल्पना) उलटी कल्पना है। यहाँ कोई सत्य या आत्मा नहीं है, ये (सारे) धर्म (पदार्थ) अपने ही अपने कारण हैं ॥4॥

सारे संस्कार (उत्पन्न पदार्थ) क्षणिक हैं...॥5॥

उसे कोई दूसरा नहीं जन्माता और न वह स्वयं उत्पन्न होता है। प्रत्यय के होने पर पदार्थ (भाव) पुराने नहीं बिलकुल नये-नये जनमते हैं ||8|| न दूसरा इसे नाश करता है और न स्वयं नष्ट होता है। प्रत्यय (पूर्वकारण) के होने पर (ये पदार्थ) उत्पन्न होते हैं। उत्पन्न स्वरस ही क्षणभंगुर हैं

॥६॥...रुप (भौतिकतत्त्व) फेन के पिंड समान है, वेदना (स्कन्द) बुद्बुद जैसी ॥17॥ संज्ञा (मृग)-मरीचिका सदृशी है, संस्कार कदली जैसे, और विज्ञान को माया-समान सूर्यवंशज (बुद्ध) ने बतलाया है ॥18॥"

(2) विज्ञानवाद

(क) आलयविज्ञान–बाह्य-आभ्यन्तर, जड़-चेतन–जो कुछ जगत् है, सब विज्ञान का परिणाम है। विज्ञान-समष्टि को आलय विज्ञान, कहते हैं, इसी से वीचि-तरंग की भाँति जगत तथा उसकी सारी वस्तुएँ उत्पन्न हुई हैं। इस विश्व-विज्ञान या आलय-विज्ञान से जैसे जड़-जगत् उत्पन्न हुआ, उसी तरह, वैयक्ति-विज्ञान (प्रवृत्ति विज्ञान)–पाँचों इन्द्रियों के विज्ञान और छठाँ मन पैदा हुआ।

(ख) पाँच इन्द्रिय-विज्ञान–इन्द्रियों के आश्रय से जो विज्ञान (चेतना) पैदा होता है, वह इन्द्रिय-विज्ञान है। अपने आश्रयों चक्षु (आँख) आदि पाँचों इंद्रियों के अनुसार, इन्द्रिय-विज्ञान भी पाँच प्रकार के होते हैं–

(a) चक्षु-विज्ञान (1) स्वभाव–चक्षु (आँख) के आश्रय (सहारे) से जो विज्ञान प्राप्त होता है, वह चक्षु-विज्ञान है। यह है चक्षु-विज्ञान का स्वभाव (स्वरूप)।

(ii) आश्रय–चक्षु-विज्ञान के आश्रय तीन हैं: चक्षु, जो कि साथ-साथ अस्तित्व में आता तथा विलीन होता है, अतएव सहभू आश्रय है; मन जो इस विज्ञान (की सन्तति) का बाद में आश्रय होता है, अतएव समनन्तर आश्रय है; रूप-इन्द्रिय, मन तथा सारे जगत् का बीज जिसमें मौजूद रहता है, वह सर्वबीजक आश्रय है आलय विज्ञान। इन तीनों आश्रयों में चक्षु रूप (भौतिक) होने से रूपी आश्रय है और बाकी अरूपी।

(iii) आलंबन या विषय हैं–वर्ण (रंग), संस्थान (आकृति) और विज्ञप्ति (क्रिया)। (a) वर्ण हैं–नील, पीत, लाल, सफेद छाया, धूप, प्रकाश, अन्धकार, मंद्र, धूम, रज, महिंका और नभ। (b) संस्थान हैं लम्बा, छोटा, वृत्त, परिमंडल, अणु, स्थूल, सात, विसात, उन्नत और अवनत। (c) विज्ञप्ति है–लेना, फेंकना, सिकोड़ना, फैलाना, ठहरना, बैठना, लेटना, दौड़ना इत्यादि।

(iv) सहाय–चक्षु-विज्ञान के साथ पैदा होने वाले एक ही आलंबन के चैतसिक धर्म हैं।

(v) कर्म–छ हैं: (1) स्वविषय-अवलंबी, (2) स्वलक्षण, (3) वर्तमान काल, (4) एक क्षण, (5) शुद्ध (कुशल) अशुद्ध मन के विज्ञान कर्म के उत्थान इन दो आकारों से अनुवृत्तिः (6) इष्ट या अनिष्ट फल का ग्रहण।

(b–c) श्रोत्र आदि विज्ञान–इसी तरह श्रोत्र, घ्राण, जिह्वा और काया (त्वग्) इन्द्रियों के इन्द्रिय-विज्ञान हैं।

(ग) मन-विज्ञान–यह छठा विज्ञान है। इसके स्वभाव आदि हैं–

(a) स्वभाव–चित्त, मन और विज्ञान इसके स्वरूप (स्वभाव) हैं। सारे बीजों (मूल कारणों) वाला आश्रय स्वरूप आलय-विज्ञान चित्त है, (2) मन सदा अविद्या, "मैं आत्मा हूँ" इस दृष्टि, अस्मिमान और तृष्णा (शोपनहार की तृष्णा) इन चार क्लेशों (चित्तमलों) से युक्त रहता है। (3) विज्ञान जो आलंबन (विषय) क्रिया में उपस्थित होता है।

(b) आश्रय–मन समनन्तर-आश्रय है अर्थात् चक्षु आदि इन्द्रियों के विज्ञानों की उत्पत्ति हो जाने के अनन्तर वही इन विज्ञानों का आश्रय होता है; बीज-आश्रय तो वही सारे बीजों का रखने वाला आलय-विज्ञान है।

(c) आलम्बन–मन का आलम्बन (विषय) पाँचों इन्द्रियों के पाँचों विज्ञान–जिन्हें धर्म भी कहा जाता है–हैं।

(d) सहाय–मन के सहाय (साथी) बहुत हैं, जिनमें से कुछ हैं मनस्कार, स्पर्श, वेदना, संज्ञा, चेतना, स्मृति, प्रज्ञा, श्रद्धा, लज्जा, निर्लज्जता, अलोभ, अद्वेष, अमोह, पराक्रम, उपेक्षा, अहिंसा, राग, सन्देह, क्रोध, ईर्ष्या, शठता, हिंसा आदि चैतसिक धर्म।

(e) कर्म–पहला है अपने पराये विषयों सम्बन्धी क्रिया जो कि क्रमशः छः आकारों में प्रकट होती है– (1) मन की प्रथम क्रिया है, विषय के सामान्य स्वरूप की विज्ञप्ति, (2) फिर उसके तीनों कालो की विज्ञप्ति, (3) फिर क्षणों के क्रम की विज्ञप्ति, (4) फिर प्रवृत्ति या अनुवृत्ति शुद्ध-अशुद्ध धर्म-कर्मों की विज्ञप्ति, (5) फिर इष्ट-अनिष्ट फल का ग्रहण, (6) दूसरे विज्ञान-समुदायों का उत्थापन। दूसरी तरह पर लेने से मन के विशेष (वैशेषिक) कर्म होते हैं–(1) विषय की विकल्पना, (2) विषय का उपनिध्यान (चिन्तन), (3) मद में होना, (4) उन्माद में होना, (5) निद्रा में जाना, (6) जागना, (7) मूर्च्छा खाना, (8) मूर्च्छा से उठना, (9) कायिक-वाचिक कर्मों का करना, (10) वैराग्य करना, (11) वैराग्य छोड़ना, (12) भलाई की जड़ों को काटना, (13) भलाई की जड़ों को जोड़ना, (14) शरीर छोड़ना (च्युति) और (15) शरीर में आना (उत्पत्ति)।

इन कर्मों में से कुछ के होने के बारे में असंग कहते हैं–

पुरविले कर्मों से अथवा शरीर धातु की विषमता, भय, मर्म-स्थान में चोट और भूत-प्रेत के आवेश से उन्माद (पागलपन) होता है।

शरीर की दुर्बलता, परिश्रम की थकावट, भोजन के भारीपन आदि कारणों से निद्रा होती है।

वात-पित्त के बिगाड़, अधिक पाखाना और खून के निकलने से मूर्च्छा होती है।

(मन की च्युति तथा उत्पत्ति)

बौद्ध-दर्शन क्षण-क्षण परिवर्तनशील मन से परे किसी भी नित्य जीवात्मा को नहीं मानता। मरने का मतलब है, एक शरीर-प्रवाह (शरीर भी क्षण-क्षण परिवर्तनशील होने से वस्तु नहीं बल्कि प्रवाह है) से एक मन-प्रवाह (मन-सन्तति) का च्युत होना। उसी तरह उत्पत्ति का मतलब है, एक मन-प्रवाह का दूसरे शरीर-प्रवाह में उत्पन्न होना।

(a) च्युति (मृत्यु)– मृत्यु तीन कारणों से होती है–आयु का खतम हो जाना, पुण्य का खतम हो जाना और शरीर की विषम क्रिया यानी भोजन में न मात्रा का ख्याल, न पथ्य का ख्याल, दवा सेवन न करना, अकालचारी अब्रह्मचारी होना।

मृत्यु के वक्त पापियों के शरीर का हृदय से ऊपरी भाग पहले ठंडा पड़ता है और पुण्यात्माओं का निचला भाग, फिर सारा शरीर।

(अन्तराभव)–एक शरीर के छोड़ने, दूसरे शरीर में उत्पन्न होने तक जो बीच की अवस्था में मन (जीव) रहता है, इसी को अन्तराभाव, गन्धर्व, मनोमय कहते हैं। अन्तराभव को जैसे शरीर में उत्पन्न होना होता है, वैसी ही उसकी आकृति होती है। वह अपने रास्ते में सप्ताह भर तक लगा रहता है।

(b) उत्पत्ति (जन्म)–मरणकाल में मन अपने भले बुरे कर्मों को साकार देखता और वैसा ही अन्तरभावीय रूप धारण करता है। मन के किसी शरीर में उत्पन्न होने के लिए तीन बातों की जरूरत है–माता ऋतुमती हो, पिता का बीज मौजूद हो और गंधर्व (अन्तराभव) उपस्थित हो, साथ ही योनि, बीज और कर्म के दोष बाधक न हों।

(गर्भ में लिंगभेद)–अन्तराभव माता-पिता की मैथुनक्रिया को देखता है, उस समय यदि स्त्री बनने वाला होता है, तो उसकी पुरुष में आसक्ति हो जाती है और यदि पुरुष बनने वाला होता है, तो स्त्री में।

(1) गर्भाधान–मैथुन के पश्चात् घना बीज छूटता है और रक्त का बिन्दु भी। बीज और शोणित बिन्दु दोनों माँ की योनि ही में मिश्रित हो, एक पिंड बनकर उबल कर ठंडे हो गए दूध की भाँति स्थित होते हैं, इसी पिंड में सारे बीजों को अपने भीतर रखनेवाला आलय-विज्ञान समा जाता है, अन्तराभाव उसमें आकर जुड़ जाता है। इसे गर्भ की कलल-अवस्था कहते हैं। कलल के जिस स्थान में विज्ञान जुड़ता है, वही उसका हृदय स्थान होता है। (1) कलल से आगे बढ़ते हुए गर्भ और सात अवस्थाएँ धारण करता है–(2) अर्बुद, (3) पेशी, (4) धन, (5) प्रशाख, (6) केश-रोम-नख वाली अवस्था, (7) इन्द्रिय-अवस्था, और (8) व्यंजन (लिंगभेद)-अवस्था। इनमें अर्बुद-अवस्था में गर्भ दही जैसा होता है, वही मांसावस्था तक न पहुँचा अर्बुद होता है। पेशी शिथिल मांस-सी होती है। कुछ और घना हो जाने पर घन, शाखा की भाँति हाथ-पैर आदि का फूटना प्रशाख होता है।

(ii) रंग आदि–बुरे कर्मों के कारण अथवा माता के अधिक क्षार-लवण रसवाले अन्न-पान के सेवन से बालक के केशों में नानारंग होते हैं। बालक के केश-काले-गोरे होने में पूर्व जन्म के अतिरिक्त निम्न कारण हैं–यदि माँ बहुत गर्मी तथा धूप आदि का सेवन करती है, तो बच्चा काला होगा। यदि माँ बहुत ठंडे कमरे में रहती है, तो लड़का गोरा। बहुत गर्म खाना खाने पर लड़का लाल होगा। चमड़े में दाद, कुष्ठ आदि विकार माता के अत्यन्त मैथुन-सेवन से होता है। माता के बहुत दौड़ने-कूदने, तैरने से बच्चे के अंग विकृत होते हैं।

कन्या होने पर गर्भ माता की कोख में बाईं ओर होता है और पुत्र होने पर दाहिनी ओर। प्रसव के वक्त माता के उदर में असह्य कष्ट देने वाली हवा पैदा होती है, जो गर्भ के सिर को नीचे और पैर को ऊपर कर देती है।

(3) अनित्यवाद और प्रतीत्य समुत्पाद

"इसे कोई दूसरा नहीं जनमाता और न वह स्वयं उत्पन्न होता है, प्रत्यय के होने पर भाव (वस्तुएँ) पुराने नहीं बिलकुल नये-नये जनमते हैं।...प्रत्यय के होने पर भाव उत्पन्न होते हैं और उत्पन्न हो स्वरस (स्वतः) ही क्षणभंगुर हैं।"

महायान सूत्र की इन गाथाओं द्वारा असंग ने बौद्ध-दर्शन के मूल-सिद्धान्त अनित्यवाद या क्षणिकवाद को बतलाया है। 'क्षणिक के अर्थ को लेकर प्रतीत्य-समुत्पाद' कहते हुए उन्होंने क्षणिकवाद शब्द से प्रतीत्य-समुत्पाद को स्वीकार किया है।

प्रतीत्य समुत्पाद–प्रतीत्य-समुत्पाद का अर्थ करते हुए असंग कहते हैं–प्रतिगमन करके (खतम करके एक चीज़ को दूसरी की उत्पत्ति प्रतीत्य-समुत्पाद है।) प्रत्यय अर्थात् गतिशील

अत्यय (विनाश) के साथ उत्पत्ति प्रतीत्य-समुत्पाद है, जो क्षणिक के अर्थ को लेकर होता है अथवा प्रत्यय अर्थात् अतीत (खतम हुई चीज़) से अपने प्रवाह में उत्पाद। 'इसके होने के बाद यह होता है', 'इसके उत्पाद से यह उत्पन्न होता है, दूसरी जगह नहीं', पहली के नष्ट-विनष्ट होने पर उत्पाद इस अर्थ में, अथवा अतीत काल में प्रत्यय (खतम) हो जाने पर, साथ ही उसी प्रवाह में उत्पत्ति प्रतीत्य-समुत्पाद है।

और भी–

'प्रतीत्य-समुत्पाद क्या है? निःसत्त्व (अन्-आत्मा) के अर्थ में...। निःसत्त्व होने से अनित्य है इस अर्थ में। अनित्य होने पर गतिशील के अर्थ में। गतिशील होने पर परतंत्रता के अर्थ में। परतंत्र होने पर निरीह के अर्थ में। निरीह होने पर कार्य-कारण (हेतु-फल) व्यवस्था के खंडित हो जाने के अर्थ में। (कार्य-कारण) व्यवस्था के खंडित होने पर अनुकूल कार्य-कारण की प्रवृत्ति के अर्थ में। अनुरूप कार्य-कारण की प्रवृत्ति होने पर कर्म के स्वभाव के अर्थ में।

अनित्य, दुःख, शून्य और नैरात्म्य (नित्य आत्मा की सत्ता को अस्वीकार करना) के अर्थ में होने से भगवान (बुद्ध) ने प्रतीत्य-समुत्पाद के बारे में कहा 'प्रतीत्य-समुत्पाद गम्भीर है।'

'(वस्तुएँ) प्रतिक्षण नये-नये रूप में जीवन-यात्रा (प्रवृत्ति) करती है। प्रतीत्य-समुत्पाद क्षणभंगुर है।'

(4) हेतु विद्या

असंग ने विद्या (ज्ञान) को पाँच प्रकार की माना है–(1) अध्यात्म विद्या जिसमें बुद्धोक्त सूत्र, विनय और मातृका (अभि-धर्म) अर्थात् त्रिपिटक तथा उसमें वर्णित विषय सम्मिलित हैं, (2) चिकित्सा-विद्या या वैद्यकशास्त्र, (3) हेतुविद्या या तर्कशास्त्र, (4) शब्दविद्या जिससे धर्म, अर्थ, पुदगल (जीव), काल, संख्या और सखिलाधिकरण (व्याकरणशास्त्र) का ज्ञान होता है और शिल्पकर्मस्थान विद्या (शिल्पशास्त्र)।

हेतुविद्या को कुछ विस्तार पूर्वक समझाते हुए असंग उसे छः भागों में बाँटते हैं–(1) वाद, (2) वाद-अधिकरण, (3) वाद-अधिष्ठान, (4) वाद-अलंकार, (5) वाद-निग्रह और (6) वादेबहुकर (वाद-उपयोगी) बातें।

(क) वाद–वाद, बहस या संलाप छः प्रकार के होते हैं।

(a) वाद–जो कुछ मुँह से बोला जाये, वह वाद है।

(b) प्रवाद–लोकश्रुति या जनश्रुति प्रवाद है।

(c) विवाद–भोगों के रखने-छीनने के संबंध में अथवा दृष्टि (दर्शन) या विचार के संबंध में परस्पर विरोधी वाद (वाग्युद्ध) विवाद है।

(d) अपवाद–निन्दा!

(e) अनुवाद–धर्म के बारे में उठे सन्देहों के दूर करने के लिए जो बात की जाये।

(f) अववाद–तत्त्वज्ञान कराने के लिए किया गया, वाद।

इनमें विवाद और अपवाद त्याज्य हैं और अनुवाद तथा अववाद सेवनीय।

(ख) वाद-अधिकरण–वाद के उपयुक्त अधिकरण या स्थान दो हैं, राजा या योग्यकुल की परिषद् और धर्म-अर्थ में निपुण ब्राह्मणों या श्रमणों की सभा।

(ग) वाद-अधिष्ठान–वाद के अधिष्ठान (मुख्य विषय) हैं, दो प्रकार के साध्य और साध्य को सिद्ध करने के लिए उपयुक्त होने वाले आठ प्रकार के साधन। इसमें साध्य के सत्-असत् के स्वभाव (स्वरूप) तथा नित्य-अनित्य, भौतिक-अभौतिक आदि विशेष को लेकर साध्य के स्वभाव और विशेष ये दो भेद होते हैं।

(आठ साधन) साध्य वस्तु के सिद्ध करने वाले साधन निम्न आठ प्रकार के हैं।

(a) प्रतिज्ञा–स्वभाव या विशेष वाले दोनों प्रकार के साध्यों को लेकर (वादी-प्रतिवादी का) जो अपने पक्ष का परिग्रह (ग्रहण) है। वही प्रतिज्ञा है। यह पक्ष-परिग्रह शास्त्र (मत) की स्वीकृति से हो सकता है या अपनी प्रतिभा से, या दूसरे के तिरस्कार से या दूसरे के शास्त्रीय मत (अनुभव) से, या तत्त्व साक्षात्कार से, या अपने पक्ष की स्थापना से, या पर-पक्ष के दूषण से, या दूसरे के पराजय से, या दूसरे पर अनुकम्पा से भी हो सकता है।

(b) हेतु–उसी प्रतिज्ञा वाली बात की सिद्धि के लिए सारूप्य (सादृश्य) या वैरूप्य उदाहरण की सहायता से अथवा प्रत्यक्ष, अनुमान या आप्त-आगम (शब्द प्रमाण, ग्रंथ-प्रमाण) से युक्ति का कहना हेतु है।

(c) उदाहरण–उसी प्रतिज्ञावाली बात की सिद्धि के लिए हेतु पर आश्रित दुनिया में उचित प्रसिद्ध वस्तु को लेकर बात करना उदाहरण है।

(d) सारूप्य–किसी चीज़ का किसी के साथ सादृश्य सारूप्य कहा जाता है। यह पाँच प्रकार का होता है। (1) वर्तमान या पूर्व में देखे हेतु से चिह्न को लेकर एक दूसरे का सादृश्य लिंग-सादृश्य है, (2) परस्पर स्वरूप (लक्षण) सादृश्य स्वभाव-सादृश्य कहा जाता है, (3) परस्पर क्रिया-सादृश्य को कर्म-सादृश्य कहते हैं, (4) धर्मता (गुण) सादृश्य धर्म-सादृश्य कहा जाता है, जैसे अनित्य में दुःख धर्मता का सादृश्य दुःख में नैरात्म्यधर्मता का, निरात्मकों में जन्म-धर्मता का इत्यादि, (5) हेतुफल-सादृश्य परस्पर कार्य-कारण बनने का सादृश्य है।

(e) वैरूप्य–किसी वस्तु का किसी वस्तु के साथ अ-सदृश होना वैरूप्य है। यह भी लिंग, स्वभाव, कर्म-धर्म और हेतुफल–वैसा–दृश्यों के तौर पर पाँच प्रकार का होता है।

(f) प्रत्यक्ष–प्रत्यक्ष उसे कहते हैं, जो कि अ-परोक्ष (इन्द्रिय से परे का नहीं) अनभ्यूहित अनभ्यूह्य और अ-भ्रान्त है। यहाँ जो कल्पना नहीं, सिर्फ़ (इन्द्रिय के) ग्रहण मात्र से सिद्ध है और जो वस्तु (विषय) पर आधारित है, उसे अनम्युहित-अतभ्यूह्य कहते हैं। अभ्रान्त उसे कहते हैं, जो कि पाँच भ्रान्तियों से मुक्त है। यह पाँच भ्रान्तियाँ हैं–

(i) संज्ञा भ्रान्ति–जैसे मृगतृष्णा वाली (मरु)-मरीचिका में पानी, की संज्ञा (ज्ञान)।

(ii) संख्या-भ्रान्ति–जैसे धुन्ध वाले का एक चन्द्र में दो चन्द्र को देखना।

(iii) संस्थान-भ्रान्ति–जैसे बनेठी (अलात) में (प्रकाश) चक्र की भ्रान्ति संस्थान (आकार) संबंधी भ्रान्ति है।

(iv) वर्ण-भ्रान्ति–जैसे कामला रोग वाले आदमी को न-पीली चीज़ें भी पीली दिखलाई पड़ती हैं।

(v) कर्म-भ्रान्ति–जैसे कड़ी मुट्ठी बाँधकर दौड़ने वाले को वृक्ष पीछे चले आते दीख पड़ते हैं।

चित्त-भ्रान्ति–उक्त पाँचों भ्रान्तियों से भ्रमपूर्ण विषय में चित्त की रति चित्त-भ्रान्ति है।

दृष्टि-भ्रान्ति–उक्त पाँचों भ्रान्तियों से भ्रम पूर्ण विषय में जो रुचि, स्थिति, मंगल मानना, आसक्ति है, उसे दृष्टिभ्रान्ति कहते हैं।

प्रत्यक्ष चार प्रकार का होता है–रूपी (भौतिक), इन्द्रिय-प्रत्यक्ष, मन-अनुभव-प्रत्यक्ष, लोक-प्रत्यक्ष और शुद्ध-प्रत्यक्ष। इन्द्रिय-प्रत्यक्ष और मन-अनुभव प्रत्यक्ष का ही नाम लोक-प्रत्यक्ष है, यह असंग खुद मानते हैं। इस प्रकार प्रत्यक्ष तीन ही हैं, जिन्हें धर्मकीर्ति (दिग्नाग और शायद उनके गुरु वसुबन्धु भी) इन्द्रिय-प्रत्यक्ष, मानस-प्रत्यक्ष और योगि-प्रत्यक्ष कहते हैं। हाँ वह लोक-प्रत्यक्ष की जगह स्वसंवेदन-प्रत्यक्ष से चार की संख्या पूरी करा देते हैं, इस तरह प्रत्यक्ष के अपरोक्ष, कल्पना-रहित (कल्पना-पोढ) अभ्रान्त इस प्रत्यक्ष-लक्षण और इन्द्रिय-मानस-योगि प्रत्यक्ष इन तीन भेदों की परम्परा को हम बौद्धन्याय के सबसे पीछे के ग्रंथकारों ज्ञानश्री आदि से लेकर असंग तक पाते हैं। असंग से पौने दो शताब्दी पहले नागार्जुन से और नागार्जुन से शताब्दी पहले अश्वघोष तक उसे जोड़ने का हमारे पास साधन नहीं है।

(g) अनुमान–ऊहा (तर्क) से अभ्यूहित (तर्कित) और तर्कणीय जिसका विषय है, वह अनुमान है। इसके पाँच भेद होते हैं–(1) लिंग से किया गया अनुमान, जैसे ध्वज से रथ का अनुमान; धूम से अग्नि, राजा से राष्ट्र, पति से स्त्री, ककुद (उडढा)-सींग से बैल का अनुमान; (2) स्वभाव से अनुमान, यह एक देश (अंश) से सारे का अनुमान है, जैसे एक चावल के पकने से सारी हाँडी के पकने का अनुमान; (3) कर्म से अनुमान, जैसे हिलने, अंग-चालन से पुरुष का अनुमान, पैर की चाल से हाथी, शरीर की गति से साँप, हिनहिनाने से घोड़े, होंकड़ने से साँड का अनुमान; देखने से आँख, सुनने से कान, सूँघने से घ्राण, चखने से जिह्वा, छूने से त्वक, जानने से मन का अनुमान, पानी में देखने की रुकावट से पृथिवी, चिकने हरे होने से जल, दाह-भस्म देखने से आग, वनस्पति के हिलने से हवा। (4) धर्म (गुण) से अनुमान, जैसा अनित्य होने से दुःख होने का अनुमान, दुःख होने से शून्य और अनात्मक होने का अनुमान। (5) कार्य-कारण (हेतु-फल) से अनुमान, अर्थात् कार्य से कारण का अनुमान तथा कारण से कार्य का अनुमान, जैसे राजा की सेवा से महाऐश्वर्य (महाभिसार) के लाभ का अनुमान, महाऐश्वर्य के लाभ से राज-सेवा का अनुमान; बहुत भोजन से तृप्ति, तृप्ति से बहुत भोजन; विषम भोजन से व्याधि, व्याधि से विषम भोजन का अनुमान।

धर्मकीर्ति ने तादात्म्य और तदुत्पत्ति से अनुमान के जिन भेदों को बतलाया है, वे असंग के इन भेदों में भी मौजूद हैं।

(h) आप्तागम–यही शब्द प्रमाण है।

(घ) वाद-अलंकार–वाद में भूषण रूप हैं, वक्ता की निम्न पाँच योग्यतायें–(1) **स्व-पर–समयज्ञता**– अपने और पराये मतों की अभिज्ञता (2) **वाक्कर्म-संपन्नता**–बोलने

में निपुणता जो कि अग्राम्य, लघु (सुबोध), ओजस्वी, संबद्ध (परस्पर अ-विरोधी और अशिथिल) और सु-अर्थ शब्दों के प्रयोग को कहते हैं। (3) **वैशारद्य**–सभा में अदीनता, निर्भीकता, न-पीला मुख होने, गद्गद स्वर न होने, अदीन वचन होने को कहते हैं। (4) **स्थैर्य**–काल लेकर जल्दी किये बिना बोलना। (5) **दाक्षिण्य**–मित्र की भाँति पर-चित्त के अनुकूल बात करने का ढंग।

(ङ) वाद-निग्रह–वाद में पकड़ा जाना, जिससे कि वादी पराजित हो जाता है। ये तीन हैं–कथा-त्याग, कथा-माद (इधर-उधर की बातें करने लगना) और कथा-दोष। बेठीक बोलना, अपरिमित बोलना, अनर्थ वाली बात बोलना, बेसमय बोलना, अ-स्थिर, अ-दीप्त और अ-संबद्ध बोलना ये कथा-दोष हैं।

(च) वाद-निःसरण–गुण-दोष, कौशल्य (निपुणता) और सभा की परीक्षा करके वाद को न करना वाद निःसरण है।

(छ) वादेबहुकर बातें–ये हैं वाद की उपयोगी बातें स्व-पर-मत-अभिज्ञता, वैशारद्य और प्रतिभान्विता।

(5) परमत-खंडन

असंग ने "योगाचार-भूमि" में सोलह पर-वादों (दूसरों के मतों) को देकर उनका खंडन किया है। ये पर-वाद हैं–

(क) हेतु-फल-सद्वाद–हेतु (कारण) में फल (कार्य) सदा मौज़ूद रहता है, जैसा कि वार्षगण्य (सांख्य) मानते हैं। ये अपने इस सद्वाद (पीछे यही सत्कार्यवाद) को आगम (ग्रंथ) पर आधारित तथा युक्ति-सम्मत मानते हैं। वे कहते हैं, जो फल (कार्य) जिससे उत्पन्न होता है, वह उसका हेतु (कारण) होता है; इसीलिए आदमी जिस फल को चाहता है, वह उसी के हेतु का उपयोग करता है, दूसरे का नहीं। यदि ऐसा न होता, तो जिस किसी वस्तु (तेल के लिए तिल नहीं रेत आदि किसी भी चीज़) का भी उपयोग करता।

खंडन–मगर उनका यह वाद गलत है। आप हेतु (कारण) को फल (कार्य)-स्वरूप मानते हैं या भिन्न स्वरूप? यदि हेतु फल-स्वरूप ही है, अर्थात् दोनों अभिन्न हैं, तो हेतु और फल, हेतु से फल, यह कहना गलत है। यदि भिन्न स्वरूप हैं, तो सवाल होगा, वह भिन्न स्वरूप उत्पन्न हुआ है या अनुत्पन्न? उत्पन्न मानने पर, 'हेतु में फल है' कहना ठीक नहीं। यदि उत्पन्न मानते हैं, तो जो अनुत्पन्न है, वह हेतु में 'है' कैसे कहा जायेगा? इसलिए हेतु में फल का सद्भाव नहीं होता, हेतु के होने पर फल उत्पन्न होता है। अतएव "नित्य काल सनातन से हेतु में फल विद्यमान है" यह कहना ठीक नहीं है। यह वाद अयोग-विहित (युक्ति-रहित) है।

(ख) अभिव्यक्तिवाद–अभिव्यक्ति या अभिव्यंजनावाद के अनुसार पदार्थ उत्पन्न नहीं होते, बल्कि अभिव्यक्त (प्रकाशित) होते हैं। हेतु-फल-सद्वाद के मानने वाले सांख्यों और शब्द-लक्षण वादी वैयाकरणों का यही मत है। हेतु-फल-सद्वाद के अनुसार फल (कार्य) यदि पहले ही से मौजूद है, तो प्रयत्न करने की क्या जरूरत? अभिव्यक्ति के लिए प्रयत्न करना पड़ता है।

खंडन–क्या आप अनभिव्यक्ति में आवरण करने वाले कारण के होने को मानते हैं या न होने को? "आवरण-कारण के न होने पर" यह कह नहीं सकते। "होने पर" भी नहीं कह सकते, क्योंकि जब वह हेतु को नहीं ढांक सकता, जो कि सदा फल-संयुक्त है, तो फलों को कैसे ढांक सकता है? हेतु-फल-सद्वाद वस्तुतः गलत है, वस्तुओं के अभिव्यक्त न होने के छः कारण हैं–(1) दूर होने से, (2) चार प्रकार के आवरणों से ढँके होने से, (3) सूक्ष्म होने से, (4) चित्त के विक्षेप से, (5) इन्द्रिय के उपघात से, (6) इन्द्रिय-संबंधी ज्ञानों के न पाने से।

जिस तरह साख्यों का हेतु-फल-अभिव्यक्तिवाद गलत है, वैसे ही वैयाकरणों (और मीमांसकों का भी) शब्द-अभिव्यक्तिवाद भी गलत है। "शब्द नित्य है" यह युक्तिहीन वाद है।

(ग) भूत-भविष्य के द्रव्यों का सद्वाद–यह बौद्ध सर्वास्तिवादियों का मत है, अश्वघोष (50 ई०) से असंग के वक्त तक गंधार (असंग की जन्मभूमि) सर्वास्तिवादियों का गढ़ चला आया था। असंग के अनुज वसुबन्धु का महान् ग्रंथ अभिधर्मकोश तथा उस पर स्वचरित-भाष्य सर्वास्तिवाद (वैभाषिक) के ही ग्रंथ हैं, लेकिन अब गंधार तथा सारे भारत से इन प्राचीन (स्थविर) बौद्ध संप्रदायों का लोप होने वाला था और उनका स्थान महायान लेने जा रहा था। सर्वास्तिवादी कहते "अतीत (भूत) है, अनागत (भविष्य) है, दोनों उसी तरह लक्षण-संपन्न हैं जैसे कि वर्तमान) द्रव्य।"

खंडन–असंग इसका खंडन करते हुए कहते हैं–इन (अतीत-अनागत) काल-संबंधी वस्तुओं (धर्मों) को नित्य मानते हो या अनित्य? यदि नित्य मानते हो, तो त्रिकाल-संबद्ध नहीं बल्कि कालातीत होंगे। यदि अनित्य लक्षण (स्वरूप) मानते हो, तो "तीनों कालों में वैसा ही विद्यमान है" यह कहना ठीक नहीं।

(घ) आत्मवाद–आत्मा, सत्त्व, जीव, पोष या पुद्गल नामधारी एक स्थिर सत्य तत्त्व को मानना आत्मवाद है; (उपनिषद का यह प्रधान मत है)। असंग इसका खंडन करते हैं–जो देखता है, वह आत्मा है, यह भी युक्ति-युक्त नहीं। आत्मा की धारणा न प्रत्यक्ष पदार्थ में होती है, न अनुमान-गम्य पदार्थ में ही। यदि चेष्टा (शरीर-क्रिया) को बुद्धि-हेतुक मानें, तो "आत्मा चेष्टा करता है" यह कहना ठीक नहीं। नित्य आत्मा चेष्टा कर नहीं सकता। नित्य आत्मा सुख-दुःख से भी लिप्त नहीं हो सकता।

वस्तुतः धर्मों (सांसारिक वस्तु-घटनाओं) में आत्मा एक कल्पना मात्र है। सारे "धर्म" अनित्य, अध्रुव, अन-आश्वासिक, विकारी, जन्मजरा-व्याधिवाले हैं, दुःख मात्र उनका स्वरूप है। इसीलिए भगवान् ने कहा–'भिक्षुओ! ये धर्म (वस्तुएँ) ही आत्मा हैं।' भिक्षु! यह तेरा आत्मा अ-ध्रुव, अन्-आश्वासिक, विपरिणामी (विकारी) है। यह सत्त्व की कल्पना संस्कारों (कृत वस्तुओं, घटनाओं) में ही समझनी चाहिए, दुनिया में व्यवहार की आसानी के लिए ऐसा किया जाता है। वस्तुतः सत्त्व या आत्मा नाम की वस्तु कोई नहीं है। आत्मवाद युक्तिहीन वाद है।

(ङ) शाश्वतवाद–आत्मा और लोक को शाश्वत, अकृत, अकृत-कृत, अनिर्मित, अनिर्माणकृत, अवध्य, कूटस्थायी मानना शाश्वतवाद है। कितने ही (यूनानी दार्शनिकों की) परमाणु नित्यता को मानने वाले भी शाश्वत वादी होते हैं। परमाणु नित्यवाद के बारे में आगे कहेंगे।

(च) पूर्वकृत हेतुवाद–जो कुछ आदमी को भोग भोगना पड़ रहा है, वह सभी पूर्व के किये कर्मों के कारण हैं, इसे कहते हैं, पूर्वकृत-हेतुवाद, यह जैनों का मत है। दुनिया में ठीक से काम

करने वालों को दुःख पाते, झूठे काम करने वालों को हम सुख पाते देखते हैं। यदि पुरुष-प्रयत्न के आधीन होता, तो ऐसा न होता। इसलिए यह सब पूर्वकृतहेतुक, पुरिविले का फल है।

असंग इस बात से बिलकुल इन्कार नहीं करते, हाँ, वह साथ ही पुरुष के आज के प्रयत्न को भी फलदायक मानते हैं।

(छ) ईश्वरादिकर्तृत्व वाद–इसके अनुसार पुरुष जो कुछ भी संवेदना (अनुभव) करता है, वह सभी ईश्वर के करने के कारण होता है। मनुष्य शुभ करना चाहता है, पाप कर बैठता है; स्वर्गलोक में जाने की कामना करता है, नरक में चला जाता है; सुख भोगने की इच्छा रखते दुःख ही भोगता है। चूँकि ऐसा देखा जाता है, इससे जान पड़ता है कि भावों का कोई कर्ता, स्रष्टा, निर्माता, पिता-सा ईश्वर है।

खंडन–ईश्वर में जगत् बनाने की शक्ति (जीवों के) कर्म के कारण है, या बिना कारण ही? कर्म के कारण (हेतु) होने से सहेतुक है ही, फिर ईश्वर का क्या काम? यदि कर्म के कारण नहीं, अतएव अहेतुक है, तब भी ठीक नहीं। फिर सवाल होगा–(सृष्टिकर्ता) ईश्वर जगत् के अन्तर्भूत है या नहीं। यदि अन्तर्भूत है, तो जगत् से समानधर्मा हो, वह जगत् सृजता है, यह ठीक नहीं है; यदि अन्तर्भूत नहीं है, तो (जगत् से) मुक्त (या दूर) जगत् सृजता है, यह भी ठीक नहीं। फिर प्रश्न है–वह जगत् को सप्रयोजन सृजता है, या निष्प्रयोजन? यदि सप्रयोजन तो उस प्रयोजन के प्रति अनीश्वर (बेबस) है, फिर जगदीश्वर कैसे? यदि निष्प्रयोजन सृजता है, तो यह भी ठीक नहीं, (यह तो मूर्ख चेष्टित होगा)। इसी तरह, यदि ईश्वर हेतुक सृष्टि होती है, तो जब ईश्वर है, तब सृष्टि, जब सृष्टि है, तब ईश्वर और यह ठीक नहीं; (क्योंकि दोनों तब अनादि होंगे)। ईश्वर-इच्छा के कारण सृष्टि है, इसमें भी वही दोष है। इस प्रकार सामर्थ्य, जगत् में अन्तर्भूत-अनन्तर्भूत होने, सप्रयोजन-निष्प्रयोजन और हेतु होने की बात लेकर विचार करने से पता लगा कि, सृष्टिकर्ता ईश्वर मानना बिलकुल अयुक्त है।

(ज) हिंसाधर्मवाद–जो यज्ञ में मंत्रविधि के अनुसार हिंसा (प्राणातिपात) करता है, हवन करता है या जो हवन होता है (पशु) और जो इसमें सहायक होता है, सभी स्वर्ग जाते हैं–यह याज्ञिकों (और मीमांसकों) का मत हिंसाधर्म-वाद है। कलियुग के आने पर ब्राह्मणों ने पुराने ब्राह्मण-धर्म को छोड़ मांस खाने की इच्छा से इस (हिंसाधर्म) का विधान किया।

हेतु, दृष्टान्त, व्याभिचार, फलशक्ति के अभाव, मंत्रप्रणेता के संबंध से विचार करने पर यह वाद अयुक्त ठहरता है।

(झ) अन्तानन्तिकवाद–लोक अन्तवान, लोक अनन्तवान् है, इस वाद को अन्तानन्तिकवाद कहते हैं। बुद्ध के उपदेशों में भी इस वाद का जिक्र आया है।

(ञ) अमराविक्षेपवाद–यह वाद भी बुद्ध-वचनों में मिलता है और पहले इसके बारे में कहा जा चुका है।

(ट) अहेतुकवाद–आत्मा और लोक अहेतुक (बिना हेतु के) ही हैं, यह अहेतुकवाद है, यह भी पीछे आ चुका है। अभाव के अनुस्मरण, आत्मा के अनुस्मरण, बाह्य-आभ्यन्तर जगत् में निर्हेतुक वैचित्र्य पर विचार करने से यह वाद अयुक्त जान पड़ता है।

(ठ) उच्छेदवाद–आत्मा रूपी, स्थूल चार महाभूतों से बना है, वह रोग, गंड, शल्य-सहित है। मरने के बाद वह उच्छिन्न हो जाता है, नष्ट हो जाता है, फिर नहीं रहता। जिस तरह टूटे कपाल (बर्तन के टुकड़े) जुड़ने लायक नहीं होते, जिस तरह टूटा पत्थर अप्रतिसन्धिक होता है, वैसे ही यहाँ (आत्मा के बारे में) भी समझना चाहिए।

खंडन–यदि आत्मा (पाँच) स्कन्ध है, तो स्कन्ध (स्वरूप से नाशवान होते भी) परंपरा से चलते रहते हैं, वैसे ही आत्मा को भी मानना चाहिए। रूपी, औदारिक, चातुर्महाभूमिक, सराग, सगंड, सशल्य आत्मा होता, तो देवलोकों से वह इससे भिन्न रूप में कैसे दीख पड़ता है?

उच्छेदवाद अर्थात् भौतिकवाद के विरुद्ध बस इतनी ही युक्ति दे, असंग ने मौन धारण किया है।

(ड) नास्तिकवाद–दान-यज्ञ कुछ नहीं, यह लोक-परलोक कुछ नहीं, सुकृत-दुष्कृत का फल नहीं होता–यह नास्तिकवाद, पहले भी आ चुका है।

(ढ) अग्रवाद–ब्राह्मण ही अग्र (उच्च श्रेष्ठ) वर्ण है, दूसरे वर्ण हीन हैं, ब्राह्मण शुक्ल वर्ण है, दूसरे वर्ण कृष्ण है, ब्राह्मण शुद्ध होते हैं, अब्राह्मण नहीं; ब्राह्मण ब्रह्म के औरस पुत्र, मुख से उत्पन्न ब्रह्मज, ब्रह्मनिर्गत, ब्रह्म-पार्षद है, जैसे कि कलियुग वाले ये ब्राह्मण।

खंडन–ब्राह्मण भी दूसरे वर्णों की भाँति प्रत्यक्ष मातृ-योनि से उत्पन्न हुए देखे जाते हैं, (फिर ब्रह्म का औरस पुत्र कहना ठीक नहीं), अतः 'ब्राह्मण अग्रवर्ण है' कहना ठीक नहीं। क्या योनि से उत्पन्न होने के ही कारण ब्राह्मण को अग्र मानते हो, या उसमें विद्या और सदाचार की भी जरूरत समझते हो? यदि योनि से ही मानते हो, तो यज्ञ में श्रुत-प्रधान, शील-प्रधान ब्राह्मण के लेने की बात क्यों करते हो? यदि श्रुत (विद्या) और शील (सदाचार) को मानते हो, तो 'ब्राह्मण अग्र वर्ण है' कहना ठीक नहीं।

(ण) शुद्धिवाद–जो सुन्दरिका नदी में नहाता है, उसके सारे पाप धुल जाते हैं, इसी तरह बाहुदा, गया, सरस्वती, गंगा में नहाने से पाप छूटता है। कोई उदक स्नान मात्र से शुद्धि मानते हैं। कोई कुक्कुर व्रत (कुक्कुर की तरह का हाथ बिना लगाये मुँह से खाना, वैसे ही हाथ पैर करके बैठना-चलना आदि), गोव्रत, तैलमसि-व्रत, नग्न-व्रत, भस्म-व्रत, काष्ठ-व्रत, विष्ठा-व्रत जैसे व्रतों से शुद्धि मानते हैं, इसे शुद्धिवाद कहते हैं।

खंडन–शुद्धि आध्यात्मिक बात है, फिर वह तीर्थ-स्नान से कैसे हो सकती है?

(त) कौतुकमंगलवाद–सूर्य-ग्रहण, चन्द्र-ग्रहण, ग्रहों-नक्षत्रों की विशेष स्थिति से आदमी के मनोरथों की सिद्धि या असिद्धि होती है। इसलिए ऐसा विश्वास रखने वाले (कौतुकमंगलवादी) लोग सूर्य आदि की पूजा करते हैं, होम, जप, तर्पण, कुम्भ, बेल (बिल्व), शंख आदि चढ़ाते हैं, जैसा कि जोतिसी (गणितिक) करते हैं।

खंडन–आप सूर्य-चन्द्र-ग्रहण आदि के कारण पुरुष की सम्पत्ति विपत्ति को मानते हैं या उसके अपने शुभ-अशुभ कर्म से? यदि ग्रहण आदि से तो, शुभ-अशुभ कर्म फ़ज़ूल यदि शुभ-अशुभ कर्म से तो ग्रहण से कहना ठीक नहीं।

4. अन्य विचार

असंग ने स्कंध, द्रव्य, परमाणु के बारे में भी अपने विचार प्रकट किए हैं।

(1) स्कंध–

(क) रूप-स्कंध या द्रव्य–रूप-समुदाय (रूपस्कंध) में चौदह द्रव्य हैं–पृथिवी-जल-अग्नि-वायु चार महाभूत, रूप-शब्द-गन्ध-रस-स्प्रष्टव्य पाँच इन्द्रिय-विषय और चक्षु-श्रोत-घ्राण-जिह्वा-काय(त्वक) पाँच इन्द्रियाँ।

ये द्रव्य कहीं-कहीं अकेले मिलते हैं, जैसे हीरा-शंख-शिला-मूंगा आदि में अकेला, पृथिवी-द्रव्य, चश्मा-सार-तड़ाग-नदी-प्रपात आदि में सिर्फ़ अकेला जल, दीपक-उल्का आदि में अकेला अग्नि, पुरवा-पछवाँ आदि में अकेला वायु। कहीं दो-दो द्रव्य इकट्ठा मिलते हैं, जैसे बर्फ-पत्ता-फल-फूल आदि में और मणि आदि में भी। कहीं-कहीं वृक्षादि के तप्त होने पर तीन भी और कहीं-कहीं चार भी, जैसे शरीर के भीतर के केश से लेकर मल-मूत्र तक में। खक्खट (खटखट) होना पृथिवी का सूचक है, बहना जल का ऊपर की ओर जलना अग्नि का ऊपर की ओर जाना वायु का। जहाँ जो-जो मिले, वहाँ उस महाभूत को मानना चाहिए। सभी रूप-समुदाय में सारे महाभूत रहते हैं, इसीलिए तो सूखे काठ (पृथिवी) को मथने से आग पैदा होती है, अतिसंतप्त लोहा-रूपा-सुवर्ण पिघल जाते हैं।

(ख) वेदना–अनुभव करने को कहते हैं।

(ग) संज्ञा–संज्ञा संजानन, जानने को कहते हैं।

(घ) संस्कार–चित्त में संस्कार को कहते हैं।

(ङ) विज्ञान–विज्ञान के बारे में पहले कहा जा चुका है।

(2) परमाणु–बीज की भाँति परमाणु सारे रूपी स्थूल द्रव्यों का निर्माण करते हैं, वह सूक्ष्म और नित्य होते हैं। असंग ऐसे परमाणुओं की सत्ता का खंडन करते हैं–

परमाणु के संचय से रूपसमुदाय नहीं तैयार हो सकता क्योंकि परमाणु के परिमाण, अन्त, परिच्छेद का ज्ञान बुद्धि (कल्पना) पर निर्भर है, (प्रत्यक्ष पर नहीं)। परमाणु अवयव रहित है, फिर वह सावयव द्रव्यों का निर्माण कैसे कर सकता है? परमाणु अवयव-सहित है, यह नहीं कह सकते, क्योंकि परमाणु ही अवयव है और अवयव द्रव्य का होता है, परमाणु का नहीं।

परमाणु नित्य हैं, यह कहना ठीक नहीं, क्योंकि इस नित्यता को परीक्षा करके किसी ने सिद्ध नहीं किया। सूक्ष्म होने से परमाणु नित्य है, यह भी कहना ठीक नहीं, क्योंकि सूक्ष्म होने से तो वह अधिक दुर्बल (अतएव भंगुर) होगा।

2. दिग्नाग (425 ई०)

वसुबंधु की तरह दिग्नाग को भी छोड़कर आगे बढ़ना नहीं चाहिए, यह मैं मानता हूँ, किंतु मैं धर्मकीर्ति के दर्शन के बारे में उनके प्रमाणवार्तिक के आधार पर सविस्तार लिखने जा रहा हूँ। प्रमाणवार्तिक वस्तुतः आचार्य दिग्नाग के प्रधान ग्रंथ प्रमाण समुच्चय की व्याख्या (वार्तिक) है–जिसमें धर्मकीर्ति ने अपनी मौलिक दृष्टि को कितने ही जगह दिग्नाग से मतभेद रखते हुए भी

प्रकट किया–इसलिए दिग्नाग पर और लिखने का मतलब पुनरुक्ति और ग्रंथविस्तार होगा। दिग्नाग के बारे में मैंने अन्यत्र लिखा है–

"दिग्नाग (425 ई०) वसुबन्धु के शिष्य थे, यह तिब्बत की परंपरा से मालूम होता है और तिब्बत में इस संबंध की यह परंपराएँ आठवीं शताब्दी में भारत से गई थीं, इसलिए उन्हें भारतीय-परंपरा ही कहना चाहिए। यद्यपि चीनी परंपरा में दिग्नाग के वसुबंधु का शिष्य होने का उल्लेख नहीं है, तो भी वहाँ उसके विरुद्ध भी कुछ नहीं पाया जाता। दिग्नाग का काल वसुबंधु और कालिदास के बीच में हो सकता है और इस प्रकार उन्हें 425 ई० के आसपास माना जा सकता है। न्यायमुख के अतिरिक्त दिग्नाग का मुख्य ग्रंथ प्रमाण समुच्चय है, जो सिर्फ़ तिब्बती भाषा में ही मिलता है। उसी भाषा में प्रमाण समुच्चय पर महावैयाकरण काशिकाविवरणपंजिका (न्यास) के कर्ता जिनेन्द्रबुद्धि (700 ई०) की टीका भी मिलती है।...

दिग्नाग का जन्म तमिल प्रदेश के काञ्ची (कंजीवरम्) के पास 'सिंहवक्र" नाम के गाँव में एक ब्राह्मण-घर में हुआ था। सयाना होने पर वह वात्सीपुत्रीय बौद्ध संप्रदाय के एक भिक्षु नागदत्त के संपर्क में आ भिक्षु बने। कुछ समय पढ़ने के बाद अपने गुरु से उनका पुद्गल (आत्मा) के बारे में मतभेद हो गया, जिसके कारण उन्होंने मठ को छोड़ दिया और वह उत्तर भारत में आ आचार्य वसुबंधु के शिष्यों में दाखिल हो गए और न्यायशास्त्र का विशेष तौर से अध्ययन किया। अध्ययन के बाद उन्होंने शास्त्रार्थों में प्रतिद्वंदियों पर विजय (दिग्विजय) पाने और न्याय के थोड़े से, किंतु गंभीर ग्रंथों के लिखने में समय बिताया।

दिग्नाग के प्रधान ग्रंथ प्रमाणसमुच्चय में परिच्छेदों और श्लोकों (कारिकाओं) की संख्या निम्न प्रकार है–

परिच्छेद	विषय	श्लोक-संख्या
1	प्रत्यक्ष-परीक्षा	48
2	स्वार्थानुमान-परीक्षा	51
3	परार्थानुमान-परीक्षा	50
4.	दृष्टान्त-परीक्षा	21
5.	अपोह-परीक्षा	52
6.	जाति-परीक्षा	25
		247

प्रमाण-समुच्चय का मूल संस्कृत अभी तक नहीं मिल सका है, मैंने अपनी चार तिब्बत-यात्राओं में इस ग्रंथ के ढूँढ़ने में बहुत परिश्रम किया, किन्तु इसमें सफलता नहीं मिली; किन्तु मुझे अब भी आशा है, कि वह तिब्बत के किसी मठ, स्तूप या मूर्ति के भीतर से ज़रूर कभी मिलेगा।

प्रमाण समुच्चय के प्रथम श्लोक में दिग्नाग ने ग्रंथ लिखने का प्रयोजन इस प्रकार लिखा है–

"जगत् के हितैषी प्रमाणभूत उपदेष्टा...बुद्ध को नमस्कार कर, जहाँ-तहाँ फैले हुए अपने मतों को यहाँ एक जगह प्रमाण सिद्धि के लिए जमा किया जायेगा।"

दिग्नाग ने अपने ग्रंथों में दूसरे दर्शनों और वात्स्यायन के न्यायभाष्य की तो इतनी तर्कसंगत आलोचना की है, कि वात्स्यायन के भाष्य पर पाशुपताचार्य उद्योतकर भारद्वाज को सिर्फ़ उसका उत्तर देने के लिए न्यायवार्तिक लिखना पड़ा।

3. धर्मकीर्ति (600 ई०)

डॉक्टर श्चेर्वास्की के शब्दों में धर्मकीर्ति भारतीय कान्ट थे। धर्मकीर्ति की प्रतिभा का लोहा उनके पुराने प्रतिद्वंदी भी मानते थे। उद्योतकर (550 ई०) के "न्यायवार्तिक" को धर्मकीर्ति ने अपने तर्कशर से इतना छिन्न-भिन्न कर दिया था, कि वाचस्पति (841) ने उस पर टीका करके (धर्मकीर्ति के) "तर्कपंक में मग्न उद्योतकर की अत्यन्त बूढ़ी गायों के उद्धार करने" का पुण्य प्राप्त करना चाहा। जयन्त भट्ट (1000 ई०) ने धर्मकीर्ति के ग्रंथों के कड़े आलोचक होते हुए भी उनके 'सुनिपुणबुद्धि' होने तथा उनके प्रयत्न को 'जगद्विभव-धीर' माना। अपने को अद्वितीय कवि और दार्शनिक समझने वाले श्रीहर्ष (1192 ई०) ने धर्मकीर्ति के तर्कपथ को "दुराबाध" कहकर उनकी प्रतिभा का समर्थन किया। वस्तुतः धर्मकीर्ति की प्रतिभा का लोहा सबसे ज्यादा आज की विद्वन्मंडली मान सकती है, क्योंकि आज की दार्शनिक और वैज्ञानिक प्रगति में उनके मूल्य को वह ज्यादा समझ सकते हैं।

1. जीवनी–धर्मकीर्ति का जन्म चोल (उत्तर तमिल) प्रान्त के तिरुमलै नामक ग्राम में एक ब्राह्मण के घर में हुआ था। उनके पिता का नाम तिब्बती परंपरा में कोरुनन्द (?) मिलता है और किसी-किसी में यह भी कहा गया है, कि वह कुमारिल भट्ट के भांजे थे। यदि यह ठीक है–जिसकी बहुत कम संभावना है–तो मामा के तर्कों का भांजे ने जिस तरह प्रमाण वार्तिक में खंडन करते हुए मार्मिक परिहास किया है, वह उन्हें सजीव हास्यप्रिय व्यक्ति के रूप में हमारे सामने ला रखता है। धर्मकीर्ति बचपन से ही बड़े प्रतिभाशाली थे। पहले उन्होंने ब्राह्मणों के शास्त्रों और वेदों-वेदांगों का अध्ययन किया। उस समय बौद्धधर्म की ध्वजा भारत के कोने-कोने में फ़हरा रही थी और नागार्जुन, वसुबंधु, दिग्नाग का बौद्ध दर्शन विरोधियों में प्रतिष्ठा पा चुका था। धर्मकीर्ति को उसके बारे में जानने का मौका मिला और वह उससे इतने प्रभावित हुए, कि तिब्बती परंपरा के अनुसार उन्होंने बौद्ध गृहस्थों के वेष में बाहर आना जाना शुरू किया (?), जिसके कारण ब्राह्मणों ने उनका बहिष्कार किया। उस वक्त नालन्दा की ख्याति भारत से दूर-दूर तक फैली हुई थी। धर्मकीर्ति नालन्दा चले आये और अपने समय के महान् विज्ञानवादी दार्शनिक तथा नालन्दा के संघ-स्थविर (प्रधान) धर्मपाल के शिष्य बन भिक्षुसंघ में सम्मिलित हुए।

धर्मकीर्ति की न्यायशास्त्र के अध्ययन में ज्यादा रुचि थी और उसे उन्होंने दिग्नाग की शिष्य-परंपरा के आचार्य ईश्वर सेन से पढ़ा।

विद्या समाप्त करने के बाद उन्होंने अपना जीवन ग्रंथ लिखने, शास्त्रार्थ करने और पढ़ने में बिताया।

(धर्मकीर्ति का काल 600 ई०)–'चीनी पर्यटक इ-चिङने धर्मकीर्ति का वर्णन अपने ग्रंथ में किया है, इसलिए धर्मकीर्ति 679 ई० से पहले हुए, (इसमें संदेह नहीं)।...धर्मकीर्ति

नालन्दा के प्रधान आचार्य धर्मपाल के शिष्य थे। युन-च्वेंङ के समय (633 ई०) धर्मपाल के शिष्य शीलभद्र नालंदा के प्रधान आचार्य थे, जिनकी आयु उस समय 106 वर्ष की थी। ऐसी अवस्था में धर्मपाल के शिष्य धर्मकीर्ति 635 ई० में बच्चे नहीं हो सकते थे।...(धर्मकीर्ति के बारे में) युन्-च्वेंङ के नालंदा-निवास के समय से पूर्व ही धर्मकीर्ति का देहान्त हो चुका होना हो।...'

यह और दूसरी बातों पर विचारते हुए धर्मकीर्ति का समय 600 ई० ठीक मालूम होता है।

2. धर्मकीर्ति के ग्रंथ–धर्मकीर्ति ने अपने ग्रंथ सिर्फ़ प्रमाण-संबद्ध बौद्धदर्शन या बौद्ध प्रमाणशास्त्र पर लिखे हैं। इनकी संख्या नौ हैं, जिनमें सात मूल ग्रंथ और दो अपने ही ग्रंथों पर टीकाएँ हैं।

ग्रंथनाम	ग्रंथपरिमाण (श्लोकों में)	गद्य या पद्य
1. प्रमाणवार्तिक	1454-1/2	पद्य
2. प्रमाणविनिश्चय	1340	गद्य-पद्य
3. न्यायविन्दु	177	गद्य
4. हेतुविन्दु	444	गद्य
5. संबंध-परीक्षा	29	पद्य
6. वाद-न्याय	798	गद्य-पद्य
7. सन्तान्तर-सिद्धि	72	पद्य
	4314-1/2	

टीकाएँ–

1. (8) वृत्ति 3500 गद्य प्रमाणवार्तिक 1 परिच्छेद पर
2. (9) वृत्ति 147/3647 गद्य संबंध परीक्षा पर

गोया धर्मकीर्ति ने मूल और टीका मिलाकर (4314-1/2+3647) 7961-1/2 श्लोकों के बराबर ग्रंथ लिखे हैं। धर्मकीर्ति के ग्रंथ कितने महत्त्वपूर्ण समझे जाते थे, यह इसी से पता लगता है, कि तिब्बती भाषा में अनुवादित बौद्ध न्याय के कुल संस्कृत ग्रंथों के 175000 श्लोकों में 137000 धर्मकीर्ति के ग्रंथों की टीका-अनुटीकाओं के हैं।

(प्रमाणवार्तिक)–यह कह चुके हैं, कि धर्मकीर्ति का प्रमाण वार्तिक दिग्नाग के प्रमाण समुच्चय की एक स्वतंत्र व्याख्या है। प्रमाण समुच्चय के छः परिच्छेदों को हम बतला चुके हैं। प्रमाणवार्तिक के चार परिच्छेदों के विषय प्रमाणसिद्धि, प्रत्यक्ष-स्वार्थानुमान प्रमाण और परार्थानुमान-प्रमाण हैं; किन्तु आमतौर से पुस्तकों में यह क्रम पाया जाता है–स्वार्थानुमान, प्रमाणसिद्धि, प्रत्यक्ष और परार्थानुमान। यह क्रम गलत है, यह समझने में दिक्कत नहीं होती, जब हम देखते हैं, कि प्रमाण समुच्चय के जिस भाग पर प्रमाण वार्तिक लिखा गया है, वह किस क्रम से है। इसके लिए देखिए, प्रमाण-समुच्चय के भाग उस पर के प्रमाण-वार्तिक को–

प्रमाणसमुच्चय	परिच्छेद प्रमाणवार्तिक	परिच्छेद (होना चाहिए)
मंगलाचरण	1|1 प्रमाण सिद्धि	(1)
प्रत्यक्ष	1 प्रत्यक्ष	(2)
स्वार्थानुमान	2 स्वार्थानुमान	(3)
परार्थानुमान	3 परार्थानुमान	(4)

प्रमाणसमुच्चय के बाकी परिच्छेदों–दृष्टान्त, अपोह, जाति(सामान्य) परीक्षाओं के बारे में अलग परिच्छेदों में न लिखकर, धर्मकीर्ति ने उन्हें प्रमाणवार्तिक के इन्हीं चार परिच्छेदों में प्रकरण के अनुकूल बाँट दिया है।

न्यायविन्दु तथा धर्मकीर्ति के दूसरे ग्रंथों में भी प्रत्यक्ष, स्वार्थानुमान, परार्थानुमान के युक्तिसंगत क्रम को ही माना गया है और मनोरथ नन्दी ने प्रमाणवार्तिक वृत्ति में यही क्रम स्वीकार किया है; इसलिए भाष्यों, पंजिकाओं, टीकाओं या मूलपाठों में सर्वत्र स्वार्थानुमान, प्रमाणसिद्धि, प्रत्यक्ष, परार्थानुमान के क्रम को देखने पर भी ग्रंथकार का क्रम, यह नहीं बल्कि मनोरथ नंदी द्वारा स्वीकृत क्रम ही ठीक सिद्ध होता है। क्रम में उलट-पुलट हो जाने का कारण धर्मकीर्ति की स्वार्थानुमान पर स्वरचित वृत्ति है। उनके शिष्य देवेन्द्र बुद्धि ने ग्रंथकार की वृत्ति वाले स्वार्थानुमान परिच्छेद को छोड़कर अपनी पंजिका लिखी, जिससे आगे वृत्ति और पंजिका को अलग-अलग रखने के लिए प्रमाणवार्तिक को दो भागों में कर दिया गया। इस विभाग को और स्थायी रूप देने में प्रज्ञाकरगुप्त के भाष्य तथा देवेन्द्रबुद्धि की पंजिका वाले तीनों परिच्छेदों के चुनाव ने सहायता की। इस क्रम को सर्वत्र प्रचलित देखकर मूल कारिका की प्रतियों में भी लेखकों को वही क्रम अपना लेना पड़ा। यद्यपि मनोरथ नंदी द्वारा स्वीकृत क्रम के अनुसार, उनकी वृत्ति को मैंने सम्पादित किया है और उपलभ्य है; तो भी मूल प्रमाण वार्तिक को मैंने सर्वस्वीकृत तथा तिब्बती-अनुवाद और तालपत्र में मिले क्रम से सम्पादित किया है और प्रज्ञाकर गुप्त का प्रमाण-वार्तिक-भाष्य (वार्तिकालंकार) उसी क्रम से संस्कृत में मिला प्रकाशित होने के लिए तैयार है, इसलिए मैंने भी यहाँ परिच्छेद और कारिका देने में उसी सर्वस्वीकृत क्रम को स्वीकार किया है।

धर्मकीर्ति के दार्शनिक विचारों पर लिखते हुए प्रमाणवार्तिक में आए मुख्य-मुख्य विषयों पर हम आगे कहने ही वाले हैं, तो भी यहाँ परिच्छेद के क्रम से मुख्य विषयों को दे देते हैं–

विषय	परिच्छेद कारिका
पहला परिच्छेद	
(स्वार्थानुमान)	
1. ग्रंथ का प्रयोजन	1 | 1
2. हेतु पर विचार	1 | 3
3. अभाव पर विचार	1 | 5
	(+4 | 126)

3. धर्मकीर्ति का दर्शन–धर्मकीर्ति ने सिर्फ़ प्रमाण (न्याय) शास्त्र ही पर सातों ग्रंथ लिखे हैं और उन्हें दर्शन के बारे में जो कुछ कहना था, उसे इन्हीं प्रमाणशास्त्रीय ग्रंथों में कह दिया। इन सात ग्रंथों में **प्रमाणवार्तिक** (1454-1/2 'श्लोक'), **प्रमाणविनिश्चय** (1340 'श्लोक'), **हेतुविन्दु** (444 'श्लोक'), **न्यायविन्दु** (177 'श्लोक') के प्रतिपाद्य विषय एक ही हैं और उनमें सबसे बड़ा

और संक्षेप में अधिक बातों पर प्रकाश डालने वाला ग्रंथ प्रमाणवार्तिक है। **वादन्याय** में आचार्य ने अक्षपाद के अठारह निग्रह स्थानों की भारी भरकम सूची को फ़जूल बतलाकर, उसे आधे श्लोक में कह दिया है–

"निग्रह (पराजय) स्थान है (वाद के लिए) अ-साधन, बात का कथन और (प्रतिवादी के) दोष का न पकड़ना।"

सम्बन्ध–परीक्षा की 29 कारिकाओं में धर्मकीर्ति ने क्षणिकवाद के अनुसार कार्य-कारण संबंध कैसे माना जा सकता है, इसे बतलाया है; यह विषय प्रमाणवार्तिक में भी आया है।

सन्तान्तरसिद्धि के 72 सूत्रों में धर्मकीर्ति ने पहले तो इस मन-सन्तान (मन एक वस्तु नहीं बल्कि प्रतिक्षण नष्ट और नई उत्पन्न होती सन्तान घटना है) से परे भी दूसरी-दूसरी मन-सन्तानें (सन्तानान्तर) हैं, इसे सिद्ध किया है, और अन्त में बतलाया है, कि ये सब मन (विज्ञान) सन्तानें किस प्रकार मिलकर दृश्य जगत् को (विज्ञानवाद के अनुसार) बाहर क्षेप करती हैं। विज्ञानवाद की चर्चा प्रमाणवार्तिक में भी धर्मकीर्ति ने की है।

धर्मकीर्ति के दर्शन को जानने के लिए प्रमाणवार्तिक पर्याप्त है।

(1) तत्कालीन दार्शनिक परिस्थिति–धर्मकीर्ति दिग्नाग की भाँति असंग के योगाचार (विज्ञानवाद) दार्शनिक सम्प्रदाय के मानने वाले थे। वसुबंधु, दिग्नाग, धर्मकीर्ति जैसे महान् तार्किकों का शून्यवाद छोड़ विज्ञानवाद से संबंध होना यह भी बतलाता है, कि हेगेल की तरह इन्हें भी अपने तर्कसम्मत दार्शनिक विचारों के लिए विज्ञानवाद की बड़ी ज़रूरत थी, किन्तु धर्मकीर्ति शुद्ध योगाचार नहीं सौत्रांतिक (या स्वातंत्रिक) योगाचारी माने जाते हैं। सौत्रांतिक बाहरी जगत् की सत्ता को ही मूलतत्त्व मानते हैं और योगाचारी सिर्फ़ विज्ञान (चित्त, मन) को। सौत्रांतिक (या स्वातंत्रिक) योगाचार का मतलब है, बाह्य जगत् की प्रवाह रूपी (क्षणिक) वास्तविकता को स्वीकार करते हुए विज्ञान को मूलतत्त्व मानना–ठीक हेगेल की भाँति–जिसका अर्थ आज की भाषा में होगा, जड़ (भौतिक) तत्त्व विज्ञान का ही वास्तविक गुणात्मक परिवर्तन है। पुराने योगाचार दर्शन में मूलतत्त्व विज्ञान (चित्त) का विश्लेषण करके उसे दो भागों में बाँटा गया था–आलय विज्ञान और प्रवृत्ति विज्ञान। प्रवृत्ति विज्ञान छः हैं–चक्षु, श्रोत्र, घ्राण, जिह्वा, स्पर्श–पाँचों ज्ञान इंद्रियों के पाँच विज्ञान (ज्ञान), जो कि विषय तथा इंद्रिय के संपर्क होते वक्त रंग, आकार आदि की कल्पना उठने से पहले भान होते हैं और छठा है मन का विज्ञान। आलय-विज्ञान उक्त छओं विज्ञानों के साथ जन्मता-मरता भी अपने प्रवाह (सन्तान) में सारे प्रवृत्ति-विज्ञानों का आलय (घर) है। इसी में पहले के संस्कारों की वासना और आगे उत्पन्न होने वाले विज्ञानों की वासना रहती है। यद्यपि क्षणिकता के सदा साथ रहने से आलय-विज्ञान में ब्रह्म या आत्मा का भ्रम नहीं हो सकता था, तो भी यह एक तरह का रहस्यपूर्ण तत्त्व बन जाता था, जिससे विमुक्तसेन, हरिभद्र, धर्मकीर्ति जैसे कितने ही विचारक इसमें प्रच्छन्न आत्म तत्त्व की शंका करने लगे थे और वे आलय-विज्ञान के इस सिद्धान्त को अँधेरे में तीर चलाने की तरह खतरनाक समझते थे। धर्मकीर्ति ने आलय (विज्ञान) शब्द का प्रयोग प्रमाणवार्तिक में किया है, किन्तु वह है विज्ञान साधारण–के अर्थ में, उसके पीछे वहाँ किसी अदभुत रहस्यमयी शक्ति का ख्याल नहीं है।

सन्तान रूपेण (क्षणिक या विच्छिन्न प्रवाह रूपेण) भौतिक जगत् की वास्तविकता को साफ़ तौर से इन्कार तो नहीं करना चाहते थे, जैसा कि आगे मालूम होगा, किन्तु बेचारे को था कुछ धर्म संकट भी; यदि अपने तर्कों में जगह-जगह प्रयुक्त भौतिक तत्त्वों की वास्तविकता को साफ़ स्वीकार करते हैं, तो धर्म का नकाब गिर जाता है और वह सीधे भौतिकवादी बन जाते हैं, इसीलिए स्वातांत्रिक ही सही, किंतु उन्हें विज्ञानवादी रहना जरूरी था। यूरोप में भौतिकवाद को फूलने-फलने का मौका तब मिला, जब कि सामन्तवाद के गर्भ से एक होनहार जमात–व्यापारी और पूँजीपति–बाहर निकल साइंस के आविष्कारों की सहायता से अपना प्रभाव बढ़ा रही थी और हर क्षेत्र में पुराने विचारों को दकियानूसी कह भौतिक जगत् की वास्तविकता पर आधारित विचारों को प्रोत्साहन दे रही थी। छठी सदी ईसवी के भारत में अभी यह अवस्था आने में 14 सदियों की जरूरत थी; किंतु इसी को कम न समझिए, कि भारतीय हेगेल् (धर्मकीर्ति) जर्मनी के हेगेल् (1770-1831 ई०) से बारह सदियों पहले हुआ था।

(2) तत्कालीन सामाजिक परिस्थिति–यहाँ जरा इस दर्शन के पीछे की सामाजिक भित्ति को देखना चाहिए, क्योंकि दर्शन चाहे कितना ही हाड़-मांस से नफ़रत करते हुए अपने को उससे ऊपर समझे; किन्तु है, वह भी हाड़-मांस की ही उपज। वसुबंधु से धर्मकीर्ति तक का समय (400-600 ई०) भारतीय दर्शन के (और काव्य, ज्योतिष, चित्र-मूर्ति, वास्तुकला के भी) चरम विकास का समय है। इस दर्शन के पीछे आप गुप्त–मौखरी–हर्षवर्द्धन महान् तथा दृढ़ शासित साम्राज्य का हाथ भी कहना चाहेंगे, किन्तु महान् साम्राज्य कहकर हम मूल भित्ति को प्रकाश में नहीं लाते, बल्कि उसे अन्धेरे में छिपा देते हैं। उस काल का वह महान् साम्राज्य क्या था? कितने ही सामन्त-परिवार एक बड़े सामन्त– समुद्रगुप्त, हरिवर्मा या हर्षवर्द्धन–को अपने ऊपर मान, नये प्रदेशों, नये लोगों को अपने आधीन करने या अपने आधीन जनता को दूसरे के हाथ में न जाने देने के लिए सैनिक शासन युद्ध या युद्ध की तैयारी करते और अपने शासन में पहले से मौजूद या नवागत जमात में "शान्ति और व्यवस्था" कायम रखने के लिए नागरिक शासन करते थे, किन्तु यह दोनों प्रकार का शासन "पेट पर पत्थर बाँधकर सिर्फ़ परोपकार बुद्धया नहीं होता था। साधारण जनता से आया सैनिक–जिसकी संख्या लड़ने वालों में ही नहीं, मरने वालों में भी सबसे ज्यादा थी, को जरूर बहुत हद तक 'पेट पर पत्थर बाँधना पड़ता था'; किन्तु सेनानायक सेनापति सामन्त-खान्दानों से आने के कारण पहले ही से बड़ी संपत्ति के मालिक थे और अपने इस पद के कारण बड़े वेतन, लूट की अपार धनराशि और जागीर तथा इनाम के पाने वाले होते थे–गोया समुद्र में मूसलाधार वर्षा हो रही थी और नागरिक शासन के बड़े-बड़े अधिकारी– उपरिक (भुक्ति का शासक या गवर्नर), कुमारामात्य (विषय का शासक या कमिश्नर)–आनरेरी काम करने वाले नहीं थे, वह प्रजा से भेंट (रिश्वत), सम्राट् से वेतन, इनाम और जागीर लेते थे।

यह निश्चित है, कि आदमी जितना अपने आहार-विहार, वस्त्र-आभूषण तथा दूसरे न-टिकाऊ कामों पर खर्च करता है, उससे बहुत कम उन वस्तुओं पर खर्च करता है, जो कि कुछ सदियों तक कायम रह सकती हैं और इनमें भी अधिकांश सदियों से गुजरते काल के ध्वंसात्मक कृत्यों से ही नहीं, बर्बर मानव के क्रूर हाथों से नष्ट हो जाती हैं, तो भी बोधगया, बैजनाथ के मन्दिर अथवा

अजन्ता-एलौरा के गुहा प्रासाद जो अब भी बच रहे हैं, अथवा कालिदास की कृतियों और बाणभट्ट की कादम्बरी में जिन नगर-अट्टालिकाओं, राजप्रसादों का वर्णन मिलता है, उनके देखने से पता लगता है, कि इन पर उस समय का सम्पत्तिशाली वर्ग कितना धन खर्च करता था और सब मिलाकर अपने ऊपर उनका कितना खर्च था। आज भी शौकीनी विलास की चीज़ें महँगी मिलती हैं, किन्तु इस मशीन युग में यह चीज़ें मशीन से बनने के कारण बहुत सस्ती है–अर्थात् उन पर आज जितने मानव हाथों को काम करना पड़ता है, गुप्तकाल में उससे कई गुना अधिक हाथों की जरूरत पड़ती।

सारांश यह कि इस शासक, सामन्त वर्ग की शारीरिक आवश्यकताओं के लिए ही नहीं, बल्कि उनकी विलास-सामग्री को पैदा करने के लिए भी जनता की एक भारी संख्या को अपना सारा श्रम देना पड़ता था। कितनी संख्या, इसका अन्दाज इसी से लग सकता है, कि आज से सौ वर्ष पहले कम्पनी के शासन में भारत जितना धन अपने अंग्रेज शासकों के लिए सालाना उनके घर भेजता था, उसके उपार्जन के लिए छः-करोड़ आदमियों या सारी जनसंख्या के चौथाई से अधिक के श्रम की आवश्यकता होती थी। इसके अतिरिक्त वह खर्च अलग था, जिसे अंग्रेज कर्मचारी भारत में रहते खर्च करते थे।

यही नहीं कि जनता के आधे तिहाई भाग को शासकों के लिए इस तरह की वस्त्रों को अपने श्रम से जुटाना पड़ता था, बल्कि उनकी काम-वासना की तृप्ति के लिए लाखों स्त्रियों को वैध या अवैध रूप से अपना शरीर बेचना पड़ता था। उनकी एक बड़ी संख्या को दासी बनकर बिकना पड़ता था। मनुष्य का दास-दासी के रूप में सरेबाजार बिकना उस वक्त का एक आम नजारा था।

अर्थात् इस दर्शन–कला–साहित्य के महान् युग की सारी भव्यता मनुष्य की पशुवत् परतंत्रता और हृदयहीन गुलामी पर आधारित थी। यह हमें नहीं भूलना चाहिए। फिर दार्शनिक दृष्टि से क्रान्तिकारी से क्रान्तिकारी विचारक को भी अपनी विचार-संबंधी क्रान्ति को उस सीमा के अन्दर रखना जरूरी था, जिसके बाहर जाते ही शासक-वर्ग के कोप का भाजन–चाहे सीधे राजदंड के रूप में, उसकी कृपा से वंचित होने के रूप में, चाहे उसके स्थापित धर्म-मठ-मन्दिर में स्थान न पाने के रूप में, होना पड़ता। उस वक्त शान्ति और व्यवस्था की बाँह आज से बहुत लंबी थी, जिससे बचने में धार्मिक सहानुभूति ही थोड़ा बहुत सहायक हो सकती थी, जिसने उसको खोया, उसके जीवन का मूल्य एक घोषित डाकू के जीवन से अधिक नहीं था।

धर्मकीर्ति जिस नालन्दा के रत्न थे, उसको गाँवों और नगर के रूप में बड़े-बड़े दान देने वाले यही सामन्त थे, जिनके ताम्रपत्र पर लिखे दानपत्र आज भी हमें काफी मिले हैं। युन-च्वेङ के समय (640 ई०) में वहाँ के दस हजार विद्यार्थियों और पंडितों पर जिस तरह खुले हाथों धन खर्च किया जाता था, यह हो नहीं सकता था, कि प्रमाणवार्तिक की पंक्तियाँ उन हाथों को भुलाकर उन्हें काटने पर तुल जाती; इसीलिए स्वातंत्रिक (वस्तुवादी) धर्मकीर्ति भी दुःख की व्याख्या आध्यात्मिक तल से ही करके छुट्टी ले लेते हैं। विश्व के कारण को ईश्वर आदि छोड़ विश्व में, उसके क्षुद्रतम तथा महत्तम अवयवों की क्षणिक परिवर्तनशीलता तथा गुणात्मक परिवर्तन के रूप में ढूँढ़ने वाले धर्मकीर्ति दुःख के कारण को अलौकिक रूप में–पुनर्जन्म में–निहित बतलाकर

साकार और वास्तविक दुख के लिए साकार और वास्तविक कारण के पता लगाने से मुँह मोड़ते हैं। यदि जनता के एक तिहाई उन दासों तथा संख्या में कम-से-कम उनके बराबर के उन आदमियों को–जो कि सूद और व्यापार के नफ़े के रूप में अपने श्रम को मुफ्त देते थे–दासता से मुक्त कर, उनके श्रम को सारी जनता, जिसमें वह खुद भी शामिल थे–के हितों में लगाया जाता; यदि सामन्त परिवारों और वणिक्-श्रेष्ठी-परिवारों के निठल्लेपन, कामचोरपन को हटाकर उन्हें भी समाज के लिए लाभदायक काम करने के लिए मजबूर किया जाता, तो निश्चय ही उस समय के साकार दुःख की मात्रा बहुत हद तक कम होती। हाँ, यह ठीक है, कामचोरपन के हटाने का अभी समय नहीं था, यह स्वप्नचारिणी योजना उस वक्त असफल होती, इसमें सन्देह नहीं, किन्तु यही बात तो उस वक्त की सभी दार्शनिक उड़ानों में सभी धार्मिक मनोहर कल्पनाओं के बारे में थी। सफल न होने पर भी दार्शनिक की गलती एक अच्छे काम की ओर होती है, उसकी सहृदयता और निर्भीकता की दाद दी जाती; यदि उपेक्षा और शत्रुप्रहार से उसकी कृतियाँ नष्ट हो जातीं, तो भी खंडन के लिए उद्धृत उसकी प्रतिभा के प्रखर तीर सदियों को चीरकर मानवता के पास पहुँचते और उसे नया सन्देश देते।

(3) विज्ञानवाद–सहृदय मस्तिष्क से वास्तविक दुनिया (भौतिक वाद) को भुलाने-भुलवाने में दार्शनिक विज्ञानवाद वही काम देता है, जो शराब की बोतल काम से चूर मजदूर को अपने कष्टों को भुलवाने में। चाहे क्रूर दासता की सहायता से ही सही, मनुष्य का मस्तिष्क और हृदय तब तक बहुत अधिक विकसित हो चुका था, उसमें अपने साथी प्राणियों के लिए संवेदना आना स्वाभाविक-सी बात थी। आस पास के लोगों की दयनीय दशा को देखकर हो नहीं सकता था, कि वह उसे महसूस न करता, विकल न होता। जगत् को झूठा कह इस विकलता को दूर करने में दार्शनिक विज्ञानवाद कुछ सहायता जरूर करता था–आखिर अभी "दार्शनिकों का काम जगत् की व्याख्या करना था, उसे बदलना नहीं।"

धर्मकीर्ति बाह्यजगत्–भौतिक तत्त्वों को अवास्तविक बतलाते हुए विज्ञान (चित्त) को असली तत्त्व साबित करते हैं–

(क) विज्ञान ही एक मात्र तत्त्व–हम किसी वस्तु (कपड़े) को देखते हैं, तो वहाँ हमें नीला, पीला रंग तथा लंबाई, चौड़ाई-मुटाई, भारीपन-चिकनापन आदि को छोड़ केवल रूप (भौतिक तत्त्व) नहीं दिखाई पड़ता। दर्शन नील आदि के तौर पर होता है, उससे रहित (वस्तु) का (प्रत्यक्ष या अनुमान से) ग्रहण ही नहीं हो सकता और नीलादि के ग्रहण पर ही (उसका) ग्रहण होता है। इसलिए जो कुछ दर्शन है, वह नील आदि के तौर पर है, केवल ब्राह्यार्थ (भौतिक तत्त्व) के तौर पर नहीं है, जिसको हम भौतिक तत्त्व या बाह्यार्थ कहते हैं, वह क्या है? इसका विश्लेषण करें, तो वहाँ आँख से देखे रंग-आकार, हाथ से छुए सख्त-नरम-चिकनापन, आदि ही मिलता है; फिर यह इन्द्रियाँ इनके इस स्थूल रूप में अपने निजी ज्ञान (चक्षु-विज्ञान, स्पर्श-विज्ञान...) द्वारा मन को कल्पना करने के लिए नहीं प्रदान करतीं। मन का निर्णय इन्द्रिय चर्वित ज्ञान के पुनः चर्वण पर निर्भर है; इस तरह जहाँ से अन्तिम निर्णय होता है, उस मन में तथा जिनकी दी हुई सामग्री के आधार पर मन निर्णय करता है, उन इन्द्रियों के विज्ञानों में भी, बाह्य-अर्थ (भौतिक तत्त्व) का पता नहीं; निर्णायक स्थान पर हमें सिर्फ़ विज्ञान (चेतना) ही विज्ञान

मिलता है, इसलिए वस्तुओं द्वारा वही (विज्ञान) सिद्ध है, जिससे कि विचारक कहते हैं– 'जैसे-जैसे अर्थों (पदार्थों) पर चिन्तन किया जाता है, वैसे ही वैसे वह छिन्न-भिन्न हो लुप्त हो जाते हैं (उनका भौतिक रूप नहीं सिद्ध होता)।'

(ख) चेतना और भौतिक तत्त्व विज्ञान ही के दो रूप–विज्ञान का भीतरी आकार चित्त-सुख आदि का ग्राहक है, यह तो स्पष्ट है, किन्तु जो बाहरी पदार्थ (भौतिक तत्त्व घड़ा या कपड़ा) है, वह भी विज्ञान से अलग नहीं, बल्कि विज्ञान का ही दूसरा भाग है और बाहर में अवस्थित-सा जान पड़ता है। इसे अभी बतला आए हैं। इसका अर्थ यह हुआ, कि एक ही विज्ञान भीतर (चित्त के तौर पर) ग्राहक और बाहर (विषय के तौर पर) ग्राह्य भी है। "विज्ञान जब अभिन्न है, तो उसका (भीतर और बाहर के विज्ञान तथा भौतिक तत्त्व के रूप में) भिन्न प्रतिभासित होना सत्य नहीं (भ्रम) है।" ग्राह्य (वाह्य पदार्थ के रूप में मालूम पड़ने वाला विज्ञान) और ग्राहक (भीतरी चित्त के रुप में विज्ञान) में से एक के भी अभाव में दोनों ही नहीं रहते (ग्राहक नहीं रहेगा, तो ग्राह्य है, इसका कैसे पता लगेगा? और फिर ग्राह्य के न रहने पर अपनी ग्राहकता को दिखला कर, ग्राहक चित्त अपनी सत्ता को कैसे सिद्ध करेगा? इस तरह किसी एक के अभाव में दोनों नहीं रहते); इसलिए ज्ञान का भी तत्त्व है, (ग्राह्य-ग्राहक) दो होने का अभाव (अभिन्नता)। जो आकार-प्रकार (बाहरी पदार्थों के मौजूद हैं, वह) ग्राह्य और ग्राहक के आकार को छोड़ (और किसी आकार में) नहीं मिलते, (और ग्राह्य-ग्राहक एक ही निराकार विज्ञान के दो रुप हैं), इसीलिए आकार-प्रकार शून्य होने से (सारे पदार्थ) निराकार कहे गए हैं।

प्रश्न हो सकता है, यदि बाह्य पदार्थों की वस्तु सत्ता को अस्वीकार करते हैं, उनकी भिन्नता को भी अस्वीकार करना पड़ेगा, फिर बाहरी अर्थों के बिना "यह घड़ा है, यह कपड़ा", इस तरह ज्ञानों का भेद कैसे होगा? उत्तर है–

"किसी (घड़े आदि आकार वाले ज्ञान) का कोई (एक ज्ञान) है, जो कि (चित्त के) भीतर वाली वासना (पूर्व संस्कार) को जगाता है, उसी (वासना के जगने) से ज्ञ।नों (की भिन्नता) का नियम देखा जाता है, न कि बाहरी पदार्थ की अपेक्षा से।"

"चूँकि बाहरी पदार्थ का अनुभव हमें नहीं होता, इसलिए एक ही (विज्ञान) दो (भीतरी ज्ञान, बाहरी विषय) रूपों वाला (देखा जाता) है और दोनों रूपों में स्मरण भी किया जाता है। इस (एक ही विज्ञान के बाह्य-अन्तर दोनों) आकारों के होने का परिणाम है, स्व-संवेदन (अपने भीतर ज्ञान का साक्षात्कार)।"

फिर प्रश्न होता है–"(वह जो बाह्य-पदार्थ के रूप में) अवभासित होने वाला (ज्ञान है), उसका जैसे कैसे भी जो (बाहरी) पदार्थ वाला रूप (भासित हो रहा है), उसे छोड़ देने पर पदार्थ (घड़े) का ग्रहण (इन्द्रिय-प्रत्यक्ष आदि) कैसे होगा? (आखिर अपने स्वरूप के ज्ञान के साक्षात्कार से ही तो, पदार्थों का अपना-अपना ग्रहण है?) (प्रश्न) ठीक है, मैं भी नहीं जानता कैसे यह होता है?... जैसे मंत्र (हेप्नोटिज़्म) आदि से जिनकी (आँख आदि) इन्द्रियों को बाँध दिया गया है; उन्हें मिट्टी के ठीकरे (रुपया आदि) दूसरे ही रूप में दीखते हैं। यद्यपि वह (वस्तुतः) उस (रुपये...) के रूप से रहित है।"

इस तरह यद्यपि अन्तर, बाहर सभी एक ही विज्ञान तत्त्व हैं, किन्तु "तत्त्व-अर्थ (वास्तविकता) की ओर न ध्यान दे, हाथी की तरह आँख मूँदकर सिर्फ़ लोक-व्यवहार का अनुसरण करते तत्त्वज्ञानियों को (कितनी ही बार) बाहरी (पदार्थों) का चिन्तन (वर्णन) करना पड़ता है।"

(4) क्षणिकवाद–बुद्ध के दर्शन में "सब अनित्य है" इस सिद्धान्त पर बहुत जोर दिया गया है, यह हम बतला आए हैं। इसी अनित्यवाद को पीछे के बौद्ध दार्शनिकों ने क्षणिकवाद कहकर, उसे अभावात्मक से भावात्मक रूप दिया। धर्मकीर्ति ने इस पर और जोर देते हुए कहा–'सत्ता मात्र में नाश (धर्म) पाया जाता है।' इस भाव को पीछे ज्ञानश्री (700 ई०) ने कहा है, जो (जो) सत् (भाव रूप) है, वह क्षणिक है। 'सभी संस्कार (किए हुए पदार्थ) अनित्य हैं।' इस बुद्ध वचन की ओर इशारा करते हुए धर्मकीर्ति ने कहा है–'जो कुछ उत्पन्न स्वभाव वाला है, वह नाश स्वभाव वाला है।' अनित्य क्या है, इसे बतलाते हुए लिखा है–'पहले होकर जो भाव (पदार्थ) पीछे नहीं रहता, वह अनित्य है।'

इस प्रकार बिना किसी अपवाद के क्षणिकता का नियम सारे भाव (सत्ता) रखने वाले पदार्थों में है।

(5) परमार्थ सत् की व्याख्या–अफ़लातूँ और उपनिषद् के दर्शनकार क्षण-क्षण परिवर्तनशील जगत् और उसके पदार्थों के पीछे एक अपरिवर्तनशील तत्त्व को परमार्थ सत् मानते हैं, किन्तु बौद्ध दर्शन को ऐसे इन्द्रिय और बुद्धि की गति से परे किसी तत्त्व को मानने की जरूरत न थी, इसलिए धर्मकीर्ति ने परमार्थ सत् की व्याख्या करते हुए कहा–

"अर्थवाली क्रिया में जो समर्थ है, वही यहाँ परमार्थ सत् है, इसके विरुद्ध, जो (अर्थ क्रिया में असमर्थ) है, वह संवृत्ति (फ़र्जी) सत् है।" घड़ा, कपड़ा, परमार्थ सत् हैं, क्योंकि वह अर्थ क्रिया-समर्थ हैं, उनसे जल-आनयन या सर्दी-गर्मी का निवारण हो सकता है; किन्तु घड़ापन, कपड़ापन जो सामान्य (जाति) माने जाते हैं, वह संवृत्ति (काल्पनिक या फ़र्जी) सत् है, क्योंकि उनसे अर्थक्रिया नहीं हो सकती। इस तरह व्यक्ति और उनका नानापन ही परमार्थ सत् है। "(वस्तुतः सारे) भाव (पदार्थ) स्वयं भेद (भिन्नता रखने वाले हैं, किन्तु उसी संवृत्ति (कल्पना) से जब उनके नानापन (अलग-अलग घड़ों) को ढाँक दिया जाता है, तो वह किसी (घड़ापन) रूप से अभिन्न से मालूम होने लगते हैं।"

(6) नाश अहेतुक होता है–क्षणिकता सारे भावों (पदार्थों) में स्वभाव से ही है, इसलिए नाश भी स्वाभाविक है, फिर नाश के लिए किसी हेतु या हेतुओं की जरूरत नहीं–अर्थात् नाश अहेतुक है, वस्तु की उत्पत्ति के लिए हेतु या बहुत से हेतु (हेतु-साम्रगी) चाहिए, जिनसे कि पहले न मौजूद पदार्थ भाव में आवें, चूँकि एक मौजूद वस्तु का नाश और दूसरी ना-मौजूद वस्तु की उत्पत्ति पास-पास होती है, इसलिए हमारी भाषा में कहने की यह गलत परिपाटी पड़ गई है, कि हम हेतु को उत्पन्न वस्तु से न जोड़, नष्ट से जोड़ देते हैं। इसी तथ्य को साबित करते हुए धर्मकीर्ति कहते हैं।

(क) अभाव रूपी नाश को हेतु नहीं चाहिए–'यदि कोई कार्य (करणीय पदार्थ) हो, तो उसके लिए किसी (कारण) की जरूरत हो सकती है, (नाश) जो कि (अभाव रूप होने से) कोई वस्तु ही नहीं है, उसके लिए कारण की क्या ज़रूरत?'

'जो कार्य (कारण से उत्पन्न) है, वह अनित्य है, जो अ-कार्य (कारण से नहीं उत्पन्न) है, वह अ-विनाशी (नित्य) है। (वस्तु का विनाश नित्य अर्थात् हमेशा के लिए होता है, इसलिए वह अ-कार्य, अ-हेतुक है; फिर इस प्रकार) अहेतुक होने से वह (नाश) स्वभावतः (वस्तुमात्र का) अनुसरण करता है। और इस प्रकार विनाश के लिए हेतु की जरूरत नहीं।'

(ख) नश्वर या अनश्वर दोनों अवस्थाओं में भाव के नाश के लिए हेतु नहीं चाहिए– यदि (हम उसे अनश्वर मान लें, तब) दूसरे किसी (हेतु) से भाव का नाश न मानेंगे, फिर ऐसे (अनश्वर भाव) को स्थिति के लिए हेतु की क्या ज़रूरत? (अर्थात् भाव का होना अहेतुक हो जायेगा)। (यदि हम भाव को नश्वर मान लें, तो) वह दूसरे (हेतुओं कारणों) के बिना भी नष्ट होगा, (फिर उसकी) स्थिति के लिए हेतु असमर्थ होंगे।

'जो स्वर्ग अनश्वर स्वभाव वाला है, उसके लिए दूसरे स्थापक की ज़रूरत नहीं, जो स्वयं नश्वर स्वभाव वाला है, उसके लिए भी दूसरे स्थापक की ज़रूरत नहीं। इस तरह विनाश को नश्वर स्वभाव वाला मानें या अनश्वर स्वभाव वाला, दोनों हालतों में उसे स्थित रखने वाले हेतु की जरूरत नहीं।'

(a) भाव के स्वरूप से नाश भिन्न हो या अभिन्न, दोनों अवस्थाओं में नाश अहेतुक– आग और लकड़ी एकत्रित होती है, फिर हम लकड़ी का नाश और कोयले, राख की उत्पत्ति देखते हैं। इसी को हम व्यवहार की भाषा में "आग ने लकड़ी को जला दिया–नष्ट कर दिया।" कहते हैं, किंतु वस्तुतः कहना चाहिए "आग ने कोयले और राख को उत्पन्न किया।" चूँकि लकड़ी हमारी नज़र में कोयले, राख से अधिक उपयोगी (मूल्यवान) है, इसीलिए यहाँ भाषा द्वारा हम अपने लिए एक उपयोगी वस्तु को खो देने पर ज़्यादा जोर देते हैं। यदि कोयला-राख लकड़ी से ज्यादा उपयोगी होते तो, हम "आग ने लकड़ी का नाश कर दिया" की जगह कहते, "आग ने कोयला को राख को बनाया।" वस्तुतः जंगलों में जहाँ मजदूर लकड़ी की जगह कोयला बनाकर बेचने में ज्यादा लाभ देखते है, वहाँ "क्या काम करते हो" पूछने पर यह नहीं कहते कि "हम लकड़ी का नाश करते हैं, बल्कि कहते हैं, हम कोयला बनाते हैं।" ताता के कारखाने में (लोहे वाले) पत्थर का नाश और लोहे या फौलाद का उत्पादन होता है, किन्तु वहाँ नाश को स्वाभाविक (अहेतुक) समझकर उसकी बात न कह, यही कहा जाता है, कि ताता प्रति वर्ष इतने करोड़ मन लोहा और इतने लाख मन फौलाद बनाता है। इसी भाव को हमारे दार्शनिक ने समझाने की कोशिश की है।

प्रश्न है–आग (कारण, हेतु) क्या करती है, लकड़ी का विनाश या कोयले की उत्पत्ति? आप कहते हैं, लकड़ी का विनाश करती है, फिर सवाल होता है, विनाश लकड़ी से भिन्न वस्तु है या अभिन्न? अभिन्न मानने पर आग जिस विनाश को उत्पन्न करती है, वह काष्ठ ही हुआ, फिर तो 'विनाश' होने का मतलब काष्ठ का होना हुआ, अर्थात् काष्ठ का विनाश नहीं हुआ, फिर काष्ठ के अविनाश से काष्ठ का दर्शन होना चाहिए। यदि (कहो) वही (आग से उत्पन्न वस्तु काष्ठ का) विनाश है, (इसलिए काष्ठ का दर्शन नहीं होता; तो फिर प्रश्न होगा–) "कैसे (विनाश रूपी) एक पदार्थ (काष्ठ रूपी) दूसरे (पदार्थ) का विनाश होगा? (और यदि नाश एक भाव पदार्थ है, तो) काष्ठ क्यों नहीं दिखाई देता?"

(b) विनाश एक भिन्न ही भाव रूपी वस्तु है, यह मानने से भी काम नहीं चलता–यदि कहीं, विनाश (सिर्फ़ काष्ठ का अभाव नहीं बल्कि) एक दूसरा ही भावरूपी पदार्थ है और उस (भाव रूपी विनाश नाम–वाले दूसरे पदार्थ) के द्वारा ढका होने से (काष्ठ हमें नहीं दिखलाई देता); (तो यह भी ठीक नहीं), उस (एक दूसरे भाव नाश) से (काष्ठ का) आवरण (आच्छादन) नहीं हो सकता, क्योंकि (ऐसा मानने पर नाश को वस्तु का आवरण मानना पड़ेगा, फिर तो वह) विनाश ही नहीं रह जायेगा (विनष्ट हो जायेगा) और इस प्रकार आग, काष्ठ के विनाश को उत्पन्न करती है, कर्म के अभाव में यह कहना भी गलत है।

और यदि आग द्वारा नाश की उत्पत्ति मानें, तो "उत्पन्न होने के कारण उसे नाशमान मानना पड़ेगा, क्योंकि जितने उत्पत्तिमान् भाव (पदार्थ) है, सभी नाशमान होते हैं" और फिर (नाशमान होने से जब नष्ट हो जाता है) तो (आवरण-मुक्त होने से) काष्ठ का दर्शन होना चाहिए।

यदि कहो–नाश रूपी भाव पदार्थ काष्ठ का हन्ता है। राम ने श्याम को मार डाला (नष्ट कर दिया), फिर न्यायाधीश राम को फाँसी चढ़ा देता है, किंतु राम के फाँसी चढ़ा देने–"हन्ता के नाश हो जाने–पर जैसे मृत (नष्ट श्याम) का फिर से अस्तित्व में आना नहीं होता, उसी तरह यहाँ भी" (नश्वर स्वभाव वाले नाश पदार्थ के नष्ट हो जाने पर भी काष्ठ फिर से अस्तित्व में नहीं आता)।

किन्तु, यह दृष्टान्त गलत है? राम श्याम के नाश में हन्ता (राम) (श्याम का) मरण नहीं है, बल्कि श्याम का मरण है अपने प्राण, इन्द्रिय आदि का नाश होना। यदि श्याम के प्राण-इन्द्रिय आदि का नाश होना हटा दिया जाये, तो श्याम जरूर अस्तित्व में आ जायेगा, किन्तु यहाँ आप 'नाश पदार्थ काष्ठ का मरण' मानते हैं, इसलिए नाश पदार्थ के नष्ट हो जाने पर काष्ठ को फिर से अस्तित्व में आना चाहिए।

(c) 'नाश एक अभिन्न भाव रूपी वस्तु' यह मानने से भी काम नहीं चलेगा–'यदि (मानें कि) विनाश (भावरूपी वस्तु काष्ठ से) अभिन्न है, तो 'नाश-काष्ठ' है, तो (काष्ठ) (नाश) अ-सत्, अतएव (नाशक आग) उसका हेतु नहीं हो सकती।'

'नाश को (काष्ठ से) भिन्न या अभिन्न दो छोड़ और नहीं माना जा सकता,' और हमने ऊपर देख लिया, कि दोनों ही अवस्थाओं में नाश के लिए हेतु (कारण) की जरूरत नहीं, अतएव नाश अहेतुक होता है।

यदि कहो–"नाश के अहेतुक मानने पर (वह) नित्य होगा, फिर (काष्ठ का) भाव और नाश दोनों एक साथ रहने वाले मानने पड़ेंगे, तो यह शंका ही गलत बुनियाद पर है, क्योंकि (नाश तो) असत् है।" (अभाव) है, उसकी नित्यता कैसे होगी, नित्य-अनित्य होने का सवाल भाव पदार्थ के लिए होता है, गदहे की सींग–असत् पदार्थ–के लिए नहीं।

(7) कारण-समूहवाद–कार्य एक से नहीं, बल्कि अनेक कारणों के इकट्ठा होने–कारण साम्रगी–से उत्पन्न होता है, अर्थात् अनेक कारण मिलकर एक कार्य को उत्पन्न करते हैं। इस सिद्धान्त द्वारा बौद्ध दार्शनिक जहाँ जगत् में प्रयोगतः सिद्ध वस्तु स्थिति की व्याख्या करते हैं, वहाँ किसी एक ईश्वर के कर्तापन का भी खंडन करते हैं। साथ ही यह भी बतलाते हैं, कि स्थिरवाद चाहे वह परमाणुओं का हो या ईश्वर का कारणों की साम्रगी (इकट्ठा होने को) अस्तित्व में नहीं ला

सकता; यह क्षणिकवाद ही है, जो कि भावों की क्षणिकता–देश और काल में गति की वजह से कारणों की सामग्री (इकट्ठा होना) करा सकता है।

'कोई भी एक (वस्तु) एक (कारण) से नहीं उत्पन्न होती, बल्कि सामग्री (बहुत से कारणों के इकट्ठा होने) से (एक या अनेक) सभी कार्यों की उत्पत्ति होती है।'

"कार्यों के स्वभावों (स्वरूपों) में जो भेद है, वह आकस्मिक नहीं, बल्कि कारणों (कारण-साम्रगी) से उत्पन्न होता है। उनके बिना (कारणों के बिना, किसी दूसरे से) उत्पन्न होना (मानें तो कार्य के) रूप (कोयले) को उस (आग) से उत्पन्न कैसे कहा जायेगा?"

"(चूँकि) साम्रगी (कारण-समुदाय) की शक्तियाँ भिन्न-भिन्न होती हैं, (अतः) उन्हीं की वजह से वस्तुओं (कार्यों) में भिन्न-रूपता दिखलाई पड़ती है। यदि वह (अनेक कारणों की साम्रगी) भेद करने वाली न होती, तो यह जगत् (विश्व-रूप नहीं) एक-रूप होता।"

मिट्टी, चक्का, कुम्हार अलग-अलग (किसी घड़े जैसे भिन्न रूप वाले) कार्य के करने में असमर्थ हैं, किन्तु उनके (एकत्र) होने पर कार्य होता है। इससे मालूम होता है, कि संहत (एकत्रित) हुई उन (क्षणिक वस्तुओं) में हेतुपन (कारणपन) है, ईश्वर आदि में नहीं, क्योंकि (ईश्वर आदि में क्षणिकता न होने से) अभेद (एक-रसता) है।

(8) प्रमाण पर विचार–मानव का ज्ञान जितना ही बढ़ता गया, उतना ही उसने उसके महत्त्व को समझा और अपने जीवन के हर क्षेत्र में मस्तिष्क को अधिक इस्तेमाल किया। यही ज्ञान की महिमा आगे प्रयोग सिद्ध नहीं कल्पना सिद्ध रूप में धर्म तथा धर्म-सहायक दर्शन में परिणत हुई, यह हम उपनिषद्काल में देख चुके हैं? उपनिषद् के दार्शनिकों का जितना जोर ज्ञान पर था, बुद्ध का उससे भी कहीं अधिक उस पर जोर था, क्योंकि अविद्या को वह सारी बुराइयों की जड़ मानते थे और उसके दूर करने के लिए आर्य-सत्य या निर्दोष ज्ञान को बहुत जरूरी समझते थे। पिछली शताब्दियों में जब भारतीयों को अरस्तू के तर्कशास्त्र के संपर्क में आने का मौका मिला, तो ज्ञान और उसकी प्राप्ति के साधनों की ओर उनका ध्यान अधिक गया, यह हम नागार्जुन, कणाद, अक्षपाद आदि के वर्णन में देख आए हैं। वसुबंधु, दिग्नाग, धर्मकीर्ति ने इसी बात को अपना मुख्य विषय बनाकर, अपने प्रमाण-शास्त्र की रचना की। दिग्नाग ने अपने प्रधान ग्रंथ का नाम 'प्रमाण समुच्चय' क्यों रखा, धर्मकीर्ति ने भी उसी तरह अपने श्रेष्ठ ग्रंथ का नाम 'प्रमाणवार्तिक' क्यों घोषित किया, इसे हम उपरोक्त बातों पर ध्यान रखते हुए अच्छी तरह समझ सकते हैं।

प्रमाण–प्रमाण क्या हैं? धर्मकीर्ति ने उत्तर दिया–"(दूसरे जरिए से) अज्ञात अर्थ के प्रकाशक, अ-विसंवादी (वस्तु-स्थिति के विरुद्ध न जाने वाले) ज्ञान को कहते हैं।" अ-विसंवाद क्या है?– "(ज्ञान का कल्पना के ऊपर नहीं) अर्थ-क्रिया के ऊपर स्थित होना।" इसीलिए किसी, ज्ञान की "प्रमाणता व्यवहार प्रयोग, अर्थ क्रिया) से होती है।"

(प्रमाण-संख्या)–हम देख चुके हैं, अन्य भारतीय दार्शनिक शब्द उपमान, अर्थापत्ति आदि कितने ही और प्रमाणों को भी मानतें हैं। धर्मकीर्ति अर्थ क्रिया या प्रयोग को परमार्थ सत् की कसौटी मानते थे, इसीलिये वह ऐसे ही प्रमाणों को मान सकते थे, जो कि अर्थ-क्रिया पर आधारित हों।

"(पदार्थ–अलग-अलग लेने पर स्व-लक्षण–शब्द आदि के प्रयोग के बिना केवल अपने रूप में मिलते हैं, अथवा कइयों के बीच के सादृश्य को लेने पर सामान्य लक्षण–अनेकों में उनके आकार की समानता में मिलते हैं, इस प्रकार) विषय के (सिर्फ़) दो ही प्रकार होने से प्रमाण भी दो प्रकार का ही होता है। (इनमें पहला प्रत्यक्ष है और दूसरा अनुमान। प्रत्यक्ष का आधार वस्तु का स्वलक्षण अपना निजी स्वरूप है और यह स्वलक्षण) अर्थक्रिया में समर्थ होता है। (अनुमान का आधार सामान्य-लक्षण अनेक वस्तुओं में समानरूपता है और यह सामान्य लक्षण अर्थ क्रिया में) असमर्थ होता है।"

(क) प्रत्यक्ष प्रमाण–ज्ञान के साधन दो ही हैं, प्रत्यक्ष या अनुमान। प्रत्यक्ष क्या है?– "(इन्द्रिय, मन और विषय के संयोग होने पर) कल्पना से बिलकुल रहित (जो ज्ञान होता है) तथा जो (किसी दूसरे साधन द्वारा अज्ञात अर्थ का प्रकाशक है वह प्रत्यक्ष है और वह (कल्पना नहीं) सिर्फ़ प्रति-अक्ष से ही सिद्ध होता है।" इस तरह प्रत्यक्ष वह अ-विसंवादी (अर्थ-क्रिया का अनुसरण करने वाला) अज्ञात अर्थ का प्रकाशक ज्ञान है, जो कि विषय के संपर्क से उस पहले क्षण में होता है, जब कि कल्पना ने वहाँ दखल नहीं दिया। धर्मकीर्ति ने दिग्नाग की तरह प्रत्यक्ष के चार भेद माने हैं–इन्द्रिय-प्रत्यक्ष, मानस-प्रत्यक्ष, स्वसंवेदन-प्रत्यक्ष और योगि-प्रत्यक्ष, असंग के लोक-प्रत्यक्ष का पता नहीं।

(a) इंद्रिय-प्रत्यक्ष–"चारों ओर से ध्यान (चिन्तन) को हटाकर (कल्पना से मुक्त होने के कारण) निश्चल (स्तिमित) चित्त के साथ स्थित (पुरुष) रूप को देखता है, यही इन्द्रिय-प्रत्यक्ष ज्ञान है।" इन्द्रिय-प्रत्यक्ष हो जाने के "पीछे (जब वह) कुछ कल्पना करता है और वह जानता है–मेरे (मन में) ऐसी कल्पना (खास आकार-प्रकार का होने से घड़ा है) हुई थी, किन्तु (यह बात) पूर्वोक्त इन्द्रिय से (उत्पन्न) ज्ञान के वक्त नहीं होती।" इसीलिए सारे (चक्षु आदि वाले) इन्द्रिय-प्रत्यक्ष (व्यक्ति) विशेष (मात्र) के बारे में होते हैं। विशेष (वस्तुओं का स्वरूप सामान्य से मुक्त सिर्फ़ स्वलक्षण मात्र हैं, इसलिए उनमें) शब्दों का प्रयोग नहीं हो सकता। "इस (घट वस्तु) का यह (वाचक, घट शब्द) है, इस तरह (वाच्य-वाचक का जो) संबंध (है, उस) में जो पदार्थ प्रतिभासित हो रहे हैं, उन्हीं (वाच्य-वाचक पदार्थों) का (वह) संबंध है, (और जिस वक्त उस वाच्य-वाचक संबंध की ओर मन-कल्पना दौड़ाता है), उस वक्त (वस्तु) इन्द्रिय के सामने से हट गई रहती है (और मन अपने संस्कार के भीतर अवस्थित ताजे और पुराने दो कल्पना-चित्रों को मिलाकर नाम देने की कोशिश में रहता है)।"

"(शंकर स्वामी जैसे कुछ बौद्ध प्रमाणशास्त्री, प्रत्यक्ष-ज्ञान को) इन्द्रिय-ज...होने से (शब्द के ज्ञान से वंचित) छोटे बच्चे के ज्ञान की भाँति कल्पना रहित (ज्ञान) बतलाते हैं और बच्चे के (ज्ञान को इस तरह) कल्पना रहित होने में (वाच्य-वाचक रूप से शब्द-अर्थ संबंध के) संकेत को कारण कहते हैं। ऐसों को (मत में) कल्पना के (सर्वथा) अभाव के कारण बच्चों का (सारा ज्ञान) सिर्फ़ प्रत्यक्ष ही होगा और (बच्चों को) संकेत (जानने) के लिए कोई उपाय न होने से पीछे (बड़े होने पर) भी वह (संकेत-ज्ञान) नहीं हो सकेगा।"

(b) मानस-प्रत्यक्ष–दिग्नाग ने प्रमाण समुच्चय में मानस-प्रत्यक्ष की व्याख्या करते हुए कहा–पदार्थ के प्रति राग आदि का जो (ज्ञान) है, वही (कल्पना रहित ज्ञान) मानस (प्रत्यक्ष) है।

मानस प्रत्यक्ष स्वतंत्र प्रत्यक्ष नहीं रहेगा, यदि 'पहले के इन्द्रिय द्वारा ज्ञात (अर्थ) को ही ग्रहण करे, क्योंकि ऐसी दशा में (पहले से ज्ञात अर्थ का प्रकाशक होने से अज्ञात-अर्थ-प्रकाशक नहीं अतएव वह) प्रमाण नहीं होगा। यदि (इन्द्रिय-ज्ञान द्वारा) अ-दृष्ट को (मानस-प्रत्यक्ष) माना जाये, तो अंधे आदि को भी (रूप आदि) अर्थों का दर्शन (होता है, यह) मानना होगा।' इस सबका ख्याल कर धर्मकीर्ति मानस-प्रत्यक्ष की व्याख्या करते हैं–

"(चक्षु आदि) इन्द्रिय से जो (विषय का) विज्ञान हुआ है, उसी को अनन्तर-प्रत्यय (तुरन्त पहले गुजरा कारण) बना, जो मन (चेतना) उत्पन्न हुआ है, वही (मानस-प्रत्यक्ष है), चूँकि (चक्षु आदि इन्द्रियों से ज्ञात रूप आदि ज्ञान से) भिन्न को (मन-प्रत्यक्ष में) ग्रहण करता है (इस) लिए वह ज्ञात अर्थ का प्रकाशन नहीं, साथ ही मन द्वारा प्रत्यक्ष होने वाले रूप आदि के विज्ञान इन्द्रिय से ज्ञात, उन रूप आदिकों से संबंद्ध है, जिन्हें कि अंधे आदि नहीं देख सकते, इसलिए) आँख के अंधों की (रूप...) देखने की बात नहीं आती।"

(c) **स्वसंवेदन-प्रत्यक्ष**–दिग्नाग ने इसका लक्षण करते हुए कहा–"(चक्षु-इन्द्रिय से गृहीत रूप का ज्ञान मन से गृहीत रूप-विज्ञान का ज्ञान होने के बाद रूप आदि) अर्थ के प्रति अपने भीतर जो राग (द्वेष) आदि का संवेदन (अनुभव) होता है, (वही) कल्पना-रहित (ज्ञान) स्वसंवेदन (प्रत्यक्ष) है।" इसके अर्थ को अपने वार्तिक से स्पष्ट करते हुए धर्मकीर्ति ने कहा–

"राग (सुख) आदि के जिस स्वरूप को (हम अनुभव करते हैं वह) किसी दूसरे (इन्द्रिय आदि से) संबंध नहीं रखता, अतः उसके स्वरूप के प्रति (वाच्य-वाचक) संकेत का प्रयोग नहीं हो सकता (और इसीलिए) उसका जो अपने भीतर संवेदन होता है, वह (वाचक शब्द से) प्रकट होने लायक नहीं है।" इस तरह अज्ञात अर्थ का प्रकाशक, कल्पनारहित तथा अविसंवादी होने से राग-सुख आदि का जो अनुभव हम करते हैं, वह स्वसंवेदन-प्रत्यक्ष भी इन्द्रिय और मानस-प्रत्यक्ष से भिन्न एक प्रत्यक्ष है। इन्द्रिय-प्रत्यक्ष में हम किसी इन्द्रिय के एक विषय (रूप, गंध) का ज्ञान प्राप्त करते हैं, मानस प्रत्यक्ष हमें उससे आगे बढ़कर इन्द्रिय से जो यह ज्ञान प्राप्त हुआ है, उसका अनुभव कराता है और इस प्रकार अब भी उसका संबंध विषय से जुड़ा हुआ है, किन्तु स्वसंवेदन प्रत्यक्ष में हम इन्द्रिय के (रूप) ज्ञान और उस इन्द्रिय-ज्ञान से आगे तथा बिलकुल भिन्न राग-द्वेष या सुख-दुख...का प्रत्यक्ष करते हैं।

(d) **योगि-प्रत्यक्ष**–उपरोक्त तीन प्रकार के प्रत्यक्षों के अतिरिक्त बौद्धों ने एक चौथा प्रत्यक्ष योगि-प्रत्यक्ष माना है। अज्ञात-प्रकाशक अविसंवादी-प्रत्यक्षों के ये विशेषण यहाँ भी लिए गए हैं, साथ ही कहा है–"उन (योगियों) का ज्ञान भावना से उत्पन्न कल्पना के जाल से रहित स्पष्ट ही भासित होता है। (स्पष्ट इसलिए कहा कि) काम, शोक, भय, उन्माद, चोर, स्वप्न आदि के कारण भ्रम में पड़े (व्यक्ति) अ-भूत (असत्) पदार्थों को भी सामने अवस्थित की भाँति देखते हैं, लेकिन वह स्पष्ट नहीं होते। जिस (ज्ञान) में विकल्प (कल्पना) मिला रहता है, वह स्पष्ट पदार्थ के रूप में भासित नहीं होता। स्वप्न में (देखा पदार्थ) भी स्मृति में आता है, किन्तु वह (जागने की अवस्था में) वैसे (विकल्प रहित) पदार्थ के साथ नहीं स्मरण में आता।"

समाधि (चित्त की एकाग्रता) आदि भावना से प्राप्त जितने ज्ञान हैं, सभी योगि-प्रत्यक्ष-प्रमाण में नहीं आते; बल्कि "उनमें वही भावना से उत्पन्न (ज्ञान) प्रत्यक्ष-प्रमाण से अभिप्रेत है, जो कि

पहले (अज्ञात-प्रकाशक आदि) की भाँति संवादी (अर्थक्रिया को अनुसरण करने वाला) हो, बाकी (दूसरे भावना से उत्पन्न ज्ञान) भ्रम है।"

प्रत्यक्ष ज्ञान होने के लिए उसे कल्पना-रहित होना चाहिए, इस पर जोर दिया गया है। इन्द्रिय-प्रत्यक्ष तक कल्पना से रहित होना आसानी से समझा जा सकता है, क्योंकि वहाँ हम देखते हैं, कि सामने घड़ा देखने पर नेत्र पर पड़े घड़े के प्रतिबिंब का जो पहला दबाव ज्ञान तंतुओं द्वारा मस्तिष्क पर पड़ता है, वह कल्पना-रहित होता है। पहले दबाव के बाद एक छाप (प्रतिबिंब) मस्तिष्क पर पड़ता है, फिर मस्तिष्क में संस्कार रूप में पहले के देखे घड़ों के जो प्रतिबिंब (या प्रतिबिंब-संतान) मौजूद हैं, उनसे इस नए प्रतिबिंब (या लगातार पड़ रहे प्रतिबिंब-संतान) को मिलाया जाता है–अब यहाँ कल्पना का आरम्भ हो गया। फिर जिस प्रतिबिंब से यह नया प्रतिबिंब मिल जाता है, उसके वाचक नाम का स्मरण होता है, फिर इस नए प्रतिबिंब वाले पदार्थ का नामकरण किया जाता है। यहाँ कहाँ तक कल्पना रहित ज्ञान रहा और कहाँ से कल्पना शुरू हुई, यह समझना उस प्रथम दबाव के द्वारा आसान है; किंतु जहाँ बाहरी वस्तु के दबाव की बात नहीं रहती, वहाँ कल्पना के आरम्भ की सीमा निर्धारित करना खासकर योगि-प्रत्यक्ष जैसे ज्ञान में बहुत कठिन है। इसीलिए कल्पना की व्याख्या करते हुए धर्मकीर्ति ने लिखा–

"जिस (विषय, वस्तु) में जो (ज्ञान, दूसरे से पृथक करने वाले) शब्द-अर्थ (के संबंध) को ग्रहण करने वाला है, वह ज्ञान उस (विषय) में कल्पना है। (वस्तु का) अपना रूप पदार्थ (शब्द का विषय) नहीं होता, इसलिए वहाँ का सारा (ज्ञान) प्रत्यक्ष है।"

इस तरह चाहे ज्ञान का विषय बाहरी वस्तु हो अथवा भीतरी विज्ञान, जब तक समानता असमानता को लेकर प्रयुक्त होने वाले शब्दार्थ को अवकाश नहीं मिल रहा है, तब तक वह प्रत्यक्ष की सीमा के भीतर रहता है।

(प्रत्यक्षाभास)–चार प्रकार के प्रत्यक्ष ज्ञान को बतला चुके, किन्तु ज्ञान ऐसे भी हैं, जो प्रत्यक्ष-प्रमाण नहीं है और देखने में प्रत्यक्ष लगते हैं; ऐसे प्रत्यक्षाभासों का भी परिचय होना जरूरी है, जिसमें कि हम गलत रास्ते पर न चले जायें। दिग्नाग ने ऐसे प्रत्यक्षाभासों की संख्या चार बतलाई है–"भ्रान्तिज्ञान संवृत्तिमत्-ज्ञान अनुमाननुमानिक-स्मार्ताभिलापिक और तैमिरि ज्ञान।" (1) भ्रान्ति ज्ञान मरुभूमि की बालुका में जल का ज्ञान है। (2) संवृत्ति वाला ज्ञान फ़र्जी द्रव्य के गुण आदि का ज्ञान–'यह अमुक द्रव्य है, अमुक गुण है।' (3) अनुमान (लिंग, धूम) अनुमानिक (लिंगी आग) के संकेतवादी स्मृति के अभिलाप (वचन के विषय) वाला ज्ञान–'यह घड़ा है।' (4) तैमिरि ज्ञान वह ज्ञान है, जो कि इन्द्रिय में किसी तरह के विकार के कारण होता है, जैसे कामला रोग वाले को सभी चीज़ें पीली मालूम होती हैं। इनमें पहले "तीन प्रकार के प्रत्यक्षाभास कल्पना-युक्त ज्ञान हैं, (जो कल्पनायुक्त होने के कारण ही प्रत्यक्ष के भीतर नहीं गिने जा सकते) और एक (तैमिरि) कल्पना रहित है, किन्तु आश्रय (इन्द्रिय) में (विकार होने के कारण उत्पन्न होता है) इसलिए प्रत्यक्ष ज्ञान में नहीं आ सकता–ये हैं चार प्रकार के प्रत्यक्षाभास।"

(ख) अनुमान-प्रमाण–अग्नि का ज्ञान दो प्रकार से हो सकता है, एक अपने स्वरूप से, जैसा कि प्रत्यक्ष से देखने पर होता है; दूसरा, दूसरे के रूप से जैसे धुआँ देखने पर एक दूसरी

(रसोईघर की) आग का रूप याद आता है और इस प्रकार दूसरे के रूप से इस धुएँ के लिंग (चिह्न) वाली आग का ज्ञान होता है–यह अनुमान है, चूँकि पदार्थ का स्वरूप और पर-रूप दो ही तरह से ज्ञान होता है, अतः प्रमाण के विषय (भेद) दो ही प्रकार के होते हैं–एक प्रत्यक्ष प्रमाण का विषय और दूसरा अनुमान का विषय।

किन्तु "(जो स्वरूप से, अनुमान ज्ञान होता) है, वह जैसी (वस्तुस्थिति) है, उसके अनुसार नहीं लिया जाता, इसलिए (यह) दूसरे तरह का (ज्ञान) भ्रान्ति है। (फिर प्रश्न होता है) यदि (वस्तु का अपने नहीं) पर-रूप से ज्ञान होता है, तो (वह भ्रान्ति है) और भ्रान्ति को प्रमाण नहीं कह सकते (क्योंकि वह अ-विसंवादी नहीं होगी)। (उत्तर है) भ्रान्ति को भी प्रमाण माना जा सकता है, यदि (उस ज्ञान का) अभिप्राय (जिस अर्थ से है, उस अर्थ) से अ-विसंवाद न हो (उसके विरुद्ध न जाये; क्योंकि) दूसरे रूप से पाया ज्ञान भी (अभिप्रेत अर्थ का संवादी) देखा जाता है।" यहीं पहाड़ में देखे धुएँ वाली आग के ज्ञान को हम अपने रूप से नहीं पा, रसोईघर वाली आग के रूप के द्वारा पाते हैं, परन्तु हमारे इस अनुमान ज्ञान से जो अभिप्रेत अर्थ (पहाड़ की आग) है, उससे उसका विरोध नहीं है।

(a) अनुमान की आवश्यकता–"वस्तु का जो अपना स्वरूप (स्वलक्षण) है, उसमें कल्पना-रहित प्रत्यक्ष प्रमाण की जरूरत होती है (यह बतला चुके हैं), किन्तु (अनेक वस्तुओं के भीतर जो) सामान्य है, उसे कल्पना के बिना नहीं ग्रहण किया जा सकता, इसलिए इस (सामान्य के ज्ञान) में अनुमान की जरूरत पड़ती है।"

(b) अनुमान का लक्षण–किसी "संबंधी" (पदार्थ, धूम से संबंध रखने वाली आग) के धर्म (लिंग, धूम) से धर्मी (धर्मवाली, आग) के विषय में (जो परोक्ष) ज्ञान होता है, वह अनुमान है।

पहाड़ में हम दूर से धुआँ देखते हैं, रसोईघर या दूसरी जगह देखी आग याद आती है और यह भी कि "जहाँ-जहाँ धुआँ होता है, वहाँ-वहाँ आग होती है" फिर धुएँ को हेतु बनाकर हम जान जाते हैं, कि पर्वत में आग है। यहाँ आग परोक्ष है, इसलिए उसका ज्ञान उसके अपने स्वरूप से हमें नहीं होता, जैसा कि प्रत्यक्ष आग में होता है, दूसरी बात है कि हमें ज्ञान सद्यः नहीं होता, बल्कि उसमें स्मृति, शब्द-अर्थ-संबंध–अर्थात् कल्पना का आश्रय लेना पड़ता है।

(प्रमाण दो ही)–प्रमाण द्वारा ज्ञेय (प्रमेय) स्वरूप और पर-रूप (कल्पना-रहित, कल्पना-युक्त) दो ही प्रकार से जाने जाते हैं। इनमें पहला प्रत्यक्ष रहते जाना जाता है, दूसरा परोक्ष (अ-प्रत्यक्ष) रहते। प्रत्यक्ष और परोक्ष छोड़ और कोई (तीसरा) प्रमेय संभव नहीं है, इसीलिए प्रमेय के (सिर्फ़) दो होने के कारण प्रमाण भी दो ही होते हैं। दो तरह के प्रमेयों के देखने से (प्रमाणों की) संख्या को (बढ़ाकर) तीन या (घटाकर) एक करना भी गलत है।

(c) अनुमान के भेद–कणाद, अक्षपाद ने अनुमान को एक ही माना था, इसलिए अपने पूर्ववर्ती 'ऋषियों' के पद पर चलते हुए प्रशस्त पाद जैसे थोड़े से अपवादों के साथ आज तक ब्राह्मण नैयायिक उसे एक ही मानते आ रहें हैं। अनुमान के स्वार्थ-अनुमान, परार्थ-अनुमान ये दो भेद पहले पहल आचार्य दिग्नाग ने किया। दो प्रकार के अनुमानों में स्वार्थ-अनुमान वह अनुमान है, जिसमें तीन प्रकार के हेतुओं (लिंगों, चिह्नों, धूम आदि) से किसी प्रमेय का ज्ञान अपने लिए

(स्वार्थ) किया जाता है। परार्थानुमान में उन्हीं तीन प्रकार के हेतुओं द्वारा दूसरे के लिए (परार्थ) प्रमेय का ज्ञान कराया जाता है।

(d) हेतु (लिंग) धर्म–पदार्थ (प्रमेय) के जिस धर्म को हम देखकर कल्पना द्वारा उसके अस्तित्व का अनुमान करते हैं, वह हेतु है, अथवा "पक्ष (आग) का धर्महेतु है, जो कि पक्ष (आग) के अंश (धर्म, धूम) से व्याप्त है।"

"हेतु सिर्फ़ तीन तरह के होते हैं"–कार्य-हेतु, स्वभाव-हेतु और अनुपलब्धि-हेतु। हम किसी पदार्थ का अनुमान करते हैं, उसके कार्य से–"पहाड़ में आग है धुआँ होने से"। यहाँ धुआँ आग का कार्य है, इस तरह कार्य से उसके कारण (आग) का हम अनुमान करते हैं। इसलिए "धुआँ होने से" यह हेतु कार्य-हेतु है।

"यह सामने की वस्तु वृक्ष है, शीशम होने से" यहाँ "शीशम होने से" हेतु दिया गया है। वृक्ष सारे शीशमों का स्वभाव (स्वरूप) है, सामने की वस्तु को यदि हम शीशम समझते हैं, तो उसे इस स्वभाव-हेतु के कारण वृक्ष भी मानना पड़ेगा।

'मेज पर गिलास नहीं है', "उपलब्धि-योग्य स्वरूप वाली होने पर भी उसकी उपलब्धि न होने से" यह अनुपलब्धि हेतु का उदाहरण है। गिलास ऐसी वस्तु है, जो कि वहाँ होने पर दिखाई देगा, उसके न दिखाई देने (उपलब्धि न होने) का मतलब है, कि वह मेज पर नहीं है। गिलास की अनुपलब्धि यहाँ हेतु बनकर उसके न होने को सिद्ध करती है।

अनुमान से किसी बात को सिद्ध करने के लिए कार्य, स्वभाव, अनुपलब्धि के रूप में तीन प्रकार के हेतु इसीलिए होते हैं, क्योंकि हेतु वाले इन धर्मों के बिना धर्मी (साध्य, आग) कभी नहीं होता–इस धर्म का धर्मी के साथ अ-विनाभाव संबंध है। हम जानते हैं "जहाँ धुआँ होता है वहाँ आग जरूर रहती है", "जो जो शीशम है वह वृक्ष जरूर होता है", "आँख से दिखाई पड़ने वाला गिलास होने पर जरूर दिखाई देता है", न दिखाई देने का मतलब है नहीं होना।

(9) मन और शरीर (क) एक दूसरे पर आश्रित–मन और शरीर अलग हैं या एक ही हैं, इस पर भी धर्मकीर्ति ने अपने विचार प्रकट किए हैं। बौद्ध-दर्शन के बारे में लिखते हुए हम पहले बतला चुके हैं और आगे भी बतलायेंगे, कि बौद्ध आत्मा को नहीं मानते, उसकी जगह वह चित्त, मन और विज्ञान को मानते हैं, जो तीनों ही पर्याय हैं। मन शरीर नहीं है, किन्तु साथ ही 'मन काया के आश्रित है।' इन्द्रियाँ काया (शरीर) में होती हैं, यह हम जानते हैं और "यद्यपि इन्द्रियों के बिना बुद्धि (मन, ज्ञान) नहीं होता, साथ ही इन्द्रियाँ भी बुद्धि के बिना नहीं होतीं, इस तरह दोनों (इन्द्रियाँ और बुद्धि) अन्योन्य-हेतुक (एक दूसरे पर निर्भर है) और इससे (मन और काया) का अन्योन्य-हेतुक होना (सिद्ध है)"।

(ख) मन शरीर नहीं–मन और शरीर का इस तरह एक दूसरे पर आश्रित होना–दोनों में अविनाभाव संबंध होना–हमें इस परिणाम पर पहुँचाता है, कि मन शरीर से सर्वथा भिन्न तत्त्व नहीं है, वह शरीर का ही एक अंश है अथवा मन और शरीर दोनों उन्हीं भौतिक तत्त्वों के विकास हैं, अतः तत्त्वतः उनमें कोई भेद नहीं–भूत से ही चैतन्य है, जो चैतन्य है वह भूत है। धर्मकीर्ति अन्य बौद्ध दार्शनिकों की भाँति भूत चैतन्यवाद (भौतिकवाद या जड़वाद) का खंडन करते हुए कहते

हैं–'प्राण–अपान (श्वास-प्रश्वास) इन्द्रियाँ और बुद्धि (मन) की उत्पत्ति अपने से समानता रखने वाले (सजातीय) पूर्व के कारण के बिना केवल शरीर से ही नहीं होती। यदि इस तरह की उत्पत्ति (जन्मग्रहण) होती, तो (प्राण-अपान-इन्द्रिय-बुद्धि वाले शरीर से उत्पन्न होने का) नियम न रहता (और जिस किसी भूत से जीवन–प्राण अपान-इन्द्रिय-बुद्धि वाला शरीर उत्पन्न होता)।'

जीवन वाले बीज से ही दूसरे जीवन की उत्पत्ति होती है, यह भी इस बात की दलील है, कि मन (चेतना) केवल भूतों की उपज नहीं है। कहीं-कहीं जीवन-बीज के बिना भी जीवन उत्पन्न होता दिखाई देता है, जैसे कि वर्षा में क्षुद्रकीट; इसका उत्तर देते हुए धर्मकीर्ति कहते हैं–

'पृथिवी आदि का ऐसा कोई अंश नहीं है, जहाँ स्वेदज आदि जन्तु न पैदा होते हों, इससे मालूम होता है, सब (भूत से उत्पन्न होती दिखाई देने वाली वस्तुएँ) बीजात्मक हैं।'

'यदि अपने सजातीय (जीवनमुक्त कारण) के बिना इन्द्रिय आदि की उत्पत्ति मानी जाय, तो जैसे एक (जगह के भूत जीवन के रूप में) परिणत हो जाते हैं, उसी तरह सभी (भूत परिणत हो जाने चाहिए); क्योंकि (पहले जीवन-शून्य होने से सभी) एक से हैं, (लेकिन हर कंकड़ और डले को सजीव आदमी के रूप में परिणत होते नहीं देखा जाता) ।'

"बत्ती (तेल) आदि की भाँति (कफ़, पित्त आदि) दोषों द्वारा देह विगुण (मृत) हो जाता है–यह कहना ठीक नहीं; ऐसा होता तो मरने के बाद भी (कफ़, पित्त आदि) दोषों का शमन हो जाता है (फिर तो दोषों के शमन से विगुणता हट जाने के कारण मृतक को) फिर जी जाना चाहिए।"

"यदि कहो (जलाकर) आग के निवृत्त (शान्त) हो जाने पर भी काष्ठ के विकार (कोयले या राख) की निवृत्ति (पहले काष्ठ के रूप में परिणति) नहीं होती, उसी तरह (मृत शरीर की भी कफ़ आदि के शान्त होने पर भी सजीव शरीर के रूप में) परिणति नहीं होती–यह कहना ठीक नहीं, क्योंकि चिकित्सा के प्रयोग से (जब दोषों को हटाया जाता है, तो शरीर प्रकृतिस्थ हो जाता है, किन्तु यह शरीर के सजीव होते ही होते)।"

"(दोषों से होने वाले विकारों की निवृत्ति या अनिवृत्ति सभी जगह एक-सी नहीं है) कोई वस्तु कहीं-कहीं न लौटने देने वाले (अनिवर्त्य) विकार की जनक (उत्पादक) होती है, जैसे आग काष्ठ के बारे में (अनिवर्त्य विकार की जनक) है और कहीं उलटा (निवर्त्य विकारजनक) है, जैसे (वही आग) सुवर्ण में। पहले (काष्ठ की आग) का थोड़ा भी विकार (काला आदि पड़ जाना) अनिवर्त्य (लौटाया जाने वाला) है। (किन्तु दूसरे सोना-आग में जो) लौटाया जा सकने वाला (प्रत्यानेय) विकार है, वह फिर (पूर्ववत् पिछले) ठोस सोने की तरह हो सकता है।"

"(जो कुछ) असाध्य कहा जाता है, (वह रोगों और मृत्यु के कारण कफ़ आदि दोषों के) निवारक (औषधों) के दुर्लभ होने से अथवा आयु की क्षय की वजह से (कहा जाता है)। यदि (भौतिकवादियों के मतानुसार) केवल (भौतिकदोष ही मृत्यु के कारण हो) तो (ऐसे दोषों का हटाना) असाध्य नहीं हो सकता।"

"(माना जाता है कि साँप काटने पर जब तक जीवन रहता है, तब तक विष सारे शरीर में फैलता जाता है, किन्तु शरीर के निर्जीव हो जाने पर विष काटे स्थान पर जमा हो जाता है। इस तरह तो यदि भूत ही चेतना होती, तो (शरीर के) मर जाने पर विष आदि के (शरीर के अन्य स्थानों से

हटकर एक स्थान पर) जमा होने से (शरीर के बाकी स्थानों) अथवा कटे (स्थान के काट डालने से (बाकी शरीर में निर्जीवतारूपी) विकार के हेतु (विष) के हट जाने से वह (शरीर) क्यों नहीं साँस लेने लगता? (इससे पता लगता है कि चेतना भूत ही नहीं है, बल्कि उससे भिन्न वस्तु है; यद्यपि दोनों एक दूसरे के आश्रित होने से अलग-अलग नहीं रह सकते) ।"

"(भूत से चेतना की उत्पत्ति मानने पर भूत उपादान और चेतना उपादेय हुई फिर) उपादान (शरीर) के विकार के बिना उपादेय (चेतना) में विकार नहीं किया जा सकता, जैसे कि मिट्टी में विकार बिना (मिट्टी के बने) कसोरे आदि में (विकार नहीं किया जा सकता)। किसी वस्तु के विकार-युक्त हुए बिना जो पदार्थ विकारवान् होता है, वह वस्तु उस (पदार्थ) का उपादान नहीं (हो सकती), जैसे कि (एक के विकार के बिना दूसरी विकार-युक्त होने वाली) गाय और नीलगाय में (एक दूसरे का उपादान नहीं हो सकती)। इसी तरह मन और शरीर की भी (बात है, दोनों में से एक के विकार-युक्त हुए बिना भी दूसरे में विकार देखा जाता है)।"

(ग) मन का स्वरूप–"स्वभाव से मन प्रभास्वर (निर्विकार) है, (उसमें पाए जाने वाले) मल आगन्तुक (आकाश में अन्धकार, कुहरा, आदि की भाँति अपने से भिन्न) हैं।"

4. दूसरे दार्शनिकों का खंडन

धर्मकीर्ति ने अपने ग्रंथ प्रमाण-वार्तिक में अपने दार्शनिक सिद्धान्तों का समर्थन और प्रतिपादन ही नहीं किया है, बल्कि उन्होंने अपने समय तक की हिन्दू दार्शनिक प्रगति की आलोचना की है। जिन दार्शनिकों के ग्रंथों को सामने रखकर उन्होंने यह आलोचना की है, उनमें उद्योतकर और कुमारिल जैसे प्रमुख ब्राह्मण दार्शनिक भी हैं। हमने पुनरुक्ति और ग्रंथ विस्तार के डर से उनके बारे में अलग नहीं लिखा, किन्तु यहाँ धर्मकीर्ति की आलोचना से उनके विचारों को हम जान सकते हैं।

(1) नित्यवादियों का सामान्यरूप से खंडन–पहले हम उन सिद्धान्तों को ले रहे हैं, जिन्हें एक से अधिक दार्शनिक संप्रदाय मानते हैं।

(क) नित्यवाद का खंडन–अनित्यवाद (क्षणिकवाद) का घोर पक्षपाती होने से बौद्ध दर्शन नित्यवाद का जबर्दस्त विरोधी है। भारत के बाकी सारे ही दार्शनिक किसी-न-किसी रूप में नित्यवाद को मानते हैं, जैन और मीमांसक जैसे आत्मवादी ही नहीं, चार्वाक जैसे भौतिकवादी भी भूत के सूक्ष्मतम अवयव को क्षणिक (अनित्य) कहने के लिए तैयार नहीं थे, जैसे कि पिछली सदी तक के यूरोप के यान्त्रिक भौतिकवादी विश्व की मूलईंटो–परमाणुओं–को क्षणिक कहने के लिए तैयार न थे।

दिग्नाग कहते हैं–"कारण (स्वयं) विकार को प्राप्त होकर ही दूसरी (चीज़) का कारण हो सकता है।" धर्मकीर्ति ने कहा–"जिसके होने के बाद जिस (वस्तु) का जन्म होता है, अथवा (जिसके) विकारयुक्त होने पर (दूसरी वस्तु) में विकार होता है, उसे उस (पीछे वाली वस्तु) का कारण कहते हैं।"

इस प्रकार कारण वही हो सकता है, जिसमें विकार हो सकता है। "नित्य (वस्तु) में यह (बात) नहीं हो सकती, अतः ईश्वर आदि (जो नित्य पदार्थ) हैं, उनसे (कोई वस्तु) उत्पन्न नहीं हो सकती।"

जिसे अनित्य नहीं कहा जा सकता, वह किसी (चीज़) का हेतु नहीं हो सकता। (नित्यवादी) विद्वान् उसी (स्वरूप) को नित्य कहते हैं, जो स्वभाव (स्वरूप) विनष्ट नहीं होता।

यह भी बतला चुके हैं, कि धर्मकीर्ति परार्थ-सत् उसी वस्तु को मानते हैं, जो कि अर्थवाली (सार्थक) क्रिया (करने) में समर्थ हो। नित्य में विकार का सर्वथा अभाव होने से क्रिया हो ही नहीं सकती। आत्मा, ईश्वर, इन्द्रिय आदि से अगोचर हैं, साथ ही वह नित्य होने के कारण निष्क्रिय भी हैं। इतने पर भी उनके अस्तित्व की घोषणा करना यह साहस मात्र है।

(ख) आत्मवाद का खंडन–चार्वाक और बौद्ध-दर्शन को छोड़ बाकी सारे भारतीय दर्शन आत्मा को एक नित्य चेतन पदार्थ मानते हैं। बौद्ध अनात्मवादी हैं, अर्थात् आत्मा को नहीं मानते। आत्मा को न मानने पर भी क्षण-क्षण परिवर्तनशील चेतना-प्रवाह (विज्ञान-संतति) एक से दूसरे शरीर से जुड़ता (प्रतिसंधि ग्रहण करता) रहता है, इसे हम पहले बतला चुके हैं। चेतना (मन या विज्ञान) सदा कायाश्रित रहता है। जब कि एक शरीर का दूसरे शरीर से एकदम सन्निकट का संबंध नहीं है, मरने वाला **'क'** शरीर भूलोक पर है और उसके बाद का सजीव बनने वाला **'ख'** शरीर मंगल लोक में, ऐसी अवस्था में **'क'** शरीर को छोड़ **'ख'** शरीर तक पहुँचने में बीच की एक अवस्था होगी, जिसमें विज्ञान को काया से बिलकुल स्वतंत्र मानना पड़ेगा, फिर "मन कायाश्रित है"–कहना गलत होगा। इसके उत्तर में बौद्ध कह सकते हैं, कि हम मन को एक नहीं बल्कि प्रवाह मानते हैं, प्रवाह का अर्थ निरन्तर-अ-विच्छिन्न चली जाती एक वस्तु नहीं, बल्कि हर क्षण अपने रूप से विच्छिन्न-सर्वथा नष्ट होती तथा उसके बाद उसी तरह की किन्तु बिलकुल नई चीज़ का उत्पन्न होना और इस...नष्ट-उत्पत्ति-नष्ट- उत्पत्ति...से एक विच्छिन्न प्रवाह का जारी रहना। चेतन-प्रवाह इसी तरह का विच्छिन्न प्रवाह है, वह जीवन-रेखा मालूम होता है, किन्तु है जीवन-बिन्दुओं की पाँती। फिर प्रवाह को विच्छिन्न मान लेने पर 'मन कायाश्रित' का मतलब मन के हर एक 'बिन्दु' को बिना काया के नहीं रहना चाहिए। **'क'** शरीर–जो कि स्वयं क्षण-क्षण परिवर्तनशील-शरीर-निर्मापक मूल बिन्दुओं (कणों) का विच्छिन्न प्रवाह है–का अन्तिम चित्त-विन्दु नष्ट होता है, उसका उत्तराधिकारी **'ख'** शरीर के साथ होता है। **'क'** शरीर (प्रवाह) के अन्तिम और **'ख'** शरीर (प्रवाह) के आदिम चित्त-विन्दुओं (**क**-चित्त, **ख**-चित्त) के बीच यदि किसी **'ग'** चित्तविन्दु को मानें, तब न आक्षेप किया जा सकता है, कि **'ग'** चित्त-बिन्दु काया के बिना है। इस तरह स्थिर (नित्य या चिरस्थायी) नहीं, बल्कि बिजली की चमक से भी बहुत तेज गति से (आँख मिचौनी) करने वाले चित्त-प्रवाह के अनात्म तत्त्व को मानते हुए भी वह एक से अधिक शरीरों (शरीर-प्रवाहों) में उसका जाना सिद्ध करते हैं।

(a) नित्य आत्मा नहीं–आत्मा को नित्य मानने वाले वैसा मानना सबसे जरूरी इस बात के लिए समझते हैं, कि उसके बिना बंध जन्म-मरण में पड़कर दुःख भोगना और मोक्ष दुःखों से छूटकर परम 'सुखी' हो विचरण करना–दोनों संभव नहीं। इस पर धर्मकीर्ति कहते हैं–

"दुःख की उत्पत्ति में कारण (कर्म) बंध है, (किन्तु) जो नित्य है (वह निष्क्रिय है इसलिए) वह ऐसा (कारण) कैसे हो सकता है? दुःख की उत्पत्ति न होने में कारण (कर्म से उत्पन्न बंध से) मोक्ष (मुक्त होना) है, जो नित्य है, वह ऐसा (कारण) कैसे हो सकता है? (वस्तुतः) जिसे अ-नित्य

(क्षणिक) नहीं कहा जा सकता, वह किसी (चीज़) का कारण नहीं हो सकता। नित्य उस स्वरूप को कहते हैं, जो कि नष्ट नहीं होता। इस लज्जाजनक दृष्टि (नित्यता के सिद्धान्त) को छोड़कर उसे (आत्मा को) (अतः) अनित्य कहो।"

(b) नित्य आत्मा का विचार (सत्काय दृष्टि) सारी बुराइयों की जड़–"मैं सुखी होऊँ या दुःखी नहीं होऊँ–यह तृष्णा करते (पुरुष) का जो 'मैं' ऐसा ख्याल (बुद्धि) होती है, वही सहज आत्मवाद (सत्त्व-दर्शन) है। 'मैं' ऐसी धारणा के बिना कोई आत्मा में स्नेह नहीं कर सकता और आत्मा में (इस तरह के) स्नेह के बिना सुख की कामना करने वाला बन (कोई गर्म स्थान की ओर) दौड़ नहीं सकता है।"

"जब तक आत्मा-संबंधी प्रेम नहीं छूटता, तब तक (पुरुष अपने को) दुःखी मानता रहेगा और स्वस्थ (चिन्ता-रहित) नहीं हो सकेगा। यद्यपि कोई (अपने को) मुक्त करने वाला नहीं है, तो भी ('मैं, मेरा', जैसे) झूठे ख्याल (आरोप) को हटाने के लिए यत्न करना पड़ता है।"

"यह (क्षणिक मन, शरीर-प्रवाह से) भिन्न आत्मा का ख्याल है, जिससे उससे उलटे स्वभाव (वस्तु की स्थिरता आदि) में राग (स्नेह) उत्पन्न होता है।"

"आत्मा का ख्याल (केवल) मोह और वही सारी बुराइयों की जड़ (दोषों का मूल) है।"

"(यह) मोह सत्यकाय दृष्टि (नित्य आत्मा की धारणा) है। मोह मूलक ही सारे मल (चित्त-विकार) हैं।"

धर्म के मानने वालों के लिए भी आत्मवाद (सत्काय-दृष्टि) बुरी चीज़ है, इसे बतलाते हुए कहा है–

"जो (नित्य) आत्मा को मानता है, उसकी 'मैं' इस तरह का स्नेह (राग) सदा बना रहता है, स्नेह से सुख की तृष्णा करता है और तृष्णा दोषों को ढाँक देती है। (दोषों के ढँक जाने से वहाँ वह गुणों को देखता है और) गुणदर्शी तृष्णा करते हुए 'मेरा (सुख)' ऐसी (चाह करते) उस (की प्राप्ति) के लिए साधनों (पुनर्जन्म आदि) को ग्रहण करता है। इस सत्काय-दृष्टि से जब तक आत्मा की धारणा है, तब तक वह संसार (भवसागर) में है। आत्मा (मेरा) जब है, तभी पराए (मन) का ख्याल होता है। मेरा-पराया का भेद जब (पुरुष) में आता है, तो लेना, छोड़ना (राग-द्वेष) होता है, इन्हीं (लेने छोड़ने) से बंधे सारे दोष (ईर्ष्या आदि) पैदा होते हैं, जो नियम से आत्मा में स्नेह करता है, वह आत्मीय (सुख-साधनों) से रागरहित नहीं हो सकता।"

"आत्मा की धारणा सर्वथा अपने (व्यक्तित्व में) स्नेह को दृढ़ करती है। आत्मीयों के प्रति स्नेह का बीज (जब मौजूद है, तो वह दोषों को) वैसा ही कायम रखेगा।"

"(वस्तुतः आत्मा नहीं नैरात्म्य ही है), किन्तु नैरात्म्य में जब (गलती से) आत्म-स्नेह हो गया, तो उससे (आत्म स्नेह से कि जिसे वह आत्मीय सुख आदि की चीज़ समझता है, उसमें) जितना भी लाभ हो, उसके अनुसार क्रिया-परायण होता है। (बड़ा लाभ न होने पर छोटे लाभ को भी हासिल करने से बाज नहीं आता, जैसे) मत्तकामिनी (मत्तगजगामिनी सुन्दरी) के न मिलने पर (कामुक पुरुष) पशु में भी कामतृप्ति करता है।"

इस प्रकार नित्य आत्मा युक्ति से सिद्ध नहीं हो सकता है और धर्म, परलोक, मुक्ति में भी उसके मानने से बाधा ही होती है।

(ग) ईश्वर-खंडन–ईश्वरवादी ईश्वर को नित्य और जगत् का कर्ता मानते हैं। धर्मकीर्ति ईश्वर के अस्तित्व का खंडन करते हुए कहते हैं–

"जैसे (स्वरूप से) वह (ईश्वर जगत् की सृष्टि के वक्त) कारण वस्तु है, वैसे ही (स्वभाव से सृष्टि करने से पहले) वह अ-कारण भी था। (आखिर स्वरूप एकरस होने से दोनों अवस्था में उसमें भेद नहीं हो सकता, फिर) जब वह कारण (माना गया, उसी वक्त) किस (वजह) से (वैसा) माना गया (और) अ-कारण नहीं माना गया?"

कारक और अकारक दोनों अवस्थाओं में एकरस रहने वाला ईश्वर जब कारण कहा जाता है, तो प्रश्न होता है–राम (के शरीर) में शस्त्र के लगने से घाव और औषध के लगने से घाव भरना (देखा जाता है)। शस्त्र और औषध क्षणिक होने से क्रिया कर सकते हैं, इसलिए उनके लिए यह संभव है; किन्तु यदि (नित्य अतएव निष्क्रिय ईश्वर को कारक मानते हो, तो क्रिया आदि) संबंध-रहित ठूँठ में ही क्यों न विश्व की कारणता मान लेते?

"(यदि कहो कि ईश्वर के सृष्टि के कारक होने की अवस्था से अकारक अवस्था में विशेषता होती है, तो प्रश्न होगा–ऐसा होने में उसके स्वरूप में परिवर्तन हो जायेगा, क्योंकि) स्वरूप में परिवर्तन हुए बिना (वह कारक नहीं हो सकता और नित्य होने से) वह कोई व्यापार (क्रिया) नहीं कर सकता और (साथ ही) जो नित्य है, वह तो अलग नहीं (सदा वहाँ मौजूद) है, (फिर उसकी सृष्टि-रचना-संबंधी) सामर्थ्य के बारे में यह समझना मुश्किल है (कि सदा अपनी उसी सामर्थ्य के रहते भी वह उसे एक समय ही प्रदर्शित कर सकता है, दूसरे समय नहीं)।"

"जिन (कारणों) के होने पर ही जो (कार्य) होता है, उन (कारणों) से अन्य को उस (कार्य) का कारण मानने पर (कारण ढूँढ़ते वक्त ईश्वर तक ही जाकर थम जाना नहीं पड़ेगा, बल्कि) सर्वत्र कारणों का खातमा ही नहीं होगा। (ईश्वर के आगे भी और तथा उससे आगे और...कारण ढूँढ़ने पड़ेंगे)।"

"(कारण वही होता है, जिसके स्वरूप में कार्य के उत्पादन के समय परिवर्तन होता है) भूमि आदि अंकुर पैदा करने में कारण अपने स्वरूप परिवर्तन करते हुए होते हैं; क्योंकि उन (भूमि आदि) के संस्कार से अंकुर में विशेषता देखते हैं। (ईश्वर अपने स्वरूप में परिवर्तन किये बिना कारण नहीं बन सकता और स्वरूप-परिवर्तन करने पर वह नित्य नहीं रह सकता)।"

ईश्वरवादी ईश्वर सिद्ध करने के लिए इसे एक जबर्दस्त युक्ति समझते हैं–सन्निवेश (खास आकार-प्रकार) की वस्तु को देखने पर कर्ता का अनुमान होता है, जैसे सन्निवेश वाले घड़े को देखकर उसके कर्ता कुम्हार का अनुमान होता है। इसका उत्तर देते हुए धर्मकीर्ति कहते हैं–

"किसी वस्तु (घट) के बारे में (पुरुष की उपस्थिति में सन्निवेश का होना यदि) प्रसिद्ध है, तो उसके एक से शब्द (सन्निवेश पुरुष पूर्वक होता है) की समानता से (कुम्हार की तरह ईश्वर का) अनुमान करना ठीक नहीं, जैसे कि (एक जगह कहीं) पीले रंगवाले धुएँ को देखकर आपने आग का अनुमान किया और फिर सभी जगह पीले रंग को देखकर आग का अनुमान करते चलें। यदि ऐसा न मानें, तब तो चूँकि कुम्हार ने मिट्टी के किसी घड़े आदि को बनाया, इसलिए दीमकों के 'टीले' को कुम्हार की ही कृति सिद्ध करना होगा।"

पहले सामग्री कारणवाद के बारे में कहते वक्त धर्मकीर्ति बतला चुके हैं, कि कोई एक वस्तु कार्य को नहीं उत्पादन करती, अनेक वस्तु मिलकर अर्थात् कारण-सामग्री कार्य करने में समर्थ होती है।

(2) न्याय-वैशेषिक खंडन–वैशेषिक और न्याय-दर्शन में जगत् को बाहर से परिवर्तनशील मानते हुए, यूनानी दार्शनिकों–खासकर अरस्तू के दर्शन–का अनुसरण करते हुए, बाहरी परिवर्तन के भीतर नित्य एक रस तत्त्वों–चेतन और जड़ मूल तत्त्वों को सिद्ध करने की कोशिश की गई है। बौद्धदर्शन अपवाद रहित क्षणिकता के अटल सर्वव्यापी नियम को स्वीकार करते हुए किसी स्थिरता-साधक सिद्धान्त को मानने के लिए तैयार नहीं था। इसीलिए हम प्रमाणवार्त्तिक में धर्मकीर्ति को मुख्यतः ऐसे सिद्धान्तों का जबर्दस्त खंडन करते देखते हैं। वैशेषिक ने स्थिरवादी सिद्धान्त के अनुसार अपने द्रव्य, गुण, कर्म, सामान्य, विशेष, समवाय–छः पदार्थों को स्वीकृत किया है, इनमें कर्म और विशेष ही हैं, जिनके मानने में बौद्धों को आनाकानी नहीं हो सकती थी, क्योंकि कर्म या क्रिया क्षणिकवाद का ही साकार–परमार्थसत्–स्वरूप है और हेतु-सामग्री तथा अपोह (जिसके बारे में आगे शब्दप्रमाण पर बहस करते वक्त लिखेंगे) के सिद्धान्तों को मानने वाले होने से विशेष को भी वह स्वीकार कर लेते थे, बाकी द्रव्य, गुण, सामान्य, समवाय को वह कल्पना पर निर्भर व्यवहारसत् के तौर पर ही मान सकते थे।

(क) द्रव्य गुण आदि का खंडन–बौद्धों की परमार्थसत् और व्यवहारसत् की परिभाषा के बारे में पहले कहा जा चुका है, उसमें परमार्थ सत् की कसौटी उन्होंने–अर्थक्रिया–को रखा है। विश्व में जो कुछ वस्तुसत् है, वह अर्थ-क्रिया से व्याप्त है, जो अर्थक्रियाकारी नहीं है, वह वस्तु सत् (परमार्थसत्) नहीं हो सकती। विश्व और उसकी 'वस्तुओं' के बारे में ऐसा विचार रखते हुए वह वस्तुतः 'वस्तु' को ही नहीं मान सकते थे; क्योंकि 'वस्तु' से साधारण जन के मन में स्थिर पदार्थ का ख्याल आता है। इसीलिए बौद्ध दार्शनिकों ने वस्तु के स्थान में 'धर्म' या 'भाव' शब्द का अधिक प्रयोग करना चाहा है। 'धर्म' को मजहब या मजहबी स्थिर-सत्य के अर्थ में नहीं, बल्कि विच्छिन्न प्रवाह के उन बिन्दुओं के अर्थ में लिया है, जो क्षण-क्षण नष्ट और उत्पन्न होते वस्तु के आकार में हमें दिखलाई पड़ते हैं। 'भाव' (होना) को वह इसलिए पसन्द करते हैं, क्योंकि वस्तु-स्थिति हमें 'है' का नहीं बल्कि 'होने' का पता देती है–विश्व स्थिर तत्त्वों का समूह नहीं है कि हम 'है' का प्रयोग करें, बल्कि वह उन घटनाओं का समूह है, जो प्रतिक्षण घटित हो रही हैं। वैशेषिक की द्रव्य, गुण की कल्पना भाव के पीछे छिपे विच्छिन्न-प्रवाह वाले विचार के विरुद्ध है।

वैशेषिक का कहना है–द्रव्य और गुण दो चीज़ें (पदार्थ) हैं, जिनमें गुण वह है, जो सदा किसी के आधार पर रहता है, गंध को हमेशा हम पृथिवी (तत्त्व) के आधार पर देखते हैं, रस को जल (तत्त्व) के आधार पर। उसी तरह जहाँ-जहाँ हम द्रव्य देखते हैं, वहाँ-वहाँ उसके आधेय-गुण भी पाए जाते हैं, जहाँ-जहाँ पृथिवी (तत्त्व) मिलता है, वहाँ-वहाँ उसका आधेय-गुण गंध भी मिलता है। इस तरह गुण के लिए कोई आधार होना चाहिए, यह ख्याल हमें द्रव्य की सत्ता स्वीकार करने के लिए मजबूर करता है और द्रव्य सदा अपने आधेय गुण के साथ रहता है, यह ख्याल हमें गुण की सत्ता को स्वीकार करने के लिए मजबूर करता है। बौद्धों का कहना है–प्रकृति इस द्रव्य गुण के

भेद को नहीं जानती, यह तो हम समझने की आसानी के लिए अलग करके कहते हैं, जिस तरह प्रकृति दस आमों में से एक को पहला, एक को दूसरा...इस तरह नंबर देकर हमारे सामने उपस्थित नहीं करती, हर एक आम एक दूसरे से भिन्न हैं–बस वह इतना ही जानती है। "भाव प्रतिक्षण विनष्ट हो रहे हैं, भावों के प्रवाह को उस तरह की (प्रतिक्षण विनाश से युक्त) उत्पत्ति से (सिद्ध होता है, कि यह उत्पत्ति सदा) स-हेतुक (कारण या पूर्ववर्ती भाव के होने पर) होती है, इससे आश्रय (आधार है, सिर्फ़ इसी अर्थ में लेना चाहिए, कि हर एक भाव की उत्पत्ति के पहले भाव-प्रवाह मौजूद रहता) है, इससे भिन्न अर्थ में (आश्रय, आधार या द्रव्य का मानना) अ-युक्त है।"

जैसे जल का आधार घड़े को मानते हैं, उसी तरह गंध का आधार पृथिवी (तत्त्व) है, यह कहना गलत है ,जल आदि के लिए आधार (की जरूरत) हो सकती है, क्योंकि (गतिशील जल के) गमन का (घड़े से) प्रतिबंध होता है। गुण, सामान्य (जाति) और कर्म (तो तुम्हारे मत में गति रहित हो, द्रव्य के भीतर रहते हैं, फिर ऐसे) गतिहीनों को आधार लेकर क्या करना है?

इस तरह आधार की कल्पना गलत साबित होने पर आधेय गुण आदि का पृथक पदार्थ होना भी गलत ख्याल है। गुण सदा द्रव्य में रहता है, अर्थात् दोनों के बीच समवाय (नित्य) संबंध है तथा द्रव्य गुण का समवायी (नित्य संबंध रखने वाला) कारण है, यह समवाय और समावायी कारण का ख्याल भी पूर्व-खंडित द्रव्य-गुण की कल्पना पर आधारित होने से गलत है।

(ख) सामान्य का खंडन–गायें करोड़ों हैं, जब हम उनकी भूत, वर्तमान, भविष्य की व्यक्तियों पर विचार करते हैं, तो वह अनगिनत मालूम होती हैं। इन अनगिनत गाय-व्यक्तियों में एक बात हम सदा पाते हैं, वह है गायपन (गोत्व), जो गाय व्यक्तियों के मरते रहने पर भी हर नई उत्पन्न गाय में पाया जाता है। अनेक व्यक्तियों में एक-सा पाया जाने वाला यह पदार्थ सामान्य या जाति है, जो नित्य–सर्वकालीन–है। यह है सामान्य को सिद्ध करने में वैशेषिक की युक्ति, जिसके बारे में पहले लिख चुकने पर भी प्रकरण के समझने में आसानी के लिए हमें यहाँ फिर कहना पड़ा है।

अनुमान के प्रकरण में धर्मकीर्ति कह चुके हैं, कि सामान्य अनुमान का विषय है, साथ ही सामान्य वस्तु-सत् नहीं बल्कि कल्पना पर निर्भर है। इस तरह जहाँ तक व्यवहार का संबंध है, उसके मानने से वह इंकार नहीं करते, इसीलिए वह कहते हैं–

"बाहरी अर्थ (पदार्थ) की अपेक्षा के बिना जैसे (अर्थ, पदार्थ में उसे वाचक मान वक्ता जिस शब्द को नियत करते हैं, वह शब्द वैसा (ही) वाचक होता है।"

"(एक स्त्री के लिए भी संस्कृत में बहुवचन) दाराः, (छः नगरों के बहुवचन वाले अर्थ के लिए संस्कृत में एक वचन) षण्णगरी (छः नगरी) कहा जाता है, जैसे (शब्द-रूपों) में एक वचन और बहुवचन की व्यवस्था का क्या कारण है? अथवा (सामान्य अनेक व्यक्तियों में एक होता है, आकाश तो ख सिर्फ़ एक है फिर) ख का स्वभाव खपन (आकाशपन) यह सामान्य क्यों माना जाता है?"

इसका अर्थ यही है, शब्दों के प्रयोग में वस्तु की परवाह नहीं करके वक्ता बहुत जगह स्वतंत्रता दिखलाते हैं, गायपन आदि इसी तरह की उनकी 'स्वतंत्र' कल्पना है, जिसके ऊपर वस्तुस्थिति का फैसला करना गलत होगा।

"(सर्वथा एक दूसरे से) भिन्नता रखने वाले भावों (वस्तुओं) को लेकर जो एक अर्थ (गायपन) जतलाने वाली (बुद्धि–ज्ञान पैदा होती है, जिस) के द्वारा उन (भावों) का (वास्तविक) रूप ढँक (संवृत हो) जाता है, (इसलिए) ऐसे ज्ञान को संवृत्ति (वास्तविकता को ढाँकने वाली कहते हैं।)"

"ऐसी संवृत्ति से (भावों-गायों...) का नानापन ढँक गया है, (इसीलिए) भाव (गायें आपस में) स्वयं भिन्नता रखते हुए (भी) किसी (कल्पित) रूप से अभिन्नता रखने वाले से जान पड़ते हैं।"

"उसी (संवृत्ति या कल्पना वाली बुद्धि) के अभिप्राय को लेकर सामान्य को सत् कहा जाता है, क्योंकि परमार्थ में वह अ-सत् (और) उस (संवृत्ति बुद्धि) के द्वारा कल्पित है।"

गायपन एक वस्तु सत् है, जो सभी गाय-व्यक्तियों में है, यह ख्याल गलत है, क्योंकि–

"व्यक्तियाँ (भिन्न-भिन्न गायें एक दूसरे में) अनुगत नहीं हैं और न उन (भिन्न गाय व्यक्तियों) में (कोई) अनुगत होने वाला (पदार्थ) दीख पड़ता है; (जो दीखती हैं, वह भिन्न-भिन्न गाय-व्यक्ति हैं)। ज्ञान से अभिन्न (यह सामान्य) कैसे एक से दूसरे पदार्थ को प्राप्त हो सकता है?"

"इसीलिए (अनेक) पदार्थों में एकरूपता (सामान्य) का ग्रहण झूठी कल्पना है, इस (झूठी कल्पना) का मूल (व्यक्तियों का) पारस्परिक भेद है, जिसके लिए (गोत्व आदि) संज्ञा (शब्द का प्रयोग होता) है।"

"यदि (संज्ञाओं शब्दों द्वारा पदार्थों का) भेद (मालूम होता है, तो इतना ही तो शब्दों का प्रयोजन है, फिर) वहाँ सामान्य या किसी दूसरी चीज़ की कल्पना से तुम्हें क्या (लेना) है?"

वस्तुतः गायपन आदि सामान्यवाची शब्द विद्वानों ने व्यवहार के सुभीते के लिए बनाए हैं।

"एक (तरह के) कार्य (करने वाले) भावों (वस्तुओं) में उनके कार्यों के जतलाने के लिए भेद करने वाली संज्ञा की जरूरत होती है, जैसे दूध तथा श्रम देना आदि क्रियाओं को करने वाली गायों में उनके कार्यों के जतलाने के लिए भेद करने वाली संज्ञा की, किन्तु गाय-व्यक्तियों के अनगिनत होने से हर व्यक्ति को अलग-अलग संज्ञा रखने पर नाम) बहुत बढ़ जाता, (वह) हो भी नहीं सकता था और (प्रयास) फ़जूल भी होता, इसीलिए (व्यवहार कुशल) वृद्धों ने उस (गाय वाले) कार्य से फ़र्क करने के विचार से एक शब्द (गाय नाम) प्रयुक्त किया।"

फिर प्रश्न होता है, सामान्य (गायपन) जिसे नित्य कहते हो, वह एक-देशी है या सर्वव्यापी? यदि कहो वह एकदेशी अर्थात् अपने से संबंध रखने वाली गाय-व्यक्तियों में ही रहता है तो–

(एक गाय में स्थित सामान्य उस व्यक्ति के मरने तथा दूसरी गाय के उत्पन्न होने पर एक से दूसरे में) न जाता है, और न उस (व्यक्ति की उत्पत्ति वाले देश) में (पहले से) था, (क्योंकि वह सिर्फ़ व्यक्तियों में ही रहता है) और (व्यक्ति की उत्पत्ति के) पीछे (तो जरूर) है, (क्योंकि सामान्य के बिना व्यक्ति हो नहीं सकता)। यदि (सामान्य को) अंशवाला (मानते हो, जिसमें कि उसका एक अंश छोर पहले व्यक्ति से और दूसरा पीछे उत्पन्न होने वाली व्यक्ति से संबद्ध हो) और (अंशरहित मानने पर यह नहीं कह सकते कि वह) पहले के (उत्पन्न होकर नष्ट होते) आधार को छोड़ता है, (क्योंकि ऐसा मानने पर देश-काल के अन्तर को नित्य सामान्य जब पार करेगा, उस वक्त उसे व्यक्ति से अलग भी मानना पड़ेगा, इस प्रकार बेचारे सामान्यवादी के लिए) मुसीबतों का अन्त नहीं।

दूसरी जगह वर्तमान (सामान्य) का अपने स्थान से बिना हिले उस (पहले स्थान) से दूसरे स्थान में जन्मने वाले (पिंड) में मौजूद होना युक्तियुक्त बात नहीं है।

जिस (देश) में वह भाव (खास गाय) वर्त्तमान है, उस (देश-स्थान) से (सामान्य गायपन) संबंद्ध भी नहीं होता (क्योंकि तुम मानते हो कि सामान्य देश में नहीं व्यक्ति में रहता है) और (फिर कहते हो, देश में रहने पर भी उस) देशवाले (पदार्थ-गाय-व्यक्ति) में व्याप्त होता है, यह तो कोई भारी चमत्कार सा है!!

यदि सामान्य को (एक देशी नहीं) सर्वव्यापी (सर्वज्ञ) मानते हो, तो एक जगह एक गाय-व्यक्ति द्वारा व्यक्त कर दिए जाने पर उसे सर्वत्र दिखाई देना चाहिए, (क्योंकि सर्वव्यापी सामान्य में) भेद न होने (एक होने) से व्यक्ति को अपेक्षा नहीं।

और ऊपर की बात से यह भी सिद्ध होता है, कि गायपन सामान्य सर्वत्र है, फिर यह दिखलाई देता, क्यों नहीं, यह पूछने पर आप कहते हैं–क्योंकि उसके लिए व्यंजक (प्रकट करने वाली) व्यक्ति–गाय की जरूरत है। इसका अर्थ हुआ) "(पहले) व्यंजक के ज्ञान हुए बिना व्यंग्य (सामान्य) ठीक से नहीं प्रतीत होता। तब फिर सामान्य (गायपन) और सामान्यवान् (गायपनवाली गाय-व्यक्ति) के संबंध में उलटा क्यों मानते हो।–अर्थात् गायपन-सामान्य गाय-व्यक्ति की उत्पत्ति से पहले भी मौजूद था?"

अतएव सामान्य है ही नहीं–

"क्योंकि (व्यक्ति से भिन्न) केवल जाति का दर्शन नहीं होता और (गाय) व्यक्ति के ग्रहण के वक्त भी उसके (नामवाची) शब्दरूप (गाय) से भिन्न (कुछ) नहीं दिखाई देता।।"

"इसलिए सामान्य अ-रूप (अ-वस्तु) है, (और वह) रूपों (गाय-व्यक्तियों) के आधार पर नहीं कल्पित किया गया है; बल्कि (वह व्यक्तियों को क्रिया संबंधी) उन-उन विशेषताओं के जतलाने के लिए शब्दों द्वारा प्रकाशित किया जाता है।"

"ऐसे (सामान्य) में वास्तविकता (रूप) का अवभास अथवा सामान्य के रूप में अर्थ (पदार्थ गाय-व्यक्ति) का ग्रहण भ्रान्ति (मात्र) है, (और वह भ्रान्ति) चिरकाल से (वैसे प्रयोग को) देखते रहने के अभ्यास से पैदा हुई है।"

"और पदार्थों (विशेषों या व्यक्तियों) का यह (अपने से भिन्न व्यक्ति) से विलगाव रूपी जो समानता (सामान्य) है और जिस (सामान्य) के विषय में ये (शब्दार्थ-संबंधी संकेत रखने वाले) शब्द हैं, उसका कोई भी स्व-रूप (वास्तविक रूप) नहीं है, क्योंकि वे शब्द व्यवहार के सुभीते के लिए कल्पित किए गये हैं।"

(ग) अवयवी का खंडन–हम बतला आए हैं, कि कैसे अक्षपाद अवयवों (अंगों) के भीतर किंतु उनसे अलग एक स्वतंत्र पदार्थ–अवयवी (अंगी)–को मानते हैं। धर्मकीर्ति सामान्य को भाँति अवयवों का व्यवहार (संवृत्ति) सत् मानने के लिए तैयार हैं, किंतु अवयवों से परे अवयवी एक परमार्थ सत् है, इसे वह नहीं स्वीकार करते। "बुद्धि (ज्ञान) जिस आकार की होती है, वही उस (बुद्धि) का ग्राह्य कहा जाता है।" हम बुद्धि (ज्ञान) से अवयवों के स्वरूपों को ही देखते हैं, उसमें हमें अवयवी का पता नहीं लगता, भिन्न-भिन्न अवयवों के प्रत्यक्ष ज्ञानों को एकत्रित कर कल्पना

के सहारे हम अवयवी की मानसिक सृष्टि करते हैं, जो कि कल्पित छोड़ वास्तविक वस्तु नहीं हो सकता। यदि कहो कि अवयवी का भी ग्रहण होता है तो सवाल होगा।

"एक ही बार अपने अवयवों के साथ कैसे अवयवी का ग्रहण हो सकता है? गले की कमरी (सींग) आदि (अवयवों) के न देखने पर गाय (अवयवी) नहीं देखी जा सकती।"

जिस तरह वाक्य पढ़ते वक्त पहले से एक-एक अक्षर पढ़ने के साथ वाक्य का अर्थ हमें नहीं मालूम होता जाता, बल्कि एक-एक अक्षर हमारे सामने से गुजरता संकेतानुसार खास छाप हमारे मस्तिष्क पर छोड़ता जाता है, इन्हीं छापों को मिलाकर मन कल्पना द्वारा सारे वाक्य का अर्थ तैयार करता है। उसी तरह हम गाय की सींग, गलकम्बल, पूँछ को बारी-बारी से देखते जो छाप छोड़ते हैं, उनके अनुसार गाय-अवयवी की कल्पना करते हैं, किंतु जिस तरह सामान्य व्यक्ति से भिन्न कोई वस्तु-सत् नहीं है, उसी तरह अवयवी भी वस्तु से भिन्न कोई वस्तुसत् नहीं। यदि अवयवी वस्तुतः एक स्वतंत्र वास्तविक पदार्थ होता तो–

"हाथ आदि (में से किसी एक) के कम्पन से (शरीर) का कंपन होता, क्योंकि एक (ही अखंड अवयवी) में (कम्पन) कर्म (और उसके) विरोधी (अकम्पन दोनों) नहीं रह सकते। ऐसा न होने पर (कम्पन वाले से अ-कम्पन वाला अवयवी) अलग सिद्ध होगा।"

अवयवों के योग से अवयवी अलग वस्तु पैदा होती है, ऐसा मानने पर अवयवों के योग के साथ अवयवी के भी मिल जाने से अवय+अवयव+अवयव...भार जितना होता है, अवयव+अवयव+अवय...+अवयवी–भार बहुत ज्यादा होना चाहिए, क्योंकि (यदि अवयवों के भार और उसके अनुसार तोलने पर तराजू का) नीचे जाना होता है, तो (अवयवों के साथ अवयवी के भी मिल जाने पर) तराजू का नीचे जाना (और अधिक) होना चाहिए।

"क्रमशः (सूक्ष्म अवयवों को बढ़ाते हुए बहुत अवयवों से) युक्त धूलि की राशि में एक समय (अलग-अलग अवयवों और उनसे) युक्त (राशि) के भार में भेद होना चाहिए और इस (गौरव के) भेद के कारण (सोने के या चाँदी के छोटे-छोटे टुकड़ों को) अलग-अलग तोलने तथा (उन टुकड़ों को गलाकर एक पिंड बना) साथ (तोलने) पर सोने के माषक (मासा, रत्ती) आदि (में तोलने की) संख्या में समानता नहीं होनी चाहिए।"

एक मासा भर सोना अलग तोलने पर भले ही एक ही मासा हो, किन्तु जब 96 मासा सोने को गलाकर एक डला तैयार किया जाये, तो उसमें 96 मासे के 96 टुकड़ों के अतिरिक्त उससे बना अवयवी भी आ मौजूद हुआ है।

इसलिए अब वजन 96 मासा से ज्यादा होना चाहिए।

(संख्या आदि का खंडन)–वैशेषिक ने संख्या, संयोग, कर्म, विभाग, आदि गुणों को वस्तुसत् के तौर पर माना है, जिन्हें कि धर्मकीर्ति व्यवहार (संवृत्ति) सत् भर मानने के लिए तैयार हैं और कहते हैं–

"संख्या, संयोग, कर्म, आदि का भी स्वरूप उसके रखने वाले (द्रव्य) के स्वरूप से (या) भेद के साथ कहने से बुद्धि (ज्ञान) में नहीं भासित होता। (इसलिए भासित न होने पर भी उन्हें वस्तुसत् मानना गलत है)।"

"शब्द के ज्ञान में (एक घट इस) कल्पित अर्थ में वस्तुओं के (पारस्परिक) भेद को अनुसरण करने वाले विकल्प के द्वारा (संख्या आदि का प्रयोग उसी तरह किया जाता है), जैसे गुण आदि में (पाँती में 'एक बड़ी जाति है') यहाँ एक भी गुण और बड़ी भी गुण, किन्तु गुण में गुण नहीं हो सकने से एक संख्या के साथ बड़ा परिमाण का प्रयोग नहीं होना चाहिए, अथवा नष्ट या अब तक न पैदा हुओं में (एक, दो, बहुत मर गए) या 'पैदा होंगे' का कहना, निश्चय ही जो एक, दो...संख्या मरे या न पैदा हुए, जैसे अस्तित्व शून्य आधार का आधेय-गुण है, वह कल्पित छोड़ वास्तविक नहीं हो सकता।"

(3) सांख्य दर्शन का खंडन–सांख्य-दर्शन चेतन और जड़ दो प्रकार के तत्त्वों को मानता है, जिनमें चेतन पुरुष–तो निष्क्रिय साक्षी मात्र है, हाँ उसके संपर्क से जड़ तत्त्व प्रधान सारे जगत् को अपने स्वरूप-परिवर्तन द्वारा बनाता है। सांख्य प्रधान में भिन्नता नहीं मानता और साथ ही सत्कार्यवाद अर्थात् कार्य में पहले से ही पूर्णरूपेण कारण के मौजूद होने को स्वीकार करता है। धर्मकीर्ति कहते हैं–

"अगर अनेक (बीज, पानी, मिट्टी आदि) एक (प्रधान–प्रकृति) स्वरूप होते एक कार्य (अंकुर) को करते हैं, तो (वही) स्वरूप (प्रधान) एक (बीज) में (वैसे ही है, जैसे कि वह दूसरी जगह), इसलिए (दूसरे) सहकारी (कारण पानी, मिट्टी आदि) फ़जूल हैं।"

"(पानी, मिट्टी आदि सहकारी कारणों के न होने पर बीज के रहने से) वह (प्रधान–मौलिक भौतिक तत्त्व तो) अ-भिन्न (है) और (वह पानी, मिट्टी आदि बन जाने पर भी अपने पहले) स्वरूप को नहीं छोड़ता (क्योंकि वह नित्य है और) विशेष (पानी, मिट्टी आदि) नाशमान हैं (किंतु हम देखते हैं) एक (सहकारी जल या मिट्टी) के न होने पर (भी) कार्य (अंकुर) नहीं होता, इससे (पता लगता है कि) वह (अंकुर, प्रधान से नहीं बल्कि) विशेषों (पानी, मिट्टी आदि) से उत्पन्न होता है।"

"परमार्थ वाला भाव (पदार्थ) वही है, जो कि अर्थ क्रिया को कर सकता है। ऐसे अर्थक्रिया करने वाले हैं मिट्टी, पानी आदि विशेष। वह परस्पर भिन्न होने से कार्य अंकुर में एक-रूप नहीं होते और जिसे (तुम) एक रूप होता (कहते हो) उस (प्रधान) से (अंकुर) कार्य का सम्भव नहीं (क्योंकि सत्कार्यवाद के अनुसार वह तो, जैसा अपने स्वरूप में है, वैसा ही मिट्टी आदि बनने पर भी है)।"

"(और प्रधान को हर हालत में एक रूप मानने पर बीज, मिट्टी, पानी सभी प्रधान-मय और एक रूप हैं, फिर एक बीज के रहने से मिट्टी, पानी आदि के न होने पर भी अंकुर की उत्पत्ति में कोई हर्ज नहीं होना चाहिए, किन्तु हम) यह स्वभाव (देखते हैं कि) उस (कारण) स्वरूप से (बीज, मिट्टी, पानी आदि के आपस में) भिन्न होने पर कोई (बीज, मिट्टी, आदि अंकुर का) कारण होता है, दूसरे (आग, सुवर्ण आदि) नहीं। यदि (बीज, मिट्टी, आग, पानी आदि विशेषों का) अभेद होता, तो (अंकुर का आग से) नाश (और बीज आदि से) उत्पत्ति (दोनों) एक साथ होती।"

"(जो अर्थक्रिया करने वाला है) उसी को कार्य और कारण कहते हैं, वही स्व-लक्षण (वस्तुसत्) है। (और) उसी के त्याग और प्राप्ति के लिए पुरुषों की (नाना कार्यों में) प्रवृत्ति होती है।"

जैसे (सांख्य-सम्मत मूल भौतिक तत्त्व, प्रधान की सभी भौतिक तत्त्वों–मिट्टी, बीज, पानी, आग में) अभिन्नता के एक समान होने पर भी सभी (बीज, पानी, आग प्रधानमय तत्त्व) सभी

(कार्यों–अंकुर, घड़ा आदि) के (करने में) साधन नहीं होते, वैसे ही, पूर्व-पूर्व कारण (क्षणिक परमाणु या भौतिक तत्त्वों की) सभी उत्तर-उत्तर कार्यों (मिट्टी, बीज, पानी, आग आदि) में भिन्नता के एक समान होने पर भी सभी (कारण) सभी (कार्यों) के (करने में) साधन नहीं होते।

"(यही नहीं सत्कार्यवाद के विरुद्ध कारण से कार्य को) भिन्न मानने पर (सब नहीं) कोई-कोई ही (वस्तुएँ) अपनी विशेषता (धर्म) की वजह से (किसी एक कार्य का) कारण हो सकती हैं, किन्तु (सत्कार्यवाद के अनुसार कारण से कार्य को) अभिन्न मानने पर (सभी वस्तुएँ अभिन्न हैं, फिर उनमें से) एक का (कहीं) क्रिया (कार्य) कर सकना और (कहीं) न कर सकना (यह दो परस्पर) विरोधी (बातें) हैं।"

इस प्रकार सांख्य का सत्कार्यवाद–मूलतः विश्व और विश्व की वस्तुएँ कारण से कार्य अवस्था में कोई भेद नहीं रखतीं (प्रधान–पानी, प्रधान–आग, प्रधान–चीनी, प्रधान–मिर्च)–गलत है और बौद्धों का असत्-कार्यवाद ही ठीक है, जिसके अनुसार कि–कारण एक नहीं अनेक हैं और हर कार्य अपने कारण से बिलकुल भिन्न चीज़, यद्यपि हर नया उत्पन्न होने वाला कार्य अपने कारण से सादृश्य रखता है, जिससे 'यह वही है' का भ्रम होता है।

(4) मीमांसा का खंडन–मीमांसा के सिद्धान्तों के बारे में हम पहले लिख चुके हैं। मीमांसा का कहना है कि प्रत्यक्ष, अनुमान आदि प्रमाण सामने उपस्थित पदार्थ भी वस्तुतः क्या है, इसे नहीं बतला सकते और परलोक, स्वर्ग, नर्क, आत्मा आदि जो पदार्थ इन्द्रिय-अगोचर हैं, उनका ज्ञान कराने में तो वे बिलकुल असमर्थ हैं। इसलिए उनका सबसे ज्यादा जोर शब्द-प्रमाण–वेद–पर है, जिसे कि वह अ-पौरुषेय किसी पुरुष (मनुष्य, देवता या ईश्वर) द्वारा नहीं बनाया अर्थात् अकृत सनातन मानते हैं। बौद्ध प्रत्यक्ष तथा अंशतः प्रत्यक्ष अर्थात् अनुमान के सिवा किसी तीसरे प्रमाण को नहीं मानते और प्रत्यक्ष-अनुमान की कसौटी पर कसने से वेद, उसके हिंसामय यज्ञ–कर्मकांड आदि ही नहीं, बहुत-सी दूसरी गप्पें और पुरोहितों की दक्षिणा के लोभ से बनाई बातें गलत साबित होती, ऐसी अवस्था में सभी धर्मानुयायियों की भाँति वैदिक पुरोहितों के लिए मीमांसा जैसे शास्त्र की रचना करके शब्द प्रमाण को ही सर्वश्रेष्ठ प्रमाण सिद्ध करना जरूरी था। बुद्ध से लेकर नागार्जुन तक ब्राह्मण-पुरोहित के जबर्दस्त हथियार वेद के कर्मकांड और ज्ञानकांड पर भारी प्रहार हो रहा था। युक्ति के सहारे ज्ञानकांड के बचाने की कोशिश अक्षपाद और उनके भाष्यकार वात्स्यायन ने की, जिन पर दिग्नाग के कर्कश तर्क-शरों का प्रहार हुआ, जिससे बचाने की कोशिश पाशुपताचार्य उद्योतकर भारद्वाज (500 ई०) ने की, किन्तु धर्मकीर्ति ने उद्योतकर की ऐसी गति बनाई कि वाचस्पति मिश्र को 'उद्योतकर की बूढ़ी गायों के उद्धार के लिए कमर बाँधनी पड़ी।'

किन्तु युक्तिवादियों (तार्किकों) की सहायता से वैदिक ज्ञान और कर्म-कांड के ठीकेदारों का काम नहीं चल सकता था, इसलिए वादरायण को ज्ञानकांड (ब्रह्मवाद) और जैमिनि को कर्मकांड पर कलम उठानी पड़ी। उनके भाष्यकार शबर, असंग के विज्ञानवाद से परिचित थे। दिग्नाग ने अक्षपाद और वात्स्यायन की भाँति शबर और जैमिनि पर भी जबर्दस्त चोट की, जिस पर नैयायिक उद्योतकर की भाँति मीमांसक कुमारिल भट्ट मैदान में आए। धर्मकीर्ति, उद्योतकर पर जिस तरह प्रहार करते हैं, उससे भी निष्ठुर प्रहार उनका कुमारिल पर है। वेद-प्रमाण के अतिरिक्त

मीमांसक प्रत्यभिज्ञा को भी एक जबर्दस्त प्रमाण मानते हैं, हम इन्हीं दोनों के बारे में धर्मकीर्ति के विचारों को लिखेंगे।

(क) प्रत्यभिज्ञा-खंडन–पदार्थ (राम) को सामने देखकर "यह वही (राम) है", ऐसी प्रत्यभिज्ञा (प्रमाणिक स्मृति) स्पष्ट मालूम होने वाली (स्पष्टावभास) प्रत्यक्ष प्रमाण है, मीमांसकों की यह प्रत्यभिज्ञा है। बौद्ध इस प्रत्यभिज्ञा को "यह वही" की कल्पना पर आश्रित होने से प्रत्यक्ष नहीं मानते और "स्पष्ट मालूम होने वाली" के बारे में धर्मकीर्ति कहते हैं–

"(काटने पर फिर से जमे) केशों, (मदारी के नये-नये निकाले) गोलों तथा (क्षण-क्षण नए हो नई टेम वाले) दोषों...में भी (यह 'वही है' यह) स्पष्ट भासित होता है (किन्तु क्या इससे यह कहना सही होगा कि केश-गोला-दीप वही है?)।"

जब भेद (प्रत्यक्षतः) ज्ञात है, (तो भी) वैसा (एक होने के भ्रम वाला अभेद) ज्ञान कैसे प्रत्यक्ष हो सकता है? इसलिए प्रत्यभिज्ञा के ज्ञान से (केश आदि की) एकता का निश्चय ठीक नहीं है।

(ख) शब्दप्रमाण-खंडन–यथार्थ ज्ञान को प्रमाण कहा जाता है, शब्द प्रमाण को मानने वाले कपिल, कणाद, अक्षपाद प्रत्यक्ष अनुमान के अतिरिक्त यथार्थ वक्ता (आप्त) पुरुष के वचन (शब्द को) भी प्रमाण मानते हैं। मीमांसक 'कौन पुरुष यथार्थ वक्ता है' इसे जानना असंभव समझते हुए कहते हैं–

(a) अपौरुषेयता फ़ज़ूल–"यह (पुरुष) ऐसा (यथार्थवक्ता) है या नहीं है, इस प्रकार (निश्चयात्मक) प्रमाणों के दुर्लभ होने से (किसी) दूसरे (पुरुष) के दोषयुक्त (झूठे) या निर्दोष (सच्चे यथार्थवक्ता) होने को जानना अति कठिन है।"

और फिर–

"(किन्हीं) वचनों के झूठे होने के हेतु (ये अज्ञान, राग, द्वेष आदि) दोष पुरुष में रहने वाले हैं, (इसलिए पुरुष वाले पौरुषेय वचन झूठे होते हैं और) अ-पौरुषेय सत्यार्थ...।"

इसके उत्तर में धर्मकीर्ति कहते हैं–

"(किन्हीं) वचनों के सत्य होने के हेतु (ज्ञान, अराग, अ-द्वेष आदि) गुण पुरुष में रहने वाले हैं, इसलिए जो वचन पुरुष के नहीं हैं, वह सत्य कैसे हो सकते हैं और जो पौरुषेय (हैं, वही) सत्यार्थ (हो सकते हैं)।"

"(साथ ही शब्द के) अर्थ को समझाने का साधन है (गाय शब्द का अर्थ 'सींग-पूँछ-गलकम्बल वाला पिंड' ऐसा) संकेत (और वह संकेत) पुरुष के ही आश्रय से रहता (पौरुषेय) है। इस (संकेत के पौरुषेय होने) से वचनों के अपौरुषेय होने पर भी उनके झूठे होने का दोष सम्भव है।"

"यदि (कहो शब्द और अर्थ का) संबंध अ-अपौरुषेय है, तो (आग और आँच के संबंध की भाँति उसके स्वाभाविक होने से संकेत से) अजान पुरुष को भी (सारे वेदार्थ का) ज्ञान होना चाहिए। यदि (पौरुषेय) संकेत से वह (संबंध) प्रकट होता है, तो (संकेत से भिन्न कोई) दूसरी कल्पना (संबंध को व्यवस्थापित) नहीं कर सकती।"

"यदि (वस्तुतः) वचनों का एक अर्थ में नियत होना (प्रकृति-सिद्ध) होता, तो (एक वचन का एक छोड़) दूसरे अर्थ में प्रयोग न होता।"

यदि (कहो–एक वचन का) अनेकों अर्थों (पदार्थों) से (वाच्य-वाचक) संबंध (स्वाभाविक) है, तो (एक ही वचन से) विरुद्ध (अर्थों-की) सूचना होगी, फिर 'अग्निष्टोम याग स्वर्ग का साधन है' इस वचन का अर्थ 'अग्निष्टोम याग नरक का साधन है' भी हो सकता है।

जैसे भी हो, वेद को पुरूषरचित न मानने पर भी पिंड नहीं छूटता, क्योंकि "(शब्द-अर्थ के संबंध को) पुरुष (संकेत) द्वारा न-संस्कार्य (न प्रकट होने वाला मानने पर वचनों को ही) बिलकुल निरर्थकता होगी; (क्योंकि शब्दार्थ-संबंध के संकेत को सभी लोग गुरू-शिष्य संबंध से ही जानते हैं, इससे इन्कार नहीं किया जा सकता)। यदि (पुरुष द्वारा) संस्कार (होने) को स्वीकार करते हो, तो यह ठीक गजस्नान हुआ (वेद-वचन और उसके शब्दार्थ-संबंध को तो पौरुषेय नहीं माना, किन्तु शब्दार्थ-संबंध के संकेत को पुरुष द्वारा ही संस्कार्य मानकर फिर वचन से मिलने वाले ज्ञान के सच-झूठ होने में सन्देह पैदा कर दिया)।"

और वस्तुतः वेद को जैमिनि जिस तरह अपौरुषेय सिद्ध करना चाहते हैं, वह बिलकुल गलत है–

"चूँकि वेद-वचनों के कर्ता (पुरुष) याद नहीं, इसलिए (वह) अपौरुषेय हैं"–ऐसे भी (ढीठ) बोलने वाले हैं! धिक्कार है (जगत् में) छाये (इस जड़ता के) अन्धकार को!"

अपौरुषेयता सिद्ध करने के लिए "कोई (कहता है) जैसे यह (आगे-का विधार्थी) दूसरे (पुरुष–अपने गुरु–से) बिना सुने इस वर्ण (अक्षर) और पद (के) क्रम (वाले वेद) को नहीं बोल सकता, वैसे ही कोई दूसरा पुरुष (गुरु) भी (अपने गुरु और वह अपने गुरु...से सुने बिना नहीं बोल सकता और इस प्रकार गुरुओं की परम्परा का अन्त न होने से वेद अनादि, अपौरुषेय सिद्ध होता है।

किन्तु ऐसा कहने वाला भूल जाता है–"(वेद से भिन्न) दूसरे (पुरुष के) रचित (रघुवंश आदि) ग्रंथ भी (गुरु-शिष्य के) (संप्रदाय के बिना (पढ़ा) जाता नहीं देखा गया, फिर इससे तो वह (रघुवंश) (वेद की) तरह (अनादि) अनुमान किया जायेगा।"

गुरु-शिष्य, पिता-पुत्र के संबंध से हर एक तरह की बात मनुष्य सीखता है और इसी से मीमांसक वेद को अनादि सिद्ध करते हैं, फिर "वैसा तो म्लेच्छ आदि (अ-भारतीय जातियों) के व्यवहार (अपनी माँ और बेटी से ब्याह आदि) तथा नास्तिकों के वचन (ग्रंथ) भी अनादि मानने पड़ेंगे और अनादि होने से (उन्हें भी वेद) जैसे ही स्वतः प्रमाण मानना होगा।

"फिर इस तरह के अपौरुषेयत्व के सिद्ध होने पर भी (जैमिनि और कुमारिल को) कौन-सा फायदा होगा, (क्योंकि इससे तो सब धान बाईस-पंसेरी हो जावेगा)।"

(b) अपौरुषेयता की आड़ में कुछ पुरुषों का महत्व बढ़ाना–वस्तुतः एक दूसरे ही भाव से प्रेरित होकर जैमिनि-कुमारिल एण्ड कम्पनी ने अपौरुषेयता का नारा बुलंद किया है–

"(इस वेद-वचन का) 'यह अर्थ है, यह अर्थ नहीं है' वह (वेद के) शब्द (खुद) नहीं कहते। (शब्द का) यह अर्थ तो पुरुष कल्पित करते हैं और वे रागादि-युक्त होते हैं। (उन्हीं रागादिमान् पुरुषों के बीच जैमिनि वेदार्थ का तत्त्ववेत्ता है फिर प्रश्न होता है) वह एक जैमिनि...ही तत्त्ववेत्ता है, दूसरा नहीं, यह भेद क्यों? उस (जैमिनि) की भाँति पुरुषत्व होते भी किसी तरह किसी (दूसरे को) ज्ञानी तुम क्यों नहीं मानते?"

(c) अपौरुषेयता से वेद के अर्थ का अनर्थ–आप कहते हैं, चूँकि "(पुरुष) स्वर्थ रागादि वाला (है, इसलिए) वेद के अर्थ को नहीं जानता और (उसी कारण वह) दूसरे (पुरुष) से भी नहीं (जाना जा सकता; बेचारा) वेद (स्वयं तो अपने अर्थ को) जतलाता नहीं, (फिर) वेदार्थ की क्या गति होगी? इस (गड़बड़ी) से तो "स्वर्ग चाहने वाला अग्निहोत्र होम करे" इस श्रुति का अर्थ "कुत्ते का माँस भक्षण करे" नहीं है, इसमें क्या प्रमाण है?

"यदि (कहो) लोगों में बात प्रसिद्ध है (जिससे इस तरह का अर्थ नहीं हो सकता), तो (सवाल होगा, सभी लोग तो रागादि वाले हैं) उनमें कौन (स्वर्ग जैसे) अतीन्द्रिय पदार्थ का देखने वाला है, जिसने कि अनेक अर्थ वाले शब्दों में 'यही अर्थ है' इसका निश्चय किया है?"

"स्वर्ग, उर्वशी आदि (कितने ही वैदिक) शब्दों का (वेदज्ञ होने का दावा करने वाले मीमांसकों द्वारा किया गया लोक) रूढ़ि से भिन्न अर्थ भी देखा जाता है (जैसे स्वर्ग का लोकसंमत अर्थ है–मनुष्य से बहुत ऊँचे दर्जे के विशेष पुरुषों का वासस्थान, जहाँ अ-मानुष सुख तथा उसके नाना साधन सदा सुलभ है। उसके विरुद्ध मीमांसक कहते हैं, कि वह दुःख से सर्वथा रहित सर्वोकृष्ट सुख का नाम है, उर्वशी का लोक-सम्मत अर्थ है, स्वर्ग की अप्सरा, किन्तु उसके विरुद्ध मीमांसक वेदज्ञ उसे अरणि या पात्री (नामक यज्ञपात्रों का पर्याय बतलाते है), फिर उसी तरह 'जुहुयात' का अर्थ 'कुत्ता-मांस खाओ'। सभी तरह के अर्थ लग सकने वाले दूसरे शब्दों (अग्निहोत्र-जुहुयात) में वैसे ही (कुत्ता-मांस खाओ' इस अर्थ को) कल्पना (भी) मानो।"

अपौरुषेयता का नारा पुरोहितों की वैसी ही परवंचना मात्र है, जैसे कि राजगृह का मार्ग पूछने पर कोई कहे 'यह ठूँठ कहता है, कि यह मार्ग है', और दूसरा (पुरुष कहे 'यह मार्ग है' इसे) मैं खुद कहता हूँ। (अब आप) इन दोनों की (वंचना और सच्चाई की खुद) परीक्षा कर सकते हैं।

(d) वेद की एक बात सच होने से सारा वेद सच नहीं–वेद का एक वाक्य है 'अग्निर्हिमस्य भेषजं' (आग, सर्दी की दवा है), इसे लेकर मीमांसक कहते हैं–"चूँकि 'अग्निर्हिमस्य भेषजं' यह वाक्य बिलकुल सत्य (प्रत्यक्ष-सिद्ध) है, उसी तरह 'अग्निहोत्र जुहुयात् स्वर्ग कामः'–स्वर्ग चाहने वाला अग्निहोत्र होम करे, इस दूसरे वचन को भी (उसी) वेद का एक अंश होने से (प्रमाण) मानना चाहिए।"

इसके उत्तर के बारे में इतना ही कहना है–

"यदि इस तरह (एक बात की सच्चाई से) प्रमाण सिद्ध होता, तो फिर यहाँ अ-प्रमाण क्या है? बहुभाषी (झूठे) पुरुष की एक बात भी सच्ची न हो, यह (तो है) नहीं।"

(e) शब्द कभी प्रमाण नहीं हो सकता–जो अर्थ (प्रत्यक्ष या अनुमान से) सिद्ध है, उन (के साधन) में वेद (शास्त्र) के त्याग देने से (कोई) क्षति नहीं और जो परोक्ष (इन्द्रिय-अगोचर पदार्थ है), वह अभी साबित ही नहीं हो सके हैं, अतः उनमें वेद (आगम) का (उपयोग) ही ठीक नहीं हो सकता, अतः (वहाँ इसका) ख्याल ही नहीं हो सकता (इस प्रकार परोक्ष और अपरोक्ष दोनों बातों में वेद या शब्द-प्रमाण की गुंजाइश नहीं)।

"किसने यह व्यवस्था (कानून) बनाई कि सभी (बातों) के बारे में विचार करते वक्त शास्त्र (वेद) को लेना चाहिए और (वेद के) सिद्धान्त को न जानने वाले को धुआँ देख आग (होने की बात) न ग्रहण करनी चाहिए।"

"(वेद के फंदे से) रहित (वेद-वचनों के) गुण या दोष का न जानने वाले सहज प्राणी (सीधे-सादे आदमी के मत्थे वेद आदि की प्रमाणता रूपी) ये सिद्धान्त विकट पिशाच किसने थोपे।"

अन्त में धर्मकीर्ति ने मीमांसकों के प्रत्यक्ष, अनुमान जैसे प्रमाणों को छोड़ "अपौरुषेय वेद" के वचन पर आँख मूँदकर विश्वास करने की बात पर जोर देने का जबर्दस्त खंडन एक दृष्टान्त देकर किया–कोई दुराचारिणी (स्त्री) परपुरुष के समागम के समय देखी गई और जब पति ने उसे डाँटा, तो उसने पास की स्त्रियों को संबोधन करके कहा–'देखती हो बहिनो! मेरे पति की बेवकूफी को? मेरी जैसी धर्मपत्नी के वचन (शब्द-प्रमाण) पर विश्वास न कर, वह अपनी आँखों के दो बुलबुलों (प्रत्यक्ष और अनुमान) पर विश्वास करता है।'

(5) अ-हेतुवाद खंडन–कितने ही ईश्वरवादी और सन्देहवादी दार्शनिक विश्व में कार्य-कारण-नियम या हेतुवाद को नहीं मानते। इस्लामिक दार्शनिकों में अश-अरी ने कार्य-कारण-नियम को ईश्वर की सर्वशक्तिमत्ता में भारी बाधा समझा और इसे एक तरह भौतिकवाद की छिपी हिमायत समझ, बतलाया कि चीज़ों के पैदा होने में कोई कारण पहले से उपस्थित नहीं। अल्लाह मियाँ हर वस्तु को हर वक्त बिलकुल नई–असत् से सत् के रूप में–बनाते हैं। अशअरी के अतिरिक्त कुछ संदेहवादी आधुनिक और प्राचीन दार्शनिक भी हैं, जो विश्व की वस्तुओं की रचना में किसी प्रकार के कार्य-कारण नियम को नहीं मानते। वह कहते हैं, चीज़ें न किसी कारण से बनती हैं और न तुरन्त नष्ट हुए अपने पूर्वगामी के स्वभाव आदि में सदृश उत्पत्ति होने के किसी नियम का अनुसरण करती है। वह कहते हैं–

"(जैसे) काँटे आदि में तीक्ष्णता आदि का (कोई) कारण नहीं, उसी तरह (जगत् में) यह सब कुछ बिना कारण (अ-हेतुक) हैं।"

धर्मकीर्ति उत्तर देते हैं–

"जिसके (पहले) होने पर जो (बाद में) जन्मे, अथवा (जिसके) विकार से (जिसको) विकार हो, वह उसका कारण कहा जाता है और वह इन (काँटों) में भी है।"

हर उत्पन्न होने वाली चीज़ को बिलकुल नई बौद्ध दार्शनिक भी मानते हैं, किन्तु यह उन्हें क्षण-विनाशी बिन्दुओं के प्रवाह का एक बिन्दु मानते हैं, और इस प्रकार कोई वस्तु-बिन्दु ऐसा नहीं, जिसका पूर्व और पश्चाद-गामी विन्दु न हो। यही पूर्वगामी बिन्दु कारण है और पश्चाद्गामी अपने पूर्वगामी विन्दु के स्वभाव से सादृश्य रखता है, यदि यह नियम न होता, तो आम खाने वाला आम की गुठली रोपने के लिए ज्यादा ध्यान न देता। एक भाव (वस्तु) के होने पर ही दूसरे भाव का होना तथा हर एक वस्तु की अपने पूर्वगामी के सदृश उत्पत्ति, यह हेतुवाद को साबित करता है। जब तक विश्व में सर्वत्र देखा जाने वाला यह उत्पत्ति-प्रवाह और सदृश-उत्पत्ति का नियम विद्यमान है, तब तक अहेतुवाद बिलकुल गलत माना जायेगा।

(6) जैन अनेकान्तवाद का खंडन–जैन-दर्शन के स्याद्वाद या अनेकान्तवाद का जिक्र हम कर चुके हैं। इस वाद के अनुसार घड़ा, घड़ा भी है और कपड़ा भी, उसी तरह कपड़ा, कपड़ा भी है और घड़ा भी। इस पर धर्मकीर्ति का आक्षेप है–

"यदि सब वस्तु (अपना और अन्य) दोनों रूप है, तो (दही, दही ही है, ऊँट नहीं अथवा ऊँट, ऊँट ही है दही नहीं, इस तरह दही में) उसकी विशेषता को इन्कार करने से (किसी को) 'दही खा' कहने पर (वह) क्यों ऊँट पर नहीं दौड़ता? (आखिर ऊँट में भी दही वैसे ही मौजूद है, जैसे दही में) ।"

"यदि (कहो, दही में) कुछ विशेषता है, जिस विशेषता के साथ (दही वर्तमान है, ऊँट नहीं, तब तो) वही विशेषता अन्यत्र भी है, यह (बात) नहीं रही और इसीलिए (सब वस्तु) दोनों रूप नहीं (बल्कि अपना ही अपना है और) पर ही (पर है)।"

धर्मकीर्ति के दर्शन के इस संक्षिप्त विवरण को उनके ही एक पद्य के साथ हम समाप्त करते हैं–

"वेद (ग्रंथ) की प्रमाणता, किसी (ईश्वर) का (सृष्टि) कर्तापन (कर्तृवाद), स्नान (करने) में धर्म (होने) की इच्छा रखना, जातिवाद (छोटी-बड़ी, जाति-पाँत) का घमंड और पाप दूर करने के लिए (शरीर को) सन्ताप देना (उपवास तथा शारीरिक तपस्याएँ करना)–ये पाँच हैं, अकल-मारे (लोगों) की मूर्खता (जड़ता) की निशानियाँ।"

अध्याय 19

गौडपाद और शंकर

(सामाजिक परिस्थिति)–धर्मकीर्ति के बाद हम शान्तरक्षित, कमलशील, ज्ञानश्री जैसे महान् बौद्ध दार्शनिकों को पाते हैं, वैसे ही ब्राह्मणों में भी शंकर के अतिरिक्त और कई बातों में उनसे बढ़-चढ़कर उदयन, गंगेश जैसे नैयायिक तथा पार्थसारथी जैसे मीमांसक और वाचस्पति, श्रीहर्ष एवं रामानुज जैसे वेदान्ती दार्शनिक हुए हैं। इनसे भी महत्त्वपूर्ण स्थान काश्मीर के शैव दार्शनिक वसुगुप्त का है, जिन्होंने बौद्धों के विज्ञानवाद को तोड़े-मरोड़े बिना, उसे स्पन्द करने वाले (लहराने वाले) क्षणिक विज्ञान के रूप ही में ले लिया और बौद्धों के आलय-विज्ञान (समष्टि रूपेण विज्ञान) को शिव नाम देकर अपने दर्शन की नींव रखी। इन दार्शनिकों के बारे में लिखकर हम ग्रंथ को और नहीं बढ़ाना चाहते, क्योंकि अभी ही इसके पूर्वनियत आकार को हम बढ़ा चुके हैं और एकाध जगह ग्रंथ का जरूरत से ज्यादा विस्तार करने में हम इसलिए भी मजबूर थे, कि वह विषय हिन्दी में अभी आया नहीं है। अंत में हम अद्वैत वेदान्त के संस्थापक दार्शनिकों के बारे में लिखे बिना, भारतीय दर्शन से विदाई नहीं ले सकते।

उपनिषद् के दार्शनिकों और वादरायण का क्या मत था, इसके बारे में हम पहले काफी लिख चुके हैं, वहाँ यह भी जिक्र आ चुका है, कि इन दार्शनिकों के विचारों को विशिष्टाद्वैती (भूत-चेतन-सहित-ब्रह्म-वादी) रामानुज अपेक्षाकृत अधिक ईमानदारी से प्रकट करते हैं, हाँ, वादरायण के दोषों को कुछ बढ़ा-चढ़ाकर लेते हुए। वादरायण ने खुद दूसरे दर्शनों और विशेषकर बौद्धों के प्रहार से उपनिषद्-दर्शन को बचाने के लिए अपना ग्रंथ लिखा था। न्याय-वैशेषिक के वाद चल रहे थे, उनके खिलाफ़ बौद्धों का प्रतिवाद जारी हुआ। उपनिषद् वेदान्त का वाद चल रहा था और उसका प्रतिवाद बौद्ध कर रहे थे। सदियों तक वाद-प्रतिवाद चलते रहे और दोनों से प्रभावित एक तीसरा वाद–संवाद न पैदा हो, यह हो नहीं सकता था। पुराने न्याय-वैशेषिक वादों तथा दिग्नाग धर्मकीर्ति के प्रतिवादों से मिलाकर गंगेश (1200 ई०) को हम एक नये तर्कशास्त्र (नव्य-न्याय, तत्त्वचिन्तामणि) के रूप में संवाद उत्पन्न करते देखते हैं, जिसमें पुराने न्याय वैशेषिक की बहुत सी कमजोर बातों को छोड़ने का प्रयत्न किया गया है। वसुगुप्त ने तो अपने शैव दर्शन में ब्राह्मणों के ईश्वर (शिव) और बौद्धों के क्षणिक विज्ञान को ले एक अलग संवाद तैयार किया। उपनिषद् और वादरायण की परंपरा में भी वाद, प्रतिवाद बिना अपना प्रभाव जमाए नहीं रह सकते थे और इसका नतीजा था, गौडपाद का बुद्ध के अनुचर-दार्शनिकों नागार्जुन और असंग की शरण में जाना। गौडपाद, असंग को न छोड़ते हुए भी नागार्जुन के शून्यवाद के बहुत नजदीक हैं और 'द्विपदांबर' (मनुष्यों में श्रेष्ठ) 'संबुद्ध' के प्रति अपनी भक्ति खुले शब्दों में प्रकट करते हैं, उनके अनुयायी (प्रशिष्य?) शंकर असंग के नजदीक हैं और साथ ही इस बात की पूरी कोशिश करते हैं, कि कोई उन्हें बौद्ध न कह दे।

शंकर उस युग के थोड़े बाद पैदा हुए, जिसमें कालिदास-भवभूति वाण जैसे कवि, दिग्नाग-उद्योतकर-कुमारिल-धर्मकीर्ति जैसे दार्शनिक हुए। राजनीतिक तौर से यह उस युग का आरंभ था,

जब कि भारत पतन और चिर-दासता स्वीकार करने की जोर से तैयारी कर रहा था। हर्षवर्धन का केन्द्रीकृत महान् साम्राज्य छिन्न-भिन्न हो चुका था और पुराने ग्रामीण प्रजातंत्र और कबीले (प्रान्तों) तथा जातियों की प्रतिद्वंदिता में पलती मनोवृत्ति आन्तरिक विग्रह को प्रोत्साहन तथा बाहरी आक्रमण को निमंत्रण दे रही थी। हम इस्लामिक दर्शन के प्रकरण में बतला चुके हैं, कि कैसे सातवीं सदी के दूसरे पाद में दुनिया की दो खानाबदोश पशुपालक जातियाँ–तिब्बती और अरब–अपने निर्भीक, निष्ठुर तथा बहादुर योद्धाओं को संगठित कर एक मजबूत सैनिक शक्ति बन, सभ्य किन्तु पुंस्त्वहीन देशों को परास्त कर उनके सर्वस्व पर अधिकार जमाने के लिए दौड़ पड़े। गौडपाद और शंकर का समय वह था, जब कि अरब और तिब्बत का पहला जोश खतम हो गया था और स्रोड-चुंन्-गम्बो (630-698 ई०) तथा खलीफा उमर (642-44 ई०) की विजयी तलवारें अपने म्यानों में चिर-विश्राम कर रही थीं और उनके सिंहासनों को ठि-स्रोङदे-चंन् (802-45 ई०) तथा खलीफा मामून् (813-33 ई०) जैसे कोमल-कला और दर्शन के प्रेमी अलंकृत कर रहे थे। मामून् के समय अरबी भाषा को जिस तरह समृद्ध बनाया जा रहा था, ठि-स्रोड़दे-चंन् के समय उसी तरह भारतीय बौद्ध साहित्य और दर्शन के अनुवादों से तिब्बती भाषा मालामाल की जा रही थी। यही समय था, जब कि नालंदा के दार्शनिक शान्त-रक्षित–जो कि वस्तुतः अपने समय के भारत के अद्धितीय दार्शनिक थे, आखिरी उम्र में तिब्बत से जा उस बर्बर जाति को दुःखवादी दर्शन के साथ सभ्यता की मीठी घूँट देकर सुलाना चाहते थे। फ़र्क इतना था, जरूर कि अरबों की तलवार को बगदाद में ठंडी पड़ते देख, उसे उठाने वाले (मराकोवासी) बर्बर तथा मध्य एशिया के तुर्क, मुगल जेसी जातियाँ मिल जाती हैं, क्योंकि वहाँ इस्लाम की व्यवहारवादी शिक्षा तथा एक 'खास उद्देश्य' के लिए जगत्-विजय–आकांक्षा थी, लेकिन बेचारे स्रोड-चंन् की तलवार के साथ वैसा 'खास उद्देश्य' न होने से वह किसी दूसरे को अपना भार वहन करने के लिए तैयार नहीं कर सकी।

बगदाद में अरबी तलवार का जो शान्ति-होम किया जा रहा था, उसके पुरोहितों में कुछ भारतीय भी थे, जिन्होंने अरबों को योग, गणित, ज्योतिष, वैद्यक के कितने ही पाठ पढ़ाए, किन्तु जैसा कि मैंने अभी कहा, वह शान्त नहीं हुई, उसने सिर्फ़ हाथ बदला और किसी अरब की जगह महमूद गजनवी और मुहम्मद गोरी जैसे तुर्कों के हाथ में पड़कर भारत को भी अपने पंजे में ले दबोचा।

यह वह समय था, जबकि भारत में तंत्र-मंत्र का जबर्दस्त प्रचार हो रहा था और राजा धर्मपाल (768-809) के समकालीन सरहपाद (800 ई०) जैसे तांत्रिक सिद्ध अपनी सिद्धियों और उनसे बढ़कर अपनी मोहक हिन्दी कविताओं से जनता और शासक वर्ग का ध्यान अपनी ओर आकर्षित कर रहे थे। शताब्दियों से धर्म, सदाचार के नाम पर 'मानव' की अपनी सभी प्राकृतिक भूखों–विशेषकर यौन सुखों के तृप्त करने में बाधा-पर-बाधा पहुँचाई जाती रही। ब्रह्मचर्य और इन्द्रिय-निग्रह के यशोगाान, दिखावा तथा कीर्ति-प्रलोभन द्वारा भारी जन-संख्या को इस तरह के अप्राकृतिक जीवन को अपनाने के लिए मज़बूर किया जा रहा था। इसी का नतीजा था, यह तंत्र-मार्ग, जिसने मद्य, मांस, मत्स्य, मैथुन, मुद्रा (शराब के प्याला रखने आदि के लिए हाथ द्वारा बनाए जाने वाले खास चिह)–इन पाँच मकारों को मुक्ति का सर्वश्रेष्ठ उपाय बतलाना शुरू किया। लोग

बाहरी सदाचार के डर से इधर आने से हिचकिचाते थे, इसलिए उसने डबल (दुहरे) सदाचार का प्रचार किया–भैरवी चक्र में पंच मकार ही महान सदाचार है और उससे बाहर वह आचार जिसे लोग मानते जा रहे हैं। एक दूसरे से बिलकुल उलटे इस डबल सदाचार के युग में यदि शंकराचार्य जैसे डबल-दर्शन-सिद्धान्ती पैदा हों, तो कोई आश्चर्य नहीं।

आर्थिक तौर पर देखने से यह सामन्तों-महन्तों और दासों-कम्मियों का समाज था। इनके बीच में बनिया और साहूकार भी थे, जिनका स्वार्थ शासक-सामन्त-महन्त से अलग न था और उन्हीं की भाँति यह भी डबल सदाचार के शिकार थे। शासक और सम्पत्तिमान्-वर्ग विलास के नये-नये साधनों के आविष्कारों में तथा दास-कम्मी वर्ग के अपने खून-पसीने एक कर उसे जुटाने में लगा था। एक खाते-खाते मरा जा रहा था, दूसरा भूख से तड़पते-तड़पते। एक ओर अपार ऐश्वर्य-लक्ष्मी हँस रही थी, दूसरी ओर नंगी-भूखी जनता कराह रही थी। यह नाटक दिल रखने वाले व्यक्ति पर चोट पहुँचाए बिना नहीं रह सकता था और चोट खाया दिल, दिमाग़ को कुछ करने के लिए मज़बूर कर सकता था। इसलिए दिल-दिमाग को बेकाबू न होने देने के लिए एक भूल-भूलैया की जरूरत थी, जिसे कि इस तरह के और समयों में पहले भी पैदा किया जाता रहा और अब भी पैदा किया जा रहा है। गौडपाद तथा शंकर भी उसी भूल-भूलैया के वाहन बने।

1. गौडपाद (500 ई०)

1. जीवनी–शंकर के दर्शन के मूल को ढूँढ़ने के लिए उनके पूर्वगामी गौडपाद के पास जाना होगा। शंकर का जन्म 788 ई० और मृत्यु 820 ई० है। म० म० विधुशेखर भट्टाचार्य ने गौडपाद का समय ईसा की पाँचवीं सदी ठीक ही निश्चित किया है। गौडपाद के जीवन के बारे में हमें इससे ज्यादा कुछ नहीं मालूम है, कि वह नर्मदा के किनारे रहते थे। नर्मदा मध्यप्रान्त, मालवा और गुजरात तक बहती चली गई है, इसलिए यह भी कहना आसान नहीं है, कि गौडपाद का निवास कहाँ पर था।

2. कृतियाँ–गौडपाद की कृतियों में सबसे बड़े शंकर ही है, जिनके दीक्षा-गुरू यद्यपि गोविंद थे, किन्तु निर्माता निस्सन्देह गौडपाद थे, किन्तु उनके अतिरिक्त गौडपाद का एक दर्शन-ग्रंथ आगमशास्त्र या माण्डूक्य-कारिका है। ईश्वर कृष्ण की सांख्य कारिका पर भी गौडपाद की एक छोटी-सी टीका (वृत्ति) है, किन्तु यह मामूली तथा बहुत कुछ माठर वृत्ति से ली गई है। माण्डूक्य-कारिका में चार अध्याय हैं, जिनमें पहला अध्याय ही माण्डूक्य उपनिषद से संबंध रखता है, नहीं तो बाकी तीन अध्यायों में गौडपाद ने अपने दार्शनिक विचारों को प्रकट किया है।

गौडपाद का माण्डूक्य-उपनिषद् पर कारिका लिखना बतलाता है, कि वह उपनिषद् को अपने दर्शन से संबद्ध मानते हैं, लेकिन साथ ही वह छिपाना नहीं चाहते, कि बुद्ध भी उनके लिए उतने ही श्रद्धा और सम्मान के भाजन हैं। चौथे अध्याय 'अलात-शान्ति-प्रकरण' जो कि वस्तुतः बौद्ध विज्ञानवाद का एक स्वतंत्र प्रकरण ग्रंथ है) की प्रारंभिक कारिका में ही वह कहते हैं–.

मैं द्विपद-वर (मनुष्य-श्रेष्ठ) को प्रणाम करता हूँ, जिसने अपने आकाश जैसे विस्तृत ज्ञान से जाना (संबुद्ध किया), कि सभी धर्म (भाव, वस्तुएँ) आकाश-समान (गगनोपम) शून्य हैं। इसी

प्रकरण की 19वीं कारिका में फिर बुद्ध का नाम लिया गया है। इसके अतिरिक्त भी उन्होंने बुद्ध के उपदेश करने की बात दूसरी कारिका (4 । 2) में की है। 42वीं (4 । 42) कारिका में वह फिर बुद्ध और 90वीं में 'अग्रयान' (महायान) का नाम लेते हैं। 98वीं और 99वीं में बुद्ध का नाम ले (नागार्जुन की भाँति) कहते हैं, कि सभी वस्तुएँ स्वभावतः शुद्ध अनावृत्त हैं, इसे बुद्ध और मुक्त जानते हैं। अन्तिम कारिका (4 । 100) में वह फिर पर्याय से बुद्ध की वंदना करके अपने ग्रंथ को समाप्त करते हैं।

शंकर ने माण्डूक्य-उपनिषद् पर भाष्य करते हुए इन स्पष्ट बौद्ध प्रभावों को हटाने की निष्फल चेष्टा की है।

गौडपाद का माण्डूक्य-उपनिषद् को ही कारिका लिखने के लिए चुनना खास मतलब से मालूम होता है। (1) माण्डूक्य एक बहुत छोटी सिर्फ़ पच्चीस पंक्ति की उपनिषद् है, जिससे वहाँ उन्हें अपने विचारों को ज्यादा स्वतंत्रता पूर्वक प्रकट करना आसान था, (2) माण्डूक्य में सिर्फ़ ओम् और उसके चारों अक्षरों से आत्मा (जीव) की जाग्रत आदि चार अवस्थाओं का वर्णन किया गया है। यह ऐसा विषय था, जिसमें उनके माध्यमिक-योगाचारी विचारों के विकृत होने की संभावना न थी, (3) इसमें आत्मा के लिए अ-दृष्ट, अ-व्यवहार्य, अ-ग्राह्य, अ-लक्षण, अ-चिन्त्य आदि जो विशेषण आए हैं, वह नागार्जुन के माध्यमिक-तत्त्व पर भी लागू होते हैं। गौडपाद की चेष्टा थी, बौद्ध दर्शन का पलड़ा भारी रखते हुए उपनिषद् से उसका संबंध जोड़ना। शून्यवाद के अपनाने में उन्हें क्षणिक-अक्षणिक के झगड़े में पड़ने की जरूरत न थी। शंकर ने भी बौद्ध दार्शनिक विचारों से पूरा फायदा उठाया, किन्तु वह उसे सोलहो-आने उपनिषद् की चीज़ बनाकर वैसा करना चाहते थे। हाँ, साथ ही वह उसे बुद्धिवाद के पास रखना चाहते थे, इसलिए उन्हें योगाचार के विज्ञानवाद को अपनाना पड़ा, किन्तु विज्ञान (चित्त) तत्त्व की घोषणा करते हुए उन्हें क्षणिक, अक्षणिक में से एक चुनना था, शंकर ने अक्षणिक (नित्य) चित्त-तत्त्व स्वीकार कर अपने को शुद्ध ब्राह्मण दार्शनिक साबित करने का प्रयत्न किया।

2. दार्शनिक विचार–यहाँ हमें गौडपाद के उन विचारों में से कुछ के बारे में कहना है, जिनको आधार बनाकर शंकर ने अपने दर्शन की इमारत खड़ी की।

जगत् नहीं–"कोई वस्तु न अपने से जन्मती न दूसरे से ही, (जो) कोई वस्तु विद्यमान, अविद्यमान या विद्यमान अ-विद्यमान है, वह (भी) नहीं उत्पन्न होती।" जो (वस्तु) न आदि में है, न अन्त में, वह वर्त्तमानकाल में भी वैसी ही है, झूठे की तरह होती वह झूठी ही दिखलाई पड़ती है।

सब माया–"वस्तुएँ जो जन्मती कही जाती हैं, वह भ्रम से ही न कि वस्तुतः। उनका जन्म मायारूपी है, और माया की कोई सत्ता नहीं।" "जैसे स्वप्न में चित्त माया से (द्रष्टा और दृश्य) दो रूपों में गति करता है, वैसे ही जाग्रत में भी चित्त माया से दो रूप में गति करता है।"

जीव नहीं–"जैसे स्वप्न वाला या माया वाला जीव जन्मता और मरता (सा दीखता है) उसी तरह ये सारे जीव 'हैं' भी और 'नहीं' भी हैं।"

परमतत्त्व–बाल-बुद्धि (पुरुष) 'है', 'न है', 'है-न है' और 'न-है-न-न है', इन (चारों कोटियों) में चल-स्थिर, नचल-नस्थिर के तौर पर (वास्तविकता को) छिपाते हैं। इन चारों कोटियों की पकड़ से भगवान् (परमतत्त्व) सदा ढँके, उन्हें नहीं छुवाई देते, जिसने उसे देख लिया वही सर्वद्रष्टा है।

शंकर के सारे मायावाद की मौलिक साम्रगी यहाँ मौजूद है और विज्ञानवाद?–

"जैसे फिरती, बनेठी, सीधी या गोल आदि दीखती है, वैसे ही विज्ञान द्रष्टा और दृश्य जैसा दीखता है।"

गौडपाद मानते हैं कि (1) एक अद्वय (विज्ञान) तत्त्व है, जो शंकर के ब्रह्म की अपेक्षा नागार्जुन के शून्य के ज्यादा नजदीक है, (2) जगत् माया और भ्रम मात्र है, (3) जीव नहीं है, जन्म, मरण, और कर्मभोग किसी को नहीं होता। ये विचार "ब्रह्म-सत्य, जगत्-मिथ्या, जीव-ब्रह्म ही है" से काफी अन्तर रखता है और वह अन्तर बौद्ध शून्यवाद के पक्ष में है।

2. शंकराचार्य (788-820 ई०)

1. जीवनी–शंकर का जन्म 788 ई० में मलाबार (केरल) में एक ब्राह्मण कुल में हुआ था। अभी शंकर गर्भ में ही थे, कि उनके पिता शिवगुरू का देहान्त हो गया और उनके पालन-पोषण तथा बाल्य-शिक्षा का भार माता के ऊपर पड़ा। यह वह समय था, जब कि बौद्ध, ब्राह्मण, जैन सभी धर्म अधिक से अधिक लोगों को साधु बनाने की होड़ लगाए हुए थे। आठ वर्ष के बालक शंकर के ऊपर किसी संन्यासी गोविन्द की नजर पड़ी और उन्होंने उसे चेला बनाया, जैसा कि पहले कह चुके हैं, गोविन्द के दीक्षागुरु होने पर भी शंकर के "शिक्षागुरु" गौडपाद बतलाये जाते हैं। एक से अधिक शंकर दिग्विजयों में शंकर के भारी शास्त्रार्थों, उनकी दिव्य प्रतिभा और चमत्कारों का जिक्र है, किन्तु हर एक धर्म में अपने आचार्यों के बारे में ऐसी कथाएँ मिलती हैं। हम निश्चित तौर से इतना ही कह सकते हैं, कि शंकर एक मेधावी तरुण थे, बत्तीस वर्ष की कम आयु में मृत्यु के पहले वेदान्त और दस प्रधान उपनिषदों पर सुन्दर और विचारपूर्ण भाष्य उनकी प्रतिभा के पक्के प्रमाण हैं। शास्त्रार्थ के बारे में हम इतना ही कह सकते हैं, कि शंकर के समकालीन शान्तरक्षित ही नहीं, उनके बाद के भी कमलशील (850 ई०), जितारि (1000 ई०) जैसे महान् दार्शनिक उनके बारे में कुछ नहीं जानते। जान पड़ता है, बौद्धों के तर्कश से कुछ वाणों को लेकर शंकर ने अलग एक छोटा-सा शास्त्रागार तैयार किया था, जिसका महत्त्व शायद सबसे पहले वाचस्पति मिश्र (841 ई०) को मालूम हुआ, किन्तु वह तब तक गुमनाम ही पड़ा रहा, जब तक कि तुर्कों के आक्रमण से त्राण पाने के लिए बौद्ध-दर्शन के नेताओं ने भारत को छोड़ हिमालय और समुद्रपार के देशों में भाग जाना नहीं पसन्द किया। हाँ इतना कह सकते हैं, कि बौद्ध भारत के अन्तिम प्रधान आचार्य या संघराज शाक्य श्रीभद्र (1127-1225 ई०) के भारत छोड़ने (1206 ई०) से पहले शंकर को श्रीहर्ष (1198 ई०) जैसा एक और जबर्दस्त वरदान मिल चुका था।

2. शंकर के दार्शनिक विचार–शंकर ने वैसे तो अपने विचारों की छाप अपने सभी ग्रंथों पर छोड़ी है, किन्तु वेदान्तसूत्र के पहिले चार सूत्रों (चतुःसूत्री) के भाष्य में उन्होंने अधिक स्वतंत्रता के साथ काम लिया है। बौद्धों के संवृति-सत्य और परमार्थ-सत्य को अपना मुख्य हथियार बनाकर

ब्रह्म को ही एकमात्र (द्वैत) सत् पदार्थ मानते हुए उन्होंने व्यवहार-सत्य के तौर पर सभी बुद्धि और अ-बुद्धि-गम्य ब्राह्मण-सिद्धान्तों को स्वीकार किया।

(1) शब्द स्वतः प्रमाण–शब्द ही स्वतः प्रमाण है, दूसरे प्रत्यक्ष, अनुमान आदि प्रमाण शब्द (वेद) की कृपा से ही प्रमाण रह सकते हैं–मीमांसकों की इस अंध-पकड़ को व्यवहार में शंकर भी उसी तरह मानते हैं। एक तार्किक किसी बात को अपने तर्कबल से सिद्ध करता है, दूसरा अधिक तर्क-कुशल उसे गलत साबित कर, दूसरी ही बात को सिद्ध कर देता है। इस तरह तर्क के हम किसी स्थिर स्थान पर नहीं पहुँच सकते। सत्य की प्राप्ति हमें सिर्फ़ उपनिषद् से ही हो सकती है। तर्कयुक्ति को हम सिर्फ़ उपनिषद् के अभिप्राय को ठीक से समझने के लिए ही इस्तेमाल कर सकते हैं। शंकर के अनुसार वेदान्त-सिद्धान्तों की सत्यता तर्क या युक्ति (बुद्धि) पर नहीं निर्भर करती, बल्कि वह इस पर निर्भर है कि वह उपनिषत्-प्रतिपादित है। इस प्रकार प्रमाण के बारे में शंकर के वही विचार थे, जो कि जैमिनि और कुमारिल के और जिनके खंडन में धर्मकीर्ति की युक्तियों को हम उद्धृत कर चुके हैं।

(2) ब्रह्म ही एक सत्य–अनादि काल से चली आती अविद्या (अज्ञान) के कारण यह नाना प्रकार का भेद प्रतीत होता है, जिससे ही यह जन्म, जरा, मरण आदि सांसारिक दुःख होते हैं। इन सारे दुःखों की जड़ काटने के लिए सिर्फ़ एक आत्मा ही सत् है, यह ज्ञान जरूरी है। इसी आत्मा की एकता या ब्रह्म-अद्वैत के ज्ञान के प्रतिपादन को ही शंकर अपने ग्रंथ का प्रयोजन बतलाते हैं। वह ब्रह्म सत् (अस्तित्व) मात्र, चित् (चेतना) और आनन्द-स्वरूप है। सत्-चित्-आनन्द-स्वरूपता उसके गुण हैं और वह उनका गुणी। यह बात ठीक नहीं, क्योंकि गुण-गुणी की कल्पना भेद-द्वैत को लाती है। इसलिए वह किसी विशेषण-गुण से रहित निर्विशेष चित्-मात्र हैं। सभी मानसिक और शारीरिक वस्तुएँ विलीन, परिवर्तित होती जाती हैं और उनके भीतर एक अपरिवर्तनीय परम-सत् बना रहता है। दूसरे सारे दर्शन प्रमाणों की खोज में हैं, जिसमें कि वे बाहरी वस्तुओं की सत्यता का पता लगा सकें; किन्तु वेदान्त बाहरी दृश्यों (वस्तुओं) की तह में जो चरम परम-सत्य है, उसकी खोज करता है। इसीलिए वेदान्त के सामने दूसरे शास्त्र तुच्छ हैं।

(3) जीव और अविद्या–ब्रह्म ही सिर्फ़ एक तत्त्व है, भेद–नानापन–का ख्याल गलत है, इसे मान लेने पर उससे भिन्न कोई ज्ञाता जीव का विचार ठीक नहीं रहता। मैं जानता हूँ–यहाँ जानने वाले "मैं" का जो अनुभव हमें होता है, उससे जीव का अस्तित्व सिद्ध होता है, यह कहना ठीक नहीं है। इस तरह का अनुभव तथा उससे होने वाले जीव का ज्ञान केवल भ्रान्तिमात्र है, उसी तरह जैसे सीप में चाँद, रस्सी में साँप, मृगतृष्णा वाले बालू में जल का प्रत्यक्ष-अनुभव तथा ज्ञान, भ्रान्ति के सिवा कुछ नहीं। ज्ञाता, ज्ञान, ज्ञेय के भेदों को छोड़ सिर्फ़ अनुभव मात्र हम ले सकते हैं, क्योंकि भेद के आदि और अन्त भी न होने से, वर्तमान में भी अस्तित्व न रखने के कारण, अनुभव मात्र ही तीनों कालों में एक-सा रहता है; फिर अनुभव मात्र–सत्तामात्र–ब्रह्म ही है। अतएव ब्रह्म के अतिरिक्त भेद-प्रतिपादक "मैं मनुष्य हूँ" इस तरह का मनुष्यता आदि से युक्त पिंड में ज्ञाता का ख्याल केवल अध्यास (भ्रम) मात्र है। ज्ञाता उसे कहते हैं, जो कि ज्ञान की क्रिया करता है। क्रिया करने वाला निर्विकार नहीं रह सकता, फिर ऐसे विकारी जीव की

सारे विकारों के बीच एकरस, साक्षी, चित्-मात्र तत्त्व में कहाँ गुंजाइश हो सकती है? फिर ज्ञेय (बाहरी पदार्थों) के बिना किसी को ज्ञाता नहीं कह सकते। आगे बतायेंगे कि ज्ञेय, दृश्य, जगत् सिर्फ़ भ्रममात्र हैं। मैं जानता हूँ यह अनुभव सब अवस्था में नहीं होता, सुषुप्ति (गाढ़ निद्रा) और मूर्च्छा में उसका कहीं पता नहीं रहता, किन्तु आत्मा का अहं-रहित अनुभव उस वक्त भी होता है, इसलिए अहं का ख्याल तथा उससे जीव की कल्पना गलत है। दर्पण खंड में मुख या चन्द्रमा का प्रतिबिंब दिखलाई पड़ता है, किन्तु सभी जानते हैं, कि वहाँ मुख या चन्द्रमा नहीं है, वह भ्रम मात्र है। इसी तरह चिन्मात्र विर्विशेष ब्रह्म में 'अहं' या ज्ञाता का ख्याल सिर्फ़ भ्रम, अविद्या है। वस्तुतः ब्रह्म में ज्ञाता जीव के ख्याल की जननी यही अविद्या है–ब्रह्म पर पड़ा अविद्या का पर्दा जीव को उत्पन्न करता है।

सवाल हो सकते हैं–ब्रह्म के अतिरिक्त किसी दूसरे तत्त्व को न स्वीकार करने वाले अद्वैती वेदान्तियों के यहाँ अविद्या कहाँ से आ गई? अविद्या अज्ञान-स्वरूप है, ब्रह्म-ज्ञान-स्वरूप, दोनों प्रकाश और अन्धकार की भाँति एक दूसरे के अत्यन्त विरोधी एवं एक दूसरे के साथ न रह सकने वाले हैं, फिर ब्रह्म पर अविद्या का पर्दा डालना वैसे ही हुआ, जैसे प्रकाश पर अंधकार का पर्दा डाला जाय। वस्तु जगत् के सर्वथा अपलाप से इन और ऐसे हजारों प्रश्नों का उत्तर अद्वैती सिर्फ़ यही दे सकते हैं, कि सत्य वही है, जिसे कि उपनिषद् बतलाते हैं। इस पर धर्मकीर्ति की आँखों के दो बुलबुले वाली बात याद आ जाती है।

(4) जगत् मिथ्या–प्रमाणशास्त्र की दृष्टि से विचार करने पर मालूम होता है, कि दृश्य जगत् है, किन्तु वर्तमान में ही। उसकी परिवर्तनशीलता बतलाती है, कि वह पहले न था, न आगे रहेगा। इस तरह उसका अस्तित्व सब काल में है, यह तो स्वयं गलत हो जाता है–"आदौ अन्ते च यत् नास्ति वर्तमानेऽपि तत् तथा"। वस्तुतः जगत् तीनों काल में नहीं है। "जगत् है" में जगत् की कल्पना भ्रान्तिमूलक है, और "है" (सत्) ब्रह्म का अपना स्वरूप है। "है" (सत्) न होता, जो जगत् का भान न होता, इसलिए जगत् की भ्रान्ति का अधिष्ठान (भ्रम-स्थान) ब्रह्म है, उसी तरह जैसे साँप की भ्रान्ति का अधिष्ठान रस्सी, चाँदी की भ्रान्ति का अधिष्ठान सीप।

(5) माया–"आदि अन्त में नदारद वर्तमान में भी वैसा" के अनुसार, यह जगत् वस्तुतः है ही नहीं, फिर यह प्रतीत (प्रत्यक्ष अनुमान से ज्ञात) क्यों हो रहा है? यही तो माया है। मदारी ढेर-के-ढेर रूपये बनाता है, किन्तु क्या वह वास्तविक रुपये हैं, यदि ऐसा होता, तो उसे तमाशा दिखलाकर एक-एक पैसा माँगने की जरूरत न पड़ती। वह रुपये क्या है?–माया, माया के अलावा कुछ नहीं। जगत् भी माया है। माँ भी माया, बाप भी माया, पत्नी भी माया, पति भी माया, उपकार भी माया, अपकार भी माया, गरीब की काम से पिसती भूख से तिलमिलाती अंतड़ियाँ भी माया, निकम्मे अमीर की फूली तोंद और ऐठी मूछें भी माया, कोड़ों से लो-लोहान तड़फ़ता दास भी माया और बेकसूर पर कोड़े चलाने वाला जालिम मालिक भी माया, चोर भी माया, साहू भी माया, गुलाम हिन्दुस्तान भी माया, स्वतंत्र भारत भी माया, हिटलर की हिंसा भी माया, गाँधी की अहिंसा भी माया, स्वर्ग भी माया, नर्क भी माया, धर्म भी माया, अधर्म भी माया, बंधन भी माया, मुक्ति भी माया...। जगत् जादू है, माया है और कुछ नहीं।

यह है शंकर का मायावाद, जो कि समाज की हर विषमता, हर अत्याचार को अक्षुण्ण, अछूता रखने के लिए जबर्दस्त हथियार है।

माया ब्रह्म में कैसे लिपटती है?–शंकर इस प्रश्न ही को गलत बतलाते हैं। लिपटना वस्तुतः है ही नहीं, कूटस्थ एक-रस ब्रह्म पर जब उसका कोई असर हो, तब तो उसे लिपटना कहेंगे। माया में कोई वास्तविकता नहीं, यह तो अविद्या के सिवाय और कुछ नहीं और जैसे ही सत्य (अद्वैतब्रह्म) का साक्षात्कार होता है, वैसे ही वह विलीन हो जाती हैं। माया क्या है? इसका उत्तर सिर्फ़ यह दे सकते हैं, कि वह अनिर्वचनीय (अ-कथ) है। वस्तु न होने से उसे सत् नहीं कह सकते, जगत् जीव आदि के भेदों की प्रतीति होती है, इससे उसे बिलकुल असत् भी नहीं कह सकते। इस तरह उसे सत् और असत् दोनों से अ-निर्वचनीय (अ-कथनीय) कह सकते हैं।

(6) मुक्ति–परमार्थतः पूछने पर शंकर बंधन और मुक्ति के अस्तित्व से इन्कार करते हैं, किन्तु उस काल के तान्त्रिकों के जबर्दस्त डबल सदाचार की भाँति वह अपने दर्शन के डबल सिद्धान्त को बहुत सफलता से इस्तेमाल कर सकते थे, इसीलिए व्यवहार-सत्य के रूप में उन्हें बंधन और मुक्ति को मानने से इन्कार नहीं। अविद्या ही बंधन है, जिसके ही कारण जीव को भ्रम होता है, यह पहले कह आए हैं। "निर्विशेष नित्य, शुद्ध, बुद्धमुक्त, स्वप्रकाश, चिन्मात्र, ब्रह्म ही मैं हूँ" जब यह ज्ञान हो जाता है, तो अविद्या दूर हो जाती है और बद्ध होने का भ्रम हट जाता है, जिसे ही मुक्ति कहते हैं। ब्रह्म सत्य है, जगत् मिथ्या, जीव ब्रह्म ही है दूसरा नहीं–यही ज्ञान है, जिससे अपने को बद्ध समझने वाला जीव मुक्त हो जाता है, आखिर बद्ध समझना एक भ्रमात्मक ज्ञान था, जो कि वास्तविक ज्ञान के होने पर नहीं रह सकता। "मैं ब्रह्म" हूँ उपनिषद् का यह महावाक्य ही सबसे महान् सत्य है।

व्यवहार में जब बंधन को मान लिया, तो उससे छूटने की इच्छा रखने वाले (मुमुक्ष) को साधन भी बतलाने पड़ेंगे। शंकर ने यहाँ एक सच्चे द्वैतवादी के तौर पर बतलाया, कि वह साधन चार हैं–(1) नित्य और अनित्य वस्तुओं में फ़र्क करना (नित्यानित्य-वस्तुविवेक), (2) इस लोक-परलोक के फल-भोग से विराग, (3) मन का शमन, इन्द्रियों का दमन, त्याग-भावना, कष्ट-सहिष्णुता, श्रद्धा, चित्त की एकाग्रता (शम-दम-उपरति-तितिक्षा-श्रद्धा-समाधि) और (4) मुक्ति पाने की बेताबी (मुमुक्षुत्व)।

(7) प्रत्छन्न बौद्ध–शंकर के दर्शन को सरसरी नजर से देखने पर मालूम होगा, कि वह ब्रह्मवाद को मानता है और उपनिषद् के अध्यात्म ज्ञान को सबसे अधिक प्रधानता देता है; किन्तु जब उसके भीतर घुसते हैं, तो वह नागार्जुन के शून्यवाद का मायावाद के नाम से नामान्तर मात्र है। यह बात इससे भी स्पष्ट हो जाती है, कि उसकी आधारशिला रखने वाले गौडपाद सीधे तौर से बुद्ध और नागार्जुन के दर्शन के अनुयायी थे और शंकर के अनुयायियों में सबसे बड़े अनुयायी श्रीहर्ष का "खंडन खंड खाद्य" सिर्फ़ सीता-राम के मंगलाचरण तथा दो-चार मामूली बातों के ही कारण शुद्ध माध्यमिक दर्शन (शून्यवाद) का ग्रंथ कहे जाने से बचाया जा सकता है। इसीलिए कोई ताज्जुब नहीं, यदि परांकुशदास 'व्यास' ने कहा–

"वेदोऽनृतो बुद्धकृतागमोऽनृतः,
प्रामाण्यमेतस्य च तस्य चानृतम्।
बोद्धाऽनृतो बुद्धिफले तथाऽनृते,
यूयं च बौद्धाश्च समानसंसदः॥"

"(शंकरानुयायियो! तुम्हारे लिए) वेद (परमार्थतः) अनृत (असत) हैं, (वैसे ही शून्यवादी बौद्धों के लिए) बुद्ध के लिए उपदेश अनृत हैं; (तुम्हारे लिए) इस (वेद) का और (उनके लिए) उस (बुद्ध-आगम) का प्रमाण होना गलत है। (तुम दोनों के लिए) बोद्धा (ज्ञाता, जीव) अनृत है, (उसी तरह) बुद्धि (ज्ञान) और (उसका) फल (मुक्ति) भी अनृत है; इस प्रकार तुम और बौद्ध एक ही भाई-बिरादर हो।"

इसीलिए शंकर "प्रच्छन्न बौद्ध" कहे जाते हैं।

परिशिष्ट 1

ग्रंथ–सूची

Das Gupta (S. N.)	History of Indian Philosophy, 2 Vols.
Radhakrishnan (S.)	Indian Philosophy, 2. Vols.
Vidyabhushana (S. C.)	History of Indian Logic.
Stcherbatsky (T. H.)	Buddhist Logic, 2 Vols.
Winternitz	History of Indian Literature, Vol. II.
Lewis (G. E.)	History of Philosophy.
Lewis (John)	Introduction to Philosophy, 1937.
De Boer (T. J)	History of Philosophy in Islam, 1903.
Thilly	History of Philosophy
Macdougall	Modern Materialism and Emergent Evolutions, 1929.
Stapledon	Philosophy and Living, 1939.
Feuerbach (L.)	Atheism.
	Essence of Christianity.
Engels (F.)	(Anti-Duhring)
Marx (Karl)	Capital, 3 Vols.
	Thesis on Feuerbach Holy family.
	Poverty of Philosophy.
Marx and Engels	German Ideology.
	Communist Manifesto.
	(इस्लामी दर्शन)
ग़ज़ाली	अह्याउ'ल्–उलूम
	तोहाफ़तु'ल्–फ़िलासफ़ा
इब्न–रोश्द	तोहाफ़तु'त्–तोहाफ़तु'ल्–फ़िलासफ़ा
इब्न–खल्दून	मुकद्दमये–तवारीख
शिब्ली नेमानी	अल–ग़ज़ाली
	अल्–कलाम
मुहम्मद यूनस् अन्सारी	इब्न–रोश्द
	(भारतीय दर्शन)

	ऋग्वेद
	शतपथ ब्राह्मण
	उपनिषद् (ईश, केन, कठ, प्रश्न, मुंड, मांडूक्य, ऐतरेय, तैत्तिरीय, छांदोग्य, वृहदारण्यक, श्वेताश्वतर, कौषीतकि, मैत्री)
	महाभारत
	भगवद्गीता
	परमसंहिता (पंचरात्र)
गौतम	गौतम–धर्मसूत्र
बुद्ध (गौतम)	सुत्त–पिटक (दीघनिकाय, मज्झिमनिकाय, अंगुत्तरनिकाय, उदान)
	विनयपिटक (पातिमोकव, महावग्ग, चुल्लवग्ग)
	लंकावतार–सूत्र
नागसेन	मिलिन्दप्रश्न
नागार्जुन	विग्रह–व्यावर्त्तनी
माध्यमिक–कारिका	
वसुबंधु	विज्ञप्तिमात्रता–सिद्धि (त्रिंशिका)
दिग्नाग	प्रमाणसमुच्चय
धर्मकीर्ति	न्यायविन्दु
	प्रमाणवार्त्तिक
	वादन्याय
अक्षपाद (गौतम)	न्याय–सूत्र
कणाद	वैशेषिक–सूत्र
पतंजलि	योग–सूत्र
वादरायण	वेदान्त–सूत्र
जैमिनि	मीमांसा–सूत्र
ईश्वरकृष्ण	सांख्य–कारिका
प्रशस्तपाद	वैशेषिक–भाष्य
उद्योतकर	न्यायवार्त्तिक
जयंत भट्ट	न्यायमंजरी
गौडपाद	मांडूक्य–कारिका

शंकर	वेदान्त–भाष्य
रामानुज	वेदान्त–भाष्य
परांकुशदास (व्यास)	वेदान्त टीका (श्रुतप्रकाशिका)
श्रीहर्ष	खण्डन–खण्ड–खाद्य
	नैषधीयचरित
माधवाचार्य	सर्वदर्शनसंग्रह
वाण	हर्षचरित
भर्तृहरि	वैराग्यशतक
वराहमिहिर	बृहत्संहिता
राहुल सांकृत्यायन	बुद्धचर्या
	विश्व की रूपरेखा
	मानव–समाज
	वैज्ञानिक–भौतिकवाद
	ईरान
	क़ुरानसार
	पुरातत्त्व–निबंधावली

परिशिष्ट 2

पारिभाषिक शब्द–सूची

अक़्ल–Nous (विज्ञान)
अखवानुस्सफ़ा–पवित्र–संघ
अज्ञेयवाद–Agnosticism.
अतिभौतिकशास्त्र–Metaphy–sics.
अमिनुष आत्माएँ–अज्राम्अलुईया
अद्वैत–तौहीद
अद्वैतवाद–Monism.
अध्यात्मवादर्शन–Metaphysics.
अनीश्वरवाद–Atheism.
अनुभयवाद–Neutrism.
अन्तर्व्यापन–Interpenetration.
अन्तर्हित शक्ति–इस्तेदादे–क़ूवत्
अफ़लातूनीवाद नवीन–Neo Platonism.
अभावप्राप्त–Negated.
अरूपवाद–Nominalism.
अर्पचीना–Eregena.
अवयवी–Whole.
अश्बीलिया–Seville.
आकृति–Form.
आचारशास्त्र–Ethics.
आत्मकण–Monad.
आत्मकणवाद–Monadism.
आत्मसम्मोहन–Self-hypnotisation.
आत्मा (नफ़्स)–Self, soul, spirit,
आत्मा–नातिक–,रूहे–अक्ली
आत्मानुभूति–Intuition.
आत्मिक जीवन–Spiritual Life.
आधार कार्य–इन्फ़आल्
आसमानों की दुनिया–आलम्–अफ्लाक्।
ईश्वर में समाना हलूल्
ईसाई जहाद–Crusade.
उटोपिया–Utopia.
उपलब्धि–Perception.
एकीकरण–Concentration.
कर्तबा–Cardova (in Spain)
कर्ताविज्ञान–Creative spirit.
कल्पनामय–Abstract.
कारण–Cause.
कार्य–Effect.
कार्यकारणवाद–Causality.
कार्यकारण–संबंध–Causality.
कार्यक्षमता–आदत
काव्यशास्त्र–Poetics.
किरणप्रसरण–Radiation.
क्वन्तम् सिद्धान्त–Quantum.
खगोलीय यंत्रशास्त्र–Celestial Mechanics.
गरनाता–Granada (in Spain).
गुण–Quality.
गुणात्मक परिवर्तन–Qualitative change.
घटना–Event.
चिन्तन–Contemplation.
चेतनावाद–Idealism.
जगजीवन–नफ़्स–आलम्
जालीनूस–Galen.
जीव–Soul, रूह, फ़लक, अव्वल
जीवन–Life.
ज्ञाता–मुद्रिक
ज्ञान की प्रमाणिकता–Validity of knowledge.

तत्त्व–Element.
तर्कशास्त्र–Logic.
तलेतला–Toledo (in Spain).
तुफैल इब्न–Abubacer.
तृष्णा–Will.
दर्शन–Philosophy.
दिव्य चमत्कार–मोजेज़ा
दिशा–Space.
देव–अफ़लाक्
देवजगत्–आलमे–अफ़लाक्
देवता–अफ़लाक्, आस्मान्, फ़रिश्ता
देवलोक–आलम्–अफ़लाक्
देवात्मा अज्राम्–अफ़लाक्
जरम्–अफ़लाक्
देश–Space.
द्रव्य–Substance.
द्वंद्ववाद–Dialectics.
द्वंद्वात्मक भौतिकवाद–Dialectical materialism.
द्वंद्वात्मक विकास–Dialcctical cvolution.
द्वंद्वात्मक विज्ञानवाद–Dialectical idealism.
द्वैतवाद–Dualism.
धर्ममीमांसा–फ़िक़ा
धातुत्रय–मवालीद–सलासा (धातु, वनस्पति, प्राणी)
नफ़स–Nous, अक़्ल, आत्मा, ब्रह्म, विज्ञान
नातिक बुद्धि–Nautic nous.
नातिक विज्ञान–Nautic nous.
नाम–Mind.
नामवाद–Nominalism.
नास्तिकवाद–Atheism.
निमित्तिकारण–Efficient Cause.
नियतिवाद–Determinism.
निराकार–Abstract.
परम–Absolute.
परमतत्त्व–Absolute.
परमशरीर–जिस्मे–मुत्लक्
परमाणुवाद–Atomism.
परमात्मतत्त्व–Absolute. Absolute self.
परिचय–आद्राक्
परिचय होश के साथ–अद्राक् शऊरा।
परिचय होश के बिना–अद्राक् ला–शऊरा
परिमाण–Quantity.
परिवर्तन–Change.
पवित्रसंघ–अक़वानुस्सफ़ा
पहचान–अद्राक्
प्रकृति–Hyla, nature, भूत, माद्दा, हेवला
प्रतिषेध का प्रतिषेध–Negation of Negation.
प्रतिवाद–Antithesis.
प्रतीयमान जगत्–Phenomena.
प्रत्यक्ष–Perception.
प्रत्यक्षीकरण। सम्मिलित–हिस्स–मुश्तरक्,
प्रभाववाद–Pragmatism.
प्रमेय–Category.
प्रयोग–Practice.
प्रयोगवाद–Empiricism.
प्रयोजनवाद–Teleology.
प्रवाह–Continuity.
प्राकृति प्राकृतिक–हेवलानी, तबई
प्राकृतिक पिंड–जिस्म तबई
प्रामाण्य–Validity of knowledge.
पैगंबर–वाक्य–हदीस्
फ़रिश्ता–फ़लक, देवता
फ़लक–अव्वल–जीव
बाजा इब्न–Avempace.
बाह्यजगत्–Phenomenon.

बुद्धिपूर्वक–Rational.
बुद्धिवाद–Rationalism.
ब्रह्म–अक़्ल, नफ़्स
ब्रह्मलय–हलूल्
ब्रह्मलीनता–फ़नाफ़िल्लाह
ब्रह्मवाद सर्व–Pantheism.
भाग्यवाद–Determinism.
भाषणशास्त्र–Rhetorics.
भूत माद्दा–Matter.
भोगवाद–Hedonism.
भौतिकतत्त्व–Matter (माद्दा)
भौतिक पिंड–जिस्म तबई
भौतिकवाद–Materialism.
भौतिकवाद यांत्रिक–Mechanical materialism.
भौतिकवाद वैज्ञानिक–Scientific materialism.
भौतिकशास्त्र–Physics.
मन–Mind.
मनुष्यमापवाद–Pragmatism.
मनोमय–Rational.
मात्रा–Quantity.
माद्दा–प्रकृति, Hyla, matter.
मानव जीव–नफ़्स इन्फ़आल्
मानवता– नफ़्स आलम्
मूलतत्त्व–Element.
मूल स्वरूप–Arche type.
यर्थाथवाद–Realism.
योगिप्रत्यक्ष–Intuition.
रहस्यवाद–Mysticism.
रूप–Matter.
रोश्द इब्न–Averroes.
वरुण–Uranus.
वस्तु अपने भीतर–Thing-in-itself.
वस्तुवाद–Realism.
वस्तुसार–Objective reality, Nomena, thing-in-itself.
वस्तुसारवाद–Noumenalism.
वाद–Theory, Thesis, कलाम
वादशास्त्र–इल्म-कलाम
वादशास्त्री–मुत्कल्लमीन्
विकास–Evolution.
विकास सृजनात्मक–Creative evolution.
विचार–Idea.
विच्छिन्न प्रवाह–Discontinuous continuity.
विच्छिन्न सन्तति–Discontinuous continuity.
विच्छेदयुक्त प्रवाह–Discontinuous continuity.
विज्ञान–Idea, intelligence, mind, nous (नफ़्स) science.
विज्ञान अधिकरण–अक़्ल-इन्फ आल्, नफ़्स–इन्फ़आल्
विज्ञान अभ्यस्त–अक्ल-मुस्तफाद
विज्ञान एक–वहदत्–अकल्
विज्ञान कर्ता–अक़्ल–फुआल, नफ़्स–फ़आल
विज्ञान क्रिया– नफ़्स–फ़ेअली
विज्ञान जगदात्मा–अक़्ल अव्वल्
विज्ञान ज्ञाता–अक्ल-मुद्रिक
विज्ञान देव–अक्ल-सानी
विज्ञान देवात्मा–अक्लसानी
विज्ञान नातिक्–Nautic nous, नफ़्स–नातिक
विज्ञान परम–अक्ल–मुत्लक़
विज्ञान प्राकृतिक–अक्लमाद्दी अक़्ल–हेवलानी
विज्ञान मानव– नफ़्स–इन्सानी

विज्ञानकण–Monad
विज्ञानवाद–Idealism.
विज्ञानीय शक्ति–अक़्ली क़ूवत
विभाजन–Differentiation.
विरस्–Virus.
विरोधि समागम–Unity of opposites.
विशेष–Particular.
विश्लेषण–Analysis.
विश्वात्मा–Logo.
वेदना–Sensation.
वैज्ञानिक भौतिकवाद–Scientific materialism. Dialectical materialism.
व्यक्ति–Particular.
शक्ति अन्तर्हित–इस्तेदाद-कूवत
शारीरिक (ब्रह्म) वाद–Organism, pantheism.
शिवता–सआदत
शेविली–Seville (in Spain).
संक्षेप–तल्खीस्
सन्तति–Continuity.
सन्तान–Continuity.
सन्देहवाद–Scepticism.
संपूर्ण–Whole, अवयवी
समन्वय–Harmony.
सलेबीजंग–Crusade.
संवाद–Synthesis.
साइंस–Science.
साकार–Objective, concrete.
सापेक्ष–Relative.
सापेक्षतावाद–Relativity.
सामर्थ्य–सलाहियत्
सामान्य–Universal, जाति
सिद्धान्त–Theory.
सिद्धि–मोजज़ा
सीमापारी–Transcendental.
सूरत–आकृति
सोफ़ी–Sophist.
सोफ़ीवाद–Sophism.
स्कोलास्तिक आचार्य–Scholastic innate. doctor
स्तनधारी–Mammal.
स्थिति–Duration.
स्पर्श–Impression.
स्मृति–हदीस्, हिफ़्ज़
स्मृति उच्च परिचयों की–हिफ़्ज मआनी।
स्मृति सामूहिक हिफ़्ज–मज्मुई
स्वतः उत्पन्न–A priori.
स्वतः सिद्ध–A priori.
अस्वतः सिद्ध–A posteriori.
अस्वतः उत्पन्न–A posteriori.
स्वभाव–Character.
स्वयंभू–A priori, innate.
स्वरूप–Character.
स्वलक्षण–Character.
हलूल–ईश्वर में समाना, ब्रह्मालय
हेतु Cause.
हेतुता–Causality.
हेतुवाद–Causality.
हेवला–Hyla प्रकृति
हेवलानी–प्राकृतिक, माद्दी

परिशिष्ट 3

दार्शनिकों का कालक्रम

पश्चिमी	ई० पू०	ई० पू०	भारतीय
यूनानी		1000	वामदेव
		700	प्रवाहण जैवली
		700	उद्दालक आरुणि
		650	याज्ञवल्क्य
		600	चार्वाक
थेल्	640-550		
अनक्सिमन्दर	610-545	600	कृश सांकृत्य
अनक्सिमन	590-550	500	बर्धमान महावीर
पिथागोर	570-500	500	पूर्ण काश्यप
क्सेनोफेन	570-480	563-583	बुद्ध
परमेनिद	540-483	500	अजित केशकम्बल
		500	संजय
		500	गोशाल
हेराक्लितु	535-425		
एम्पेदोकल	490-430		
सुक्रात	469-399	400	कपिल
देमोक्रितु	460-370		
अफ़लातूँ	427-347	400	पाणिनि
देवजेन	412-322		
अरस्तू	384-322		
(सिकन्दर)	356-323	321-297	चन्द्रगुप्त मौर्य
पश्चिमी	ई० पू०	ई० पू०	भारतीय
		269	अशोक मौर्य
पिर्हो	365-270		
एपीकुरु	341-270		
जेनो	336-246		
थ्योफ्रास्तु	287		
नेलुस	133	150	नागसेन

		150	पतंजलि वैयाकरण
अन्द्रानिकुस् (नव-अफ़लातूनी दर्शन)	86		
फिलो यूदियो	25-50		
अन्तियोक्	68	100	(विज्ञानवाद)
		100	(वैभाषिक)
		150	कणाद
अगस्तिन्	166	175	नागार्जुन
प्लेतिनु	205–71	250	अक्षपाद
	24	250	पतंजलि (योग)
पोर्फिरी	233		
मानी (ईरान)	245		
		300	वादरायण
		300	जैमिनि
		300	सौत्रान्तिक
		(340 75	समुद्रगुप्त, राजा)
		(380-415	चंद्रगुप्त विक्रमादित्य)
अगस्तिन, सन्त	353–430		
		400	बौधायन
		400	उपवर्ष
		400	वात्स्यायन
		350	असंग
		400	वसुबंधु
पश्चिमी	ई० पू०	ई० पू०	भारतीय
		400	शबर
		400	प्रशस्तवाद
हिपीशिया (वध)	415	400	कालिदास
		425	दिग्नाग
		(476	आर्यभट्ट ज्योतिषी)
मज्दक (ईरान)	480-531	500	उद्योतकर
(ईसाइयों द्वारा	500		गौडपाद

दर्शन पढ़ना निषिद्ध)	529	550	कुमारिल
देमासियुस्	549	(600	हर्षवर्धन, राजा)
इस्लामिक			
(मुहम्मद पैग़म्बर)	590-622	600	धर्मकीर्ति
		600	सिद्धसेन (जैन)
(म्याविया, खलीफा दमिश्क)	661-80		
		700	प्रज्ञाकर-गुप्त
		725	धर्मोत्तर
		725	ज्ञानश्री
(अब्दुल अब्बास, खलीफा, बगदाद)	749-54		
(मंसूर-खलीफा बगदाद)	754-75		
		750	अकलंकदेव (जैन)
		800	गोविंदपाद
मुकफ्फा	754		
(हारून खलीफा बगदाद)	786-809		
		800	वसुगुप्त (कश्मीर-शैव)
		740-840	शान्तरक्षित
(मामून, खलीफा पश्चिमी	ई० पू०	ई० पू०	भारतीय
बगदाद)	811-33	788-820	शंकराचार्य
अल्लाफ़	830		
हिम्सी	835	841	वाचस्पति मिश्र
नज़्ज़ाम	845		
इब्न मैमून	850		
एरिगेना	810-77		
जहीज़	869		
'अखवानुस्सफ़ा'	900		
अश्अरी	873-935		

किन्दी	870		
राज़ी	923		
फाराबी	950-870		
(फिर्दोसी कवि)	840-1020	984	उदयनाचार्य
मस्कविया	1030	1000	जितारि
(अल्-बैरूनी)	973-1048	1000	रत्नकीर्ति
सीना	980-1037	1000	जयन्त भट्ट
जिब्रोल	1021-70	1025	रत्नाकरशान्ति
ग़ज़ाली	1059-1111		
बाजा	1138		
(तोमरत)	1147		
तुफैल	1185	1088-1172	हेमचन्द्र सूरि
रोश्द	1126-1198,	1194	जयचंद राजा
		1190	श्रीहर्ष
इब्न मैमून	1135-1208	1200	गंगेश
यूरोपीय दार्शनिक		1127-1225	शाक्य श्रीभद्र
मध्यकाल–			
राजर बैकन	1214-94		
तामस् अक्विना	1225-74		
द्वितीय फ्रेडरिक	1194-1250		
होहेंन्सटाफेनका	1194-1250		
पश्चिमी	ई० पू०	ई० पू०	भारतीय
राजा			
रेमोंद लिली	1224-1315		
पिदारक	134-74		
(इब्न-खल्दून)	1332-1406		
(ल्योनार्दो-दा-विन्ची)	1452-1519		
कस्तुन्तुनिया			
तुर्की के हाथ में	1453		
आधुनिक काल			
बेकन	1561-1626		
हॉब्स	1588-1679		

दे-कार्त	1596-1650		
(क्रामवेल)	1599-1658	(1627-1658 शाहजहाँ)	
स्पिनोजा	1632-77	(1627-80 शिवाजी)	
लॉक	1632-1704	(1658-1707 औरंगजेब)	
लाइब्निट्ज	1649-1716		
(चार्ल्स का शिरच्छेद)		1649	
टोलैंड	1670-1721		
बर्कले	1685-1753		
वोल्तेर	1694-1778	(1757-60 क्लाइव)	
हार्टली	1704-57		
ला मैत्री*	1709-51		
ह्यूम*	1711-76		
रूसो	1712-78		
हेलवेशियस*	1715-71	(1772-85	वारेन हेटिंग्स)
		(1786-93	कार्नवालिस्)
पश्चिमी	ई० पू०	ई० पू०	भारतीय
(नेपोलियन)			
कान्ट	1724-1804		
जेनर, चेचक टीका	1749-1823		
दो 'ल्बाख'	1723-89		
कबानिस्	1757-1808		
फिख्टे	1762-1814		
हेगेल्	1770-1831	(1774-1833	राजा राम मोहन राय)
शेलिंग	1775-1884		
शोपेनहार	1788-1860		
फ़्वेरबाख	1804-72		
मार्क्स	1818-83	(1824-83 दयानंद)	

स्पेन्सर (हर्वर्ट)	1820-1903
एन्गेल्स	1821-95
मेंडेल	1822-84
पास्तोर	1822-97
बुख्नेर	1824-99
माख्	जन्म 1838
जेम्स, (विलियम)	1842-1910
निट्ज्शे	1844-1900
ब्राडले	जन्म 1846
डेवी	जन्म 1859
बेर्गसॉ	1859-1941
हाइटहेड	जन्म 1861
लेनिन	1870-1924
रसल (बर्टरंड)	जन्म 1872

नोट्स